北京大學《儒藏》編纂與研究中心 編

《儒藏》精華編選刊

毛詩後箋（下）

〔清〕胡承珙 撰
莊大鈞 石静 續曉瓊 校點
陳新 審定

北京大學出版社
PEKING UNIVERSITY PRESS

毛詩後箋卷十六

涇　胡承珙

小雅鹿鳴之什

鹿　鳴

《序》云：「《鹿鳴》，燕群臣嘉賓也。既飲食之，又實幣帛筐篚，以將其厚意，然後忠臣嘉賓得盡其心矣。」《吕記》引：「范氏曰：『群臣，在位者也。嘉賓，聘而未受禄者也。』張氏曰：『言賓者，朝廷無賓，猶當於燕飲立賓。《禮》云：「仕而未受禄，君有饋焉曰獻，使焉曰寡君。」此亦不純臣之道也。不直曰君，而曰寡君，賓客之辭也。』」承珙案：經文但有「嘉賓」，故《序》以「群臣」言之，明詩所謂「嘉賓」即群臣之爲賓者也。正義曰：「《序》云盡心，傳曰竭力，是己之臣子可知。」此言得之矣。

箋云：「飲之而有幣，酬幣也。食之而有幣，侑幣也。」正義引：「《公食大夫禮》：『公授宰夫束帛以侑。』又《聘禮》：『君不親食，使大夫朝服致之以侑幣。』又曰：『致饗以酬幣，亦如之。』明親食有侑幣，親饗有酬幣，故此箋以飲爲饗禮，食爲食禮。」承珙案：此特對文言之耳，古酬、侑義通。《左傳》莊十八、僖二十五。云：

「王饗醴，命之侑。」是饗、食皆名「侑」也。且箋於此亦因《序》言「幣帛筐篚」，❶故通言饗食之大法。其實《序》首云「燕群臣」，則全篇皆止言燕禮。以經文證之，一則曰「嘉賓式燕以敖」，一則曰「以燕樂嘉賓之心」，明不兼言饗食。至「和樂且湛」傳云：「湛，樂之久。」蓋燕以示慈惠，《湛露》有「厭厭夜飲，不醉無歸」之語，故云「樂之久」。即此亦可見是燕非饗。或疑《燕禮》無用幣之文，考《周語》云：「先王之燕，體解節折而共飲食之。於是乎折俎加豆，酬幣宴貨，以示容合好。」則燕亦未嘗不用酬幣也。

陳氏《稽古編》曰：「《序》云：『燕群臣嘉賓也。』此言作詩之本意，與《四牡》之『勞使臣』、《皇華》之『遣使』一例也。若夫升歌合樂之類，則就詩之用於樂而言，非作詩之本意也。朱子見《儀禮》《學記》之文而改訓之，曰此燕饗通用之樂歌，乃言樂，非言詩矣。」承珙案：《集傳》又云：「此詩本爲燕群臣嘉賓而作，其後乃推而用之鄉人。」語本圓通，陳氏抨彈毋乃太過！古人歌《鹿鳴》者，不獨鄉飲燕禮及始入學，即《大戴禮·投壺》所云「八篇可歌」者，而《鹿鳴》在焉，是「投壺」亦用之矣。總之，古人作詩與用樂不同，而讀詩亦與作詩有異。如《北史》《裴駿傳》。裴安祖講《鹿鳴》，而兄弟同食。豈得又以爲兄弟之詩邪？

「呦呦鹿鳴，食野之苹」，傳：「興也。苹，蓱也。鹿得蓱，呦呦然鳴而相呼，懇誠發乎中，以興嘉樂賓客當有懇誠相招呼，以成禮也。」正義引鄭《駁異義》解此詩之意，云：「君有酒食，欲與群臣嘉賓燕樂之，如鹿得苹草以爲飲食，呦呦然鳴相呼，以款誠之意盡於此耳。」據疏，此駁必是許稱經師舊說如疏所云「或以爲兩

❶「筐篚」，原作「筐筐」，據阮校本《毛詩正義》改。

鹿相呼，喻兩臣相招，爲群臣相呼以成君禮」者，與毛異義，實不如毛義之長。姚氏《識名解》曰：「野有苹，必相呼而共食，興君有承筐，必笙簧以相將。詞旨瞭然。舊以鹿呼同類如君呼臣子，嫌於鳥獸爲比。然古人無所拘忌也，若《魚藻》明以『魚在』『王在』相對言之，豈如後世必以稱譽美鳳爲頌禱邪？」

箋云：「苹，藾蕭也。」正義曰：「易傳者，《爾雅》云『苹，蓱。其大者爲蘋』，是水中之草，《召南》『于以采蘋，南澗之濱』者也。非鹿所食，故不從之。」《爾雅翼》云：「古人以水草之交爲麋，鹿亦食水草，今鹿豕亦就水旁食。又人家養豕，皆以萍食之，何嫌於鹿不食乎？下章『食蒿』自陸草耳。」姚氏《識名解》以爲曲通傳説，究屬强解。承珙案：《説文》云：「古者神人以廌遺黄帝，帝曰：『何食何處？』曰：『食薦，夏處水澤，冬處松柏。』」《莊子·齊物論》：「麋鹿食薦。」《漢書·景帝紀》：「或地磽廣薦，草莽水泉。」如淳注引《莊子》：「麋鹿食曰薦。」是麋鹿未嘗不食水草。黄山谷帖云胡居士言鹿食九草，其中即有水芹。羅氏之説似非無據。

「我有嘉賓，鼓瑟吹笙，吹笙鼓簧」，熊朋來曰：「『鼓瑟吹笙，吹笙鼓簧』，正如《車鄰》以『鼓瑟』『鼓簧』對言之。古者堂上樂受笙均，瑟與笙有相關者。鄉飲未合樂之前，有升歌三終，笙入三終，間歌三終。其初，工以瑟歌《鹿鳴》之三，然後笙《南陔》之三，間歌《魚麗》之三，笙《由庚》之三。此時所用樂器，惟瑟與笙而已。至合樂歌《周南》《召南》，始衆聲俱作。故《鹿鳴》惟言瑟與笙，歌《鹿鳴》時未有他樂也。」承珙案：《儀禮》所歌諸詩，必皆作之在先，制禮在後。《鹿鳴》爲周初燕群臣之詩，其後乃用之於鄉飲燕射。熊氏之説，轉似因制禮而後作《鹿鳴》，誤矣。《鹿鳴》爲周初燕禮，蓋其時堂上兼有琴瑟，如《益稷》篇之「搏拊琴瑟以詠」，謂以琴瑟協比歌聲也，固與《儀禮》堂上之樂有瑟無琴者不同。堂下有笙，則如《儀禮》之「笙入立于縣中」也。豈古禮本先歌後吹，故周公作《儀禮》遂因之爲定制歟？至次章獨不言樂，自以旅語乞言樂音當止，故曰「德音孔昭」。末章復言作樂，而又變「笙」言「琴」，或是堂下之樂不作，獨鼓琴瑟以盡賓主之歡耳。此但可略依《燕禮》，不得泥後制之禮以釋先有之詩也。

「人之好我，示我周行」，傳：「周，至。行，道也。」箋云：「示，當作寘。寘，置也。周行，周之列位也。好，猶善也。人有以德善我者，我則置之於周之列位。言己維賢是用。」正義曰：「易傳者，以其上下皆曰『嘉賓』，此獨言『人』，明有異也。又《大東》《卷耳》並有『周行』之文，皆爲周之列位，此不得異。且下云『視民不恌』，乃作『視』字，此則爲『示』，明其不同。古者『寘』『示』同讀，故改爲『寘』也。且此篇聖君賢臣講道之樂，觀其垂法道教宏深，非直燕曰話言而已，明是據今嘉賓，本其賢德，由其先有善德，置之於官，緣此皆賢，所以燕饗。此章本其賢，二章言其法，上下相副，於義爲長，故易傳也。」承珙案：此疏申箋，實多牽强。言「賓」言「人」，便文無義，而謂有異，豈以寘之列位者非嘉賓乎？「示」「視」古今字，篇中互見者聲義皆通，故可兩用。《周頌》「示我顯德行」，與此正同，無容改字。至「周行」，毛傳三處不同，言各有當。說見《周南》。鄭注《禮記·緇衣》引《詩》以爲「示我忠信之道」，注《鄉飲酒》《燕禮》云「嘉賓示我以善道」。此皆在箋《詩》之先，當是用三家詩說，正與毛合。至作箋時，乃泥於《卷耳》之訓，概以「周行」爲列位，不知「人之好我，示我周行」乃導情通款，冀聞善言之意，與次章相應。「德音孔昭」，則所示「周行」之實也。必謂本其所用皆賢，故當饗食，取義迂曲，似非詩旨。

「視民不恌」，傳：「恌，愉也。」箋云：「視，古『示』字也。飲酒之禮，於旅也語。嘉賓之語先王德教甚明，可以示天下之民，使之不愉於禮義。」黄氏元吉云：「杜預注《左傳》曰：『佻，偷也。言明德君子必愛民。』林堯叟因謂君子德聲孔甚昭明，視民如傷，不敢偷薄。則『視』作以目視物之視，言嘉賓之視民甚厚，蓋不敢薄待斯民之意。雖不破字，而義未優矣。」承珙案：嚴《緝》引曹粹中説，亦謂「視民」與「視民如傷」同義。黄實夫亦云：「視民不恌，言其視民之不薄也，如薄己以厚民之意。」皆與杜解略同。然此句止當言君子之德音可以使民歸厚，故當爲人所則效。若如杜解，則於詩上下文義皆不順。《左傳》昭十年。季平子：「伐莒取郠，獻俘，始用人於亳社。臧武仲在齊，聞之，曰：『周公其不饗魯祭乎，周公饗義，魯無義。《詩》曰：「德音孔昭，視民不佻。」佻之謂甚矣，而壹用之，將誰福哉？』」服注見本詩正義。「示民不愉薄」與鄭義合，勝杜解多矣。

「君子是則是傚」，傳：「言可法傚也。」箋云：「是乃君子所法傚。」承珙案：「君子」即「嘉賓」。傳云「可法傚」者，謂君子可爲民所法傚。鄭注《鄉飲酒》《燕禮》皆以爲嘉賓有明德，可則效，而箋《詩》乃謂嘉賓爲君子所法傚。《左傳》：昭七年。「公至自楚。孟僖子病不能相禮，乃講學之，苟能禮者從之。仲尼曰：『能補過者，君子也。《詩》曰：「君子是則是效。」孟僖子可則效已矣。』」此引《詩》，意亦謂君子可爲人則效，非君子之則效人。《吕記》引程氏曰：「此章又言所燕禮嘉賓聞望昭明，示民以厚之意，使儀法之。」此與《左傳》義合。朱子《集傳》從箋，誤矣。

「食野之芩」，傳：「芩，草也。」正義曰：「陸璣云：『莖如釵股，葉如竹蔓，生澤中下地鹹處，爲草貞實，貞，俗誤作「眞」，今依《校勘記》。牛馬亦喜食之。』」承珙案：芩，《釋草》無文，惟《廣雅》「莊葿、黄文、内虚，黄芩也」，或即以爲此詩之「芩」。然《御覽》引吴普《本草》云：「黄芩二月生，赤黄，葉兩兩四四相值，莖空中，或方員，高三四尺。四月花紫紅赤。」與陸《疏》所言不合。《説文》以「菳」爲「黄菳」，而「芩」則云「草也」，與毛同，并引《詩》「食野之芩」，明與今之黄芩别草矣。《詩釋文》則引《説文》「芩，蒿也」，與今本異。段注云：「《詩》若訓『蒿』，則與第二章不别。且《説文》當以『芩』與『蒿』篆類廁。今不然者，恐是一本作『蒿屬』，《釋文》『也』字或『屬』字之誤耳。」

《經義雜記》曰：「《史記·十二諸侯年表》云：『仁義陵遲，《鹿鳴》刺焉。』《潛夫論·班禄》云：『忽養賢而《鹿鳴》思。』《文選·琴賦》注引蔡邕《琴操》曰：『《鹿鳴》者，周大臣之所作也。王道衰，大臣知賢者幽隱，故彈弦諷諫。』《風俗通·窮通》云：『《伐木》有鳥鳴之刺。』《蔡中郎集·正交論》云：『周德始衰，頌聲既寢，《伐木》有鳥鳴之刺。』《漢書·匈奴傳》云：『懿王時，戎狄交侵，中國被其苦，詩人始作，疾而歌之曰：「靡室靡家，獫狁之故。」』《鹽鐵論·繇役》云：『文學曰：古者無過年之徭，無踰時之役。今近者數千里，遠者過萬里，歷二期。長子不還，父母憂愁，妻子詠歎，憤懣之恨發動于心，慕思之積痛於骨髓。此《杕杜》《采薇》之所爲作也。』是以《鹿鳴》《伐木》《采薇》《杕杜》皆爲刺詩。」《困學紀聞》云：「《鹿鳴》在宵雅之首，馬蔡以爲風刺，蓋齊、魯、韓三家之説，猶《關雎》刺時作諷也。」承珙案：《左傳》穆叔曰：「《鹿鳴》，君所以嘉寡君也。」即此一語，決非刺詩。陸賈《新語·道基篇》：「《鹿鳴》以仁求其群。」《淮南·泰族訓》：「《鹿鳴》興於獸，君子大之，取其見食而相呼也。」此皆與毛義有合者。且即三家，亦不過謂陳古以諷，非謂《鹿鳴》出於衰周。《大周正樂》云：「《鹿鳴操》者，周大臣之所作也。王道衰，君志傾，留心聲色，内顧妃后，設旨酒嘉肴，不能厚養賢者，盡禮極歡，形見於色。大臣昭然獨見，必知賢士幽隱，小人在位，周道陵遲，自以是始。故彈琴以風，詠歌以感之，庶幾可復。」此明是周衰，無復《鹿鳴》養賢之風，大臣援琴而彈古詩以風耳。詞旨明白，無可疑者。其他《伐木》《采薇》以爲刺詩者，皆同。《六月序》云自「《鹿鳴》廢」以下至「《小雅》盡廢，則四夷交侵，中國微矣」，亦即此意也。

《經義雜記》曰：「《漢書·藝文志》樂家雅歌詩四篇，即《晉書·杜夔傳》所云『舊雅樂四曲，一曰《鹿鳴》，二曰《騶虞》，三曰《伐檀》，四曰《文王》』者也。魏武時尚存。及太和中，左延年改夔《騶虞》《伐檀》《文王》三曲，更自作聲節，其名雖存，而聲實異。惟因夔《鹿鳴》，全不改易。後又改三篇之行禮詩，第一曰《於赫》，與古《鹿鳴》同。第二曰《巍巍》，用延年所改《騶虞》聲。第三曰《洋洋》，用延年所改《文王》聲。第四曰復用《鹿鳴》，《鹿鳴》之聲重用，而除古《伐檀》。及晉初，食舉亦用《鹿鳴》。至泰始五年，荀勖云：『魏氏行禮，食舉，再取周詩《鹿鳴》以爲樂章。《鹿鳴》以宴嘉賓，無取於朝。考之舊聞，未知所應。』勖乃除《鹿鳴》舊歌，更作行禮詩四篇，而《鹿鳴》亦亡矣。又《宋書·樂志》曰漢大樂食舉十三曲，一曰《鹿鳴》，其餘俱非古歌。則漢雖存四篇，疑亦特用《鹿鳴》一篇耳。蔡邕《琴賦》亦曰《鹿鳴》三章，是兩漢魏晉以來，惟《鹿鳴》最顯。」承珙案：《大戴禮·投壺》云：「凡雅二十六篇，其八篇可歌，歌《鹿鳴》《貍首》《鵲巢》《采蘩》《采蘋》《伐檀》《白駒》《騶虞》。」《太平御覽》引蔡邕《琴操》曰：「琴有詩歌五曲：《鹿鳴》《伐檀》《騶虞》《鵲巢》《白駒》。」據此，則漢時於《大戴》「八篇」之中，尚存其五，而杜夔所傳《文王》又在八篇之外，似不得因漢樂食舉但有

《鹿鳴》，遂謂祇用此一篇也。

四牡

「四牡騑騑」，傳：「騑騑，行不止之貌。」正義引《少儀》曰：「車馬之容，騑騑翼翼。」承珙案：《少儀》本作「匪匪翼翼」，鄭注：「匪，讀如『四牡騑騑』。」桓三年《左傳》注：「驂，騑馬。」正義云：「名騑者，以騑馬有騑騑之容，故《少儀》曰『騑騑翼翼』。」此所引《少儀》皆從鄭讀易字，非《禮記》本有作「騑騑」者。總之，匪匪、翼翼皆取「飛」義。籀文「翼」字從「飛」作「𩙺」。《考工記》「且其匪色必似鳴矣」，故書「匪」作「飛」。《詩》「騑騑」即「匪匪」，與「飛」同聲同義，故傳以爲「行不止之貌」也。

「周道倭遲」，傳：「周道，岐周之道也。倭遲，歷遠之貌。」正義曰：「以時未稱王，仍在於岐故也。」或疑使臣越國，所歷非一，此既爲文王率諸侯使朝聘之詩，何爲僅言其本國之道？且文王以百里，不得爲遠，故程氏以爲通途，朱《傳》以爲大道。承珙案：《吕記》云：「使臣初發，蓋自岐周往，故以『周道』言之。」其義已了。況傳云：「周公作樂，以歌文王之道爲後世法。」則此勞使臣之事屬文王，而詩作於周公，故正《小雅》實兼文武之法。當武王、周公之時，普天下莫非周道矣。

倭遲，《文選》注引《韓詩》作「威夷」。《薛君章句》曰「威夷，險也」，與毛傳「歷遠」義近。《説文》：「倭，順皃。」引《詩》「周道倭遲」。又《辵部》「逶」下云：「逶迆，衺去皃。」《文選》謝莊《宣貴妃誄》注引《毛詩》作「周道倭遲」。《白帖》三十五引同。「倭」訓「順」，「逶」訓「衺去」，似與「險遠」不同，其實義亦可通。《楚辭》「遵曲江之逶移」，《文選・登樓賦》「路逶迤而修迥」，皆即《詩》「倭遲」之義而變其字耳。《廣雅・釋訓》「委蛇，逶衺也」，《甘泉賦》「蹶不周之委蛇」，此則并《召南》之「委蛇」、《鄘風》之「委蛇」，皆與「倭遲」相近。蓋古人凡雙聲疊韻形容之語，字多不同，義每相近也。《漢書・地理志》「右扶風郁夷」下引《詩》：「周道郁夷。」此或三家詩有作「郁夷」者，「倭」「威」「郁」皆一聲之轉，後人以此名縣耳，非《詩》之「周道」定在於此。

「嘽嘽駱馬」，傳：「嘽嘽，喘息之貌。馬勞則喘息。」《稽古編》曰：「傳訓『騑騑』爲『行不止貌』，『嘽嘽』爲『喘息貌』，『駸駸』爲『驟貌』，皆取疲苦之義，故又云『馬勞則喘息』。蓋以馬之勞，見使臣之勞也。朱子見《采芑》『嘽嘽』，毛云『衆也』；《常武》『嘽嘽』，毛訓『盛貌』，遂合彼兩傳以訓此詩曰：『嘽嘽，衆盛之貌。』與勞使臣義不相蒙矣。此爲勞使，彼皆出軍，義各有當，訓解亦殊。始知古人釋經，用意精密也。又案：『嘽嘽』字原從口旁。《說文》：『嘽，喘息也。』則『喘息』乃本訓矣。」承珙案：通篇詞旨皆勞苦之言，自不當於此獨誇其衆盛。《說文・疒部》：「癉，馬病也。」引《詩》「癉癉駱馬」。此蓋據三家詩，字雖異而義實與毛同。《廣雅・釋訓》亦云：「嘽嘽，疲也。」《漢書・敘傳》注又引作「驒驒駱馬」。《說文・手部》：「撣，讀若『行遲驒驒』。」此亦即《詩》之「嘽嘽駱馬」。其曰「行遲」，義亦與「疲勞」「喘息」通也。

「不遑啟處」，傳：「遑，暇。啟，跪。處，居也。」案：《采薇》《出車》皆作「不遑啟居」，《采薇》又有「不遑啟處」，是「處」與「居」義略同，故傳以「居」釋「處」。「啟，跪」，《釋言》文。《左傳》疏引李巡：「啟，小跪也。」《釋名》：「跪，危也。兩膝隱地，體危隉也。」「啟，起也。啟，一舉體也。」此析言之。其實，啟即是跪。居，本當作「凥」。《說文》：「凥，處也。从尸得几而止。」大約古人有危坐，如今之跪，《詩》所謂「啟」也。有安坐，乃《說文》之「尻」，《詩》所謂「處」也。若居，則今人之蹲。《説文》：「居，蹲也。」《足部》：「蹲，踞也。」段云：踞，當作「居」。段懋堂曰：「古人有坐，有跪，有蹲，有箕踞。跪與坐皆厀箸於席，而跪聳其體，坐下其脽，《詩》所謂『啟處』。若蹲，則足底箸地，而下其脽，聳其厀，曰蹲。若箕踞，則脽箸席而伸其脚於前，爲大不敬，三代所無。」此解分別甚析。《廣雅·釋訓》：「啓，踞也。」恐非其義。

「翩翩者鵻」，傳：「鵻，夫不也。」箋云：「夫不，鳥之慤謹者。」《爾雅》：「鵻其，夫不。」陸云：「鵻其，今小鳩也，一名鴉鳩。幽州人或謂之鶡鴠。梁宋之間謂之鵻，揚州人亦然。」又云：「斑鳩項有繡文斑然。鶻鳩，一名斑鳩，似鴉鳩而大。鴉今本作「鵓」，誤。鳩，灰色無繡項，陰則屏逐其匹，晴則呼之。語曰『天將雨，鳩逐婦』是也。」此疏以鴉鳩爲鵻，是鳩之小者，即此詩之「夫不」。以斑鳩爲鶻鳩，是鳩之大者，即《小宛》之「鳴鳩」。《説文》：「鶌鳩，鶻鵃也。」「鵻，祝鳩也。」雖不言大小，當亦如陸所分。《廣雅》：「鶻鳩，鴿鳩也。」「鴓鳩、鷄鳩、鸊鷎、鴉鳩、鵴鳩也。」此本《方言》云：「鴓鳩，謂之鸊鷎。自關而西，秦漢之間謂之鵴鳩。其大者謂之鳻鳩，其小者謂之鴓鳩。或謂之鷄鳩，或謂之鴉鳩，或謂之鶻鳩。梁宋之間謂之鵻。」郭注云：「鳻音班。鴓鳩，今荆鳩也。」《方言》惟以鶻鳩亦爲鳩之小者，與陸《疏》異，其餘則陸《疏》、《廣雅》皆與之合。毛傳以「鵻」爲「夫不」，《衛風》之「鳩」爲「鶻鳩」，《小宛》之「鳴鳩」爲「鶻鵰」，則其分別，當以陸氏所疏爲合毛義。嚴《緝》謂鵻有十四名，馮嗣宗譏其忘陸《疏》之「鶡鴠」、《方言》之「鸊鷎」。然十四名中「鵓鳩」乃「鴉」之俗字，「乳鳩」亦「鴉」之譌字，「荆鳩」即「楚鳩」，皆不當分而分者也。

「是用作歌，將母來諗」，傳：「諗，念也。」箋云：「諗，告也。」正義述毛云：「是用作此詩之歌以勞汝，知汝以養母之志而來念。」是以「作歌」爲上之所作也。鄭箋云：「君勞使臣，述序其情。女曰：我豈不思歸乎，誠思歸也。故作此詩之歌，以養父母之志來告於君也。」正義曰：「易傳者，首章云『豈不懷歸，王事靡盬，我心傷悲』，文連『我心』，是述使臣之辭矣。類此而推，則『是用作歌，將母來諗』，亦序使臣之意，明爲使臣作此詩之歌，其來諗，不得不爲『告』也。猶『君子作歌，維以告哀』，是作歌所以來告，不得爲『念』也。」承珙案：毛訓本《爾雅》，鄭本《左傳》，皆有依據。《國語》魯宣公因里革斷罟，❶命有司藏之，曰「使吾無忘諗」。韋注雖訓「諗」爲「告」，然即謂念此不忘，義亦可通。且勞者歌其事，養母來念猶云念來養母，《詩》中多有此倒裝文例，不必因作歌之文謂當訓「告」。至箋云「人之思，恆思親者，再言將母，亦其情也」，解經已爲了當。後儒或言告君獨曰將母者，父或能自通，母則不能。或又以「來諗」爲告於其母，父猶知大義，母不免牽於私情，凡此皆贅說也。

皇皇者華

《序》云：「《皇皇者華》，君遣使臣也。」《稽古編》曰：「《詩》之次第雖間有倒置者，然《鹿鳴》《四牡》《皇皇者華》三詩，所謂『工歌《鹿鳴》之三』也，見《儀禮》《左傳》諸書，又見《六月》序，其先後不可易矣。李氏《集解》以爲先遣後勞，《皇華》當在《四牡》前，真謬說。」承珙案：《譜》下正義云：「所以先勞後遣者，人之勞役，

❶「宣公」，原作「莊公」，據《續經解》本及《國語》改。

苦於上所不知。有勞而見知，則雖勞不怨。其事重，故先之。」此曲説也。又云：「使臣往反固非其一，《四牡》所勞不必是《皇皇者華》所遣之使，二篇之作又不必一人。」此則圓通無閡。蓋先後本無定例，不必深求。《潁濱詩傳》據《儀禮》工歌先《四牡》，以爲聲有先後。《虞東學詩》云：「編爲樂章，《鹿鳴》三詩同歌堂上，先恤其情，後勸以義，燕示慈惠故也。」二説皆可不必。

「駪駪征夫」，傳：「駪駪，衆多之貌。征夫，行人也。」《説文》：「駪，馬衆多貌。」《焱部》又云：「燊，盛貌。讀若《詩》曰『莘莘征夫』。」《國語》《説苑》引《詩》皆作「莘莘」。韋注《國語》：「莘莘，衆多也。」此蓋三家詩與毛字異而義同者。王逸注《招魂》引作「侁侁征夫」，云：「侁侁，行聲也。」亦以行者衆多，故有聲耳。毛以「駪駪」爲「衆多貌」者，以文連「每懷」。懷者，和也。和非一人之事，必以衆見。「每懷靡及」，則謂衆人雖和，猶恐知有不及，故必「周爰咨諏」，文義相承一貫。《集傳》於「衆多」下增「疾行」二字，此雖本《國語》「夙夜征行，猶懼不及」之意，然首章「靡及」正起下四章「諏」「謀」「度」「詢」。《墨子・尚同中》云：「助之視聽者衆，則其所聞見者遠矣。助之言談者衆，則其德音之所撫循者博矣。助之思慮者衆，則其談謀度速得矣。」其下引《詩》曰：「我馬維駱，六轡沃若。載馳載驅，周爰咨度。」又曰：「我馬維騏，六轡若絲。載馳載驅，周爰咨謀。」即此可見「靡及」當爲知有不及，皇皇求助之義。若但以爲道路征行之不及，其見淺矣。

「每懷靡及」，傳：「每，雖。懷，和也。」箋云：「《春秋外傳》曰『懷和爲每懷』也。『和』當爲『私』。衆行夫既受君命，當速行。每人懷其私相稽留，則於事將無所及。」正義曰：「本皆如此。此既以『每』爲『雖』，『懷』爲『和』，而卒章傳云『雖有中和，當自謂無所及』，王肅以爲下傳所言覆説此也，故述毛云：『使臣之行，必有上介。衆介雖多，内懷中和之道猶自以無所及，是以驅馳而咨諏之。』」又云：「鄭之此説亦述毛也。但其意與王肅異耳。案：《魯語》穆叔云：『《皇皇者華》，君教使臣曰「每懷靡及」。臣聞之曰：懷私爲每懷。』是《外傳》以爲懷私，故鄭引其文，因正其誤，云『和』當爲『私』。鄭必當爲『私』者，《晉語》姜氏勸重耳之辭曰：『「駪駪征夫，每懷靡及。」夙夜征行，不遑啟處，猶懼不及。況其縱欲懷安，將何及乎？西方之書有之曰：「懷與安，實病大事。」鄭詩曰：「仲可懷也。」鄭詩之旨，吾從之矣。』觀此《晉語》之文及鄭詩之意，皆以『懷』爲『私懷』之義，明《魯語》所云亦當爲『懷私』，不得爲『和』也。鄭所以引《外傳》而破之者，以毛傳云『懷，和』是用《外傳》爲義，故引而破之，言毛氏亦爲『私』也。如鄭此意，則傳本無『每，雖』二字。若『每』爲『雖』，縱使變『和』爲『私』，亦不得與毛同也。此既改傳『和』當爲『私』，下復解傳『中和』爲『忠信』，爲之終始立説，明其不異毛也。蓋鄭所據者，本無『每，雖』，後人以下傳有『雖有中和』之言，下篇『每有良朋』之下有『每，雖』之訓，因而加之。定本亦有『每，雖』。」陳碩甫曰：「《釋訓》『每，雖也』，毛所本也。今本《爾雅》作『每有，雖也』，衍一『有』字。《莊子・庚桑楚篇》『每發而不當』《釋文》引《爾雅》『每，雖也』，不誤。《玉篇》《廣雅》皆曰『每，雖也』。《常棣》曰『每有良朋』，又曰『雖有兄弟』，是『每有』即『雖有』也。彼箋云『每有，雖也』，『有』亦衍字，可據此傳訂正。」承珙案：陳説是也。《常棣》箋各本皆作「每有，雖也」，惟相臺本「每」下無「有」字，當係古本。此疏云「下篇有『每，雖』之訓」，是所見《常棣》箋亦但作「每，雖」，彼箋又即用此傳也。

《稽古編》曰：「案：《魯語》穆子曰『懷和爲每懷』，韋注引鄭後司農云『和』當作『私』。是則《魯語》原文本作『和』，其作『私』者，亦即鄭説耳。惟《晉語》姜氏引此詩戒重耳順身縱欲，又引西方書及鄭詩之言『懷』

皆爲『私』義，要是斷章立説，未必此詩本訓也。懷私，恐非毛旨。又末章傳云『雖有中和，當自謂無所及』，正首章『每，雖。懷，和』之解。王肅即用以述毛，於義允當。孫毓《詩評》亦謂毛傳上下自相申成，得之矣。鄭既破『和』爲『私』，又强解『中和』爲『忠信』，以牽合『周』義，皆曲説也。」陳碩甫曰：「『懷』『和』雙聲得義。《外傳》以『懷和』釋『懷』，毛傳即以『和』釋『懷』，是本之《外傳》也。鄭箋改『和』爲『私』，《烝民》箋同，蓋鄭誤耳。毛曰『雖和』，若作『雖私』，文不可通。孔疏疑『每，雖』，後人所加，曲爲鄭諱。又據《晉語》姜氏引此詩以證『懷，私』，不知姜語義取『征夫無及，不可懷安』，故復取西方書及鄭詩之言『懷』以戒重耳，與《詩》『每懷』本不干涉。王孫申毛，謂『雖有中和』，即『每雖懷和』之義，得其旨矣。『中』謂禮，『和』謂樂，必達夫禮樂之原，乃能通中和之德。傳曰『中和』，與《序》曰『禮樂』意正合。言使臣雖有中和之德，猶自謂靡及，必將周咨之。」承珙案：《烝民》「征夫捷捷，每懷靡及」，傳云：「捷捷，樂事也。」據此，則傳意亦必以「懷」爲「和」。雖和而猶恐無及，正見其樂事之實。故下句無傳者，以與《皇皇者華》同也。箋云「衆征夫捷捷然至」，而於「每懷」句仍自用其説，則上句方言征夫樂事，而忽戒之以每人懷私而相稽留，殊於詞義不順。故以經證經，足知箋不如傳。《説苑·奉使篇》：「趙王遣使者之楚，方鼓瑟而遣之，誡之曰：『必如吾言。』使者曰：『王之鼓瑟，未嘗悲若此也。』王曰：『宮商固方調矣。』使者曰：『調則何不書其柱邪？』王曰：『天有燥溼，弦有緩急，宮商移徙不可知，是以不書。』使者曰：『明君之使人也，任之以事，不制以辭，遭吉則賀之，凶則弔之。今楚趙相去千有餘里，吉凶憂患不可豫知，猶柱之不可書也。《詩》曰：莘莘征夫，每懷靡及。』」此本《韓詩外傳》。其引《詩》大旨謂使者因時制宜，不可豫定。即此雖有中和，自謂無及，更當咨諏之意，要與「懷私」渺不相涉也。

末章傳云：「兼此五者，雖有中和，當自謂無所及，成於六德也。」箋云：「中和，謂忠信也。五者，咨也，諏也，謀也，度也，詢也。雖得此於忠信之賢人，猶當云已將無所及於事，則成六德，言慎其事。」《稽古編》曰：「六德之説，毛義誠勝，但孔疏之言猶未盡也。《外傳》之『六德』，本文亦自明矣：云『懷和爲每懷，咨才爲諏，咨事爲謀，咨義爲度，咨親爲詢，忠信爲周，君況使臣以大禮，重之以六德』。據此文義，則所謂『六德』即上六語是矣。忠信爲周，言咨於忠信之人，即《内傳》之『訪問於善爲咨』耳。周咨一義，韋分爲兩德，是其誤也。『懷和爲每懷』在五善之外，『雖有中和，自謂無及』傳以備六德之一，與《外傳》義正相符，不可易矣。且穆叔以『懷和』爲一德，而康成破『和』爲『私』，『懷私』可謂德乎？又謂傳『中和』是釋『周』義，而指爲六德之一，其誤與韋等。孔疏雖曲爲回護，然不能掩其失也。」承珙案：傳於篇末總發全詩之旨，謂使臣兼咨、諏、謀、度、詢之五善，由其雖和而自謂無及，故能成於六德，乃總括《内》《外傳》而用之。王肅、孫毓皆以毛傳「雖有中和」者即上「每，雖。懷，和」，是也。鄭箋以傳之「中和」爲「周」，而又謂雖得此五者於忠信之賢人，猶當云已將無所及於事。不知經文首章言「靡及」，下四章乃言「咨」「諏」「謀」「度」「詢」。惟「靡及」，所以必兼此五者，非得此五者而又自謂「靡及」也。其答張逸云：「已有五德，復問忠信之賢人。」則又以咨、諏、謀、度、詢五者爲己之德，其解愈曲愈晦。孔疏謂其贊成毛義，其實毛義未必然也。

常　棣

《序》云：「《常棣》，燕兄弟也。閔管蔡之失道，故作《常棣》焉。」箋云：「周公弔二叔之不咸，而使兄弟之恩疏，召公爲作此詩，而歌之以親之。」正義引《外傳》云「周文公之詩曰『兄弟鬩於牆，外禦其侮』」，明此爲周公所作以親兄弟。又引：「《左傳》富辰曰：『昔周公弔二叔之不咸，故封建親戚以藩屏周。召穆公思周德之不類，故糾合宗族於成周，而作詩曰：「常棣之華，鄂不韡韡。凡今之人，莫如兄弟。」周之有懿德也，猶曰「莫如兄弟」，故封建之。其懷柔天下也，猶懼有外侮，捍禦侮者莫如親親，故以親屏周。召穆公亦云。』杜注：『周公作詩，召公歌之，故言「亦云」。』此《序》言『閔管蔡之失道』，《左傳》言『弔二叔之不咸』，『二叔』即管蔡也，『不咸』即失道也，實是一事，故鄭引之。」承珙案：此疏融會《内》《外傳》，以《常棣》爲周公之詩，其説甚當。杜注《左傳》以「二叔」爲夏殷之世，蓋用馬融説，與《鄭志》答張逸所云「周仲文説」同。《左傳》疏謂封建之中方有管蔡，不得云傷其作亂，始封建之。不知下文所敘十六國有管蔡者，特推本封建之全局而言之耳，不當因此别生夏殷之説。箋以鄭衆、賈逵皆指「二叔」爲管蔡，故以注此《序》，似不可易。《藝文類聚》引《韓詩》曰：「《夫栘》，燕兄弟也。閔管蔡之失道也。」董氏以爲此《韓詩》序文。則毛韓義同，其來古矣。或疑《左傳》「召穆公亦云」乃承上文「以親屏周」而言，即指召穆公所作《常棣》之詩。然其上文又云：「周之有懿德也，猶曰莫如兄弟。」杜注云：「當周公時，故言周之有懿德。」此則尤爲周公作詩之明證。可見《内》《外傳》本無異同也。後儒又以《魚麗》序云「文武以《天保》以上治内」，《常棣》爲周公在成王時所作，不應入《天保》以上。不知《鹿鳴》以下皆文武之事，而周公作樂以歌詠之。毛於《四牡》傳云：「周公作樂以歌文王之道，爲後世法。」此爲正《小雅·鹿鳴》至《魚麗》之總例。范氏《補傳》曰：「周公遭管蔡之變，因思文武能燕樂兄弟如此，故作是詩，蓋閔之也。」然則謂文武燕兄弟於當時，周公追詠其事於後，於理亦可信。《吕記》引朱子初説曰：「文武之際固有燕兄弟之詩矣，周公以管蔡之爲亂也，故制作之際更爲是詩，委曲致意以申兄弟之好。蓋燕兄弟者，文武之政。而閔管蔡者，周公之心也。」二説皆爲得之。

「常棣之華」，傳：「興也。常棣，棣也。」《釋文》：「本或作『常棣，移』。案，《爾雅》：『唐棣，移。』『常棣，棣。』作『移』者，非。」承珙案：傳文正當以作「移」者爲是，陸氏轉以爲非，誤矣。常棣一名夫移，故晁氏《詩説》、王氏《詩考》並據《韓詩》序云「《夫移》，燕兄弟也」。詳見《召南》。陸《疏》釋常棣以許慎謂爲白棣樹，雖誤，然其云：「如李而小，如櫻桃正白，今官園種之。又有赤棣樹，葉如刺榆葉而微圓，子正赤，如郁李而小，五月始熟，自關西、天水、隴西多有之。」所言與郭注《爾雅》「常棣」正合。陳長發云棣小如櫻桃，是以常棣可單稱「棣」，則誤。其云先儒釋常棣並無言其名「薁李」者，則是也。至注《本草》諸家言常棣者，皆祇言其子。惟《齊民要術》引《詩義疏》云：「承華者萼，其實似櫻桃。薁李麥時熟，食美，北人呼之相思也。」又蘇頌《本草圖經》云：「今汴洛人家園圃植一種枝莖作長條、華極繁密而多葉者，亦謂之郁李。」據此所言即常棣，而云「亦謂之郁李」，則可見其本非郁李矣。今京師西山中有白櫻桃，其形狀與朱櫻同，即此詩之「常棣」。朱櫻春初開華，繁盛如雪，而此樹亦如之，所以云「鄂不韡韡」也。

「鄂不韡韡」，傳：「鄂，猶鄂鄂然，言外發也。韡韡，光明也。」段氏《詩經小學》云：「鄂字从卩，咢聲。今《詩》作从邑地名之『鄂』者，誤也。馬融《長笛賦》『不占成節鄂』李善注：『鄂，直也。从邑者乃地名，非此所施。』又引《字林》：『鄂，直言也。』从卩咢聲之字與从邑咢聲迥别。《坊記》注『子於父母尚和順，不用鄂鄂』，《郊特牲》注『沂鄂』，《典瑞》注鄭司農云『圻鄂瑑起』，皆取廉隅、節制意。今字書遺『鄂』字。《説文》無『萼』

字，韡下引『蕚不韡韡』，『鄂』之誤也。」段注《說文》云：「各本作蕚，俗字也。今《詩》作鄂，亦非。毛云『咢猶咢咢然，言外發也』，鄭云『承華者曰咢』，皆取咢布之意。」承珙案：二說以後說爲是。「鄂」「蕚」皆俗借之字，但《藝文類聚》及《文選》注引《詩》皆作「蕚」，與今本《說文》同。蓋《詩》本作「咢」，後人加「草」，《說文》諸書皆由後改耳。《齊民要術》引《詩義疏》亦作「承華者曰蕚」。

「凡今之人，莫如兄弟」，傳：「聞《常棣》之言爲今也。」箋云：「聞《常棣》之言，始聞《常棣》『華鄂』之說也。如此，則人之恩親無如兄弟之最厚。」歐陽《本義》曰：「毛嫌作詩之人指當時爲今而義不通於後，故言後世之誦詩以相戒者，所誦詩之時，即爲今爾。此義雖不解亦可，毛鄭皆衍說也。」承珙案：歐說非也。此詩首章方以常棣起興，而即曰「凡今之人，莫如兄弟」，豈前此後此之人皆不必厚於兄弟乎？毛蓋以此詩閔管蔡之事而不欲明言，故特著此語見痛定思痛。聖人之心有不能不抱憾於終身者，而作詩以爲世法，則勸戒之道存焉。故傳曲會詩意以「聞《常棣》之言爲今」，言外有追傷既往、作戒將來之意。鄭箋亦善申傳旨。而正義引王肅述毛曰「管蔡之事已缺，二字諸本作「以次」，從《校勘記》改。而聞《常棣》之歌爲來今」，語意尤爲明晰。

「原隰裒矣，兄弟求矣」，傳：「裒，聚也。求矣，言求兄弟也。」案：經「求」字在「兄弟」下，而傳倒之者，正其善於解經。蓋謂人雖聚於原隰之中，而其所求者惟自求其兄弟。此爲平常之時，與上死喪爲二事。何氏《古義》云：「上章所謂『莫如兄弟』，於此兩者驗之。」是也。鄭箋以「原隰」與「兄弟」，孔疏並衍其說，以爲毛義，誤矣。

「脊令在原，兄弟急難」，傳：「脊令，雝渠也。飛則鳴，行則摇，不能自舍耳。急難，言兄弟之相救於急難。」箋云：「雝渠，水鳥，而今在原，失其常處。則飛則鳴求其類，天性也，猶兄弟之於急難。」嚴《緝》謂脊令非水中之鳥，以箋説爲非。承珙案：《説文》：「雃，石鳥，一名雝渠，一曰精列。」《廣雅》：「⿰石鳥鳥、精列、⿰廱鳥⿰渠鳥，雃也。」「雝渠」與《爾雅》同，「精列」實「脊令」之轉聲。《上林賦》：「煩鶩庸渠，箴疵鵁盧，群浮乎其上。」庸渠亦即雝渠，則其爲水鳥明甚。《漢書·東方朔傳》：「日夜孳孳敏行而不敢怠，辟若鶺鴒飛且鳴矣。」顔注云：「鶺鴒，雍渠，小青雀。飛則鳴，行則摇，言其勤苦也。」毛傳「不能自舍」亦衹狀其勤苦之意，鄭箋乃因經文「在原」更推其飛鳴求類之故，二義實相成也。

「況也永嘆」，傳：「況，茲。永，長也。」段懋堂曰：「《出車》『況瘁』箋云：『茲益憔瘁。』戴氏云：『茲，今通用滋。』《説文》：『茲，艸木多益也。』『滋，益也。』《詩》之辭意言不能如兄弟相救，空滋之長嘆而已。韋昭《國語》注云：『況，益也。』玉裁謂此與《桑柔》《召旻》傳及《今文尚書》『毋兄曰』『則兄自』正同。作『兄』是，作『況』非。」承珙案：古書中凡言「而況」者，爲更進之詞。又「貺賜」之「貺」，古字只作「況」，皆「茲益」義之引申也。此蓋本無其字，依聲託義，其字或作「況」，或作「兄」，又作「皇」，不得定以何者爲是也。

「烝也無戎」，顧氏《詩本音》曰：「考『戎』字，《詩》凡四見，《旄邱》三章與『東』同韻，《出車》五章與『蟲』『螽』『忡』韻，此章則與『務』韻，《常武》首章與『父』『祖』韻。疑古『戎』字有『汝』音，故又訓爲『汝』。《民勞》《崧高》《烝民》《韓奕》，箋並云『戎猶汝也』。」此説本之元熊朋來，《五經説》曰：「此詩『外禦其務』當以《左傳》『侮』字爲據，『烝也無戎』與《常武》『以修我戎』並當音『汝』。《崧高》『戎有良翰』即汝有良翰，《民勞》『戎雖小子』即汝雖小子，可見古者『戎』『汝』同音。吴氏改『務』爲『蒙』，而不顧《左傳》引《詩》之文，失之矣。」江氏《古韻標準》曰：「案，『戎』有『汝』義，遂有『汝』音，此音韻之變，非可以例求者。陳氏疑『戎』爲『武』字之誤，姑存一説。」段氏《音均表》以「戎」韻「務」爲合韻，孔氏《詩聲類》則以《常棣》之「戎」讀爲「仍」，以與「朋」韻，而《常武》之「以修我戎」爲無韻。江氏有誥《詩經韻讀》曰：「考全《詩》通例，第三句與第四句韻者，數章並見，恆在前章。《皇華》之『載馳載驅』與二章韻，不與三、四、五章韻。《宛邱》之『無冬無夏』與二章韻，不與三章韻。此詩『每有良朋』句既見於三章，不應四章反與末句爲韻。且詩中四句成章，從未有三句起韻者，此必是『武』字傳寫誤耳。《常武》之『以修我戎』亦當作『武』。」承珙案：諸説當以熊氏、顧氏爲是。但「戎」字，古人當自有「汝」音，非以訓「汝」而讀爲「汝」。毛傳「戎，相也」本《爾雅》，《集韻》引《爾雅》作「𢫬，相也」。《廣雅》：「𢫬，推也。」推挽者，相助之意。《説文》：「軵，反推車，令有所付也。案：「付」與「坿」同，謂依坿也。今人卸空車者亦反推之，令依坿牆壁，即此義也。段注云「付，與也，本可不與而故欲與之，至於逆推車以與之而不顧」云云，恐非是。从車付，讀若茸。」《淮南·氾論訓》：「相戲以刃者，大祖軵其肘。」高注云：「軵，擠也，讀近『茸』，急察言之。」《玉篇》：「𢫬，如勇切，推車也。」是「軵」與「𢫬」聲義並同。而《淮南·説林訓》注：「軵，讀『軵濟』之『軵』。」《覽冥訓》注又云：「軵，推也，讀『楫拊』之『拊』。」則即以「付」爲聲。觀於「軵」之讀「茸」，可無疑於「戎」「務」之協矣。孔氏讀「戎」如「仍」，以與「朋」協，考《爾雅釋文》引沈旋音「戎」如升反，《類篇》以「扔」「𢫬」「戎」三字並如蒸切，似非無據，但以讀《常武》則不可通耳。至劉原父欲改「戎」爲「戍」，陳第欲改「戎」爲「武」，尤未免强經以就我矣。

「儐爾籩豆，飲酒之飫」，傳：「儐，陳。飫，私也。不脱屨升堂謂之飫。」段懋堂曰：「傳當作『飫，燕私也。脱屨升堂謂之飫』。燕私，見《楚茨》《湛露》。『脱屨升堂』惟燕私爲然。飫，《韓詩》作『饇』，其説曰：『脱屨升席曰宴。能者飲，不能者已，曰饇。』宴饇是一事，毛公渾言之。毛謂『飫』，乃『醧』之假借也。左思賦曰『愔愔醧讌』，以古韻訂之，从酉，區聲，乃與『豆』『具』『孺』叶。韓用正字，毛用假借。《説文·食部》『𩝐，燕食也』，引《詩》『飲酒之𩝐』。此引《詩》説假借也。燕食者，安食也。𩝐爲厭𩝐，與『飽』『䬼』『饒』『餘』諸篆相屬，非毛傳『脱屨升堂』之『𩝐』。《酉部》『醧，私宴飲也』，『私宴』當作『宴私』。徐堅《初學記》引《韓詩》説最詳，曰：『夫飲之禮，不脱屨而即席者，謂之禮。此句「禮」當作「飫」。跣而上坐者謂之宴。能飲者飲，不能飲者已，謂之醧。』許云：『醧，宴私。』本《韓詩》爲説。而《毛詩·常棣》『醧』作『飫』，爲音近假借字。《爾雅·釋言》：『飫，私也。』蓋作《爾雅》時，《常棣》詩已作『飫』矣。毛公知《詩》『飫』非《國語》之『飫』也，故足之曰『脱屨升堂謂之飫』，即韓之『脱屨升坐謂之宴』也。宴醧是一事，言宴而醧在其中，言『脱屨升堂』而『能者飲、不能者已』在其中矣。以《詩》《爾雅》之『飫』别《國語》之『飫』，以『脱屨升堂』説《爾雅》之『私』，此毛義也。」承珙案：段氏諸説可謂明辨晳矣。毛於下文「兄弟既具，和樂且孺」傳云：「九族會曰和。孺，屬也。王與親戚燕，則尚毛。」可見傳意謂飫即是燕。經文四句相承，必非上二句言飫，下二句言燕。鄭箋牽於《國語》之文，而以「圖非常」「議大疑」爲飫，是謂飫别於燕。孔疏因之，遂謂此詩飫燕雜陳，不特非經義，亦非毛旨也。

「樂爾妻帑」，傳：「帑，子也。」《釋文》：「帑，依字吐蕩反，經典通爲『妻帑』字。」《呂記》引董氏曰：「訓釋無以『帑』訓『子』者。賈公彦於《司厲》引《詩》曰『樂女妻奴』。『奴』即『子』。蓋唐人猶作『奴』字。」承珙案：古「妻奴」字皆借「帑」爲之，蓋古「帑」字只讀若奴，聲同故借。《廣韻》引李虔《通俗文庫藏》曰：「帑，徂浪切。」始以別於「妻帑」之乃都切耳。

伐木

《序》云：「《伐木》，燕朋友故舊也。自天子至于庶人，未有不須友以成者。親親以睦，友賢不棄，不遺故舊，則民德歸厚矣。」案：經首章但言「求其友聲」，則知「朋友」足該「故舊」。二、三章「諸父」「諸舅」「兄弟」似言故舊，其實皆朋友也。故《六月》序但云：「《伐木》廢，則朋友缺矣。」《序》下正義以二章、卒章上二句爲燕故舊，二章「諸父」「諸舅」，卒章「兄弟無遠」爲燕朋友，非是。二章傳云：「國君友其賢臣，大夫、士友其宗定本無「宗」字。族之仁者。」亦祇言朋友，而故舊自在其中。《周禮·大宗伯》以飲食之禮親宗族兄弟，以賓射之禮親故舊朋友。若此《序》之「朋友故舊」，則并兼宗族兄弟言之。但其所謂「兄弟」，乃《儀禮》所云「小功以下爲兄弟」者，固與《常棣》之「兄弟」不同耳。

《序》又言自天子至庶人，乃泛論求友之道通乎上下，非以此詩亦用於庶人也。傳於「陳饋八簋」云「天子八簋」，明以此爲天子燕朋友故舊之詩矣。其又言國君大夫士之友者，亦因天子而推言之，猶《序》義也。「民之失德，乾餱以愆」，不過借庶人之事，以見燕樂友朋，貴賤一致耳。《文選·閑居賦》注引《韓詩序》云：「勞者歌其事。」又謝混《遊西池詩》注引《韓詩》云：「《伐木》廢，朋友之道缺。勞者歌其事，詩人伐木，自苦其事，故以爲文。」此則似以伐木爲庶人之事。鄭箋云：「言昔日未在位居農之時，與友生於山巖伐木，爲勤苦之事。」其説蓋本於《韓詩》，然以「伐木」爲賦，於義淺矣。

「伐木丁丁，鳥鳴嚶嚶」，傳：「興也。丁丁，伐木聲也。嚶嚶，驚懼也。」歐陽《本義》曰：「是詩主以鳥鳴求友爲喻爾。至其下章則不及鳥鳴之意，但『伐木許許』『伐木于阪』便述朋友之事，與首章意殊不相類，蓋失其本義矣。當闕其所未詳，以俟深於《詩》者。」承珙案：首章因伐木而感鳥鳴，正義謂如《葛覃》因以黄鳥爲興，是也。二、三章但言伐木，不及鳥鳴，猶《葛覃》次章不言黄鳥也。《吕記》引什方張氏曰：「詩人多相因之辭。如伐木而感鳥鳴，蓋因此以興焉者也，故下章皆以伐木言之。」《稽古編》曰：「此鳥鳴，先儒莫著爲何鳥。宋羅願以鶯當之，引《禽經》『鶯鳴嚶嚶』爲證。又言鶯是蟄鳥，冬以泥自裹，至春破土而出，此正出谷遷喬之事。案，《禽經》僞書，不足據信。惟《玉篇》云『鶯，有友鳥』，殆指《詩》『求友』語。則以《伐木》之『鳥』爲『鶯』，其來古矣。」承珙案：李綽《尚書故實》曰：「今謂進士登第爲『遷鶯』者久矣，蓋自《伐木》。詩人『嚶其鳴矣，求其友聲』並無『鶯』字。頃歲省試《早鶯求友詩》，又《鶯出谷詩》，別無證據，豈非誤歟？」王楙《野客叢書》引：「《東皐雜録》曰：『《詩》正文與注皆未常及黄鳥，白樂天作《六帖》始類鶯門中。洪駒父稱《禽經》「鶯鳴嚶嚶」，要是後人附會。』張平子《東京賦》：『雎鳩麗黄，關關嚶嚶。』然則以『嚶嚶』爲『黄鸝』用，自漢已然，不可謂自樂天始也。」葉大慶《考古質疑》曰：「《緗素雜記》謂：『今人吟詠多用遷鶯出谷事，又曲名《喜遷鶯》，皆循唐人之誤。惟漢梁鴻《思友人》詩曰「鳥嚶嚶兮友之期，念高子兮僕懷思」，《南史》梁劉孝標

《絶交論》云「嚶鳴相召，❶星流電激」，是真得《詩》意。』大慶按：《詩》『嚶嚶』雖非指鶯，然漢張衡《歸田賦》：『王雎鼓翼，倉庚哀鳴。交頸頡頏，關關嚶嚶。』又《東京賦》：『雎鳩鸝黄，關關嚶嚶。』蓋倉庚、鸝黄即所謂鶯也，張衡皆以『嚶嚶』言之。則唐人以『嚶嚶』爲鶯，又未必不本於此。又梁元帝《言志賦》：『聞鶯而懷友。』陳楊謹《從祀麓山廟詩》：『窗幽細網合，階静落花明。簷巢始入燕，軒樹已遷鶯。』自梁陳已用遷鶯事，而曰承襲唐人之誤，非也。」承珙謂漢賦言「關關嚶嚶」者，似是泛舉鳥聲，未必分屬二鳥。且如《羽獵賦》，又云「鴻雁嚶嚶」矣。即《玉篇》「鶯」字注云「鳥有文」，此本《桑扈》毛傳。《稽古編》作「有友鳥」。「友」恐「文」字之誤。《文選》王元長《曲水詩序》云「亂嚶聲于緜羽」，李善注雖引《詩》「鳥鳴嚶嚶」，又引《詩》「緜蠻黄鳥」，然本文究無「鶯」字。惟梁昭明太子《錦帶書·姑洗二月啟》曰「啼鶯出谷，争傳求友之聲」，始明出「鶯」字。唐人殆沿此而誤耳。

「伐木許許」，傳：「許許，柹貌。」承珙案：柹，字當作「柿」。《説文》：「柿，削木札樸也。」字又借作「肺」。《史記·惠景間侯者年表》序云「諸侯子弟若肺腑」，索隱曰：「肺，音柿。腑，音附。柿，木札也。附，木皮也。以喻人之疏末之親，如木札出於木，樹皮附於樹也。」《漢書·劉向傳》「臣幸得託肺附」，師古曰：「一説肺謂斫木之肺札也，自言於帝室猶肺札附大材木也。」又《田蚡傳》「蚡以肺腑爲相」注略同。《史記正義》雖詆顔説爲非，然《太玄·親》「次八」曰「柿附乾餱」，注云：「削曰柿。」此正用《毛詩》義。疑古説《詩》家或有

❶「孝」，原脱，據《考古質疑》補。

以《伐木》之「柿」喻親舊之依附者，故《太玄》用之也。許許者，削柿衆多之貌，如《晉書》所謂「木柿蔽江而下」也。《後漢書・朱穆傳》注、《顔氏家訓・書證篇》引《詩》皆作「滸滸」，《唐石經》初刻亦作「滸」。此蓋本無其字，依聲託義，猶《韓奕》傳「訏訏，大也」「甫甫然大也」之類。《説文》：「所，伐木聲也。」引《詩》「伐木所所」。惠氏《古義》曰：「許、所，古通字。《禮説》曰『所』者『削柿』，猶『斯』者『析薪』，故『斯』『所』皆從『斤』。《説文》依《毛詩》而曰所所，伐木聲。尋詩意，毛説爲長。」承珙又案：許説蓋出三家。「許許」固柿貌，而削柿亦當有聲，義本相足。正義曰：「伐之爲聲而有柿。」是也。惠半農云：「朱《傳》引《淮南子》『舉大木者呼邪許』，然『邪許』者，舉木之聲，一作『邪軤』，見《文子》。一作『嘘㗝』，見《劉子》。一作『輿謣』，見《吕氏春秋》。挽車者呼『邪軤』，牽石拖舟者歌『嘘㗝』，舉大木者呼『輿謣』，皆勸力之歌，前呼後應，非伐木聲也。」

「無酒酤我」，傳：「酤，一宿酒也。」箋云：「酤，買也。」正義曰：「毛以爲言無酒，明是卒爲之，故云『一宿酒』，蓋於時有之。箋以經傳無明名『一宿酒』爲『酤』者。既有一宿之酒，不得謂之『無酒』。《論語》云『酤酒市脯不食』，是古買酒爲酤酒，故易之爲『酤，買也』。」姜氏《廣義》曰：「人君無買酒之禮，至孔子時乃有酤酒市脯。有酒當湑之，無酒當釀之，此命有司之詞。總不可以『有』『無』爲辭，而況乎其已湑也。」嚴《緝》云末句仍言「飲此湑矣」，知不待酤也。承珙案：《漢書・食貨志》：王莽時，義和魯匡言：「《詩》曰『無酒酤我』，而《論語》曰『酤酒不食』，二者非相反也。夫《詩》據承平之世，酒酤在官，和旨便人，可以相御也。《論語》孔子當周衰亂，酒酤在民，薄惡弗誠，是以疑而弗食。」此雖亦訓「酤」爲「買」，然正爲莽時榷酤而設，所謂「文六藝以飾姦」者，其言豈足爲據？《説文》：「酤，一宿酒也。一曰買酒也。」以「買酒」爲别一義，蓋以其非古耳。《説文》：「醴，酒一宿孰也。」《周禮・酒正》注曰：「醴，猶體也，成而汁滓相將，如今恬酒矣。」蓋上傳云「以藪曰湑」，「湑，茜之也」，《埤蒼》曰「湑，滑美也」，是「有酒湑我」謂久釀之酒已經泲茜，則清滑而美。此「無酒酤我」謂始釀之酒未經澄濾，所以應倉卒之求而已。小徐注《説文》云：「一宿酒，謂造之一夜而熟，若今雞鳴酒。」是也。尋文考義，當以毛説爲長。

《稽古編》曰：「此詩，毛分爲六章，章六句。《吕記》、朱《傳》從劉氏説分爲三章，章十二句。劉氏以三『伐木』爲章首，故分爲三章，其説良然。然此不自劉氏始也。案：凡傳、箋下疏語統釋一章者，例置每章之末。此詩若從毛，當六句一疏，分爲六條。今乃總十二句爲一疏，作三次申述，又《序》下疏指『伐木許許』爲二章上二句，『伐木于阪』爲卒章上二句，又指『諸父』『諸舅』爲二章，『兄弟無遠』爲卒章。是此詩三章，章十二句，孔疏已然，不始於劉氏也。但孔疏釋《詩》，專遵毛鄭，何此詩分章忽有異同，又不明言其故。劉欲改毛公章句，當援孔疏爲説，而竟以己意斷之。朱、吕亦止云從劉，俱若未見孔疏者，此皆不可解。」阮氏《校勘記》云：「案《序》下標起止云：《伐木》六章，章六句。正義又云『燕故舊』即二章、卒章上二句是也，『燕朋友』即二章『諸父』『諸舅』、卒章『兄弟無遠』是也，與標起止不合，當是正義本自作三章，章十二句。經注本作六章，章六句者。其誤始於《唐石經》也。合併經、注、正義時，又誤改標起止耳。」

天　保

《序》云：「《天保》，下報上也。」鄒忠胤據《史記》「武王克商，憂天保之未定」，《逸周書》「王云：定天保，依天室，自洛汭遷於伊汭」云云，遂疑此詩爲營洛後，周召報命而致其祝頌之辭。何氏《古義》即用其説。案：《史記·周書》所云「天保」者，不過謂天之保周，與《詩》篇名偶同耳。《序》云「下報上」，自是祝頌之辭。前三章皆稱「天保」者，如《召誥》所云「天迪從子保」「天迪格保」也。《韓詩外傳》云：「『天保定爾，亦孔之固』，天之所以仁義禮智保定人之甚固也。」此雖與經無當，然其義自精。若《潛夫論·慎微》篇以「天保定爾」作「天禄定爾」，此不過轉寫字誤，何氏《古義》列爲異文，誤矣。

「俾爾單厚」，傳：「俾，使。單，信也。或曰：單，厚也。」翁氏《詩附記》曰：「《説文》：『單，大也。从吅、甲。吅亦聲。闕。』按：此『从甲』非『尊卑』之『卑』，今所行《説文》板本於中間横畫左旁加點，謬也。辛紹業曰：『此即㫗之隸體。驗𦎫字从㫗，小篆省从㫗，今𦎫隸皆作覃，可證也。』愚按：㫗即厚也，此於訓『大』義尤切。『單』『厚』二字相連，猶敦厚、博厚之相連耳。毛恐專主此説致後人易啟複疊之疑，故列此於第二條，而先訓以『信』耳。單，亦與『亶』同，故以『大』爲訓。《般庚》『誕告用亶』，馬融本『亶』作『單』。《爾雅》『亶』字兩見，一云『亶，誠也』，一云『亶，厚也』，注云『見《詩》』。疏云：《小雅》『俾爾單厚』，《周頌》『單厥心』，皆厚也。則『單』訓『厚』義無疑。」承珙案：《釋詁》訓「信」訓「厚」二者皆作「亶」，《潛夫論·慎微》篇引《詩》作「俾爾亶厚」，《爾雅》疏引某氏注亦稱《詩》「亶厚」，故説《詩》者疑毛兩釋皆以「單」爲「亶」之假借。考《説文》「亶」訓「多穀」，「單」訓「大」，引申之皆得有「信厚」之義，故《桑柔》「逢天僤怒」傳亦云「僤，厚也」。至「單」既爲「厚」，而經以「單厚」連文，即如正義謂以厚德厚天下，亦不嫌於文義複疊耳。

「何福不除」，傳：「除，開也。」《吕記》、嚴《緝》諸家多從「除舊生新」之解。《毛詩寫官記》曰：「除而又生，則何以但言『除』不言『生』乎？　除者，開而與之也。　福事不一，故逐逐開與，猶所謂簽除者矣。　孔穎達云：除者，如閉藏蓄積，今開出之。」承珙案：《蟋蟀》「日月其除」傳云：「除，去也。」《小明》「日月方除」傳云：「除，除陳生新也。」二傳略同。此云「何福不除」，自不當用「除去」之義，故以爲「開」，如開通道路謂之「除」耳。此皆因文立義，言各有當也。

「俾爾戩穀」，傳：「戩，福。穀，禄。」《稽古編》曰：「《集傳》取聞人滋之説，謂『戩』與『翦』同，而訓爲『盡』。《呂記》、嚴《緝》皆從此解。案：聞人氏之説，祇因《説文》『戩』字引頌『實始翦商』爲證，故合『戩』『翦』爲一耳。然《説文》『戩』字注云：『滅也。』轉『滅』義爲『盡』義，迂矣。況『福』義本可通，何必求新？」段注《説文》云：「《天保》『俾爾戩穀』，朱子曰：『戩，盡也。穀，善也。』此注甚合古義。《爾雅》：『履、戩、祓，福也。』此謂《樛木》之『福履』、《天保》之『戩穀』、《卷阿》之『祓禄』郭注引《卷阿》「茀」作「祓」。皆得訓『福』。『履』本不訓『福』，與『福』連文則可訓『福』矣。『戩』『祓』本不訓『福』，與『穀』『禄』連文則亦可訓『福』矣。皆於兩字摘一字以釋兩字之義。毛公仍之，曰：『戩，福也。』而『履，禄也』，『茀，小也』，則不相襲矣。古人之文，貴善讀之，所謂不以文害辭、不以辭害志。許於『戩』不襲《爾雅》，斯善讀《爾雅》、毛傳者也。」承珙案：《説文》「戩，滅也」，乃「戩」字本訓。若《爾雅》之「戩，福」，當時自有此訓。《生民》疏引孫炎云：「祓除之福。」《爾雅釋文》又引孫炎云：「戩，音箭。」此從「晉」轉聲。「祓」既爲祓除之福，則「戩」當爲薦進之福，古人本有此故訓之法。毛傳之用《爾雅》，多因《詩》文立義。如《樛木》「福履」連文，則用《釋言》之「履，禄」，而不用《釋詁》之「履，福」。《卷阿》訓「茀」爲「小」，則用《釋言》「芾，小也」，以「茀」爲「芾」之借，而不以爲「祓」之借。獨於此

「戩」訓爲「福」者，當由下文「罄無不宜」「罄」乃訓「盡」，不應「戩」亦訓「盡」，故以「戩穀」爲「福禄」。而下文「受天百禄，降爾遐福」，正承此二字申言之耳。《方言》云：「福禄謂之祓戩。」此似又以「戩」爲「禄」，可見「戩」字本兼「福禄」之義。漢人尚有此方言，不得以《説文》「滅」字一訓盡之也。

「于公先王」，傳：「公，事也。」箋云：「公，先公，謂后稷至諸盩。」《稽古編》曰：「周之追王雖止大王、王季，然后稷以下亦統稱『先王』。如《書·武成》稱后稷爲『先王』，《周禮·大宗伯》六享皆稱『先王』，《外傳》不窋稱『先王』，又數后稷至文爲十五王。此詩言『先王』，足兼諸盩以上，傳義不必易。」承珙案：上文「禴祠烝嘗」，時享止及親廟，本非徧及先公。周初親廟雖有先公在焉，然祭以天子之禮，自可概稱「先王」，故毛傳謂以四時之祭事其先王，何等直截。若如鄭箋以「公」爲「先公」，無論時祭不盡及先公，且必如正義云：「經於『公』上不言『先』者，以先王在公後。王尚言『先』，則公爲『先』可知，故省文以完句。」此於經文殊費周折，當以傳義爲長。

「群黎百姓」，傳：「百姓，百官族姓也。」《毛鄭詩考正》曰：「韋昭注《國語》云：『百姓，百官有世功者。』又云：『百姓，百官也，官有世功，受氏姓也。』凡經傳言『百姓』皆此義。惟東晉梅賾奏上之《古文尚書》謂庶民爲百姓，與伏生所傳二十八篇中異指。」承珙案：古者，族姓之始皆由於有官爵者，如黄帝之子二十五人，得姓者十四而已。姓者，百世不改。族即氏也。《左傳》云：「天子建德，因生以賜姓，胙之土而命之氏。諸侯以字爲謚，因以爲族，官有世功則有官族，邑亦如之。」《楚語》子期對昭王曰：「民之徹官百。王公之子弟之質能言能聽徹其官者，而物賜之姓，以監其官，是爲百姓。」故鄭注《堯典》云：「百姓，群臣之父子兄弟。」

此傳以「百姓」爲「百官族姓」者，亦以族姓出于官，縱其後亦有無官爵者，然庶民不得有姓，故言此以别於上文日用飲食之民耳。

「如月之恆」，傳：「恆，弦。」箋云：「月上弦而就盈。」《釋文》：「恆，本亦作緪，同古鄧反。沈古恆反。」《稽古編》曰：「『恆』字據《釋文》反切，似本與訓『常』之『恆』音義各别。嚴《緝》謂『恆』無『弦』義，止有『常久』之義，解爲常盈而不虧。夫古無盈而不虧之月，乃以稱願其君乎？按，恆，本作恆，《説文》云『常也。从心、从舟在二之間』，胡登切。《天保》『恆』訓『弦』，古恆切。《生民》『恆』訓『偏』，古鄧切，其皆借乎？然《説文》又云『古文「恆」从月作死』，因引《詩》『如月之恆』，則『恆』字原以月取義，上弦未必非本訓也。」段注《説文》云：「此篆轉寫訛舛，既云从『月』，則左當作『月』，不當作『夕』。按，《門部》之古文『閒』作『閖』，蓋古文『月』字略似『外』字。古文『恆』直是『二』中『月』耳。引《詩》者，説从『月』之意，非謂《毛詩》作『死』也。傳曰：恆，弦也。《詩》之『恆』，本亦作『緪』，謂張弦也。月上弦而就盈，於是有恆久之義，故古文从月。」承珙案：正義云「緪」字，《集注》、定本作「恆」。是正義同《釋文》「亦作」本也。《白帖》一引《詩》亦作「緪」。然《説文》引《詩》作「恆」，則《毛詩》字本作「恆」。而傳訓爲「弦」，自以「恆」爲「緪」之假借耳。又下傳云：「升，出也。言俱進也。」以此例之，則經謂如日之方出，月之將盈，皆喻方盛之象，「恆久」非其義矣。

采薇

《序》云：「《采薇》，遣戍役也。文王之時，西有昆夷之患，北有玁狁之難，以天子之命，命將率遣戍役以守衛中國，故歌《采薇》以遣之，《出車》以勞還，《杕杜》以勤歸也。」《稽古編》曰：「正雅篇次皆周公所定，其先後之序自有取義，不以作詩時世爲斷。如《小雅》文王詩九篇，《天保》以上治内，《采薇》以下治外，義各有當，非苟而已。《常棣》詩雖作於成王時，既在治内之列，則不得不先。又《詩譜》推其故，以爲周公閔管蔡被誅，若在成王詩中，則明彰其罪，故推而上之，託於文王親兄弟之義。王肅亦以爲然。二子所見，良不妄也。朱子因《常棣》一篇是周公作，遂謂以後諸詩皆非文王事，左矣。《采薇》詩《序》云云，朱子力詆其説，不知《序》之『昆夷』即詩之『西戎』、《緜》詩之『混夷』、《孟子》之『昆夷』也。《史記》言文王伐犬戎，《書大傳》言西伯伐犬夷，顔師古注《漢書》以犬夷、畎夷、昆夷爲一。《帝王世紀》亦言文王時有混夷。此伐西戎爲文王事，歷歷有據者也。『玁狁』不見他典，獨見於《逸周書》序。其言曰：『文王立，西距昆夷，北備玁狁，謀武以昭威懷。作《武稱》。』非伐玁狁之一證歟？」姜氏《廣義》曰：「《采薇》《出車》《杕杜》序傳皆云文王所作而周公定爲樂歌。《荀子》云：『天子召，諸侯輦輿就馬，禮也。《詩》云：「我出我輿，于彼牧矣。自天子所，謂我來矣。」』然未明言殷爲天子，文爲諸侯也。《史記》《漢書·匈奴傳》皆言文王伐昆夷，而《史記》混《出車》《六月》兩篇爲一詩，又入《周襄王紀》。《漢書》以《采薇》爲刺懿王詩，《出車》爲美宣王詩，《人物表》以『南宫中』爲『南中』。蔡邕《諫伐鮮卑議》亦以南仲、吉甫同爲宣王時人。何氏楷據《竹書》以『一月三捷』爲實事，而爲季歷之詩。郢書燕説，何所適從？按，周世居戎狄之間，其西爲昆夷，即西戎也，後此伐周弑幽王者也。其北爲玁狁，顔師古曰薰鬻、玁狁皆匈奴别號，即前此追逐大王以遷岐者也。文王伐昆夷，《大雅》《孟子》皆言之，但無伐玁狁之文，後人遂疑文王無此事，因以此爲宣王詩。然以經證之，《六月》篇宣王時之大將爲吉甫，非南仲也。豈同一事而南仲、吉甫並爲大帥，作一詩美南仲，又一詩美吉甫乎？若以爲武王後詩，考武王伐殷，如西之羌蜀髳微，北之纑彭，南之庸濮，皆至牧野。成王通道于九夷八蠻。康王以後，蠻夷賓服，至厲宣而復熾，皆不得以此三詩屬之，可知傳以南仲爲文王之屬，不可易矣。《孟子》『大王事獯鬻』，即玁狁也。《緜》之詩『混夷駾矣』，則玁狁之服可知。伐玁狁曰『于襄』『于夷』，而不言平西戎者，程子曰：用師專在玁狁，而西戎不兵自服。著手在此，收效在彼，兩事不煩再舉也。然則《采薇》三詩是言當日之事，故重玁狁。《緜》之篇專言德化，故止及昆夷，義各有當也。況玁狁叛商，文王奉天子之命遣將伐之，臣道無成，周公頌德，安得以商王之功爲文功也哉？此《大雅》詳言伐密伐崇，而不及伐玁狁也。」承珙案：《史記·匈奴傳》云：「戎狄破，逐周襄王，立子帶爲天子，侵盜暴虐，中國疾之，故詩人歌之曰『戎狄是膺』，❶『薄伐玁狁，至于大原』，『出輿彭彭，城彼朔方』。」是不獨混《六月》《出車》爲一，并《魯頌》亦牽引及之。蓋其時，《詩》始萌芽，經師抱殘守闕，太史公雜采衆家，每多牴牾，本不足怪。《漢書》以《采薇》爲懿王時詩，此或三家之説，然其云「詩人始作，疾而歌之」，或以傷今思古如《關雎》刺時作諷之類耳。《鹽鐵論·繇役篇》：「古者無過年之繇，無踰時之役。今近者數千里，遠者過萬里，歷二期。長子不還，父母愁憂，妻子詠歎，憤懣之恨發動於心，慕思之積痛於骨髓。此《杕杜》《采薇》之所爲作也。」蓋亦以二詩爲傷今思古之作。其又云：宣王出師，命將征伐，詩人美其功曰「薄伐玁狁，至于大原」，「出車彭彭，城彼朔方」，《鹽鐵論》「周宣王、仲山甫式遏寇虐」，亦引此四句。則皆同《史記》混《六月》《出

❶「膺」，原誤作「應」，據《史記·匈奴列傳》及《毛詩·閟宮》改。

車》爲一。此皆沿元朔元年封衛青等爲侯，詔書引此二詩。然引《詩》爲美者，漢詔之常，並無「宣王」「襄王」明文，《史》《漢》又誤從而實之耳。《後漢書·西羌傳》云：「武乙暴虐，犬戎寇邊，周古公踰梁山而避於岐下。及子季歷，遂伐西落鬼戎。太丁之時，季歷復伐燕京之戎，戎人大敗周師。後二年，周人克無余之戎，于是太丁命季歷爲牧師。自是之後，更伐始呼、翳徒之戎，皆克之。及文王爲西伯，西有昆夷之患，北有玁狁之難，遂攘戎狄而戍之，莫不賓服。乃率西戎，征殷之叛國以事紂。」范蔚宗此傳亦必本華嶠、謝承等書所言周初戎狄之患，與《孟子》《逸周書》《竹書紀年》皆合。蓋《毛詩》序、傳至後漢時始大著明，其事蹟不概見他書者，即當以此爲據，無庸復惑於《史記》《漢書》之互異者矣。

「歲亦陽止」，傳：「陽，歷陽月也。」箋云：「十月爲陽，時坤用事，嫌於無陽，故以名此月爲『陽』。」正義述毛謂：「『歷陽月』者，以十一月爲始，陰消陽息，復卦用事。至四月，純乾用事。五月受之以姤，❶陽消陰息。至九月而剥，仍一陽在。至十月而陽盡爲坤。則從十一月至九月，凡十有一月，已經歷此有陽之月，而至坤爲十月，故云『歷陽月』。以類上『莫止』，則不得歷過十月，明義爲然。」又云：「鄭以傳言涉歷陽月不據十月，故從《爾雅》『十月爲陽』。」承珙案：此皆誤也。傳云歷陽月者，正謂歸期須經十月，故首章云「歲亦莫止」。雖九月亦得爲歲晚，然末章「雨雪霏霏」傳云：「霏霏，甚也。」若未歷十月，雪不至甚矣。如必謂去年十一月以來歷過有陽之月，凡十有一月，則經中「薇作」「柳依」，遣戍已在仲春，何嘗徧歷有陽之月乎？然

❶「姤」，原誤作「垢」，據阮刻本《毛詩正義》改。

則陽月正指當年之十月。鄭箋乃承毛義，而申之曰「十月爲陽」，並非與毛異義。陳氏《稽古編》專宗毛者，而於此亦誤沿孔疏，謂毛鄭異義，鄭説爲長。此可見善讀書者之難也。

「彼路斯何」，正義以「路」爲路車，歷引《左傳》晉賜鄭子蟜、王賜叔孫豹大路，以爲卿車稱「路」之證。承珙案：上文「彼爾維何」，傳云：「爾，華盛貌。」《説文》引《詩》作「薾」，亦云「華盛貌」。「彼爾」爲華盛之貌，而非即華名，則「彼路」亦當爲車大之貌，而非即車名可知。《爾雅·釋詁》：「路，大也。」《書》疏引舍人注云：「輅，車之大也。」此詩之「路」以爲車之大則可，若實以爲車名，則與「彼爾」之文不相稱矣。

「小人所腓」，傳：「腓，辟也。」箋云：「腓，當作『芘』。此言戎車者，將率之所依乘，戍役之所芘倚。」正義曰：「傳文質略，王述之云『所以避患也』。鄭以『君子所依』依戎車也，『小人所腓』亦當腓戎車，安得更有『避患』義，故易之爲『庇』。」《稽古編》曰：「『腓』字三見《詩》。此詩『腓』字及《生民》篇『牛羊腓字之』，毛皆訓『辟』。《四月》篇『百卉具腓』，毛訓『病』。鄭於彼兩詩皆從毛，獨此詩破字。夫以『辟』爲『避患』，王之述毛然耳，其實毛意未必如此。毛當謂此戎車者，君子所依而乘，小人所避而弗敢乘，何嘗非避戎車乎？案：腓，亦作『萉』，音『肥』，又房未反。班固《幽通賦》『安慆慆而不萉』，《文選》注曹大家訓『萉』爲『避』，《漢書》注鄧展亦訓『避』，義正與毛合。至程子『隨動』之説，《吕記》、嚴《緝》皆用之。不知『腓』乃躁動之物，非隨動之物也。《易·咸》《艮》兩卦注疏及《本義》皆取『躁動』之義。程《傳》則於《咸》訓『躁動』，於《艮》訓『隨動』，在一經中已自相矛盾矣。」承珙案：陳氏謂「腓」通作「萉」，説本顔注《漢書》顔師古《漢書·敘傳》注：「萉，字本作『腓』。」及《集韻》萉，通作「腓」。又駁程《傳》「腓隨足動」之説，皆是。惟解「辟」字以爲「辟不敢乘」，則詳玩經文兩「所」字，正當言戎車爲君子小人同其利賴，此時無暇及等威之義。傳訓「腓」爲「辟」者，「辟」爲「隱避」之意。何氏《古義》曰：「『腓』即『厞』字。厞，《説文》《爾雅》皆云『隱也』。《楚辭》『隱思君兮厞惻』，《禮記》『取廟之西北厞薪，用爨之』，皆訓爲『隱』。此曰『小人所腓』者，庶士亦藉是車以自隱蔽也。」今案：何氏此解甚確。《文選·東京賦》「設三乏，厞司旌」，薛綜注亦引《爾雅》「厞，隱也」。「隱」與「避」義本同。蓋兵凶戰危，兩軍相當，士卒之受患最甚，惟戎車戰則馳突，止則營衛。《司馬法》：一車有步卒，炊家子固守衣裝，諸人皆倚此車以爲隱蔽。故王肅「避患」之解善得毛旨。鄭箋「芘倚」亦所以申傳「辟」字。「芘廕」與「隱蔽」義同，鄭雖破字，意實相成也。至「腓」爲「脛腨」，董氏逌亦有此解。然以文義論之，上句「依」字未嘗取喻，此句何獨取喻於「脛腨」乎？

「象弭魚服」，傳：「象弭，弓反末也，所以解紒也。」箋云：「弭，弓反末彆者，以象骨爲之，以助御者解轡紒宜骨骨，宋本作「滑」爲是。也。」《説文》云：「弭，弓無緣，可以解轡紛者。」承珙案：《説文》此語合《爾雅》、毛傳爲訓，最爲明晰。《詩正義》引：「《釋器》云：『弓，有緣者謂之弓。』孫炎云：『緣謂繁束而漆之。』又：『無緣者謂之弭。』孫炎曰：『不以繁束，骨飾兩頭者也。』」孫炎此注較勝李巡、郭璞。蓋繁兩頭而漆者，得弓之大名，則謂之「弓」。骨飾兩頭者爲「弭」，即指弓兩頭之名，非以「弭」爲弓之名，亦非謂此弓皆用骨也。其下文云，以金者謂之「銑」，以蜃者謂之「珧」，以玉者謂之「珪」，亦皆因其飾以名之。《儀禮·既夕禮》「有弭飾焉」，「弭」非弓名可知矣。《左傳》疏引李巡云骨飾兩頭曰「弓」，不以骨飾兩頭曰「弭」。此蓋以《爾雅》之「緣」爲骨飾。然弭既不以骨飾矣，《詩》何爲而以「象弭」連文也？郭注《爾雅》「無緣者謂之弭」云：「今之角弓也。」《藝文類聚》六十。引郭璞《毛詩拾遺》云：「毛云弭，弓反末以象骨爲之。」蓋俗説之誤也。《御覽》三百四十七。又引《拾遺》云：「《左傳》『左執鞭弭』，弭者，弓之别名，謂以象牙爲弓。今西方有以犀角及鹿角爲弓者。」此自用其《雅》注之説，皆由不善讀《爾雅》，以「弭」與上文「弓」對，誤以爲亦弓名耳。王氏《詩稗疏》謂弭者，角弓不纏之名，亦承郭氏之誤者也。

又「魚服」傳：「魚服，魚皮也。」箋云：「服，矢服也。」姚氏《識名解》曰：「魚獸，書不概見，故傳亦但訓爲『魚皮』，不言獸也。惟《左傳》『歸夫人魚軒』服虔注云：『魚，獸名。』而陸璣以爲魚獸似豬，其皮背上斑文，腹下純青，雖乾燥爲弓鞬矢服經年，海水潮及天將雨，其毛皆起，水潮還及天晴，其毛復如故。與《博物志》所載東海半體魚狀如牛之説合。又周益公言周麟之使北塞，得鯷牛魚歸，皮應潮。當即是此。則疑仍是魚屬，或江豚類也。羅端良以『魚』爲鮫魚，謂其皮有珠文而堅勁，可飾物，從古以然。按，今刀鞘諸飾多以其皮爲之，斑駁如沙石，最堅緻，世所稱沙魚是也。不聞有用魚獸皮者。故陳祥道云，所謂魚服者，魚皮之堅者皆可爲之，不必定魚獸也。又，《釋名》云：『矢，其所受之器以皮曰箙。』謂柔服用之也。《初學記》云：『織竹曰箑，以皮曰箙。』今傳直訓『魚服』爲『魚皮』，則似以『皮』訓『服』矣。」承珙案：傳云「魚服，魚皮也」，「魚皮」專釋「魚」字，傳語簡奥，不言以「魚皮」爲「服」耳。箋故以「服」爲「矢服」申明之。矢房本當作「箙」字，从竹，經傳特借「服」爲之耳。姚氏謂傳以「皮」訓「服」，非也。

「豈不日戒」，箋云：「戒，警勑軍事也。言君子小人豈不日相警戒乎。誠日相警戒也。」《釋文》云：「曰戒，音越，又人栗反。」《校勘記》云：「《唐石經》初刻『曰』，後改『日』，《釋文》音『越』是也。後一音即宜作

『日』，非也。箋意是『曰』字。」承珙案：此校非是。玩箋意正當作「日」，若作「曰」，不必言「相」矣。《漢書・匈奴傳》引《詩》「豈不日戒」，顏師古注：「豈不日日相警戒乎。」《一切經音義》六亦引《詩》「豈不日戒」。知作「日」是，作「曰」非也。

「楊柳依依」，傳：「楊柳，蒲柳也。」姚氏《識名解》曰：「《釋木》柳類甚多，有河柳、澤柳、蒲柳諸名，而楊僅列柳之一，則楊爲柳屬，柳不可言楊屬明矣。舊説或以柳爲水楊，又以楊爲柳之揚起者，並誤。此傳專釋『楊柳』爲『蒲柳』，甚當。以其爲柳屬，故亦得稱爲楊柳，非兼言楊與柳也。」承珙案：姚説是也。《爾雅》祇以柳爲大名，曰檉、曰旄、曰楊，其種各異。古人言楊柳者，謂名「楊」之柳，猶云「檉柳」也。其通稱「柳」爲「楊柳」者，乃後世辭章家之言耳。傳於「折柳樊圃」「菀彼柳斯」「有菀者柳」皆無傳，以柳爲大名，不容專指何種。於「隰有楊」「東門之楊」「北山有楊」等亦無傳，以楊爲蒲柳專名，人所易曉耳。獨此「楊柳」連文，恐學者疑詩人之並舉二木也，故以「楊，蒲柳」釋之。其故訓一依《爾雅》，不容稍溷有如此者。

出車

《序》云：「《出車》，勞還率也。」《田間詩學》曰：「舊謂此詩與《采薇》同時之作，玩篇中述其往也，『黍稷方華』正當仲夏，與『楊柳依依』既不同月。序其來也，『雨雪載塗』正當早春，與『雨雪霏霏』又不同時，當文王之時，豈止一出師乎？二篇非一時之作。後王勞還師者，皆以爲宴勞之詩，因其詩而分別用之耳。」承珙案：《采薇》三言「玁狁」而不及西戎，且有「一月三捷」之文，似乎專爲征伐玁狁而作。《出車》則「玁狁」「西戎」並言，而「玁狁」曰「于襄」「于夷」，「西戎」曰「薄伐」，似與前篇不同，故後儒或疑二詩非一時之作。不知《采薇》序止云「遣戍役也」，戍者，守也，古人之禦夷狄但以自守爲上。故《采薇》亦祇曰「我戍未定」，其曰「一月三捷」不過其偶有侵軼，自爲不可勝以待敵之可勝耳。《出車》曰「往城于方」，亦第爲戍守之計，其曰「薄伐西戎」者，乃因戍守之師移而用之。故《采薇》序但言「遣戍」，其下即合《出車》《杕杜》而總言之。可見三詩本無不同，不必疑非一時之事。至其往來時月，似有參差，其實則一。經曰「往城于方」，即下文「昔我往矣」之「往」。蓋前三章但言出車城方，不明何時，故四章溯其所自而言之。凡始行及在道皆可曰「往」，《采薇》之「昔我往矣」謂始行之時，此「昔我往矣」謂在道之時。范氏《補傳》云：「黍稷方華，在道所見。」是也。箋以「方華」爲六月時，則黍稷種植有早晚，此云「方華」，方者，甫也，似言其早，不必定在六月。至「今我來思，雨雪載塗」，亦是謂歸而在道之時。惟《采薇》遣戍之時，期以歲莫言歸，而今至首春凍釋猶然在道者，則以城方之後別有戒命。故四章又云「王事多難」，乃爲移伐西戎起語，謂築城既畢，即已懷歸，復被簡書，西戎助虐，受命徂征，自北而西，歸計轉緩。故五章即接言西戎諸侯之嚮往，末章乃結言春晚還歸之時物。五章之末云「薄伐西戎」者，以終四章「簡書」之言。六章之末云「玁狁于夷」，又以終三章「城方」之命。而首章、二章之「出車」「建旐」，則北城、西伐皆在其中矣。如此似於本詩敘次分明，而與《采薇》亦無不合。箋以「昔往」爲出壘而伐玁狁，「今來」爲平戎而反朔方，按之經文，殊爲不順。孔疏依之，義甚迂曲。嚴《緝》亦見及此，而於「昔往」仍言自朔方往西戎，雖稍變箋疏之説，然亦與經不合。

「我出我車」，何氏《古義》曰：「此詩言『我』者不一。首二章言『我』者，文王之辭。中二章言『我』者，代爲南仲之辭。」承珙案：首章「我出我車」，箋云：「上『我』，我殷王也。下『我』，將率自謂也。」三章「天子命我」，箋云：「此『我』，我戍役也。」詳《采薇》序云「文王以天子之命，命將帥遣戍役」，則此詩首二章之「我」，當我文王。蓋文王得專征伐，既承王命出師，因復自命其屬帥以勤王。觀毛傳於首章云「出車就馬於牧地」，合之《荀子·大略》云：「天子召，諸侯輦輿就馬，禮也。《詩》曰：『我出我輿，于彼牧矣。自天子所，謂我來矣。』」據此，則「出車就馬」當指文王，「我」者非我文王而何？三章「王命南仲」，毛以下文又云「天子命我」，恐人疑「王」爲文王，故特著之云：「王，殷王也。南仲，文王之屬。」蓋「王命南仲」，謂文王以王命命之，猶《尚書·多方》言「周公曰『王若曰』」也。其下「天子命我」，乃代南仲自我，言其受命於方伯，猶受命於天子也。至四章之「昔我」，亦我南仲。五章「既見君子」是斥南仲，「我心則降」自是我西戎之諸侯。此則傳箋雖未明言，其意當同耳。

「王命南仲」，《稽古編》曰：「『南仲』之名，見《出車》《常武》二詩。此傳云『文王之屬』，未詳其譜系也。羅泌《路史》言禹後有南氏二臣勢均争權而國分，南仲即其後。泌語本《周書·史記解》。其以爲禹後，則見《史記·夏本紀》贊。《贊》云『禹後有男氏』，索隱云『《系本》「男」作「南」』。是也。泌子苹謂盤庚子生而手把『南』字，號南赤龍，孫仲爲紂將。據此，則仲乃殷後，非夏後，不知出何典，殆妄也。」又曰：「『南仲』之名不見他典，惟《汲冢紀年》有之，云『帝乙三年，王命南仲距昆夷，城朔方』。此正《出車》詩所詠事也。又據《紀年》，文王以文丁十二年立，至帝乙三年，在位五年矣。而《逸周書序》言文王立，西距昆夷，北備玁狁，則亦爲初年事。二書語正相合。意南仲以王臣會西伯出征，如《春秋》所書『王人會伐』之事歟？玩《詩》云

『自天子所』，又『王命南仲』，又『天子命我』云云，則《紀年》語頗近之。但據此，則南仲乃王臣，非文王之屬矣。一年而平二寇，在即位之五年，不在受命之四年矣，皆與毛鄭相左，姑記以備考。」承珙案：《紀年》所云，即《尚書大傳》「文王受命四年伐犬夷」，《帝王世紀》「文王受命四年，昆夷氏侵周」之事，但所紀年歲參差耳。其云「王命南仲」，正同《詩》文，因其爲王事出師，即文王之臣亦奉殷天子之命，不必因此疑南仲爲殷王之臣也。若鄭箋以《出車》之「南仲」爲文王之臣，而《常武》在宣王時，已爲大師皇父之大祖，毛傳則文王、宣王時各有南仲，孫毓云：「宣王之大將復字南仲，傳無聞焉。」考文王時本有南宮氏，《國語》云「謀於南宮」是也。《逸周書・克殷解》：「命南宮忽《史記》「忽」作「括」。振鹿臺之財、巨橋之粟，命南宮、伯達、史佚遷九鼎三巫。」與《論語》「八士」名合，則文武之時本有南宮氏爲臣。《博古圖》之「南宮中」與今《焦山鼎銘》之「司徒南仲」，皆周之南宮氏，安知非即仲突、仲忽之流？蓋南宮氏世臣于周，故《書・君奭》有「南宮适」，《顧命》有「南宮毛」，至《春秋》時尚有「南宮嚚」、昭二十三年。「南宮極」。昭二十六年。則宣王時復有南仲，亦如《雲漢》仍叔美宣王而《春秋》有仍叔之子來聘，《節南山》家父刺幽王而《春秋》有家父來求車之類。南宮氏或單稱「南」，亦猶南宮縚之稱「南容」。隱九年「天王使南季來聘」，杜注謂「南，氏。季，字」，當亦南宮氏也。《漢書・古今人表》以南仲列于方叔、召虎諸人之間，而文王時無南仲者，則以成叔、武、霍叔處之。前載周「八士」在中上，或者南仲即在其中歟？至蔡邕《諫伐鮮卑議》「《書》戒伐夏，《易》伐鬼方，周宣王命南仲、吉甫攘玁狁、威荆蠻」，應劭《風俗通》云「《詩》美南仲闞如虓虎」，此皆謂宣王時有南仲爲將，與毛傳同。惟《後漢書・龐參傳》馬融上書曰：「昔周宣，玁狁侵鎬及方，是以南仲赫赫，列在周詩。」此則似以《出車》《六月》誤合爲一，不知宣王之時伐玁狁者乃吉甫，非南仲，《常武》之「南仲」又係征伐淮夷，與玁狁無涉。故知毛傳以文王、宣王時各有南仲，當時必有所據。先秦圖籍，至東漢之末已多不存。如箋意，但以文王時有南仲，而宣王時無南仲。他家又多言宣王時之南仲，而罕及文王之臣。或即以《出車》之南仲，誤指爲宣王時。《田間詩學》曰：「《竹書紀年》宣王三年『命大夫仲伐西戎』，後儒謬以爲南仲，而謂此詩爲宣王世之詩。考《史記》，彼乃秦仲也，與此無涉。」皆所謂知其一不知其二者也。

「往城于方」，傳：「方，朔方，近玁狁之國也。」又「城彼朔方」，傳：「朔方，北方也。」正義云：「北方大名皆言『朔方』。《堯典》『宅朔方』，《爾雅》『朔，北方也』。皆其廣號。」《稽古編》曰：「傳與疏皆不指『朔方』爲何地，朱《傳》始以靈夏等州當之。宋靈夏，今甯夏衛，在漢爲朔方郡，似矣。然漢自借《詩》語以名郡耳，豈可援漢郡以釋周詩哉？又靈夏爲陝之極邊，去長安千餘里。商之末造，邠岐近地皆淪於戎狄，南仲雖良將，豈能於一年中窮兵直到北陲，連平二寇乎？朔方之爲靈夏，吾未敢信也。漢置朔方郡在武帝時，賈、鄭、孫、王諸儒豈不知其事而不用以釋《詩》？良有見矣。」承珙案：《史記·衛青傳》元朔元年，蘇建築朔方城，其時詔書即引《詩》「城彼朔方」。《水經》「河水又東南逕朔方縣故城東北」，注云：「《詩》所謂『城彼朔方』也。」是其説不始於朱《傳》。惟班《志》於「朔方縣」下並未明言即《詩》之「朔方」，知《詩》所云「朔方」大略指周之北界接於玁狁者，故傳以「方」爲「朔方近玁狁之國」，又云：「朔方，北方也。」其地要在今之榆林、甯夏一帶。自此以北即戰國時雲中、九原之地，正玁狁之所出没。文王奉殷王之命，命將率往城，當在於此。至宣王時，玁狁孔熾，侵鎬及方，亦即謂此朔方。漢詔所引豈盡無稽？傳箋不言者，古人釋經謹慎，不欲以後證前耳。

「畏此簡書」，傳：「簡書，戒命也。鄰國有急，以簡書相告，則奔命救之。」正義曰：「古者無紙，有事書之於簡，謂之『簡書』。以相戒命之救急，故云『戒命』。知鄰國有難，以簡書相告者，閔元年《左傳》引此詩乃云：『簡書，同惡相恤之謂也。』言同惡於彼，共相憂念，故奔命相救，得彼告則奔赴其命救之。成七年《左傳》曰『子重奔命』是也。」《集傳》「簡書」載二説，前説同毛氏。後説云：「或曰簡書，策命臨遣之詞也。」此本於長樂劉氏。門人潘時舉疑之，答曰：「後説爲長，當以後説載前。前説據《左氏》，然此是天子戒命，不得謂之鄰國也。」承珙案：簡書，仍當以《左傳》爲據。《説文》：「簡，牒也。」「牒，札也。」《翻譯名義》十一。引《文選》注「大竹名策，小竹名簡」。蓋古者編竹爲策，不編爲簡。字多，書之於策；字少者，書於簡。簡以單札爲之，國有急難，不暇聯簡爲策，但以單札相告，故謂之「簡書」。若策字，本當作「冊」。《説文》：「冊，符命也，諸侯進受於王者也。象其札，一長一短，中有二編之形。」後人多假「策」字爲之。此詩「簡書」正指鄰國告急。蓋上文王命祇有城朔方一事，「薄伐西戎」確是城畢移師，雖亦由于王命，而義取奔命救鄰，故但云「簡書」。若謂是臨遣之策命，則經文何以但云「天子命我，城彼朔方」乎？故知毛義爲長，無庸別解。

「喓喓草蟲，趯趯阜螽」，箋云：「草蟲鳴，阜螽躍而從之，天性也。喻近西戎之諸侯，聞南仲既征玁狁、將伐西戎之命，則跳躍而鄉望之，如阜螽之聞草蟲鳴焉。」《呂記》曰：「『喓喓草蟲』以下六句，説者以《草蟲》之詩有之，遂亦以爲室家之語。觀其斷句曰『赫赫南仲，薄伐西戎』，其辭奮張，豈室家思望之語乎？『毋逝我梁，毋發我笱。我躬不閱，遑恤我後』兩見於《谷風》《小弁》之詩，其一夫婦也，其一父子也。」嚴氏《讀詩質疑》曰：「《杕杜》『女心傷止』，乃勞還役之辭。以此施於將率，則不莊矣。當仍主舊説。」承珙案：《後漢書·

東平憲王傳》：「肅宗建初元年，地震，蒼上便宜。帝報書曰：『丙寅所上便宜三事，朕親自覽讀，反覆數周，心開目明，曠然發蒙。』又云：『今改元之後，年飢人流，此朕之不德，感應所致。又冬春旱甚，所被尤廣，雖内用克責，而不知所定。得王深策，快然意解。《詩》不云乎？「未見君子，憂心忡忡。既見君子，我心則降。」』」據此，是以「君子」爲賢臣可知。鄭箋謂「君子」斥南仲，「草蟲」「阜螽」喻西方諸侯之嚮望，其説有所自來。章懷注以所引詩爲《草蟲》，而不知《草蟲》乃「亦既見止，亦既覯止，我心則降」，文句不同，誤矣。《鹽鐵論・論誹》篇：「堯得舜禹而鯀殛、驩兜誅，趙簡子得叔向而盛青肩詘。《詩》曰：『未見君子，憂心忡忡。既見君子，我心則降。』此之謂也。」此引《詩》亦以「君子」爲賢臣也。

「執訊獲醜」，傳：「訊，辭也。」箋云：「訊，言。醜，衆也。執其可言問所獲之衆以歸者，當獻之也。」陳碩甫曰：「《釋言》云：『訊，言也。』《正月》傳曰：『訊，問也。』此釋『訊』爲『辭』，辭者，謂所生得敵人而聽其辭。《小司寇》曰『附于刑，用情訊之』，又曰『求民情，一曰辭聽』。辭聽者，聽其辭以弊其罪，此傳義也。《皇矣》『執訊連連』無傳，義與此同。此篇『獲』字無傳，蓋義見於《皇矣》也。《皇矣》傳曰：『馘，獲也。不服者，殺而獻其左耳曰馘。』彼傳釋『馘』爲『獲』，則此詩『獲』字即爲『馘』之假借字。生者訊之，殺者馘之。執訊獲醜，言訊馘者衆也。此箋及《采芑》箋並以『獲』爲『得』者，失之。」

杕杜

《稽古編》曰：「首章『日月陽止』即《采薇》之『歲亦陽止』，謂遣戍年之歲莫也。次章『卉木萋止』即《出車》之『卉木萋萋』，謂遣戍明年之春莫也。三詩一遣二勞，語意相應。出師之初，告以歲莫即歸，至期而望之，情也。此陽止之時，女心所以傷也。然連平二寇，未獲遽歸，踰期至春莫，則卉木萋矣。勞還兩詩皆實紀歸時之景色也，故首章云『征夫遑止』，僅言可以歸耳，次章云『征夫歸止』，則實欲歸矣。前雖望之，明知其未歸，後則知其將歸，而望之益切也。一傷一悲，情同而事異矣。次章傳云『室家踰時則思』，正謂踰曰歸之時耳。孔疏申之，以『萋止』爲時未黃落，在歲莫之前。此於文義未順，恐非毛意。」承珙案：末章之「匪載匪來，憂心孔疚」，亦與《采薇》之「憂心孔疚，我行不來」相應。彼戍役自憂其死亡而不反，此室家念其不至而甚憂也。又首章「有杕之杜，有睆（據《釋文》「睆」字從「白」，作目邊者非。）其實」，傳云：「睆，實貌。杕杜猶得其時蕃滋，役夫勞苦，不得盡其天性。」然則次章之「其葉萋萋」，亦即杜葉蕃盛之貌以爲興耳。即謂因所見而爲言，亦當以實在去年之秋，葉在次年之春。《吕記》引邱氏以「萋萋」爲新葉者，是也。范氏《補傳》以「有睆其實」近于十月，「其葉萋萋」在十月以後，實已落，惟有葉耳。此與孔疏釋「卉木萋止」同意。不知杕杜之生，先有葉而後有實，不當於言實之後，始言其葉之盛也。

「繼嗣我日」，箋云：「嗣，續也。王事無不堅固，我行役續嗣其日，言常勞苦無休息。」《田間詩學》曰：「繼，續也。嗣者，續之無已也，自閨人之屈指歸期日復一日而言也。蓋往役之始，其日爲王家之日，及期以後，其日則我之日也，故曰『繼嗣我日』。」承珙案：下文「日月陽止」即承此，謂積日爲月而至於陽也。十月爲陽月，而兼言「日」者，謂陽月之日也。

「陟彼北山，言采其杞」，箋云：「杞非常菜也，而升北山采之，託有事以望君子。」嚴《緝》曰：「箋疏皆不明言杞爲何物，以『采』言之，當是枸杞。呂氏、朱氏以爲春莫杞可食。杞之可食者，惟枸杞也。」姚氏《識名解》曰：「《集傳》有『春莫杞可食』之語，説《詩》者遂謂采杞又過於木萋之時。或辨之云，采杞當即在『卉木萋止』之日，特期而未至，故借此以致其想望耳。愚謂采杞託言，原不當泥時爲説。蘇頌謂枸杞春夏采葉，秋采莖實，冬采根。彼雖爲藥籠之須，然亦足見其隨時可采，不必拘於春初春莫，作時物之變觀也。」

「憂我父母」，傳箋皆無文。正義云：「此實夫也。謂之『父母』，已尊之，又親之也。《日月》云『父兮母兮』，莊姜稱莊公爲『父母』，與此同也。」李氏《集解》以爲曲説。後人多謂此婦人稱夫之父母爲父母。嚴《緝》云：「婦以事舅姑爲職。《汝墳》勉其夫以正，則曰『父母孔邇』，蓋謂不必憂家也。此詩望其夫之歸，則曰『憂我父母』，蓋謂父母思之，當早歸也。《汝墳》則下之人明其義，此詩則上之人體其情，各盡其道也。」其説當矣。姚氏《識名解》曰：「此當爲遥想征夫在役之事，念其陟山采杞而以父母爲憂耳，與《北山》詞旨正合。故上云『女心傷止』『我心傷悲』，而此獨云『憂我父母』也。」承珙案：此説亦通。

「檀車幝幝」，傳：「幝幝，敝貌。」《稽古編》曰：「《説文》『幝，車敝貌』，引《詩》『檀車幝幝』，昌善切。『繟，偏緩也』，尺善切。音正同。《釋文》：『幝，《韓詩》作繟。』然則偏緩者，其車敝之狀歟？《廣雅》：『繟繟，緩也。』又《玉海》載《釋文》云：『《韓詩》作「檀車彈彈」，音同。』恐誤。」段注《説文》云：「按古本當是『巾敝貌』，故從巾。《詩》以爲車敝者，則其引申之義也。《釋文》引《説文》『巾敝也』，從巾單。今本《釋文》乃『巾』譌『車』，殊失陸意。」承珙案：段説是也。「幝」爲「巾敝」之名，《詩》之「車敝」蓋本無其字，假「幝」爲之。《後漢書·劉陶傳》注引《詩》作「檀車嘽嘽」，則又假「嘽」爲之矣。徐楚金《繫傳》謂車敝若敗巾，故從巾，殊屬附會。

「四牡瘏瘏」，傳：「瘏瘏，罷貌。」何氏《古義》曰：《爾雅》「瘏瘏，病也。《說文》無『瘏』字。當通作『蹇』，跛也。」承珙案：《大雅・板》云：「靡聖管管。」傳云：「管管，無所依也。」《廣韻・十四緩》引《詩》傳作「悹悹，無所依也。」是《毛詩》「管」字乃「悹」之借。此「瘏」字當亦「悹」之借。《說文》：「悹，憂也。」引申之爲「無所依」，又引申之爲「罷僡」，其義皆相因耳。《廣雅》：「管管，浴也。」「浴」字於義不可通，竊疑爲「㑋」，或「㤩」字之誤。《說文・人部》：「㑋，徼㑋受詘也。」司馬相如《子虛賦》作「徼谻」。郭璞注：「谻，疲極也。」司馬彪云：「谻，倦也。」《方言》：「𠊲，㒩也。」「𠊲」即「㑋」字，「㒩」即「倦」字。《說文・心部》：「㤩，勞也。」亦與「㑋」同義。蓋寫《廣雅》者或「㑋」省爲「俗」，或「㤩」省爲「㣘」，《集韻》：「㤩，或作『俗』。」輾轉遂譌爲「浴」。然則張揖訓「管管」爲「㑋」，正與毛傳「瘏瘏，罷貌」有合矣。

「卜筮偕止，會言近止」，傳：「卜之筮之，會人占之。」箋云：「偕，俱。會，合也。或卜之，或筮之，俱占之，合言于繇爲近。」正義曰：「傳以『會言』是會聚人占之義，即與《士冠禮》『筮日』、《士喪禮》『筮宅旅占』同，故爲『會人占之』。箋以上句言偕止者，俱占之，若不爲占，則文皆空設。『偕』既爲『占』，則『會』當爲『合』，故易之爲『合』。言于繇，謂合言於兆卦之繇也。」孔顨軒曰：「按，『會合』之字皆从亼，《說文》：『亼，三合也。』禮，旅占必三人。『會』有『三』義，故云『會人占之』。若但以爲卜與筮會，於文似便，於訓未精。」

魚麗

《序》曰：「《魚麗》，美萬物盛多，能備禮也。文武以《天保》以上治內，《采薇》以下治外，始於憂勤，終於逸樂，故美萬物盛多，可以告於神明矣。」嚴《緝》引「或説」云：「始於憂勤，言其心。終於逸樂，言其效。」此説是也。其云「文武無逸樂之事，逸樂亦非文武之心」，以「終於逸樂」爲後序衍説，開後世人主怠政之漸。案：此則過泥。《序》云始憂勤、終逸樂者，不過如《書》傳所言「勞於求賢，逸於任人」耳，乃序者推本作詩之意，美其治化之盛。何容以文害辭，疑其開逸樂之漸？司馬相如《難蜀父老》云：「王事未有不始於憂勤，而終於逸樂。」此在西京之初，已用此《序》。嚴氏以爲後人衍説，過矣。

「魚麗于罶」，傳：「麗，歷也。」承珙案：「麗」「歷」疊韻爲訓。《爾雅》：「歷，傅也。」「傅」與「附」同，謂附箸也。《周禮·大司寇》注：「麗，附也。」「麗」「歷」皆有「附箸」之義，故以爲訓。《詩總聞》曰：「鄭有『魚麗陳』，前後左右中各五陳，每一陳具五陳，大率敵人入者無不有所著。今漁人置魚器，相水道錯綜横布之，❶常使試之於地，頗類陳形。」承珙謂：桓五年《左傳》「爲魚麗之陳」，注家未明言其法，後人以「先偏後伍」之言，故爲五陳以效之耳，未必取於《詩》之《魚麗》也。然《淮南·兵略訓》云：「羊腸道發笱門，一人守隘，而千人弗敢過也。」高注云：「笱，竹笱，所以捕魚，其門可入而不得出。」則軍中行陳自有布置如魚笱者，但不必用以釋《詩》耳。

傳：「罶，曲梁也，寡婦之笱也。」正義曰：「《釋訓》云『凡曲者爲罶』，是罶，曲梁也。《釋器》云『嫠婦之笱謂之罶』，是寡婦之笱也。《釋訓》注郭璞引《詩》傳曰：『罶，曲梁也。凡以薄取魚者名爲罶也。』《釋器》注孫

❶ 「水」，原誤作「小」，據《詩總聞》改。

炎曰：『罶，曲梁。其功易，故謂之寡婦之笱。』然則曲，薄也。以薄爲魚笱，其功易，故號之『寡婦笱』耳，非寡婦所作也。」承珙案：《釋訓》「凡曲者爲罶」，此似非專指魚器，謂凡以曲薄爲之者，通得「罶」名。如《説文》「簍，竹籠也」，亦是以曲爲之者。「婁」「留」聲同字通，故「罶」字亦或作「簍」。惟《釋訓》以「罶」爲凡曲者之大名，故《釋器》「寡婦之笱謂之罶」，由其亦以曲爲，故亦得「罶」名耳。毛傳「罶，曲梁」，則分别以曲爲梁者專屬之「寡婦之笱」，非用《釋訓》「凡曲者爲罶」之「罶」也。《説文》「罶，曲梁，寡婦之笱，魚所留也」，《廣雅》「曲梁謂之罧」，皆本毛傳。《邶風》「毋逝我梁，毋發我笱」傳云：「梁，魚梁。笱，所以捕魚也。」先鄭注《周禮·䱷人》云：「梁，水偃也。偃水爲關空，以笱承其空。」然則梁，以絶水遏魚使入笱者。笱，以承梁而取魚者。但梁與笱不皆以曲爲之，故《衛風》傳云：「石絶水曰梁。」《説文》：「笱，曲竹捕魚笱也。」惟以薄爲梁，以笱承之者，則謂之「寡婦之笱」。段注《説文》云：「『曲梁』以别於凡梁，『寡婦之笱』以别於凡笱。」是也。笱與罶本非一物，以其相爲用，故《爾雅》云「寡婦之笱謂之罶」耳。

「鱨鯊」，傳：「鱨，揚也。鯊，鮀也。」正義曰：「『鱨，揚』者，《釋魚》無文，惟陸《疏》云：『鱨，一名黄頰魚，大而有力，解飛者。徐州人謂之揚。黄頰，通語也。』『鯊，鮀』，《釋魚》文。郭璞曰：『今吹沙也。』陸《疏》云：『魚狹而小，常張口吹沙，故曰吹沙。』此寡婦笱而得鱨鯊之大魚，是衆多也。」承珙案：《山海經》之「鱤」，郭注以爲黄頰魚。鱤魚，魚之健者，似與陸《疏》「有力」説合。《稽古編》引孟詵《食療本草》有黄顙魚，一名鉠䰳，以爲即此詩之「鱨」。考《廣雅》有「鯙，䰳也」，《廣韻》「䰳，鉠䰳，魚名」，李時珍云：「身尾俱似小鮎，無鱗，腹下黄，背上青黄，腮下有二横骨，兩鬚有胃，羣游作聲。」然此魚似即今所謂參鰷者，所在有之，長不盈尺，與陸《疏》「大而有力」之説不合。鯊鮀，則陸《疏》、郭注皆以爲吹沙小魚者，不誤。《後漢書》注亦引郭義恭《廣志》曰：「吹沙大如指，沙中行。」《説文》「魦，出樂浪潘國」者，此別一種，非《詩》之「鯊鮀」也。又正義以爲「鱨鯊」大魚者，此特對寡婦之笱言之耳。嚴《緝》云：「孔氏以鱨鯊皆爲大魚，陸璣以鱨爲大魚，鯊爲小魚，山陰陸氏又云鱨鯊小魚，魴鱧中魚，鰋鯉大魚，又有黄青玄白赤及方圓俯仰浮沈諸説。俱見《埤雅》。然詩人言此，不過如《潛》頌言『有鱣有鮪，鰷鱨鰋鯉』，多著魚名以見魚之多，非謂止有此六魚也。必一一爲之説，則《潛》六魚又豈皆有説乎？鱨鯊大小猶未有定説，不必泥可也。」

「君子有酒，旨且多」，箋云：「酒美而此魚又多也。」《釋文》云：「『有酒旨』絶句，『且多』此二字爲句。後章放此。異此讀則非。」正義曰：「言『且多』文承『有酒』之下，則似酒多也。而以爲魚多者，以此篇下三章還覆上三章也。首章言『旨且多』，四章云『物其多矣』，下二章皆疊上章句末之字謂之爲『物』。若酒，則人之所爲，非自然之物。以此知『且多』『且旨』『且有』皆是魚也。」《稽古編》曰：「《集傳》於『酒』字斷句，句法較渾成。但『旨多』『多旨』『旨有』六字皆承酒言，下三章文義未順。陳櫟言『多』『旨』『有』三字上言酒，而下言物者，見物與酒稱。不知此篇言萬物盛多，酒成於人，雖多有限，物僅與之稱，安在其盛多乎？源謂『有酒』斷句，『多』『旨』『有』三字仍可説魚，三章各末句結上三句耳：酒既旨多旨，魚又多旨有，中俱用『且』字關兩意。下三章遂承魚而言，句法與文義皆無礙也。」《虞東學詩》曰：「此詩義解，新舊不一，惟李迂仲之説爲善。《釋文》以『君子有酒旨』爲句以就箋訓，其實康成未嘗作此句讀也。箋云『酒美而此魚又多』，明以下三字爲句矣。以『多』屬『魚』者，其意以下章『物』字當爲魚也。潁濱則以『旨』『多』皆屬『酒』，而朱子從之。

《吕記》、嚴《緝》、范《傳》皆用其説者，以下三字承『酒』爲文也。然如鄭説，則此詩但言魚酒，非美萬物盛多能備禮之意，而説亦破碎。如蘇説，則接入下三章，又多費周折。李氏謂君子爲酒醴以宴賓，而其物旨且多，不必言酒與魚也。」承珙案：《虞東》謂鄭箋本以「旨且多」爲句，陸氏誤讀此解，甚精。其從李氏《集解》以「物」不專指魚酒，所見亦確。《序》云：「萬物盛多。」傳於首句下云：「太平而後微物衆多，取之有時，用之有道，則物莫不多矣。」因歷陳古者畋漁山澤之制，故鳥獸魚鼈皆得其所。傳所引者似有成文，要在《王制》之前，其書最古。且此爲全篇大義，極言物之衆多，可見《序》、傳皆以經文「物」字即爲衆物。鄭箋專屬之「魚」，似非《序》、傳之意。

「魴鱧」，傳：「鱧，鮦也。」正義曰：「《釋魚》云：『鱧，鯇。』舍人曰：『鱧，名鯇。』郭璞云：『鱧，鮦。』偏檢諸本，或作『鱧鯶』，或作『鱧鯇』。若作『鮦』，似與郭璞正同。若作『鯇』，又與舍人不異。或有本作『鱧鯉』者。定本『鱧鮦』，『鮦』與『鯶』音同。」《校勘記》云：「考此正義引舍人曰『鱧，名鯇』，下正義引孫炎『鱧鯇一魚』，《釋文》『鮎』下云『毛及前儒「鱧」爲「鯇」』，是傳正取《爾雅》爲解。注《爾雅》者舊無異説，作『鯇』爲是。作『鮦』者，乃依郭注《爾雅》所改，謂鱧鯇各爲一魚也。作『鯉』者，依《説文》『鯉，鱧也』所改，皆非傳意。」承珙案：據正義，是定本始依郭璞改作「鮦」，陸孔皆誤同定本耳。《説文》以「醴」爲「鱯」，以「鯉」爲「鱧」，與毛師承不同，然並不以「鮦」爲「鱧」。其云：「鮦，一曰鱺也。」「鱺，鮦也。」鱺與醴異物異字。鱺，《本草經》作「蠡」，陶隱居云：「蠡，今皆作『醴』字。」此由郭璞誤以「鱧」爲「鮦」，後人遂皆以鱧鱺爲一魚，而不知《爾雅》「醴」自名「鯇」。若鮦，則下文有「大鰹」「小鮵」之目，而與「鱧」絶不相涉也。鱺，即今俗所謂「烏魚」，頭有七星者，一名鱺。《廣雅》：「鱺，鮦也。」《韓詩外傳》：「南假子過程本，本爲之烹鱺魚。南假子曰：『聞君子不食鱺魚。』」然則《詩》之所詠必非鮦魚，傳必不訓「鱧」爲「鮦」可知矣。

「鰋鯉」，傳：「鰋，鮎也。」《釋文》：「鰋，音偃。郭云，今鰋額白魚。鮎，乃兼反，江東呼鮎爲鮧。鮧音啼，又在私反。毛及前儒皆以『鮎』釋『鰋』，『鱧』爲『鯇』，『鱣』爲『鯉』，唯郭注《爾雅》是六魚之名。今目驗毛解與世不協，或恐古今名異，逐世移耳。」《稽古編》曰：「《爾雅》『鰋，鮎』，孫炎以爲一魚。《説文》『鮎』亦訓『鮼』，而『鰋』即『鮼』之重文。惟郭璞分爲二，云『鰋，今鰋額白魚。鮎，別名鯷』。《埤雅》既引郭注，又溷孫炎注爲一，彊郭以從孫，而不明斷其是非，將焉適從乎？《詩詁》及《韻會》皆勦襲陸説，且言鮎腹平著地，宜得『鰋』名，亦非郭氏『鰋額』本義。《本草綱目》列『鮧魚』之名，曰鯷魚，曰鰋魚，曰鮎魚，注云古曰鰋，今曰鮎，北人曰鰋，南人曰鮎。是鰋、鮎直爲一魚矣。」承珙案：郭云「鰋，今鰋額白魚」，「鰋額」當作「偃額」。偃者，仰也。此即鮎魚之狀。《爾雅翼》云：「鮧魚偃額，兩目上陳，頭大尾小，身滑無鱗，謂之鮎魚。」是也。《別録》有「鱯魚」「鮠魚」，陶隱居以爲皆鮎之屬。今目驗此類，皆偃額而色白，蓋以其仰額故名「鰋」，以其身滑無鱗故名「鮎」。鮎，猶黏，謂其黏滑也。郭氏分其所不當分，而陸德明乃謂目驗與毛不合，何邪？

「君子有酒，旨且有」，箋云：「酒美而此魚又有。」《詩經通解》曰：「有者，無一不備，而『多』不足言。」戴氏《詩考正》用之，謂：「有猶備也，義進於『多』。後三章曰嘉曰旨，皆美也。曰偕曰有，皆備也。多貴其美，美貴其備，備貴其時。酒之備，謂諸酒。物之備，謂水陸之羞。」承珙案：以「有」爲「備」，仍與「多」同。竊謂多者，謂一時之多。有者，謂時時之有。「多」横言之，「有」豎言之也。或謂末章「物其有矣，維其時矣」，若常有，不當言「時」。不知下三章每上一句皆承上三章末一字而言，「多」「旨」「有」皆指物。其下一句「嘉」「偕」「時」若再指物，文義殊複，宜皆指政而言。鄭箋似非經旨，詳見下條。

「物其多矣，維其嘉矣」，箋云：「魚既多又善。」「物其旨矣，維其偕矣」，箋云：「魚既美又齊等。」「物其有矣，維其時矣」，箋云：「魚既有又得其時。」《經義述聞》云：「《廣雅》曰：『皆，嘉也。』『皆』與『偕』古字通。此詩『維其嘉矣』『維其偕矣』，《賓之初筵》曰『飲酒孔嘉』『飲酒孔偕』，『偕』亦『嘉』也，語之轉耳。《荀子・大略篇》曰：『禮云禮云，玉帛云乎哉？《詩》曰：「物其指矣，唯其偕矣。」不時宜，不敬交，不驩欣，雖指，非禮也。』《荀子》以『時宜』『敬交』『驩欣』爲『偕』，是『偕』與『嘉』同義。」承珙案：《荀子》以「偕」爲「時宜」，是末章「維其時矣」，「時」亦與「偕」「嘉」同義。嘉，善也。《頍弁》「爾酒既旨，爾肴既嘉」，「爾酒既旨，爾殽既時」，傳云：「時，善也。」此「時」與「嘉」同義之證也。且此詩「嘉」「偕」「時」皆謂政之善，❶即首章傳所云「取之有時，用之有道」也。故《六月》序云：「《魚麗》廢則法度缺矣。」且經文「維其」二字確是推本萬物盛多之由，猶言維其如是，所以如是。《裳裳者華》：「維其有章矣，是以有慶矣。」「維其有之，是以似之。」凡言「維其」者如此，此詩文法倒裝耳。《説苑・辨物篇》曰：「天子南面，視四星之中，知民之緩急。急則不賦藉，不舉力役。《書》曰：『敬授民時。』《詩》曰：『物其有矣，維其時矣。』物之所以有而不絶者，以其動之時也。」此解「有」爲「常有」，「時」爲「用之以時」，最合經旨。《左傳》襄二十年：季武子如宋，「歸，復命。公享之。賦《魚麗》之卒

❶「詩」，原誤作「時」，據《續經解》本改。

章」。正義曰：「物其有矣者，謂言魚有鱨、鯊、魴、鯉，并有旨酒也。維其時矣者，注云：『太平而後，微物衆多。取之有時，用之有道，則萬物莫不多也。』」此可以補《詩》疏所未及。而「物」不專指魚，「時」謂取之有時，皆較《詩》疏爲勝。

笙詩

《序》云：「《南陔》，孝子相戒以養也。《白華》，孝子之絜白也。《華黍》，時和歲豐宜黍稷也。有其義，而亡其辭。」正義曰：「此二句，毛氏著之也。言有其詩篇之義，而亡其詩辭，故置其篇義於本次後，別著此語記之焉。」案：《儀禮·鄉飲酒》《燕禮》，鄭注以《笙詩》亡於孔子之前。其時未習《毛詩》，故有此語。至作箋時，遂改之云：「孔子論《詩》『雅頌各得其所』，時俱在耳。」然《禮》注固云「周公制禮作樂，采時世之詩以爲樂歌，所以通情、相風切也」。其有此篇明矣。其後，陸孔諸家皆無異說。至劉原父，乃云《南陔》以下六篇有聲無詩，故云「笙」不云「歌」。「有其義，亡其辭」非「亡失」之「亡」，乃本無也。李《解》引鄭漁仲曰：「此六章有題無詩，作《序》者但考兩字，便率意作一篇之序。」朱子本之，據《儀禮》「曰笙、曰樂、曰奏」，而不言「詩」，明其有聲無辭。且云：「意古經篇題之下必有譜焉，如《投壺》魯鼓、薛鼓之節，而亡之耳。」當時《呂記》、嚴《緝》仍從古說。而近來郝仲輿、朱長孺、陳長發、徐位山諸人皆力主有辭之說，而郝氏之辨尤悉。此外可采者，范氏《詩瀋》曰：「《儀禮》明云『笙入堂下，磬南北面立，樂《南陔》《白華》《華黍》』。樂之爲言比音而樂之也，是《禮》文顯以爲有辭矣。」《讀詩質疑》曰：「升歌、笙入、間歌、合樂各三終，於是工告樂正曰：正歌備。凡樂四節，爲詩十八篇，皆謂之歌，而可云『六詩』有聲無辭乎？」姜氏《詩序廣義》曰：「朱子注《論語》『詩三百』曰《詩》三百十一篇，兼此六詩，則六詩有辭可知。如謂笙必無詩，則當云『笙譜』。如謂亡於刪《詩》之前，宜名亦不存矣。如謂毛公據《儀禮》姑留其目，則《禮》有《貍首》又有《九夏》，何不並留之？潘晉臺謂《詩》三百篇未嘗以命篇取義，六笙詩，序詩者何以知其然？因題敷衍以補之也。竊謂不然。《南陔》，南隴也。《白華》見於變雅，爲刺幽王，何以知爲孝子之詩。『庚』有『更』『償』『續』三義，何以見萬物得由其道？可想見作《序》者已誦全文，不然，即鑿空杜撰，豈能至是？《序》最簡樸，間與《詩》中字面偶同。如《漢廣》云『德廣所及』，『德廣』之『廣』非即『漢廣』之『廣』。《旄邱》云『刺衛伯』，『衛伯』之『伯』非即『叔兮伯兮』之『伯』，安見『孝子絜白』即爲『白華』之『白』也？《三百篇》亦有即其篇名已見詩旨者，如《螽斯》多子以美子孫衆多，《葛屨》涼薄以刺儉，《北風》疾厲以刺虐，《碩鼠》刺貪，此類不可更僕。如以《序》與篇名相合，疑其不見全文，將謂作《螽斯》序者祇見『螽斯』二字乎？且《序》與篇名相戾，既以爲無理，《序》與篇名相合，又以爲順文，爲《詩》序者難矣。束晳之前補此六詩有夏侯湛，昭明不入《文選》，遂致無傳耳。」承珙案：劉原父《七經小傳》有曰：「將舞《象》，則先歌《維清》，是以其《序》曰奏《象》舞。將舞《武》，則先歌《武》，是以《武》之《序》曰奏《大武》。」夫《禮・文王世子》《祭統》皆以《象》與《武》爲下管之樂，是曰「管」曰「奏」者，劉氏既知其有辭矣，何於笙詩獨主本無其辭之說。以有辭者爲歌，無辭者曰笙、曰奏，豈不自相乖戾乎？《六經奥論》，相傳以爲鄭漁仲作。其於笙詩，引商份之說而申之，謂間歌之聲有義無辭。而其言管《新宮》，則云管與笙一類，皆竹吹之。《燕禮》：「升歌《鹿鳴》，下管《新宮》。」昭二十五年：宋公享昭子，賦《新宮》。謂之

「賦」，則有辭矣。後漢明帝亦取焉，必見其辭，故得之以播歌詠。蓋未有有詩而無辭者。《周禮》祈年吹《豳》於管籥之類，必得有辭。既知管籥有辭，而何以獨謂笙詩無辭？亦可見不能自圓其説矣。若《集傳》所引「魯鼓、薛鼓」之節，則陳氏《稽古編》曰：「魯鼓、薛鼓有譜無辭，則僅冠以國名，不能更立別名。若笙詩有聲無辭，則『南陔』『由庚』等名何自來乎？」案：孔疏已云其名曰「南陔」「白華」「華黍」之由，必是詩有此字。承珙又案：《投壺》云：「命弦者曰：奏《貍首》，間若一。」注云：「弦，鼓瑟者也。《貍首》，《詩》篇名也，今逸。《射義》所云『《詩》曰「曾孫侯氏」』是也。間若一者，投壺當以爲志取節焉。」然則下文「魯鼓」「薛鼓」亦必隨所弦之《貍首》以爲節。是徒譜者尚必有取節之詩，而謂《禮經》之笙奏乃無詩而徒器乎？至王雪山以唐樂有《上柱》《鳳雛》《平調》《清調》《瑟調》《平折》《命嘯》七曲，有聲無辭，黄東發又引《琴譜》「長清」「短清」「長側」「短側」之類，以證無辭有義，不知有辭而後有聲，有聲而後有調，有調而後有譜。或以習其辭者其辭易存，習其聲者其辭易亡，理容有之。要其初，未有有聲而無辭者。即如俗樂工尺，先亦必用曲詞譜出，後習之者但留工尺耳。又毛西河《答李恕谷書》曰：「據問笙詩有詩，則《鄉飲酒禮》『笙入三終』，將以笙笙詩邪，抑亦別有歌詩者而僅以笙應之邪？此問最善。從來辨笙詩，未有辨笙其詩者。夫所謂『笙詩』，謂笙必有詩，非謂笙詩之必有歌也。凡詩，可以歌亦可以笙。所謂笙詩有詩，謂笙詩之必可歌，非謂笙詩之必不可以笙也。蓋笙與簫、管、籥四器皆主聲詩，皆應歌之器，皆在堂下，原無徒器者。但有歌而器，有不歌而器，總必有詩。如《鄉射禮》之工歌于上，而堂上堂下之笙瑟皆應之，即《鄉飲酒禮》之合樂是也，此有歌之笙也。不歌而器，如《大射禮》之管《新宮》，始奏禮之管《象》，堂下俱不歌，而但以管笙聲其詩，即《鄉飲酒禮》之『笙入間歌』是也，此不歌之笙也。是以《春秋傳》有歌鐘，即頌鐘頌磬，所以應歌。《尚書》有笙鏞，《周禮》有鐘笙，即笙鐘笙磬，所以應笙。夫笙又有應，則笙即歌矣。此如漢《横吹》，東、西晉《大角》，皆用之軍中，並無歌工，而曲中有詞，如《上之回》《思悲翁》等。則豈有笙管而反無詞者？故往以不徒器折其無詞，謂不如步瑟調笙之憑虚作聲，無字音耳，非謂有其字而不歌也。然而歌工必在上，即笙管鐘磬皆列堂下，而皆可以應其歌。是以合樂之法，工歌《關雎》，則堂上之瑟、堂下之笙管，皆群起而應之。其歌《葛覃》《卷耳》《鵲巢》《采蘩》《采蘋》皆然。舊注所謂合樂者，合金、石、絲、竹以歌之。金石者，鐘磬。絲竹者，瑟與笙管也。乃孔仲達誤注《鄉飲酒》義，謂上歌《關雎》，下笙《鵲巢》以應之，則世無有以張家之聲合李家嚮者。但世有過爲分別者，謂歌工必堂上，堂上之瑟必不如堂下之以器器詩，則又不然。《射禮》至命射時，歌工皆遷堂下，而樂正命絃者曰：奏《騶虞》。則瑟工亦不歌而但瑟《騶虞》之詩，以主鼓節。所云『魯鼓』『薛鼓』者，是歌工亦居下，琴瑟亦器詩。上下有尊卑，八音無貴賤也。」承珙案：毛説是也。笙詩乃不歌而笙之詩，即鄭注《儀禮》所云以笙吹此詩以爲樂也。惟其專以笙吹，故其辭易亡。不然，他詩具在而獨亡此六篇，亦屬可疑。得此，乃更無疑義矣。

鄭箋於「《南陔》《白華》《華黍》」下云：「此三篇者，《鄉飲酒》《燕禮》用焉，曰『笙入，立於縣中，奏《南陔》《白華》《華黍》』是也。孔子論《詩》『雅頌各得其所』，時俱在耳。篇第當在於此，遭戰國及秦之世而亡之。其義則與衆篇之義合編，故存。至毛公爲《詁訓傳》，乃分衆篇之義各置於其篇端。云又闕其亡者，以見在爲數，故推改什首，遂通耳，而下非孔子之舊。」又於《由庚》《崇邱》《由儀》云：「此三篇者，《鄉飲酒》《燕禮》

亦用焉，曰『乃間歌《魚麗》，笙《由庚》。歌《南有嘉魚》，笙《崇邱》。歌《南山有臺》，笙《由儀》』，亦遭世亂而亡之。《燕禮》又有『升歌《鹿鳴》，下管《新宫》』。《新宫》亦《詩》篇名也，辭義皆亡，無以知其篇第之處。」朱子《詩序辨説》云：「《魚麗》以下篇次爲毛公所移，而《六月》序自《南陔》以下八篇尚仍《儀禮》次第，獨以鄭《譜》誤分《魚麗》爲文武時詩，故遂移此《序》『魚麗』一句自《華黍》之下而升於《南陔》之上。」《稽古編》曰：「小雅次什之首，至宋儒而兩更。不數六亡詩而以《南有嘉魚》爲什首者，毛公之舊也。蘇子由嫌其非孔子之舊，仍數六詩於什中，而更以《南陔》爲什首。朱子又據《儀禮》奏樂之次，升《南陔》於《鹿鳴》什末，抑《魚麗》於《華黍》詩下，更以《白華》爲什首。夫子由之更什，祖《六月》序及康成之説，於《詩》之篇第元無改也。至朱子之據《儀禮》，則奏樂之次，非編《詩》之次。夫奏樂，《南陔》在笙入之列，則不得不先。《魚麗》在間歌之列，則不得不後。各以類相從耳。若必據此以定《詩》之先後，則間歌之後，尚有合樂三終，所奏者《關雎》之三、《鵲巢》之三也，亦當迻置二南於《小雅》後乎？朱子既憑《儀禮》之文定《詩》篇之先後，又謂《六月》序『魚麗』句本在《華黍》下，而鄭氏迻置於《南陔》之上。夫鄭未迻之《詩序》遠在千餘年前，朱子何自見之哉？嚴坦叔《詩緝》一依毛傳之舊，仍以《南有嘉魚》爲次什之首，良爲有見。」承珙案：《小雅》篇什，宋儒尚不止兩更。《吕記》據蘇《傳》，以《南陔》爲次什首，而又謂其《由庚》《崇邱》尚依毛氏之舊，復據《儀禮》相間之次以釐定之，則又與蘇《傳》、朱《傳》互異矣。今考鄭箋云孔子時《南陔》等「篇第當在於此」，是謂《南陔》三篇在《魚麗》後。足見《魚麗》殿《鹿鳴》之什，非毛公所移。而《六月》序「魚麗」一句在「南陔」之上，亦必非鄭氏所移可知。且《六月》序列次《小雅》二十二篇，自《鹿鳴》至《華黍》皆言「缺」，自《由庚》以下則變其文。孔疏以此爲別，謂《華黍》以上爲文武之詩，《由庚》以下爲周公、成王之詩。言「缺」者，爲剛，君父之義。不言「缺」者，爲柔，臣子之義。雖近穿鑿，然亦可見《序》文原本如此，非由鄭氏移「魚麗」一句於「南陔」上也。又《六月序》，《南陔》《白華》《華黍》三詩本相連，正義云：「毛公爲《詁訓傳》，分别衆篇之義，各置篇端。此三篇之《序》無詩可屬，故連聚置於此。」此由不知三詩本當在此，非毛所連聚也。惟所云據《六月》序「《由庚》本第在《華黍》下而與《崇邱》同處者，以其是成王之詩，故下從其類」，此則不誤。《由庚》三篇連聚一處，當由毛公所置。然孔説尚不如陸氏《釋文》云「以其俱亡，使相從」者爲當耳。又箋云：「闕其亡者，以見在爲數，故推改什首，遂通耳，而下非孔子之舊。」正義謂：「毛公不數亡詩，推改什篇之首，遂通盡《小雅》云耳。言以下非則止《鹿鳴》一什是也。」據此，是孔子時，《鹿鳴》至《魚麗》爲一什，《南陔》至《湛露》爲一什，以下凡《小雅》八什，什各十篇。毛傳則闕六《笙詩》不入什數，以《南有嘉魚》至《吉日》爲次什，以下每相差者六篇，凡《小雅》七什，末什爲十四篇，奇零之數歸於末什。《大雅》及頌皆然。《稽古編》謂毛公置六詩於什外，此本正義之説。翁氏《附記》謂當從蘇吕所定，收入什中。殊不知分什者，止因篇數既多，簡札煩重，不得不分。六詩既亡，自無庸分篇數而入什目。必以《南陔》居什之終，《白華》領什之始，取彼虚名，當其實數，亦可以不必矣。

毛詩後箋卷十七

涇　胡承珙

小雅南有嘉魚之什

南有嘉魚

《序》云：「南有嘉魚，樂與賢也。大平之君子至誠，樂與賢者共之也。」《稽古編》曰：「《序》『至誠』當斷句。惟至誠則能致賢之來，又能任賢之久。詩直言與賢，《序》更推其與賢之心，非必於詩詞有專指也。康成釋『烝然』爲『久如』，以合《序》『至誠』之意，固矣！」承珙案：陳説是也。「烝然罩罩」《釋文》引王肅述毛云：「烝，衆也。」鄭箋以「烝」爲「塵」，以「塵」爲「久」。然其云：「南方水中有善魚，人將久如而俱罩之，喻天下有賢者，在位之人將久如而並致之於朝。」曰「俱」曰「並」，仍不出「衆」義。蓋經文重言「罩罩」，正承「烝然」而來。則訓「烝」爲「衆」，似合經旨。正義乃云：「若以爲衆，止見求魚之多，無關『思遲』之義，則於至誠之事不顯。」非也。

「烝然罩罩」，傳：「罩罩，篧也。」段云：「當作『罩，篧也』。下當云『汕，樔也』。不當疊字。罩罩者，以罩罩魚也。汕汕者，以汕汕魚也。」承珙案：經言「罩罩」「汕汕」，自是取魚之名。傳以取魚由魚具得名，故釋「罩」爲「篧」，釋「汕」爲「樔」。經言其用，傳言其體，義相成也。傳於單文者，每以疊字形容之，如「洸洸，武也」「潰潰，怒也」之類；此則重文者，又以單字釋其實義。訓詁之精如此。若《説文·水部》云「汕，魚游水貌」，引《詩》「烝然汕汕」，此或本之三家。《魚部》「鯙」下云：「烝然鯙鯙。从魚，卓聲。」既不言其義，又不稱《詩》，故段氏以爲疑。今考李氏《集解》引《説文》「汕」字注而不及「鯙」，王氏《總聞》雖云「罩，胡角切，魚回斡水聲也，非籠」，然亦不及《説文》，可見宋時《説文》尚未必有「鯙」字也。

《釋文》：「罩，張教反，徐又都學反。《字林》竹卓反，云捕魚器也。篧，助角反，郭云捕魚籠也。沈音穫，又音護，説其形非罩也。」承珙案：《説文》：「罩，捕魚器也。」「籗，罩魚者也。从竹，靃聲，或从隺作篧。」詳沈重所以音「穫」音「護」者，當是從《説文》作「籗」，故有此音。但「説其形非罩」，雖未知所説云何，要失《爾雅》「篧謂之罩」之義。凡自上籠下謂之罩，故《淮南子·説林訓》云「罩者抑之」。《説文》「罩」字雖不言其狀，《隹部》云：「䍜，覆鳥令不飛走也。讀若到。」《玉篇》音竹教切。《一切經音義》十一：「罩，古文作釗。」是「罩」「䍜」音義略同矣。

「烝然汕汕」，傳：「汕汕，樔也。」《釋文》：「字或作罺，同。」《釋器》云：「樔謂之汕。」案：《爾雅》、毛傳皆以「汕」爲「樔」，此古名也。鄭箋云「今之撩罟」，乃以今曉古。孫炎、郭璞注《爾雅》皆本之。《御覽》引舍人云：「以薄罺魚曰罺。」正義引李巡曰：「汕，以薄汕魚。」皆未詳著其狀。惟陸氏《埤雅》云：「罩罩，言嘉魚欲逸，則罩之使入。汕汕，言嘉魚欲伏，則汕之使出。《淮南子》曰：罩者抑之，罾者舉之。爲之雖異，得魚一也。」陸意蓋謂「汕」即「罾」矣。《説文》《廣雅》但以「罾」爲「网」，不著「汕」名。然古者「橧」「巢」同義，《禮運》「夏則居橧巢」鄭注云「聚薪柴居其上」，《廣雅》「橧，巢也」，《大戴禮》「鷹隼以山爲卑，而曽巢其上」，皆是。《説文》：「樔，澤中守艸樓也。」此當謂澤中守魚之處。《楚辭·九歌》：「罾何爲兮木上。」《御覽》引《風土記》云：「罾，樹四木而張網於水，車輓之上下，形如蜘蛛之網，方而不圓。」蓋罾者，樹木爲之，其高如巢，故得「樔」名。《説文》「艸樓」，《藝文類聚》引作「竹樓」，亦即謂其張網守魚之處，「樓」與「巢」義同耳。《潁濱詩傳》並用傳箋，其《欒城集》有《車浮詩》，《序》云：「結木如巢，承之以簀，沈之水中，以浮識其處。方舟載兩輪，挽而出之。即《詩》所謂『汕』也。」此言結木挽輪，與《風土記》合；承之以簀，與舍人、李巡言以薄者合。要之，皆罾也。罾乃自下舉上之物，而劉逵注《吴都賦》「巢鰝鰕」云：「罺，抑魚之器也。」誤矣。

「南有樛木，甘瓠纍之」，傳：「興也。」正義曰：「傳文略，三章一云『興也』，舉中以明上下，足知魚、鵻皆興也。」此疏深明傳例。後儒因毛於三章始言「興」，遂謂上二章言「魚」者，乃因所薦之物以達意。然則末章言「鵻」亦曰「烝然」，與上二章文同，豈鵻亦所薦之物邪？

「翩翩者鵻，烝然來思」，傳：「鵻，壹宿之鳥。」箋云：「壹宿者，壹意於其所宿之木也。」此箋申傳「壹宿」，是矣。但傳不過以「壹宿」狀其愨謹，非以此見有「久」義。「來」者謂鵻之來集，則「烝然」自是群然，天下無言鳥集而曰久如其來者。箋又云：「喻賢者有專壹之意於我，我將久如而來遲之也。」既以「鵻」喻賢者，而「烝然來思」又似指「君子」，兩句之中詞意隔絶，正義既云「此『我』謂君子」，又云「將久如而來遲之者，賢者遲君子」，則於箋語一句之中文義亦不相貫矣。

「君子有酒，嘉賓式燕又思」，箋云：「又，復也。以其壹意，欲復與燕，加厚之。」據正義，惟定本有此箋，當時本多無此語。承珙案：「又」疑「侑」之假借。《楚茨》傳：「侑，勸也。」《儀禮》注：「古文『侑』皆作『宥』。」《今文尚書》「宥」作「有」，《論衡》引「有」作「又」。《禮記・王制》亦云「王三又」。《賓之初筵》「室人入又」，傳以爲「又射」，自是訓「又」爲「復」。若箋以「賓載手仇」「仇」讀曰「㪺」，謂「賓手挹酒，室人復酌爲加爵」，則不如讀「又」爲「侑」，謂室人入而勸侑也。末章「三爵不識，矧敢多又」，箋亦訓「又」爲「復」，言：「我於此醉者，飲三爵之不知，況能知其多復飲乎？」皆於經文增字成義，不如云「尚不知其能飲三爵與否，況敢多勸乎」，語較直截。此「嘉賓式燕又思」即謂燕時勸侑殷勤，《序》所謂「至誠」也。上章「嘉賓式燕綏之」，箋云：「綏，安也。」引《燕禮》曰：「以我安。」考《燕禮》又云：「公以賓及卿大夫皆坐乃安，羞庶羞。司正升受命，皆命，君曰：無不醉。」然則此云「又」者，其即所謂「無不醉」歟？

南山有臺

《序》云：「樂得賢也。得賢，則能爲邦家立大平之基矣。」姜氏《廣義》曰：前篇「樂與賢」者，是賢者初至，燕飲之日，有以灼見人君之心。與，猶交也、親也。樂者，賢人樂之也。此篇則賢人已列於位，無不稱職，人君有以灼見賢人之心，而知其功業之所就。《序》云「樂」者，人君樂之也。不曰「嘉賓」而曰「君子」，蓋已用之爲臣也。承珙案：二「樂」字不必如此分別，俱當就求賢者說。范氏《補傳》云：「樂與者，樂與賢者相處也。樂得者，樂得賢者爲用也。」語極平正。惟前章「君子」指在位者，「嘉賓」指賢者，此章「君子」即指賢者。鄭箋以「只」爲「是」，以「邦家之基」「萬壽無期」爲得賢之效，按之經文，無不脗合。《左傳》襄二十四年，子産寓書于韓宣子曰：「夫令名，德之輿也。德，國家之基也。有基無壞，無亦是務乎！有德則樂，樂則能久。《詩》云：『樂旨君子，邦家之基。』有令德也夫！」昭十三年同盟于平邱，子産争承。「自日中以争，至于昏。晉人許之。仲尼謂子産：『于是行也，足以爲國基矣。《詩》曰：「樂旨君子，邦家之基。」子産，君子之求樂者也。』」又襄二十年「季武子如宋，報向戌之聘，歸復命，公享之。賦《魚麗》之卒章。公賦《南山有臺》。武子去所，曰：『臣不堪也！』」《穆天子傳》：「天子西游，乃宿于祭。祭公飲天子酒，乃歌《閟古「昊」字天》之詩。天子命歌《南山有䑓古「臺」字》。」此皆以詩之「君子」指所美之賢者。《吕記》、嚴《緝》皆以「君子」指人君，朱《傳》又以「萬壽無期」爲祝賢者之壽，皆非是。

「南山有臺」，傳：「臺，夫須也。」正義曰：「『臺，夫須』，《釋草》文。舍人曰：『臺，一名夫須。』陸璣《疏》云：『舊説夫須，莎草也，可爲蓑笠。《都人士》云「臺笠緇撮」。』傳云：『臺，所以禦雨。』是也。」此所引《都人士》傳作「臺，禦雨」，則「笠」爲禦暑可知。《文選》謝玄暉《臥病詩》李注亦引毛傳「臺，所以禦雨」。今本毛傳「臺所以禦暑，笠所以禦雨」，自是傳寫之誤。毛於《都人士》析言之，而《周頌》「其笠伊糾」又云「笠所以禦暑雨也」，則渾言之。合之《無羊》傳「蓑所以備雨，笠所以禦暑」，則臺止可爲蓑，而不可爲笠；祇以備雨，而非以禦暑可知。《稽古編》以郭氏《雅》注，陸氏《詩》疏皆承鄭箋《都人士》「臺皮爲笠」之誤，是也。其又引《爾雅》「薃侯，莎」，與夫須爲一艸，則因《本草別録》謂莎一名夫須，《御覽》引《廣志》云「莎可以爲雨衣」而誤。不知《爾雅》之「薃侯」《説文》鎬侯，莎也。與郭注異讀。即《夏小正》之「緹縞」，羅端良以爲其根即香附子者爲是，要與臺絶不相涉。草木之名，固多同者，臺不妨亦有「莎」名，《御覽》引《毛詩提綱》云：「臺，一名夫須，莎草也。」究不得以夫須爲蒿侯也。

「北山有萊」，傳：「萊，草也。」正義曰：「《十月之交》曰：『田卒污萊。』又《周禮》云：『萊五十畝。』萊爲草之總名，非有别草名之爲『萊』。陸璣《疏》云：『萊，草名，其葉可食。今兗州人烝以爲茹，謂之萊烝。』以上下觀之，皆指草木之名，其義或當然矣。」承珙案：此正義乃誤會傳意而然。傳本當作「萊，萊草也」。凡傳言「某，某草也」者，固以《爾雅》無明文，亦或因其草爲當時人所共知，故但云「某，某草」足矣。如《召南》「蓬，草名也」，《王風·揚之水》「蒲，草也」之類，皆與此「萊，草也」同例，傳並非以「萊」爲草之總名也。何氏《古義》引《爾雅》「釐，蔓華」以當之，邵氏正義并據《説文》作「萊，蔓華」，徐鍇以爲「釐」「萊」同音，似矣。然蔓華，非習見之名，果「萊」即此「釐」，毛氏無容不注。《齊民要術》引陸《疏》：「萊，藜也，莖葉皆似菉王芻。今兗州人烝以爲茹，謂之萊烝。譙沛人謂雞蘇爲萊。」《玉篇》《廣韻》並云：「萊，藜草也。」「黎」「來」亦一聲之轉。《春秋》「時來」，《公羊》作「祁黎」。《大戴禮》：「聚橡栗藜藿而食之。」《莊子》：「藜羹不糝。」《韓非子》：「藜藿之羹。」是古人以此爲貧者之常食。段注《説文》云：「藜初生可食，故曰烝藜不熟。」「萊烝蓋即烝藜。」是也。

「南山有杞」，《稽古編》曰：「《易·姤卦》：『以杞包瓜。』一杞也，而釋者各異。張曰大木，馬曰枸杞，鄭曰杞柳，凡三木焉。《小雅》之『南山有杞』『在彼杞棘』，嚴坦叔以爲山木，王伯厚以爲杞梓，則所謂大木也。《左傳》楚聲子以杞梓比卿材，《孔叢子》載子思之言，以杞梓比干城之將，又稱其『連抱』，是必木之高大而材者。《草木疏》云：『其樹如樗，理白而滑，可爲函。』樗非材木也，而謂杞如之，殆僅取其形似乎？」何氏《古義》曰：「以『陟彼北山，言采其杞』例之，則此『杞』當即是枸檵也。」姚氏《識名解》曰：「嚴華谷斷此詩之『杞』爲山木，蓋據陸璣之説云：『杞，一名狗骨，山材也。其樹如樗，理白而滑，可以爲函及檢板。其子爲木蝱，可合藥。』按，此數語乃釋『枸』，並非釋『杞』，嚴殆誤據云爾。」承珙案：姚説是也。《釋文》「有杞」下引《草木疏》云：「其樹如樗，一名狗骨。」此即陸釋《四牡》「苞杞」之語。彼云「一名地骨」，不言「狗骨」者，或今本有脱佚耳。《釋文》於此引之，則固以此「杞」亦爲枸檵矣。若嚴《緝》所引陸《疏》，正在「南山有枸」之條，首云「枸樹，山木，其狀如櫨，一名枸骨」云云，與嚴所引微異，不知嚴據何本。《稽古編》從之，誤矣。陳氏所引《易·姤》釋文當作「馬曰大木，張曰枸杞」，亦彼此互誤。或又因《將仲子》「無折我樹杞」傳云「杞，木名也」，趙注《孟子》「杞柳」云「杞柳，柜柳也，一曰木名也。《詩》云『北山有杞』」，案：北山，當作「南山」，邠卿殆誤記。邵武士人作疏，亦未言及。遂疑此「杞」即「樹杞」之「杞」。不知趙注既以「柜柳」釋「杞柳」，「一曰木名」者，别説謂杞與柳爲二木，非「杞柳」連稱之比。於此下乃引《詩》，則必不以南山之杞爲杞柳矣。陳大章《名物集覽》據《通雅》以枸榾爲貓刺，又以爲絲綿樹，此等皆不足信。

「南山有枸」，傳：「枸，枳枸。」《稽古編》曰：「孔疏引宋玉賦『枳枸來巢』，以證毛説。嚴《緝》譏之，以爲《風賦》『枳句來巢』字作『句』。李善注『橘踰淮爲枳，句，曲也，音溝』。非毛義也。案：嚴説非是。陸元恪《草木疏》已引此語證『枸』矣，云『古語曰「枳枸來巢」』。句、枸，古字本通用。李善注《文選》，不知引毛傳及陸《疏》爲證，訓『枳句』爲木名，而妄以『枳』爲橘變之枳，『句』爲詘曲之鉤，是李之謬也。孔、李俱唐人，而孔先於李，安得據李而非孔哉？枳枸雖南産，而詠於《周詩》。其在《禮》，則婦人以爲贄，見《曲禮》，字作「椇」。人君燕食以爲庶羞。見《内則》。是北土亦珍其味也。豈以其甘美如飴，見陸《疏》。故遠致之邪？」承珙案：《説文·禾古兮切部》：「積，積椒，二字依段注增補。多小意而止也。从禾，从支，只聲。一曰木也。」「椒，積椒也。从禾，从又，句聲。又者，从丑省。一曰木名。」蓋「積」「椒」二字以雙聲爲其名義。「多小意而止」者，與下《稽部》「稽」字云「稽椒而止也」同義，在人在物皆爲詘曲不得申之意。段注《説文》云：「《明堂位》注作『枳椇』，《莊子·山木》篇作『枳枸』，宋玉《風賦》作『枳句』，《淮南王書》作『枝拘』，其入聲爲『迟曲』。」據此，則《風賦》之「枳句」，即謂是樹枝句曲，原屬可通。但其本義，當以枳枸之木多枝句曲而名。《説文》以「積椒」爲木名，雖别一説，然《禾部》祇此二字，「禾」爲「木之曲頭止不能上也」，疑「積椒」木名乃其本義，「多小意而止」尚其引申之義。《玉篇》云：「賛，曲支果，今作枳。」「椒，木曲支也，果名也。今作椇。」是也。陸《疏》云：「枸樹，山木。其狀如櫨，一名枸榾。高大如白楊，所在山中皆有。理白，可爲函板。枝柯不直，子著枝端，大如指，長數寸，噉之甘美如飴。八九月熟，江南特美。今官園種之，謂之木蜜。古語云『枳枸來巢』，言其味甘，故飛鳥慕而巢之。本從南方來，能令酒味薄。若以爲屋柱，則一屋之酒皆薄。」崔豹《古今注》云：「枳椇子，一名樹蜜，一名木餳，實形拳曲，核在實外，味甜美如餳蜜。」所言與陸《疏》合。姚氏《識名解》謂陸《疏》「可爲函板」云云，「正嚴華谷所引説『南山有杞』者，其誤據無疑」。又「木蜜」，嚴引作「木蝱」，尤「誤中之誤」。此辨可謂諦矣。李時珍移唐《本草·木部》之「枳椇」於《果部》，而《木部》别出「枸骨」一條，引陳藏器以爲即《詩》「南山有枸」，非也。

蓼蕭

《序》云：「蓼蕭，澤及四海也。」箋云：「九夷、八狄、七戎、六蠻謂之四海。」正義曰：「李巡云九夷在東方，八狄在北方，七戎在西方，六蠻在南方。孫炎曰：海之言晦，晦闇於禮義也。《雒師謀》《我應》《中候》篇名。注皆與此同。《職方氏》及《布憲》注，亦引《爾雅》云九夷、八蠻、六戎、五狄謂之四海。數既不同，而俱云《爾雅》，則《爾雅》本有兩文。今李巡所注『謂之四海』之下更三句云：『八蠻在南方，六戎在西方，五狄在北方。』此三句唯李巡有之，孫炎、郭璞諸本皆無也。李巡與鄭同時，鄭讀《爾雅》蓋與巡同，故或取上文，或取下文也。《爾雅》本有二文者，由王所服國數不同，故異文耳。亦不知『九夷、八狄、七戎、六蠻』正據何時也。此及《中候》直言『四海』，不列其數，故引上文解之。《職方》列其國數，唯『五戎六狄』與《爾雅》『六戎五狄』上下不同，餘則相似，故據下文也。《布憲》則『秋官』，承『夏官』之下，故同於《職方》焉。《周禮》注據《爾雅》下文『八蠻、六戎、五狄』當『四海』者，以《明堂位》陳周公朝於明堂之時，其數與之等，是周時之驗，故據之焉。《明堂位》與《職方》不同者，《鄭志》答趙商云：戎狄之數，或五或六，兩文異耳。《爾雅》雖有，與周皆兩數耳，無別國之名，不甚明，故不定之也。是鄭疑兩文必有一誤，但無國數可明，故不敢定之耳。」《稽古編》曰：「《爾雅》有二文，上文同鄭箋，下文今本無「下文」。同《明堂位》而無『九夷』。《周禮》賈疏謂《詩》及《爾雅》與《禮》異，是傳寫之譌，豈未見上文歟？」承珙案：箋以「四海」爲「四裔」，乃古人訓詁定例。內爲九州，外爲四海，不容相溷，故云「國在九州之外，大者爵不過子」，並引《虞書》「外薄四海」。其所援據確矣。至夷、蠻、戎、狄「九」「八」「七」「六」「五」之數，正義據李巡兩注不同，知《爾雅》有兩文。因知鄭氏注《禮》箋《詩》互異者，所讀《爾雅》與巡同，故亦據兩文，是也。臧在東謂李巡既有「八蠻在南方」三句，則上文「九夷在東方」四句必非李注。考郭璞注有此四句，郭多本孫炎，則「九夷在東方」云云當爲孫注。不知正義明引李巡「九夷在東方」云云，然後引孫炎曰「海之言晦」云云，若李巡無兩注，何由知《爾雅》有兩文？不當執此以疑彼。

《虞東學詩》曰：「章内『燕』字，舊作『燕饗』。按：《序》本不言『燕』，而注家以『孔燕』爲『甚燕』，義亦支離。嚴華谷改『甚』爲『盛』，又非『孔』字正訓。竊意兩『燕』字皆作『安』字解，文義差爲明直。」承珙案：以《詩》篇次第觀之，此詩並未見飲酒之事，則此篇爲諸侯朝見天子，下篇《湛露》乃與之燕飲，《彤弓》乃加之錫賚，序次井然，此詩兩「燕」字自當皆訓「安」。《左傳》襄二十六年：「衛侯如晉，晉人執而囚之于士弱氏。秋七月，齊侯、鄭伯爲衛侯故，如晉，晉侯兼享之。晉侯賦《嘉樂》。國景子相齊侯，賦《蓼蕭》。子展相鄭伯，賦《緇衣》。叔向命晉侯拜二君曰：『寡君敢拜齊君之安我先君之宗祧也，敢拜鄭君之不貳也。』」正義引沈氏曰：「賦《蓼蕭》，喻晉侯德澤及諸侯，言晉侯有德，是安我宗廟也。」此所謂「安」，當即「燕笑」「孔燕」之義。

「既見君子」，箋云：「既見君子者，遠國之君朝見於天子也。」箋疏皆以「君子」指天子，《集傳》始創爲「天子美諸侯」之說。嚴《緝》云：「《湛露》《彤弓》以『顯允君子』『我有嘉賓』稱諸侯之美，則爲燕饗諸侯無疑也。《蓼蕭》之詩，以『零露』喻王澤，以『既見君子』稱天子，其下皆稱贊天子之辭。若天子用之以燕諸侯，不應自稱己之美，而不稱諸侯之美也。」承珙案：《左傳》昭十二年：「宋華定來聘。享之，爲賦《蓼蕭》。弗知，又不答賦。昭子曰：『宴語之不懷，寵光之不宣，令德之不知，同福之不受，將何以在？』」杜注云：「賦《蓼蕭》，義取『燕笑譽處』，樂與賓燕語也。『爲龍爲光』，欲以寵光賓也。『宜兄宜弟，令德壽凱』，言賓有令德，可以壽樂也。『和鸞雍雍，萬福攸同』，言欲與賓同福禄也。」杜蓋謂賦《詩》之意是主人用以頌賓，《集傳》即本於此。然經文「爲龍爲光」，明是諸侯以得見天子爲遇恩寵而被光燿，「君子」自當指天子，非諸侯也。

「燕笑語兮，是以有譽處兮」，箋云：「天子與之燕而笑語，則遠國之君各得其所，是以稱揚德美，使聲譽常處天子。」蘇氏《詩傳》曰：「『譽』『豫』通。凡《詩》之『譽』，皆言『樂』也。」《經義述聞》曰：「蘇氏之説是也。《爾雅》：『豫，樂也。』『豫，安也。』則譽處，安處也。《車舝》曰『式燕且喜』，又曰『式燕且譽』；《六月》曰『吉甫燕喜』，《韓奕》曰『韓姞燕譽』；《射義》引《詩》『則燕則譽』而釋之曰『則安則譽』，皆『安樂』之意也。鄭箋悉訓爲『名譽』之『譽』，疏矣。」承珙案：《裳裳者華》首章云：「我覯之子，我心寫兮。我心寫兮，是以有譽處兮。」與此篇文意略同。箋於《蓼蕭》云「聲譽常處天子」，正義申以「王有聲譽，常處天子之位」。《裳裳者華》箋云：「我心所憂既寫，是則君臣相與聲譽常處也。」正義云：「言常處此聲譽之美。」兩「譽處」文同而解異，非是。且「是以」者，承上之文。《蓼蕭》言既見君子而燕笑，是以有此譽處；《裳華》言我覯之子而寫憂，是以有此譽處。兩「譽處」皆當言有此安樂處耳。

李氏《集解》以此詩末一句皆爲諸侯頌天子之辭。黄實夫非之，以爲「諸侯朝，而天子與之燕飲而笑語，此諸侯之榮。是亦『爲龍爲光』之意也」。王氏《總聞》曰：「二章而下，皆頌君也。初章所寫之心寫此而已，故下章發之。」承珙案：二章「壽考不忘」與《終南》文同，當從正義謂四海稱頌之不忘。三章「宜兄宜弟，令德壽豈」，傳云：「爲兄亦宜，爲弟亦宜。」是指君子宜爲人兄、人弟。末章「萬福攸同」與《采菽》文同，皆謂天子爲萬福之所聚，而下與諸侯同之。王雪山謂二章以下皆頌天子者，是也。

「鞗革冲冲」，傳：「鞗，轡也。革，轡首也。冲冲，垂飾貌。」《詩經小學》曰：「《説文》無『鞗』字，有『鋚』字：『鋚，鐵也。一曰轡首銅也。从金，攸聲。』《石鼓詩》『田車既安』之下有『鋚勒』字，焦山周鼎有『攸勒』字，《博古圖・周宰辟父敦銘》三皆有『攸革』字，薛尚功《鐘鼎款識・周伯姬鼎》有『攸勒』字，《寅簋》有『鋚勒』字，疑《詩》經文『鞗革』皆『鋚勒』之譌。鋚勒，猶唐宋人所云『金勒』。古鐘鼎『鋚』省作『攸』，後人不知爲『鋚』字之省，輒製『攸』下从『革』之字。《蓼蕭》毛傳『鋚，轡也』。『轡』下蓋落『首飾』二字。鋚，所以飾轡首。下文云『冲冲，垂飾貌』，正謂此飾也。革者，『勒』字之省。轡首謂之勒，勒馬頭絡銜，所以繫轡，故曰『轡首』。唐孔氏釋『轡首』云『馬轡所靶之外有餘而垂』，甚誤。《載見》『鋚勒有鶬』毛傳：『有鶬，謂有法度也。』鄭箋於《采芑》云：『鞗革，轡首垂也。』於《韓奕》云：『鞗革，謂轡也。』於《載見》云：『鞗革，轡首也。』而《采芑》尤誤。『轡』可言『垂』，『轡首』不可言『垂』矣。」承珙案：古文以「攸革」爲「鋚勒」，《毛詩》多古文，當是本作「攸革」，轉寫誤合二字爲「鞗」。因復加「革」字於下，經文遂成「鞗革」耳。惟正義曰：「《釋器》云『轡首謂之革』，郭璞曰：『轡靶也。』然則馬轡所靶之外有餘而垂者，謂之革。鞗，皮爲之，故云『鞗革，轡首垂也』。『鞗革』即言『冲冲』，故知垂飾貌。」據此，疑傳文本作「攸革，轡首垂也」。轡首垂，謂飾之垂者，故繼之曰：「冲冲，垂飾貌。」《采芑》箋正用此傳。《載馳》傳云「垂轡，轡之垂」者，謂人所靶之轡有餘而垂。此云「轡首垂」者，則以轡首之繫於絡銜者，謂之勒；以銅飾勒之垂者，謂之鋚，故云「鋚勒，轡首垂也」。孔氏誤以「馬轡所靶之外有餘而垂」，又云「鞗，皮爲之」，由不知「鞗」爲「鋚」之誤，「革」爲「勒」之省耳。

湛露

《序》云：「《湛露》，天子燕諸侯也。」文四年《左傳》：「諸侯朝正于王，王宴樂之，於是乎賦《湛露》。」此皆統言諸侯，不分同姓異姓。《六月》序云：「《湛露》廢，則萬國離矣。」尤可見此兼同異姓言之。惟次章有「在宗載考」之文，或其中有同姓諸侯，爲之加厚而夜飲，亦事理之常。特鄭箋分三章爲庶姓，四章爲二王之後，經文所無，無以見其必然耳。

「厭厭夜飲」，傳：「厭厭，安也。」《説文》：「懕，安也。从心，厭聲。《詩》曰：『懕懕夜飮。』」段注云：「《小戎》傳曰：『厭厭，安静也。』《湛露》傳曰：『厭厭，安也。』《釋文》及《魏都賦》注引《韓詩》『愔愔，和悦之貌』。按：『愔』見《左傳·祈昭》之詩。蓋『愔』即『懕』之或體，『厭』乃『懕』之假借。」承珙案：《小戎》「厭厭良人」，《列女傳》作「愔愔」，所據當亦《韓詩》。此「厭厭夜飲」訓「安」者，即《儀禮·燕禮》「君曰『以我安』」。下文「不醉無歸」，即《燕禮》君曰「無不醉」，賓及卿大夫皆曰「諾，敢不醉」也。

「在宗載考」，傳：「夜飲必於宗室。」箋云：「載之言則也。考，成也。夜飲之禮，在宗室同姓諸侯則成之，於庶姓其讓之則止。」承珙案：經言「宗」者，古人謂同姓爲宗，如《左傳》「肸之宗十一族」，及「宗不余辟」之類。在者，於也。在宗，猶言於同姓也。傳云「夜飲必於宗室」者，「宗室」即謂同宗。於者，於其人，非於其地。言必於同姓乃有夜飲之禮，正以明異姓則否耳。故箋申之云：「夜飲之禮，句。在宗室同姓諸侯則成之，句。於庶姓讓之則止。」正義云：「以其宗室之故，則留之而成飲，不許其讓，以崇親厚焉。」箋疏皆善讀傳文。後人泥傳「宗室」爲夜飲之地，其説多不可通。有謂《采蘋》傳云「宗室，大宗之廟」，《湛露》之「在宗」乃天子之燕禮，則宗室者，直謂宗廟之寢室耳。此《稽古編》之説。夫諸侯燕在路寢，《儀禮》有明文，天子當亦同之。此燕朝正諸侯，非祭畢之燕，豈晝燕在路寢，至夜飲而忽移於廟後之寢室乎？且《采蘋》本言「宗室」，此詩但云「在宗」，毛據當時同姓有「宗室」之稱，用以釋經，非可以《采蘋》爲比也。或又謂首章傳云「宗子將有事，則族人皆侍」，此傳云宗室者，謂宗子之室。天子同姓諸侯燕之於宗子之廟，以宗子爲主人。宗子者，禮之所謂大宗也。《詩稗疏》説。案：傳引宗子與族人燕者，箋謂天子燕諸侯之禮亡，假宗子與族人燕爲説耳。《周禮》，王燕則膳夫爲主人，未嘗分同異姓也。若燕同姓諸侯於宗子之廟，將天子就之而爲此夜飲乎？抑惟使宗子主之而天子弗與乎？於古無徵，殊爲臆説。

「在彼杞棘」，姚氏《識名解》曰：「何元子以此『杞』爲枸杞，云詩以『杞棘』並言，棘木低小，則『杞』非大木可知。且以後章例之，桐椅相類，杞棘亦當相類。愚按，木之叢生者，被露獨厚。杞莖幹叢生，與棘並有『苞』稱，故以杞棘並言，自不應爲杞梓大木。然杞與棘要是二種，若何氏緣『枸杞』通『枸棘』，爲同類諸侯之喻，則武斷矣。」

彤弓

《序》云：「《彤弓》，天子錫有功諸侯也。」正義云：「首章爲總目，下二章分而述之，以相承也。毛以『藏之』者爲藏之於其家，以示子孫。先櫜之，乃載以歸，後始藏於其家。以藏爲重，先言之。藏於家，受後之事，致其意而言之，非受時也。『好之』『喜之』，由説樂而賜之，故舉之爲總也。『饗之』是大禮之名。『右之』『醻之』，是饗時之事，亦饗爲總也。鄭亦首章爲總，但藏載於車即是受時之事爲異耳。」承珙案：此《序》與文四年《左傳》甯武子之言合，故鄭氏取以爲箋。又襄八年《左傳》范宣子曰：「城濮之役，我先君文公獻功於衡雍，受彤弓於襄王，以爲子孫藏。」即此詩「受言藏之」也。然則王肅述毛，以「藏」爲「藏示子孫」，當得毛旨。《尚書・文侯之命》東晉孔傳亦云：「彤弓，以講德習射，藏示子孫。」講德習射，即同毛傳。藏示子孫，亦本《詩》義。若鄭箋謂「受出藏之，乃反入也」，則是藏之車中，與下「櫜之」義複。正義引《左傳》「受策以出，出入三覲」，彼注以「出入」爲「去來」，云：「從來至去凡三見。」王與此不同，似不當以爲證。總之，此詩以首章爲綱，下二章申明其事。賜弓所以爲諸侯之寶藏，由藏而推及於載，傳云：「載以歸也。」由「載」而推及於「櫜」，傳云：「櫜，韜也。」《説文》：「櫜，車上大櫜。」則知「載之」謂載於車，明矣。至於「貺之」「饗之」，皆實指其事。「喜」「好」乃所以貺之之心，「右」「醻」乃所以饗之之禮。如此則全詩條理井然矣。

「彤弓弨兮」，傳：「彤弓，朱弓也。」定四年《公羊傳》何休注：「天子雕弓，諸侯彤弓，大夫嬰弓，士盧弓。」《釋文》云：「嬰弓，見《司馬法》。」《荀子・大略篇》：「天子雕弓，諸侯彤弓，大夫黑弓，禮也。」所言與《司馬法》合。毛學出於荀卿。《行葦》「敦弓既堅」傳云「敦弓，畫弓也，天子敦弓」，蓋即本諸師説。此不言諸侯彤弓者，以《序》文自明也。《山海經・海内經》：「帝俊賜羿彤弓、素矰，以扶下國。」《管子・輕重丁篇》：「諸侯不以彤弓石璧者，不得入朝。」《漢書》韋孟詩云：「肅肅我祖，國自豕韋。彤弓斯征，撫甯遐荒。總齊群邦，以翼大商。」是則三代皆以彤弓爲諸侯之制。正義謂色以赤者，周之所尚，非是。如果時王所尚，則不應天子以彫,而諸侯轉用彤矣。疑古器物彫與彤以精粗爲等差,如《周禮·司几筵》:「諸侯祭祀右彫几。筵國賓於牖前,亦如之,左彤几。」後鄭注云:「國賓、諸侯來朝,孤卿大夫來聘。後言几者,使不蒙如也。朝者彫几,聘者彤几。」亦其差次也。

「鐘鼓既設,一朝饗之」,箋云:「大飲賓曰饗。一朝,猶早朝。」何氏《古義》曰:「《周禮·大行人》:上公饗禮九獻,侯伯七獻,子男五獻,大國之孤視小國之君。《掌客》:上公三饗,侯伯再饗,子男一饗。其牲則體薦,體薦則房烝,其禮亦有飯食。《春人》云:凡饗食,共其食米,是饗禮亦兼燕與食矣。但燕或於寢,而饗則於朝。立成不坐,設几不倚,爵盈不飲,獻如其命數而止,不必於時之久,故一朝可以成禮。然亦見王者勤於待賓,賞不踰時如此。」承珙案:經言「鐘鼓既設」,已見鄭重之意,則「一朝」二字亦鄭重言之,非徒取速成之意。天子饗禮雖亡,然大饗用鐘鼓見於《周官》,《大司樂》《樂師》《大師》《小師》《眡瞭》《鐘師》《鎛師》《典庸器》者皆有其文。《魯語》:「金奏《肆夏》《繁》《遏》《渠》,天子所以享元侯也。」詩但言其樂之盛,即可以知其禮之隆矣。

「一朝右之」,傳:「右,勸也。」箋云:「右之者,主人獻之,賓受爵,奠于薦右,既祭俎,乃席末坐,卒爵之謂也。」「一朝醻之」,傳:「醻,報也。」箋云:「飲酒之禮,主人獻賓,賓酢主人,主人又飲而酌賓,謂之醻。醻,猶厚也,勸也。」正義申傳,以爲:「下章言醻。醻賓之前,止有獻賓。初獻,未得名爲『勸』。則勸者,非以酒勸賓,謂設饗禮勸其功也。此『勸』既非勸酒,故卒章『醻』亦不得爲醻酒。《瓠葉》箋曰:『醻,導引。』❶主人又飲以導賓而醻之。此傳訓『醻』爲『報』，是傳意『醻』之不施於飲酒明矣。故王肅云：『醻，報功也。』」其申箋則皆用燕禮。承珙案：此二章並承上章「饗之」爲言，而以燕禮爲解，似非「爵盈不飲」之義。且箋云：「一朝，猶早朝。」正義謂燕或至夜，饗則禮成而罷，故以「朝」言。而經文「右之」「醻之」，皆云「一朝」，則不得以爲燕禮明矣。但上言「鐘鼓既設」，則「右」「醻」明是饗時之事，亦不當泛以「勸報有功」釋之。《楚茨》傳云：「侑，勸也。」與此正同，則此自是以「右」爲「侑」之假借。《爾雅》：「酬、酢、侑，報也。」然則「右」亦爲「報」，「醻」亦爲「勸」，「右之」「醻之」當主「侑幣」「酬幣」爲義。

何氏《古義》曰：「禮，于食有侑賓勸飽之幣，上章言『右』是也；于飲有酬賓送酒之幣，下章言『醻』是也。饗爲飲禮，❷兼言『右』『醻』者，以饗亦兼食故也。《公食大夫禮》：賓三飯之後，『公授宰夫束帛以侑』。注謂：『君以爲食賓殷勤之意未至，復發幣以勸之，欲其深安賓也。』又《聘禮》云：『若不親食，使大夫致之以侑幣。』注謂君有疾病及他故，必致之者，不廢其禮。又曰：『致饗以酬幣，亦如之。』然則不親饗，以酬幣致之，明親饗有酬幣矣。侑幣，《公食大夫禮》用束帛，其酬幣則無文。《聘禮》注又引《禮器》曰：『琥璜爵，蓋天子酬諸侯也。』必疑琥璜爲天子酬諸侯之幣，以琥璜非爵名而云爵，明以送酒也。食禮無爵可送，則琥璜，饗酬所用也。謂饗禮酬賓，以琥璜將幣耳。《小行人》：『合六幣，琥以繡，璜以黼。』則天子酬諸侯，以繡黼而琥

❶「醻導引」，阮校本《毛詩正義》此爲傳文，非箋文，作「醻道飲也」。

❷「饗爲飲禮」，影印文淵閣《四庫全書》本《古義》作「飲爲饗禮」。

璜將之。」承珙案：何氏以「右」爲侑幣，「醻」爲酬幣，甚是。然尚牽合於食禮之「侑」。《左傳》莊十八年：「虢公、晉侯朝王，王饗醴，命之宥，杜注：「王之覲群后，則行饗禮。先置醴酒，示不忘古。飲燕則命以幣物。宥，助也，所以助勸敬之意，言備設。」皆賜玉五瑴、馬三匹。」僖二十五年：「晉侯朝王，王饗醴，命之宥。」注：「既行饗禮，而設醴酒，又加之以幣帛，以助懽也。」僖二十八年：「晉侯獻楚俘于王，王饗醴，命晉侯宥。」注：「既饗，又命晉侯助以束帛，以將厚意。」是則饗禮本有侑幣，王禮或更有玉與馬，不必以兼食禮之故。至酬幣，既見於《儀禮》，春秋時秦后子享晉侯，歸取酬幣，終事八反；魯侯享范獻子，展莊叔執幣，皆饗有酬幣之證。《郊特牲》：「大饗，君三重席而酢。三獻之介，君專席而酢。」❶有酢必有酬，此所以用酬幣也。《儀禮・覲禮》「饗禮乃歸」注云：「禮，謂食、燕也。王或不親，以其禮幣致之。略言饗禮，互文也。」疏云：「以此文爲互，則饗、食、燕皆有酬幣、侑幣，是以《掌客職》『三饗』『三食』『三燕』云云，即云若弗酌，則以幣致之。」此節注疏最爲明晰。饗禮既有侑酬，則此詩「右之」「醻之」即饗時之侑幣、酬幣，不必牽及於食燕矣。

菁菁者莪

「菁菁者莪」，傳：「莪，蘿，句。蒿也。句。」此傳上二字用《爾雅》文，以「蘿」釋《詩》之「莪」，下二字乃毛自爲文以釋《爾雅》之「莪，蘿」。自陸《疏》云「莪，一名蘿蒿」，是讀傳「蘿蒿也」三字爲句，正義因之，云：「言菁

❶「席」，原誤作「序」，據廣雅本改。

菁然茂盛者，蘿蒿也。」不知《爾雅》以疊韻爲訓，猶《釋蟲》之「蛾，羅」耳。毛傳既引《爾雅》，而後明「莪」爲蒿類，不當讀爲「蘿蒿也」。陸《疏》云生澤田漸洳之處。《本草拾遺》云：「廪蒿生高岡，一名莪蒿。」馮氏《名物疏》云：「以《詩》文證之，陵阿則高地也，沚則水中也。然則澤田、高岡俱有莪矣。」

「樂且有儀」，箋云：「既見君子者，官爵之而得見也。見則心既喜樂，又以禮儀見接。」《稽古編》曰：「據箋是『樂』主見者言，『有儀』主君子言也。歐陽《本義》全主君子。嚴華谷非之，謂：『以「樂且有儀」指君子，則「既見」二字無所歸。詩中「既見君子」二十有二，見於九詩。《汝墳》《風雨》《唐·揚之水》《車鄰》《出車》《蓼蕭》《菁菁者莪》《頍弁》《隰桑》。其接句皆述喜之之情，謂見君子者喜，非所見者喜也。』斯言得之矣。源謂『樂』字即下章『喜』字『休』字，歐陽以屬『君子』，實爲無理。鄭以『有儀』指『君子』，原是見者自幸之詞，無妨文義。但一句分屬兩人，終未渾成。且以『儀』爲『相接』之『儀』，趣味亦短。嚴《緝》云見善教之作成，是『有儀』主賢才言，得之矣。惜語未明暢。東萊《詩記》載吕氏之説曰：『長育人材之道固多術矣，而莫先於禮儀。禮儀者，內外兼養，非心過，行無所從入。此人材所以成也。故曰：《菁菁者莪》廢則無禮儀。』旨哉斯言！嚴説應本此。」承珙案：《序》云君子能長育人材，毛傳亦同，則「既見君子」自應主育材者。「樂且有儀」，當主賢才言之。《左傳》文三年：「公如晉，晉侯饗公，賦《菁菁者莪》。莊叔以公降拜，曰：『小國受命於大國，敢不慎儀？君貺之以大禮，何樂如之！抑小國之樂，大國之惠也。』」詳晉侯賦《詩》之意，本以「樂且有儀」指魯君。莊叔所言，皆依《詩》詞爲説，固明以「有儀」及「樂」屬之一人。但傳謂君子之樂且有儀，《詩》言見君子者之樂且有儀，微不同耳。至育材以禮儀爲要術，吕氏之説亦有所本。《中論·藝紀篇》曰：「先王之欲人之爲君子也，故立保氏掌教六藝，一曰五禮，二曰六樂，三曰五射，四曰五御，五曰六書，六曰九數。教六儀，一曰祭祀之容，二曰賓客之容，三曰朝廷之容，四曰喪紀之容，五曰軍旅之容，六曰車馬之容。大胥掌學士之版，春入學，舍菜合《萬舞》；秋班學合聲，諷誦講習，不解於時。故《詩》曰：『菁菁者莪，在彼中阿。既見君子，樂且有儀。』美育群材，其猶人之於藝乎？既修其質，且加其文。文質著，然後體全。體全，然後可登乎清廟，而可羞乎王公。故君子非仁不立，非義不行，非藝不治，非容不莊。四者無愆，而聖賢之器就矣！」

據此，是詩意以禮儀育人材，其義深遠矣。

「錫我百朋」，箋云：「古者貨貝，五貝爲朋。」正義曰：「五貝者，《漢書・食貨志》以爲大貝、壯貝、幺貝、小貝、不成貝爲五也。言爲朋者，謂小貝以上四種各二貝爲一朋，而不成者不爲朋。鄭因經廣解之，言有五種之貝，貝中以相與爲朋，非總五貝爲一朋也。」季氏《詩説解頤》曰：「百朋者，元龜之直至重者也。元龜長尺二寸，直二千一百六十，爲大貝十朋。蓋二貝爲朋，凡言朋者，皆以貝言也。至於十朋以上，則爲龜矣。此班固《食貨志》龜貝之品也，況百朋又十倍於十朋者乎！」《説文》「古者貨貝而寶龜」，段注云：「《食貨志》王莽貨貝五品，皆二枚爲一朋，不成貝不得爲朋。龜貨四品，元龜當大貝十朋，公龜當壯貝十朋，侯龜當幺貝十朋，子龜當小貝十朋。此自莽法。鄭箋《詩》云古者『五貝爲朋』，注《易》『十朋』以《爾雅》之『十龜』，未嘗用莽、歆法也。」承珙案：段説是也。

「汎汎楊舟，載沈載浮」，傳：「載沈亦浮，載浮亦浮。」箋云：「舟者，沈物亦載，浮物亦載，喻人君用人，文亦用，武亦用，於人之材無所廢。」正義云：「『載飛載止』及『載震載育』之類，箋傳皆以『載』爲『則』。然則此

『載』亦爲『則』，言則載沈物、則載浮物也。傳言『載沈亦浮』，箋云『沈物亦載』，則以『載』解義，非經中之『載』也。」《稽古編》曰：「疏語太拘。詩中『載』字取『任載』之義者多矣，「謂之載矣」「受言載之」「載是常服」之類。何必專訓爲『則』？」承珙案：疏説本非是。若《詩》之「載」即「則」字，則「沈浮」指舟而言，舟豈可以「沈」言之？傳蓋以「載」爲「任載」，以「沈浮」爲所載之物，「亦浮」之「浮」字非經中「浮」字。箋申傳意最明，「沈物」「浮物」猶言「重物」「輕物」耳。傳固善讀經，箋亦善讀傳矣。韓昌黎《上宰相書》云：「汎汎楊舟，載沈載浮。」説者曰：「載者，舟也。浮沈者，物也。言君子之於人材無所不取，若舟之於物，浮沈皆載之云爾。」此文一依傳箋，解經直截。不必如正義之言，轉生轇轕。

六月

《序》云「《鹿鳴》廢，則和樂缺矣」云云，至「《小雅》盡廢，則四夷交侵，中國微矣」，正義云：「此二十二篇，《小雅》之正經。王者行之，所以養中國而威四夷。今盡廢事不行，則王政衰壞，中國不守，四方夷狄來侵，中夏之國微弱矣。故博而詳之，而因明《小雅》不可不崇，以示法也。」承珙案：此《序》甚古，自在毛公之前。即以六笙詩言之，後儒多謂笙詩序皆依仿篇名爲之，試思《南陔》之「陔」，據束皙《補亡詩》，義祇作「陔隴」，即謂「陔」有「戒」義，《鄉飲酒禮》注：「陔之言戒也。」然何以定知爲「孝子相戒以養」？《白華》與刺幽后者同名，何以必知爲「孝子之潔白」？且本《序》但云潔白，而此《序》又何以推及於廉恥？《由庚》序但言「萬物得由其道」，此《序》又何以推及於陰陽？此等必皆及見詩辭者所爲，否則必不能憑空臆撰，可知其他所推廢缺之言，亦無不與本《序》相應。劉氏《詩益》謂序者博采異聞，非也。

孔氏《經學卮言》曰：「《正雅》二十二篇，《六月序》具有其次。古本《鹿鳴之什》終於《魚麗》，而《南陔之什》以《南陔》《白華》《華黍》《由庚》《南有嘉魚》《崇邱》《南山有臺》《由儀》《蓼蕭》《湛露》爲次，與《儀禮》樂次亦不甚相遠。毛公引《序》分置各篇時，始錯其次耳。所以《魚麗》獨不依樂次者，蓋欲使《笙詩》三篇相聚，故不割《南陔》以附前什也。《漢・藝文志》，魯、齊、韓《詩》皆二十八卷，獨《毛詩經》二十九卷，《故訓傳》三十卷。三家竟無笙詩六篇，故王式云《詩》三百五篇，張揖云《小雅》之材七十四。計毛所多於三家一卷者，正以《小雅》有七什、八什之辨耳。其作《故訓傳》仍併爲七什，轉與三家卷第相似。至三十卷、二十八卷之異，則未知《周頌》本不分什而傳分之邪？抑《邶》《鄘》《衛》本共卷而傳分之邪？藉非此《序》，幾不見《小雅》八什之舊。就此一端，足定《序》果出於毛公之前。衛敬仲所作《毛詩序》當別有其文，若即今《小序》，豈譔《後漢書》者猶知之，後漢同時人反莫之知乎？」

《序》云：「《六月》，宣王北伐也。」《稽古編》曰：「親征之説，毛傳並無明文。王肅、孔晁述毛，故云耳。不知毛傳原不言『佐己』，其云『佐其爲天子』指吉甫言，義亦明順。至『王建大常』，雖《周官》有明文，然玩傳語未嘗謂建此以行也。傳云：『棲棲，簡閱貌。飭，正也。日月爲常。服，戎服也。』夫簡閱者，將出師，先選練其士衆車馬，如《周禮》大司馬四時教蒐田，教民坐作之法是也。平時簡閱，王猶親涖之，況命將出師乎？大常之建，只應在此時耳。二章傳又云：『言先教戰，然後用師。』可見首二章，毛皆指簡閱言。章末兩『出征』，則明簡閱之故，何嘗以爲親征哉？故末章傳云：『使文武之臣征伐，與孝友之臣處内。』傳義顯然矣。

肅見斯語與己矛盾，復爲宣王先歸之説，鑿矣！孔欲證成王説，乃云不得載常簡閲、遣將獨行，非也。」承珙案：此詩王不親征，文義本明。毛意以首章及次章首二句皆教練之事，「既成我服」以下乃言出師。蓋「載是常服」者，簡閲之戎服。「既成我服」者，出師之戎服也。經文兩言「戎服」，明是兩事。不然，無先言載服，而後言成服者。《左傳》僖二十三年：秦伯享晉公子，賦《六月》。趙衰曰：「君稱所以佐天子者命重耳。」此傳文「出征以佐其爲天子」語之所本。佐天子者，言爲天子征伐耳，不必從王而後爲佐也。此《序》云「宣王北伐」，《采芑序》云「宣王南征也」，皆以征伐繫之王。而《采芑》詩但稱方叔，並無一語及王，又豈得泥《序》文而謂王爲親征哉？

「我是用急」，《鹽鐵論・繇役》篇作「我是用戒」。《毛鄭詩考正》曰：「戒，猶備也。治軍事爲備禦曰戒。譌作『急』，義似劣，於音亦不協。」段氏《詩小學》云：「謝靈運《述征賦》：『宣王用棘於獫狁。』是六朝時，詩本有作『棘』者。《釋言》：『悈、褊，急也。』《釋文》：『悈，本或作㥛，又作亟。』《詩》『匪棘其欲』箋：『棘，急也。』正義曰：『「棘，急」，《釋言》文。』《禮器》『匪革其猶』注云：『革，急也。』正義亦曰《釋言》文。《素冠》傳：『棘，急也。』正義曰：『「棘，急」，《釋言》文。彼「棘」作「悈」，今本作「戒」，譌。音義同。』然則悈、㥛、亟、棘、革、戒六字同音，義皆『急』也。此詩作『急』作『戒』，皆協。今作『急』者，後人用其義改其字耳。」承珙案：此與《采薇》之「豈不日戒」不同。❶彼上文正言軍中之事，故以戒備爲詞。此詩方言簡閲，不應遽及備禦。經文兩

❶「采薇」，原誤作「杕杜」，據《毛詩》，「豈不日戒」乃《采薇》文，據改。

言「六月」，明有非時舉事之意，故箋云：「記六月者，盛夏出兵，明其急也。」然則「我是用急」正承「六月」二句而言，《稽古編》謂當以周正紀月，非也。

「王于出征」，箋云：「于，曰。」正義云：「鄭以『王不親征』，吉甫述王之辭，故言『王曰』。毛氏於《詩》言『于』者，多爲『於』爲『往』，所以爲王自征耳。」《稽古編》曰：「『于』字有三訓：於也，往也，曰也。《詩》具有之。今莫識『曰』義。《六月》詩兩『王于出征』，若不訓『于』爲『曰』，文義終不可通。鄭箋得其解矣。」承珙案：陳説非是。此與《秦風》之「王于興師」文法正同。彼疏云：「王法於是興師。」可知「王于」不必要是王言，凡奉王命勤王事皆可如此言之。若「王于」必爲王曰，則次章以「佐天子」亦爲王言，於文不順。王氏《釋詞》曰：「《爾雅》：『于，曰也。』曰，古讀『聿』，字本作『欥』，或作『曰』，或作『聿』。『王于興師』，王聿興師也。『王于出征』，王聿出征也。『聿』『曰』古字通，故《爾雅》訓『于』爲『曰』。箋每以《爾雅》之『于，曰』爲《論語》『子曰』之『曰』，失其指矣。」

「以奏膚公」，傳：「膚，大。公，功也。」承珙案：《狼跋》「公孫碩膚」傳云：「膚，美也。」《大雅·文王》「殷士膚敏」傳同。而趙注《孟子》「殷士膚敏」又云：「膚，大。」蓋「大」與「美」義略同。隱五年《公羊傳》云：「美，大之之辭也。」故此傳又以「膚」爲「大」。《爾雅》：「公，事也。」《毛詩·天保》《靈臺》《江漢》《酌》傳並同。「事」與「功」義相近。《七月》「上入執宮公」，正義云：「定本作『執宮功』。」《江漢》「肇敏戎公」，《後漢書·宋閎傳》作「戎功」。故此傳「公，功也」者，當即以「公」爲「功」之假借也。《漢書·劉歆傳》引此詩正作「功」字。

「整居焦穫」，傳：「焦穫，周地接于玁狁者。」《稽古編》曰：「斯言殆未然也。焦穫又名瓠口，在今涇陽縣北。今涇陽縣即漢池陽縣也，在西安府城北七十里。而咸陽縣亦在府城西北五十里，縣城東二十五里爲古鎬京。焦穫去之僅數十里耳，何得便與玁狁爲鄰？況吉甫逐之，尚行千里，而玁狁巢穴反在百里內，殊不可信。」承珙案：此陳氏自誤，非傳誤也。以焦穫爲池陽瓠中者，郭璞注《爾雅》云然耳。毛公此傳並不用《爾雅》「周有焦穫」之文。即《爾雅》所云「周有焦穫」者，亦與《周禮·職方》雍州之藪不合。《呂覽》《淮南》所載九藪皆無焦穫。《説文》言九州之藪，不及焦穫。《漢書·溝洫志》有「瓠口」而《地理志》「池陽」下並不及焦穫。則傳所云「焦穫，周地」者，必不指池陽之瓠中可知。陳氏謂：「以詩之文勢，合之今之地理，涇陽其即焦穫乎？焦穫最近京，玁狁犯周當至是而止。詩數玁狁之惡，故先言焦穫，見其縱兵深入迫處內地，繼又追本其始，自遠而來。故言鎬與方，紀其外侵所經；言涇陽，紀其內侵所極也。」案：此言尤爲曲説。詩先言「整居」，然後曰「侵」曰「及」曰「至」，於文勢一順，自是由遠而近。正義亦泥於《爾雅》郭注之説，故云澤藪在瓠中，而藪外猶焦穫，所以接於玁狁。又云：鎬、方雖在焦穫之下，不必先焦穫乃侵鎬、方。陳氏本之爲説，誤矣。《易林·未濟之睽》云：「玁狁匪度，治兵焦穫。侵鎬及方，與周争疆。」夫曰「治兵」，則必非至周之近郊而後治兵。曰「争疆」，則鎬與方必皆周之邊境可知。故王基據劉向言「千里之鎬」，以爲當去周京千里。正義據《出車》傳云「朔方，近玁狁之國」，此「鎬」「方」連文，則傳意鎬亦北方地，是也。戴氏《詩考正》曰：「孔氏以郭注《爾雅》之『池中』當此詩『焦穫』，是直逼周京矣。非也。既整其衆，處於焦穫，乃侵鎬及方，至于涇陽，則焦穫在外，鎬、方、涇陽在內。下章言『薄伐玁狁，至于大原』，卒章言『來歸自鎬』，則焦穫、鎬、方在大原、涇陽之閒。王師逐之至大原，後仍軍於鎬，平定然後歸也。」

「織文鳥章，白旆央央」，傳：「鳥章，錯革鳥爲章也。白旆，繼旐者也。央央，鮮明貌。」箋云：「織，徽織也。鳥章，鳥隼之文章，將帥以下，衣皆著焉。」段氏《詩小學》曰：「織文，毛無傳，蓋讀與《禹貢》『厥匪織文』同。鳥章帛旆，皆織帛爲之。鄭箋易爲『徽識』，則其字作『識』；《周禮》注、《左傳》注及《説文解字》皆作『徽識』。」承珙案：鄭注《禹貢》「織貝」云：「凡爲織者，先染其絲，乃織之，則文成矣。」《玉藻》「士不衣織」注云：「織，染絲織之。士衣染繒也。」據此，知織與繒爲二物。染而後織者，功多色重，謂之「織」。素絲所織，謂之「繒」。繒者，帛也。詩「織」與「帛」對。「織文鳥章」者，説旗之全體。織爲鳥隼於旗上，故傳云「錯革鳥爲章」。《吕記》：「所謂日月爲常、交龍爲旂之類，皆織之文也，『鳥章』特其一耳。」今案：《月令》以爲旗章，是凡旗之文皆謂之「章」。故《郊特牲》云「龍章」，而設日月。《管子・兵法》篇有「日章」「月章」「龍章」，而五曰「舉鳥章則行陂」。是也。「白旆央央」者，則指旗之下尾。白，當依孫炎注《爾雅》引作「帛」。見《公羊疏》。帛者，織而後染。此正義云：「言帛旆者，謂絳帛。猶通帛爲旃，亦是絳也。」傳雖用《爾雅》「繼旐爲旆」，其實九旗皆當有旆。觀上文用《爾雅》「錯革鳥」之文，明是言旟，即繼之以「白旆，繼旐者也」，必非以旐末之旆設於革鳥之旟，又不應上句言「旟」，下句言「旐」。故正義曰：「此旟而言旐者，散則通名也。」然則織貴於帛，故爲旗身；帛次於織，僅爲旗尾。織以爲文，故曰「鳥章」。帛但有色，故曰「央央」。鮮明者，謂帛色之鮮明耳。凡此皆毛義也。箋以「織」爲「徽織」者，乃因旌旗而推及於衣服。《吕記》云：「以其古之軍制，故附見焉。」是也。《墨子・旗幟》篇云「守城之法，有旗有幟。凡所求索旗名不在書者，皆以其形名爲旗。亭尉各爲幟，竿長二丈五，帛長丈五，廣半幅。有大寇，鼓三，舉一幟；鼓四，舉二幟」云云。其下又云：「吏卒、民男女皆菪異衣章。」衣章者，即箋所謂「將帥以下，衣皆著焉」者也。蓋徽識者，爲旗則大，在衣則小。鄭特推廣言之，非以「織文」二句專指在衣之徽識也。

「元戎十乘，以先啟行」，傳：「元，大也。夏后氏曰鉤車，先正也。殷曰寅車，先疾也。周曰元戎，先良也。」箋云：「二者及元戎，皆可以先前啟突敵陳之前行。其制之同異未聞。」《史記・三王世家》集解引《韓詩薛君章句》曰：「元戎，大戎，謂兵車也。車有大戎十乘，謂車縵輪，馬被甲，衡軛之上盡有劒戟，名曰陷軍之車，所以冒突先啟敵家之行伍也。」此訓詁與傳箋略同，而言其制較悉。鄭曰「先前啟突」，薛曰「冒突先啟」，則「啟」有「開」義，「行」讀户郎反，凡軍陳在前曰啟，義與此同矣。《詩稗疏》云：「馬融注《論語》曰『前曰啟，後曰殿』。《左傳》齊莊公伐衛，『啟：牢成御襄罷師。』『胠：商子車御侯朝。』杜預解曰：『左翼曰啟，右翼曰胠。』非也。胠者，兩翼之總名，猶人之有兩腋皆名『胠』也。兩翼而一將者，爲游軍，或左或右也。」承珙案：《逸周書・武順解》：「一卒居前曰開，一卒居後曰敦，左右一卒曰閭。」注云：「皆陳名。」「開」即「啟」也。「敦」者，「殿」聲之轉。《周禮・鄉師》「巡其前後之屯」，故書「屯」或爲「臀」。鄭大夫讀「屯」爲「課殿」，杜子春讀爲「在後曰殿」。「敦」之爲「殿」，猶「屯」之爲「殿」矣。「胠」與「閭」聲亦相近。然則《稗疏》之說，似非無據。《左傳正義》云：「服虔引《司馬法・謀帥》篇曰：『大前驅，啟，乘車，大晨、倅車屬焉。』大晨，大殿也。如服言，古人有名軍爲啟者。」據此，是「啟」即前驅之車。《稗疏》又因《左傳》有「先驅」「申驅」，謂以先啟行者，乃先啟而行，即所謂「先驅」。此則用王介甫之説，見《吕記》。讀「行」如字，非矣。

「如輊如軒」，傳：「輊，摯。」惠氏《古義》云：「『摯』當作『輂』。高誘注《淮南》『輂』音『志』，从車不从手。

段懋堂曰：「軒輊，即軒輖也。《既夕禮》鄭注：『輖，蟄也。』作『蟄』。《考工記》：『大車之轅摯。』作『摯』。《說文》：『輖，重也。』謂車重也。《士喪禮》『軒輖中』，鄭曰：『輖，蟄也。』摯、蟄、輊同字。輖，雙聲。許書有『輖』『摯』而已。摯者，依聲託事字也。軒言車輕，輖言車重，引申爲凡物之輕重，故《禮經》以之言矢。輩，《說文》云『抵也』。與車重之摯、蟄、輊、轋本各義，與『輖』又殊音，而《集韻》總合爲一字，誤矣。小徐引潘岳賦：『如輩如軒。』今按：《射雉賦》作『轋』，不作『輩』也。」承珙案：輊軒者，低昂之謂。《樂記》「《武》，坐致右憲左」鄭云：「致，謂膝至地也。憲，讀爲『軒』，聲之誤也。」此亦與「輊軒」同義。《淮南·人間訓》：「道者置之前而不輩，錯之後而不軒。」《後漢書》馬援疏云：「居前不能令人輊，居後不能令人軒。」皆謂平均調適，無所輕重低昂之意。凡車，輊前者必軒後，軒，起也。前重則後輕，故後有軒勢。若後重則前輕，其前仰起，亦可曰軒。《集韻》分前頓曰輊，後頓曰軒，非是。然使從後視之不見有輊狀，則前必過於輕；從前視之不見有軒狀，則後必過於重。故曰「如輊如軒」，非真有輊軒，而不啻其輊軒，則一低一昂，自然調適。箋云：「從後視之如摯，從前視之如軒，然後適調也。」可謂善於形容者矣。《通俗文》亦云：「前重曰輊，後重曰軒。」案：前後偏則不平，經當云「不輊不軒」，不當云「如輊如軒」，故鄭說最精。

「四牡既佶」，傳：「佶，正也。」《說文》「佶，正也」，即用毛傳，並引詩「既佶且閑」。《書·甘誓》：「御非其馬之正。」彼疏云：「御以正馬，《詩》云『兩驂如手』。傳云：『進止如御者之手。』是爲馬之正也。」《出車》箋云「憂其馬之不正」，即此傳所謂「正」。鄭於此箋又云「佶，壯健之貌」者，蓋以「壯健」乃可狀馬。然此詩上二句言車之善，下二句言馬之善，車以平均調適爲善，馬以整齊馴習爲善，「佶」者整齊，「閑」者馴習，不必言其壯健也。

「薄伐玁狁，至于大原」，傳言：「逐出之而已。」箋疏皆不詳其地，自《集傳》以爲太原府陽曲縣。仁山金氏疑之，謂當在原州。明周斯盛《山西通志》、趙時春《平涼志》皆以爲《詩》之「大原」當爲平涼之原州，非冀州之太原。顧氏《日知録》謂：「必先求涇陽所在，而後大原可得而明。《漢書・地理志》安定郡有涇陽縣。《郡縣志》原州平涼縣本漢涇陽縣地。然則大原當即今之平涼。而後魏立爲原州，亦是取古大原之名爾。計周人之禦玁狁，必在涇原之閒。若晉陽之太原，在大河之東，距周京千五百里，豈有寇從西來，兵從東出者乎？」胡氏《禹貢錐指》云：「漢安定郡治高平縣，後廢。唐置原州治，後徙治平涼州西，去故州一百六十里。故州即今固原州也。《小爾雅》：『高平謂之大原。』則大原當在州界，非平涼縣，縣乃古涇陽，在固原之東。玁狁侵及涇陽，而薄伐之以至于大原，蓋自平涼逐之出塞，至固原而止，不窮追也。」承珙案：大原，當以顧、胡二説爲正。何氏《古義》以鎬爲光武即位「鄗南」之「鄗」，今高邑縣，屬真定府。謂其地正與山西太原相近。以「方」爲漢之朔方郡。且云：「自周穆王遷戎于大原，而大原鄰近遂爲玁狁出没之地。故始而侵鄗，迤邐西行以及於大原等處。將以内犯京畿，久駐焦穫而時復鈔掠，及于涇陽，去周都三十餘里而近。」《陸堂詩學》謂：「焦即《左傳》『許君焦瑕』之『焦』。濩澤在析城山西北。此謂玁狁别部盤踞於晉地者。鎬即鎬京。謂玁狁意欲侵鎬，已過朔方而至涇陽。此則玁狁本部從西北而内侵者。」案：何説謂始而侵鄗，漸及大原，而仍以焦穫在近畿，究無以解於詩之先言焦穫。陸説以焦穫在晉地，而又以「鎬」爲鎬京，則是玁狁自東而西，直越周都而至于涇陽矣，於是不得不創爲兩部之説。按之經文及地形道里，皆有不合者，知其不足據也。

「飲御諸友，炰鼈膾鯉」，説《詩》者多以「吉甫燕喜」是王燕，「飲御諸友」是私燕。王燕祇有牲牢，無炰鼈膾鯉。承珙案：下文「侯誰在矣，張仲孝友」傳云：「張仲，賢臣也。使文武之臣征伐，與孝友之臣處内。」明是以飲御諸友，謂王於燕飲而進傳云：「御，進也。」吉甫之諸友。其諸友中有張仲者，具孝友之德，本王所與處内者也。「炰鼈膾鯉」，鄭箋以爲加其珍美之饌。《大射儀》「羞庶羞」注：「有炰鼈膾鯉。」古者天子諸侯之射，必先行燕禮。然則此詩所言，其即燕禮之庶羞歟？《詩稗疏》曰：「《禮》：『與卿燕，則大夫爲賓。與大夫燕，亦大夫爲賓。』鄭注曰：『不以所與燕者爲賓，燕主序歡心，賓主敬也。』「公父文伯飲南宫敬叔，路堵父爲客。」此之謂也。』君燕卿大夫，膳夫爲主，而別命賓，則君與所燕者皆尊安矣。天子之大夫稱字。張仲，大夫也。燕吉甫而命仲爲賓，此與卿飲大夫爲賓之禮也。」

采芑

《序》云：「《采芑》，宣王南征也。」《虞東學詩》云：「王半山曰：前三章詳敘其治兵，末章美其成功，出戰之事略而不言，蓋以宿將董大衆，荆人自服也。蘇氏同。案：詩無舉征伐事而言『試』者，此詩前三章兩言『師干之試』，明是先期練治以習號令、信賞罰，故三章以後遂以明信稱方叔也。《左傳》：『楚子將圍宋，使子文治兵於睽。子玉復治兵於蔿。』蓋古人用兵，原有此法。而箋釋第三章，以將戰罷戰言之，則舛矣。末章方言威蠻荆事，豈有未至其地而先戰者？又豈有已經罷戰而乃言『方叔率止，執訊獲醜』者乎？蓋以宿望之將，率練治之兵，往而擒治其黨耳，未嘗戰也。若何黄如謂宣王命方叔行三年大閱之禮，事畢而忽有蠻荆蠢動，即命征之，此殊不然。詩意是因南征而治兵，非因治兵而南征也。」

「薄言采芑」，傳：「芑，菜也。」正義曰：「陸璣《疏》云：『芑菜，似苦菜也。莖青白色，摘其葉，白汁出，脆可生食，亦可烝爲茹。青州人謂之芑。西河雁門芑尤美，胡人戀之不出塞。』是也。」《稽古編》曰：「宋《嘉祐本草》謂芑爲白苣，王楨《農書》謂之石苣。《食療本草》云，白苣似萵苣，葉有白毛。李氏《綱目》云，葉色白，摘之有白汁。正、二月下種，三、四月開花，黄色如苦藚，結子亦同。八月、十月可再種。然則荼是苦苣，芑是白苣，同類而小別，故陸《疏》以爲似苦菜也。」承珙案：《齊民要術》引《詩》義疏云：「藘似苦菜，近本「菜」誤「葵」。青州謂之芑。」近本「芑」誤「苞」。此所據陸《疏》語較明晰。詩蓋以「芑」爲「藘」之假借。《説文》：「藘，菜也。」《廣雅》：「藚，蘆也。」王氏《疏證》曰：「藘，或作蘆，或作苣。《玉篇》云：『蘆，今之苦蘆，江東呼爲苦藚。』『藚，苦藚菜也。』《廣韻》：『藚，吴人呼苦蘆。』《顔氏家訓》云：『苦菜，葉似苦苣而細。』是苦苣即苦菜之屬也。」承珙謂：《詩・邶風》之「荼苦」，《唐風》之「采苦」，《豳風》之「采荼」，《大雅》之「堇荼」，皆今之苦藚菜，古人謂之苦菜者也。此詩之「芑」，毛傳云菜，陸《疏》以爲似苦菜者，自當爲苦苣，今北人所謂蘆藚菜者也。《嘉祐本草》謂苦苣野生者名「褊苣」，今人家常食爲白苣。江外、嶺南、吴人無白苣，常植野苣以供廚饌。《齊民要術》：「白藘尤宜糞種。」與蘆別言。曹憲《廣雅音義》云，白藘與苦藚大異。然則《稽古編》以荼是苦苣，芑是白苣者，非是。大約苦藚、苦蘆種類略同，南人謂之苦藚，北人謂之蘆藚耳。程氏《通藝録》云：苦藚、蘆藚有二種，惟結子不結子爲異。此或由地産之殊。其花黄如菊，莖有白汁，則一也。此詩之「芑」當以陸《疏》爲據，必非《生民》白苗嘉穀之「芑」，亦非「豐水有芑」之「芑」。《管子》：「五塥之土，其種蓼杞。」以「杞」與「蓼」並言，亦即此「似苦菜」之「芑」，《内則》所以謂「包苦實蓼」也。今本《管子》「杞」從木，注以爲木名；段懋堂以「杞」字從禾，謂即白苗之「芑」：皆誤。

「于彼新田，于此菑畝」，傳：「田一歲曰菑，二歲曰新田，三歲曰畬。宣王能新美天下之士，然後用之。」正義曰：「『一歲曰菑』云云，《釋地》文。孫炎曰：『菑，始災殺其草木也。新田，新成柔田也。畬，和也，田舒緩也。』《臣工》傳及《易》注皆與此同。唯《坊記》注云：『二歲曰畬，三歲曰新田。』《坊記》引《易》之文，其注理不異，當是傳寫誤也。」承珙案：馬融、董遇注《易》皆用《爾雅》，郭璞注《雅》即引此「于彼新田」爲證。惟《易釋文》引《説文》「畬，二歲治田」，與《坊記》注合。許白雲又據《韻會》之説，以「二歲曰畬，三歲曰新田」爲是。然《臣工》云「如何新畬」，明是由新而畬，則不當以「畬」爲三歲，「新」爲二歲矣。正義又云：「二歲曰新田，可言美。菑始一歲，亦言『于此菑畝』者，菑對未耕亦爲新也。且菑，殺草之名，雖二歲之後，耕而殺草，亦名爲『菑』也。『于此菑畝』文在『新田』之下，未必一歲之田也。」此則非是。經文兩言「新田」，自是專以「新田」爲中興之喻，故傳云「宣王能新美天下之士」。「菑畝」「中鄉」皆對「新田」而言。「中鄉」傳云：「鄉，所也。」不過泛言處所，並不以爲「六鄉」之「鄉」。箋云「美地名」，恐未必然。當從黄實夫謂「中鄉，至狹之地」。蓋謂采芑者既于彼新田矣，亦于此始災之畝、中處之鄉，而皆有可采，所以起下文「其車三千」之衆也。

「其車三千」，箋云：「《司馬法》『兵車一乘，甲士三人，步卒七十二人』。宣王承亂，羨卒盡起。」正義引：「《小司徒》起軍之法：家出一人，故鄉爲一軍。唯田與追胥竭作。今以敵强與追寇無異，故羨卒盡起。上中下地三等之家通而率之，家有二人半耳，縱令盡起，惟二千五百乘。所以得有三千者，蓋出六遂以足之，或出於公邑，不必皆鄉遂也。」王介甫又以爲會諸侯之師，非特鄉遂之兵而已。後儒多疑詩不過極言其盛，本非實數。或又謂此詩「其車三千」，一語而三言之，必紀實之詞，非虛張之數。何氏《古義》又據《尚書》孔疏謂：「出車一乘，則有兩車：輕車備戰陳，士卒共七十五人；重車載輜重，用二十五人，合兩車總百人。其車三千，内兵車一千五百乘，計甲士步卒共得十一萬二千五百人；重車一千五百乘，計炊家子等共得三萬七千五百人，合之爲十五萬人，天子六鄉六遂之衆也。」承珙案：《詩》雖詠歌之文，不同紀事之史，然必無鑿空妄語者。「其車三千」自是實數。惟依鄭、孔之説，三千乘當有甲士九千，步卒二十萬六千，三代用兵必不若此之多。且以方叔「克壯其猶」，而伐「蠢爾」之「荆蠻」，安用士卒之衆如此？又六鄉地居四同，合上中下地正、羨卒通而率之，家二人半，一鄉得三萬一千五百人，六鄉共十八萬七千五百人，乃空國而授之方叔，使百里之内曠然無人，此尤必無之事。何氏以此詩前三章爲大閲之事，而又謂合兵車、重車爲三千。夫大閲究非出師，但當陳兵車以習戰陳，何必并重車而徵發之？則其説亦未可信。竊謂説經當先以經文爲據。經無明文者，取之傳注，然當觀其會通，不宜執一。《周禮・大司馬》云「王六軍」，詩亦三言「六師」，然則六軍者，王國之大法矣。注家因《小司徒》之伍、兩、卒、旅、軍、師與《大司徒》之比、閭、族、黨、州、鄉相應，極似家出一人爲兵，六鄉七萬五千家，六軍亦七萬五千人，故謂天子六軍出於六鄉。而六遂之鄰、里、酇、鄙、縣、遂又與比、閭、族、黨、州、鄉同，亦七萬五千人，故又謂六遂亦出六軍，而天子乃有十二軍矣。然而經文無此也。夫鄉遂出軍之制，亦約計其可任者耳。人有死生，户有登耗，必無六鄉、六遂截然各七萬五千家之理。

即令足七萬五千家，亦斷無每家必出一人爲兵之理。再加以甸、稍、縣、都皆各有兵，是王畿千里幾數十軍，安所用之？竊意王之六軍出於鄉遂，非鄉遂各爲六軍。《費誓》云，魯人三郊三遂。可知大國三軍，亦鄉遂所同出。疏云「出於三鄉」，非是。其計家出卒之數，不可詳知，大約合數家而出一人爲正卒。選其精壯，汰其老弱，截長補短，舍絀取贏。其尺籍伍符必有通融調劑之法，居則用以守衛王國，有事則用之巡狩師田。其用之也，亦必有番休更調之制，以砥遠邇而均勞逸。斷非如疏家所云出軍之賦先六鄉，賦不止然後次六遂者。雖都鄙邦國皆可徵兵，然天子所常用者惟六軍耳，故經但言「六軍」「六師」也。至以士卒配車乘，則《司馬法》有二數。一云革車一乘，士十人，徒三十人，鄭引以注《小司徒》者也。一云長轂一乘，甲士三人，步卒七十二人，鄭用以箋此詩及注《論語》者也。賈、孔皆以七十五人爲畿外邦國法，三十人爲畿內采地法。然七十五人之法，按之經文實多不合。《魯頌・閟宮》云「公車千乘」，「公徒三萬」。若一乘七十五人，千乘當有七萬五千人，何以止言三萬？箋云：「大國三軍，合三萬七千五百人。言『三萬』者，舉成數也。」第舉成數，則當以少言多，不當以多言少。《閟宮》方侈僖公之盛，何爲反從其減？故鄭答臨碩又以爲二軍。然二軍二萬五千人，每乘七十五人，止用三百三十餘乘，又與「公車千乘」不合。《周官》伍、兩、卒、旅、師、軍，配偶均齊，人有卒伍，車亦有卒伍，故《小司徒》一曰「會萬民之卒伍」，再曰「會車人之卒伍」。步卒七十二人，不成伍、兩之數。若合「甲士三人」，則似以三兩爲一乘。而謂一甲士主射，帥二十四人；一甲士主御，帥二十四人；一甲士爲右，帥二十四人，是甲士與步卒爲伍，一甲士而與二十四步卒爲伍，則伍、兩、卒、旅、師、軍之法皆亂矣。且人之卒伍即車之卒伍，一車七十五人，惟王六軍用千乘，大國三軍用五百乘，尚可配割。若次國二軍用三百三十二乘，尚餘二十五人；小國一軍用一百六十六乘，尚餘五十人，如此奇零，成何車人之卒伍？近時江慎修謂七十五人者，邱甸之本法；三十人者，調發之通制。且云：「《左傳》諸言戰處雖曰車馳卒奔，而車上甲士被傷，未聞車下七十二人爲之力救，遇險猶待御者下而推車。似車徒各自爲戰，而徒亦不甚多。《齊語》云『有革車八百乘』，又云『有此士三萬人以方行於天下』，則八百乘亦止用三萬人耳。」戴東原據《閟宫》之文，謂一車士卒共三十人，千乘適三萬，分言之曰士曰徒，合言之則皆公徒爾。武王革車三百乘，虎賁三千人；齊侯使公子無虧帥車三百乘，甲士三千人，蓋不言步卒而但舉甲士，其數亦合。孔顨軒云：「《周禮》萬二千五百人爲軍，不言其車數。以詩考之，軍蓋五百乘，乘蓋二十五人。天子六軍，而《采芑》之詩『其車三千』；❶魯僖公時二軍，而《閟宫》之頌曰『公車千乘』。五百乘爲軍，是其明證。周法，五人爲伍，五伍爲兩。兩之言輛也。二十五人而車一兩，百乘成師，則二千五百人；五百乘成軍，則萬二千五百人矣。」金誠齋云：「一乘七十五人，必非用之于戰。《周官》言『五伍爲兩』，兩者，車一乘也。是明言二十五人爲一乘矣。蓋兵車一乘，甲士十人，步卒十五人。甲士二伍，步卒三伍，士卒不相雜也。凡用兵，選其尤者使居車上，左人持弓矢主射，右人持矛主擊刺，中人主御，是謂甲首。《左傳》言『獲其甲首三百』，甲首者，甲士之首也。三百人，則三百乘也。餘甲士七人，蓋在車之左右；步卒十五人，蓋在車之後也。調發之制，一乘三十人，而戰止用二十五人，蓋以步卒五人將重車也。杜牧注《孫子》云：『炊家子十人，固守衣

❶「采芑之詩」，《經解》本孔文作「采芑之雅曰」。

裝五人，廄養五人，樵汲五人。』此將重車二十五人也。每一乘兵車所出之卒，除五人將重車，是兵車五乘，重車一乘也。五乘凡百五十人，馬二十匹，其糗糧芻茭宜以一大車載之矣。重車駕牛。將重車者，大抵皆老弱之人。江氏謂『四兩爲卒，以一兩之人將重車』，不知伍兩卒旅皆戰士，將重車者非戰士也。以一兩之人將重車，則無以成卒，又何以成旅師與軍乎？夫惟以二十五人爲乘，則按之諸書皆合。方叔南征，車三千乘，每乘二十五人，三千乘得七萬五千人，是王六軍之制也。《閟宮》言『公徒三萬』，僖公時止二軍，二軍二萬五千人，言『三萬』，舉大數也，抑或兼將重車者言之。重車每乘亦二十五人，兵車千乘，當有重車二百乘爲五千人，合之二軍二萬五千人，適三萬也。《孟子》言『虎賁三千人』。是甲士三千，每乘甲士十人，故革車三百兩。《韓非子》言武王素甲三千與紂戰，亦一證也。《管子》云，一乘四馬，白徒三十人奉車兩。皆無不合。《周官》伍兩卒旅之制，更無論矣。至《齊語》云五十人爲小戎，此乃管仲變易周制。然五十人是二十五人之倍，則即變法之中亦可以知古法也。」承珙案：《孟子》「虎賁三千人」，《書序》作「三百」。《國策》蘇秦説趙、魏皆云車三百兩，卒三千人。《吕氏春秋·簡選》篇：「武王虎賁三千人，簡車三百乘，以要甲子之事於牧野。」《貴因》篇：「武王選車三百，虎賁三千，朝要甲子之期。」此皆與《孟子》合，知《書序》爲誤。《吕氏春秋》又云：「武王革車三百，甲卒三千，征敵破衆。」《淮南·泰族訓》亦云：「湯武革車三百乘，甲卒三千人。」則近儒謂「虎賁三千」即甲士，爲一車士十人之證，是也。孔晁注《逸周書·克殷解》云：「戎車三百五十乘，有虎賁三千五百人。」亦是以虎賁爲一車士十人。至一乘，士徒二十五人，則伍兩卒旅配合整齊，於《詩》《禮》之文皆合，可爲定論矣。惟出車之制，經無明文。《司馬法》：「成百井出革車一乘。」又云：「甸六十四井，出長轂一乘。」極似兩法不同。然《信南山》箋云：「甸方八里，居一成之中，成方十里，出兵車一乘，以爲賦法。」疏家謂「成方十里」，據旁加一里治洫者而言；「甸方八里」，據實出稅者而言。則兩法實即一法。《論語》「道千乘之國」，包注謂十井出一乘，本何休《公羊》「初稅畝」注。何氏《古義》謂使十井出一甸之賦，則其虐過於邱甲。釋經者多據古「甸」「乘」字通，宜從甸出一乘之法，此在天子畿方千里，提封百萬井，可備萬乘，六軍七萬五千人，每乘二十五人，止需三千乘，固無不足。若大國百里，開方萬里，以方里而井計之，則有萬井，除山林城郭等三分去一，定出賦六萬四千井，則百乘耳。於是班固《漢志》及馬融《論語》注皆爲一封三百一十六里之説，以求合於大國之千乘。然以一乘二十五人計之，大國三軍用一千五百乘，尚不足者五百乘。何以明之？竊意古者寓兵於農，士卒固計地所出，而車乘未必皆責民之供。《禮記·坊記》正義云：「據《司馬法》之文，諸侯車甲馬牛皆計地，令民自出。若鄉遂之衆七十五人，則遣出車一乘，馬四匹，牛十二頭，恐非力之所能。蓋皆是國家所給。故《周禮·巾車職》：『毀折，入齎于職幣。』又《周禮·質人》云：『凡受馬於有司者，書其齒毛，與其賈。馬死則旬之内更。』❶又《司兵職》云：『及授兵，從司馬之法以頒之。及其受兵輸，亦如之。』是國家所給也。」《春秋》成元年正義云：「長轂、馬牛、甲兵、戈楯，皆一甸之民同共此物。若鄉遂所用車馬甲兵之屬，皆國家所共。」此二條雖皆言諸侯之事，而天子之制亦從可知。《司馬法》「甸爲一乘」，乃以甸起數，而推之稍、縣、都三等采地，其出車之制皆同。《出車》傳云：「出車，就

❶「凡受」至「内更」引文在《周禮·夏官·馬質》。

馬於牧地。」《爾雅》：「郊外謂之牧。」《周禮》：「牧田，任遠郊之地。」正在六鄉。而曰出車以就之，則鄉遂之不出車，尤爲明證。其甸、稍、縣、都之兵本非常用，故使共其車馬甲兵之屬。儻猶不足，則官自作之。如此，可無疑車之不足用矣。然《六月》之「元戎啟行」止言十乘，《采芑》即用多車，亦何至三千之衆？此則後儒以爲治兵之禮陳其六軍者，於義爲近也。

「簟茀魚服」，箋云：「茀之言蔽也，車之蔽飾象席文也。魚服，矢服也。」王氏《稗疏》曰：「茀，車之後蔽也。《爾雅》：『輿革，前謂之鞎，後謂之茀。竹，前謂之禦，後謂之蔽。』以竹簟蔽後輿而謂之茀者，竹外有革也。服，牝服也，箱也。音房富切，讀若負。以魚皮輓車旁，如大車之服然。魚，鮫魚也，一謂之沙魚。所以知非矢箙者，此皆言車，不當及矢箙也。」承珙案：王說「簟茀」非是。茀，即蔽也。《爾雅》對文故別，他經散文則通。《碩人》「翟茀以朝」傳云：「茀，蔽也。」《載驅》「簟茀朱鞹」傳云：「車之蔽曰茀。」蓋茀爲車蔽之通稱，故《碩人》「翟茀巾車」，注引作「翟蔽」。若泥《爾雅》革後爲茀，則翟茀將翟外有革，翟蔽又將翟外有竹乎？至「魚服」說，與何氏《古義》同。何云：「《荀子》『蛟韅』注云：『韅，馬服之革，此楊倞注。以鮫魚皮爲之。』此楊引《史記》徐廣注。《左傳》閔二年齊桓『歸衛夫人魚軒』注亦云：『車以魚皮爲飾也。』以上下皆言車馬之飾，不宜攙一矢箙於中。」今案：《載驅》「簟茀朱鞹」，《韓奕》「簟茀錯衡」，一句中並言車飾，則此以「簟茀魚服」皆車飾亦通。然詩文不必如此拘板。「虎韔鏤膺」即以弓衣與馬飾並言矣。

「鉤膺鞗革」，傳：「鉤膺，樊纓也。」何氏《古義》曰：「鉤即馬腹帶之飾，帶必有鉤以拘之。以金爲鉤，施之於膺，所謂鞶也。孔以『馬婁頷』解『鉤』，以『樊』與『纓』解『膺』。按，婁頷之鉤惟金路有之，非革路所有。

『鉤』『膺』二字連言，則是在膺之鉤，非婁頷之鉤也。」承珙案：何説是也。《崧高》「鉤膺濯濯」傳與此傳同，《韓奕》「鉤膺鏤錫」箋亦用此傳。毛意蓋以「鉤膺」與《小戎》「鏤膺」同。彼傳云：「膺，馬帶也。」以帶在馬膺，即謂之膺，猶巾車錫面彫面亦以當馬面飾，即謂之面。箋云：「鏤膺，有刻金飾。」傳亦以樊纓有刻金飾即爲鉤膺，與婁頷之鉤别也。《文選·東京賦》薛注亦云，鉤膺當胸也。

「旂旐央央」，箋云：「交龍爲旂，龜蛇爲旐。此言軍衆將帥之車皆備。」何氏《古義》據《大司馬》：「中秋教治兵，王載大常，諸侯載旂，軍吏載旗，師都載旜，鄉遂載物，郊野載旐，百官載旟。」而《司常》：「大閲，贊司馬頒旗物。王建大常，諸侯建旂，孤卿建旜，大夫、士建物，師都建旗，州里建旟，縣鄙建旐，道車載旞，斿車載旌。皆畫其象焉，官府各象其事，州里各象其名，家各象其號。」據此，「惟常、旂二物與《大司馬》文同，其他各異者，彼爲四時講武之禮，此爲三年大閲之禮，故所建不同。此詩亦三年大閲，然王不自行，特命方叔往涖其事。九旗中如大常、旞、旌三者，以皆王旗，非人臣所敢建，其餘六旗始于旂，終于旐。旂或方叔所建，所謂天子之卿視侯也。自方叔而下，如小司馬、軍司馬、輿司馬、行司馬，則孤卿、大夫之類，及師都、州里，縣鄙莫不畢至，則盡乎六鄉、六遂之衆。舉首尾可以該中，故但言旂旐也」。承珙案：大司馬大閲教于中冬，則司馬贊頒旗物當即是仲冬大閲，何以必知爲三年之禮？至《司常》所言建旗與《司馬》治兵所言不同者，江慎修謂《司常》所贊大閲之旗物，「以尊卑内外而等序之。孤卿、大夫、士，在朝之百官；師都、州里、縣鄙、都家、鄉遂，公邑之百官也。治兵之旗物，則旜旟互易：孤卿之旜，師都載之；師都之旗，軍吏載之。物與旟互易：大夫、士之物，鄉遂載之；州里之旟，百官載之。惟旐則如其故，郊野與縣鄙，皆公邑之吏也。

蓋行軍有正法，有變法。大閱之旗，正法也；治兵之旗，變法也。正法以一軍心，變法以異師目。不畫異物之旜物，師都鄉遂之臨行陳者，亦載之。畫鳥隼之旟，百官之不臨行陳者，亦載之。蓋行軍有時，而尚變也」。今案：《左傳》曰：「師之耳目，在吾旗鼓。」旗物變易，恐非行軍之法。且四時之由春辨鼓鐸，夏辨號名，秋辨旗物，至大閱而禮備。其鼓鐸號名，未聞變於春夏，何獨旗物必變於治兵？金輔之《禮箋》曰：「《司常》所云『王建大常』至『縣都建旐』，此七旗蓋無羽，賓祭之所用也。其曰旞曰旌，則以有羽爲異。道車謂象路，斿車謂革路、木路。變『路』言『車』，關孤卿、大夫、士也。旞旌皆張縿幅屬旒焉，畫於縿，如日月爲常，已下旜與物不畫。全羽爲旞。道車以朝夕燕出入者載旞。《夏采》：『以乘車建襚，復於四郊。』襚，當爲旞。《說文》『旞』亦作『𣄴』，因訛而爲『襚』。復者，求之平生常所有事之處，故以道車建旞以復。《雜記》：『諸侯死於道，以其綏復。』又曰：『大夫、士死於道，以其綏復。』綏，皆『旞』之訛。言其旞者，明異物。天子以大常，諸侯以旂，孤卿以旜，大夫、士以物。鄭君謂去其旒，異之於生，失之矣。析羽爲旌，亦有用犛牛尾者，故《爾雅》曰：『注旄首曰旌。』左氏《春秋傳》又謂之『羽旄』。《詩·出車》『設此旐矣』『建彼旄矣』，兵車之旌也。《車攻》『建旐設旄』，田車之旌也。《大司馬》『中秋教治兵』，自『王載大常』至『百官載旟』，此指師田所用者，凡七旗，即所謂斿車載旌者。《司馬》辨於治兵。《司常》贊於大閱，胥此物也。司馬所頒旗物與司常互異，禮尚相變。載旞者設旗宜從《司常》之序，載旌者設旗宜從《司馬》之序。大閱禮備事煩，故司常贊之。其所頒，固即治兵之旗物也。『王建大常』以下文與下經『皆畫其象』爲緣起，而與上『贊司馬頒旗物』文不相屬。」案：以上皆金說，於《周官》互異之處辨析最當。此詩所以獨言旆旐者，自以除王大常之外，言斿旐而旜物旗旟皆在其中。故箋云：「軍衆將帥之車皆備也。」

「約軝錯衡」，傳：「軝，長轂之軝也，朱而約之。」戴氏《詩考正》曰：「軝，《説文》亦作『𩊚』，从革。孔沖遠以『軝』爲長轂名，非也。軝即《考工記》之『幬革』。朱而約之者，朱其革以幬於轂也。惟長轂盡飾，大車短轂則無飾，故曰『長轂之軝』。」程氏《通藝録》云：「《考工》：『五分其轂之長，去一以爲賢，去三以爲軹。』容轂必直，陳篆必正，施膠必厚，施筋必數，幬必負幹。既摩，革色青白，謂之轂之善。』此言飾轂之法。軹，本當爲『軝』。《詩》云『約軝錯衡』，毛傳云：『長轂之軝。』軝在轂置輻之外明矣。注釋『篆』爲『轂約』，其約軝之謂歟？」段懋堂曰：「兵車、田車、乘車轂長三尺二寸。五分其長。一爲賢，得六寸四分；三爲軹，得尺九寸二分；虚其一者，留以置輻也。取此尺九寸二分者，以革約之，而朱其革，《詩》所謂『約軝』也。《考工記》作『軹』者，同音假借字也。容轂必直者，容如製甲必先爲容之容，先爲容轂之範，盛轂於中，以治之飾之。陳篆者，刻畫其文，而以革縷若絲嵌約之，而後施膠，施筋，而後幬之以渾革，而丸漆之，而摩之。革色青白，而後朱畫之。容轂以下，渾轂所同也。幬而朱之，軝所獨也。」承珙案：程以「軹」爲「軝」，在轂置輻之外，其説甚確。段釋「陳篆」，依《輪人》序次言之。其實《輪人》亦概言治轂之法有此數者耳。若以陳篆在幬革之先，則通轂皆幬以革而漆之矣，其先之刻畫而以革縷嵌約之者何爲乎？《考工記》：「欲其幬之廉也。」注云：「縵轂之革也。」又云：「幬必負幹。」注云：「幬負幹者，革轂相應，無贏不足。」此謂通轂皆以革裹之者也。既幬而後加以朱漆。幬者轂之所同，朱則軝之所獨。第朱其軝而無他飾者，謂之縵。《巾車》：「卿乘夏縵。」《晉語》「乘縵不舉」注云：「縵，車無文也。」既朱，而復約束之以爲文者，謂之篆。《巾車》「孤乘夏篆」，先鄭云：「夏，赤色。」後鄭云：「畫轂約也。」《詩釋文》引《廣雅》，以「軝」爲「轂篆」。鄭注《考工》：「篆，轂約也。」蓋轂有約者謂之篆，約施于軝謂之約軝。傳云「朱而約之」，明是既朱其革，復加約束。《説文》：「軝，長轂之軝也，以朱約之。」雖與毛小異，大致則同。

傳又云：「錯衡，文衡也。」正義曰：「錯者，雜也。雜物在衡，是有文飾。其飾之物，注無云焉，不知何所用也。」朱氏《通義》曰：「《説文》：『錯，金涂也。』蓋車軛曰衡，塗金于衡，所以爲文。鄭解《商頌》『錯衡』亦曰『金飾』。《商頌·烈祖》詩乃言助祭諸侯亦乘約軝錯衡之車，則此不必言兵車矣。《荀子》云：『錯衡以養目，和鸞之聲以養耳。』」

「服其命服，朱芾斯皇，有瑲蔥珩」，傳：「朱芾，黃朱芾也。皇，猶煌煌也。瑲，珩聲也。蔥，蒼也。三命蔥珩。」案：此詩三句皆指方叔言之，「朱芾」「蔥珩」即所謂命服。《斯干》傳曰：「天子純朱，諸侯黃朱。」今《斯干》此二句誤作箋語，辨見彼篇。此傳云：「朱芾，黃朱芾也。」則爲諸侯之服可知。傳又云：「三命蔥珩。」正義謂《玉藻》是據諸侯而言，雖至九命皆蔥珩。然則此爲方叔以天下之卿視諸侯，故服諸侯之命服，傳意未必以爲戎事之韋弁服也。箋云：「命服者，命爲將，受王命之服也。天子之韋弁服，朱衣裳也。」此似謂韋弁、朱衣裳，惟天子則然者。然此詩是言方叔之服，何爲專指天子之衣裳？鄭《雜問志》又云：「韋弁，素裳。」故賈、孔諸疏皆爲兩解不定。然《左傳》云「均服振振」，則戎事，尊卑上下同服。當以《周禮·司服》注「韋弁以韎韋爲弁，又以爲衣裳」者爲正。或據《六月》正義引此注「又以爲衣」，無「裳」字，遂疑《采芑》正義引有「裳」字者爲衍。然賈氏疏《屨人》及《聘禮》，孔氏疏《左傳》及《王制》，所引皆有「裳」字，豈盡屬衍文乎？《司服》

賈疏又云，《鄭志》「素裳」與此注「裳」亦用韎韋有同異。是鄭實有兩解，不必曲爲回護。

傳又云：「言周室之强，車服之美也。言其强美，斯劣矣。」正義曰：「必言其强美者，斯劣弱矣。《老子》曰：『國家昏亂有忠臣，六親不和有孝慈。』明名生於不足。詩人所以盛矜於强美者，斯爲宣王承亂劣弱矣而言之也。」各本正義皆如此，或疑「而」字有誤。惟李迂仲《集解》引疏云：「斯爲宣王承亂劣弱，美而言之也。」「矣」字作「美」，是所見疏本與今不同。又云：「此説爲善。蓋以厲王之時，不能合諸侯之師，故顯言宣王師徒之盛，所以明前此之不然也。」承珙案：《六月》《采芑》《車攻》《吉日》諸《序》皆無不足宣王之語。傳云「劣」者，非必以宣王爲劣。蓋「劣」與「僅」同。《説文》：「僅，才能也。」何注《公羊》、韋注《國語》皆云：「僅，猶劣也。」傳蓋謂宣王承厲王之亂，乃有此强美，亦僅而能之，見中興之難，詩所以美之也。正義猶識此意，當以李《解》所引「美而言之」者爲是。顧氏《日知録》言宣王之功不過如唐之宣宗，周人之美宣亦猶魯人之頌僖，事劣而文侈矣。李氏《詩所》云：觀《東山》《采薇》《出車》皆眷眷于征人道路之艱辛，室家之離别，《杕杜》則并探其父母之憂思，皆聖人所以體天地之心也。「至宣王諸詩，徒侈其盛威於中國，而此意微矣。」二家所論雖精，然似非《序》傳之意。

「鴥彼飛隼」，箋云：「隼，急疾之鳥也。」《説文》：「鵻，祝鳩也。从鳥，隹聲。隼，鵻或从隹、一。一曰鶉字。」段云：「按此『鶉』字即『鷻』字，轉寫混之。《四月》之『鶉』，陸德明《釋文》云『字或作鷻』，可證。《毛詩》兩言『隼』，俱無傳。《四月》『匪鷻匪鳶』傳云：『鷻，雕也。』蓋隼，人所習知，故不詳其名物。『隼』與『鷻』同音同字。此『一曰鶉字』謂『隼』亦即『鷻』字也，與《蚰部》『蠠』下『一曰螟字』、《大部》『奡』下『或曰拳勇字』同例。」承珙案：《説文》本以「隼」爲「鵻」之或體，其下「一曰鶉字」則又「隼」之别義，與上「鵻，祝鳩也」文不相屬。《稽古編》以祝鳩與隼不類，疑其有誤，由不明《説文》之例耳。《説文》「準」从隼聲，「埻」从土、从𦎫，而讀若準，此「隼」爲「鷻」字之證也。今本《説文》作「一曰鶉子」，莊氏述祖據《西京賦》薛注「隼，小鷹也」爲證。今考舍人《爾雅》注以「隼」爲「鷂屬」，陸《疏》「鴥彼飛隼」即本之，又云：「齊人謂之擊征，或謂之題肩，或謂之雀鷹，春化爲布穀者是也。」鄭注《禮》「正鵠」云：「謂之鵠者，取名于鳱鵠。鳱鵠小鳥而難中，是以中之爲雋。」又云：「正者，正也，亦鳥名。齊、魯之間名題肩爲正。」古人射的謂之準，而畫正其上，當即此隼。蓋鷹之小者最爲急疾之鳥。然則「鶉子」之説，似亦非無據也。

「鉦人伐鼓」，傳：「伐，擊也。鉦以静之，鼓以動之。」正義曰：「《周禮》有錞、鐲、鐃、鐸，無鉦也。《説文》云：『鉦，鐃也。似鈴，柄中上下通。』然則鉦即鐃也。《鼓人》云：『以金鐃止鼓。』《大司馬》云：『鳴鐃且卻。』聞鉦而止，是鉦以静之。《大司馬》又曰：『鼓人三鼓，車徒皆作。』聞鼓而起，是鼓以動之也。《説文》又曰：鐲，鉦也，鐃此下疑脱「小鉦」二字。也。則鐲鐃相類，俱得以『鉦』名之。故《鼓人》注云：『鐲，鉦也，形如小鐘。』是鐲亦名鉦也。但鐲以節鼓，非静之義，故知『鉦以静之』指謂鐃也。」承珙案：孔疏特據《大司馬》教大閲鼓退鳴鐃之文，以爲「鉦以静之」專謂鐃耳。不知鐲、鐸、鐃皆以鉦爲大名，故《周禮》分别鐲、鐃之用，不復言「鉦」。《説文》「鉦」「鐲」「鐃」等訓皆互相通。蓋軍中凡金皆謂之「鉦」，故詩人但言鉦耳。《周禮・鼓人》雖云以金鐲節鼓，以金鐃止鼓，以金鐸通鼓，似鐲與鐸非所用以止軍者，然金之爲物，實則進止俱用。故鄭注《鼓人》云：「鐲，鉦也。」賈疏謂：「《詩》有『鉦人伐鼓』，彼注『鉦以静之』，此解以爲軍行所用不同者，義亦一也，以其動静俱用故也。」即如「金鐸通鼓」，疏云：「兩司馬振鐸，軍將已下即擊鼓，故云通鼓。」然《大司馬職》言振鐸則「群吏作旗，車徒皆作」。又摝鐸則「群吏弊旗，車徒皆坐」。鄭注：「摝，掩上振之。」是則鐸有坐、作兩用。以此例之，知軍中鳴金，動静俱用。然則「静之」不必專指謂鐃。《荀子·議兵篇》云：「聞鼓聲而進，聞金聲而退。」哀十二年《左傳》：陳子曰：「吾聞鼓而已，不聞金矣。」鳴金則退，是其大較，故傳云「鉦以静之」。

「伐鼓淵淵，振旅闐闐」，傳：「淵淵，鼓聲也。入曰振旅，復長幼也。」案：《爾雅》引《詩》「振旅闐闐」而釋之曰：「『出爲治兵，尚威武也。入爲振旅，反尊卑也。』」毛云「復長幼」者，或所據《爾雅》異文，或是以意釋之。何休注《公羊》亦云：「振旅，壯者在後，復長幼。」與毛同。《周禮》：「中春教振旅，中秋教治兵。」本皆習戰之名。故莊八年《穀梁傳》曰：「出曰治兵，習戰也。入曰振旅，習戰也。」何氏《古義》曰：「舊説以爲詠方叔南征還師，則『蠢爾蠻荆』一章不應言於還師之後，且治兵振旅皆古禮習戰之名也。」

箋云：「伐鼓淵淵，謂戰時進士衆也。至戰止將歸，又振旅伐鼓闐闐然。」案：《説文·口部》「嗔，盛气也」，引《詩》「振旅嗔嗔」。郭注《爾雅》云：「闐闐，群行聲。」《説文·門部》：「闐，盛皃。」《廣雅》：「闐闐，盛也。」是「嗔」「闐」皆爲衆盛之意。《文選·魏都賦》「振旅軥軥」，劉淵林注引《史記》蘇秦曰：「軥軥殷殷，若三軍之衆。」李善注引《蒼頡篇》曰：「軥軥，衆車聲也。」皆不以爲伐鼓之聲。惟趙注《孟子》以「填」爲「鼓音」。但傳衹訓「淵淵」爲「鼓聲」，自是以「闐闐」系「振旅」之下，則不爲鼓聲可知。王氏《詩稗疏》曰：「夫有功而入，宜奏愷樂。樂師典之，大司馬執律以齊之，安得鼓聲獨振邪？且鼓聲既曰『淵淵』，又曰『闐闐』，詞不贅乎？是知『闐闐』以形容群行之盛，而非言鼓聲也。」

「蠢爾蠻荊」，傳：「蠢，動也。蠻荊，荊州之蠻也。」段氏《詩小學》曰：「《漢書・韋玄成傳》引『荊蠻來威』，然則詩固作『荊蠻』，故傳云：『荊蠻，荊州之蠻。』傳寫誤倒之也。《晉語》叔向曰：『楚爲荊蠻。』韋注：『荊州之蠻。』正用毛傳爲説。《文選・吴都賦》『跨躡蠻荊』李善注引《詩》：『蠢爾荊蠻。』然則唐初《詩》尚不誤，左思倒字以與『并』『精』『坰』爲韻耳。《後漢・李膺傳》應奉疏曰：『緄前討荊蠻，均吉甫之功。』注引『蠻荊來威』者，俗人所改易也。《文選・王仲宣誄》『遠竄荊蠻』注引《毛詩》『蠢爾蠻荊』，亦誤倒。」臧禮堂曰：「《漢書・陳湯傳》引《詩》『蠻荊來威』，師古曰：『令荊土之蠻亦畏威而來。』是本作『荊蠻』。」承珙案：《鄭語》史伯曰：「當成周者，南有荊蠻。」《竹書紀年》：「宣王五年秋八月，方叔帥師伐荊蠻。」此亦可爲詩作「荊蠻」之證。蓋荊州之地，《禹貢》所分，其建國非皆蠻也。若作「蠻荊」，則是以蠻概一州矣。《史記》：成王封熊繹於荊蠻爲楚子。王氏懷祖曰：「《漢書・嚴朱吾邱等列傳》引《詩》『蠢爾蠻荊』，當依《通典・兵四》作『荊蠻』。《太平御覽・兵部》五十八引《漢書》正作『蠢爾荊蠻』。楊雄《揚州牧箴》：『獷矣淮夷，蠢蠢荊蠻。翩彼昭王，南征不旋。』『蠻』與『旋』爲韻。後魏肅宗詔亦曰：『蠢爾荊蠻，氛埃不息。』傅休奕《鼓吹曲》：『蠢爾吴蠻，虎視江湖。』句法亦本於《詩》。」

車攻

《序》云：「《車攻》，宣王復古也。宣王能内修政事，外攘夷狄，復文、武之境土，脩車馬，備器械，復會諸侯於東都，因田獵而選車徒焉。」正義曰：「言復文、武之境土，以文、武周之先王，舉以言之，此當復成、康之時也。成初武末，土境略同，故知『復古』，復成、康之時，以文、武先王，舉而言之耳。」承珙案：此疏是也。《序》又云：「復會諸侯於東都。」此與「復古」「復」字同。成、康之時，本有會諸侯於東都之事。《逸周書·王會解》首云成周之會，孔晁注云：「王城既成，大會諸侯及四夷也。」《竹書》：「成王二十五年，大會諸侯于東都，四夷來賓。」皆其明證。宣王中興，重舉是禮，故曰「復會」。正義乃云對上篇爲「復」，猶《卷耳》言「又」，誤矣。

「駕言徂東」，傳：「東，洛邑也。」《序》下箋云：「東都，王城也。」承珙案：《漢書·地理志》：「河南故郟鄏地，是爲王城。雒陽，周公遷殷民，是爲成周。」傳箋似各言一處。然王城、成周相去不過數十里，周人通謂之「東都」。《春秋》宣十六年：「成周宣謝災。」《公羊傳》曰：「成周者何？東周也。宣謝者何？宣宮之謝也。」何休注：「宣宮，周宣王之廟也。至此不毁者，有中興之功。」據此，殆以宣王復會諸侯於東都，故存其廟歟？

「東有甫草」，傳：「甫，大也。」箋云：「甫草者，甫田之草也。鄭有甫田。」正義曰：「毛以田法芟草爲防，是廣大之處，故訓『甫』爲『大』。箋以下云『搏獸于敖』，『敖』是地名，則『甫草』亦是地名，不宜爲『大』，故易之爲『甫田之草』。」承珙案：此箋乃申傳，非易傳也。經但言「甫草」，故傳祇訓「甫」爲「大」。《文選·西都賦》注、《後漢書·班固傳》、《馬融傳》注並引《韓詩》作「圃草」，《薛君章句》曰：「圃，博也。有博大茂草也。」蓋「圃」「甫」古字通，薛注義與毛同。然博大茂草之處，必係藪澤。《周語》云：「藪有圃草。」韋注亦云：「圃，大也。」故箋引《爾雅》「鄭有甫田」以申成傳義，意以鄭之甫田正以廣大有草得名。其不破「甫」爲「圃」，則是申傳而非易傳明矣。甫田在東都畿内。《職方》：「豫州其澤藪曰圃田。」《穆天子傳》：「天子里甫田之路，東至于房。」故《詩》云「東有」，自是指甫田而言。若《水經·渠水注》謂圃田澤多麻黄草，并引《述征記》以爲甫草之證，則鑿矣。

「駕言行狩」，嚴《緝》曰：「此行以會同爲主，因講田獵耳。詩先言行狩者，序事當自内始，故先言田獵車馬器械之備，而後往行狩，其實先會同而後田獵也。」承珙案：詩首章但言車馬，次章乃指言田車；首章但言徂東，次章乃指言行狩。車馬者，即會同之車馬。徂東者，爲會同而徂東。《序》下正義云：「首章致會同之意，二章三章致田獵之意。」是也。嚴氏謂詩先言行狩，非是。《呂記》云：「宣王之往東都，以會諸侯爲主。而二章三章先言田獵者，蓋有司先爲戒具，以待會同畢而田獵也。」此説得之。

「搏獸于敖」，箋云：「獸，田獵搏獸也。」臧氏玉林曰：「《文選·東京賦》『薄狩于敖』，李注引《詩》『薄獸于敖』。「狩」作「獸」，是後人據今本《毛詩》改。又《水經·濟水篇》注引《詩》『薄狩于敖』。據此，知古本《詩經》作『薄狩』，箋當云『狩，田獵搏獸也』。薄者，語辭。古『狩』『獸』通。」段氏《詩經小學》云：「《後漢書·安帝紀》注引《詩》『薄狩于敖』，《册府元龜》、王氏《詩考》引同。惠氏《九經古義》引《初學記》作『搏狩』，又引何休《公羊》注、高誘《淮南》注、漢《石門頌》證『狩』即『獸』字，故箋云『田獵搏獸也』。若經作『搏獸』，箋不已贅乎？考《初學記》意主對偶，故以『薄狩』『大蒐』爲儷，猶上文『三驅』『一面』，下文『晉鼓』『虞旗』，皆是也。今本作『搏狩』，乃淺人妄改。」承珙案：臧氏、段氏謂經「搏」當作「薄」，是也。而謂「獸」當作「狩」，箋上「獸」字亦當作「狩」，則似是而實非也。此經，疑本作「薄獸于敖」，猶《豳風》言「一之日于貉」也。彼箋云：「于貉，往搏貉，以自爲裘也。」「往」訓「于」，「搏貉」訓「貉」，故此箋亦以「搏獸」訓「獸」。然則經當作「薄獸」，箋當作「獸，田獵搏獸也」。若經作「狩」而箋云「狩，田獵搏獸也」，則上文已有「駕言行狩」，何不於次章箋之？《釋文》無「狩」字音，而云「搏獸，音博」，此或爲鄭箋作音，非必經文作「搏」。正義釋經云：「往搏取禽獸於敖地。」此則經文已誤「薄」爲「搏」矣。至他書引此多作「薄狩」者，由不知古人「搏貉」即謂之「貉」，「搏獸」即謂之「獸」，故疑「薄獸」爲不辭而易之爲「狩」耳。要鄭所見《毛詩》自作「獸」不作「狩」也。

傳云：「敖，地名。」箋云：「敖，鄭地，今近滎陽。」陳氏《稽古編》曰：❶「嚴《緝》謂此章言獵于敖地，不應又言圃田。然圃田澤在今開封府中牟縣西北七里，敖山在今開封府鄭州河陰縣西北廿里。計二地相去僅百餘里，各舉一名，互見其所在，義亦可通。」承珙案：《續漢書·郡國志》河南滎陽縣有敖亭。劉昭《補注》云：「周宣王狩于敖。《左傳》宣十二年：『晉師在敖、鄗之閒。』」《吕氏讀詩記》并引《左傳》士季「設七覆于敖前」，則敖山之下平曠可以屯兵，翳薈可以設伏，所謂「東有甫草」即謂此也。今案：敖、鄗、圃田地本相近。《周語》「杜伯射王于鄗」，韋注引《周春秋》「宣王會諸侯田於囿，杜伯自道左射王」云云，此「囿」字當作「圃」。《墨子·明鬼》篇言杜伯事與此略同，而云「宣王合諸侯田於圃」。蓋「圃」即圃田，「鄗」即敖鄗。韋昭以「鄗」爲鄗京，誤矣。

「駕彼四牡，四牡奕奕」，傳：「言諸侯來會也。」下文「會同有繹」，傳：「時見曰會，殷見曰同。」正義云：

---

❶「編」，原誤作「篇」，今據文義改。

「會、同其禮各别，不得並行。且此時王與諸侯會東都，非十二年之事。言『同』者，以『會』『同』對文則别，散則義通。」承珙案：定四年《左傳》云：「取於相土之東都，以會王之東蒐。」可見周制，王之巡守，必有田獵以教習兵士，則一方之諸侯皆會。故傳云「諸侯來會也」。其下「時見曰會」云云者，乃就經文泛釋其名義，非以此舉地兼有會、同也。

「赤芾金舄」，傳：「諸侯赤芾。金舄舄，達屨也。」陳氏《稽古編》曰：兩「舄」字中閒疑脱一「金」字。承珙案：毛傳本以「諸侯赤芾」絶句，下云「金舄，達屨也」蓋衍一「舄」字，非脱一「金」字。觀正義曰：「言諸侯赤芾，對天子當朱芾也。言金舄達屨者，《天官·屨人》注云『舄有三等』，冕服之舄下有白舄、黑舄。此云金舄者，即《禮》之『赤舄』也。」傳文句讀，此其明證。正義又曰：「箋云『金舄，黄朱色』。加金爲飾，故謂之金舄。白舄、黑舄，猶有在其上者，爲尊未達。其赤舄，則所尊莫是過，故云『達屨』，言是屨之最上達者也。」段懋堂云：「『達』『沓』古字通。單下曰屨，複下曰舄，『達屨』取『重沓』之義。」案：正義引傳明言「金舄，達屨」，不得援「複下」之文以「達屨」專屬「舄」義。且若爲「舄」字作解，何不於「狼跋赤舄」下言之乎？孔顨軒云：「王服赤舄，后服黑舄，皆有二等。赤絇繶純爲上，黄絇繶純次之。」案：古人文義質實，謂之「金舄」，必是以金爲飾，《詩》中如「金罍」「金卮」皆然。若以絇繶色黄即稱金舄，乃後人侔色揣稱之詞，非古義矣。《稽古編》曰：「《小爾雅》：『履，尊者曰達履。謂之金舄，舄此「舄」字今本脱。而金絇也。』絇者，舄頭飾也。古人重之，以爲成人之飾。《玉藻》：「童子不屨絇。」金舄之飾直達于絇，所以殊其制而獨得『達』名也。」承珙謂「達」猶《孟子》「達尊」之義，自當以疏説爲是。《豳風》傳云：「赤舄，人君之盛屨。」「盛屨」猶「達屨」也。或疑絇在屨頭如刀衣鼻，似難飾之以金。考《晏子春秋·諫篇》曰：「景公爲履，黄金之綦，飾以銀，連以珠，良玉之絇，其長尺。」是古人本有以金飾屨之制。又晏子對曰：「古者人君大帶重半鈞，舄履倍重，不欲輕也。」趙注《孟子》「一鉤金」，謂「一帶鉤之金」。則此所謂大帶之重者，亦是帶鉤。鄭注《周禮》云：「今東萊稱或以大半兩爲鈞。」劉向《校書》云：晏子，萊人，萊者，今東萊地也。則此云「大帶重半鈞」者，當是一帶鉤之金重三分兩之一；「舄履倍重」者，當是謂兩舄之金重一鈞爲大半兩。此古人金舄之制可爲明證者也。

「決拾既佽」，傳：「決，段云「決」下當有「所以」二字。鉤弦也。拾，遂也。佽，利也。」箋云：「佽，謂手指相次比也。」正義曰：「傳以『佽』爲『利』，其義不明，故申而成之。決著於右手大指，所以鉤弦開體。遂著於左臂，所以遂弦。手指相比次而後射，得和利，故毛云『佽，利』。謂相次然後射利，非訓『佽』爲『利』也。」承珙案：疏説非是。「佽」「利」疊韻爲訓。利者，便利之謂。《説文》：「佽，便利也。」引《詩》「決拾既佽」，用毛義也。決以象骨爲之，鉤弦以利發。拾，韜左臂，拾其衣袖以利弦。然則「既佽」者，謂決拾皆便利也。先鄭注《周官·繕人》引《詩》「決拾既次」，是所據本作「次」，與「佽」異。此箋亦以「佽」爲「次」，乃與毛異義，非申毛也。但手指次比祇可言「決」，於拾著左臂者不合，故不知傳訓「便利」爲賅括也。

「射夫既同，助我舉柴」，傳：「柴，積也。」箋云：「既同，已射同復將射之位也。雖不中，必助中者舉積禽也。」正義曰：「既田畢，王以餘獲之禽賜之，則以此射夫而取之。射夫即諸侯也。諸侯而謂之『射夫』者，夫，男子之總名。」承珙案：經云「助我」，則「射夫」雖不必專指諸侯，自是謂諸侯之人能助王人之射獵。但「舉柴」似不必謂澤宫積禽，凡原野所獲亦當助而舉之。且下章方言射獵正文，而此章先言田畢之事，於次不順。正義謂田無射禮，故以「射夫」云云爲既田頒餘獲，射於澤宫。今考《賓之初筵》「射夫既同」，固是指禮射而言。然《石鼓詩》有「射夫寫矢，具奪舉𦬊」。其徒盱來，或群或友，悉率左右，燕樂天子」語，與此詩文義大同，而以「射夫舉𦬊」與「悉率左右」連言，則明是田獵之時，非澤宫之射矣。蓋「助我舉柴」者，猶言助我田獵耳。柴，當本作「骴」。《西京賦》「收禽舉𦬊」，「𦬊」與「骴」同。《毛詩》作「柴」者，借字。《説文》引《詩》作「𦬊」，或出三家，亦借字也。傳云「柴，積也」者，「積」與「漬」同。《曲禮》「四足曰漬」，注云：「漬謂相瀸污而死也。」《公羊》莊十七年傳：「瀸，積也。」《釋文》：「積，又作漬。」傳蓋以「柴」爲禽獸死骨之「骴」，故以「瀸積」釋之。若但爲「積聚」之「積」，則必如鄭箋增「禽」字以足義矣。

「不失其馳，舍矢如破」，箋云：「御者之良，得舒疾之中；射者之工，矢發則中，如椎破物也。」趙注《孟子》云：「言御者不失其馳驅之法，則射者能必中之。」此與昭八年《穀梁傳》云「御者不失其馳，然後射者能中」語意略同，皆似所重在御。然《孟子》述王良之言：「範我馳驅，不獲一；爲之詭遇，則獲十。」因引此詩。正見御良射善，相需而成。故謂嬖奚小人，不貫與乘。自當以箋解御者射者並美爲是。趙注又云：「順毛而入，順毛而出，一發貫臧，應矢而死者如破矣。」順毛，即所謂不踐毛。貫臧，即所謂中心疾死，爲上殺者。此解「如破」義較箋爲詳。

吉日

「吉日維戊」，傳：「維戊，順類乘牡也。」箋云：「戊，剛日也，故乘牡爲順類也。」正義曰：「祭必用戊者，日有剛柔，猶馬有牝牡，故禱用剛日。順其剛之類而乘牡馬。」次章「吉日庚午」，傳云：「外事以剛日。」正義曰：「言此者，上章乘剛之類，故言『維戊』；擇馬不取順類，亦用庚爲剛日，故解之由擇馬是外事故也。」承珙案：毛於首章馬祭以乘牡解用剛日之故，而次章又特言「外事以剛日」，則「外事」不指擇馬明矣。擇馬與乘牡，豈有二義而分一爲「順類」、一爲「外事」乎？《曲禮》：「外事以剛日，内事以柔日。」鄭注皆謂祭事。惟正義引崔靈恩云：「外事指用兵之事，内事指宗廟之祭。」觀傳於次章言「外事」，殆亦以差馬從禽近於兵戎之事故歟？首章馬祭非外事而用剛日者，則以乘牡之故而乘其類耳。然則崔説正與毛合也。

「既伯既禱」，傳：「伯，馬祖也。重物慎微，將用馬力，必先爲之禱其祖。禱，禱獲也。」承珙案：《周禮·大司馬》「有司表貉」，先鄭讀「貉」爲「禡」。又《甸祝》「表貉」，杜子春讀「貉」爲「百爾所思」之「百」。惠氏《古義》因之，謂「百」與「伯」字異音義同，「貉」與「禡」皆即此詩之「既伯」，以《説文》引《詩》「既禡既禂」爲證。此説非也。先鄭注《大司馬》云：「貉，讀爲禡。禡，師祭也。」本之《爾雅》。杜子春注《甸祝》，讀「貉」爲「百」，當亦以「貉」爲禡祭，而別其音義爲「百」耳。《甸祝》既云「掌四時之田表貉之祝號」，又云「禂牲禂馬，皆掌其祝號」。杜子春於「禂牲禂馬」下乃引《詩》「既伯既禂」。然則《周禮》之「貉」乃《皇矣》之「禡」，而非《吉日》之「伯」明矣。《爾雅》：「是類是禡，師祭也。既伯既禱，馬祭也。」分別《皇矣》《吉日》二詩甚明。此傳云：「伯，馬祖也。」《皇矣》傳云：「於野曰禡。」亦絶不相涉。《説文》：「禂，禂牲，馬祭也。从示，周聲。」小徐本引《詩》有「既禡既禂」語，大徐本誤入正文。觀《釋文》「既禱」云《説文》作「禂」，而不云「伯」作「禡」，可知《説文》「禂」下並不引《詩》。後儒乃誤以「伯」爲「禡」，并牽合於《周禮》之「貉」耳。段注《説文》云：「《甸祝》『禂牲禂馬』，杜子春云：『禂，禱也。爲馬禱無疾，爲田禱多獲禽牲。《詩》云：「既伯既禱。」《爾雅》曰：「既伯既禱，馬祭也。」』此許説所本。杜引《詩》者，以『伯』證『禂馬』。毛傳云：『伯，馬祖也。將用馬力，必先爲之禱其祖。』此《周禮》之『禂馬』也。又云：『禱，禱獲也。』此釋『既禱』，《周禮》之『禂牲』也。杜蓋又本毛説。」承珙謂：「禂牲禂馬」，杜子春雖分爲二義，然只是一祭。傳以「伯」爲「馬祖」，又云「必先爲之禱其祖」，似本以「伯」與「禱」爲一事。蓋經文「既伯既禱」四字作一氣讀，猶云「既伯而禱」也。《詩》中如此例者，《小雅》「式夷式已」，《大雅》「爰始爰謀」「迺宣迺畝」「侯作侯祝」，皆其比也。

「漆沮之從」，傳：「漆沮之水，麀鹿所生也。」案：《禹貢》「漆沮」有二：雍州「漆沮既從」，正義以爲扶風漆沮；導渭「又東過漆沮」，正義以爲馮翊漆沮，故云：「《地理志》漆水出扶風漆縣，依《十三州記》漆水在岐山東入渭，則與此『漆沮』不同。此云『會於涇，又東過漆沮』，則漆沮在涇水之東，故孔以爲洛水一名漆沮。《水經》：『沮水出北地直路縣，東入洛水。』又云：『鄭渠在太上皇陵東南，濁水入焉，俗謂之漆水，又謂之漆沮。其水東流注于洛水，至馮翊懷德縣，東南入渭。』以水土驗之，與《毛詩》古公『自土沮漆』者別也。彼『漆』即扶風漆水也，彼『沮』則未聞。」李迂仲據此謂《吉日》之「漆沮」在涇水之東，一名洛水，即《職方》雍州之「浸」。《呂記》、朱《傳》皆祖其説。馮氏《名物疏》更以馮翊之水爲《吉日》及《潛》之「漆沮」，扶風之水爲《緜》之「沮漆」，又云：「馮翊漆沮地近焦穫，其山多獸，水多魚，漁獵宜於此地。」陳氏《稽古編》既是其説，而又云：「扶風之漆沮正《潛》篇所云多魚者。其水經由岐下，而岐陽之地實周家較獵之場。楚椒舉言：『成有岐陽之蒐。』昭四年《左傳》。世傳《石鼓文》十篇記宣王田獵之事，地亦在岐陽。《吉日》之『漆沮』安在？非扶風之水乎？」」承珙案：諸家分別馮翊、扶風之漆沮者，宜用以説《禹貢》，而不必以釋《詩》。蓋《禹貢》導渭東會于灃，又東會於涇，然後東過漆沮。若指扶風之水，則在灃之上流，與經文次序不合。故《尚書》某氏傳云：「漆沮，一（今本「一」作「二」，誤。）水名，亦曰洛水，出馮翊北。」正義以爲與《毛詩》「自土沮漆」別者，是也。若《毛詩》之「漆沮」，則《大雅·緜》傳云：「沮，沮水。漆，漆水也。」又曰：「周原，沮漆之閒也。」《周頌·潛》傳云：「漆沮，岐周之二水也。」是毛以漆沮爲二水，皆在岐周。《吉日》傳不言有異，則三詩之「漆沮」皆爲一地可知。《漢志》「漆水出扶風漆縣西」，此《大雅》所謂「自土沮漆」者也。箋云：「公劉遷豳，居沮漆之地。」傳則云：「周原，沮漆之閒。」是豳岐皆此漆沮。箋言其源，傳舉其委耳。《潛》正義云：「漆沮自豳歷岐周，以至豐鎬。」故《潛》之漁、《吉日》之獵皆在於此，不必求諸馮翊之漆沮也。

「瞻彼中原，其祁孔有」，傳：「祁，大也。」箋云：「祁，當作麎。麎，麋牝也。」正義曰：「必易傳者，以言『獸之所同』，明獸類非一，故知其所言者皆獸名。傳訓『祁』爲『大』，直云其大甚有，不言獸名，不知大者何物，且《釋獸》有『麎』之名，故易傳而從《爾雅》也。」承珙案：此承上章「獸之所同」而言，故但言其形體祁大，又甚多有，而其爲獸自明，不必改「祁」爲「麎」以見獸名也。或疑《詩》中無此文例者，《正月》「瞻彼阪田，有菀其特」箋云：「有菀然茂特之苗。」然經文並不言特者何物，與此「其祁孔有」文法正相似也。

「悉率左右，以燕天子」，傳：「驅禽之左右，以安待天子。」箋云：「率，循也。悉驅禽順其左右之宜，以安待王之射也。」《稽古編》曰：「箋語釋經文最順，而申傳義猶紆，傳『驅』字下更須補出『循』，義方可通耳。玩傳意竟似訓『率』爲『驅』，而傳『之』字應解爲『往』，文義始明。然以釋經，不如箋之優也。箋殆易傳，孔以爲申傳，未必然矣。又案：《文選》注李善引此傳云：『驅禽於王之左右。』句法較完成。然玩孔疏，則『於王』二字乃李所益也。」承珙案：《東京賦》：「悉率百禽，鳩諸靈囿。」「悉率」二字即本《毛詩》，而下系以「百禽」，則「率」不可以訓「循」，故薛注云：「率，斂也。」其實「率」亦有「驅」義。《論衡·率性》篇云：「闔廬嘗試其士於五湖之側，皆加刃於肩，血流至地。句踐亦試其士於寢宫之庭，赴火死者不可勝數。夫刃火非人性之所貪也，二主激率，念不顧生。」此「率」字正作「驅」字解，故六朝人每以「驅率」連文。《梁武帝紀》：「驅率貔貅，抑揚霆電。」《北史·麥鐵杖傳》：「俛首事讎，受其驅率。」何承天《安邊論》：「疆埸之民難可驅率，易在振蕩。」蓋皆以「率」與「驅」同義。然則此傳云「驅禽之左右」，正以經文「悉率左右」者，謂盡驅而之左之右。文義亦明，不必增字完句也。或疑次章「漆沮之從，天子之所」，傳既云「從漆沮驅禽而致天子之所」，此傳又云「驅禽之左右」，文義似複。今案：此詩首章「田車既好」四句，當從嚴《緝》以爲禱祝之辭，所謂「升彼大阜，從其群醜」，尚非實陳田事。《車攻》疏述傳義：「以田法芟草爲防。未田之前誓士戒衆，教示戰法。教戰既畢，士卒出和，乃分地爲屯。既陳，車驅卒奔，驅禽納之於防，然後焚燒此防草，在其中而射之。天子先發，然後諸侯、大夫、士發。」然則此言「漆沮之從，天子之所」者，謂驅禽而納諸防中也；言「悉率左右以燕天子」者，謂焚燒防草，復驅之以待天子之射也。敘次分明，無嫌於複。

毛詩後箋卷十八

涇　胡承珙

小雅鴻雁之什

鴻　雁

此詩自傳箋後，諸家解多互異。毛、鄭以每章首二句皆以「鴻雁」喻流民，以「之子」爲侯伯卿士之安集衆民者。鄭箋解末章「維此哲人」云：「哲人，謂知王之意及之子之事者。」解「謂我宣驕」云：「謂我役作衆民爲驕奢。」文義皆明，豪無窒礙。歐陽《本義》亦以「之子」指宣王之使臣，而於每章首二語皆謂以喻使臣。然玩卒章曰「哀鳴嗸嗸」，則非可以指使臣也。《集傳》以「之子」爲流民自謂，所解三章無言及使臣者。然首章曰「爰及矜人，哀此鰥寡」，則又不可爲流民自謂矣。嚴《緝》又云：「此詩皆流民美使臣之辭，『哲人』即指使臣，謂使臣明哲，故能知我之劬勞。若彼『愚人』爲使臣，將謂我宣恣其驕，求索無厭也。」然《小雅》自《鹿鳴》而下至此二十餘篇皆朝廷制作，不應忽采民謡一篇雜入其中。故此《序》云「美宣王」者，言宣王能遣侯伯卿士勞來安集其民，而使臣又能宣布上意，實「劬勞」而非「宣驕」。末章乃代使臣自我，亦所以美使臣也。美使臣即所以美宣王也。范氏《補傳》云：「《鴻雁》爲使臣之詩，先儒之説是也。然不必以『鴻雁』比使臣。蓋詩有『哀鳴嗷嗷』之語，使臣豈至是哉？之子，謂使臣也。《車攻》以有司爲『之子』，亦此類也。末章離散之民喜使者之來，皆合詞告訴，如《鴻雁》之『哀鳴嗷嗷』。使者於是告之曰：凡爾庶民，❶有哲而知人者，有愚而無知者。我被命而出，哲人則知我劬勞於國事，愚人則以我宣示其驕耳。」此解善讀經文，亦不背傳箋之意，似較勝於諸家。

「鴻雁于飛，肅肅其羽」，傳：「興也。大曰鴻，小曰雁。肅肅，羽聲也。」箋云：「鴻雁知辟陰陽寒暑。興者，喻民知去無道，就有道。」案，正義標起止云「傳『大曰鴻』至『寒暑』」，是「知辟」云云，本傳文，「興者」以下乃箋語。今本皆誤以傳爲箋。「之子于征，劬勞于野」，傳：「之子，侯伯卿士也。劬勞，病苦也。」傳以「鴻雁」喻流民，「之子」指侯伯卿士。鄭同毛義。《稽古編》引《漢書》蕭望之曰「『爰及矜人，哀此鰥寡』，上惠下也」，以爲望之治《齊詩》，解亦同毛、鄭矣。承珙案：襄十六年《左傳》：「穆叔如晉聘，且言齊故。見范宣子，賦《鴻雁》之卒章。宣子曰：『匄在此，敢使魯無鳩乎？』」杜注「鳩，集也。」正義曰：「國有兵寇，則民人不得集聚。」此可爲「鴻雁」喻流民之證。文十三年《左傳》：鄭伯宴公于棐，子家賦《鴻雁》。注云，《詩》義取侯伯哀恤鰥寡有征行之苦。此又可爲「之子」指侯伯卿士之證也。

「百堵皆作」，傳：「一丈爲板，五板爲堵。」箋云：「《春秋傳》曰：『五板爲堵，五堵爲雉。』雉長三丈，則板

❶「凡」，原誤作「几」，據《續經解》本改。

六尺。」《稽古編》曰：「案：毛、鄭所云五板，絫五板也。鄭所云五堵，接五堵也。絫，言其高。接，言其長。板廣二尺，絫之則一堵之牆高一丈。其板之長，則毛以爲一丈，鄭以爲六尺。而堵雉之長亦從而異。《公羊》後於毛，未足深信。然『雉長三丈』語，鄭又據《左傳》『都城百雉』爲説，於義較優。」詳見孔疏。承珙案：《左傳》隱元年正義云：「定十二年《公羊傳》曰：『雉者何？五板而堵，五堵而雉。』何休以爲堵四十尺，雉二百尺。許慎《五經異義》《戴禮》及《韓詩》説八尺爲板，五板爲堵，五堵爲雉。板廣二尺，積高五板爲一丈。五堵爲雉，雉長四丈。古《周禮》及《左氏》説一丈爲板，板廣二尺。五板爲堵，一堵之牆長丈，高丈。三堵爲雉，一雉之牆長三丈，高一丈。以度爲長者，用其長；以度爲高者，用其高也。」據此，知古人以板爲横數，堵爲直數。板廣二尺，五板爲堵。板長八尺者，積五板，而其高一丈，其長仍八尺也。板長一丈者，積五板，而其高一丈，其長亦一丈也。故《戴禮》《韓詩》以五堵之雉長四丈，《周禮》《左氏》以三堵之雉長三丈。《説文》「栽」下但云「築牆長板也」，不言其度，是於今説「八尺」、古説「一丈」之數，尚未能定耳。若何注《公羊》「五板而堵」云八尺曰板，堵凡四十尺，此誤以五板爲長數。《詩正義》謂其取《韓詩》傳，其實何氏所據《韓詩》惟「八尺曰板」之文耳。其所云堵四十尺，雉二百尺，百雉二萬尺者，乃自用《春秋緯》之説，與《五經異義》所引《韓詩》説絶異，自來輯《韓詩》者，皆誤據《詩正義》，以「堵四十尺，雉二百尺」爲《韓詩》傳文。知其不足信也。《詩正義》又引王愆期注《公羊》云：「諸儒皆以爲雉長三丈，堵長一丈，疑『五』誤，當爲『三』。」此正與古《周禮》《左氏》説合，勝何注多矣。毛公説「板」以長言，説「堵」以高言，雖不明雉數，亦必以三丈爲雉可知。《左傳正義》云賈逵、馬融、鄭玄、王肅之徒爲古學者，皆云雉長三丈。然則《韓詩》「雉長四丈」之説，亦不足信也。惟傳箋板數不同，《毛詩明辨録》云：「六尺之板，築土乃堅，於理爲近。若板長一丈，雖立木以束板，多虞其潰。似乎鄭説爲是。」不知古尺一丈祇當今六尺有奇，今之築牆者正用五六尺之板夾束之，而實以土，築之登登，未嘗見其潰也。蓋鄭駮《異義》時本用古《周禮》《左氏》説，其注《考工記》亦云：「雉長三丈，高一丈。」是皆謂一丈爲板，並無板長六尺之説。至箋《詩》時牽於《公羊》「五堵爲雉」，以五板爲高一丈，五堵爲廣三丈，故云板長六尺。然不如堵方一丈、三堵而雉之爲定論也。

「雖則劬勞，其究安宅」，箋云：「此勸萬民之辭：女今雖病勞，終有安居。」《稽古編》曰：「《鴻雁》詩三言『劬勞』，皆謂侯伯卿士也。鄭箋獨以次章『劬勞』屬流民，言與首尾二『劬勞』異，誤矣。」承珙案：「劬勞」指使臣言，尤足見當時侯伯卿士不恤勞瘁，計圖安集萬民。故「雖則劬勞，其究安宅」，即君雖瘠民必肥之意，所以爲可美也。但以爲勸民之辭，其義淺矣。

「謂我宣驕」，傳：「宣，示也。」《經義述聞》曰：「『宣驕』與『劬勞』相對爲文，『劬』亦『勞』也，『宣』亦『驕』也。昭二十九年《左傳》『廣而不宣』，『宣』與『廣』義相因。《易林·需之萃》曰：『大口宣舌。』《大有之蠱》曰：『大口宣脣。』又《小畜之噬嗑》『方喙廣口』，《井之恆》作『方喙宣口』。是『宣』爲『侈大』之意。宣驕，猶言『驕奢』，非謂宣示其驕也。鄭箋曰：『謂我役作衆民爲驕奢。』於義爲長。」承珙案：首章傳云：「劬勞，病苦也。」「病」非「疾病」之「病」。觀次章箋云「女今雖病勞」，可見「病勞」者，猶言「不勝其勞」也。《釋文》引《韓詩》云：「劬，數也。」《廣雅》訓同。此以「劬勞」爲數勞，尤可見「劬勞」非疊字爲義。蓋病於勞、示其驕正相對爲文，不必以「宣驕」爲「驕奢」乃爲相對也。《稽古編》曰：「《吕記》引王氏説云：『謂我劬勞』者，以我『于征于垣』爲劬勞也；『謂我宣驕』者，以我『矜憐撫掩』爲宣驕也。此解得之。蓋此『驕』字與『驕子』之『驕』義同。『矜憐撫掩』有類於姑息，則疑爲驕。《巷伯》詩『驕人』，謂王聽信其言所驕縱之人也，故亦以『驕』與『勞』對言。《史記》田蚡曰：『此吾驕灌夫罪。』用『驕』字亦同此二詩義。」今案：嚴《緝》亦用王氏之説。戴氏《續詩記》云：「明識治體之人，謂我劬勞。其愚蒙者，必且謂姑息示百姓以驕，使之求多於上也。」語尤明晰。

庭燎

《序》云：「《庭燎》，美宣王也。因以箴之。」翁氏《附記》曰：「此二句，義極該備。美之自是正義，箴則寓於其中耳。箋釋『箴』義，謂不正雞人之官，固非。而後來諸家求其説而不得，又云箴其太早、箴其過勤、箴其始勤終怠，此皆自生枝節，詩中無此意也。古人立言未有美而不寓箴者，此詩本是極意形容問夜之勤，則美其能勤在此，箴其能勤亦即在此，故云『因以箴之』，並非兩義。」《田間詩學》云：「周自康王而後，王室漸卑。昭王南征不復，穆王時荒服者不至。及懿王，王室漸衰。夷王始下堂而見諸侯。至于厲王，不享，終流于彘。非宣王中興，諸侯誰復以時來朝，使重覩周官威儀乎？是可美也。《序》謂『因以箴』者，蓋欲王之勤政始終如一，諸侯無有二心，使朝廷常覩此儀也。後篇即繼以《沔水》，則謂諸侯不朝而憂亂之作，詩人見之早矣。」承珙案：二説皆以「箴」字只大概言之，語甚圓通。《詩》中似此者，如《終南序》云「大夫美之」，又云「故作是詩以戒勸之」；《常武序》云「美宣王有常德以立武事」，又云「因以爲戒然」，皆與此《序》同意。然

《列女傳》「宣王晏起，姜后脱簪」，未可謂無其事，則《序》「箴」字亦未必竟爲泛設也。

「夜未央」，傳：「央，且也。」《釋文》：「且，又音旦，經本作旦。」盧召弓云：「『經』當作『今』。此四字是後人據注疏以校《釋文》，故云『今本作旦』。正義引王肅云『央，旦』。則知王肅妄改毛傳『且也』爲『旦也』，而正義、注疏本皆誤從之。」段懋堂云：「且，薦也。凡物薦之則有二層。未且，猶言未漸進也，與『未艾』『嚮晨』爲次第。若作『旦』字，則與『嚮晨』不别矣。」承珙案：《釋文》：「且，七也反，又子徐反。」《鄭風》「士曰既且」《釋文》：「且，音徂，往也。」詳此傳訓「央」爲「且」，亦當音「徂」。凡歲月日時過去者，皆謂之「往」。「夜未央」者，言夜未往也。《離騷》：「及年歲之未晏兮，時亦猶其未央。」此「未央」亦當言時未往也。又案：《釋文》引《説文》：「央，久也，已也。」今《説文》無「已也」一訓，惟《廣雅·釋詁》云「央，已也」，疑即本之《説文》。《楚辭·雲中君》「爛昭昭兮未央」，王逸注亦云：「未央，未已。」古訓「且」與「已」有相近者。《墨子·經上》「且，言然也」，《説》云：「且，自前曰且。自後曰已。」此謂「且」與已皆言然，但自前謂之且然，自後謂之已然耳。據此，疑《毛詩》「未央」者，猶言「未然」，傳云「央，且也」者，亦「自前曰且」之義，訓「央」爲「且」，猶訓「央」爲「已」歟？

箋云：「未央者，❶猶言夜未渠央也。」《匡謬正俗》云：「《庭燎》篇『夜未央』，傳云：『央，旦也。』箋云：『夜未央，猶言未渠央也。』《秦詩·蒹葭》篇云：『宛在水中央。』《禮·月令》云：『中央土。』並是『中』義。許

❶ 「未央者」，阮校本《毛詩正義》作「夜未央」。

氏《説文解字》云：『央，中央也。今本《説文》「中」下脱「央」字。一曰久。』《釋文》引《説文》：「央，久也，已也。」今《説文》無「已也」一訓。陳長發疑《韻譜》逸之。然觀顔氏所引，則唐初已無此訓矣。是則夜未央者，言其未中也，未久也。今閩中俗呼二更、三更爲『夜央』『夜半』，此蓋古之遺言，謂夜之中耳。毛公訓『央』爲『旦』，亦未知出於何典。而鄭君直釋云『未渠央』，不解『未渠』何義。按：俗語云『未渠央』，亦言『未遽央』，『遽』與『渠』同，言未遽中耳。古詩云『調絃未遽央』，即是其事。康成不能指明其義，而更曲引『未渠』，復加以『猶言』，如博依之説，適令學者不曉其意。」承珙案：顔氏據《秦風》《禮記》《説文》釋「央」爲「中」，不誤。而云康成不能明「未渠央」之義，則非。是箋云「猶言」者，正以俗語釋古語。「未渠央」即「未央」，急言之曰「未央」，緩言之曰「未渠央」耳。《史記·尉佗傳》曰：「使佗居中國，何渠不若？」漢班史作「何遽不若」。漢康成豈尚不知「渠」即爲「遽」乎？又案：「未遽央」即「未央」，亦可作「未遽」。《文選·魏都賦》「其夜未遽，庭燎晰晰」，注即引《毛詩》「夜未央」爲證。《説文》：「甗，且往也。从且，虘聲。」「且」謂姑且，「虘聲」亦兼「匆遽」之義。然則《詩》「未央」，傳以「央」爲「且」，箋以爲「未遽央」，其意正相近也。《廣雅》：「腒，央也。」王氏《疏證》云：「《集韻》：巨，央也。通作腒。《廣雅·釋詁》云：『腒，久也。』《説文》：『央，久也。』故此又以『腒』爲『央』矣。」

「庭燎之光」，傳：「庭燎，大燭也。」正義云：「《秋官·司烜》云：『邦之大事，供蕡燭、庭燎。』注云：『樹於門外曰大燭，門内曰庭燎。』不同者，以彼『燭』『燎』別文，則設非一處，『庭燎』以『庭』名之，明在門内，故以『大燭』爲門外。以文對，故異之耳，其散則通也。」承珙案：《燕禮》：「甸人執大燭于庭，閽人爲大燭于門外。」是大燭本有在庭者，故傳以「庭燎」爲「大燭」。正義以《司烜》「燭」「燎」別文，爲對異散通之例，是也。

《郊特牲》「庭燎之百」，正義引皇氏云作百炬列於庭，或云百炬共一束。此當以皇説爲正。《詩正義》衹云「以物百枚，并百纏束之」，乃專用或説，非是。或謂傳於下文「君子」專指諸侯，蓋即以詩言「庭燎」知之。《五禮通考》秦氏曰：「《左傳》：『諸侯賓至，甸設庭燎。』《國語》：『敵國賓至，火師監燎。』《周官・閽人》：『大祭祀喪紀之事，設門燎，賓客亦如之。』則庭燎惟諸侯來朝乃設之，而常朝不用也。」今案：諸書言賓至設燎，尚未必定是諸侯。傳蓋以末章言「觀其旂」，與《覲禮》侯氏「載龍旂弧韣」者合，故知「君子」謂諸侯也。

「夜未艾」，傳：「艾，久也。」箋云：「芟末曰艾，以言夜先雞鳴時。」正義曰：「毛意艾取名於耆艾。艾者，是年之久。從幼至艾爲年久，似從昏至旦爲夜久。箋以『夜未久』則是初昏之辭，時已雞鳴左右，不得謂之『未久』也，故易之以『芟艾』爲喻。」承珙案：傳以「艾」爲「久」者，「久」之爲言「究」也。如《説文》：「镾，久長也。」《生民》《卷阿》傳皆云：「彌，終也。」則此傳「艾，久也」，「久」亦有「終」義。夜未久，猶云夜未終耳。鄭箋「芟末曰艾」，正以「艾」爲將終申明傳義。孔疏以爲易傳，且云『夜未久』是初昏之辭」，誤矣。

「鸞聲噦噦」，傳：「噦噦，徐行有節也。」《采菽》作「鸞聲嘒嘒」，傳云：「中節。」《魯頌・泮水》亦作「鸞聲噦噦」，傳云：「言其聲也。」是「嘒」與「噦」義同。此傳以爲時尚早，來朝者得徐行，故曰「徐行有節」耳。曹放齋《詩説》云：「噦噦者，聲之微。」嚴《緝》云，將將，來者多而其聲揚；噦噦，來者希而其聲漸殺，欲以見兩章之次第。此則不然。《説文》：「鉞，車鑾聲也。《詩》曰：『鑾聲鉞鉞。』」徐鼎臣謂今俗作「鐬」。段注據《玉篇》《廣韻》皆有「鐬」字，注「呼會切，鈴聲也」，疑古本有作「鐬鐬」者，《篇》《韻》猶存其説。承珙案：《廣雅》「鐬鐬，盛也」，謂聲之盛。疑張揖所據《詩》本亦有作「鐬鐬」者。《毛詩》或借「噦」借「嘒」，傳雖衹言其聲，要於「盛」義爲近。《大雅·卷阿》「翽翽其羽」，《説苑·奉使》篇作「噦噦其羽」。傳云：「翽翽，衆多也。」「衆多」亦盛義。然則「鑾聲噦噦」不得以爲聲之殺，明矣。

沔　水

《序》云：「《沔水》，規宣王也。」嚴《緝》云：「規其聽讒而諸侯攜貳也。」《稽古編》曰：「《周語》：『三十二年，宣王伐魯立孝公，諸侯從是而不睦。』不睦，則朝宗之典缺矣。《沔水》詩其作於三十二年之後乎？」承珙案：《序》言規宣王者，是詩人見微知著，先事獻規。觀經云「讒言其興」，其興者，蓋思患而豫防，非必定作於聽讒之後。王伯厚曰：「宣王晏起，姜后請愆，則《庭燎》之箴始勤終怠可見矣。殺其臣杜伯而非其罪，則《沔水》之規『讒言其興』可見矣。」

「沔彼流水，朝宗于海」，傳：「興也。沔，水流滿也。水猶有所朝宗。」次章「沔彼流水，其流湯湯」，傳：「言放縱無所入也。」「鴥彼飛隼，載飛載揚」，傳：「言無所定止也。」而首章「鴥彼飛隼，載飛載止」無傳。詳傳「無定止」正對上「載飛載止」而言，是毛意當以首章爲水知所向、鳥知所止，反興諸侯之莫肯念亂；次章以水之放縱、隼之飛揚，正興諸侯之不循法度，文理甚明。鄭箋於首章「流水」爲反興，「飛隼」又爲正興，忽反忽正，義例殊不畫一。《虞東學詩》云：「一章言沔然流滿之水必歸於海，鴥然疾飛之隼必止於林，興諸侯皆敬事天子，則長享大平而亂萌不作矣，乃今同、異姓之諸侯，無有恐其亂而念之者。莫念亂，即不敬也。諸侯莫肯念，則王當念矣。二章言水之朝宗者，今且湯湯而無所歸；隼之載止者，今且飛揚而不知止，彼不循其蹟者亦有『湯湯』『飛揚』之意而『載起載行』焉，下經所謂讒言興也。我心憂，則王更當憂矣。三章言所以致亂者匪他，讒言而已。今之諸侯誠如飛隼之率中陵焉，彼造爲詐僞之言者，甯不少爲懲止乎？蓋讒言之興，始於訛言，「訛言」非即「讒言」，故以「民」别之。當時「檿弧箕服」之謡即訛言也。而實由我友不敬致之。誠能各謹侯度，讒言何自興乎？但勖我友之敬而所以規王者切矣。按：宣王承積衰之後，赫然中興，意其鋭於求治，所以責諸侯者太峻，而宵小喜事之徒爲之構造釁端。如魯嫡之廢、杜伯之殺，皆讒言興而諸侯攜貳之證也。首章之『兄弟』『邦人諸友』，末章之『我友』，傳箋皆以『諸侯』言之，當矣。不斥王而責諸侯，所謂規也。」此解融會全詩，善達《序》傳之意。

「嗟我兄弟，邦人諸友」，傳：「邦人諸友，謂諸侯也。兄弟，同姓臣也。」正義曰：「《尚書》云『我友邦冢君』，是天子謂諸侯爲友也。」承珙案：《牧誓》稱「友邦冢君」，尚是武王未爲天子之辭。《大誥》云「肆予告我友邦君」，《酒誥》云「大史友，内史友」，此尤天子以諸侯諸臣爲友之證也。

「莫肯念亂，誰無父母」，傳：「京師者，諸侯之父母也。」箋云：「莫，無也。我同姓、異姓之諸侯，女自恣不朝，無肯念此於禮法爲亂者。女誰無父母乎？言皆生於父母也。臣之道，資於事父以事君。」正義曰：「言『京師者，諸侯之父母』，以責不朝於京師，故以『京師』爲父母也。箋申解名『京師』爲父母之意，言皆生於父母，臣之道資於事父以事君，本其恩親以責之，故名『京師』爲父母。」承珙案：此疏申述傳箋甚曲而暢。《潛夫論·愛日》篇云：「今公卿始起州郡而至宰相，此其聰明智慮未必闇也，患其苟先私計而後公義爾。《詩》云：『莫肯念亂，誰無父母。』」此謂公卿不肯憂國，引《詩》之意與傳箋合。又《釋難》篇云：「故賢人君子推其仁義之心，愛君猶父母也，愛居世之民猶子弟也。」其下云：「且夫一國盡亂，無有安身。《詩》云：『莫肯念亂，誰無父母。』言皆將爲害，然有親者憂將深也。」此亦謂臣之憂君當如憂父母，皆足以發明傳意。

鶴鳴

《序》云：「《鶴鳴》，誨宣王也。」此及上篇《沔水序》但曰「規」曰「誨」，而不言其事。然《沔水》經文猶有「莫肯念亂」「讒言其興」等語，此詩則全不見所指，故説者多異。范氏《補傳》曰：「詩人寓意甚微，視他詩爲特異，又偶無《大序》，故諸儒不勝其異説。惟毛氏謂舉賢用滯可以治國，鄭氏謂教王求賢人未仕者，毛、鄭在衆説之先，必有師承。」《吕記》、嚴《緝》亦云然。陳氏《稽古編》曰：「《鶴鳴》詩純是託興，一章之中設喻者四，而不及正意。此與《秦》之《蒹葭》、《陳》之《衡門》體製相似，非古注則其旨茫無可測識矣。」

「鶴鳴于九皋，聲聞于野」，傳：「皋，澤也。」箋云：「皋，澤中水溢出所爲坎，自外數至九，喻深遠也。」惠氏《易説》云：「『鶴鳴于九臭』，臭，古『澤』字。澤爲陰，故曰『鳴鶴在陰』。毛傳、鄭箋皆當作『臭』，後人誤爲『皋』，失其義矣。《水經注》：『潁水東南逕澤城北，即古城皋亭。』古『皋』『澤』字相似，故名與字乖。學者但知『皋』，不知『臭』，『皋』『臭』二字相似而相亂也久矣。」何氏《古義》歷引《史記・歷書》「秭鳺先滜」，《索隱》以「滜」爲「野澤」；《天官書》「其色大圜黄滜」，「滜」亦音「澤」；《荀子》「側載睪芷」，「睪芷」即「澤芷」；《列子》「望其壙睪如」，《荀子》又作「皋如」；《後漢書・郡國志》以「成皋」爲「成睪」，皆足爲「皋」「澤」「睪」相混之證。承珙案：古書「皋」「澤」「睪」等字訛亂之迹甚多，尚不止何氏所引。然毛傳訓「皋」爲「澤」，鄭箋申之，以「皋」爲「澤水溢出之坎」，則似不以「皋」爲「澤」之訛字。蓋「皋」「澤」對文則别，《左傳》「鳩藪澤」「牧隰皋」是也；散文則通，故此傳云「皋，澤也」，《史記・孝武紀》「閒者河溢皋陸」，《漢書・司馬相如傳》注「平皋之廣衍」，此皆謂水旁地爲皋。故《賈山傳》「江皋」「河瀕」對言，注引李奇以「皋」爲水邊淤地，正與鄭箋云「皋，澤中水溢出所爲坎」者合。箋又云「自外數至九」，即《韓詩》所云「九折之澤」也。至《説文》云：「臭，大白澤也。从大、白。古文以爲『澤』字。」考「臭」與「澤」，聲義皆不相近，當是「古文以爲『皋』字。」《本部》云：「皋，气皋白之進也。从夲，从白。」「皋」「臭」聲既相近，義皆爲「白」，字或可通，要非并通於「澤」。《顔氏家訓》云「皋分澤片」，此乃俗書傳寫之譌，不當以爲通借也。

「聲聞于野」，傳：「言聲隱而名著也。」箋云：「興者，喻賢者雖隱居，人咸知之。」《荀子・儒效篇》曰：「貴名不可以比周争也，不可以夸誕有也，不可以勢重脅也。必將誠此然後親也。争之則失，讓之則至，遵道則積，夸誕則虚。故君子務脩其内而讓之於外，務積德于身而處之以遵道。如是，則貴名起之如日月，天下應之如雷霆。故曰：君子隱而顯，微而明，辭讓而勝。《詩》曰：『鶴鳴于九皋，聲聞于天。』此之謂也。」承珙案：毛云身隱名著，蓋即用其師荀卿之説。《論衡・藝增》篇曰：「《詩》云：『鶴鳴九皋，聲聞于天。』言鶴鳴九折之澤，聲猶聞于天，以喻君子脩德窮僻，名猶達于朝廷也。」此云「九折之澤」，似用《韓詩》，而其解亦同毛、鄭，可知其説之古矣。

「魚潛在淵，或在于渚」，傳：「良魚在淵，小魚在渚。」箋云：「此言魚之性，寒則逃於淵，温則見於渚，喻賢者世亂則隱，治平則出，在時君也。」正義曰：「毛以潛淵喻隱者。不云大魚而云良魚者，以其喻善人，故變文稱『良』也。此文止有一魚，復云『或在』，是魚在二處。以魚之出没喻賢者之進退，於理爲密；且教王求賢，止須言賢之來否，不當橫陳小人，故易傳也。」承珙案：此疏非是。經言「或在」者，自是立賢無方之意，故以「良魚」「小魚」釋之，謂有當求之深者，有當求之淺者，初非以「小魚」爲小人。若如正義謂「教王求賢，不當橫陳小人」，則下文「爰有樹檀，其下維蘀」箋何以云喻「賢者而下小人」乎？❶數句之閒，其説已自不通矣。

「可以爲錯」，傳：「錯，石也，可以琢玉。」《説文》作「厝」，云：「厲石也。从厂，昔聲。《詩》曰：『他山之石，可以爲厝。』」段注云：「『厲石』當作『厝石』，《小雅》毛傳亦當云『錯，錯石也』，今本少一『錯』字。錯，古作『厝』。厝石，謂石之可以攻玉者。《爾雅》：『玉曰琢之。』玉至堅，厝石如今之金剛鑽之類，非厲石也。假令是厲石，則當次『厎』『厲』二篆之下矣。」承珙案：《釋文》亦引《説文》作「厝」，云：「厲石也。《字林》同。」是本作「厲石」，其來已久。傳次章云：「攻，錯也。」即謂以錯石攻之。玉雖至堅，亦須以石磨礲。故《法言》云：「不礱不錯，焉攸用？」《説文·金部》又云：「鑢，厝銅鐵也。」是「錯」本「摩錯」之義，與「厲」相同。《禹貢》「錫貢磬錯」傳亦云：「治玉石曰錯。」蓋錯爲通名，不止於治玉。《説文》之「厝」，未必不爲厲石。「厱」下云：「厱諸，治玉石也。」厱諸，即《淮南》之「礛諸」。《説林訓》：「璧瑗成器，礛諸之功。」高誘注云：「礛諸，治玉之石。」引《詩》「他山之石，可以爲厝」。而《廣韻》云：「礛𥗉，青礪。」則治玉之石，未嘗不可名「厲」。若必專指

---

❶「賢」上，阮校本《毛詩正義》有「尚」字。

石之攻玉者爲厝，則《說文》「厝」字又何以不與「厱」篆類廁邪？

「鶴鳴于九皋，聲聞于天」，箋云：「天，高遠也。」《文選》東方朔《答客難》云：「鶴鳴九皋，聲聞于天。」李善注引毛萇曰：「有諸中，必見于外也。又曰：皋，澤也。」承珙案：今《毛詩》傳無「有諸中」八字。陳氏《稽古編》輯他注引傳者十一條，而不及此。又陳氏於諸條多疑引者之誤，未必皆毛傳逸文。若此條，則云：「又曰皋，澤也。」上文「毛萇曰」云云似非誤引，或李所據《毛詩》實有此傳歟？

「其下維穀」，傳：「穀，惡木也。」《釋文》引：「《說文》云：『楮也。從木，㱿聲。』非從『禾』也。以上章上『檀』下『蘀』類之，故知『穀』，惡木也。」承珙案：楮木葉粗枝細，同于灌莽，故毛公以爲惡木。《黄鳥》以「穀」與「桑」「栩」並列，亦以其皆叢木故耳。正義引陸璣《疏》：「幽州人謂之穀桑，荆揚人謂之穀，中州人謂之楮。殷中宗時，桑穀共生是也。」據此，以桑穀爲一木，共讀「拱把」之「拱」。然《漢書·五行志》「桑穀共生」傳曰：「俱生乎朝。」《書大傳》及《說苑·君道》篇、《敬慎》篇、《論衡·異虛》篇皆以「共生」爲「俱生」。是漢儒多謂桑穀二木，則陸說非也。陸又云：「今江南人績其皮以爲布，又擣以爲紙，謂之穀皮紙。潔白光輝，其裏甚好。其葉初生可以爲茹。」或據此以爲其用甚廣，似非惡木，不知穀之利用乃後世所爲，作詩者及毛公時固無所謂「穀皮紙」也。

祈父

「祈父，予王之爪牙」，箋云：「予，我也。此勇力之士責司馬之辭也。我乃王之爪牙。」承珙案：襄十六年《左傳》：「穆叔如晉聘，且言齊故。見中行獻子，賦《圻父》。」杜注云：「詩人責圻父爲王爪牙，不脩其職，使百姓受困苦之憂而無所止居。」此注與鄭箋異。《玉篇》「牙」下引《詩》曰：「祈父，維王之爪牙。」此亦以「爪牙」即指「祈父」，與杜解同，當時必别有所據，或三家本不作「予」字。以經文例之，三章「亶不聰」仍指「祈父」而言，則「爪牙」「爪士」當亦指「祈父」之詞。「王之爪牙」，猶曰「公侯腹心」耳。《漢書》曰：「武帝征西夷，有前、後、左、右將軍。宣、元以後，雜錯更置，雖不出征，猶有其官，在諸卿上，爲國爪牙。」是「爪牙」不必定指勇力之士也。

「胡轉予于恤，靡所止居」，傳：「恤，憂也。宣王之末，司馬職廢，羌戎爲敗。」箋云：「謂見使從軍，與羌戎戰於千畝而敗之時也。」正義引《周語》「宣王三十九年，戰於千畝，王師敗績於姜氏之戎」。《稽古編》謂據正義，則傳箋「羌戎」當作「姜戎」。承珙案：羌戎種類甚緐，姜氏之戎特其一耳。韋注《國語》云：「姜戎，西方之種，四嶽後。」《後漢書》云：「西羌之本出自三苗，姜姓之别也。」其下云，宣王二十七年「遣兵伐大原戎，不克。後五年，王伐條戎、奔戎，王師敗績」。《困學紀聞》又據《通鑑外紀》：「宣王三十三年伐大原戎，不克。三十八年王伐條戎、奔戎，王師敗績。三十九年戰于千畝，王師敗績于姜氏之戎。四十一年王征申戎。」《竹書》四十一年：「王師敗于申。」此皆傳所謂宣王之末，羌戎爲敗者也。傳意不專指千畝之戰，似不必改「羌」爲「姜」。蓋經云「轉予于恤」，謂兵興不已，輾轉憂困。若僅千畝一戰，不必云「轉」矣。

「有母之尸饔」，傳：「尸，陳也。熟食曰饔。」箋云：「己從軍，而母爲父陳饌飲食之具，自傷不得供養也。」正義曰：「許氏《異義》引此詩曰『有母之尸饔』，謂陳饔以祭，志疑當作「恐」。養不及親。彼爲論饔飧，生死不争，此文故不駁之。其義當如此箋，非爲祭也。」承珙案：《異義》所據或是三家《詩》。箋不從者，蓋謂母陳祭，則必從軍者爲無父之人，古未有無父不從征役之制。惟如箋説，母爲父陳饌飲食，則是獨子從軍，不得供養，可恤孰甚焉？《國語·吴語》：越句踐伐吴，有父母耆老而無昆弟者，皆遣歸。《史記》魏公子無忌救趙，亦令獨子無兄弟者歸養。故《吕記》曰：「古者親老而無兄弟，則免其征役。在古必有成法，故責其『不聽』，其意謂此法人皆聞之，彼司馬獨不聞乎？責司馬者，不敢斥宣王也。」此説申箋甚當。嚴《緝》云言有母則無父，固非。蘇《傳》從《異義》以爲使母獨主祭，亦未是也。

白駒

「於焉逍遥」，箋云：「所謂是乘白駒而去之賢人，今於何逍遥乎？思之甚也。」翁氏《附記》曰：「《釋文》：『焉，於虔反。又如字。』『於虔反』即《玉篇》之於連切，安也，疑也。『又如字』即《玉篇》之矣連切、《廣韻》之有乾切，語助也。陳氏啓源曰箋疏俱不用後音。案：《顔氏家訓·音辭》篇云：『自葛洪《要用字苑》分「焉」字音訓，若訓「何」、訓「安」，當音於愆反，「於焉逍遥」「於焉嘉客」「焉用佞」「焉得仁」之類是也。』此條最爲明白。後人詩文皆沿訛，用『於焉』二字作直敘之詞，此字音義遂無證明之者。」承珙案：嚴《緝》云：「『伊人』猶言『彼人』，謂其人不在此而想像之稱，非覿面之稱也。」舊説以「於焉」爲「於此」，非是。

「皎皎白駒，食我場藿。縶之維之，以永今夕」，傳：「藿，猶苗也。夕，猶朝也。」承珙案：《倉頡篇》云：「苗者，禾之未秀者也。」《説文》：「藿，尗之少也。」少，讀如「幼少」之「少」。苗爲禾始生，藿爲豆始生，故傳云：「藿，猶苗也。」嚴《緝》云：「穀之始生曰苗，草之始生亦曰苗。《本草》多言春夏采苗。場，即圃也。言圃中之苗，則菜茹之嫩者，猶今言菜秧，非禾苗也。若以納稼在場，則不名『苗』矣。下云『場藿』，藿，豆葉，亦菜茹之類。」或又據《説文》「苗，艸生於田者」、《集韻》「藿，草名」爲説，此皆泥於春夏爲圃，秋冬爲場，禾苗豆藿非秋冬之所有耳。然正義明云此宜云「圃」，而言「場」者，以場圃同地耳。對則四時異名，散則繫其本地，雖夏亦名「場」也。傳於首章「場苗」「今朝」俱無釋，而此章云「藿，猶苗也；夕，猶朝也」者，蓋以此爲愛賢而欲留之之意，人所共知，但言其䬸飼之美，則藿與苗同；言其款戀之誠，則夕與朝同耳。黄泰泉曰：「猶者，重其意之相同焉耳，非謂其義亦同也。」

「爾公爾侯，逸豫無期」，傳：「爾公爾侯邪，何爲逸樂無期以反也？」正義曰：「公侯之尊，可得逸豫；若非公侯，無逸豫之理。爾豈是公也？爾豈是侯也？何爲亦逸豫無期以反乎？」段懋堂曰，據正義，傳「爾公」下當增一「邪」字。承珙案：李氏《集解》引毛傳正作「爾公邪，爾侯邪」，與段説合。惟正義述傳以公侯爲可逸豫，非公侯不宜逸豫，其解甚繆。由誤認傳「邪」字與「乎」字同，故云「爾豈是公也，爾豈是侯也」。《顔氏家訓·音辭》篇曰：「邪，北人呼爲『也』。」王氏《釋詞》謂「邪」與「也」同義，故二字可以互用。《莊子·德充符》篇曰：「我適先生之所，則廢然而反，不知先生之洗我以善邪！」「邪」與「也」同，猶言日遷善而不自知也。《天地》篇曰：「始也，我以女爲聖人邪，今然君子也。」《天運》篇曰：「甚矣夫，人之難説也！道之難明邪！」此「邪」字皆即「也」字耳。據此知毛傳「邪」亦與「也」同，謂爾宜爲公也，爾宜爲侯也，何爲逸樂無期以反也？如此，於愛賢留賢之意乃合。下文「慎爾優游」，傳云：「慎，誠也。」箋云：「誠女優游，使待時也。」蓋爲其有公才公望而深惜其去，故猶望其優游以待時。而又曰「勉爾遁思」者，猶云行矣自愛，箋所謂「度己終不得見，自訣之辭」也。後之説《詩》者，其解不一。范氏《補傳》云：「賢者儻能來貢朝廷爲公爲侯，則逸豫亦自無期，何必去國而後逸豫邪？」此雖與孔疏説異，其陋則同。《吕記》言「爾公爾侯」責當時在位者之悠悠。嚴《緝》駁之，謂與下文「爾」字不畫一，是也。而嚴自爲説則云：「爾賢者若爲公爲侯，將勤勞國事，無逸豫之期，不如肥遯之優游自樂。」詩方刺不用賢，而乃勸其速去，殊非經旨。《集傳》云：「猶言横來，大者王，小者侯。」則作詩者非宣王，無自言爵人以公侯之事。王氏《總聞》云此必舊爲公侯而今遁山林者，尤屬肊測無據。惟李氏《集解》云：「詩人之意，蓋謂賢者爲公侯，以其有王佐之才，逸樂於山野之中而無還期也。」雖誤以毛傳爲非，而所解於詩頗合。《東萊文集》一説曰：「言此賢者之德本合爲公爲侯，今乃置之閑地而無用之之期乎？」此説較《讀詩記》爲勝，亦勝於諸家多矣。

「在彼空谷」，傳：「空，大也。」臧氏《經義雜記》曰：「《文選·西都賦》、陸士衡《樂府詩》李善注俱引《韓詩》『在彼穹谷』，《薛君章句》曰：『穹谷，深谷也。』《考工記》：『韗人爲皋陶，穹者三之一。』鄭司農云：『穹，讀爲「志無空邪」之「空」。』是『穹』與『空』聲相近。薛夫子以『穹谷』爲『深谷』，《説文》『穹，窮也』，亦爲『極深』之義。空，當讀爲『穹』。傳訓爲『大』，作如字讀，不如《韓詩》義長。」段氏《詩小學》云：「《爾雅·釋詁》：『穹，大也。』《毛詩》『空』字即『穹』字之誤。」承珙案：二説皆泥於「空」無「大」訓。然古者「空」與「孔」同義。《説文》：「孔，通也。」《老子》「孔德之容」王注：「孔，空也。」河上公《章句》：「孔，大也。」是「空」亦未嘗不可訓「大」。且傳「空，大也」上當疊一「空」字，謂其谷空大，非訓「空」爲「大」。如《芣苢》傳：「捋，捋取也。」《大叔于田》傳：「揚，揚光。」故訓本有此例。孔疏引《桑柔》「有空大谷」是謂「空大之谷」以述毛旨，當矣。《説文》：「穵，空大也。」《廣韻》引同。《廣雅・釋詁》：「穵，深也。」是「空大」即「深」之義。故《韓詩》作「穹」，《毛詩》作「空」，字雖殊而義則一，不必改毛從韓。

「生芻一束，其人如玉」，箋云：「此戒之也。女行所舍，主人之餼雖薄，要就賢人，其德如玉然。」案：此箋義近迂曲。後來説《詩》者皆以「空谷」爲寂寞之濱，「生芻」爲淡薄之物，「其人如玉」即指賢人之德而言，語較直截。《西京雜記》：鄒長倩遺公孫弘書曰：「夫人無幽顯，道在則爲尊，雖生芻之賤也，不能脱落君子。故贈君生芻一束。詩人所謂『生芻一束，其人如玉』也。」《後漢書》：「郭林宗有母憂，徐稺往弔，置生芻一束于廬前而去。衆怪，不知其故。林宗曰：『此必南州高士徐孺子也。《詩》不云乎「生芻一束，其人如玉」，吾無德以堪之。』」《雜記》依託之書，或出鄭後；林宗與鄭同時，其稱《詩》之意已不同於箋義矣。

黄鳥

《序》云：「《黄鳥》，刺宣王也。」箋云：「刺其以陰禮教親而不至，聯兄弟之不固。」正義曰：「《大司徒》『以本俗六安萬民』，其三曰『聯兄弟』。彼注云：『聯，猶合也。兄弟，謂昏姻嫁娶。』是謂夫婦爲兄弟也。夫婦而謂之『兄弟』者，《列女傳》曰：『執禮而行，今本《列女傳》作「報反而行」。兄弟之道。』何休亦云：『圖安危可否，兄弟之義。』故比之也。」承珙案：《周禮》賈疏云：「『兄弟，昏姻嫁娶也』者，《爾雅・釋親》云：『父之黨爲宗族。』則『兄弟』之名，施於外親爲正。故《爾雅》又云：『婦之黨爲昏兄弟。』夫婦相名，亦爲兄弟。故《曾子問》曰：『不得嗣爲兄弟。』是以知兄弟是昏姻也。」據此，則鄭注《周禮》「聯兄弟」，不專指夫婦，蓋兼外親言之。《穀梁》宣十年傳：「齊人歸我濟西田。公娶齊，齊由以爲兄弟反之。」注云：「齊由以婚族，故還魯田。」此詩有「復我邦族」「復我諸兄」之文，箋所謂聯兄弟而不至者，亦當并指外親。婦人與夫相棄，則外親之不固。可知孔疏專指兄弟爲夫婦，尚未必盡合箋意也。

「黄鳥黄鳥，無集于穀，無啄我粟」，傳：「興也。黄鳥，宜集木啄粟者，喻天下室家不以其道而相去，是失其性。」阮氏《校勘記》云：「案『喻天下』以下十六字是箋喻，上當有『箋云興者』四字，因『者』字複出而誤脱也。章末傳云：『宣王之末，室家離散，妃匹相去，有不以禮者。』不應上已有此傳。又箋例言『喻』，見《螽斯》正義。各本皆誤，今正之。」

「言旋言歸，復我邦族」，此詩自傳箋以後，人人説殊。王氏、蘇氏以爲賢者不得志而去，《吕記》、嚴《緝》以爲民適異國，不得其所之詩。然以經文證之，此言「復我邦族」與《我行其野》之「復我邦家」正同。彼明言「昏姻之故」，而與此詩相次，則此詩自亦爲室家相棄而作。毛、鄭之説，不可易矣。《易林·乾之坎》云：「黄鳥采蓁，今本《易林》作「黄鳥來集」。此據宋本。既嫁不答。念我父母，思復邦國。」焦氏正用毛義也。

我行其野

《序》云：「《我行其野》，刺宣王也。」此詩，鄭箋大旨謂男棄其婦，而求外來無媵之女。蓋以詩言「昏姻之故」，據《爾雅》「壻之父曰姻，婦之父曰婚」，故以「不思舊姻」爲不思其老父之命而棄我。毛傳簡質，不明所指。惟末章「新特，外昏也」，若依婦氏稱昏，自亦當謂外來之女。然首章注云：「宣王之末，男女失道以求外昏，棄其舊姻而相怨。」此數語或以爲是傳非箋，陳氏説，見下。則傳意此時男女皆有棄舊求新之事。「新特」之「特」祇如《鄘·柏舟》之「我特」，爲「匹」義。外昏，謂外來之昏姻匹配耳。考《爾雅》雖分別壻氏稱姻、婦氏稱昏，然如《士昏禮》：「婦入三月然後壻見，曰：『某以得爲外昏姻，請覿。』主人對曰：『某以得爲外昏姻之數。』又曰：『某以得爲昏姻之故。』」是壻家婦家皆可統稱「昏姻」。故傳謂「男女失道」，則不專指男之棄婦可知。《白虎通義》：「嫁娶云姻者，婦人因夫而成，故曰姻。《詩》曰：『不惟舊因。』謂夫也。」此則似謂婦棄其夫者，王雪山即本此爲説，《詩總聞》云：言逐夫而適夫也，此皆壻辭。蓋已與鄭箋異義矣。

「蔽芾其樗」，傳：「樗，惡木也。」正義引王肅云：「行遇惡木，言己適人遇惡人也。」承珙案：如王説，則與下「昏姻之故，言就爾居」文義不相承接。蓋方就其居，何得遽謂之「惡」？至「爾不我畜」，乃可爲惡耳。詩意當云：樗雖惡木，尚可依以芘蔭，況以昏姻之故，豈不可就而居處？而孰知其不我畜也！觀下二章「蓫」「葍」並訓「惡菜」，而經皆言「采」，自當謂雖惡菜尚有可采，則昏姻更若可恃。三章文義一例，不應首章直以惡木斥惡人也。

「爾不我畜，復我邦家」，傳：「畜，養也。」箋云：「宣王之末，男女失道以求外昏，棄其舊姻而相怨。」陳碩甫曰：「傳『宣王之末』以下十九字，乃合下末章『不思舊姻，求爾新特』而總釋其義如此，此傳例也。今各本以此十九字攙入箋語者，非。《祈父》《白駒》《黄鳥》傳皆云『宣王之末』，彼三詩與此詩之《序》皆謂刺宣王而作，傳乃總釋全詩大旨以申補《序》意也。篇義皆同，此其明證。」承珙案：陳説是也。末章「不思舊姻」箋云：「壻之父曰姻。女不思女老父之命而棄我。」是鄭意據《爾雅》專指舊姻爲壻父。此云「以求外昏」，即下傳所謂「新特，外昏」者。而云「棄其舊姻」，則「姻」似統指外親，即《周禮・大司徒》注「婣親於外親」之義。蓋上云男女失道，則「舊姻」不得專指壻父，明與末章箋意不同，可知十九字是傳文，非箋語也。

「言采其蓫」，傳：「蓫，惡菜也。」箋云：「蓫，牛蘈也。」正義曰：「此《釋草》無文。」承珙案：《釋草》：「藬，牛蘈。」藬，吐回反。蓫，勑六反，又有它六反。是「藬」「蓫」一聲之轉。鄭所見《爾雅》當作：「蓫，牛蘈。」唐時《爾雅》本「蓫」作「藬」，故疏以爲《釋草》無文耳。《説文》無「蓫」字，但有「堇，艸也，讀若釐」。而《廣韻》「堇」有許竹、丑六二切。《集韻》則云「堇」或作「苗」，通作「蓫」，羊蹏也。此本《廣雅》以「堇」爲羊蹏。蓋「苗」音與「笛」同，「笛」，《周禮・笙師職》作「篴」，故「堇」轉爲「苗」，「苗」又爲「蓫」，皆謂羊蹏，實一物也。正義引陸《疏》云：「蓫，今人謂之羊蹄。」《齊民要術》引《義疏》云：「今羊蹄似蘆菔，莖赤。煑爲茹，滑而不美，汲古閣刻陸《疏》作「滑而美也」，誤。多噉令人下痢。汲古本作「下氣」，亦誤。幽州謂之羊蹄，揚州謂之蓫，一名蓨。」據此，羊蹄有「蓫」名，正與詩合；多噉下痢又與傳云「惡菜」合，可爲定論矣。其云「一名蓨」者，乃《爾雅》之「苗蓨」。《釋文》：「蓨，顧他迪反。」聲亦與「蓫」相近。《易》「其欲逐逐」，《漢書・敘傳》作「其欲攸攸」。惟郭注《爾雅》「牛蘈」形狀與陸《疏》言「羊蹄」者微異。考《名醫别録》羊蹄一名蓄，陶隱居引《詩》「言采其蓄」。又云，今人呼爲「秃菜」，即是「蓄」音之訛。不知「蓄」「蓫」聲既相近，「秃」又《爾雅》「藬，牛蘈」之轉，則牛蘈即羊蹄，非二物也。或又據《文選・七啟》「霜蓄露葵」李善注引《詩》「采蓫」，而云「蓫」與「蓄」音義同，則蓫似非惡菜。《稽古編》引張銑注《文選》云：「『蓄菜與葵宜於霜露之時。』意其味本不佳，得霜而始美歟？」

「言采其葍」，傳：「葍，惡菜也。」箋云：「葍，蓄也。」正義曰：「陸璣《疏》云：『葍一名蓄，幽州人謂之燕葍。其根正白，可著熱灰中温噉之。饑荒之歲可蒸以禦饑。』」《稽古編》曰：「《爾雅》有二葍：葉細而花赤者葍，藑茅也；葉大而花白復香者葍，蓄也。此詩『采葍』，箋以爲蓄，陸《疏》亦同。然陸又云其草有兩種，葉細而莖赤者有臭氣，是葍、蓄之葉復有細大之分。傳以葍爲惡菜，應指細葉者。」承珙案：《邶·谷風》「采葑采菲」，箋云：「此二菜者，蔓菁與葍之類也。其根有美時，有惡時。」據此則葍根可噉，或亦有惡時。且陸《疏》云「荒歲可禦饑」，則知豐年人所不食，故傳以爲惡菜歟？

斯干

《序》云：「斯干，宣王考室也。」《稽古編》曰：「《斯干》之爲宣王詩，見劉子政《昌陵疏》，非《小序》一家之説也。」徐位山曰：「案，《竹書紀年》：宣王八年初考室。晉荀勖曰：按所得《紀年》，蓋魏惠成王子令王之冢也，於《世本》蓋襄王也。《史記·六國年表》自令王二十一年至秦始皇三十四年燔書之歲，八十六年，及至太康二年初得此書，凡五百七十九年。當毛公之時，《竹書》未出，而『宣王考室』，《詩序》暗與之合，其必非無本明矣。」《稽古編》又云：「『《新宮》』之名見《儀禮》《左傳》鄭、杜兩注及《詩》箋、疏見《由儀序》下。皆以爲逸篇。而朱子引李氏迂仲。之説以爲即《斯干》詩，意在立異而已。」承珙案：何氏《古義》謂永平二年詔曰「升歌《鹿鳴》，下管《新宮》」，是《新宮》詩至後漢尚在。不知此詔所云「升歌《鹿鳴》，下管《新宮》，八佾具脩，萬舞於庭」，皆不過以經語文飾詔詞。觀《續禮儀志》具言永平養老之儀，「天子袒割，執爵而酳」，及「祝鯁祝饐」等，皆與此詔文同，而不及「升歌」「下管」。《前書·禮樂志》云「顯宗宗祀光武皇帝于明堂，養三老五更于辟廱，威儀既盛美矣，然德化未流洽者，禮樂未具，群下無所誦説」云云，此可見當時未必實有「升歌」「下管」之樂，不得據永平詔書爲《新宮》非逸《詩》之證也。

姚姬傳《九經説》曰：「西周之都嘗數遷矣。文王居豐，武王居鎬，至穆王居鄭，懿王居廢邱。遭厲王流彘之禍，宣王中興，蓋廢邱宮室之壞而鎬京之廢久矣。宣王更宜擇都邑，建宮廟。史不著宣王所遷之邑，以《斯干》及『申伯信邁，王餞于郿』度之，蓋宣王都漢右扶風之邑，南山之北、渭水之南、雍郿閒也。太史公云：雍旁有吳陽武畤，雍東有好畤，晚周嘗郊焉。事不誣也。故宣王石鼓出于陳倉。方周未東遷之時，而《都人士》之詩已作。『王在在鎬』，《魚藻》詩人以傷今而思古焉。則未知其在鄭歟？在廢邱歟？抑宣、幽之世歟？劉子政説《斯干》之詩，以爲上章言宮室之如制，意厲王以前宮室奢侈矣，宣王立都，改而從儉，故曰『風雨攸除，鳥鼠攸去，君子攸芋』。言宮室取辟風雨鳥鼠而已。此君子所以爲大也。」承珙案：臣瓚注《漢書·地理志》云：「周自穆王以下，都于西鄭。」而「右扶風槐里」下班固自注云：「周曰犬邱，懿王都之。」索隱引宋衷注《世本》云：「懿王自鎬徙都之。」夫懿王爲穆王之孫，若穆王已都西鄭，又不應言懿王自鎬矣。此皆矛盾不合，故顔師古謂穆王以下無都西鄭之事。《詩譜》正義云：「《魚藻》序：『王居鎬京。』是幽王以上皆居鎬也。《世本》云：懿王徙於犬邱。《地理志》云：京兆槐里縣，周曰犬邱。京兆郡，故長安縣也。皇甫謐云：鎬在長安南二十里。然則犬邱與鎬相近，有離宮在焉。懿王蹔居之，非遷都也。」據此，宣王承厲王之亂，改建宮室事當有之，不必以遷都始然矣。

「秩秩斯干，幽幽南山」，傳：「興也。秩秩，流行也。干，澗也。幽幽，深遠也。」箋云：「興者，喻宣王之德如澗水之源，秩秩流出無極已也，國以饒富，民取足焉，如於深山。」「如竹苞矣，如松茂矣」，傳：「苞，本也。」箋云：「言時民殷衆，如竹之本生矣，其佼好又如松柏之暢茂矣。」《稽古編》曰：「《斯干》首章，傳箋皆以爲興體。今則釋爲賦體，徑指宮室言。源謂以詞，則今説爲近；以義，則古注爲優。宣王承亂，何得遽興土功？必先布德修政，使國富民安，然後及營繕之事，故詩人發此興爲全篇引端耳。況棟宇堂室之盛，四五章始極言之，首章遽以『竹苞』『松茂』形容其美，非立言之次第。」承珙案：劉向《諫起昌陵疏》云：「周德既衰而奢侈，宣王賢而中興，更爲儉宮室、小寢廟，詩人美之，《斯干》之詩是也。」此義殆本之魯、韓《詩》。毛、鄭雖未明言「儉」意，然毛既以首章爲興，箋申之以德行國富乃營宮室，則其不從奢侈亦可概見。《翼奉傳》：元帝時，奉以「宮室苑囿奢泰難供，以故民困國虛，無累年之蓄」，請徙都成周。其疏有曰：「如因丙子之孟夏，順太陰以東行，到後七年之歲，必有五年之餘蓄。然後大行考室之禮，雖周之隆盛，無以加此。」據此言國富而後考室，以周之盛時爲證，當即指《斯干》「考室」之事。翼奉，學《齊詩》者，而所述與毛、鄭合，知其説不可易也。

「無相猶矣」，傳：「猶，道也。」箋云：「猶，當作瘉。瘉，病也。言時人骨肉用是相愛好，無相詬病也。」正義曰：「箋以『相猶』與『相好』對文，當謂無相惡之事。若相責以道，未是傷義賊恩，雖無此事，未足多善，不當舉以爲詠。《角弓》曰：『不令兄弟，交相爲瘉。』則相病是兄弟之惡事。『猶』『瘉』聲相近，故知字誤也。」承珙案：《方言》：「由，輔也。」郭注云：「由正謂輔持也。」又：「由迪，正也。東齊青、徐之閒相正謂之由迪。」《玉篇》：「青州之閒相正謂之迪。」是「由」與「迪」皆有「正」義。《爾雅》：「迪、繇、訓，道也。」亦謂相正以道耳。古「猶」「繇」「由」皆通。傳云「猶，道也」者，猶云「由，迪也」，皆「相正」之義，故正義謂相責以善也。其又云「相責以道，未是傷義賊恩」者，❶不知責善朋友之道，自非兄弟所宜。《常棣》「雖有兄弟，不如友生」，傳云：「兄弟尚恩熙熙然，朋友以義切切節節然。」意正與此相發明。傳義未可非也。

「似續妣祖」，傳：「似，嗣也。」箋云：「似，讀如『巳午』之『巳』。巳續妣祖者，謂巳成其宮廟也。」承珙案：此及《裳裳者華》《卷阿》《江漢》凡四傳皆云「似，嗣也」。段氏《詩小學》謂「似」爲「嗣」之假借。然《說文》「似」訓「象」，《廣雅》「子、㠯，似也」，「似」之義當本通於「嗣續」，不必以爲假借。或疑「似」爲「嗣」，與「續」複，不知「嗣續」連文，猶《杕杜》之「繼嗣我日」，古人自有此文例。箋讀爲「巳午」之「巳」者，古人於「巳午」之「巳」本訓爲「已然」之義，故亦讀爲「已然」之音。《史記·律書》：「巳者，言萬物之已盡也。」《漢·律歷志》：「已成于巳。」《說文》：「巳，已也。四月陽氣已出，陰氣已藏。」此皆訓「巳」爲「已然」，即讀爲「已然」之音者也。㠯，从反巳。似，从人，㠯聲，故「似」亦讀如「已」。《周頌》「於穆不已」，孟仲子曰「於穆不似」，是也。鄭既讀「似」如「巳」，即釋爲「已成宮廟」，因音見義，語甚明晰。唐人蓋讀「已然」爲羊里切，讀「似」及「巳午」之「巳」爲詳里切，故孔疏誤會箋語，以巳午當南方之位，謂在巳地續立妣祖之廟，支離穿鑿，殊失鄭旨。惟《周頌·良耜》「以似以續」，傳云：「嗣前歲，續往事。」箋依傳爲解，而於此「似」字改續，文同義異，不如從毛

❶「是」，原誤作「至」，今據上文及《毛詩正義》改。

爲優。

「築室百堵，西南其户」，傳：「西鄉户、南鄉户也。」箋云：「此築室者，謂築燕寢也。百堵，百堵一時起也。天子之寢有左右房，西其户者，異於一房者之室户也。又云『南其户』者，宗廟及路寢制如明堂，每室四户，是室一南户爾。」正義曰：「王肅云：宣王脩先祖宫室，儉而得禮。孫毓云此宣王考室之詩，無作宗廟之言。孫、王並云述毛，則毛意此篇不言廟也。築室必先脩廟，但作者言不及耳。」承珙案：毛訓「似」爲「嗣」，但謂宣王繼承先業營築宫室耳。經文先「妣」後「祖」者，或如鄭箋之意，以《閟宫》《生民》説姜嫄生后稷以配天，爲周之王業所由，故美中興者必推本言之，非即以是爲八祧之制也。《載芟》「烝畀祖妣」，又先「祖」後「妣」，則於文法亦不必過拘。箋以「似續妣祖」爲「已成宫廟」，則此語衹爲過文，以下皆言燕寢。蓋以「居處」「笑語」非可於廟中言之，故箋云：「諸寢之中，皆可安樂。」而又以四五兩章分屬廟、寢，文意散雜，實有未安。至「西南其户」，箋以爲燕寢之制，焦里堂《宫室圖考》曰：「房室之户皆在南，何得有西？若謂東房之户在西，則西房及室户皆宜云在東，而不可言在南。據云：『西其户者，異于一房之室户。南其户者，宗廟路寢制如明堂，每室四户，是室一南户爾。』竊謂即以大夫、士爲一房，其户亦在西，非必兩房始西其户。然則何爲『西南其户』也？傳曰：『西鄉户、南鄉户』，不可易也。路寢制如明堂，其大室之西則西鄉户，大室之南則南鄉户也。不言東、北者，文不具也。詩言『西南其户』，固不謂燕寢矣。」今案：焦説有誤。箋釋「西其户」，指室户。正義謂一房之室户偏東，與房相近。有左、右房者，室户正中，比之一房者，爲西其户。此申箋義自明。焦云「一房者，户亦在西」，是指房户而言，誤矣。又謂傳「西鄉」「南鄉」是指路寢大室四面之户，不知此「西南其户」承上「築室百堵」而言，若專指大室，則是以百堵爲一室。堵方一丈，環百堵爲四面，每面計二十五丈，即大室亦無此制度。然則言「百堵」者，必非一室。言「西南」必非專指一室之户。正義曰：「傳不言此爲路寢之制，則此據天子之宫其室非一，在北者南户，在東者西户，推此有東嚮户、北嚮户。故孫毓云：猶『南東其畝』。」此疏申傳得之。

「約之閣閣」，傳：「約，束也。閣閣，猶歷歷也。」正義曰：「毛以爲王本作群寢之時，以繩約束之，繩在板上歷歷然均。謂繩均板直，則牆端正也。」承珙案：《周禮・匠人》注引《詩》作「約之格格」，《吕記》引董氏曰崔《集注》亦作「格格」。《方言》：「絡謂之格。」郭注：「所以轉篗絡車也。」又：「維車，謂之轣轆車。」此皆謂絡絲之物，格與轣轆皆著絲纏束之貌。《詩》或作「閣」，或作「格」，皆當讀如「絡」。《集韻》：「格，或作笿。」《史記・酷吏傳》集解：「古村落字，亦作『格』。」「絡」「歷」一聲之轉。傳云「閣閣猶歷歷」者，《説文》：「秝，稀疏適也。」《玉篇》云：「稀疏，歷歷然。」「歷歷」即《秦風・小戎》傳之「歷録」，謂以繩束板，疏落適均。《匠人》云：「凡任索約大汲其版，謂之無任。」後鄭注云：「約，縮也。汲，引也。築防若牆者，以繩縮其版大引之，言版橈也。版橈築之，則鼓土不堅矣。」此所言乃與《詩》「約之閣閣」相反者，故疏云：「繩均板直，則牆端正也。」

「椓之橐橐」，傳：「橐橐，用力也。」案：《兔罝》「椓之丁丁」，傳云：「丁丁，椓杙聲也。」《大雅・緜》「築之登登」，傳云：「登登，用力也。」《兔罝》傳不言「用力」，此及《緜》傳不言「聲」者，義互相備。《釋文》：「橐，本或作柝。」《説文》引《易》「重門擊柝」，字作「欜」。《廣雅》：「欜欜，聲也。」當即釋此詩。或三家字作「欜」，《毛詩》又省作「橐」耳。

「君子攸芋」，傳：「芋，大也。」箋云：「芋，當作幠。幠，覆也。」《周禮・大司徒》「美宮室」注云：「謂約椓攻堅，風雨攸除，各有攸宇。」賈疏：「宇，居也。」王氏《經義述聞》云：「此注約舉《詩》辭。攸宇，即攸芋也。鄭君注《禮》時用《韓詩》，蓋《韓詩》『芋』作『宇』。」承珙案：作「宇」訓「居」，與五章「君子攸寧」意複。《毛詩・溱洧》《生民》《抑》傳，「訏」皆訓「大」。此「芋」與「訏」同。《方言》亦「訏」「芋」並云「大也」。疏引孫毓云：「宮室既成，君子處之，所以爲自光大。」其申毛當矣。鄭箋改「芋」爲「幠」，正義曰：「幠，覆也。鄭以義言之，《爾雅》無此訓。」今案：鄭注《儀禮》「冔名出于幠」：「幠，覆也。」此箋《詩》乃自用其注《禮》之説。然其注《周禮・腊人》云：「膴者，魚之反覆。膴，又詁曰『大』。二者同矣。」是即以「膴」爲《爾雅》「幠，大也」之「幠」，蓋兼「覆」「大」二義。此箋殆以毛既訓「大」，故以「覆」義申成之，雖破字而實非易傳也。

「如跂斯翼」，傳：「如人之跂竦翼爾。」正義曰：「人手似鳥，『翼』以爲韻。言跂翼，則如人弭手直立，以喻屋壁之上下正直也。」承珙案：此疏牽於「翼」字，以爲人手似鳥。然則下文「如鳥斯革」，傳訓「革」爲「翼」，文義不已複乎？其實詩但言「如跂」，傳但云「翼爾」，並無「似鳥」之意。毛於《六月》《文王有聲》《行葦》《卷阿》傳並言「翼，敬也」，則此「翼爾」正謂如人之跂竦爲敬。蓋敬則容狀端嚴，故以喻牆壁之正直也。

「如矢斯棘」，傳：「棘，棱廉也。」箋云：「棘，戟也。如人挾弓矢戟其肘。」承珙案：正義曰：「言棱廉，則指矢鏃之角爲棘焉。蓋古有此名。」夫棘爲外刺，則言「棘」即具「棱廉」之義。棘多枝，亦物之棱廉者，故箋通「棘」於「戟」，可也。而云「如人挾弓矢戟其肘」，則經祇言「如矢」，不言「如人」；祇言「矢棘」，不及於「弓」，增語成文，義近迂滯。疏雖云「射者戟肘，亦喻室之廉隅」，要爲曲説。《釋文》：「棘，《韓詩》作朸。朸，隅也。」《說文》：「朸，木之理也。」段注云：「毛作『棘』，韓作『朸』；毛云『棱廉』，韓云『隅』。學者皆不解。及觀《抑》詩『維德之隅』，毛云：『隅，廉也。』箋申之云：『如宮室之制，内有繩直則外有廉隅。』然後知《斯干》詩謂如矢之正直而外有廉隅也。韓『朸』爲正字，毛『棘』爲假借字。如矢之直，則得其理，而廉隅整飭矣。毛、韓辭異而意一也。」

「如鳥斯革」，傳：「革，翼也。」《釋文》：「革，《韓詩》作勒，云翅也。」段氏《詩小學》云：「《釋文》『勒』字乃『⿰革羽』字之譌，王伯厚《詩考》所引不誤。張揖《廣雅》兼採四家之《詩》，《釋器》云：『⿰革羽、⿰羽氐，翼也。』此用《韓詩》。韓作『⿰革羽』與毛作『革』，異字而同音同訓。毛時故有『⿰革羽』字，以假借之法訓之，故曰『翼也』。《廣韻》：『⿰革羽，翅也。古核切。』本《韓詩》也。」阮氏《校勘記》云，小字本所附《釋文》正作「⿰革羽」。承珙案：《呂氏讀詩記》引《釋文》亦作「⿰革羽」。段氏謂韓、毛異字同訓，是矣。考《說文》「⿰革羽，翅也」，即本《韓詩》。《玉篇》《廣韻》乃本《說文》耳。《廣雅》「⿰革羽，翼也」，字同《韓詩》，訓用《毛詩》，豈所見《毛詩》本亦作「⿰革羽」歟？

「君子攸躋」，傳：「躋，升也。」箋云：「此章主於宗廟，君子所升祭祀之時。」正義曰：「孫毓云：君子之所升處。」承珙案：正義申鄭，以：「『升』者，升下登上之辭。王所尊者，唯宗廟耳，故知此『升』爲祭祀。」究屬經外贅設，不如孫毓申毛爲得。蓋上章約椓攻堅，主言垣墉，故云「君子攸芋」爲居之以自廣大。此章廉隅形貌，則自其外而言之；下章高明深廣，又自其内而言之。《呂記》曰：「望其外則未入也，故曰『君子攸躋』，言其方升也。觀其内則已入也，故曰『君子攸寧』，言其既處也。」

「噲噲其正，噦噦其冥」，傳：「正，長也。冥，幼也。」箋云：「噲噲，猶快快也。正，晝也。噦噦，猶煟煟也。冥，夜也。言居之晝日則快快然，夜則熠熠然，皆寬明之貌。」正義曰：「『正，長』，《釋詁》文。『冥，幼』，《釋言》文。王肅云：宣王之臣，長者寬博噲噲然，少者閑習噦噦然。夫其所與翔於平正之庭，列於高大之楹，皆少長讓德，有禮之士所以安也。傳意或然。而本或作『冥，窈』者，《爾雅》亦或作『窈』。孫炎曰：『冥，深闇之窈也。』某氏曰：《詩》曰：『噦噦其冥。』爲『冥，窈』，於義實安，但於『正，長』之義不允，故據王注爲毛說。『冥』所以得爲『幼』者，郭璞曰：『幼穉者冥昧也。』」《稽古編》曰：「此疏申鄭易毛之意，允矣。但傳語簡質，而王、崔二家述毛各異。據《釋文》云：『長，王丁丈反，崔直良反。幼，王如字，本或作窈，崔音杳。』源謂『正長』『冥幼』，俱用崔音述毛，義亦可通。毛傳字訓皆有師承，不必一本《爾雅》。《爾雅》『正，長』自爲『長幼』之『長』，傳『正，長』自爲『長短』之『長』。長言其堂廡之彌亘，窈言其奧窔之邃深，意正相當矣。」承珙案：疏云「正，長」於義不允者，蓋謂宮室不可以長幼言耳。然《周禮·寺人》「王之正內五人」注云：「正內，路寢也。」《左氏》哀二十六年傳：「盟于少寢之庭。」《逸周書·酆保解》：「王在酆，昧爽立於少庭。」少即幼也。準此言之，則室自可有長幼之名。如《儀禮》「適室」注云：「正寢之室也。」《穀梁》隱四年傳云：「諸侯與正。」注云：「正，謂適長也。」正寢之室既謂之適，當亦可謂之長。然則毛傳「正長」之「長」即音丁丈反，「冥幼」之「幼」即如字讀，亦無不可。正長、冥幼，以室言，猶《文王世子》之「貴宮貴室」「下宮下室」、何休《公羊注》之「高寢」「小寢」也。王肅述毛，以「長幼」屬人言，恐非毛旨。箋以「噲噲」爲「快快」者，《說文》：噲，讀若「快」。《一切經音義》引《蒼頡》《三蒼》皆云「噲」亦「快」字。《方言》：「逞、苦、了，快也。」郭注：「今江東人呼快爲愃。」《說文》：「愃，寬閒心腹皃。」箋以「快快」爲「寬明貌」，義亦同矣。盧召弓《鍾山札記》云：「《淮南訓》：『噲然得臥。』《宋書・樂志》四《吴鼓吹曲》：『覽往以察今，我皇多噲事。』是『噲』與『快』同。」又云「噦噦猶熠熠」者，《釋文》引《字林》：「熠，火光貌。」《廣雅》亦云：「熠熠，光也。」王肅以「噦噦」爲「閑習」，殆因「鸞聲噦噦」爲「徐行有節」，故引申其義爲「閑習」耳。然「噦」又與「嘒」通，《詩》「嘒彼小星」「有嘒其星」皆言「星貌」，則鄭以「噦噦」爲「光明」亦勝王解。但即以鄭義述毛，謂正長之室寬博而噲噲，冥幼之室光明而噦噦，説自可通，不必以「正」爲「晝」、「冥」爲「夜」也。

「下莞上簟」，箋云：「莞，小蒲之席也。」《釋文》：「莞，音『官』，徐又九完反，草叢生水中，莖圓，江南以爲席。形似小蒲，而實非也。」承珙案：陸氏此言是不用鄭箋「小蒲」之説矣。鄭注《周官・司几筵》以「繅席」爲「削蒲蒻」，又云：「繅柔嚅，不如莞清堅。」則明以「莞」與「蒲」爲二物，與此箋不同。《詩》疏謂《司几筵》諸侯祭祀之席，蒲筵加莞席，明莞細而用小蒲，以曲附箋説，非是。疏又引《釋草》：「莞，苻蘺。」某氏曰：「《本草》白蒲一名苻蘺。楚謂之莞蒲。」郭璞曰：「今西方人呼蒲爲莞蒲，今江東謂之苻蘺。西方一名蒲，用爲席。」考《説文》：「莞，草也，可以爲席。」「蒲，水草也，或以作席。」「䓞，夫離也。」「蒚，夫離上也。」並不言可作席。然則莞爲席草而非䓞，蒲亦席草而非苻蘺。《爾雅》之「莞，苻蘺。其上蒚」，據郭云「西方人呼蒲爲莞蒲」，則是方俗稱名。且以「莞蒲」連呼，若單言「莞」，則非蒲可知矣。郭又云：「西方亦名蒲中莖爲蒚，句。用之爲席。」正義乃引云「西方一名蒲，用爲席」，竟係删節注文，誤作句讀。上已云「西方人呼蒲爲莞蒲」矣，何又云「西方一名蒲」邪？《玉篇》云䓞，夫蘺，蒚。謂今蒲頭有臺，臺上有重臺，中出黃即蒲黃。是郭謂蒚可爲席者，誤也。《顧命》正義引《釋草》「莞，鼠莞」，樊光注曰「《詩》云『下莞上簟』」，郭璞曰：「似莞而纖細，今蜀中所出莞席是也。」據此，《詩》之「莞」乃《爾雅》之「鼠莞」。疏不引此而專引「莞，苻蘺」之注，非也。

箋云：「竹葦曰簟。」王氏《詩稗疏》曰：「此詩之『簟』蓋桃枝竹爲之，而鄭氏謂爲竹葦。葦席，今之蘆席，粗惡殊甚，惟喪禮設之。」承珙案：正義曰：「竹葦曰簟者，以常鋪在上，宜用堅物，故知竹簟也。且《詩》每云簟茀用爲車蔽，是竹簟可知。」據此疏兩言「竹簟」而不及葦，疑箋本是「竹曰簟」，「葦」乃衍字，正義所見箋本無「葦」字。今疏中有「竹葦曰簟者」，當由轉寫因箋文之衍，亦從而誤耳。

「朱芾斯皇，室家君王」，箋云：「皇，猶煌煌也。芾者，天子純朱，諸侯黄朱。」正義曰：「箋以經言『室家君王』，則有諸侯與天子而同言朱芾，故云『天子純朱，諸侯黄朱』也。」承珙案：《采芑》正義引《斯干》傳曰：「天子純朱，諸侯黄朱。」又《玉藻》「一命緼韍」，正義云：「按，《詩》毛傳：『天子純朱，諸侯黄朱。』」據此，疑「皇猶煌煌也」以下十五字皆傳文，其下「室家一家之内」云云乃箋語耳。今《毛詩》本此處無傳，正義標起止云「芾者至黄朱」皆作述箋之詞，恐有脱誤。然各本皆然，從來無人是正。《采菽》傳云「諸侯赤芾」，亦與此「諸侯黄朱」相應，朱深於赤，故赤爲黄朱。然則此爲傳文誤攙入箋，明矣。

「載衣之裼」，傳：「裼，褓也。」箋云：「褓，夜衣也。明當主於内事。」《釋文》：「裼，《韓詩》作禘。」承珙案：禘，當從「衣」作「褅」。《説文》：「褅，緥也。」引《詩》「載衣之褅」。蓋用韓《詩》。段注以《毛詩》「裼」爲「褅」之假借，是也。《釋文》又云：「齊人名小兒被爲褅。」考高誘注《吕覽》、《明理篇》。《史記·趙世家》集解引徐廣、孟康注《漢書·宣帝紀》，皆以「褓」爲小兒被，此箋云「夜衣」者，蓋亦從「被」義。正義曰：「《書》傳説『成王之幼，云在襁褓』。褓，縛兒被也。故箋以爲夜衣。」又引侯苞云：「示之方也。明褓制方，令女子方正事人之道。」此當出《韓詩翼》。要言其制方，似亦以「褓」爲被。然古者衣、被通稱。《廣雅》「裲謂之褓」王氏《疏證》云：「《論語》謂『被』爲寢衣。《月令》『措之參保介之御閒』注云：『保，猶衣也。』」焦里堂云：「褓可藉於下，亦可覆於上。藉，則李奇注《漢書》云『褓，小兒大藉』是也。覆，則《月令》正義云『保謂小被，所以衣被小兒』是也。《文選》嵇康《幽憤詩》注引韋昭云：『褓，若今小兒腹衣。』腹衣，蓋今俗兜子是也，亦被之類而稍别焉者也。」

「載弄之瓦」，傳：「瓦，紡塼也。」箋云：「紡塼，習其一所有事也。」《釋文》：「塼，本又作專。」考《説文·土部》無「塼」字，《寸部》「專」下云：「一曰：專，紡專。」則《釋文》「又作」本爲是。阮氏《校勘記》云：「正義曰：『習其所有事也。』相臺本、《考文》古本皆依之改箋，亦作『習其所有事』。段玉裁云：當作『一所有事』，『一』同『壹』，謂壹於所有事也。以『壹』訓『專』，此詁訓之法。」是也。正義又曰：「以璋是全（全，疑當作「玉」）。器，則『瓦』非瓦礫而已，故云『瓦，紡塼』。婦人所用瓦，唯紡塼而已，故知也。」《黄氏日鈔》云：「今所見紡，無用塼者，而瓦亦與塼爲二物，恐風俗古今不同爾。嘗見湖州風俗，婦人皆以麻綫爲業，人各一瓦覆膝，而索麻綫於其上，歲久瓦率成坎。古豈亦有此事而詩人因指之歟？」承珙案：黄氏所言似止爲緝麻之物，紡絲無所用之。《説文》：「紡，網絲也。」段懋堂云：「網絲者以塼爲錘，《廣韻》：『鑈，紡錘。』《集韻》：『鑈，一曰紡甎。』然則婦人撚綫錘頭，古用塼爲之。《説文》：『鑈，瓦器也。』渾言之，未及詳説耳。」承珙又案：《説苑·雜言》篇西閭過曰：「獨不聞和氏之璧乎？價重千金，然以之閒紡，曾不如瓦塼。」閒紡者，當是絡絲。以瓦塼爲錘，則閒廁而不亂。《朱子語録》載潘時問《詩》「載弄之瓦」，朱子曰：「瓦，紡時所用之物。舊見人畫《列女傳》漆室女手執一物如銀子樣者，意爲紡塼也。」此所言亦與紡錘相合。

正義曰：「《禮記》鄭注云：人始生在地。男子已寢之牀，又非始生也。蓋聖人因事記義，子之初生暫行此禮，不知生經幾日而爲之也。何則？女子不可恆寢於地竟無裳，男子亦不容無褓。且甫言『其泣』，則未能自『弄璋』，明暫時示男女之别耳。」承珙案：《後漢書·曹世叔妻傳》《女誡》云：「古者生女三日，臥之牀下，弄之瓦塼。臥之牀下，明其卑弱，主下人也。弄之瓦塼，明其習勞，主執勤也。」此釋《詩》義與傳箋合，「三日」之期必有所本，可以補箋疏之所未及。

無羊

《序》云：「《無羊》，宣王考牧也。」箋云：「厲王之時，牧人之職廢，宣王始興而復之。」何氏《古義》云：「《孔叢子》載孔子曰：『于《無羊》見善政之有應也。』按《列子》《黄帝篇》。曰，周宣王之牧正有役人梁鴦者，能養野禽獸，委食于園庭之内，雄雌在前，孳尾成群。王令毛邱園傳其術。梁鴦曰：『凡順之則喜，逆之則怒，此有血氣者之性也。今吾心無逆順者也，則鳥獸之視吾猶其儕也。故游吾園者，不思高林曠澤，寢吾庭者，不願深山幽谷，理使然也。』《列子》之書，大都詼諧不足信。然彼生於周末而以此事屬之宣王，則當日宣王之留意牧事可知已。」承珙案：《斯干》《無羊》二詩與《定之方中》正相類。彼《序》云：「文公徙居楚邱，始建城市而營宫室，得其時制，百姓説之，國家殷富焉。」但《定之方中》一詩，而首言「營室」，終言「畜牧」；此則分爲二篇，風雅體自别耳。然其爲遭亂中興之事則同，不屬之宣王而誰屬歟？

「九十其犉」，傳：「黄牛黑脣曰犉。」正義曰：「《釋畜》云：『黑脣曰犉。』傳言『黄牛』者，以言黑脣明不與身色同，而牛之黄者衆，故知是黄牛也。某氏亦曰『黄牛黑脣曰犉』。」承珙案：《爾雅》又云：「牛七尺爲犉。」郭注亦引《詩》「九十其犉」。後儒多以《無羊》之「犉」當指「七尺」者，不知牛以七尺爲極，若云七尺者九十，則其餘將以次而減，不足見畜牧之盛。惟舉黑脣之犉，則《爾雅》尚有「黑眥，牰；黑耳，犚；黑腹，牧；黑脚，犈」之屬焉，知非皆七尺乎？《詩》舉黑脣之九十，以見其餘，則其多可知。《易》屢言黄牛，知牛以黄爲正色。傳言「黄牛黑脣」，當是《爾雅》舊詁。其「牰」「犚」「牧」「犈」蓋皆言黄牛，特别其黑色所在之名耳。又案：《爾雅》：「白馬黑脣，駩。」《釋文》云：「孫炎本作『犉』，言與牛同稱。」據此，知孫所見《爾雅》蓋作「黄馬黑脣，犉」，其下「黑喙，騧」即蒙「黄馬」言之。故《小戎》傳曰：「黄馬黑喙曰騧。」《説文》《玉篇》皆同。此傳云「黄牛黑脣，犉」，孫炎《爾雅》本「黄馬黑脣，犉」，殆「犉」爲黄牛黑脣之名，而借以名黄馬之黑脣者歟？

「其角濈濈」，傳：「聚其角而息濈濈然。」《釋文》：「本又作𧤴，亦作戢。」《玉篇》：「𧤴，多角，又角堅貌。」《廣韻》：「𧤴，角多貌。」此或字書因《詩》傳而爲之。宋本《詩釋文》：「𧤴，又作湒。」承珙案：「𧤴」字，《説文》不載，《水部》：「湒，雨下也。」「濈，和也。」皆未引《詩》。《毛詩》「濈」字蓋依聲託義。「湒」爲「雨下」，有「衆」意，「濈」爲「和」，傳云「聚其角而息」，兼「衆」與「和」二義，猶「戢」之訓「聚」兼訓「和」也。

「其耳溼溼」，傳：「呞而動其耳溼溼然。」箋疏無説。《玉篇》《廣韻》别有「𦗭」字。《玉篇》云：「𦗭，耳動摇之貌。」《廣韻》：「𦗭，牛耳動也。」此亦因毛傳而造爲之，非《詩》本有作「𦗭」者。《埤雅》：「溼溼，言潤澤也。牛之爲物，病則耳燥，安則温潤而澤。故古之視牛者以耳。」董廣川曰：「牛卧則耳下垂。溼溼者，其垂也。」承珙案：此皆望文生義耳。《爾雅》「牛曰齝」，注云：「食已，復出嚼之。」今本郭注作「食之已久，復出嚼之」。此從《詩釋文》引。「齝」字亦作「齥」，毛傳作「呞」。凡獸之嚼物，則頰車用力，故耳爲之動。傳體物可稱微眇。牛言「溼溼」，與羊言「濈濈」同。「濈濈」謂聚其角，「溼溼」謂群牛皆呞而動耳，亦和聚之意。蓋「濈濈」「溼溼」與《螽斯》「揖揖」「蟄蟄」略同。彼傳云：「揖揖，會聚也。蟄蟄，和集也。」古「蟄」「溼」同音，《釋名》：「隰，蟄也。」「蟄，溼意也。」《說文》：「燮，和也。讀若溼。」此「溼溼」與「蟄蟄」同爲「和集」之意也。

「矜矜兢兢」，傳：「矜矜兢兢，以言堅彊也。」《虞東學詩》云：「賈思勰曰：『羊性護前，陵兢不讓。』今皆健舉前向，則知其舉群無病而不虧耗矣。毛曰『以言堅彊』，則『矜兢』固非『堅彊』之謂。」承珙案：傳注之例，有云「之言」者，以彼擬此之詞，或比擬以通其訓詁，或比擬以明其意義。有云「以言」者，亦指彼擬此之詞，或指擬以明其意義，如《小弁》「不屬于毛，不離于裏」傳云「毛在外，陽，以言父；裏在內，陰，以言母」，《靜女》「俟我於城隅」傳云「城隅以言高而不可踰」是也；有指擬以通其訓詁者，此傳「矜矜兢兢以言堅彊」是也。「矜兢」本無「堅彊」之訓，以雙聲得義，故云「以言堅彊」耳。顧氏引賈思勰「羊性護前」云云，檢今《齊民要術》無此二語。

「不騫不崩」，傳：「騫，虧也。崩，群疾也。」正義曰，《集注》「虧」作「曜」。段氏《詩小學》云：「此當從《集注》。後人不解『曜』字，因改之耳。《考工記》『大胸燿後』鄭注云：『燿，讀爲哨。哨，頃今「頃」字作「頎」，誤。小也。』『燿』『曜』古通用。」惠氏《禮說》云：「《廣成頌》亦有『大胸哨後』之語，鄭讀爲『哨』，本之。燿，一作『臛』，細小之貌，與『哨』通。臛，一作『臞』，音「衢」。《爾雅》：『臞脙，瘠也。』瘠則細小，音殊而義同。」承珙案：「騫」

謂羊不肥，「崩」則謂羊有疾。《齊民要術》：「羊有疾輒相污。」又云：「羊有疥者，閒別之。不別相染污，或能合群致死。」故傳以「崩」爲「群疾」。《埤雅》曰：「羊之爲物，以瘦爲病，而又善死耗敗，故於『不騫不崩』本羊言之也。」

「衆維魚矣，實維豐年」，傳：「陰陽和，則魚衆多矣。」「旐維旟矣，室家溱溱」，傳：「溱溱，衆也。旐旟，所以聚衆也。」翁氏《詩附記》曰：「此章『占夢』之説，朱子云未詳。至附『或説』，則用横渠張子義，引《周官·大司馬》『郊野建旐』、《司常》『州里建旟』之文。但《大司馬》云『郊野載旐』，則仲冬教治兵時旗物之用也。《司常》云『州里建旟，縣鄙建旐』，則所謂掌九旗之物以待國事者也。而朱子錯引之，似以郊野爲人數少，州里爲人數多也。陳氏啟源謂《司馬》《司常》二處文義本不相倫，不應各取其一以相配，其辨甚當。然陳氏謂『衆維魚』猶言『衆哉魚』，『旐維旟』猶言『旐與旟』，此説義極通，而語焉未詳也。《漢書·藝文志》云：《詩》載『熊羆』『虺蛇』『衆魚』『旐旟』之夢，著明大人之占。顔師古注云：『《斯干》《無羊》之詩言熊羆虺蛇皆爲吉祥之夢，而生男女，及見衆魚則爲豐年之應，旐旟則爲多盛之象。』據此，『衆維魚』『旐維旟』特語助之文，與上章熊羆虺蛇四『維』字相同耳，則『衆』『魚』二字皆以占豐，『旐』『旟』二字皆以占衆也。詩人自言魚之衆耳，非以『衆』字指人。鄭箋乃云衆人相與捕魚，其説過迂。朱《傳》從而正之，至有人變爲魚、旐變爲旟之説。其實毛傳義已極簡括矣。『衆維魚矣』，『衆』即指魚之繁庶，豈必其上下句排比對偶之相配乎？」《稽古編》云：「上專言魚，下並言旐旟，語意異而句法同，古人不妨有此。《吉日》之『伯』『禱』，一事也，而兩言『既』；《無羊》之『旐』『旟』，二物也，而止一言『維』，各從文便耳。」承珙案：「維」字義或爲「有」，或爲「與」。

薛綜《東京賦》注云：「維，有也。」此「衆維魚」猶言多有魚也。「旐維旟」則謂旐與旟，故箋云「夢見旐與旟」，此明以「與」釋「維」字矣。《大雅·靈臺》「虡業維樅，賁鼓維鏞」，傳曰：「植者曰虡，横者曰栒。業，大板也。樅，崇牙也。賁，大鼓也。鏞，大鐘也。」「虡業維樅」者，謂虡業有崇牙之飾，猶此「衆維魚」爲衆有魚也。「賁鼓維鏞」者，謂大鼓與鏞，猶此「旐維旟」爲旐與旟也。兩「維」字一言「有」，一言「與」，所謂文同義異者，如此。戴氏《詩考正》亦曰：「二字雖皆以『維』字爲辭助，❶不拘於對文。蓋言夢而見魚之衆有，又見旐與旟耳。」

盧召弓《鍾山札記》云：「丁希曾解詩『衆維魚矣』，謂『衆』乃『螽』字之省，《説文》作『𧒒』，與『螽』同。《春秋》桓五年『螽』，《公羊》作『蝝』。蝝，實蝗類。凡池湖陂澤中魚嘯子皆近岸旁淺水處，若遇歲旱水不能復其故處，土爲風日所燥，魚子蠕蠕而出，即變爲蝗蟲以害苗。自大河以北，土人皆知之。今蝝不爲蝗而爲魚，故以爲豐年之徵。余案：此説昔人未曾道過，而實確不可易。如『旐維旟矣』，旐旟相爲類而小異耳，一則人少，一則人多，故占爲『室家溱溱』，義順而文顯。若云衆人化而爲魚，則大怪甚矣。今釋爲『蝝』，則事皆目驗，義並貫通，且證之《公羊》《説文》而皆合，信可以釋千古之疑矣。」承珙案：陸佃曰：「俗云春魚遺子如粟，埋於泥中，明年水及故岸，則皆化而爲魚。如遇旱乾，水不及故岸，則其子爲日暴，乃生飛蝗。故説者以爲陰陽和則魚多。豐年夢魚，理或然也。」據此，陸氏已見及之，特未明言「衆」爲「蝝」字耳。然依此解，蝝

❶「二字」，《經解》本《毛鄭詩考正》作「二句」。

變爲魚，則下句必當云旐變爲旟。而旐統人少、旟統人多之説，實由張横渠不考《周禮》，而《集傳》誤因之。《稽古編》云：「《司常》『州里建旟，縣鄙建旐』，注謂：『州里、縣鄙，鄉遂之官。』《大司馬》『郊野載旟，百官載旐』，注云：『郊，謂鄉遂之州長、縣正以下。野，謂公邑大夫。載旐者，以其將羨卒也。百官，卿大夫也。載旟者，以其屬衛王也。』以《司常》所頒而言，則五職建旐，五職建旟，所統鄉遂之民數略相等也。以《大司馬》所頒而言，則六官之屬，豈能多於六鄉、六遂及四等八邑之羨卒乎？若就朱子所錯舉之文而較論之，則建旟之州里止當建旐之郊之半，而野猶未與焉，是旐統人甚多，而旟至少也。今乃反之，何其不稽於典乎？」案：此辨甚諦。知下句之不當以「旐」變爲「旟」，則上句「蝝」變爲「魚」，説雖巧而未必得詩意，故不如毛傳義爲平正也。

毛詩後箋卷十九

涇　胡承珙

小雅節南山之什

節南山

《序》云：「《節南山》，家父刺幽王也。」《吕記》云：「《左傳》昭二年。韓宣子來聘，季武子賦《節》之卒章。杜注謂取『式訛爾心，以畜萬邦』之義。此詩在古止名《節》。」《陸堂詩學》據此謂《孔叢子》「于《節南山》見忠臣之憂世也」，其編輯已在毛公之後。承珙案：《孔叢》此章所載孔子讀《詩》之言，已先見於毛傳，并《説苑》諸書亦多引之，其言必有所自。大抵古《詩》篇名亦有異同，不必疑《序》稱《節南山》爲與《左氏》不合。《十月之交》箋云：「《節》刺師尹不平。」亦單稱「節」，祇是便文，無關義例也。

箋云：「家父，字，周大夫也。」正義曰：「桓十五年，天王使家父來求車，上距幽王之卒七十五歲。此詩不知作之早晚。若幽王之初，則八十五年矣。古人以『父』爲字，或累世同之。宋大夫有孔父者，其父正考父，其子木金父。此家氏或父子同字『父』，未必是一人也。」此疏辨「求車」之家父非作詩之家父甚明。且核劉瑾以隱三年「尹氏卒」即《詩》之「師尹」，「求車」之家父與之同時，《稽古編》駁之當矣。《陸堂詩學》乃謂：「孔疏泥《序》説，以凡伯、仍叔爲例。余謂伯爵可以通稱，『家父』爲字，當有專屬。孔疏又云『古人以「父」爲字，或累世同之』，因舉孔父爲例。然『正考』『木金』其名亦絶殊矣。韋昭定爲平王時作，古人有先得我心者。」張氏《詩貫》亦云：「古人賜姓別族，雖以王父之字爲氏，然曰某氏者爲子孫之通稱，曰某父者爲本人之自稱，則皇父、家父俱非前後兩人矣。」承珙案：二説皆非是。《左傳》文十一年魯有富父終甥，哀三年又有富父槐，杜注：「槐，終甥之後。」此以某父爲字，先後不嫌相同之明證也。

何氏《古義》曰：「董仲舒云：『周室之衰，其卿大夫緩於誼而急於利，亡推讓之風而有争田之訟。故詩人疾而刺之曰：「節彼南山，惟石巖巖。赫赫師尹，民具爾瞻。」』今觀篇中絶無一語及争田事，惟『天方薦瘥』，《説文》作『薦睉』，云『殘薉田也』，豈即『争田』説邪？然即如所言，義亦小矣。」承珙案：五章「降此鞠凶」，傳云：「訩，訟也。」箋以爲「下此多訟之俗」。則董氏所謂「無推讓之風」者，《毛詩》似亦有此義。但争田及「薦睉」字異，則當出於三家耳。高誘《淮南》注云：「訟閒田者，暴桓公、蘇信公是也。」董仲舒所云似即其事，則《何人斯》篇所言也。或其時卿士争訟，而尹氏爲政有所偏私，故《節南山》刺之。然據此可見江都亦以《節南山》爲幽王時詩矣。

許白雲《詩鈔》曰：「此詩刺王用尹氏。前九章惟極言尹氏之罪，而卒章以言歸之王心，則輕重本末自見。此家父之善於辭也。其所以刺尹氏者，大要有二事：爲政不平，而委任小人也。一章言尹氏之失民望而致愁蹙。二章言爲政不平而不顧天怒民怨。三章言大師爲國根本，爲政當均平，而其任之重如此。四章言任用小人，連引私黨。五章言君子可消天變。六章承上，言尹氏不但不能弭天變，抑且生禍亂，下四句則應前第四章而又起下章欲遁逃之意。七章言欲遁無所往。八章言小人情狀。九章言尹氏自用拒諫。十章歸之於王。」承珙案：此所釋前九章皆是，惟以末章歸本王心，蓋用東萊《詩記》之説。然玩全詩，首章「民具爾瞻」、末章「式訛爾心」，起結兩「爾」字相應，必皆指尹氏而言。末章之「爾心」，即九章之「其心」。「不懲」「式訛」反正言之，刺其不懲而冀以式訛，乃詩人忠厚之意。惟不平者尹氏，而任尹氏者則王也。篇中一則曰「天子是毗」，再則曰「我王不甯」，而終之「以究王訩」，故序者推其本而以爲刺幽王耳。其實詩詞專責尹氏，而刺王之旨自在言外。《詩》中直言其事，而《序》或溯其由來，或究其終極，往往有之。鄒忠胤曰其詩諫尹氏而非諫王，故自稱其字，是也。

「憂心如惔」，傳：「惔，燔也。」《釋文》：「惔，《韓詩》作炎，字書作焱。《説文》作『𤆍』字，才廉反，小熟也。」段懋堂云：「《説文》：『𤆍，小爇也。从火，𢆉聲。《詩》曰：「憂心如𤆍。」』𤆍，『𢆉』聲，『𢆉』讀如『飪』。今誤作『𤆍』，『干』聲，非也。小爇，一作『小熱』，或作『小熟』，皆非也。《詩》曰：『憂心如𤆍。』今本《説文》誤爲『憂心𤆍𤆍』，尤非也。《釋文》、正義於此句皆云『《説文》作𤆍』，若依今本，陸、孔末由定爲此句之異文。蓋《毛詩》本作『如𤆍』，或同《韓詩》作『如炎』，不知何人始加『心』作『惔』。惔，憂也。豈憂心如憂乎？又於《説文》『惔』下妄加『《詩》曰「憂心如惔」』六字，而《説文》之真没矣。此傳曰：『𤆍，燔也。』《瓠葉》傳曰：『加火曰燔。』《説文》：『燔，爇也。』『𤆍，小爇也。』『爇，加火也。』與《毛詩》合。而今《詩》譌『炎』改『惔』。《雲漢》『如炎如焚』，傳：『炎，燎也。』而今本亦譌『惔』矣。」承珙案：《韓詩》字皆作「炎」。《雲漢》「如惔如焚」，《後漢·章帝紀》注引《韓詩》亦作「如炎」。《説文》「惔」下引《詩》當是「憂心如炎」，蓋用《韓詩》以明「惔」字從

「炎」之意，後人從誤本《毛詩》改作「惔」耳。毛傳於《節南山》訓「燔」，於《雲漢》訓「燎」，當如段說經文一作「灷」、一作「炎」也。

「不敢戲談」，箋云：「又畏女之威，不敢相戲而言語。疾其貪暴，以刑辟也。」❶宋儒皆從箋義，惟李迂仲曰：「其言非戲，實其國之將亡也。」此似謂正言莊論以救之之意。承珙案：《鹽鐵論·散不足》篇云：「夫賢人君子，以天下爲任者也。任大者思遠，思遠者忘近。誠心惆悼，惻隱加爾，故忠心獨而無累。此詩人所以傷而作，比干、子胥遺身忘禍也。其惡勞人若斯之急，安能默乎？《詩》云：『憂心如惔，不敢戲談。』」據此亦有不敢不以正告之意，是漢儒已有此解，較箋義爲長。

「國既卒斬，何用不監」，傳：「卒，盡。斬，斷。監，視也。」箋云：「天下之諸侯日相侵伐，其國已盡絶滅，女何用爲職，不監察之？」正義云：「言『卒斬』者，甚言之耳。」《虞東學詩》曰：「既者，已然之辭，疑舉共和以前爲鑒。此章蓋總叙作誦之由，以爲東遷後詩，固無所據；若虚擬將來，文義不當如是。」承珙案：此泥於「國既卒斬」一語，以爲驪山未禍以前不應作此語耳。《潛夫論·賢難》篇云：「夫宵小朋黨而固位，讒妬群吠齧賢，爲禍敗也豈希？三代之以覆，列國之以滅，後人猶不能革。此萬官所以屢失守，而天命數靡常者也。《詩》云：『國既卒斬，何用不監？』嗚呼！時君俗主不此察也！」此所引《詩》亦似以「監」爲「宜監于殷」之「監」。然「國既卒斬」，原不必謂國已盡滅，亦不必偏指諸侯；但其君失道，大臣專恣，即是國脉將絶。

❶「以」上，阮校本《毛詩正義》有「脅下」二字。

言「既」者，猶祖伊所稱「天既訖我殷命也」。監者，謂當察視其亂之所由生也。《潛夫論・愛日》篇曰：「《詩》云：『國既卒斬，何用不監？』傷三公居人尊位，食人重禄，而曾不肯察民之盡瘁也。」此又同傳箋以「監」爲「察視」。《釋文》引《韓詩》云：「監，領也。」蓋監者，臨也。臨莅有「治」義，《華嚴經音義》引《國語》賈注云：「臨，治也。」「領」亦「治」也。《禮記・樂記》《仲尼燕居》注並云「領」猶「治」。然則《韓詩》訓「監」爲「領」，猶訓「監」爲「臨」，義取「理治」，其旨亦與傳箋相近也。

「有實其猗」，傳：「實，滿。猗，長也。」箋云：「猗，倚也。言南山既能高峻，又以草木平滿其旁倚之畎谷，使之齊均也。」正義曰：「傳以『緑竹猗猗』是草木長茂之貌，故爲『長』也。王肅云：『南山高峻，而有實之使平均者，以其草木之長茂也。』」承珙案：據王肅說，是讀「長」爲「長養」之「長」。《釋文》於「長」字無音，則似如字讀。然「長茂」與「高長」義亦相因。如毛義，則此「有實其猗」與《正月》「有菀其特」文例正同。彼言阪田之中而有菀然茂特者，不言苗而可知其爲苗；此謂南山之上而有實然長茂者，不言草木而可知其爲草木。又如《載芟》之「有厭其傑」「有實其積」，文法皆與此同，不足怪也。鄭箋云「猗，倚也」者，疑當讀「倚」如「阿」。《釋文》：「倚，於綺反。」非是。《長發》「實維阿衡」，箋云：「阿，倚。」《隸釋》載《外黄令高彪碑》「猗衡篤禮」，釋云：「說書者以阿衡爲倚平，偏旁假借，『倚』與『猗』近。」是「阿」「猗」「倚」三字皆通。箋「旁倚」即「旁阿」。阿者，衺也，曲也。畎谷言「阿」，猶《韓外傳》所云「阿谷之隧」也。

「尹氏大師，維周之氏」，傳：「氏，本。」正義曰：「毛讀從『邸』，如四圭有邸，故爲本。」黄氏元吉曰：「『氏』字，毛、鄭異訓。鄭固破字，孔謂毛讀從『邸』，豈亦破字乎？」李氏光型曰：「《爾雅》『氏』爲『天根』，謂角、亢下繫於氐，如木之有根，故曰『天根』。《國語》『本見而草木節解』，『本』謂『氐』，是『氐』『本』同義。毛義爲長。」承珙案：李説是也。《説文》：「氐，至也。」小徐本又有「本也」一訓，此即用毛傳也。《木部》：「柢，根也。」《广部》：「底，下也。」凡从「氐」者，皆有「本」義，不必讀「氐」從「邸」。

箋云：「氐，當作『桎鎋』之『桎』。」《釋文》：「桎，之實反，又丁履反，礙也。本或作手旁『至』者，誤也。」《稽古編》曰：「案：字書『桎』字止有『之實』一切，但康成破字多取音同，則『丁履反』當是古音。而字書不收，亦屬疏漏。」承珙案：「丁履反」不當爲「桎」字之音。《校勘記》曰：「當是『抵』字誤『桎』，别體字『抵』作『抵』，與『桎』字形近。」是也。

正義曰：「易傳者，以天子爲周之本，謂臣爲本，則於義不允，故易之。」承珙案：此説非是。君相皆爲國本，猶後人言中書爲政本也。《常武》「王謂尹氏」箋云：「尹氏，天子世大夫也。」《逸周書》：「武王伐紂，厲翼于尹氏八士。」又云：「尹氏八士、大師三公，咸作有績。」則尹氏自周初以來已爲大族，故《公羊》於尹氏卒有「譏世卿」之説。夫以貴族世秉國政，豈非所謂國本？故《潛夫論·志氏姓》云：「尹者，本官名也。若宋有大師，楚有令尹、左尹矣。尹吉甫相宣王，著大功績，《詩》云『尹氏大師，維周之底』也。」

「天子是毗」，傳：「毗，厚也。」箋云：「毗，輔也。」《釋文》：「王作『埤』。埤，厚也。」承珙案：依毛義，當同王本作「埤」。《北門》傳云：「埤，厚也。」此正字也。此傳「毗，厚也」，《采菽》傳「膍，厚也」，皆假借字。《荀子·宥坐》引《詩》作「庳民不迷」。「庳」亦「埤」字之借，爲毛義之所從出。楊倞注云：「庳，讀爲『毗』。」轉同鄭義作「輔」，非也。《隋書·律歷志》引作「天子是裨」，「裨」亦「厚」義也。

《荀子·宥坐篇》曰：「先王既陳之以道，上先服之。若不可，尚賢以綦之；若不可，廢不能以單之。綦三年而百姓往矣。邪民不從，然後俟之以刑，則民知罪矣。《詩》曰：『尹氏大師，維周之氐，秉國之均，四方是維，天子是庳，卑民不迷。』」承珙案：《韓詩外傳》《説苑》及《家語·始誅》篇所載孔子之言與《荀子》互有異同，而皆引此詩。蓋詩大旨皆言爲國者當持刑政之平，與《緇衣》《大學》言「慎好惡」，而引「節彼南山，維石巖巖；赫赫師尹，民具爾瞻」，其釋詩旨趣一也。

「不弔昊天」，傳：「弔，至。」箋云：「至，猶善也。不善乎昊天，愬之也。」《稽古編》曰：「《節南山》詩兩言『不弔昊天』，傳訓『弔』爲『至』，箋又轉『至』爲『善』。後儒據成七年、襄十三年《左傳》引此詩，改爲『愍恤』之義。然玩左氏兩傳，『善』義自通。其訓爲『愍恤』者，杜注之説耳，未必邱明本意。」承珙案：陳説是也。《書·大誥》「弗弔，天降割于我家」，某氏傳曰：「言周道不至，天降凶害於我家。」又《多士》「弗弔，閔天大降喪于殷」，《君奭》「弗弔，天降喪于殷」，此皆與《詩》「不弔」同。弔，即「至」。弗弔，言不善也。曰「降割」、曰「降喪」，故先以「不善」言之。王莽《擬大誥》云：「不弔，天降喪于趙、傅、丁、董。」此正謂趙、傅、丁、董皆爲天所不善，不應言不爲天所弔閔。即《多士》《君奭》言降喪于殷，亦不必言天不愍恤。近儒又以「弗弔天」三字爲句，言此不祥善之天，亦非語氣，總不如從毛、鄭義爲當。杜注《左傳》於成七年引《詩》，謂「《小雅》刺在上者不能弔愍下民」，襄十三年引《詩》又注云「言不爲皇天所恤」，隨文改誼，殊非的解。至哀十六年《傳》「閔天不弔」，注云「弔，至也」，仍用「善」義。亦可知其無定詁矣。又《左傳》「閔天不弔」，《周禮·大祝》司農注引作「閔天不淑」。《漢書·五行志》注：「應劭曰：閔天不善於魯家。」此釋「不弔」皆與毛傳訓「至」者合。

蓋此詩「不弔昊天」猶言「昊天不弔」，謂天不善於尹氏也。與「昊天不傭」「昊天不惠」「昊天不平」義同，但文法倒裝耳。箋順文解釋，以爲呼天而愬之，義亦可通。正義述之云：「尹氏政既不善，訴之於天，言尹氏爲政實不善乎，昊天不宜使此人居位以窮困我天下之衆民。」此則似以「不弔」絶句，「昊天」屬下爲句，於經文失句讀矣。

「弗躬弗親，庶民弗信。弗問弗仕，勿罔君子」，傳：「庶民之言不可信，勿罔上而行也。」箋云：「仕，察也。勿，當作『末』。此言王之政，不躬而親之，則恩澤不信於衆民矣；不問而察之，則下民末罔其上矣。」正義曰：「易傳者，言庶民不信於王，其文自明，不當横加『不可』，故易之。」承珙案：襄七年《左傳》：「晉韓獻子告老。公族穆子有廢疾，將立之，辭曰：『「弗躬弗親，庶民弗信。」無忌不才，讓其可乎！』」《楚語》：靈王虐，白公子張諫曰：「齊桓、晉文皆非嗣也，還軫諸侯，不敢淫逸，心類德音，以德有國。近臣諫，遠臣謗，輿人誦，以自誥也。是以其入也，四封不備一同，而至於是有畿田，以屬諸侯，至於今爲令君。桓、文皆然，君不度憂於二令君而欲自逸也，無乃不可乎？周詩有之曰：『弗躬弗親，庶民弗信。』臣懼民之不信君也，故不敢不言。」據此，《内》《外傳》引《詩》之意皆謂民不信上，而箋與之合，故當以箋説爲長。《淮南・繆稱訓》：「身苟正，則懷遠易矣。故《詩》曰：『弗躬弗親，庶民弗信。』」《説苑》：「桓公問管仲：『以群臣衣服輿馬甚汰，吾欲禁之，可乎？』管仲曰：『《詩》云：「不躬不親，庶民不信。」君欲禁之，胡不自親乎？』」此皆與箋説合。至下句箋云「仕，察也」，用《釋詁》文。正義失引。又云：「勿，當作末。」《釋文》：「鄭音『末』。」正義云：「末略欺罔其上。」其實鄭破「勿」爲「未」，不爲「末」。焦里堂曰：「《淮南子・天文訓》：『未，昧也。』未罔，謂蒙昧欺罔其上。」是也。但此詩皆責尹氏，五章「君子如屆」箋云：「君子，斥在位者。」此「君子」義亦當同，即指尹氏，謂其勿問勿察而任用小人，則小人必昧罔其上。箋於此「君子」指王，言尚有未合。

「式夷式已，無小人殆」，傳：「式，用。夷，平也。用平則已，無以小人之言至於危殆也。」箋云：「殆，近也。爲政當用平正之人，用能紀理其事也，無小人近。」正義曰：「下文戒王勿厚任親戚，欲令用賢去惡，宜爲勿近小人，不當遠言小人之行終至危殆，故易之也。」承珙案：《大戴禮・衛將軍文子》篇「子貢曰：『學以深，厲以斷，送迎必敬，上友下交，銀乎如斷。是卜商之行也。』孔子曰：『《詩》云：「式夷式已，無小人殆。」而商也，其可謂不險也。』」「險」即危殆，「不險」謂子夏交友必慎，不因小人以至危殆。由此觀之，毛義爲優矣。

「昊天不傭，降此鞠訩。昊天不惠，降此大戾」，傳：「傭，均。鞠，盈。訩，訟也。」箋云：「盈，猶多也。戾，乖也。昊天乎，師氏案：「師氏」當作「尹氏」。正義演經文三言「尹氏」，可證。各本皆誤，今正。爲政不均平，乃下此多訟之俗；又爲不和順之行，乃下此乖爭之化。疾時民傚爲之，愬之於天。」承珙案：箋以「不傭」「不惠」屬尹氏，與上「昊天」文義不貫。此當謂昊天以尹氏爲不均不順，故降此鞠訩大戾耳，與《大雅》「瞻卬昊天，則不我惠，孔填不甯，降此大厲」文意正同。多訟、乖爭雖由民俗，然戾氣所致，有似天降。箋以爲由尹氏而降，亦非是。傭，《釋文》引《韓詩》作「庸」，云：「庸，易也。」易者，平易。與九章「昊天不平」同，亦謂昊天以尹氏爲不平也。

「君子如屆」，傳：「屆，極。」箋云：「屆，至也。」案：《瞻卬》「靡有夷屆」箋云：「屆，極也。其爲殘酷痛病於民，如蟊賊之害禾稼然，爲之無常，亦無止息。」據彼箋訓「屆」爲「極」，義取「止息」，則此傳「屆，極」亦爲

「止息」，與下句「闋，息」義更協。言君子如息其争心，則民鞫訩之心亦息矣。箋於此又訓「屆」爲「至」，而云「如行至誠之道」，恐非傳意。

「誰秉國成」，《禮記・緇衣》引《詩》「誰能秉國成」，《釋文》云：「《毛詩》無『能』字。」承珙案：箋云：「觀此君臣，誰能持國之平乎？言無有也。」據此，是鄭所見《毛詩》本有「能」字，與《禮記》同。正義既云「君臣不能持國平」，又云「君臣已並言不能」，疑正義本亦當有「能」字，與陸德明所據《毛詩》本異也。歐陽《本義》以《詩》無「能」字爲句刪其字，尤非是。

「駕彼四牡，四牡項領」，傳：「項，大也。」箋云：「四牡者，人君所乘駕。今但養大其領，不肯爲用，喻大臣自恣，王不能使也。」《新序・雜事》五云：「宋玉事襄王而不見察，意氣不得，形於顔色。或謂曰：『先生何談説之不揚，計畫之疑也？』宋玉曰：『不然。子獨不見夫玄蝯乎？當其居桂林之中、峻葉之上，從容游戲，超騰往來，龍興而鳥集，悲嘯長吟。當此之時，雖羿、逢蒙，不得正目而視也。及其在枳棘之中也，恐懼而悼慄，危視而蹟行，衆人皆得意焉。此皮筋非加急而體益短也，處世不便故也。夫處世不便，豈可以量功較能哉？《詩》不云乎？「駕彼四牡，四牡項領。」夫久駕而長不得行，項領不亦宜乎？《易》曰：「臀無膚，其行趦趄。」此之謂也。』」《易林・履》《否》《噬嗑》《未濟》等卦並云：「名成德就，項領不試。」《潛夫論・三式》篇曰：「周公之戒，不使大臣怨乎不以。《詩》云：『駕彼四牡，四牡項領。』」其下即言列侯、關内侯宜試補吏，以信其志，旌其能云云。《中論・爵禄》篇云：「良農不患疆埸之不修，而患風雨之不節。君子不患道德之不建，而患時世之不遇。《詩》曰：『駕彼四牡，四牡項領。我瞻四方，蹙蹙靡所騁。』傷道之不遇也，豈一世哉！豈一世哉！」詳此四書引《詩》之意，皆謂士不見用，如四牡久駕不行，至于項領。然則「項領」之「項」不爲「大」義，觀《新序》并引《易》「臀無膚」，可見矣。此傳既訓「項」爲「大」，自當如箋所申以爲養大其領。《新序》等所據或三家《詩》義，與毛不同。然全詩皆言大臣專恣致亂，並無感士不遇之意，「項領」之喻仍當以毛、鄭爲長。《後漢書・呂强傳》：「群邪項領，膏脣拭舌。」劉肅《大唐新語》載神龍中監察御史崔琬劾奏宗楚客等曰：「臣聞四牡項領，良御不乘。二心事君，明罰無捨。」此用傳箋之解，最爲明晰。

「式訛爾心，以畜萬邦」，箋云：「訛，化。畜，養也。」案：此「爾心」，傳箋皆不明所指。《新語・術事》篇云：「季孫貪顓臾之地，而變起于蕭牆之内。夫進取者不可不顧難，謀事者不可不盡忠，故刑立則德散，佞用則忠亡。《詩》云：『或或，當是「式」之譌。訛爾心，以蓄萬邦。』言一心化天下而闕一字。國治，此之謂也。」詳此言季孫、顓臾之事，則引《詩》「爾心」當指臣心。陸賈在漢初，當四家未出之先，猶是周、秦遺説，尤可見後儒以末章歸本王心者，非古義也。

正月

《序》云：「《正月》，大夫刺幽王也。」陳氏《稽古編》曰：「《集傳》載『或説』疑《正月》詩是東遷後作，以『赫赫宗周，褒姒滅之』二語爲據。夫此何害爲西周未亡時語邪？《國語》：幽王三年，山川震，伯陽父料周之亡不過十年。又鄭桓公爲周司徒，謀逃死之所，史伯引『檿弧』之謡、『龍漦』之讖，決周之必弊，其期不及三稔。然則周之必亡，而亡周之必爲褒姒，當時有識之士固已明知之，且明言之矣。安在褒姒烕周之語獨不可著之於《詩》乎？」

「民之訛言，亦孔之將」，傳：「將，大也。」《漢書》劉向上封事曰：「霜降失節，不以其時。《詩》曰：『正月繁霜，我心憂傷。民之訛言，亦孔之將。』言民以是爲非，甚衆大也。」此訓「將」爲「大」，與毛同。「衆」謂訛言之民。「民」猶「人」也，對天言之則皆爲民，非專指草野之民也。小人訛言者衆，群邪害正，故下文曰「念我獨兮」。「我」對上「民」而言，人衆則我獨矣。第十二章「念我獨兮」亦對上「昏姻孔云」，言小人姻黨會聚，而己孤獨無與。《離騷》經曰：「世並舉而好朋兮，夫何煢獨而不予聽？」一篇之中亦屢曰「我獨」，曰「余獨」，此《離騷》所以爲《三百篇》之遺也。

「癙憂以痒」，傳：「癙、痒，皆病也。」《爾雅·釋詁》：「癙，病也。」舍人注云：「癙，心憂憊之病也。」孫炎曰：「畏之病也。」呂大臨曰，此與《雨無正》「鼠思泣血」文小異而義同。承珙案：《説文》無「癙」字，據《釋文》則《字林》乃有之。蓋古衹借「鼠」爲「癙」，後人乃加「疒」旁。《淮南子·説山訓》：「貍頭已鼠。」《山海經·中山經》：「脱扈之山有草焉，名曰植楮，可以已癙。」郭注：「癙，病也。」並引《淮南》之言。是「癙」即「鼠」矣。舍人以「癙」爲憂憊之病，是「癙」兼「病」「憂」二義。毛以此「癙憂」連文，故從《爾雅》訓「病」。正義演經文云：「痛憂此事，以至於身病也。」殆以「癙」「痒」皆訓「病」爲複，故易爲「痛」。不知「癙憂以痒」者，謂既病於憂，又以憂而愈病，文義自有次第，不嫌其複也。

「父母生我，胡俾我瘉」，傳：「父母，謂文、武也。我，我天下。瘉，病也。」箋云：「天使父母生我，何故不長遂我，而使我遭此暴虐之政而病？」正義曰：「上言『念我獨兮』，因此而告天，是先訴己身，未及論天下也。文、武雖受命之王，年世已久。念今時之虐政，訴上世之哲王，非人情也，故知訴天使父母生我也。」承珙案：傳以「父母」爲文、武者，言自文、武以來，深仁厚澤，休養涵濡之久，何以至今日而遭此暴虐？正與下文「不自我先，不自我後」相接。若如箋説爲己之父母，則所謂「先」「後」者，正義以爲非父祖即子孫。既曰我之父母生我，而謂不自我之父祖及子孫，語意不順。《小宛》「念昔先人」傳云：「先人，文、武也。」此等訓義，毛必有所受之。《瞻卬》亦云「不自我先，不自我後」，其下即曰「無忝皇祖」。遭時亂而呼先王，何謂非人情乎？焦里堂《毛詩補疏》曰：「訓詁之例，不外雙聲疊韻。疊韻如『子，孳也』，『丑，紐也』。雙聲如『叔，拾也』，『且，薦也』。而假借行乎其中，有直指其事者，如此傳『瘉，病也』是也。此外有比例之詞，則加『猶』字，有指擬之詞，則加『謂』字。『猶』之云者，如『盈猶多也』『至猶善也』。以其非雙聲疊韻之假借，亦非直指其事，則於其相近者而指擬之也，如云『衆，謂群臣也』，『衆』不定是『群臣』也。此云『父母謂文、武』，『父母』不定是謂『文、武』也，傳擬度之，以爲詩人所云『父母』指文、武，非謂文、武令天生我天下之民也。箋云：『天使父母生我。』豈父母又使天生我邪？正義失之。」

「憂心愈愈」，傳：「愈愈，憂懼也。」《爾雅》：「瘐瘐，病也。」郭注：「賢人失志，懷憂病也。」邢疏引《詩》「憂心愈愈」。何氏《古義》曰：「『愈』當作『悆』，《説文》云忘也，嘾也。嘾者，含深也。蓋含憂之深而至於善忘也。」承珙案：何説近之。《廣雅》：「悇、憛、懷，憂也。」《楚辭·七諫》「心悇憛而懷寃兮」，王逸注云：「悇憛，憂愁貌。」大抵此傳及下傳「惸惸，憂意也」之類，必皆經師相傳古訓。王氏、蘇氏或以「愈愈」爲「益甚」，或以「惸惸」爲「獨憂」，皆就後世文義以改古人之訓詁，不足據矣。

「瞻烏爰止，于誰之屋」，傳：「富人之屋，烏所集也。」案：此傳意以「屋」即末章「佌佌」者所有之「屋」，則「富人」即「哿矣」之「富人」。末章言民今無禄，惟佌佌蔌蔌者爲富人。此章上云「念我無禄」，又云：「哀我人斯，于何從禄。」故傳云「富人之屋，烏所集」者，言禄之所在皆歸於小人。試瞻烏之爰止于誰之屋？夫非彼佌佌者所有之屋乎？箋以烏集富人之屋喻民當求明君而歸之，似非傳意。《後漢書》建甯元年陳蕃、竇武爲閹人所害，郭林宗哭之，慟，既而歎曰：「人之云亡，邦國殄瘁。但不知瞻烏爰止，于誰之屋耳！」此則與箋意相同耳。

「既克有定，靡人弗勝」，傳：「勝，乘也。」箋云：「王既能有所定，尚復事之小者爾。無人而不勝，言凡人所定，皆勝王也。」正義曰：「此傳甚略。王述之云：『既有所定，皆乘陵人之事，言殘虐也。』今據爲毛説。孫毓云：『小人好爲小善，矜能自臧，以爲大功。其所成就細碎小事，凡人所勝而過者，反以驕人。是詩所刺幽王也。若乘陵殘虐之事，動則有惡，豈得名之爲克有定乎？箋義爲長。』」承珙案：此疏引王肅述毛及孫毓所評，義皆迂曲。毛於此傳雖略，然合上文觀之，「瞻彼中林，侯薪侯蒸」傳云：「中林，林中也。薪蒸，言似而非。」此謂小人在朝似賢而實非，與《韓詩外傳》引此二語而曰「言朝廷皆小人」者合。又「民今方殆，視天夢夢」傳云：「王者爲亂夢夢然。」然則此「定」字正對「殆」字言之，謂今在朝者皆小人，助王爲虐，民之切齒久矣。今方危殆之時，視王之所爲夢夢然，誠無如此小人何矣！倘其既定，將無人不起而乘其敝。蓋以此戒小人而怵以必敗。故繼之曰：「有皇上帝，伊誰云憎？」言上帝非小人之是憎，而誰憎乎？如此似於通章詞意較爲明貫。

「謂山蓋卑，爲岡爲陵」，傳：「在位非君子，乃小人也。」《田間詩學》曰：「此言王之信訛言而棄老成，史伯所謂棄高明昭顯而好讒慝暗昧、去和而取同是也。夫山非不高也，謂之爲卑，別求所謂岡陵，猶謂舊人不足用，而以新進之小人爲賢也。《周語》衛彪傒曰：『自幽王而天奪之明，使迷亂棄德而即慆淫。夫周，高山、廣川、大藪也，故能生之良材。而幽王蕩以魁陵、糞土、溝瀆，其有悛乎？』正謂此也。」焦里堂曰：「毛以爲此在當前者，若以爲山，蓋又卑小，卑小則非山乃岡陵耳，與箋義異。」承珙案：自傳箋後，各家之説皆以此二句爲訛言，故以「高」爲「卑」，似於下文爲順。然傳義本自貫通，如云謂之爲山而其實則卑，乃爲岡爲陵而已，猶謂之爲君子，其實乃小人而已。小人在位，徒好爲詐僞之言，王曾莫之禁止。即有故老，但訊以不急之務，而實則君臣皆自以爲聖也。箋解謂「山蓋卑」二語，既詰鞫難通，而以「民之訛言」爲「衆民」，尤誤。説見下。

「民之訛言，甯莫之懲」，箋云：「小人在位，曾無欲止衆民之爲僞言相陷害也。」承珙案：此二語與《沔水》正同，彼箋云：「訛，僞也。言時不令，小人好詐僞爲交易之言，使見怨咎，安然無禁止。」是「訛言」即下文之「讒言」。《唐風·采苓》刺聽讒而曰「人之僞言」，此依定本。毛義本作「僞言」。則「訛言」與「讒言」本無二義。民，猶「人」也，本不指無位之衆民。此詩義亦相同，而箋乃云：「小人在位，不止衆民之僞言。」夫小人在位，其害甚多，何僅以懲訛相責望？且箋於首章云：「人以僞言相陷入，使王行酷暴之刑。」次章云：「疾此訛言之人，好惡同出其口，我心憂政如是，與訛言者殊塗。」是「訛言」即指在位之小人。又「民之無辜，并其臣僕」箋云：「王既刑殺無罪，并及其家之賤者。」是此「民」亦不指衆民，皆與此章箋意矛盾。《毛詩日箋》

云：「觀『好言自口，莠言自口』，則所謂訛言者，乃變亂是非之小人，非思亂之民也。姚舜牧曰：『政行慘虐而又欲箝天下之口，故造此姦僞之言耳。不曰執政而曰「民」者，不敢斥言也。』此説得之。」

「維號斯言，有倫有脊」，傳：「倫，理。脊，道也。」❶箋云：「維民號呼而發此言，皆有道理，所以至然者，非徒苟妄爲誣辭。」後儒皆用箋義，惟戴岷隱以爲小人無忌憚，號此訛言，其造作有次第、有由來。承珙案：「斯言」緊承上兩「謂」字。《説苑·敬慎》篇載：「孔子論《詩》至于《正月》，惕然如懼曰：『彼不逢時之君子，豈不殆哉！從上依世則道廢，違上離俗則身危。時不興善，己獨緊之，則曰非妖即妄也。故賢者既不遇，恐不終其命焉。桀殺關龍逢，紂殺比干，皆其類也。《詩》曰：「謂天蓋高，不敢不跼；謂地蓋厚，不敢不蹐。」』」此言上下畏罪而無所自容也。蓋「天高地厚」，其詞危急，鄭以「號」爲「號呼」，於義允矣。《春秋繁露·深察名號》篇：「是非之正，取之逆順。逆順之正，取之名號。名號之正，取之天地。天地爲名號之大義也。號凡而略，名詳而目。目者，徧辨其事也。凡者，獨舉其事也。物莫不有凡號，號莫不有散名。事各順于名，名各順于天。天人之際合而爲一，同而通理，動而相益，順而相受，謂之得道。《詩》曰：『維號斯言，有倫有迹。』此之謂也。」董氏以「號」爲「名號」，或出三家《詩》。然其解「有倫有脊」爲「理道」，意正與毛、鄭合也。

「胡爲虺蜴」，傳：「蜴，螈也。」案：毛於《斯干》「維虺維蛇」無傳，此亦但以「螈」釋「蜴」而不及「虺」，蓋古

---

❶ 「倫理脊道」，阮校本《毛詩正義》作「倫道脊理」。

人以「虺」即蛇。虺小蛇大，故《吴語》云：「爲虺弗摧，爲蛇將若何？」《斯干》「虺蛇」連言，自無庸傳。此亦不及「虺」者，以《斯干》明之可知。《爾雅》本不釋虺，其《釋魚》云「蝮虺」者，此别一種蛇，「蝮」其正名，「虺」乃蛇之通名。「蝮虺」猶言「螣蛇」「蟒蛇」。「蝮」可連稱「虺」，「虺」不得單稱「蝮」也。《爾雅》無文者，毛多不釋，殆「虺」爲小蛇通名，當時所共知與？《吕記》引董氏，謂崔《集注》「虺蜴」之「虺」作「蝮」，非是。自舍人、孫炎注《爾雅》以蝮一名虺，《詩》疏引郭氏《音義》又云：「蝮蛇，一名反鼻，如虺類。」後人遂專以虺爲毒蛇。然《顔氏家訓》云「螝」古「虺」字，見《古今字詁》，疑後人所謂毒蛇之「虺」字，古只借「螝」字爲之，《説文》：「螝，蛹也。」而「虺」則蛇之通名。《説文》：「虺，以注鳴者。」引《詩》「胡爲虺蜥」。與「蜥」「蝘」「蜓」「蚖」諸篆類廁，初未詳其形狀。蓋蜥蜴似蛇而有足，虺爲似蜥蜴之小蛇，故相廁耳。至「虫」下云：「一名蝮，博三寸，首大如擘指。象其臥形。」「蝮」下云：「虫也。」段注疑此二篆轉注，非許書之舊：許「它」下注云：「虫也。从从，疑當作「似」。虫而長，象冤曲垂尾形。」「虫」下注云：「象其臥形。」然則「虫」乃不垂尾之「它」，「它」乃垂尾之「虫」，此二篆實一物也。承珙謂：段説是也。《説文》「虫」下「博三寸，首大如擘指」八字當本是「蝮」下注文，而誤置於「虫」下。後人因於其上加「一名蝮」三字，又於「蝮」下綴「虫也」二字，以爲轉注。實則許書「虫」下當如段説，但云「它也，象其臥形」，其下即云：「物之細微，或行或飛，或毛或蠃，或介或鱗，以虫爲象。」蓋統論「虫」篆之用，而終之曰：「凡虫之屬皆從虫。」此則它、虫皆蛇，而虺又小蛇之似蜥易者，其蝮則蛇之一種，非如「虫」「虺」之通名也。至《爾雅》「蠑螈，蜥蜴；蜥蜴，蝘蜓；蝘蜓，守宮」，李巡、孫炎皆以爲一物四名。《説文》「易」下云：「蜥易，蝘蜓。蝘蜓，守宮。」而不及蠑螈。《虫部》：「蜥，蜥易也。蝘在壁曰蝘蜓，在艸曰蜥易。」

「蜓，蝘蜓也。一曰螾蜓。」「蚖，蠑蚖，它醫，以注名者。」雖分別言之，然本爲一類，特以所在別其稱名。故《方言》有「守宮」「蜥蜴」「蠑螈」「蛇醫」等名，而不及蝘蜓，皆方俗稱有異同耳。毛傳更簡，故但云「蜴，螈也」而已。《詩》「虺蜴」之「蜴」，經傳皆當同《説文》作「蜥」。《鹽鐵論・周秦》篇亦作「胡爲虺蜥」。蓋「蜴」即「蜥」之或體。因其亦名「蜥易」，或又誤「易」爲「蜴」而以「蜥蜴」爲連稱，則非是。《釋文》當云「蜥，星歷反，字又作蜴」。今本「蜥蜴」二字誤倒，致爲嚴《緝》所譏，《稽古編》辨之當矣。陸璣《疏》云「虺蜴，一名蠑螈，水蜴也。或謂之蛇醫。如蜥蜴，青緑色，大如指」云云。此後人見蜴有水陸，故加「虺」於「蜴」以別之。《本草》唐本注有「蛇師生山谷。蝘蜓似蛇師，不生山谷，在人家壁閒，名守宮」等語。或謂「蛇師」即「蛇醫」之義，不知「蛇師」乃「蛇斯」之誤。「斯」「析」同聲，「蛇斯」猶陸《疏》之「虺析」。但毛傳祇以「螈」訓「蜴」，而不連「虺」，明是二物。陸《疏》合而一之，非毛義也。

「執我仇仇，亦不我力」，傳：「仇仇，猶謷謷也。」箋云：「王既得我，執留我，其禮待我謷謷然，亦不問我在位之功力。言其有貪賢之名，無用賢之實。」《經義述聞》曰：「仇仇，或作扏扏。《廣雅》曰：『扏扏，緩也。』《集韻》曰：『扏扏，緩持也。』《緇衣》注曰『持我仇仇然不堅固』，即是『緩持』之意。義與《廣雅》同，與《爾雅》、毛傳、《詩》箋皆異，蓋本於三家。」承珙案：執者，《荀子・堯問篇》「貌執之士者百有餘人」，楊注：「執，猶待也。以禮貌接待之士百有餘人也。」然則「執我」猶言「待我」矣。《爾雅》：「仇仇、敖敖，傲也。」郭注曰：「皆傲慢賢者。」「仇」疑當爲「叴」之借。《説文》：「叴，高气也。从口，九聲。」「叴」字與「仇」通。《國策・西周策》注：「厹與「叴」同。由，或作『仇首』。」《史記》「厹由」作「仇猶」。《吕覽》注作「仇酋」，《韓非子》作「仇由」。「高氣」與「傲」義近。《大戴禮・文王官人篇》：「好臨人以色，高人以氣，謂傲慢也。」「傲慢」即有「緩」意。《爾雅》：「傲，慢也。」《廣雅》：「慢，緩也。」《禮記・大學》：「見賢而不能舉，舉而不能先，命也。」注云：「命，讀爲『慢』，聲之誤也。舉賢而不能使君以先己，是輕慢於舉人也。」此所謂「慢」者，兼「傲」與「緩」二義。蓋傲則不固，《左傳》：「舉趾高，心不固矣。」然則鄭《緇衣》注以「仇仇」爲「不堅固」，與此傳「猶謷謷」者，義相成也。

「燎之方揚，甯或滅之」，傳：「滅之以水也。」箋云：「火田爲燎。燎之方盛之時，炎熾熛怒，甯有能滅息之者？言無有也。以無有喻有之者爲甚也。」《經義述聞》曰：「甯，猶乃也。言以燎火之盛，而乃有滅之者；以赫赫之宗周，而乃爲褒姒所滅。四句以上興下，一氣相承，詞意甚爲迫切。若上言燎火難滅，下言褒姒滅周，則上下相承之閒多一轉折，而詞意迂回矣。傳云滅之者水，此正釋經文『或滅之』之意，不如箋所云也。『甯』『乃』一聲之轉，故《詩》中多謂『乃』爲『甯』。『能』與『甯』亦一聲之轉，而同訓爲『乃』。故『甯或滅之』，《漢書・谷永傳》又作『能或滅之』。」承珙案：王説是也。傳云「滅之以水」，下傳云「烕，滅也」，即以「滅」訓「烕」，謂褒姒之烕周猶水之滅火，二文自皆正説。疏謂傳曰「滅之以水」爲反語，非是。

「赫赫宗周，褒姒烕之」，傳：「烕，滅也。」阮氏《揅經室集》曰：「《説文》：『滅，盡也。』『盡』爲『器中空，从皿，𦘔聲』。『𦘔，火餘也。』『烕』與『滅』義相同，詩人必變『滅』書『烕』者，一字分二韻，則別二字書之，義同字變之例也。《説文》『烕』字下引『褒姒烕之』，解曰：『从火，戌聲。火死于戌，陽氣至戌而盡。』此詩作于幽王未喪之前，直曰『褒姒烕之』者，豫決其必滅也。」承珙案：「滅」「烕」本非同字，似不得爲義同字變之例。《釋文》云「烕，本或作滅」者，乃後人所爲耳。《左傳》昭元年、《吕覽・疑似》篇注、《列女傳》、《漢書・外戚傳》皆引作「滅」者，由轉寫之誤，未必當時即有作「滅」之本。《漢書·五行志》引仍作「威」，此其未經誤寫者耳。《釋文》：「威，呼説反，齊人語也。」此雖不著所本，然可見古人讀「威」字并與「滅」異音矣。

「又窘陰雨」，傳：「窘，困也。」箋云：「窘，仍也。」案：窘之爲困，此常訓也。《吕記》引董氏曰：「《韓詩章句》以『窘』爲『迫』。」此與毛義同也。箋云「窘，仍也」者，邵二雲《爾雅正義》於《釋詁》「郡，乃也」云「郡」通作「窘」，即引此箋爲證。承珙案：謂《爾雅》「郡」「仍」既皆訓「乃」，故「郡」亦訓「仍」。王氏《經傳釋詞》云：「《法言》：『郡勞王師。』郡者，仍也。仍者，重也，數也。言數勞王師。」是也。此箋以「窘」爲「仍」，謂又將仍憂於陰雨，「仍憂」言「頻憂」也。《漢書·淮南衡山濟北叙傳》云：「敢行稱亂，窘世薦亡。」謂父子相仍，再亡其國也。

「員于爾輻」，傳：「員，益也。」《説文》：「員，物數也。从貝，口聲。」案：凡物之數，多然後見。僖十五年《左傳》：「物生而後有象，象而後有滋，滋而後有數。」滋者，益也。員爲物數，故有「益」義。益于爾輻者，謂輔能利益其輻。《中論·貴驗》篇云：「『無棄爾輔，員于爾輻。屢顧爾僕，不輸爾載。』親賢求助之謂也。」

「昏姻孔云」，傳：「云，旋也。」箋云：「云，猶友也。」案：云本古文「雲」。《説文》以「雲」象回轉之形，又有古文「雲」作𠃢。《埤雅》引《詩》「昏姻孔云」。傳以「云」象周旋盤薄之形，故訓「云」爲「旋」，是也。箋以「云」爲「友」，乃從雙聲得義，似不如傳訓之古。

「佌佌彼有屋，蔌蔌方有穀」，《釋文》：「方穀，本或作『方有穀』者，非也。」段氏《詩小學》云：「『佌佌彼有屋』，富者也，而方受禄於朝。『民今之無禄』，煢獨者也，而又君夭之，在位椓之。故曰：『哿矣富人，哀此煢獨。』『佌佌』二句非以『屋』『穀』爲儷也。」《揅經室集》曰：「陸本作『蔌蔌方穀』。陸本是也。自《唐石經》以下皆衍『有』字。此四句，『佌佌彼有屋』五字與『民今之無禄』相諧，『蔌蔌方穀』四字與『天夭是椓』相諧，其無『有』字明矣。」承珙案：正義云：「其蔌蔌窶陋者，方有爵禄之貴矣。」是正義本明與《釋文》本不同。經中如此者甚多，不能決其皆孔非而陸是。《後漢書》蔡邕《釋誨》：「速速方轂，夭夭是加。」彼係對文，自不得用「有」字。且以「穀」爲「轂」，注謂「小人乘寵，方轂而行」，中間自無「有」字。若毛、鄭本作「穀」，「有屋」「有穀」當爲疊句，如上章「旨酒」「嘉肴」之疊二「有」字。即章懷注引《小雅》「速速方穀」無「有」字，不過順史傳成文，非所見《詩》本如是。觀其引鄭玄注云：「穀，禄也。夭，殺也。椓，破之也。」又繼之曰：「《韓詩》亦同。」然後言「轂」字之異，可見上文引「速速方轂」「夭夭是椓」，皆便順史文，非別徵《詩》本，不得據此謂詩無「有」字也。

「天夭是椓」，傳：「君夭之，在位椓之。」箋云：「民於今而無禄者，天以薦瘥夭殺之，是王者之政又復椓破之。」段氏云：「《蔡邕傳》『穀』作『轂』，『天』作『夭』，皆是譌字。錢唐張賓鶴云親見《蜀石經》作『夭夭』，是蜀本誤耳。」焦里堂曰：「傳以『天』爲『君』，『是』爲『在位』，『是』字指上『有屋』『有穀』之人也。蔌蔌方穀，則小人在位。故民之無禄，既由君害之，又即是蔌蔌方穀之人椓之。毛於《大雅》『昏椓靡共』解云：『椓，夭椓也。』以『夭』明『椓』，則此『椓』字亦與箋同耳。正義於《大雅》述毛義云，傳義以《正月》云『天夭是椓』，『夭』謂夭殺，『椓』謂椓破，是也。而述《正月》傳義則云『在位又椓譖之』，是以『椓』爲『謠諑』之『諑』，與《大雅》正義相岐。蓋正義非一人之筆，宜其異耳。『椓』通於『琢』，『椓』之剝擊，猶『琢』之雕刻。在位椓之，謂此蔌蔌者刻剥之。在位之於小民，無所謂譖也。蔡邕《釋誨》云：『速速方轂，夭夭是加。』此文上下俱用駢對，則『夭夭』自對『速速』，乃屬文裁翦之法。毛既以『夭』訓『椓』，謂《大雅·召旻》傳。則『椓』亦是『夭』，故以『夭椓』爲『夭夭』。既以『椓』爲『夭』，則不云『是椓』而云『是加』。夭夭是加，猶云『夭椓是加』，不得依《毛詩》謂蔡爲譌，亦不得依蔡而改《詩》爲『夭夭』。《蜀石經》作『夭夭是椓』，非也。或以蔡文『天夭是加』爲『夭夭是加』之譌，亦非也。」承珙案：蔡文「速」「轂」之異，據章懷云「《韓詩》同毛」，則當出魯、齊《詩》。「速速」與《爾雅》同，猶《説文》引《詩》「佌佌彼有屋」，皆與毛字異。郭注《爾雅》「速速、蹙蹙，惟逑鞫也」云：「陋人專禄，國侵削；賢者求哀，念窮迫。」《説文》：「佌，小也。」則又皆與毛同義矣。至「夭夭是加」，「加」當以韻「枯」「辜」「邪」「牙」「家」等字，「夭夭」乃儷上句，爲修辭之故，并非《詩》本有異同。《説苑·敬慎》篇：「孔子之周，觀于大廟。有金人焉。三緘其口而銘其背曰：『勿謂何殘，其禍將然。勿謂莫聞，天妖伺人。』」「妖」即「夭」也。此正同《詩》「夭夭」字，雖不必同傳以「夭」爲「君」，然其爲「夭夭」則一也。

「哿矣富人，哀此惸獨」，傳：「哿，可。獨，單也。」箋云：「此言王政如是，富人猶可，相臺本、《七經孟子考文》「猶」作「已」，爲是。惸獨將困也。」《經義述聞》曰：「『哿』與『哀』相對爲文，哀者憂悲，哿者歡樂也。言樂矣，彼有屋之富人；悲哉，此無禄之惸獨也。《雨無正》篇：『哀哉不能言，匪舌是出，維躬是瘁。哿矣能言，巧言如流，俾躬處休。』『哀』與『哿』亦相對爲文，言悲哉不能言之人，其身困瘁；樂矣能言之人，身處於安也。『哿』『嘉』俱以『加』爲聲，而其義相近。昭八年《左傳》引《詩》『哿矣能言』，杜注：『哿，嘉也。』鄭注《禮運》：『嘉，樂也。』毛訓『哿』爲『可』，『可』亦快意愜心之稱，故鄭箋曰『富人已可，惸獨將困』。正義曰：『可矣富人，猶有財貨以供之。』失傳箋之意矣。」承珙案：趙注《孟子·梁惠王》篇云：「哿，可也。詩人言居今之世，可矣富人，但憐憫此煢獨羸弱者耳。」似亦以上句爲「樂矣富人」也。

十月之交

《序》云：「《十月之交》，大夫刺幽王也。」箋：「當爲刺厲王，作《詁訓傳》時移其篇第，因改之耳。《節》刺師尹不平，亂靡有定；此篇譏皇父擅恣，日月告凶。《正月》惡褒姒滅周，此篇疾豔妻煽方處。又幽王時司徒乃鄭桓公友，非此篇之所云番也。是以知然。」承珙案：《十月之交》以下四篇，毛、鄭分主幽、厲。正義雖言各從其家，然意實右鄭。王肅、皇甫謐申毛之説，佚而不存。後儒既據《大衍術義》虞劆之説推得幽王六年辛卯朔入食限，此係實測，確有可憑，則此詩之爲幽王已無疑義。其他，正義申鄭各條皆有可辨者，如：「《節》刺師尹，此篇譏皇父專權，不得並時而有二人。」案：《節》之「尹氏」爲大師，此「皇父」則卿士，明係二官。如《常武》之卿士爲南仲，其大師則皇父。此毛義也。彼同爲宣王之將帥，此同爲幽王之大臣，雖賢奸不同，何害一時有兩？且《節》與《十月》之作亦未必即在一時也。又云：「《正月》惡褒姒滅周，此篇疾豔妻煽方處。敵夫曰妻，王無二后。褒姒，幽王所嬖豔妻，非幽王之后。」案：天子八十一御妻，不必正后乃得名「妻」。況幽王既黜申后，固嘗立褒姒爲后邪？又云：「毛以『豔妻』爲褒姒，美色曰豔。鄭必爲別人者，以詩論天子之后，不當以色名之。」不知此正著其以色升，而非以德選也。若如所疑，則《瞻卬》之「哲婦傾城」，又可謂之「婦」邪？又據《鄭語》，桓公初爲司徒，褒姒尚未爲后，《詩》以番爲司徒，在豔妻方盛之時。司徒一官，不得有二人，桓公又非代番爲之，此最爲鄭箋所據之孤證。然《國語》言幽王八年，桓公始爲司徒，而《史記》言幽王三年已嬖褒姒，番爲司徒自在桓公之先。褒姒未爲后以前，怙寵專房，豈不得爲煽處乎？又引《中候擿雒戒》曰「昌受符，厲倡嬖」，及「剡者配姬以放賢」。以「剡」對「姬」，則「剡」爲其姓，故知非褒姒。夫既云「厲嬖」，而詩曰「豔妻」，是與所言褒姒爲幽嬖不得言妻之説已自相矛盾。若剡姓爲后之説，則《稽古編》云：「宣王元舅是申伯，則厲王后自應姜姓，何得姓剡？」其辨當矣。至孫毓《評》以褒姒龍漦之妖所生，無有私黨；皇甫以下七子之親，而令在位若此之盛，此又不然。《正月》傳云褒國姒姓。彼既爲褒人所獻，冒其國姓，安見必無姻黨如後世賀蘭敏之之冒武氏、楊次山之冒宗者乎？又云下篇言「正大夫離居，莫知我勩」，「莫肯夙夜」，「莫肯朝夕，庶曰式臧，覆出爲惡」之言，鄭箋皆謂厲王流于彘之後，於義爲安。此尤非是。《雨無正》「謂爾遷于王都」，箋以「王都」爲彘，謂刺群臣之不從王者。夫厲王流彘，宣王在召公之宫，國人圍之，召公以子代，宣王乃得解。然則厲王之流，宣王尚不能從，而謂群臣能從之乎？總之，《十月》篇中川沸山崩爲幽王時事，證之《外傳》《史記》而皆合。褒姒之事，又屢見於《正月》《車舝》《白華》及《瞻卬》諸詩。雖皇父等七子無他書傳可考，然厲王臣子之見於經傳者亦絶無七子其人。而山川之變，女、戎之禍，在厲王時更無影響可尋，豈皆書缺有閒邪？故鄭箋以爲厲王，並未能質言所據，正義始援緯書爲證耳。其云《魯詩》以爲厲王者，出顔師古《漢書》注。《魯詩》亡於西晉，不知顔氏何據云然。考《谷永傳》建始三年日食、地震，上書有云：「昔褒姒用國，宗周以喪；閻妻驕煽，日以不臧。」又云：「幽王惑於褒姒，周德降亡。」又云：「絶驕嫚之端，抑褒閻之亂。」「廣繼嗣之統，息《白華》之怨。」又云：「遠皇父之類，損妻黨之權。」此書前後屢用《十月》詩中語，而惟言幽王，並不及厲，則其以「褒姒」「閻妻」對舉者，衹是一人一事相儷爲詞。古人多此文例，初非以幽、厲並言。顔注引《魯詩》言厲王無道，内寵熾盛，政化失理，故致災異，衹就鄭箋約其文義耳。申公《魯詩》本無傳，顔氏何從得此言歟？又《外戚傳》班婕妤賦：「悲晨婦之作戒兮，哀褒閻之爲郵。」亦以「褒閻」連稱。「閻」「豔」古字通。褒閻，猶「褒豔」耳。何氏《古義》曰：「使厲王時別有『閻妻』，則當叙『閻』於褒之前，不應皆先褒而後『閻』也。」顔注班賦又但云《小雅》刺幽王曰：「褒姒滅之，閻妻煽方處。」亦足見其注《谷永傳》之全無依據矣。若《漢書》劉向上封事云：「幽、厲之際，朝廷不和，轉相非怨。」其下歷引《角弓》《小閔》《十月之交》《正月》四詩，而繼之以厲王奔彘、幽王見殺，則似四篇中有厲王之詩者。然其所引「密勿從事」「讒口嗸嗸」，皆從《韓詩》，則向於《十月之交》篇用韓義。而《韓詩》篇次在《正月》後，固與毛同屬幽王者。其並舉幽、厲，亦如《後漢·左雄傳》上疏言：「幽、厲昏亂，不自爲政。褒豔用權，七子黨進。賢愚錯緒，深谷爲陵。故其詩云：『四國無政，不用其良。』又曰：『哀今之人，胡爲虺蜴？』言人畏吏如虺蜴也。」此所云「褒豔」縱使分屬幽、厲，而二王之時又豈皆有七子？可見「幽、厲」之稱乃連類而及。向、雄之意，皆未嘗以《十月》之詩爲厲王，而顔注《向傳》四詩並言刺幽王，尤足見《谷永傳》注之妄也。吾友魏默深曰：「劉向《列女傳·孽嬖》類中於妺喜、妲己後即次以褒姒，而無厲之『閻妻』。向撰此傳以規成帝，其于是門特所用意，豈有事關三代、詠列六經，且係《魯詩》之傳而遺略若此？又班固論贊《漢書》皆用魯説，而《古今人表》有褒姒無『閻妻』，其餘皇父等七子並列於幽王下品之次，則《魯詩》之爲刺幽，明如星日，與厲王風馬牛不相及矣。」

「朔月辛卯」，毛氏汲古閣本「月」誤作「日」，明監本以上皆作「月」。段氏《詩小學》引劉向封事、《後漢・丁鴻傳》、據明汪文盛本。李賢注《章帝紀》、《吕氏讀詩記》皆作「月」。承珙案：范氏《補傳》、嚴氏《詩緝》、劉氏克《詩説》亦皆作「月」。范氏以「朔月」證詩人於夏正皆言「月」，爲《稽古編》之所駁，然其作「朔月」固不誤也。劉氏云：「其日爲朔日而曰『朔月』者，日之食在此月朔。」是宋人《詩》本皆作「朔月」。《集傳》作「朔日」，自傳寫之誤耳。考「朔」「望」字皆從「月」，《説文》：「朔，月一日始蘇也。」「望，月滿與日相望以朝君也。」故古人朔日稱朔月。《儀禮》《禮記》皆有「朔月」之文，《尚書》或稱「元日」「上日」而不曰「朔日」，即望亦但曰「月幾望」或「既望」，而不曰「望日」，故知經文定當以「朔月」爲是也。

「彼月而食，則維其常」，《漢書・五行志》引《詩》傳曰：「月食非常也，比之日食猶常也，日食則不臧矣。」此所引傳，不知於三家何屬。正義云：「彼月而食，雖象非理殺臣，猶則是其常道。」所解與此傳略同。然以月食爲常，似非經旨。上文言「日月告凶」，當時必亦有月食之事。步算家言日食前後，月必當食。故云「彼月而食」，則既視爲常事矣；此日而又食，則一何不臧之甚？維常者，詩人所以刺時，非其自以爲常也。下章震電及川沸山崩，亦皆實有其事，但不必在同時耳。

「不甯不令」，箋云：「雷電過常，天下不安、政教不善之徵。」正義云：「震雷之電，其聲駁駛過常，令使天下不安，祇由王政教不善之徵所致也。」焦里堂曰：「『天下不安』解『不甯』，『政教不善』解『不令』，非以天下不安爲政教不善之徵也。正義漫以箋義入傳，而箋義亦失。」承珙案：《初學記》《太平御覽》皆引《詩含神霧》曰：「煜煜震電，不甯不令。此應刑法之太暴，故震雷驚人，故天下不安。」箋義當即本此。下箋以百川相乘陵由貴小人，山頂崩爲君道壞，與此一例。正義釋箋不誤，但并以述傳，則未知其必然否耳。

「高岸爲谷，深谷爲陵」，傳：「言易位也。」箋云：「易位者，君子居下，小人處上之謂也。」案：《左傳》昭三十二年：公薨于乾侯，晉史墨曰：「魯君世從其失，季氏世脩其勤，民忘君矣。雖死於外，其誰矜之？社稷無常奉，君臣無常位，自古以然。故《詩》曰：『高岸爲谷，深谷爲陵。』」此以高下變遷爲尊卑易位之象，毛傳正與之合。鄭箋謂君子居下、小人處上，乃用《推度災》「高岸爲谷，賢者退；深谷爲陵，小臨大」之説，義自可通，然非左氏及毛公之意也。

「皇父卿士」，箋云：「六人之中，雖官有尊卑，權寵相連，朋黨於朝，是以疾焉。皇父則爲之端首，兼擅群職，故但目以卿士云。」正義曰：「言兼擅者，於六卿之外更爲之都官，總統六官之事，兼雜爲名，故爲之『卿士』。」❶承珙案：《周禮》六卿分職，三公不過兼官，都官之制非經所有。經典言卿士者甚多，大率六卿中執政者謂之卿士。《左傳》「鄭武公、莊公爲平王卿士」，杜注：「王卿之執政者。」是也。此章首言「皇父卿士」，下二章又專責皇父，則此「卿士」當是六卿之長。《洪範》：「卿士維月，下王一等。」《常武》「王命卿士」在「大師皇父」之前，可知王朝卿士爲最尊之位。江慎修云：「周初官制，冢宰總百官。後來改制，總百官者謂之卿士。蓋卿士秉政，殷時已然。周之官制，後改從殷制也。」今案：《商頌·長發》「降予卿士」即指阿衡，則江氏謂卿士秉政爲殷制者是也。《竹書紀年》周穆王時，有「王命卿士蔡公謀父」之文，江氏謂周官制

❶ 「爲之」，阮校本《毛詩正義》作「謂之」。

後來改從殷制者，亦非無據。大約卿士一職即以六卿爲之，如鄭桓、莊以司徒，王子虎以大宰之類，韋昭注《國語》：大宰，文公。王卿士，王子虎也。初非於六卿之外更爲之都官也。

「家伯維宰」，箋云：「冢宰掌建邦之六典。」正義曰：「《周禮》有大宰，卿；小宰，卿大夫；❶宰夫，下大夫。鄭司農『宰夫』注云：『詩人曰「家伯維宰」，謂此宰夫也。』王肅以此『宰』爲小宰，鄭以爲冢宰者，以宰夫等經傳之中未有單稱『宰』處，小宰亦不得單稱『宰』，以此知『家伯維宰』是冢宰也。」朱氏《通義》謂當以先鄭爲是：若是冢宰，不當在司徒之下。承珙案：正義謂此詩大率以官高爲先，而有不次者，便文以取韻。考《雲漢》「冢宰」亦在「庶正」之下，或由取韻。若此詩，則當如《周禮》賈疏謂太宰在司徒下者，彼以權寵爲次，不以尊卑，故内史中大夫在膳夫上士之下，師氏中大夫在趣馬下士之下。《漢書·古今人表》亦作「大宰家伯」，知鄭箋有本矣。

「仲允膳夫」，《漢書·人表》作「膳夫中術」。案：「術」與「遂」古同音通用。《説文》：「旞，導車所載，全羽以爲允。」是「允」與「旞」亦雙聲，故「仲允」又作「中術」。《潛夫論·本政》篇云：「皇父、蹶、踽聚而致災異。」案：此詩以卿士、司徒、冢宰與膳夫、趣馬等彙叙一處者，欲見皇父等勾通宫禁，必有膳夫、趣馬一輩人爲之交關，如齊之雍巫、宋平公夫人之步馬者，皆其類也。

---

❶「卿」，《毛詩正義》阮校引山井鼎説疑當作「中」，與《周禮》合。

「楀維師氏」，《漢書·人表》作「萬」。承珙案：漢游俠萬章，長安人。《急就篇》有萬段卿。《路史》：成王封夏公有萬氏。王僧孺《百家譜》云蘭陵蕭道游娶萬氏女。《元和姓纂》引《風俗通》：禹姓夏，禹之後支庶以謚爲姓。夾漈《氏族略》云：❶禹氏，姒姓。此則「楀」當爲褒姒之族。箋云：「番、聚、蹶、楀，皆氏。」而蹶爲姞姓，見於《韓奕》，或褒姒之姻婭，故鄭統以七子爲「妻黨盛、女謁行之甚」歟？

「豔妻煽方處」，傳：「煽，熾也。」《釋文》云：「煽，《說文》作偏，云：熾盛也。處，一本作熾。熾，尺志反，盛也。」案：小徐本《說文》引《詩》作「豔妻偏方熾」，是與《釋文》一本同。不知「處」與上「馬」「夫」「徒」爲韻，不得作「熾」。且傳訓「煽」爲「熾」，經必非又作「方熾」可知。「一作」本殆因箋「方熾」之文而誤。箋云：「七子皆用后嬖寵方熾之時並處位。」此以「方熾」釋經「煽」字，以「並處」釋經「方處」，其文明甚，非以「方熾」訓「方處」也。詩歷叙七子而終以豔妻，所以見七子皆由豔妻而進。正義以「方處」爲「七人並處大位」，是也。終以豔妻者，乃歸重亂本之義。七子自爲其親黨，故李尋《災異對》引《詩》「百川沸騰」，咎在「皇甫卿士之屬」。惟陛下留意詩人之言，稍抑外親大臣」。孟康注《漢書》亦云：「《十月之交》，刺后族太盛也。」《後漢書·楊賜傳》：熹平元年，上封事有云：「女謁行則讒夫昌，讒夫昌則苞苴通。故殷湯以之自戒，終濟亢旱之災。惟陛下思乾剛之道，别外内之宜，崇帝乙之制，受元吉之祉，抑皇甫之權，割豔妻之愛。」此語與李尋略同。

「抑此皇父」，箋云：「抑之言噫。噫是皇父，疾而呼之。」《釋文》：「抑，如字。《韓詩》云，意也。」案：陸

❶「漈」，原作「際」，據文義改。宋鄭樵，號夾漈。

引《韓詩》者，非謂以「意」訓「抑」；言「抑」，《韓詩》作「意」也。古「抑」「意」字通，《九經古義》已詳。鄭云「抑之言噫」，即本《韓詩》，蓋以「意」爲「噫」之省耳。下章「不憖遺一老」，《釋文》：「憖，《韓詩》云，闇也。」此亦謂「憖」，《韓詩》作「闇」，如《春秋》「厥憖」，《公羊》作「屈銀」，皆字之假借，非訓詁也。

「曰予不戕」，箋云：「戕，殘也。言皇父既不自知不是，反云我不殘敗女田業。禮，下供上役，其道當然。言文過也。」《釋文》：「戕，王作『臧』。臧，善也。孫毓《評》以鄭爲改字。」臧在東曰：「上文『于何不臧』，箋云：『臧，善也。』此『曰予不臧』，箋云：『戕，殘也。』『臧』字『戕』字最有區別。如鄭改字，宜云『臧，當作「戕」』，必不遽易本經也。蓋三家《詩》本有作『臧』者，故肅據之以改毛氏，而與鄭爲異。陸氏謂孫毓朋於王，故反誣鄭也。」承珙案：「曰予不戕」正與上「豈曰不時」「曰」字相應。惟其自以爲時，故不以徹屋妨農爲戕害，而謂下之供上，禮則宜然，通章詞意聯貫。《釋文》但言王肅作「臧」而不存其説。然作「曰予不善」，則「予」乃邑人自予，謂皇父反以予爲不善，不知下供上役之禮，於文勢多一轉折，不如箋義之順也。

「作都于向」，傳：「向，邑也。」正義曰：「《左傳》説桓王與鄭十二邑，向在其中。杜預云：『河内軹縣西有地名向上。』則向在東都之畿内也。」承珙案：春秋時向地名凡四見。一爲隱二年莒人入向，《寰宇記》所云向城在密州莒縣南二十五里者也。一爲襄十四年會吴于向，此當爲吴地，《方輿紀要》向城在鳳陽府懷遠縣東北四十五里者也。二地相近，恰非一處，然皆不在東都畿内。一爲隱十一年桓王與鄭之邑，《寰宇記》云向城在孟州河陽縣二十五里，今河南懷慶府濟源縣西南有向城者也。一爲襄十一年諸侯伐鄭，會於北林，師于向，杜預曰向城在長社東北。《水經·渠水注》：「沙水首受洧水於長社縣東，東北逕向岡西，即鄭之向鄉也。長明溝又東逕向城北，城側有向岡，《左傳》『諸侯伐鄭師於向』者也。」《方輿紀要》云，在開封府尉氏縣西南五十里。此二向皆在周東都畿内，後皆爲鄭地。皇父所居之向，當有一於此，但未詳孰是。《路史》以爲沛國龍亢即「莒人入向」之「向」，此周之國，非邑名也。《詩地理考》引《九域志》：「同州有向城，《詩》『作都于向』謂此。」今《九域志》無此語。此又出於《春秋》所有之外。然於古無徵，恐不足據。

「擇三有事」，傳：「有司國之三卿。」《稽古編》云，「司」當作「同」。是也。正義曰：「箋云『禮，畿内諸侯二卿』者，《大宰》云：『乃施則於都鄙，而建其長，立其兩，設其伍。』注云：『兩，謂兩卿。伍，謂伍大夫。』言都鄙，是畿内，故《王制》注云畿内之國二卿是也。其伍大夫，與畿外同。言此者，明皇父當二卿，今立三有事，是自同畿外增一卿，以比列國也。」承珙案：此疏雖係釋箋，然曰「自同畿外」，曰「以比列國」，即依傳義爲文。若傳作「有司國之三卿」，則語不可解矣。《大雅》「三事就緒」，疏引此傳云：「三有事者，國之三卿。」與今本異，不知何故。然箋疏之意，皆謂皇父立卿，不應三而三，則傳文自當作「有同國之三卿」，《常武》疏蓋脱誤也。

「噂沓背憎」，傳：「噂，猶噂噂。沓，猶沓沓。」箋云：「噂噂、沓沓，相對談語。」《釋文》引《説文》作「僔」，云：「聚也。」承珙案：《左傳》僖十五年引《詩》亦作「僔」，《廣雅》亦云「僔僔，衆也」。《説文·口部》又有「噂」字，云「聚語也」，引《詩》「噂沓背憎」。據箋云「相對談語」，則《毛詩》當作「噂」，或三家有作「僔」者歟？「沓猶沓沓」者，《大雅·板》傳云：「泄泄，猶沓沓也。」《蕩》箋云：「其笑語沓沓，又如湯之沸、羹之方熟。」故此箋亦以「沓」爲「相對談語」也。

「職競由人」，傳：「職，主也。」箋云：「逐爲此者，主由人也。」承珙案：「逐」釋「競」，「主」釋「職」，便文解義，故於經爲倒耳。凡主相争逐爲其事者，古語蓋謂之「職競」。襄八年《左傳》：「兆云詢多，職競作羅。」杜注謂既卜且謀多，但主相競逐爲綱羅之事，無成功也。哀二十三年《傳》：「宋景曹卒。季康子使冉有弔，且送葬，曰：『敝邑有社稷之事，使肥與有職競焉，是以不得助執紼。』」此謂國事方殷，主爲奔走，無暇赴弔。故杜於此注云：「競，遽也。」其實義皆相近。《桑柔》「職競用力」亦同此義。說詳《大雅》。

「悠悠我里，亦孔之痗」，傳：「悠悠，憂也。里，居也。痗，病也。」箋云：「里，居也。悠悠乎我居今之世，亦甚困病。」《釋文》：「里，如字。本或作『𤸎』，後人改也。」陳氏《稽古編》曰：「《吕記》引董氏曰：『里，顧野王作「𤸎」。《爾雅》以「𤸎」爲「病」，《集注》同之。今毛以「里」爲「病」，蓋當毛作傳時，字爲「𤸎」也。』《爾雅》：『𤸎，病也。』邢疏引『悠悠我里』爲證，而云『里』『𤸎』音義同。總觀諸説，方知傳文有誤也。凡箋義與傳同者，例不重訓。毛果云『里，居』，鄭不應複出矣。孔述毛云：『爲此而病，指『里』也。亦甚困病，指『孔痗』。』又言：『鄭『里，居』與毛異。』合之《吕記》、邢疏，則毛傳『里』字訓『病』不訓『居』明甚。源謂傳文當云：『里，病也。』中閒『居也痗』三字乃昧者妄增耳。《伯兮》『心痗』，傳已有釋，故此詩衹訓『里』字。俗儒怪『病』義非『里』字常訓，因增入『痗』字以當之；見『里』字無釋，則讓箋文『居也』以實之耳。但吕謂毛作傳時，字當作『𤸎』，此未必然。古字多通用，當借『里』耳。毛義由師授，不必望文生訓。後儒據《爾雅》改爲『𤸎』，容有之，《釋文》所云良是也。」承珙案：《爾雅·釋訓》：「儵儵、嘒嘒，罹禍毒也。」《釋文》：「儵，樊本作『攸』。」引《詩》：「攸攸我里。」《釋訓》此條雖當屬《小弁》，然可見樊所據《十月之交》字本作「里」。《玉篇》引《詩》作「𤸎」者，乃所謂後改之本。陳氏之言，可謂洞中癥結。

雨無正

《序》云：「《雨無正》，大夫刺幽王也。雨，自上下者也。衆多如雨，而非所以爲政也。」《集傳》引劉元城云：「嘗讀韓《詩》，有《雨無極》篇，《序》云：『《雨無極》，正大夫刺幽王也。』」范氏《補傳》曰：「凡《詩》之命名，皆摘取詩中之語，獨《雨無正》《巷伯》《常武》《酌》《賚》《般》六篇特出。詩人之意，非有《序》以發之，雖孔子亦不能知其爲何詩也。然則《詩》之有《序》，庸可少哉？說者多取《韓詩》爲證，謂名《雨無極》，正大夫刺幽王也，篇首多『雨無其極，傷我稼穡』八字。竊意《韓詩》，世罕有其書，或出好事者之附會。是詩七章，前二章今皆十句，加以二句已不可信。『正大夫』乃詩中之語，故欲以『正大夫刺幽王』合之。據今《序》之文以求詩人之言，亦可見『非所以爲政』之意，且與前篇『弗躬弗親』『不自爲政』之語相應，不必立異也。」承珙案：《吕記》引董氏曰：「《韓詩》作《雨無政》，正大夫刺幽王也。《章句》曰：『無，衆也。』《書》曰：『庶草繁蕪。』《說文》曰：『蕪，豐也。』則雨衆多者，其爲政令不得一也，故爲正大夫之刺。」劉、董俱稱《韓詩》，而所見殊異。劉氏謂篇首多二句，朱子亦以章句參差，疑其不合。若董氏並見《薛君章句》讀「無」爲「蕪」，似非盡妄。雨蕪政者，蓋謂政亂如雨之蕪。薛君以「衆」訓「無」，則韓義與毛《序》略近。惟謂正大夫之刺，則篇中明有「正大夫離居，莫知我勩」之語，對彼言「我」，其不作於正大夫明矣。至歐陽《本義》謂「詩人篇名往往無義例，其或有命名者，則必述詩之意，如《巷伯》、《常武》之類是也。今《雨無正》之名，據《序》所言，與詩絶異」。承珙謂蘇《傳》、嚴《緝》及劉克《詩說》皆於《詩》詞求所以命篇之意，其實《詩》篇名有但原作詩之由而詩中並無其語者。即如《周頌・酌》謂「酌先祖之道」、《賚》謂「錫予善人」，求之詩中詞旨，實渺不相涉。可見古詩自有此例，不得執篇名以疑詩《序》也。《稽古編》曰：「使《序》果出漢儒，何難依傍經文爲明白易曉之語，而故艱晦其詞，開後世以疑端乎？觀此《序》，愈信其來之古。」

「浩浩昊天，不駿其德」，傳：「駿，長也。」箋云：「此言王不能繼長昊天之德。」《釋文》於「長」字無音，下章「正，長也」始云：「長，張丈反。」是讀「長」如字。承珙案：傳意謂皇天無親，不能長施德惠於人，「長」與「常」同，即「天命靡常」之意。箋謂王不能繼長天德，則經文但言昊天不駿其德，似不當如箋所云也。

「閔天疾威」，箋云：「王既不駿昊天之德，今昊天又疾其政，以刑罰威恐天下。」正義曰：「上有『昊天』，明此亦『昊天』。定本皆作『昊天』，俗本作『閔天』，誤也。」承珙案：定本出於顔師古等，故顔注《漢書・叙傳》亦引此詩作「昊天」。《釋文》則以本作「昊天」者爲非。近人陳長發、戴東原是孔，臧玉林、段懋堂又是陸。陳氏據《唐石經》作「昊」，戴氏又據《巧言》首章三言「昊天」，不變文相避，以孔説爲得。承珙謂：但觀箋語曰「既」曰「又」，則毛、鄭古本必皆作「昊」。本證自明，無煩辭費矣。

「淪胥以鋪」，傳：「淪，率也。」箋云：「胥，相。鋪，徧也。言王使此無罪者見牽率相引，而徧得罪也。」晉灼注《漢書・叙傳》引齊、魯、韓《詩》「淪」作「薰」：「薰，帥也，從人得罪相坐之刑也。」章懷注《後漢書・蔡邕傳》引《詩》「勳胥以痛」：「勳，帥也。胥，相也。痛，病也。言此無罪之人而使有罪者相率而病之，是其大甚。見《韓詩》。」惠氏《九經古義》據《易》「厲薰心」虞翻本作「閽」，《漢書・楚元王傳》「申公白生諫不聽，胥靡之」，應劭引此詩「淪胥以鋪」，云「胥靡，刑名也」：「是『薰』爲『閽』，『胥』爲『胥靡』。《詩》言王赦有罪之辜，而反坐無罪者以薰胥之刑。三家《詩》得之，毛公誤也。」王氏《述聞》曰：「《韓詩》作『痡』，本字也。《毛詩》作『鋪』，借字也。《江漢》『淮夷來鋪』傳曰：『鋪，病也。』是『痡』『鋪』古字通。又『淪』『薰』聲相近，『薰』『帥』聲之轉，故《爾雅》《毛詩》訓『淪』爲『率』，《韓詩》訓『薰』爲『帥』。薰，亦淪也。淪胥以鋪，謂相率而入於刑。入於刑則病苦，故《韓詩》曰『薰胥以痡』，《漢書》曰『薰胥以刑』，其義一也。晉灼注《楚元王傳》曰：「胥，相也。靡，隨也。古者相隨坐輕刑之名。」此以「胥靡」爲刑名，非以「胥」爲刑名。應劭以「淪胥」之「胥」爲刑名，於義未安。惠氏讀『薰』爲『閽』，而以『薰胥』爲刑名，則後文之『淪胥以敗』『淪胥以亡』皆不可通矣。《毛詩》作『淪』，《韓詩》作『薰』，而同訓爲『率』。惠以三家爲是，毛爲非，竊所未喻。」承珙案：王説是也。《爾雅》：「淪，率也。」率者，類也。《賓之初筵》箋云：「所以敗亂天下，率如此也。」《釋文》：「率，音類。」正義曰：「言率者，非一之辭。」《考工記・梓人》注「是取象率焉」，《釋文》：「率，本又作類。」胥者，相也，皆也。淪胥，猶言「類相」，皆是一概之辭，亦即有「牽率」之義。此必當時成語，故《毛詩》三言「淪胥」。淪胥以鋪，謂類相與受其病。淪胥以敗、淪胥以亡，謂類相與入于敗亡也。三家「淪」作「薰」者，或謂以同韻假借。其實「淪」「薰」二字古讀雙聲，如「綸」與「淪」同「侖」聲，而讀古還反；薰，亦作「葷」作「焄」。然則「淪」之爲「薰」，猶「鰥」之爲「鯤」、「瑻」之爲「琨」。「薰」亦訓「率」者，又如「鍰」之爲「率」，皆由聲轉而字變者也。

「周宗既滅」，《稽古編》曰：「『周宗』『宗周』，見於經傳者不一。在西周則指鎬京，在東周則指王城，爲天下所宗，故曰周宗。宗，尊也。朱《傳》解『宗』爲族姓，而謂將有易姓之變，殆是臆説。」承珙案：朱《傳》之説本於蘇氏。昭十六年《左傳》引此詩又作「宗周」，是二字顛倒皆通。正義云文雖異而義同，是也。既滅者，王肅以爲其道已滅，是與「國既卒斬」同意。先儒引祖伊言「天既訖我殷命」爲證，不必因此疑爲東遷後詩也。

「三事大夫」，箋云：「三公。」正義曰：「鄭以卿則當有六人，孤則無主事，故知『三事大夫』唯三公耳。王肅以『三事』爲三公，『大夫』謂其屬。案：上文『正大夫』爲一人，則『三事大夫』不得分爲二也。且其文對『邦君諸侯』，若三公下私屬大夫，則不得特通於王，不宜責其『莫肯夙夜』也。」承珙案：上言「正大夫」，爲長官之大夫，當指六卿之長，其中即兼三公，不得又以「三事」爲三公。下文「邦君諸侯」是統言，此亦不當以「三公」與「大夫」分爲二。三事大夫，疑爲在内卿大夫之總稱，對下「邦君」句爲在外諸侯之統稱。《尚書·立政》云：「立政，任人、準夫、牧作三事。」其上文云「宅乃事，宅乃牧，宅乃準」，下文云「立事，準人、牧夫」；又曰「三宅」，曰「三有宅」，皆謂有此三等官職。任人，謂任事之官。準夫，謂平法之官。牧，謂養民之官。作三事者，言作此三事。其下虎賁、綴衣至司徒、司馬、司空、亞旅，皆有此三事之責者。《詩》「三事大夫」當亦是統言之。大夫者，丈夫之成名，故公卿以下皆可通稱也。

「曾我暬御」，傳：「暬御，侍御也。」箋云：「曾但侍御小臣憯憯憂之，❶大臣無念之者。」承珙案：此詩自是暬御之臣所作，而《序》云大夫刺幽王，則「暬御」未必是小臣之稱。《楚語》「居寢則有褻御之箴」韋注：「褻，近也。」「褻」與「暬」同。《崧高》「王命傅御」傳云：「御，治事之官也。」然則此「暬御」當是近臣之治事者。

❶「御」下，阮校本《毛詩正義》有「左右」兩字。

《説文》「朁」字雖訓「日狎習相嫚」，然第言「朁」字本義耳。毛以「侍御」訓「朁御」，則當爲左右親近之臣，故章末傳云：「遭亂世，義不得去。」則其非小臣可知。後世侍中、常侍，何嘗非尊官乎？箋泥於「朁」字之解，以爲「左右小臣」，恐非毛旨。

「聽言則答，譖言則退」，傳：「以言進退人也。」案：此傳以「進」釋「答」字。答，本當作「對」，《大雅・桑柔》「聽言則對」與此正同。《蕩》「流言以對」傳云：「對，遂也。」「遂」之義爲「進」，謂彊禦多懟之人爲流言以進於王。《月令》「遂賢良」注云：「遂，進也。」《易・大壯》「不能退，不能遂」，虞注：「遂，進也。」《爾雅》「對，遂也」，郭注引《詩》「對揚王休」。對揚，謂進揚。故《江漢》傳亦云：「對，遂。」孔疏於《蕩》傳「對，遂」謂「遂成其惡」，於《江漢》傳「對，遂」云「遂稱揚王之德美」。皆以爲因事之詞，殊失毛公訓「對」爲「遂」之旨。《皇矣》「以對于天下」，傳云「對，遂」者，亦謂文王整師遏寇以篤周家之福，以進於天下，乃無敵於天下之意。趙注《孟子》「以對于天下」云：「以揚名於天下。」即毛傳「對，遂」義也。孔疏於此「對，遂」又謂「遂天下之心」，則經文「于」字爲贅設。此詩傳意蓋謂聽言則對、譖言則退者，有時聽淺近之言則進用其人，有時受讒譖之言則排退其人。季布所謂「以一人譽召臣，以一人毁去臣」，及《王尊傳》云「一尊之身，三期之間乍賢乍佞」，皆其類也。此二語所以申上文「凡百君子，莫肯用誶」，今本作「訊」，誤。言由其輕信好讒，故衆在位者無肯用危亡之事相告語者。下章「能言」「不能言」，亦即承此章而反復明之：惟聽言之不善，故拙者病而巧者安也。《漢書・賈山傳》言秦「退誹謗之人，殺直諫之士，是以道諛、媮合、苟容，天下已潰而莫之告也」。其下引《詩》曰「聽言則對，譖言則退」。《新序・雜事》篇：齊宣王謂閭邱卬曰：「子有善言，何見寡人之晚也？」卬對曰：「夫雞豚讙嗷則奪鐘鼓之音，雲霞充咽則奪日月之明，讒人在側，是以見晚也。《詩》曰：『聽言則對，譖言則退。』庸得進乎？」二條皆與傳義相近。鄭箋於此云：「答，猶距也。有可聽用之言，則共以辭距而違之。」於《桑柔》「聽言則對」又云：「對，答也。見道聽之言則應答之。」文同義異，固非。而此箋以「答」爲「距」，尤不合。孔疏雖云「受」之與「距」皆是以言答之，然經但言「答」，何知其必爲距而不受乎？

「哀哉不能言，匪舌是出，惟躬是瘁。哿矣能言，巧言如流，俾躬處休」，傳：「哀賢人不得言，不得出是舌也。哿，可也。可矣，世所謂能言也，巧言從俗，如水轉流。」《稽古編》曰：「夫曰『世所謂』，則僅見許於俗人，決非賢者。箋疏申之，謂賢者之中有此巧拙二種，恐失毛旨。古未有以巧言爲善者。《表記》『辭欲巧』，未必是聖人語，七十子之徒得於傳聞耳。仲達引以爲證，誤矣。至《左傳》昭八年晉叔向引『不能言』證小人之言僭而無徵，引『能言』證君子之言信而有徵，此特斷章耳。杜注謂叔向時詩義如此，亦未必然。」承珙案：陳説是也。《潛夫論·本政》篇曰：《詩》傷「巧言如流，俾躬處休」，蓋言「佞彌巧者，官彌尊也」。此最得毛傳之意。

「謂爾遷于王都，曰予未有室家。鼠思泣血，無言不疾。昔爾出居，誰從作爾室」，傳：「賢者不肯遷於王都也。無聲曰泣血。無所言而不見疾也。遭亂世，義不得去，思其友而不肯反者也。」此傳文義甚明。宋儒有疑爲東遷後詩者，毛西河以「遷」爲「遷易無還歸」之義，遂以「王都」爲洛。夫使「遷」爲遷洛，則其初本在西都，並非自洛而往，何以云「昔爾出居」乎？蓋遷者，移徙之名。其先自王都而出，固可謂之「遷」。即其自他處而還，亦可謂之「遷」。《曲禮》「坐而遷屨」注云：「遷，或爲還。」是「遷」與「還」，字亦通也。上篇末章「我不敢傚我友自逸」，傳云：「親屬之臣心不能已。」此篇末章傳云：「思其友而不肯反。」可見二篇實一時之事。此不肯遷于王都之賢者，即上篇之「我友」，亦即此篇之「朋友」也。幽王之時，亂形孔亟，群臣離散，鄭桓公尚寄孥虢、鄶爲逃死之計。其不去者，必實有義不得去之故。此等傳義，毛公當有師承，斷非望文衍説也。

「鼠思泣血」，箋云：「鼠，憂也。」案：毛意「鼠」即「癙憂以痒」之「癙」，故於此無傳。「憂」「病」義本相近，故字亦多通。《爾雅釋文》引舍人注云：「癙、癵、瘇、痒，皆心憂憊之病。」《十月之交》「悠悠我里」傳云：「里，病。」《雲漢》「云如何里」箋云：「里，憂。」《爾雅》：「悝，憂也。」《説文》：「悝，一曰病也。」《爾雅》「顇」「閔」皆訓「病」。而《説文》「悴，憂也」，《左傳》注「閔，憂也」，皆其比例。《管子·侈靡》篇「鼠應廣之實」注云：「鼠，憂也。」蓋本此箋。

小閔

《序》云：「《小閔》，大夫刺幽王也。」箋云：「所刺列於《十月之交》《雨無正》爲小，故曰《小閔》。」正義曰：「《十月之交》言日月告凶，權臣亂政；《雨無正》言宗周壞滅，君臣散離，皆是事之大者。此篇唯刺謀事邪僻，不任賢者，是其事小於上篇。與上別篇，所以得相比者，此四篇文體相類，是一人之作，故得自相比校，爲之立名也。」案：此云「四篇」者，合下《小宛》。然彼疏又云：「名曰『小宛』者，王才智卑小似小鳥。」然則又當篇取義，不關比校立名。二篇相連而彼此參差，殊爲穿鑿。若宋儒謂《小閔》《小宛》《小弁》《小明》，皆以別其爲《小雅》，其在《大雅》者謂之《召閔》《大明》，獨《宛》《弁》闕焉者，孔子所删。郝仲輿駁之曰：「凡篇目，皆作者自命，或太史記之，太師目之。未有二《雅》，先有篇目。如前説，是先有《小雅》而後以此詩從之，非也。且《小雅》詩多矣，何獨別此四篇？若然，《大東》名『小東』正宜，反以『大』名，何也？至謂《大宛》《大弁》，夫子删之，然則《頌》有《小毖》，又焉得有《大毖》乎？」此辨甚快。然則名篇之義，竟從闕疑爲是。

「謀猶回遹」，《傳》：「回，邪。遹，辟。」案：《説文》：「遹，回避也。」「避」當依《韻會》作「辟」。辟，謂邪僻。《大雅・抑》《桑柔》皆有「回遹」，箋皆訓爲「維邪」。「維」「回」聲之轉，「邪」「僻」義相成耳。《釋文》引《韓詩》「遹」作「鴥」，《文選・西征賦》注引作「泬」，《幽通賦》注引作「穴」，皆假借字也。《西征賦》注又引《薛君章句》曰：「回，邪僻也。」「回」下當脱「泬」字。蓋亦以「邪」訓「回」，以「僻」訓「泬」，故《釋文》云《韓詩》作「鴥」，義同。

「潝潝訿訿」，傳：「潝潝然患其上，訿訿然思不稱乎上。」陳碩甫曰：「潝潝，《説文》作『翕翕』。《爾雅》『翕翕』，《詩正義》《釋文》皆作『潝潝』。訿訿，《説文》作『呰呰』。傳曰『思不稱乎上』，正義曰『不思稱於上』。案：作『不思』者是也。《説文》曰：『呰呰，不思稱意也。』《爾雅釋文》引《字林》云：『訿訿，不思稱乎上之意。』皆用毛傳。此其證。『潝潝』有『彊禦』之義，『潝』讀爲『是謂脅君』之『脅』。傳云『患其上』者，言與上爲患也。『訿訿』有『病弱』之義。《史記・貨殖傳》『呰窳偷生』，晉灼曰：『呰，病也。』《漢・地理志》注應劭曰：『呰，弱也。』『呰』與『訿』同。傳曰『不思稱乎上』者，言不思報稱乎上意也，皆謂臣下不供職之事。《召閔》

傳：『訿訿，窳不供事也。』二傳意同。《韓詩》云：『潝潝訿訿，不善之貌。』」承珙案：《荀子·脩身篇》云：「小人致亂而惡人之非己也，致不肖而欲人之賢己也，心如虎狼、行如禽獸而又惡人之賊己也。諂諛者親，諫諍者疏，脩正爲笑，至忠爲賊，雖欲無滅亡，得乎哉？《詩》曰：『噏噏呰呰，亦孔之哀。謀之其臧，則具是違；謀之不臧，則具是依。』此之謂也。」《漢書》劉向封事曰：「衆小在位而從邪議，歙歙相是而背君子，故其《詩》曰：『歙歙訿訿，亦孔之哀。謀之其臧，則具是違；謀之不臧，則具是依。』」宋儒王氏、蘇氏皆本此，以「潝潝」爲苟相合同。「訿訿」爲苟相詆毀，以異於毛。其實毛義與荀、劉二説本相引申：惟其黨同伐異，背公徇私，故足以爲上之患，而不思勤其職事以報稱乎上。荀、劉推其原，毛傳指其實耳。郭注《爾雅》云：「賢者陵替，奸黨熾；背公卹私，曠職事。」二語於《雅》傳及荀、劉義皆有合也。

「是用不集」，王氏《詩考》引《韓詩外傳》「集」作「就」，影元鈔本《外傳》亦作「就」。《吕記》引董氏則云《韓詩》《集注》俱作「就」。顧氏《詩本音》以改「就」與上「猶」下「咎」協爲是。江慎修謂：「《左傳》引《詩》亦作『集』，則『就』字似是《韓詩》所改。此四句之韻，蓋第一句與第四句韻，猶『決拾既佽』與『助我舉柴』韻，『民之未戾』與『覆背善詈』韻也。『我龜既厭』，『厭』字雖在豔韻，而葉韻亦有『厭』字，於葉切。葉韻本與緝通，故『厭』與『集』可爲韻。」孔顨軒則謂：「《大明》『有命既集』與『文王初載』爲韻，而『合』字『陽』字俱無韻之句，下『涘』『止』『子』乃連用三韻。如是則『集』字可改歸志職一韻，則《小閔》之『集』與『猶』協，爲古通韻。」承珙案：江、孔二説皆牽强不合。《小閔》毛傳：「集，就也。」則毛本經文自當作「集」，與韓不同。但毛云「集，就也」者，乃謂「集」爲「就」之假借，非以「就」訓「集」。《顧命》「用克達殷，集大命」，《漢石經》「集」作「就」。蓋二字聲轉義同，字相假借，古人并假以與「猶」「咎」爲韻。如《文王》「無遏爾躬」與「天」韻，「躬」義爲「身」，即讀如「身」以與「天」韻，此其例也。惟「集」字本韻仍當如《大明》之與「合」韻，爲緝、合通用。毛於彼傳云「集，就也」者，則是以「就」訓「集」，與此異也。

「如匪行邁謀，是用不得于道」，箋云：「匪，非也。君臣之謀事如此，與不行而坐圖遠近，是於道路無進於跬步何以異乎？」《左氏》襄八年傳子駟引《詩》曰：「如匪行邁謀，是用不得于道。」杜注：「匪，彼也。行邁謀，謀於路人也。不得於道，衆無適從也。」近顧氏《杜解補正》、惠氏《九經古義》、王氏《經義述聞》皆本杜說，謂古「匪」「彼」通用，《雨無正》「如彼行邁」及此詩下章「如彼築室于道謀」語意相同，則「匪」即「彼」也。承珙案：「如彼行邁，則靡所臻」直言行而無所至，故可云「如彼」。築室道謀，理宜不成，故亦可云「如彼」。若此句「行邁謀」，「行」爲行路，「邁」亦訓「行」，又訓「遠行」，《說文》：「邁，遠行也。」又訓「往」，《廣雅》。如此而已。若云如彼行而遠謀、行而往謀，則正宜得道。故箋以「匪」爲「非」，謂不行而坐圖，乃與下句承接。杜注以「匪」爲「彼」，雖字本可通，然以「行邁謀」爲謀於路人，祇與下章「于道謀」同意，而行路究與築室不同，問塗於路旁之人，未見其必不得道。《左傳正義》申之云：「如者，如似他物，故以『匪』爲『彼』。」不知「如匪澣衣」亦是如似他物，又豈得以「匪」爲「彼」乎？詳玩二句文義，仍當從鄭以「非」訓「匪」爲長。《左》疏又云：「鄭以『行』爲『道』，『邁』爲『行』，言道上行人。杜亦當然。」案：此乃《黍離》「行邁靡靡」箋義。此箋：「不行而坐圖遠近。」直言「不行」，必非以「行」爲「道」。「坐圖遠近」釋「邁謀」二字，似是以「邁」爲「遠」，謂不行而欲遠謀也。近者，便文連言之耳。《左傳》疏亦誤。

「維邇言是聽，維邇言是爭」，傳：「邇，近也。爭爲近言。」箋云：「聽順近言之同者，爭近今本無此「近」字，從岳本增。言之異者。」承珙案：傳云「争爲近言」，是謂上之人惟邇言是聽，則下争爲邇言以迎之。「邇」爲「近」者，所謂「肉食者鄙，不能遠謀」也。《鹽鐵論·復古》篇：「文學曰：扇水都尉所言，當時之利權，一切之術也，不可以久行而傳世，此非明王所以君國子民之道也。《詩》云：『哀哉爲猶，匪先民是程，匪大猶是經，惟邇言是聽。』此詩人刺不通於王道而善爲權利者。」此釋「邇言」甚明。箋謂「争近言之異者」，乃與毛别義。孔疏即用以述毛，誤矣。

「民雖靡膴」，箋云：「膴，法也。」正義曰：「鄭訓『膴』音『模』，爲『法』。王肅讀爲『幠』，喜吴反。幠，大也。無大有人，言少也。國雖小，民雖少，猶有此六事。未審毛意如何，今同之鄭説。」承珙案：毛以「靡止」爲「小」，蓋訓「止」爲「基止」。國無基止，故言「小」。則「靡膴」不當同鄭説。《釋文》引《韓詩》作「靡腜」，云：「猶無幾何。」王肅以「靡膴」言「少」，義本《韓詩》。《大雅·緜》「周原膴膴」，《文選·魏都賦》注引《韓詩》「膴」亦作「腜」。僖二十八年《左傳》「原田每每」亦與「腜」同。「每」之義爲艸盛上出，是「膴」「腜」「每」皆盛多之義，「靡膴」言少。王氏述毛爲是。

「不敢暴虎，不敢馮河。人知其一，莫知其他」，傳：「馮，陵也。徒涉曰馮河，徒搏曰暴虎。一，非也。他，不敬小人之危殆也。」正義曰：「『一，非也』者，言唯知此暴虎馮河一事非，而不知其他事也。」《稽古編》曰：「毛傳釋《小閔》卒章，用不敬小人則亦危殆之意，本於《荀子》『狎虎』語。見《臣道篇》。華谷非之，謂此篇諸章止言不能聽謀，並無畏小人之説，《荀子》引《詩》是斷章取義，毛乃荀之弟子，故祖其師説，非詩之正旨也。斯言似之而實非。詳玩經文前五章，皆刺時之語，末一章獨爲自警之詞，何必全篇皆言聽謀乎？荀、毛師弟同堂，其詩説應得之面受，非若異世徒據成書也。荀果斷章，毛豈不知而用爲正解乎？」承珙案：《左傳》昭元年：「楚公子圍設服離衛，晉樂王鮒曰：『《小旻》之卒章善矣，吾從之。』」杜注謂：「卒章義取非惟暴虎馮河之可畏也，不敬小人亦危殆。王鮒從斯義。」可見此章毛傳義實本於左氏，不止荀卿也。輔漢卿謂《荀子》《左傳》皆以此章爲畏小人而發，是古之傳經者已有此説，而《集解》不取者，蓋此詩初不爲小人而賦。此説與華谷同，其實非是。《淮南·本經訓》引此詩，高注云：「言小人而爲政，不可不敬，不敬則危，猶暴虎馮河之必死。人皆知暴虎馮河立至害也，故曰知其一；而不知當畏脊小人危亡也，故曰莫知其他。」此語亦與傳箋合。若《鹽鐵論·詔聖》篇引《詩》曰：「『不敢暴虎，不敢憑河』，爲其無益也。」以比刑法峻則民不犯。此或斷章取義耳。

小宛

《序》云：「《小宛》，大夫刺幽王也。」今本作「宣王」，誤。《唐石經》、相臺本俱作「幽王」。《國語·晉語》秦伯宴公子重耳，「秦伯賦《鳩飛》」，韋注云：「《鳩飛》，《小雅·小宛》之首章，曰：『宛彼鳴鳩，翰飛戾天。我心憂傷，念昔先人。明發不寐，有懷二人。』言己念晉先君及穆姬，不寐以思安集晉之君臣也。《詩序》云：『文公遭驪姬之難，未反而秦姬卒，所以念傷亡人，思成公子。』」案：「詩序」二字必有脱誤，然宋本韋注已然，殊不可解。「鳩飛」自是逸《詩》，韋附會以爲《小宛》耳。昭元年《左傳》趙孟賦《小宛》之二章，則「鳩飛」之不得爲《小宛》亦明矣。

「宛彼鳴鳩」，傳：「興也。宛，小貌。鳴鳩，鶻鵰。」案：毛於《氓》「吁嗟鳩兮」傳云：「鳩，鶻鳩也，食桑葚過則醉而傷其性。」此固以目驗知之，實亦據《月令》「鳴鳩拂其羽，戴勝降于桑」，二語本爲蠶事紀候，則桑閒之鳩自當爲鶻鳩。此詩言「鳴鳩」，又與《月令》「鳴鳩」同，故傳以爲鶻鵰，即《氓》傳之「鶻鳩」也。《爾雅》：「鶌鳩，鶻鵃。」孫炎注云：「鶻鵃一名鳴鳩。」用毛傳也。《太平御覽》引蔡邕《月令章句》亦以鳴鳩爲鶻鳩。郭注《爾雅》云：「似山鵲而小，短尾青黑色，多聲。今江東亦呼爲鶻鵃。」《禮記》疏引郭景純云：「鶌音九物反，鵃音嘲，今人尚名此鳥爲鶻嘲。」其形狀與郭注正合。毛云「宛，小貌」者，《方言》：「鳩大者謂之頒，鳩小者或謂之鶻鳩。」《釋文》引《字林》：「骨鳩，小種鳩也。」皆與毛合。《埤雅》以爲即《莊子》之「鷽鳩」，「鷽」與「鶻」聲相轉。《莊子釋文》引崔譔注「鷽，讀爲滑」，又引李注以爲滑雕，知《埤雅》之説有本。《爾雅》：「鷽，山鵲。」而此鳩亦得「鷽」名，又知郭注「似山鵲」之説亦非無因。《莊子》言鷽鳩「決起而飛，搶榆枋，時則不至，而控於地」，尤與毛傳取興「行小人之道，責高明之功，終不可得」者意義爲合。陸《疏》以爲斑鳩者，本舍人《爾雅》注。然《左傳》「鶻鳩司事」，樊光以爲春來冬去。《東京賦》亦云「鶻鵃春鳴」。若斑鳩，則四時皆有之，宜郭景純以舊説爲非也。

「念昔先人」，傳：「先人，文、武也。」《禮記·祭義》：「《詩》云：『明發不寐，有懷二人。』文王之詩也。祭之明日，明發不寐。饗而致之，又從而思之。祭之日，樂與哀半。饗之必樂，已至必哀。」注云：「明發不寐，謂夜至旦也。祭之明日，謂繹日也。言繹之夜不寐也。二人，謂父母容尸、侑也。」正義曰：「此幽王《小雅·小宛》之篇，而云文王詩也者，記者引《詩》斷章取義。且詩人陳文王之德以刺幽王，亦得爲文王之詩也。」承珙案：《孔子閒居》引《詩》云「嵩高維嶽，峻極于天」云云，而曰「此文、武之德也」；引「明明天子，令聞不已」，曰「此三代之德也」；引「弛其文德，協此四國」，曰「此大王之德也」：凡皆取象其德而已，此所謂斷章也。若此云「文王之詩」，則似文王當日之詩實有此「明發不寐」二語，不當如孔疏以爲斷章。《小宛》詩人殆是稱述舊篇，故以「念昔先人」引起。毛傳直指爲文、武，蓋必有所受之。觀《正月》「父母生我」傳尚云：「父母，謂文、武也。」此則并不言「謂」矣。連稱「文、武」者，《文王世子》云：「武王率而行之，不敢有加焉。」文、武道同，故可通稱耳。毛於「二人」無傳者，意以「先人」指文、武，則文、武之所懷者，必自懷其父母可知。《正義》以「二人」亦即文、武，則「念昔」「有懷」，文義不應如是複沓也。

「明發不寐」，傳：「明發，發夕至明。」《正義》曰：「夜地而闇，至旦而明。明地開發，故謂之明發也。」承珙案：《吕記》引董氏以此爲王基語。詳基意以「發」亦是「明」，故「發明」即「旦明」，「發夕」亦即「旦夕」，明發不寐者，猶言達旦不寐也。觀此，益知傳文「明發，發夕至明」中閒衍一「發」字。試思「發」爲旦明開發，若謂開發之夕至明，則於文爲不辭矣。餘詳《載驅》下。

「壹醉日富」，傳：「醉而日富矣。」段氏懋堂曰：「宋本、岳本作『醉日而富矣』，謂當壹醉之日頓自富矣，與箋小別。」承珙案：此傳仍當依閩本作「醉而日富」。蓋壹者，專壹。富者，盛也。《論語》：「富哉，言乎！」《集解》引孔注：「富，盛也。」長樂劉氏曰：「彼昏而不醒，壹志於酒，日增其甚，故曰『壹醉日富』。」彭山季氏曰：「壹醉，專務酣飲也。富，益也。飲酒至醉者多剛暴，故以温克爲良。」二説皆於經旨切合。鄭箋以「壹」爲「一」，「富」爲以財驕人，近於望文生義矣。

「中原有菽，庶民采之」，傳：「中原，原中也。菽，藿也。力采者則得之。」《稽古編》曰：「《集傳》釋《小宛》三章，以庶民采菽興善道人皆可行，『螟蛉有子』興不似者可教而似，因以『式穀』終『采菽』意，『似之』終『負子』意。此亦强爲分配語耳。采菽之興，何自獨别爲善道乎？况似之者，正似其善道，何得分爲兩義？」承珙案：《集傳》釋「中原」二句，義本歐、蘇。《宋書・武三王傳》云：「仁義之在天下，若中原之有菽，理感之被萬物，故不繫于貴賤。」是此解本不始於歐、蘇。但上章云「天命不又」，此章正申言天命靡常之意，故當以毛、鄭之解爲正。《唐書・蘇源明傳》：史思明陷洛陽，有詔幸東京，將親征。源明諫曰：「『中原有菽，庶民采之。』思明、楚元，皆采菽之人也。陛下何遽輕萬乘而速成之邪？」此依毛、鄭爲説者，蓋詩人興義乃如秦人失鹿之喻。毛云「力采則得」者，所謂力征經營也。《宋書》以喻仁義者，自是斷章取意。陸機《文賦》云：「彼瓊敷與玉藻，若中原之有菽。」則又以喻文學，豈得爲詩本義邪？

「螟蛉有子，蜾蠃負之」，傳：「螟蛉，桑蟲也。蜾蠃，蒲盧也。負，持也。」箋云：「蒲盧取桑蟲之子負持而去，煦嫗養之，以成其子，喻有萬民不能治，則能治者將得之。」承珙案：《法言・學行》篇云：「螟蛉之子殪而逢蜾蠃，祝之曰：『類我！類我！』久則肖之矣。」《説文》：「𧕴蠃，蒲盧，細要土蠭也。天地之性，細要，純雄無子。《詩》曰：『螟蛉有子，𧕴蠃負之。』」此説即本楊雄，亦與《列子》「純雄，其名穉蜂」，《莊子》「細要者化」，司馬彪注云：「取青蟲子，祝使似之也。」《淮南子》「貞蟲之動以毒螫」高誘注：「貞蟲，細要蜂，果蠃之屬。無牝牡之合曰貞。」諸説皆合。然則傳箋之解不可易矣。陸《疏》亦無異説。惟陶隱居注《本草》，有細要蜂捕青蟲以俟其子大爲糧之説。其後掌禹錫《本草》注、嚴有翼《藝苑雌黄》、董彦辰《聞辨新録》、葉大慶《考古質疑》、范處義

《解頤新語》、戴侗《六書故》、楊慎《丹鉛録》、王廷相《雅述篇》皆用其説，且云剖蜾蠃之巢，親見有細卵如粟，寄螟蛉身上，久則螟蛉盡枯，其卵日益長大，乃爲果蠃之形，穴竅而出。然李含光《本草音義》又云呪變成子，近亦數有見者，是不得信彼而疑此。今姑無庸悉辨，第以經文證之，若如後儒謂蜾蠃寄子螟蛉身上，則《詩》當云「蜾蠃有子，螟蛉負之」矣。此固可一言而決者也。

「題彼脊令，載飛載鳴。我日斯邁，而月斯征。夙興夜寐，毋忝爾所生」，傳：「題，視也。脊令不能自舍，君子有取節爾。忝，辱也。」案：毛傳「取節」之義所包者廣。「日邁月征」與《周頌》「日就月將，學有緝熙于光明」大旨略同，鄭箋以「日視朝」「月視朔」爲言，乃與《序》言刺王切合，説經固當如此。《韓詩外傳》云：「昨日何生？今日何成？必念歸厚，必念治生。日慎一日，完如金城。《詩》曰：『我日斯邁，而月斯征。』」《漢書·東方朔傳》曰：「士所以日夜孳孳，敏行而不敢怠也。譬若鶺鴒，飛且鳴矣。」《潛夫論·讚學》篇曰：「《詩》云：『顧彼鶺鴒，載飛載鳴。我日斯邁，而月斯征。夙興夜寐，無忝爾所生。』是以君子終日乾乾進德修業者，非直爲博己而已也，蓋乃思述祖考之令聞，而以顯父母也。」《中論·貴驗》篇云：「故有進業，無退功。《詩》曰：『相彼脊令，載飛載鳴。我日斯邁，而月斯征。』遷善不懈之謂也。」此則所謂詩無達詁者，宋人最喜此種。義非不通，而非注經之體矣。

「交交桑扈」，傳：「桑扈，竊脂也。言上爲亂政而求下之治，終不可得也。」箋云：「竊脂肉食，今無肉而循場啄粟，失其天性，不能以自活。」案：《爾雅·釋鳥》有兩「桑扈、竊脂」，陸農師、李迂仲謂有二種，一種盜竊脂膏者，與「鳲鳩」「剖葦」對文，皆指其性；一種淺白色如脂者，與「竊玄」「竊藍」「竊黄」等相廁，乃指其色。范氏《補傳》則謂二者實一物耳，謂一名有二義則可，謂一物有二種則不可。邵氏《爾雅正義》獨據賈逵、舍人、樊光及《説文》《獨斷》諸書所述「九扈」次第，斷爲《唐石經》重出「桑扈竊脂」四字於「冬扈」之下，唐後諸儒皆沿其誤，立七證以明之。其言甚核。又云：「《左傳》疏謂竊脂爲淺白，不信盗竊脂膏之説，非惟不達物性，又不明於詩義。今桑扈色青翠，春暮常在叢薈閒。孔疏定爲『淺白』，當由未識此鳥，以肊決之。《三百篇》善言物性，前後互見，宜得其會通。《詩》不云乎？『交交桑扈，有鶯其羽。』『交交桑扈，有鶯其領。』毛傳云：『鶯然有文章。』是『鶯』者，指其色之青翠而言。後世以黄離爲黄鶯，亦言其文采也。若如孔疏以桑扈爲淺白之鳥，則白鷹、白鷺亦可云『有鶯其羽』『有鶯其領』乎？《淮南·説林訓》：『馬不食脂，桑扈不啄粟，非廉也。』古人盡物之性以正其名，至今可得之目驗，豈得强所不知斷爲淺白哉！」承珙案：邵説是也。桑扈，郭注、陸《疏》及高誘注《淮南》皆以爲青雀，則邵云青翠有文采，與鶯羽之桑扈爲一物，審矣。《中山經》：崌山有鳥，赤身白首，亦名「竊脂」。則竊脂之非淺白色益信。大抵竊脂肉食者，非必盡盗竊脂膏，凡蟲蟻亦脂膏肉食也。傳言桑扈啄粟喻上爲亂政，箋以失其天性申之，可謂善於體物者。

「哀我填寡」，傳：「填，盡。」箋云：「可哀哉，我窮盡寡財之人。」《釋文》：「填，《韓詩》作疹。疹，苦也。」承珙案：古从「真」从「㐱」之字互相假借，此傳訓「填」爲「盡」者，蓋以「填」爲「殄」之假借。《瞻卬》「邦國殄瘁」傳云：「殄，盡也。」《韓詩》作「疹」者，「疹」乃籀文「胗」字。胗，脣瘍也，非其義，韓蓋以「疹」爲「瘨」之假借。《説文》：「瘨，病也。」《雲漢》《召旻》箋並云：「瘨，病也。」《雲漢》釋文：「瘨，《韓詩》亦作疹。」

「宜岸宜獄」，傳：「岸，訟也。」《釋文》：「岸，如字。韋昭注《漢書》同。《韓詩》作犴，云鄉亭之繫曰犴，朝廷曰獄。」案：《毛詩》以「岸」爲「犴」之假借。《説文》：「豻，胡地野狗。从豸，干聲。或从犬，作犴。」引《詩》「宜犴宜獄」。蓋犴獄字皆从犬者，取犬所以守之意。《鹽鐵論·刑德》篇、《周禮·射人》注引《詩》皆作「犴」，從韓本也。《荀子·宥坐篇》「獄犴不治」注亦引《詩》「宜犴宜獄」。傳訓「岸」爲「訟」者，訟爲訟繫，獄則讞成，故《韓詩》以鄉亭、朝廷分屬之。若《淮南·説林訓》云「亡犴不可再」，《後漢書·皇后紀》「家嬰縲絏於圄犴之下」，此則散文通稱耳。

小弁

《序》云：「《小弁》，刺幽王也。太子之傅作焉。」趙注《孟子》云：「《小弁》，《小雅》之篇，伯奇之詩也。」趙氏鹿泉《四書温故録》曰：「《毛詩》以《小弁》爲平王事，故得言『親之過大』。以所關在天下國家之大，故較之《凱風》失在一身者則爲小矣。足明孟子所主《詩》説與毛同。高子亦未嘗不同，特其見理未精，得孟子析言之而後信，遂爲《毛詩》授受所從出。注則以爲伯奇之詩，是見《琴操》尹吉甫愛後妻子而棄其適子伯奇者，或以爲《韓詩》説。蓋趙注言《詩》往往從韓，如引《摽有梅》之『摽』作『莩』，解『以御于家邦』之『御』爲『享』，與毛異趣。以《鴟鴞》詩爲刺邠君，並違《尚書》。孫氏《音義》閒有證明，而此獨闕。第觀注云『父虐之』，其辭甚輕，則亦與母不安其室者均爲人子所遭之不幸，不足深較大小，適足以見所傳之不確。此《毛詩》所以單行至今，而三家多放失也。」焦里堂曰：「《太平御覽》引《韓詩》及曹植《令禽惡鳥論》皆以《黍離》爲伯奇之弟伯封所作，而不言伯奇爲《小弁》之詩。《漢書·中山靖王勝傳》云：『斯伯奇所以流離，比干所以横分也。《詩》云：「我心憂傷，惄焉如擣。假寐永歎，唯憂用老。心之憂矣，疢如疾首。」臣之謂也。』此上言伯奇，下引《小弁》之詩，中乃閒以比干，未必以《小弁》爲伯奇所作。惟《論衡·書虚篇》云：『伯奇放流，首髮早白。《詩》云：「惟憂用老。」』則或者當時有伯奇作《小弁》之説也。」承珙案：《漢書·馮參傳》贊曰：「伯奇放流，孟子宫刑，申生雉經，屈原沈湘，《小弁》之詩作，《離騷》之辭興。經曰：『心之憂矣，涕既隕之。』」此似亦以《小弁》爲伯奇作者，然究不知其所本。近人或以爲出於《琴操》。考《琴操》本無完書，其見於《文選·長笛賦》注、《世説·言語》篇注、《太平御覽·宗親部》、郭茂倩《樂府解題》所引，雖皆有伯奇事，然《文選》注但云「伯奇作歌，宣王聞之曰：此放子之辭也」。《樂府解題》則有《履霜操》，並載其辭，絶無「作《小弁》」語。若《説苑》載伯奇、伯封事，又以爲王國君之子，并非吉甫。明人僞撰《詩傳》《詩説》，乃有「伯奇被逐，其鄰大夫閔之，爲賦《小弁》」之語。此何元子所謂委巷傳譌，不足取信者也。

劉氏《詩益》曰：「孟子『親之過大』一語，可斷其爲幽王太子宜臼之詩。蓋太子者，國之根本。國本動摇，則社稷隨之而亡，故曰『親之過大』。若在尋常放子，則己之被讒見逐，禍止一身，其父之過與《凱風》七子之母不安其室等耳，何得云『親之過大』哉？」朱氏《通義》曰：「詩言：『踧踧周道，鞫爲茂草。』是憂國家之將亡，非宜臼作，必無此語。」承珙案：《漢書·杜欽傳》言成帝爲太子時，以好色聞，及即位，欽説大將軍王鳳，歷陳《女戒》，皆言后妃之事，而末云：「《小弁》之作，可爲寒心。」即此亦可見此詩必有關君國，而非士大夫一家之事矣。

「弁彼鸒斯」，傳：「鸒，卑居。卑居，雅烏也。」正義曰：「『鸒，卑居』，《釋鳥》文也。卑居又名雅烏，郭璞曰：『雅烏小而多群，腹下白，江東呼爲鵯烏。』是也。此鳥名『鷽』，而云『斯』者，語辭，猶『蓼彼蕭斯』『菀彼柳斯』。傳或有『斯』者，衍字。定本無『斯』字。以劉孝標之博學，而《類苑·鳥部》立『鷽斯』之目，是不精也。」承珙案：此「鷽斯」之「斯」自與本篇「柳斯」「鹿斯」一例，與《周南》之「螽斯」不同。詳見《周南》。《爾雅釋文》云：「《毛詩》傳：『鷽，卑居，雅烏也。』《小爾雅》云：『小而腹下白，不反哺者，謂之雅烏。』《説文》《字林》皆云楚烏也，一名鷽，一名卑居，秦云雅烏。本多無『斯』字，是詩人協句之言，後人因將添此字也，而俗本遂『斯』旁作『鳥』，謬甚。」據此，合之《詩正義》，可見《爾雅》「鷽，卑居」本無「斯」字。毛傳即用《爾雅》。而陸氏《詩釋文》又云：「鷽斯，音豫。一云斯，語辭。」轉似「鷽斯」二字本爲鳥名者，何其無定見也！或據《法言》「頻頻之黨甚于鷽斯」，以爲「斯」非語辭。不知此古人屬辭之法，取便成句耳。至師曠《禽經》，本屬僞書。《玉篇》《廣韻》皆依誤本《爾雅》而衍「斯」字。《説文·隹部》：「雅，楚烏也。一名鷽。」《鳥部》：「鵯，卑居也。」皆無「斯」字。不此之信而别從誤本僞書以立異，亦見其惑矣。

「惄焉如擣」，傳：「惄，思也。擣，心疾也。」正義曰：「『惄，思』，《釋詁》文。『擣，心疾』，所思在心，復云如擣，則似物擣心，故云『心疾』也。《説文》云：『擣，手椎。一曰築也。』」《稽古編》曰：「案：《釋文》：『擣，或作𤺺。《韓詩》作疛。』『𤺺』『疛』皆从疒，是毛、韓直以爲心疾之名，則『擣』字特借耳。疏語恐非毛旨。但《説文》無『𤺺』字，而『疛』訓『小腹痛』，與『心疾』不合，疏姑據『擣』字本訓釋之，亦非無見。」承珙案：《毛詩》「擣」字自是假借。《説文》「疛」雖訓「腹痛」，然「心」「腹」義本可通。《玉篇》云：「疛，心腹疾也。」引《吕氏春秋》云：「身盡疛腫。」《肉部》别有「𦙶」字，除有切，小腹痛也。是「疛」不專訓腹疾矣。毛殆以「擣」爲「疛」借，故直訓「心疾」歟？

「菀彼柳斯，鳴蜩嘒嘒。有漼者淵，萑葦淠淠」，箋云：「柳木茂盛則多蟬，淵深而旁生萑葦。言大者之旁無所不容。」正義曰：定本無「旁」「所」二字。承珙案：《韓詩外傳》引《詩》曰：「『有漼者淵，萑葦淠淠。』言大者無不容也。」此似爲鄭箋所本，亦無「旁」「所」二字。《説苑·雜言》篇引《詩》曰：「『菀彼柳斯，鳴條嘒嘒。有漼者淵，莞葦淠淠。』言大者之旁無所不容。」則又有「旁」「所」二字。二書皆在鄭前，但柳之容蜩，不必言「旁」，固當以定本爲是。

「譬彼壞木」，傳：「壞，瘣也，謂傷病也。」案：此傳非以「瘣」訓「壞」，謂「壞」爲「瘣」之假借，故復以「傷病」釋之。《爾雅》「瘣木」正釋此詩，作「瘣」者，乃其本字。《説文》及某氏注《爾雅》、《玉篇》皆引《詩》「譬彼瘣木」者，或出於三家。《中論·藝紀》篇：「木無枝葉，則不能豐其根幹，故謂之瘣。」亦是用其本字。毛不直云「瘣木，符婁」者，或如舍人注《爾雅》以「符婁」屬下讀，或以「符婁」義難通俗，故直釋以「傷病」歟？

「伐木掎矣，析薪扡矣」，傳：「伐木者掎其巔，析薪者隨其理。」箋云：「掎其巔者，不欲妄踣之。扡，謂觀其理也。必隨其理者，不欲妄挫折之。以言今王之遇大子，不如伐木析薪也。」承珙案：「掎」與《豳風》「猗彼女桑」字異而義略同。《説文》：「掎，偏引也。」蓋仆大木者，以繩繫其巔，徐而引之，防其驟蹶也。今之伐木者尚如是矣。「扡」，《唐石經》作「杝」。《玉篇》引《詩》「析薪杝矣」，謂隨其理也。今經文作「扡」者，當是借字。《説文》：「杝，落也。」此謂籬落，與析薪義不合。段氏謂《詩》取「迆衺隨理」之意，當是假「扡」爲「迆」。今案：正義曰：「析薪而言『扡』，明隨其理也。扡者，施也，言觀其裂而漸相施及，故箋云『觀其理』是也。」考

《大玄·玄圖》「地杝其緒」注云：「杝，謂施大之也。」則孔疏以「杝」爲「施」，聲義亦近。此二句即上文「舒究」之喻：凡伐木析薪者皆緩引其巔，徐觀其理，以言王之聽讒有來即受，不復舒謀，所以舍彼譖人之罪而妄加於太子之身，曾伐木析薪之不若也。嚴《緝》以爲讒人横相離絶之喻，不知此章但言聽讒之禍，未及讒人，若以伐木析薪比讒人，則與上下文皆不相貫矣。

「予之佗矣」，傳：「佗，加也。」正義曰：「此『佗』謂佗人也。言舍有罪而以罪與佗人，是從此而往加也，故曰『佗，加也』。」承珙案：疏説非是。《説文》：「佗，負何也。」是「加」者，「佗」之本義。《方言》：「凡以驢馬橐駝載物者，謂之負佗，亦謂之賀。」《儀禮·士喪禮》注云：「賀，加也。」「賀」之爲「加」，猶「佗」之爲「加」矣。《釋文》「佗，吐賀反」，不誤。正義乃謂是「他人」，而以罪往加，迂矣。

「莫高匪山，莫浚匪泉」，傳：「浚，深也。」箋云：「山高矣，人登其巔。泉深矣，人入其淵。以言人無所不至，雖逃避之，猶有默存者焉。」承珙案：依箋則經文當作「莫高于山，莫浚于泉」，且似詩語未完，必待注家以「登巔入淵」足成其意。今謂此二句與《北風》「莫赤匪狐」二句文例相似。彼傳云：「狐赤烏黑，莫能别也。」此言無高而非山，無浚而非泉，山高泉深莫能窮測也，以喻人心之險猶夫山川。君子苟輕易其言，屬耳者必將迎合風旨而交構其閒矣。戴氏《讀詩記》已作此解，似較箋義爲長。

「君子無易由言」，箋云：「由，用也。王無輕用讒人之言，人將有屬耳於壁而聽之者，知王有所受之，知王心不正也。」承珙案：《大雅·抑》「無易由言」箋云：「由，於也。」此文與彼正同，乃又訓「由」爲「用」。夫既謂王易用讒言，而又戒之以屬垣，豈反代讒人者慮其言之不密邪？《韓詩外傳》云：「孔子正『假馬』之言，而君臣之義定矣。《詩》曰『君子無易繇言』，名正也。」是《韓詩》正以此爲無易於言也。此當是戒王無易於言，致爲左右窺探意旨耳。何氏《古義》曰：「宜臼奔申之時，尚未見廢。《國語》史伯所謂『王欲殺太子以成伯服，必求之申』是也。故此詩云然者，惓惓慮王醉飽之昏，或有溺愛輕許之語，則羽翼伯服者愈多而媒孽宜臼者益甚。人皆集于菀，誰肯集于枯？勢不至廢立不止矣。」《吕記》云：「唐德宗將廢太子而立舒王，李泌諫之，且曰：『願陛下還宫，勿露此意。左右聞之，將樹功于舒王，太子危矣！』此正『君子無易由言，耳屬于垣』之謂也。」

巧言

《序》云：「《巧言》，刺幽王也。大夫傷於讒，故作是詩也。」案：詩以「悠悠昊天」發端，而取五章之「巧言」名篇，蓋讒人之言非巧不入，詩人所深惡也。大夫傷於讒者，非獨一己傷困於讒，謂大夫傷痛讒言之亂政。故其詞屢言「亂」，而深望君子之能察而止之。秦氏《詩測》曰：「人主輕喜易怒，人之所畏也。然有時爲疾風迅雷，亦有時爲和風甘雨，雖不中節，小人猶有所畏忌，君子之言或尚可乘機而進。更有一種不痛不癢之症，牽裾流涕，置若罔聞；累牘連章，留中不發，而肘腋之閒，近習之地，有陰爲播弄於其中者，外廷遂無可如何。此詩所以深望君子之『如怒』『如祉』也。始未嘗不知其爲譖言也，但欲兼聽並觀，姑含容之以爲御下之術，迨涵之既久，遂爲譖言所化矣。始未嘗不知其爲盗言也，但欲調停中立，姑盟約之以消朋黨之風，迨盟之至屢，遂爲盗言所奪矣。蓋正言之苦不若盗言之甘故也。是則輕信生于多疑，多疑生於多欲，詩人歷指亂源，一一如越人之視病。」承珙謂此條於全詩大旨得之。

「亂如此憮」，《唐石經》作「幠」，爲是。傳：「憮，大也。」《稽古編》曰：「《巧言》首章兩『憮』字，上『憮』毛訓大，下『憮』無訓。鄭兩『憮』皆訓『敖』。必欲畫一，則鄭義勝矣。『昊天大憮』疏申毛云『王甚虐大』，不成文義。」承珙案：「亂如此憮」，毛訓「憮」爲「大」者，蓋謂天降喪亂如此其大，本不同鄭意以「昊天」爲呼天，以「亂憮」爲斥王。則下文「昊天已威」「昊天大憮」，毛意當即承上「亂」字言之，謂天降喪亂可畏與甚大耳。此詩前三章八言「亂」字，末復結以「亂階」，自是一篇綱領。孔疏申毛「大憮」爲「虐大」，既知不安，又云：「易傳者，以下言『已威』爲『甚可畏』，而『泰憮』爲『甚大』非類，故爲『傲慢』。」然言亂如此傲慢，究爲不辭，不如從傳爲順也。

「予慎無罪」，傳：「慎，誠也。」《稽古編》曰：「《爾雅》：『慎，誠也。』《詩》毛、鄭多用此訓，宋儒以其不入俗，悉改之。案：『慎爾優游』『考慎其相』，猶可釋爲『謹慎』，至《巧言》兩『予慎』，非『誠』義莫通矣。」承珙案：經典「誠僞」之「誠」無用「真」字者，惟諸子百家乃有「真」字。然觀《爾雅》「慎，誠」之訓，當即以「慎」爲「真」字之假借。「真」之本義爲「變化」，《説文》：「真，僊人變形而登天也。」引申之則爲「真誠」。段云：「凡稹、鎮、瞋、謓、䐜、填、寘、闐、嗔、滇、鬒、瑱、⿰耳真、慎字，皆以『真』爲聲，多取『充實』之意。」「慎」從「真」聲，即兼「真」義。《韓非・解老》云：「真者，慎之固也。」傳箋於《詩》「慎」多訓「誠」者，蓋深明《爾雅》假借之例。《韓詩外傳》七引傳曰：「伯奇孝而棄於親，隱公慈而殺於弟，叔武賢而殺於兄，比干忠而誅於君。《詩》曰：『予慎無辜。』」觀此，知《韓詩》亦當以「慎」爲「誠」耳。

「僭始既涵」，傳：「僭，數。涵，容也。」箋云：「僭，不信也。既，盡。涵，同也。王之初生亂萌，群臣之言不信與信盡同之，不別也。」《釋文》：「僭，毛側蔭反，鄭子念反。涵，毛音含，鄭音咸。」承珙案：毛意自以「僭」爲「譖」之借。古「僭」「譖」字本通。《抑》「不譖不賊」，《桑柔》「朋友已譖」，《瞻卬》「譖始既背」，《釋文》皆云「譖」本作「僭」，《一切經音義》五引此詩作「譖始既涵」，是也。毛訓「數」者，「數」與「愬」同。《説文》：「譖，愬也。」毛蓋謂亂之初生，由於譖愬始入，王既受而容之，文義明順之至。鄭箋以「僭」爲「不信」，「涵」爲「同」，義亦可通。但又云「不信與信盡同之」，則經文止言「僭」是惟有「不信」，無所謂「信」也。《釋文》引《韓詩》作「減」，云：「減，少也。」「函」「咸」字固可通，然以「減」爲「少」，當謂亂萌初起，僭端尚少。而合之下文，則詞義不切矣。《吕氏讀詩記》亦作「譖始既涵」，此不過因《釋文》有側蔭反，然其注仍用「不信」之訓。音從毛，義從鄭，與《集傳》同其誤耳。

「君子如祉」，傳：「祉，福也。」箋云：「福者，福賢者，謂爵禄之也。」案：正義合上章「如怒」，引《洪範》「作福作威」爲證，是也。但不必同鄭箋以「君子」斥在位耳。此章「君子」皆當指王，怒則有刑，福由於喜，義可互明。《魯語》「慶其喜而弔其憂」，韋注：「喜，猶福也。」昭十七年《左傳》：范武子曰：「喜怒以類者鮮。易者實多。《詩》曰：『君子如怒，亂庶遄沮。君子如祉，亂庶遄已。』君子之喜怒以已亂也。」是左氏正以「喜」釋「祉」，何氏《古義》謂可爲此詩義疏。若文二年《傳》：「君子謂狼瞫於是乎君子。《詩》曰：『君子如怒，亂庶遄沮。』」昭三年《傳》：「晏子一言而齊侯省刑。《詩》曰：『君子如祉，亂庶遄已。』」皆借詞立義也。

「君子信盜」，傳：「盜，逃也。」正義曰：「文十八年《左傳》曰：『竊賄爲盜。』則『盜』者，竊物之名。毛解名曰『盗』意也。《風俗通》亦曰：『盗，逃也。』」承珙案：《漢書·惠帝紀》如淳注亦曰：「盗，逃也。」傳意以「讒人」謂之「盗」者，義取於「逃」，謂隱匿其情而以言誘人。下文「盗言孔甘」，所謂以甘言誘之也。凡誘人者必逃隱其情，故《説文》：「羑，即「誘」字。相訹呼也。」《一切經音義》：誘，古文有「誧」「謏」等形，皆取遁逃度匿之義。即此傳訓「盗」爲「逃」意也。

「亂是用餤」，傳：「餤，進也。」此用《爾雅》文。《龍龕手鑑》引《爾雅》舊注曰：「餤，甘之進也。」案：《爾雅》「餤」「羞」皆訓「進」者，自由「進食」之義而引申之。《禮記·表記》：子曰：「君子之接如水，小人之接如醴。君子淡以成，小人甘以壞。《小雅》曰：『盗言孔甘，亂是用餤。』」此於詩旨最爲切合。

「匪其止共，維王之邛」，箋云：「邛，病也。小人好爲讒佞，既不共其職事，又爲王作病。」《呂記》引董氏曰：「止共，《韓詩》作止恭。」承珙案：《釋文》但云「共」本又作「恭」，不言《韓詩》。董氏殆據《外傳》之文。王伯厚《詩考》云《外傳》作「恭」，是也。《外傳》兩引此詩，一云：「有大忠者，有次忠者，有下忠者，有國賊者。不恤乎公道之達義，偷合苟同，以特禄養者，是謂國賊也。」其下引《詩》曰：「匪其止恭，維王之邛。」又云：「《詩》曰：『匪其止恭，維王之邛。』言其不恭其職事而病其主也。」字皆作「恭」。《禮記·緇衣》引《詩》曰：「匪其止共，維王之邛。」注云：「匪，非也。邛，勞也。言臣不止於恭敬其職，惟使王之勞。」此注以「共」爲「恭」，當本三家。蓋詩言「止共」，故云「止於恭敬」，其義爲順。若謂共其職事，則「止」爲賸字矣。正義衍之云「非於其職廢此供俸而已」，似以「廢」釋「止」，未免牽强。《説苑·政理》篇：孔子曰：「『匪其止共，維王之邛。』此傷姦臣蔽主以爲亂者也。」夫曰「蔽主爲亂」，則不止於不供其職事而已，故知「恭敬」之義爲長。

「奕奕寢廟」一章箋云：「此四事者，言各有所能也。因己能忖度讒人之心，故列道之爾。」歐陽《本義》謂鄭以田犬之能擬聖人之能，不惟「四」字不類，又殊無指歸，是已。《集傳》以「君子」「聖人」四句與「他人有心」二句，於詞意輕重亦不倫。《吕記》亦從箋疏，嚴《緝》則略同歐義，然皆不如戴氏《續詩記》曰：「四章言國家宗廟宫室故在，皆君子之爲也；典章法度具存，皆聖人之定也。彼讒人者將有心破壞之，我安得不忖度其故？忖度之，則情狀得，譬如狡兔之躍，遇犬則獲矣。」此説似於經旨尤合。

「秩秩大猷」，傳：「秩秩，進知也。」案：《爾雅》：「秩秩，智也。」《小戎》「秩秩德音」傳：「秩秩，有知也。」正用《爾雅》文。此云「進知也」者，蓋「秩」義爲「積」，積有次第之意，故爲「進知」，謂遞進愈知之大道也。《説文·大部》：「戴，大也。讀若《詩》曰『戴戴大猷』。」此引《詩》第比方其音耳，字仍當作「秩秩」也。

「躍躍毚兔，遇犬獲之」，傳：「毚兔，狡兔也。」箋云：「遇犬，犬之馴者，謂田犬也。」《戰國·秦策》云白起與韓、魏共伐楚，楚使黄歇説秦昭王曰：「王妬楚之不毁也，而忘毁楚之强韓、魏也。」又云：「楚國，援也；鄰國，敵也。《詩》曰：『他人有心，予忖度之。躍躍毚兔，遇犬獲之。』」高誘注云：「他人有毁害之心，己忖度之。躍躍，跳走也。毚，狡也。喻狡兔騰躍以爲難得也，或時遇犬獲之。喻讒人如毁傷人，遇明君則治女罪也。」《史記·春申君傳》即取《國策》此文，惟引《詩》「躍躍」作「趯趯」，「他人有心」二句誤倒在下耳。《集解》引韓嬰當作「韓詩」。《章句》曰：「趯趯，往來貌。獲，得也。言趯趯之毚兔，謂狡兔數往來逃匿其跡，有時遇犬得之。」據此《薛君章句》及高注《國策》皆以「遇犬」爲「遇值」之「遇」。毛於「遇犬」無傳，當與韓同。正義引王肅云：「言其雖騰躍逃隱其跡，或適與犬遇而見獲。」此正用韓説以述毛義。鄭云「遇犬，犬之馴者」，自是以「遇」爲「愚」，與上「㲋兔」爲「狡」相對。《素問・解精微論》云請問有㲋愚朴陋之問，此「㲋」與「愚」對之證。《釋文》云：「遇，如字。世讀作『愚』，非也。」不知讀「愚」者雖非毛義，固鄭義也。

「荏染柔木」，傳：「荏染，柔意也。」案：「荏」當作「栠」。《説文》：「栠，弱皃。从木，任聲。」此其本字也。《毛詩》假「桂荏」之「荏」爲之耳。何氏《古義》謂「荏」通作「恁」，引《説文》「下齎」之訓借爲「柔弱」，非是。染，《釋文》音「冄」，其實「染」即「冄」字之借。《説文》：「冄，毛冄冄也。」徐鍇云：「冄冄，弱也。」王粲《迷迭香賦》「挺冄冄之柔莖」是也。又通作「姌」。《説文》：「姌，弱長皃。」《廣雅・釋詁》：「栠，弱也。」《釋訓》：「栠栠、姌姌，弱也。」

「往來行言，心焉數之」，箋云：「此言君子樹善木，如人心思數善言而出之。善言者，往亦可行，來亦可行，於彼亦可，於己亦可，是之謂行也。」案：此箋義甚精。數者，計也。行言者，可行之言。箋謂心數善言而出之，正與下「出自口矣」相對，故下箋云：「徒從口出，非由心也。」宋儒以「行言」爲行路之言；或讀「焉」於虔切，謂不足計數；或訓「數」爲「辨」，謂心能辨之，皆於上下文詞旨不合。

「蛇蛇碩言，出自口矣」，傳：「蛇蛇，淺意也。」箋云：「碩，大也。大言者，言不顧其行，徒從口出，非由心也。」承珙案：傳云「淺意」者，合下句「出自口矣」爲形容之詞，言但出口而不從心，淺孰甚焉？蛇蛇，與《孟子》「訑訑」同。孫氏《音義》云：「訑訑，張吐禾切，云蓋言辭不正，欺罔於人，自誇大之貌。」此字當本作「詑」。《説文》：「沇州謂欺曰詑。」今《方言》作「詑」，《孟子》作「訑」，皆一字也。凡欺謾者雖爲大言，而其器量實淺，故毛以「蛇蛇」爲「淺意」，鄭以「碩言」爲「大言」也。

「無拳無勇」，傳：「拳，力也。」案：《説文》：「捲，气勢也。从手，卷聲。《國語》曰：有捲勇。」今《齊語》桓公問曰「於子之鄉，有拳勇股肱之力秀出於衆者」，韋注云：「大勇爲拳。」蓋假「拳」爲「捲」，與此詩同。《盧令》「其人美且鬈」，箋云：「鬈，讀當爲『權』。權，勇壯也。」《吴都賦》「覽將帥之權勇」，李注云：「《毛詩》『無拳無勇』，『拳』與『權』同。」段懋堂曰：「張參《五經文字·木部》『攉』字下注云：从手作『攉』者，古拳握字。因知鄭箋及李《文選》注之『權』字皆當作『攉』，爲『捲』之異體。」此説是也。《莊子·讓王》篇：「捲捲乎后之爲人。」《釋文》：「捲捲，用力貌。」字仍作「捲」。

何人斯

《序》云：「《何人斯》，蘇公刺暴公也。暴公爲卿士，而譖蘇公焉，故蘇公作是詩以絶之。」蘇氏《詩傳》曰：「《何人斯》爲刺暴公，而本詩主言何人，蓋譖出于暴公而何人預焉，刺何人正以刺暴公也。」《虞東學詩》曰：「何人，必蘇公素所交好之人而新附暴公者，故以從暴爲疑，反覆究詰。至末章責以反側，其義顯矣。歐、嚴並以『何人』指暴公，既與『二人從行』不合；《集傳》謂不欲直斥暴公，則詩中業已指名，無容曲爲之説。」承珙案：正義云：「經八章皆言暴公之侣，疑其讒己而未察，故作是詩以窮之。」此疏是也。蓋全詩但「維暴之云」一語微露本意，而其餘皆指「何人」言之，欲窮極「何人」之情，乃所以實暴公之譖。意在於此，而文成於彼，此詩人譎諫之義。故《序》特據事直書曰「刺暴公」，曰「作是詩以絶之」也。

箋云：「暴也，蘇也，皆畿内國名。」《稽古編》曰：「《春秋》文公八年：『公子遂會雒戎，盟于暴。』杜注云：『鄭地。』范甯《穀梁》注亦同。幽王時，鄭尚未遷，暴未爲鄭有。且與雒戎盟于此，則暴必近雒。意暴亦東都畿内國歟？」王氏《詩稗疏》曰：「《春秋》公子遂壬午及趙盾盟于衡雍，乙酉及雒戎盟于暴。相去三日，就盟兩地，暴與衡雍其近可知。衡雍在今懷慶府。蘇者，蘇忿生之國，今懷慶府温縣。蘇、暴二國境土犬牙相入，故嫌忌而相謗。」承珙案：《路史》：「暴，辛公采地，鄭邑也。一云隧。」「隧」上當脱一「暴」字。成十五年《左傳》云：❶楚侵鄭及暴隧。是暴一名暴隧，春秋時鄭地也。其地在今懷慶府原武縣境，與温接壤。高誘注《淮南・精神訓》云：訟閒田者，暴桓公、蘇信公也。此語必有所本。王志長謂蘇公被譖之事，必有關於社稷安危，若止同列得謗相詬厲之言，何足登之于《雅》？張氏《詩貫》遂謂平王之廢暴公，實陰構其閒，而蘇公乃因之得禍。此真無稽之説也。君臣朋友，皆人之大倫。此詩雖止絶交，而其詞反復推詳，婉而不激，所以爲温柔敦厚之教。彼《谷風》亦朋友相怨之詩，又得謂以國事起釁邪？

「伊誰云從，維暴之云」，傳：「云，言也。」箋云：「譖我者，是言從誰生乎？乃暴公之所言也。由己情而本之，以解何人意。」黄氏元吉曰：「孔疏申鄭謂：『猶冀其不然，欲與和好，乃開解之曰：今譖我者維誰之所云從而出乎？維乃暴公之所云耳。言爾應不與，當與我和親也。』此意甚美，然於首章即言欲與和好，無步驟矣。」承珙案：傳以「云」爲「言」者，蓋承上文「胡逝我梁，不入我門」二句，若曰是從誰之言而與我疏闊如此，維其從暴公之言耳。下章「云不我可」，正與此章「云」字相應，謂始者言我可，今則言不我可也。若譖言

---

❶「五」，原作「七」，據阮校本《春秋左傳正義》改。

從暴公出，則既明知其事矣，何以下文又云「誰爲此禍」邪？且《詩》言微婉，必不直斥暴公之譖。故知箋説非傳旨也。

「胡逝我陳？我聞其聲，不見其身」，傳：「陳，堂塗也。」箋云：「堂塗者，公館之堂塗也。」陳碩甫曰：「塗，當作『涂』。《周禮·匠人》『堂涂』注引《爾雅·釋宫》『堂涂』，皆其證。今字作『塗』，又作『途』。《釋宫》曰：『堂涂謂之陳。』毛所本也。孫炎、郭璞注並云『堂下至門徑』。堂涂在門内，詩曰『逝陳』，則入門矣。而不入我室，所以聞聲不見身也。鄭以上章云『不入我門』、『不入唁我』，故謂『堂塗』爲『公館之堂塗』。但公館在他處，與『我聞其聲』文不相承。箋失之。」承珙案：「聲」不必專指言語聲音，凡通問皆可謂之「聲」。王氏《總聞》曰當是過門留語而去。姜氏《廣義》曰：「天下豈有聞聲而不見其身者？蓋通問而不請見也。」二説於情事爲近。正義以「公館」爲「舍客别館」。蓋其人至此，通問而去，故雖聲息相聞，而面目不接，無疑于「逝陳」之與「不入門」相戾矣。戴氏《續詩記》以「陳」爲屋壁塗塈之側，過陳而聞其聲，但不見其身耳。此泥於「聲」爲「音聲」，其解「陳」字尤屬肊撰。

「彼何人斯，其爲飄風。胡不自北，胡不自南？胡逝我梁，祇攪我心」，傳：「飄風，暴起之風。攪，亂也。」箋云：「祇，適也。何人乎，女行來而去，疾如飄風，不欲入見我，何不乃從我國之南？不則乃從我國之北？何近之我梁，適亂我之心，使我疑女？」黄氏元吉曰：「孔疏謂：『以其徑來而徑去，知爲疾也，非在道急速，故下章言其安行。』所辨甚明。上章由梁而至陳，自遠而及近也。此復以『梁』言者，忽而在陳者，又忽而在梁，正見其蹤跡之詭祕也。」承珙案：《匪風》傳用《爾雅》「迴風爲飄」文，此但云「暴起之風」者，惟狀其去來之疾，不取迴旋。此詩前四章三言「逝梁」，一言「逝陳」，則正義所云「數過其國而不入」者，是也。

「壹者之來，云何其盱」，箋云：「一者之來見我，於女亦何病乎？」正義曰：「毛云若不譖我，則一者之來，見王以後，云何使我有罪譴之病乎？亦以我得病在汝見王之後，所以尤疑也。毛以此『云何其盱』，與下『俾我祇也』互文，皆言云何而使我有罪病也。箋以上章責其不來見己，下章言入與不入，則『一者之來』，當爲來見蘇公，不得爲見王也。且蘇公之所疑者，以不見『何人』，故言一者之來見我，於汝亦何病也。是欲見以解疑之辭。此本之於『何人』爲不病，下反之己爲得安。是章次相成也。」承珙案：毛於「盱」字無傳者，當同《卷耳》訓「吁」爲「憂」，以「吁」「盱」皆「忏」之假借，說詳《卷耳》。不必同下章訓「祇」爲「病」。但曰「憂」曰「病」，皆承上文「攪我心」而言。「壹者之來」即指上文「逝梁」「逝陳」之事。壹者，猶言「乃者」。高誘注《呂氏春秋・知節》篇云：「一，猶乃也。」《漢書・曹參傳》「乃者吾使諫君也」，注云：「乃者，謂曩日也。」蓋此章是言其過去之時，謂爾若安行，何以不暇舍息？爾若急行，何以有暇脂車？非徐非疾，行蹤莫測，而乃僅逝我梁、陳而來，云何不使我有攪心之憂乎？下章又言其行反之時，謂爾若還而入唁我，則我心悦也；今還而不入，則其與於譖我情事不難知也。而乃猶逝我梁、陳而來，則惟使我有攪心之病而已。上「來」字對「舍」字言，謂但來而不舍息，下「來」字對「入」字言，謂但來而不入唁。總之自蘇公言「來」，定當是來見蘇公。正義述毛，以「壹者之來」爲來見王。夫蘇公遭譴則已不在王所，其於見王之人祇應言「往」，不應言「來」也。且下章明云「還」矣，而仍以「來」爲見王，豈往返皆見王乎？正義申鄭，以此章言「何人」不病，下章言己得安。但兩章皆言「壹者之來」，而下句又分屬兩人，亦有未安。

「否難知也」，箋云：「否，不通也。」《釋文》：「否，方九反，不通也。一云：鄭符鄙反。」承珙案：《釋文》此處疑有誤。其「方九反」乃爲毛作音，不當釋以「不通」。其「不通也」三字當在「符鄙反」之下。《説文》：「否，不也。从口、不。不亦聲，方九切。」此詩「否」字讀方九反，則當訓「不」。蓋章首「其心孔艱」言其心難知，此則言其心不難知，皆反覆窮究之意。箋謂「反又不入見我，則我與汝情不通」。此乃讀符鄙切，與《易》之「泰否」、《書》之「否德」同音，皆「否」字引申之義也。

「出此三物，以詛爾斯」，傳：「三物，豕、犬、雞也。民不相信則盟詛之，君以豕，臣以犬，民以雞。」正義引鄭《異義》駁云：「《詩》説及鄭伯使卒及行所出，皆謂詛耳，小於盟也。《周禮·戎右職》云：若盟，『則以玉敦辟盟，遂役之，贊牛耳、桃茢』。哀十七年《左傳》：『孟武伯問於高柴曰：諸侯盟，誰執牛耳？』然則盟者，人君用牛。伯姬盟，孔悝以猳下人君牲。以上皆《駁異義》文。是盟用牛也。」承珙案：《曲禮》正義云：「盟牲所用，許慎據《韓詩》云天子、諸侯以牛、豕，大夫以犬，庶人以雞；《毛詩》説君以豕、臣以犬、民以雞。」是毛、韓略同。但韓言盟不言詛者，以盟足該詛。毛不及牛者，自專指詛時所用之牲。正義引定本「民不相信則詛之」，無「盟」字，是也。

「有靦面目」，傳：「靦，姡也。」箋云：「姡然有面目，女乃人也。」正義曰：「《説文》云：『靦，面見人。』『姡，面靦也。』然則『靦』與『姡』皆面見人之貌也。」《稽古編》云：「《釋文》：『姡，面醜也。』與孔疏異。按：韋昭《國語》注亦云：『靦，面目之貌。』《廣雅》亦訓『姡』爲『靦』。皆不及醜義。《詩》亦但言其與人相見無窮極耳，並無可醜之意。當以疏引《説文》爲正。」承珙案：毛用《爾雅》文。《説文》「姡，面靦也」，正與《爾雅》相轉注。今本《説文》及《詩釋文》作「面醜」者，字誤耳。《廣韻·十三末》「姡」下云：「靦也。」《十五鎋》又云：「姡，面醜。」則其字誤已久。然《詩》云：「有靦面目。」《國語》范蠡曰：「余雖靦然而人面哉。」詳其詞意，當謂面貌靦然，猶云儼然人面也。《爾雅釋文》引舍人注云：「靦，擅也。一曰面貌也。謂自專擅之貌。」義亦相近。《後漢·樂成王傳》：「安帝詔曰：『有靦其面，而放逸其心。』」

巷伯

《序》云：「《巷伯》，刺幽王也。寺人傷於讒，故作是詩也。」箋：「巷伯，奄官。寺人，内小臣也。奄官上士四人，掌王后之命，於宮中爲近，故謂之『巷伯』，與寺人之官相近。讒人譖寺人，寺人又傷其將及巷伯，故以名篇。」《稽古編》云：「《周禮·内小臣》『奄人』而稱『上士』，是奄官之長，故箋疏以巷伯當之。伯，長也。寺人無爵，且屬於内小臣，則奄人之卑者，故不以當伯長之稱。宋之説《詩》者謂寺人即巷伯，已失據矣。朱《傳》又謂寺人即内小臣，則誤尤甚。夫内小臣與寺人並列于《周禮》天官屬下，明是二職，豈未之見乎？」承珙案：「寺人，内小臣」，本於《車鄰》毛傳。《詩》主諷詠之文，難以拘定官制。彼傳以寺人爲内小臣，本不過謂小臣之在内者，非專指王之正内五人也。寺人非一，而自稱曰「孟子」，傳所謂「罪已定矣，而將踐刑，作此詩也」。正義云自言「孟子」，以殊於餘寺人不被讒者，是也。但詩爲寺人所作，而名篇以「巷伯」，故箋有「寺人傷其將及巷伯」之語。然詩中未見此意。末章言「凡百君子」，則不止於將及巷伯矣。故後儒以寺人即巷伯者，亦非無理。蓋《詩》篇名，有作詩者自名，亦有采詩者所名。此詩或作者自稱「寺人」，而采詩者名之以

「巷伯」。巷伯不見《周官》，惟見於襄九年《左傳》，宋災，令司宫、巷伯儆宫，杜注即以「巷伯」爲寺人。意巷伯本内奄之通稱，《後漢書·宦者傳》贊「況俖巷職遠參天機」注云：「巷職，即寺人之職也。」故經言「寺人」，《序》稱「巷伯」歟？《漢書·司馬遷傳》贊云：「迹其所以自傷悼，《小雅》巷伯之倫。」《後漢書·宦者傳序》云：「《詩》之《小雅》亦有巷伯刺讒之篇。」詳其詞意，似皆以此詩即巷伯所作。然則以巷伯即寺人，其説不始於宋儒矣。《孔融傳·駮復肉刑議》有「寃如巷伯」語，尤足見是巷伯被讒而作。《禮記·緇衣》正義乃謂寺人傷讒，巷伯懼將及己，故作此詩。章懷注《後漢書》又謂巷伯被讒將刑，寺人傷而作詩。其言又皆與鄭異，然而皆非也。

《稽古編》曰：「案：《序》『故作是詩也』下脱『巷伯奄官』四字，箋『巷伯』下『内小臣』上衍『奄官寺人』四字。疏申《序》謂：『經無「巷伯」字而篇名「巷伯」，故《序》解之曰：「巷伯，奄官。」言奄人爲此官也。』則知《序》末脱此四字矣。又申箋謂巷伯，内官，用奄上士四人。『内小臣，而謂之巷伯者，以此官於宫中爲近。』是箋文『内小臣』解『巷伯』，非解『寺人』也，不應云『寺人，内小臣』。下文云『奄官』，不應上文先出『奄官』，則知箋文直當云『巷伯，内小臣也』。而中閒『奄官寺人』四字皆衍文矣。」阮氏《校勘記》、段氏《毛詩傳説》皆略同。承珙案：此明箋無「奄官寺人」四字，其辨甚晰。而必謂《序》有「巷伯奄官」四字，則終未敢信。《三百篇》之《序》，文例多同，從無於「作是詩也」之下贅以解釋篇名、體同故訓者。正義雖言《序》有此四字，而仍以定本無者爲是。《釋文》云「官本或將此注爲《序》文」，是亦不以《序》有四字爲然。《唐石經序》文無此四字，正從定本。可見唐人以《序》有「巷伯奄官」者爲俗本，當時所不用也。

「萋兮斐兮，成是貝錦」，傳：「興也。萋斐，文章相錯也。貝錦，錦文也。」案：《尚書·禹貢》「厥篚織貝」，正義引鄭注曰：「貝，錦名。」并引《詩》「萋兮斐兮，成是貝錦」。此詩首次二章皆言「成是」，蓋錦本非貝，以織作萋斐而成爲貝文。下章「星」亦非「箕」，以踵舌哆侈而成爲箕象。皆謂羅織細碎之故、巧構形似之言，以成其罪爾。

「哆兮侈兮，成是南箕」，傳：「哆，大貌。南箕，箕星也。侈之言是必有因也，斯人自謂辟嫌之不審也。」段氏《詩小學》云：「《説文》『誃』字注引《詩》『侈兮哆兮』。王伯厚《詩考》引之而作『誃兮哆兮』，其所據本『侈』譌作『誃』也。又引崔靈恩《集注》本作『侈兮哆兮』。然則《毛詩》古本上『侈』下『哆』，唐後乃倒易之。或云毛傳、鄭箋皆言因箕星之哆而侈大之，似今本爲是。玉裁謂傳箋釋其義耳。經文謂所侈大者，乃其本哆口者也，侈大之而成是南箕矣。文意如此。又按『因箕星之哆而侈大之』，此自鄭説，非毛説也。《詩》『緀』『斐』『哆』『侈』皆一句中用韻，『緀斐』爲重字，則『哆侈』亦重字也。毛傳當云『哆侈，大貌』，猶上章云『萋斐，文章相錯也』。又云『哆侈之言是必有因也』云云，此釋『成是南箕』，亦即釋『成是貝錦』也。轉寫改竄，遂不可讀。《説文》今本譌舛。崔氏《集注》出於《讀詩記》者，恐未可信，不必從上『侈』下『哆』之本也。」承珙案：段氏後説是也。今本毛傳先釋「哆」，即釋「南箕」，然後言「侈」。倒亂經文，傳無此例。足知毛傳當以「哆侈」連文，爲雙聲疊韻之字。鄭云：「因箕星之哆而侈大之。」斷無經文上「侈」下「哆」，箋不明其所以而遽反之者。臧氏《經義雜記》謂箋反言以申傳，非倒易經文。其説迂拙不可信。

「緝緝翩翩」，傳：「緝緝，口舌聲。」《説文》：「咠，聶語也。从口、耳。《詩》曰：『咠咠幡幡。』」「聶，附耳私小語也。」《釋文》引《説文》云：「咠，咼語也。」承珙案：詩「緝」字自當爲「咠」之假借。《釋文》云「咼語」者，

「鬲」如今「胸膈」字，亦謂小語無聲，若在鬲閒之意。傳云「口舌聲」者，曲盡聶語之狀。後儒或云緝人之罪，或云緝緝有條理，皆望文生義耳。至《説文》引《詩》「咠咠幡幡」，則段氏云「『幡幡』二字，當云『翩翩』，而誤舉下章之『幡幡』，猶《生民》『或舂或舀』，而誤云『或簸或舀』」者，是也。

「慎爾言也，謂爾不信」，箋云：「慎，誠也。女誠心而後言，王將謂女不信而不受。欲其誠者，惡其不誠也。」正義曰：「上言謀多而巧，此言爲謀之狀。言口舌緝緝然、往來翩翩然相與謀，欲爲讒譖之言以害人，自相計議，唯恐不成，相教當誠汝之心而後言也。若言不誠實，則所言不巧，王將謂汝言爲不信而不受也。故須誠實言之。」承珙案：此疏誤會箋意。箋「誠不誠」三字誤倒。上言誠心而言，王將不信，下當云「欲其不誠者，惡其誠也」。蓋讒人相教以不誠之言，庶幾巧於取信；若言過誠實，則不能巧，何以致王之信受？文義自當如此。疏説與箋不相應，且言「不誠實則所言不巧」等語，亦於理不順。殆據誤本箋「欲其誠者，惡其不誠」，故云須誠實言之，而不知與上文誠心而言、王將不信之語相戾也。

「捷捷幡幡，謀欲譖言」，傳：「捷捷，猶緝緝也。幡幡，猶翩翩也。」《釋文》：「捷，如字，又音妾。」承珙案：《漢書・揚雄傳》蘇林注曰：「唼，音《詩》『唼唼幡幡』之『唼』。」是讀《詩》「捷」字作「唼」。古字「捷」「接」多通，故亦通作「唼」。《史記・司馬相如傳》正義云：「唼喋，鳥食之聲也。」《彭越傳》集解引徐廣曰：「喋，一作唼。」《匈奴列傳》「喋喋而佔佔」索隱引服虔曰：「口舌爲喋。」蓋此無正字，作「唼」作「喋」，又假「倢」假「捷」爲之。故《集韻》云：「捷捷，譖言。或从人，亦作唼。」總之，皆口舌多言之貌，故傳云：「捷捷，猶緝緝也。」毛傳，故訓之祖，凡言「猶」者皆比儗切合，非泛爲蒙上作解。後儒望文生義，以「捷捷」爲「儇利貌」，失傳旨矣。幡者，反也。《賓之初筵》傳：「幡幡，失威儀。」《瓠葉》傳：「幡幡，瓠葉貌。」《角弓》「翩其反矣」，逸《詩》「偏其反而」。蓋「偏」「反」疊韻，語皆形容反覆不定之貌，故傳云：「幡幡，猶翩翩也。」

「豈不爾受，既其女遷」，傳：「遷，去也。」箋云：「遷之言訕也。王倉卒豈將不受女言乎？已則亦將復訕誹女。」承珙案：「遷，去」者，譖人相戒，以爲術不工，恐無以堅王之信而或有遷心耳。鄭以「遷」爲「訕」，謂王將訕誹譖者，實不如傳義明易。正義乃云：「以『遷，去』爲理不安，故易之。」非是。又此兩章「爾」字「女」字，箋疏皆以爲譖人相戒教之辭，其義不易。蓋兩章皆言謀欲，故當爲謀譖者自相爾女。後儒多以「爾」爲詩人爾譖者，且謂是忠告之言，迂矣。

「驕人好好，勞人草草」，傳：「好好，喜也。草草，勞心也。」戴氏《詩考正》曰：「《爾雅》：『旭旭，憍也。』郭注云：『小人得志憍蹇之貌。』讀『旭』爲『好』。」承珙案：《邶風》「旭日始旦」，《釋文》引《說文》「旭」讀若「好」，今《說文》作「讀若勖」，誤。《字林》呼老反，是「旭」「好」聲同字通。毛傳訓「喜」者，自由「好」字引申之。意《爾雅》作「旭」，或古本《詩》借「旭」爲「好」。段氏《說文注》轉謂今《詩》「好好」字爲「旭旭」之借，非是。至《爾雅》「慅慅，勞也」，邢疏引《詩》「勞人慅慅」，邢昺在北宋初，或猶及見《韓詩》。《說文》：「慅，動也。」此則三家《詩》用其正字，《毛詩》又借「草」爲之耳。

「彼譖人者，誰適與謀？取彼譖人，投畀豺虎」，《集傳》云：「再言『彼譖人』者，甚疾之，故重言之。或曰衍文也。」承珙案：此以爲衍文者，疑「謀」字不入韻耳。顧氏《詩本音》以「者」與「虎」韻，江氏《古韻標準》謂首二句複次章以起下文，爲無韻之句。惟段氏《音均表》云「謀」本音在之咍部，《巷伯》以合韻「者」「虎」

字，猶「母」本音亦在第一部，《蝃蝀》以韻「雨」是也。孔氏《詩聲類》云：「『謀』字，《詩》凡九見，或讀爲『媒』，或讀爲『每』，唯《小閔》『民雖靡膴，或哲或謀』及《巷伯》六章似皆讀爲『姥』。且《巷伯》一篇之中，二章以『謀』協『箕』，六章以『謀』協『虎』，是在當時固可兩讀矣。今《廣韻》上聲有『⿰忄某』字，文甫切。」承珙謂《皇皇者華》「周爰諮謀」，《淮南·脩務訓》作「諮謨」，《史記·陳杞世家》集解引徐廣曰：「謀，一作謨。」是「謀」「謨」同字，亦當同音，故可叶「膴」「虎」，猶「集」讀爲「就」、「躬」讀爲「身」之例也。一説《禮記·緇衣》注、《後漢書》朱勃上書訟馬援，並引《詩》「取彼讒人，投畀豺虎」。若上文有「彼譖人者」二語，下不應忽變稱「讒人」，則似本無章首二句。今本有者，因次章誤衍。今案《漢書·戾太子傳》：壺關三老上書引《詩》「取彼譖人，投畀豺虎」，仍同今本作「譖」不作「讒」，則此説亦未可信。

「楊園之道，猗于畝邱」，傳：「楊園，園名。猗，加也。畝邱，邱名。」箋云：「欲之楊園之道，當先歷畝邱，以言此讒人欲譖大臣，故先從近小者始。」案：「猗」與「倚」同字。倚者，依也。凡因依者，皆自此加彼之意，故傳云：「猗，加也。」毛意當以楊園喻近小，畝邱喻高大，謂譖人者由近而加遠，由小而加大，如楊園之道而橫侵及畝邱也。箋語似與傳相反。

「寺人孟子，作爲此詩」，《釋文》：「一本云：作爲作詩。」《校勘記》云：「考正義本是『作爲作詩』，與『一本』同。此二本之異在第三字，正義是『作』，《釋文》是『此』，不同耳。故正義箋並有『作，起也』『作，爲也』二訓，以經有二『作』字而各釋之也。正義又云：定本云『作爲此詩』，又定本箋有『作，起也』『作，爲也』二訓，自與經相乖，非也。所謂乖者，經字既是『此』矣，不復有二『作』，而箋訓有之，是其乖也。正義之意，據其箋有二訓，證其經止一『作』之失耳，不謂不當有二訓也。」段氏云：「《詩》『爲』字誤，當是一本云『作而作詩』

也。正義曰當云『作而賦詩』，定本云『作爲此詩』。據此，則孔疏本原是『作而作詩』也。」承珙案：傳云：「寺人而曰『孟子』者，罪已定矣。而將踐刑，作此詩也。」箋云：「作，起也。孟子起而爲此詩。」傳「作此詩」之「作」但就經文「爲」字言之，故箋以「起」釋經「作」字，然後繼之曰「起而爲此詩」。詳毛、鄭之文，未必經有二「作」字。且若經云「作而作詩」，下「作」字文義易明，何庸更釋以「爲」？「家父作誦」「作此好歌」皆未嘗別訓「作」字。知此箋有二訓之本亦未可從也。

毛詩後箋卷二十

涇　胡承珙

小雅谷風之什

谷　風

《序》云：「《谷風》，刺幽王也。天下俗薄，朋友道絶焉。」案：此《序》首句但云刺幽王，詩中「寘予」「棄予」等語焉知非君臣道睽，進若加膝，退若墜淵之謂？而《序》下及傳獨以爲朋友之詩，自當有所受之。《韓詩外傳》載宋玉讓其友，引《詩》曰：「將安將樂，棄予姱疑古「如」字。遺。」是毛、韓義略同。此後則《新序》《雜事》五。宋玉事與《外傳》同，蔡邕《正交論》、《風俗通·窮通》篇並云《谷風》有「棄予」之怨，朱穆《絶交論》亦同。兩漢儒者無不以此爲朋友之詩。若《後漢書·陰皇后紀》光武詔曰：「吾微賤之時，娶於陰氏，因將兵征伐，遂各别離。幸得安全，俱脱虎口。」其下引《小雅》曰：「『將恐將懼，維予維汝。將安將樂，汝轉棄予。』風人之戒，可不慎乎？」此但取恐懼安樂爲義，非詩本旨。

「維風及穨」，傳：「穨，風之焚輪者也。風薄相扶而上，喻朋友相須而成。」《稽古編》曰：「風薄，指穨風。

相扶，指谷風也。穨風力薄不能上升，賴谷風扶之而上，以喻友之相成如此。孔疏解此甚明。嚴氏譏毛以『猋』釋『穨』，誤矣。傳語簡貴，豈可以粗心讀之哉！且猋從下而上，穨從上而下，是李巡、孫炎之説，而郭璞因之耳。據《爾雅》正文，未見其必然也。『扶搖謂之猋』即《南華》之『扶搖』，信從下而上矣。『焚輪謂之穨』，焚取象於火，火乃炎上之物，安得自上而下乎？注《爾雅》者止因穨是下墜之名，故爲此解。然以字義考之，『穨』从秃，貴聲，秃皃，又暴風也；『隤』从𨸏，貴聲，下墜也，《説文》《玉篇》諸書並同。俗通作『頽』。是『穨』『隤』本各一字，不得援『下墜』之『隤』釋『暴風』之『穨』矣。毛傳『風薄相扶』，『薄』當爲『迫』義。谷風、穨風皆欲上升，相迫則其升愈速，喻朋友相規切則德業益進也。疏以『風薄』指穨風，『相扶』指谷風，特通毛、鄭兩家之説，毛意未必然也。陸農師曰：『風之鋭而上者爲猋，風之旋而上者爲穨。《莊子》曰「摶扶搖羊角而上者九萬里」，「扶搖」即猋是也，「羊角」即穨是也。今羊角旋轉而上，如燄焚輪之象也。』案：《莊子釋文》引司馬彪云：『風上行謂之扶搖，風曲上行若羊角然謂之羊角。』陸義應本此。合之《爾雅》，則上行如焚，旋轉如輪，名義允協，可正景純之誤。」承珙案：「焚輪」爲疊韻字。《文選·海賦》「渭濆淪而滀漯」，注：「濆淪，相糾貌。」《江賦》「神蜧蝹蜦以沈游」，注：「蝹蜦，行貌。」又「或混淪乎泥沙」，注：「渾淪，輪轉之貌。」《封禪文》「紛綸葳蕤」注引張揖云：「紛綸，亂貌。」此皆疊韻形容字，與「焚輪」同。穨風曰焚輪者，謂其回旋糾亂之狀，猶之乎「紛綸」「混淪」也。陸氏燄焚車輪之説，尚非古義。《淮南·原道訓》「扶搖抮抱羊角而上」，高注云：「抮抱，了戾也。扶搖，如羊角轉曲縈行而上也。」案：了戾，即紛綸糾錯之謂，亦即所謂「焚輪」者也。但旋風迴轉無定，其力自薄，且不能久得，當方應候之谷風助之而其升愈速，故傳云「風薄相扶而上」也。

「習習谷風，維山崔嵬。無草不死，無木不萎」，傳：「崔嵬，山巔也。雖盛夏萬物茂壯，草木無有不死葉萎枝者。」箋云：「此言東風生長之風也，山巔之上草木猶及之，然而盛夏養萬物之時，草木枝葉猶有萎槁者，以喻朋友雖以恩相養，亦安能不時有小訟乎？」承珙案：此章自傳箋後，劉原父、蘇潁濱及《呂記》、朱《傳》諸説皆以爲天地之功有所不足，生物之恩及於崔嵬，是爲大德；一草一木偶然死萎，是爲小怨。惟嚴《緝》、范《傳》獨以谷風爲暴風，「及雨」「及穨」以喻事變。草死木萎則事變愈甚，喻當大患之時，必賴朋友以濟。此蓋泥於經文「無不」二字，以爲草木盡死耳。據正義引定本及《集注》云「草木無有不死葉萎枝者」，則正義本不同可知。今觀正義云：「雖至盛夏之月，萬物茂壯，無能使草不有死者，無能使木不有萎者。」可見傳文「無有不死葉萎枝者」當作「無不有死葉萎枝者」。「無不有」即偶然有之之意，非謂草木盡死也。《中論·脩本》篇：「《詩》曰：『習習谷風，惟山崔巍。何木不死，何草不萎。』言盛陽布德之月，草木猶有枯落而與時謬者，況人事之應報乎？」此雖不爲朋友德怨之喻，然其言草木猶有枯落，正與傳箋同也。

「忘我大德，思我小怨」，王雪山曰「怨」字以聲取旁紐作「越」，亦可叶「德」。陳氏《毛詩古音考》曰：「『怨』似宜音『威』，與『嵬』『萎』爲韻。然《獻玉歌》以『怨』與『汶』『分』韻，楊雄《逐貧賦》引『忘我大德，思我小怨』，以『怨』與『焉』『山』韻，諸如此類尚多，讀者似宜以韻爲主。」此則仍謂末二句無韻也。顧氏、江氏皆同。段氏《音均表》云：「『怨』本音在第十四部，元、寒、桓、删、山、仙類。《詩·谷風》合韻『嵬』『萎』字，讀如『伊』。此與《北門》之『敦』讀『堆』，《采芑》之『焞』讀『推』，《碩人》之『頎』讀『畿』，《新臺》之『鮮』讀『斯』正同。」孔氏《詩聲類》云：「此章『嵬』字連上章『積』『懷』『遺』爲韻，與《正月》之『又有嘉肴』、《召閔》之『不云自頻』同例。『怨』轉音『肥』，去聲，與『萎』協。萎，古讀若『倭』，去聲。」戚氏《毛詩證讀》云：「《國語》『人皆集於苑』，一本作『萎』。『萎』『苑』古音近。此『怨』得從『萎』叶。」承珙案：諸家以段説爲近。又案：《詩》「鬱彼北林」，《周禮》注作「宛」，疑古「怨」字本有「鬱」音。古韻物月爲脂微之入，「怨」讀若「鬱」，正與「嵬」「萎」四聲同部，不煩合音也。

蓼莪

《序》云：「《蓼莪》，刺幽王也。民人勞苦，孝子不得終養爾。」箋：「不得終養者，二親病亡之時，時在役所，不得見也。」《釋文》：「養，餘亮反。注：除『鞠，養也』『穀，養也』二字，餘並同。」承珙案：陸氏從《切韻》以「養育」之「養」爲餘兩切，謂飲食之也；以「供養」之「養」爲餘亮切，謂凡服事也，蓋分爲上去二音。漢、魏以前未必有此區別，然此《序》言「終養」，自兼服勞奉養言之。《儀禮·既夕記》「養者皆齊」，《禮記·文王世子》「齊元而養」，皆謂侍疾。《檀弓》「事親左右就養」，注謂扶持。故箋以「親疾將亡，不得見」釋「終養」是也。晉王裒、齊顧歡並以孤露讀《詩》至《蓼莪》，哀痛泣涕。唐太宗生日，亦以生日承歡膝下永不可得，因引「哀哀父母，生我劬勞」之詩。是自漢至唐，無不以此詩爲親亡後作者。歐陽《本義》乃謂鄭箋泥滯，試思詩中「無父」「無母」「銜恤」「靡至」等語，尚得爲父母在之辭邪？

「蓼蓼者莪，匪莪伊蒿」，傳：「興也。蓼蓼，長大貌。」箋云：「莪已蓼蓼長大，我我，各本作「貌」。此從相臺本。視之以爲非莪，反反，各本作「故」。亦從相臺本。謂之蒿。興者，喻憂思，雖在役中，心不精識其事。」此二句自箋疏後，各爲其説。《呂記》謂莪蒿不能報天地之生育，猶人子不能報父母之劬勞。説本歐陽，但於「匪伊」二字無著。朱《傳》以莪爲美菜，蒿爲惡草，以比父母生我以爲美材，而今乃不能終養。本於蘇《傳》。然莪與蒿本非二物。「菁菁者莪」傳云：「莪，蘿蒿也。」是莪乃蒿之一種耳。陳長發謂莪美蒿賤之説未知何據，是也。嚴《緝》據《爾雅》「蘩之醜，秋爲蒿」及彼注疏蘩蕭莪蔚之類，始生氣味各異，其名不同，至秋老成則皆蒿之語，以爲莪始生香美可食，至秋高大則粗惡不可食，喻子初生猶是美材，至於長大乃是無用之子。此説於取喻甚合，且與首句蓼蓼長大、下文生我劬勞語意尤融貫。陳長發又謂其於次章「伊蔚」終屬難通。承珙案：下傳云：「蔚，牡菣也。」用《爾雅》文。蔚既名「牡菣」，自當以郭注無子者爲是。陸《疏》云：「牡蒿，八月爲角，似小豆，角鋭而長。」不知角蒿見《本草》，唐注及蜀本皆云有子。《埤雅》以爲角蒿即藘蒿，亦即蘿蒿。然則陸《疏》乃以莪爲蔚，其誤明矣。莪爲有子，蔚爲無子，草木自以有子者爲材，「匪莪伊蔚」正與上句一例，未見其難通也。焦里堂曰：「毛傳之義每寓訓詁中，其言雖略，尋之可得。此訓『蓼蓼』爲『長大』，若曰父母生之使長大者子也，今則不能終養，非子也而他人矣。視莪而以爲蒿，傳義不如是。」

「缾之罄矣，維罍之恥」，傳：「缾小而罍大。罄，盡也。」箋云：「缾小而盡，罍大而盈。言爲罍恥者，刺王不使富分貧、衆恤寡。」正義申箋云：「言爲罍恥者，是爲主罍者之恥，即酌者也。」承珙案：此實事外添設，經但言罍恥，不言酌罍者之恥。《左傳》昭二十四年鄭子大叔語范獻子云：「《詩》曰：『缾之罄矣，維罍之恥。』王室之不甯，晉之恥也。」正義曰：「缾是小器，常稟受於罍。今缾罄盡，罍更無物以共缾，惟是罍之恥也。」

此疏釋《詩》不誤，惟謂缾喻周，罍喻晉則非是。詳《左傳》上文云：「今王室實蠢蠢焉，吾小國懼矣。然大國之憂也，吾儕何知焉？吾子其早圖之。」其下即引《詩》云云，蓋以缾自喻，以罍喻晉，謂王室衰弱，非小國之憂，而大國之恥耳。《集傳》以缾比父母，罍比子，語意倒置。劉氏瑾謂但取「相資之義，而不取義於缾罍之大小」，究有未安。嚴《緝》則據《易》「羸其缾」、《儀禮》「罍水在洗東」，謂：「缾以汲水，罍以盛水。缾罄竭則罍無所資，爲罍之恥，猶子窮困則詒親之羞。」此説雖勝《集傳》，然《序》言刺王，仍當以箋疏爲正。但大旨謂民勞失養乃國家之恥，猶所謂四郊多壘，卿大夫之恥者。不必以罍喻富衆，缾喻貧寡。後漢陳忠曰：「父母於子，同氣異息，一體而分，三年乃免於懷抱。先聖緣人情而著其節，制服二十五月。周室陵遲，禮制不序，《蓼莪》之人作詩自傷，曰：『缾之罄矣，惟罍之恥。』言己不得終竟子道者，亦上之恥也。」忠於安帝建光中上書，在鄭箋之前，其釋詩最合經旨。

「鮮民之生，不如死之久矣」，傳：「鮮，寡也。」箋云：「此言供養日寡矣，而我尚不得終養，恨之言也。」承珙案：此箋似非經意，亦失傳旨。傳以「鮮」爲「寡」者，蓋「鮮民」猶言「孤子」，即下「無父」「無母」之謂。經傳雖多以「孤」爲無父之稱，然《管子·輕重己》云：「民生而無父母者，謂之孤子。」「孤」「寡」義同，此「鮮民」所以訓「寡」也。《放齋詩説》曰：「以無怙恃，故謂之『鮮民』，言其薄德而寡怙也。」戴氏東原曰：「《春秋傳》『葬鮮』者，謂不得以壽終爲鮮。『鮮』似有『少福』之意，故無怙恃者曰鮮民。」二説義亦可通。或據「鮮」「斯」字通，謂「鮮民」如《論語》「斯民」之例。然末章兩言「民莫不穀」，皆對「我獨」而言，是言斯民同處亂世，而未至抱恨終天，則猶勝於我，不應此章乃統言斯民之生不如死也。《大戴禮·用兵》篇子曰：「鮮民之生矣，不如死之久矣。」盧注以爲「困於兵革之詩」。正謂民勞於戍役，不得終養父母耳。《陸堂詩學》乃謂《蓼莪》孝子，其父母遭兵而死，以附會王裒之事，亦鑿甚矣。

「無父何怙，無母何恃」，案：「怙」「恃」傳箋無訓。《唐風・鴇羽》「父母何怙」，傳云：「怙，恃也。」本《爾雅・釋言》。《説文》亦云：「怙，恃也。」「恃，賴也。」蓋「怙」「恃」皆依賴之義，故此箋云：「怙恃父母依依然，以爲不可斯須無也。」《釋文》引《韓詩》云：「怙，賴也。恃，負也。」雖分别釋之，大旨亦同。《説文》：「負，恃也。」正與《韓詩》相轉注。恃，又通「持」。《小宛》「果贏負之」傳云：「負，持也。」是也。

「父兮生我，母兮鞠我。拊我畜我，長我育我，顧我復我，出入腹我。欲報之德，昊天罔極」，傳：「鞠，養。腹，厚也。」箋云：「父兮生我者，本其氣也。畜，起也。育，覆育也。顧，旋視也。復，反覆也。腹，懷抱也。」正義申釋，以「生我」爲「本流氣以生我」，「鞠我」爲「懷妊以養我」，是也。其又云：「拊循我，起止我，長遂我，覆育我，顧視我，反覆我。」分疏皆不甚切當。箋但云「畜，起」，不兼「止」義。「覆育」爲覆近而愛育，「旋視」爲去之而反顧，語亦未晰。承珙案：首二句「生我」「鞠我」自指初生之時，楊子所謂「父母，人之天地歟？無天何生，無地何形」是也。以下三句六「我」字皆相對爲義。箋云「畜，起也」，自是讀「畜」爲「慉」。《説文》：「慉，起也。」此「畜我」謂有時作之使起，則「拊我」乃撫之使止也。《後漢書・梁竦傳》作「撫我畜我」。箋云「育，覆育也」者，謂覆芘而育之。則「長我」當爲培植而長之，如養草木者之或長遂其根，或覆芘其顛也。「顧，旋視」者，謂周旋視之。「復，反覆」者，謂往來視之。箋義似當如此分别。嚴《緝》以「拊」爲防其驚，「畜」爲乳之，「長」乃能就口食，「育」爲哺之，「顧」爲回首以顧，「復」爲顧之又顧，文例殊不相比附，非其義也。至「出入腹我」，乃承上而總言之。傳云「腹，厚也」，是統言愛厚。箋以「懷抱」申「愛厚」之義，正義以爲易傳，非也。

「南山烈烈，飄風發發」，傳：「烈烈然至難也。發發，疾貌。」箋云：「民人自苦見役，視南山則烈烈然，飄風發發然，寒且疾也。」范氏《補傳》曰：「烈烈、律律，猶言『栗烈』，謂其氣之凜。發發、弗弗，猶言『觱發』，謂其風之疾。」承珙案：此申箋義是也。箋「寒且疾」似不專承「飄風」，蓋謂南山之氣烈烈然寒，飄風發發然疾。《四月》「冬日烈烈，飄風發發」，箋云：「烈烈，猶栗烈也。發發，疾貌。」可證。若傳云「烈烈然至難也」，似不得以爲「寒」義，當如「行路難」「蜀道難」之「難」，以「烈烈」爲險阻之狀。《説文》：「巁，危高也。讀若厲。」《玉篇》《廣韻》作「巁」，云「巍也」。《集韻》《類篇》「巁」力蘖切，山高貌。古有巁山氏。《禮記·祭法》注：「厲山氏，炎帝也，起于厲山。或曰有烈山氏。」然則「烈烈」爲山之高峻，故傳以爲「至難」。下章「南山律律」，王介甫以爲山之崒嵂。《説文》無「嵂」字。《玉篇》有「硉」字，云：「硉，矹危石。」《文選·七發》「上擊下律」注云：「律，當爲硉。」是「律」「硉」同字，故傳云：「律律，猶烈烈也。」

大　東

《序》云：「《大東》，刺亂也。東國困於役而傷於財，譚大夫作是詩以告病焉。」箋：「譚國在東，故其大夫尤苦征役之事也。」正義曰：「言『東國』者，譚大夫以譚國在東而見偏役，故經云『小東大東』，《序》亦順之而言『東國』焉。不指譚而言『東』者，譚大夫雖自爲己怨，而王政大經偏東，非譚獨然，故言『東』以廣之。」案：

次章「小東大東」箋云：「小也、大也，謂賦斂之多少也。小亦於東，大亦於東，言其政偏。」歐、蘇多從之。惟范氏《補傳》云：「東方諸侯無小無大，杼柚皆爲之空。」觀《序》下正義云「言『東』以廣之」，則似以「小東大東」爲東方之小國、大國者，與《序》言「東國」義合。《商頌》：「受小國是達，受大國是達。」此亦以「小」「大」言國者。惠氏《詩説》引《魯頌》「遂荒大東」箋云「極東」，《周禮》「日東則景夕，多風」注謂「大東近日」，以證此詩之「大東」，是也。若「東人之子」，則仍當從傳指爲譚人耳。但幽王虐取於民，東西當皆被其害，未必獨於輦轂之人。所謂「西人之子」，恐亦是指小人之在位者也。

「有饛簋飧，有捄棘匕」，傳：「興也。饛，滿簋貌。飧，孰食，謂黍稷也。捄，長貌。匕，所以載鼎實。棘，赤心也。」案：傳意止當以首二句爲興，箋謂「喻古者天子施予之恩，於天下厚」，是也。其下「周道如砥，其直如矢」，傳云：「如砥，貢賦平均也。如矢，賞罰不偏也。」此則正言周家貢賦賞罰之道，是賦而非興矣。《韓詩外傳》云：「『周道如砥，其直如矢』，言其易也。『君子所履，小人所視』，言其明也。」《鹽鐵論·刑德》篇亦有此語，蓋皆與毛義合。鄭箋以「君子所履」承「有饛」二句，「小人所視」承「如砥」二句，似非毛旨。《墨子·兼愛下》篇引《詩》：「其直若矢，其易若砥。君子之所履，小人之所視。」王逸注《楚辭·招魂》引《詩》：「其平如砥。」字句與《毛詩》異，或出三家。然今《毛詩》與《孟子》《荀子》見《宥坐篇》。同，知其源流尤確也。

「佻佻公子」，傳：「佻佻，獨行貌。」《釋文》：「佻佻，《韓詩》作嬥嬥，往來貌。」王氏《廣雅疏證》云：「案：『糾糾』是葛屨之貌，非履霜之貌，則『嬥嬥』亦是公子之貌，非獨行往來之貌。《説文》：『嬥，直好皃。』此句但言其直好，下三句乃傷其困乏。言此嬥嬥然直好之公子，馳驅周道，往來不息，是使我心傷病耳。《廣雅》

訓『嬥嬥』爲『好』，當是《齊》《魯詩》説。毛、韓皆緣辭生訓，非詩人本意也。」承珙案：《爾雅》：「佻佻、契契，愈遐急也。」此句明爲《大東》作釋。下文「契契寤歎」傳云：「契契，憂苦也。」《爾雅》以「佻佻契契」並言，自不得謂「佻佻」爲「好貌」。《爾雅釋文》引《詩》云：「佻佻，獨行歎息也。」「詩」下當脱「傳」字。疑陸所見毛傳「獨行」下尚有「歎息」二字。《爾雅》「愈遐急」者，當是「遠行急切」之意，乃就本詩大旨爲釋。毛訓「獨行」，則意重在「獨」，不重在「行」。蓋「佻」本音「苕」，《文選・魏都賦》注引《爾雅》郭注云：「佻，音葦苕。」又，「佻」字亦作「苕」，《楚辭・九歎》注引《詩》作「苕苕公子」。《西京賦》「狀亭亭以苕苕」，固爲高貌，亦孤迥無依之意。此「佻佻」亦謂其獨行無依，非必毛傳因「行彼周行」而遂緣辭生訓也。

「薪是穫薪，尚可載也」，傳：「載，載乎意也。」箋云：「薪是穫薪者，析是穫薪也。尚，庶幾也。庶幾析是穫薪，可載而歸蓄之，以爲家用。」承珙案：上文「無浸穫薪」，毛云：「穫，艾也。」鄭云：「穫，落木名也。」蓋字本從「禾」作「穫」，鄭依《爾雅》從「木」作「檴」。毛謂是已刈之薪，鄭謂析檴木以爲薪。《説文》：「榑，或作檴。」某氏《爾雅》注、陸璣《詩疏》皆與鄭同。實則毛、鄭義並可通。至「薪是穫薪」，上「薪」字即《棫樸》「薪之槱之」之「薪」。樊光、孫炎注《爾雅》「采薪即薪」，皆引此詩。《白華》「樵彼桑薪」正義曰：「樵者，薪之一名。但諸事皆反其名以名其事，此『樵彼桑薪』猶『薪是穫薪』也。」惟傳云「載，載乎意也」，正義曰：「又言薪蓄是穫刈之薪者，尚以爲可存載於意，當餫而掌之以爲家用。」此解殊迂迴難通。段懋堂云「意」當作「車」。承珙謂：《彤弓》「薄言載之」傳云：「載以歸也。」箋云：「出載之車也。」此傳「意」字或「車」字之誤，「載車」如《孟子》「輿薪」之謂歟？

「舟人之子，熊羆是裘」，傳：「舟人，舟楫之人。熊羆是裘，言富也。」箋云：「『舟』當作『周』，『裘』當作『求』，聲相近故也。周人之子，謂周世臣之子孫，退在賤官，使搏熊羆，在冥氏、穴氏之職。」《稽古編》曰：「『舟』與『周』，『裘』與『求』，不僅音同，形亦相似。況古衣裘字原作『求』，象形。其从『衣』，後人所加耳。」翁氏《詩附記》曰：「上句只概言『東人』，與『西人』相對説，未嘗明説譚人，則『西人』亦不明説某地之人，乃與『東人』詞順也。此下則舟楫之人、私家之人，亦各就一事指陳之。而鄭獨謂『舟』當作『周』，此處忽明出『周』字，是何文理？」承珙案：若作「周人」，仍與「西人」無別。且經言「人」，不言「臣」也。舟人、私人，自即於西人之中特舉其卑賤者，以見官之師旅不勝其富耳。或疑熊羆不可爲裘，不知《周禮》「穴氏掌攻蟄獸，獻其皮革」，注即以爲熊羆之屬。《禹貢》：「梁州貢熊羆狐狸。」《大雅·韓奕》：「獻其貔皮，赤豹黄羆。」《莊子》：「豐狐文羆。」蓋皆爲裘之用，不必以後世無熊羆之裘爲疑。即如《玉藻》之「虎裘」，又豈後世所有邪？何氏《古義》云：「《説苑》見《正諫篇》。載晉平公使叔向聘于吴，吴人拭舟以逆之，左五百人，右五百人，有繡衣而豹裘者，有錦衣而狐裘者。此即所謂『舟人之子，熊羆是裘』者也。」

「或以其酒，不以其漿」，傳：「或醉於酒，或不得漿。」正義曰：「毛以爲言王政之偏。」蘇《傳》、李《解》皆無異説。歐陽《本義》云：「言當飲漿者，今飲酒矣。」此第就一人言之，未見其「偏」意。范氏《補傳》云：「釀秫以爲，味亦非薄也。西人視之，不以爲漿，而無故輕用之，所謂無所愛惜也。」因此欲以五章首四句合「東人之子」以下爲一章，割裂章句，尤爲無理。承珙案：《韓詩外傳》云：「宋燕相齊，見逐罷歸，之舍，召門尉陳饒等二十六人曰：『悲乎哉，何士大夫易得而難用也！』饒曰：『君弗能用也，則有不平之心，是失之己而責諸人也。三斗之稷，不足於士，而君鴈鶩有餘粟，是君之一過也。果園梨栗，後宮婦人以相提擲，士曾不得一嘗，是君之二過也。綾紈綺縠，靡麗於堂，從風而弊，士曾不得以爲緣，是君之三過也。且夫財者，君之所輕也；死者，士之所重也。君不能行君之所輕而欲使士致其所重，猶譬鈆刀畜之而干將用之，不亦難乎？』宋燕面有慙色，逡巡避席曰：『是燕之過也！』《詩》曰：『或以其酒，不以其漿。』」此引《詩》之意正與毛同，其義甚古，不可易也。

「鞙鞙佩璲，不以其長」，傳：「鞙鞙，玉貌。璲，瑞也。」箋云：「佩璲者，以瑞玉爲佩。佩之鞙鞙然，居其官職，非其才之所長也，徒美其佩而無其德。刺其素餐。」陳碩甫曰：「《釋文》『鞙』又作『琄』，《爾雅》作『琄』，《説文》無『琄』字。作『鞙』是也。鞙鞙，謂珮玉鞙鞙然，非謂玉也。傳『玉貌』當作『佩玉貌』三字，蓋脱一『佩』字耳。《續漢書・輿服志》劉昭注：『鞙鞙，佩玉貌。』又《集韻・四十一迥》：『琄，佩玉貌。』皆可證。」承珙案：《一切經音義》云：「鞙，古文琄。」同是「佩玉貌」之「琄」字，古人只作「鞙」矣。《説文》亦無「璲」字。《爾雅》、毛傳「璲，瑞也」者，蓋謂「璲」即「瑞」之假借。《崧高》「以作爾寶」傳云：「寶，瑞也。」是「瑞」與「寶」同義。故此箋「以瑞玉爲佩」者，言以寶玉爲佩，非必指「桓躬蒲璧」之瑞。《芄蘭》箋又云：「容，容刀也。遂，瑞也。」亦謂「遂」爲「瑞」之假借也。《爾雅》又云：「繸，綬也。」此則謂佩玉之組，與此詩之「璲」專言玉佩者無涉。《續漢志》謂：「古者君臣佩玉，尊卑有度。上有韍，貴賤有殊。三代同之。五伯迭興，戰兵不息。佩非戰器，韍非兵旗，於是解去韍佩，留其係璲以爲章表。故《詩》曰：『鞙鞙佩璲。』此之謂也。」此誤以《爾雅》之「繸」當《詩》之「璲」，不知《詩》言「不以其長」，刺美其佩而無其德。夫玉以表德，無關於組。後儒以「鞙鞙」爲「長貌」，謂與之以鞙鞙之佩玉，而西人曾不以爲長，亦由誤混「璲」「繸」爲一也。

「終日七襄」，傳：「襄，反也。」箋云：「襄，駕也。駕謂更其肆也。從旦至各本無「至」字。此从岳本。莫七辰，辰各本少一「辰」字。亦从岳本。一移，因謂之『七襄』。」《文選》顔延之《夏夜呈從兄詩》注引《薛君章句》曰：「襄，反也。」是毛、韓義同。正義述毛謂：「終一日歷七辰，至夜而迴反。」又云：「『襄，反』者，謂從日至暮七辰，而復反於夜也。」承珙案：此疏非是。經言「日」，並不及夜，況移七襄而至夜，亦不得謂之「迴反」。蓋「反」即「更」也。《吕覽・慎人》篇「返瑟而弦」，《察微》篇「舉兵反攻之」，《知度》篇「具患又將反以自多」，高誘注並以「反」爲「更」。此傳言「反」者，亦謂從旦至莫，七更其次。鄭箋謂「更其肆」者，乃申傳，非易傳也。《爾雅》：「襄，除也。」《斯干》傳：「除，去也。」「除，去」者，「變更」之義，故韓、毛皆以「襄」爲「反」。下文「不成報章」傳云：「不能反報成章。」此「反」乃「迴反」之「反」。兩「反」字義異，疏一例釋之，誤矣。

「睆彼牽牛」，傳：「睆，明星貌。何鼓謂之牽牛。」正義曰：「『何鼓謂之牽牛』，《釋天》文也。李巡曰：『何鼓、牽牛，皆二十八宿名也。』孫炎曰：『何鼓之旗十二星，在牽牛之北也。或名爲「何鼓」，亦名爲「牽牛」。』如《爾雅》之文，則牽牛、何鼓一星也。如李巡、孫炎之意，則二星。今不知其同異也。」承珙案：郭注《爾雅》云：「今荆州人呼牽牛星爲『擔鼓』。擔者，荷也。」此當以郭注爲是。鼓星在天漢之旁，故名「河鼓」。牽牛在河鼓之下，故謂之「何鼓」。《天官書》牽牛「其北河鼓」，張守節正義謂河鼓三星在牽牛北。《爾雅》當本作「何鼓」，乃「擔何」之「何」，謂何此鼓者爲牽牛，非謂河鼓三星一名牽牛也。李巡雖以河鼓、牽牛爲二星，而誤以河鼓爲二十八宿之名。孫炎雖云河鼓在牽牛北，而皆不知《爾雅》之「何鼓」非河鼓。若邢疏，則直以河鼓、牽牛爲一矣。《詩釋文》云：「何鼓，胡可反。」是讀爲「擔何」不誤。其又云：「音『河』，星名。」則仍混而未別。正義殆據誤本毛傳作「河鼓」，遂誤會《爾雅》之文，謂以河鼓、牽牛爲一星，非毛義矣。

「東有啟明，西有長庚」，傳：「日且各本作「旦」，誤。出，謂明星爲啟明；日既入，謂明星爲長庚。庚，續也。」正義曰：「《釋天》云：『明星謂之啟明。』孫炎曰：『明星，太白也。晨出東方，高三舍，命曰明星。昏出西方，高三舍，命曰太白。』然則啟明是太白矣，長庚不知是何星也。或一星出在東、西而異名，或二者別星，未能審也。」何氏《古義》曰：「按太白名號甚多，獨不見『長庚』之稱。其廣如一匹布著天者，雖名長庚，乃妖異之星，非常見者，不應與啟明對言。鄭樵則以長庚爲水星，謂金、水二星附日而行，金在日西，故日將出則東見；水在日東，故日將没則西見。夫水星自名『辰星』，古來載籍未嘗聞以『長庚』呼水星也。且據《史記》稱大白出以辰戌，入以丑未。辰星出入亦常以辰戌、丑未，安得每日東西見乎？及考張揖《廣雅》，則云太白謂之長庚，或謂之大囂，始知長庚、啟明本是一星。《韓詩》、案此見《史記·天官書》索隱。毛傳亦皆指爲明星，特從來解説『東』『西』二字不明，似乎每日東西兩見者。然孟康有云太白陰星出東當伏東，出西當伏西，過半爲經天，謂出東入西，出西入東也。今使每日皆東西兩見，豈每日皆經天乎？夫東西原非同時，當其晨見東方，去夕見之期甚遠；及其夕見西方，去晨見之期甚遠。啟明、長庚，正因東西見而異其名耳。」承珙案：夾漈分金、水二星之妄，前人已多言之，陳長發駁之尤快。《稽古編》曰：「金、水各有晨昏度。行晨度則在日西，行昏度則在日東耳。如鄭言，是金星有晨度無昏度，水星有昏度無晨度矣，豈不謬哉！」至太白名長庚，亦不止見於《廣雅》，徐氏《管城碩記》云：「前漢鄒陽《上梁孝王書》曰：『衛先生爲秦畫長平之策，太白食昴。』張衡《週天大象賦》：『衛生設策，長庚入昴。』」此太白爲長庚之確證，又在張揖之前者也。若何氏謂太白不能一日東西兩見，則又不然。《新法表異》云：「金星或合太陽而不伏，水星離太陽而不見。所以然者，金緯甚大，凡逆行，緯在北七度餘，而合太陽於壽星、大火二宫，則雖與日合，其光不伏。一日晨夕兩見者，皆坐此故。水緯僅四度餘，設令緯向是南，合太陽於壽星，嗣後雖離四度，夕猶不見也；合太陽於降婁，嗣後雖離四度，晨猶不見也。此二則用渾儀一測便見，非舊法所能知也。」

「有捄天畢」，傳：「捄，畢貌。畢，所以掩兔也。」箋云：「祭器有畢者，所以助載鼎實。」正義云：「掩兔，祭器之畢，俱象畢星爲之。必易傳者，孫毓云：祭器之畢，狀如畢星，名象所出也；畢弋之畢，又取象焉，而因施網於其上。雖可兩通，箋義爲長。」承珙案：此説非也。《史記・天官書》：「畢曰罕車，爲邊兵，主弋獵。」《後漢書・蘇竟傳》：「畢爲天網，主網羅無道之君。」是天官家言皆謂畢爲田器，證一。《説文》：「畢，田网也。」又「率」下云：「捕鳥畢也。」是「畢」之制字，亦祇有「田器」一義，證二。《盧令》序：「襄公好田獵畢弋。」《鴛鴦》「畢之羅之」傳云：「畢掩而羅之。」是《序》及《詩》言「畢」者，皆爲田具，祭器之畢不見於《詩》，證三。《漸漸之石》「月離于畢」傳：「畢，噣也。」此用《爾雅》「濁謂之畢」文。《史記・律書》：「濁者，觸也，言萬物皆觸死也。」索隱引孫炎云：「掩兔之畢，或呼爲『濁』。」郭注本之。是田器「濁」「畢」兩名皆取星象。若謂祭器取象在先，則祭器之畢更無「濁」名，證四。《易・繫辭》：「佃漁始于包犧。」茹毛飲血之時，未必即有祭器，自應以田獵之畢取象在先，而助載鼎實者爲後，證五。且本經下句明言「載施之行」，《兔罝》云「施于中逵」「施于中林」，若非畢翳，何得言「施」？證六。然則箋義雖亦可通，究當以傳爲正也。

「維北有斗」，正義以爲南斗。蘇《傳》、李《解》、《吕記》、嚴《緝》皆以爲北斗。《集傳》兩存其説。王氏《經義述聞》曰：「經言：『維北有斗，西柄之揭。』南斗之柄常西向，而高於魁，故云『西柄』，又云『揭』。揭，高舉之名也。若北斗之柄，固不常指西，即指西亦不得云『揭』也。且經先言『南有箕』，後言『北有斗』，明箕斗南北相連。《古詩》『南箕北有斗，牽牛不負軛』，明箕斗與牽牛不甚相遠。」承珙案：王説是也。箋謂自四章「東人之子」以下不言政偏，則言衆官廢職。正義謂自「鞙鞙佩璲」以下皆言衆官廢職。《韓詩外傳》引《詩》：「維南有箕，不可以簸揚。維北有斗，不可以挹酒漿。」言有位無其事也。《韓昌黎集》注引《嘉話拾遺》施士丏《毛詩説》曰：「『維北有斗，不可以挹酒漿。』言不得其人也。」意皆與毛、鄭合。歷舉諸星，並是虚名無用之意。章末「維南有箕，載翕其舌；維北有斗，西柄之揭」即承上四句，申明所以不可之意。故傳云：「翕，合也。」正義以爲此星合聚，相接其舌，非是。又言箕星踵狹舌廣而言合，於天文不便，亦非是。傳義蓋謂箕舌雖張，而不可以簸揚，則如合其舌而已。箋云：「翕，猶引也。引舌者，謂上星相聚。」《玉篇》引《詩》作「吸」，云「引也」，亦同箋義。此解本句可通，但箕之引舌，未見其不可簸揚耳。斗之挹物，必平其柄乃能有所盛。若高揭其柄，則斗魁且傾仄而外寫，故不可以挹酒漿，亦徒揭其柄而已。後儒或以箕引其舌、斗揭其柄爲西人悉索東人之象，非經意也。

四　月

《序》云：「《四月》，大夫刺幽王也。在位貪殘，下國構禍，怨亂並興焉。」《稽古編》曰：「《四月》篇，當亂而行役之詩也。《韓詩》祇以爲歎行役，嚴《緝》譏其未盡詩意，當矣。毛傳質略不明，王肅述其意，以爲四月行役，六月未得歸，闕一時之祭。故云我先祖獨非人乎，王何忍不恤我，使我不得修子道？孔疏非之，以爲《序》不言征役，傳亦無此意。因引孫毓語，謂從征踰年，乃怨文王之師，猶采薇而行，歲莫乃歸。又行役不親祭祀，攝主修之，亦未有闕，豈有數月之闕而以爲刺？孔又自言首章始廢一祭，已恨王之忍，復闕二祭，彌應多怨，何『秋日』『冬日』之下更無『先祖』之言？源案，《序》傳雖不言征役，然詩人託興，恆據目覩爲言。六章『滔滔江漢』，定應身在南國，故有斯語，獨非征役之一證乎？又《左傳》文十三年：公自晉還，鄭伯會公于棐，欲其如晉請平。季文子賦《四月》，見征役踰時，思歸祭祀，不欲如晉。又《孔叢子》記孔子云：『吾於《四月》見孝子之思祭。』則王氏之解，歷有明徵。仲達譏之，過矣。」承珙案：此詩第三章與《蓼莪》第五章文義皆同。彼爲民人勞苦，孝子不得終養，則此亦當爲征役在外，不得歸祭之詩。即鄭亦純用《蓼莪》箋語。且《蓼莪》五六兩章亦並不言父母，則此詩首章言先祖，已見思祭之意，不必以「秋日」「冬日」之下不言先祖爲疑。此《序》雖無大夫行役祭祀之事，但作《序》者祇言全詩大旨，此詩以構禍怨亂爲重，而苦役特其一端，思祭又苦役之一端，故《序》不言耳。傳於首章不言興，則「維夏」「徂暑」及次三章之「秋日」「冬日」，皆爲紀時。其意當不同鄭箋以酷暑嚴寒興王之虐政，當是歷舉行役之時。「先祖」之言，毛雖不及祭祀，正當依《左傳》《韓詩》以申毛義，孔疏乃使附之鄭説，誤矣。

「先祖匪人，胡寧忍予」，箋云：「匪，非也。寧，猶曾也。我先祖非人乎？人則當知患難，何爲曾使我當此亂世乎？」《稽古編》曰：「漢、唐諸儒解此皆云：『我先祖豈非人乎，忍使我遭此亂？』孔仲達既以此説爲悖慢之言，而復曲爲之説，引《正月》詩怨父母爲比。不知『匪人』二字非僅怨也，直是詈矣。源謂古人文字簡質，須頓挫讀之，方明暢。如『昊天不傭』『昊天不平』等句，箋皆以『昊天』二字讀斷，下二字自指師尹與王，蓋呼天而愬之也。此詩亦當云先祖乎，我獨非人乎？何忍使我遭此亂！呼天呼祖，總是怨極而無可控告之詞耳。又此特依鄭義爲遇亂自傷，當少易其説耳。若以爲行役思祭之詩，則王肅之解自安，不必更新也。」承珙案：「匪人」二句，諸家多有以害理而易之者。王楙《野客叢書》云：「鄭箋詈先祖爲『非人』，豈理也哉？不若曰先祖不以爲人乎，何忍使我當此亂世？」范氏《補傳》曰：「一章歎先祖之神今已在天，非復人矣，何忍我受禍而不知卹乎？」何氏《古義》曰：「禮，卿大夫宗廟四時有祭。今以行役于外，而此典缺焉不修。我先祖獨非人情乎？所望於後人之報本反始者。謂何甯能姑含忍予而無怨恫否也。」諸説義皆可通，但《大雅·雲漢》云：「父母先祖，胡甯忍予？」文句與此正同，不應異解。王肅以「忍予」屬王，不如曰先祖獨非人情乎？胡甯忍予之久役于外乎？蓋行役闕祭，其咎在王，而自呼其先祖者，此詩人無可奈何之語也。

「百卉具腓」，傳：「腓，病也。」《稽古編》曰：「《詩》『腓』字凡三見，《采薇》《生民》傳皆訓『避』，獨此傳訓『病』。訓『避』之『腓』與『芘』通。其訓『病』之『腓』則本作『痱』。李善注《文選》引《韓詩》曰：『百卉具腓』，薛君曰『腓，變也。俱變而黄也』，毛萇曰『痱，病也』。今本作『腓』字，非也。據李言，則《毛詩》作『痱』。唐世寫《詩》者誤以韓字入《毛詩》，後遂相沿，莫知改正耳。」《校勘記》云：「《釋文》：『腓，房非反，病也。《韓詩》云：變也。』不言其字有異，是《毛詩》經亦作『腓』，但傳訓爲『病』，以爲『痱』之假借字。」承珙案：《文選》謝靈運《戲馬臺詩》注《稽古編》作「謝瞻」，誤。引《韓詩》「具」又作「俱」。《稽古編》仍作「具」，亦誤。《玉篇・疒部》引《詩》「百卉具痱」，雖未著毛、韓，然作「具」，則當是《毛詩》。《玉篇》在《釋文》之前，是所見《毛詩》本有作「痱」者。蓋韓作「俱腓」，毛作「具痱」，陳氏之説未爲無據。

「亂離瘼矣，爰其適歸」，傳：「離，憂。瘼，病。適，之也。」箋云：「爰，曰也。今政亂，國將有憂病者矣。曰此禍其所之歸乎？言憂病之禍必自之歸於各本「於」皆作「爲」，據《校勘記》改。亂。」正義曰：「宣十二年《左傳》引此詩乃云『歸於怙亂者也』，是之歸於亂也。」戴氏《詩考正》曰：「杜注云：『爰，於也。言禍亂憂病，於何所歸乎？』此猶未得語意。王介甫曰：亂出乎上，而受患常在下，及其極也，乃適歸乎其所出矣。」承珙案：《兔爰》「逢此百罹」傳云：「罹，憂也。」《釋文》：「罹，本作離。」《斯干》釋文同。《説文》無「罹」字，古祇作「離」。《尹宙碑》「遭離寢疾」，「離」即「罹」也。此詩亂憂病三者連文，正義以爲政亂害民，國有憂病，是也。鄭箋解「爰其適歸」，以爲亂有所歸，與《左氏》合，此古義也。又案：爰，《家語》作「奚」，此必本三家《詩》。何以明之？《文選》潘岳《關中詩》「亂離斯瘼」李善注曰：「《韓詩》：『亂離斯莫，爰其適歸。』薛君曰：『莫，散也。』《毛詩》：『亂離瘼矣。』毛萇曰：『瘼，病也。』今此既引《韓詩》，宜爲『莫』字。」詳李善之意，謂潘詩不曰「瘼矣」，而曰「斯瘼」，知其用《韓詩》，故云宜爲「莫」字。但李注所引《韓詩》「爰其適歸」，「爰」當本作「奚」，寫《文選》者以形近致誤，或《毛詩》口熟，遂改爲「爰」耳。蓋薛君以「莫」爲「散」，《家語・辨政》《説苑・政理》引此詩「亂離斯瘼」，「瘼」皆當作「莫」。皆云傷離散以爲亂，是《韓詩》以「離莫」爲「離散」，本與毛訓「憂病」異義。夫上言政亂離散，下文當云奚其適歸，故《家語》作「奚」。今《説苑》本作「爰」者，亦傳寫誤耳。任彦昇《爲范尚書讓吏部封侯第一表》云：「亂離斯瘼，欲以安歸？」李注亦引《韓詩》及薛注，「瘼」字「爰」字雖傳寫誤同《毛詩》，然任《表》云「安歸」，正「奚其適歸」之意。此亦足見韓當作「奚」，與毛異字異義也。段氏《詩小學》曰：常璩《華陽國志》引「亂離瘼矣，奚其適歸」，疑三家《詩》有作「奚」者。承珙案：趙壹《刺世疾邪賦》曰：「原斯瘼之攸興，實執政之匪賢。」仲長統《昌言·法誡》篇曰：「亂離斯瘼，怨氣並作。」凡此，皆用《韓詩》。依《選》注，則「瘼」皆當作「莫」。

「廢爲殘賊」，傳：「廢，忕也。」箋云：「言在位者貪殘，爲民之害，無自知其行之過者。言忕於惡。」《釋文》云：「一本作『廢，大也』。」此是王肅義。」正義曰：「《説文》云：『忕，習也。』忕爲惡行，是慣習之義。定本訓『廢』爲『大』，與鄭不同。」《稽古編》曰：「『忕』當依王肅及定本改爲『大』。《爾雅·釋詁》：『廢，大也。』傳以『大』爲『忕』，當是後人傳寫增入『心』旁。『忕』訓『摜習』，箋語並無『摜習』意，其言『大於惡』，則正是大爲殘賊也。是箋《詩》時原據傳中『大』字爲説。鄭、王述毛本同，孔、陸皆以爲異，誤矣。」洪筠軒曰：「《列子·楊朱》篇『廢虐之主』張湛注：『廢，大也。』《列女傳》引《詩》『廢爲殘賊』，言忕於惡，是三家《詩》義。鄭箋言『忕於惡』，宋本可證，俗本改作『大於惡』，非是。」

「曷云能穀」，傳：「曷，逮也。」箋云：「曷之言何也。穀，善也。言諸侯日作禍亂之行，何者可謂能善？」正義述毛云：「我此諸侯日日構成其禍亂之行，逮何時能爲善？」承珙案：此疏非毛意也。「曷」訓「何」者，乃鄭義。毛既用《爾雅》，以「曷」爲「遏」，即不得復言「何」。且如孔疏，則經文「云」字無著。竊謂毛傳善讀經文，往往得其微婉之意。如《唐風》「噬肯適我」及此詩「曷云能穀」用《爾雅》「遏、噬，逮也」之訓，皆以「逮」爲「及」。《唐風》蓋謂彼君子兮，及今而肯適我乎？此詩則云我日構禍，及此尚云能穀乎？若如疏説，言其日益禍亂不能逮於善時，則經文「曷能」二字倒置矣。

「滔滔江漢，南國之紀」，傳：「滔滔，大水貌。其神足以綱紀一方。」案：《大雅・棫樸》云：「勉勉我王，綱紀四方。」《假樂》云：「受福無疆，四方之綱。之綱之紀，燕及朋友。」傳云：「朋友，群臣也。」此傳蓋以江漢之神綱紀一方興王者當綱紀四方，則凡臣下之勤勞職事，無不周知，何至盡瘁以仕，曾莫我有哉？蘇《傳》意同。鄭箋見詩「江漢」字，遂有「吴楚」之説。孔疏曲爲申解，實多背理。歐陽《本義》所謂「詩人本患下國之構禍，豈可反稱吴、楚僭叛之君以爲美」者，是也。又「盡瘁以仕」，與《北山》之「盡瘁事國」正同，箋乃云「王盡病其封畿之内以兵役之事」，亦非也。

「匪鶉匪鳶，翰飛戾天」，傳：「鶉，鵰也。鵰、鳶，貪殘之鳥也。」正義曰：「《説文》云：『鷻，鵰也。』從敦而爲聲，字異於『鶉』也。鵰之大者又名『鶚』。孟康《漢書音義》曰：『鶚，大鵰也。』《説文》又曰：『鳶，鷙鳥也。』鶉、鳶皆殺害小鳥，故云『貪殘之鳥』。以喻在位貪殘也。」《釋文》：「鶉，字或作『鷻』。鳶，以專反，鴟也。」《説文》：「鷻，雕也。从鳥，敦聲。《詩》曰：『匪鷻匪鳶。』」段注云：「《隹部》曰：『雕，鷻也。』《小雅・四月》『匪鶉』，毛曰：『鶉，雕也。』《隹部》『隼』下曰：『一曰鶉字。』鶉者，鷻之省。『鷻』『鶉』字與《隹部》『雜』字别。」又《説文》：「鳶，鷙鳥也。从鳥，屰聲。」段云：「《説文》自『鷻』至『鷐』九篆，皆鷙鳥，獨於鳶鷂言之者，鳶鷂無他名，則直謂『鷙鳥』而已矣。《詩》『匪鶉匪鳶』，《正義》『鳶』作『鶚』，引孟康曰：『鶚，大雕也。』又引《説文》『鳶，鷙鳥也。』是孔沖遠固知『鳶』即『鶚』字。陸德明乃作『鳶』，云以專反。今《毛詩》本因之。又以『與專反』改《説文》『鳶』字之音，誤之甚矣。鳶，即『鴟弋』之字。《説文》：『鵰，雖也。』雖，今之鷂鷹。《夏小正》作

『弋』。字變爲『鳶』，『鳶』行而『弋』廢矣。『鳶』讀『與專切』者，與『鵰』疊韻而又雙聲。《毛詩正義》引《倉頡解詁》：『鳶，即鴟也。』然則《倉頡》有『鳶』字，从鳥，弋聲。許無者，謂『鵰』爲正字，『鳶』爲俗字也。《大雅》：『鳶飛戾天，魚躍于淵。』語與《四月》相類，『鳶』亦當爲『䳒』。箋云：『鳶，鴟之類。』言『類』，則別於鴟，經文字本爲『䳒』明矣。正義又引《説文》云：『鳶，鷙鳥也。』此亦引《説文》『䳒，鷙鳥』而從俗寫爲『鳶』耳。蓋唐初已認『䳒』爲『鳶』，二字不分，故正義不能質言。」錢獻之曰：「『㖾』『䳒』皆以『屰』爲聲，所從同，讀之亦同。又別爲『鶚』，轉從『㖾』聲，讀亦無異。後世因『䳒』字艱于書寫，趨易作『鳶』，遂令諸經凡『䳒』悉改爲『鳶』。《四月》傳：『鳶，貪殘之鳥也。』《旱麓》箋：『鳶，鴟之類，鳥之貪惡者。』《曲禮》『前有塵埃則載鳴鳶』注：『鳶鳴則將風。』皆鶚也。又誣妄其音，讀之爲悦宣切。鳶，从『弋』字，亦不得有『悦宣』之音。其謬首見於陸德明《釋文》，一音『悦宣切』，一音『以專切』。而《玉篇》乃以『鳶』字爲正，反云『䳒』字同上，真所不解者矣。更有疑者，《爾雅》：『鳶烏醜，其飛也翔。鷹隼醜，其飛也翬。』翔，回飛。翬，大飛。力大則飛大，力小則飛小。翔之勢小于翬，則鳶烏比鷹隼，爲物亦減。若鳶既是䳒，則當屬『鷹隼醜』，不當與『烏』連舉爲類。疑鳶別爲一鳥。又《射鳥氏》『以弓矢敺烏鳶』注：『烏鳶喜鈔盗，便汙人。』二物亦並舉。《穆天子傳》『烏鳶』郭璞注：『鳶，鴉也。鴉，「雅」之俗字。』郭意直以鳶爲雅，是『鳶烏』之『鳶』必非『鷙䳒』之『䳒』可見。或別爲一字，本有『悦宣』之音，俗乃溷于『䳒』，遂一往而不能考正。然實不識『烏鳶』之『鳶』當爲何物、應爲何字也。又鳶，《中庸》釋文亦作『𪀚』。《漢書》梅福云：『𪀚鵲遭害，則仁鳥增逝。』又與鵲並舉，是此『𪀚』必非鷙鳥。鳶與烏鵲連屬相稱者，大半相近之物。特難于究證，存此疑以俟通儒可也。」承珙案：錢氏、段氏謂「䳒」與「鳶」

不得爲一字，是也；必據《説文》作「鳶」，謂《詩》「鳶」字皆當作「鳶」，則未必然。《旱麓》正義引《倉頡解詁》謂「鳶」爲「鴟」，則以爲今之「鷂鷹」者，近之。《國語》「鳶肩而牛腹」注：「鳶肩，肩井升出。」《後漢書・梁冀傳》亦云「鳶肩」。今鷂鷹實竦肩，善於摩空。《曲禮》「載鳴鳶」，即古人所謂聲作鵝鴟叫者。今鷂鷹鳴聲亦厲於他鳥。此雖與鶚不同，然同是貪惡之鳥，故詩以「鶉」「鳶」並言。容可三家作「鳶」，《毛詩》作「鳶」，不必盡同。許書無「鳶」者，或偶有脱遺。正義云雕大名「鶚」，所以廣鶉之名。下乃引《説文》「鳶，鷙鳥也」，以釋「鳶」字。不得謂疏引《説文》「鳶」爲「鳶」之誤。《旱麓》疏即引《倉頡》，以「鳶」即「鴟」。又引《説文》「鳶，鷙鳥也」，此「鳶」斷不可謂「鳶」字之誤。《六月》正義引《説文》「隼，鷙鳥也」，亦今許書所無，是可見矣。姚氏秋農曰：《説文》脱「鳶」字，當據《旱麓》《四月》疏補。《四月》「鳶」「鮪」諧，从「戈」聲，《左傳》《漢書》偏旁皆如此。或者从「弋」。《五經文字》云：俗作「鳶」，以非，❶「戈」非「弋」耳，至「鳶」聲甚遠，無緣相借。鉉説非是。至「鳶」之爲與專切，在《毛詩》「鳶」字本非韻，不定爲何音。王氏《廣雅疏證》以諧聲之例求之，謂當從鳥，戈聲，而書作「鳶」，引《説文》「閔」从「戈」聲而讀若「縣」，「戊」从「戈」聲而讀若「環」爲證。又云：「『鳶』字上半與『武』字上半同體，故隸書減之則譌爲『鳶』，增之則又譌『鳶』。」引《漢書・五行志》「鳶焚其巢」、《地理志》「朱鳶縣」、《急就篇》「鳶鵲鴟梟」、《皇象碑》本「鳶」作「鳶」、《張公神碑》「鳶鵠翱兮乳徘徊」爲證。承珙謂：《潛夫論》引《旱麓》「鳶飛厲天」，尤可爲《毛詩》不作「鳶」字之證。至取興之意，王、孫述毛與箋義皆可通耳。

❶「以」，依文義疑當作「似」。

北山

《序》云：「《北山》，大夫刺幽王也。役使不均，己勞於從事，而不得養其父母焉。」正義曰：「經六章，皆怨役使不均之辭。『憂我父母』，是由不得養其父母，所以憂之也。經序倒者，作者恨勞而不得供養，故言『憂我父母』。《序》以由不均而致此怨，故先言『役使不均』也。」范氏《詩瀋》曰：「《孟子》曰：是詩也，『勞於王事而不得養父母也』。已盡通篇之意。後四章但言役使不均，而失養之怨自明。」姜氏《廣義》曰：「二章言天下孰非臣，而父母惟有子。王無我，非無可使之臣；親無我，更無可依之子。何爲從事獨賢，不容終養也？三章『旅力方剛，經營四方』，是報國日長之意。故此篇孝子之悲思，非勞臣之感憤也。」承珙案：二説以此詩通章意主不得養父母，故可以怨，足破李迂仲謂《北山》懷怨不及《北門》大夫之説。《吕覽·慎人》篇云：「舜自爲詩曰：『普天之下，莫非王土。率土之濱，莫非王臣。』所以見盡有之也。」焦里堂曰：「當時蓋相傳此詩爲舜作，故咸邱蒙引以爲問。孟子直據《北山》之詩解之，則詩非舜作明矣。孟子不獨論舜，兼以明《詩》。」承珙謂：此當是不韋之時，經師道絶，六籍榛蕪，門下食客因咸邱蒙事，而遂誤託於舜耳。毛公遭秦滅學，而獨與《孟子》合，其源流斷非三家所能及矣。

「率土之濱」，傳：「率，循。濱，涯也。」正義曰：「詩意言民之所居。民居不盡近水，而以『濱』爲言者，古先聖人謂中國爲『九州』者，以水中可居曰洲，言民居之外皆有水也。鄒子曰中國名赤縣，赤縣内自有九州，禹之序九州是也。其外各本脱「外」字，從《校勘記》補。有瀛海環之，是地之四畔皆至水也。濱是四畔近水之處。

言率土之濱，舉其四方所至之內，見其廣也。」或據《漢書・王莽傳》《白虎通義・喪服》引《詩》「濱」字作「賓」，遂疑三家有作「賓」者，爲「率土賓服」之義，似與「莫非王臣」意更協。承珙案：「濱」「賓」乃古字通用，此「濱」字除《白虎通義》《王莽傳》作「賓」外，《文選・難蜀父老》注亦云「濱，本或作『賓』」。其他如《孟子・萬章》、左氏昭七年《傳》、《國策・東周策》、《史記》《漢書・司馬相如傳》、《荀子・君子》、《韓子・忠孝》、《吕覽・慎人》、《賈子・匈奴》諸篇，字皆作「濱」，可知當爲水涯，必無「賓服」之義。《書・皋陶謨》云：「光天之下，至于海隅蒼生，萬邦黎獻，共爲帝臣。」與此詩正同。不必作「賓服」始與「王臣」義合也。

「我從事獨賢」，傳：「賢，勞也。」箋云：「王不均大夫之使，而專以我有賢才之故，獨使我從事於役。自苦之辭。」王氏《廣雅疏證》曰：「《孟子・萬章》篇引此詩而釋之曰：『此莫非王事，我獨賢勞也。』『賢』亦『勞』也。賢勞，猶言『劬勞』，故毛傳云：『賢，勞也。』《鹽鐵論・地廣》篇亦云：『《詩》云莫非王事而我獨勞，刺不均也。』鄭箋、趙注並以『賢』爲『賢才』，失其義矣。」段懋堂曰：「賢，多財也。引申之，凡多皆曰賢。人稱『賢能』，因習其引申之義而廢其本義矣。《小雅》『大夫不均，我從事獨賢』傳曰：『賢，勞也。』謂事多而勞也。」承珙案：朱《傳》云：「王不均平，使我從事獨勞也。」此從毛傳以「賢」爲「勞」。其下又曰：「不言『獨勞』而曰『獨賢』，詩人之忠厚如此。」此則又從鄭箋以「賢」爲「賢才」。然毛、鄭異義，不容并爲一解也。

「王事傍傍」，傳：「傍傍然不得已。」承珙案：《廣雅》：「旁旁，盛也。」「傍」與「旁」通。事多而不得已，亦「盛」之義。古人言「旁皇」「仿偟」皆促遽不能自已之意。《史記・禮書》「旁皇周浹」，索隱云：「旁皇，猶徘徊也。」《莊子・天運》「有上彷徨」，《釋文》引司馬注作：「旁皇，飈風也。」《吴語》「王親獨行，屏營仿偟於山林之中」,《玉篇》引注云:「屏營,猶仿偟也。」《楚辭・九思》「遽傽遑兮驅林澤,步屏營兮行邱阿」注云:「憂憒不知所爲,徒經營奔走也。」蓋旁皇者,疊韻形容語。單言之,則曰「旁旁」曰「皇皇」。義皆相似耳。

「旅力方剛」,傳:「旅,衆也。」《稽古編》曰:「《書・秦誓》『旅力既愆』,孔傳亦訓『衆』。李氏迂仲疑此及《北山》兩『旅力』但指作詩者及『良士』,是一人之力,不得云衆力,故改訓爲『陳』,引《左傳》『庭實旅百』杜注及《後漢・傅毅傳》注爲證。訓『旅力』爲『陳力』,於義亦通。嚴《緝》云:『《秦誓》夏氏《解》云:衆力,如目力、耳力、手足力也。或說「旅」爲「陳」,然「陳力方剛」則不詞矣。』案:華谷斯言得之。《集傳》曰:『旅』與『膂』同。蔡沈《書傳》宗其說,殆非是。古『膂』本作『吕』,象形。篆文始作『膂』,从肉从旅。『膂』『旅』通用,古未之有。惟黄公紹《韻會》云然。此特因朱、蔡而附會,非典也。」《説文》:「吕,脊骨也,象形。膂,篆文吕,从肉,旅聲。」段注云:「《秦誓》『旅力既愆』、《小雅》『旅力方剛』,古注皆訓爲『衆力』,不敢曰『旅』與『膂』同者。知《詩》《書》倘以『心膂』爲義,則其字當從『吕』矣。僞《君牙》襲《國語》云『股肱心膂』,此未知古文無『膂』,秦文乃有『膂』也。」承珙案:《桑柔》「靡有旅力,以念穹蒼」,箋云:「朝廷曾無有同力諫諍,念天所爲下此災。」正義曰:「『旅』訓『衆』,衆力非一人所能,故總之而言『靡有』。」蓋此「旅力」謂衆人之力。《周語》云:「四軍之帥,旅力方剛。」義亦相同。若《秦誓》及《北山》,則當如夏氏以爲一人耳目手足之力。箋云:「王謂此事衆之氣力方盛乎?何乃勞苦使之經營四方?」意似以爲衆人之力,與上文「嘉我」「鮮我」二「我」字不順,故《集傳》以「膂」易之。然《方言》《廣雅》雖云「膂,力也」,乃是以「力」訓「膂」,非脊骨有力之謂。《方言》又云:「膂,田力也。」郭注:「田力,謂耕墾也。」明與《詩》《書》之「旅力」異義,不得援以爲證。故知陳氏、段氏之説是也。

「或不知叫號」，傳：「叫，呼。號，召也。」《稽古編》曰：「『叫號』之義，毛訓『呼召』，孔申之爲『徵發呼召』，故《釋文》『號』字讀去聲，協平聲。夫『徵發呼召』，正劬勞之事，不聞之，所以爲安逸也。今『號』字讀平聲，言深居安逸，不聞叫呼之聲，義亦可通。」承珙案：《匡謬正俗》引徐仙民「號」音呼到反，乃從毛義作音。顔師古謂此三章上下句句相韻，宜爲「號呶」之「號」，以徐音爲非，由不悟古無四聲之别耳。

「或王事鞅掌」，傳：「鞅掌，失容也。」箋云：「鞅，猶何也。掌，謂捧之也。負何捧持以趨走，言促遽也。」《稽古編》曰：「毛云失容，鄭云促遽，語異而旨同也。其釋『鞅』爲『負何』，『掌』爲『捧持』，正促遽之實。促遽必失容，鄭乃以申毛耳。孔云意異，殆未然。」承珙案：「鞅掌」疊韻字，猶之「憔悴」「或盡瘁事國」，昭八年《左傳》引作「憔悴」。「棲遲」。「憔悴」爲雙聲，「棲遲」爲疊韻。此類形容之詞，義多即寓於聲。毛以「鞅掌」爲「失容」，蓋其時相傳故言有此訓義。至鄭箋《詩》時已不行用此語，不得不逐字生解。雖「促遽」「失容」大旨相近，然馬鞅、手掌二物絶不相蒙，且「負何」「捧持」未見促遽之意，又必加以「趨走」二字，殊爲迂曲。此詩十二「或」字，各兩兩相反，「棲遲偃仰」爲從容自如之貌，「鞅掌」反之，義自可見。《莊子・庚桑楚》篇「擁腫之與居，鞅掌之爲使」，《釋文》引崔云：「擁腫，無知貌。鞅掌，不仁意。」向云：「擁腫、鞅掌，樸纍之謂。」司馬云：「皆醜貌也。」案：「不仁」猶言手足不仁。不仁，則手容不能恭，足容不能重，即是失容之意。向以「樸」屬「擁腫」，「纍」屬「鞅掌」。纍者拘纍，合之司馬云「醜貌」，皆與「失容」義近。至郭象注云：「鞅掌，自得也。」此則古訓詁多相反爲義：鞅掌，不自如之貌，故反之又爲自得。然《莊子》與「擁腫」連稱，則郭義非是。

無將大車

《序》云：「《無將大車》，大夫悔將小人也。」《稽古編》曰：「此《序》與《荀子·大略篇》引《詩》合。《大略篇》曰：『「無將大車，維塵冥冥。」言無與小人處也。』又《韓詩外傳》引此詩以證所樹非其人，《外傳》：魏文侯之時，子質仕而獲罪。簡主曰：「夫春樹桃李，夏得陰其下，秋得食其實；春樹蒺藜，夏不可採其實，❶秋得其刺焉。繇此觀之，在所樹也。今子所樹非其人也。故君子先擇而後種也。《詩》曰：『無將大車，維塵冥冥。』」亦同《序》義。可見古義相傳如此，非一家之説也。」承珙案：《易林·井之大有》云：「大車多塵，小人傷賢，其憂百端。」《三國志·趙王幹傳》：「幹私通賓客，爲有司所奏，賜璽書戒之曰：《易》稱『開國承家，小人弗用』，《詩》著『大車維塵』之戒。」此皆與《序》合者。朱子《詩序辨》謂此《序》不識興體而誤以爲比，因改爲勞苦而憂思者之作。不知毛傳雖不言興，然首章傳云：「大車者，小人之所將也。」此「小人」謂小民，與《序》「小人」不同。故箋云：「鄙事，賤者之所爲，君子爲之，不堪其勞。以喻大夫而進舉小人，適自作憂累，故悔之。」據此，傳箋本皆以爲興。即正義亦云：「將此大車，適自塵蔽於己，以興後之君子無得扶進此小人，適自憂累於己。」文義明白如是，而曰「《序》不識興體」，何也？且此詩首章與《齊·甫田》首次二章文例大同，彼傳箋皆以爲興，《集傳》改爲比，而於此又不爲比，亦未免自亂其例。

❶「實」，影印文淵閣《四庫全書》本《韓詩外傳》作「葉」。

「祇自疷兮」，傳：「疷，病也。」段氏《詩經小學》云：「《釋詁》：『疷，病也。』《説文》：『疷，病也。从疒，氐聲。』《毛詩》三用此字爲韻。《白華》與『卑』韻，傳：『疷，病也。』《何人斯》『祇』與『易』『知』『箎』『知』『斯』韻，傳：『祇，病也。』此皆在十六部本音。《何人斯》借『地祇』字爲之，於六書爲假借。若《無將大車》之『疷』，毛傳亦云『病也』，而與十二部之『塵』韻，讀若『真』。此古合韻之例。宋劉彝妄謂當作『疧』，音『民』。考《爾雅》《説文》《五經文字》《玉篇》《廣韻》皆無『疧』字，《集韻》始有，非古。元戴侗謂即『痻』字之省，不知『痻』从疒昏聲，『昏』聲在十三部，『民』聲在十二部，《桑柔》『痻』與『慇』『辰』韻，不得與『塵』韻也。《説文》『昏』从日从氐省。氐者，下也，一曰民聲。按：『昏』从氐省，爲會意字，非『民』聲。『痻』字『昏』聲，不得省爲『疧』也。唐人避廟諱，『愍』作『慜』，『珉』作『⿰王氏』，『泯』作『汦』，『蟁』作『⿱氏䖵』。顧炎武以《唐石經》『祇自疷兮』爲諱『民』減畫作『氏』，由不知古合韻之例，而附會劉彝臆説，以求得其韻也。張衡賦『思百憂以自疢』，『疢』與『疷』音近。《禮記》『畛於鬼神』鄭注：『畛，或爲「祇」也。』又《説文》：『軝，一作⿰車辰，又古『狋』字，讀如「權精」。』於此，可求合韻之理。《釋文》：『疷，都禮反。』是陸氏誤作『疷』也。」江氏《詩經韻讀》則以「疷」「塵」相去甚遠，不能合韻，仍從《六書故》以爲「痻」字之譌。承珙案：此字自當從「脂」「真」互轉爲韻。經典中如《禮記》「祇見孺子」，注：「祇，或作振。」《書》「祇敬六德」「治民祇懼」，《史記》「祇」並作「振」。「震動萬民」，《漢石經》作「祇動」。《吉日》「其祁孔有」箋云：「祁，當作『麎』。」《易》「振恒凶」，《説文》作「搘恒」。皆其例證也。

小明

《序》云：「《小明》，大夫悔仕於亂世也。」《虞東學詩》曰：「此篇詩義，説者紛錯。箋以『其人』指君，固屬迂曲。後儒或謂大夫之友隱居不仕者，邱氏。或謂先時曾諫阻大夫之仕者，陳少南。皆無可據。惟謝疊山謂『共人』即『靖共爾位』之『君子』，與詩人志同道合者也，其言通貫前後。蓋仕亂世者惟敬恭可免，故君子本共而又勉以靖共，蓋即《沔水》卒章之義。」

「我征徂西，至于艽野。二月初吉，載離寒暑」，傳：「艽野，遠荒之地。初吉，朔日也。」箋云：「我行往之西方，至於遠荒之地，乃以二月朔日始行，至今則更夏暑冬寒矣，尚未得歸。」「昔我往矣，日月方除」，傳：「除，除陳生新也。」箋云：「四月爲除。昔我往至於艽野以四月。」「昔我往矣，日月方奧」，傳：「奧，煖也。」何氏《古義》曰：「按『二月初吉』文繫在『至于艽野』之下，當是此時作詩之日，非徂征初行之日。玩後章云『昔我往矣，日月方除』，則知此大夫徂西在前歲之十二月。中歷一歲，至今歲之二月，猶未得歸，故云『載離寒暑』也。」陳氏《稽古編》曰：「此詩，述毛者皆以『二月』爲始行之時。『昔我往矣』即指始行，『方除』『方奧』即是二月。鄭以『二月』爲始行，與毛同；而釋『方除』『方奧』爲四月，釋『昔我往矣』爲初到艽野，則與毛異。今總兩家之義，而較論之：毛訓『除』爲『除陳生新』，二月仲春非新舊代禪之時，又二月天氣方寒，不得言『奧』，述毛者未必得毛恉矣。不如鄭讀『除』爲『余』，用《爾雅》訓爲四月，與下章『方奧』相應也。但鄭謂二月始行，四月至艽野，則未當。凡《詩》中『昔我往矣』，皆言始出時，非既到時。訓『往』爲『到』，不亦迂乎？

源謂《詩》『二月』，周二月也，建丑之月也。《爾雅》『余月』，夏四月也，建巳之月也。《小明》大夫當巳月始行，至丑月尚未得歸，而作詩耳。『二月初吉』，正指未歸而作詩之時也。『方除』『方奧』，追憶其始行之時也。『載離寒暑』，總計其自始行至不得歸之時也。時已由暑迄寒矣，暑即『方除』『方奧』，寒即『二月初吉』也。」張氏以甯曰：「周二月，夏十二月也。言自我之徂西，至于艽野之地，其時十二月朔旦。今則已離歷冬寒夏暑，尚未得歸，此心之所以憂而且苦也。二章、三章乃追敘其始發之時。除者，除舊布新之謂。『奧』與『厥民隩』之義同。周以十一月爲歲首，民寒而聚居於隩。蓋《小明》大夫以夏十一月始發徂西，以十二月至於艽野，至明年九月尚未得歸，經歷踰年之久，所以憂也。此詩首尾相應，次序甚明，與周正合。若以夏正二月而説，則仲春非歲首，不得以爲除舊布新。自二月至九月，則二月氣已暖，九月肅霜而肇寒，不得以爲離歷寒暑也。」戴氏《詩考正》云：「《爾雅》『十二月爲涂』。《廣韻》『涂』直魚切。『除』『涂』正同音，古字通用。方以智云謂歲將除也，其説得之。夏正十二月，周之二月，故首章曰：『二月初吉，載離寒暑。』此詩正寒，歷暑至秋尚未歸，故云爾。又蕭與菽皆收之於秋者，而曰『歲聿云莫，采蕭穫菽』，以夏正季秋，周之仲冬也。若夏正之歲莫，非采蕭穫菽時矣。倘自夏正二月春温時往，至於其秋，又不得言『載離寒暑』。詩用周正，非夏正，甚明。」承珙案：諸説皆有未安。如何氏謂「二月」爲行役後年之卯月，去啟行時已閒一年，陳氏謂「二月」爲當年之丑月，皆指「二月」爲作詩之時，則篇中不當但以九月之「采蕭穫菽」爲久役未歸之詞矣。張氏、戴氏謂「二月」爲丑月，與「方除」「方奧」皆追敘其始行之時，然「奧」「隩」雖通，而《堯典》「厥民隩」謂民避寒就煖則可，究不得謂日月方煖也。惟姜氏《廣義》云：「此『二月』若云夏正卯月，下不得言『日月方除』；若云周正丑月，又不得云『日月方奥』。按本文『二月初吉』繫『至于艽野』之下，則至艽野之日爲二月。溯其啟行之日，乃在正月之初，以夏正言也。下章『日月方除』傳云：『除陳生新。』正月之初，日月始除之後也。三章『方奥』，傳云：『煖也。』正月始和，東風解凍，故又云『方奥』也。由『方除』而『方奥』，立言之序也。作詩在今年之冬，此『初吉』追憶至艽野之日也。」《虞東學詩》云：「二章言昔以歲除而往，日望還歸，而今又歲莫，則經年矣。前言二月至艽野，則初行當在前歲之除。孔疏乃以二月之朔爲除舊布新，恐非其義。三章言以歲除啟行，則冬去春來，時方向煖，故曰『奥』也。孔疏疑于此章『奥』字，故以『除』爲二月，以就『奥』字之解。不知歲除即已向春，春令固主奥也。」以上二說於經文全無窒礙，又不悖傳義，實勝諸家。《三百篇》中，兼用周正、夏正，但當順依經文，不必偏執一解。「歲聿云莫」與《唐風》「歲聿其莫」同，彼傳謂蟋蟀「九月在堂」，蓋九月而云歲莫者，一歲之中已歷三時，即可云「莫」，不必以周正建子之故。又《蟋蟀》「日月其除」傳云：❶「除，去也。」箋謂日月且過去，與此傳「除陳生新」正同。是傳意本未嘗以「方除」爲卯月也。《鹽鐵論・執務》篇云：「古者行役不踰時，春行秋反，秋往春來。寒暑未變，衣服不易，固已還矣。今則繇役極遠，盡寒苦之地、危難之處，今兹往而來歲還，父母延頸而西望，男女怨曠而相思。故一人行而鄉曲恨，一人死而萬人悲。《詩》曰：『念彼共人，涕零如雨。豈不懷歸，畏此罪罟。』」詳此引《詩》之意，所以證行役經年。若如箋說，以卯月始行，至采蕭穫菽之時而未歸，則是甫逾春行秋反之期，不當遽云「其毒大苦」矣。

---

❶「日」，原誤作「十」，今據《蟋蟀》詩改。

「念彼共人」，箋云：「共人，靖共爾位以待賢者之君。」承珙案：此「共人」，後儒多指在朝僚友言之，其説實勝於箋。《小宛》「温温恭人」，《大雅·抑》釋文云：「恭人，本亦作『共』。」然則此詩「共人」即指下「靖共爾位」之人無疑矣。但或謂行役之人以在朝供職者爲美任，稱其人，羨之也。《田閒詩學》。或謂大夫西征，畏其在朝同列之讒，因作此詩詒之，欲平其怨而彌其閒。秦氏《詩測》。此二説皆非是。幽王之時，内外岌岌，在朝者亦未必可羨。若謂恐僚友之不容，則又與篇中「共人」「君子」不合。輔漢卿曰：「僚友不一而足，有出者，有處者，宜也。己之征役，固勞苦矣，然以其所謂『罪罟』『譴怒』『蹙急』『反覆』者觀之，則僚友之處者亦豈有樂事哉！此所以思之而『涕零如雨』也。」嚴華谷曰：「君子仕於亂世，凜凜畏罪，然其勢不可以去也，則惟敬共以聽天命而已。蓋以己之所自處者，告其同志也。」二説似於經旨有合。

「靖共爾位，正直是與。神之聽之，式穀以女」，傳：「靖，謀也。正直爲正，能正人之曲曰直。」箋云：「共，具。式，用。穀，善也。有明君謀具女之爵位，其志在於與正直之人爲治。神明若祐而聽之，其用善人則必用女。是使聽天任各本「任」作「乎」。從岳本改正。命，不汲汲求仕之辭。」正義曰：「襄七年《左傳》公族穆子引此詩乃云：『正直爲正，正曲爲直。』此傳解『正直』，取彼文也。」承珙案：《左傳》引《詩》之意，承上文言韓起「與田蘇游，而曰好仁」，則是謂人臣靖共其職，求正直之人與之爲友。毛既用《左傳》釋《詩》「正直」，則「靖共」句亦當同左義。「靖，謀」，用《釋詁》文。《韓奕》「虔共爾位」，傳訓「共」爲「執」，而此無傳者，自是以「共」爲「恭」之借，所解皆未必與鄭同。鄭於《表記》曰：「君子不下達，不尚辭，非其人弗自。《小雅》曰：『靖共爾位，正直是與。神之聽之，式穀以女。』」注訓「穀」爲「禄」，「言敬治汝位之職事，與正直之人乃與爲倫友，❶則神聽汝之所爲，用禄與汝」。此或本三家《詩》，其義亦與左氏合。其箋《詩》以「靖共」屬「明君」，乃別自爲説，本非申毛。《禮記・緇衣》：「有國者章善癉惡，以示民厚，則民情不貳。《詩》曰：『靖共爾位，好是正直。』」此引《詩》意似於鄭箋爲近。《韓詩外傳》兩引此詩。其一謂：「齊桓公伐山戎，過燕，燕君送之出境，管仲曰：『非天子不出境。』桓公曰：『寡人不可使燕失禮。』乃割燕君所至之地以與之。諸侯聞之，皆朝於齊。《詩》曰：『静恭爾位，好是正直。神之聽之，介爾景福。』」此似亦以「靖共」屬人君。其一論舜之事云：「以人觀之即是也，以法量之即未也。《詩》曰：『静恭爾位，正直是與。神之聽之，式穀以女。』」此則去《詩》義甚遠。《荀子・勸學篇》首章言：「不聞先王之遺言，不知學問之大。」又云：「于越、夷貉之子生而同聲，長而異俗，教使之然也。」其下即引《詩》：「嗟爾君子，無恒安息。靖共爾位，好是正直。神之聽之，介爾景福。」亦於詩意不切。《漢書・董仲舒傳》武帝策賢良制曰：「《詩》云：『嗟爾君子，毋常安息。神之聽之，介爾景福。』」顏注：「言人君不當苟自安處而已。若能靖共其位，直道而行，則神聽而知之，助以大福也。」此雖與鄭義略同，然其他典籍言「靖共」者，如《宣元六王傳》淮陽王欽與舅張博謀悖逆，賜璽書曰：「《詩》不云虖？『靖恭爾位，正直是與。』王其勉之。」《中論・法象》篇：「故君子居身也謙，在敵也讓，臨下也莊，奉上也敬。四者備而怨咎不作，福禄從之。《詩》云：『靖共爾位，正直是與。神之聽之，式穀以汝。』」《隸釋・苑鎮碑》：「膺姿管蘇，靖供衛上。」此皆與鄭異義者也。

---

❶ 上「與」字，阮校本《毛詩正義》無。

「介爾景福」，傳：「介、景，皆大也。」箋云：「介，助也。」朱氏《通義》曰：「若如毛訓，則大爾大福，成何語？後篇『報以介福』又當訓『大』。蓋『介』字本有二義，當隨文取之。」承珙案：毛訓「介」爲「大」，亦本左氏。襄七年《傳》云：「如是則神聽之，介福降之。」此自當以「介」爲「大」。正義亦云：「神明聽順之，大福降與之。」杜於上文引《詩》下注云：「介，助也。景，大也。」正義引定本「介」「景」皆爲「大」，此定本是也。蓋謂君子當有大福，而爲明神所順，因其大福而益大之。古人自有此種文法，如《天保》「俾爾單厚」傳引「或曰：單，厚也」。正義以「單厚」連文，謂以厚德厚天下，亦其例也。

鼓鐘

《序》云：「《鼓鐘》，刺幽王也。」正義曰：「鄭於《中候握河》注云『昭王時，《鼓鐘》之詩所爲作』者，鄭時未見《毛詩》，依三家爲説也。」歐陽《本義》謂史無幽王東巡之文。范逸齋、嚴華谷皆云，經既有之，不當舍經而徵史。陳氏《稽古編》以爲篤論。姜氏《廣義》、范氏《詩瀋》皆據《左傳》昭四年椒舉對楚靈有「幽王爲大室之盟，戎狄叛之」之語，以爲淮水出桐柏山，桐柏與大室皆豫州山，杜注謂即中嶽，然則幽王因大室之盟遨遊桐柏，以證幽王會諸侯於淮上之語，可謂善於援據矣。《陸堂詩學》疑之，謂嵩山大室祠盛於漢武，周時未列中嶽。蔡邕《明堂月令論》引古《樂記》曰：「武王伐殷，薦俘馘於京大室。」是幽王所盟者，乃鎬京明堂之大室。承珙案：此無庸疑也。嵩高爲中嶽，見於《爾雅》。雖未必是唐虞之制，要不得謂起於漢世。詳見《大雅·嵩高》篇。中嶽之山，《禹貢》曰「外方」，左氏即曰「大室」。且椒舉所言，其上文云：「夏桀爲仍之會，有緡叛之。

商紂爲黎之蒐，東夷叛之。」皆舉其會諸侯於外地者，安見「大室」必爲鎬京之大室乎？故以左證《詩》，可爲明據。鄭注緯在前，箋《詩》在後，亦當以從毛爲定論也。

「鼓鐘將將，淮水湯湯。憂心且傷」，傳：「幽王用樂不與德比，會諸侯于淮上，鼓其淫樂以示諸侯，賢者爲之憂傷。」箋云：「爲之憂傷者，嘉樂不野合，犧象不出門，今乃於淮水之上作先王之樂，失禮尤甚。」正義曰：「毛直言『淫樂』，不知以何爲淫樂。王基曰：『所謂淫樂者，謂鄭、衛桑閒濮上之音，師延所作新聲之屬。』王肅云：『凡作樂而非所，則謂之淫。淫，過也。幽王既用樂不與德比，又鼓之於淮上，所謂過也。桑閒濮上，亡國之音，非徒過而已。』未知二者誰當毛旨也。孫毓云：『此篇四章之義，明皆正聲之和。欽欽，人樂進之善。同音，四縣克諧。以《雅》以《南》，既以其正，且廣所及。以籥不僭，又爲和而不僭差。皆無淫樂在其閒也。則未知幽王曷爲作先王之樂於淮水之上耳。二者之説，箋義爲長。』」承珙案：傳言「幽王用樂不與德比」，此正與三章「淑人君子，其德不猶」相對，謂其用先王之樂而不知比于先王之德，即蘇氏《詩傳》所謂「樂是人非」者。然則「淫樂」之解，當以王肅爲是。此詩毛、鄭同義，孫毓誤會毛旨而以箋説爲長，孔疏從之，謬矣。

「鼓鐘喈喈」，傳：「喈喈，猶將將。」案：毛於首章「將將」無傳。蓋《有女同車》「佩玉將將」傳云：「將將，鳴玉而後行。」《庭燎》「鸞聲將將」傳云：「將將，鸞鑣聲。」《采芑》「八鸞瑲瑲」傳云：「瑲瑲，聲也。」《烈祖》「八鸞鶬鶬」傳云：「鶬鶬，言文德之有聲也。」「將」「瑲」「鶬」皆於聲見義，各隨文解之，則此「鼓鐘將將」不言「鐘聲」自可知耳。《葛覃》「其鳴喈喈」傳云：「喈喈，和聲之遠聞也。」王逸注《楚辭》云：「喈喈，鳴之和。」《大玄》

「鐘鼓喈喈」，范望注云：「喈喈，和聲也。」此皆本毛義。然則傳云「喈喈猶將將」，則「將將」亦爲和聲可知。《烝民》「八鸞鏘鏘」無傳，而下章「八鸞喈喈」傳云：「喈喈，猶鏘鏘也。」與此正同。毛義之簡而可互見者，大率類此。且即此傳以「喈喈猶將將」，亦可知必以此《鼓鐘》爲正樂，而非所謂桑間濮上之淫樂矣。

「鼓鐘欽欽，鼓瑟鼓琴，笙磬同音」，傳：「欽欽，言使人樂進也。笙磬，東方之樂也。同音，四縣皆同也。」箋云：「同音者，謂堂上堂下八音克諧。」「以《雅》以《南》，以籥不僭」，傳：「爲《雅》爲《南》也。舞四夷之樂，大德廣所及也。東夷之樂曰『韎』，南夷之樂曰『南』，西夷之樂曰『朱離』，北夷之樂曰『禁』。以爲《籥舞》若是，爲和而不僭矣。」箋云：「《雅》，萬舞也。《雅》也、《南》也、《籥》也三舞不僭，言進退之旅也。周樂尚武，故謂萬舞爲『雅』。雅，正也。《籥舞》，文樂也。」陳氏《稽古編》力主傳義，謂鄭箋不釋「笙磬」，意與毛同。孔疏申鄭，以「笙磬」爲二器，未必得鄭意。又歷考經傳凡言「南」者，皆謂南夷之樂，未有指《周南》《召南》之「南」者。承珙案：陳説皆是也。後人於此詩據以駁傳箋者有二。一則據熊朋來「堂上樂受笙均，堂下樂受磬均」之説，謂此詩「笙」與「磬」爲二物，與《儀禮》之「笙磬」不同。不知堂下樂受磬均，固可以《商頌》之「依我磬聲」爲證，若以《鹿鳴》「鼓瑟吹笙」爲堂上樂受笙均之證，則非是。《鹿鳴》「鼓瑟吹笙」自是兩事。《儀禮》笙詩並不與瑟和，即合樂衆器並作，亦未有以琴瑟之貴而隨堂下匏笙之賤者。熊説殊不足據。傳以「笙磬」爲「東方之樂」者，即《眂瞭》之笙磬，與頌磬東西相對。「笙」「頌」皆磬名，并非與笙鏞相應之謂。此詩「鼓瑟鼓琴」舉堂上之樂，而於堂下獨言笙磬者，自以笙磬在阼階東，舉一方以包四面，故又云：「同音，四縣皆同也。」鄭注《尚書·皋陶謨》《周禮·眂瞭》《儀禮·大射》皆云東方樂謂之笙，與毛同義。此箋謂「堂上堂下八音克諧」者，亦即「四縣皆同」之義。八音，金石爲重。詩有琴瑟鐘磬，已足賅八音，不必更分笙與磬爲二器也。又以「南」爲二南而非南夷之樂者，則始于《七經小傳》謂南夷之樂曰「任」不曰「南」，《詩》「以《雅》以《南》」及《文王世子》之「胥鼓《南》」、《左傳》之「象箾南籥」皆文王之樂。鄭漁仲本之，并據《儀禮》作樂之次以解此詩，謂凡奏樂有四節，首節升歌三終，比歌以瑟；次節笙入三終，輔笙以磬；三節閒歌三終，歌笙相禪，所謂「鼓瑟鼓琴，笙磬同音」者也。已上皆奏《雅》。四節合樂三終，歌二南，所謂「以《雅》以《南》」者。《稽古編》駁之曰：「《鄉飲酒》《燕禮》歌笙閒合四節，乃鄉國禮。《鼓鐘》所詠天子作樂之事，其所用之樂節與詩章未必與鄉國同。區區以二篇之文附會而爲之説，陋矣！」承珙謂：笙入三終，不過立於磬南而已，並無「輔笙以磬」之語。夾漈乃援以證「笙磬同音」，直是杜譔《禮經》耳。

《稽古編》曰：「『雅』『南』之義，三家詩説皆與毛同。《文選》《魏都賦》。注劉淵林引《韓詩内傳》云：『王者舞六代之樂，舞四夷之樂，大德廣之所及。』六代，皆雅樂也。四夷，則南樂在其中也。『德廣』語，毛傳亦云也。又《後漢》陳忠引《詩》『以《雅》以《南》』，《韎》《任》《朱離》』，注引《韓詩》薛君云：『南夷之樂曰「南」。四夷之樂，惟《南》可以和於《雅》，以其人聲音及籥不僭差也。』又云：『《毛詩》無「韎任朱離」之文，蓋見《齊》《魯詩》。』即注語觀之，薛君『南』義既同毛，而齊、魯之《詩》復備列四夷樂名，可見『南』爲南夷，古義皆然矣。」承珙案：南，即「任」也。既云「以《南》」，不必復言「《韎》《任》」，陳忠特引傳文以足經句耳。章懷謂見《齊》《魯詩》，亦肊度之詞。然《詩》「以《雅》以《南》」自是以《雅》爲王者之正樂，《南》爲四夷之南樂。其下「以籥」乃兼《雅》《南》言之，《雅》舞固用籥，而《南》舞亦用籥也。不僭者，傳謂「和而不僭」，是與上琴瑟鐘磬節奏齊同。鄭分雅、南、籥爲三舞，以「不僭」爲舞之行列，似非經傳之意。正義引《白虎通義》「四夷之樂唯爲舞以使中國之人」，是夷樂唯舞也。然蔡邕《獨斷》云：「王者必作四夷之樂以合天下之歡心，祭神明，和而歌之，以管籥原作「管樂」，今以意改。爲之聲。」則夷樂亦未始無聲矣。《白虎通》又載一説：「東方持矛，南方歌，西方戚，北方擊金。」此又似與薛君謂四夷之樂惟《南》可以和《雅》者合，故惟南方有歌。要可見「不僭」總上樂器言之，而不專爲舞者進退之旅矣。

楚茨

《序》云：「《楚茨》，刺幽王也。政煩賦重，田萊多荒，饑饉降喪，民卒流亡，祭祀不饗，故君子思古焉。」朱子《辨説》謂《楚茨》以下十篇和平詳雅，無風刺之意，如出一手，當是《正雅》錯脱在此；《序》以爲傷今思古，不應十篇相屬，無一語見衰世之意。《集傳》既定爲公卿力農奉祭之詩，又引「或説」以《楚茨》以下四篇爲《豳雅》。陳氏《稽古編》力申「思古」之義。《虞東學詩》謂：「《楚茨》《信南山》二篇所陳祭祀節次與《禮經》纖悉皆合，在豳公時不應如此明備。若係周公追敘，更不得以手定儀文誣其先世。即《甫田》《大田》並有『田祖』『田畯』之文，康成亦援籥章爲説。其實祈年龡《豳雅》，未聞有琴瑟之用，此『豳雅』之説未可信也。至『公卿力農奉祭』，則《特牲》《少牢》兩篇既無祭祊之節，而送尸亦安得有金奏邪？吴易堂云：《禮記》：『大夫之臣不稽首。』此云『小大稽首』，其非公卿之詩決矣。竊考編詩限斷，其在前王時者，並無竄入後王之篇。而就一王之世，或事在晚歲而詩反居前，或事在初年而詩反居後，從其義類爲次也。今按：刺幽之詩，

《節南山》以下十二篇皆小人女子構讒召禍之事，《大東》以下則賦役不均而天下皆困，故年難順敘。要在幽世之限斷畫如也。涕泣之道，至是已窮，而心猶不已，乃稱引古昔以動其深思。故《鼓鐘》篇反復于君子之德，而盛稱古樂之不僭。愚謂『思古』之義當自《鼓鐘》始，《序》特於《楚茨》著其説耳。《集傳》信《鼓鐘》之思古，而于《楚茨》以下盡改《序》説者，以《鼓鐘》有『憂心』之語，而餘詩無之也。不知詩人感傷時事，述古興懷，其所指陳皆非無爲。周家以穡事開國，而幽王政煩賦重，田卒汙萊，故《楚茨》四詩反覆農事。宣王以奮武中興，而幽王荒于酒色，朝會盡廢，故《瞻洛》四詩鋪陳盛美，皆所以鼓舞歆動之。至《頍弁》爲《角弓》之反，《車舝》爲《白華》之反，規切尤深矣。」承珙案：《虞東》此辨融會貫通，可爲確論。《集傳》公卿之説，不獨祊祭求神、鼓鐘送尸非公卿所有，即如絜牛騂牡之牲、君婦諸宰之號，奏寢之樂、燕毛之禮、千倉萬箱之入、四方八蜡之祭，皆非公卿所宜有也。至於既曰思古，則但爲想慕盛世之詞，而傷今之意自在言外，正詩人善於立言，猶班固所云「抒懷舊之蓄念，發思古之幽情，博我以皇道，宏我以漢京」也。即如《楚茨》章首言力農墾闢，而繼之曰「自昔何爲」，則居今思古之意甚明。《曹風·鳲鳩》通篇皆贊美君子之辭，而《序》云「刺不壹」，正與此諸詩相似。讀《詩》者不可以文害辭，以辭害志也。

《稽古編》曰：「采齊、肆夏，先鄭注《周禮》，劉德、文穎注《漢書》皆以爲逸《詩》。惟《玉藻》『趨以采齊』康成注云：『齊，當爲「楚薺」之「薺」。』蓋謂『齊』音當讀如『薺』耳，非謂『采齊』即《楚薺詩》也。《大全》載劉瑾語曰：『先儒以《楚茨》即「采齊」，豈誤讀康成注乎？何闇於文義至此！』」承珙案：《呂記》云：「《説文》：『薺，蒺藜也。』而茨，則以茅葺屋覆之名。然則當康成世，字猶爲『薺』。其爲『茨』者，後人誤也。」今考《説文》「薺」下引《詩》「牆有薺」，是《鄘風》及此詩皆當以「薺」爲本字。《毛詩》作「茨」者，其假借字。鄭注《禮》作「楚薺」，或三家《詩》有用本字者耳。然鄭但言「齊」當爲「薺」，不言「采」亦爲「楚」，段氏《詩小學》并云「采」「楚」異部而音近，非也。

「楚楚者茨，言抽其棘」，傳：「楚楚，茨棘貌。」箋云：「茨，蒺藜也。伐除蒺藜與棘。茨言『楚楚』，棘言『抽』，互辭也。」焦里堂曰：「毛言『茨棘貌』，即謂茨之棘也。《方言》：『凡草木刺人，江湘之閒謂之棘。』然則『棘』爲有束者之通名。此『棘』則茨之棘也，箋云茨與棘爲兩物，於經文『其』字爲不達。」承珙案：嚴《緝》已引《方言》此文，并謂《爾雅·釋草》之「茦刺」即此「棘」。《稽古編》又據《方言》注引《楚辭·橘頌》之「曾枝剡棘」即謂橘枝有刺，以證此詩之「棘」泛指草木刺人者。然猶分茨與棘爲二，而不悟此棘即蒺藜之刺，由未詳玩經文「其」字語氣耳。

「我庾維億」，傳：「露積曰庾。萬萬曰億。」今汲古本傳作「十萬曰億」，與箋同，此轉寫之誤。箋云：「倉言『盈』，庾言『億』，亦互辭，喻多也。」王氏《述聞》曰：「億亦盈也，語之轉耳。《說文》：『意，滿也。』《方言》：『臆，滿也。』並與『億』同。此『維億』猶『既盈』也。『億』字但取『滿盈』之義，而非紀其數，與『萬億及秭』之『億』不同。」承珙案：傳云「露積曰庾」，《說文》：「庾，倉無屋者。」故正義云：「庾在於空，非有可滿。」明露積者難言滿，故當以數紀之。又云：「言互辭者，庾舉億爲多，以至億爲滿也。」是億雖紀數，亦未嘗不與「既盈」相對，傳箋之義不可易也。

「或剥或亨，或肆或將」，傳：「亨，飪之也。肆，陳。將，齊也。或陳于互，或齊其肉。」箋云：「祭祀之禮，各有其事，有解剥其肉「肉」字從正義本。者，有煮熟之者，有肆其骨體於俎者，或奉持而進之者。」正義曰：「『將，齊』，《釋言》文。郭璞云：謂分齊也。《地官・牛人》云『凡祭祀共其牛牲之互』，注云：互，若今屠家縣肉架。則肆謂既殺乃陳之於互上也。齊其肉者，王肅云：分齊其肉所當用。則是既陳於互，就互上而齊之也。『或肆或將』，其事俱在『或亨』之前，以二者事類相將，故進『或亨』於上，以配『或剥』耳。易傳者，以祭雖有互，不施之於既亨之後，非文次也。孫毓云：此章祭時之事，始於『絜牛羊』，成於『神保饗』，各以次第也。既解剥，則當亨煮之於鑊。既煮熟，當陳其骨體於俎。然後奉持而進之爲尸羞。不待既亨熟乃分齊所當用也。箋義爲長。」《五禮通考》曰：「毛所言是殺牲當朝踐時事，鄭所言是饋食時事。今案：《楚茨》所述禮儀節次頗分明，『絜爾牛羊』下衹當言殺牲，至『執爨』以下方是饋食時事。若方言絜牛羊，遽及饋食，則遺却朝踐一節矣。況云肆其骨體于俎，與下『爲俎孔碩』又相複，則鄭義不如毛義之長。」承珙案：秦説是也。正義謂『祭雖有互，不施於既亨之後』，不知此經四『或』字本非相爲次第。『或』者，有也。四者各有其事，無妨先言『亨』、後言『肆』也。

「祝祭于祊，祀事孔明」，傳：「祊，門内也。」箋云：「孝子不知神之所在，故使祝博求之平生門内之旁待賓客之處，祀禮於是甚明。」正義曰：「《釋宫》云：祊謂之門。彼直言『門』，知門内者，以正祭之禮不宜出廟門也。而《郊特牲》云：『直祭祝於主。』注云：『直，正也。謂薦熟時也，祭以熟爲正。』又曰：『索祭祝於祊。』注云：『廟門外曰祊。』又注：『祊之禮宜於廟門外之西室。』於此不同者，以彼『祊』對『正祭』，是明日之名。又彼《記》文稱祊之於東方爲失，明在西方與繹俱在門外。故《禮器》曰『爲祊於外』，《祭統》曰『而出於祊』。

對設祭於堂爲正，是亦明日之繹，故皆在門外，與此不同。以廟門謂之祊，知内外皆有『祊』稱也。」承珙案：此詩傳箋皆以「祊」爲門内。《説文》「祊」作「鬃」，云：「門内祭先祖，所以傍偟。」然則祊祭雖有正祭、繹祭之别，要皆在門内。禮家謂繹祭之祊在門外者，非是。何氏《古義》曰：「《禮器》云：『設祭于堂，爲祊乎外。』蓋對堂而言則門爲外，非謂祊在門外也。祝祭于祊，爲行禮之始，略如迎神之類。雖其禮不傳，然《祭統》稱祭有十倫，首言『鋪筵設同几爲依神也，詔祝于室而出于祊，此交神明之道也』，是則祭祊爲行禮之始之明據也。祭祊以前，尚有灌地、迎牲、告幽全、升臭等事，不詳悉言之者，與《信南山》互見，故略之也。」《五禮通考》曰：「《楚茨》『絜爾牛羊』是朝踐事，『執爨』以下是饋食事。而『祝祭于祊』在殺牲之下，執爨之前。《禮器》『設祭于堂』正朝踐之事，而即繼之曰『爲祊乎外』；《祭統》『詔祝于室』與《郊特牲》『詔祝于室』同文，而彼則繼之曰『坐尸于堂』，此則繼之『而出于祊』，明一時事也。」朱子《經傳通解》、馬氏《文獻通考》俱以「祝祭于祊」列于既徹之後，似正祭畢而後行祊祭者，非其序矣。

「執爨踖踖」，傳：「踖踖，言爨竈有容也。」承珙案：《書大傳·洛誥傳》亦曰「爨竈者有容」。《爾雅·釋訓》：「踖踖，敏也。」《説文》：「踖，長脛行也。从足，昔聲。一曰踧踖。」《爾雅》本釋此詩之「踖踖」，合之《説文》，長脛者自敏于行，然則「執爨踖踖」當以「敏」爲本義。《説文》「一曰踧踖」，乃《論語》之「踧踖」，馬融注所謂「恭敬貌」者，與《詩》别義。《集傳》「踖踖」爲「敬」，非《爾雅》及毛意也。

「爲俎孔碩，或燔或炙」，傳：「燔，取膟膋。炙，炙肉也。」箋云：「燔，燔肉也。炙，肝炙也。皆從獻之俎也。其爲之於爨，必取肉也、肝也肥碩美者。」正義曰：「易傳者，以燔燎報陽祭初之事，君親爲之，此文承

『爲俎』之下，言執爨有容，則序助祭之人，非君親之也。且膟膋燎之于鑪，此燔炙爲之於爨，禮有燔肉炙肝，從獻所用，以此知非報陽燎薦之事，故易之也。」承珙案：《郊特牲》云：「周人尚臭，灌用鬯臭，鬱合鬯，臭陰達於淵泉。灌以圭璋，用玉氣也。既灌，然後迎牲，致陰氣也。蕭合黍稷，臭陽達於牆屋，故既奠，然後焫蕭合羶薌。」注云：「奠謂薦熟時也，《特牲饋食禮》所云『祝酌奠于鉶南』是也。蕭，薌蒿也。染以脂，合黍稷燒之。《詩》云：『取蕭祭脂。』羶，當爲『馨』，聲之誤也。」正義云：「饋熟有黍稷。此云『蕭合黍稷，既奠，然後焫蕭』，故知當饋熟之時也。凡祭，血腥之時已有膟膋燔燎，故鄭注『詔祝于室』云『取牲膟膋燎于鑪炭，洗肝于鬱鬯而燔之』是也。至薦熟之時，又取膟膋而燔之，故上經云『蕭合黍稷』，鄭注云『以蕭合燒之』，謂饋熟時也。」據此，是燔燎有二事。毛於此「或燔或炙」，以「燔」爲「取膟膋」，「炙」爲「炙肉」。《生民》「取蕭祭脂」傳云：「取蕭合黍稷，臭達牆屋，先奠而後爇蕭，合馨香也。」此雖非宗廟祭事，然毛意以《生民》之「載燔載烈」與此詩之「燔炙」皆即《郊特牲》「既奠焫蕭」之事，故《楚茨》言於「執爨」之下，不嫌非次。鄭注《郊特牲》亦引「取蕭祭脂」，用毛義也。至《信南山》「取其血膋」，正承「以啟其毛」之下，當是制祭時事。毛不言者，以本文自明。彼箋云「毛以告純，血以告殺，膋以升臭，合之黍稷，實之於蕭，合馨香也」，此亦據「既奠焫蕭」爲義。若朝踐時制祭燎膟膋，無所謂「蕭合黍稷」也。此箋又以燔肉炙肝爲從獻之俎，既本《禮經》，且於「爲俎」之文尤相比附。後儒多謂燔燎不宜在執爨之後，故以箋説爲長，由不考《郊特牲》「既奠焫蕭」之文耳。金氏輔之《禮箋》云：「《祭義》：『二端既立，報以二禮。建設朝事，燔燎羶薌，覸以蕭光，以報氣也。此教衆反始也。薦黍稷，羞肝肺首心，覸以俠甒，加以鬱鬯，以報魄也。』朝事主于報氣，饋食主于報魄，是謂報以二禮。燔燎羶薌，覸以蕭光，爲饋食禮，即《郊特牲》之『蕭合黍稷，臭陽達于牆屋』者。其時亦兼報氣。『覸以俠甒，加以鬱鬯』，即《郊特牲》之『既灌然後迎牲』，《司尊彝》之朝踐用獻尊大尊者。其時亦兼報魄。《祭義》各本其所主言之，故于報氣循序立文，報魄逆陳見義。覸之言襍也，謂其報氣報魄更相襍廁。孝子祭其親，求諸陰陽者，非一時一事。曰覸、曰加，義取諸此。注云：『燔燎羶薌，覸蕭光，取牲祭脂也。』正義以『朝踐取膟膋燎于鑪炭』當之，誤矣。」今案：此解尤爲精細。

「爲豆孔庶，爲賓爲客」，傳：「豆，謂内羞、庶羞也，繹而賓尸，及賓客。」正義曰：「毛以豆言甚衆，爲過常之辭，而云『爲賓爲客』，則所爲有二事也。然則非但正祭所用，至繹又用之，故云『繹而賓尸，及賓客』也。言於繹祭，可以此賓敬於尸而薦之，解『爲賓』也。又今正祭，賓用之爲薦，是『爲客』也。繹雖在後，而尸尊於賓客，故先言『爲賓』也。」承珙案：《儀禮·有司徹》云：「宰夫羞房中之羞於尸、侑、主人、主婦，皆右之。司士羞庶羞於尸、侑、主人、主婦，皆左之。」注云：「二羞所以盡歡心。房中之羞，其籩則糗餌粉餈，其豆則酏食糝食。庶羞，羊臐豕膮皆有胾醢。房中之羞，内羞也。内羞在右，陰也。庶羞在左，陽也。」考《少牢》爲大夫正祭，其羞於尸，庶羞四豆，至賓尸，則尸、侑、主人、主婦，内羞庶羞兼有之，賓、兄弟、内賓及私人亦有庶羞。若不賓尸，羞於尸亦庶羞四豆。致爵後，則尸、祝、主人、主婦，内羞庶羞亦兼有之。卒乃羞於賓、兄弟、内賓及私人。辨注謂「乃羞」者，羞庶羞。據此，知大夫正祭，尸、祝以外，別無羞豆。況天子諸侯之尊，正祭禮不及賓。故賓長受酢後，惟薦尸以羞豆羞籩，必至繹祭而後及於主祭與助祭者。此詩於「爲豆」之下專言「賓客」，自以朝事饋食加羞諸豆所以事神事尸者本不待言，特推廣豆之用於賓客者，以見其「孔庶」。

毛善會經旨，故言此豆及繹而賓尸之時，并及於賓客耳。傳「繹而賓尸」爲一句，「及賓客」爲一句。「賓客」即經文之「爲賓爲客」，非以「賓尸」釋「爲賓」、以「賓客」釋「爲客」也。正義以「爲賓」指繹祭之賓尸，以「爲客」指正祭之賓獻。又嫌繹祭在前，而云「尸尊於賓，故先言『爲賓』」，皆誤會傳意。箋於「賓客」句無解，意當同毛。正義申之，謂既以朝獻爲賓客以爲薦，故賓客用而獻酬。蓋疑鄭以「爲賓爲客」屬下「獻酬交錯」爲義耳。然旅酬但有舉觶而無羞豆，不得牽合爲一。是疏亦誤會鄭意也。凌次仲《禮經釋例》謂《楚茨》第三章皆言儐尸之禮，謂「執爨爲俎」即《少牢》下篇之「燅尸俎」，「爲豆孔庶」即宰夫房中之羞、司士庶羞之豆，「獻酬交錯」即主人、主婦、上賓獻尸，及主人酬尸酬賓，以至旅酬無算爵。然全詩節次始終皆言正祭之禮，無緣第三章忽夾入繹祭，此説恐未可據。

「獻醻交錯，禮儀卒度，笑語卒獲」，傳：「東西爲交，邪行爲錯。度，法度也。獲，得時也。」箋云：「始主人酌賓爲獻，賓既酌主人，主人又自飲酌賓曰醻，至旅而爵交錯以徧。卒，盡也。古者於旅也語。」姜氏《詩序廣義》曰：「『獻醻交錯』，蓋獻尸之後而賓主導飲。疏云獻醻笑語當處祝告嘏辭之下，文在先者，以獻醻是賓客事，因説群臣助祭而言之耳。按：皇尸未起而遽行旅醻，非祭典次第，故以爲因助祭而類及之，可謂能圓其説。而張氏又引《特牲禮》主人酳尸，主婦亞獻，賓三獻，畢，遂行旅醻無算爵。則獻醻交錯又似應屬於此。竊謂獻羞籩、羞豆之後，諸臣進以酳尸。獻醻者，指酳尸言之。交錯，同、異姓皆酳尸也，非旅醻之謂。醻者，進酒，亦非自卒爵而醻賓之謂。且《特牲》非天子之禮，《儀禮》殘闕，或有錯簡，未可據也。」承珙案：王禮，饋食三獻既畢，固有酳尸三獻，然亦在祝告嘏辭之後，不得以進酳當此詩之「獻醻」。何氏《古義》則謂祝嘏爲行禮終事，引《禮運》孔子曰：「『後聖有作，作其祝號，玄酒以祭，薦其血毛，腥其俎，孰其殽，與其越席，疏布以冪，衣其澣帛，醴醆以獻，薦其燔炙。君與夫人交獻，以嘉魂魄。是謂合莫。然後退而合亨，體其犬豕牛羊，實其簠簋籩豆鉶羹，祝以孝告，嘏以慈告。是謂大祥。此禮之大成也。』據此所言，行禮次第與此詩雅相仿佛，不必泥於《特牲》《少牢》之文耳。」案，此雖善於立説，然《禮運》「祝以孝告」二句究是總括上文之語，如據此謂嘏爲祭末，則不應連祝言之。宋《親祠儀注》改皇帝飲福受胙於亞獻、終獻行禮已訖之後，陳祥道以爲非禮。蓋自宋以前，無祭末受嘏之事，況《楚茨》一詩每章次序分明，究不應於朝獻之後、受嘏以前插入旅醻一節。竊意此蓋統言祭祀之獻醻皆有法度時宜，以爲受福之本。獻則統九獻皆可名之。《肜弓》傳云：「醻，報也。」此則尸酢王、酢后、酢諸臣皆所以報，即皆可言醻。交錯者，獻則有賓、兄弟之從獻，酬則有賓、兄弟之旅醻，其事皆交錯而行者也。祭祀之事不外獻、酢、醻，三者具而禮成。祭之始、中、終皆有獻醻，前後難於位置，故特於中閒言之，所以該始終也。卒者，盡也，自是統括祭事之辭，不必泥於「旅醻」一節，以爲不當在受嘏之前。即如《坊記》曰「堂上觀乎室，堂下觀乎上」，引《詩》曰「禮儀卒度，笑語卒獲」，亦統言祀事得宜，不專指旅醻時禮儀笑語也。

「既齊既稷，既匡既敕」，傳：「稷，疾。敕，固也。」箋云：「齊，減取也。稷之言即也。嘏之禮，祝徧取黍稷牢肉魚，擩于醢以授尸，孝孫前就尸受之，天子使宰夫受之以筐，祝則釋嘏辭以敕之。」《釋文》：「齊，王申毛如字，整齊也。鄭音資，一音才細反，謂分之齊也。」正義曰：「王肅云：執事已整齊，已亟疾，已誠正，已固慎也。傳意或然。」其申箋則據《少牢》《特牲》大夫、士受嘏之禮皆取黍而已，此言徧取黍稷牢魚肉，以爲天子與大夫尊卑既殊，禮數有異。又《特牲》尸親嘏，《少牢》命祝嘏，此言「既」，即是孝子自就取，則亦尸親嘏，不嫌與士同也。姜氏《廣義》疑之，謂：「大夫猶命佐食授祝，王尸何至親嘏主人？且搏黍菹豆，論者猶疑其瑣細，而天子之禮乃偏取豆品以擩于醢，其褻不已甚乎？」承珙案：正義申箋，僅據《特牲》《少牢》比附其事，故後人多不能信。然鄭作箋時，所稱天子受嘏之禮，自必別有所據。如宰受以筐之類，豈盡肊譔？亦必非僅準大夫、士之禮以爲説。但以「齊」爲「減取」，「稷」爲「前就」，「匡」即爲受物之筐，「勑」又爲祝釋嘏辭，文義破碎，與經文四「既」字語意不順。且上文「徂賚孝孫」，既云以嘏之物往予主人，而此又云孝孫前就尸受之，亦微相矛盾。惟毛傳以「稷，疾」「勑，固」爲訓，「稷」當爲「畟」之借，《周頌》「畟畟良耜」《釋文》：「畟，本作稷。」《説文》：「畟，治稼畟畟進也。」蓋「畟」者，疾入之意，故「稷」有「疾」義。「勑」與「飭」同。《説文》：「飭，致堅也。讀若勑。」是也。以傳意推之，則「既齊既匡」與「稷，疾」「勑，固」義當一律。王肅訓以「整齊」「誠正」者，得之。蓋此承上文「孔熯」「莫愆」，統言祭祀之得禮，爲下文錫極之本。正義謂「亟疾」「固慎」當指執事者，不知此章唯説受嘏之禮，不得有執事於其閒也。

「鼓鐘送尸」，段氏《詩小學》云：「考『鼓鐘將將』傳云『鼓其淫樂』，正義云『鼓擊其鐘』，《白華》『鼓鐘于宫』，正義亦云『鼓擊其鐘』，此篇上文曰『鐘鼓』，此不應變文。《宋書・禮志四》兩引皆曰『鐘鼓送尸』，正義云『鳴鐘鼓以送尸』，是唐初不作『鼓鐘』。今本承《開成石經》之誤。」承珙案：段説是也。《北堂書鈔》亦作「鐘鼓送尸」。今本此下注係明人所補，其引《詩》此句猶虞世南原文也。何氏《古義》謂此以金奏《肆夏》，故但言「鼓鐘」，非是。

信南山

《序》云：「《信南山》，刺幽王也。不能脩成王之業疆理天下以奉禹功，故君子思古焉。」《稽古編》曰：「《信南山》《甫田》《大田》三詩皆詠『曾孫』，傳箋指成王，因《信南山》序有幽王『不能脩成王之業』語也。東萊非之，謂『曾孫』之名，周之後王皆可偁。然周之後王可當詩人追思者，孰有如成王哉？文、武開刱時，武功多于文治，禮樂制度尚有未遑。周公攝政之六年，制禮作樂，頒度量于天下，始號太平。疆理之法，祭祀之典，大率皆成王時所定，康王以後坐享其成而已。故正雅及《周頌》文、武而下止有成王詩，餘後王弗及焉。則『思古』者，惟思成王，固其宜也。」承珙案：此本長樂劉氏之説見嚴《緝》。而推擴之，更爲周至。嚴《緝》又云：「《楚茨》《信南山》，一體之詩。《楚茨》先傷今而後思古，《信南山》便從思古起，即所以傷今矣。」

「信彼南山，維禹甸之」，傳：「甸，治也。」箋云：「信乎彼南山之野，禹治而邱甸之。六十四井爲甸，甸方八里，居一成之中。成方十里，出兵車一乘，以爲賦法。」嚴《緝》曰：「言禹甸治之，則平水患、理溝洫皆在其中矣，不必破『甸』爲『乘』也。《韓奕》亦云『維禹甸之』，不必專言邱乘矣。」承珙案：傳訓「甸」爲「治」者，古「甸」「田」「敶」字皆通。《周禮・小宗伯》注云：「甸，讀爲『田』。」《説文》：「田，敶也。」李巡注《爾雅・釋地》「田，敶也」，謂「敶列種穀之處」。夫敶列種穀，固已含「治」義矣。《稍人》注「甸」讀與「維禹敶之」之「敶」同，賈疏以爲《韓詩》作「敶」。考《韓詩》字雖作「敶」，訓亦當同毛爲「治」。《爾雅》：「神，治也。」邵二雲謂「神」爲「敶」之轉。又《説文》：「敒，理也。」「理」即爲「治」，亦以聲近義同也。鄭注《小司徒》云：「甸之言乘也。」

「乘」亦可訓「治」。《豳風》「亟其乘屋」箋云：「乘，治。」是也。此箋必申以「邱乘」者，以下文疆理南畝皆所以奉禹功，故又本甸治之意推而言之耳。《稍人》疏謂鄭據《韓詩》爲説，「𠭊」是軍陣，故訓爲「乘」，恐未必然。

「我疆我理」，傳：「疆，畫經界也。理，分地理也。」正義云：「《孟子》曰：『夫仁政必自經界始。』趙岐注云：『經，亦界也。』分地理者，分别地所宜之理，若《孝經》注云『高田宜黍稷，下田宜稻麥』是也。」《稽古編》曰：「『理』字如此解，方與『疆』義有别。《左傳》云：『先王疆理天下物土之宜，而布其利。』杜注云：『布殖之物，各以土宜。』與此詩傳疏同義。《緜》詩『疆理』，孔疏之解亦相符。宋王氏以『疆』爲『大界』。『理』爲『溝涂』，劉氏以『疆』爲『徑、畛、涂、道、路』，『理』爲『遂、溝、洫、澮、川』。彼徒取與『南東其畝』文義相接耳，然非古義也。」承珙案：《大雅》「迺疆迺理」之下繼以「迺宣迺畝」，嚴《緝》謂「宣」是「宣通溝洫」，則「理」不得爲治溝涂。總之，溝涂之事自在下文「南東其畝」中，與「疆理」固不相涉也。

「南東其畝」，傳：「或南或東。」正義曰：「成二年《左傳》曰：先王疆理天下物土之宜，故《詩》曰『我疆我理，南東其畝』。是於土之宜，須縱、須横，故或南、或東也。」馮氏《名物疏》曰：「畝，即田之身也。古之治田者雖有溝洫、井田二法不同，然田之形體大抵因地勢、水勢而爲之。其在於東者，謂之『東田』，《王制》所云『當今東田』是也。其在於南者，謂之『南畝』，《詩》屢云『南畝』，鄭注《遂人》云『以南畝圖之』，是也。范氏《補傳》曰：『田事喜陽而惡陰，東南向陽則茂遂，西北傍陰則不實。』故《信南山》云『南東其畝』也。朱子《信南山》傳云：『畝，壟也。』《書》傳云：『終竟壟畝。』《左傳》注云：『使壟畝東西行。』又云：『晉之伐齊，循壟東行易。』是畝可以謂爲壟也。《漢書》『陳勝輟耕之壟上』，師古曰：『田中高處。』是正訓『壟』字。朱子所云『畝，壟』者，只是今之田，所謂若干畝，非必其中之高處也。長樂劉氏云遂東則畝南，遂南則畝東，正言順地勢及水所趨之事。蓋于此方爲水道，則於彼方爲地畝。南東交互，其勢宜然。雖溝洫之法遂縱溝横，井田之法遂横溝縱，而其爲畝之制則相仿也。朱公遷疏義有『畝以防水』之説，今之學者遂爲所惑。不知古有遂、溝、洫、澮、川以通水之流，大小淺深以次相注，自不至于決溢。有徑、畛、涂、道、路以通車徒之行，而即在遂、溝、洫、澮、川之上。初不聞田之畔更有所謂『畝』以防水也。若然，郤克欲使齊『盡東其畝』，賓媚人責以『無顧土宜』，何不云『無顧水防』乎？方氏注《禮記》引《詩》『南東其畝』，而以廬之所向爲言，可見古人並未以畝爲防水之具矣。然范氏云田喜陽惡陰，未爲通論。如黍宜燥，稌宜溼，正古人所謂『土宜』。而古人只云『南東』者，乃人道貴陽賤陰之義耳，非地道固然也。」承珙案：田中之畎，所以行水。其壟，所以播穀，亦謂之「畝」。每一畎一壟相間成列，畎必順其畝之首尾而行水，以入於遂。地之大勢，西北高、東南下，畎之行水多自西北而注於東南，故《詩》云「南東其畝」。范氏專主貴陽賤陰，義猶未盡。程氏易田《通藝録》謂《匠人》之「畎」爲每畝閒行水之「畎」，一畝一畎，與播種之「畎」一畝三畎者不同。此説似未確。古人畎祇一名，未聞又分爲二事。《説文》：「〈，水小流也。《周禮》：『匠人爲溝洫，梠廣五寸，二梠爲耦。一耦之伐，廣尺深尺謂之〈，倍〈謂之遂，倍遂曰溝，倍溝曰洫，倍洫曰巜。』凡〈之屬皆从〈。甽，古文〈，从田川，田之川也。畎，篆文〈，从田，犬聲。六畎爲一畮。」蓋古者步百爲畝，廣一步長百步爲一畝。據《説文》以畎爲田之川，是所以行水者。而《漢書·食貨志》又云：「后稷始甽田，以一梠爲耦，廣尺深尺曰甽，長終畝。一畝三甽，一夫三百甽。而播種於甽中。」二説不同，其實一也。每畝之中𤰝壟相閒，三𤰝者亦三壟。壟即田畝播種之處，通言之則「壟」亦可稱「𤰝」。故班云「一畝三甽」，許云「六畎」者，并壟言之，謂其地可容六畎耳。許以「𤰝」爲「田之川」，而班云「播種於甽中」者，則以穀宜高燥者畏水，當爲𤰝以行水，而播種於壟，金仁山所謂「種豆麥者，作田疄」是也；穀宜下溼畏旱，當爲壟以培土，而播種於甽，即班《志》所謂「苗生葉以上，稍耨隴草，因隤其土以附草根」者也。其事雖殊，其法仍一耳。程氏又據鄭《遂人》注以「南畝圖之」爲遂縱溝横，因謂「南畝」者，自北視之，其畝横陳於南。南畝故𤰝横，𤰝流於遂，故遂縱。《匠人》賈疏云井田之法，𤰝縱遂横，溝縱洫横，澮縱川横，爲東畝之圖，是自西視之，畝横於東。且引《左傳》「盡東其畝」，謂「東畝則川横，而川上路乃可東西行」云云。今案：古人制田始於一畝，行水始於一𤰝。姑以一畝之𤰝言之，𤰝順水勢，畝順𤰝勢，𤰝縱則畝縱，𤰝横則畝横，此自然之理也。南北曰縱，東西曰横。𤰝自北而注南爲縱，則畝之長亦隨𤰝而南，曰南畝。𤰝自西而注東，畝之長亦隨𤰝而東，曰東畝。此詩云「南東其畝」，當是指畝之直長，所謂廣一步長百步者，非横陳於南東之謂。惟其指水之所注以爲名，而水勢趨東南者爲多，故有南畝、東畝。若謂自北視之爲南，則使改而自南視之，不亦可曰「北畝」乎？鄭注之「遂縱溝横」，賈疏之「𤰝縱遂横」，正劉氏所云「遂南入溝，則其畝東；遂東入溝，則其畝南」者。注疏之「南畝」「東畝」，乃適相反。程氏從之，誤矣。《甫田》「禾易長畝」傳：「易，治也。長畝，竟畝也。」此以一畝之長爲竟，尤可見「南畝」「東畝」指其直長者而言，最爲本經之確證。至《左傳》「盡東其畝」，乃晉人逞忿於齊，脅以必不能行之事，如所云「以蕭同叔子爲質」者，謂使齊人畝皆向東，則田閒道路皆東西直達，晉人自西而來可以無溝渠之阻耳。故杜注但云：「循壟東行。」不必泥於東畝則川橫，謂晉人惟欲使川上路通東西以便戎車，因以爲「東畝」乃橫陳於東之證。試思「東畝」若果爲横陳於東之法，其川固橫矣，而尚有縱溝、縱澮，又豈不可限戎車乎？可見晉人是欲使齊之田畝皆向東耳。賓媚人引《詩》，乃以正言責之，謂必無盡東其畝之理也。姜氏《廣義》曰：「凡遂，在田首攔截於田之起處，使諸甽之水得以同注於此也。遂之東入於溝者，必横截於畝之南，諸甽之水皆直注於遂。甽直畝亦直，遂東則畝南矣。遂之南入於溝者，必縱截於畝之東，遂南則畝東矣。畝雖亦有西北，而溝遂總在東南，一縱一横者，溝洫之定制。則畝但言南東可矣。」

「雨雪雰雰」，傳：「雰雰，雪貌。」何氏《古義》曰：「《説文》『雰』即『氛』字，云『祥也』，與雪無涉。當通作『紛』。」承珙案：《白帖》二引《詩》固作「雨雪紛紛」，然《毛詩》字多假借，不必改「雰」爲「紛」。《楚辭・怨思》「雪雰雰而薄木兮」，王逸注云：「雰雰，雪霜貌。」即用毛義也。

「曾孫之穡，以爲酒食。畀我尸賓，壽考萬年」，箋云：「斂税曰穡。畀，予也。成王以黍稷之税爲酒食，至祭祀齊戒，則以賜尸與賓。尊尸與賓，所以敬神也。敬神，則得壽考萬年。」正義曰：「經云『畀我尸賓』，何知不指謂祭時予之？而箋以爲齊戒賜尸賓者，此詩陳事有次序，五章、卒章始言祭時之事，則此未祭而言『畀我尸賓』，明祭前矣。」承珙案：鄭氏以《禮》箋《詩》，每不明言所出。如此詩五章箋所云「迎牲降神」，及「告純告殺」，皆本三禮，則此章齊戒畀尸賓，亦必有所據。但其書不存，後人不能援以爲證耳。然以經文核之，此「畀我尸賓」，不過言稼穡之爲酒食，用於祭祀之尸賓，乃統祭事始終用酒食言之，不必泥前後次序，專指爲齊戒之時。即如四章「是剥是菹，獻之皇祖」，亦第言其瓜可以爲菹，可以共祭耳。不然，豈有未殺牲而先薦豆者乎？

「中田有廬」，箋云：「中田，田中也。農人作廬焉，以便其田事。」案：《大雅》「于時廬旅」，傳：「廬，寄也。」《説文》：「廬，寄也。秋冬去，春夏居。」與此箋「農人作廬，便田事」者正合，而於訓「寄」之義尤明。《伐檀》傳又云：「一夫之居曰廛。」此即《遂人》所謂「上地，夫一廛」者。《説文》：「廛，二畝半也，一家之居。」此「一家」即謂一夫也。但毛於「廛」「廬」並不言國中、野外之别。即鄭注《周禮·載師》「園廛」，取《孟子》「五畝之宅，樹之以桑」以解「廛」，取此詩「中田有廬，疆場有瓜」以解「園」，初不取何休「公田内二十畝，八家各二畝半」之説。故此箋「田中作廬」云云，當是指私田之中各自爲廬，以便作息耳。《周禮》賈疏取趙岐「廬井邑居各二畝半」之説，以園廛二地合成一五畝之宅。不知五畝之宅自是民之恆居，非止取便田事，必因山水樵汲之便，陰陽向背之宜。云在邑者，民之所聚即爲邑。故十室、千室皆曰「邑」，猶今之村落，然不必定在都邑。《孟子》之言自以五畝爲一宅，非二畝半之謂。此宅雖亦可名「廛」，要與國中市廛無涉，更非中田之廬可比。廬在田中者，猶今人田間草舍，不必在公田中，亦必無二畝半之廣。《甫田》正義曰：「史傳説助貢之法，惟《孟子》爲明。《食貨志》云：『井方一里，是九夫。八家共之，各受私田百畝，公田十畝，是爲八百八十畝，餘二十畝爲廬舍。』其言取《孟子》爲説，而失其本旨。班固既有此言，由是群儒遂謬。何休之注《公羊》，范甯之注《穀梁》，趙岐之注《孟子》，宋均之注《樂緯》，咸以爲然。皆義異於鄭，理不可通。何則？言井九百畝，其中爲公田，則中央百畝共爲公田，不得家取十畝也。又言八家皆私百畝，則百畝皆屬公矣，何得復以二十畝爲廬舍也？若二十畝爲廬舍，則家别二畝半亦入私矣。家别私有百二畝半，何得爲八家皆私百畝也？此皆諸儒之謬。《甫田》箋云：『井税一夫，其田百畝。』是鄭意無家别公田十畝及二畝半爲廬舍之事。俗以鄭説同於諸儒，是又失鄭旨矣。」承珙案：一井八家，家爲公田十畝，餘二十畝共爲廬舍之説，其誤實始於《韓詩外傳》，並引《詩》「中田有廬」爲證。班《志》特承韓而誤耳。

「疆埸有瓜，是剥是菹」，傳：「剥瓜爲菹也。」箋云：「於畔上種瓜，瓜成又入其税。天子剥削淹漬以爲菹，貴四時之異物。」正義云：「徧檢書傳，未見天子税民瓜以共祭祀者。」承珙案：《周禮·閭師》「任圃以樹事貢草木」，貢非即税乎？何元子又疑七菹無瓜。然天子庶羞百二十品，七菹何足以盡之？正義云《場人》祭祀，共其果蓏，是祭必有瓜菹矣。《籩人》豆實無瓜菹，文不具耳。

「祭以清酒」，箋云：「清，謂玄酒也。酒，鬱鬯、五齊、三酒也。」何氏《古義》曰：「鄭以『清酒』爲玄酒。《禮運》云：『玄酒在室，醴醆在户，粢醍在堂，澄酒在下。』蓋第設之而不用，與此無涉也。」承珙案：何説非是。《禮運》又云：「作其祝號，玄酒以祭，薦其血毛。」與此詩「祭以清酒」在「執其鸞刀」之上正同。彼注謂朝踐之時設此玄酒於五齊之上，以致祭鬼神，此重古設之云云。蓋玄酒是水，言以祭者，即《周禮·大祝》所謂「執明水火而祝號」也。亦未始非祭事所用，不得謂與祭無涉。箋分别「清」爲「玄酒」，「酒」爲「鬱鬯、五齊、三酒」，皆據三禮爲言，正義申之詳矣。

毛詩後箋卷二十一

涇　胡承珙

小雅甫田之什

甫　田

《序》云：「《甫田》，刺幽王也。君子傷今而思古焉。」《稽古編》曰：「《楚薺》《信南山》《甫田》三詩，《序》皆以爲思古，不獨《甫田》然也。《甫田》序『思古』，『古』字偶與《詩》『自古有年』同耳。朱子譏之，以爲《序》專以此立説，斯亦深文之論矣。《小序》之『古』指成王時也，《詩》之『古』與『今適南畝』對，則指成王以前。疏以《信南山》推之，謂此『古』亦禹，理或然矣。《序》之『古』乃《詩》之『今』，非《詩》之『古』，豈用以生説哉？」承珙案：「傷今思古」之説，王雪山已疑之。謂詩中援古及今者甚多，即以田事言之，「振古如兹」「續古之人」皆及「古」，「以迄于今」「匪今斯今」皆及「今」。雖未敢即以爲某王之盛時，亦未敢即以爲某王之亂世。是其説不始於《詩序辨》也。然《荀子·大略篇》曰：「《小雅》不以於汙上，自引而居下，注：「以，用也。汙上，驕君也。言作《小雅》之人不爲驕君所用，自引而疏遠也。」疾今之政以思往者，其言有文焉，其聲有哀焉。」注：「《小雅》多刺幽、厲而思文、武。」據此，則所謂「傷今思古」者，其誼出於荀卿。知《毛序》源流甚古，不得疑其援《詩》以立説，明矣。

「倬彼甫田」，傳：「倬，明貌。甫田，謂天下田也。」正義曰：「《齊・甫田》傳：『甫，大也。』以言大田，故謂爲天下田也。」承珙案：「倬」本兼「明」「大」二義，故《棫樸》「倬彼雲漢」傳又云：「倬，大也。」《説文》「倬，箸大也」乃合二義言之。《桑柔》「倬彼昊天」箋云：「倬，明大貌。」亦與許同。若《雲漢》「倬彼雲漢」箋云：「倬然天河水氣也。」《韓奕》「有倬其道」傳云：「有倬然之道者也。」此皆讀「倬」爲「灼」，專用「明」義。此傳以「甫田」是「大田」，故「倬」亦但爲「明貌」。蓋言明乎彼甫田，猶之上篇云信乎彼南山也。

「歲取十千」，傳：「十千，言多也。」箋云：「歲取十千，於井田之法，則一成之數也。九夫爲井，井税一夫，其田百畝。井十爲通，通税十夫，其田千畝。通十爲成，成方十里，成税百夫，其田萬畝。欲見其數，從井通起，故言『十千』。上地穀畝一鍾。」正義曰：「十千者，數之大成。舉其成數，故云『十千，言多也』。」又引王肅、孫毓申毛皆謂此言多取田畝之收而已，詩賦之作非如記事立制，必詳度量之數。秦氏《毛詩日箋》曰：「竊謂鄭以制度言《詩》，不若王以人情言《詩》也。嚴華谷一變其説，以爲百取十焉，萬取千焉，則分『十千』爲二事，而各爲之説，近於肊度，又不若鄭言制度之有據矣。正義申鄭云，《孟子》言三代税法，其實皆什一，若井税一夫，是九税一矣。此詩之意，刺幽王税重，當陳古税之輕而言。成税萬畝反得重於什一者，《孟子》言什一，據通率而言耳。周制有貢有助。助者，九夫而税一夫之田；貢者，什一而貢一夫之穀。通之二十夫而税二夫，是爲什中税一也。」《五禮通考》方氏曰：「九一、什一，句法文義一耳。野之九一爲九中之一，則貢之什一亦什中之一而已。但以井田畫方而成，則以八而包一，故不得不以九一爲法。貢法長連排去，則以五十起數，十夫有溝，百夫有洫，千夫有澮，萬夫有川。但以十相乘，亦復整齊而易算耳，烏有什一爲數而取其一、反使奇零參差而難算也哉！」承珙案：箋以歲取十千爲一成之數，特舉井田之法爲九夫而取其一耳。若於溝洫之法，亦可爲十夫而取其一矣。周法本兼貢助，《匠人》注以貢助通率爲什一，所以解「徹」爲「通」義。若《孟子》言三代税法，實皆什一，則以貢法民田五十畝，貢上五畝；助法民田七十畝，公田亦七十畝，借民力以治之，而上自收其公田之入。貢爲什一，助爲九一，盈朒之數，本不甚懸殊。周則百畝而徹，兼用貢助，雖立法稍有變通，而於中正之準初無不合，故曰「其實皆什一」也。故貢助通率爲什一，以解《孟子》「請野」一節，則可。若「其實皆什一」之文，在論三代田制之下，夏但有貢法，殷但有助法，何得二代通率而云「皆什一」乎？

「攸介攸止，烝我髦士」，傳：「烝，進。髦，俊也。治田得穀，俊士以進。」箋云：「介，舍也。禮，使民鋤作耘耔，閒暇則於廬舍及所止息之處，以道藝相講肄，以進其爲俊士之行。」正義曰：「『攸介攸止』，毛雖不訓，準《生民》之傳，則不爲『舍而止息』。王肅云：是君子治道所大功、所定止，傳意當然。箋以此田農之事，『介』『止』相對，『止』是『止息』，故『介』爲『舍』也。文承『或耔』之下，以止舍講習以成俊士，於理爲切，故易傳。」承珙案：《生民》詩，毛、鄭皆以「歆攸介攸止」爲句，文意本與此絶殊，不得準彼爲訓。此「介」「止」，毛雖無傳，然其訓「烝」爲「進」，謂「俊士以進」，則毛意當亦爲「舍而止息」。蓋必有所止舍，而後可進髦士也。《文選·魏都賦》注引《韓詩章句》曰：「介，界也。」鄭以「介」爲「舍」，凡廬舍必於界上，是鄭義本之《韓詩》，亦以申毛，非易傳也。

「以社以方」，傳：「社，后土也。方，迎四方氣於郊也。」許氏《五經異義》從左氏説，共工有子句龍爲后土，后土爲社，知社非地祇。正義引鄭《駮》以「社」爲五土之神，共工爲后土，止爲配食。又云：「毛氏解『社』，其言不明。惟此言『社，后土』，其義當與鄭同。」承珙案：毛以「方」爲「迎四方氣於郊」。考《月令》迎氣不言祀事，據此傳知方祭即迎氣之事，與《周禮》「兆五帝於四郊」注疏家皆以爲迎氣之祭者合。但《月令》迎氣有中央土，而毛祇云「迎四方氣」者，豈以「社」爲后土，而中央其帝黄帝、其神后土，上文「以社」已足當之歟？何氏《古義》曰：「《詩》每以『方』『社』對舉，以后土乃中央土之神，既立爲社，自不當在五祀之列，故《禮》止言四方。」承珙謂「方」爲「四方」，則毛意「社」爲「后土」，指中央土神言之，故疏云義與鄭同也。

「琴瑟擊鼓，以御田祖，以祈甘雨」，傳：「田祖，先嗇也。」箋云：「設樂以迎祭先嗇，謂郊後始耕也。」正義曰：「《郊特牲》注云：『先嗇若神農。』《春官・籥章》注云：『田祖，始耕田者，謂神農。』是也。❶《大司徒》注云：『田主，田神，后土及田正之神所依也，詩人謂之田祖。』則『田祖』之文雖主於神農，而祭，尊可以兼卑，其祭田祖之時，后土、田正皆在焉，故鄭總言詩人謂之『田祖』也。」承珙案：疏謂《大司徒》言「設其社稷之壝而樹之田主」，則田主惟社稷，不得有神農。此言「田祖」，其文得兼有后土、后稷。不知毛既以「后土」屬「社」，而於「田祖」但言「先嗇」，則后土爲社神，先嗇爲稷神。《漢書・郊祀志》云：「帝王建立社稷，百王不

❶「是」下，阮校本《毛詩正義》有「一」字。

易。社者，土也。稷者，百穀之主，所以奉宗廟，共粢盛，人所食以生活也。王者莫不尊重親祭，自爲之主，禮如宗廟。《詩》曰：『乃立冢土。』又曰：『以御田祖，以祈甘雨。』」據此，知「田祖」不兼后土明矣。鄭箋分「社方」爲「秋報」，「祈雨」爲次年郊後之祭。其實此章是統言爲農禱祀，致其誠敬，祈報皆在其内。如「方」爲迎氣於郊，即合一歲之方祭言之，不止爲秋成報功而已。《雲漢》「祈年孔夙，方社不莫」，明於「方社」言「祈」，何止於報？「以御田祖」言「祈」不言「報」者，互辭見義，猶「方社」言「齊明」「犧羊」，「田祖」言「琴瑟擊鼓」耳。鄭以一章而畫爲兩年之報祈，又以農夫之慶爲大蜡勞農，皆迂拘，非達詁也。

「攘其左右，嘗其旨否」，箋云：「攘，讀當爲『饟』。饁，饟，饋也。成王來止，謂出觀農事也。爲農人之在南畝者，設饋以勸之。司嗇至，則又加之以酒食，饟其左右從行者。成王親爲嘗其饋之美否，示親之也。」正義曰：王肅云：「教農以閒暇攘田之左右，除其草萊，嘗其氣旨土和美與否也。」承珙案：鄭箋之説，已爲王肅、孫毓所駮。而王肅所自爲説尤謬，自古無所謂嘗土之法者。後儒各爲之解，亦未盡安。蘇《傳》云：「攘，取也。取其左右之饋而嘗之。」夫奪取曰「攘」，竊取曰「攘」，施之於此已爲不倫，且「左右」字無著。毛西河以「攘」爲「攘臂」，「左右」爲「左右手」，此本《六書故》「攘」爲「捋袂出臂」之説。戴氏《詩考正》從之。《説文》：「攘，援臂也。」此即「攘臂」之字。然攘臂取食，又何須左右並舉也？孔巽軒據《曲禮》注「攘，古『讓』字」，言農夫各以其食讓與左右鄰井偕耕者，互嘗其家人所作羹飯孰旨與否也。但此承「田畯至喜」之下，而專言農之讓食，雖可知民俗之美，不足見上意之勤。惟嚴《緝》引曹氏曰：「攘，却也。謂田畯之官却除其左右之從者，而親嘗其饁之旨否，言其上下相親之甚也。」此説近之。毛於此無傳者，《出車》「玁狁于襄」傳：「襄，除也。」《釋文》：「襄，本或作攘。」毛意豈以「攘」與「襄」同，「左右」爲從者之稱，其義易曉，故無庸訓釋歟？

大田

「俶載南畝」，箋云：「俶，讀爲『熾』。載，讀爲『菑栗』之『菑』。時至，民以其利耜熾菑發所受之地，趨農急也。田一歲曰菑。」正義曰：「此及《載芟》《良耜》皆於『耜』之下言『俶載南畝』，是『俶載』者，用耜於地之事，故知當爲熾菑。謂耜之熾而入地以菑殺其草，故《方言》『入地曰熾，反草曰菑』也。」案：今《方言》無此文。承珙案：鄭云「俶」讀爲「熾」者，「熾」與「植」同聲。《鄉射禮》古文「膱」爲「胾」，今文或作「植」，是讀「俶」曰「熾」，猶讀「俶」曰「植」也。「植」又爲「置」。《論語》「植其杖而芸」，《漢石經》作「置其杖」，《七録》「穀梁名淑」，《論衡》作「穀梁寘」，《論衡》見《案書》篇。亦其例也。「載」本與「栽」通，《中庸》「上天之載」注云：「『載』讀曰『栽』，謂生物也。」又「栽者培之」注云：「『栽』讀如『文王初載』之『載』，『栽』猶『植』也。今人名草木之植曰栽，築牆立版亦曰栽。」此箋不言「載」讀爲「栽」者，以「栽」亦「植」也，與「俶」義複，故云「讀爲『菑栗』之『菑』」。正義引《弓人》「菑栗」謂鋸弓榦，以鋸菑而裂之，猶耕者以耜菑而發之，是「菑」爲菑殺其草，故又引《方言》「反草曰菑」。《皇矣》釋文引《韓詩》亦云：「菑，反草也。」此義於田事尤合，故箋末復申之曰「田一歲曰菑」。

「既方既皁」，傳：「實未堅者曰皁。」箋云：「方，房也，謂孚甲始生而未合時也。」《稽古編》曰：「方、皁、堅、好，皆指穀實而言，不比《生民》詩歷道苗稼生成之次第，故彼連用十字，而此僅以四，蓋生長之條茂已具於前章『庭』『碩』中矣。又『堅好』即《生民》之『堅好』也。至《生民》之『方』，毛以爲『極畝』，鄭以爲『齊等』；此詩之『方』，毛無傳，鄭以爲『房』，謂孚甲而未合時也。彼生時統言其苗，此成時專言其實，所以異乎？然則此詩之『方皁』正與彼詩『實發實秀』相當耳。發管而秀出，則先有孚甲，而實猶未堅，所謂皁也。毛云『實未堅者曰皁』，故兩詩皆以『堅好』繼之。」承珙案：「皁」字本當作「草」。《說文》「草」下云：「草斗，櫟實也。一曰象斗。」蓋杼櫟之實名曰「草」。斗者，謂其殼也。俗書作「皁」，引申之凡植物有孚甲者皆可稱「皁」。《周禮・大司徒》「其植物宜早此「草」省作「早」。物」，鄭司農云：「早物，柞栗之屬。」今世閒柞實爲皁斗，其實栗亦爲皁物。則賈疏以柞實染皁爲名，非矣。此詩「既方」爲「孚甲始生而未合」，則「既皁」爲孚甲已成而未堅耳。孔疏以「皁」音同「造」，轉訓爲「成」，非其義也。

「不稂不莠」，傳：「稂，童粱也。莠，似苗也。」焦氏里堂曰：「《說文》：『蓈，禾粟之采生而不成者，謂之董蓈。重文作稂。』『莠，禾粟下生莠，讀若酉。』『采』即『穗』字，爲禾成秀之名。童之猶言獨也，禾病則秀而不實，實者下垂，不實者直立而獨露於外，故名童蓈。《說文》『禾粟下生莠』，《繫傳》作『下揚生莠』。揚者，簸揚之謂。粟之不堅好者，簸之必在下。《農桑輯要》云穀種浮秕，去則無莠。徐鍇亦謂莠出於粟秕。今俗稱粟之不成者尚曰『下揚』，《說文》正以此訓『莠』之所由生也。」承珙案：《說文》「禾粟之采」，當從陸《釋文》作「禾粟之莠」。若作「采」，爲禾之秀而不實者，則此經上文「既堅既好」箋云「盡堅熟、盡齊好」矣，安得又有秀而不實之稂乎？《說文》「莠」訓當是「禾粟下讀。揚生者句。」。段《注》謂禾采下垂，莠則采同而揚起不下垂，故曰「揚生者」，得之。焦氏《孟子正義》又云：「莠之爲物有二，《御覽》引韋昭答問云：『《甫田》「維莠」今何草？」答曰：『今之狗尾也。』但今狗尾草徧野，皆一種自生，不關粟秠所種。則『下揚所生』之莠，別爲似禾之物，與狗尾異。《大田》『不稂不莠』傳既以『稂』爲童粱，稂莠一類，惟稂成於病，莠生自種爲有別耳。」承珙謂：毛傳兩言「稂，童粱」，又言「莠似苗」，《說文》「蓈」「莠」二篆相次，蓋蓈爲莠之未成者，莠則已成而揚起者。又《說文》皆連禾粟爲言，則蓈莠自是禾粟閒一種相似之草。惟其擇種不純，雜以浮秠，致生稂莠，故惟禾粟中有之。《國語》「馬餼不過稂莠」，亦對食粟之馬爲言。若《爾雅》「孟，狼尾」，本與「稂，童粱」列爲二草。又莠名「狗尾」，隨處有之，不應獨惡其亂苗。然則「稂莠」自是害苗之草之專名。其狼尾名「莨」，狗尾名「莠」，或因禾粟之「稂莠」以爲名，而實非一物，要與詩言無涉耳。

「田祖有神，❶秉畀炎火」，傳：「炎火，盛陽也。」箋云：「螟螣之屬，盛陽氣羸則生之。今明君爲政，田祖之神不受此害，持之付與炎火使自消亡。」正義曰：「以言『炎火』，恐其是火之實，故云『盛陽』也。陽盛則蟲起，消之則付于所生之本。今明君爲政，害無由作，而云『田祖』者，以田祖主田之神，託而言耳。」李迂仲曰：「唐明皇時，天下大旱，蝗。姚崇爲相，遂遣捕蝗使。乃援此以爲説，其實與此詩異也。」承珙案：姚崇捕蝗之事，當時倪若水已移書誚之。然不害其爲善政，但不必以之解《詩》耳。蓋詩以明君爲政，能除蟲害，而言「田祖」以神其事，自不得謂爲實火，故毛以「盛陽」解之。箋疏申述其義益明。此先儒解經之精，與後世備荒之政本不相涉。若持此以證經，則捕蝗之法惟能打撲飛蟲，且焚且瘞。若螟，本羸蟲，《爾雅翼》以爲無

❶「祖」，原作「租」，據《續經解》本、廣雅本及下文改。

足小青蟲。陸《疏》云：「賊似桃李中蠹蟲，赤頭身長而細耳。」之二蟲者，又豈可打捕而付之焚如者乎？

「秉畀炎火」，《釋文》：「秉，如字，執持也。《韓詩》作卜。卜，報也。」段氏《毛詩傳》曰：「卜畀，猶俗言『付與』也。《爾雅》：『卜，予也。』」承珙案：「卜」訓「報」者，《白虎通義·蓍龜》云：「卜，赴也。」《小爾雅》：「赴，疾也。」《禮記·少儀》《喪服·小記》注並云：「報，讀爲『赴疾』之『赴』。」是訓「卜」爲「報」，猶訓「卜」爲「赴」。「卜畀炎火」者，謂亟取而畀之炎火也。

「有渰萋萋，興雨祈祈」，傳：「渰，雲興貌。萋萋，雲行貌。祈祈，徐也。」阮氏《校勘記》據諸書訂正「萋萋」當作「淒淒」，「祈祈」當作「祁祁」，是也。又云：傳「雲興貌」，段玉裁從《顔氏家訓》、定本、《集注》作「陰雲貌」。又云：「此經本作『興雲』，《顔氏家訓》始以爲當作『興雨』。《釋文》、正義、《唐石經》皆從其說。段玉裁云：《説文》：『淒，雨雲起也。』『渰，雨雲皃。』『雨雲』謂欲雨之雲。凡大雨之來，黑雲起而風生，風生而雲行，所謂『有渰淒淒』也。已而風定，白雲彌天，雨隨之下，所謂『興雲祁祁』、雨公及私也。作『興雨』，於物理、經訓皆失之。《吕氏春秋·務本論》《漢書·食貨志》《隸釋·無極山碑》《韓詩外傳》皆作『興雲』。《鹽鐵論》《後漢書·左雄傳》作『興雨』，當亦後人以顔説改之耳。」承珙案：顔作「興雨」，引班固《靈臺詩》「祁祁甘雨」爲證，本非無據。李善《文選》注引《毛詩》，亦作「興雨」。即《鹽鐵論·水旱》篇、《左雄傳》之「興雨」，亦未必盡由追改。或原有兩本，引者各從其家耳。若以經文、傳文核之，則「渰」與「淒淒」已是雲貌，誠如顔説，何勞復言「興雲」？且下文雨公及私正形容雨之徐，若作「興雲」亦於文義不貫。《文選》張景陽《雜詩》：「淒風起東谷，有渰興南岑。雖無箕畢期，膚寸自成霖。」此正用毛傳以「渰」爲「雲興貌」。傳既以「渰」爲「雲興」，則其下經文必不作「興雲」可知。箋云：「古者陰陽和，風雨時，其來祁祁然而不暴疾。」明以「祁祁」屬「雨」，知鄭所見《毛詩》必作「興雨」。即《呂覽》本作「興雨祁祁」，《經義雜記》據王氏《詩考》引《呂覽》作「興雲」，然高誘注云：「陰陽和，時雨祁祁，不暴疾。」語與箋略同，知其本亦當作「興雨」也。盧召弓曰：「近人頗疑雨不當言『興』，然《楚辭·天問》云『蓱號起雨』，『起』即『興』也。」

「雨我公田，遂及我私」，箋云：「其民之心先公後私，今天主雨於公田，因及私田爾。」承珙案：此詩言「公田」，《周頌·噫嘻》言「駿發爾私」，是周有公田之明證。《孟子》云惟助爲有公田者，蓋承上文龍子「莫善於助，莫不善於貢」之言。貢法，民田五十畝，而以五畝之入爲上貢，故不制公田。《夏小正》：「初服于公田。」解者以「公田」爲「君田」，即藉田也。初服者，謂庶人終于千畝。此説近之。故惟助爲有公田者，對貢法言之。若徹法，制公田正與助同，故《孟子》即引《大田》之詩以證雖周亦助。萬充宗《學春秋隨筆》據趙注《孟子》「周人耕百畝者，徹取十畝以爲賦」，又《司馬法》云「畝百爲夫，夫三爲屋，屋三爲井」，《小司徒》云「九夫爲井」，「是周人井九百畝，分之九夫，中以十畝爲公田，君取其入而不收餘畝之税」。不知「九夫」以地言，非以人言。箋云「井税一夫，其田百畝」，謂税其一夫之地，是明有公田百畝矣。或謂殷制同井，公田在私田外；周九夫爲井，公田即在私田中。夫百畝之田，雨澤均被，何由區别？而詩乃先公後私，言之鑿鑿，不幾成虚語乎？

「彼有不穫穉」，承珙案：篇中二「穉」字不同。次章「無害我田穉」，此「穉」字當從《韓詩》「幼稼」見《閟宮》釋文。及《説文》「幼禾」之訓，謂禾之初生而未壯實者，故蟲喜食之。正義與「稙」對言，則謂是晚種之「穉」。

蟲不應專食晚種者，故「穉」當兼早禾、晚禾言之。若此云「不穫」之「穉」，則《閟宫》傳所云「後種曰穉」者。蓋以晚種後熟，不暇收穫，事或有之耳。

「此有不斂穧」，正義曰：「穧者，禾之鋪而未束者。秉，刈禾之把也。《聘禮》曰『四秉曰筥』注云：『此秉」爲刈禾盈手之「秉」。筥，穧名也。若今萊易之閒刈稻聚把有名爲「筥」者。』即引此詩云：『彼有遺秉，此有不斂穧。』是也。定本、《集注》『穧』作『積』。」《稽古編》云：「董氏曰：崔靈恩《集注》『不斂筥』亦音『穧』。是同一《集注》，孔以爲『穧』作『積』，董以爲『穧』作『筥』矣。《集注》一書，唐尚存，宋已無之。董所見不如孔之真也。」承珙案：鄭注《聘禮》以「筥」爲「穧」名，不過比方其事，本非謂「筥」字同「穧」。又注《周禮·掌客》云「筥」讀爲「棟梠」之「梠」，謂一穧也。是「筥」「穧」同義不同音，無由借「筥」爲「穧」。阮氏《校勘記》云：《集注》「積」或當作「穦」，「以『齊』『資』得通用而借『穦』爲『穧』也」。此説近之。

「來方禋祀，以其騂黑」，傳：「騂，牛也。黑，羊豕也。」正義曰：「上篇云『以社以方』，而『方』『社』連文，則方與社稷同用太牢，故以『黑』爲羊豕，通牛爲三牲也。且上篇言『犧羊』，是方有羊，明不特牛，故爲太牢。牢色不同者，毛意蓋以此『四方』既非望祀，又非五方之帝，故用是牲，所以無方色之别。」承珙案：正義述毛，既以此「方」爲四方之神，而又謂毛意以「四方」非望祀，非五帝，殊不能自圓其説。即如《大宗伯》「青圭禮東方」之類，其牲幣必各放其器之色，亦不應錯舉騂黑無方色之别。竊意毛本不以此「方」與《甫田》之「方」同。《毛詩寫官記》曰：「曾孫之來，本勸農也。然饁食之餘，方且以禋祀爲事，而或以騂或以黑焉。禋祀，或則祈，或則報也，故曰『方』，言方有事於此耳。」此説近之。

瞻彼洛矣

《序》云：「《瞻彼洛矣》，刺幽王也。思古明王能爵命諸侯，賞善罰惡焉。」承珙案：《序》云「思古明王」，則詩中「君子」當指明王。毛於《庭燎》之「君子至止」、《采菽》之「君子來朝」皆云「君子，謂諸侯也」，而此不言者，殆以「君子」本指明王，其義易曉歟？箋以「君子」爲諸侯世子來受爵命者，以「韎韐」爲世子「除三年之喪，服士服而來」，此蓋本三家之説。《白虎通義·爵》篇引《韓詩内傳》曰：「諸侯世子三年喪畢，上受爵命於天子。」其下又云：「世子上受爵命，服士服何？謙不敢自專也。故《詩》曰：『韎韐有赩。』世子始行也。」此或即係《韓詩》之説。然《鴛鴦》亦云「君子萬年」，與此詩二三章文同。彼箋云：「君子，謂明王也。」然則此「君子」亦當指明王爲是。云「至止」者，或因會同征伐所至，而有爵命之事，故曰「福禄如茨」歟？

「瞻彼洛矣，維水泱泱」，傳：「興也。洛，宗周溉浸水也。泱泱，深廣貌。」承珙案：傳意明以洛水之溉浸喻明王之恩澤，鄭箋所申不誤。但下文「君子」即明王，「福禄」即恩澤，箋不當屬之諸侯世子耳。此「洛水」，正義引《職方》「雍州，其川渭洛」證之，是矣。宋王安石始以爲豫州之熒雒。《吕記》、朱《傳》皆從之，惟王伯厚《詩地理考》云：「此非《禹貢》『導洛自熊耳』之『洛』。《淮南·墬形訓》注：『獵山在北地西北夷中，洛東南流入渭。《詩》云：「瞻彼洛矣。」』是也。」段懋堂《説文注》云：「雍州『洛水』、豫州『雒水』，其字分别，自古不紊。魏黄初元年，詔稱漢以火德忌水，去『水』爲『雒』，魏爲土行，又除『隹』加『水』，變『雒』爲『洛』。自後，二字始多淆亂。」承珙謂：《禹貢》有豫州之「雒」，無雍州之「洛」，惟導水東過漆沮，據《水經注》引闞駰以爲即洛水，然禹時未必有「洛」名，始見於《周禮·職方》。《毛詩·正月》傳以宗周爲鎬京，此云「宗周溉浸水」，則其爲雍州之洛甚明。《漢書·匈奴傳》：「武王居酆鎬，放逐戎夷涇洛之北。」亦即宗周之洛水也。

「靺韐有奭」，傳：「靺韐者，茅蒐染草也。一曰靺韐，所以代韠也。」箋云：「靺韐者，茅蒐染也。茅蒐，靺韐聲也。靺韐，祭服之韠，合韋爲之。」段氏《儀禮漢讀考》曰：傳當云：「靺者，茅蒐染韋也。一入曰靺。句。韐，所以代韠也。」箋當云：「靺者，茅蒐染也。茅蒐，靺聲也。韐，祭服之韠，合韋爲之。」皆分析「靺」「韐」二字別義，各本譌舛不可讀。王氏《經義述聞》云：「毛傳原文當作『靺，染韋也』。今本『靺』下有『者茅蒐』三字，此涉鄭箋『靺者茅蒐染』而誤衍也。蓋毛以染韋一入之色爲靺，而不以茅蒐爲靺，故曰：『靺，染韋也，一入曰靺。』鄭以『靺』爲『茅蒐』之合聲，則以『茅蒐』爲『靺』，而不以『一入』爲『靺』，故曰『靺者，茅蒐染。茅蒐，靺聲也』。若毛以『茅蒐』爲『靺』，則與『一入曰靺』之文自相違戾。且毛既云『靺者，茅蒐染韋』，則鄭不須更云『靺者，茅蒐染』矣。孔、陸所見，已是誤本，故不言鄭與毛異耳。」承珙案：王説是也。

「靺韐有奭，以作六師」，傳：「韐，所以代韠也。天子六軍。」承珙案：傳意似當以「靺韐」爲天子之戎服。《候人》傳：「芾，韠也。」此云「韐，所以代韠也」，蓋以「芾韠」爲朝祭之服，戎事則以靺韐代之，不應專指士而言。鄭箋泥於《禮經》「士服靺韐」之文，遂謂此諸侯世子除三年之喪，服士服而來，未遇爵命之時，時有征伐之事，任爲軍將，使將六軍而出。夫世子未命，即使服士服而來，然既任出征之事，豈尚不賜之爵命而仍服其士服以出乎？此理之必不可通者。故後儒多據《周禮》「兵事韋弁服」及《左傳》「靺韋之跗注」，以爲軍中上下同服，天子至士皆服靺韐。承珙謂：次章「鞞琫有珌」，毛傳通言天子至士琫珌之飾，則此章當亦通言天子至士戎服之韠，其義實與鄭箋不同。鄭箋於次章云：「既受爵命賞賜，而加賜容刀有飾，顯其能制斷。」案，首章箋方云未遇爵命，將六軍而出，則次章之受爵加賜又在何時？兩章經文皆承「君子至止」之下，而一未受爵，一又受爵，殊相矛盾。陳氏《稽古編》以鄭注「韋弁服」及杜注「韎韋之跗注」皆非韠，不得牽合韎韐爲一事。然韠與裳同色，鄭注《司服》以韎韋爲弁，又以爲衣裳，韐既所以代韠，則以韎韋爲之可知。《司服》注又云：「今時伍伯緹衣，古兵服之遺色。」《西京賦》云：「武士赫怒，緹衣韎韐。」此亦可見古人以韎韐爲戎服，不當專爲士之祭服矣。

「鞞琫有珌」，傳：「鞞，容刀鞞也。琫，上飾。珌，下飾。」正義曰：「古之言『鞞』，猶今之言『鞘』。以《公劉》『鞞琫容刀』，故知鞞，容刀鞞也。《公劉》傳曰『琫，上飾。鞞，下飾』者，以彼無『珌』文，因琫爲在上之飾，下則指鞞之體，故言『鞞，下飾』也。」阮氏《校勘記》曰：「段玉裁云：鞞，刀室也，即刀削。削音肖。削之上刀把，其飾曰『琫』，削末之飾曰『珌』。承珙案：琫當以《釋名》所言「室口之飾」爲正。《詩》每「鞞琫」連文，若係刀把，與鞞何涉？《小爾雅》：「鞛、珌，鞞之飾也。」此解爲正。『有』讀爲『又』，言有鞞有琫又有珌也。《公劉》傳：『下曰鞞，上曰琫。』略舉上下之體而已。《釋名》與毛所説各異。戴東原氏改此傳云：『琫，上飾。鞞，下飾。珌，飾貌。』非也。鞞不可言『飾』。戴説據《釋名》也。」又陳氏《稽古編》與段説合。承珙案：《公劉》傳「下曰鞞，上曰琫」，並不言「飾」，可見「鞞」爲刀室，「琫」「珌」乃所以飾鞞。此篇正義申之，最得傳旨。馮氏《名物疏》譏毛自相矛盾，孔不得已而爲之詞，皆非是。《左傳》「藻率鞞鞛」，「鞛」即「琫」也，《集韻》：「琫」或作「鞛」。此亦「鞞琫」連文，而不及「珌」，與《公劉》同。杜注乃云：「鞞，刀削上飾。鞛，佩刀下飾。」殊誤。劉炫故據《詩》傳以規杜過。孔疏乃云：「鞞鞛或上或下俱是。」此則曲徇杜氏，不及《詩》疏之諦當耳。

傳又云：「天子玉琫而珧珌，諸侯璗琫而璆珌，大夫鐐琫而鐐珌，士珕琫而珕珌。」此據正義本，與《釋文》、定本、《集注》不同。正義曰：「傳因琫珌歷道尊卑所用，似有成文，未知出何書也。天子、諸侯琫珌異物，大夫、士則同，言尊卑之差也。」《說文》：「琫，佩刀上飾也。天子以玉，諸侯以金。」「珌，佩刀下飾。天子以玉。」段注云：「毛傳：『天子以珧。』《說文》：『珧，蜃甲。天子玉琫而珧珌。』此當云『天子以珧，諸侯以玉。』淺人妄竄改之。」又《說文》：「珕，蜃屬。《禮》，佩刀，士珕琫而珧珌。」「璗，金之美者，與玉同色。《禮》，佩刀，諸侯璗琫而璆珌。」段云：「天子玉琫珧珌，備物也。諸侯璗琫璆珌，讓於天子也。璆，美玉也。天子玉上，諸侯玉下，故曰讓於天子也。大夫鐐琫鏐珌，銀上金下也。士珕琫珧珌。珧有『玉珧』之稱，貴於珕。自諸侯至士，皆下美於上，惟天子上美於下。」承珙案：此傳所言雖不著所出，然《說文》於「珕」「珧」「璗」下皆引《禮》云云，則毛亦必據《禮》逸篇之文，不應互異如此。《說文》「珌」下云「天子以玉」者，因珧有「玉珧」之稱，「以玉」猶言「以珧」，未必淺人妄改「諸侯」爲「天子」也。然玉琫珧珌，上下究有不同，正義惟當言「天子琫珌異物」耳。若諸侯璗琫鏐珌，黄金謂之璗，其美者謂之鏐，是諸侯琫珌同以金爲之，此所以別於天子也。《王莽傳》「瑒琫瑒珌」，「瑒」與「璗」同，亦上下皆用金之證。孟康云：「瑒，玉名。」非是。大夫則皆以鐐爲之，士皆以珕爲之。《說文》「諸侯璆珌，士珧珌」，恐是傳寫之誤。定本、《集注》作「諸侯璆珌，大夫鏐珌」，皆非也。

裳裳者華

《序》云：「《裳裳者華》，刺幽王也。古之仕者世禄，小人在位，則讒諂並進，棄賢者之類，絶功臣之世焉。」案：全詩皆極言賢者德行、才藝似其先人，以見不可棄絶，而刺幽王之意自在言外。《孔叢子》引孔子曰：「於《裳裳者華》，見古之賢者世保其禄也。」蓋經文衹有此意，《序》「小人」以下乃推原所以援古刺今之由耳。蘇氏《詩傳》謂小人讒諂，詩之所無，而釋首章云：「君子内脩其身而發於外，譬如堂堂之華而附以湑然之葉，無有不善者也。今幽王積其不善，其發於外者儳然小人爾。是以君子思見賢君以寫其憂，然後樂處其朝也。」是仍不能外《序》以爲説矣。

「裳裳者華」，傳：「興也。裳裳，猶堂堂也。」朱氏《通義》曰：「董氏云：裳，古文作常。案：《説文》：『常，下帬也。从巾，尚聲。』是『裳』本作『常』。下云『芸其黄矣』，又云『或黄或白』，或疑即常棣。劉勰《文心雕龍》云：『《雅》詠常華，或黄或白。』亦以『裳』作『常』。然徧檢諸書，並無言常棣華黄者。此詩既以其華爲黄白色，則非常棣明矣。華谷竟解作常棣。若果是常棣，無疊言『常常』之理。恐仍以毛訓『堂堂』爲正。」承珙案：《廣雅》：「常常，盛也。」似即釋此詩之「裳裳」，或所見《詩》本有作「常常」者耳。

「其葉湑兮。我覯之子，我心寫兮」，傳：「湑，盛貌。」箋云：「興者，華堂堂於上，喻君也；葉湑然於下，喻臣也。明王賢臣，以德相承而治道興，則讒諂遠矣。覯，見也。之子，是子也，謂古之明王也。」《吕記》引陳氏曰「華葉上下相承而俱茂，以興賢者前後相繼而榮顯也」，長樂劉氏曰「『之子』謂賢者功臣之子孫也」。李氏《集解》曰：「此詩只説賢者之類。而乃以華喻君，其説爲不類。此但言賢者之昌盛如此。」承珙案：細繹經文，實不同鄭箋所説。「裳裳者華」當喻功臣之美盛，「湑兮之葉」當喻世類之蕃昌。且凡《詩》言「之子」者，皆見在之詞，無有稱古人者，况「之子」與「君子」詞氣自分輕重。箋以末章「君子」爲其先人，而「之子」乃斥明王，非其義矣。

「芸其黄矣」，傳：「芸，黄盛也。」何氏《古義》曰：「芸，草名。言如芸華之色黄也。《爾雅》『權，黄華』郭璞注：『今謂牛芸草爲黄華。其華黄，葉似苜蓿。』邢昺疏云：『牛芸者，亦芸類也。』」承珙案：此説非是。《老子》「夫物芸芸」注：「芸芸，華葉盛貌。」是「芸」爲草木盛之通稱。詩連「黄」言之，故傳以「芸」爲「黄盛」。若以經證經，則《苕之華》亦云「芸其黄矣」，彼傳云：「苕，陵苕，將落則黄。」《爾雅》：「苕，陵苕。黄華蔈，白華茇。」舍人、孫炎皆以「黄」「白」爲苕華色異之名。此詩三章云「或黄或白」，則「裳裳者華」或即陵苕。但毛以此「芸」爲「黄盛」而彼爲「將落」者，「芸」爲黄之極盛，盛極則落，亦理勢所必然。故此言其盛，彼言其衰，隨事取興，義相成耳。

「我覯之子，乘其四駱。乘其四駱，六轡沃若」，傳：「言世禄也。」《大雅·文王》「不顯亦世」傳云：「士者世禄也。」彼正義引《五經異義》據《公羊》《穀梁》《左氏》説，以周制世禄，有大功德亦得世位。宣十五年《左傳正義》又云，鄭《駁異義》引《尚書》「世選爾勞」，又引《詩》刺幽王絶功臣之世，似爲許、鄭義異。其實世禄爲常，世位非常，許、鄭之意略同。故《大雅》又引鄭《箴膏肓》：「公卿之世立大功德，先王之命有所不絶者，是有功特命則得世位也。」毛傳但言世禄，此箋云守先人之禄位，則兼「位」言之。正義謂士乘兩馬，經云「乘其四駱」，則仕者得乘四馬，故并位言之，義自可通。但此「乘駱」直承「之子」文來，即謂「之子」當乘四馬耳。箋以此「之子」爲明王，「乘駱」爲賢者之子孫，兩句之中文義隔絶，非是。

「左之左之，君子宜之。右之右之，君子有之」，傳：「左，陽道，朝祀之事。右，陰道，喪戎之事。」案：《荀子・不苟篇》引此詩而曰：「此言君子能以義屈信變應故也。」《韓詩外傳》云：「孔子曰：『昔者周公事文王，行無專制，事無繇己，身若不勝衣，言若不出口，有捧持于前，❶洞洞焉若將失之，可謂子矣！武王崩，成王幼，周公成文、武之業，履天子之位，聽天子之政，征夷狄之亂，誅管、蔡之罪，抱成王而朝諸侯，誅賞制斷，無所顧問，威動天地，振恐海内，可謂能武矣！成王壯，周公致政，北面而事之，請然後行，無伐矜之色，可謂臣矣！故一人之身能三變者，所以應時也。』《詩》云：『左之左之，君子宜之。右之右之，君子有之。』」此即《荀子》所稱「屈信變應」之說也。《説苑・修文》篇引《詩》傳曰：「『君子者，無所不宜也。』是故韠冕厲戒立于廟堂之上，有司執事無不敬者；斬衰裳苴絰立于喪次，賓客弔唁無不哀者；被甲纓胄立于桴鼓之閒，士卒莫不勇者。故仁足以懷百姓，勇足以安危國，信足以結諸侯，强足以拒患難，威足以率三軍。故曰：爲左亦宜，爲右亦宜。爲君子無不宜者，此之謂也。」據此，所稱「詩傳」當出於三家，「左之」「右之」亦明指朝祀喪戎之事，與毛傳合，不似後儒但以取諸左右爲説，一味鑿空也。

「維其有之，是以似之」，傳：「似，嗣也。」箋云：「維我先人有是二德，故先王使之世禄，子孫嗣之。」《稽古編》曰：「以『似』爲『嗣』，《詩》之恆訓。《集傳》曰：『有之於内，是以形之於外者，無不似其所有。』夫『維其有之』正承上『宜』與『有』耳，『左之右之』可云在内乎？且『形之於外者』又何所指乎？」承珙案：《潛夫論・邊議》篇云：「議者，民之所見也。辭者，心之所表也。維其有之，是以似之。」此即有諸内形於外之意，

❶「捧」，影印文淵閣《四庫全書》本《韓詩外傳》作「奉」。

《集傳》之解似非無本。然《序》言刺幽王廢世禄之法，則「似」爲類其先人，古説自不可易。襄三年《左傳》言祁奚事，引此詩「惟其有之，是以似之」，説者多以爲斷章。今案：祁奚舉其子午，使代己爲中軍尉，又舉羊舌赤爲佐，亦是代其父羊舌職，本皆似嗣之事。雖與先稱解狐同爲「建一官而三物成」，然解狐未命而卒。傳云：「唯善，故能舉其類。」「類」即謂「世類」之「類」。然則引《詩》或專就舉子言之，亦無不可，不必以爲斷章也。

桑扈

《序》云：「《桑扈》，刺幽王也。君臣上下，動無禮文焉。」李氏《集解》曰：「此詩徒見稱美古人之德，何以知其爲刺？故李祭酒曰：『《楚茨》《大田》之什，並陳成王德之善；《行露》《汝墳》之篇，皆述紂時德之惡。《汝墳》爲王者之《風》，《楚茨》爲刺過之《雅》。大師曉其作意，知其本情，故也。』」又云：「觀幽王之時，如《賓之初筵》之詩，見其君臣於宴飲之閒傲慢失禮，無所不至，此《桑扈》之詩所以刺之也。若先王之時，則禮教素行。如《湛露》，燕同姓之詩也，而皆恭儉，無有失禮。燕同姓如此，則燕群臣可知。故以《湛露》觀之，則知《桑扈》之思古；以《賓之初筵》觀之，則知《桑扈》之傷今也。」范氏《補傳》曰：「此篇之《序》不言思古，其詩皆陳古王者之事。大抵序《詩》者主于發明詩人之意，有《序》所言而《詩》無之者，《詩》意未盡故也；有《詩》所言而《序》無之者，《詩》意自顯故也。學者要以是觀之。」承珙案：二條可作讀《詩序》者之總論。

「君子樂胥，受天之祜」，傳：「胥，皆也。」箋云：「胥，有才知之名也。祜，福也。王者樂臣下有才知文章，則賢人在位，庶官不曠，政和而民安，天予之以福禄。」正義引孫毓述毛，謂天子以至庶人皆有所樂，是樂之大者。承珙案：賈誼《新書·禮》篇云：「胥者，相也。祜，大福也。」此釋「樂胥」，與毛義同。箋於《大雅·韓奕》「侯氏燕胥」、《魯頌·有駜》「于胥樂兮」並訓「胥」爲「皆」，而獨于此讀「胥」爲「諝」，以爲有才知之名，義近迂曲。且此詩「樂胥」即《有駜》之「胥樂」，文法倒裝，古人往往有之，無容易傳。

「之屏之翰」，傳：「翰，榦。」正義曰：「《釋詁》云：『楨，榦也。』舍人曰：『楨，正也，築牆所立兩木也。榦，所以當牆兩邊障土者也。』然則言楨榦者，皆以築牆爲喻。」承珙案：《爾雅》：「楨、翰、儀，榦也。」此謂「翰」爲「榦」之假借。毛傳與《爾雅》同，皆所以明假借也。正義標傳文「翰，榦」，當引《釋詁》「楨，翰，榦也」，今本「楨」下脱「翰」字。惟《吕記》引正義「楨、翰，榦也」不誤。又正義引舍人注「榦所以當牆兩邊」，「榦」當作「翰」。《左傳》莊二十九、宣十一、成二。正義引皆作「翰」，邢疏引亦作「翰」。《詩》疏作「榦」，亦傳寫誤耳。

「不戢不難，受福不那」，傳：「戢，聚也。不戢，戢也。不難，難也。那，多也。不多，多也。」箋云：「王者位至尊，天所子也。然而不自斂以先王之法，不自難以亡國之戒，則其受福禄亦不多也。」正義曰：「毛以爲言王者之德如此，則天下之民不戢聚而歸之乎？不畏難而順之乎？」承珙案：疏以「不難」爲「畏難」，乃用鄭箋「難」字之解。然畏難而順，義殊不安。竊意毛傳「不難，難也」，未必如鄭以「自難」爲義。《顏氏家訓·書證》篇引《詩》傳曰：「不戢，戢也。不儺，儺也。不多，多也。」據此，《詩》「難」字本作「儺」，傳當讀如「猗儺」

之「儺」。《隰有萇楚》傳云：「猗儺，柔順貌。」則此「不戢」者，言民皆聚而歸之；「不儺」者，言民皆柔而順之。民既歸順，故受福多耳。古字「儺」或作「難」。《周禮》「占夢始難」，故書「難」或爲「儺」，鄭云字當作「難」，謂執兵以有難却也。故此箋亦以「難」爲「戒懼」之義，然未必合毛意也。或又據《説文》引《詩》「受福不儺」，則上句必非「儺」字。今案：《説文》：「魌，見鬼驚詞。从鬼，難省聲，讀若《詩》『受福不儺』。」此當同今本《毛詩》作「不那」，傳寫誤作「不儺」。蓋「那」者，「柰何」之合聲。《左傳》「弃甲則那」正與「見鬼驚詞」義合，故許書讀「魌」若「那」。王氏《詩考》以「受福不儺」列爲異字，亦據誤本《説文》耳。

「彼交匪敖，萬福來求」，箋云：「彼，彼賢者也。賢者居處恭，執事敬，與人交必以禮，則萬福之禄就而求之。謂登用爵命，加以慶賜。」臧氏《經義雜記》謂：「《左傳》成十四年引《詩》『彼交匪傲』。襄二十七年公孫段賦《桑扈》，趙孟曰：『匪交匪敖，福將焉往？』同一《左傳》，同引一《詩》，不應互異。《漢書·五行志》引傳作『匪儌匪傲』，應劭曰：『言在位不儌訐、不倨傲也。』《論語》『惡儌以爲知者』，《釋文》云：『儌，鄭本作絞。』是『儌』『絞』古通。《毛詩》作『交』，蓋『絞』之省借，故《漢書》作『儌』。毛公於此及《采菽》『彼交匪紓』皆無傳，鄭箋依字訓爲『交接』，恐非。《漢志》所載《左傳》爲古文。今本出之杜氏，未足深信。趙孟引《詩》作『匪』不作『彼』，與《漢書》正同，尤爲明證。成十四年《傳》作『彼交』，杜注：『彼之交於事而不惰傲。』是杜從鄭箋所改。《漢志》『匪儌』當從應仲援説，爲『不儌訐』。師古改爲『儌倖』，非是。」承珙案：臧説是也。「匪」「彼」二字古雖通用，此詩義當作「匪」。《絲衣》：「兕觥其觩，旨酒思柔。不吴不敖，胡考之休。」與此詩四句文義相同。此「匪交匪敖」當與彼「不吴不敖」一例耳。

鴛鴦

《序》云：「《鴛鴦》，刺幽王也。思古明王交於萬物有道，自奉養有節焉。」承珙案：首章傳云：「大平之時，交於萬物有道，取之有時。」正與《序》文相應。由毛公作傳，與《序》別行，故有時用《序》語爲傳。若謂《序》多毛公所爲，則傳中所已言，不應又襲之而爲《序》也。

「鴛鴦在梁，戢其左翼」，傳：「言休息也。」箋云：「梁，石絶水之梁。戢，斂也。鴛鴦休息於梁，明王之時，人不驚駭，斂其左翼，以右翼掩之，自若無恐懼。」毛西河《續詩傳鳥名》曰：「『戢左翼』不可解。正義謂舉雄者言，此襲《爾雅》辨雌雄法。然此是戢，非掩也，且戢左翼，非掩右翼也，乃後人承其誤者。如《函史》諸書且謂雄以右翼掩雌左翼，謂之『戢左翼』。則以掩雌翼而曰『戢』。『雌翼』已自難通，況『雌翼』而曰『其翼』，可乎？且未聞禽鳥之宿，有以彼翼掩此翼者。宋人張載有云：禽鳥並棲，一正一倒，戢左翼以相依於內，舒右翼以防患于外，世多稱之。第鳥棲正倒，在枝柎者不可見，鴛鴦連蹠蹋地而宿，皆首尾相並，有何正倒？況正倒亦安必左翼內而右翼外？假使西首者棲南，東首者棲北，則已右翼內而左翼外矣，可曰右相依、左防患乎？惟《韓詩》所解稍可通：證『戢』者，捷也，謂捷其噣於左也。凡禽鳥止息，無論長頸短喙，必捷其噣於左翼。此明可按者。」張蠽林曰：《廣雅》「戢，插也」，原自明白。承珙案：「戢」「捷」雙聲，「捷」有「插」訓。毛氏引《廬人》注「矜所捷也」爲證，是已。今本《釋文》引《韓詩》「捷其噣」，不誤。《稽古編》謂當從《玉海》作「捷其噣」，非是。但韓謂鳥之棲息必捷其噣於左翼，則不盡然。古語云：「雞寒上距，鴨寒下觜。」每見鳧鷖之屬，亦有捷蠋於右翼而息者。當是詩人偶見鴛鴦戢翼在左，因以興感耳。

「乘馬在廄，摧之秣之」，傳：「摧，莝也。秣，粟也。」箋云：「摧，今『莝』字也。古者，明王所乘之馬繫於廄，無事則委之以莝，有事乃予之穀，言愛國用也。」正義曰：「傳云『摧，莝』，轉古爲今，而其言不明，故辨之云此『摧』乃今之『莝』字也。」《校勘記》據《釋文》『摧』下云「芻也」，是其本「莝」作「芻」，與正義本不同。考此傳當本云「摧，芻也」，與下傳「秣，粟也」相對。故箋云「摧，今莝字」，所以申「摧」得訓爲「芻」之意，非傳文已轉古爲今，而箋又辨之如正義所云也。段氏《詩經小學》則謂：「傳當作『摧，挫也』。箋當作『挫，今莝字也』。挫者，毛時『莝』字。此毛謂『摧』即『挫』之假借。鄭恐學者不解，故釋曰：『挫，今之莝字。』今本箋『挫』或作『摧』，非。」陳碩甫曰：「正義本毛傳：『摧，莝也。』《釋文》本作『摧，芻也』，引《韓詩》云：『莝，委也。』是《毛詩》作『摧』訓『芻』，謂『摧』即『芻』之假借字。《韓詩》作『莝』訓『委』，『委』即『萎』字。《說文》：『莝，斬芻。』韓、毛字異而義同。箋云：『摧，今莝字也。』鄭用韓說，後人依箋改傳。當依《釋文》作『摧，芻』爲正。」承珙案：細繹傳箋，仍以正義爲是。「摧」「莝」爲古今字，《毛詩》古文作「摧」，《韓詩》今文作「莝」。毛傳「摧，莝」者，以今字釋古字，所以明假借也。鄭恐人誤爲訓詁，故申之曰「摧，今莝字也」。《韓詩》「莝，委也」，乃以「委」訓「莝」耳。《釋文》以毛本作「芻」，所見不同，未必果是。

陳碩甫曰：「各本傳作『秣，粟也』，《釋文》本作『秣，穀馬也』，亦當依《釋文》本爲正。《漢廣》『言秣其馬』傳曰：『秣，養也。』又《雲漢》傳曰：『歲凶，年穀不登，則趣馬不秣。』凡言『秣』者，皆謂以穀食馬，不謂『秣』爲『粟』矣。箋云：『有事，乃予之穀。』是鄭所據亦作『穀馬』。毛傳『摧秣』即《周禮》之『芻秣』也。」承珙案：秫，《說文》作「鉥」，云「食馬穀也」。秫，本以粟食馬之名，因而食馬之粟即謂之「秫」，古訓詁本多此例。韋昭注《吴語》云：「秫，粟也。」正用毛傳。《釋文》於《大雅・雲漢》《禮記・少儀》皆云：「秫，穀馬也。」此殆陸氏自爲訓釋，未必傳文作「穀馬」也。

頍弁

《序》云：「《頍弁》，諸公刺幽王也。暴戾無親，不能宴樂同姓，親睦九族，孤危將亡，故作是詩也。」案：鄭箋謂王服皮弁，宜以宴而弗爲，則經文明言「樂酒」，明言「維宴」，似不得謂王無宴同姓之事。蓋此當與《賓之初筵》參看。彼《序》云：「幽王荒廢，媟近小人，飲酒無度，天下化之，君臣上下沈湎淫液。」而詩中陳燕射之禮，鄭箋謂是王與族人燕。則王非不燕同姓，乃其所與沈酗昵近者皆小人，而於宗族骨肉之閒或反多猜忌，致有離心。故《頍弁》序云：「不能宴樂同姓，親睦九族，孤危將亡。」「宴樂」「親睦」所包者廣，非止爲一宴而已。不能宴樂，亦非不宴之謂。不然，經曰「維宴」，《序》刺不宴，不幾相背謬乎？《五禮通考》方氏曰：「《詩》曰『爾酒』『爾肴』，曰『君子維宴』，安在其非宴乎？曰『死喪無日，無幾相見』，安在其非刺乎？一再讀之，乃知詩固宴也。宴，而情不逮於《棠棣》，文不備於《行葦》，雖宴，無以成懽。故詩人傷心於『集霰』，以著『交瘉』之漸，追『胥遠』『胥傚』，斯《角弓》興悲，而《葛藟》有『終遠』之誚，《杕杜》抱『獨行』之感焉。《詩》表其事，《序》推其微，文殊而義一也。然則《角弓》之詩爲不合族者示戒，《頍弁》之詩又爲合族而情文不具者示戒也。」

嚴《緝》云：「幽王之時，亂亡已迫而不自知，族人與國同休戚，深竊憂之，而王疎遠宗族，無由進其忠告。其族人之尊者遂作此詩，因王不宴樂同姓，藉以爲辭，而告以禍敗之戒，非欲王宴樂之也。但詩人優柔之辭先從宴樂上說來，以漸及危亡警懼之意，故讀者不覺，真謂刺王不能宴樂同姓而已。當是時，驪山之禍將作，人情凛凛，不保朝夕。幽王方且飲酒無度，詩人豈復勸其宴樂哉？《國風》《小雅》多寓意於言外，或意雖形於言而優柔紆餘，讀者不覺也。有言古不言時而意在刺時者；如《甫田》《采菽》之類。有言乙不言甲而意在刺甲者；如《叔于田》全述叔段之事而實刺鄭莊，《椒聊》全述沃之盛强而實刺晉昭之類。有首章便見意，餘章變韻成歌者；此類甚多。有前數章皆含蓄而末章乃見意者；如《載驅》之類。有首尾全不露本意，但中間一二冷語使人默會者；如《碩人》《猗嗟》之類。有言輕而意重者；如《凱風》言母氏勞苦而不言欲嫁。有先從輕處說起，漸漸說得重者。如《四月》憂世亂而先歎征役之勞，《頍弁》刺危亡而先說不宴樂同姓。讀《詩》與他書別，唯涵泳浸漬乃得之。」承珙案：此條亦可爲讀《詩序》者之通論。

「有頍者弁，實維伊何」，傳：「興也。頍，弁貌。弁，皮弁也。」箋云：「實，猶是也。言幽王服是皮弁之冠，是維何爲乎？言其宜以宴而弗爲也。禮，天子諸侯朝服以宴。天子之朝，皮弁以日視朝。」承珙案：正義述毛取興之意，謂王者之在上位，猶皮弁之在人首，引《左傳》「我在伯父，猶衣服之有冠冕」，《穀梁傳》「弁冕雖舊，必加於首；周室雖衰，必先諸侯」爲證，是也。鄭箋即以「皮弁」爲王燕服，近於賦矣。亦未始不可因以爲興，此在《詩》中別一興例。如《鴛鴦》箋云：「此交萬物之實而言興者，廣其義也。」亦別一例。若竟以「頍弁」爲賦，則弁之在首，尚何待言？而三章曰「實維在首」，成何語乎？正義申箋，謂天子燕服有二，燕群臣用玄冠，燕同姓用皮弁。引《賓之初筵》箋，謂祭末，王與族人燕，而經云「側弁之俄」，是燕同姓用皮弁之事。此詩三章言「兄弟甥舅」，似不止於同姓。然《賓之初筵》箋云：「王與族人以異姓爲賓。」此「甥舅」當亦指異姓之爲賓者。是則二詩雖及異姓，皆以族燕爲主，故同用皮弁。《角弓》之詩曰「兄弟昏姻」，亦兼異姓爲言，而《序》但言「九族」，與此《序》正同。《集傳》因「甥舅」句改爲「燕兄弟親戚」之詩，而於《角弓》又從《序》專主九族，未免自亂其例矣。

《吕記》引董氏曰：「頍者，圍項而結之也。禮，緇布冠頍弁無笄者著，頍圍髮際，結項中，隅四綴。則有笄者亦以固頍。」承珙案：此用《儀禮》鄭注爲説。毛傳但云：「頍，弁貌。」初不以「頍」爲支弁之物。《説文》：「頍，舉頭也。从頁，支聲。《詩》曰：『有頍者弁。』」蓋「頍」爲「舉頭貌」，弁著於首，故亦可言「頍」，義相因耳。鄭注《儀禮》「緇布冠缺項」云：「缺，讀如『有頍者弁』之『頍』。」此不過比方其音。然其下文曰「著頍」、曰「固頍」、曰「頍象」，則是以「頍」爲固冠之物，而非爲弁貌。段氏《儀禮漢讀考》疑其出三家《詩》。然詩中如「有芃者狐」「有菀者柳」之類皆形容之詞，則此「有頍」亦當以傳云「弁貌」者爲正。張氏彩云：「許氏曰『頍』即古『規』字。規爲員者，弁之貌也。」今案：《説文》不云「頍」即「規」字，惟「䫏」下云：「小頭䫏䫏也。从頁，枝聲，讀若『規』。」字又作「頛」，《隸釋》載《張表碑》即以「頛」爲「規榘」字。張氏殆誤記耳。但其以「頍」爲弁圓之貌，則與《釋名》云「弁如兩手相合抃」、《續漢志》云「皮弁長七寸，高四寸，制如覆杯」者形狀頗合，自可存之，以備一解。

「豈伊異人，兄弟匪他」，箋云：「此言王當所與宴者，豈有異人疏遠者乎？皆兄弟，與王無他，言至親。」承珙案：箋以「至親」明「匪他」之義，乃謂其心無他，所以别上文「豈伊異人」也。正義述之，既云：「王所當與燕者，豈伊更有異人？」又云：「皆王宗族兄弟，非有他人。」文義重複，非鄭意也。

「蔦與女蘿，施于松柏」，傳：「蔦，寄生也。」案：《爾雅》「寓木，宛童」，在《釋木》。《説文》則云：「蔦，寄生艸也。或从木作樢。」蓋寄生雖生於木，其質則草，故字從草亦從木。《廣雅·釋草》既云「寄屑，寄生也」，《釋木》又云「宛童，寄生，樢也」。《本草》多言桑上寄生者，以其入藥故耳。陶隱居云：「《詩》言施于松上，方家亦用楊楓上者，各隨其樹名之耳。」

傳：「女蘿，菟絲，松蘿也。」《釋文》云：「女蘿，在草曰菟絲，在木曰松蘿。」正義曰：「《釋草》云：『唐蒙，女蘿。』『女蘿，菟絲。』毛意以『菟絲』爲松蘿，故言『松蘿』也。陸璣《疏》云：『今菟絲蔓連草上生，黄赤如金。今合藥菟絲子是也，非松蘿。松蘿自蔓松上生，枝正青，與菟絲殊異。』事或當然。」承珙案：《爾雅》以「女蘿」爲菟絲，而不言松蘿。《廣雅》以「女蘿」爲松蘿，而别出「菟絲」。惟毛公合菟絲、松蘿以釋《詩》之「女蘿」，則菟絲、松蘿當爲一物。自陸《疏》分析爲二，後儒多從其説者，蓋以《神農本草》菟絲列上品，松蘿列中品故耳。然本經松蘿一名「女蘿」，《御覽》引吴普云：「菟絲，一名松蘿。」則輾轉通名，仍爲一物可知。《吕氏春秋·精通》篇云：「人或謂菟絲無根。菟絲非無根也，其根不屬也，茯苓是。」《淮南·説山訓》云：「千年之松，下有茯苓，上有菟絲。」《説林訓》云：「茯苓掘，菟絲死。」然則菟絲爲茯苓之蔓施于松上，故又謂之「松蘿」。王逸注《楚辭·九歌》云：「女蘿，菟絲也。」高誘注《吕覽》《淮南》亦云：菟絲一名女蘿。皆用《爾雅》。毛公因《詩》言女蘿施松柏，故又合松蘿以釋之。陸璣乃云「女蘿，今菟絲，非松蘿」，雖駮傳文，而實與經文相違戾。正義反以爲當然，誤矣。

「如彼雨雪，先集維霰」，傳：「霰，暴雪也。」箋云：「將大雨雪，始必微温。雪自上下，遇温氣而摶，謂之霰。久而寒勝，則大雪矣。」正義曰：「以比幽王漸致暴虐。且初爲霰者，久必暴雪，故言暴雪耳，非謂霰即暴雪也。」段氏《詩小學》曰：「『暴』當作『黍』。《爾雅》作『消雪』，《説文》作『稷雪』。此『暴』字必『黍』之譌。『如黍』『如稷』皆言其形也。『消雪』當作『屑雪』。」承珙案：此泥於「暴」爲「大」義，霰雪未可爲大耳。《廣雅・釋詁》：「暴，猝也。」《説文》：「猝，犬从艸暴出逐人也。」「猝」通作「卒」。《漢書・杜欽傳》注引鄭氏曰：「卒，急也。」凡卒然者謂之「暴」，引申之，凡初起者亦謂之「暴」。此傳以「霰」爲「暴雪」，正謂將有大雪，其初卒然而下者必霰也。與經「先集」意合，固非以暴雪爲大雪，亦不必改「暴」爲「黍」。《爾雅》「雨霓爲霄雪」，與《説文》同，「霄」通作「消」，亦非「屑」字之誤。《宋書・符瑞志》引《韓詩》：「霰，英也。」《文選・雪賦》注引同。沈約云：「花葉謂之英。」然則霰爲花雪。今案：雪之成花當在大雪之候，與霰雪先集者不同，韓義不如毛審矣。

「死喪無日，無幾相見。樂酒今夕，君子維宴」，箋云：「王政既衰，我無所依怙，死亡無有日數，能復幾何與王相見也？且今夕喜樂此酒，此乃王之宴禮也。刺幽王將喪亡，哀之也。」正義曰：「以王必不燕己，故自己酒，維當王之燕禮。」承珙案：王逸注《楚辭・大招》引《詩》「樂酒今昔」，言可以終夜自娱樂也。此亦以「樂酒」爲自飲。然繹箋意似不如此。「君子」仍當斥幽王，謂王不知孤危將亡，且飲酒爲一夕之樂，君子之宴如此而已。疏謂以己酒當王燕禮，非是。嚴《緝》云：「上二章言族人以未見王爲憂，既見王爲喜，其辭猶緩也。末章言國亡無日，族人縱得見王，其能幾乎！當急與族人飲酒相樂於今夕，蓋王今維宜宴而已。言『今夕』，謂未保明日之存亡。言『維宴』，謂天下之事已無可爲，惟須飲耳。其辭甚迫矣。豈真望王宴樂之哉！見，即上章『未見』『既見』之『見』，謂見王也。君子，即上二章所指王也。《詩記》以上二章『君子』爲幽王，末章『君子』爲族人自相語，非也。」郝仲輿云：「『今夕何夕，死喪近矣！而君子惟怡然宴樂，長夜之懽不輟，來朝之事未可知矣。如後世敵兵四合而帳中夜飲，亡國之慘，千古一轍，杜甫所謂『東方漸高柰樂何』者也。長歌可以代泣，其《頍弁》之謂乎？」案：二説頗婉曲，與詩旨合。

車舝

《序》云：「《車舝》，大夫刺幽王也。褒姒嫉妬，無道並進，讒巧敗國，德澤不加于民。周人思得賢女以配君子，故作是詩也。」姜氏《廣義》曰：「朱氏《解頤》以此爲燕樂新昏，上下通用之樂歌。季氏《解頤》曰，君子得賢妻而自慶之詞。按：章末曰『覯爾新昏』，則知作詩之人非即新昏之人也。」何氏《古義》曰：「《禮》云，昏禮不賀，人之序也。又云，娶婦之家，三日不舉樂，思嗣親也。新昏安得有燕有樂歌邪？」朱氏《通義》曰：「西亭王孫亦疑及此，然《戴記》所云，恐是士庶之禮。天子納后，共承宗廟社稷，必與士庶家不同。」承珙案：諸説反覆駁難，皆過於坐實詩詞耳。《序》云「周人思得賢女以配君子」，首章即云「思孌季女逝兮」，是全篇皆虛擬之詞，並無其人其事，正與《陳風·東門之池》一例。「式燕且喜」「式燕且譽」與「韓姞燕譽」同，本非謂新昏燕飲。「式歌且舞」與「可以晤歌」同，亦非謂新昏樂歌。至「酒殽飲食」，乃是興詞，總極言思賢女之切，得賢女之樂。所樂在此，則所惡在彼矣。詩人微婉之旨，烏可以刻舟膠柱之見言之哉？

「間關車之舝兮」，傳：「興也。間關，設舝也。」《吕記》引董氏曰：「《説文》：『舝，鍵也。』故謂之關。又曰：『舝，車聲也。』車鍵而行則有聲，故古人以間關爲聲，又爲驅馳，其説本此。」何氏《古義》曰：「横木持門者爲關，即門牡也。車之横軸似之，加鐵于軸，使鐵與木相閒而不得脱，是謂間關。下文言『舝』是也。」承珙案：《雜記》云：「叔孫武叔朝，見輪人以其杖關轂而輠輪者。」正義云：「關，穿也。輠，迴也。謂作輪之人以杖關穿車轂而迴轉其輪。」是「關」義爲鍵，亦爲穿。舝者，以鐵關穿軸端而制轂，如鍵閉然，行則設之，有展轉艱澀之狀，故曰「間關」。箋云「嚴車設其舝」，「嚴」謂鍵制其車，正間關之義也。諸書言「間關」者，如《王莽傳》「間關至漸臺」及《後漢書·鄧騭馬援》等傳、《荀彧傳》論所言「間關」，注皆以爲「展轉崎嶇」之意，與「設舝艱阻爲間關」義亦相近。董氏以「間關」爲「車行聲」，古人無此語也。

《稽古編》曰：「《左傳》叔孫昭子賦《車轄》昭二十五年。以『舝』爲『轄』。二字並見《説文》。『舝』入《舛部》，云『車軸耑鍵也，兩穿相背。从舛，𢍏省聲。𢍏，古文「偰」字』，『轄』入《車部》，云『車聲也，从車，害聲』。然則『轄』既爲『車聲』，又兼『舝』義，故字亦作『轄』。」承珙案：晉灼《漢書》注云：「舝，古『轄』字。」然二字音義雖同，在《説文》則「軸端鍵」爲「舝」之本義，「車聲」爲「轄」之本義。其云「轄，一曰鍵」，乃「轄」之別義。毛於《泉水》傳云「脂舝其車」，此傳云「設舝」，則但取軸耑著鍵以爲將行之意，不必牽及車聲矣。

朱氏《通義》云：「顧夢麟曰：《疏義大全》：舝，介二反。則依『逝』爲叶。章當三轉韻。《六帖》：逝，石列反，音舌。則依『舝』爲叶。『舝』『逝』『渴』『括』俱入聲，上四句一韻。愚按，此章『逝』字當與《抑》詩『言不可逝』同叶，《六帖》説可從。」承珙案：《集韻》「逝」亦有食列一切，云「往也」。然《泉水》「載脂載舝」與「邁」「衛」「害」去入爲韻，與此詩「舝」與「逝」「渴」「括」去入爲韻正同，不必改讀「逝」爲石列反也。

「雖無好友，式燕且喜」，箋云：「式，用也。我得德音而來，雖無同好之賢友，我猶用是燕飲相慶且喜。」承珙案：思樂新昏，無端而牽入朋友，詞意迂緩不切。范氏《補傳》曰：「『好友』謂左右，季女之賢友也。言賢女不可多得，止得季女爲王之配，亦可用以燕飲而喜樂。見其難得，不敢望其多也。」此説亦未必然。《關雎》云「琴瑟友之」「鐘鼓樂之」，即此所云「好友燕喜」之義。《白虎通義・嫁娶》篇云：「閨閫之内，衽席之上，朋友之道也。」然則「好友」猶云「嘉耦」，思賢女之切而爲王謙辭，與三章「雖無德與女」一例，文義甚明，不煩曲説。

「依彼平林」，傳：「依，茂木貌。平林，林木之在平地者也。」案：毛意謂「依」與「猗」同。《淇澳》傳：「猗猗，美盛貌。」《文選》注引《韓詩章句》曰：「依依，盛貌。」是「猗」與「依」聲義皆同，單言疊言，意亦相近。故傳又以此「依」爲「茂木貌」也。

「雖無旨酒，式飲庶幾。雖無嘉殽，式食庶幾。雖無德與女，式歌且舞」，箋云：「諸大夫覬得賢女以配王，於是酒雖不美，猶用之燕飲；殽雖不美，猶食之人，皆庶幾於王之變改，得輔佐之。雖無其德，我與女用是歌舞相樂，喜之至也。」承珙案：箋意以「女」爲諸大夫相爾汝。然依其説，則似以「雖無德」爲句，下六字爲句，按之經文及韻，實不相合。《吕記》從鄭。嚴《緝》亦同而小變之，謂「賢女雖無恩德及汝」，説尤迂曲。上文方言令德來教，何忽云無德？且賢女配王，亦何用言無德及諸大夫邪？李氏《集解》曰：「此思賢女而不可得之辭。蓋言雖無賢女以德及汝，但得與王燕樂之，猶勝於襃后也。」此用歐陽《本義》之説。夫方思賢女，何又云「無」？且既無賢女，則與王燕樂者又是何等之女？種種支離，不可究詰。惟姜氏《廣義》曰：「此章正其令德之實，言得此令德之碩女，即如一飲一食，躬儉可風也。吾君雖無絶大恩德與女，女欣喜歌舞不置，貞静可風也。以是主持陰教，足以表率六宫而無媿。德，以接遇之禮言。《左傳》晏子云：『《詩》曰：「雖無德與女，式歌且舞。」陳氏之施，民歌舞之矣。』歌舞，感德之謂也。」承珙謂：姜説以「女」指季女，「無德」屬王言，是也。但上四句不過興詞，言碩女之德如是，不比襃姒之嫉妬讒巧，雖王無德與女，亦能説樂君子，無不和諧，式歌且舞焉，猶之無旨酒嘉殽，而亦式飲式食也。姜氏釋上四句尚近於泥。

「陟彼高岡，析其柞薪。析其柞薪，其葉湑兮。鮮我覯爾，我心寫兮」，箋云：「陟，登也。登高岡者，必析其木以爲薪，析其木以爲薪者，爲其葉茂盛，蔽岡之高也。此喻賢女得在王后之位，則必辟除嫉妬之女，亦爲其蔽君之明。鮮，善。覯，見也。善乎，我得見女如是，則我心中之憂除去也。」《吕記》引陳氏曰：「析薪者，以喻昏姻。善乎，我得見爾賢女，則心輸寫而無所憂矣。」范氏《補傳》曰：「詩人謂陟高岡以斧而析薪，故能得薪，而併取其葉湑然而盛；今王欲求賢女，亦當有其道，如斧析薪然，則賢女至矣。」承珙案：詩中以析薪喻昏姻者，不一而足。此説較箋「去蔽」之説爲勝。至詩中「爾」字，箋皆指王，亦以陳氏即指季女者爲順。我者，詩人自我也。

「高山仰止，景行行止。四牡騑騑，六轡如琴」，傳：「景，大也。」箋云：「景，明也。諸大夫以爲賢女既進，則王亦庶幾古人有高德者則慕仰之，有明行者則而行之。其御群臣使之有禮，如御四馬騑騑然，持其教令使之調均，亦如六轡緩急有和也。」歐陽《本義》曰：「『高山仰止，景行行止』者，勉其不已之辭也。以謂賢雖難得，求之不已將有得也。故其下則云『四牡騑騑，六轡如琴』者，調和車馬往迎之，如首章『車舝』也。」承珙案：後儒多用此説以易箋疏。今考《禮記・表記》、《史記・孔子世家》、《韓詩外傳》「南假子」、徐幹《中論》皆引此詩，雖所喻不同，然按之詩詞，「高山」「景行」自即以喻賢女，「仰止」「行止」極致其思慕之意。若如箋疏謂賢女既進，庶王能仰慕、則法乎古人，未免多一轉折矣。至「四牡」二句爲往迎賢女，正與「車舝」爲首尾之詞，於上下皆順，亦較箋疏之説爲優。

孫奕《示兒編》云：「唐明皇《孝經序》曰：『朕嘗三復斯言，景行先哲。』按『景行』二字見於《車舝》，詩人以高山對大道而言，皆取喻之辭。此《序》則當以『景』訓『明』。『行』訓『踐』，而謂明踐先聖之訓，則辭意曉然。博考經傳，『景』之爲言大也、明也，殊未聞有訓『慕』者。」承珙案：宋韋居安《梅磵詩話》：「山谷云：『俞清老作景陶軒，名爲未當。《詩》：「景行行止。」景，明也。高山則仰之，明行則行之耳。魏、晉閒所謂「景莊」「景儉」，從一人差誤，遂相承謬。』」葉靖逸《四朝聞見録》云：「真文忠公德秀，字景元。樓宣獻公鑰嘗叩其義，真答以慕元德秀之爲人。樓公取《詩》『景行行止』示之，真遽易爲『希元』。蓋『景元』乃『明元』，無謂也。今人名字以『景』爲『希』者，皆承襲之誤耳。」周密《浩然齋雅談》亦引黄山谷、樓攻媿二事。然《攻媿文集》從子溉改字景劉，説云，溉本字大之，因閲《南史》劉溉事，命改字曰「景劉」，欲其慕古人之用心。此則又以「景」爲景慕矣。盧召弓曰，《後漢書・劉愷傳》賈逵上書稱「愷景仰前修」注：「景，猶慕也。」又陳忠上書有「百寮景式」語，注：「景慕以爲法式。」則「景」有景慕意，自漢已然。承珙謂：此未可以證詩，詩人自以「高山」「明行」作對。《三國志・杜畿傳》注引杜氏《新書》曰，太祖下詔稱畿功美，有云：「率馬以驥，今吾亦冀衆人仰高山，慕景行也。」此語正用《詩》意。其他以「景」爲慕者，或「景」字古亦有此訓，要於《詩》無涉耳。

《釋文》云：「仰止，本或作『仰之』。」正義曰：「德者，在内未見之言。行者，已見施行之語。德則慕仰，多行則法行，故『仰之』『行之』異其文也。」據此，是正義本二「止」字俱作「之」。《釋文》本「仰止」作「止」，或作「之」。下句不言者，自本作「行之」耳。《表記》釋文云：「仰止，本或作『仰之』。行止，《詩》作『行之』。」可證也。此與《史記》引《詩》上作「止」下作「之」正合。即《説文》「卬」下引《詩》，亦作「卬止」。則正義所據兩「止」字俱作「之」者，非古本也。

「覯爾新昏，以慰我心」，傳：「慰，安也。」箋云：「我得見女之新昏如是，則以慰除我心之憂也。新昏，謂季女也。」《釋文》：「慰，怨也，於願反。王申爲『怨恨』之義。《韓詩》作『以愠我心』。愠，恚也。本或作『慰』，安也，是馬融義。馬昭、張融論之詳矣。」正義曰：「傳以『慰』爲『安』。箋言『慰除』，以憂除則心安，非是異於傳也。孫毓載毛傳云：『慰，怨也。』王肅云：『新昏，謂褒姒也。大夫不遇賢女，而後徒見褒姒讒巧嫉妬，故其心怨恨。』徧檢今本皆爲『慰，安』。《凱風》爲『安』，此當與之同矣。此詩五章皆思賢女無緣，末句獨見褒姒爲恨，肅之所言非傳旨矣。定本：『慰，安也。』」承珙案：此詩陸從王義，孔從馬義。馬融作《毛詩》注，康成作《毛詩》箋，其所據皆作「慰，安」，則毛意「新昏」指季女，自不當有「怨」義。《韓詩》作「以愠我心」，云：「愠，恚也。」則「新昏」似指褒姒。二者當各從其家。《説文》：「慰，安也。」即本毛訓。其「一曰恚怒也」，乃别一義。然揆之經文，上章「覯爾心寫」、此章「覯爾慰心」，文義略同，不應美惡頓殊、樂恨相反如是。由此言之，韓、毛之短長可見矣。

青蠅

《序》云：「《青蠅》，大夫刺幽王也。」《虞東學詩》曰：「此《序》下無衍文。錢飲光引《國語》史伯曰：『夫虢石父，讒諂巧佞之人也，而立以爲卿士，與剸同也。周法不昭而婦言是從，用讒慝也。』此詩刺王，當爲大子宜臼被讒而作。按，《易林》云：『青蠅集藩，君信讒言。害賢傷忠，患生婦人。』又云：『馬蹄躓車，婦恕破家。青蠅汙白，恭子離居。』則焦氏早有是説矣。」承珙案：田閒之説，本於何氏《古義》。何氏并引《漢書》戾太子之亂，壺關三老、令狐茂上書引《詩》「營營青蠅，止于藩」，以爲事與《詩》合。然讒人罔極，内而父子夫婦，外而君臣朋友，皆受其害。詩言固無所不該，即謂刺幽王聽讒廢嫡，亦無不可。然必以「棘」爲九棘，「榛」爲婦贄，次章刺虢石父，卒章刺褒姒，此何氏之説。則鑿矣。

何氏又曰：「袁孝政注《劉子》云：魏武公信讒，《詩》刺之曰：『營營青蠅，止于藩。豈弟君子，無信讒言。』正不知其所自出。《國風》有魏，而世系無考，然《魏詩》何得入《雅》？愚不敢信以爲然。竊意毛傳篇次，此詩與《賓之初筵》相屬，彼爲衛武公所作，遂以此并繫之武公，而誤『衛』音爲『魏』耳。」承珙案：《困學紀聞》已言及此。何氏謂衛武之誤，雖想當然，亦似有理。

「營營青蠅」，傳：「興也。營營，往來貌。」《説文・言部》：「謍，小聲也。从言，熒省聲。《詩》曰：『謍謍青蠅。』」此所據與《毛詩》異，或出三家。若《爻部》《黽部》所引，則又從毛作「營」。毛不言「聲」者，青蠅飛則有聲，但言往來而其聲自見，足知毛義之簡而精也。

「止于樊」，傳：「樊，藩也。」箋云：「言止于藩，欲外之令遠物也。」嚴《緝》云：「青蠅集于在外之樊籬，若不必惡之也。然其營營往來，將入宮室汙几席，不但止樊而已也。喻讒人爲亂漸至迫近，當防其微也。」承珙案：《詩》中言「止」者，如「交交黄鳥，止于棘」「緜蠻黄鳥，止于邱阿」之類，毛傳皆以爲得所。此首章傳云：「樊，藩也。」三章傳：「榛，所以爲藩也。」則「止棘」「止榛」猶言「止藩」耳。蓋青蠅逐臭，藩籬之閒穢惡所聚。毛意但以此爲青蠅之所常集，必有所以引之，而後營營者漸至于迫近，以興讒人卑賤之流所處汙下，必信讒者有隙可乘，而後能用其交構，故首戒以「無信讒言」也。

「豈弟君子，無信讒言」，箋云：「豈弟，樂易也。」《虞東學詩》云：「陳鵬飛曰讒言多由持心傾險而後入，故願君子持心樂易，不聽讒言也。田閒謂『豈弟』有優柔不斷之意，猶『齊子豈弟』之稱。今按《左傳》『成凱悌也』之文，襄十四年。則陳氏説長。」

賓之初筵

《序》云：「《賓之初筵》，衛武公刺時也。幽王荒廢，媟近小人，飲酒無度，天下化之，君臣上下沈湎淫液。武公既入，而作是詩也。」《後漢書·孔融傳》注引《韓詩序》曰：「衛武公飲酒悔過也。」《集傳》謂此詩與《大雅·抑》戒相類，必武公悔過之作，宜從《韓詩》。秦氏《詩測》曰：「玩『既醉而出』四句，應是武公侍酒於王，見同列之人醉而失禮，故作此諷之，諷其既醉則宜出也。若飲酒悔過，則自爲主，不應轉咎賓之不出。

《序》説自不可易。」朱氏《通義》曰：「若祇是悔過，當與《衛風·淇澳》爲類矣。《序》云『刺時』者，武公於幽王之時，入爲卿士，不敢斥言王惡，借『悔過』以刺之。」姜氏《廣義》曰：「以『刺時』之意爲自悔之辭，猶微子言紂惡而云『我沈湎于酒』也。」承珙案：二説蓋欲通毛、韓兩家之郵，然使衛武公果止借悔過爲譎諫之辭，而作《序》者遂坐之曰「飲酒悔過」，是近於癡人説夢矣。且詩中所言「舍坐」「屢舞」「號呶」「側弁」諸狀，將謂他人乎？抑武公自謂乎？若謂他人則猶是刺時也；若其自謂，則以借諷之詞，亦不必如此形容盡致。玩繹全詩，仍當以毛《序》爲正。

正義曰：「毛於首章傳曰『有燕射之禮』，二章傳曰『主人請射於賓』。則毛以上二章皆陳古者先行燕禮，後爲燕射，無祭祀之事也。《燕禮》於『旅酬』之後云：『若射，則大射正爲司射，如鄉射之禮。』是燕射之法，先行燕禮而後射也。首章『舉酬逸逸』以上八句皆説燕事，『舉酬』即『旅酬』也。燕禮旅後乃射，故『舉酬』之下説『大侯既抗』以下六句，爲射事也。燕必有樂，故二章又重説燕事。『籥舞笙鼓』是燕時之樂。若燕樂之義，得先祖之神悦，故因論樂事，遂引而致之，言樂既和而奏之，可以進樂先祖，每事得禮，則神降之福。至『子孫其湛』以下六句，説燕樂得所，則神明福之。是不可不以禮燕射，故下四句復説射事。此兩章皆初論燕，後論射。三章、四章言今王燕飲，初雖重慎，後則失儀，至於音聲號呶，舞不休息，卒章言下民化之，亦荒於酒。皆刺當時沈湎之事。鄭以將祭而射謂之大射，大射之初，先行燕禮。首章上八句言射初飲燕之事，下六句言大射之事。二章言作樂以祭，盡章皆説祭時之事。三章、四章言今王祭末與族人私燕，小人爲賓，威儀昏亂。唯卒章與毛同耳。」《吕記》引董氏曰：「崔《集注》以一章爲大射，二章爲燕射。」王介甫、呂東萊皆用其説。嚴《緝》又述之，以首章「言未祭之燕，故擇士而射，爲大射」；次章「言既祭之燕，故因燕而射，爲燕射」。後儒則多因鄭箋「烝衎烈祖，其非祭歟」之語，故以鄭主大射爲長。承珙案：毛云「有燕射之禮」，並非專指燕禮之射也。考射禮見於《周官》者，有大射、賓射、燕射。若對文，固自有别，然三射皆有飲酒之禮。《禮記・射義》云：「古者諸侯之射也，必先行燕禮。」故《大射儀》，未射以前，節次皆與《燕禮》略同。而《燕禮》云：「若射，則大射正爲司射。」是燕禮容有不射，而射禮必無不燕者。大射之先既有燕禮，當亦可謂之燕射。毛於「大侯既抗，弓矢斯張」傳云：「大侯，君侯也。抗，舉也。有燕射之禮。」此謂「大侯」者，凡人君以禮燕射皆設之，非專指王以息燕之射。蓋毛亦以首章前八句爲大射之燕，後六句爲既燕而射。次章「烝衎烈祖」云云，當如正義所申，因論樂事遂引而致之。「籥舞笙鼓」即指射時之樂。以此射爲祭擇士，則樂奏既和，當可以進樂其先祖，洽百禮而受大福。此如《信南山》「曾孫之穡，以爲酒食，畀我尸賓」，又「疆埸有瓜，是剥是菹，獻之皇祖」，皆引而致之於祭，非正言祭時之酒食、菹豆也。何氏《古義》曰：「『烝衎烈祖』以下六句，皆預擬之詞，非實祭也，承上言大射之禮既畢，凡射而中者，皆得與於祭，則今日能中之人即後日助祭之人矣。」「各奏爾能」又起下文射事。故「賓載手仇」以下，毛以爲復射，而於上文不發祭傳者，以經本非實言祭事故也。鄭於次章皆以祭事釋之，然「各奏爾能」謂是子孫獻尸，疏申之以尸尊神之象，子孫敢獻之，是其能，殊不成語。不如毛意指射而言，與上章「獻爾發功」語意一例也。至宋儒謂次章爲祭畢而燕，燕而又射。偏考經傳，無祭後燕而復射之事。若崔《集注》所分，首章固爲大射，次章明有「烝衎烈祖」之文，何以決其必爲燕射也？

「大侯既抗，弓矢斯張」，傳：「大侯，君侯也。抗，舉也。有燕射之禮。」箋云：「舉者，舉鵠而棲之於侯也。《周禮·梓人》：『張皮侯而棲鵠。』天子諸侯之射，皆張三侯，故君侯謂之大侯。大侯張，而弓矢亦張，節也。將祭而射，謂之大射。下章言『烝衎烈祖』，其非祭歟？」正義申毛云：「《燕禮》言：若射，如鄉射之禮。按，鄉射初則張侯，此『舉酬』之下始言『大侯既抗』者，鄉射之初雖言張侯，而以事未至，經云：『不繫左下綱，中掩束之。』至於將射，以司正爲司馬，乃云：『司馬命張侯，弟子脱束，遂繫左下綱。』是將射始張之，故於此言『既抗』也。」其申鄭云：「按《大射》，前射三日，司馬命量人、巾車張三侯。《夏官·射人》云：若王大射，則以貍步張三侯。則天子亦前射三日，其侯射人張之矣。此將射而言『大侯既抗』，明非始張侯體，言舉鵠而棲之於侯中也。」《吕記》云：「《大射儀》雖前期三日張大侯，然不繫左下綱，與鄉射同。雖不言『將射，命張侯，遂繫左下綱』，亦可互見也。鄭氏偶忘互相備之例，遂以爲舉鵠而棲之於侯。殊不知舉三尺之鵠，安得謂之『大侯既抗』乎？」何氏《古義》曰：「綱者，持舌繩之名。舌，所以維持侯者，侯上下各有左右舌，故有左右上下綱繩出于舌外，以持舌而繫之于植也。侯以向堂爲面，則左下綱以西畔而言。初之不繫者，事未至也。中掩束之者，中掩左厢向東束之，故將射乃解之也。脱其束，遂繫左下綱于植，事至故也。《大射儀》于將射雖不言繫綱，而前此張三侯之時亦有『不繫左下綱』之文，及畢事，又有『量人解左下綱』之文，則於此時繫之可知。所以不言及者，互相見耳。」承珙案：箋以「舉」爲「棲鵠」，正申傳「舉」字之義。蓋經言「大侯」，則「既抗」之爲張侯，本不待言。必兼「棲鵠」，其義乃備。非謂大射前已張侯，此時唯有棲鵠也。下箋云「大侯張而弓矢亦張」，則鄭意未嘗不以「既抗」爲張侯矣。孔疏欲分别毛爲燕射，鄭爲大射，故中毛以爲同鄉射之張侯，申鄭以爲大射不更張侯而唯棲鵠。殊不知大射之脱束繫綱，本與鄉射同，不言者，略耳。此疏誤，非箋誤也。

「以祈爾爵」，傳：「祈，求也。」箋云：「射者與其偶拾發，發矢之時，各心競云：我以此求爵女。爵，射爵也。」《稽古編》曰：「『爵女』當作『女爵』。文倒者，傳寫之譌耳。孔申鄭云，以求不飲女養病之爵；又云我以此求女爵，謂求不飲也；又引《射義》『辭爵』語證之。使仲達爲疏時，箋文已作『爵女』，則不應以『求不飲』釋之，其引《鄉射》文又當較論其同異矣。蘇氏釋此，謂求勝以爵不勝者，蓋所見鄭箋作『爵女』，故爲此説。朱《傳》全用箋語，亦作『爵女』。蓋二字誤倒久矣。」承珙案：陳説是也。若作「爵女」，則是相競云求罰女矣。正義云「求不飲女之爵」，固即《射義》「求中辭爵」之意，然必增字成句，於經文語氣不合。竊意此本罰爵，而謂之「祈」者，言欲射中以求爾之卒爵，輔廣所謂借此以勸飲耳。此詩人立言之妙也。

「賓載手仇，室人入又」，傳：「手，取也。室人，主人也。主人請射於賓，賓許諾，自取其匹而射。主人亦入於次，又射以耦賓也。」正義曰：「毛以此爲行燕射之禮，故以『手』爲『取』。言『室人』以對『賓』，故云『室人，主人』。以主自居於室，故謂之『室人』也。《大射》云：『司射請於公。』《鄉射》云：『司射請於賓。』則射法，立司射以請之，非主人自請。此以詩之所陳，略舉大綱，非如記注禮儀，曲言節數。禮從主人而起，故云主人請而賓許諾也。又《射禮》耦者，有司所比，不是賓自取之。云賓自取匹者，雖配之由於有司，其技藝敵與不敵，亦强弱素定，自相牽引而爲耦也。」承珙案：此疏申毛固爲明暢，然尚有未盡。傳云：「手，取也。」手本所以取物，因而凡取即謂之「手」。訓詁每有此例。古人謂「手弓」「手劍」者，即「取弓」「取劍」也。《吕記》引王氏曰：「賓黨射則手敵，主黨射則又手敵。」邱氏曰：「手敵，對手之耦也。」戴氏《續詩記》曰：「手仇，言射者各以其耦爲敵，猶曰『手搏』『手談』之義。」其説皆通。至《射禮》請射爲司射，非主人自請；耦者，有司所比，非賓自取，豈有毛公大儒顧不知此？而傳云云者，考《大射儀》：燕畢徹俎，説屨安坐之後，「若命曰：復射。司射命射唯欲」。注云：「欲者則射，不欲者則止。可否之事，從人心也。」蓋前此三射皆司射請射，有司比耦。此云「命射唯欲」，則可自取其耦，不必與正射同。又天子諸侯燕禮、射禮，以膳夫、宰夫爲主人。前此正射，君與賓爲耦，此時或君不欲射，主人膳宰之屬故可請射於賓，亦入於次，又射以耦賓也。觀下文「酌彼康爵」，傳訓「康」爲「安」，足知毛以此射指升坐安燕後之復射而言矣。

「酌彼康爵，以奏爾時」，傳：「酒，所以安體也。時，中者也。」正義曰：「上章言『以祈汝爵』，慮其耦與己爵也。此言以奏爾中，謂勝者之黨酌以進中者，令以飲彼不中者也。各從其所而言之。故王肅云奏中者，以飲不中者是也。或以《投壺》云『正爵既行，請爲勝者立馬。三馬既立，請慶多馬』，謂此以奏爾中爲慶勝之爵。知不然者，大射、鄉射皆射訖即行飲酒之禮，以至於終，無慶勝之事故也。」承珙案：上言「以祈爾爵」，則射禮飲不勝者之事已畢，何得次章又言飲彼不中？王肅所申似非經旨。考《大射儀》坐燕復射之後，亦如燕禮，有無算爵，酌以之公，命所賜，則非如前此射爵，雖中者亦當與於飲矣。故傳以「康」爲「安」，以「時」爲「中」者，固非勝飲不勝，亦非《投壺》「慶勝」之謂也。

「賓之初筵，温温其恭」，箋云：「此復言『初筵』者，既祭，王與族人燕之筵也。」正義曰：「此與上章雖古今不同，而相承爲首尾。」承珙案：此詩首、次兩章，毛、鄭雖皆爲陳古刺今，然毛以兩章或燕或射皆一時之事，鄭則首章爲祭前擇士之射，次章爲正祭，已非一時之事。而三章刺今，乃獨承次章而言祭後之燕，於義不安。正義以爲相爲首尾，非是。竊意兩「初筵」，乃一古一今相對爲文。其陳古事舉射禮者，以其志於射，略於飲酒，故「以祈爾爵，以奏爾時」，所以見古人德將無醉，未有無故而飲酒者。再言「賓之初筵」，絶不及所以飲酒之事，則是有燕必醉，醉則喪儀，正《序》所謂「飲酒無度」者也。謂與上章反對則可，謂相爲首尾則未必然。

「屢舞傞傞」，《説文》：「姕，婦人小物也。从女，此聲。《詩》曰：『婁舞姕姕。』」段注云：「古『此』聲『差』聲最近。《庸風》『玼兮玼兮』，或作『瑳兮瑳兮』。」承珙案：此許所據或三家《詩》，借「姕」爲「傞」，「姕」不得爲「舞貌」也。《人部》引《詩》仍從毛作「傞傞」。蓋毛用正字，三家用借字耳。《晏子春秋・雜篇》引《詩》亦作「屢舞傞傞」。

「凡此飲酒，或醉或否。既立之監，或佐之史。彼醉不臧，不醉反恥」，傳：「立酒之監，佐酒之史。」箋云：「凡此者，凡此時天下之人也。飲酒於有醉者，有不醉者，則立監使視之，又助以史使督酒，欲令皆醉也。彼醉則已不善，人所非惡，反復取未醉者恥罰之。言此者，疾之也。」承珙案：傳釋「立監」「佐史」，似謂飲酒之正法，未必如鄭言以監史督酒令醉。鄭注《鄉射禮》，謂立司正以察儀法，即引此詩，乃詩之本義。此言督令皆醉者，因下文有「不醉反恥」句耳。其實上言監史，爲禮法所當然，下乃言醉者之不臧，反以不醉者爲恥，文義自明，無庸別解。疏以鄭義述毛，恐非毛旨。《吕記》引董氏曰：「立之監以監之，佐之史以書之，古之慎禮如此。」又引淳于髡説齊威王曰「飲酒大王之側，執法在旁，御史在後」爲證。嚴《緝》云：「今此飲酒或有醉者，或有醒者，立之監以正其禮，佐之史以書其過，政欲防失禮者也。彼醉者失禮而不善，乃反以醒者爲恥，非立監史之意也。」諸説似於經傳爲合。

「式勿從謂，無俾大怠」，箋云：「式，讀曰慝。勿，猶無也。俾，使。由，從也。武公見時人多説醉者之狀，或以取怨致讎，故爲設禁：醉者有過惡，女無就而謂之也，當防護之，無使顛仆，至於怠慢也。」正義曰：「鄭以上文未有醉惡之事，而云勿從謂之，故以『式』爲『慝』，訓之爲『惡』。毛不爲傳，但毛無改字之理，必不與鄭同。王肅云用其醉時，勿從而謂之，傳意當然也。」承珙案：上文明言「彼醉不臧」，何得云未有醉惡之事？「式」字當從王作「用」。《釋文》：「式，徐云：毛如字。又云：用也。」是王、徐述毛皆同。此承上文「不醉反恥」來，設爲監史禁戒旁人之詞。「無俾大怠」又即承上句來，言醉者以不醉爲恥。若復從而謂之以飲不當醉，則彼必更肆其號呶，以至於大怠。蓋凡醉人最惡人言其沈酣，每至倚酒罵座，古今情狀大抵相同。詩人體物微至，亦所以使旁觀者俟其醒而後規之，則言之易入而其失或可以挽回，尤足見詩人忠厚之意。箋增「防護」一層，以詩兩句爲二事，似不合語意。朱《傳》云：「安得從而告之，使勿至於大怠乎？」此解雖平易，但經文「式勿」字無著。《吕記》引邱氏曰：「此爲飲酒者設法也。爲主人者用不從世俗所謂飲酒之法，無使過醉怠慢無禮。」戴氏《續記》云：「『式勿從謂』指未醉者言也。彼已醉者，幸勿從而與之言，善自扶持，無使爾身至于大怠。」戴氏《詩考正》又云：「『勿』有『没』音，『没』『勉』聲之轉。『式勿從謂』，言用勸勉之意從而謂之，以無使至甚怠。」諸説皆詰屈難通，經意未必如是。

「匪言勿言，匪由勿語」，箋云：「其所陳説，非所當説，無爲人説之也，亦無從而行之也，亦無以語人也。皆爲其聞之將恚怒也。」段氏《詩經小學》曰：「『觀箋云『亦無從而行之』，鄭本『匪由』當作『勿由』，後人妄改爲『匪』，與上『匪言勿言』成偶句耳。」承珙案：段據箋，知經作「勿由」，誠是。正義云：「汝之所陳説者，非所當言，勿爲人言。而又當自善，非得見彼皆然，遂從而行之。」此兩「非」字釋經兩「匪」字，是孔所見本已作「匪由」。然此疏實失箋旨。箋云「其所陳説」，「其」指醉者，下「無爲人説」乃戒時人。鄭意蓋謂醉者非所當言而言，汝勿爲人述其言。其所言多不可從者，汝亦勿從，亦勿以其事語人。皆所以維持調護醉人，使其惡不至於衆著耳。疏以「匪言」亦屬旁人，則不醉之人陳説有何不當，而戒以勿爲人説哉？

「由醉之言，俾出童羖」，傳：「羖羊不童也。」箋云：「女從行醉者之言，使女出無角之羖羊。脅以無然之物，使戒深也。」承珙案：上文「勿言」「勿由」「勿語」爲三事，此獨承「勿由」者，蓋爲人述其言，語人以其事，猶是不醉者之所爲。若從行醉者之言，則是亦醉矣，尤不可以不戒。故箋云「脅以無然之物，使戒深也」。

「三爵不識，矧敢多又」，箋云：「矧，況。又，復也。當言我於此醉者，飲三爵之不知，況能知其多復飲乎？三爵者，獻也、酬也、酢也。」正義曰：「何知非己自飲之而云彼醉者飲三爵者？以問彼之狀，宜以彼飲答之。且言『矧敢多又』，是不敢知他之辭，故知『三爵』者，亦他飲也。禮有獻酢與旅酬，及無算爵。旅與無算，不止三爵而已，故知三爵是獻也、酢也、酬也。若然，禮，主人獻賓，賓飲而又酢主人，主人飲而又酌以酬賓，賓則奠之而不舉，則賓主皆不飲三爵矣。而指獻、酢、酬爲三爵者，言於飲三爵禮之時，非謂人飲三爵也。」承珙案：箋言於此醉者飲三爵之不知，則三爵自指一人所飲。而又以獻、酢、酬爲三，則是賓主所共，故疏以飲三爵禮之時通之。然經文「多又」明對一人三爵爲言，故後儒多引《玉藻》「三爵而油油以退」，及《左傳》「臣侍君宴，過三爵，非禮」。此皆經傳確證，似較箋疏爲優。

毛詩後箋卷二十二

涇　胡承珙

小雅魚藻之什

魚　藻

《序》云：「《魚藻》，刺幽王也。言萬物失其性，王居鎬京，將不能以自樂，故君子思古之武王焉。」案：此詩傳箋以「在藻」「依蒲」爲魚之得所，興武王之時，民亦得所。歐陽《本義》、李黄《集解》及《埤雅》《爾雅翼》皆從此義。范氏《補傳》、嚴氏《詩緝》乃以藻蒲水淺爲魚之失所，以興幽王之民失所。然經文曰「在」曰「依」，似非失所之喻。蘇《傳》又謂在藻之魚不知將爲人取，興王飲酒自樂，不知危亡。亦與經言「豈樂」、言「有那」者不合。惟從毛、鄭，則詞旨與《鴛鴦》相類，但陳古之美，而刺意皆在言外。《文選》王元長《曲水詩序》：「信凱燕之在藻，知和樂於食苹。」此取其詩詞本言武王，故可用爲頌美耳。《隋書》：「煬帝見薛道衡《高祖頌》，以爲此《魚藻》之義。」劉知幾《史通·載文》篇：「觀《猗與》之頌而驗有殷方興，觀《魚藻》之刺而知宗周將隕。」此皆正用毛《序》之義者也。

「魚在在藻」，箋云：「藻，水草也。魚之依水草，猶人之依明王也。」又云：「此時人物皆得其所，正言魚者，以潛逃之類信其著見。」承珙案：傳於《鴛鴦》云：「興也。」箋申之曰：「此交萬物之實也，而言興者，廣其義也。」正義謂：「交於萬物，則非止一鳥，故云興也。言舉一物以興其餘也。」準此，則此傳亦當言「興」。而不言者，毛意以經「魚在」「王在」對文，恐人誤以魚興王，而不知魚之在藻乃萬物得所之實，爲王所以豈樂之由，文義相因，故不言「興」。箋謂以潛逃信著見，深得傳未言之意。後儒多謂以魚興王，誤矣。

「有頒其首」，傳：「頒，大首貌。」《釋文》：「頒，符云反。《說文》同。《韓詩》云：衆貌。」是毛、韓字同義異。正義引《釋詁》「墳，大也」，云「頒」與「墳」字異音義同。《書正義》云，樊光注《爾雅》引《詩》「有賁其首」。此即《爾雅》「墳，大也」注。樊所據必《齊》《魯詩》，又與毛字異而義同者。《說文》：「頒，大頭。」正用毛義。次章「有莘其尾」傳云：「莘，長貌。」《古樂府・白頭吟》「魚尾何蓰蓰」，當亦謂尾之長。「蓰」「莘」一聲之轉。毛於《螽斯》之「詵詵」、《皇皇者華》之「駪駪」、《桑柔》之「甡甡」，皆訓「衆多」，獨以此「莘」爲「長尾」者，自依《序》言物得其性，故當以大首長尾爲魚充肥之狀。《高唐賦》「縰縰莘莘」注引《詩》「有莘其尾」，「毛萇曰：莘，衆多也」。此李善之誤以《韓詩》訓「頒」爲「衆」推之，或者彼「莘」亦訓爲「多」，李誤以韓爲毛歟？

采菽

「采菽采菽，筐之筥之」，傳：「興也。菽，所以芼大牢而待君子也。羊則苦，豕則薇。」箋云：「菽，大豆也。采之者，采其葉以爲藿。三牲牛羊豕，芼以藿。王饗賓客有牛俎，乃用鉶羹，故使采之。」正義曰：「傳既言『羊則苦，豕則薇』，則菽不總芼三牲而言。菽所以芼大牢者，舉牛之芼，則羊豕之苦薇從之可知，故云『大牢』以總之。《公食禮》云：『鉶芼牛藿羊苦豕薇，皆有滑。』注云：『藿，豆葉也。苦，苦荼也。滑，堇荁之屬。』是也。」其申鄭云：「以『菽』指大豆之體而言『采』，故云『采其葉以爲藿』。言『三牲牛羊豕』者，解傳言『大牢』之意。明舉菽以見三牲，牛不獨爲大牢也。定本『三牲』之下無『牛羊豕』字。」承珙案：大牢具三牲，少牢兼羊豕，此注疏之大例。然古人或以大牢先牛，少牢先羊，即謂牛爲大牢，羊爲少牢。唐人牛僧孺、楊虞卿之謔亦有所本。傳既別言羊苦豕薇，而其上文曰「菽，所以芼大牢」，則「大牢」之專指牛明矣。箋云：「采其葉以爲藿。」段懋堂云「藿」當作「芼」，是也。承珙謂：正義引定本「三牲」下無「牛羊豕」字，亦疑有誤，當是「三牲」下無「羊豕芼」三字。箋蓋云：「采之者，采其葉以爲芼三牲，牛以藿。」正所以申明傳文「菽，芼大牢」之説也。

「觱沸檻泉，言采其芹」，傳：「觱沸，泉出貌。檻泉，正出也。」正義曰：「此章毛傳興事不明，正以上章類之，知此必爲興。王肅云：『泉水有芹而人得采焉，王者有道而諸侯法焉。』觀此上下止言王者之待諸侯，不美王者與諸侯作法，肅輒言之，恐非毛旨。必欲爲興，不如以興車服賞賜，故別爲毛説焉。」承珙案：上章「菽」爲鉶羹之芼，此章「芹」爲加豆之菹。而傳於首章言興，乃即事爲興之例。正義以上類下，則次章傳意自當爲興，但所爲毛説仍是以興車服賞賜，與上章重複。今以《魯頌・泮水》例之：《泮水》云：「思樂泮水，薄采其芹。魯侯戾止，言觀其旂。其旂茷茷，鸞聲噦噦。」六句皆與此詩略同。彼傳云：「言水則采取其芹，宮則采取其化。言觀其旂，言法則其文章也。茷茷，言有法度也。」傳雖不明言「興」，然自是以「采芹」興「觀旂」。據彼申此，則此傳意當亦言泉水有芹可采，諸侯之來朝有文章法度可觀。諸侯有禮如此，而王乃侮慢之，可乎？王肅謂王者與諸侯作法，失經文「采其」「觀其」相因爲興之意，宜疏以爲非毛旨也。

「載驂載駟」，鄭箋以「驂」爲「驂乘」、「駟」爲「四馬」。何氏《古義》云：「《禮記·注》：外騑曰驂。謂服外兩馬。」「此以『驂』『駟』並言，四馬爲駟，則兩服兩騑兼舉，不應重言兩騑，當是『驂乘』之『驂』。顔師古云：乘車之法，尊者居左，御者居中，又一人處右。」「是以戎車則曰車右，餘曰驂乘。驂者，三也，蓋即三人爲義。」承珙案：經以「載驂載駟」並言，不應一指三人，一指四馬。且詩中「兩驂如舞」、「騧驪是驂」之類，皆言驂馬，未有言驂乘者。蘇《傳》曰：「駕者既服而三之曰『驂』，四之曰『駟』。」季氏《詩解頤》曰「自其服外兩驂而言」，曰「驂」；「并兩服而言」，曰「駟」。如此文義自明，無庸別解。

「君子所屆」，箋云：「屆，極也。諸侯來朝，王使人迎之，因觀其衣服車乘之威儀，所以爲敬，且省禍福也。諸侯將朝于王，則驂乘乘四馬而往，此之服飾，君子法制之極也。言其尊，而王今不尊也。」承珙案：《釋文》云：「將朝于王，一本無『于』字，皆以『王』字絶句。一讀『諸侯將朝』絶句，以『王』字下屬。」據此，陸孔所見箋本不同。陸云皆以「王」字絶句，是六朝鄭學善本。箋意本以「驂駟」指諸侯而言。觀上文「旂」「鸞」皆諸侯之物，則「驂駟」自當屬諸侯。箋云「驂乘乘四馬而往」，言「往」，亦必指諸侯往朝可知。下箋又總云服飾爲君子法制之極，則絶不以「驂駟」爲王所乘。孔據箋本無「于」字，讀「朝」字絶句，因有「驂駟往迎諸侯」之説，於經文箋旨皆失之。《蓼蕭》：「既見君子，鞗革沖沖。和鸞雝雝，萬福攸同。」箋云：「此説天子之車飾者。諸侯燕見天子，天子必乘車迎于門，是以云然。」此因經言「燕笑」，故準《儀禮》知天子有迎賓之道，並非謂朝時王迎諸侯。惠氏《禮説》駁

《采菽》正義，因并謂《蓼蕭》箋誤，非也。

「邪幅在下」，傳：「邪幅，幅，偪也，所以自偪束也。」箋云：「邪幅，如今行縢也。偪束其脛，自足至膝，故曰『在下』。」戴氏《詩考正》曰：「鄭注《内則》云：『偪，行縢。』是『偪』與『行縢』爲一物。而箋《詩》乃云『邪幅，如今行縢』者，行縢無尊卑之異，止可以當《内則》庶人所服之『偪』，《詩》以『邪幅』配赤芾，諸侯之盛服，其儀制，漢時已亡，姑就行縢言之耳。古者登坐燕飲，於是跣以爲歡，失之爲不敬。故《春秋傳》衛侯與諸大夫飲酒，褚師聲子韤而登席，公怒，罪其不跣韤也。解韤就席，必露見其邪幅，不可使無文飾，禮因之而爲儀制。」承珙案：箋謂邪幅偪束其脛，自足至膝。《釋名》：「韤，末也，在脚末也。」據此，疑古人幅下至脛，韤上不至膝，幅在韤上，故見於外，不必解韤始露行縢。此詩並無燕飲之事，何得云跣韤故見邪幅邪？《内則》作「偪」者，自以「幅」有「偪」義，亦可名「偪」。《説文》：「徽，衺幅也。」此即謂《詩》之「邪幅」。其名「徽」雖不見所出，然《爾雅》：「徽，止也。」行縢所以裹足，故有「止」義，亦即傳「自偪束」之意也。

「彼交匪紓，天子所予」，箋云：「彼與人交接，自偪束如此，則非有解怠紓緩之心，天子以是故賜予之。」臧氏《經義雜記》曰：「《荀子·勸學篇》：『故未可與言而言，謂之傲；可與言而不言，謂之隱；不見顔色而言，謂之瞽。故君子不傲不隱不瞽，謹順其身。《詩》曰：「匪交匪紓，天子所予。」此之謂也。』審其文義，『交』亦『絞』之省借。未可與言而言，近於絞矣，故謂之『傲』。可與言而不言，近於紓矣，故謂之『隱』。楊注不審《荀子》本文，止據今本《毛詩》便云『匪交』當爲『彼交』，失《荀子》引《詩》之旨矣。」承珙案：《韓詩外傳》四亦有此文，與《荀子》略同。其引《詩》作「彼交匪紓，天子所予」，而繼之曰：「言必交吾志然後予也。」是

《韓詩》以「交」爲「交接」之意。鄭箋蓋本《韓詩》爲說。然古人於通借之字，往往隨意用之，雖疊句連字，亦或互用。《桑扈》之「匪交匪敖」，《左傳》一引作「匪交」，一引作「彼交」，似非誤「匪」爲「彼」。當時明於其義，雖字作「彼」，義仍作「匪」，不相妨耳。即如此詩「平平左右」，《韓詩》作「便便」，《左傳》引作「便蕃」，其實「便蕃」亦當同「平平」爲訓。觀服注《左傳》仍訓爲「辨治」，可知「便蕃」猶「平平」耳。古人文字參差變化，不主故常。毛公用其師說，即經字作「彼」，傳意亦當從「匪」，未必同鄭說也。

「平平左右，亦是率從」，傳：「平平，辯治也。」箋云：「率，循也。諸侯之有賢才之德，能辯治其連屬之國，使得其所，則連屬之國亦循順之。」《稽古編》曰襄十一年《左傳》晉魏絳引此詩，亦取遠人服從之義。承珙案：《荀子・儒效篇》云：「故明王譎德而序位，所以爲不亂也。忠臣誠能然後敢受職，所以爲不窮也。分不亂於上，能不窮於下，治辨之極也。《詩》曰：『平平左右，亦是率從。』是言上下之交不相亂也。」此毛訓「平平」爲「辯治」，乃用其師說。箋謂辯治屬國，使得其所，亦與《荀子》釋《詩》言「上下之交」者合。

正義曰：「《堯典》云『平章百姓』，《書》傳作『辯章』，則『平』『辯』義通而古今之異耳。故云『平平，辯治』。服虔云：『辯治，不絕之貌。』則『平平』是貌狀也。」承珙案：今《尚書大傳》無「辯章百姓」之文，蓋有脱佚。服虔注《左》正用毛訓。《釋文》引《韓詩》作「便便」，云「閒雅之貌」，訓雖與毛異，其字則「平」「便」本通。《爾雅》：「便便，辯也。」疑古本自作「平平」，荀、毛蓋皆用《雅》訓，今本作「便」者，同音假借耳。

「汎汎楊舟，紼纚維之」，傳：「紼，繂也。纚，緌也。明王能維持諸侯也。」箋云：「楊木之舟浮於水上，汎汎然東西無所定，舟人以紼繫其緌，以制行之，猶諸侯之治民，御之以禮法。」正義引孫炎注《爾雅》，以「繂」

爲「大索」；李巡注謂「䌯竹爲索，所以維持舟者」；郭璞注「緌，繫也」。承珙案：《爾雅》「纚」作「縭」，「紼」「縭」皆繩索之名。《説文》：「紼，亂系也。」「䌯，素屬。」段注以「系」爲「枲」之訛，「素」爲「索」之訛。然則「紼，繂也」者，當是以亂枲爲大索也。李巡、孫炎釋「縭，緌」之注不見，然「緌」本冠纓之垂者，引申之凡旌旗之垂者以及升車之繩、維舟之索皆得「緌」名。箋云以紼繫緌，則紼纚二物，繫以訓「維」甚明。郭注以「緌」爲「繫」，則是以紼而繫維之，似非古義。李善注《文選·元皇后哀策文》引《韓詩》：「纚，繫也。」然《詩釋文》所引《韓詩》自作「纚，筰也」，與李、孫所云「戾竹爲索」者，雖釋「紼」釋「纚」不同，其爲索則一，《文選》注所引恐誤，不如陸氏之審。

傳以「維舟」喻維持諸侯。承珙案：下文「葵之」謂明王揆度諸侯之功德，「膍之」謂明王厚賜諸侯之福禄，則「維之」自當喻明王能維持諸侯。傳義爲允。且《序》主刺王侮慢諸侯，不能錫命以禮，箋增出諸侯以禮治民，於經、《序》皆無當。正義以下有「樂只君子」，故言諸侯治人以禮，殊爲曲説。

「亦是戾矣」，傳：「戾，至也。」箋云：「戾，止也。諸侯有盛德者，亦優游自安止於是，言思不出其位。」正義申毛，以爲明王之德至美。又云：「襄二十一年《左傳》叔向引《詩》云：『優哉游哉，聊以卒歲。』下句與此不同，則所引逸亡，此非也。鄭亦約彼『優游』爲『居止自安』之義，故與毛不同。」承珙案：此與上「亦是率從」兩「亦」字，皆亦來朝之君子，言不獨君子來朝，其左右屬國見明王之福禄優饒游縱，亦既率從而亦復來至。蓋《序》以徵會信義爲辭，則所指本非一國，故末二章又因君子來朝而推廣言之。箋訓「戾」爲「止」，謂安止於是，正申傳「戾，至」之義。如疏説，則易毛矣，恐於傳箋意皆不合。又案：《左傳》所引自係逸《詩》，全與此篇無涉。此篇承上文天子葵福禄膍，必不當繼之曰「聊以卒歲」。杜注以爲《小雅》，殆是誤記。彼疏以爲師讀有異，尤爲肊揣。此疏又云鄭約彼義，故與毛異，皆非也。

角　弓

《序》云：「《角弓》，父兄刺幽王也。不親九族而好讒佞，骨肉相怨，故作是詩也。」正義曰：「既不親九族，則疏遠賢者，自然而好讒佞，事勢所宜，言於文無當也。」李迂仲曰：「自古不親九族，未有不因好讒佞之故：晉獻公信驪姬而不畜群公子；楚懷王信上官之譖而逐屈氏；單獻公所以棄其親者，以好用羇故；周簡公所以棄其子弟者，以好用遠人故也。」范氏《補傳》曰：「《詩》不顯言讒佞，而《序》發之。使此《序》不作於當時，豈能知其故哉！」承珙案：疏順《序》文，故言不親九族，自好讒佞。李《解》以好讒佞爲不親九族之由，核之詩詞，未嘗明言讒佞，《序》蓋於詩外推原，當以李《解》爲是。

「騂騂角弓」，傳：「興也。騂騂，調利也。不善紲檠巧用，則翩然而反。」《釋文》：「騂，《說文》作『弲』，音火全反。」《稽古編》曰：「案，《說文》：『弲，角弓也。洛陽名弩曰弲。烏全反。』並不引此詩。又《說文》：『觲，用角低卬便也。从羊牛角。《詩》曰：「觲觲角弓。」息營切。』陸豈因《說文》名角弓爲『弲』而誤引歟？不然，則唐本《說文》與今異也。」段氏《說文注》云：「此陸氏之誤。當云《說文》作『觲』。『弲』自訓『角弓』，不訓『弓調利』。」承珙案：《說文》引《詩》數見而字不同者，如「桃夭」「彼姝」之類，往往多有。蓋其時三家具存，文字互異，許博采而存之。古本「弲」下或亦引《詩》，陸氏舉「弲」遺「觲」，是其疏也。今《詩》作「騂」，乃譌字耳。

「兄弟昏姻，無胥遠矣」，箋云：「胥，相也。骨肉之親，當相親信，無相疏遠。相疏遠則以親親之望，易以成怨。」正義曰：「此經兼言昏姻，箋通言骨肉者，以昏姻之親與宗族同。《頍弁》云『兄弟甥舅』，連言之，是其同也。」承珙案：古人文詞寬緩，因言兄弟而連及昏姻，義自可通。然第三章專言兄弟，並不及昏姻。《序》曰「九族」、曰「骨肉」，亦絶不及戚黨。襄八年、昭二年《左傳》並有賦《角弓》事，皆取兄弟無遠。《漢書》杜鄴因王音前與王譚有隙，説音以《棠棣》《角弓》之詩。《三國》魏文帝《報曹植詔》云：「恩澤衰薄，不親九族，則《角弓》之章刺。」是此詩主言兄弟，而連及昏姻者，似非以兄弟、昏姻並宜無遠。何氏《古義》以此爲刺幽王寵任昏姻而疏遠同姓之詩，謂：「《頍弁》已爲幽王不親兄弟之明證，而《十月之交》所言皇父七子皆褒姒姻黨，《正月》又言『昏姻孔云』。《漢書》谷永上書云：『抑褒閻之亂，息《白華》之怨。後宫親屬饒之以財，勿與政事，以遠皇父之類，損妻黨之權。』皆可與此相證。『無胥遠矣』，言王者之視兄弟，不必與昏姻大相懸絶也。」此説以經證經，似較孔疏爲切。

「爾之遠矣，民胥然矣。爾之教矣，民胥傚矣」，箋云：「爾，女，女幽王也。胥，皆也。言王，女不親骨肉，則天下之人皆如之；見女之教令，無善無惡，所尚者，天下之人皆學之。言上之化下，不可不慎。」正義曰：「上章『胥』爲『相』，此章『胥』爲『皆』者，上以王於族親，故爲『相於』之辭；此言天下之人非一，故爲『皆』，觀文之勢而爲訓也。」嚴《緝》云：「『民』猶『人』也，指族人也。《詩》《書》稱『先民』，皆訓『人』。」承珙案：嚴説是也。此「民」若泛指天下之人，與三章「此令兄弟」不貫。如嚴説謂王疏遠族人，故族人尤而效之。其中有令善之兄弟，尚能寬裕；有容其不善者，必至交相爲病。兩章文義相承，又與《序》「骨肉相怨」意合。四章「民之無良」，《後漢·章帝紀》及《説苑·建本》篇「民」俱作「人」，雖字本通用，然此詩之「民」固不得泛指下民矣。

「民之無良，相怨一方」，箋云：「良，善也。民之意不獲，當反責之於身，思彼所以然者而恕之。無善心之人，則徒居一處怨恚之。」案：箋以「一方」爲「居一處」，《坊記》引此詩，鄭注亦云「言無善之人善遥相怨」。此蓋本之《韓詩》。《後漢·章帝紀》詔曰：「上無明天子，下無賢方伯。『人之無良，相怨一方。』」注云：「言王者所爲無有善者，各相與於一方而怨之。義見《韓詩》。」又《韓詩外傳》四引《詩》曰：「『民之無良，相怨一方。』民皆居一方而怨其上，不亡者，未之有也。」其實「一方」不必謂「各居一處」。嚴《緝》引錢氏曰：「一方，猶一隅也。」蓋謂人各執其方隅之見，不能量己恕人，以致相怨，下文所以言「受爵不讓」也。《漢書》劉向上封事曰：「下至幽、厲之際，朝廷不和，轉相非怨。詩人疾而憂之曰：『民之無良，相怨一方。』」顔注云：「言人各爲不善，其意乖離而相怨也。一方，謂自守一方，所鄉異也。」詳劉向之意，以詩「相怨」指朝廷之人，非謂下民。顔注「一方」爲「方隅」之意。皆較箋説爲長。

「受爵不讓，至于己斯亡」，傳：「爵禄不以相讓，故怨禍及之。比周而黨愈少，鄙争而名愈辱，求安而身愈危。」案：《荀子·儒效篇》曰：「君子務脩其内而讓之於外，務積德於身而處之以遵道。如是則貴名起之如日月，天下應之如雷霆。故曰：君子隱而顯，微而明，辭讓而勝。鄙夫反是，比周而譽俞少，鄙争而名俞辱，煩勞以求安利，其身俞危。《詩》曰：『民之無良，相怨一方。受爵不讓，至于己斯亡。』此之謂也。」毛傳全取其説，其義古矣。若《韓詩外傳》所云：「有君不能事，有臣欲其忠；有父不能事，有子欲其孝；有兄不能敬，有弟欲其從令。《詩》曰：『受爵不讓，至于己斯亡。』言能知于人而不能自知也。」此似以「亡」爲「忘」，謂至于己而忘之。解雖與毛異，義自可通。《坊記》：「子云：『觴酒豆肉，讓而受惡，民猶犯齒；衽席之上，讓而坐下，民猶犯貴；朝廷之上，❶讓而就賤，民猶犯君。《詩》云：「民之無良，相怨一方。受爵不讓，至于己斯亡。」』」注云：「貪爵禄好得無讓以至亡己。」此注亦與毛合。總之，毛、韓、鄭皆讀詩「己」字爲人己之「己」。宋人乃以爲已止之「已」，如《孟子》云「終亦必亡而已」者。夫以「亡而已」爲已斯亡，則是經文爲不辭矣。

「如食宜饇，如酌孔取」，傳：「饇，飽也。」箋云：「王如食老者，則宜令之飽；如飲老者，則當孔取。孔取，謂度其所勝多少。凡器之孔，其量大小不同，老者氣力弱，故取義焉。王有族食、族燕之禮。」正義曰：「言王有族食、族燕之禮者，解經所以有『食』『酌』之事，『食』則族食，『酌』即族燕矣。以食禮無飲，燕法無食，故知二事也。」承珙案：此「饇」與《常棣》飲酒之「飫」不同。彼當作「醧」，《説文》：「醧，私宴飲也。」《毛詩》作「飫」者，字之借。此乃「飫」之別體。《説文》：「䬸，燕食也。」燕食謂安燕之食，安食則飽，故傳云：「饇，飽也。」許書「䬸」下引《詩》「飲酒之䬸」者，段注以爲説假借，是也。「宜饇」與「孔取」對文，箋以「孔」爲器，「孔取」謂「度其所勝多少」，則「宜」亦有「度」意。蓋食量所飽，酌量所取，乃言敬老之正禮，杜鄴所謂恩

❶「上」，阮校本《禮記正義・坊記》作「位」。

深者其養謹，愛至者其求詳也。《釋文》云：「宜，字本作『儀』。韓《詩》云：『儀，我也。』」案：「儀」「宜」古字本通，訓「我」則非是。蘇氏《詩傳》説此章：「以老馬不自謂老，而任駒之任，後將不勝而不顧，譬小人而任賢者之事，不畏其後之不克。故告之以食必以其宜爲飽之節，酌必以其孔爲取之節。食而不以其腹之所宜則病，酌而不以其空之所容則溢，受爵而不以其量者亦猶是也。」後儒多從之，以此爲終前章「不讓斯亡」之意，然與《序》「不親九族」之義如風馬牛矣。

「毋教猱升木，如塗塗附」，傳：「猱，猨屬。塗，泥附著也。」箋云：「毋，禁辭。猱之性善登木，若教使其爲之必也。附，木桴也。塗之性善著，若以塗附其著亦必也。以喻人之心皆有仁義，教之則進。」正義曰：「以顧下『小人與屬』，故知喻人心皆有仁義，教之則進。孫毓難鄭云：『若喻人心皆有仁義，教之則進，何爲禁之而云毋乎？』」汪氏《異義》曰：「孫毓所難有理。孫既難鄭，必有易箋之文，而疏不載。後儒詮釋此經，皆以猱之升木、塗之附物，喻小人易於爲惡，王毋得更教之。孫意當同此解。」承珙案：此章及上章語意皆一反一正相承，每上二句刺王，下二句告之以正。上章見王之侮慢老人，如以老馬爲駒，不顧其後之年亦將老，故下言族食、族燕有宜饇、孔取之正禮。此章申第二章「爾教」之義而禁止之，「毋」字貫二句，言毋教猱升木，毋以塗附塗，喻禁王毋以薄爲教，使小人相傚而爲惡。下二句承上言之，「徽猷」承「教」字，言君子有美道，則非如教猱之爲；「與屬」承「附」字，言小人所順從，則非如泥塗之附。如此詮釋似稍明順。姚氏《識名解》曰：「詩中『如』字明是以下句喻上句，蓋猱有升木之性，教之則益縱其升；子弟有不讓之心，教之則愈陵其上。其勢如塗泥相附著，愈積愈厚，不復可解。故下二句正言在上者有美道，則小人自以分相屬而不相陵矣。」此說於經文亦有理會，但教猱已屬取喻，又以附塗爲喻中之喻，終有未協。不知上言「毋」，下言「如」，乃互文之例，上句亦含「如」義，下句亦含「毋」義也。

「雨雪瀌瀌，見晛曰消」，傳：「晛，日氣也。」箋云：「雨雪之盛瀌瀌然，至日將出，其氣始見，人則皆稱曰：雪今消釋矣。喻小人雖多，王若欲興善政，則天下聞之，莫不曰：小人今誅滅矣！其所以然者，人心皆樂善，王不啟教之。」此箋以「雨雪」喻小人，蓋本《韓詩》及劉向之說。《韓詩外傳》四言范睢、魏牟等十子「飾邪說、文姦言，以亂天下」；仁人「上法舜、禹之制，下則仲尼之義，以務息十子之說」，則天下之害除，聖人之跡著。引《詩》曰：「雨雪瀌瀌，見晛聿消。」《釋文》：「『見』，《韓詩》作『曣』，云：『曣，見日出也。』」《玉海》引《韓詩》作「曣晛」。段氏《詩小學》云：「《說文》：曹，殅無雲也。晛，日見也。」《漢書》劉向亦云：「君子道長，小人道消，則政日治，故爲泰。泰者，通而治也。《詩》云：『雨雪瀌瀌，見晛聿消。』」段云：「顏注：『見，無雲也。晛，日氣也。』『見』字不得訓爲『無雲』。依顏注，則劉向引《詩》『見』字作『曣』，正同《韓詩》。師古時不誤，後人妄改作『見』耳。」此箋說所從出也。承珙案：《頍弁》刺幽王不親九族，以「雨雪」喻王暴虐，疑此詩亦以雨雪之盛喻王惡。「晛，日氣」者，以比人之善。毛意蓋言人之爲惡雖甚，但欲爲善，則惡自消，如雨雪得日氣而消也。此似於經《序》義合。孔疏以箋說述毛，未必果得毛旨。

「莫肯下遺，式居婁驕」，箋云：「莫，無也。遺，讀曰『隨』。式，用也。婁，斂也。今王不以善政啟小人之心，則無肯謙虛，以禮相卑下，先人而後己，用此自居處，斂其驕慢之過者。」《釋文》：「遺，王申毛如字。婁，王力住反，數也。」正義謂毛無改字之理，「婁」之爲「數」，乃常訓，因別爲毛說云：「小人皆爲惡行，莫肯自卑下而遺去其惡心。用此之故，其與人居處，數爲驕慢之行。」臧氏《經義雜記》曰：《荀子・非相篇》「莫肯下隧」楊注：「隧，讀爲『隨』。莫肯下隨於人。『隧』與『隨』聲同。」《毛詩》本出於荀卿，故鄭氏據之讀「遺」爲「隨」。王肅申毛作如字，乃與鄭、毛異耳。承珙案：《荀子》云：「人有三不祥。幼而不肯事長，賤而不肯事貴，不肖而不肯事賢，是人之三不祥也。人有三必窮。爲上則不能愛下，爲下則好非其上，是人之一必窮也。鄉則不若，偝則謾之，是人之二必窮也。知行淺薄，曲直有以縣矣，然而仁人不能推，知士不能明，是人之三必窮也。人有此三數行者，以爲上則必危，爲下則必滅。《詩》曰：『雨雪瀌瀌，宴然聿消。莫肯下隧，式居屢驕。』段氏云：宴然，當作「晏⿰日然」，轉寫訛省耳。晏，同「曣」。⿰日然，同「晛」。《廣雅・釋詁》：「曣、⿰日然，煗也。」《玉篇》《廣韻》皆云「晛」「⿰日然」二形同。俗本《荀子》依《詩》改「見晛」，宋本不誤。此之謂也。」詳《荀子》所言，皆驕慢之行，則引《詩》「下隧」正與「屢驕」相對。隧，通作「隊」。《儒效篇》「至共頭山隊」注云：「隊，讀爲『墜』。」《説文》：「隊，從高隊也。」「隤，下隊也。」《文選・歎逝賦》注引《韓詩章句》曰：「隤，猶遺也。」《廣雅》：「遺，墮也。」是「隧」「隊」「隤」「遺」數字聲同，皆「降下」之意。此詩謂王不親九族，其惡如雨雪之盛，但欲爲善則惡亦可消，無如其莫肯謙卑下降，惟用此居之不疑，數爲驕慢。毛雖無破字之理，然必用其師説，不當訓爲「遺去」。若「婁」之爲「數」，自可從王述毛耳。

「如蠻如髦，我是用憂」，傳：「蠻，南蠻也。」髦，夷髦也。箋云：「今小人之行如夷狄，而王不能變化之，我用是爲大憂也。」承珙案：《韓詩外傳》云：「出則爲宗族患，入則爲鄉里憂。《詩》曰：『如蠻如髦，我是用憂。』小人之行也。」箋説似出於此。蘇《傳》云：「王之視王族，如蠻髦之不相及。」《呂記》、嚴《緝》皆從之，謂王視骨肉如夷狄然，是詩人之所憂也。此解似於經《序》尤合。

菀柳

《序》云：「《菀柳》，刺幽王也。暴虐無親，而刑罰不中，諸侯皆不欲朝，言王者之不可朝事也。」案：正義述毛、鄭，以此詩爲諸侯不朝王者所自作。後儒謂王雖不道，而臣子朝貢之禮自不可廢，如疏所云，疑于悖理傷教。不知此爲幽王暴虐，諸侯畏禍，不敢朝王。於是在王朝者作詩以著其事而原其情，故得列之於《雅》。其曰「予」者，蓋代諸侯自予。《詩》中言「我」言「予」，多代述之辭。疏泥於「予」爲自言，故成語病。

「上帝甚蹈，無自暱焉」，傳：「蹈，動。暱，近也。」箋云：「蹈，讀曰『悼』。『上帝』乎者，愬之也。今幽王暴虐，不可以朝事，甚使我心中悼病，是以不從而近之。釋己所以不朝之意。」正義曰：「蹈者，踐履之名。可以蹈善，亦可以蹈惡，故爲『動』。言王心無恒，數變動也。故王肅、孫毓述毛皆以『上帝』爲斥王矣。『暱，近』，《釋詁》文。毛於下章『瘵焉』云『病也』，言王者躁動無常，行多逆理，無得自往近之，則爲王所病。與此互相接也。」承珙案：此疏申傳甚當。經文二句直下，惟其王心變動，故無得自往近之，無得自取其病。兩章詞旨皆極明順。箋改「蹈」爲「悼」，以「上帝」二字一讀，音「逗」。爲呼而愬之，下「甚蹈」爲自言中心悼病，與《節南山》「昊天不傭」「昊天不惠」同一讀法。鄭箋慣用此例，未免多作轉折。且謂「中心悼病，是以不從而近之」，釋「自」爲「從」，語意亦不甚貫。

《國策·楚策》孫子謝春申君曰：「以盲爲明，以聾爲聰，以是爲非，以吉爲凶，嗚呼上天，曷維其同！

《詩》曰：『上天甚神，無自瘵也。』」《韓詩外傳》四所載略同，其引《詩》作「上帝甚慆」。「蹈」「慆」形聲相近，是《韓詩》亦當爲「變動」，意與毛同。熊朋來《經説》云：「《國策》『上帝甚神』，古篆『申』字回轉，故譌爲『舀』字。此刺時君之詩，猶比之上帝，末章比之天，不忘敬上也。」承珙案：《荀子》謂「以是爲非，以吉爲凶」，則所引《詩》即作「甚神」，亦必非威靈可畏之謂。況《外傳》字又作「慆」，三占從二，當定「神」爲譌字。熊説轉以「神」誤爲「蹈」，非矣。

「俾予靖之，後予極焉」，傳：「靖，治。極，至也。」箋云：「靖，謀。俾，使。極，誅也。假使我朝王，王留我使我謀政事，王信讒不察功考績，後反誅放我。是言王刑罰不中，不可朝事也。」正義述毛：「此言王不可朝，而云使我治之，後我至焉，則毛意以爲恨王不使己治事，故後不至也。鄭以《序》云『刑罰不中』，卒章云『居以凶矜』，反以類此，則『極』『邁』皆罪事，故易傳。」承珙案：依傳「極，至」之訓，自當如疏所述。次章「邁」雖無傳，然《黍離》《蟋蟀》《東門之枌》傳皆訓「邁」爲「行」，則此亦當同。兩章「俾予靖之」皆代爲設言：王若使予治事，後日予將至止，予將行來，謂朝王也。末章「曷予靖之」乃正言以揭其畏禍之隱，與上二「靖之」相應，謂何嘗使予治事，徒居以凶危之地而已。此其所以不朝歟？箋意「凶矜」與「予極」「予邁」同類，則「俾予」「曷予」文義反正不同，似不如傳義之協。

都人士

《序》云：「《都人士》，周人刺衣服無常也。」箋：「服，謂冠弁衣裳也。」承珙案：據此箋，是《序》當作「周人刺服無常也」。故箋以「冠弁衣裳」總釋「服」字。正義云：「刺其時人所著之服無常。」又云：「此刺當時之服無常。」皆可證《序》「服」上無「衣」字。然各本皆有，其誤衍久矣。

「彼都人士，狐裘黄黄」，箋云：「城郭之域曰都。古明王時，都人之有士行者，冬則衣狐裘黄黄然，❶取温裕而已。」《稽古編》曰：「箋疏以『士』爲庶民，嚴《緝》辨其誤而謂『士』與『女』對舉，是貴賤之通稱，當矣。但此詩所謂『士』，大率主貴者言耳。民望之目，充耳、垂帶之飾，非士大夫不能當之，惟『臺笠緇撮』實爲賤服。然《郊特牲》言蜡祭，諸侯使者草笠而至，貢於大羅氏，所以尊野服。諸侯使者，必士大夫。《玉藻》云：『始冠緇布冠，自諸侯下達，冠而敝之，可也。』是未敝之時，貴賤皆緇布也。然則『臺笠緇撮』雖非貴者之常服，要亦有時而服焉，何必定指爲庶民？況此詩中三章皆『士』『女』對舉，『女』稱『君子女』，則大家女也。『女』獨舉其貴，不應『士』偏指其賤。且詩所述，言行服飾之美，正《序》所云『衣服不貳，從容有常』者，即以五章皆指長民者言，何不可哉？」承珙案：箋謂都人有士行者，本不專指庶民。觀下箋云：「其餘萬民寡識者，咸瞻望而法效之。」是明以「士」與「民」對。正義曰：「舉都邑者，以都邑之士近政化。」此本鄭注《喪服》傳云：「都邑之士，則知尊禰近政化也。」賈疏云：「『士』下對『野人』，上對『大夫』，則此『士』所謂在朝之士，并在城郭士民知義禮者，總謂之爲『士』也。」此解甚是。《詩》疏泥於「臺笠緇撮」爲庶人之物，又以箋「取温裕」謂非大蜡之服，故同犬羊之裘不裼。不知箋言「取温裕」者，謂其衣服有常，無取華美，非不裼之謂，不得

---

❶「狐」，原作「孤」，據《續經解》本、廣雅本改。

因是斷爲庶人。至「臺笠緇撮」箋云：「古明王之時儉且節也。」此言儉而合於禮節，則陳氏據《郊特牲》《玉藻》以爲貴者亦有時而服之，是也。若庶人，則臺笠等是其常服，何爲美其儉且節哉？

「行歸于周，萬民所望」，正義曰：「襄十四年《左傳》引此二句，服虔曰：『逸《詩》也，《都人士》首章有之。』《禮記》注亦言毛氏有之，三家則亡，今《韓詩》實無此首章。時三家列於學官，《毛詩》不得立，故服以爲逸。」承珙案：賈誼《新書·等齊》篇引《詩》云：「彼都人士，狐裘黄裳。行歸于周，萬民之望。」賈時《毛詩》未行，又所引字亦小異，疑同於三家。然則三家無此首章，或後漢時逸之，亦未必本無也。

「綢直如髮」，傳：「密直如髮也。」箋云：「其情性密緻，操行正直，如髮之本末，無隆殺也。」嚴《緝》引《解頤新語》曰：「其首飾綢直，一如髮之本然，謂不用髲髢爲高髻之類。」此即逸齋《詩補傳》之説。戴氏《續詩記》謂綢所以約髮，其直垂下，與髮一色。方望溪本之，謂「綢」是以纚韜髮，引《檀弓》「綢練」、《爾雅》「素練綢杠」，證「綢」與「韜」同。言禮教盛時，女無治容，故以纚韜髮，直如其髮之本然。承珙案：范逸齋謂髻如本髮，則於經文當增「髻」字，故戴岷隱即以「綢」爲束髮之物。然古人用纚韜髮，男女皆然，不應專屬之都人之女。《爾雅翼》曰：「綢直如髮，言髮甚綢直也。」黄氏《通解》引「或説」，云「如」字當作「其」。皆近於改經從我。《毛詩寫官記》曰：「綢，絲也。綢之直，有如此髮者，倒句也。夫一髮也，而直者如綢，曲者如蠆，無所不善，故又曰『卷髮如蠆』。」承珙謂傳但云「密直如髮」，並不言「密直」爲何事，恐不同鄭箋以比「性」「行」。竊意經言其髮之密直如此，古文倒裝，故云其綢直者有如此之髮也。傳特順經文而釋之耳。

「充耳琇實」，傳：「琇，美石也。」正義曰：「《淇奥》傳曰：『琇瑩，美石。』《説文》云：『琇，美石次玉也。』然

『琇』是美石之名耳，而此傳俗本云『琇實，美石』者，誤也。今定本毛無『實』字。《説文》直云『琇，石次玉』，則『實』非玉名，故王肅云以美石爲瑱，❶塞實其耳。義當然也。」承珙案：「實」雖非玉名，然如王肅以爲塞實其耳，則與「充耳」文複不辭。以《淇奥》傳準之，此傳或當如俗本作「琇實，美石也」。《詩》中如「瓊華」「瓊英」「瓊瑩」「琇瑩」之類，皆於玉石名下連文以狀其美，疑此「琇實」正以狀琇，非狀充耳也。朱氏《通義》曰：「《詩詁》云：『瑩，猶榮也，謂玉之始生如草木之榮也。英，謂一玉之中最美者，如草木之英。華，謂玉之方成，如草木之華。實，謂玉之既成，如草木之實。皆可用之玉也。』此説有理，可補注、疏所未及。」

「垂帶而厲」，傳：「厲，帶之垂者。」箋云：「而，亦『如』也。而厲，如鞶厲也，鞶必垂厲以爲飾。『厲』字當作『裂』。」正義曰：「毛以言『垂帶而厲』爲絶句之辭，則『厲』是垂帶之貌，故以『厲』爲『帶之垂者』。」其申鄭云：「以言『如蠆』將外物以比髮曲，則『而厲』亦將外物以比帶垂，故云『而，亦「如」也』。『如厲，如鞶厲』者，謂如桓二年《左傳》云『鞶、厲、游、纓』也。」承珙案：《左傳》以鞶、厲、游、纓與帶、裳、幅、舄並言，則鞶與帶爲二物，厲與鞶又爲二物。此傳以厲爲「帶之垂者」，明「厲」是垂帶之名，不得爲垂帶之貌。惟厲是帶之垂者，故帶亦通名「厲」。《方言》：「厲，謂之帶。」《廣雅》：「厲，帶也。」是也。厲與紳同，《玉藻》注亦云：「紳，帶之垂者也。」紳之義爲「重」爲「束」，又名「厲」者，當從鄭爲「裂」字之借。《説文》：「裂，繒餘也。」大帶以繒爲之，

❶「瑱」，原作「填」，據《續經解》本改。

而垂其餘，故得「裂」名歟？　經文「垂帶而厲」與「鞞琫有珌」文法略同，言垂其帶而爲厲也。　杜注《左傳》以「帶」爲「革帶」，「鞶」爲「大帶」，「厲」爲「大帶之垂者」。　孔疏以：「賈、服等説『鞶』『厲』皆與杜同，惟鄭玄獨異。《内則》注以『鞶』爲『小囊』，讀『厲』如『裂繻』之『裂』。　案：《禮記》稱男鞶革，女鞶絲。『鞶』是帶之别稱，言其帶革、帶絲耳，『鞶』非囊之號也。《禮記》又云：『婦事舅姑，施縏袠袠。』是囊之别名。　今人謂裹書之物爲『袠』，言其施帶施囊耳，其『縏』亦非囊也。　若以『縏』爲小囊，則『袠』是何器？　若『袠』亦是囊，則不應帶二囊矣。」此疏力駁鄭注，與《詩》疏異，蓋各依注爲言耳。　但杜以厲爲大帶之垂者，以鞶爲大帶，則非。　古人衣服本有二帶。《儀禮》賈疏謂大帶所以束衣，革帶所以繫韠及佩。　大帶以絲，《鳲鳩》「其帶伊絲」是也。「鞶」字從「革」當爲革帶。《白虎通義》云：「男子有鞶革者，示有金革之事。」革帶雖揉皮極軟，不能挽結而下垂，故《通典》及《三禮圖》皆云「革帶鉤䚢」。　然則「厲」自是大帶之垂者，不得以「鞶」「厲」連文，謂「鞶」爲大帶。　若鄭注《内則》，乃一家之説。　箋《詩》又因下言「如蠆」，故以上爲「如厲」。　然毛意謂垂其帶而爲厲，文義自順，不必改「而」爲「如」也。

「髮則有旟」，傳：「旟，揚也。」箋云：「旟，枝旟揚起也。」《爾雅翼》云：「禮，斂髮毋髢而有曲者，以長者皆斂之，不使有餘；鬢旁短者不可斂，則因之以爲飾。　故曰：『匪伊卷之，髮則有旟。』先儒以爲旟，揚也。　非故卷之，髮當自有揚起者爾。《淮南子》言『鄭舞者，髮若結旌』。承珙案：《淮南・脩務訓》本作「鼓舞」，高誘云：「一作『鄭舞』。」許氏曰：『屈而復舒也。』結旌，則旟之義。」承珙案：箋「枝旟」二字必有成文，未見所出。　漢《安世房中歌》：「金支秀華，庶旄翠旌。」臣瓚曰：「樂上衆飾有流遡羽葆，以黄金爲支，其首敷散若草木之秀華也。」文穎曰：「析羽爲旌，翠羽爲之也。」據此，疑「枝」與「支」同，亦旌旗旒縿之屬。「枝旟」猶言「金支翠旗」，故云「枝旟揚起」，謂髮之揚如枝旟也。

采緑

《序》云：「《采緑》，刺怨曠也。幽王之時多怨曠者也。」箋云：「怨曠者，君子行役過時之所由也。而刺之者，譏其不但憂思而已，欲從君子於外，非禮也。」李氏《集解》曰：「此錯會作詩者之意。夫《序》曰『幽王之時多怨曠者也』，則是刺幽王，非刺怨曠。《雄雉》之詩曰：『淫亂不恤國事，軍旅數起，大夫久役，男女怨曠。』説詩者皆知其爲刺宣公，乃於此詩而强爲之説，以爲譏刺婦人不當怨曠，何也？」《稽古編》曰：「韔弓、綸繩，特設爲此語以形容其必至之情，豈真謂欲從行哉？况刺詩之作，必有關於王政之興衰、民風之美惡，故聖人録之以爲後世永鑑。乃區區與里巷婦人較論得失，何陋也！」承珙案：箋泥於三章爲婦人欲從君子，故云「今怨曠，自恨初行時不然」。然四章「其釣維何」緊承上文，而正義又云此「本在家之釣，非謂役中」，於文義殊窒閡。其實此詩既刺時多怨曠，通篇皆代怨曠者之言。首次敘其憂思之情，三四述其宴昵之想，或本其在家之時，或設爲歸後之事，皆可，實不必如箋所言。但其體近於風而列之雅者，自以所刺者在致此怨曠之由耳。

「薄言歸沐」，箋云：「言，我也。禮，婦人在夫家，笄象笄。今曲卷其髮，憂思之甚也。有云君子將歸者，我則沐以待之。」正義曰：「此訓『言』爲『我』，我君子也。『我則沐以待之』，此『我』義勢所加，非經『言』

也。」承珙案：末章「薄言觀者」，箋云：「釣必得魴鱮，魴鱮是云其多者耳。其衆雜魚，乃衆多矣。」此則以「言」爲「云」。一篇之中兩用「薄言」，不應異義。故「薄言歸沐」似即謂「薄云歸沐」。薄云者，語辭。庶幾其君子之歸，而沐以待之也。箋訓「言」爲「我」，恐非經旨。然三章「言韔其弓」、「言綸之繩」，箋以「言」爲婦人自我，則此章箋意亦當以「言」爲婦人自我，謂我將待君子之歸而沐焉。正義乃以爲我君子，則岐之又岐，并失箋旨矣。

「五日爲期，六日不詹」，傳：「詹，至也。婦人五日一御。」箋云：「婦人過於時乃怨曠。五日、六日者，五月之日、六月之日也。期至五月而歸，今六月猶不至，是以憂思。」承珙案：箋說於經文增出「月」字。且《豳風》有「三之日」「四之日」，而不言五、六之日，此詩亦未言「之日」，何得釋爲「五月」「六月」？正義謂毛雖云「五日一御」，不必夫行六日便怨，當是假御之期日以喻過時。此申傳意甚明。而又疑於「五日一御」爲諸侯御之日數，非庶人之禮，不知諸侯兩媵至娣各有專稱，不得統名爲妾。則《内則》所云「妾未滿五十」者，當通乎大夫以下。王肅云：「五日一御，大夫以下之制。」其説是也。嚴《緝》亦疑「五日」「六日」爲時未久，故以爲新昏者之怨辭。郝仲輿本之，謂古者公旬不過三日。然即令踰三日至五、六日，亦不應遽以怨曠興刺。總之，「六日」祇爲過期之喻。孔疏言：「常時以五日爲御之期，至六日而不至，尚以爲恨，況今日月長遠，能無思乎？舉近以喻遠也。」此數語解經尤諦。《後漢書》劉瑜上疏言女嬖充積，因云「天地之性，陰陽正紀。隔絶其道，則水旱爲并。《詩》云：『五日爲期，六日不詹。』怨曠作歌，仲尼所録，況從幼至長，幽藏殁身」云云。詳其引《詩》之意，亦是以暫時況久遠也。

黍苗

《序》云：「《黍苗》，刺幽王也。不能膏潤天下，卿士不能行召伯之職焉。」《困學紀聞》曰：「朱子《詩傳》：『《采菽》，天子所以答《魚藻》也。《黍苗》，宣王時美召穆公之詩。』按：《國語》注：『《采菽》，王賜諸侯命服之樂。《黍苗》，道召伯述職勞來諸侯也。』是韋昭已有是說。」承珙案：《左傳》襄十九年：季武子如晉拜師，范宣子賦《黍苗》。杜注亦云：「《黍苗》，美召伯勞來諸侯。」則此說或出三家。然述職勞諸侯，祇可施於《下泉》之卒章，此詩但言召伯營謝，勞來徒役，並無述職勞諸侯之事。韋、杜之言實未可據。至《左傳》賦《詩》多祇取其詞，不盡拘作詩之旨。如范宣子之賦《黍苗》，意取晉侯憂勞魯國；而季武子之拜，即專以「陰雨膏黍」爲詞。又如襄二十七年鄭伯享趙孟于垂隴，子西賦《黍苗》之四章，亦但取召伯之功以美趙武，皆不復論作詩之本旨。後儒必以爲此有美無刺，亦徒以其詞而已。韓氏怡曰：「十五國之風，或以采得之先後爲先後，容有作在先而采在後，以致時世失次者。《雅》在王朝，國史隨時編録，世次必無錯亂，當與《瞻彼洛矣》之思古明王同。若果美宣王，則應次《車攻》《吉日》閒矣。《詩疑》云：行役無期，則興嗟怨曠。前列《采緑》，次以《黍苗》，則『膏雨』之義著矣。」

「我任我輦，我車我牛」，傳：「任者，輦者，車者，牛者。」箋云：「營謝轉餫之役，有負任者，有輓輦者，有將車者，有牽傍牛者。」正義以「車」爲「大車」，又引《秋官・罪隸》及《地官・牧人》證箋「牽傍牛」乃轅外輓牛人御之，不與將車者同。且云：「箋以召伯所勞當是勞人，故歷言其事以表其各自別人。」承珙案：傳下四

「者」字，則指人不指物之意已明。《荀子・富國篇》：「故仁人在上，百姓貴之如帝，親之如父母，爲之出死斷亡而愉者，無它故焉。其所是焉誠美，其所得焉誠大，其所利焉誠多。《詩》曰：『我任我輦，我車我牛。我行既集，蓋云歸哉！』此之謂也。」楊注云：「引此以明百姓不憚勤勞以奉上也。」然則荀意亦以「任」「輦」「車」「牛」皆指人言，明矣。

「蓋云歸哉」，箋云：「蓋，猶『皆』也。其所爲南行之事既成，召伯則皆告之云：可歸哉！」正義曰：「蓋者，疑辭，亦爲發端。《孝經》諸言『蓋』者，皆示不敢專決。《禮記・禮器》云：『蓋道求而未之得也。』《檀弓》云：『蓋有受我而厚之。』是發端也。此詩人指事而述，非有可疑；事在末句，不爲發端。而其上歷陳四事，故爲『皆』也。」承珙案：《爾雅・釋言》：「弇，同也。弇，蓋也。」「弇」既訓「同」又訓「蓋」，是「蓋」與「同」義亦相近。又《釋詁》：「咸，皆也。」《閟宮》箋：「咸，同也。」彼疏云「皆」亦「同」之義。故此箋又云「蓋，猶『皆』也」。

隰桑

「心乎愛矣，遐不謂矣。中心臧之，何日忘之」，箋云：「遐，遠。謂，勤。臧，善也。我心愛此君子，君子雖遠在野，豈能不勤思之乎？宜思之也。我心善此君子，又誠不能忘也。孔子曰：『愛之能勿勞乎？忠焉能勿誨乎？』」正義曰：「引《論語》者，彼以中心善之，不能無誨；此則中心善之，故心不能忘。其義略同，故引以爲證。」《稽古編》曰：「《表記》引《隰桑》『遐不謂矣』，『遐』作『瑕』。鄭曰『瑕』之言『胡』、『謂』猶『告』

也。此解明順，故朱子用以釋此詩，並及他詩『遐』『瑕』二字。《呂記》釋此以爲欲進忠告於君子，此又用《左傳》杜注也。《左傳》：鄭伯享趙孟，子産賦《隰桑》。趙孟曰：『武請受其卒章。』襄二十七年。❶杜注云：『武欲子産之見規誨。』東萊之説本此。然玩詩語及鄭箋，本無規誨意。惟箋末引《論語》云云，杜見『忠誨』與『謂』相近，故有此説。不知鄭本訓『謂』爲『勤』，不以『誨』證『謂』也。又案，孔疏申箋亦未得箋意。鄭訓『謂』爲『勤』，『勤』與『勞』同義。《論語》言：『愛之，則必勞來之。』孔安國《論語》注：「人有所愛，必欲勞來之。」鄭應同孔注。《詩》言愛之，則必勤思之。語意相符，故鄭引之以證『不謂』，非證『不忘』也。意在愛勞，不在忠誨也。」承珙案：《爾雅》「勞」「來」「事」「謂」並訓爲「勤」。此《序》云「盡心以事之」，「事」即「勤」也。詩言「心乎愛矣」，乃《序》所謂「盡心」；「遐不謂矣」，乃《序》所謂「事之」也。至《表記》「子曰『事君欲諫不欲陳』」，即引此詩；《孝經》「君子之事上也，進思盡忠，退思補過」，亦引此詩。此或三家有此解，以「謂」爲「忠告」之義，要非《毛詩序》意也。

《稽古編》曰：「『中心藏之』，鄭玄、王肅皆訓『藏』爲『善』。王説見《表記》疏。然此《釋文》云：「藏，王才郎反。」則似肅不訓「善」，與孔疏異。《詩釋文》所謂「王」，或非肅乎？蓋古止有『臧』字，後人始加『艸』，故《漢書》『藏』皆作『臧』。然『臧』字本兼『藏』義，亦可訓『匿』。觀《孝經》引此詩，注云：『愛君之念，恆藏心中。』晉孫秀舉此詩以答潘岳，亦作『藏匿』解，可知。故《表記》皇氏疏亦訓『包藏』。」承珙案：《韓詩外傳》引《孟子》曰：「學問之

❶「七」，原作「八」，據阮校本《春秋左傳正義》改。

道無他，求其放心而已。《詩》曰：『中心藏之，何日忘之。』」又云：「道雖近，不勤不至。事雖小，不爲不成。人同材鈞，而貴賤相萬者，盡性致志也。」亦引此詩二語。此雖與詩中本旨無涉，其「藏之」自作「藏蓄」之義，疑《韓詩》字本作「藏」，與毛異也。

白華

《序》云：「《白華》，周人刺幽后也。幽王取申女以爲后，又得褒姒而黜申后，故下國化之，以妾爲妻，以孽代宗，而王弗能治。周人爲之作是詩也。」《詩序辨説》云：「《漢書》注引此《序》，『幽』字下有『王廢申』三字，雖非詩意，然亦可補《序》文之缺。」承珙案：朱子以爲非詩意者，蓋主此詩爲申后自言，非周人作刺耳。考《漢書・班倢伃傳》云：「《緑衣》兮《白華》，自古兮有之。」顔注曰：「《緑衣》，《詩・邶風》，刺妾上僭，夫人失位。《白華》，《小雅》篇，周人刺幽王黜申后也。」此恐是小顔檃括《序》文言之。《序》本有「得褒姒而黜申后」語，非今本首句脱「王黜申」三字。觀其引《緑衣序》亦非專取首句，可見。但《序》「幽后」二字究疑有誤。下文明云「幽王取申女以爲后」，何得又稱褒姒爲幽后？《十月之交》疏云：「敵夫曰妻，王無二后。褒姒是幽王所嬖豔妻，非幽王之后。」而此疏又云：「箋以申、褒皆爲王后，故辨之云是謂幽后。」其説殊相矛盾。箋惟泥於「刺幽后」之文，故以「碩人」指褒姒。其實不然。詳見後。詩端爲刺幽王而作，似未指斥褒姒。「幽后」字當如程子説，是「幽王」之誤，故下繼之以「取申女」云云也。

歐陽《本義》曰：「據《序》意，幽王黜申后而立褒姒，致下國化之，亦多棄妻而立妾。毛、鄭二家所解，終篇不及下國之人妻妾事。此其所以失也。」承珙案：正義云：「下國化之，即五章『鼓鐘于宫，聲聞于外』是也。此詩主刺王之遠申后，但王爲此行則爲下國所化，故經略文以見意，《序》具述其事以明之。」此疏所論經與《序》詳略之故，當矣。若如歐説以「之子」爲棄妻斥其夫，則次章「天步艱難」恐非下國之棄妻所得言耳。

「白華菅兮，白茅束兮」，傳：「興也。白華，野菅也。已漚爲菅。」承珙案：菅與茅，統言之則爲一物，析言之則爲二物。故《説文》《廣雅》及《楚辭》王逸注皆菅茅不分，陸《疏》則云菅似茅，郭注《爾雅》亦以「菅」爲「茅屬」。此傳意亦以菅茅爲二物，故用《爾雅》「白華，野菅」，而申之曰：「已漚爲菅。」是「菅」對「野菅」爲言。《陳風·東門之池》釋文及正義皆云「已漚爲菅，未漚爲茅」，殊非傳意。但傳雖不以菅茅爲同物，而其取興之意，則似以菅茅皆喻申后，而不及褒姒。《野有死麕》傳云：「白茅取潔清。」其不以喻褒姒可知。若如正義所引王肅之説，菅茅興夫婦以端成潔白相申束，則是兼喻王及后。而次章「露彼菅茅」，何以又專指申后不得覆養，曾菅茅之不如乎？《田閒詩學》云：「菅茅皆況申后。逸《詩》：『雖有絲麻，無棄菅蒯。雖有姬姜，無棄蕉萃。』則菅蒯乃蕉萃之比。白者，贊其潔白也。束者，稱其守禮也。」承珙又案：次章「露彼菅茅」，與後「浸彼稻田」「樵彼桑薪」正同。箋以「稻田」「桑薪」皆喻申后，而於「菅茅」又兼喻褒姒；且首章言菅忍、茅脆，分别判然，而次章箋乃云：「白雲下露，養彼可以爲菅之茅，使與白華之菅相亂。」皆未免自相違戾也。

「英英白雲，露彼菅茅」，傳：「英英，白雲貌。露亦有雲，言天地之氣，無微不著，無不覆養。」正義曰：

「言『露亦有雲』者，以雨必有雲，言『亦』，亦雨也。以今觀之，有雲則無露，無雲乃有露。言『露亦有雲』者，露雲氣微，不映日月，不得如雨之雲耳，非無雲也。若露濃霧合，則清旦爲昏，亦是露之雲也。」承珙案：此疏體物甚微。歐陽《本義》、《黄氏日鈔》皆以「露」爲「覆露」，不信露亦有雲之說。朱氏《通義》謂：「霧露非一物，孔疏未的。」不知雲氣微則爲露，重則爲雨。所謂天無雲則有露者，是雲已散而爲露。有雲則無露者，是露未成而尚爲雲也。疏云「露濃霧合則清旦爲昏」，謂霧即是露之雲耳，非以霧露爲一物也。

「滮池北流」，傳：「滮，流貌。」《水經·渭水注》：「鎬水又北流，西北注與滮池水合。水出鄗池西，而北流入於鎬。《毛詩》曰：『滮，流浪也。』而世傳以爲水名矣。鄭玄曰：豐鎬之閒，水北流也。」承珙案：此以「滮池」爲水名，又所引毛傳與今詩異。然《説文》亦云：「淲，水流貌。从水，彪省聲。《詩》曰：『淲沱北流。』」疑酈注「浪」字誤。左思《蜀都賦》「灑滮池而爲陸澤」，《魏都賦》「時梗概於滮池」，亦皆以「滮」爲池水之流者耳。惟池乃水之所爲，滮雖流貌，亦或爲水名，故《括地志》《九域志》《寰宇記》皆以「滮池」爲水名。觀箋云「豐鎬之閒水北流」，謂「滮池」在豐鎬之閒，其水北流，非泛言他水。《水經注》云：渭水又東，豐水從南來注之；渭水又東，北與鄗水合。蓋豐鎬二水皆自南來而注于渭。鎬又在豐之東，豐鎬東西之閒，滮池北注於鎬。故箋云豐鎬之閒有水北流，即謂滮池也。正義引：「《文王有聲》箋：『豐在豐水西，鎬在豐水東。』然則豐邑之閒惟豐水耳，而謂之『池』者，此池在豐水之左右，上引豐水北流浸灌既訖，又決而入豐，亦爲北流。」今案：箋明云豐鎬之閒，則必不指豐水。且《水經注》明云滮池入鎬，而疏以爲上引豐水，復入於豐，不知何據。《集傳》又謂豐鎬之閒，水多北流，不知豐鎬之閒本無多水。如謂渭南六川皆北流入渭，則澇在豐西，滈、灞、滻又在鎬東，不得言「豐鎬之閒」也。

「嘯歌傷懷，念彼碩人」，箋云：「碩，大也。妖大之人，謂褒姒也。申后見黜，褒姒之所爲，故憂傷而念之。」正義曰：「以此嘯傷而念之，是念其不當然也。又言『彼』以外之，故知謂褒姒。褒姒而言大人，故以爲妖大之人。王肅云：『碩人，謂申后也。』孫毓云：『申后廢黜失所，故嘯歌傷懷，念之而勞心。』毛既不爲之傳，意當與鄭同。」承珙案：疏云「言『彼』以外之，故知謂褒姒」，則上文「浸彼稻田」，下文「樵彼桑薪」，皆言「彼」，何又以喻申后？此「碩人」定當從王、孫述毛，以爲申后。至《呂記》，又從邱氏以「碩人」指幽王。然詩中四言「之子」，一言「念子」，諸家皆以爲斥幽王，可也。若謂「碩人」亦斥幽王，則非是。嚴氏《質疑》曰：「《衛風》『碩人其頎』，『碩人』指莊姜，此詩『碩人』正指申后。莊姜之失位與申后之見黜略同，故皆以『碩人』稱之。詩人既惡褒姒，決不稱之爲『碩人』。而一篇之中既斥王爲『之子』，又稱王爲『碩人』，於屬文亦無是體也。」

「鼓鐘于宮，聲聞于外」，傳：「有諸宮中，必形見於外。」箋云：「王失禮於內，而下國聞知而化之，王弗能治。如鳴鼓鐘於宮中，而欲外人弗聞，亦不可止。」段氏《詩經小學》曰：「箋云鳴鼓鐘，謂鼓與鐘二物也。《靈臺》『於論鼓鐘』鄭云：『鼓與鐘也。』此詩正同。孔云『鼓擊其鐘』，誤。」承珙案：段說是也。《韓詩外傳》四：「僞詐不可長，虚空不可守，朽木不可雕，情亡不可久。《詩》曰：『鐘鼓于宮，聲聞于外。』言有中者必能見外也。」此釋《詩》正與毛同。又云「誠惡惡，知刑之本。誠善善，知敬之本」云云。又云：「苟有温良在中，則眉睫與之矣；疵瑕在中，則眉睫不能匿之。」其下皆引《詩》作「鐘鼓于宮，聲聞于外」。以此推之，則《毛詩》之「鼓鐘」亦不當爲「鼓擊其鐘」矣。

「念子懆懆，視我邁邁」，傳：「邁邁，不說也。」《釋文》云：「懆，《說文》七倒反，愁不申也。邁，《韓詩》及《說文》並作『㤄』，《韓詩》云：意不說好也。許云：很怒也。」承珙案：今《說文》：「懆，愁不安也。从心，喿聲。《詩》曰：『念子懆懆。』」此當從《釋文》作「不申」爲長。又：「㤄，恨怒也。从心，市聲。《詩》曰：『視我㤄㤄。』」段注云：「『恨』宜依《釋文》作『很』。」今詩作「邁邁」者，即「㤄㤄」之叚借也。

「有扁斯石，履之卑兮」，傳：「扁扁，乘石貌。王乘車履石。」箋云：「王后出入之禮與王同，其行登車亦履石。申后始時亦然，今見見，各本作「也」。此從岳本。黜而卑賤。」正義曰：「作者以王黜申后，故覩其昔日所乘之石而傷之。言有扁扁然升之以乘車者此石也，申后嘗履之，今忽然見黜而卑，不復得履之，是其所以可傷也。言王乘車履石者，言乘車之得履石，唯王爲然，今申后履之，是其貴時與王同，故繫王言之。」承珙案：傳但言「王乘車履石」，並不及后，則毛意未必以后亦履石。《夏官·隸僕》：「王行，洗乘石。」《文選》任彦昇《進今上牋》。李善注引《尸子》《淮南·齊俗訓》並云：「周公踐東宮，履乘石。」此皆人君之事。《士昏禮》「婦人以几」，賈疏云「王后則履石」者，亦用此詩。鄭箋以意推之耳。然「履之卑兮」，「卑」字當屬「石」言。經意似謂有扁之石，可以履之而卑。夫妻敵體，不宜任意踐踏。「卑」字正興下文「遠」字。何氏《古義》云：「『履之卑兮』是倒句文法，言此乘石也，雖其處地卑下，亦時得蒙王之踐履，而我獨無繇與王親近，則是斯石之不如也。」此則以「履石」爲反興，與二章言申后菅茅之不如、四章桑薪之不如者，文意一例，其義亦通。若如箋說，則是賦而非興。但申后黜遠尚在下文，上二句衹言石卑，未言后卑也。歐陽《本義》又謂石卑喻妾宜在下，蘇《傳》、《吕記》、嚴《緝》皆從之。則是上二句言褒姒，下二句言申后，詞意不相承接矣。

縣蠻

《序》云：「《縣蠻》，微臣刺亂也。大臣不用仁心，遺忘微賤，不肯飲食教載之，故作是詩也。」箋云：「微臣，謂士也。古者卿大夫出行，士爲末介。士之禄薄，或困乏於資財，則當賙贍之。幽王之時，國亂禮廢恩薄，大不念小，尊不恤賤，故本其亂而刺之。」《虞東學詩》曰：「本詩言『道之云遠』，又言『豈敢憚行』，則有征行之事可知。言後車載之，詩人自是登仕版者，非徒役之庶人可知。而車直言『後』，則爲臣之微者亦可知。《集傳》特託鳥言爲異耳，大致亦從舊説也。後之爲説者，乃别生枝節，總不可據。」承珙案：《荀子·大略篇》引《詩》曰：「『飲之食之，教之誨之。』王道具矣。」《春秋繁露·仁義法》篇引《詩》云：「『飲之食之，教之誨之。』先飲食而後教誨，謂治人也。」此皆言富教之事，而借《詩》爲證，於《詩》之本旨無涉。至《韓詩外傳》載客見周公，説以誅管、蔡事，謂客善以不言之説，周公善聽不言之説，其下引《詩》曰：「豈敢憚行，畏不能趨。」此則言時勢不可失之意，更非《詩》旨。惟《潛夫論·班禄》篇有「行人定「定」字疑有誤。而《縣蠻》諷」語，是以此詩爲行役者諷刺之作，與毛、鄭解合。

「縣蠻黄鳥」，傳：「縣蠻，小鳥貌。」案：此傳與《秦風·黄鳥》傳「交交，小貌」正同。而此以小鳥興微臣，其義尤切。《文選》何晏《景福殿賦》、王融《曲水詩序》。李注並引《韓詩章句》以「縣蠻」爲「文貌」，雖與毛異，然皆不以爲鳥聲。惟長樂劉氏始有「縣蠻，鳥聲」之説，實無所本。何氏《古義》遂以「聯縣不絶」及「南蠻鴃舌」釋之，不知凡雙聲字不當分析爲訓。《詩》中言「黄鳥」者，惟《葛覃》以「喈喈」狀其聲耳，其「睍睆」「交交」「緜蠻」皆非聲。蓋《詩》不以雙聲疊韻象聲也。周氏柄中曰：「古《箕山歌》：『甘瓜施兮葉緜蠻。』樹葉亦稱『緜蠻』，則非鳥聲可知矣。」

瓠　葉

《序》云：「《瓠葉》，大夫刺幽王也。上棄禮而不能行，雖有牲牢饔餼，不肯用也。故思古之人，不以微薄廢禮焉。」范氏《補傳》曰：「《頍弁》之刺幽王，謂暴戾無親，不能宴樂同姓。《賓筵》之刺幽王，謂媟近小人，飲酒無度。然則幽王非能儉也，特禮之所當行，乃棄而不用耳。」承珙案：此説足破嚴《緝》所疑幽王是過於燕飲，非有牲牢而不肯用之謂。蓋此詩主刺王棄禮不行，故舉飲酒之物至薄而有禮者以諷之。詩中「君子」即《序》所謂「古之人」，言古人尚不以薄物而廢禮，今王乃有盛禮而不能行，故思古以刺焉。其義甚明，無庸别解。

「幡幡瓠葉，采之亨之」，傳：「幡幡，瓠葉貌，庶人之菜也。」案：傳以「瓠葉」爲「庶人之菜」者，不過極言其物之微薄，以見維其禮不維其物，如「蘋蘩藴藻，可以薦鬼神而羞王公」之意，未嘗以全詩皆言庶人之禮也。鄭箋泥於傳義，遂歷言庶人之事，以「君子」爲「庶人之有賢行者」，已與《序》「思古」意不合，又云：「熟瓠葉，以爲飲酒之菹。農功畢，乃爲酒漿，以合朋友。」然《邶風·匏有苦葉》傳云：「匏謂之瓠，瓠葉苦，不可食也。」箋以「瓠葉苦」謂八月之時，然則農功既畢，瓠葉尚可亨乎？《左傳》昭元年趙孟賦《瓠葉》，穆叔知其欲一獻。則此詩當是一獻之禮。禮有獻有酢有酬，而後一獻之禮終，與詩中所言正合。古者士禮一獻。《士冠禮》注雖云：「一獻之禮有薦薦，脯醢也。有俎，俎，牲體也。其牲未聞。」然《既夕》注云：「士腊用兔。」詩三章皆言兔首，又焉知非士禮，而必以爲庶人之禮乎？箋又云：「每酌言『言』者，禮不下庶人，庶人依士禮立賓主爲酌名。」正義云：「若是禮合當然，不應每酌言『我』。今每言『我』，則是行用他法。」此解尤支離。《彤弓》「受言藏之」，傳云：「言，我。」此亦每受言「言」，又豈得謂行用他法邪？

「有兔斯首」，《釋文》：「斯，毛如字，此也。鄭作『鮮』，音『仙』，白首也。」正義曰：「毛無改字之理，『斯』字當訓爲『此』。王肅、孫毓述毛云，唯有一兔頭耳。然按經有『炮之燔之』，且有『炙之』，則非唯一兔首而已。既能有兔，不應空用其頭。若頭既待賓，其肉安在？以事量理，不近人情。蓋詩人之作，以首表兔。唯有一兔，即是不以微薄廢禮也。」承珙案：此疏駁王、孫唯有兔頭之説甚是。但三章疏又云：「於一兔之上而經有炮、燔、炙三種。」不知所謂「炮之」「燔之」「炙之」者，當是治此兔者或炮、或燔，取其事便，皆略於物而詳於禮之意，非一兔而有炮、有燔、有炙，亦非三兔而一炮、一燔、一炙也。至兔以「首」言，猶魚以「尾」言，此李迂仲之説，而《集傳》用之，當矣。《後漢書·儒林·劉昆傳》：「王莽世，弟子恆五百餘人，每春秋饗射，以素木瓠葉爲俎豆，桑弧蒿矢以射菟首。」此不過假《詩》以習禮。《東觀漢記》作「以素木刳瓠葉爲俎豆」，則非真煑瓠葉。射以菟首者，當即懸菟首而射之，無非以示禮意。桑弧蒿矢，固非真射具也。章懷注謂以瓠葉爲俎實，既誤，又云射則歌《菟首》之詩而爲節。夫《瓠葉》篇名明見《左傳》，何所據而改名「菟首」乎？

「炮之燔之」，傳：「毛曰炮，加火曰燔。」又「燔之炙之」，傳：「炕火曰炙。」箋云：「凡治兔之宜，鮮者毛炮之，柔者炙之，乾者燔之。」段懋堂云：「《詩》『炮』『炰』二字，《瓠葉》《閟宮》當作『炮』。《瓠葉》傳：『毛曰炮。』鄭注《禮記》：『裹燒曰炮。』蓋炮必連毛，故《閟宮》曰『毛炮』，傳曰『毛炮豚也』。今《詩·閟宮》作『炰』者，誤字。《六月》《韓奕》皆言『炰鼈』，鼈無毛，非可炮者。『炰』乃烝煑之名，其異體作『缹』。服虔《通俗文》：燥煑曰缹。《毛詩》作『炰』，與『炮』異體。蓋古本相傳如此，乃『缹』之古字也。《說文》有『炮』無『缹』，當本兼有二字，而逸其一。《韓奕》正義引字書：『炮，毛燒肉也。缹，蒸也。』所謂『字書』，即《說文》。是《說文》本有『缹』字也。」又云：「《說文》：『𤎅，宗廟火孰肉。』今世經傳多作『燔』、作『膰』。《火部》『燔』下云：『爇也。』是《詩》作『燔』爲假借字，他經作『膰』乃俗耳。」又云：「《說文》：『炙，炙肉也。从肉在火上。』炙肉，各本作『炮肉』，今依《楚茨》傳正。《楚茨》傳曰：『炙，炙肉也。』《瓠葉》傳曰：『炕火曰炙。』正義曰：『炕，舉也，謂以物貫之而舉於火上以炙之。』按：『炕』者，俗字，古當作『抗』。《方言》：『抗，懸也。』是也。《瓠葉》言『炮』、言『燔』、言『炙』，燔炙不必毛也，抗火不同加火之逼近也。此毛意也。箋云：『鮮者毛炮之，柔者炙之，乾者燔之。』此申毛意也。然則《鳧鷖》《楚茨》《行葦》『燔』『炙』並言，皆必異義。《生民》傳曰：『傳火曰燔。貫之加于火上曰烈。』貫之加于火，即抗火也。《生民》之『烈』，即炙也。《禮運》注曰：『炮，裹燒之也。燔，加於火上也。炙，貫之火上也。』三者正與《瓠葉》傳相合。然則炙與炮之別異又可知矣。」承珙案：段說「炮」「炰」之異，其辨甚諦。至「燔」與「𤎅」，許書雖分二字，古文恐祇作「燔」。即《說文》亦曰：「燔，爇也。」「爇，加火也。」正與此傳「加火曰燔」合，不必以「燔」爲借字。又傳云「炕火曰炙」，正義訓「炕」爲「舉」，故段氏轉爲「抗」字，且以「炕」爲俗字。考《說文》：「炕，乾也。从火，亢聲。」此傳云「炕火曰炙」者，謂以火乾之，今人用火乾物猶有此稱，不必轉「炕」爲「抗」，亦不得以爲俗字。總之，「炮」謂連毛之物以土包而燒之。燔者，爓去其毛而加於火上。炙者，貫之以物而逼火使乾。《楚茨》疏云：「燔者，火燒之名。炙者，遠火之稱。《生民》傳：『傅火曰燔。』《瓠葉》傳：『加火曰燔。』對遥炙者爲近火，故云『傅火』『加火』。其實燔亦炙，非炮燒之也。」

漸漸之石

《序》云：「《漸漸之石》，下國刺幽王也。戎狄叛之，荆舒不至，乃命將率東征。役久病於外，故作是詩也。」《稽古編》曰：「《漸漸之石》三章，毛傳本不言『興』，鄭、王、孫三家述毛，皆以『興』釋之，將戎、狄、荆、舒分配詩詞，説各不同，鄭以上二章上二句爲「戎狄叛之」，上二章次二句、卒章上四句爲「荆舒不至」，每章下二句爲「東征」。王、孫以每章上四句爲「戎狄叛之」，下二句爲「荆舒不至」，「東征」總六句而言。多支離穿鑿，俱非毛旨。況經止言東征，《序》本用兵之由，故並舉戎狄與荆舒耳。必欲分裂經文配此二役，不太牽合乎？詩止言道涂之險艱，跋涉之勞苦，直是賦體，非興也。」承珙案：《序》於戎狄則曰「叛」，於荆舒但曰「不至」，則似問罪之師宜先戎狄。而乃命將率東征，是已失其輕重緩急之宜，況役久病，深恐致變生不測。下國之所刺者，疑在於此。後儒有謂犬戎在西，幽不備而征東，故此詩三言「東」，而末露一「他」字，微見其意者。此説似於情事有合。

《田間詩學》曰：「或謂幽王東征之役，史傳無所經見。案：《四月》篇有云『我日構禍』，是出征事也；曰『滔滔江漢，南國之紀』，非東征之實紀乎？」承珙案：《左傳》椒舉曰：「幽王爲大室之盟，戎狄叛之。」《序》言固有徵矣。《鼓鐘》傳云：「幽王會諸侯於淮水之上。」《苕之華序》云：「幽王之時，東夷、西戎交侵。」則當其會諸侯於淮，或即以東夷之叛而征之。嚴《緝》謂史之所無，詩即史也，無庸更求他據矣。

「山川悠遠，維其勞矣」，箋云：「山川者，荆舒之國所處也。其道里長遠，邦域又勞勞廣闊，言不可卒服。」正義曰：「鄭以『勞』爲『遼遼』，言『廣闊』之意。毛無改字之理，必不與鄭同。勞矣，當爲『勞苦』。故王肅云：『言遠征戎狄，戍役不息，乃更漸漸之高石、長遠之山川，維其勞苦也。』孫毓云：『篇義言役人久病於外，故經曰山川悠遠，維其勞苦矣。』此俱是述毛爲説，傳意或當然也。」又云：「廣闊遼遼之字當從『遼遠』之『遼』，而作『勞』字者，以古之字少，多相假借。《詩》又口之詠歌，不專以竹帛相授，音既相近，故遂用之。此字義自得通，故不言當作『遼』也。」承珙案：「勞」「遼」字雖可通，然「遼闊」與「悠遠」義複，不如王、孫所述祇作「勞苦」爲安。又「不皇朝矣」，箋訓「皇」爲「正」，謂不能正荆舒，使之朝於王。正義引王肅述毛，以「皇」爲「暇」，固勝於鄭，而於「朝」仍謂不暇脩禮而相朝，不若後儒以「朝」爲「朝夕」之「朝」者文義尤順。《何草不黄》之三章曰：「哀我征夫，朝夕不暇。」以經證經，無煩别解。

「漸漸之石，維其卒矣。山川悠遠，曷其没矣」，傳：「卒，竟。没，盡也。」箋云：「卒者，崔嵬也。謂山巔之末也。曷，何也。廣闊之處，何時其可盡服？」汪氏《異義》曰：「傳對『曷其没矣』爲義，訓『卒』爲『竟』；箋對上章『維其高矣』，訓『卒』爲『崔嵬』，各通。」承珙案：據傳，則下文「不皇出矣」當作「出險」之「出」，謂石雖竟歷而山川長遠，何時可盡？則入險而不暇出險，軍行死地，勞困可知。如此則通章詞意一貫。正義云：「毛以爲東征辛苦，不暇出而相與爲禮。」此仍以鄭義述毛，恐非毛旨。

「有豕白蹢，烝涉波矣」，傳：「豕，豬也。蹢，蹄也。將久雨，則豕進涉水波。」姜氏《廣義》曰：「有豕涉波，向無定説。箋以豕之唐突喻敵之勇悍。王氏《詩總聞》則云，江豚兆雨。或據宋黃子發《相雨書》云，四方無雲，惟河中有雲相連如浴豬，一日大雨。此皆不足據也。嚴氏祖横渠之説，云豕性負塗，今涉水濯其塗而見白蹢，是久雨停潦多故也。然按之本文，終不如傳言雨徵之妥。天氣鬱蒸，則衆豕涉波，爲必雨之徵。蓋與『月離于畢』作一類解。」承珙案：《豳風・東山》「鸛鳴于垤」傳謂「將陰雨，則穴處先知。鸛好水，長鳴而喜」，與此詩所言雨徵，皆足見古人體物微妙，且必有師説相承，未可改易。又箋云「四蹄皆白曰駭，則白蹢其尤躁疾者」。《釋文》：「駭，户楷反。《爾雅》《説文》皆作豥，古哀反。」考今《説文》無「豥」字，鄭所見《爾雅》本當是「駭」字，所云「躁疾」正「駭」字之義。此豕蓋即名「駭」。《爾雅釋文》引《字林》：「豥，下才反。」則「豥」字始於《字林》。《詩音義》乃以爲《説文》，誤矣。

「月離于畢，俾滂沱矣」，傳：「畢，噣也。月離陰星則雨。」正義曰：「《洪範》『星有好風，星有好雨』者，即此畢是也。《春秋緯》説云：『月離于箕，風揚沙。』則好風者，箕也。所以箕好風、畢好雨者，鄭《洪範》注云：『風，土也，爲木妃。雨，木也，爲金妃。故星好焉。推此而往，南宫好暘，北宫好燠，中宫四季好寒也。是由己所克而得其妃，從其妃之所好故也。』」承珙案：鄭言五行以所克者爲妃，即從其妃之所好。故畢爲西方金宿，金克木，以木爲妃。木氣爲雨，畢從其妃，故好雨耳。《稽古編》曰：「顧英白云：『月入畢中則多雨，舊以陰陽爲説，非也。天街在畢之陰，七政中道也，焉得謂離其陰則水乎？畢宿在天街之陽，月入之即雨，焉得謂由其陽則旱乎？』余驗之皆然。有若之不知，《家語》。則未敢信也。又嘗謂余言：『月之離畢，未有不在其陰者。但必相傳著方雨，遠之則否矣。』然則『離陰』『離陽』，必非孔子之言，乃後人妄託。《史記》列傳載有若事，獨删去此語。子長世掌天官，當知其誤耳。」承珙又案：《漢書·天文志》云：「月失節度而妄行，出陽道則旱風，出陰道則陰雨。」又云：「箕星爲風，東北之星也。」又云：「巽在東南爲風，其星軫也。月去中道，移而東北入箕。若東南入軫則多風。西方爲雨。雨，少陰之位也。月失中道，移而西入畢則多雨。故《詩》曰：『月離于畢，俾滂沱矣。』言多雨也。」據此，則毛云「月離陰星」者，謂畢爲陰道之星，月離之則陰盛而雨耳。《論衡·明雩篇》云：「房星四表三道，日月之行，出入三道。月出北道，離畢之陰，希有不雨。由此言之，北道，畢星之所在也。」此亦以離畢爲月出北道，與毛傳「離陰星」語合。《家語》載孔子云：「昔者月離其陰，故雨。昨莫月離其陽，故不雨。」專指畢之陰陽爲言，宜顧氏以爲後人妄託也。《明雩篇》所載亦與《家語》同，則自漢以來已有此説。

苕之華

「苕之華，芸其黄矣」，傳：「興也。苕，陵苕也，將落則黄。」正義曰：「《釋草》云：『苕，陵苕。黄華，蔈。白華，茇。』舍人曰：『苕，陵苕也。黄華名蔈，白華名茇，别華色之名也。』某氏曰：『《本草》云：陵苕一名陵苕。』」承珙案：蘇頌云：今《本草》無「陵時」之名。陸璣《疏》云：『一名鼠尾。生下溼水中。七八月中，華紫，似今紫草。華可染皂，煮以沐髮，即黑。』如《釋草》之文，則苕華本自有黄有白。傳言『將落則黄』，是初不黄矣。箋云：『陵苕之華，紫赤而繁。』陸璣《疏》亦言其華紫色。蓋就紫色之中，有黄紫、白紫耳。及其將落，則全變爲黄，以《裳裳者華》言之，則『芸』爲極黄之貌，故將落乃然。」承珙案：陸《疏》「鼠尾」之説，自因吴普《本草》

鼠尾有「山陵翹」之名而誤。馮氏《名物疏》已力駁其非。是惟《本草經・中品》有紫葳，《名醫别録》一名陵苕，一名茇華，與《爾雅》、毛傳皆合。吴普又云一名瞿麥。李當之云是瞿麥根，不知《本草》别有瞿麥。今本《廣雅》「茈葳、陵苕，蘧麥也」，乃傳寫之誤，《爾雅釋文》引《廣雅》本作「茈葳、麥句薑，蘧麥也」。據此知蘧麥亦名紫葳，要與陵苕不同，不得牽合爲一。陳氏《稽古編》謂張揖誤以爲瞿麥，非是。陳氏又云唐顯慶中蘇恭脩《本草》，始以陵霄爲紫葳，其不類者有三。然蘇恭本引郭注《爾雅》「一名陵時，又名陵霄」，今郭注脱此四字。是其説不始於唐人也。《史記・趙世家》「顔若苕之華」，《集解》引綦毋邃云：「陵苕之華，其色紫。」與鄭箋「紫赤而繁」者合。傳云「將落則黄」者，蓋讀此「芸」爲「其黄而隕」之「隕」，故《釋文》引沈重「芸，音運」。此必《毛詩》家舊讀如是。《左傳》成二年「隕子辱矣」，《説文》引作「抎子」，此「芸」「隕」古通之證。但《裳裳者華》以「芸」爲「黄盛」，此言「將落」者，謂黄至極盛，則將落之候矣。箋意以初華紫赤，衰則萎黄，與毛略同。以經本言「黄」，故但指其黄華者言之。若《爾雅》之「白華」，則唐注《本草》謂山中亦有白華者，是也。然則「苕」即陵苕，陵苕即陵霄。今之陵霄，花色赭黄。詩明言黄華，而陳氏乃執孔疏之「紫白」、陸《疏》之「染皂」以疑其不類，不亦傎乎？

「牂羊墳首」，傳：「牂羊，牝羊也。墳，大也。『牂羊墳首』，言無是道也。」正義曰：「《釋畜》云：『羊，牡羒，牝牂。』故知『牂羊』，牝羊也。『墳，大』，《釋詁》文。牝，小羊也。『首』必稱身，小羊而責大首，必無是道理也。」《爾雅翼》據《廣雅》吴羊「牝三歲曰牂」不得爲小，《詩》疏「欲合『墳，大首』之義稱爲『牝，小羊』」非是，因謂「墳」即「羒」字，爲牝羊而牡首。其説本於《詩總聞》。何氏《古義》從之，並引《易林》「墳首」作「羵」爲證。承珙案：王氏《詩稗疏》云：「吴羊牝牂，夏羊牝羖。吴羊，緜羊。夏羊，山羊也。吴羊頭小角短，山羊頭大角長。」此説分别甚明。是則吴羊之頭本小，而禽獸之體牝更小於牡，故傳以牂羊無大首之道，不必改「墳」爲「羒」也。

「人可以食，鮮可以飽」，傳：「治日少而亂日多。」箋云：「今者士卒人人於晏早皆可以食矣，時饑饉，軍興乏少，無可以飽之者。」正義曰：「鄭以幽王時恒多禍亂，曾無治時，何得云『治日少』乎？所以易毛。」汪氏《異義》曰：「亂日多者，師旅數起，饑饉荐臻也。故箋語正申明『亂日多』之意。疏以爲易傳，恐不然。」承珙案：《序》云「君子閔周室之將亡，傷己逢之」，傳以「治日少，亂日多」爲言者，即《王風》「我生之初，尚無爲；我生之後，逢此百罹」意，非以幽王之時尚有治日也。疏誤會傳語，故以鄭爲易毛耳。

何草不黄

「何人不將，經營四方」，傳：「言萬民無不從役。」正義曰：「言萬民何人而不爲將率所將之，以經營四方乎？」承珙案：上箋以「何日不行」指將率而言，故正義以此「何人不將」爲將率之所將。然此乃鄭義耳。毛傳多訓「將」爲「行」，此言「萬民無不從役」，當亦訓「將」爲「行」。《吕記》引邱氏曰：「將，亦行也。」似合毛義。李迂仲曰：「『何日不行』，以見其一歲之中無日不行也。『何人不將』，以見其一國之中無人得免戰争之苦也。」

「何草不玄」，箋云：「玄，赤黑色。始春之時，草牙蘖者將生必玄。於此時也，兵猶復行。」正義曰：「《春秋元命苞》《稽耀嘉》皆云夏以十三月爲正，物生色黑。故知始春之時，草芽蘖者將生必玄也。《釋文》云：『九月爲玄。』孫炎曰：物衰而色玄也。《詩》曰『何草不玄』，與此『始春』之言不同者，《爾雅》所言月名皆不以草色。李巡曰：九月萬物畢盡，陰氣侵寒，其色皆黑。是陰而氣寒之黑，不由草玄色。孫炎之言謬矣。」承珙案：《易林·蒙之蒙》云：「何草不黄，至末盡玄。室家分離，悲愁于心。」據此，則焦氏明以草玄爲物衰之候，非春初始生之謂。以經文先「黄」次「玄」，是經歷秋冬，已足見踰時之久，不必又及明年春生而玄也。

「有芃者狐」，傳：「芃，小獸貌。」案：芃，本訓草盛，故《載馳》《下泉》《黍苗》《棫樸》諸言「芃芃」者，傳皆以「美盛」「長大」等語釋之。此以「芃」爲「小獸貌」者，蓋取訓詁相反之例。「芃」爲「長大」，反之亦得爲「小」也。箋云「狐草行草止」，乃釋「率彼幽草」之意。或據《淮南子》「禽獸有芃，人民有室」注云「芃，蓐也」，以證鄭箋「草行草止」指「有芃」而言，是則「有草者狐，率彼幽草」，經文爲不辭矣。

毛詩後箋卷二十三

涇　胡承珙

大雅文王之什

文　王

《序》云：「《文王》，文王受命作周也。」案：《序》言周之王業成於文王，是爲受天之命而作周耳。毛於「其命維新」傳云：「乃新在文王也。」絶無所謂改元稱王之事。即其言「虞芮質成」事，亦但曰「西伯」，則文王未嘗稱王甚明。《康誥》曰：「天乃大命文王，殪戎殷，誕受厥命。」此不過言周之受命代商皆由於文王耳。《大明》云：「有命自天，命此文王。」《文王有聲》云：「文王受命，有此武功。」皆即此《序》「受命」之義。詩中多追述之詞，與《康誥》所言正同。自鄭箋有「受命王天下」之語，孔疏遂歷引讖緯以爲證。唐梁肅已有《受命稱王議》，力辨其誣。然漢儒言文王受命者，如《尚書大傳》云：「天之命文王，非啍啍然有聲音也。文王在位而天下大服，施政而物皆聽，令則行，禁則止，動摇而不逆天之道，故曰『天乃大命文王』。」《論衡・初稟篇》亦云：「所謂『大命』者，非天乃命文王也。聖人動作，天命之意也，與天合同，若天使之矣。」《風俗通義·皇霸》篇云：「經美文王三分天下有其二，王業始兆於此耳。大王、王季皆見追號，豈可復謂已王乎？」然則《序》言「受命」，亦不過如此而已。孔疏雖援讖緯申鄭，然尚云「文王受命，毛無明説」。歐陽《本義》乃云毛以爲受命而王天下，則真眯目而道黑白者矣。

《吕覽·古樂》篇：「周文王處岐，諸侯去殷三淫而翼文王。散宜生曰：『殷可伐也。』文王弗許。周公旦乃作詩曰：『文王在上，於昭于天。周雖舊邦，其命維新。』以繩文王之德。」承珙案：此明言文王不肯伐商，故周公於後作詩，所以稱述此事。然則必無文王稱王之説可知矣。至漢儒以此詩爲周公作者，如翼奉疏言：「周公作詩，深戒成王曰：『殷之未喪師，克配上帝。宜鑒于殷，駿命不易。』」《世説》注載荀慈明云：「公旦《文王》之詩，不論堯、舜之德而頌文、武者，親親之道也。」此皆與《吕覽》合，然亦絶不及受命稱王之事。蓋當時説詩者不獨毛傳無此語，即三家當亦無之也。

「文王在上，於昭于天」，傳：「在上，在民上也。於，歎辭。昭，見也。」《稽古編》曰：「《吕記》引朱子初説，本與古注合。《集傳》則以首二句爲文王既殁，而其神在上，昭明于天，末二句爲其神在天，升降于帝之左右。舍人而徵鬼，義短矣。」承珙案：朱氏《通義》引《周頌·桓》「於昭於天」，證此詩亦當以德言之，此語可爲定論。蓋昭於天者，言德之光明而見于天，猶《康誥》云「惟時怙冒，聞于上帝」也。則毛以「在上」爲「在民上」者，其義允矣。

「有周不顯，帝命不時」，傳：「有周，周也。不顯，顯也。顯，光也。不時，時也。時，是也。」箋云：「周之德不光明乎？光明矣。天命之不是乎？又是矣。」戴氏《詩考正》曰：「案：詩之意，以周德昭于天，故曰丕顯；以天命適應乎民心，故曰丕時。箋於此『不顯』『不時』與《清廟》篇之『不顯』『不承』及凡《詩》中言『不』者，增『乎』字或『與』字於下以爲反言。讀傳者亦謂如箋之反言而已。合考前後，則傳意實不然。傳蓋以『不』字爲發聲。《爾雅》『不漘』即《詩》所言『河之漘』，郭注云：『不，發聲。』又龜有『不類』『不若』，即《周禮》之『靁屬』『若屬』，『不』皆發聲，可據證也。」承珙案：「不」固爲發聲，《詩》之「不顯」「不承」固即《書》之「丕顯」「丕承」，王氏《經傳釋詞》歷引《詩》《書》以「不」爲語辭者數十條，❶其説暢矣。然以「不」爲發聲，是正言其「如此」，即反言之以爲「豈不如此」，亦未始不可。今人言事如此，尚有云「不是」者，蓋以「豈不是」爲「不是」，乃詞氣有緩急輕重之殊耳。毛傳於《常棣》之「鄂不」云「鄂，猶鄂鄂然，言外發也」，於《車攻》云「不警，警也；不盈，盈也」，《桑扈》云「不戢，戢也；不難，難也」之類，固皆就其文而正言之，則「不」爲語詞自明。然此詩次章「不顯亦世」傳即云「不世顯德乎」，則又反言以明之，而於「不」之爲發聲，仍無改也。箋於《詩》言「不」者，多加「乎」「與」等字爲反詞，亦未嘗不合語氣耳。

「文王陟降，在帝左右」，傳：「言文王升接天，下接人也。」箋云：「在，察也。文王能觀知天意，順其所爲，從而行之。」焦里堂曰：「此箋與傳義異。傳『升接天』解『陟』字，『下接人』解『降』字。『在帝左右』即是『接天』，而『接人』之意括於内。箋則以『觀知天意』解『在帝』二字，以『順其所爲，從而行之』解『左右』二字，若云察帝而左右之。」承珙案：正義曰：「此言文王之接天，而云『在帝左右』，明是察天動作而效之。」此疏所

❶「引」，原作「應」，據廣雅本改。

言，是「左右」仍屬「上接天」之事。毛既以「接天」「接人」分釋「陟」「降」，則下句未必單言「接天」。經文「左右」恐當屬「接人」言，謂察天之道以左右民。何氏《古義》曰：「《書》曰：『予欲左右有民。』《易》曰：『后以財成天地之道，輔相天地之宜，以左右民。』此云『左右』，即其義也。」

《呂記》引朱子曰：「文王德合乎天，一陟一降常若在帝之左右，與之同運而無違也。」朱氏《通義》曰：「此朱子初説，本用古注。《集傳》更之，蓋以昭七年《左傳》周王追命衛襄公語與『在帝左右』相似也。然詩意不同。此章皆言文王以德受命，爲全詩之綱，不應以神之在天立説。」承珙案：《墨子·明鬼》篇引《大雅》此詩，而曰：「若鬼神無有，則文王既死，彼豈能在帝之左右哉？」此後儒説《詩》以文王之神在天者之所本。然《左傳》襄三十年諸侯之大夫盟于澶淵，謀歸宋財：「既而無歸於宋，故不書其人。君子曰：信其不可不慎乎！澶淵之會，卿不書，不信也。《詩》曰：『文王陟降，在帝左右。』信之謂也。」此引《詩》不可謂斷章。蓋天之所助者順，人之所助者信。故杜注云：「言文王所以上接天，下接人，動順帝者，唯以信。」然則「在帝左右」兼「順」與「信」二義爲備，且與末章「儀刑文王，萬邦作孚」相合。是《左傳》於此詩自有正解，初無「其神在天」之説，不必援「叔父陟恪」之傳以爲證也。

「亹亹文王」，傳：「亹亹，勉也。」《稽古編》曰：「宋徐鉉以《説文》無『亹』字，欲改『亹』作『娓』。董氏從而和之，又引崔《集注》作『娓娓文王』。爲謬説也。❶經典字不載《説文》者多矣，可勝改乎？宋庠《國語補

---

❶「爲」下，影印文淵閣《四庫全書》本、《經解》本《毛詩稽古編》有「據皆」二字。

音》謂經典相承，皆作『亹』字，改之驚俗，當矣。」鈕匪石《說文新附考》曰：「《易》『定天下之亹亹』，《釋文》：『音亡偉反，鄭云，汲汲也。❶ 王肅云，勉也。』據《玉篇》『亹』爲『舋』之俗字，知『亹』『斖』並『釁』之俗字。蓋『釁』字一變爲『亹』，見《唐等慈寺碑》。再變爲『亹』，以音近『文』，《史記·夏本紀》「亹亹穆穆」，《司馬相如傳》作「旼旼穆穆」。俗又加『文』也。」承珙案：鈕說是也。古「釁」字本有「勉」義。襄二十六年《左傳》：「夫小人之性，釁於勇。」杜注：「釁，動也。」正義曰，賈、鄭先儒皆以「釁」爲「動」。王延壽《魯靈光殿賦》：「佐奮釁以軒髻。」今《文選》「釁」字作「舋」。是「釁」爲「奮」「動」之意。「奮」「動」皆與「勉」義相近。諸書「釁」多作「舋」，《史記·高祖紀》索隱引應劭云：「釁，呼爲舋。」此形之所以又變爲「亹」也。《周禮·天府》《鬯人》《雞人》注皆云「釁」讀爲「徽」，此音之所以又變爲亡偉反也。要其爲「勉」義，則相承不變。《棫樸》「勉勉我王」，《荀子·富國篇》引作「亹亹我王」，知「亹」「勉」義同。故此傳云：「亹亹，勉也。」

「陳錫哉周」，傳：「哉，載。」箋云：「哉，始。」陳碩甫曰：「宣十五年、昭十年《左傳》皆引《詩》『陳錫載周』，能施也。《周語》芮良夫引《大雅》曰：『「陳錫載周。」是不布利而懼難乎，故能載周以至於今。』《詩》作『哉』，《內》《外傳》皆作『載』，故傳以『載』釋『哉』也。此傳曰：『哉，載也。』《載見》傳曰：『載，始也。』『哉』謂之『載』，『載』又謂之『始』，此一義之引申也。《序》曰：『受命作周。』《左傳》曰：『文王所以造周。』『作』『造』皆始也。箋云：『哉，始也。能敷恩惠之施，以受命造始周國。』傳箋意同。疏謂義異，失之。」承珙案：傳箋

❶ 「汲汲」，原作「没没」，今據《說文新附考》改。

皆以「哉周」爲「始」者，承上章「其命維新」而言也。或以古字「哉」「栽」「載」並借用，此詩當訓「哉」爲「栽」。栽，植也。此則與下文「本支」義相屬，其説亦通。

「思皇多士」，傳：「思，辭也。皇，天。」箋云：「周之臣既世世光明，其爲君之謀事忠敬翼翼然。又願天多生賢人於此邦。」正義申毛云：「天以周德至盛，欲使群賢佐之，故皇天命多衆之士生於我周王之國。思，語辭，不爲義。」其申鄭云：「以『思』之爲辭止在句末，今句首言之，不宜爲辭，故易傳。朝臣之願多賢，實爲美事，明此『思皇多士』是世顯之人復思使皇天更生多賢也。下『濟濟多士』即世顯之人，與此『多士』不同也。」承珙案：一章之中兩言「多士」，不應異解，傳義優矣。且《詩》中大例，「思」爲語辭者，固多在句末，然《魯頌》「思樂泮水」，《禮器》疏引作「斯樂泮水」，是「思」即「斯」借，同爲語辭，又未嘗不在句首也。

「維周之楨」，傳：「楨，榦也。」嚴《緝》云：「《釋詁》：『楨、翰、儀，榦也。』舍人云：『楨，築牆所立兩木也。』『王后維翰』及『維周之翰』，傳皆云『榦也』。疏云：榦者，築牆所立之木。然則楨也，翰也，榦也，一物也。字當作『榦』，傳寫誤作『幹』。鄭以此爲『榦事之臣』，失之矣。」承珙案：舍人注《爾雅》云：「楨，正也，築牆所立兩木也。榦，所以當牆之兩邊障土者也。」是楨與榦爲二物。《爾雅》、毛傳蓋以皆築牆所用之木，故渾言之曰「楨，榦也」。木所立表曰榦，因而人之立事亦曰榦，此義之引申者，故《文言》曰：「貞固足以榦事。」箋正所以申傳，非易傳也。

「於緝熙敬止」，傳：「緝熙，光明也。」承珙案：《爾雅·釋詁》：「緝、熙，光也。」《國語·周語》引《詩》「於緝熙，亶厥心」而釋之曰：「緝，明也。熙，廣也。」毛於此用《爾雅》之訓，而於「光」下增「明」字；於《昊天有成命》則全用《國語》「緝，明」「熙，廣」爲訓；於《敬之》「學有緝熙于光明」又云「光，廣也」，立義似有參錯。其實《爾雅》以「緝」「熙」與「烈」「顯」「昭」「晧」「熲」並訓「光」者，統言之也。若析言之，則「熙」又光之廣大者。《周語》逐字爲訓，故以「熙」爲「廣」。韋昭注云：「熙，光大也。」古「光」「廣」字，聲同義通。毛不第稱「緝熙，光」也，而云「光明」者，蓋已讀「光」如「廣」，「光」釋「熙」，「緝」釋「明」，「光明」猶言「廣明」，但以文便故不順經耳，實則合《爾雅》《國語》而兼取之。至《昊天有成命》遂專用《國語》之訓，以《文王》篇已訓「光明」，不嫌「熙廣」之非「熙光」也。至《敬之》又云「光，廣也」，則二字通轉之例益明。箋於《維清》《敬之》皆本此傳云：「緝熙，光明也。」《載見》「俾緝熙于純嘏」亦云：「使光明於大嘏之意。」獨於《昊天有成命》傳「熙，廣也」，以「廣」爲「光」之誤。此似泥於《爾雅》「緝」「熙」衹有「光」訓，而不知「光」與「廣」同，訓「熙」爲「廣」，猶訓「熙」爲「光」耳。以此言之，箋不如傳之密矣。

「侯于周服」，傳：「盛德不可爲衆也。」箋云：「商之孫子，其數不徒億，多言之也。至天已命文王之後，乃爲君於周之九服之中，言衆之不如德也。」正義引：「王肅云：『商之孫子有過億之數，天既命文王，則維服于周。』毛於上章訓『侯』爲『維』，則其意如肅言也。鄭惟以『侯』爲『君』，言其貴者耳。其數既多，亦有不爲君者。」承珙案：傳用《孟子》「仁不可爲衆」語，則「服」自當爲「臣服」之義。疏曲申箋説，以「侯」爲「君」、「服」爲「九服」，而又云亦有不爲君者，是已不能自圓其説。且此言君于周之九服尚可，若下文「侯服于周」，謂爲君九服于周，則不辭矣。趙岐注《孟子》云：「天既命之，維服于周。」是不獨王肅之解爲然也。

「殷士膚敏」，傳：「殷士，殷侯也。」《稽古編》曰：「疏謂即前『商之孫子』，當矣。士者，男子之通稱，五等諸侯及公卿大夫皆可得此名。《集傳》曰，諸侯之大夫入天子之國曰某士，則『殷士』者，商孫子之臣屬。其説本《漢書》顔師古注。然釋『士』字，何其拘也。二王之後來助祭，有《振鷺》之詩；微子來見祖廟，有《有客》之詩。二頌所美，何嘗指其臣屬邪？」承珙案：《漢書》劉向上疏云：「孔子論《詩》，至『殷士膚敏，祼將于京』，喟然歎曰：『大哉天命！善不可不傳于子孫，是以富貴無常。不如是，則王公其何以戒慎，民萌何以勸勉？』蓋傷微子之事周，而痛殷之亡也。」《白虎通義·三正章》引《詩》曰：「『厥作祼將，常服黼冔。』言微子服殷之冠，助祭于周也。」趙岐注《孟子》云：「殷之美士，執灌鬯之禮，將事於京師，若微子者。」以上諸説，或有出三家《詩》者，其以「殷士」爲「殷侯」，皆與毛合，固知不可易也。

「王之藎臣，無念爾祖」，傳：「藎，進也。無念，念也。」箋云：「今王之進用臣，當念女祖爲之法。王，斥成王。」《稽古編》曰：「夫『多士』『周楨』，文王進臣之事也。詩之文義前後相應，古注允矣。今解爲『忠藎之臣』，恐太迂。藎，本染草之名，詩人以其音同，故借爲『進』。毛義得於師授，當不誤也。」承珙案：《逸周書·皇門解》：「朕藎臣，夫明爾德，以助予一人憂。」孔晁注：「藎，進也。言我進用之臣，夫明明之德，助我憂天下者。」此釋「藎」字正用毛、鄭之義。其解爲「忠藎」者，始見於《三國志·董和傳》注云「胡濟爲亮主簿，有忠藎之效」。蓋亦從「進」義引申之者。然此詩前四章皆追述文王受命作周之事，後三章乃戒成王當監殷而法文王。蓋第三章言文王得士之效，故此章戒以念文王進臣之法。詞義前後一貫，無緣中間忽呼王臣而告以念文王之德。即謂不敢斥王，故呼臣告之，如「敢告僕夫」之義，則何以又斥文王爲「爾祖」邪？

「宜鑒于殷，駿命不易」，傳：「駿，大也。」箋云：「宜以殷王賢愚爲鏡。天之大命，不可改易。」《釋文》：

「易，毛以豉反，言甚難也。鄭音亦，言不可改易也。下文及後『不易維王』同。」《稽古編》曰：「此詩毛不爲傳，孔疏述毛則仍用鄭説，『甚難』之解，其出於王肅、孫毓歟？案：《大學》引此詩，鄭注云：『天之大命，持之誠不易也。』彼《釋文》云：『易，以豉反。注同。』則康成初説原以爲『難易』之『易』，箋《詩》時改之耳。」承珙案：鄭於《詩》言「不易」者，多作「不可改易」，如《大明》「不易維王」、《韓奕》「朕命不易」皆是。然《韓奕》言「不可改易」可也，此詩及《大明》皆當作「難易」之「易」。若此詩「駿命不易」，以爲「不可改易」，則於上文「天命靡常」、下文「無遏爾躬」皆不相融貫矣。

大明

《序》云：「《大明》，文王有明德，故天復命武王也。」姜氏《廣義》曰：「全詩歸重文王明德，第三章言文王之德獨詳。而王季以『維德之行』一語點過，武王則但言伐商之事。王季、武王未嘗無明德，而受天命則自文王始。文王有此明德，必有聖父、聖母，故推本於王季、大任。又有此明德，必有聖配，故詳言大姒德盛禮隆，然後篤生聖子，以有天下。其敍武王伐商，亦以『有命自天，命此文王』發端。詩固無處不歸重文王矣。至末二章，所謂『復命武王』也。」承珙案：首章傳以明明之德專屬文王，箋則兼言文、武，以首章爲詩總目。正義云：「紂之正教不達四方，是武王時理當兼文、武。」然《文王》篇並不及武王，而「殷士裸將」亦非文王時事，所謂從後追言之，正見天命已歸，事有必至。況文王三分有二，紂之政教已不達四方矣。此詩當從毛意，自六章「長子維行」以上皆説文王有德受天命之事，「篤生武王」以下説天復命武王之事。依《序》立義，次第井然矣。

「明明在下，赫赫在上」，傳：「明明，察也。文王之德明明於下，故赫赫然著見於天。」嚴《緝》以首二句泛言天人之理：「明明在下，君之善惡不可掩也。赫赫在上，天之予奪爲甚嚴也。」何氏《古義》謂如此說，則下文承接甚省轉語。承珙案：此說非是。《詩》中言「明明」者，皆爲美稱，不當兼惡。《荀子·正論篇》言「主道利明不利幽」，引《書》曰「克明明德」，《詩》曰「明明在下」。又《解蔽篇》云：「《詩》曰：『明明在下，赫赫在上。』此言上明而下化也。」據此可見「明明」專屬美稱。毛以爲「明德」者，義蓋本荀卿耳。

「天難忱斯，不易維王」，傳：「忱，信也。」箋云：「天之意難信矣，不可改易者，天子也。」承珙案：箋意「不易」與下「不挾」爲反對，言王位本不可改，爲惡則教令不行，所謂辭爲阻勸作與奪之勢也。然《韓詩外傳》引傳曰：「言爲王之不易也。」其下引《詩》「天難忱斯，不易維王」。《漢書·貢禹傳》言：「天生聖人，蓋爲萬民，非獨使自娱樂而已也。故《詩》曰：『天難諶斯，不易維王。』」此皆以「易」爲「難易」。詳經文，上言「難忱」，下言「不易」，似當以「難易」之義爲長。

「摯仲氏任」，傳：「摯國任姓之中女也。」《校勘記》曰：「閩本、明監本、毛本皆同。小字本、相臺本『之』作『仲』。案：『之』字是也。正義云：仲者，中也，故言『之中女』。《釋文》以『之中』作音，是孔、陸本皆作『之』。」「此總『摯仲氏任』一句而發，傳以『中』解經之『仲』，以『女』解經之『氏』，故錯綜而出之也。不得其讀者，於『國』字『姓』字誤斷句，乃改『之』爲『仲』以附合於經。不知傳若專釋『仲』，即不得在『任』下也。《考文》古本無『中』字，亦誤。」承珙案：段懋堂云，此傳當以八字爲一句，是既知傳文「仲」當作「之」矣。其所訂毛傳乃云，此當經作「中」，傳作「仲」。《詩小學》又云毛經傳皆當作「中」。然下傳云：「大任，仲任也。」則經文作「仲」甚明。傳云「任姓之中女」，是謂「仲」即「中」字耳，其不作「仲，中女也」亦甚明。段氏二説皆誤。摯虞《思游賦序》云：「氏仲壬之洪裔。」亦可爲經文作「仲」之證。

「使不挾四方」，傳：「挾，達也。」箋云：「使教令不行於四方，四方共叛之。」正義曰：「挾者，『周匝』之義，故爲『達』。《周禮》所謂『浹日』，『浹』即今之『匝』，義同也。」承珙案：《爾雅·釋言》：「浹，徹也。」「徹」即「通達」之義，故傳以「挾」爲「達」。《韓詩外傳》云：「紂貴爲天子，富有天下，及周師至而令不行乎左右，悲夫！當是之時，索爲匹夫不可得矣。《詩》曰：『天謂謂，各本作「位」。《詩考》引作「謂」。殷適，使不俠四方。』」此亦以「令不行」釋《詩》「不俠」，義與毛、鄭同。蓋「俠」「挾」「浹」古皆通也。

「曰嬪于京」，傳：「嬪，婦。京，大也。」箋云：「京，周國之地小別名也。從殷商之畿内嫁爲婦於周之京。」正義曰：「王肅云唯盡其婦道於大國耳，述毛爲説也。箋易傳者，以言『於京』，是於其處所，不得漫言『於大』。王肅以爲『大國』，近不辭矣。上篇述文王受命之事，而云『裸將于京』，可得以爲京師。此王季時，爲諸侯之子孫耳，追崇其號，得謂之『王』，不得即以其居爲京師也。孫毓以爲京師，又不通矣。」承珙案：毛以此「京」字與《文王》篇俱訓「大」，自即以爲「京師」之「京」。若拘於《公羊》謂「京師，天子之居」，則雖文王亦不得稱「京」。若據追述之詞，則王季既可稱「王」，亦不害其稱「京」。孫毓之説，未爲不通。即王肅以爲「大國」，亦無不可。但以「曰嬪」爲盡婦道，則下文「維德之行」，文義重複。此蓋自母家言之爲「來嫁」，自夫家言之爲「曰嬪」，互文以儷句耳。至箋以「周」是大名，「京」是其地之小別，無論岐周並無此地名，鄭已不能指實。且大任爲嬪，當在國都，何獨言其小別之地名乎？以此衡之，傳義爲優矣。《思齊》「京室之婦」傳云：「京室，王室也。」明是追稱之詞。箋亦以「京」爲周地名，非是。

「文王初載，天作之合」，傳：「載，識。合，配也。」箋云：「於文王生適有所識，則爲之生配於氣勢之處，使必有賢才，謂生大姒。」正義曰：「『文王初載』謂其幼小，始有識知，故以『載』爲『識』也。」《釋文》不爲「識」字作音，蓋亦以爲「知識」之「識」。後儒疑其不安，故或以「載」爲「成」，蘇《傳》、李《解》皆謂文王始成人之時。或以「載」爲「年」。《吕記》、嚴《緝》皆引朱氏曰：載，年也。近人又據鄭注《中庸》「栽者培之」讀如此「載」，遂謂「初載」，爲初免懷抱，能自立之時。承珙案：毛公此等故訓，必確有師承。鄭箋申毛，若以「識」爲「知識」，則《列女傳》謂：「文王生而明聖，教之以一而識百。」何得言「適有所識」乎？可知孔、陸皆未悟傳箋音訓。此「識」似當讀爲「記識」之「識」。《國語・晉語》「子犯授公子載璧」韋注：「載，記也。」「記」與「識」同。毛以「載」爲「識」者，謂文王生而有所記驗，如《左傳》仲子生而有文在其手曰「爲魯夫人」之事。此所謂「天作之合」也。其「在洽之陽」「在渭之涘」，疑即當時記驗之徵。故先憑空著此二語，而後乃云「大邦有子」，其下又云「俔天之妹」。蓋極言其事之神奇，故始終皆以「天」言之。觀箋「適有所識」，其必以爲記驗之徵兆，明矣。

「俔天之妹」，傳：「俔，磬也。」箋云：「尊之如天之有女弟。」正義曰：「此『俔』字，《韓詩》作『磬』，則『俔』『磬』義同也。《説文》云：『俔，諭也。《詩》云：「俔天之妹。」』謂之譬喻，即引此詩。箋云『尊之如天之有女弟』，與譬諭之言合。蓋如今俗語譬喻物云『磬作』然也。」盧召弓《鍾山札記》曰：「《説文》：『俔，譬喻。一曰聞見也。』竊謂『俔』從『人』從『見』，則『見』字義長，猶所謂見若神人也，譬喻之意亦在其中，未必即以『磬』爲譬。《韓非子·外儲説上》云：『犬馬，人所知也，旦暮罄於前。鬼神無形者，不罄於前。』古『罄』『磬』同一字。以韓非之説證之，則『俔』可訓爲『見』，『磬』未嘗不訓『見』。在毛公當日，『磬』之義，人所共曉，故即以『磬』解『俔』耳。」段懋堂曰「磬，《玉篇》《廣韻》皆作『罄』。罄，盡也」，「猶言竟是天之妹也」。又云：「《説文》『一曰聞見也』，『聞』當作『閒』。《釋言》：『閒，俔也。』正許所本。上訓用毛、韓説，此訓用《爾雅》説，《爾雅》亦釋《詩》也。閒，音諫，若言不可多見而『閒見』之。」承珙案：傳以「磬」釋「俔」，箋以「如」申毛，孔疏解以「磬作」，是唐時猶有此語，其訓詁由來久矣。段注《説文》謂：「俔者，古語。磬者，今語。二字雙聲，是以毛作『俔』，韓作『磬』。毛以『磬』釋『俔』，是以今語釋古語。」此説是也。其又云「磬」猶言「竟是」，又云「俔」是「閒見」，盧氏又從「聞見」爲義：諸説皆非是。《後漢書·胡廣傳》：「俔天必有異表。」若曰「竟是」、曰「閒見」、曰「聞見」，則必連「之妹」二字方成文義，必不得以「俔天」二字單言。惟訓「如」，則「如天」二字本可斷讀，《君子偕老》傳曰「尊之如天」是也。

「文定厥祥」，傳：「言大姒之有文德也。祥，善也。」箋云：「問名之後，卜而得吉，則文王以禮定其吉祥，謂納幣也。」《稽古編》曰：「毛、鄭意本各别。孔疏申毛，既言大姒文德，又言文王以禮定其卜吉之善祥，則文字作兩解，殊不畫一；而以卜吉爲善祥，亦非毛訓『祥』爲『善』之意也。竊謂昏乃嘉禮，毛云『善』者，猶云『嘉禮』耳。大姒賢，故文王聞而求之，是當時嘉禮因大姒文德而定。毛意當如此。」承珙案：孔疏申傳牽於箋義，陳氏非之，當矣。但毛以「祥」爲「善」者，當是吉祥徵應之謂，與上章「文王初載」相應，言大姒有文德，則其初徵應之祥於此益定，故下文「親迎于渭」傳云：「言賢聖之配。」所以終上章「天作之合」也。

「造舟爲梁」，傳箋皆未明何水。嚴《緝》以爲渡渭。《稽古編》曰：岐周與莘皆在渭北，「親迎于渭」當是循渭而行，嚴説非是。姚姬傳又謂造舟當在洛上。承珙案：川流迂曲，即循岸而行者，亦非必盡可直達。況自周至莘，約計六七百里，中閒豈無山陵國邑之隔？或須取道渭南，始能至彼，造舟而濟，亦事之常。經言「親迎」而繫以「于渭」，「于渭」即繼以「造舟」，文義明白，故傳箋不復言何水耳。後儒疑郃水入河不入渭，以上文「在渭之涘」乃文王所居，非大姒之國；「親迎于渭」，文王自於境内迎之，不必渡渭，此皆疑其所不必疑者也。

毛於「親迎于渭」傳云：「言賢聖之配也。」於「造舟爲梁，不顯其光」傳云：「言受命之宜，王基乃始於是也。天子造舟，諸侯維舟，大夫方舟，士特舟。造舟然後可以顯其光輝。」據此可知毛公釋《詩》必無「受命稱王」之説。觀其但言賢聖之配，不過謂賢女配聖人，所以重昏禮耳，並不以此爲天子親迎之證。正義引鄭《駁異義》「左氏説王者不親迎」，以此詩「親迎于渭」爲證。然《禮記正義》引《詩説》云文王親迎于渭，紂尚南面，文王猶爲西伯耳，以左氏義爲長。此《詩説》不知何書，要與鄭異義，當是從毛説者。其又言「王基所始」，尤可見受命即是王基，不必身自稱王。又引天子造舟，正如鄭意以造舟爲周制，殷時未有等差。蓋自文王創之，後遂以爲天子之法耳。疏申鄭既云：「若先有等制，則下不僭上。文王雖欲重昏禮，豈得僭天子乎？」而其申傳乃云：「文王欲盛其昏事，必極物盡禮，用天子之制，然後爲榮。」前後自相矛盾。殊不知傳凡云「言」者，多就《詩》詞而推原其意。此傳云「言賢聖之配」「言受命之宜」，正述詩人之意，見周家王業之基始於文王親迎之詩耳。疏輒坐實，以爲用天子之禮，失毛旨矣。

「命此文王，于周于京」，箋云：「天爲將命文王君天下於周京之地。」正義述毛云：「天命此文王于彼周國于其京師也。鄭唯於彼周京之地爲異，餘同。」承珙案：《白虎通義·號》篇引《詩》云：「『命此文王，于周于京。』云此改號爲周，易邑爲京也。」據此明以「周京」二字連文爲義，謂周國之京師也。《詩》「于周京」三字不成文，故中以「于」字助句耳。二章疏謂：「『來嫁于周，曰嬪于京』，與此『于周于京』皆『周』『京』並言，明俱是地。『周』是大名，『京』是其中小別。」非也。

「纘女維莘」，傳：「莘，大姒國也。」王氏《詩稗疏》曰：「地之以『莘』名者非一。古有莘氏之國在河北濮東者，晉文公『登有莘氏之墟』是也。地在河汝之閒者，荆『敗蔡師于莘』是也。在河南函谷之外者，『神降于虢之莘』是也。蔡虢之莘，邑也。城濮之莘，古諸侯之國也。若此姒姓之莘，在郃陽渭涘，非古有莘國。《唐書·宰相世系表》云：夏后啟封庶子於莘。夏后故姒姓，今同州郃陽縣有故莘城是已。姒姓之莘或作『姺』，或作『侁』。伊尹耕於莘野，或曰爲有侁氏之媵臣。趙武曰商有姺邳。《竹書》：河亶甲之世，侁人叛，入於班方，彭伯、韋伯伐侁，侁人來賓。則侁當殷世爲强國，乃入周，而莘國不嗣。姒姓之國爲杞爲鄫，則侁地入於周畿而改封於東國矣。『莘』『侁』殆古字通用，此『莘』宜作『侁』，以別於城濮之『有莘』。」承珙案：王氏謂《詩》「莘」非《左傳》《國語》之「莘」，固也。然以爲即伊尹所耕之「莘野」，亦誤。焦里堂《孟子正義》曰：「《大戴記·帝繫篇》：『鯀娶於有莘氏之女，謂之「女志氏」。』《漢書·人表》：『女志，鯀妃，有㜪氏女。』此唐虞以前之有莘，未知所在。《列女傳》：『湯妃有㜪者，有㜪氏之女也。』又：『大姒者，武王之母，禹後有㜪姒氏之女。』於大姒別之曰『禹後姒氏』，而湯妃則曰『有㜪氏』。《史記·殷本紀》云：『阿衡欲干湯而無由，乃爲有莘氏媵臣。』正義引《括地志》：『古莘國在汴州陳留縣東五里，故莘城是也。』《呂氏春秋・本味》篇：有侁氏采得嬰兒於空桑，後居伊水，命曰『伊尹』。《元和郡縣志》汴州陳留縣：『故莘城在縣東北三十五里，古莘國地。湯伐桀，桀與韋顧之君拒湯於莘之墟。』此即湯妃所生之國，伊尹耕於是野者也。閻氏《四書釋地》云汴州陳留縣，古莘國地。計其去湯都南亳不過四百里，所以湯使可三往聘。若大姒所産之莘國，則在今西安府郃陽縣南三十里，道遥遠矣。」

「維予侯興」，傳：「興，起也。言天下之望周也。」而於「侯」字無傳。箋云：「天乃予諸侯有德者，當起爲天子。」王肅曰：「其衆維叛殷，我興起而滅殷。」正義以王肅爲得傳意，故曰：「此衆雖盛列於牧野之地，維欲叛殷而歸我，維欲起我而滅殷也。」蓋謂毛於《文王》訓「侯」爲「維」，此不言者，當同上篇之訓。鄭於《文王》篇訓「侯」爲「君」，此則以爲諸侯。陳少南、范逸齋皆據此以駁文王稱王之説。然此章前後皆稱武王，此處不當又稱武王爲「侯」。毛意自以經言「維予維興」，故「侯」字無訓。其云「天下望周」者，即《孟子》所稱「紹我周王見休」者也。

「上帝臨女，無貳爾心」，傳：「言無敢懷貳心也。」箋云：「天護視女，伐紂必克，無有疑心。」正義曰：「《泰誓》：『予有臣三千，惟一心。』故傳以爲衆人無敢懷貳心。即《左傳》所謂『同心同德』是也。《閟宫》云：『致天之届，于牧之野。無貳無虞，上帝臨女。』彼『無貳』之文在『臨汝』之上，是戒武王使無貳心。此文與彼大同，明亦戒武王，言伐紂必克，無有疑心也。」承珙案：疏申傳箋不爲軒輊。後儒如李《解》、范《傳》從毛，蘇《傳》、《呂記》則從鄭。今就正義引《閟宫》詩核之：彼云「致天之届，于牧之野」，是武王既致天之誅於商郊牧野，固當灼知天意所在，尚何待樂從之民勸以無貳無虞乎？ 疏但以彼「無貳」之文在「臨汝」之上，當是戒武王，實不知何所見而云然也。 何氏《古義》亦引《閟宫》之文證此爲牧野誓師之語，并云：「《史記》載武王誓師之言曰『今予發惟其行天罰，勉哉夫子！ 不可再，不可三』，即所謂『無貳爾心』者。」以此言之，傳義爲優矣。

「肆伐大商」，傳：「肆，疾也。」正義曰：「《釋言》：『窕，肆也。』郭璞曰：『輕窕者好放肆。』《左傳》云：『輕者肆焉。』是『肆』爲『疾』之義，故以『肆』爲『疾』。」焦里堂曰：「《爾雅·釋言》：『肆，力也。』《吕氏春秋·尊師》篇『疾諷誦』高誘注云：『疾，力也。』『疾』『力』二字，古每並稱。 肆之爲疾，即肆之爲力也。《史記·灌嬰傳》『戰疾力』，孟康注謂攻戰速疾。 是以『速』訓『疾』，以『疾』訓『力』，亦『力』即『疾』之證也。」承珙案：《皇矣》「是伐是肆」傳亦與此同。 正義云：「於是用師伐之，於是合兵疾往。」又引：「王肅云：至疾乃服有罪。則肅意謂伐之疾，傳意或然。」承珙謂：《大明》傳以「肆」爲「疾」，蓋承上文「鷹揚」言之。「鷹揚」有「疾速」之意，所謂征鳥厲疾也。《風俗通·皇霸》篇引《詩》：「亮彼武王，襲伐太商。」襲者，輕兵速至，亦「疾」意也。

「會朝清明」，傳：「會，甲也。 不崇朝而天下清明。」正義曰：「王肅云：『以甲子昧爽與紂戰，不崇朝而殺紂，天下乃大清明，無復濁亂之政。』傳云『會甲』，肅言『甲子昧爽』以述之。 則傳言『會甲』，長讀爲義，謂甲子日之朝，非訓『會』爲『甲』。 孫毓云經傳詁訓未有以『會』爲『甲』者，失毛旨而妄難説耳。 定本云『會甲兵』，則與『會甲子』義異。」承珙案：如王肅説，以「會兵甲子」爲「會甲」，則傳文近於不辭。 若如定本傳作「會甲兵」，則箋不必復訓「會」爲「合」矣。 故惟惠氏《古義》云：「古多以甲爲一，如第爲甲第，觀爲甲觀，令爲甲令，夜爲甲夜。」并引：「《戰國策》云：『武王將素甲三千，領戰一日，破紂之國，禽其身。』毛公以意説《詩》，故訓『會朝』爲『甲朝』。」段氏《毛詩傳》云：「會，古外切。『甲』與『會』雙聲。凡器之蓋曰『會』，日之首曰『甲』，二者演之爲居首之偁。《貨殖傳》『蓋一州』，《漢書》作『甲一州』是也。」以上二説皆善達毛意。毛既以「會朝」爲「甲朝」，又云「不崇朝」者，正申明「甲朝」猶「一朝」之意也。武虚谷《群經義證》云：「《楚辭·天問》篇：『會鼂争盟，何踐吾期。』注：『争，一作請。』考『鼂』『朝』同字，『請』『清』音相近，『盟』『明』通用，是屈子引《詩》『會朝清明』爲問。蓋云以甲子日赴膠鬲請盟之期，非如毛、鄭所云也。」承珙案：王逸注《楚辭》引膠鬲事。今其事見《吕覽·貴因》篇，然並無請盟語。《天問》此言雖「會鼂」字偶合，未必即引此詩。且若云甲朝請盟，則詞與意皆未完，經文不當竟住矣。

《序》下疏云：「《大明》八章，首章、二章、四章、七章皆六句，三章、五章、六章、卒章皆八句。」何氏《古義》曰：「注疏本以『大任有身，生此文王』冠下『維此文王』六句爲第三章，朱《傳》、吕、嚴諸本俱移繫于第二章之後。按：繫二章有韻，冠三章無韻，當從後定。又注疏本以『文王嘉止，大邦有子』冠下『大邦有子』六句爲第五章，朱《傳》、吕、嚴諸本俱移繫于第四章之後。按：繫四章有韻，冠五章無韻，當從後定。」承珙案：此詩正義本所分章句，實未必爲毛、鄭之舊。後人以韻定之，可無疑義。考《文王》篇每章首尾相承，蟬聯而下，爲《三百篇》别一格調。此篇雖不必每章皆然，然如三章之「維此文王」即承次章尾句，五章之「大邦有子」即承四章尾句，以及七章「殷商之旅」承六章之「燮伐大商」，八章「牧野洋洋」承七章之「矢于牧野」，格調亦與《文王》篇相近。且全詩以六句、八句相閒成篇，章法亦極整齊，宜後人之從之也。

《序》云：「《緜》，文王之興，本由大王也。」《虞東學詩》曰：「前篇歌詠武王，而先溯文王之德。此篇追述大王，而後及文王之興。蓋作周者文王，故『四始』皆以文王爲主。《序》曰『文王之興，本由大王』，得其義矣。」承珙案：周之王業興於文王，而遷國開基則始於大王。故此詩前七章皆述大王避狄居岐時事，後二章乃正言文王興周之實。《序》與經最相符合。箋於首章溯及公劉，後人又於八章之「柞棫拔矣」等添入王季，皆可不必。

「緜緜瓜瓞」，傳：「興也。緜緜，不絶貌。瓜，紹也。瓞，瓝也。」段氏《詩小學》云：「此傳之難讀，由淺人誤刪『瓜瓞』二字，而以『瓜』逗，『紹也』句耳。瓜紹，謂之瓜瓞。瓜紹何以謂之瓜瓞？瓞者，瓝也，小瓜之稱也。瓜紹之瓜，必小如瓝，故謂之瓜瓞也。何言乎瓜紹？繼先歲近本之實也。《爾雅》『其紹瓞』當作『瓜紹瓞』。」焦氏里堂曰：「『瓜』字不必訓。以『紹』訓『瓜』，尤非。毛蓋以『瓜紹』明『不絶』之義，若曰所謂緜緜不絶者，此瓜紹也。《東山》詩『蜎蜎者蠋』傳云：『蜎蜎，蠋貌，桑蟲也。』其文法正同。以『瓜紹』明『不絶』，不以『瓜紹』釋『瓜』也。所謂『紹』者，當是初生之瓜瓞，猶言蒂。惟其初生象子孫之嗣續，所以爲『紹』，所以爲『緜緜』也。箋以『緜緜若將無長大時』，則以『緜』爲『弱小』，與『不絶』義異。謂『狀似瓞』，則不直以『瓝』爲『瓞』矣。『本實繼先歲』之説甚迂，毛義不如是也。或謂『瓜紹也』上本有『瓜瓞』二字，亦非。」承珙案：段説是也。毛傳疊經文而繼以故訓，往往爲後人刪去所疊之字，遂致不可句讀者，多矣。《爾雅·釋草》云：

「瓞，瓝，其紹瓞。」此專爲一種小瓜言之，謂瓞即瓝也。瓞何以名瓝？瓝之近本繼先歲之實者爲瓞也。《釋草》又云：「瓝九葉。」《釋文》引舍人云：「瓝九葉，九枚共一莖。」則其爲小瓜可知。瓞蓋又小于瓝。《説文》亦云：「瓞，小瓜也。」「瓞」與「瓝」同。「瓞，瓞也。」與《爾雅》正同。《爾雅》「其紹」之「其」指「瓞」言之，即謂瓝之近本者。《詩》以「瓜瓞」連言，則不專主於「瓝」。傳云「瓜瓞，瓜紹也」者，言瓜之近本者必小，如瓝之近本者亦小，故亦謂之「瓞」。瓜紹不名瓞，以瓝紹之名名之，故曰「瓜瓞」。又引「瓞，瓝」者，説其本義。此以經言「緜緜」，故據瓜生大小不絶爲義。若《生民》「瓜瓞唪唪」爲多實之貌，則但取瓜大瓞小並稱以見其多。彼定本有「瓜瓞，瓝也」四字之傳，自是誤衍。《集注》等無者，是也。焦説亦曲會傳文，但按之《爾雅》，則不能合。毛傳固用《爾雅》者也。

箋云：「瓜之本實，繼先歲之瓜必小，狀似瓝，故謂之瓞。緜緜然，若將無長大時。興者，喻后稷乃帝嚳之胄，封於邰，其後公劉失職，遷於豳，居沮漆之地，歷世亦緜緜然，至大王而德益盛。」承珙案：哀十七年《左傳》「緜緜生之瓜」杜注云，❶言由小成大。但此詩取興似祇爲周家歷世長久之喻，故傳云：「緜緜，不絶貌。」不必專以瓜喻盛大，瓞喻衰微。正義申箋，謂瓜喻譽，瓞喻稷以下，固非。後儒又謂瓞喻大王之國甚小，瓜喻文王始大，則於經文又成倒置。惟姚氏《釋名解》曰：「瓜生皆由小以至大，始雖爲瓞，繼漸成瓜，瓜成又復生瓞，此所謂緜緜不絶意耳。」

❶「哀」，原作「襄」，據阮校本《春秋左傳正義》改。

「民之初生，自土沮漆」，傳：「民，周民也。自，用。土，居也。沮，水。漆，水也。」《稽古編》曰：「《緜》之沮漆是扶風之漆沮，馮氏《名物疏》語，已詳於《吉日》篇矣。馮又云：『不窋徙居戎狄之閒，在今慶陽府。公劉遷邠，在今邠州淳化縣西廢三泉縣界，當涇水之西，其道甚便。而沮在涇之東，漆又在沮之東，俱隔大山。公劉初遷必不至馮翊之漆沮也。及大王自邠遷岐，踰梁山，始至岐山北漆沮合流之處。梁山在今西安府乾州城西北五里，當邠之西南。若沮漆在邠，則公劉「于豳斯館」已有宮室，大王何爲「陶復陶穴」哉？但以大王初至扶風之地，故陶復陶穴云耳。』源嘗三復《詩》詞，合之毛傳，知馮語良是也。今以《緜》詩首章爲太王居邠事者，始於康成耳。毛傳本無是説也。傳於首章即述太王避狄去邠遷岐之事，而繼之曰：『陶其土而復之，陶其壤而穴之。』則以『復穴』係之岐下，爲古公初到之居矣。又曰：『未有寢廟，亦未敢有家室。』蓋因五章『俾立室家，作廟翼翼』並言，此章言家室而不言廟，故補其未及。是明以此章『未有』，與五章『俾立』遥相首尾。彼既在岐，此不應獨在邠矣。又三章傳曰：『周原，沮漆之閒。』合周原與沮漆爲一，是明以首章之居沮漆即居此周原矣。夫遷岐之始，草萊甫闢，復穴而居，理或有之。公劉居邠，至大王已經十世，安得尚無家室乎？則首章所言其爲初到岐周，未遑築室時事，無疑也。首章先言岐土之荒涼，下章方言大王相度經營之，次第立言之，《序》當如此也。康成誤認傳意，❶故首章之述遷邠則解之曰：爲二章發。不知二章傳安得預發之首章？決非毛指。孔又過執箋説，曲爲解釋，非也。」承珙案：馮、陳二説，辨明首章是言古公

---

❶「認」，原作「仞」，據影印文淵閣《四庫全書》本、《經解》本《毛詩稽古編》改。

初至岐下之事，深合經義。傳特釋「民」爲周民，正以見爲大王時之民，以太王時，國始稱周也。生，猶「造」也。何休《公羊注》。自爲用土爲居者，言用居此而遂民生以興王業。傳義本自明白。箋云：「太王德盛，得其民心而生王業。」以解上句，不誤。下又云：「故本周之興云于沮漆。」是以「自」爲「從」，則兩句文義不相接矣。

傳「沮，水。漆，水也」，當本作「沮，沮水。漆，漆水也」。亦是疊經文作訓爲後人所妄删者。蓋毛公時，岐周本有此二水。《潛》傳云：「漆沮，岐周之二水也。」則又明以二水爲岐周之川矣。但今岐周之地有漆無沮，故《尚書正義》已云《毛詩》之「漆」即扶風之漆，沮則未聞。今案：《漢志》「漆縣」下云：「漆水在西。」《説文》：「漆水出右扶風杜陽岐山，東入渭。」《水經》云：「出杜陽縣俞山，東北入于渭。」俞山即岐山，此爲周地之漆無疑。《元和志》以此漆水注涇與諸書言入渭者異，故疑非《詩》之「漆」。惟闞駰又云：「有水出杜陽縣岐山北漆溪，謂之漆渠。」《水經·渭水注》云：「杜水出杜陽山，左會漆水。水出杜陽縣之漆谿，謂之漆渠，徐廣曰漆水出杜陽縣之岐山者也。」此即《隋志》普潤縣之「漆」。普潤爲今麟遊縣地。近人或專據此以當《緜》詩之「漆」，而沮則仍不知所在。考今邠州爲漢漆縣地，縣自以水得名，古之漆水必當在此。但漢縣地大，或跨今邠州、麟遊之界，麟遊之東北即邠州之西南。疑二漆本出一原，其水一流入涇，一流入渭耳。程大昌《雍録》曰：「《元和志》務合鄭注，遂分《漢志》一漆而著諸兩縣。普潤、新平新平即漢漆縣地。皆有漆水，仍於新平立説曰：漆水在縣西，今麟遊亦有漆水，此與異也。不獨一漆分爲兩漆，而意之所嚮，謂邠州漆水與《緜》詩合，岐下漆水不合《緜》詩，則信鄭之過也。」至沮水，康對山《武功志》謂乾州有浴水，土人呼「浴」爲「于」，「于」「沮」聲相近。胡朏明《禹貢錐指》謂麟遊之漆當是沮水，土俗音訛，以「沮」爲「漆」。承珙謂：《水經・渭水注》所云出杜陽岐山之漆，其所會有雍水、横水、大巒水、武甯水諸目，意此數水中容當有古之沮水，後世失其名歟？

王氏《經義述聞》曰：「《六書音均表》謂『自土沮漆』，當從《水經注》《漢書》注作『自土漆沮』，而以『沮』與『父』爲韻，上文『瓞』與『生』自爲一韻。今案：《釋文》作音先『沮』而後『漆』，《唐石經》亦作『沮漆』，正義之釋經、釋傳箋，亦先『沮』而後『漆』。有作『漆沮』者，傳寫顛倒耳。今本《水經・漆水注》《漢書・地理志》注引詩作『自土漆沮』，亦傳寫之誤。《太平御覽・地部》三十引《水經注》正作『沮漆』。王應麟《詩考》、胡三省《通鑑・周紀》注引《地理志》注亦作『沮漆』。又《續漢書・郡國志》注鈔本、《北堂書鈔・地部》十三、引《詩》「自土沮漆」，陳禹謨本刪去。《文選》潘岳《爲賈謐贈陸機詩》注及《詩譜》正義引《詩》並作『自土沮漆』。又《禹貢》正義兩引《詩》皆作『自土沮漆』，且引傳云『沮，水。漆，水也』。則經文之作『沮漆』甚明，不得以他書誤倒之字而改不誤之經文也。又此章以『瓞』『漆』『穴』『室』爲韻，而『民之初生』，與『古公亶父』皆不入韻。今改『沮漆』爲『漆沮』以與下文『父』字爲韻，而隔絶上文之『瓞』字，使不得與『漆』『穴』『室』爲韻，且『瓞』與『生』非韻而强以爲韻，豈其然乎？」

「陶復陶穴」，傳：「陶其土而復之，陶其壤而穴之。」箋云：「復者，復於土上。鑿地曰穴。皆如陶然。」正義曰：「《大司徒》注云：『壤，亦土也。變言耳。以萬物自生焉，則言「土」。土，猶「吐」也。以人所耕而種藝焉，則言「壤」。壤，和緩之貌。』然則土與壤其體雖同，『壤』言和緩，則土堅而壤濡。壤是息土之名。復者，地上爲之，取土於地，復築而堅之，故以『土』言之。穴者，鑿地爲之，土無所用，直去其息土而已，故以『壤』言之。」《釋文》云：「復，累土於地上。《説文》作𥦑。」正義引《説文》：「𥦑，覆於地也。」此正與箋説合。今本《説文》作：「𥦑，地室也。」段注因謂古本《説文》言「覆於地」者，謂旁穿之則地覆於上；穴則正穿之，上爲中霤。承珙案：詩言「陶復」，自以覆於地上者爲是。謂其土堅則於地上累土爲屋，但有户牖而無棟宇，故曰「未有家室」。箋明言「復於土上」，《説文》「覆於地」亦當謂地上，不得泥「地」「室」異文而謂「地覆於上」也。惟傳云「陶其土」「陶其壤」，則「陶」爲埏埴之名；箋則以爲「窯竈」之「窯」，謂復穴之形如之，此爲異義耳。

「來朝走馬，率西水滸，至于岐下」，傳：「率，循也。滸，水厓也。」箋云：「來朝走馬，言其辟惡早且疾也。循西水厓，沮漆水側也。」何氏《古義》引《世紀》云「大王避狄循漆水」。此與鄭同者也。戴氏《詩考正》曰：「豳值岐北而少東。《孟子》言：『去邠，踰梁山，邑於岐山之下居焉。』此『梁山』與《詩》《書》《春秋》《爾雅》之『梁山』異，在涇西岐東，正當豳之南。然則『率西水滸』爲自東向西，循水厓而上。水滸，渭水北厓也。程大昌《雍録》謂『渭水即在梁山下之南，循渭而上，可以達岐』。閻若璩曰『自豳抵岐二百五十餘里，梁山適界乎一百三十里之閒』。二説至精，前人所未及。」承珙案：傳詳大王避狄事於首章之下，而次章不言者，正見「自土沮漆」及「陶復陶穴」皆避狄初遷之事。次章則略地相宅之事，曰「來朝」者，猶《召誥》「太保朝至于洛，周公朝至于洛也」。曰「走馬」者，見其跋涉艱難之意耳。惟鄭箋以爲「辟惡早且疾」，不知大王避狄之時，邠人從之者衆，自必扶老攜幼而行。劉先主之在荆州，人多歸之，尚不忍棄之速行，致爲曹操所敗。而詩人乃謂大王清朝疾驅，獨與姜女聿來，不幾似明皇之奔蜀乎？此章定當爲避狄以後，度地居民之故。然則沮漆與渭皆由岐周之西面流入于東，「率西水滸」者概指岐周一帶之水，故傳但云「水厓」，似不必偏主沮漆及渭也。

「堇荼如飴」，傳：「堇，菜也。荼，苦菜也。」正義引《釋草》「芨，堇草」，郭注以爲烏頭，因謂：「此『堇』與《内則》『堇荁枌榆』不同。箋云『性苦者，皆甘如飴』。若是『堇荁』之『堇』，雖非周原，亦自甘矣。明『堇』是烏頭也。」嚴《緝》駁之，謂：「烏頭毒物，縱肥美之地，豈能變毒爲美？此『堇』定爲『堇荁』之『堇』。」《稽古編》力申其説，尤爲明暢。承珙案：毛傳於「堇」但云「菜」，於「荼」則云「苦菜」，是經文「如飴」明謂堇固如飴，而荼亦如飴。故箋云：「其所生菜雖有性苦者，皆甘如飴也。」各本箋脱「皆」字，相臺本有。以正義核之，則有者是也。然則「堇」爲《内則》之「堇荁」，及《爾雅》之「齧」，《説文》所謂「根如薺，葉如細柳，蒸食之甘」者，可爲定論矣。《釋文》以「堇」爲「藋」，引《廣雅》：「堇，藋也。今三輔之言猶然。」然《説文》「藋，堇草也」，並非菜名，不得以當此《詩》之「堇」也。

「爰契我龜」，傳：「契，開也。」汪氏《毛詩異義》曰：「杜子春《菙氏》注『契』謂『契龜之鑿』，正訓『契』爲『開』，與傳同。疏以『開出其兆』申傳，則於經文『我龜』不屬。鄭於《周禮》不從杜注，箋義自如疏説，與傳異。然以『契』爲『契灼其龜』，及《菙氏》注謂『楚焞即契』，不若毛、杜之解爲得。《菙氏》：『掌共燋契以待卜事。凡卜，以明火爇燋。』明『燋』爲灼龜之木矣。鄭以『燋』爲炬其存火，則經何爲言以明火爇燋也？經云『遂歛其焌契，以授卜師』，謂以爇燋灼龜所契處，然後授卜師開龜之兆。《卜師》亦云『揚火以作龜』。先鄭於『大卜作龜』注云：『謂鑿龜，令可爇。』是也。」承珙案：何氏《古義》云：「『契』之訓『開』，當通作『栔』，《説文》云『刻也』。《左》定九年『盡借邑人之車，契其軸』，杜注亦訓『契』爲『刻』。郭璞云：『今江東呼刻斷物爲「契斷」。』是也。契我龜者，當如《集傳》引或説，謂以刀刻龜甲欲鑽之處。《前漢書》注亦云：『言刻開之，灼而卜之。』舊説謂『楚焞即契』，則此詩曰『楚焞我龜』，有此文理否？」此説駁疏亦是。然《周禮》言「掌共燋契」，言「龡其焌契」，「燋」與「焌」同。《説文》：「燋，所以然持火也。」「焌，然火也。」「契」與「燋」「焌」並舉，則「契」亦是一物，蓋即鑿龜之器，所以菙氏共之。又龜甲須用熱器鑽之，故云「龡其焌契」也。契本開龜之物，因而開龜即謂之「契」。詩之「契龜」自當作「開龜」解。「契」「開」雙聲，故傳訓「契」爲「開」。《考工記》「馬不契需」，鄭司農讀「契」爲「爰契我龜」之「契」，謂不傷蹄。是大鄭意明以詩「契龜」爲「刻開」矣。班固《幽通賦》「旦算祀于契龜」，亦足爲「契龜」即「開龜」之證。

「自西徂東，周爰執事」，箋云：「於是從西方而往東之人，皆於周執事，競出力也。豳與周原不能爲西東，據至時從水滸言也。」正義曰：「《鄭志》張逸問：『豳與周原不能爲東西，何謂？』答曰：『豳地今爲栒邑縣，在廣山北。沮水西有涇水，從此西南行，正東乃得周，故言「東西」。云岐山在長安西北四百里，豳又在岐山西北四百里。』如《志》此言，發豳西南而行，從沮水之南，然後東行以適周也。」承珙案：既云豳、岐不能爲西東，而又云據至時從水滸言之，然上文「率西水滸」是謂循西來之水厓，非謂循西至東也。至疏引《鄭志》，尤不明晰。自豳至岐，何用牽及於馮翊之沮及涇水？若從涇水南行，則當正西乃得周矣。又云豳在岐山西北四百里，驗之地理，殊爲乖戾。康成當不至此。或《志》有脱誤。總之，「自西徂東」繼「疆理宣畝」之後，當是指周原之西東。戴氏《詩考正》曰：「巡行國中，視其所當爲者，無不使民爲之以興利。《桑柔》

篇：『自西徂東，靡所定處。』言無可安居之所，亦以『自西徂東』爲該舉域中之辭。」此説是也。

「其繩則直」，傳：「言不失繩直也。」正義曰：「傳以繩無不直而云其繩則直者，言大王所作宮室不失繩之直也。」承珙案：《文選·東京賦》薛綜注引此傳云：「不失繩直之宜也。」上言「不失」，下當有「之宜」二字。箋云「繩者營其廣輪方制之正」，即申傳「宜」字。今本脱去二字。正義亦但云「傳言不失繩直」，則其脱誤久矣。

「捄之陾陾」，傳：「捄，虆也。」箋云：「捄，捊也。築牆者，捊聚壤土，盛之以虆。」《釋文》：「虆，劉熙云：盛土籠也。」正義曰：「《説文》云：捄，盛土於器也。今《説文》作「盛土於梩中也」。『捄』字從『手』，謂以手取土。虆者，盛土之器。言『捄，虆』者，謂捄土於虆也。箋以傳文略，故申成之。《説文》云：『捊，引取也。』故以『捄』爲『捊』，言捊取壤土，盛之以虆，仍存『虆』字，與傳不異也。」承珙案：此傳文當疊「捄」字。捄者，捄虆也，謂捄土於虆。故箋云「捊聚壤土，盛之以虆」。正義所申不誤。段氏《詩傳》云：「此謂『捄』即『輂』之假借。虆梩，徙土輂也。」恐未必然。

「度之薨薨」，傳：「度，居也。」箋云：「度，猶『投』也。」《釋文》引《韓詩》云：「度，填也。」承珙案：「度」與「宅」同。《周禮·釋文》謂「宅」古文作「厇」，與「度」相似，因此而誤。臣瓚注《漢書·韋玄成傳》則云古文「宅」「度」同。❶此傳以「度」爲「居」，似以「度」爲「宅」之假借。正義謂王者度地以居民，故「度」爲「居」。其

❶「瓚」，原誤作「讚」，今據《漢書》改。

解甚陋。《韓詩》、鄭箋二訓相近，皆由聲得義。然曰「填」曰「投」，於傳訓「居」意亦相成也。

「削屢馮馮」，傳：「削牆鍛屢之聲馮馮然。」段氏《詩小學》曰：「屢，古作『婁』。婁，空也。削屢，謂削治牆空竅、坳突處，使平。」又云：「鍛屢者，搥打空竅、坳突處。馮馮，堅實聲也。」焦里堂曰：「以虆盛土，投之板中而築之。築其上也，其旁必有溢出於板者，則削之屢之以取其平。削，謂以銚鍤之類削去之，而義易明。屢，古『婁』字。《小雅》『式居婁驕』箋云：『婁，斂也。』『斂』謂收斂。不用削而使其溢處收斂，則必用鍛。鍛者，椎也。以物椎擊之使平，則溢者斂，故傳以『鍛』明『屢』。鍛屢，猶『鍛斂』，『鍛斂』猶『鍛鍊』。鍛之使堅牢，猶鍛之使精熟。《儀禮·士喪禮》『牢中旁寸』注云：『牢，讀爲「樓」。樓爲削約握之。』彼疏云：讀從『樓』者，義取縷斂挾少之意。蓋削者平其土之堅處，屢者鍛其土之不堅處。不堅，鍛之使堅，則斂之正所以牢之。正義解爲削之人屢其聲馮馮然，是以『屢』爲『數』，失毛義矣。或以『屢』爲空穴，亦非。」承珙案：《釋文》：「屢，力注反。」是亦以「屢」爲「數」，與正義同。但依此，則經當曰「屢削」，傳當曰「屢鍛」，不得云「削屢」「鍛屢」矣。《釋文》又有力朱一反，注同此音，似讀爲「離婁」之「婁」。段説頗與之近。但揆之事理，則焦氏之解爲長。

「迺立皋門，皋門有伉。迺立應門，應門將將」，傳：「王之郭門曰皋門。伉，高貌。王之正門曰應門。將將，嚴正也。美大王作郭門以致皋門，作正門以致應門焉。」箋云：「諸侯之宮，外門曰皋門，朝門曰應門，内有路門。天子之宮，加以庫、雉。」正義引《左傳》「皋門之晳」爲諸侯之證。何氏《古義》曰：「考《左》襄十七年宋築者謳曰：『澤門之晳，實興我役。』杜注：『澤門，宋東城南門也。』古文以『澤』爲『皋』，爲其字形相混。其實宋有澤門無皋門，孔氏誤矣。諸侯之有皋、應，于書無所經見。《明堂位》所云，乃謂魯以周公之故，庫、雉兼皋、應之制耳。然雖制兼皋、應，而名仍『庫』『雉』，亦可見諸侯有庫、雉，無皋、應也。毛傳所言爲得其實。」戴氏《詩考正》曰：「門之數，因乎朝者也。天子諸侯皆三朝，則皆三門。天子謂之皋門，諸侯謂之庫門。天子謂之應門，諸侯謂之雉門。考之經傳，不聞天子有庫、雉，諸侯有皋、應。而《禮説》曰天子五門：皋、庫、雉、應、路；諸侯三門：皋、應、路，與此詩箋説合，失其傳耳。《郊特牲》云：『獻命庫門之内。』亦記者以魯用天子禮樂，故推魯事合於天子耳。」承珙案：天子諸侯皆三門之説，始於宋劉原父。戴氏本之，其辨益明。何氏申毛亦當。下文「乃立冢土」，疏謂「冢土」非諸侯之社，是也。其又云：「鄭以『冢土』者訓爲『大社』之義，未即名爲『大社』。諸侯雖不可名『大社』，可以言『冢土』矣。以爲『乃立冢土』，正是諸侯之法。」然「乃立冢土」與上「皋門」「應門」文法一例，殷代尚質，必無「皋」「應」名目。傳云「致」者，乃自後推而言之，與《大明》「造舟」正同。皋、應非諸侯之制，則冢土亦不得爲諸侯之法。何氏引今《尚書·泰誓》有「宜于冢土」之文，謂：「其時武王未爲天子，故猶仍大王舊稱。」恐未足爲據證也。

「肆不殄厥愠，亦不隕厥問」，傳：「肆，故今也。愠，恚。隕，墜也。」箋云：「小聘曰問。文王見大王立冢土，有用大衆之義，故不絶去其恚惡惡人之心，亦不廢其聘問鄰國之禮。」《稽古編》曰：「傳云：『肆，故今也。』『今』指文王，言《緜》詩爲文王作而推本於大王，應以文王爲『今』也。故承上章言大王立社，有用衆之意，故今文王不絶恚惡敵人之心也。朱傳『肆』字從毛解，又以『不殄』爲大王事，則『今』義贅矣。又『故』爲因上之詞，即非『新故』之『故』矣。《爾雅》：『肆，故今。』與毛傳同，則亦釋《詩》也。郭注乃云：『「肆」既爲

「故」，又爲「今」，義相反而兼通。』殊非《詩·雅》之旨。」承珙案：嚴《緝》謂此章鄭氏以爲指文王，因《孟子》借此説文王，遂踵之以爲文王耳。此語非是。下文「混夷駾矣」，孟子云「文王事昆夷」，趙注即引此詩云「混夷兑矣，唯其喙矣」。是此章之爲文王，《孟子》自有明徵，不必援貉稽章爲據也。《思齊》云：「肆戎疾不殄，烈假不瑕。」傳云：「肆，故今也。戎，大也。故今大疾害人者，不絶之而自絶也。烈，業。假，大也。」彼經文與此略同，彼傳謂故今不絶惡人而自絶，則此傳亦當謂故今不絶惡惡人之心，與鄭同意。惟訓「隕」爲「墜」，聘問不得以「墜」言，傳意或與鄭異。趙注《孟子》以「問」爲「令聞」，其義較優，似可用以述毛。然此章之爲文王，則毛、鄭固當無異義矣。

「柞棫拔矣」，箋云：「柞，櫟也。棫，白桵也。」正義曰：「《釋木》云：『櫟，其實梂。』不言櫟是柞。陸璣《疏》云周、秦人謂柞爲櫟，蓋據時人所名而言之。『棫，白桵』，《釋木》文。郭璞曰：『桵，小木也。叢生有刺，實如耳璫，紫赤可食。』陸璣《疏》云：『《三蒼》説棫即柞也。其材理全白無赤心者爲白桵。直理易破，可爲犢車軸，又可爲矛戟矜。今人謂之白梂，或曰白柘。』此二説不同，未知孰是。」王氏《詩稗疏》云：「案：《爾雅》：『櫟，其實梂。』《廣雅》：『櫟之實爲橡。』則其爲橡子實無疑。橡有兩種，大者樹高而葉則小，小者樹庳而葉大。要其枝不長，葉不盛，生不叢而無刺。其枝長、葉盛、叢生有刺者，則今俗之所謂櫟木，非柞也。柞棫皆小樹，故曰『拔』矣。若今之所謂柞者，樹高一二丈，圍數尺，榦彊葉甚，堅重多瘿，非易拔者也。《爾雅》『樸，枹』者，郭注：『樸屬叢生者爲枹。《詩》所謂棫樸枹櫟。』今考《棫樸》之詩，毛傳曰：『樸，枹木也。』《爾雅》又云：『枹，遒木，魁瘣。』則今之所謂『柞』者，蓋枹也，即《詩》之所謂『樸』也。然則『樸』者，今之柞；而

『柞』者，今之櫟。古今名實殽亂，如此類者衆矣。李時珍謂今之柞木，其木可爲鑿柄，故名鑿子木，《方言》誤作柞木，皆昧此義。其説是也。『棫，白桵』者，《本草》謂之『蕤』，其仁曰『蕤仁』。韓保昇、蘇頌之説皆與郭注《爾雅》相符，是蕤仁之木，與大葉結橡子之櫟，皆庳小木，梗塞道路，故以類舉。若鑿子木，則其生不緐而木高大，非其倫也。」承珙案：《小雅·車舝》：「析其柞薪。」則柞乃可薪之木。《采菽》：「維柞之枝，其葉蓬蓬。」則柞爲叢生亦可概見。《詩》每以柞棫並舉，自是二木。《三蒼》謂棫即柞，非是。《旱麓》又云：「瑟彼柞棫，民所燎矣。」則柞棫必皆爲叢生可薪之木。王氏以柞爲橡櫟之一種，樹庳而葉大者與蕤仁之棫皆小木，其説諦矣。

「行道兑矣」，傳：「兑，成蹊也。」箋云：「今以柞棫生柯葉之時，其行道士衆兑然，不有征伐之意。」焦里堂曰：「毛傳謂本無道路，至此柞棫拔去而下已成蹊。《皇矣》三章『柞棫斯拔，松柏斯兑』，傳云：『兑，易直也。』『柞棫拔矣』與『柞棫斯拔』同，惟『兑』字一屬行道，一屬松柏，故傳互發明之。『兑』與『鋭』古通。道有柞棫則塞，塞則猶夫鈍也。柞棫拔去則通，通則猶夫鋭也。松柏錯於柞棫之中，柞棫去而松柏喬立，是爲易直。《商頌》『松柏丸丸』，傳亦以『易直』訓之。『丸』之義爲『專』爲『完』，專則鋭，鋭則易直。《乾》：『其靜也專，其動也直。』其義一也。箋『兑然』，《釋文》作『脱然』，云：『一本作兑。』此與『成蹊』義異。而正義以爲毛、鄭不殊，何哉？」承珙案：「拔」字毛無傳，《釋文》：「拔，蒲貝反。又蒲蓋反。」乃據箋義爲音耳。《爾雅·釋詁》：「拔，盡也。」郭注以爲見《詩》。今《毛詩》「拔」字傳箋皆無此訓，疑三家《詩》於此「柞棫拔矣」及《皇矣》「柞棫斯拔」或有訓「拔」爲「盡」者。毛以「兑」爲「成蹊」，亦必謂盡去其柞棫而後，蹊徑之閒兑然成路。《皇矣》詩與此略同。蓋柞棫叢木，松柏喬木，言帝省其山，柞棫之木已盡，而松柏則皆兑然易直。雖《緜》之「兑」言「路之易直」，《皇矣》言「木之易直」爲異，其於「拔」義無異。若如箋説，皆作「拔然生柯葉」解，則彼文「作之屏之」以下，方言岐周之地險隘多樹木，乃競刊除而自居處，下文忽又言其山柞棫之茂盛，文義殊不貫矣。

「混夷駾矣，維其喙矣」，傳：「駾，突。喙，困也。」正義曰：「《説文》云：『駾，馬疾行貌。』引《詩》云：『混夷駾矣。』然則馬之疾行即有『奔突』之義，故云『突』也。『喙』之爲『困』，則未詳。」承珙案：《稽古編》據《國語》郤獻子曰「余病喙」韋注：「喙，短氣貌。」《方言》「㱾、倯，傍也」郭注：「今江東呼『極』爲『㱾』。」又「㾘，極也」，注：「江東呼『極』爲『㾘』。」是「喙」「㱾」「㾘」三字通用，以證毛傳「困」義，足補孔疏所未及。惟《説文·口部》：「呬，東夷謂『息』爲『呬』。从口，四聲。《詩》曰：『犬夷呬矣。』」若依《馬部》引《詩》「混夷駾矣」，則此引《詩》當作「維其呬矣」。「呬」「喙」字異，或出三家。其曰「犬夷呬矣」者，犬夷即混夷，古人引書自有此徑省之法。段注謂合兩句爲一句，與《日部》「東方昌矣」相似。承珙謂：《左傳》注引《詩》「畎夷㾘矣」，亦是合兩句爲一句也。

「虞芮質厥成，文王蹶厥生」，傳：「質，成也。成，平也。蹶，動也。」《稽古編》曰：「疏云『質、成、平』，《釋詁》文，三字義同。言二國詣文王而得成其和平也。案：『成』乃鄰國結好之稱。《左傳》『求成』『請成』『行成』『董成』皆此義。質厥成，猶云『成其成』耳，正指相讓而退。言始争而今讓，是乃成矣。從此歸周者四十餘國，文王之業乃大，故繼之曰『蹶厥生』。『蹶生』與『初生』相首尾。周家王業之生，大王始之而漸興，文王動之而益大，正見文王之興本由大王，與《序》義合。後儒解『成』字『生』字，異説紛紛，俱非詩指。」承珙案：陳説是也。毛傳所述争田之事，正義謂《書傳》《家語》皆有其事，雖小有異同，然皆言未履文王之庭而自然感化。《説苑·君道》篇載此事，并引孔子之言曰：「大哉，文王之道乎！其不可加矣！不動而變，無爲而成，敬慎恭己而虞芮自平。」然則「質厥成」三字祇屬虞芮言之，猶《王制》云「以百官之成，質于天子」。傳訓「質」爲「成」，「成」爲「平」，言以所争不平之事，待成其平於文王耳。或謂斷獄謂之成，虞芮之獄，文王成之。其實文王並未斷此獄也。至「文王蹶厥生」，蘇頌、嚴《緝》皆謂動虞芮之君，使其禮義之心油然而生。不知毛傳所云「天下聞之而歸者四十餘國」，正「蹶厥生」之實。故箋云：「虞芮之質平，而文王動其緜緜民初生之道。謂廣其德而王業大。」此善於申傳也。若祇就虞芮一事謂有以動其心，於義隘矣。

棫樸

《序》云：「《棫樸》，文王能官人也。」案：《大戴禮》《逸周書》皆有《文王官人篇》，《荀子》亦云「文王以官人爲能」，並與此《序》語合。毛於首章傳即以山木茂盛爲賢人衆多之興，全詩大旨已明，故下四章但訓詁經文而已。《晏子春秋》對魯昭公問引此詩首章，即繼之曰：「此言古聖王明君之使以善也。」賈誼《新書·連語》篇、《容經》篇並引此詩首章，皆繼之曰：「此言左右日以善趨也。」「此蓋謂人君當慎選左右之意。」雖似斷章，然正與《序》「官人」義相發明也。

「芃芃棫樸，薪之槱之」，傳：「興也。芃芃，木盛貌。棫，白桵。樸，枹木也。槱，積也。山木茂盛，萬民得而薪之。賢人衆多，國家得用蕃興。」汪氏《毛詩異義》曰：「傳以棫樸薪槱興賢人衆多，得爲國家之用。箋不爲興，以薪槱爲祀天，左右趣之爲諸臣相助積薪。疏引孫毓《詩評》以箋義爲長矣。然首章若言祀天，不當僅舉一槱燎；即舉槱燎，不必言棫樸；言棫樸，亦不必言芃芃也。鄭特以『濟濟辟王，左右趣之』與下章『濟濟辟王，左右奉璋』文同，下章言祭，此章亦當爲祭，而《大宗伯》又有『槱燎』之文，故易傳爲是解耳。要以經言『芃芃棫樸』思之，毛公取興之義優也。首章見衆賢之集於朝輔助政教；次章述祀事之得人；三章述戎事之得人。『國之大事，在祀與戎』，舉此二者以明賢才之用。四章言文王作人之化紂之污俗，咸與維新；末章言文王聖德，綱紀四方，無不治理，又總著政教之美、官人之效。經之設文蓋有次第矣。」承珙案：章首二句只依毛傳作反興爲是。正義謂「薪之槱之」是燎祭積薪之名，非謂萬民皆當槱燎。然《旱麓》「瑟彼柞棫，民所燎矣」，亦祇以民之燎薪爲興。《説文》：「槱，積木。各本作「積火」，從段注訂正。从木、火，酉聲。《詩》曰：『薪之槱之。』」其下乃引《周禮》「以槱燎祀司中司命」，又云「槱，或从示，作「禉」。柴祭天神也」。是許正用毛義。《詩》之「薪槱」但謂積木供燎，與《周官》「槱燎」不同。至从示之「禉」，則專爲燔柴祭天而設，非詩正字，亦非詩本旨也。

「濟濟辟王，左右奉璋」，傳：「半珪曰璋。」箋云：「璋，璋瓚也。祭祀之禮，王裸以圭瓚，諸臣助之，亞裸以璋瓚。」正義曰：「傳唯解『璋』而不言『瓚』，則不以此爲祭矣。《斯干》傳曰：『璋，臣之職。』則謂臣之行禮當執璋也。王肅云：『群臣從王行禮之所奉。《顧命》曰：「大保秉璋以酢。」』肅以臣之執璋於《禮》無文，故引《顧命》爲證。」汪氏《毛詩異義》曰：「案：臣之執璋行禮，唯贊裸時，其他無執璋者。《顧命》『太保秉璋以酢』，亦是受册命後祭事。彼疏云：『《祭統》：「君執圭瓚，大宗伯執璋瓚。」謂亞獻用璋瓚。此非正祭，亦是亞獻之類，故亦執璋。』其言不誤也。傳云『半圭曰璋』。璋瓚之璋，亦半圭也，傳特略不及瓚耳。箋言諸臣亞祼以璋瓚，義實申傳，不得從王氏述毛。」承珙案：此傳「半圭」自指瓚柄而言。《考工記》大璋、中璋、邊璋，亦是以璋瓚爲璋。疏引王基駮王肅，據《郊特牲》「灌以圭璋」，知古人稱「璋」即爲璋瓚，其説當矣。又引《小宰》注「唯人道宗廟有祼，天地大神至尊不祼」，故知此章説宗廟之祭，是也。《春秋繁露·四祭》篇謂：「文王受命而王，先郊後伐。」以此章爲文王郊天，「六師及之」爲文王伐崇。此自漢初説《詩》者相傳有此。後惟何休注《公羊》定八年。傳引此詩，有「用璋以郊」語。若毛、鄭，皆無此義也。

「周王于邁，六師及之」，傳：「天子六軍。」箋云：「二千五百人爲師。今王興師行者，殷末之制，未有周禮。周禮，五師爲軍。軍萬有二千五百人。」正義曰：「《詩》爲《大雅》，莫非王法。『造舟爲梁』，『祼將于京』，皆是天子之禮。而此必爲殷末之制者，以詩人之作或以後事言之，或論當時之實。若是當時實事，文王未必已備六軍，因言『師』不言『軍』，故爲此解耳。鄭之此言，未是定説。」此下歷引《鄭志》荅趙商、臨碩問，以《詩》三言「六師」皆謂六軍之師。又引鄭注《易·師卦》及《甘誓》《泰誓》注、《公劉》箋，皆「軍」「師」通稱，以見《周禮》之前，鄭自言有六軍、三軍之法，不當於此獨言殷末，當是所注者廣，未及改之耳。承珙案：《白虎通義·三軍》篇引《詩》：「周王于邁，六師及之。」其下云：「五人爲伍，五伍爲兩，四兩爲卒，五卒爲旅，五旅爲師，師二千五百人。師爲一軍，六師一萬五千人也。」此似爲鄭箋所本。孔疏往往右鄭，獨此疏以鄭他經傳注證之，多不相合，故不復曲爲回護。後儒尚以經稱「周王」、傳言「天子」爲疑，殊不知《小》《大雅》所有文王之詩，自皆是周公制作禮樂時所爲。《四牡》傳云：「周公作樂以歌文王之道，爲後世法。」此言已足爲諸文王詩之總義。故《大明》及此傳直云「天子造舟」「天子六軍」，皆以追述之詞，不嫌稱文王爲天子。疏所云「《詩》爲《大雅》，莫非王法」者，誠通論也。孔顨軒疑：「商制，生時稱王，没時稱帝。武王雖未有天下，以爲没而稱『王』，猶下『帝』號一等，故得以『帝』號尊其父焉。及既有天下，謙不敢自踰於文王，於是没亦無『帝』號矣。《春秋》之義，内無斥國爵以稱其君者，乃《棫樸》一篇曰『周王于邁』『周王壽考』，何也？言『周王』以别於殷王也。此詩其作於文王既没，殷王未滅之際者邪？」承珙案：詩言「周王」，猶末章稱「我王」耳，非必對「殷」爲稱。此詩或言「辟王」，或言「周王」，或言「我王」，恐皆便文，無義例也。

「遐不作人」，傳：「遐，遠也，遠不作人也。」箋云：「遠不作人者，其政變化紂之惡俗，近如新作人也。」段氏《詩小學》云：「此傳當作『遠作人也』，『不』字衍。鄭箋異義。」承珙案：《南山有臺》「遐不眉壽」傳云：「眉壽，秀眉也。」於「遐不」無釋者，當是以「遐不」爲「遐」，亦「不顯，顯也」「不時，時也」之例。「遐不眉壽」，謂遠有眉壽也。經文「不」乃語詞耳。箋則以「遐不」爲「不遐」，故此云「遠不作人」者，「近如新作人」；《南山有臺》云「遠不眉壽」者，「言其近眉壽也」。此蓋以「不」爲「豈不」之「不」，非語詞，與毛異義。然此言「作人」承上「周王壽考」，是謂久道化成，當以「遠作人」者爲是。《南山有臺》祝君子之眉壽，亦當言遠有眉壽。不得如箋謂近於作人、近於眉壽也。《旱麓》「豈弟君子，遐不作人」，毛雖無傳，自應與此同解。成八年《左傳》引《詩》曰「愷悌君子，遐不作人」。杜注云：「《詩·大雅》。言文王能遠用善人。不，語助。」殆即緣《棫樸》傳爲説。《詩》疏乃云：「毛以爲樂易之君子變化惡俗，遠此不新作人。言其近新作人也。」此誤以鄭義爲毛義矣。

「追琢其章，金玉其相」，傳：「追，彫也。金曰彫，玉曰琢。相，質也。」正義曰：「毛以此經上下相承，所追琢者即追金玉，故以『追』爲『彫』。《釋器》：『玉謂之彫，金謂之鏤。』刻金不爲彫，言『金曰彫』者，以彼對文爲別，散可以相通。以此二句相對，『章』是成文，則『相』是本質，故『相』爲『質』也。」承珙案：箋引《追師》「掌追衡笄」，以「追」亦爲治玉之名；又訓「相」爲「視」，謂萬民視文王政教如覩金玉，然皆不如毛義之善。《爾雅》雖分別「玉彫」「金鏤」，然「彫」亦「鏤」也。《廣雅》及韋注《國語》皆云：「彫，鏤也。」疏謂散文則通，是矣。《説苑·脩文》篇引《詩》曰：「『彫琢其章，金玉其相。』言文質美也。」此或本《魯》《韓詩》説，亦以「章」爲文，「相」爲質，與毛解合。蓋毛解與經文相對成文，意義尤愜當也。至《追師》注引《詩》「追琢其璋」，字偶作「璋」，不過如《管子》「不璋兩原」，假「璋」爲「章」耳。賈疏乃云璋是玉爲之，則「追」與「琢」皆治玉石之名。其實《詩》字並不作「璋」，毛、鄭皆無此解也。

旱　麓

《序》云：「《旱麓》，受祖也。周之先祖世修后稷、公劉之業，大王、王季申以百福干禄焉。」郝仲輿曰：「文王以聖德承祖考綦隆之業，可以王而不王，小心恭順，養和平之福以啟後人，故曰：『豈弟君子，干禄豈弟。』詩人可謂善頌。而《大序》曰『受祖也』，箋疏誤以『君子』即大王、王季，朱子因詆《序》説爲謬，皆未深究其旨耳。《文王》以下諸詩，義各不同。首篇言代商之事，故《序》曰『作周』。次篇言文、武之生，故《序》曰『文王有德，復命武王』。三篇言遷岐，故《序》曰『興由大王』。四篇言左右諸臣，故《序》曰『能官人』。五篇言祀神，故《序》曰『受祖』，又歷序祖德。而于大王、王季，借詩中『福禄』語以推重其功德，見文王凝承祖德者厚，非以此詩爲大王、王季作也。箋疏之誤，并以累《序》。故讀《詩》難，讀《序》亦不易也。」承珙案：郝説是也。《序》不言文王受祖者，當以《大雅》自《文王》至《靈臺》皆文王之詩，故不復贅耳。詩中言「享祀介福」，言「神所勞來」，其爲受祖甚明。因推言周之先祖，上自后稷、公劉以下世修其業，至大王、王季而益大。凡皆爲文王之所受，而詩中「君子」則皆當指文王。三章「遐不作人」與《棫樸》同文，末章「求福不回」又與《大明》「厥德不回」同義，其爲指文王言，可無疑矣。箋以「君子」謂大王、王季，全篇皆不及文王，而《雅譜》列爲文王之詩。豈有美文王受祖而但稱祖德，絶不及受之之人者？疏謂：「光揚祖德即足爲子孫之美，故辭不復及。」曲申箋義，非也。

《吕記》云：「『周之先祖』以下皆講師所附益。此篇，《詩》傳以爲文王之詩，故有『大王、王季申以百福干禄』之説。於理雖無害，然『百福干禄』之語則不辭矣。」朱子《詩序辨》亦云「百福干禄」不成文理。承珙案：「干禄百福」出《假樂》之篇。彼謂求禄而得百福。此《序》即用其語，言「百福干禄」者，謂得天之百福與所求之禄耳。疏云：「『福』言『百』，明『禄』亦數多。『禄』言『干』，明『福』亦求得。」蓋古人自有此種互文，何得謂其不辭？段氏《詩傳》云：「此《序》『干』字是『千』字之誤。」引《假樂》箋「子孫得禄千億」爲證。案：此説亦可不必。

「瞻彼旱麓，榛楛濟濟。豈弟君子，干禄豈弟」，傳：「旱，山名也。麓，山足也。濟濟，衆多也。干，求也。言陰陽和，山藪殖，故君子得以干禄樂易。」箋云：「旱山之足林木茂盛者，得山雲雨之潤澤也。喻周邦之民獨豐樂者，被其君德教。君子，謂大王、王季。以有樂易之德施於民，故其求禄亦得樂易。」正義曰：「毛傳依《周語》文爲義。彼韋昭注云：『王者之德，被及榛楛。陰陽調，草木盛，故君子以求禄，其心樂易矣。』用此傳爲説。然則此《外傳》正文而箋易之者，以立君所以牧民美人，君之德當以養民爲主，不應捨民弗言而唯論草木。《外傳》引其本經，遺其興意。毛傳理雖不謬，於作意未盡，故箋申而備之。」《稽古編》曰：「此詩之指，《周語》及毛傳盡之矣。『陰陽和，山藪殖』乃紀實事，非取喻也。山藪，民所取材也。物産蕃庶，財用富足，正所以養民，安得謂唯論草木乎？古人引《詩》雖多斷章，然如單穆公所云乃正解也。」承珙案：此章毛不言「興」，箋疏以後，皆從鄭、孔爲「興」，而義各不同。《呂記》以榛楛喻君子，榛楛得麓而滋茂，喻君子承先祖而受福。嚴《緝》本程氏之説，以山喻先祖，麓喻子孫，榛楛喻福禄，興文王承先祖積累之厚，故其福禄盛大。二説似皆可通。然觀單穆公引此章而反復申明其意，則旱麓榛楛自是當時所見之實。而鄭箋以爲「興」者，亦如《鴛鴦》箋云「此交萬物之實，而言『興』者，廣其義焉」耳。

王伯厚《詩地理考》引《漢志》：「漢中郡南鄭縣旱山，沱水所出，東北入漢。」又引曹氏曰：「旱山在梁州之地，與漢廣相近，故取以興焉。」嚴《緝》謂：「詩人託山川以起興，皆取其在境内者。漢中遠於豐鎬，豐鎬之閒高山多矣，不當遠取漢中之旱山也。」承珙案：劉昭注《郡國志》引《華陽國志》云，有池水從旱山來。《水經·沔水注》南鄭縣「漢水右合池水。水出旱山，山下有祠」。此「池水」皆即《班志》之「沱水」也。《水經》又云沔水「東過魏興安陽縣南，涔水出自旱山，北注之」。又《涔水篇》云：「涔水出漢中南鄭縣東南旱山，北至安陽縣南入於沔。」考南鄭故城在今漢中南鄭縣東二里，旱山在縣西南十五里，安陽爲今興元府安康縣地，興元之西即漢中之東，是《水經》「池水」「涔水」所出之「旱山」，同一山耳。故《元豐九域志》又云興元府有旱山矣。至漢中興元，雖去豐岐稍遠，然岐山在今鳳翔府漢中興元之北，即鳳翔之南。況此詩本詠文王，其時土宇已擴，不得謂旱山非境内也。

「瑟彼玉瓚，黄流在中」，傳：「玉瓚，圭瓚也。黄金所以飾流鬯也。」箋云：「瑟，潔鮮貌。黄流，秬鬯也。圭瓚之狀，以圭爲柄，黄金爲勺，青金爲外，朱中央矣。」正義曰：「瓚者，盛鬯酒之器，以黄金爲勺而有鼻口，鬯酒從中流出，故云『黄金所以流鬯』。以器是黄金，照酒亦黄，故謂之『黄流』也。箋易傳者，以言『黄流在中』，當謂在瓚之中，不謂流出之時，而瓚中赤而不黄，故知非黄金也。」《釋文》謂傳本作「黄金所以流鬯也」，一本作「黄金所以爲飾流鬯也」，是後人所加。正義則云：「定本及《集注》皆云『黄金所以飾流鬯也』。若有『飾』字，於義易曉。則俗本無『飾』字者，誤也。」段氏《詩小學》從正義本，以「黄金所以飾」爲句，「流鬯也」爲句。陳碩甫謂：「當作『黄金所以爲飾』，以釋經之『黄』字，《釋文》一本有『爲』字者是也。『流鬯也』當作『流，流鬯也』，轉寫脱一『流』字耳。」承珙案：此傳當如《釋文》，作「黄金所以流鬯也」，其義已足，不必改讀。蓋玉瓚者，言其柄以大圭爲之。黄流者，言以黄金爲勺而有鼻以流鬯，故曰「黄金所以流鬯也」。鼻所以流鬯，因而鼻即謂之「流」，故鄭注《玉人》云：「鼻勺，流也。」凡流皆爲龍口，是直以「流」爲勺鼻之名。此箋泥於「在中」二字，又以「黄流」爲「秬鬯」。疏申之，謂秬鬯色黄而流在於其中。不知「黄流在中」，即謂黄金爲勺而流鬯於其中，文義自明，不必泥「朱中央」之文，謂「瓚中赤而不黄」也。

陳碩甫曰：「『瑟彼玉瓚』，《周禮・典瑞》注鄭司農引《詩》作『卹』，又作『邲』。案：『卹』乃『邲』之誤。司農治《毛詩》，其所據《詩》作『邲』。後鄭作『瑟』，云：『潔鮮貌。』《説文》作『璱』，云：『玉英華相帶如瑟絃也。』許與後鄭本三家《詩》。今《詩》作『瑟』者，依箋改也，故毛無傳，下文『瑟彼』始有傳。當依司農所據，作『邲』爲正。蓋『邲』者，流皀之貌也。『泌之洋洋』傳曰：『邲，泉水也。』『毖彼泉水』傳曰：『泉水始出毖然流也。』『邲』與『泌』『毖』並聲同而義近。」承珙案：「瑟彼」直指玉瓚而言，不得以爲流皀之貌。《説文》引孔子曰：「美哉，璠與！遠而望之奂若也，近而視之瑟若也。」又引逸《論語》曰：「玉粲之璱兮，其瑮猛也。」則「瑟」自是狀玉之辭。司農引作「邺」「邲」者，乃古字假借爲之，未必毛本作「邲」。毛無傳者，豈以「瑟」爲玉狀，當時所共曉歟？至五章「瑟彼柞棫」，傳訓「瑟」爲「衆貌」，當由「瑟」「邺」同聲，「邺」與「謐」又同字，《書》「惟刑之恤哉」，今文作「謐」。《左傳》引《詩》「何以恤我」，《説文》作「誐以謐我」。「謐」即「密」也，言柞棫之蒙密，是有「衆」義，故傳以爲「衆貌」歟？

傳：「九命然後錫以秬皀圭瓚。」箋云：「殷王帝乙之時，王季爲西伯，以功德受此賜。」正義引《孔叢子》「王季以九命作伯於西」，謂毛意當以王季爲東、西大伯，故以「九命」言之。又引：「鄭注《尚書》『西伯戡黎』，謂文王爲雍州之伯。則以文王爲州牧。《楚辭·天問》『伯昌號衰，秉鞭作牧』，王逸云：『文王爲雍州牧。』《大宗伯》：『八命作牧。』則王季唯八命，不從毛爲九命也。」承珙案：毛但言九命錫圭瓚，未分別王季、文王，自以此詩言文王受祖，則錫圭瓚者即爲文王可知。鄭以「君子」斥大王、王季，故以受賜屬之王季。正義力申鄭意，以「伯」爲州伯，謂王季爲州伯，文王亦祇爲州伯。不知鄭注《尚書》云：「文王南兼梁荆，國在西，故曰『西伯』。」其不止爲雍州之伯可知。《史記·殷本紀》：紂以西伯昌、九侯、鄂侯爲三公。其後囚於羑里，既又赦之，賜弓矢斧鉞使得征伐。是文王未因羑里之先，已爲殷三公矣，至赦出之後，乃專征伐，自是上公九命作伯。毛意本指文王受圭瓚秬鬯之錫，故直言「九命」。王肅《尚書》注正從毛，以文王爲二伯。《書》疏亦云：「文王率諸侯事紂，非獨率一州之諸侯。言『西伯』者，對東爲名，不得以國在西而稱『西伯』。」此正與《詩》疏相反，其游移有如此者。

「鳶飛戾天，魚躍于淵」，傳：「言上下察也。」箋云：「鳶，鴟之類，鳥之貪惡者也。飛而至天，喻惡人遠去，不爲民害也。魚跳躍于淵中，喻民喜得所。」《稽古編》曰：「鄭氏《中庸》注云：『聖人之德至于天，則鳶飛戾天；至于地，則魚躍于淵。是其明著于天地也。』此解本與傳義不遠。及箋《詩》，則以鳶飛喻惡人遠去，魚躍喻民喜得所，義短矣。疏申之，以爲變惡爲善，乃『作人』之義。殊不知道被飛潛，萬物得所，作人氣象如此尤爲廣大也。」承珙案：《潛夫論・德化》篇云：「國有傷聰之政，則民多病身；有傷賢之政，則賢多横夭。夫形體骨幹爲堅彊也，然猶隨政變易，況乎心氣精微，不可養哉？」其下引《詩》曰：「鳶飛戾天，魚躍于淵。愷悌君子，胡不作人？」此亦似以道被飛潛見作人德化之盛，與傳義相近也。

「清酒既載，騂牡既備」，傳：「言年豐畜碩也。」「以享以祀，以介景福」，傳：「言祀所以得福也。」正義曰：「文十三年《公羊傳》云：『周公用白牡，魯公用騂犅，群公不毛。』然則大王、王季爲殷之諸侯，其牲亦應不毛。而云『騂牡』者，不毛者不定用一毛而已，其牲皆用純色，故此祭用純騂也。《祭義》云擇其毛，是諸侯用純色也。或者此是作者於後據周所尚而言之。」承珙案：此章言祭祀得福，正《序》所云「受祖」之實，則「以享以祀」當指文王之祭祀言之。《白虎通義・三正》篇云：「《詩》曰：『清酒既載，騂牡既備。』言文王之牲用騂，周尚赤也。」此當本三家《詩》義，亦以此享祀爲文王。正義仍屬之大王、王季，誤矣。

思齊

《序》云：「《思齊》，文王所以聖也。」箋云：「言非但天性，德有所由成。」正義因謂文王所以得聖，由其賢母所生。此但能釋首章之意。嚴《緝》駁之，當矣。歐陽《本義》又謂文王所以聖者，世有賢妃之助。亦失立言輕重之宜。惟范氏《補傳》云：「《序》言文王所以聖，謂文王聖之事備見於一篇之内。是詩五章皆聖之事也。説者所指『内助』，特以首章有姜、任、大姒之言耳。二章言文王事神治人，兩盡其道；三章言文王盛德之容，自彊不息；此解「不顯亦臨」二句，與傳箋異。四章言文王德盛無闕，從容中道；五章言文王化成人材，皆知自勉。與首章各有其義，不可謂皆由于内助也。」承珙案：諸家惟范説爲長。

「思齊大任」，箋云：「常思莊敬者，大任也。」承珙案：毛傳於「不可休思」云：「思，辭也。」「思皇多士」亦云：「思，辭也。」《風》《雅》各舉其一，以見《三百篇》「思」字多爲語助。在句尾者，如「不可度思」「鋪時繹思」之類；在句中者，如「旨酒思柔」「無思不服」之類；在句首者，如「思孌季女逝兮」「思樂泮水」之類皆是。鄭箋於「思」字多訓「思願」，似失毛旨，《經傳釋詞》辨之詳矣。王氏《詩總聞》以此「思齊」「思媚」爲「思願」，以「思皇多祜」爲詞，亦知其一不知其二者矣。

「惠于宗公」，傳：「宗公，宗神也。」箋云：「惠，順也。宗公，大臣也。文王爲政，咨於大臣，順而行之。」正義曰：「易傳者，以《左傳》稱：『國將興，聽於民；將亡，聽於神。』聖王先成民而後致力於神。』此言文王之聖，不應先以順神爲本。又於時宗廟有大王、王季，若論宗廟當以『王』統之，不當言『公』，且經傳未有以宗廟之神爲『宗公』者也。《晉語》云：文王於是乎用四方之賢良，其即位也，詢於『八虞』，度於閎夭而謀於南宮，諏於蔡原而訪於辛尹，重之以周、召、畢、榮，億甯百神而柔和萬民。故《詩》曰：『惠于宗公，神罔時恫。』彼正論文王之事，先言諮訪，後言安神，乃引此詩以證之。則『惠于宗公』是順臣可知，故易之。」汪氏《異義》曰：「大王、王季追『王』在後，於文王時祇稱『公』。『惠于宗公』，據文王當日事神言，不從後稱，則以爲『公』未爲不可。箋於『京』必爲地名，其義不容少假。疏既是之矣，而於『宗公』又謂當稱『王』，殆有心予奪歟？《左傳》『先成民而後致力於神』，是對不務民義而瀆事鬼神者言，《外傳》引《詩》或係斷章取義，《內》《外傳》釋《詩》，毛多據爲義。此獨不然，必知斷章。皆未可據以難毛。又疏引《書序》『班宗彝』、《中庸》『陳其宗器』申傳『宗神』之義，亦未盡。《周書・作雒解》曰：『乃位五宮：大廟、宗宮、考宮、路寢、明堂。』孔晁注云：『大廟，后稷廟。二宮，祖考廟，考廟也。』蓋當時宗廟固有以『宗』名者矣。」承珙案：以「宗公」爲大臣，實與下二句文義不貫。疏引《國語》胥臣之言，以爲「順大臣」之證。然《旱麓》首章，傳用《國語》，疏謂《外傳》引其本經，遺其興意；三章傳用《中庸》語，疏又謂《禮記》引《詩》斷章，不必如本。則何以知胥臣之引《詩》果取本義而非斷章乎？《周禮・甸師》「用牲於社宗」，杜子春以「宗」爲宗廟，然則「宗公」爲宗廟之先公，明矣。疏謂經傳無以「宗廟之神」爲「宗公」者，不知經傳亦未嘗有以「大臣」爲「宗公」者也。

「刑于寡妻」，傳：「刑，法也。寡妻，適妻也。」箋云：「寡妻，寡有之妻，言賢也。」陳碩甫曰：「箋以『寡妻』爲『寡有之妻』，《孟子》趙岐注曰『寡，少也』，鄭、趙語皆非毛公傳義。傳上云『大姒，文王之妃』，此云『寡妻，適妻也』者，『寡』之爲言『特』也，『適』之爲言『正』也、『主』也。古者諸侯一娶九女，一爲適，餘八爲妾。元妃死，則次妃攝治内事曰『繼室』，不得稱『夫人』，此傳釋『寡』爲『適』之義也。《詩》『寡妻』曰適妻，則《尚書》『寡兄』曰適兄。《顧命》篇：『無壞我高祖寡命。』《鴻雁》篇：『偏喪曰寡。』亦與寡特義相近。《禮記・坊記》篇：『稱人之君曰君，自稱其君曰寡君。』猶言乎『主君』也。主卑於賓也。《玉藻》篇：『其於敵以下，曰寡人。』《曲禮》篇：『其與民言，自稱曰寡人。』猶天子自稱曰『予一人』，諸侯自稱曰『孤』也。大夫曰『寡君之老』，猶言乎『正卿』也。夫人曰『寡小君』，猶言乎『正夫人』也。衛莊姜自稱曰『寡人』，猶自言其『正妻』也。解者並以『寡有』『寡德』當之，于是『寡適無敵』之義微矣。此皆名之必正者也。《曲禮・下篇》：『庶人曰妻。』此析言之也。妻，其通稱也。」承珙案：陳説是也。「適」與「庶」對稱，「庶」爲「衆」，則「適」爲「寡」矣。《後漢書・仲長統傳》載其《昌言・損益》篇曰：「寡者，爲人上者也。衆者，爲人下者也。」此亦可明「寡妻」對「衆妾」爲言之意。傳上言：「大姒十子，衆妾則宜百子。」此以「寡妻」對「衆妾」言，故曰「適妻」。趙注《孟子》云：「刑，正也。寡，少也。言文王正己適妻，則八妾從。」此正與毛義同。鄭箋以「寡」爲「寡有」，則此詩美文王能儀刑之，無庸稱美寡妻。後儒又多以爲「寡德」者，詩人述周室之事，亦不必代爲謙辭，二者皆非詩意也。

「以御于家邦」，傳：「御，迎也。」箋云：「以此又能爲政治于家邦也。」正義曰：「《釋詁》云：『迓，迎也。』但《書傳》諸『御』字亦得爲『迓』，故毛讀爲『迓』，訓之爲『迎』。王肅云：以迎治天下之國家。鄭讀『御』爲『馭』，以『御』者制治之名，故爲『治』也。易傳者，言『迎于家邦』則於義不通；若如王肅之言則是横益『治』字，故鄭讀爲『馭』，訓爲『治』也。」承珙案：王肅以「迎治」申傳，固是横益「治」字，但「御」之爲「治」，毛豈不知？《崧高》「王命傅御」，傳訓「御」爲「治事之官」矣，而此必訓「御」爲「迎」者，《皇矣》「以對于天下」傳云：「對，遂也。」此以「遂」有「進」義。《六月》「飲御諸友」傳云：「御，進也。」此詩「以御于家邦」與《皇矣》「以對于天下」文同，此訓「御」爲「迎」，猶彼訓「對」爲「遂」。「御」之訓爲「迎」，「迎」之義爲「進」，謂由刑寡妻、化兄弟，以進及于家邦耳。趙注《孟子》：「御，享也。享天下國家之福。」此亦横益「之福」二字，非經旨也。

「不顯亦臨，無射亦保」，傳：「以顯臨之。保，安無厭也。」正義曰：「言『以顯臨之』，反其言以『不顯』爲『顯』，則是文王之身以顯道臨民也。言『安無厭也』，是民安君德，無厭倦也。上句言君臨下，而下句言民化上，自相成也。」《稽古編》曰：「《大雅》《周頌》多言『不顯』，皆反訓爲『顯』。惟《抑》詩『無曰不顯』連『莫予云覯』成文，明是正言『不顯』，與特言『不顯』者自別，不可以例此詩也。」王氏《釋詞》謂：「『不顯』之『不』爲語詞，與他處訓爲『弗』者不同。傳云『以顯臨之』，則『不』爲語詞可知。又案：『亦』爲語詞，與『亦既見止』『亦汎其流』之『亦』同，非謂顯固臨，不顯亦臨也。例以下句之『無射亦保』、《文王》之『不顯亦世』，而文義自明。」承珙案：「不顯」之「不」，以爲語詞固可；即以爲「豈不」義，亦可通。說見《文王》篇。「亦」爲語詞，與「而」字同。「不顯亦臨」謂上以顯而臨之。「無射亦保」謂民無厭而保安之。傳釋下句取便文，故與經倒耳。《釋文》：「射，毛音亦，厭也。一本作『保，安也；射，厭也』，非。」考正義，則《釋文》所謂「一本」者，乃定本也。陸氏既以爲非，則所云「毛音亦」者，是但爲毛作音。其下云「厭也」者，乃其自申毛義，非毛本有此訓。若毛訓「保，安；射，厭」，則不當先「保」後「射」矣。知《釋文》較定本爲長。至下章「不聞亦式，不諫亦入」傳云：「言性與天合也。」正義曰：「言文王之聖德自生知，無假學習。不聞人之道說，亦自合於法；不待臣之諫諍，亦自入於道。」王氏《釋詞》亦以「不」爲語詞，謂：

「不聞，聞也。不諫，諫也。式，用也。入，納也。言聞善言則用之，進諫則納之。『亦』字亦語詞，非謂聞固式，不聞亦式；諫固入，不諫亦入也。」此解固可使上下文義一律，然傳謂「性與天合」，其義甚精，尤足見文王生安之聖。王肅云「不聞道而自合於法，無諫者而自入於道」，正以「亦」爲語助，與「而」字同。「不」字則當作「弗」字解，若但云聞而用、諫而入，其義淺矣。

「肆戎疾不殄，烈假不瑕」，傳：「肆，故今也。戎，大也。故今大疾害人者，不絶之而自絶也。烈，業。假，大也。」箋云：「厲、假，皆病也。瑕，已也。文王於辟廱德如此，故大疾害人者，不絶之而自絶；爲厲假之行者，不已之而自已。言化之深也。」正義述毛云：「民既安文王之德，故今大爲疾害人之行者，豈不止絶乎？言其止絶也。王之功業廣大，豈不長遠乎？言長遠也。以惡人皆消，故王業遠大，是其聖也。」承珙案：此二句，毛、鄭異義。自《潁濱詩傳》以後，《吕記》、嚴《緝》、范氏《補傳》等皆從毛説，但或以「不瑕」爲「無瑕玷」耳。今謂此二句與《緜》「肆不殄厥愠，亦不隕厥問」文義正同，以彼準此，傳説似長於箋。

《稽古編》曰：「鄭取『雝雝在宫』三章並爲二章，章各六句。以『在宫』爲養老於辟雝，『在廟』爲祭於宗廟。『不顯』四句承『在宫』，『不聞』四句承『在廟』，各取二『亦』字一『肆』字，文義相對。『古之人』二句，總結上二句，於經文極明整。但判『在宫』爲『辟廱』，終屬武斷，故後儒不從其説。」承珙案：毛氏故言《思齊》五章，二章章六句，三章章四句。是以「雝雝在宫」四句爲第三章，下兩句皆以「肆」字起。「肆」爲「故今」，雖是緣上之辭，不必定緣本章，即緣上章亦可，《緜》「肆不殄厥愠」即其例也。且以韻求之：顧氏《詩本音》、江氏《古韻標準》以《思齊》四章、五章無韻，段氏《音均表》曰：「入，本音在第七部，《詩·思齊》合韻『瑕』字。」孔氏《詩聲類》以「殄」「疾」「假」「瑕」爲句中韻，「入」古音即當在二十四職，《思齊》「式」與「入」協，爲古本音。江氏《詩經韻讀》曰：「假」「瑕」可協，而「疾」「殄」究不可協，且《三百篇》中未有一句一轉韻者。承珙謂：改「入」歸「職」，亦無他證，不如依段氏謂「入」合韻「瑕」。蓋「瑕」本音「胡」，「入」可轉音「乳」也。今北人讀「入」字如此。至末章「造」「士」爲韻，則段氏所云「之」與「尤」「幽」合韻。知古合韻即音轉之權輿，其説諦矣。然則此詩章句但從「故言」所分，則四、五章音韻相諧，可無疑義。

「古之人無斁，譽髦斯士」，傳：「古之人，無厭於有名譽之俊士。」箋云：「古之人，謂聖王明君也。口無擇言，身無擇行，以身化其臣下，故今此士皆有名譽於天下，成其俊乂之美也。」《釋文》：「斁，毛音亦，厭也。鄭作擇。髦，俊也。一本此下更有『古之人無厭於有譽之俊士也』，此王肅語。」正義曰：「『口無擇言，身無擇行』，《孝經》文也。箋不言字誤，則此經本有作『擇』者也，故不破之。」《校勘記》云：「考此經字自作『斁』，箋以『斁』爲『擇』之假借，直於訓釋中竟改其字以顯之，與『可以樂飢』箋中竟改爲『療』、『既匡既勅』箋中竟改爲『筐』之屬同也。《釋文》所説是矣，正義不得其例。《呂氏讀詩記》：董氏曰《韓詩》作『擇』。《經義雜記》云此竊取鄭箋，是也。其以《釋文》別爲毛作音爲過，又以爲正義釋傳亦無此文，未詳今本所出，則非是。正義標起止云『傳「古之」至「俊士」』，其以下云云皆解此文也。《釋文》『此下更有』云云，觀『更有』之語，則其本當有『斁，厭也。髦，俊也』之傳；以『古之人』以下爲王肅申毛如此，當有所據也。」承珙案：正義述毛云：「古昔之聖人、有德之君王，皆無厭於有名譽髦俊之此士。」則孔所據《毛詩》，正陸氏所稱「一本」誤以王肅語爲傳義者。其云「箋不言字誤，則此經本有作『擇』者」，此特因箋不破字，遂意經有作「擇」之本，非真見有作「擇」者也。其實本篇「烈假」，箋即改爲「厲假」，而並不言「烈」當爲「厲」；疏亦但言鄭讀「烈假」爲「厲瘕」，何以不言本有作「厲」者乎？然則經文自當作「斁」，傳但有「斁，厭。髦，俊」二訓，而無「古之人」以下語。陸本較孔爲長。或謂「髦，俊也」，見上《棫樸》傳，「射，厭也」即見本篇三章傳，未必此又出傳。傳例簡嚴，複者甚少。陸氏用王氏之述毛者爲之訓耳。此又不然。《葛覃》「服之無斁」傳：「斁，厭也。」鄭注《禮記・緇衣》、王逸注《楚辭》引《詩》皆作「服之無射」，或《毛詩》古本作「射」，傳以「射」爲「斁」借而訓爲「厭」，故此詩「無射亦保」但訓以「保，安無厭」矣。至「髦，俊」之訓，雖見《棫樸》，然如「肆，故今也」已見於《緜》，而此篇仍復作訓。古人訓詁或複出，或不複出，固未必有定例也。

皇矣

「維此二國，其政不獲。維彼四國，爰究爰度」，傳：「二國，殷、夏也。彼，彼有道也。四國，四方也。究，謀。度，居也。」黄氏元吉曰：「王肅申毛，以『殷、夏』指桀、紂。孫毓則泛指夏、殷之後。孔疏又駁孫，謂是以桀配紂爲言，引《崧高》美申伯而及甫侯爲證。說固紛矣。今觀《召誥》曰『不敢不監于有夏，不敢不監于有殷』，而即曰『維茲二國』，此殷、夏爲『二國』之明證也。」汪氏《異義》曰：「傳釋『二國』爲殷、夏，正本《召誥》之義，言紂之惡與桀同，其政所以不得於民心也。紂之政教不得於民心，而尊居天位，四方之國爰從之謀，爰從之居，而紂得用大位、行大政，肆其暴虐。上帝於是惡之，憎其殘害下民，乃眷然回視西顧，見文王之德，而與之居。言天去殷而歸就文王也。傳義蓋如此。箋釋『二國』謂殷及崇，於義殊有未安；以『政』爲『正』，似改字；訓『度』爲『謀』，與『究』義複。又疏引王肅語申傳，解『維彼四國，爰究爰度』云：『彼四方之國往從之謀，往從之居。』是矣。又言：『皆從紂之惡，與之謀爲非道。』則失傳以『彼』爲『有道』之義。從紂謀爲非道，乃箋説，非傳義。」承珙案：《書·多方》云：「非天庸釋有夏，非天庸釋有殷，乃惟爾辟，以爾多方大淫，圖天之命，屑有辭。」又云「天維求爾多方，大動以威，開厥顧天。惟爾多方，罔堪顧之。惟我周王，靈承于旅，克堪用德，惟典承天」云云。❶此亦言代殷而并及于夏。傳不曰「二國」夏、殷，而曰殷、夏，即此可見是由殷及夏。孫毓以爲先察王者之後，義自可通。至「爰究爰度」，王肅以爲四方之國往從紂謀、從紂居，究於傳以「彼」爲「彼有道者」不合。毛意當是謂殷、夏之政不得民心，於是四方有道之國乃懼而各謀其所居。「爰究爰度」非對文，與《緜》詩「爰始爰謀」「曰止曰時」等句同。文四年《左傳》：「楚人滅江，秦伯爲之降服，出次，不舉，過數。大夫諫。公曰：『同盟滅，雖不能救，敢不矜乎？吾自懼也。』君子曰：『《詩》曰：「惟彼二國，其政不獲。惟此四國，爰究爰度。」其秦穆之謂矣。』」杜注云：「《詩·大雅》。言夏、商之君，政不得人心，故四方諸侯皆懼而謀度其政事。」此解可用以申毛。臧氏《經義雜記》謂箋訓「正」爲長，《毛詩》當亦作「正」，王肅乃改爲「政」。又「度居也」三字，亦肅所增。歷引傳箋凡「宅居」字皆作「宅」，「度謀」字皆作「度」，初未嘗溷，知毛「度」字亦必訓「謀」。如爲「居」義，則經必作「爰究爰宅」而後可。承珙謂：此説不然。「其政不獲」，《左傳》字亦作「政」；訓「度」爲「居」，又見於《緜》五章傳，不得皆爲王肅所增改也。

「上帝耆之，憎其式廓」，傳：「耆，惡也。廓，大也。憎其用大位，行大政。」箋云：「耆，老也。天須假此

❶「承」，阮校本《尚書正義》作「神」。

二國，養之至老猶不變改，憎其所用爲惡者浸大也。」汪氏《異義》曰：「經上言『其政不獲』，則殷已見絶於天，下言『憎其式廓』，正指惡之之故。『惡』與『憎』雖一義，要下自申上耳。傳義於經，語氣脗合也。」承珙案：傳意蓋謂夏、殷之政不得民心，致使四國懼而各謀所居。於是上帝惡之，惡其爲惡甚大，此所以西顧而與周宅也。後儒據《周頌》「耆定爾功」傳以「耆」爲「致」，解此「上帝耆之」爲「上帝所欲致」者，又與下句「憎」字不合，遂并改「憎」爲「增」，以「式廓」爲「規模」。然則此二句已明言上帝之與宅矣，何以下文始云「乃眷西顧」乎？《經義雜記》謂「耆，惡也」三字謂王肅所私加，又加「憎其用大位、行大政」八字。承珙謂：此亦不然。「耆」之爲「惡」，《韓詩》本有是訓。見《周頌》釋文。《潛夫論·班禄》篇引《詩》「上帝指之」，今詩「耆」字疑即「指」之借字。《釋名》：「耆，指也。」「美服患人指，高明逼神惡。」是「指」有「惡」義，謂上帝指目而惡之也。至「憎其式廓」，《潛夫論》引作「式惡」，且云：「言夏、殷二國之政不得，乃用奢夸廓大，上帝憎之，更求民之瘼。聖人與天下四國究度而使居之也。」此惟解「爰度」微與毛異，其餘皆同傳義。蓋傳云「用大位、行大政」者，正指上經「不獲之政」而言，似不得以此爲王肅所加也。

「乃眷西顧，此維與宅」，傳：「顧，段云「顧」上當有「西」字。顧西土也。宅，居也。」箋云：「乃眷然運視西顧，見文王之德而與之居。」言天意常在文王所。」《稽古編》曰：「《漢書·郊祀志》載匡衡奏議云：『「乃眷西顧，此維予宅。」言天以文王之都爲居也。』」此箋意與匡同。下章「帝遷」即此義。承珙案：《漢書·谷永傳》亦引《詩》：「『乃眷西顧，此維予宅。』夫去惡奪弱，遷命賢聖，天地之常經，百王之所同也。」此釋「與宅」亦與下章「帝遷明德」同意。

「作之屏之，其菑其翳」，傳：「木立死曰菑，自斃爲翳。」今《爾雅》作「木自斃柛，立死甾，蔽者翳」。《詩》疏引《爾雅》作「立死菑，蔽者翳」。邵氏《爾雅正義》曰：「案，孔疏似所見《爾雅》無『自斃柛』一句。劉昭注《補續志》引《爾雅》『木立死曰菑』，與孔氏所據本同。《詩釋文》引《爾雅》『木自斃柛，蔽者爲翳』，又似無『立死菑』三字。皆所見異本也。」承珙案：《爾雅》此文是先以「木自斃柛」總釋自死之木，此「斃」字當訓「死」。下「立死甾」謂其死而猶植立者，「甾」當讀「身」，如「斷菑」之「菑」。李巡以「菑害」釋之，非是。「蔽者翳」，謂其死而覆蔽於地者。李巡以「蔽」爲「斃」，訓「死也」，亦非是。此乃分別木之自斃者，有此二種耳。傳以經無「柛」文，故但引下二句。「自斃爲翳」，「斃」當從《釋文》「一本作蔽」，謂自仆而蔽地者爲「翳」。「自」字乃毛用《爾雅》而增成其義，非所見本異也。

「帝遷明德，串夷載路」，傳：「徙就文王之德也。串，習。夷，常。路，大也。」汪氏《異義》曰：「疏引王肅云：『天以周家善於治國，徙就文王明德。以其世習於常道，故得居是大位。』《稽古編》謂：『以「載路」爲「居大位」，文義未安。』『帝遷明德』言天去殷即周，徙就文王之德，與上章『西顧與宅』相應。『串夷載路』言周家習行此常道，至文王則益大，天意所以徙就之。此解較王説爲勝。」承珙案：後儒釋此句，謂民之歸周者滿路而不絶；或又從箋讀「串」爲「患」，以「患夷」即昆夷，「載路」謂昆夷滿路而去。夫既以此章爲大王之時，而「昆夷駾矣」又屬文王之事，已未免自相矛盾；且「載」之爲「滿」，古無此訓。王氏《詩稗疏》曰：「傳訓串，習；夷，常；路，大，於『帝遷明德』之義相承。鄭箋、《集傳》之釋不如毛説之允。《爾雅》：『路，大也。』『串，習也。』郭注：『串，厭習也。』與毛傳脗合。載，語詞，見於《詩》中者不一。如謂『載路』爲『充滿道路』，則徒云『載路』，何以見昆夷之滿路而去，非滿路而來邪？《生民》之詩曰『厥聲載路』，義與此同。覃，長。訏，大。而復云『載大』者，重言厥聲以足上文，不嫌複也。自當以《爾雅》、毛傳之訓爲長。」承珙謂：《生民》「實覃實訏」，傳訓「覃，長；訏，大」者，乃言后稷年歲長大，其聲則亦大，異於「呱呱」之時，故云「厥聲載路」。非以「覃訏」爲聲之長大，不得云「重言厥聲以足上文」也。

箋云：「串夷，即混夷，西戎國名也。路，應也。天意去殷之惡，就周之德，文王則侵伐混夷以應之。」《釋文》「應」作「瘠」，云詩本皆作「瘠」。孫毓《評》作「應」，後之解者僉以「瘠」爲誤。正義曰：「路之爲應，更無正訓，鄭以義言之耳。」又云：「本或誤作『瘠』。孫毓載箋爲『應』，是本作『應』也。定本亦作『應』。」阮氏《校勘記》云：「考『路』『露』古同字，如『露寢』爲『路寢』，『華露』爲『華路』之類。凡物之瘠者，多露見，故箋云：『路，瘠也。』謂眚削混夷使之瘠也。下箋『文王則侵伐混夷以應之』，『應』者，總說『串夷載路』之應乎『帝遷明德』也，非以『應』專釋『路』字。孫毓乃涉之而誤，後之解者反僉以『瘠』爲誤，失之矣。」承珙案：此説是也。經文但言「串夷載路」，並未言文王侵伐。若以「路」爲「應」，是謂昆夷應天，不成文義。孫毓以「瘠」字駭俗，臆改爲「應」，而不悟經文之不可通耳。

「天立厥配」，傳：「配，媲也。」箋云：「天既顧文王，又爲之生賢妃，謂大姒也。」正義曰：「『妃』字音亦爲『配』。《釋詁》云：『妃，媲也。』某氏曰：『《詩》云：「天立厥妃。」』是毛讀『配』如『妃』，故爲媲。」案：妃，正字。《毛詩》作「配」者，假借字。某氏注《爾雅》引「天立厥妃」，或本三家《詩》用正字耳。然「妃」之爲「媲」，不必定謂男女配偶。毛訓「配」爲「媲」，止當爲「配天」之義。下「作邦作對」傳云：「對，配也。」《文王有聲》「作豐伊匹」傳云：「匹，配也。」此皆假「配」爲「妃」，而其義皆爲兩相輩偶而已。《詩》《書》中如「其自時配皇天」「克配上帝」，皆此義。箋以「配」爲「妃」，釋爲大姒，于上下文義不合，恐非毛旨。

「維此王季，帝度其心」，正義曰：「此云『維此王季』，《左傳》言『維此文王』者，經涉亂離，師有異讀，後人因即存之，不敢追改。今王肅注及《韓詩》亦作『文王』，是異讀之驗。」《稽古編》曰：「案：此當以作『文王』者爲正。此經，毛無傳。王肅，述毛者也，而注爲『文王』，則毛本作『文王』可知。《左傳》引《詩》作『文王』，復云『近文德矣』，申言九德爲文王之德，則傳文決無誤。又合之《韓詩》，而三焉。況『王此大邦』，非文王不足當。鄭以王季追王爲說，殊費迴護。」陳碩甫曰：「『王季』當作『文王』。作『王季』者，依箋讀也。昭二十八年《左傳》引此作『唯此文王』。《公劉》傳曰：『民無長歎，猶文王之無悔。』《樂記》鄭注言：『文王之德。』皆此詩作『文王』之證。至鄭君箋《詩》，始改作『王季』。故『王此大邦』傳不謂王季也，而箋以王季稱王爲追王。『比于文王』傳不謂文王也，而箋云王季之德，比于文王。鄭謂『比于文王』爲周之文王，乃以『維此文王』爲王季。或古本此句有涉上章『維此王季』而誤者，鄭君乃從其誤也。蓋《皇矣》詩皆美文王，三章涉大伯、王季者，但連類及之耳。」承珙案：《中論·務本》篇云：「《詩》陳文王之德曰『維此文王』。」此所據《詩》亦作「文王」。至干寶《晉紀·總論》云：「至于王季，能貊其德音。」則從鄭箋。然三占從二，既《左傳》《韓詩》皆作「文王」，毛傳又全用左氏，正義本誤以「德正應和曰貊」至「賞慶刑威曰君」三十三字爲箋文，遂謂毛引不盡，箋取足之。非是。則《毛詩》本作「文王」亦可決矣。

「比于文王，其德靡悔」，傳：「經緯天地曰文。」箋云：「靡，無也。王季之德，比于文王，無有所悔也。必比于文王者，德以聖人爲匹。」《稽古編》曰：「箋語殊傎。世有稱子而美其似父者，安有稱父而美其似子者？朱《傳》訓『比于』爲『至于』。《吕記》用李氏説，謂後世亦繼其德，比于文王。但《左傳》釋此『文』爲九德之一，不應指後人言。又『文』爲一德，與八德同例，則此『文』字乃美德之泛稱，不專指謚號。所謂『文王』非西伯昌之文王也。劉炫云可比于上代文德之王，較爲優矣。毛用《左傳》『經緯天地』語以釋此『文』，意當與炫同。箋疏之申毛，恐未得其意。」承珙案：《左傳》雖以「文」爲九德之一，然似以「文」總上八德，故復繼之曰：「近文德矣。」此「文」雖非謚號，然比于古之文德，正可見文王之所以爲「文」，乃與章首「維此文王」相應。疏用鄭申毛，乃云文王之德不爲人所恨，而王季可以比之，不獨失毛旨，亦非鄭意。蓋鄭箋承傳「經緯天地曰文」之語，而云「王季之德比于文王」，猶言比于經緯天地之文王，初非指西伯昌之文王也。疏不善讀箋語耳。

「密人不恭，敢距大邦，侵阮徂共」，傳：「國有密須氏，侵阮，遂往侵共。」汪氏《異義》曰：「傳以阮、共爲周地，密人往侵之。箋據魯《詩》，以『密』『阮』『徂』『共』爲四國，謂阮、徂、共三國犯周，文王伐之，密人距其義兵。案經上言『無然畔援，無然歆羡』，謂不畔道而妄取人國邑，貪求而羡樂人土地也。此云『密人不恭』，明是密人犯順，故下言『王赫斯怒』。若如箋説，則經當先言阮、徂、共三國犯周之事，不當先言密人不恭。又『爰整其旅，以按徂旅』，傳訓上『旅』爲『師』，下『旅』爲地名，謂文王整其師旅，以止密人往旅地之寇。箋訓『旅』皆爲『兵衆』，謂文王整其軍旅以遏止徂國之兵衆。上言三國犯周，而此止言按止徂國之兵衆，於經不若傳爲完足也。」承珙案：《孟子》引《詩》「以遏徂莒」，趙注云：「整其師旅，以遏止往伐莒者。」是亦同毛，以「莒」爲地名。古字「旅」「莒」同音，故《毛詩》借「旅」爲之。《韓非子》言文王侵孟克莒，則毛傳地名之説確矣。但上云「徂共」，此云「徂旅」者，益恐其由共又及於旅，故出師以遏之。「徂共」是已往侵共，「徂旅」是將往侵旅，故云「以按」。《孟子》作「遏」，《詩》作「按」者，古「按」「閼」「遏」字皆通，《左傳》「虞閼父」，漢《陳球碑》作「遏父」；《國語》「董安于」，《韓非子》作「閼于」是也。

「依其在京，侵自阮疆。陟我高岡。無矢我陵，我陵我阿。無飲我泉，我泉我池」，傳：「京，大阜也。矢，陳也。」正義引王肅語述毛，謂此追本密人來侵之時，依其京阜，陟我高岡。「無矢我陵」以下，乃周人怒密之詞。承珙案：王説非是。上章已言整旅按止，何用復述來侵？此章當是按密之後，移師問罪。「依其在京」者，所以整軍經武也，然後自阮邑之疆而侵之。「陟我高岡」以下，言升高而望，師行無阻。蓋《呂覽》《説苑》皆言伐密，密須之人自縛其君而歸文王，本未嘗重煩攻戰，故但言其莫我敢當而已。或疑文王伐密，不當言「侵」，不知《孟子》引《太誓》即曰「侵于之疆」。《周禮・大司馬》：「負固不服則侵之。」「侵」本九伐之一，《穀梁傳》：「苞人民、敺牛馬曰侵，斬樹木、壞宮室曰伐。」「侵」與「伐」有難易輕重之別，故下文言「伐崇」，而此但曰「侵」耳。箋謂此文王伐阮，阮兵無敢當者，言「我」者，據後得有阮地而言。但上箋言三國犯周，密人距義，何以上章經文止言按徂國之旅，此章經文又止言侵阮國之疆，而密、共二國絕無一語及之乎？且未嘗得其地而遽目之爲「我」，是近於「畔援」「歆羨」矣。箋説非經意也。

「度其鮮原」，傳：「小山别大山曰鮮。」箋云：「度，謀。鮮，善也。」近儒多據《逸周書》及《竹書紀年》以「鮮原」爲地名。承珙案：《逸周書・和寤解》云：「王乃出圖商，至于鮮原。」《紀年》云帝辛五十二年，周師始伐殷，秋次于鮮原。則此鮮原必商、周相接之地。若即指爲《詩》之「鮮原」，則下文岐陽、渭將傳：「將，側也。」

與商地不相陟，似不得以彼證此。此傳釋「鮮」與《公劉》「陟則在巘」傳同。《月令》「鮮羔開冰」鄭注：「鮮，當爲『巘』。」是其例。《公劉》疏謂彼傳與《皇矣》傳義別，非是。彼傳云：「巘，小山別於大山也。」是「鮮」「巘」同字。《公劉》以「陟巘」與「降原」對舉，此亦「鮮」與「原」對舉，非以「鮮原」連稱爲地名也。

「帝謂文王：予懷明德，不大聲以色，不長夏以革，不識不知，順帝之則」，傳：「懷，歸也。不大聲見於色。革，更也。不以長大有所更。」正義曰：「此傳質略。孫毓云不大聲色以加人，毛言不以長大有所更，則以『夏』爲大。王肅云：非以幼弱未定，長大有所改更，言幼而有天性，長幼一行也。」承珙案：經文此數語是爲伐崇張本，猶五章「無然畔援」數語之爲伐密張本也。然則「不大聲以色」謂不大其聲色以加人。《禮記·中庸》引此句，鄭注云：「我歸有明德者，以其不大聲爲嚴厲之色以威我也。」此與傳解略同，即不陵弱暴寡之意。「不長夏以革」若但謂天性自然，少長若一，則與上「不大聲色」語意不相配，似非經旨。毛云「長大」者，似是雄長擴大之謂，言文王雖三分有二，然不恃此以紛更由己。皆所以起下文伐崇之舉乃順天行誅，而非有陵暴紛更之意。《墨子·天志上》篇反復于三代聖王愛人利人，而歸於順天意者爲義政，「政」疑與「征」同。反天意者爲力征。其「義政」柰何？「處大國不攻小國，處大家不篡小家，强者不劫弱，貴者不傲賤，多詐者不欺愚。」其中篇曰：「夫愛人、利人，順天之意，得天之賞者也。《皇矣》道之曰：『帝謂文王：予懷明德，不大聲以色，不長夏以革，不識不知，順帝之則。』帝善其順法則也，故舉殷以賞之，使貴爲天子，富有天下，名譽至今不息。」據此，知此詩「不大聲色」二句是不厲威嚴、不事變亂之謂。《墨子》之意正與傳同，其義古矣。至「不識不知，順帝之則」，僖九年、襄三十一年《左傳》皆引此二語，杜注一則言文王闇行自然合天之法，一則言文王行事無所斟酌，惟在則象上天。《墨子·天志下》篇曰：「『不識不知，順帝之則。』此誥文王之以天志爲法也。」此皆與箋意略同。要總爲伐崇張本，非徒形容其明德已也。

「詢爾仇方」，傳：「仇，匹也。」箋云：「詢，謀也。怨耦曰仇。仇方，謂旁國諸侯爲暴亂大惡者。女當謀征討之。」《稽古編》曰：「毛訓『仇』爲『匹』，孔疏申之甚當。疏云：「當詢謀于女匹己之臣，以問其伐人之方。」自鄭用『怨耦曰仇』之訓，而後儒遂以崇侯譖西伯事實之。則文王此舉乃爲修怨而動，何足爲聖人哉？後漢伏湛，治《齊詩》者也。言文王征伐，詢之同姓，謀於群臣，因引此詩證之。意正與毛同，尤足徵傳義之當。」承珙案：箋云「仇方，謂旁國諸侯爲暴亂大惡者」，是鄭意「仇」如《葛伯》「仇餉」之「仇」，本非謂以其譖己而爲「仇」也。後儒特附會《史記》之説，并誤解鄭箋耳。今詩作「詢爾仇方，與爾兄弟」。顧夢麟謂二句無韻，此亦當據《伏湛傳》作「同爾弟兄」，「兄」與「方」韻也。

「與爾臨衝」，傳：「臨，臨車也。衝，衝車也。」《釋文》：「臨，《韓詩》作隆。」段氏《詩經小學》云：「隆衝，言陷陣之車隆然高大也。毛傳以『臨衝』爲二，非。」承珙案：正義云：「兵書有作臨車、衝車之法，《墨子》有《備衝》之篇，知『臨』『衝』俱是車也。」此疏申傳以「臨衝」爲二，證據甚明。《説文》：「䡴，陷陳車也。」次之以「轈」，云：「兵車高如巢，以望敵也。」成十六年《左傳》：「楚子登巢車以望晉軍。」❶杜注：「巢車，車上爲櫓。」宣十五年《傳》：「晉使解揚如宋，楚子登諸樓車。」杜云：「樓車，車上望櫓。」巢車、樓車，殆即《詩》之「臨

❶「子」下，原衍「使」字，據阮校本《春秋左傳正義》刪。

車」，故《説文》以「轈」次「轒」。陳氏《禮書》云：「孫武曰：攻城之法，脩其轒轀轒。轀，四輪車。蓋衝車之類。」承珙謂：「轒」與「櫓」同，亦臨車之類也。《後漢書·光武紀》「衝棚撞城」，章懷注云：「衝，衝車也。許慎曰：棚，樓車也。」《前漢書·敘傳》「衝棚閑閑」，即以「棚」當《詩》之「臨」，「衝」爲衝車，「棚」爲樓車。然則毛以「臨衝」爲二車，不可易也。

「臨衝閑閑，崇墉言言」，傳：「閑閑，動搖也。言言，高大也。」「臨衝茀茀，崇墉仡仡」，傳：「茀茀，彊盛也。仡仡，猶『言言』也。」正義曰：「傳唯云『高大』，不説其『高大』之意。王肅云，言其無所壞。傳意或然。若城無所壞而得有訊馘者，美文王以德服崇，不致破國壞城耳。於時非無距者，故有訊馘。」箋以「言言」猶「孽孽」，爲將壞貌。《釋文》於「崇墉仡仡」引《韓詩》：「仡，搖也。」鄭義蓋本於此。疏申之曰：「詩言『衝』，則是用以攻城，故知『言言』『仡仡』皆爲將壞之貌。」承珙案：僖十九年《左傳》司馬子魚曰：「文王聞崇德亂而伐之，軍三旬而不降。退脩教而復伐之，因壘而降。」襄三十一年《傳》：衛北宫文子曰：「文王伐崇，再駕而降爲臣。」《漢書·伏湛傳》：「崇國城守先退後伐，所以重人命。」《説苑·指武》篇亦云：「文王伐崇，令毋殺人，毋壞室，毋填井，毋伐樹木，毋動六畜。有不如令者，死無赦。」據此，則文王師以順動，未嘗破壞其城，可知當以傳義爲勝。

又案：傳以「言言」爲「高大」，此必當時「言」有「大」訓。如《爾雅》「大簫謂之言」，李巡曰：「大簫，聲大者言言也。」此其明證。鄭意欲見崇無堅城，故訓「言言」爲「孽孽」。若正義，則不能知毛傳訓詁之有本矣。即如「交交黄鳥」「交交桑扈」傳皆云：「交交，小貌。」《爾雅》：「簫小者謂之筊。」李巡曰：「小者聲揚而小，故言箋。箋，小也。」此亦可證「交」有「小」義。此種故訓，漢以後遺失者蓋多矣。

靈臺

《序》云：「《靈臺》，民始附也。文王受命，而民樂其有靈德，以及鳥獸昆蟲焉。」箋云：「民者，冥也。其見仁道遲，故於是乃附也。」正義曰：「三分有二，諸侯之君從文王耳。其民從君而來，其心未見靈德。至於作臺之日，民心始知，故言『始附』，謂心附之也。往前，則貌附之耳。」承珙案：箋疏泥於「始」字，語多迂曲。「貌附」之説，尤爲礙理。此篇之《序》，乃蒙上篇言之。《皇矣序》云：「天監代殷，莫若周。」故其詩歷言天命。此篇首述民之樂事勸功，並美其靈德之徧及於鳥獸昆蟲。蓋一則言天與之，一則言人歸之。《序》云「民始附」者，謂《大雅》諸詩至此，始明言民心之歸附耳。郝仲輿曰：「詩人作此以見文王造周功成。雖民心歸附不自今始，而文王之求甯今始觀成焉，故《序》曰『民始附』也。」承珙又案：《大雅》文王之詩止於此篇，故《序》云「受命」，與《文王序》言「受命」語相首尾。疏引《乾鑿度》云：「文王伐崇，作靈臺。」考《易緯》是類謀》亦同。然則此篇之繼《皇矣》，殆猶是相傳舊次歟？

「經始靈臺」，傳：「神之精明者稱靈，四方而高曰臺。」箋云：「觀臺而曰『靈』者，文王化行似神之精明，故以名焉。」承珙案：傳云：「神之精明稱靈」者，猶《尚書大傳》云心之精神是謂聖也。曰「神」曰「靈」，非鬼神靈異之謂。《書·盤庚》「弔由靈」傳云：「靈，善也。」正義以爲《爾雅·釋詁》文，是《爾雅》「令，善也」古本作「靈」。故《書·多士》「丕靈承帝事」、《多方》「不克靈承于旅」、《吕刑》「苗民弗用靈」皆訓「靈」爲「善」。

《鄘風》「靈雨既零」箋亦云：「靈，善也。」蓋此詩三言「靈」，皆以文王德行之善言之。故傳於「靈囿」云：「言靈道行於囿。」「靈沼」云：「言靈道行於沼。」「靈道」即善道，「靈臺」「靈囿」即謂善臺、善囿也。《説苑・脩文》篇云：「積恩爲愛，積愛爲仁，積仁爲靈。靈臺之所以爲靈者，積仁也。」其義與《序》傳合。然則詩意以靈臺爲文王所創造，因其德善而稱之爲「靈」。固非以速成詫其靈異，亦非以觀象而謂之神靈。自箋云：「天子有靈臺，所以觀祲象，察氣之妖祥。」疏家遂附會文王受命，以爲是天子之制。不知靈臺、辟雍皆文王創制，而周家因以爲世法，如臯應冢土及造舟之類。即如《白虎通義》云「天子靈臺，所以觀天人之際，察陰陽之會」云云，亦周家因斯臺以望而書雲物，故有是語，非必文王時遂有其事。若《漢志》「濟陰成陽有堯冢、靈臺」，《水經注》謂即慶都之陵。此本《漢成陽靈臺碑》，見《隸釋》。此更與觀象無涉，亦不得據此爲「天子靈臺」之證也。

「不日成之」，傳：「不日有成也。」箋云：「不設期日而成之，言説文王之德，勸其事忘己勞也。」《稽古編》曰：「趙岐《孟子》注云：『不與之相期日限，自來成之也。』《國語》韋昭注云：『不程課以時日也。』諸家語異而意同。《集傳》以『不日』爲『不終日』，恐不然。」承珙案：賈誼《新書・君道》篇云：「文王有志爲臺，令近境之民聞之者麕裹而至，問業而作之。日日以衆，故弗趨而疾，弗期而成。」是漢儒説此皆同，無所謂「不終日」也。

「王在靈囿」，傳：「囿，所以域養禽獸也。天子百里，諸侯四十里。」正義曰：「此解正禮耳。其文王之囿則七十里，故《孟子》云：『文王之囿方七十里，寡人之囿方四十里。』是宣王自以爲諸侯而問，故云『諸侯四十里』。以宣王不舉天子而問及文王之七十里，明天子不止七十里，故宜爲百里也。」臧氏《經義雜記》云：「袁宏《後漢紀》樂松曰：『宣王囿五十里，民以爲大。文王囿百里，民以爲小。』《穀梁》成十八年疏云：『《毛詩》傳：「囿者，天子百里，諸侯三十里。」蓋據《孟子》稱「文王之囿七十里，寡人三十里」，故約之爲天子，當有「百里」二字。諸侯三十里耳。』案：楊疏引《毛詩》傳『諸侯三十里』，『三』即『五』字之譌。古本《孟子》當作『文王之囿方百里，寡人之囿方五十里』，故毛公據之以分天子、諸侯之制。今《詩》傳作『諸侯四十里』，蓋後人所改。毛傳既云諸侯五十里，則孔氏言『諸侯』亦當作『五十里』也。」焦氏《孟子正義》曰：「《周禮·天官·閽人》疏引《白虎通》云：『天子百里，大國四十里，次國三十里，小國二十里。』成公十八年《公羊傳》注云：『天子囿方百里，公侯十里，伯七里，子男五里，皆取一也。』意者，《公羊》注所指爲離宮，《毛詩》傳、《白虎通》所指爲御苑歟？」承珙案：《孟子》上云「寡人之囿方四十里」，下文又云「則是方四十里」，不應皆係「五十」之誤。毛傳言天子百里，未嘗明言文王之囿百里，未必即據《孟子》分天子、諸侯之制。楊雄《羽獵賦》言文王囿百里，齊宣王囿四十里。李善注《文選》但引《孟子》「七十里」「四十里」之文，不言異同，蓋知爲詞賦家約言之辭耳。王楙《野客叢書》云：「《世説》舉樂松之語曰：齊王囿五十里，乃知非五里也。史文於『五』下脱一『十』字。此謂范史。蓋七十里近于百里，四十里近于五十里，樂松舉其大綱耳。」此説得之。

「麀鹿濯濯，白鳥翯翯」，傳：「濯濯，娱遊也。翯翯，肥澤也。」箋云：「鳥獸肥盛喜樂，言得其所。」正義曰：「娱樂遊戲，亦由肥澤故也。二者互相足。」承珙案：《文王有聲》《常武》傳皆云：「濯，大也。」《崧高》「鉤膺濯濯」傳：「濯濯，光明也。」「大」與「光明」義正與「肥澤」近。而此傳訓「濯濯」爲「娱遊」者，自是與「翯翯肥澤」互文見義。《大東》「佻佻公子」，《韓詩》作「嬥嬥」，此與「濯濯」音義相近。娛遊，亦「往來」意也。趙注《孟子》云：「獸肥飽則濯濯，鳥肥飽則鶴鶴而澤好。」此以「肥飽」爲「濯濯」之由，非即以「濯濯」爲「肥飽」。趙謂鶴鶴爲澤好，與毛傳同，則「濯濯」亦當爲「娛遊」，文不備耳。《廣雅》：「濯濯，肥也。」乃專以「肥」訓「濯濯」。司馬相如《封禪文》：「濯濯之麟，游彼靈畤。」《漢書》注引文穎曰：「濯濯，肥也。」《史記索隱》則從毛傳，云：「濯濯，嬉游也。」然彼文下有「游」字，則從文穎訓「肥」爲是。《詩》箋以「鳥獸肥盛喜樂」總言之，正申傳兩句互足之義也。

「於論鼓鐘，於樂辟廱」，傳：「論，思也。」箋云：「論之言倫也。於得其倫理乎？鼓與鐘也。於喜樂乎？諸在辟廱中者。言感於中和之至。」正義述毛云：「於是思念鼓鐘使人和諧，於是作樂在此辟廱宮中。」又云：「定本及《集注》『鏞，大鐘』之下云：『論，思也。』則其義不得同鄭。」段氏云：「定本及《集注》《釋文》皆有『論，思也』三字。『論』同『侖』，『思』同『鰓理』之『鰓』，箋申毛耳。《説文·亼部》曰：『侖，思也。』《侖部》曰：『侖，理也。』思，如角有鰓理。毛謂『論』爲『侖』之假借。鼓與鐘合其思理，《書》所謂『無相奪倫』，《記》所謂『論倫無患』也。」承珙案：段説是也。《釋文》：「於，音烏，鄭如字。」陸氏習於後人以「於」爲「於是」之「於」，故云然。不知「於」本古文「烏」字，不必言音「烏」。毛於《文王》「於昭于天」云「於，歎辭」矣，故此不復傳。鄭云「於得其倫理乎」「於喜樂乎」，正作歎辭，亦申毛也。陸氏於「音烏」下別鄭爲「如字」，似以鄭作「於是」，而正義述毛又作「於是」，皆誤也。上文「於牣魚躍」《釋文》無音。《周頌·雝》「於薦廣牡」箋云：「天子是時則穆穆然，於進大牡之牲。」故《釋文》云：「於，鄭如字，王音『烏』。」正義述毛亦云「又指言助祭之事，於我天子薦進大牡之牲」。則非是。

「於樂辟廱」，傳：「水旋邱如璧曰辟廱，以節觀者。」戴氏《詩考正》云：「辟廱，於經無明文。漢初説《禮》者規放故事，始援《大雅》《魯頌》立説，謂天子曰辟廱，諸侯曰頖宫。如誠學校重典，不應《周禮》不一及之，而但言『成均瞽宗』。《孟子》陳三代之學，亦不涉乎此。他國且不聞有所謂『泮宫』者。《周鼎銘》曰：『王在辟宫，獻工錫章。』《左氏春秋》曰：『鄭伯享王於闕西辟。』《史記》曰：『豐鎬有天子辟池。』譙周曰：『成王作辟上宫。』此單言『辟』者也。《周頌》曰『于彼西雝』。古銘識有曰『王在雝上宫』。此單言『雝』者也。其曰『辟上』『雝上』，則以名池名澤，而作宫其上，宫因水爲名也。趙岐注《孟子》『雪宫』云：『離宫之名也。宫有苑囿、臺池之飾，禽獸之饒。』此詩『靈臺』『靈沼』『靈囿』與『辟廱』連稱，抑亦文王之離宫乎？閒燕則遊止肆樂於此，不必以爲大學，於詩辭前後尤協矣。」承珙案：《周禮·天官·閽人》「囿游」，鄭注以「囿」爲御苑，「游」爲離宫。賈疏即引《詩》「靈囿」爲證。《詩》疏引鄭《駁異義》謂三靈、辟廱同處在郊，則辟廱似亦爲游觀之所。然《文王有聲》言「鎬京辟廱」即繼之以東西南北「無思不服」，箋云：「武王於鎬京行辟廱之禮，自四方來觀者皆感化其德，心無不歸服者。」然則此詩言作樂，傳言水旋邱以節觀者，是辟廱在文王時已爲合樂行禮之地，但其時未嘗定爲天子之大學。至武王有天下，及周公制禮以後，始别諸侯爲泮宫，不得同於天子，而辟廱行禮之事愈備。如《五經異義》引《韓詩》説辟廱，所以教天下春射、秋饗，尊事三老五更。鄭氏據《王制》「天子出征，執有罪反，釋奠於學，以訊馘告」，合之《魯頌》在泮獻囚，知辟廱同義。即如古器銘《宰辟父敦》：「王在辟宫。」《册周庬敦》：「王在雝位格廟册庬。」是辟廱又有册命之事。凡皆周家彌文之制，而推其原始，即歸之文王之善道，亦無不可。總之三靈自爲游觀之所，辟廱自爲禮樂之地。同處者，第言其相近。《三輔黄圖》所載「靈臺」在長安西北四十里，「靈囿」在長安西四十二里，「靈沼」在長安西三十里者，似非無據。至辟廱，即《周頌》之「西雝」。彼傳云：「雝，澤也。」「澤」即「王立于澤」之「澤」，郊祭聽誓命于此。則辟廱在郊可知。謂之「西雝」，則在西郊又可知。《王制》：「小學在公宮南之左，大學在郊。」鄭注以爲殷制。正義引熊氏云：文王時猶從殷制，故辟雍、大學在郊。鄭注《鄉射禮》謂周之大學在國。然則武王之鎬京辟雝，殆立於國中者歟？

下武

《序》云：「《下武》，繼文也。武王有聖德，復受天命，能昭先人之功焉。」案：「下武」之義，傳云：「武，繼也。」箋云：「下，猶後也。後人能繼先祖者，維有周家最大。」此古義也。後儒立説，乃各不同。蘇《傳》、呂《解》訓「武」爲「迹」，言先王既殁，其迹在下不絶。然此詩重在後人能繼，不重在先迹不絶。若但云先迹在下，則禹、湯既殁，亦非無先迹之留遺，何以獨曰「維周」乎？《吕記》訓「下」爲「繼」，以「武」爲武功。「下」之爲「繼」，古無其訓。「武」爲武功，於經《序》皆不協。全詩本無一言及於武事，況《序》明言「繼文」。下篇「繼伐」乃指武功耳。華谷、岷隱以「下武」爲不尚武，則《稽古編》駁之，謂「周樂名『武』」，《頌》篇亦名『武』」，受命則曰『武功』」，伐紂則曰『我武』」」，周未嘗諱言「武」也。且詩頌武王而首云以「武」爲「下」，無是理矣。《集傳》以「下」義未詳，而又引「或説」謂「下」當作「文」。但文王既列三后之中，武王特著「配京」之語，而首句乃於三后中單稱文王，又兼及武王，文義複亂無次。至何元子以「下」爲堂下，「武」爲《大武》，則以《大雅》而牽合於《頌》篇，其説尤不足辨。承珙案：經文曰「世德」，曰「嗣服」，知傳箋「後繼」之訓必不可易。惟《序》下箋專以「繼文」爲繼文王之王業而成之，疏雖云「此篇在文王詩後，故詩言『繼文』，著其功之大，且見篇之次」，然經中言「三后」言「祖武」，並無專繼文王之語，箋於每章亦多通言「三后」，則「繼文」之「文」似非指文王。姜氏《廣義》曰：「謂武王繼先王之文德也。下篇曰『繼伐』，武王繼文王之武功也。武王之武功『無競維烈』，而文德似不及三后，故此曰『繼文』，言與三后克配也。文王之文德『萬邦作孚』，而武功或歉於武王，故下篇曰『繼伐』，言武王之伐本之文王也。逸齋云：言文德則非文王所得而專，言武功則非大王、王季所得而與。詩人之言豈苟然哉！」

「下武維周」，戴氏《詩考正》曰：「箋云：『下，猶後也。』案：自上世數而下，故『下』有『後』義。《國語》『在下守祀，不替其典』注亦云：『下，後也。』屈原《離騷賦》云：❶『及前王之踵武。』」承珙案：《書》「微子用亂，敗厥德于下」疏引馬融注云：「下，下世也。」「下世」即謂後世。《國語·周語》「以有允在下」注亦云：「下，後也。」至傳訓「武」爲「繼」，五章又訓「武」爲「迹」，皆本《爾雅》。此兩訓，義本相成。「武」既爲「迹」，「繼」則由「迹」引申之義。毛於此「祖武」、《生民》之「帝武」、《頌》之「嗣武」皆訓「迹」，獨於「下武」訓「繼」者，殆以經言「下武」不可謂後世之迹，故從「繼」訓。據此，知毛意亦當以「下」爲「後」矣。近翁氏《附記》仍力主嚴《緝》「偃武」之説。然所引王融《曲水詩序》「皇帝體膺上聖，運鍾下武」、庾信《華林園馬射賦》「皇帝以上

❶「屈原離騷賦」，原作「離騷屈原賦」，據《經解》本改。

聖之姿，膺下武之運」，此不過詞人以上下儷句，未見必爲「偃武」之義。又引《魏書·肅宗紀》：「高祖以文思先天，世宗以下武經世。」考此詔在武泰元年，其先此孝昌元年又有詔曰：「高祖以大明定功，世宗以下武甯亂。」二詔語意相同，其曰「甯亂」，則非言「偃武」可知。即云唐初令狐德棻撰《于志甯碑》所稱「下武膺運」，其下即繼曰「赫赫明明」，則用《常武》詩語，亦不足爲「偃武」之證。惟所見宋真宗《登泰山述二聖功德碑》有曰：「尊賢尚德，下武緩刑。」此則似以「下武」爲「不尚武」。大抵宋人始有此解，非古義也。

「永言配命，成王之孚」，箋云：「永，長。言，我也。命，猶教令也。孚，信也。此爲武王言也。今長我之配，行三后之教令者，欲成我周家王道之信也。」《釋文》云：「此爲，如字。」正義曰：「此篇是武王之詩，於此獨云『此爲武王言』者，餘文是作者以己之心論武王之事，此則稱武王口自所言，故辨之也。」承珙案：據孔疏云云，是亦以箋「此爲」如字讀，似非鄭意。鄭訓「言」爲「我」，「此爲武王言」者，謂詩人爲武王言之。我者，我武王也。「爲」字當讀去聲。三章「永言孝思，孝思維則」箋云：「長我孝心之所思，所思者其維則三后之所行。」此「我」亦詩人我武王。不然，豈有武王自言而自稱其「孝」者乎？四章「永言孝思，昭哉嗣服」箋云：「服，事也。明哉，武王之嗣行祖考之事。謂伐紂定天下。」此箋明以「昭哉嗣服」爲詩人美武王，足徵上文「永言」亦詩人我武王而非武王自我。疏於四章又謂：「上云『永言孝思』，是武王自言。此又述武王之言，歎而美之，并此『孝思』之句亦非武王自言，得與『嗣服』相連。」夫同一「永言孝思」，忽而自言，忽而又非自言，孔氏亦不能自圓其説矣。

「媚兹一人，應侯順德」，傳：「一人，天子也。應，當。侯，維也。」箋云：「媚，愛。兹，此也。可愛乎武王，能當此順德。謂能成其祖考之功也。《易》曰：『君子以順德，積小以高大。』」正義曰：「《序》言『繼文』，此云『順德』，故知是順其先人之心，成其祖考之德。所引《易》者，《升卦》象辭。定本作『慎德』。準約此詩上下及《易》，宜爲『順』字。又《集注》亦作『順』，疑定本誤。」承珙案：王氏《詩考》引《淮南子》亦作「慎」，此或古字假「慎」爲「順」耳。《水經》「滍水東逕應城南」注云：「故應鄉也，應侯之國，《詩》所謂『應侯順德』者也。應劭曰：『《韓詩外傳》稱周成王與弟戲，以桐葉爲圭，曰：「吾以封汝。」周公曰：「天子無戲言。」王乃應時而封，故曰應侯。』」《御覽》一百九十九卷。引《陳留風俗傳》曰：「周成王戲其弟桐葉之封，周公曰：『君無二言。』遂封之于唐。唐侯克慎其德，其詩曰：『媚兹一人，唐侯慎德。』是也。」此則實以「順德」爲「慎德」。然又以「成王」爲周之成王誦，以「應侯」爲唐侯，亦可見郢書燕説，自昔已然矣。

「昭兹來許」，《詩考》引漢碑作「昭哉來許」。承珙案：劉昭注《續漢書·祭祀志》引《詩》亦作「昭哉」。此篇每章首尾疊句相承，與《文王》篇相近。上章「昭哉嗣服」，此即疊上「昭哉」爲詞。當從漢碑作「哉」爲是。

「昭兹來許」，傳訓「許」爲「進」。正義曰：「以禮法既許而後得進，故以『許』爲『進』。」《稽古編》曰：「此疏申毛，語殊牽强。《後漢書》注東平王引《詩》『昭哉來御』，『御』本有『進』義。意作『御』者，《詩》之原文歟？」段氏《詩經小學》曰：「《廣雅》：『許，進也。』本此詩。則《毛詩》本作『許』。作『御』者，蓋三家《詩》。」承珙案：「來」字，毛無訓。箋云：「兹，此。來，勤也。武王能明此勤行，進於善道。」《釋文》云：「來，王如字，鄭音賚。」《稽古編》曰，未知王述毛作何解。承珙謂：毛訓「許」爲「進」，則「來許」似言「後進」。孔注《論語》

「先進」「後進」猶「先輩」「後輩」，竊意此「來許」猶言「來者」，正指武王。謂昭哉，後來之武王，能繩其先祖之武。與上「嗣服」同意，仍是疊上章末句之詞，且與序義亦合。鄭箋「來，勤」之解，似非申毛也。

「不遐有佐」，傳：「遠夷來佐也。」箋云：「言其輔佐之臣亦宜蒙其餘福也。」汪氏《異義》曰：「傳爲反言，言豈不有遠夷來佐助之乎？箋爲順文，言不遠其輔佐之臣，與之共蒙福禄。疏引《書序》『武王勝殷，西旅獻獒，巢伯來朝』，及《魯語》『通道九夷八蠻，肅慎來賀』，以證傳義。箋義則自引《洛誥》證之。説各有本，皆得通也。《韓詩外傳》述『越裳氏重九譯而至，獻白雉於周』，下引是詩，則意與毛同。」

文王有聲

《序》云：「《文王有聲》，繼伐也。武王能廣文王之聲，卒其伐功也。」承珙案：《序》言「繼伐」者，猶云「繼武」也。「伐功」即經中「武功」，謂武王能繼文王之武功。《孟子》引《大誓》「我武維揚」，《左傳》疏引馬融《書序》作「我伐維揚」，知「伐」與「武」義同字通。此言繼文王之武功，則上篇「繼文」當爲繼先王之文德，而非止謂繼文王，尤可據斷。《吕記》曰：「《序》言武王繼伐，而此詩未嘗一及征伐之功，何邪？定都而『無思不服』，創業而『詒厥孫謀』，固非大告武成之前所能致也。詩人之意蓋有本末具載、精粗兼舉者矣，亦有言其事而略其意者矣，不可以一體求也。」

《序》下正義云：「經八章，上四章言文王之事，下四章言武王繼之。」又云：「此篇八章，其末俱言『烝哉』，而四章言文武之謚，四章言『王后』『皇王』。作者變其文，見其事有異，遂分别。首章、二章，文王事之盛，故舉其義謚。三章、四章，比之前事爲不盛，故變言『王后』。五章、六章於武王之事爲不盛，故不舉義謚；比文王之事則益大，故變言『皇王』。七章、八章是武王之事盛者，故又舉義謚。文王之事則盛者居前，不盛次之，武王之事則不盛在先者，見武王不盛之事盛於文王之盛者。作者比其事之大小而爲之章次也。」承珙案：此疏雖本箋義而申衍之，究多牽强。李迂仲曰：「此詩言文王，則先曰『文王』，後曰『王后』，言武王，則先曰『皇王』，後曰『武王』。説者不一。王氏則以字説分别。蘇氏則以爲文王老而稱王，武王即位而稱王。其説皆鑿。以『王后』稱文，言文王之時已有王業也。武王稱『皇王』者，皇，大也，言王業至此始大矣。其辭不同者，詩人歌詠，既稱其人如此，又稱其事業如此，以見其美之不足也。」黄實夫曰：「文王未嘗爲王，而曰『文王』、曰『王后』者，天下稱之之辭，以見其有爲君之道而宜爲吾君也。至武王，則王業大矣，故曰『皇王』，而以『武王』終之。」李氏《詩所》曰：「前『文王』乃追王而後爲王后，故先著其謚。武王則不然，故後四章先著其爲『皇王』，而後存其本稱。」承珙謂：以上諸説似較箋疏爲優。

「遹駿有聲」，箋云：「遹，述。」戴氏《詩考正》曰：「《詩》中『聿』『曰』『遹』三字互用，皆承明上文之辭，非空爲辭助。《説文》：『欥，詮詞也。从欠，从曰，曰亦聲。《詩》曰：「欥求厥甯。」』然則『欥』蓋本文，省作『曰』，同聲假借用『聿』與『遹』。詮詞者，承上文所發端，詮而繹之也。」承珙案：高誘注《淮南·詮言訓》曰：「詮，就也。」蓋詮詞者，謂就其言而解之，字自當作「欥」。别作「聿」作「遹」，而訓爲「述」爲「遂」者，《爾雅》：「遹，述也。」《詩·文王》傳：「聿，述也。」《魏·蟋蟀》傳：「聿，遂也。」字雖假借，其義並通。曰「述」、曰「遂」，亦就事之詞。因其就事，又轉爲「作述」之「述」，則非但虚辭，且有實義。古人文字之孳乳，訓詁之引申，類多如此。

段氏《説文注》曰：「古『聿』『遹』同字，『述』『遂』同字。《爾雅》言『述』，而『遂』在其中。毛公或言『遂』或言『述』，因文分别。《毛詩》多言『聿』，獨《文王有聲》四言『遹』，而毛無傳。毛意『遹』即『聿』。『聿』訓『遂』，故鄭箋以『述』别之。遂者，因事之詞，亦專詞。《韓詩》及曹大家注《幽通賦》、杜注《左傳》皆云：『聿，惟也。』此專詞也。因詞、專詞，皆詮詞也。」承珙謂：此章首二句箋云：「文王有令聞之聲者，乃述行有令聞之聲之道所致也。所述者，謂大王、王季也。」此蓋以二句皆言「有聲」，上句爲文王之聲，下句爲文王所述之聲，其分别正在一「遹」字。若但以「遹」爲語詞，則既云「文王有聲」，又云「遂大有聲」，文義複疊無謂。此恐當從鄭箋，不必輒改。

「築城伊淢，作豐伊匹」，傳：「淢，成溝也。匹，配也。」箋云：「方十里曰成。淢，其溝也，廣、深各八尺。築豐邑之城，大小適與成偶。」《釋文》云：「『淢』字又作『洫』。《韓詩》云：洫，深池。」陳碩甫據此謂毛傳「成溝」「成」當爲「城」字之壞，「城溝」猶「城池」耳。承珙案：此專説上句則可，合之下句則有窒礙。蓋第云築城惟深其池而已，則「作豐伊匹」於何爲配？是經文「匹」字無著矣。後儒或從《韓詩》「洫，深池」之訓，或從《説文》「淢，疾流」之解，皆以「匹」字難通，不得不轉爲「築城」乃武王築鎬京之城，所以作豐邑之配，引《洛誥》「作周匹休」爲證。何氏《古義》、《虞東學詩》皆同。其實，「作邑于豐」之文，經明言「作豐」，而乃解爲「作鎬」；經但言「作豐伊匹」，而乃謂築鎬以配豐，皆未免强經就我。惟如箋説，言其城之溝如淢，則其邑之制適配夫成，於經文兩句辭義皆合矣。

「匪棘其欲，遹追來孝」，箋云：「棘，急。來，勤也。此非以急成從己之欲，欲廣都邑，乃述追王季勤孝之行，進其業也。」《禮器》引《詩》「棘」作「革」，「欲」作「猶」，「遹」作「聿」。注以爲文王改作，非欲急行己之道，乃述追先祖之業，來居此豐邑而行孝道，時使之然也。《稽古編》曰：「『來孝』之『來』，《吕記》云追先人之意而來致其孝。此本《禮器》鄭注也。嚴華谷祖曹氏説，云致其方來之孝。來者，嗣續無乏意。但如後儒所解，則『遹追』應讀斷，不若述追王季勤孝之行，經語爲渾成也。」王氏《述聞》曰：「來，往也。孝者，美德之通稱。言所以作此都邑者，非急從己之欲也，乃上追前世之美德，欲成其功業也。前世之美德，故爲往孝。『來』與『往』義相反，而此謂『往』爲『來』者，亦猶『亂』之爲『治』、『故』之爲『今』、『擾』之爲『安』、『臭』之爲『香』也。《晉語》『自今以往，知忠以事君者，與詹同』，《吕氏春秋·上德》篇作『自今以來』。《吕氏春秋·察微》篇『自今以往，魯人不贖人矣』，《淮南·道應》篇作『自今以來』。是『來』即『往』也。《太史公自序》曰：『比樂書以述來古。』來古，往古也。此皆古人謂『往』爲『來』之證。」承珙案：王説是也。「來」有二義，後來曰來，所從來者亦曰來。上篇「來許」謂後來，此篇「來孝」當謂所從來也。

「王公伊濯，維豐之垣。四方攸同，王后維翰」，傳：「濯，大。翰，榦也。」《放齋詩説》曰：「垣非翰不立，猶四方以豐爲根本，而豐以文王爲根本。」承珙案：傳訓「濯」爲「大」，箋申之以爲：「文王之事益大，既作豐城，又垣之立宫室，乃爲天下所同心而歸之。」夫城郭、宫室，事本相因，何以見其益大？此解恐非毛旨。竊謂此承上章築城作豐，而即因豐垣之有翰，以興文王之爲翰，言王事之大猶豐之垣。蓋築垣者，兩邊縮板必有所立之榦，與牆爲法，猶四方攸同亦恃文王以爲之榦也。傳云「翰，榦也」者，謂「翰」爲「榦」之假借。《板》曰：「大宗維翰。」《江漢》曰：「召公維翰。」又可見此詩前四章皆指文王。若武王既爲天子，不當但言「維翰」

而已也。

「豐水東注，維禹之績。四方攸同，皇王維辟」，正義曰：「此與下章俱言『皇王』，而下有鎬京之事，知此『皇王』爲武王也。」承珙案：《漢・地理志》《水經》皆言豐水北流入渭，而此云「東注」者，當是據鎬京言之，鎬京在豐水之東故耳。末章「豐水有芑」，亦是由鎬京目豐水而言。蓋關中八川自涇、渭外，其灞、滻、灃、鎬、潦、潏諸水，惟灃見於《禹貢》，自是大水，爲豐、鎬二京之通川，故詩人於鎬京而亦祇稱豐水歟？曰「維禹之績」者，正以《禹貢》之「灃水攸同」與鎬京之「四方攸同」，以禹績興武王也。箋謂文、武作豐、鎬之邑，爲天下所歸，乃由禹之功，此解恐非經旨。

「維龜正之」，箋云：「武王卜居是鎬京之地，龜則正之，謂得吉兆。」正義曰：「維此所契之龜，則出其吉兆以正定之。」承珙案：「正」即《周官》所謂「貞」者。《大卜》云：「凡國大貞，卜立君，卜大封，則眡高作龜。」鄭司農云：「貞，問也。」玄謂：「『貞』之爲『問』。問於正者，必先正之，乃從問焉。《易》曰：『師貞，丈人吉。』」疏云：「鄭云『貞，問也』者，謂正意問龜，非訓『貞』爲『問』也。」《大卜》又云：「大遷大師則貞龜。」注云：「正龜於卜位也。」此皆以「貞」爲「正」。《吴語》「請貞於陽卜」韋注亦云：「貞，正也。」蓋龜以卜正爲吉，故箋云「正之謂得吉兆」也。

「武王豈不仕」，傳：「仕，事。」正義曰：「豐水是無情之物，猶以潤澤而生菜爲己事，況武王豈不以功業爲事乎？」嚴《緝》以爲「仕者，官使之也」，主樹人爲説，謂武王樹人以詒子孫。承珙案：此詩《序》及經並無一語及「樹人」意，嚴説非是。《晏子春秋・諫下》：「景公登寢而望國，愀然而歎曰：『使後嗣世世有此，豈不可哉！』晏子曰：『臣聞明君必務正其治，以事利民，然後子孫享之。《詩》云：「武王豈不事，詒厥孫謀，以燕翼子。」』」據此，知「仕」之爲「事」，毛義古矣。

「詒厥孫謀，以燕翼子」，傳：「燕，安。翼，敬也。」《釋文》：「孫，王申毛如字，鄭音遜。」承珙案：《表記》引此詩而釋之曰：「數世之仁也。」鄭注云：「言武王豈不念天下之事乎？如豐水之有芑矣，乃遺其後世之子孫以善謀，以安翼其子也。」此注正讀「孫」如字。至箋《詩》乃改訓「孫」爲「順」耳。《後漢書・班彪傳》：「上言曰：『昔成王之爲孺子也，出則周公、召公、太史佚，入則太顛、閎夭、南宮括、散宜生，左右前後，禮無違者。故成王一日即位，曠然太平。』其下引《詩》云：『詒厥孫謀，以燕翼子。』言武王之謀遺子孫也。」此尤可爲孫讀如字之證。

毛詩後箋卷二十四

涇　胡承珙

大雅生民之什

生　民

汪氏《異義》曰：「『履武』『玄鳥』之義，傳謂姜嫄、簡狄從帝嚳而祀郊禖，箋謂迹乳卵生。後儒或從毛，或從鄭。從毛則不失於正，從鄭則未免於奇也。疏據以申鄭難毛者，張融之説耳。今即其言而辨之。融曰：稷契年稚於堯，堯不與嚳並處帝位，稷契焉得爲嚳子？此即《鄭志》答趙商意。鄭據《命歷序》帝嚳傳十世，故爲是言。然信讖緯而不信《大戴記》，非也。融又謂堯有賢弟七十不用，須舜舉之，此據本篇箋，不知與《閟宮》箋異。不然明矣。此則疏引《周本紀》云：堯舉棄爲農師。《閟宮》箋云：『后稷生而名棄，長大，堯登用之，使居稷官，民賴其功。』謂稷在堯時已舉用矣。融欲申鄭，而於鄭之言何未盡稽也？文十八年《左傳》言：堯不能舉十六族，去四凶。彼疏云：史克方以宣公比堯安慰宣公，情頗增甚。學者當以意達文，不可即以爲實。融又謂：『帝嚳聖夫，姜嫄正妃，《詩》何故但歎其母，不美其父？周、魯何殊，特立姜嫄之廟？』此從箋義。傳謂魯無姜嫄廟。融之此言非惟不足難毛，且適足以難鄭。何則？堯爲天子，稷封於邰，諸侯不得祖天子，爲嚳後而主其祀者，當屬堯之子孫。周立廟自后稷爲始祖，然圜丘之禘得以嚳配天，而姜嫄無所享，是以特立廟而祭之。《閟宫》詩以姜嫄廟發端，其言不及嚳，又何足疑？若箋一曰姜嫄『高辛氏之世妃』，再則曰『有身而肅戒不復御』，是姜嫄固有夫而后稷固有父，又何疑但歎其母？周又何殊，特立姜嫄廟也？馬融、王肅申毛，不能明稷見棄之故，因以稷爲遺腹子，適以滋王基之議。尋鄭必以稷爲迹乳，與後儒所以從鄭，亦正坐此疑。傳曰：『天生后稷，異之於人，欲以顯其靈。帝承天意而異之於天下。』蓋以后稷之生不異，不應見棄；棄必有異。今欲求其何以異，則典籍無徵。毛公師傳甚遠，所言即爲典要。而襄公二十六年《左傳》追述宋平公夫人初生以異見棄，云：『宋芮司徒生女子，赤而毛，棄諸堤下。共姬之妾取以入，名之曰棄。』其事得爲毛傳作一旁證。箋言人道之感，謂覸精耳。姜嫄何以即知於此有身？後以此異棄稷，前又何故肅戒不御？懼人不信，而嫄實有夫，則棄稷之故，求之箋說，亦復難通。惟《釋訓》云：『履帝武敏，武，迹也；敏，拇也。』《爾雅》正典載有此文，以箋義非徒本之讖緯。而疏謂毛意以《爾雅》不可盡從其言，不能服稽古者之心。今考《爾雅釋文》『敏，舍人本作畒』，其釋義與鄭同。但作『畒』，則不能加以『拇也』之釋。《鄭志》答張逸，謂《爾雅》之文雜，非一家之注。張揖謂《爾雅》或言叔孫通所益，梁文所補。然則傳訓『敏』爲『疾』，不爲『拇』者，或毛公時《爾雅》本無『敏，拇也』之文，未可知也。」承珙案：經文及傳所言本皆平易，後儒衹以不審見棄之故，遂致異説紛如。馬融「遺腹」之説，既爲王基所駮，而《列女傳》又以姜嫄爲邰侯之女，見巨跡履之有孕，禋祀以求無子。張華亦云：思女不夫而孕，故后稷生乎巨跡，伊尹生乎空桑。此則較「寡居而生子」之説尤爲僞妄。魏默深曰：「如謂禋祀以求無子，則於文叙次不應反在『履帝武敏』之上，更無問其説之誕否矣。」蘇老泉謂如「莊公寤生」之類，故惡而棄之。然「寤生」亦産子之常，何至「隘巷」「寒冰」，必欲寘之死地？魏默深曰：「大任溲於豕牢而生文王，何以未聞棄之？」王氏《稗疏》又用鄭箋「高辛世妃」之説，以姜嫄爲帝摯之妃：「帝摯無道國亂，諸侯伐而廢之，迎堯而立。其時必有戎兵内亂。居然生子，恰于不康不甯大亂之際而免身也，故姜嫄不能保有其子而棄之。」然姜嫄爲帝嚳之妃，既有《大戴》《世本》可據，自勝於《命歷序》之言。而帝摯被廢，后稷遭棄，在經文毫無影響，尤爲肊説。惟汪氏《異義》據疏申毛，以奇表異相爲見棄之由，姜氏《廣義》亦主此。似爲近理。而尚有疑者：后稷異狀不獨《書傳》未見，此詩亦絶無一字之及，而突言「誕寘」，無此文義。反復經文，其故已具於「載震載夙」一語。傳云：「震，動。夙，早。」蓋「震」非僅如《左傳》「邑姜方震」「后緍方震」之通爲「娠」而已。「夙」與「速」同，「早」亦「速」也。《國策·齊策》「早救之」注云：「早，速也。」姜嫄從帝禖祀而歸，必忽有心動若震撼之事，而祭後遂即有身，故曰「載震載夙」。下文「誕彌厥月」，傳訓「彌」爲「終」，謂自禋祀後僅終十月之期，而已生子，故曰「居然生子」。《閟宫》「彌月不遲」，「彌月」文與此同，「不遲」即「載夙」之意。謂其適值祀歸心動之後，而速已懷任生子。姜嫄雖心知其異，而究以震動在先，不無疑懼，特棄之以試其吉凶。乃至獸腓鳥翼，屢見異徵，然後決知上天靈異，收養無疑。上古人情淳樸，此皆事理之常，固不宜從圖讖之怪，亦不必鑿經文所無也。正義謂：「早者，得福之早。」又云：「得福乃有身，『早』文應在『震』上。今在下者，見有身而始知得福，故先『震』後『夙』，且以爲韻。」此疏殊牽强。箋以「夙」爲「肅戒不復御」，則前此之常御可知，何以又云「無人道而生子」邪？即以月辰側室之禮處之，則與尋常生子事同，何以既生而又棄之？其説皆不可通。惟以「震」爲「動」，以「夙」爲「速」，甫禋祀而心動速孕，所以爲異。不然，詩但言懷任生子足矣，何以必曰「載夙」、曰「不遲」乎？

「履帝武敏，歆攸介攸止」，傳：「履，踐也。帝，高辛氏之帝也。武，迹。敏，疾也。從於帝而見于天，將事齊敏也。歆，饗。介，大。攸止，福禄所止也。」承珙案：《爾雅》以「敏」字絕句，觀毛傳以「將事齊敏也」結上句，下乃以「歆，饗；介，大」連釋，是句讀與《爾雅》同。鄭解雖與毛異，然其云：「祀郊禖之時，時則有大神之迹，姜嫄履之，足不能滿，履其拇指之處，心體歆歆然，其左右所止住，如有人道感己者也。」則亦以「敏」字絕句，與毛不異。惟王逸注《離騷經》引《詩》以「歆」字絕句。《禮記·祭法》疏載王肅難鄭義，亦引《詩》「履帝武敏歆」耳。《稽古編》曰：「鄭先訓『介』爲『左右』，而繼之云『心體歆歆然』，明以『歆』字屬下句。惟《儀禮·喪服》注引此詩於『歆』字絕句，《周禮》曹疏引此亦然。意鄭先注《禮》未達《詩》義，後箋《詩》方改其句讀歟？至賈疏所引，則襲鄭之《禮》注耳。」

「誕彌厥月」，傳：「誕，大。」《稽古編》曰：「《生民》詩自次章至七章凡言『誕』者八，『誕』皆訓『大』，歎美之詞也。次章『誕彌』，大其生之易也。三章三『誕寘』，大其神異之驗也。四章『誕寘匍匐』，大其幼而岐嶷也。五章『誕后稷之穡』，大其教稼之功也。六章『誕降』，大其得嘉種以祭也。七章『誕我祀』，大其將祭之事也。文義皆明順。若以爲發語詞，則不敢信。《公劉》篇每章冠以『篤』字，與《生民》之詩同，豈亦發語詞乎？」承珙案：《旄邱》「何誕之節兮」傳云：「誕，闊也。」「闊」與「大」義相成。《皇矣》「誕先登于岸」傳云：「誕，大。」此詩次章已訓「誕」爲「大」，而三章「誕寘之隘巷」傳又云：「誕，大。」毛傳多簡，此獨連章重訓者，殆以此詩之「誕」皆由詩人大其事而言，與他處「思」爲語辭、「薄」爲語辭者不同。故必用《爾雅》「誕，大」之訓，而重釋以見義，使人知「彌月」「隘巷」事之瑣猥，而冠以「誕」者，爲其皆可美大。此古人故訓之精意也。蓋「誕」本訓「大」，即以爲語詞，亦必言其事大而後爲此語。如《史記》云：「『夥頤，涉之爲王沈沈者！』楚人謂『多』爲『夥』。」頤者，助聲之辭。亦必驚而偉之，而後爲此辭也。《書·大誥》「殷小腆，誕敢紀其緒」，「誕鄰胥伐于厥室」。《君奭》：「誕無我責。」《多方》：「誕作民主。」舊注皆訓「誕」爲「大」。又王莽擬《大誥》「肆朕誕以爾東征」，「誕」竟作「大」。宋張橫渠始以爲發語詞，後多從之。考《說文》：「誕，詞誕也。」此謂「誕」爲詞之大也。「誕」篆與「譀」「誇」等相廁，「譀」下云：「譀，誕也。」「誇」下云：「譀也。」蓋「誇」「誕」皆詞之大者。《爾雅》專言其訓，《說文》則詳其意。《毛詩》第明「誕」爲「大」訓，而詩人當日大其事而有此詞，則固可以意會者耳。

「先生如達」，傳：「達，生也。姜嫄之子，先生者也。」箋云：「達，羊子也。大矣，后稷之在其母，終人道十月而生。生如達之生，言易也。」《釋文》：「達，他末反。注同。《說文》云：小羊也。沈云：毛如字。」段氏《詩經小學》云：「按箋易字爲『羍』，似大媟。傳云：『達，生也。』以《車攻》傳『達屨』之義求之，當云『達，達生也』。『達』『沓』古通用。姜嫄首生后稷，便如再生、三生之易，故足其義云『姜嫄之子，先生者也』。如『樵彼桑薪，卬烘于煁』傳云：『卬，我也。烘，燎也。煁，烓竈也。』乃後足其義，云：『桑薪，宜以養人者也。』若依次訓釋，則『桑薪』當在『卬』上，『先生』當在『達』上。」承珙案：段注《說文》以「達」爲「滑達」，則「如」當讀「而」。《詩經小學》則以「達」爲「複沓」。義異而說皆可通。惟《說文注》謂：「《毛詩》當本作『羍』，故箋不云『達』讀爲『羍』。毛以『達』訓『羍』，謂『羍』爲『達』之假借也。」此則不然。《釋文》引沈重云：「毛如字。」可見毛正作

「達」，箋乃改讀爲「羍」耳。今以他詩毛傳證之：《載芟》「驛驛其達」，傳云：「達，射也。」正義云：「苗生達也則射而出，故以『達』爲『射』。」《商頌》「撻彼殷武」，傳云：「撻，疾也。」《釋文》引《韓詩》「撻」作「達」。曰「射」曰「疾」，義皆相近。《説文》：「泰，滑也。」「滑，利也。」《生民》之「達」當與「泰」同，「如」當讀「而」爲是。臧氏《經義雜記》據《初學記》引《説文》「羍，七月生羔」，今《説文》「羍，小羊也」，與《釋文》所引同。謂后稷如羍之七月生，以未滿十月而生，懼其難育故下言「不坼不副，無菑無害」以美異之。不知經文「誕彌厥月」傳云：「彌，終。」箋云：「終人道十月而生。」若七月，安得云「終厥月」乎？且七月生子，未見不育。既恐其難育，當更保護之不暇，何以反再三棄之？況郊禖之禮行於仲春，經以「載震載夙」系於「履帝武敏」之後，明是祀後即速有身。若僅及七月而生，則是八九月間，彼時安得有寒冰乎？至《説文》所云「羜，五月生羔」，「䍽，六月生羔」者，謂生而五月六月，非謂孕五月六月而生也。今羊皆孕六月而生，無所爲五月六月之不同。然則「如達」之「達」必非「七月而生」之謂。正義引薛綜《答韋昭》亦但云「羊子初生達」，無「七月生羔」之説。此與《史記》言后稷及期而生，則《閟宫》何以言「彌月不遲」？蓋皆顯背經文，不足取信者也。

「不坼不副，無菑無害」，傳：「言易也。凡人在母，母則病，生則坼副，菑害其母，横逆人道。」《虞東學詩》云：「人之初生，皆裂胎而出，驟失所依，故墮地即啼。惟羊連胞而下，其産獨易。詩以『如達』爲比，恐稷生未出胎，故無坼副菑害之事，而啼聲亦不聞也。『坼副』謂破裂其胎，『菑害』謂難産，皆主稷言，非言其母。姜嫄驚疑而棄之，輾轉移徙，屢見異徵。至於鳥去乃呱，則胎破而聲載於路矣。從此推索，則稷之棄也有因，非爲履巨跡而無人道之故矣。」承珙案：姜氏《廣義》并云親見里人有産此者，剥去胞，兒方能啼，用以實《虞東》之説。然使果如所言，則胎胞混沌，且不知爲何物，而何以下文言「居然生子」乎？但傳「凡人在母」云云，此語當善會，謂人之生自有此種坼副，菑害其母，非謂盡人皆然也。正義引《史記·楚世家》陸終娶鬼方氏事，與今《史記·楚世家》之文不同。《集解》引干寶曰：「前志所傳修己背坼而生禹，簡狄胸剖而生契，歷代久遠，莫足相證。近魏黄初五年，汝南屈雍妻王氏生男，從右胳下水腹上出，而平和自若。以今況古，固知注記者之不妄也。《詩》云：『不坼不副，無災無害。』原詩人之旨，明古之婦人嘗有坼剖而産者矣，又有因産而遇災害者，故美其無害也。」今案：此説解詩特言「不坼不副」之意，與正義申毛意同。要之，坼副、菑害，皆從母言。《論衡·奇怪篇》亦云：「不坼不副者，言后稷順生，不感動母體也。」此皆用毛義者，無所謂胎胞未破之説也。

「以赫厥靈，上帝不寧。不康禋祀，居然生子」，傳：「赫，顯也。不寧，寧也。不康，康也。」箋云：「康、寧，皆安也。姜嫄以赫然顯著之徵，其有神靈審矣。此乃天帝之氣也，心猶不安之。又不安徒以禋祀而無人道，居默然自生子，懼時人不信也。」承珙案：箋所以易傳者，欲爲棄子張本故耳。傳意則以此章皆詩人美大后稷之生有異於人，以見其靈異。蓋首章爲全詩總冒其生之神靈，及所以見棄之故，已具於「載震載夙」數語中。故次章但言其生之易，三章第言其始棄終養之事。是「以赫厥靈」云云，乃詩人美大后稷之生，而非述姜嫄欲棄之意，故傳以「不寧」「不康」與他詩言「不顯」「不時」「不警」「不盈」者同義。疏引馬融云：上帝大安其祭祀而與之子。此則「不康」之「不」爲「丕」，其意正與毛同，與箋直訓爲「不安」者異矣。箋以「上帝」爲天帝之氣，以「不寧」爲姜嫄心不安，一句之中語氣隔斷，無此文理。又「居」有「安」義，故「居然」猶言「安然」。王肅亦云「無疾而生子」，是也。箋以「居」爲「居處」，「然」爲「默然」，亦割裂不成文義。

「實覃實許」，箋云：「實之言適也。」《校勘記》曰：「案，此正義本也。正義曰：『定本爲「實之言是」，《集注》並爲「適」。』考此箋當依定本。《頍弁》正義云：『《釋詁》：實，是也。』《韓奕》箋云：『實，當爲寔。』此《楚茨》正義所謂注意趨在義通不爲例者也。」承珙案：《校勘》説是也。五章「實方實苞」以下凡言「實」者十，皆當爲「是」。以彼準此，文義一例，不當以「實」爲「適」也。

「克岐克嶷」，傳：「岐，知意也。嶷，識也。」段氏《詩經小學》云：「《説文》引《詩》作『㘈』。《淮南》高誘注引「克岐克㘈」。《大玄》『儗』同『㘈』。今本《毛詩》作『嶷』，淺人依『岐』字偏旁改之耳。『岐』『知』古音同在十六部，『㘈』『識』古音同在第一部，此古於疊韻得訓之大凡也。岐者，山之兩岐也。心之開明似之，故曰『知』。㘈者，心口間有所識別，故曰『識』也。《皇矣》亦以『不識不知』並言。」承珙案：《後漢書·桓彬傳》：「蔡邕等僉以爲彬有過人者，夙智早成岐嶷也。」章懷注以「岐」爲「行貌」，乃宋人改「岐」爲「跂」之所本。然上文「夙智早成」，是但言「知」不言「行」。又《魏志·明帝紀》注：「帝生四歲而有岐嶷之姿。」《劉放傳》注：「太原孫資幼而岐嶷，講業太學，博覽傳記。」《吴志·孫和傳》注：「和少岐嶷有智意。」又曹植《成王贊》：「年雖幼稚，岐嶷有素。」字雖多作「嶷」，要皆聰穎特達之意，非謂形狀峻茂也。至蔡邕《橋太尉碑》：「岐嶷而超等，總角而軼群。」左思《吴都賦》：「岐嶷繼作，老成奕世。」則但以爲「幼稚」之通稱耳。

「蓺之荏菽，荏菽旆旆，禾役穟穟，麻麥幪幪，瓜瓞唪唪。」何氏《古義》曰：「經先言荏菽，次言禾，次言麻麥者，以種殖之先後爲次。大豆最宜早種；稻黍稷之類，期不甚相遠；麻在夏至，次之；麥在仲秋，最居後。」姚氏《識名解》曰：「此備舉后稷所蓺者，如五穀之外尚言瓜瓞，總見其無一不善種殖，無輕重緩急之意。」承珙案：姚説是也。此章但言后稷幼時性好種殖，故總舉諸穀。下五章、六章曰「黄茂」曰「嘉種」，乃專言黍禾，則其爲農官時事。以「黄茂」爲民食之主，秬秠等爲祀神之需，故别而詳言之耳。

「禾役穟穟」，傳：「役，列也。穟穟，苗好美也。」程氏《九穀考》曰：「據傳所訓，是『列』爲穰，『𥝩』省去『禾』也。𥝩蓋黍穰，言其莖末多岐如艻莿，故謂之『𥝩』。今以訓禾苗，所謂散文通也。而孔穎達以『行列』疏之，失其義矣。若以爲行列，則『穟穟』當是形容行列之整齊。今曰『苗好美』，承用《爾雅》『穟穟，苗也』之釋，則『役』爲苗之名明矣。《禹貢》『三百里納秸服』，孔氏傳：『秸，稾也。服稾役，服爲稾之役。』是《詩》『禾役』爲苗之一證矣。《呂氏春秋》：『得時之麥，服薄䅌而赤色。』䅌爲禾皮而謂之『服』，是又孔傳『服稾役』之一確證矣。而孔穎達之疏孔傳也，則以爲有所納之役，失彌遠矣。《説文》引《詩》，不曰禾役，而曰禾穎。穎是𥝢之成而下垂者，故『穟穟』亦不指苗而以爲禾𥝢之皃。此與毛氏異者也，然毛傳得之矣。」承珙案：「𥝩」雖黍穰之專稱，《説文》云：「秧，禾若秧穰也。」禾既稱「穰」，當亦可稱「𥝩」。然則「役列」之「列」爲「𥝩」之假借，審矣。而「役」亦當爲「穎」之假借。《説文》「穟」下「穎」下引《詩》皆作「禾穎」，此自是據三家《詩》用正字，故與《毛詩》假「役」者不同。雖以「穟穟」爲「禾𥝢之皃」，似與毛傳言「苗」有别，然苗之美好以穎爲主，大旨亦相通也。段注《説文》云：「許以經言『禾穎』，則『穟穟』指𥝢言成就之皃，故云『穟，禾𥝢之皃』。」此「穎」通穰言之。下章「實穎」，毛曰「穎，垂穎也」，此則專謂垂者。

「種之黄茂」，傳：「黄，嘉穀也。茂，美也。」汪氏《異義》曰：「箋云『使種黍稷』，蓋以黍稷爲嘉穀，故疏從箋申傳云：『穀之黄色者唯黍稷。』案：《説文》云：『禾，嘉穀也。』此詩下言『實穎』，穎爲禾末，則經言『黄茂』，傳言『嘉穀』，當指禾。文有專言則異，散言則通者。《説文》『草生田中曰苗』，散言之也。《碩鼠》傳『苗，嘉穀』，謂禾之苗。專言之也。下章『誕降嘉種』兼黍與禾，散言之也。此傳言『嘉穀』，專言之也。」

「實方實苞」，傳：「方，極畝也。苞，本也。」承珙案：箋以「方」爲「齊等」，「苞」爲「茂」。鄭釋「方」字雖稍異，然「極畝」據地滿，「齊等」據苗均，義足相成，且其言苗初生之意一也。《吕記》引董氏《集注》以「方」爲「房」，戴氏《詩考正》因之，以此「方」當與《大田》「既方」同。不知嚴《緝》云《大田》「方皁」與「堅好」文連，是成熟時，故以「方」爲「孚甲始生」；此「方」「苞」在種褎前，是苗初生時，故以「方」爲「齊等」。明乎此，則不得以此「方」爲「房」矣。戴氏又云：「『實苞』當與《詩》中凡言『苞』者互考，皆叢生豐緻、根相連錯之謂。今方言猶呼『叢』爲『本』，與傳合。《爾雅》『苞，豐也』，『苞，稹也』，『如竹箭曰苞』。義互相足。《鴇羽》箋云：『稹者，根相迫迮梱致。』孫炎云：『物叢生曰苞，齊人名曰稹。』」承珙謂傳以「苞」爲「本」，《詩》凡五見。《常武》「如山之苞」是言其本不可動摇甚明。《長發》「苞有三蘖」傳云：「苞，本。蘖，餘。」尤爲顯著。《禹貢》「草木漸苞」，《釋文》引馬注云：「相包裹也。」蓋必其本豐茂，乃相包裹。是箋訓「苞」爲「茂」，與傳訓「本」義亦相成。疏以爲異義，非也。

「實種實褎」，傳：「種，雜種也。」箋云：「種，生不雜也。」正義云：「《莊子》説木之肥大，云『雍腫無用』。故以『種』爲『雍腫』，謂苗之肥盛也。」段氏《詩經小學》云：「毛傳『雍種』，今本譌作『雜種』。案：當作『雝種』。《漢書》所謂『一畝三甽，苗生三葉以上，隤隴土以附苗根。比盛暑，隴盡而根深，能風與旱也』。正義引《莊子》『壅腫』擬不於倫，且與『實發』相混。」又云：「《釋文》本作『雜種』，正義本作『雍種』，此二本之不同也，而陸本爲長。古多以『雜』爲『集』。集種者，集其善種也。與鄭『生不雜』實一説也。」承珙案：如段前説，則此經「方苞」至「穎栗」十者皆言禾生長成熟之狀，而人工之善祇於言外見之，不應中間夾以隤土附根之事。如後説，則「實種」在「方苞」之後，不應於此始言擇種。此仍當以正義作「雍種」爲是。蓋「苞」謂其本之緻密，「種」謂其莖之肥充，「發」謂其管之盡發，立言次第井然，不嫌相混也。

「實穎實栗」，傳：「穎，垂穎也。栗，其實栗栗然。」箋云：「栗，成就也。」正義曰：「美其禾之成就，不當言其有穎而已，故云『穎，垂穎』，言其穗重而穎垂也。『栗』是穀穗成就之貌，故云：『其實栗栗然。』桓六年《左傳》『嘉栗旨酒』服虔云：『穀之初熟爲栗。』是『栗』爲穀熟貌。」承珙案：「實堅實好」已是言其成就，不應至此方有成意，正義引《集注》本箋云：「栗，成意也。」傳言「其實栗栗然」者，即本《良耜》「積之栗栗」語。彼傳云「衆多也」，用《爾雅》「栗栗，衆也」之訓，郭注以爲積聚緻。戴氏《詩考正》曰：「此言於『堅好』『垂穎』後者，蓋在穗，繁多緻密栗栗然，是爲豐熟。」其説是也。

「即有邰家室」，傳：「邰，姜嫄之國也。堯見天因邰而生后稷，故國后稷於邰，命使事天，以顯神順天命耳。」箋云：「后稷以此成功，堯改封於邰，就其成國之家室，無變更也。」正義曰：「此邰爲后稷之母家；其國當自有君。所以得封后稷者，或時君滅絶，或遷之他所也。」羅泌《國名紀》據《列女傳》「大王娶有駘氏女曰大姜」，以爲稷封之邰在武功，姜姓之駘在琅邪。《毛詩寫官記》因之，謂：「《左傳》魏、駘、芮、岐、畢，杜預謂后稷受此五國。駘即邰，此在武功者。姜姓之駘在魯東鄙地，《春秋》云『莒人伐我圍台』即此。至哀公時，景公子荼遷於駘，則入齊矣，此琅邪之郚也，古無封國母家之理。」承珙案：陳氏《稽古編》據《周語》云：「『我皇妣大姜之姪，伯陵之後，逄公之所憑神。』是大姜乃有逄氏女，非有駘氏女。《左傳》昭二十年晏子言有逄伯陵居爽鳩氏之墟，以及大公居之。是大姜之國雖在琅邪而非有駘也。」是則《列女傳》之説本不足以難毛，何氏《古義》并謂《列女傳》之「有台」本作「有吕」，則更與后稷母家無涉矣。又段懋堂云：《吕覽》注、《水經注》引《詩》皆無「即」字，宋本《説文》亦無「即」字，與《九經字樣》所引合。承珙案：傳云：「堯見天因郚而生后稷，故國后稷於郚。」箋云：「就其成國之家室。」詳其文義，傳箋本皆當有「即」字。《白虎通義·京師》篇：「即有台家室。」彼所據多《魯詩》，是魯亦有「即」字。高誘注《吕覽·辨土》篇、《説文》「郚」下引《詩》無「即」字者，豈《齊》《韓詩》歟？

「維秬維秠」，傳：「秬，黑黍也。秠，一稃二米也。」正義曰：「『秬黑黍』以下皆《釋艸》文。李巡曰：『黑黍，一名秬。』郭璞曰：『秠亦黑黍，但中米異耳。』則『秬』是黑黍之大名，『秠』是黑黍之中有二米者，別名之爲『秠』。故此經異其文，而《爾雅》釋之。若然，『秬』『秠』皆黑黍矣，而《春官·鬯人》注云：『釀秬爲酒。秬如黑黍，一秠二米。』言『如』者，以黑黍一米者多，『秬』爲正稱，二米則秬中之異，故言『如』以明秬有二等也。秬有二等，則『一米』亦可爲酒。《鬯人》之注必言『二米』者，以宗廟之祭惟裸爲重，二米嘉異之物，鬯酒宜當用之，故以『二米』解『鬯』。其實『秬』是大名，故云『釀秬爲酒』。《爾雅》云『秠，一稃二米』，《鬯人》注云『一秠二米』，文不同者，《鄭志》答張逸云『秠』即『皮』，其稃亦皮也，《爾雅》重言以曉人。然則『秠』『稃』古今語之異，故鄭引《爾雅》得以『稃』爲『秠』也。」承珙案：《爾雅》「秬」不明稃米，「秠」不言黑黍，乃互文見義。李、郭所釋不誤。毛全用《雅》訓，明是以「秬」爲黑黍、「秠」爲黑黍之二米者，其不得溷爲一等，明矣。《鬯人》注「秬如黑黍一秠二米」，屬文稍有難通，人每不得其解。鄭以所注者《鬯人》，古稱「秬鬯」，無稱「秠鬯」，故但可云「釀秬爲酒」。因即承「秬」言之，而曰「秬如黑黍一秠二米」。八字當連讀，謂秬爲黑黍中之一稃二米者耳。蓋「秬」得包「秠」，名「秠」，不過因秬皮之含米有異而别而名之。《鄭志》以「秠」「稃」皆皮，故《鬯人》注言「秬」已可兼「秠」。《爾雅》乃爲釋《詩》，不得不分别「秬」「秠」爲二。《鬯人》賈疏云：「秬如黑黍，據《爾雅》下文二米之『秬』，其狀如上文『黑黍』者。《爾雅》『秠』不言『黑黍』，主於釋《詩》。『秬，黑黍』，是即『維秬』者。『秠一稃二米』，是即『維秠』。秠即黑黍之皮，以皮而見秬。」此疏解《爾雅》與鄭注，頗善會意。《説文·鬯部》：「𩰪，黑黍也，一稃二米以釀。从鬯，矩聲。秬，𩰪或从禾。」又《禾部》：「秠，一稃二米。从禾，丕聲。《詩》曰：『誕降嘉穀，惟秬惟秠。』天賜后稷之嘉穀也。」此亦本《爾雅》、毛傳。其云「𩰪，黑黍也」，是以「秬」爲黑黍之大名。云「一稃二米以穰」者，蓋以「𩰪」字从「鬯」，故别言之，謂黑黍中有一稃二米者以穰酒爲秬鬯耳。至「秠」下云「一稃二米」，即與「𩰪」下所言相應，故引《詩》「維秬維秠」云云。可見「𩰪」爲黑黍，容有非一稃二米者，其一稃二米者别謂之「秠」耳。段氏《説文注》泥於鄭注《鬯人》「如」字之義及答張融問，因謂：「秠、稃皆皮，秬即一稃二米，秠即其皮。《詩》但以『維秠』足句，不比下文『穈』『芑』截然二物。」不知下文鄭箋明云「后稷以天爲己下此四穀」，是「秬」「秠」正屬二物。段説失鄭旨矣。

「維穈維芑」，傳：「穈，赤苗也。芑，白苗也。」承珙案：穈，《爾雅》作「亹」，《説文》作「虋」。此當以《説文》爲正。其釋爲「赤苗」「白苗」，則毛、許皆本《爾雅》。《説文》：「虋，赤苗嘉穀也。」「芑，白苗嘉穀也。」「芑」

下并引《詩》曰：「維虋維芑。」見《韻會》。今《説文》本無「詩曰」六字。又「璊」下「穖」下皆云「禾之赤苗爲虋」。蓋生曰禾，秀曰苗，其實曰粟，粟之人曰米，米曰粱。此即南人所謂粟米，北人所謂小米者。《詩正義》以「穈芑」爲稷，《本草圖經》以爲赤黍、白黍，皆誤。程氏《九穀考》云：「禾之赤苗者，初生一二葉純赤色；三四葉後，赤與青相間；七八葉後，則純青矣。白苗者，即青苗也。初生時色微白，故通呼『白苗』以別於細苗。郭注《爾雅》曰：『赤粱粟、白粱粟。』是不知赤、白在苗，而不在粟。彼粟之赤、白者，苗又或不赤、白也。許氏解『苗』爲艸生田中者，故益『嘉穀』字於『苗』下。是不知『苗』即嘉穀初生之名，言『苗』而嘉穀已見也。」

「恆之秬秠」，傳：「恆，徧。」《釋文》云：「恆，本又作『亙』。」正義曰：「定本作『恆』，《集注》皆作『亙』字。」《顏氏家訓·書證篇》曰：「『彌亙』字從二間舟，《詩》云『亙之秬秠』是也。今之隸書轉『舟』爲『日』。」承珙案：此當以作「亙」爲正。六朝本蓋皆作「亙」。亙，本古文「㮓」字，《説文》：「㮓，竟也。」與毛傳訓「恆」爲「徧」義合。《毛詩》一本作「恆」，乃假「恆」爲「亙」，與《天保》之假「恆」爲「緪」一也。

「以歸肇祀」，傳：「肇，始也。始歸郊祀也。」箋云：「肇，郊之神位也。后稷以天爲己下此四穀之故，則徧種之，成熟則穫而畝計之，抱負以歸於郊祀天。得祀天者，二王之後也。」《稽古編》曰：「后稷郊祀，毛以爲『堯所特命』，鄭以爲『二王之後』，宋儒皆非之。然論詩之文義，六章『以歸肇祀』，末章『后稷肇祀』，兩『肇祀』相應而中間皆言祭祀，則定指一祭而言，不得分七章所言爲后稷主祭、末章首五句所言爲人祭后稷也。又李氏樗譏毛『特命』之説，而以魯郊爲比，謂成王、伯禽皆非禮，豈堯與稷亦然？殊不知所謂禮者，刱自天子耳。況聖德如堯，可以議禮制度；稷之播穀，又功及萬世。錫以異數，非私恩也，何得以常禮律之？董氏逌譏鄭『二王』之説，以爲后稷於舜不得爲二王後。夫舜繼堯，堯繼嚳，嚳之子孫在堯、舜時正猶周之杞、宋耳，詎非二王後邪？況肇祀者，始祀也。若以爲祀其先，則稷居九官之列，爲天子公卿，尚不得祭宗廟，必待就國而始祭乎？理又難通矣。故傳以肇祀爲『始歸郊祀』，不可易也。但以毛、鄭二説較之，則毛爲尤勝。鄭破『肇』爲『兆』，不知依字訓『始』，一也。稷既改封，就國於母家，則高辛氏之後必更有爲嗣者，修其先代禮物，邰不得亦爲二王後，二也。前五章言后稷功，美帝堯特賜，正是報功之典。若因二王後而得郊，則非歸功后稷之意，三也。此郊祀專指祈穀，不及至日之郊，或因后稷功在播穀，故特賜此祭。若二王後，則兼行至日之郊矣，四也。然則鄭氏『二王後』之説，祇可用之於首章之禋祀，不可用之於六、七、八章之肇祀矣。」承珙案：傳於上文言「堯國后稷於邰，命使事天」，故此章傳云「始歸郊祀」。毛雖不用讖緯之説，然於此詩一則云「天生后稷，異之於人」，一則云「於是知有天異，往取之」，而於「誕降嘉種」云「天降嘉種」，始終歸之於天。蓋稷降播種，必實有得天瑞之事。《周頌・思文》云：「詒我來牟，帝命率育。」《臣工》云：「於皇來牟，將受厥明。」皆足與此篇「誕降嘉種」互證。故《説文》以「秬」「秠」爲「天賜后稷之嘉穀」，以「來牟」爲「周所受瑞麥」。此在當時必實有其事，所以堯使后稷郊事天神。禮以義起，非如周禮既定之後，斤斤於諸侯之必不得事天也。鄭以爲「二王之後」，則本得事天，不當言「始祀」，故不得不破「肇」爲「兆」耳。

「或簸或蹂」，傳：「或簸糠者，或蹂黍者。」箋云：「簸之，又潤溼之，將復舂之，趣於鑿也。」正義曰：「《集注》等皆爲『蹂黍』，定本爲『蹂米』。」陳碩甫曰：「『黍』當作『米』，『潤』當作『撋』，『潤溼』則『煩撋』之譌。《葛覃》傳『汙，煩也』。箋：『煩，煩撋之用功深。』煩撋者，以手重擦之謂，與『蹂』字從足柔聲義正相近。若云潤溼，則米已著水，豈能再舂？蓋『箋』以『撋』釋經之『蹂』字，正申傳『蹂米』之義。『復舂趣鑿』，亦補足『蹂』訓也。下文乃言洮米之事。」

「載謀載惟」，傳：「嘗之日涖卜來歲之芟，獮之日涖卜來歲之戒，社之日涖卜來歲之稼，所以興來而繼往也。穀熟而謀，陳祭而卜矣。」箋云：「惟，思也。后稷既爲郊祀之酒及其米，則諏謀其日，思念其禮。」《稽古編》曰：「傳引《周禮·肆師》三語，即繼之曰『所以興來而繼往也』，蓋已預透『以興嗣歲』之義。又繼之曰『穀熟而謀，陳祭而卜矣』，此足『涖卜』之意，非『載謀載惟』正解，然『謀』『惟』意即在其中。言當穀熟時，已謀度祭祀之禮，感秋成而思報也；及陳祭時，又預卜來歲之善否，因祭而祈年也。后稷之功莫大於播穀，后稷之祭莫重於祈穀，故此章雖言祀事而終之以『興嗣』之文。可見謀惟祀事，正爲興嗣而然。傳預透末句義於此，所以釋『謀』『惟』本意，不專分析二字字訓也。若分析『謀』『惟』字訓，則箋語明確矣。」承珙案：傳不獨引《肆師》云云，非正解「謀惟」一語，即下文所引《郊特牲》「取蕭祭脂」云云，亦非正解祭軷之事。疏所謂「彼言宗廟之祭，此是將郊爲軷道之祭，事不同而引之者，證此用蕭之意」，是也。

「取蕭祭脂，取羝以軷，載燔載烈」，傳：「取蕭合黍稷，臭達牆屋，既奠而後爇蕭，合馨香也。羝，各本「羝」下有「羊」，今從《校勘記》。牡羊也。軷，道祭也。傳火曰燔。貫之加于火曰烈。」箋云：「烈之言爛也。取蕭草與祭牲之脂，爇之於行神之位。馨香既聞，取羝羊之體以祭神，又燔烈其肉爲尸羞焉。自此而往郊。」《稽古編》曰：「郊之位在國門外，須祭軷而行。蕭羝燔烈，皆爲軷祭也。自此而往郊。祈穀於上帝，以興嗣歲，正言往郊之意也。後儒以后稷諸侯，不得郊祀，故以『取蕭』爲祭先，『取羝』爲祭軷，『燔』『烈』總上兩祭，於三句文義則通矣。但祭先本出孝思，祭軷自爲行遠，與祈年之典絶不相蒙，章末『興嗣』語不已贅乎？況軷之所祭，即七祀中行神，乃祭之小者。詩主美大后稷肇祀之禮，不應舉其小祭。且與祀先大典並稱，尤爲不類。」

「以興嗣歲」，傳：「興來歲，繼往歲也。」箋云：「嗣歲，今新歲也。以先歲之物齊敬犯軷而祀天者，將求新歲之豐年也。孟春之《月令》曰：乃擇元日，祈穀于上帝。」正義申傳云：「來歲者，據今祭時，以未至爲『來』，已過爲『往』耳，非要別年也。何則？堯命后稷郊天，未知定用何月，要在歲首爲之，所言『來歲』正謂此年之秋耳。」承珙案：上章「以歸肇祀」即承四穀倶穫之後；此章傳引《肆師》三言「來歲」，皆謂於今年之秋涖卜來年之事，則經曰「嗣歲」，傳曰「來歲」者，自當指明年而言。蓋祈年不必在歲首。《月令》孟冬即有祈來年于天宗事。古人穀熟而祭，遂更祈來歲之豐，理亦宜之。箋據祈穀之郊在正月，故以「嗣歲」爲今歲。然正月祈穀自是周禮，或未可以概后稷之時。正義因之，遂謂傳言「來歲」亦謂本年之秋，實於經文傳旨不合。

「后稷肇祀，庶無罪悔，以迄于今」，傳：「迄，至也。」箋云：「庶，衆也。后稷肇祀上帝於郊，而天下衆民咸得其所，無有罪過也。子孫蒙其福以至於今，故推以配天焉。」《禮記·表記》引此詩「肇」作「兆」，注云：「兆，四郊之祭處也。迄，至也。言祀后稷於郊以配天，庶幾其無罪悔乎！福禄傳世，乃至於今。」承珙案：鄭此注與箋《詩》迥異，其説或出三家。此後儒以「卬盛于豆」五句爲周人郊祀后稷之所本。然《表記》上文云：「子曰：『后稷之祀易富也。其辭恭，其欲儉，其禄及子孫。』」明言后稷自祭，不應引《詩》乃言人祀后稷。

鄭《禮》注實不如《詩》箋之當。況「卬盛于豆」五句正與「辭恭」「欲儉」相合，不得謂是周人祀后稷也。

　　戚氏《毛詩證讀》曰：「『以迄于今』，吴才老云與上『歆』韻，即前章『翼』與『字』韻之例。然彼上皆散句，似不同。《説文》『今』从乛。乛，古文『及』，聲近『幾』。音變大例，『斤』轉『頎』、『巾』轉『希』。似『今』亦得轉『幾』，與『祀』『悔』叶。《載芟》『匪今斯今，振古如茲』，并可以此通之。或作單句結，則《良耜》『續古之人』例也。」承珙案：《詩》中本有閒韻隔協之法，即如首章，末句「時維后稷」，當與上「祀」「子」「敏」「止」隔協，而中以「夙」「育」爲閒韻。戚氏據《字林》「畟，所六反」，謂「畟」「稷」同音，與「夙」「育」協。然全《詩》中如《楚茨》一章之「稷」「翼」「億」「食」「祀」，四章之「祀」「食」「福」「式」「稷」，《大田》四章之「祀」「黑」「稷」，「祀」皆用之部本韻，此自當從「職」「德」與「止」「海」隔協爲正。末章則「今」與「歆」隔協，而中閒「時」「祀」「悔」爲閒韻。孔氏《詩聲類》據《儀禮·既夕》注之「噫興」，《士虞》注又作「噫歆」，疑古韻「歆」可讀「興」，故與上「登」「升」爲韻，而「今」亦可讀「兢」，以與「升」「歆」爲韻。承珙謂：此説是也。

行葦

　　《序》云：「《行葦》，忠厚也。周家忠厚，仁及草木，故能内睦九族，外尊事黄耇，養老乞言，以成其福禄焉。」惠氏《古義》曰：「漢儒皆以《行葦》爲公劉之詩。班叔皮《北征賦》曰：『慕公劉之遺德，及《行葦》之不傷。』寇榮曰：『公劉敦《行葦》，世稱其仁。』王符曰：『《詩》云：「敦彼行葦，牛羊勿踐履。方苞方體，維葉柅柅。」公劉厚德，恩及草木羊牛，六畜且猶感德。』趙長君曰：『公劉慈仁，行不履生草，運車以避葭葦。』長君從杜撫受學，義當見《韓詩》也。」孔氏顨軒曰：「《潛夫論·邊議》篇又云：『公劉仁德，廣被行葦。』又《蜀志·彭羕傳》：『體公劉之德，行勿翦之惠。』『翦』與『踐』通。《行葦》以下四篇次《生民》之後、《公劉》之前，而《鳧鷖》《既醉》並言『公尸』，公尸者，先公之尸也。《生民》美后稷，此爲美公劉，蓋亦近之。」承珙案：漢人引此者，尚有《列女傳》載晉弓工妻謁于平公曰：「君聞昔者公劉之行乎？牛羊踐葭葦，惻然爲民痛之。恩及草木，仁著於天下。」此又在班彪、寇榮等之前。蓋漢時古書尚多，必有公劉愛行葦之事，故三家或據以説《詩》。然求之經文，並無專屬公劉之意，故《序》但言「周家忠厚」，則所包者廣。傳既以「曾孫」爲成王，「曾孫」者統承先世之詞，必不以行葦勿踐專指公劉可知。鄭箋三言「周之先王」，亦即《序》追渧周家之義。《稽古編》謂康成雖不言何王，意或與美公劉者合。楊雄《博士箴》：「公劉挹行潦，而濁亂斯清。」此亦漢初説《詩》以《泂酌》與《公劉》相連，故有此説，而雄因用之耳。范氏《補傳》曰：「此詩因行葦起興，自『戚戚兄弟』至『序賓以不侮』皆親睦九族燕射之禮也，自『曾孫維主』以下皆尊事黃耇乞言之禮也。或疑一詩兼睦族、養老二事，竊意因行睦族燕射，其閒與燕同姓之高年如諸父者，成王於序賓之後爲禮加厚，遂酌大斗以乞言，於事爲順。然三王養老乞言，見之《禮經》，或別行此禮，亦可歌此詩。蓋古人樂事多可通用，如二《南》及六笙詩，《燕禮》《鄉飲酒禮》皆得用之，是其證也。」承珙案：此詩章首即言「戚戚兄弟」，自是王與族燕之禮，與凡燕群臣國賓者不同。然所言獻酢之儀、殽饌之物、音樂之事，皆與《儀禮·燕禮》有合，則其因燕而射，亦如《燕禮》所云「若射則大射正爲司射」是也。至末言「以祈黃耇」，則又如《文王世子》所謂「公與父兄齒」者，此其與凡燕有別者也。然則此詩衹是族燕一事，而射與養老連類及之。《序》以睦族爲內，養老爲外，蓋由養九族之老而推廣言之，以見周家忠厚之至耳。《序》文因《詩》推及言外者，每多如此。疏謂族是近親，黄耇則及他姓，故言「内」「外」以别之，非是。箋以「敦弓既堅」以下爲將養老而射以擇士，「曾孫維主」以下爲養老而成其福禄，則與前章族燕截分二事。其實經文飲燕序射，以次相承，絶非判而爲二。箋義似失經旨。至《集傳》以爲祭畢而燕射以爲樂，則《三禮》無文，尤不足據矣。

「維葉泥泥」，傳：「葉初生泥泥。」《釋文》引張揖作「苨苨」，云：「草盛也。」承珙案：《廣雅》字作「苨」，訓「盛」，或出三家《詩》。箋云「草物方盛茂」，亦似以「泥泥」爲「盛貌」。然經文「方苞方體」即「方長不折」之「方」，似皆指初生，不主言「盛」，故傳但以「泥泥」爲「初生」。李善注《文選·蜀都賦》引《毛詩》，字又作「柅」。考《易》「繫于金柅」，《説文》作「檷」，云「絡絲柎也」，馬融《易》注以爲止車之物，是「柅」有「繫礙」之義。《説文》：「乙，象春艸木冤曲而出，侌氣尚彊，其出乙乙也。」鄭注《月令》：「乙之言軋也。」「乙」「軋」音皆與「泥」近。泥泥，蓋猶乙乙，初生難出之貌，訓「盛」恐非經傳之旨。《後漢書》：章帝元和三年勅侍御史司空曰：「方春所過，無得有所伐殺。」引《詩》「敦彼行葦，牛羊勿踐履」。亦是謂草木初生時也。嚴《緝》據《蓼蕭》「零露泥泥」以爲「潤澤之貌」，則又望文生義矣。

「授几有緝御」，傳：「緝御，踧踖之容也。」汪氏《異義》曰：「案：《説文》：『緝，績也。』『御，使馬也。从彳，从卸。』徐氏鍇曰：『卸，解車馬也。彳，行也。或行或卸，皆御者之職也，會意。』傳蓋以緝者狀人之斂飭，御者狀人之趨承，故以爲『踧踖之容』也。」承珙案：《論語》「踧踖如也」，馬注謂「恭敬貌」。《孟子》「曾西蹵然曰」，趙注：「蹵然，猶踧踖也。」《廣雅》：「踧踖，畏敬也。」傳以「緝御」爲「踧踖」者，「緝」與「輯」「戢」皆通，《文選·褚淵碑》「衣冠未緝」注云「『緝』與『輯』同」。《公劉》「思輯用光」，《孟子》作「戢」。「輯」「戢」皆有「斂」訓，知「緝」亦當爲「斂」。「御」與「圉」通。《召閔》「我居圉卒荒」，《韓外傳》「圉」作「御」。《爾雅·釋言》：「圉，禁也。」是「緝御」者，「斂飭拘謹」之意。當時必有此疊字形容之語，故傳以爲「踧踖之容」。至後漢時，已不能通其故訓矣。

「嘉殽脾臄」，傳：「臄，函也。」《釋文》引《説文》云：「函，舌也。又云：口次肉也。《通俗文》云：口上曰臄，口下曰函。」段氏《毛詩傳》注曰：「《説文》『函，谷也』於毛傳爲轉注。『谷』『臄』一字也。服虔曰：『口上曰臄，口下曰函。』析言之。今《説文》『谷』譌『舌』。」《説文》：「谷，口上阿也。从口，上象其理。啣，谷或如此。臄，谷或从豦、肉。」段注云：「毛傳：『臄，函也。』《马部》：『函，谷也。』與毛合。晉灼注《羽獵賦》曰：『口之上下名爲噱。』按《通俗文》『口上曰臄，口下曰函』，析言之；毛、許、晉皆渾言之。許舉『上』以包『下』耳。今《説文》各本『函』下譌作『舌』也。古者『舌』無『函』名，《特牲》《少牢禮》肵俎用心舌，與『嘉殽脾臄』異用。陸《釋文》云：『《説文》曰：函，舌也。又云：口次肉也。』似陸時《説文》已誤矣。」又《説文·马部》：「函，舌也。舌體马马，从马，象形，马亦聲。肣，俗『函』，从肉、今。」段云：「《大雅》毛傳：『臄，函也。』《通俗文》：『口下曰函。』毛、服之『函』皆即《説文》之『顄』字。顄，頤也。故服云『口下』。毛則渾言之，口上口下不分耳。但陸氏《音義》引許『函，舌也』之云以釋毛，去之遠矣。」承珙案：段氏二説自相反，當以「谷」下之説爲是。但《説文》以「函」爲「舌」，似不得以爲「谷」字之誤。蓋「函」本有二義，曰「舌」者其第一義，字本从「马」。马，嘾也。嘾，含深也。此訓「舌」之義也。其又云「口次肉也」，則「函」即是「谷」。谷爲口上阿，「口次」即口邊也。今《説文》脱此四字，陸所見當是古本。毛以「臄」爲「函」，正「函」爲「口次肉」之義耳。段氏欲改《説文》之

「舌」爲「谷」，又欲改毛傳之「圅」爲「頷」，皆誤也。

「敦弓既堅，四鍭既鈞，舍矢既均，序賓以賢」，箋云：「周之先王將養老，先與群臣行射禮，以擇其可與者以爲賓。」承珙案：此詩，毛、鄭二家未嘗明言何射。毛引「矍相」之射爲證，彼爲鄉射之禮，非天子所行。而《射義》云：天子諸侯射必先行燕禮，卿大夫士之射必先行鄉飲酒禮。是燕射與鄉射相同，故王肅述毛以爲養老燕射。鄭箋以下章言養老之事，則知爲養老而射以擇士。禮稱將祭而射，謂之大射。祀明堂以教孝食老，更以教弟。其事相類，故孔疏申鄭以爲大射。又難王説，謂燕射于旅酬後行之，不當設文于「曾孫維主」之上。後儒蘇《傳》從鄭。《吕記》則從王，謂：「《儀禮》燕射如鄉射之禮，射雖畢而飲未終。舉觶無算爵，獻酢尚多，酌大斗祈黄耇於既射之後，豈不可乎？」今考燕射固行於旅酬之後，然經於下章並無「旅酬」明文，而上章「或獻或酢」則燕禮大意已該。毛不稱燕禮之射者，以燕禮不定行射。而《儀禮》云「若射則如鄉射之禮」，故引「矍相」之射，於序賓事尤切。是毛意已明以此爲燕射矣。王肅之説，未爲無本。但他燕射別無養老之事，而此兼言養老，自以族燕之故。《王制》云：「凡養老，有虞氏以燕禮，夏后氏以饗禮，殷人以食禮，周人修而兼用之。」然則燕時固可行養老之禮，養老則必有乞言矣。前章「設席」「授几」，正爲黄耇而設，又承「兄弟具爾」而言，知此詩之睦族、養老，必在一時，不得判爲二事矣。

傳：「敦弓，畫弓也。天子敦弓。」《釋文》：「敦音彫，徐又都雷反。」正義曰：「此述天子擇士，宜是天子之弓，故言『天子敦弓』。其諸侯公卿與射者自當各有其弓，不必畫矣。其等級無文以明之。定四年《公羊傳》何休注云：『天子彫弓，諸侯彤弓，大夫嬰弓，士盧弓。』事不經見，未必然也。」《説文》：「弴，畫弓也。从弓，章聲。」段注云：「《荀卿子》：『天子彫弓，諸侯彤弓，大夫黑弓，禮也。』《公羊》何注引《禮》：『天子彫弓，諸侯彤弓，大夫嬰弓，士盧弓。』盧弓，即玈弓，黑弓也。『嬰』即《江賦》之『纓』字，蓋朱黑相閒而嬰繞也。彤弓，毛傳曰『朱弓也，以講德習射』。彫弓者，蓋五采畫之。凡經傳言『彫』，有謂刻鏤者，如『玉謂之彫，金謂之鏤』，《禮記》『玉豆彫篹』，《論語》『朽木不可彫』是也；有謂繪畫者，如此『彫弓』是也。《彡部》云：『彫，琢文也。』古『繪畫』與『刻畫』無二字。諸侯彤弓，則天子當五采。《石鼓詩》有『秀弓』，『秀』即『繡』，五采備謂之繡。或曰天子之弓，但刻畫爲文也。《兩京賦》『彫弓斯彀』薛云：『彫弓，謂有刻畫也。』『弴』與『彫』，語之轉。敦弓者，『弴』之假借字，《詩》《禮》又假『追』爲之。『敦』『弴』可讀如『𠂤』，不得竟讀『彫』也。」承珙案：《春秋》定八年：「盜竊寶玉大弓。」《公羊傳》云：「弓繡質。」何休注：「質，拊也。」何氏《古義》云：「弓把謂之拊，五采備謂之繡。」或者天子彫弓竟體畫之，非天子之弓，但繡畫其拊而已。此則似畫弓通乎上下，而傳惟以「敦弓」爲「畫弓」者，正義以爲作者主言天子之弓是也。

「以祈黃耇」，傳：「祈，報也。」箋云：「有醇厚之酒醴，以大斗酌而嘗之而美，故以告黃耇之人，徵而養之也。飲酒之禮曰：告於先生君子可也。」正義曰：「毛以爲報養老人，鄭以此章始告老人，下章乃言其養。」汪氏《異義》曰：「『曾孫維主』，『主』者，對賓之稱。『酌以大斗』之下即曰『以祈黃耇』，與《瓠葉》篇『酌言嘗之』『酌言獻之』各自分章者不同。箋以『酌以大斗』爲酌而嘗之，則不若傳義酌以獻賓爲合。」承珙案：末二章皆正言養老，自以傳義爲長。但傳訓「祈」爲「報」，正義以爲「祈」本訓「求」，從求善言而報養之，不知「報」亦「告」也。《郊特牲》「王皮弁以聽祭報」注云：「報，猶『白』也。」《呂覽·贊能》篇「敢以告于先君」注云：「告，白也。」是「報」與「告」義同。但傳意祇謂養老之時，酌大斗以告而獻之，不必謂先期以告，如《鄉飲酒》之「告于先生君子」耳。

《行葦》八章，章四句。故言七章，二章章六句，五章章四句。《集傳》云：「毛首章以四句興二句，不成文理；二章又不協韻。鄭首章有起興而無所興。皆誤。」《吕記》云：文義當從毛氏，首章以行葦興兄弟，宜六句；二章言陳設，宜四句；三章言燕樂，宜六句；後四章不可增損，毛、鄭所同。《稽古編》曰：「朱子特以毛、鄭二家指行葦勿踐爲忠厚之實事，不以爲興。而『或肆之筵』四句，故言自爲一章，不以『几』字上叶『爾』字、『御』字下叶『斝』字耳。殊不知詩即行葦一物見王者愛物之仁，於義自通，何必判爲興體？又此篇毛分首章爲六句，次章四句，三章六句，後四章章四句，文義允愜。必欲易之以就韻，則『或肆之筵』四句分屬兩章，在本章既遭割裂，在前後章復成贅疣矣。《三百篇》中同韻而異章、同章而異韻者，不僅此詩，能悉更定之乎？」又云：「《詩》之興體無定，亦有以多興少者，《凱風》之首章，《小雅》《谷風》之末章，《小宛》之三章是也。有全用興者，《蒹葭》《衡門》《鶴鳴》之類是也。況《行葦》首四句，毛、鄭未嘗以爲興乎！」承珙案：東萊謂傳意首章六句，次章四句，究竟傳無明文，似屬肊揣。則不如分首章至「兄弟具爾」爲六句；次章亦六句，以「御」與「斝」爲韻；其三章至七章則章各四句。如此分配似更妥協耳。

既　醉

「昭明有融，高朗令終。令終有俶，公尸嘉告」，傳：「融，長。朗，明也。始於饗燕，終於享祀。俶，始也。」箋云：「有，又。令，善也。天既助女以光明之道，又使之長有高明之譽，而以善名終，是其長也。俶，猶厚也。既始有善令，承珙案：「令」當作「名」。正義云：「既以善名，而終又使之篤厚。」又云：「既始使以善名，終又使厚之。」可證。今各本皆作「令」，或以「令」字屬下句讀，皆誤。終又厚之，公尸以善言告之，謂嘏辭也。」正義申毛云：「此言『令終』，下云『有俶』，則是始、終相對。下云『公尸』，此論祭事。《祭統》曰：禮有五經，莫重於祭。是以祭禮爲重。禮終於是，故謂之『終』。以事神之禮爲終，則與人交接者爲始。王者先成民而後致力於神，故始於饗燕，終於享祀。」又申鄭云：「易傳者，此『昭明』還乘上文而申之，未有祭祀在其閒，故易之也。」汪氏《異義》曰：「毛、鄭一以備德言，一以備福言，義各可通。但首二章言『介爾景福』『介爾昭明』俱承上祭事，見成王德能如此，故天大與之福。此章『公尸嘉告』，義當同之。由『令終』而言『有俶』，見成王成民而致力於神，故公尸以善言告王，使受福也。箋特以『昭明有融』承二章『介爾昭明』而申言之，故不從傳耳。箋釋『景福』爲『五福』，疏釋『昭明』爲政教常善、永作明君，則『高朗令終，令終有俶』不當僅以名譽言。傳義爲優。」承珙案：此傳文疑有誤。首章「既醉以酒，既飽以德」傳云：「既者，盡其禮，終其事。」是明以祭後旅酬歸俎之類爲終事，不應此傳反以饗燕爲始、享祀爲終。若如疏説泛言禮始於接人，終於事神，則此詩與他饗燕何涉？經傳皆不應泛衍如此。竊意此傳恐是始於享祀，終於饗燕，言成王因祭祀而行旅酬、無算爵及施惠歸俎之事，皆屬饗燕之禮。是「既醉」「既飽」爲終於饗燕。饗燕之令終由於享祀之有始，故曰「令終有俶，公尸嘉告」。《禮記·坊記》引《詩》「既醉以酒，既飽以德」，注言：「君子饗燕，非專爲酒肴。」據此亦可知毛云「饗燕」正指醉酒飽德，必不當泛言與人交接爲禮之始矣。蓋此傳「始」「終」二字久經傳寫誤倒。正義曲爲申說，終屬難通。箋既訓「俶」爲「厚」，故不從傳「始終」之義。正義以爲此章未有祭祀在其閒，故易之，亦非是。

「朋友攸攝，攝以威儀」，傳：「言相攝佐者以威儀也。」正義曰：「攝者，收斂之。言各自收斂，以相助佐爲威儀之事。」《經義述聞》曰：「正義分『攝』與『佐』爲二事，非也。『攝』即『佐』也。襄三十一年《左傳》引此詩，杜注曰：『攝，佐也。』是其證矣。《白帖》三十四引《詩》『朋友攸攝，攝以威儀』，『攝，助也』。與《毛詩》義同而文異，蓋本《韓詩》也。昭十四年《左傳》『士景伯如楚，叔魚攝理』，《晉語》作『叔魚爲贊理』。韋昭注曰：『贊，佐也。』昭二十六年《左傳》曰：『晉爲無道，是攝是贊。』皆謂相佐助也。」承珙案：《禮記・緇衣》：「子曰：『輕絶貧賤而重絶富貴，則好賢不堅而惡惡不著也。人雖曰不利，吾不信也。《詩》云：「朋友攸攝，攝以威儀。」』」注云：「言朋友以禮義相攝正。」《荀子・大略篇》：「子貢問于孔子曰：賜倦于學矣，願息于朋友。孔子曰：《詩》云：『朋友攸攝，攝以威儀。』朋友難，朋友焉可息哉？」據此則相攝者，祇謂朋友能相佐助，本無所謂朋友自斂攝之意也。

「孝子不匱，永錫爾類」，傳：「匱，竭。類，善也。」箋云：「永，長也。孝子之行非有竭極之時，長以與女之族類，謂廣之以教道天下也。《春秋傳》曰：潁考叔，純孝也，施及莊公。」《稽古編》曰：「《左傳》引此詩以證『施及』，當取『不匱』義，非取『錫類』也。況此與下章同言『永錫』，皆謂天與之耳。鄭以『爾類』爲人與，『祚允』爲天與，義不畫一矣。」汪氏《異義》曰：「箋釋此章主群臣言，故引《左傳》爲證。但下章『其類維何』正承此章『錫類』，毛訓『類』爲『善』，於義實當。若從箋解，則此章皆言群臣，無一語及王，下章乃由群臣以孝行推及天下，而使君子萬年，永錫祚允。於經意恐未合。」承珙案：成二年《左傳》賓媚人對晉師曰：「吾子布大命於諸侯，而曰必質其母以爲信，其若王命何？且是以不孝令也。《詩》曰：『孝子不匱，永錫爾類。』若以不孝令於諸侯，其毋乃非德類也乎？」此「德類」連言，知「類」當訓「善」。杜注謂「不以孝德賜同類」，非是。傳以「類」爲「善」，大旨謂孝爲善道，當有善應，已兼下「福祚允嗣」在内。鄭以「錫類」爲「教道天下」，而於「室家之壼」又云：「室家先以相梱緻，已乃及於天下。」語意重複。《呂記》以爲孝子之後復有孝子，則又與「永錫祚允」意複矣。

「室家之壼」，傳：「壼，廣也。」箋云：「壼之言梱也，室家先以相梱緻，已乃及於天下。」正義曰：「《釋宮》云：『宮中巷謂之壼。』以宮中巷路之廣，故以『壼』爲『廣』。王肅云：其善道施於室家，而廣及天下。《周語》單靖公之老送叔向，叔向告其老而美單子，引此章乃云：『壼也者，廣裕民人之謂也。』王肅據彼文以述毛傳，彼言『壼者，廣裕民人』，故以『壼』爲『廣』也。」承珙案：「壼」之爲「廣」，猶「宮」之爲「穹」，「室」之爲「實」。古人文字有一定之訓。毛性好簡，故但舉其本訓。然既曰「廣」，則由室家而廣及天下之意即在其中。箋云「及於天下」，亦本「廣裕民人」義，而以「壼」爲「梱」，必云「室家先相梱緻」，則經文但有「梱」義而無「及於天下」意，必待注家增成之矣。似不如傳義之愜。

「景命有僕」，傳：「僕，附也。」正義曰：「以僕御必附近於人，故以『僕』爲『附』。」承珙案：《説文》「僕」从菐，「菐」从丵。「丵，叢生艸也，象丵嶽相並出也。」故「僕」「樸」皆有「附」義。《考工記》「欲其樸屬」注云：「樸屬，猶『附著』，堅固貌也。」《爾雅》「樸，枹者」注云：「樸者，相迫附也。」《釋文》：「樸，又作『僕』。」此從聲得訓之例。疏以「僕御」爲説，陋矣。

「釐爾女士」，傳：「釐，予也。」正義曰：「《釋詁》云：『釐、予，賜也。』俱訓爲『賜』，故『釐』得爲『予』。」承珙案：《江漢》「釐爾圭瓚」傳又云：「釐，賜也。」《少牢饋食禮》「來女孝孫」注云：「來，讀曰釐。釐，賜也。」蓋「來」者「賚」之省，「釐」者「來」之轉也。《釋詁》：「賚，予也。」

鳧鷖

《序》云：「《鳧鷖》，守成也。大平之君子能持盈守成，神祇祖考安樂之也。」正義曰：「上篇言『大平』，此篇言『守成』，即守此大平之成功也。大師次篇見有此義，敘者述其次意，故言『大平之君子』，亦承上篇而爲勢也。」承珙案：觀《既醉》《鳧鷖》二篇《序》，可見其爲編詩時所作，故文義相承如此。蓋其時曉然於作詩之意，非同後此之憑肊推測也。夫《既醉》爲正祭後燕飲之詩，《鳧鷖》爲事尸日燕飲之詩，求之經文本自明白。《既醉》首言醉酒飽德，明是祭畢而燕。次章復由饗燕之終推言祭祀之始，然後繼以「公尸嘉告」遞述其祭祀受福之故。此燕在送尸之後，故但一言「公尸」。《鳧鷖》則屢言「公尸來燕」，自以繹祭事尸後，行旅酬無算爵，即爲燕禮，故每章皆曰「公尸燕飲」。四章「既燕于宗」，又覆指正祭既畢之燕，實與前章相應。故《序》者於此即承《既醉》之「大平」爲言。其「持盈守成」云云，正見神人和樂，非大平之世不能；然長保大平，非持守之力不至。此其發明詩意至精切矣。傳於「福禄來爲」云：「厚爲孝子。」疏家以此申毛，意全詩皆爲宗廟之事。承珙謂：二詩皆言公尸，上篇云「孝子不匱」，明爲宗廟祭事，此篇「公尸」自不應有異。至「既燕于宗」，毛雖無傳，觀其於「福禄來崇」訓「崇」爲「重」，又可推見毛意亦必以「既燕于宗」即上章既畢之燕。「重」字對「既」字爲訓。上言「福禄攸降」，故公尸燕飲而福禄之來又見其重也。然則《序》兼神祇者，當如正義謂能事宗廟，亦能事天地，因祖考而廣言神祇，明其皆安樂之耳。

「鳧鷖在涇」，箋云：「涇，水名也。」段氏《詩經小學》曰：「此篇『涇』『沙』『渚』『潨』『亹』一例，不應『涇』獨爲水名。鄭箋：『涇，水中也。』今本「中」誤作「名」。故下云『水鳥而居水中』，是直接『水中』二字。改作『水名』，則不貫矣。下章傳：『沙，水旁也。』箋云：『水鳥以居水中爲常，今出在水旁。』此承上章『在涇』爲言。《爾雅》：『直波爲徑。』郭注言『徑，侹』。《釋名》：『水直波曰涇。涇，徑也，言如道徑也。』《莊子·秋水》篇：『涇流之大，兩涯渚涘之閒不辨牛馬。』司馬彪云：『涇，通也。』義皆與此詩合。『涇』『徑』字同，謂大水中流徑直孤往之波，故箋云『涇，水中也』。因下章『沙』爲『水旁』，故云『水中』以别之。四章因三章『渚』爲『水中高地』，故云『潨，水外高地』以别之，蓋以『潨』爲『崇』字之假借也。」承珙案：正義云：「欲言水鳥居中，故云『涇，水名也』。」此「名」亦當作「中」，後人據誤本箋并改此疏。當孔作疏時，箋固未誤也。

「鳧鷖在亹」，傳：「亹，山絶水也。」箋云：「亹之言門也。」正義曰：「謂山當水路，令水勢絶也。所云『石絶水曰梁』，亦此之類。」承珙案：山絶水者，如「正絶流曰亂」之「絶」，謂山横跨水中，水流其罅，故箋云「亹」之言「門」，非斷絶水勢之謂。《漢書·地理志》「金城郡浩亹」顔注云：「亹者，水流夾山岸深若門也。《大雅》曰：『鳧鷖在亹。』亦其義也。」今案：此「亹」字當如「亹亹文王」之「亹」，亦「釁」之俗字。「釁」本有「罅隙」義，故山絶水中，水流其隙曰「亹」。讀如「門」者，即「釁」讀若「璊」之比。《吴都賦》「清流亹亹」與「軌」「砥」

「水」韻，李注引《韓詩》曰：「亹，水流進貌。」説者以爲即「鳧鷖在亹」之章句。則薛君讀「亹」如「娓」，又「亹」轉爲「徽」之例。其曰「流進貌」，亦當謂水流自山閒進也。《史記・建元以來侯者年表》：「趙不虞擊匈奴，先登石累。」《索隱》曰：「累，音壘。《漢表》作『亹』，音門。」蓋作「累」者，其字與音又因「娓」而變耳。

「公尸來止熏熏」，傳：「熏熏，和説也。」箋云：「燕七祀之尸於門户之外。其來也不敢當王之燕禮，故變言『來止熏熏』，坐不安之意。」承珙案：《説文》：「醺，醉也。从酉，熏聲。《詩》曰：『公尸來燕醺醺。』」據此，知許所據《毛詩》本作「來燕」。蓋上四章皆言「來燕」，無緣此忽變文。若謂不敢當燕禮，變言「來止」，則三章「來燕來處」，「處」即「止」也，此章下文又云「公尸燕飲」，何云不敢當燕乎？傳以「熏熏」爲「和説」，自是言燕而和説，知許所據毛本爲長。

假樂

「假樂君子」，傳：「假，嘉也。」段氏懋堂曰：「此及《維天之命》傳、《雝》傳皆是以『假』爲『嘉』之假借。」承珙案：襄二十六年《左傳》「晉侯賦《嘉樂》」。❶「假」作「嘉」。《禮記・中庸》引《詩》「嘉樂君子，憲憲令德」，正義謂「顯顯」作「憲憲」爲《齊》《魯》《韓詩》，本不同。然則毛作「假」，《左傳》《禮記》作「嘉」者，亦由毛用借字，三家用正字也。趙注《孟子・離婁章》亦引作「嘉樂」。

---

❶「六」，原脱，據阮校本《春秋左傳正義》補。

「穆穆皇皇，宜君宜王」，傳：「宜君王天下也。」箋云：「成王行顯顯之令德，求禄得百福。其子孫亦勤行而求之，得禄千億，故或爲諸侯，或爲天子。言皆相勖以道。」《釋文》云：「『宜君宜王』，一本『宜』並作『且』字。」承珙案：傳言「宜君王天下」，明字當作「宜」，必非「且」字。又「君王天下」四字連文，自當專指成王，必非以「君」屬諸侯，「王」屬天子。箋雖言「或爲天子，或爲諸侯」，然末云「皆相勖以道」，此即釋經「宜」字，則所見本亦必非「且」字。惟以「穆穆」二句爲子孫，「愆忘」二句爲成王，文義斷續，致嚴《緝》疑爲分章之誤。黄東發遂謂諸家以六句爲章，岷隱、華谷以四句爲章，文義甚順。然如毛意，本以「穆穆皇皇」通指成王，文義並無隔閡。況《中庸》全引首章六句，則古本當爲四章章六句，斷可識矣。

「民之攸塈」，傳：「塈，息也。」《稽古編》曰：「疏據《爾雅》『呬，息』某氏注引《詩》『民之攸塈』，以爲『塈』與『呬』古今字。案：呬，《説文》作『齂』，云：『臥息也。从鼻，隶聲。』然則《詩》作『塈』，乃借也。至『㤥』者，乃古『忥』字，《玉篇》以當此『塈』，恐不然。」承珙案：《説文·口部》有「呬」，與「齂」異字。《玉篇》但云「塈，息也」，未嘗即以當此詩之「塈」。陳説皆誤。其以《邶·谷風》「伊余來塈」及《大雅》「兩民之攸塈」皆「呬」字假借，則是也。段氏《詩經小學》云：「顔真卿書《郭令公家廟碑》『民之攸㤥』，字從『心』，則以『㤥』同於『呬眉』字而非『忥』字矣。《集韻·八未》云：『㤥，通作塈。』」

公　劉

《序》云：「《公劉》，召康公戒成王也。成王將涖政，戒以民事，美公劉之厚於民而獻是詩也。」箋云：「公劉者，后稷之曾孫也。夏之始衰，見迫逐，遷於豳而有居民之道。」正義曰：「按，《譜》以公劉當大康之時，韋昭注《國語》以不窋當大康之時。不窋乃公劉之祖，不應共當一世。夏氏之衰，大康爲始。大康，禹之孫。公劉，不窋之子。計不窋宜當大康，公劉應在其後。《豳譜》欲言遷豳之由，遠本失官之世，不窋以大康之時失稷官，至公劉而竄豳。其遷豳之時，不必當大康也。又《外傳》稱后稷勤周十五世而興周。《本紀》亦以稷至文王爲十五世。計虞及夏、殷、周有千三百歲，每世在位皆八十許年，乃可充其數耳。使十五世君在位皆八十許載，子必將老始生，不近人情之甚。以理而推，實難據信。若使此言必非虛誕，則不窋之與公劉彌是不共世。大康之後，有羿、浞之亂，比至少康之立，幾將百年。蓋大康始衰之時，不窋失官；少康未立之前，而公劉見逐也。」《稽古編》曰：「此疏特遷就其説，曲爲鄭《譜》迴護耳。夫大康之後，又歷仲康、帝相兩王，始滅於寒浞，則少康未興以前，豈得越兩王而名爲大康時邪？《譜》之言仍不合也。案：子長作《周本紀》，拘於大子晉『十五王』及衛彪傒『十五世』之語，所紀世次最爲疏屚。公劉之爲后稷曾孫，未可信也。婁敬説高祖，言周自后稷封邰，積德累善十餘世，公劉避桀居邠。漢初去古未遠，敬所聞當有據矣。此足證《本紀》及《豳譜》之失。敬語今見《史記》。子長録之於傳，而不改《本紀》之失，何也？」承珙案：《周本紀》云「后稷之興在陶唐、虞、夏之際，皆有令德。后稷卒，子不窋立。不窋末年，夏后氏政衰，去稷不務，不窋以失其官」云云。此所謂「皆有令德」者，似不僅指周弃一人，則下云「后稷卒」者，亦非指周弃。當是弃之子孫世爲稷官，至不窋而後失，故云「后稷卒，子不窋立」。然則《周本紀》未嘗以不窋爲弃之子，與《婁敬傳》后稷十餘世至公劉者尚無不合。「十五王」之語，或祇數其有令德者，金仁山謂猶殷言賢聖之君六七作耳。至《婁敬》

《匈奴》二傳皆言公劉遷豳，而《本紀》則云：「公劉卒，子慶節立，國于豳。」或是公劉初遷草創，至慶節始備城郭、公室，爲成國耳。惟《本紀》云：「夏政衰，不窋失官。」而《匈奴傳》又云：「夏道衰，公劉失其稷官。」此則傳聞異辭，彼此參差，難以據信。今案：毛傳云：「公劉居於邰，而遭夏亂迫逐，乃避中國之難，遂平西戎，而遷其民，邑於豳焉。」據此，公劉之遷必非由戎狄而來。蓋自不窋失官竄狄，公劉復興，必已還居邰地。至夏亂見迫，或以邰地逼近，故特改邑於豳，以豳鄰西戎，爲中國不争之地。平西戎者，正義所謂「與之交好，得自安居」是也。《白虎通義·京師》篇云：「后稷封於邰，公劉去邰之邠。《詩》云：『即有邰家室。』王伯厚《詩考》引「邰」作「台」。又曰：『篤公劉，于邠斯觀。』周家五遷，其意一也。」此當本三家《詩》，其説正與毛同。傳又云：「諸侯之從者十有八國。」毛公所據周、秦古書，尤可見公劉是避中國之亂而遷近西戎，故有諸國相從，必非由戎狄而來遷矣。第其遷也，不過改邑于豳以安其民，未必遂棄邰不有。以經文證之：「迺積迺倉」尚在邰地，即末章「涉渭爲亂」，亦必仍有邰地，乃能渡渭而南耳。或疑邰在今武功縣，豳在今邠州，相去僅百餘里，似不必裹糧陳兵，如此舉動。不知今之圖經亦祇能約略所在，當時地曠民稀，安見后稷所封之邰與公劉所邑之邠相去不稍遠於今地？況遷國徙民，又值亂世，陳兵裹糧乃事之宜。此皆不足致難者也。

「迺積迺倉，迺裹餱糧」，傳：「迺積迺倉，言民事時和，國有積倉也。」箋云：「邰國乃有積委及倉也。安安而能遷，積而能散，爲夏人迫逐己之故，不忍鬬其民，乃裹糧食於囊橐之中，棄其餘而去。」正義即以鄭語述毛。承珙案：毛意似尚有未盡然者。《孟子》引此詩而釋之云：「故居者有積倉，行者有裹囊今《孟子》作「糧」，宋本作「囊」。也，然後可以爰方啟行。」明以居者與行者並言，則公劉初遷之時，其民猶有居者，本非一時席卷其民，空國而去。故「迺埸迺疆」，所以修部國之疆埸；「迺積迺倉」，所以充部國之積倉。亦可見改邑徙民，未嘗全棄其故都。而欲爲行者之利，先謀居者之安，此公劉之所以爲厚也。再以經文證之：三章言「處處」「廬旅」，末章又云「止旅」；五章言「度其隰原」，末章又云「止基迺理」，文義重複。此必因民之從遷者先後相繼，故度地居民，屢經營畫而後能定。則其先必非遽棄其積倉之餘而去可知矣。

「爰方啟行」，傳：「張其弓矢，秉其干戈戚揚，以方開道路，去之豳。」箋云：「爰，曰也。告其士卒曰：爲女方開道而行。」《稽古編》曰：「時遭迫逐，道路必有阻難，故整其師旅，設其兵器以方開之也。《齊語》管仲曰：『君得此士也三萬人，以方行天下。』二『方』字字法相同。」承珙案：毛義當是訓「方」爲「並」。《莊子·山木》篇「方舟而濟于河」，《釋文》引司馬注：「方，並也。」「爰方啟行」，爰，于也，謂張弓矢、秉干戚者于是並起開道路而行也。趙注《孟子》云：「又以武備之四方啟道路。」以「方」爲「四方」，與毛義異。

「既順迺宣」，傳：「宣，徧也。」箋云：「既順其事矣，又乃使之時耕。」正義曰：「『宣，徧』，《釋言》文。『乃宣』之文在『既順』之下，『順』謂順事，則『宣』謂徧耕，意亦與鄭同。王肅云『徧』謂廬井，毛意未必然也。」承珙案：《緜》詩「迺宣」與「迺畝」連文，故可以爲「時耕」。此「迺宣」在「既順」之下，「順」似謂民之和順。傳訓「宣」爲「徧」者，「徧」當是「均遍」之意。謂既順其情，而又均徧不頗，蓋民皆樂從，無不適攸居者。上承「庶繁」，下起「無歎」，文義融貫。箋以「順」爲「順事」，「宣」爲「時耕」，此時方陟降相原，恐尚未及此也。

「陟則在巘」，傳：「巘，小山别於大山也。」正義曰：「『小山别於大山』者，《釋山》云：『重甗，隒。』郭璞曰：『謂山形如累兩甗。甗，甑。山狀似之，上大下小，因以爲名。』《西京賦》曰『陵重甗』，是也。與《皇矣》

小山曰『鮮』義别。彼謂大山之旁别有小山也。」焦氏《補疏》曰：「《皇矣》『度其鮮原』傳云：『小山别大山曰鮮。』此傳以『巘』即『鮮』也。《釋文》：『巘，本又作獻。』《月令》『鮮羔開冰』，《吕氏春秋》作『獻羔開冰』。是『鮮』『獻』古通用。陸德明謂毛傳與《爾雅》異。正義謂此傳與《皇矣》傳義别，非是。」承珙案：宋本《釋文》云：「甗，本又作巘，魚輦反，又音言。又音魚偃反，又音彦。毛云：『小山别於大山也。』與《爾雅》異。」此陸氏謂《毛詩》訓「巘」爲小山别大山，與《爾雅》作「鮮」者異耳，不以《詩》之「巘」當《爾雅》之「重甗，隒」也。正義據「重甗，隒」以申毛，而謂與《皇矣》義别，則所見詩似本作「陟則在甗」。不知作「甗」作「巘」，皆與「鮮」字異而義同。此詩之「巘」，實即《皇矣》之「鮮」。即謂詩本作「甗」，亦但言「甗」不言「重」，況上大下小之「甗」正是大小相連，何得云「小山别於大山」乎？

「何以舟之」，傳：「舟，帶也。」段氏《毛詩傳》云：「『舟』之言『昭』也。以玉瑶昭其有美德，以鞞琫昭其德之有度數，以容刀昭其有武事。」又云：「『舟』即『𠣜』之假借，故訓爲『帶』。」承珙案：後説是也。

「鞞琫容刀」，傳：「下曰鞞，上曰琫，言德有度數也。容刀，言有武事也。」正義以「容刀」爲「容飾之刀」。何氏《古義》曰：「刀無受飾之處，當是指其柄而言。飾之，所以爲刀之容，即所謂珌也。」承珙案：此語殊誤。《瞻彼洛矣》傳：「珌，下飾。」明是刀室之下飾，何得以爲刀柄？段氏《説文注》云：「奉，俗作『捧』。刀本曰環，人所捧握也，其飾曰琫。」此以「琫」爲刀柄飾，亦非是。傳云「下曰鞞，上曰琫」，明是指鞞之上下。不言「下曰珌」者，以此篇經文無「珌」耳。要於刀柄無涉。互詳《小雅》。《瞻彼洛矣》傳云：「鞞，容刀鞞也。」《衛風·芄蘭》箋云：「容，容刀也。」此猶「容車」、「容蓋」之「容」，謂所以爲容儀之刀，非謂刀有容飾也。《釋名》

云：「佩刀，在佩旁之刀也。或曰容刀，有刀形而無刃，備儀容而已。」然傳云「容刀，言有武事」，則「無刃」之説亦未必合古制也。

「于時廬旅」，傳：「廬，寄也。」陳碩甫曰：「旅，衆也。義見《北山》《大明》傳。廬旅者，治田舍以居大衆，使之相保相受。《左傳》曰『廬井有伍』，是其義。《説文》：『廬，寄也。秋冬去，春夏居。』正本毛説而申補傳義，見許氏之精核。宣十五年《公羊傳》注：『在田曰廬，在邑曰里。春夏出田，秋冬入保城郭。』《漢・食貨志》：『在野曰廬，在邑曰里。春令民畢出在野，冬則畢入。』案：家在田野謂之廬，《詩》曰『中田有廬』是也。家在城邑謂之室，《詩》曰『入此室處』是也。家，其通稱也。在野之衆曰廬旅，猶在邑之衆曰里旅，是近市者爲里旅也。傳釋『廬』爲『寄』者，言野處不比室處耳。其時公劉于京地之野，爲大衆定廬舍，行井田法。下文『徹田爲糧』，行貢賦法。『于時處處』者，猶《緜》詩『迺慰迺止，迺左迺右』也。『于時廬旅』者，猶《緜》詩『迺疆迺理，迺宣迺畝』也。箋云『廬舍其賓旅』，失傳旨矣。」承珙案：陳説是也。《周頌・載芟》「侯主侯伯，侯亞侯旅」傳：「主，家長也。伯，長子也。亞，仲叔也。旅，子弟也。」正義云：「『旅』訓『衆』也，訓幼者之衆，即季弟及伯仲叔之諸子，故云『旅，子弟也』。」此正與「廬旅」之「旅」同。蓋主、伯、仲、叔爲家之長，晝則在田，夜則入邑。其居田守廬爲衆子弟，故曰「廬旅」。末章「止旅」亦指衆民而言。但此章尚在遷豳初至之時，不過言其地可以居處，可以廬舍耳。其築室授田之事，尚在下文也。

「俾筵俾几」，箋云：「群臣則相使爲公劉設几筵，使之升坐。」「既登乃依」，傳：「賓已登席坐矣，乃依几矣。」箋云：「公劉既登堂，負扆而立。」正義引孫毓云：「此章言群臣愛敬，上下有禮，無饗燕尊賓之事。且饗禮設几而不倚，何有賓登席依几之義？箋義爲長。」承珙案：正義申傳云：「此章總言於臣之理，不辨饗燕之異。下云『食之飲之』，或亦兼食燕矣，故得依几也。」此疏所言足釋孫毓之難。此章主與士大夫燕飲落室，經文並不言饗，何必以賓登席依几爲疑乎？

「乃造其曹，執豕於牢」，傳：「曹，群也。執豕于牢，新國則殺禮也。」《箋》云：「群臣乃適其牧群，搏豕於牢中，以爲飲酒之殽。」承珙案：正義申箋，以「牧群」爲牧豕之群處，「牢」爲養豕之處，則二句文義重複。《一切經音義》卷九。引《詩》云：「乃告其曹。傳云：『曹，群也。』」據此，今《毛詩》「造」字恐係「告」字之誤。告其曹，謂有司告其屬，使搏豕於牢中。傳以「曹」爲「群」者，謂「曹」爲「曹輩」，則「群」不當爲「牧群」之「群」也。

「君之宗之」，傳：「爲之君，爲之大宗也。」箋云：「宗，尊也。公劉雖去邰國來遷，群臣從而君之尊之，猶在邰也。」正義曰：「傳以『君之宗之』其意爲一。《板》傳云：『王者，天下之大宗。』然則諸侯爲一國之所尊，故云爲之大宗也。」承珙案：自來説經者皆謂天子諸侯以母弟爲別子，繼別者爲大宗。大宗一，小宗四，謂繼高、曾、祖、禰者爲小宗。國君不統宗。故孫毓亦以箋説爲長。然《板》詩云「大宗維翰」，傳既云「王者，天下之大宗」，其下文「宗子維城」箋又云「宗子，謂王之適子」。夫王之適子爲宗子，則大宗非王而何？故知天子諸侯皆得爲大宗。蓋自爲天地、宗廟、社稷、臣民之宗主，而非五宗之所得。擬傳意，當亦以「宗」爲「尊」，與箋不異。但傳以四「之」字爲公劉之於群臣，箋以爲群臣之愛公劉，此爲異耳。

「其軍三單，度其隰原，徹田爲糧」，傳：「三單，相襲也。」箋云：「大國之制三軍，以其餘卒爲羨。今公劉遷於豳，民始從之，丁夫適滿三軍之數。單者，無羨卒也。度其隰與原田之多少，徹之使出稅，以爲國用。」

王肅説：「三單相襲，止居則婦女在内，老弱次之，强壯在外。言自有備也。」正義駁之云：「此詩主美公劉之遷，首章言去邰，二章已言至豳，無宜此文方説在道。去夏入戎，則戎地無寇，至豳之日無所用兵。三軍相襲，復何禦哉？」案此則王肅之説，固未必得毛意，但如疏述箋義，云：「以《周禮》言之，三軍三萬七千五百人；公劉之遷，其家不滿此數，故通取羨卒始滿此。」則以「單」爲「盡」，乃後世埽境出兵之法，古無是也。竊意傳以「單」爲對「複」之名。單者，一也，獨也。三單者，即《周禮》「凡起徒役，無過家一人」之謂。蓋止用正卒爲軍，不及其羨，故曰「單」。三軍，故曰「三單」。傳又云「相襲」者，「相襲」猶言「相代」。則三單之中，尚有更休疊上之法，其不盡民力如此。此公劉之所以爲厚也。且此語雖爲制軍之數，古者寓兵於農，制軍所以爲受田，故上承相陰陽、觀流泉，而下與「度其隰原，徹田爲糧」相次，可知並非在道禦寇之謂。即箋云「丁夫滿三軍之數」，亦謂依此數，而每夫各授百畝，以治田也。

「徹田爲糧」，傳：「徹，治也。」箋云：「什一而税謂之徹。」承珙案：《崧高》「徹申伯土田」傳：「徹，治也。」箋云：「治者，正其井牧，定其賦税。」此正解也。「徹」之訓「治」，其義甚廣，什一税法自在其中。此箋云「什一而税謂之徹」者，乃因詩而推言之，以徹法亦治田之事耳。其實「徹，治」爲正訓，如《崧高》又云「徹申伯土疆」，箋但云：「使召公治申伯土界之所至。」《江漢》云「徹我疆土」，箋亦止云：「命召公治我疆界於天下。」彼二「徹」豈得專指爲什一之税乎？設泥於周「徹」之名，則與夏貢、殷助相同，豈可云貢田爲糧、助田爲糧邪？

「取厲取鍛」，傳：「鍛，石也。」箋云：「鍛石，所以爲鍛質也。」《釋文》：「鍛，本又作碫，丁亂反。《説文》

云：『碫，厲石。』」正義曰：「鍛者，治鐵之名，非石也。傳言『鍛，石』。嫌『鍛』是石名，故明之曰『鍛石，所以爲鍛質』者。質，椹也。言鍛金之時，須山石爲椹質，故取之也。」《説文》：「碫，厲石也。从石，段聲。」乎加切。段注云：「『碫』篆舊作『碬』，《九經字様》所引《説文》已然，今依《詩釋文》及《玉篇》正。《大雅》『取厲取碫』，今本作『取鍛』，當依《釋文》本『又作「碫」』。毛傳曰：『碫，逗。碫石也。』今本奪一字。箋云：『碫石，此釋傳。所以爲鍛質也。』箋意此石可爲椎段之椹質。是則『碫石』者，石名。『椎段』字今多用『鍛』，古祇作『段』。《考工》『段氏爲鎛器』、《禮經》『段脩』，字皆作『段』是也。段與厲絶然二事，碫石、厲石必是二物。《尚書・粊誓》：『段乃戈矛，厲乃鋒刃。』段之，欲其質之堅也。厲之，欲其刃之利也。《詩》『取厲取鍛』，亦明明分別言之。毛傳亦既確指云『碫石』矣，豈許君於此乃復溷淆之，訓『碫』爲厲石乎？揆厥所由，由許依傳云『碫石也』三字爲句，而删複字者乃妄改爲『厲』字耳。或問《廣雅》何以云『碫，礪也』？曰：此自《廣雅》之誤。《廣雅》之例，每合異類之相近者爲一，此則異類而迥別者也。」承珙案：《説文・殳部》：「段，椎物也。」《金部》：「鍛，小冶也。」《毛詩》多假借，或即借「小冶」之「鍛」爲「碫石」之「碫」。傳云「鍛，石也」，謂「鍛」即石名，知經文假「鍛」爲「碫」。「取鍛」者，乃取「石名」之「碫」，非取「小冶」之「鍛」。故箋申之云：「鍛石，所以爲鍛質也。」《莊子・列禦寇》篇「取石來鍛之」。是即以「椎段」之「段」爲「鍛」。《孫子・勢》篇「如以碫投卵」，又即以「碫」爲石名。若《説文》「碬」當作「碫」，「厲石」當作「碫石」，則段氏説當矣。

「夾其皇澗，溯其過澗」，傳：「皇，澗名也。溯，鄉也。過，澗名也。」王氏《詩總聞》曰：「傍渭澗名甚多，有神澗，有百澗，有長澗，有夾澗，有歷澗。酈氏謂渭水東而右合南山五溪水，夾澗流注之，恐便是夾其皇澗歷過也。」承珙案：此語殊附會，不足信。惟《寰宇記・真甯縣》「大陵水」下引《水經・涇水注》今《水經注》無《涇水》。云：「大陵水、小陵水出巡和南，殊川西，南逕甯陽城，故《豳詩》云：『夾其皇澗。』陵水即皇澗也。」酈氏此言必有所據。且邠地近涇，與渭稍遠，皇、過二澗亦當近涇，不得以爲渭旁諸澗也。

「芮鞫之即」，傳：「芮，水厓也。鞫，究也。」箋云：「芮之言内也。水之内曰隩，水之外曰鞫。」正義曰：「此以水内爲『汭』，則是厓名，非水名也。《夏官・職方氏》『雍州其川，涇汭』注云：『汭在豳地。《詩・大雅・公劉》曰：「芮鞫之即。」』以此『芮』爲水名者，蓋注《禮》之時未詳《詩》義故也。」承珙案：《漢志》右扶風汧縣「芮水出西北，東入涇。《詩》芮阬，雍州川也」。顔注引《韓詩》作「阬」，是班《志》據《韓詩》。鄭注《禮》時亦用《韓詩》，至箋《詩》乃從毛義耳。正義引《爾雅》「厓内爲隩，外爲鞫」。孫炎曰：「内，曲裏也。外，曲表也。」蓋上文「夾其皇澗，溯其過澗」，正義謂民居以南門爲正，皇澗縱，在兩旁而夾之；過澗橫，故在北而嚮之。此則來者愈衆，并水之内曲外曲而皆居之。王氏《詩考》云：芮鞫又在過澗之南。鞫者，外也。詩「芮」字爲「汭」之假借。《説文》：「汭，水相入也。」《水經・河水注》引馬注《尚書》云：「水所入曰汭。」《禹貢》疏引鄭注云：「汭，内也。」《洛誥》疏引鄭注：「汭，隈曲中也。」是凡水相入之處皆曰汭，其會合襟帶必有隈曲。内曲即芮，外曲即鞫，故傳以「芮」爲「水厓」、「鞫」爲「究」，不必定指涇、芮二水相會之處也。

泂酌

《序》云：「《泂酌》，召康公戒成王也。言皇天親有德、饗有道也。」正義曰：「經三章皆上三句言薄物可以薦神，是親饗之也；下二句言與民爲父母，是有道德也。」承珙案：首章傳云：「樂以强教之，易以説安之。民皆有父之尊，有母之親。」次章傳以「罍」爲「祭器」，是明謂有道德者，雖薄物可用以祭，與經文、《序》義皆合。故首章箋云：「有忠信之德，齊潔之誠以薦之。《春秋傳》曰：『人不易物，唯德繄物。』」其申毛至明切矣。《鹽鐵論·和親》篇云：「故政有不從之教，而世無不可化之民。《詩》云：『酌彼行潦，挹彼注茲。』故公劉處戎狄，戎狄化之；大王去豳，豳民隨之；周公修德，而越裳氏來，其從善如影響。爲政務以德親近，何憂於彼之不改？」此引《詩》意似以「挹彼注茲」爲説近來遠，化民之義，與毛、鄭異。然傳箋據《左傳》《禮記》，其義尤古，不可易也。

「可以餴饎」，傳：「餴，餾也。」正義曰：「《釋言》云：『饙、餾，稔也。』孫炎曰：『蒸之曰饙，匀之曰餾。』郭璞曰：『今呼餐飯爲饙，饙均熟爲餾。』《説文》曰：『饙，一蒸米也。』『餾，飯氣流也。』然則蒸米謂之饙，饙必餾而熟之，故言饙餾，非訓『饙』爲『餾』。」《説文》：「餴，滫飯也。」段注云：「『滫』當依《爾雅音義》引作『脩』。《倉頡篇》作『餐』。餐之言溲也。《水部》曰：『溲，浂汏也。』此謂以水澆熱飯，古語云『餐飯』。」承珙案：《釋文》引《字書》：「餴，一蒸米也。」正義以爲《説文》，恐誤。《卷阿序》疏引《説文》「賢，堅也」云云，亦是誤以他字書爲《説文》。《説文》以「餴」爲「滫飯」者，即今人蒸飯，熱時以水淋之，謂之「撥饙」。此俗語之近古者。傳「餴，餾也」當作「餴，餴餾也」。《説文》：「餾，飯氣流也。」即謂撥饙之時，飯氣流布耳。是饙餾本一事，故《爾雅》並以「稔」釋之。毛以「餴餾」連言，亦謂行潦之水，可以沃飯使熟而爲酒食耳。正義謂「非訓『餴』爲『餾』」是也。

「可以濯溉」，傳：「溉，清也。」或謂「溉」當讀爲「概」。如《周禮·鬯人》「凡祼事用概」鄭注：「概，尊以朱帶者。」是「罍」與「概」皆尊名，故二章言「濯罍」，三章言「濯概」也。承珙案：二章傳云：「罍，祭器。」是「罍」爲器之貴者。此章訓「溉」爲「清」，是泛言器之溉者。一則見行潦之物薄而用重，一則見其物微而用廣。如此釋經，意義更爲周密，似不必以「概」與「罍」相配爲類。《少牢饋食禮》：「雍人摡鼎匕俎于雍爨。廩人摡甑甗匕與敦于廩爨。司宫摡豆籩勺爵觚觶几洗篚于東堂下。」足知禮器之宜溉者甚多，故末章於「罍」外廣言之，仍當以傳義爲正。

卷阿

《序》云：「《卷阿》，召康公戒成王也。言求賢用吉士也。」正義曰：「『吉士』亦是『賢人』，但《序》者別其文以足句，亦因經有『吉士』之文故也。」承珙案：《序》言求賢人以用吉士，則「賢人」當指詩中「君子」，與七八兩章所云「吉士」「吉人」「維君子使命」相合。箋於七章云：「王之朝多善士藹藹然，君子在上位者率化之。」亦是以「君子」爲「賢人」，與「吉士」别。彼疏謂「衆鳥慕鳳，似群士慕賢」，明以「吉士」「賢人」爲兩等，而此乃云「吉士」亦是「賢人」，誤矣。

「豈弟君子，來遊來歌，以矢其音」，傳：「矢，陳也。」箋云：「王能待賢者如是，則樂易之君子來就王游而歌，以陳出其聲音。言其將以樂王也，感王之善心也。」《稽古編》曰：「《卷阿》詩十章凡十言『君子』，而其六則言『豈弟』。箋疏皆目『大臣』，即《序》所謂『賢』也。《序》所謂『吉士』，即經文之『藹藹吉士』『藹藹吉人』也。能信任大賢，處之尊位，則衆賢滿朝矣。朱子《辨説》謂賢與吉士不得分爲兩等，同一『豈弟君子』，《洞酌》目成王，不應此篇遽爲賢人，似矣。但首章云『來游來歌』，七章云『維君子使，媚于天子』，『來』是自外而至之詞，非所以稱王。媚于天子，不得云王使媚之。均礙於文義。又召公意在勸王用賢，何得二、三、四章徒爲頌禱之諛辭，不一及本指乎？」承珙案：詩中「爾」字皆指王言，若「豈弟君子」亦指王，則「俾爾彌爾性」之「俾」，孰爲使之？《天保》三言「俾爾」，皆謂天使之，然則此自當謂賢人能使王彌其性矣。傳於詩中「君子」雖未明所指，然觀首章「以矢其音」傳云：「矢，陳也。」末章「矢詩不多，維以遂歌」傳云：「明王使公卿獻詩，以陳其志，遂爲工師之歌焉。」是經文首尾兩「矢」字相應，傳以來歌矢音之「君子」即獻詩之「公卿」矣。且「君子之車」傳云：「上能錫以車馬。」「錫以」者，謂錫君子以車馬也。毛義明白如是，鄭箋明指「君子」爲「賢人」，所以申毛也。朱子謂《泂酌》之「豈弟君子」既指成王，此不當指爲所求之「賢人」。不知《泂酌》乃設言有道德者爲民父母，彼亦陳戒之詞，並非以「豈弟」頌成王。指「君子」爲成王者，亦《集傳》之自爲説耳，豈可以彼例此乎？《韓詩外傳》云：「《詩》曰：『來游來歌。』以陳盛德而和無爲也。」❶此亦以「矢」爲「陳」，「君子」當指「賢人」，與毛、鄭意合。

「伴奂爾游矣，優游爾休矣」，傳：「伴奂，廣大有文章也。」箋云：「伴奂，自縱弛之意也。賢者既來，王以才官秩之，各任其職。女則得伴奂而優游，自休息也。」《稽古編》曰：「如鄭解，則與『優游』意複，不如毛義之當。且本於孔子之言，孔晁引孔子曰：「奂乎，其有文章！伴乎，其無涯際！」見正義。尤爲有據。」汪氏《異義》曰：

❶「而和」，《韓詩外傳》作「之和而」。

「王肅述毛云：『周道廣大而有文章，故君子得以樂易而來游，優游而休息。』此獨以『伴奂』指王，而分『游』與『優游爾休』指君子，割截經語，不成文義。又下二章首二句皆指王，不應此獨異，斷非毛旨。」因參鄭箋而爲之解曰：「廣大而有文章，爾王可得游娱矣。從容而自得，爾王可得休息矣。廣大有文章，言規模制度宏遠明備，故天下底定而王得安享大平，所謂『爾游』也。『優游爾休』又承『爾游』，而申成之。」承珙案：此説是也。

「俾爾彌爾性」，傳：「彌，終也。」箋云：「俾，使也。樂易之君子來在位，乃使女終女之性命，無困病之憂。」承珙案：周公作《無逸》，而以殷之三宗及文王享國歷年之永爲箴。鄭箋之釋「彌性」似用此義，但與四章「爾受命長矣」意複。故《吕記》載董氏説，及李黄《集解》、逸齋《補傳》皆主德性言。今案：傳但云「彌，終也」。終者，盡也。彌爾性者，盡爾性也。則謂詩所言「性」，即孔、孟所言之「性」可也。正義以箋説述毛，未必得毛旨耳。

「似先公酋矣」，傳：「似，嗣也。酋，終也。」郭注《爾雅》引此詩：「嗣先公爾酋矣。」「似」作「嗣」者，此注家以訓詁字代經文耳。多「爾」字者，或出三家《詩》，與毛異歟？「酋」訓「終」者，「終」猶「久」也。《説文》：「酋，繹酒也。」引《禮》「有大酋」。蓋繹酒者，昔酒也。《周禮注》：「昔酒，今之酋久白酒，所謂舊醳者也。」《月令》注云：「酒熟曰酋。」《方言》亦云：「酋，熟也。久熟曰酋。」「似先公酋」者，謂嗣先公而久道化成也。不曰先王而云「先公」者，正義云：「『公』是『君』之别名，故箋云『嗣先君之功而終成之』。則先王、先公皆在其中矣。」

「純嘏爾常矣」，傳：「嘏，大也。」箋云：「純，大也。予福曰嘏。使女大受神之福以爲常。」案：《賓之初筵》及此傳皆訓「嘏」爲「大」，鄭箋於《詩》中「嘏」字皆爲「受福」，似與毛異，其實義相成也。蓋「嘏」之本訓爲「大」，《郊特牲》曰：「嘏，長也，大也。」《方言》：「嘏，大也。宋、衛、陳、魯之閒謂之嘏，秦、晉之閒凡物壯大謂之嘏。」《説文》：「嘏，大遠也。」因祭祀受福曰嘏，而「大」義遂專屬於「福」。以漢人《爾雅》注例之，當云「嘏，福之大也」。毛公深明故訓，但云「大」而「福」義自著。鄭君生於後漢，釋經之法稍變，故必以「予福」申明之。《少牢饋食禮》「以嘏予主人」注云：「嘏，大也。予主人以大福。」此可見「嘏」祇有「大」訓，引申之爲「大福」耳。

「有馮有翼，有孝有德，以引以翼」，傳：「有馮有翼，道可馮依以爲輔翼也。引，長。翼，敬也。」案：傳以「馮翼」「孝德」爲賢人之行，與經義最合。蓋此經四「有」字，與《緜》之「有疏附」「有先後」等文意正同。「以引以翼」，又與《行葦》末章同，彼謂王之長敬耉老，此王以長敬賢人，其意一也。鄭以上章「純嘏」爲祭祀受福，故易傳，以此爲廟中事尸之禮。但於本章「豈弟君子，四方爲則」義已不倫，而以上下章文義考之，亦絶不相屬，似非詩意。

「容容卬卬，❶如圭如璋，令聞令望」，傳：「容容，温貌。卬卬，盛貌。」箋云：「令，善也。王有賢臣，與之以禮義相切磋，體貌則容容然敬順，志氣則卬卬然高朗，如玉之圭璋也。人聞之則有善聲譽，人望之則有善

❶「容容」，廣雅本及阮校本《毛詩正義》作「顒顒」。下同。

威儀，德行相副。」嚴《緝》云：「説者以『容容卬卬』而下爲成王，非也。《假樂》嘉成王，故稱『穆穆皇皇』；此詩以成王初蒞政而戒之，則不當過爲稱譽之詞也。」承珙案：此説非是。《釋訓》云：「容容卬卬，君之德也。」虞翻注《易・觀》亦引《詩》曰：『容容卬卬，如圭如璋。』君德之美也。」故箋以爲得賢臣而後，君德能如此。此正所以陳戒，非即美成王有此德，無嫌於過爲稱譽也。

「鳳皇于飛，翽翽其羽，亦集爰止」，傳：「翽翽，衆多也。」箋云：「翽翽，羽聲也。亦，亦衆鳥也。爰，于也。鳳皇往飛翽翽然，亦與衆鳥集於所止。衆鳥慕鳳皇而來，喻賢者所在，群士皆慕而往仕也。因時鳳皇至，故以喻焉。」正義曰：「毛意不言衆鳥，則唯是鳳事而言。亦者，以鳳事自相『亦』也。故王肅云：鳳皇雖是高飛傅天，而亦集於所宜止。故集止以亦傅天，傅天以亦集止。」今本正義脱誤不可讀。此從浦氏校正。承珙案：傳以「翽翽」爲「衆多」，則「其羽」自指衆鳥。若曰鳳皇于飛，則有此衆多之羽，亦集于所止耳。以衆鳥翽翽之多興吉士藹藹之多，則毛意「亦集」「亦傅」，皆指衆鳥而言。箋乃申毛，非異毛也。惟以「翽翽」爲「鳳飛之羽聲」爲稍異耳。正義泥於王肅之説，謂毛意以鳳事自相「亦」，殊失毛旨。《説文》云：「鳳飛，群鳥從以萬數。」故「鳳」古作「朋」字，此所以有衆鳥之「翽翽」。正義乃引《中候》《白虎通》，以鳳皇來必衆多申毛「衆多」謂鳳之意，誤矣。又汪氏《異義》謂傳以用賢致瑞，爲大平之驗，不以鳳至取喻。今案：《九章》傳云：「天下和洽，則鳳皇樂德。」雖似據事爲賦，然喻意自在其中。箋云「因時鳳至，故喻」，亦即所以申毛。不得謂毛爲賦、鄭爲興也。

「矢詩不多，維以遂歌」，傳：「不多，多也。明王使公卿獻詩以陳其志，遂爲工師之歌焉。」箋云：「矢，陳也。我陳作此詩不復多也，欲令遂爲樂歌。王日聽之，則不損今之成功也。」汪氏《異義》曰：「傳意言王能用賢，則在朝公卿皆賢人吉士，使之獻詩陳志，遂爲工歌，令矇瞍賦誦以爲鑒戒。『矢詩』與首章『矢音』同義，故以『不多』爲反辭，言賢人多，其陳戒自多也。箋誤解經『矢詩』爲召公自言陳作此詩，因易傳，以『不多』爲順辭。疏又據箋此解申傳，以『不多』爲『多』，謂王能用賢不復須戒，故以作詩爲煩多。而《公劉序》下疏謂此二句乃召公自言作意，爲《公劉》《泂酌》《卷阿》三篇總結。皆非經傳之旨。」承珙案：汪説是也。

民勞

《序》云：「《民勞》，召穆公刺厲王也。」案：此詩，後儒多以爲戒同列之詞，不過因《板》詩有戒臣之語推類及之，又以詩中「爾」「女」似非斥王之詞耳。不知稱謂古今遞變，三代質直，爾女之稱，尊卑上下皆可施用。《詩》中此類甚多，《孟子》乃云：「人能無受爾女之實。」蓋至戰國時，始以「爾女」爲尊於卑、上於下輕忽之詞耳，不可以律《詩》《書》也。此詩全篇，箋疏皆主斥王，毛傳雖無明文，然末章云：「王欲玉女，是用大諫。」《板》詩首章云：「猶之未遠，是用大諫。」二文相同。《板》首章傳云：「上帝，以稱王者也。」彼通章皆指王言，而曰「是用大諫」，則毛意當謂諫王。以彼例此，此詩篇終之「是用大諫」，亦必謂諫王。故二篇《序》皆云「刺王」。鄭於末章箋云：「王乎，我欲令女如玉然，故作是詩，用大諫正女。」揆之毛意，當與鄭同耳。

「汔可小康」，傳：「汔，危也。」箋云：「汔，幾也。今周民罷勞矣，王幾可以小安之乎？」正義曰：「傳以『汔』之爲『危』，既無正訓，又小康者，安此勞民，直以勞民須安，不當更云『危』也。《釋詁》云：『饑，汔也。』

孫炎曰：『汔，近也。』郭璞曰：『謂相摩近。』反覆相訓，是『汔』得爲『幾』也。」《稽古編》曰：「疏失毛、鄭之意。毛云『危』即『近』義。《易》曰：『其殆庶幾。』『殆』與『危』義皆可通於『近』。鄭云『幾』，正申毛意，非易傳也。又《爾雅·釋言》：『嗝、幾、烖、殆，危也。』『譏，汔也。』『幾』『譏』『危』『汔』轉互相通。毛『危』鄭『幾』，同歸『近』義耳，豈有異乎？」承珙案：古人言「幾」每曰「危」，《漢書·宣元六王傳》：東平思王宇謂中謁者信等曰：「今暑熱，縣官年少持服，恐無處所，我危得之。」孟康曰：「危，殆也。我殆得爲天子也。」師古曰：「危者，猶今之言險不得之也。」又《外戚傳》：「今兒安在？危殺之矣！」師古曰：「危，險也。猶今人言險不殺耳。」此皆以「危」爲「幾」意。又「危」字亦作「佹」，《列子·力命》篇「佹佹成者」，殷敬順《釋文》云：「佹佹，幾欲之貌。」毛以「汔」爲「危」，其訓最古。鄭云「幾」者，取其通俗易曉耳。正義云：「昭二十年《左傳》引此詩，杜預注云：『汔，期也。』『期』字雖别，皆是『近』義。言其近當如此。」今案：《左傳》注作「汔，其也」。彼疏云：「杜以『幾』『其』同聲，故以『汔』爲『其』。」然則杜訓「其」，猶鄭言「幾」也。《後漢書·班超傳》引此詩，李賢注亦曰：「汔，其也。」要皆與「危」意相同，非有異也。

「無縱詭隨」，傳：「詭隨，詭人之善，隨人之惡者。」正義曰：「詭戾人之善，隨從人之惡。」觀箋云「詭人之善不肯行」，則「詭」自是「違戾」之意。或疑「詭」「隨」疊韻字，不當分訓。承珙案：詭戾、隨從，事雖相反，而詭善、隨惡，義實相因。故雖分訓，仍不害疊韻爲文。若章懷注《後漢書》，以「詭隨」爲詭詐委隨之人，則字别爲義，似非本訓。蘇《傳》以爲不顧是非而妄隨人，朱子從之，則更於「詭」字不切矣。

「以謹無良」，傳：「以謹無良，慎小以懲大也。」正義曰：「此『詭隨』『無良』『寇虐』俱是惡行，但惡有大小。『詭隨』小惡，『無良』其次，『寇虐』則大惡也。」承珙案：《後漢書》陳忠上書曰：「臣聞輕者，重之端；小者，大之源。故隄潰蟻孔，氣洩鍼芒。是以明者慎微，智者識幾。《書》曰：『小不可不殺。』《詩》云：『無縱詭隨，以謹無良。』所以崇本絶末，鉤深之慮也。」《廣雅·釋訓》亦云：「詭隨，小惡也。」此皆用毛義者。蓋此詩每章皆言「詭隨」，而但曰「無縱」，可知其爲小惡。下文曰「以謹」曰「式遏」，明其惡漸大矣。又案：昭二十年《左傳》引《詩》作「毋從詭隨」，《唐石經》《春秋傳》字亦作「從」。觀箋云「無聽於詭人之善不肯行，而隨人之惡者」，則鄭所據本《毛詩》本當亦作「從」，故曰「無聽」。後儒釋爲「縱舍」之「縱」，誤矣。

「柔遠能邇」，傳：「柔，安也。」箋云：「能，猶『侞』也。邇，近也。安遠方之國，順侞其近者。」《稽古編》曰：「《釋文》：『能，徐云毛如字，鄭奴代反。』據徐音，則是『能』與『耐』通，『侞』當訓『忍』、訓『任』。徐邈，晉人，去鄭未遠，宜得『侞』字之解矣。但毛傳『能』字無訓，孔述全用鄭『順』意，不知徐云『毛如字』當作何意也。」案：《尚書》孔傳云：『言當安遠，乃能安近。』疏引王肅云：『能安遠者，先能安近。』二說相反，而釋『能』字則同。徐意或當如之。」承珙案：「柔遠能邇」，亦見《顧命》。彼傳云：「和遠又和近。」與《舜典》傳語又微異。總之，毛不釋「能」字，自以經文四字爲互文見義。於「遠」言「柔」不言「能」，於「邇」言「能」不言「柔」，實則遠邇皆能柔之耳。一說「能」讀當爲「而」，《漢督郵班碑》作「柔遠而邇」。「而」「如」古字通。《君子偕老》「胡然而天也，胡然而帝也」，毛傳云：「尊之如天，審諦如帝。」是即以「而」爲「如」。則此篇毛意或亦讀「能」爲「如」，言安遠國如其近者。徐云「能，毛如字」者，毛時「能」「如」聲近，讀「能」猶讀「如」也。

汪氏《異義》曰：「《釋文》謂『侞』字不見字書，而引《廣雅》『如，若也，均也』，謂義音相似；疏引鄭《書》

注，謂與『恣』同，皆於『順』『伽』義近。《爾雅》『如』與『適』同訓。《説文》云：『如，從隨也。』『恣，縱也。』皆『順適』之意。《釋文》又云：『伽，舊音如庶反。』則又當通作『茹』。《釋言》：『茹，度也。』『度』有『謀』義。安遠方之國，先順謀其近者，舊音宜得其義也。」《釋詁》「如」亦訓「謀」。承珙案：徐邈云能，「鄭奴代反」者，此即鄭注《禮運》《樂記》所謂「能」字古皆作「耐」者也。「耐」去「寸」則爲「而」，「而」與「如」古通用，故亦讀「能」爲「而」，訓「而」爲「如」。但箋之訓「如」，不作「如若」解耳。

「敬慎威儀，以近有德」，傳：「求近德也。」案：近德者，謂慎儀乃所以進德，猶《抑》詩言「抑抑威儀，維德之隅」也。《左傳》昭二年叔弓聘于晉，晉侯使郊勞，辭。致館，又辭。叔向曰：「子叔子知禮哉！吾聞之曰：『忠信，禮之器也。卑讓，禮之宗也。』辭不忘國，忠信也。先國後己，卑讓也。《詩》曰：『敬慎威儀，以近有德。』夫子近德矣！」近德者，即進於德之意。毛傳釋經正與此合。後儒皆謂王宜敬威儀以親近有德之人，説雖可通，然非經傳之意矣。

「戎雖小子，而式宏大」，傳：「戎，大也。」箋云：「戎，猶『女』也。式，用也。宏，猶『廣』也。今王女雖小子自遇，而女用事於天下甚廣大也。」嚴《緝》云：「舊説以此詩『戎雖小子』及《板》詩『小子』皆指王。《板》「小子」箋説亦不指王。華谷云「舊説」者，未知何指。『小子』非君臣之辭，今不從。二詩皆戒責同僚，故稱『小子』耳。」范氏《補傳》曰：「説者謂『戎』之與『女』，詩人通訓。古者，君臣相爾女，本示親愛。『小子』則年少之通稱，故周之頌詩、誥命，皆屢稱『小子』，不以爲嫌。是詩及《板》《抑》以厲王爲『小子』，意其即位未久，年尚少已昏亂如此。故《抑》又謂『未知臧否』，則年少可知矣。穆公謂王雖小子，而用事甚廣大，不可忽也。」承珙案：古人訓詁必有所本，毛公時「戎」字必無「女」訓，故於《詩》中「戎」字但據《爾雅》訓「大」訓「相」，無訓「女」者。鄭謂「戎」猶「女」者，亦必有所出。考《常棣》以「戎」韻「侮」，《常武》以「戎」韻「父」，當時「戎」字必有「女」音，因即以「戎」代「女」，故箋每云「戎」猶「女」也。王肅述毛云：「在王者之大位，雖小子，其用事甚大。」自不如箋謂「女王雖小子」語意直截耳。

「以謹繾綣」，傳：「繾綣，反覆也。」《釋文》云：「繾綣，上音遣，下起阮反，字或作卷。」正義曰：「昭二十五年《左傳》：『繾綣從公，無通内外。』則『繾綣』者，牢固相著之意，非善惡之辭，但施於善則善，施於惡則惡耳。此云『以謹繾綣』，是人行反覆爲惡，固著不捨，常爲惡行也。」承珙案：「繾綣」字只當作「遣卷」。《説文》：「遣，縱也。」「卷，厀曲也。」是「遣」有「申」義，「卷」有「曲」義。「屈申」即「反覆」之意，故「遣卷」雖疊韻，亦分二義。而其義實相因，如「詭隨」之分善惡耳。《廣雅·釋詁》：「饋餋，摶也。」「摶」即《曲禮》「毋摶飯」之「摶」。饋餋，猶「繾綣」。杜注《左傳》：「繾綣，不離散也。」「摶」義與「不離散」正相近。《荀子·成相篇》「精神相反」，楊倞注：「相反，謂反覆不離散。」然則傳訓「反覆」，亦與「不離散」義相通也。

板

「上帝板板」，傳：「板板，反也。上帝，以稱王者也。」《稽古編》曰：「《板》《蕩》首章『上帝』皆謂王者。《板》詩二、四、五、六章，《蕩》詩次章及《桑柔》首章『天』字亦斥王。毛、鄭之説有自來矣。三家義雖無考，然《韓詩外傳》以『上帝板板，下民卒癉』爲君反道而民愁，則『上帝』亦指君。《爾雅·釋詁》云：『天、帝、皇、王，君也。』正謂此諸詩耳。」承珙案：《菀柳》「上帝甚蹈」，王肅、孫毓述毛亦以「上帝」爲斥王。《禮記·緇衣》篇：「子曰：上人疑，則百姓惑。故君民者章好以示民俗，慎惡以御民之淫，則民不惑矣。《詩》曰：『上帝板板，下民卒癉。』」《後漢書·李固傳》陽嘉二年對策引《詩》云：「『上帝板板，下民卒癉。』刺周王變祖法度，故使下民將盡病也。」此皆與毛義合者。然傳特言「上帝以稱王者」，則於詩中「天」字不爲斥王，明矣。鄭箋乃於次章「天之方難」云：「天，斥王也。」趙注《孟子》引《詩》「天之方蹶」云：「天，謂王者。」與鄭同。然至末章「敬天之怒」又不得不指爲上天，自不如以首章「上帝」指君，二章以下稱「天」者皆指上天爲正。毛於《蕩》首章「上帝」傳云：「上帝，以託君王也。」至次章「天降滔德」，又訓「天」爲「君」。若此詩「天」亦指君，則必於「天之方難」下發傳矣。孔疏於此二、四、五、六章言「天」者，皆用鄭述毛，未必得毛意也。

「靡聖管管」，傳：「管管，無所依繫。」箋云：「王無聖人之法度，管管然以心自恣。」阮氏《校勘記》云：「小字本、相臺本傳『繫』作『也』字，是也。正義云『無所依據』『故知無所依繫』，皆自爲文，不當依以改傳。」承珙案：《廣韻》「悹」字下引《詩》傳：「悹悹，無所依也。」則本無「繫」字可知。《説文》《廣雅》皆云：「悹，憂也。」《爾雅》：「痯痯，病也。」「病」與「憂」義相近。《小雅·杕杜》「四牡痯痯」傳訓「罷貌」。此「無所依」者，亦「罷」義之引申，故邢疏《爾雅》「痯痯」兼引《杕杜》及《板》詩。蓋「靡聖」者，非聖無法，故無所依。無所依，則有傀焉如不終日之勢，與「罷病」義正相因也。

「猶之未遠，是用大諫」，左氏成八年《傳》、《三國·魏志·高堂隆傳》引此「諫」皆用「簡」。《顏氏家訓·音辭篇》引《穆天子傳》音「諫」爲「間」，是古本《穆天子傳》作「山川諫之」，郭注音「間」。今本傳文作「間」，郭注音「諫」，乃後人所改耳。盧召弓《鍾山札記》曰：《韓非子·内儲説下·六微》云：「文王資費仲而游於紂之旁，令之諫紂而亂其心。」此亦讀「諫」爲「閒」，與《穆天子傳》一例。承珙案：古字「諫」「閒」既通，《莊子·天運》篇「食于苟簡之田」《釋文》引司馬本作「閒」，是「簡」「閒」字亦通借，故《左傳》又借「簡」爲「諫」耳。

「天之方難，無然憲憲」，傳：「憲憲，猶『欣欣』也。」惠氏《古義》曰：「案：『欣』讀爲『軒』。《左傳》『掀公出於淖』徐邈云：『掀，許言反。』是古音『欣』與『軒』同。古『憲』字有『軒』音，鄭注《樂記》云：『憲，讀爲軒。』注《内則》云：『軒，讀爲憲。』二字反覆相訓。」承珙案：此及下傳「泄泄猶沓沓」，皆以今語釋古語之例。凡古今語言相變，有從聲轉者，古言「憲憲」，後言「欣欣」是也；有以義通者，古言「泄泄」，後言「沓沓」是也。姚氏南青《援鶉堂筆記》曰：「《北史》載沮渠蒙遜怒校書郎曰：『汝聞劉裕入關，敢研研然也。』」疑「憲憲」義亦相同。以後解古，或不殊耳。

「天之方蹶，無然泄泄」，傳：「蹶，動也。泄泄，猶沓沓也。」錢氏《答問》曰：「《孟子》釋《詩》『泄泄』爲『沓沓』，而毛傳取之。《説文》：『沓，語多沓沓也。』《詩》『噂沓背憎』，鄭箋謂『噂噂沓沓，相對談語』，亦取聚語之義。《孟子》以『事君無義、進退無禮，言則非先王之道』申『沓沓』之説，亦是惡其多言，與《説文》同義。鄭箋取《爾雅》『憲憲、泄泄，制法則』之解。蓋《爾雅》《説文》訓詁似異而理實相因。孔疏以『泄泄』『沓沓』爲競進之意，朱氏又以爲怠緩悦從之貌，皆不若《説文》之可據。」承珙案：《魏風》「桑者泄泄兮」毛傳：「泄泄，多人之貌。」「多人」與「多言」義亦相近。正義以爲競進之意，尚有可通。若「怠緩悦從」，乃六朝人所謂「沓拖」者，古無此訓也。

箋云：「女無憲憲然，無沓沓然。」案：此非以「無然憲憲」爲「無憲憲然」作倒裝句也。四章「無然謔謔」，傳云：「謔謔然喜樂。」此非釋經「然」字，乃形容「謔謔」，助語成文。如「多將熇熇」，傳云「熇熇然熾盛」，經文并無「然」字也。蓋「然」者，是也。無然，猶言「無是」也。下文「無爲夸毗」「無敢戲豫」，「無然」與「無爲」「無敢」正同。趙注《孟子》引「無然泄泄」，言：「天方動，女無敢沓沓。」是即以「無然」爲「無敢」也。

「老夫灌灌，小子蹻蹻」，傳：「灌灌，猶款款也。蹻蹻，驕貌。」案：「灌」當爲「懽」之借。《説文》：「懽，喜款也。」「款，意有所欲也。」毛以「灌」「款」疊韻爲訓。蓋「懽」不止爲喜者之款款，即憂者出於至誠亦與喜樂同其款款，故《説文》又引《爾雅》「懽懽、愮愮，憂無告也」。喜款者，「懽」之本義。憂無告者，其引申之義。《爾雅》作「懽懽」今《爾雅》仍作「灌灌」，非善本。者，詩之正字。《毛詩》「灌灌」者，借字。鄭注《尚書大傳》又引作「嚾嚾」，見《儀禮經傳通解》。亦借字也。蹻，《説文》云：「舉足行高也。」引《詩》「小子蹻蹻」。毛傳云「驕貌」者，即「舉足行高」之義也。《列女傳》作「矯矯」，鄭注《大傳》引作「蟜蟜」，皆借字耳。

「無爲夸毗」，傳：「夸毗，體柔人也。」正義曰：「以形體順從於人，故曰以體柔人。」案：「體柔人」者，謂形體柔順之人。正義本「體」上似有「以」字，非是。《稽古編》曰：「《爾雅》：『籧篨，口柔也。戚施，面柔也。夸毗，體柔也。』三者曲盡小人狐媚之態，而皆見《詩》。合之他典，《周書》『巧言』『令色』『便辟』，語異而義同。『巧言』即口柔，『令色』即面柔，『便辟』即體柔耳。《論語》亦言『巧言令色足恭』，注云：『足恭，便辟貌。』《書》傳亦云『便辟，足恭』。孔仲達釋『夸毗』云：『便辟，其足前却爲恭。』則足恭也、便辟也、夸毗也，三名而一實也。」承珙案：「夸毗」疑「侉𢟍」二字之借，《説文》：「侉，𢟍詞也。」「𢟍，繫也。」𢟍，今字作「憊」，謂疲極也。《孟子》

曰：「脅肩諂笑，病于夏畦。」其夸毗之謂乎！《史記·賈誼傳》「夸者死權」，應劭曰：「夸，毗也。好榮，死於權利。」《後漢書·崔駰傳》「恥夸毗以求舉」，注云：「夸毗，謂佞人足恭，善爲進退。」是「夸毗」但爲體柔之一事，故《玉篇》《廣韻》作「䠸躭」，字皆從「身」，不當如蘇《傳》以「大言」「諛言」分爲二義也。《援鶉堂筆記》曰：「《隋書·何妥傳》論當時改作之弊云：『莫不用其短見，便自夸毗，邀射名譽，厚相誣罔。』此則『夸毗』之義與毛、鄭不同。」承珙案：《法言·吾子篇》「足言足容」注云：「足言，夸毗之辭。」亦不用《爾雅》。是隋、唐閒有此解，非古訓也。

「如壎如篪，如璋如圭」，傳：「如壎如篪，言相和也。如璋如圭，言相合也。」正義謂「半圭爲璋，合二璋則成圭，故云『言相合』」。而於上句但云「壎篪俱是樂器，其聲相和，故云『相和』」。按：樂器相和者多，何以獨言壎篪？張萱《疑耀》云：「閱古今樂律諸書，知七音各自爲五聲，如宮磬鳴而徵磬和，獨壎篪則二器共爲一音。壎爲宮，而篪之徵和。壎爲角，而篪之羽和。此所以言『相和』也。」

「攜無曰益，牖民孔易」，箋云：「女攜掣民東與？西與？民皆從女所爲，無曰是何益爲，道民在己甚易也。」承珙案：經文但云「無曰益」，箋增之曰「是何益爲」，恐非經旨。蘇《傳》云：「攜取，以言其易也。然其道之也，攜之而已。不求多於民，是以其道之也甚易。」嚴《緝》云：「攜而必從，非別立一道以益之也，因其所固有耳。」此二説似於經文爲順。

「民之多辟，無自立辟」，傳：「辟，法也。」箋云：「民之行多爲邪辟者，乃女君臣之過，無自謂所建爲法也。」盧氏《釋文考證》曰《後漢書·張衡傳》、《家語·子路初見》篇、《玉篇·人部》、《一切經音義》九、《文選》注三皆引作「多僻」。段氏《詩經小學》曰：「傳『辟，法也』之上不言『辟，僻也』，蓋漢時《詩》本上作『僻』，下作『辟』，故箋云云。各書徵引，皆上『僻』下『辟』，《釋文》亦然。自《唐石經》二字皆作『辟』，而朱子并下字釋爲『邪』矣。」承珙案：宣九年《左傳》：陳殺洩冶，孔子曰：「《詩》云：『民之多辟，無自立辟。』其洩冶之謂乎？」昭二十八年《傳》：「晉祈勝與鄔臧通室。❶祈盈將執之，訪於司馬叔游。叔游曰：『無道立矣，子懼不免。《詩》曰：「民之多辟，無自立辟。」姑已若何？』」此皆謂邪僻之世，不可執法以繩人。雖與《詩》義稍異，然「立辟」皆爲「立法」，與《爾雅·釋訓》「憲憲、泄泄」爲「制法則」者合，故傳箋皆本此爲解。後儒以下「辟」字亦爲「邪僻」，謂不可自立於邪僻之地，非經意矣。

「价人維藩」，傳：「价，善也。藩，屏也。」箋云：「价，甲也。被甲之人，謂卿士掌軍事者。」汪氏《異義》曰：「疏申箋，謂於《周禮》爲司馬之卿。稽之經典，無以『甲人』稱卿大夫士者。唯《月令》車右名『保介』，以其時衣甲居右，用備非常，因以『保介』言之，其在《周禮》則曰『司右』，曰『勇力之士』，不謂之『甲人』也。司馬掌軍，不常被甲，以『甲人』目之，恐非經旨。」承珙案：正義云：「『价，善』，《釋詁》文。」是《爾雅》字本作「价」。今本作「介」者，誤。《説文》：「价，善也。从人，介聲。《詩》曰：『价人維藩。』」與《爾雅》、毛傳皆合。《漢書·諸侯王表序》引《詩》作「介人」，此或據三家《詩》。故箋本之，釋「介」爲「甲」耳。

「宗子維城」，箋云：「宗子，謂王之適子。」《稽古編》曰：「晉士蔿對獻公僖五年。引此詩云：『君其修德而固宗子，何城如之！』『宗子』暗指申生，正適子之謂。鄭説有本矣。」承珙案：上文「大宗維翰」傳云：「王

❶ 「祈」，《左傳》作「祁」，下「祈盈」同。

者，天下之大宗。」箋云：「大宗，王之同姓世適子。」夫王之適子爲「宗子」，而同姓世適反稱「大宗」，名實乖矣。故即「宗子」之稱，可證傳以「大宗」爲王者，其解確矣。

「敬天之渝，無敢馳驅」，箋云：「渝，變也。」《後漢書・楊秉傳》：「敬天之威，不敢驅馳。」顔注謂與《詩》文稍異。承珙案：此所引當係三家《詩》，《毛詩》「渝」與「驅」韻，故作「馳驅」。此「威」與「馳」韻，故作「驅馳」。不獨文異，韻亦異矣。若《蔡邕傳》引《詩》「畏天之怒，不敢戲豫」，此雖字異，或《毛詩》本有異同耳。

毛詩後箋卷二十五

涇　胡承珙

大雅蕩之什

蕩

《序》云：「《蕩》，召穆公傷周室大壞也。厲王無道，天下蕩蕩無綱紀文章，故作是詩也。」徐位山《管城碩記》曰：「張耒《明道褋志》謂今人作文，稱亂世曰『板蕩』，此二詩篇名也。『板』爲『不治』則可，『蕩』則《詩》云『蕩蕩上帝，下民之辟』，『蕩』豈『亂』意乎？大師舉篇首一字名篇耳。《小序》言『蕩蕩無綱紀文章』，非其本意。案：《小序》言『蕩蕩無綱紀』，乃謂厲王無道，非謂上帝也。《後漢·楊賜傳》曰：『不念《板》《蕩》之作，虺蜴之戒。』唐大宗《賜蕭瑀詩》：『疾風知勁草，板蕩識誠臣。』謂『蕩』無『亂』意，可乎？」承珙案：《後漢書·董卓傳》論亦云：「《板》《蕩》之篇，於焉而極。」歐、蘇訓「蕩蕩」爲「廣大」，《稽古編》謂其不知《詩》「蕩」字當作「愓」。《説文》「狂放」字作「愓」，亦作「愓」。法度廢壞，正「狂放」義也。總之，《詩》以「蕩」名篇，則「蕩蕩上帝」斷非美辭，自不得訓爲「廣大」。

「蕩蕩上帝，下民之辟」，傳：「上帝，以託君王也。辟，君也。」「疾威上帝，其命多辟」，傳：「疾，病人矣。威，罪人矣。」案：後儒以兩「上帝」皆指天言，而天不可謂之「疾威」，故以爲首四句設爲怨天之辭，下四句所以解之。承珙案：《說苑·至公》篇云：「《書》曰：『不偏不黨，王道蕩蕩。』言至公也。夫公生明，偏生暗，端慤生達，詐僞生塞，誠信生神，夸誕生惑。此六者，君子之所慎也，而禹、桀之所以分也。《詩》云：『疾威上帝，其命多僻。』言不公也。」此足明《詩》稱「蕩蕩」與《洪範》之「蕩蕩」不同，而傳以「上帝」託言君王，其義諦矣。

「天生烝民，其命匪諶。靡不有初，鮮克有終」，傳：「諶，誠也。」箋云：「烝，衆。鮮，寡。克，能也。天之生此衆民，其教道之，非當以誠信使之忠厚乎？今則不然。民始皆庶幾於善道，後更化於惡俗。」承珙案：後儒釋《詩》者，或以「有初」「鮮終」指厲王而言，或并指厲王之臣，皆與「天生烝民」語意不合。《韓詩外傳》：「繭之性爲絲，弗得女工燔以沸湯、抽其統理，不成爲絲。卵之性爲雛，弗得良雞覆伏孚育，積日累久，則不成爲雛。夫人性善，非得明王聖主扶攜納之以道，則不成君子。《詩》曰：『天生烝民，其命匪諶。靡不有初，鮮克有終。』言惟明王聖主使之然也。」此釋《詩》與箋說合。

「曾是彊禦」，正義曰：「曾者，謂何曾如此，今人之語猶然。」承珙案：曾，猶乃也。《孟子》「爾何曾比予於管仲」，趙注：「何曾，猶何乃也。」據此疏所云，是唐初人猶謂「何乃」爲「何曾」。若近世以「何曾」爲「何嘗」，則詞意正與「何乃」相反，非古訓矣。詳見段注《說文》、王氏《釋詞》。

「曾是掊克」，傳：「掊克，自伐而好勝人也。」正義曰：「『自伐』解『掊』，『好勝』解『克』。定本『掊』作

『倍』。倍，即『掊』也。倍者，不自量度，謂己兼倍於人而自矜伐。」《説文》：「掊，把也。」段注云：「《史》《漢》皆言『掊視得鼎』，師古曰：『掊，手杷土也。』『杷』音蒲巴反，其字从木，即今俗之『刨』字也。《詩正義》謂『己兼倍於人而自矜伐』，似定本作『倍』爲是矣。然《孟子》書亦云『掊克』，趙注但云『不良也』，知《詩》本不作『倍』。毛意『掊』爲『倍』之假借字耳。」承珙案：《釋文》：「掊克，蒲侯反，聚斂也。」此蓋讀「掊」同「捊」。《説文》：「捊，引取也。」引取者，聚斂之意，然於「克」字無涉。顏注《漢書·敘傳》以「掊克」爲「好聚斂、克害之人」，則似兩字分爲二義。不知此等皆見成稱目，雖非雙聲疊韻，亦必二字爲一意。如上文「彊禦」，❶合之則「禦」亦是「彊」，分之則其彊足以禦善，仍一義也。此解雖以「自伐」解「掊」，「好勝」解「克」，然合之只是「好勝」之意。李《解》引王氏謂「掊斂好勝之人」，《孟子音義》以爲「深克朘民之人」，皆非是。

「流言以對」，傳：「對，遂也。」箋云：「女執事之臣宜用善人，反任彊禦衆懟爲惡者，皆流言謗毀賢者。王若問之，則又以對。」承珙案：傳訓「對」爲「遂」，「遂」者，進也，謂彊禦多懟之人爲毀賢之流言，以進於王也。互詳《雨無正》。鄭箋「王若問之，則又以對」，乃申毛，非易毛也。正義述毛則謂任用彊禦之人，爲流言以遂成其惡事。似以「以對」總上二句，言使彊禦流言者得遂其惡。然經文以「對」祇承「流言」，則「對」自當爲「對答」之「對」。傳箋同義，不得如疏所云也。

「侯作侯祝」，傳：「作祝詛也。」段氏《詩經小學》曰：「『作祝詛也』四字一句，言『侯作侯祝』者，謂作祝詛

---

❶ 「上」，原作「土」，據廣雅本改。

之事也。『詛』是祝之類，故兼云『詛』。經文三字不成句，故『作』字之下益『侯』字以成之。《詩》中如此句法甚多。如『迺慰迺止』箋云：『乃安隱其居。』『迺宣迺畝』箋云：『時耕曰宣。乃時耕其田畝。』『爰始爰謀』箋云：『於是始與豳人之從己者謀。』陸、孔以毛傳『作』字爲逗，『祝詛也』爲句，大誤。」承珙案：段説是也。毛果讀「作」爲「詛」，則云「作，詛也」足矣，何得以「祝詛」連言，殊無文義。使箋亦從毛以「作」爲「詛」字，則當云「詛，祝」，何以云「日祝詛求其凶咎」乎？經中如《小雅·吉日》之「既伯既禱」傳云：「伯，馬祖也。將用馬力，必先爲之禱其祖。」是傳意謂既伯而禱也。《節南山》之「式夷式已」傳云：「式，用。夷，平也。用平則已。」此毛傳讀經之例，尤足與此篇相證者也。

「女炰烋于中國」，傳：「炰烋，猶彭亨也。」箋云：「炰烋，自矜氣健之貌。」《稽古編》曰：「《易釋文》引干寶注云：『彭亨，驕滿貌。』《玉篇》《廣韻》『彭亨』作『憉悙』，注云：『自強也。』意皆同鄭。」段氏《詩經小學》曰：「『炰烋』之言『狍鴞』也。《山海經》：『鉤吾之山有獸焉，名曰狍鴞，是食人。』郭注：『爲物貪惏，象在夏鼎，《左傳》所謂「饕餮」是也。』」承珙案：《文選·魏都賦》「吞滅咆烋」劉淵林注：「咆烋，猶咆哮也，自矜健之貌。《詩》曰：『咆烋于中國。』」據此，知詩「炰烋」當爲「咆哮」之借。《説文》：「咆，嗥也。」「哮，豕驚聲也。」哮，古通虓、唬。《常武》「闞如虓虎」，《風俗通》作「哮虎」。《説文》：「虓，虎鳴也。一曰師子。」「唬，虎聲也。从口、虎，讀若『暠』。」《廣韻》：「咆虓，熊虎聲。」《通俗文》：「虎聲謂之哮。」然則「咆哮」者，嗥鳴作健之意。劉注即用鄭箋。傳「彭亨」者，「炰烋」之轉，以今語釋古語耳。

「不明爾德，時無背無側」，傳：「背無臣、側無人也。」箋云：「無臣、無人，謂賢者不用。」「爾德不明，以無陪無卿」，傳：「無陪貳也，無卿士也。」臧氏《經義雜記》曰：「《漢志》引作『爾德不明，以亡陪亡卿』。不明爾德，以亡背亡仄』。案，上文『國』『德』與『德』『側』韻，《漢志》以『不明爾德』二句在下，中間『明』『卿』二韻收合，仍與起韻相應，較今本似得之。又《漢志》引此詩而釋之曰：『言上不明，暗昧蔽惑，則不能知善惡，親近習，長同類。亡功者受賞，有罪者不殺，百官廢亂，失在舒緩。』師古曰：『言不別善惡，有逆背傾仄者，有堪爲卿大夫者，皆不知之也。』此説較毛、鄭爲勝。」承珙案：臧説非是。上章「類」「懟」「對」「内」爲韻，末二句「祝」「究」自爲韻；下章「式」「止」「晦」爲韻，末二句「呼」「夜」自爲韻，與此「國」「德」「德」「側」爲韻，「明」「卿」自爲韻者正同，不應此章獨以「明」「卿」二韻閒廁其中。至顔注《漢書》以「亡背亡仄」爲「不知小人之反仄」，「無陪無卿」爲「不知賢人之堪任」，然《韓詩外傳》云：「淵廣者其魚大，主明者其臣惠。眼觀而志合，必繇其中。故同明相見，同音相聞，同志相從，非賢者莫能用賢。故輔弼左右，所任使者，有存亡之機，得失之要也。可無慎乎？《詩》曰：『不明爾德，時無背無側。爾德不明，以無陪無卿。』」又曰：「故聖人求賢者以輔。夫吞舟之魚大矣，蕩而失水，則爲螻蟻所制，失其輔也。《詩》曰『不明爾德』云云。」又曰：「有諤諤争臣者，其國昌。有默默諛臣者，其國亡。《詩》曰『不明』云云，言文王咨嗟，痛殷商無輔弼諫諍之臣，而亡天下矣。」據此，《韓詩》家説此四句，亦皆言無賢臣，與傳箋同，顔説不足據也。

「如蜩如螗」，傳：「蜩，蟬也。螗，蝘也。」汪氏《異義》曰：「《釋蟲》云『蜩』爲下諸蜩總目，即此詩之『如蜩』也。疏引《爾雅》舍人注，以『蜩』『蝘』爲一物，方俗異名，誤與《豳風》疏同。然彼或因傳訓『蜩』爲『螗』，未審厥旨，誤尚有由。此則經傳皆分别言之，若爲一物，則經文複贅矣。」承珙案：《豳風・七月》傳云：「蜩，蛸也。」《小雅・菀柳》傳又云：「蜩，蟬也。」此傳則分「蜩」爲「蟬」、「螗」爲「蝘」，乃訓詁家對别散通之常例。大抵蟬類形聲相似，渾言之則「蜩蟬」是其大名，析言之有「良蜩」「螗蜩」諸名耳。

「内奰于中國」，傳：「奰，怒也。不醉而怒曰奰。」段懋堂曰：「《説文》作『奰』，从三『大』、三『目』。今《詩》作『奰』者，隸省也。或从三『四』、从『犬』，則非矣。張衡、左思賦内『贔屓』之『贔』即『奰』之譌。正義引張衡賦尚作『奰』，可見。」承珙案：《淮南・墜形訓》「食木者多力而奰」高誘注：「熊羆之屬是也。奰煩腸黄理也。奰，讀『内奰于中國』之『奰』。」此引《詩》「奰」字不省。曰「多力而奰」，正與毛訓「怒」、許訓「壯大」其旨略同。

「覃及鬼方」，傳：「鬼方，遠方也。」《稽古編》曰：「《易釋文》云：『鬼，遠也。』後儒見《易》言高宗伐鬼方，《商頌》亦言高宗伐荆楚，疑爲一事，遂謂鬼方即荆楚。宋黄震説。或又謂今貴州本羅施鬼國地，即古鬼方，皆臆説也。高宗在位五十九年，所伐豈必一國乎？《世本》謂黄帝娶於鬼方氏，《大戴禮・帝繫》篇謂陸終娶於鬼方氏，要不知在何地。匡衡言成湯化異俗而懷鬼方，則是鬼方先服後叛，故高宗伐之耳。孔疏以爲鬼方，殷之諸侯，故施於紂世，良然。案：干寶《易》注云：『鬼方，北方國。』見李鼎祚《集解》。《文選》注引《世本》注云：『鬼方於漢，則先零戎。』見《玉海》。先零，西羌也。』皆不言是南裔，則以爲荆楚者，非是。」承珙案：干寶以鬼方爲北方國，此《唐書》言鬼方爲突厥之先所由來也。《世本》注以鬼方爲先零戎，此《後漢書・西羌傳》所謂「武丁伐西落鬼戎」者也。《竹書》亦云「王季伐西落鬼戎」。王雪山《詩總聞》則引《史記・楚世家》熊渠畏厲王暴虐，去其王號，爲「鬼方」即荆楚之證。其實「鬼方」對中國而言。《後漢書》「威靈行乎鬼區」，注亦以「鬼區」爲遠方。此「鬼方」與「鬼區」同。詩言「覃及」，則所包者廣，凡南裔、北狄遠于中國，皆是，似不比《易》言「伐」、《大戴》言「娶」專指一國者也。

「曾是莫聽，大命以傾」，箋云：「莫，無也。朝廷君臣皆任喜怒，曾無用典刑治事者，以至誅滅。」《説苑·臣術》篇曰：「故諫諍輔弼之人，社稷之臣也，明君之所尊禮，而闇君以爲己賊。故明君之所賞，闇君之所殺也。明君好問，闇君好獨。明君上賢使能而享其功，闇君畏賢妒能而滅其業。罰其忠而賞其賊，夫是之謂至闇，桀、紂之所以亡也。《詩》云：『曾是莫聽，大命以傾。』此之謂也。」承珙案：後儒釋《詩》者多以「莫聽」之「聽」爲聽言其説，似本於此。然經文上云「無老成」「有典刑」，則此「莫聽」當從箋爲「無用典刑治事者」，於經旨尤合也。

「顛沛之揭」，傳：「顛，仆。沛，拔也。揭，見根貌。」陳碩甫曰：「《釋文》作『根見貌』。根見者，其根可見也。傳以『根見』釋經『揭』字，『揭』當作『楬』，從木，今從手者誤也。《明堂位》注：『齊人謂無髮爲禿楬。』《周禮·職金》注：『令時之書有所表識，謂之楬櫫。』《説文》：『楬，楬櫫也。』禿楬、楬櫫，皆毛傳『根見』之義引申説也。」承珙案：《説文》：「揭，高舉也。」引申之義爲「長」。《碩人》「葭菼揭揭」傳：「揭揭，長也。」高長者，欲拔之意。《淮南·兵略訓》「擠其揭揭」高注：「揭揭，欲拔也。」此傳云：「顛，仆。沛，拔也。」草木頓仆拔倒，則挺揭根見，故傳以「揭」爲「見根貌」。不必改「揭」爲「楬」也。

《序》云：「《抑》，衛武公刺厲王，亦以自警也。」箋云：「自警者，『如彼泉流，無淪胥以亡』。」《虞東學詩》曰：「《集傳》據《國語》定爲『自警』，而去刺厲王之説。但此詩繫於《大雅》，又次於《板》《蕩》《桑柔》之閒，詩中所陳多涉時事，《序》説似未可廢。諸儒陳説不一，要難依據。其謂在後追刺者，孔疏。既經朱子駁斥。其謂刺幽王者，李《解》。幽王之篇不得竄入厲世，列於宣王諸詩之前。其謂武公爲世子時作者，范《傳》、嚴《緝》。按年表，武公立於宣王十六年，卒於平王十三年，在厲王時年尚幼稚，不得作詩。即作於共和之末，亦不過二十餘歲之人，遽以『亦聿既耄』爲言，亦覺遠於事情。其謂平王時作者，何《義》、張《記》、陸《學》。無論東遷以後無《雅》，即詩中所稱迷亂荒湛，亦未便懸指平王。其謂宣王時作者，《詩深》。宣王中興令辟，不得有迷亂荒湛之事。其謂是詩本刺厲王，國史軼其作詩之人，武公取以自警，序《詩》者即以爲武公之作，如《左傳》所云召穆公作《常棣》之類，《質疑》。此又不得其説而爲之辭，彌不可信矣。竊意作詩時世，孔疏、李《解》專言則失；參而會之，亦有可得而論者。蓋幽王沈湎于酒，《賓筵》之詩屢陳威儀之失，此詩正與之合。特《賓筵》以自警者諷王，此篇則借厲王爲鑒，故疏謂之追刺也。不然，末章所謂『曰喪厥國，取譬不遠』者，將何所指邪？郝仲輿曰：幽王距厲王遠矣，武公追維往事以爲明鑒，故曰『告爾舊止』，曰『取譬不遠』，蓋指流彘之事也。錢飲光曰：《蕩》詩戒厲王取鑒于殷，此詩戒幽王取鑒于厲，故編《詩》者列於厲王之世。按二説根据孔、李，異於臆談，今從之。」承珙案：此説亦非是。若詩本刺幽而取鑒於厲，則《蕩》詩借文王歎紂之詞，亦可編之《采薇》《出車》之次乎？至《抑》詩之爲刺王，不獨疏引侯苞《韓詩翼要》與毛《序》同，王逸《離騷章句序》云：「詩人怨主刺上，曰：『嗚呼小子，未知臧否。匪面命之，言提其耳。』風諫之語，於斯爲切。」此亦與《序》説合。若其爲刺厲王，則此篇與《民勞》《板》《蕩》語多相類，詳見姜氏《廣義》。故《國語》所云武公九十有五作《懿》自儆者，《懿》即《抑》詩，自當從韋昭説。作者造篇追誦，皆可言之，當從侯苞「使人日誦是詩」之解。或又謂篇中「爾女」「小子」非斥王之詞，則《天保》《卷阿》皆稱「爾女」，至春秋魯人之歌尚曰「我君小子」，《左》襄四年。古人稱謂質直，本無不宜。況刺王亦以是警，即謂設爲老成訓戒後生之言，亦未嘗非主文譎諫之道。末章「曰喪厥國」，天子諸侯皆可稱「國」；《蕩》曰「小大近喪」，《桑柔》曰「天降喪亂，滅我立王」皆是，不得以厲王未滅爲疑。「取譬不遠」承「告爾舊止」而言，亦非以幽鑒厲之謂。姜氏《廣義》謂《史記》武公平王十三年，或以爲即作《懿戒》之年，則年九十五歲，上距厲王之世，武公方幼，安得作詩刺王？若云立于宣王十五年，則武公即位年已四十，共伯更長于武公，共姜應老，父母何爲欲嫁之？則史遷所謂僖公之卒、武公之立，其年皆不足據。蓋共伯早喪，在僖侯卒之前。而武公以英年嗣位，當厲王之世，恐忠言不見信，故託爲父兄師傅訓己之詞。曰「爾」、曰「女」、曰「小子」，皆指武公；「亦聿既耄，誨爾諄諄」，皆父兄自謂。此雖與箋有異同，然於經義似較協也。

「抑抑威儀，維德之隅。人亦有言，靡哲不愚」，傳：「抑抑，密也。隅，廉也。靡哲不愚，國有道則知，國無道則愚。」箋云：「人密審於威儀抑抑然，是其德必嚴正也。古之賢者道行心平，可外占而知內。如宮室之制，内有繩直，則外有廉隅。今王政暴虐，賢者皆佯愚，不爲容貌，如不肖然。」歐陽《本義》首駁此説，以爲毛、鄭皆非詩意。「靡哲不愚」云者，謂哲人不自脩慎，亦陷於昏愚而戾其本性。李氏《集解》從之，謂：「下文方告王以『敬慎威儀，維民之則』。所以責王者如此，豈賢者不當如此邪？故哲人之愚當如歐説。」承珙案：毛云「無道則愚」，非真愚也，鄭云「佯愚，不爲容貌」耳，非謂其燕喪威儀也，何害於責王之敬慎威儀乎？《東萊集·遺説》曰：「此言亂世人多以避患爲心，哲人亦豈如是哉？但人亦意其無心於世，而謂之愚爾。然庶人之愚乃其常病，而所以指哲人爲愚者，乃意其發於逃免譴戾之不得已耳。」此解善會傳箋之旨，勝於歐、李之以辭害志者。何氏《古義》曰：「第九章明以『哲人』『愚人』對言，語意與此相應，『哲』『愚』相反。果其真愚，又何以稱『哲人』乎？」承珙又案：《韓詩外傳》：「比干諫而死，箕子解髮佯狂而去。君子聞之曰：『勞矣，箕子。見比干之事，免其身，仁知之至。』《詩》曰：『人亦有言，靡哲不愚。』」此正與傳言「無道則愚」、箋言「佯愚」者合。《淮南·人閒訓》云：「人能由昭昭於冥冥，則幾於道矣。《詩》曰：『人亦有言，無哲不愚。』此之謂也。」此即《老子》「君子盛德，容貌若愚」之意。然其引《詩》亦是謂哲人佯愚，與傳箋合也。

「無競維人」，傳：「無競，競也。」箋云：「競，彊也。人君爲政，無彊於得賢人。」《稽古編》曰：「《左傳》哀二十六年子貢言衛輒内無獻之親，外無成之卿，而引此詩。因而繼之曰：『若得其人，四方以爲主，而國於何有？』此《詩》説之最古者。箋疏之解不繆矣。」翁氏《附記》曰：「《左傳》杜注謂《詩·周頌》，言無彊惟得人也。陳啟源引此詩以駁朱《傳》『能盡人道』之説。然古人篇章原不妨指歸各見。《周頌·烈文》篇爲諸侯助祭而作，故以『得人』爲説。若此篇之旨，於用賢意無所屬，自以朱《傳》爲正。」承珙案：翁説非也。哀二十六年《左傳》引「無競維人，四方其順之」，《烈文》箋亦云「諸侯順其所爲」。或彼經本作「其順」，與《抑》篇作「訓」者不同，杜注以所引爲《周頌》可也。昭元年《傳》：「君子曰：莒展之不立，棄人也。夫人可棄乎？《詩》曰：『無競維人。』善矣！」此引《詩》亦以「得人」爲「彊」，而所引祇一語，杜亦以爲《周頌》，何以知其必非《大雅》乎？《吕覽·求人》篇：「晉欲攻鄭，子産爲之詩云云，晉人乃輟攻鄭。孔子曰：『《詩》云：「無競維人。」子産一稱而鄭國免。』」高誘注云：「《詩·大雅·抑》之二章也。無競，競也。國之强惟在得人，故曰鄭國免其難也。」此尤與傳箋悉合者。

「有覺德行」，《傳》：「覺，直也。」箋云：「有大德行，則天下順從其政。」承珙案：《詩》言「有覺」者，《斯干》與此而二。《斯干》傳訓「覺」爲「高大」，彼箋又訓「直」。蓋其義相成，故傳箋互訓。《禮記·緇衣》引《詩》「有梏德行」，注遂以「大也」「直也」兼訓之。嚴《緝》訓「覺」爲「悟」，本《春秋繁露·郊祭》篇引此詩云：「覺者，著也。王者有明著之德，則四方莫不響應風化，善于彼矣。」此解義自可通。然襄二十一年《左傳》范宣子囚叔向，❶樂王鮒見叔向，曰：「吾爲子請。」叔向弗應，而曰：「必祁大夫。外舉不棄讎，内舉不失親，其獨遺我乎？《詩》曰：『有覺德行，四國順之。』夫子，覺者也。」昭五年《傳》：叔孫昭子朝其家衆曰：豎牛禍叔孫氏，殺適立庶，罪莫大焉。豎牛懼，奔齊，殺諸塞關之外。仲尼曰：「叔孫昭子之不勞，不可能也。周任有言曰：『爲政者不賞私勞，不罰私怨。』《詩》曰：『有覺德行，四國順之。』」此兩引皆取「覺，直」之義，知毛訓本諸《爾雅》，徵諸《左氏》，不可易矣。

---

❶「一一」，原作「二一」，據《左傳》改。

「訏謨定命，遠猶辰告。敬慎威儀，維民之則」，顧氏《詩本音》謂四句惟「命」字可韻，餘皆無韻。段氏《音均表》謂「告」「則」爲之幽合韻，據《爾雅·釋訓》「告」與「忒」「食」「則」「慝」韻爲證。承珙案：古韻之幽部分相通，唐人猶知其條理，故杜詩每以「屋」「沃」「昔」「職」同用。又三章「興迷亂于政」與末句「刑」韻，而中閒「酒」「紹」自爲韻。顧氏以爲同《車攻》五章之例，孔氏《詩聲類》闡之更明備矣。

「謹爾侯度，用戒不虞」，傳：「不虞，非度也。」箋云：「慎女爲君之法度，用備不億度而至之事。」《釋文》：「非度，待洛反。下『不億度』同。」正義曰：「非度者，非意所億度之事也。」承珙案：陸、孔皆誤以鄭義爲毛義耳。毛云「非度」者，即經「侯度」之「度」。惟謹度，故用戒其非度。《書·微子》「卿士師師非度」，馬融注云：「爲非法度之事。」是也。《韓詩外傳》云：「古者民雖有餘財侈物，而無仁義功德，則無所用。故其民皆興仁義而賤財利。賤財利則不爭，不爭則彊不陵弱，衆不暴寡。是唐虞所以興象刑，而民莫敢犯法。民莫犯法，而亂斯止矣。《詩》曰：『謹爾侯度，用戒不虞。』」《說苑》略同。襄二十二年《左傳》：「鄭公孫黑肱有疾，歸邑于公。召室老宗人立段，而使黜官薄祭，盡歸其餘邑，曰：『吾聞之：生於亂世，貴而能貧，民無求焉，可以後亡。敬共事君，與二三子。生在敬戒，不在富也。』君子曰：『善戒。《詩》曰：「慎爾侯度，用戒不虞。」鄭子張其有焉。』」此引《詩》似皆以「不虞」爲敗度之事，與毛云「非度」者合，無所謂「不億度而至」，如疏云「非常寇盜」者。《鹽鐵論·世務》篇：「大夫曰：事不預辦，不可以應卒。內無備，不可以禦敵。《詩》曰：『詰爾民人，謹爾侯度，用戒不虞。』故有文事必有武備。」此引《詩》意與鄭同，然非毛義也。

「無易由言，無曰苟矣」，毛無傳。鄭釋爲「苟且」，則是從「艸」之「苟」。說《詩》者以此章首二句不入韻。

承珙案：《説文》：「茍，自急敕也。」「茍」與「急」雙聲。《爾雅·釋詁》：「寁、駿、肅，亟。」《釋文》：「『亟』字又作茍。」知「茍」「急」「亟」皆同義。此詩當作「無曰茍矣」，謂無輕易于言，無曰言可急遽，皆與下「言不可逝」相呼應。或疑「茍」字《廣韻》己力切，爲之咍部之入，「逝」字爲脂支部之去，二部古不相通。孔氏《詩聲類》云：「支佳者，耕清之陰也。『茍』字爲『敬』所從得聲，則雖《詩》不見用，亦以陰陽通之，而知其當入二十三錫。」不知《十月之交》「氏」與「士」「宰」韻，《雲漢》「氏」與「紀」「宰」「右」「止」「里」韻，是之咍與脂支，❶《詩》中已有相通者，段氏以此爲合韻。不必移「茍」入錫韻乃與「逝」去入相協也。翁氏《附記》曰：「鄭注《儀禮》『茍敬』云『茍，且也，假也』。主人所以小敬也。夫以賓主致敬，而曰茍且之敬、曰假敬、曰小敬，此何説乎？此正是《説文》『自急敕』之『茍』字，音『棘』不音『苟』。《詩》『無曰苟矣』，《大學》『苟日新』，皆即此字也。」桂氏未谷《札樸》曰：「《説文》『茍』从羊省、从包省、从口，口猶慎言也。《詩》『無曰苟矣』當用从羊省之『茍』，謂無曰已能慎言也。」承珙謂：此説亦通。

「無言不讎」，傳：「讎，用也。」箋云：「教令之出如賣物，物善則其售賈貴，物惡則其售賈賤。」《釋文》：「讎，市由反。徐云，鄭市又反。售，市又反。一本作讎，此音則與毛同。」正義曰：「相對謂之讎。讎者，相與用言語，故以『讎』爲『用』。箋以『用』非『讎』之正訓，且與『報德』連文，故以爲讎報物價。《釋詁》云：『讎，匹也。』是匹敵相報，故應對物價謂之讎。」承珙案：《説文》無「售」字。《言部》：「讎，猶譍也。」此以「應對」爲

❶「脂」上，原衍一「與」字，據《續經解》本、廣雅本删。

本義，引申之爲「讎報物價」。《玉篇》始有「售」字，乃後人所加耳。此詩，毛、鄭本皆作「讎」，箋中「售」字亦當如《釋文》「一本作讎」。讎賣物賈，乃行用之事，故傳云「讎，用」。高誘注《吕覽·義賞》篇「民之讎之若性」亦云：「讎，用也。」顔師古注《王莽傳》引《詩》「無言不讎」云：「有善言則用之。」專主「用善言」，與下「報德」一例，較正義「善惡皆用」之解爲勝。箋以「物之讎賈」爲義，正申傳，非易傳也。陸氏以毛音市由反、鄭音市又反，孔云鄭唯以「讎」字爲異，不知鄭於《表記》引此《詩》注云：「讎，猶『答』也。」此箋獨以「讎賈」爲言，明是因毛訓「讎」爲「用」，而申成其義耳。一説《韓詩外傳》《後漢·明紀》引此詩「讎」皆作「酬」，《藝文類聚》又作「詶」。鄭注《鄉飲酒禮》云「酬之言周」，傳「用」字疑「周」之誤。然鄭彼注云：「忠信爲周。」以主人先飲酬賓，示忠信之道，與此「無言」意不相協，毛意未必如此也。

「尚不愧于屋漏」，傳：「西北隅謂之屋漏。」箋云：「屋，小帳也。漏，隱也。禮，祭於奥，既畢，改設饌於西北隅而厞隱之處。此祭之末也。」正義曰：「《爾雅》孫炎解『屋漏』云：『當室之白，日光所漏入。』非鄭義也。」承珙案：《曾子問》説「陽厭」之事，云「當室之白」。鄭注云：「得户明者也。」《少牢》下篇：「有司官徹饋，饌于室中西北隅。」注云此於尸謖改饌當室之白。是鄭注《儀禮》即本《曾子問》。孫注《爾雅》正本鄭氏，未可謂孫解非鄭義也。此箋以「屋」爲「小帳」，「屋」即古之「幄」字，則指室中西北隅可以施帳之處。然則屋漏本有二義，一以當室之白，日光所入；一以施幄之處，隱蔽不明，其實一地也。鄭以詩言「不愧」，故從「隱」義耳。

「淑慎爾止」，傳：「止，至也。」箋云：「止，容止也。」承珙案：《相鼠》傳：「止，所止息也。」箋亦云：「止，容止。」與此正同。但此詩若以「止」爲「容止」，則與下文「不愆于儀」意複。當以傳訓爲正。汪氏《異義》曰：「傳釋『止』爲『至』，復引《大學》文證之，言王審於法度施行之德，能俾民人爲善爲美者，必淑慎其所至，於仁敬孝慈信之道，無有闕失也。蓋即《中庸》『脩身則道立』之意。箋釋『俾臧俾嘉』謂爲臣民所善所美，以『淑慎爾止』與下『不愆于儀』爲一訓，『止』爲『容止』，不若傳義之審矣。」

「投我以桃，報之以李」，箋云：「此言善往則善來，人無行而不得其報也。投，猶『擲』也。」何氏《古義》云：「此下皆教之以聽言也。凡人投我以桃者，我必報之以李，感其善意故也。今人有進美言於我者，而我顧不思所以報之乎？大至聞言思報，則其欣然嘉納，絕無扞格可知矣。舊説以爲承上文『鮮不爲則』，而喻上感下應之理。果爾，則當云『投之以桃，報我以李』，不宜云『投我』『報之』也。」承珙案：何説非是。此泥於經文「我」字耳。詩人之詞本無定格，不必爲感者自我，即代爲應者稱「我」，亦無不可。《墨子·兼愛》篇云：「《大雅》之所道曰：『無言而不讎，無德而不報。』『投我以桃，報之以李。』即此言愛人者必見愛也，而惡人者必見惡也。」《鹽鐵論·和親》篇曰：「《詩》云：『投我以桃，報之以李。』未聞善往而有惡來者。」此皆與鄭義合，知箋説非無本也。

「彼童而角」，傳：「童，羊之無角者也。而角，自用也。」箋云：「童羊，譬王后也。而角者，喻與政事有所害也。」《稽古編》曰：「鄭狃於厲倡嬖㚔配姬之緯書，誠謬説矣。然後儒以爲理之必無，與『投桃報李』相反，亦非詩意。厲王用事之臣必有無知而自用者，將壞亂王室。故經文曰『彼』，是實有指目之稱。傳云：『童，羊之無角者也。而角，自用也。』夫無角而自謂有角，猶無能而自謂有能。詩人設喻之意，如是而已。」韓氏

《讀詩傳諷》曰：「童羊，喻孌倖也。孌倖無德而以爲有德，横干政事，實以潰亂。小子使爲不善，民將何以報之邪？」《詩疑》曰：「彼童而角，實僭亂者也。日與此輩酬酢往來，有不潰亂者乎？」承珙案：上文方言上下感應之理，而末贅以此二語，亦所謂牧去害馬之意也。

「實虹小子」，箋云：「禮，天子未除喪稱『小子』。」後儒皆疑其説不安，故多以爲武公自稱之詞。《稽古編》曰：「詩人稱目其君，尊之則曰『天』、曰『上帝』，親之則曰『爾』『女』、曰『小子』，難以常禮拘也。又《民勞》以下諸篇雖刺厲王，實兼戒用事之臣，則《抑》篇『實虹小子』『於乎小子』或指臣言，亦可。《周書》芮良夫解云『爾執政小子』，是當時有此稱謂矣。」王氏《詩稗疏》云：「《淮南子》《繆稱訓》。武公謂其臣曰：『小子毋謂我老而羸，我有過必謁之。』益知『小子』非武公之自稱矣。」承珙案：此二説亦可不必。此詩武公所作，殆如座右箴銘之類，託爲人言戒己之辭，故呼以「爾」「女」「小子」，而用以自警，即以風王。《序》先言「刺王」，後言「亦以自警」者，以詩編《大雅》，王政所關，故爲此次耳。若謂武公呼同寮及其臣爲「小子」，則既非自警，又非刺王，此詩果何爲作邪？

「荏染柔木，言緍之絲」，傳：「緍，被也。」箋云：「柔刃之木荏染然，人則被之弦以爲弓。」承珙案：《巧言》「荏染柔木」傳：「柔木，椅、桐、梓、漆也。」彼箋並無異傳之文。《鄘風》：「椅、桐、梓、漆，爰伐琴瑟。」毛既以此四者當「柔木」，則言「緍之絲」當是謂琴瑟之弦。箋説似非毛旨。又正義云：「《釋言》：『緍，綸也。』『綸』則繩之别名。言『緍之絲』，正謂以絲爲繩被之於木，故云『緍，被』，不訓『緍』爲『被』。」考《方言》：「緍、緜，施也。秦曰緍，趙曰緜，吴、越之閒脱衣相被謂之緍。」《説文》亦云：「吴人解衣相被謂之緍。」是「緍」正訓「被」。正義謂傳言以緡被之，亦非毛意。

「告之話言」，傳：「話言，古之善言也。」臧氏《經義雜記》曰：「《說文》：『語，合會善言也。从言，昏聲。《傳》曰：「告之語言。」譮，籀文語，从會。』又：『詁，訓故言也，从言，古聲。《詩》曰詁訓。』然則『慎爾出話』之『話』當从昏聲。从昏、从會，故訓爲『會合』。會合所以善也。此『話言』之『話』當从『古』聲。从古，故曰『故言』，又云『古之善言』。毛傳、《說文》義甚分明。《釋文》於此『話』音户快反，則唐以前此經已亂，猶有『《說文》作詁』四字，使後人知許氏引《詩》本作『告之詁言』。乃今《說文》『詁』下不引《詩》而有『《詩》曰詁訓』四字，『語』下引《傳》曰『告之語言』，此明是唐人據其時《詩》本竄改。何以明之？《烝民》『古訓是式』傳：『古，故。訓，道。』箋云：『先王之遺典。』《說文》每與毛傳合，如今本所引，則以『今古』之『古』爲『詁訓』之『詁』矣。小徐本無『曰』字，直作『詩詁訓』，亦不成文。《左傳》『著之話言』，下文別有『告之訓典』方作『告』字，則『話』下不當引『告之話言』也。此蓋後人見《詩》不作『詁』字而《左傳》有『著之話言』，疑此或其駁文，遂改『詩』作『傳』，改『詁』作『話』，移入『話』字下，而『詁』下別撰『詩詁訓』以實之，故與《釋文》引《說文》及《烝民》傳、文六年《左傳》皆牴牾。」承珙案：臧說是也。《校勘記》引段氏云：「經『告之話言』當作『告之詁話』，傳當作『詁話，古之善言也』。前『慎爾出話』傳云：『話，善言也。』此云：『詁話，古之善言也。』一篇之内依字分訓，而相蒙如此。」案：此說未必然。襄二年《左傳》亦引《詩》「告之話言」，「話」爲「詁」誤可也，未必「言」字亦誤。況此三句以「人」「言」與「行」韻，如《何人斯》之「聲」與「身」、《烈文》之「訓」與「刑」、《良耜》之「人」與「盈」「甯」，乃古音真清相通之例。若作「詁話」，則三句全無韻矣。若「詁」下「《詩》曰詁訓」，則文有脱誤，説見《烝民》篇。

「言提其耳」，箋云：「親提撕其耳。」何氏《古義》曰「提，本訓『挈』。焦竑云此『提』當音『抵』，言附耳以教之也」，引《史記》冒絮提文帝等皆作「抵」音爲證。承珙案：「提」「撕」疊韻字，「撕」即「斯」字。《集韻》：「斯，《説文》：析也。或从手。」《少儀》注：「提，猶『絶』也。」然則「提撕」者，謂附耳而剖析之，故箋又云「此言以教道之熟」。《穀梁》僖二年《傳》：「宫之奇之爲人也，達心而懦。達心則其言略。」范注云：「明達之人言則舉綱領要，不言提其耳則愚者不悟。」據此亦是以「提耳」爲言之詳也。

「昊天孔昭，我生靡樂」，姜氏《廣義》曰：「此章是託爲父兄師保自述其憂勤之意。三『我』字，乃立訓者自謂也。『誨爾』四句，即上章『未知』之故。上章『亦既抱子』承『耳提面命』而言，若云女借未知，『亦既抱子』，而非甚幼矣。此章『亦聿既耄』承『誨爾諄諄，聽我藐藐』來，若云借曰我未有知，則『亦聿既耄』，更事多矣。如此，『既耄』二字方有著落，否則忽爲小子，忽爲老人，語無倫次矣。」

桑柔

《序》云：「《桑柔》，芮伯刺厲王也。」此詩十六章，上八章章八句，下八章章六句。李氏《詩所》以前八章爲刺王，後八章則「爲僚友而發，非斥在上者；其章句亦别意，與前八章各爲一事感諷。而皆一人之作，一時之言，故采詩者聯而屬之」。承珙案：許氏《名物鈔》亦云：「此詩前八章刺王，後八章刺臣，故前以桑爲比，而後再以鹿起興。然用臣不當亦君之過，故總言刺王。」此説尚與《序》不悖，《詩所》乃謂各爲一詩，真臆斷矣。張氏《詩貫》曰：「《小雅·正月》後五章亦與前八章變調，詩人每有此體。況此詩第三章『誰生厲階』已呼起小人誤國意，後八章所斥之『朋友』即其人也。至『維彼忍心，是顧是復，匪用其良』等句，又仍歸其咎於王，豈得分爲二事乎？」

「菀彼桑柔，其下侯旬，捋采其劉」，傳：「興也。菀，茂貌。旬，言陰均也。劉，爆爍而希也。」箋云：「桑之柔濡，其葉菀然茂盛，謂蠶始生時也。及已捋采之，則葉爆爍而疏，人息其下則病於爆爍。」承珙案：古字「旬」與「均」通。然「旬」之爲「均」，通詞也。「旬」不定是「陰均」，故傳云「言陰均也」。爆爍，《爾雅》作「暴樂」，單言之亦可曰「暴」。宣六年《公羊傳》「活我於暴桑下」，「暴桑」即所謂「暴樂」者也。箋以經不曰柔桑，而曰桑柔，蓋指桑之柔時，故曰「謂蠶始生時也」。其云「葉爆爍而疏」，正同毛義。又云「人病於爆爍」者，對「侯旬」而言，謂無陰則人苦於炎熱而病矣。

「倉兄填兮」，傳：「倉，喪也。兄，滋也。填，久也。」正義曰：「倉之爲喪，其義未聞。」承珙案：「倉」「喪」，疊韻爲訓。《說文》：「倉，穀藏也，倉黄取而藏之。」「倉黄」亦疊韻字，其義則爲怱遽。古凡言「倉卒」「倉黄」，皆無正字，大抵取雙聲疊韻字爲之。喪亡者，怱遽之事，故「倉」又爲「喪」。章懷注《後漢書·光武紀》亦云：「倉卒，謂喪亂也。」

「四牡騤騤，旟旐有翩。亂生不夷，靡國不泯」，箋云：「軍旅久出征伐，而亂日生不平，無國而不見殘滅也。言王之用兵不得其所，適長寇虐。」何氏《古義》曰：「此必厲王時有數興征伐之事，故詩云然。或疑史無所載，然《史記·楚世家》明言厲王暴虐，熊渠畏其伐楚，去其王。又《秦本紀》亦言厲王無道，諸侯或叛之；西戎反王室，滅犬邱大駱之族。《竹書》載厲王三年淮夷侵雒，王命虢公長父伐之，不克；十一年西戎入于犬邱。《皇王大紀》載厲王時，荆楚寇于南，玁狁寇于北，淮夷寇于東。命虢公征之，不克。徵斂數起，虐用其民，民不堪命。是其事皆與詩脗合，故自足信。」承珙案：《後漢書・西羌傳》亦云：厲王無道，戎狄寇掠，乃入犬邱殺秦仲之族，王命伐戎，不克。歐陽《本義》乃謂：「據《國語》《史記》及《大》《小雅》，皆無厲王用兵征伐之事，不知鄭氏何據爲説。」然其釋經文「四牡騤騤」二句又云：「臣吏奔走於道路，庶民召集於兵役。」夫既曰「兵役」，非征伐而何？此所謂疑所不必疑者也。

「民靡有黎」，傳：「黎，齊也。」箋云：「黎，不齊也。言時民無有不齊被兵寇之害者。」正義申毛云：「今民或死或生，無有能齊一平安者。黎，衆也。衆民皆然，是齊一之義。」汪氏《異義》曰：「傳義當矣。箋訓『黎』爲『不齊』。『黎』訓『衆』，從『衆』轉『齊』則可；從『齊』義轉『不齊』則曲矣。」承珙案：「黎」「齊」，亦疊韻爲訓。《莊子・漁父》篇：「以化於齊民。」《漢書・食貨志》「亂齊民」顔注云：「無有貴賤謂之『齊民』，若今『平民』矣。」據此，知「齊民」即「黎民」也。世治則民皆齊平，亂則反之，故云民無有齊平者耳。

「國步斯頻」，傳：「步，行。頻，急也。」箋云：「頻，猶『比』也。哀哉，國家之政，行此禍害比比然。」正義曰：鄭唯以「頻」爲「比」，餘同。又申毛云：「事有頻頻而爲者，皆急速，故爲『急』也。」申鄭云：「『頻頻』正是『次比』之義，故云猶『比』。」承珙案：《周書・文酌解》「三頻」孔晁注云：「頻，數也。」《法言・學行篇》：「頻頻之黨甚於鸒斯。」頻頻，猶「數數」也。《莊子・逍遥游》釋文引司馬注云：「數數，猶『汲汲』也。」《廣雅・釋訓》云：「頻頻，比也。」是則「頻頻」「數數」「汲汲」「比比」，義皆相近。箋訓「頻」猶「比」者，乃申毛「急」義。毛意謂國家行此禍害數數然急耳，正義以爲困急於民，似非傳旨。《説文》：「矉，張目也。」引《詩》「國步斯矉」。此或稱三家，與毛異義耳。

「靡所止疑」，傳：「疑，定也。」《釋文》：「疑，魚陟反。」正義曰：「疑，音『凝』。凝者，安静之義，故爲『定』也。」承珙案：此當以陸音爲正。此詩多用隔句韻，此章「疑」讀如「屹」，與「資」「維」「階」平入相協。若音「凝」則無韻矣。

「孔棘我圉」，傳：「圉，垂也。」箋云：「圉，當作禦。甚急矣，我之禦寇之事。」正義曰：「箋讀『圉』爲『禦』者，若守邊垂不得爲無所定處，且云『我垂』，於文不足，故以爲禦寇之事。」承珙案：上文「念我土宇」傳云：「宇，居也。」此正與「我圉」相對，因居邊垂而孔棘，故念土著之甚安也。箋讀「圉」爲「禦」，乃取顯義以曉人。禦寇于邊，故邊垂謂之圉。傳箋實一義也。至守邊而云「靡所定處」者，邊垂非一，或有更番互戍之事耳。

「誰能執熱，逝不以濯」，傳：「濯，所以救熱也。禮，今本「禮」下多「亦」字，此從宋本。所以救亂也。」段氏《經韻樓集》曰：「《左傳》北宫文子論鄭事曰：『鄭有禮，其數世之福也。其無大國之討乎？《詩》云：「誰能執熱，逝不以濯。」禮之於政，如濯之有熱也。濯以救熱，何患之有？』毛傳本此。尋詩意，『執熱』言苦熱、觸熱；濯，謂浴也。此詩謂誰能苦熱而不澡浴其體以求凉快者乎？此乃常情常事。鄭箋、《孟子》趙注、朱注、《左傳》杜注皆云濯其手，轉使義晦，由泥於『執』字耳。杜子美《課伐木詩》：『爾曹輕執熱，爲我忍煩促。』與下章《信行脩水筒詩》『觸熱藉子修』同意。又有《熱毒簡崔評事詩》云：『開襟向内弟，執熱露白頭。』此謂當暑而不冠也。子美得左氏、毛公正解矣。」承珙案：《楊升菴集》亦云「執熱」謂熱不去體，若執持然，非手執熱物。已引杜詩并韓昌黎《答張籍書》云「若執熱者之濯清風也」爲證。《陸堂詩學》又引周興嗣《千文》「執熱願凉」，亦爲當暑。今考《墨子·尚賢中》篇云：「『孰能執熱，鮮不用濯。』則此語古者國君諸侯之不可以不執善，承嗣輔佐也，譬之猶執熱者之有濯也，將休其手焉。」據此，是以「執」爲「執持」之「執」，其義甚古。毛於「執」字無傳，以「執持」常語，無煩故訓耳。至杜詩言「執熱」者，尚不止段氏所引。《贊公房》云：「近公如白雪，執熱煩何有？」《夏夜歎》云：「何由一洗濯，執熱互相望。」蓋唐人自以「執熱」爲「當暑」，然杜詩、韓筆恐不足以證經。段氏又云：「凡爲熱水所湯者，不可以冷水浸激。今注云執持熱物以水自濯其手，不切於事情也。」承珙謂：此亦非是。《禮記·內則》：「炮，取豚若將，以謹塗，炮之，塗皆乾，擘之，濯手以摩之。」正義云：「手既擘泥不浄，其肉又熱，故濯手摩之，去其皽矣。」此執熱以濯之證也。

「其何能淑，載胥及溺」，箋云：「淑，善。胥，相。及，與也。女若云此於政事何能善乎？則女君臣皆相與陷溺於禍難。」汪氏《異義》曰：「箋爲不受教諫而示以禍難之辭。疏云：『王肅以爲如今之政，其何能善？但君臣相與陷溺而已。箋不然者，以承上告教之言，宜爲不受之勢。』案：章首二句指言今政之不善，中四句爲告教之言，則末二句文勢當復指言今政，言若不以禮治國，尊用賢人，則其何能淑？有相與陷於禍難矣。王氏之解視箋爲勝。」承珙案：《孟子·離婁》篇引此詩，趙注云：「刺時君臣何能爲善乎？但相與沈溺之道也。」王説蓋本於此。

「好是稼穡，力民代食」，傳：「力民代食，代無功者食天禄也。」箋云：「王爲政，但好任是居家吝嗇於聚斂作力之人，令代賢者處位食禄。」《釋文》云：「家，王申毛音駕，謂耕稼也。鄭作家，謂居家也。下句『稼穡維寶』同。穡，本作嗇，音色。王申毛，謂收穡也。鄭云吝嗇也。尋鄭『家嗇』二字，本皆無『禾』者，下『稼穡卒痒』始從禾。」正義曰：「《夏官·司勳》云：『治功曰力。』則『力民』謂善人有力功加於民者也。故知『力民代食』謂使代無功者食天禄。『力民代食』傳既如此，則『好是稼穡』亦異於鄭。王肅云：當好知稼穡之艱難，有功力於民，代無功者食天禄，是也。」段氏《詩經小學》云：「鄭不云『稼穡』當作『家嗇』，則毛本作『家嗇』也。傳云『力民代食，無功者食天禄也』。鄭申其意。而王肅所見之本誤衍一『代』字，云『代無功者食天禄也』。因曲爲之説曰：『有功力於民，代無功者食天禄。』且改『家嗇』字從『禾』。而不知『代無功食天禄』語最無理。」承珙案：「力」之爲「功」，通義也。《周禮·大司寇》「上功糾力」注云：「功，農功。力，勤力。」則此「力民」自當謂知稼穡艱難之人。若傳無「代」字，則經曰「力民」而傳曰「無功」，經曰「代」而傳祇曰「食」，語不相應。鄭謂居家吝嗇即是聚斂作力之人，義亦不順。《毛詩》字多假借，經不妨作「家嗇」，傳自以爲「稼穡」之借。《韓詩外傳》：「晉平公時，寶藏之臺燒，公子晏子獨束帛而賀曰『王者藏于天下，諸侯藏于百姓』云云。公曰：『善！自今已往，請藏於百姓之閒。』《詩》曰：『稼穡維寶，代食維好。』」據此，知三家《詩》本有作「稼穡」者。王説非無所自，用以申毛，爲得其正。

「維此惠君，民人所瞻」，宋吴棫《韻補》讀「瞻」爲諸良切，引《漢溧陽長潘乾校官碑》以「瞻」爲「彰」、崔駰《反都賦》以「瞻」爲「障」二證。顧氏《詩本音》不以爲然。段氏《音均表》以「瞻」在第八部，與「相」「臧」「腸」「狂」十部字合韻。承珙案：《殷武》四章：「天命降監，下民有嚴。不僭不濫，不敢怠遑。」此以「遑」與「監」「嚴」「濫」協，即此「瞻」與「相」「臧」「腸」「狂」協之證。《楚辭·天問》亦以「嚴」與「亡」「饗」「長」協。然則此詩「瞻」可讀「彰」。故《校官碑》云：「永世支百，民人所彰。」即借「彰」爲「瞻」耳。

「進退維谷」，傳：「谷，窮也。」箋云：「前無明君，卻迫罪役，故窮也。」正義曰：「谷，謂山谷。墜谷是窮困之義，故云：『谷，窮。』」段氏《説文注》曰：「谷，當爲『鞠』之同音假借。《爾雅》：『鞠，窮也。』」承珙案：段説是也。或據《晏子春秋》叔向問晏子曰：「齊國之德衰矣，今子何若？」晏子對曰「君子之事君也，進不失忠，退不失行」云云。叔向曰：「善哉！《詩》有之曰：『進退維谷。』其此之謂歟？」《韓詩外傳》：「田常弒簡公，乃盟于國人曰：『不盟者死，及家。』石他曰：『不盟，是殺吾親也。從人而盟，是背我君也。嗚呼！生亂世不得正行，劫乎暴人不得全義。悲哉！』乃進盟以免父母，退伏劒以死。其君聞之曰：『君子哉，安之命矣夫！《詩》曰：「人亦有言，進退維谷。」石先生之謂也。』」此兩引《詩》之意，皆謂處兩難善全，而處之皆善，歎其善，非嗟其窮。蓋「谷」乃「穀」字之假借。穀，善也。詩人以近在「不胥以穀」之下，嫌其二「穀」相並爲韻，即改一假借之「穀」字當之。此詩人義同字變之例。承珙謂：叔向引《詩》尚近於進退皆善之義，若《韓詩外傳》所言「生亂世不得正行，劫暴人不得全義」，正是進退皆窮之意，仍當以傳爲正。《韓外傳》卷十。又言：「楚有士曰申鳴，楚王以爲左司馬。白公殺令尹子西、司馬子期，申鳴以兵之衛。白公劫其父，取以兵，使人謂申鳴曰：『與我則與子楚國，不與我則殺乃父。』申鳴流涕而應之曰：『始則父之子，今則君之臣。已不得爲孝子矣，安得不爲忠臣乎？』援桴鼓之，遂殺白公。其父亦死焉。王歸，賞之。申鳴曰：『受君之祿，避君之難，非忠臣也。正君之法，以殺其父，又非孝子也。行不兩全，名不兩立，悲夫！若此而生，亦何以視天下之士哉？』遂自刎而死。《詩》曰：『進退維谷。』」此與石他事略同。然既云「行不兩全，名不兩立」，則所引「進退維谷」必是謂進退兩窮，未可謂進退皆善也。

「維此聖人，瞻言百里」，傳：「瞻言百里，遠慮也。」箋云：「聖人所視而言者百里，言見事遠而王不用。」承珙案：箋以「瞻言」之「言」爲言語，似欲與下文「匪言」不能相應。玩傳文，則「瞻言」之「言」但爲語助。《韓詩外傳》：「不出户而知天下，不窺牖而見天道。」引《詩》曰：「瞻言百里。」似亦不以「瞻言」爲所視而言也。

「匪言不能，胡斯畏忌」，箋云：「胡之言何也。賢者見此事之是非，非不能分别皁白，言之於王也，然不言之何也？此畏懼犯顔得罪罰。」承珙案：此與《巧言》篇「哀哉不能言，匪舌是出，維躬是瘁」同意。彼傳云：「哀賢人不得言，不得出是舌也。」或疑此詩之作至十六章之多，反覆開示，不得謂之不能言，亦不得謂之不言，因以「胡斯畏忌」爲何所畏而不言。不知此「言」是謂犯顔諍諫，與作詩風刺不同。《漢書·賈山傳》載其《至言》曰：「秦皇帝居滅絶之中而不自知者，何也？天下莫敢告也。其所以莫敢告者，何也？亡養老之義，亡輔弼之臣，無進諫之士，縱恣行誅，退誹謗之人，殺直諫之士，是以道諛媮合苟容，天下已潰而莫之告也。《詩》曰：『匪言不能，胡此畏忌。』」《中論·虚道》篇曰：「夫酒食，人之所愛者也。而人相見莫不進焉，以彼之嗜之也。使嗜者甚于酒食，人豈愛之？故忠言之不出，以未有嗜之者也。《詩》云：『匪言不能，胡斯畏忌。』」此皆與箋説合者，無庸别爲之解。

「征以中垢」，傳：「中垢，言闇冥也。」《稽古編》曰：「孔氏申之，謂『垢』者，土處中而有垢土，故以『中垢』言『闇冥』也。是合兩字方成『闇冥』之義。朱《傳》分别『中』爲『隱暗』、『垢』爲『污穢』，則由蘇氏語而衍之也。」蘇《傳》云：「善人之作也，以用其善。小人之行也，以播其穢。」承珙案：中垢，言「垢中」也，猶「中林」「中谷」之比。謂不順之人，其所行如在垢中。垢，塵垢也。《小雅》：「維塵冥冥。」故傳云：「言闇冥也。」《韓詩外傳》云：「以明扶明，則升於天。以明扶闇，則歸其人。兩瞽相扶，不傷牆木，不陷井穽，則其幸也。《詩》云：『維彼不順，征以中垢。』闇行也。」此以「中垢」爲「冥行」，義亦與毛近。

「貪人敗類」，傳：「類，善也。」箋云：「類，等夷也。居上位而行此，人或效之。」正義述毛云：「貪人有此惡行，敗於善道。」又申鄭云：「箋以貪者惡行，自然反善，不宜言『敗善』，故以『類』爲『等夷』。敗類者，謂敗其朝廷等類。」承珙案：傳訓「類」爲「善」者，「善」即謂「善類」，非「善道」也。敗類者，謂貪人能敗善人耳。箋語正申傳意，故下箋又云：「居上位而不用善，反使我爲悖逆之行。是形其敗類之驗。」文元年《左傳》：「殽之役，晉人既歸秦帥，秦大夫及左右皆言于秦伯曰：『是敗也，孟明之罪也。必殺之。』秦伯曰：『是孤之罪也。』周芮良夫之詩曰：『大風有隧，貪人敗類。聽言則對，誦言如醉。匪用其良，覆俾我悖。』是貪故也，孤之謂矣！孤實貪以禍夫子，夫子何罪？」《潛夫論·遏利》篇曰：「昔周厲王好專利，芮良夫諫而不入，退賦《桑柔》之詩以諷。言是大風也，必將有隧；是貪民也，必將敗其類。」據此，似皆謂貪人禍及善類，與傳箋正相合也。

「反予來赫」，傳：「赫，炙也。」箋云：「口拒人謂之赫。」《釋文》：「赫，毛許白反，光也，與『王赫斯怒』同義。本亦作『嚇』，鄭許嫁反。《莊子》云『以梁國嚇我』是也。」正義云：「來赫者，言其拒己之意，故轉爲『嚇』，與『王赫斯怒』義同。是張口瞋怒之貌，故箋以爲『口拒人謂之赫』。定本、《集注》、毛傳云『赫，炙也』。

王肅云：『我陰知女行矣，乃反來嚇炙我，欲有以退止我言者也。』傳義或然。俗本誤也。」承珙案：陸氏所言，是所見傳本訓「赫」爲「光」，一本即作「赫赫也」，而不及《集注》「赫，炙也」之訓。孔疏所言，則似未見《釋文》「赫，光」之本，但當同陸氏「一作」本耳。其云「故轉爲『嚇』」者，謂鄭箋讀「赫」爲「嚇」，非轉其字作「嚇」也。又云「俗本誤」者，未明言俗本何作，豈當時俗本有竟作「嚇」字者歟？然疏意則以定本、《集注》作「赫，炙也」者爲得傳意。焦氏《補疏》曰：「毛以『赫』與『陰』相對，陰所以蔭，故訓『赫』爲『炙』。我方蔭女以凉，女反炙我以熱。訓説之精，正義不能發明。箋以『口拒人』解之，與傳自異。王肅云『我陰知女行矣，乃反來嚇炙我』，亦非毛義。」

「民之罔極，職涼善背」，傳：「涼，薄也。」箋云：「職，主。涼，信也。民之行失其中者，主由爲政者信用小人，工相欺違。」正義曰：「王肅云：『民之無中和，主爲薄俗，善相欺背。』傳意當然。此傳以『涼』爲『薄』，『職』爲民所主爲，則下云：『職競』『職盜』，皆是民之所主，不得與鄭同。箋以民之爲惡，由政不善，則所言『職』者，皆主由君政，不宜爲民意所主，故易傳，以『諒』爲『信』。」《稽古編》曰：「末二章三言民俗之敗，皆歸咎於執政之人：上欺違則民心罔中矣，上尚力而不尚德則民行邪僻矣，上爲寇盜之行則民心不能安定矣。此詩刺王而兼及朝臣，故篇末縷陳之。王肅述毛皆主民言，殆非毛意，當以箋爲正。」承珙案：傳但訓「涼」爲「薄」，未分别由民、由上。但此二章三言「職」，皆主爲惡行，不應舍上而專責之民，故當從箋義申毛。但「職涼善背」與下「職競用力」「職盜爲寇」文例正同，「競」「力」「盜」「寇」皆一義相承，則「職涼善背」當即謂涼薄者工相欺背。箋轉「涼」爲「諒」，以四字分作二義，似亦未得經旨。

「涼曰不可，覆背善詈」，箋云：「善，猶大也。我諫止之以信，言女所行者不可。反背我而大詈，言拒己諫之甚。」《校勘記》曰：「《唐石經》『涼』作『諒』。案：《唐石經》非也。《釋文》：『職涼，毛音良，薄也。鄭音亮，信也。下同。』所云『下同』者，即此『涼曰』之『涼』是也。正義因此『涼』字無傳，遂取鄭爲毛説，而云『故我以信言諫王曰』云云。不知此『涼』字，毛自與上傳同訓爲『薄』，不訓爲『信』也。然其本亦未必竟改經作『諒』字，《唐石經》乃始上作『涼』，此作『諒』，失之甚矣。」承珙案：此説是也。「涼」即上章之「涼」，「背」亦即上章之「背」，謂我言其涼薄爲不可，彼即反背而大詈。詈者，謂薄行非其所爲，而詈人之謗己，故下文繼之云「雖曰匪予，既作爾歌」也。

顧氏《詩本音》曰，此章「戾」與「詈」協；寇，古音苦故反，與「予」協；「可」與「歌」協。戚氏《證讀》謂：首句與四句協，二、三作閒句，《詩本音》以「寇」協「予」、以「可」協「歌」，徒見錯亂。承珙案：《詩》中惟此篇多用隔韻，末章更於隔韻用轆轤體，此韻例之最變者。況以首句韻第四句，次句韻五句，三句韻六句，法仍整齊，未見爲錯雜也。

雲　漢

《序》云：「《雲漢》，仍叔美宣王也。」《稽古編》曰：「宣王遭旱之年，箋疏不能定其早晚。以《雲漢序》推之，殆初年事乎？《序》云宣王承厲王之烈，是去前王未遠也。又云内有撥亂之志，是尚未見諸行事也。又云天下喜於王化復行，是前此王化尚未及行也。其在初即位時可知矣。皇甫謐以爲宣王元年不藉千畝，天下大旱，二年不雨，至六年乃雨。孔疏疑其無據，然合之《序》，非謬也。又經言『饑饉薦臻』，與『六年乃雨』説亦相符。劉道原《通鑑外紀》全祖玄晏之説，諒有見矣。」承珙案：宣王《大雅》以《雲漢》爲首，其下五篇則建國、親侯、任賢、使能，以及征伐用武之事，次第井然，則憂旱爲初年事無疑。況《小雅》多刺宣之詩，是其晚歲倦勤，必不復遇災而懼。惟皇甫以不藉千畝爲元年，則與《國語》《史記》不合。若「六年乃雨」之説，則經言「薦饑」，固有明徵。六章箋云：「我何由常遭此旱？」相臺本、十行本「常」作「當」，非是。《吕記》引此箋正作「常」。又「胡甯瘨我以旱」，《釋文》引《韓詩》「瘨」作「疹」，云：「重也。」是則遭旱非止一年。《韓傳》、鄭箋皆同此説，謚言未嘗無本也。

箋云：「仍叔，周大夫也。《春秋》魯桓公五年：『天王使仍叔之子來聘。』」正義曰：「引之者，證此『仍叔』是天子大夫也。以《史記》考之，桓之五年上距宣王之崩七十六年，至其初則百餘年也。未審此詩何時而作，爲别人可也。何則？春秋之世，晉之知氏世稱『伯』，趙氏世稱『孟』，仍氏或亦世稱字，『叔』爲别人，可也。」承珙案：莊元年《左傳》：「王使榮叔錫魯桓公命。」又文五年：「王使榮叔如晉，魯歸含，且賵。」亦相去七十餘年。疏所謂「世稱字」者，是也。

「圭璧既卒」，箋云：「禮神之圭璧又已盡矣。」正義曰：「《春官·大宗伯》：『以玉作六器，以禮天地四方：以蒼璧禮天，以黄琮禮地，以青圭禮東方，以赤璋禮南方，以白琥禮西方，以玄璜禮北方。』《典瑞》云：『四圭有邸以祀天，兩圭有邸以祀地，裸圭有瓚以祀先王，圭璧以祀日月星辰，璋邸射以祀山川。』皆是祭神所用，故云『禮神之圭璧已盡矣』。以三牲用不可盡，故言無愛，圭璧少而易竭，故言既盡。」承珙案：祭神之玉，《大宗伯》與《典瑞》文不同。鄭注以爲蒼璧所禮者，冬至圜丘之祭；四圭所禮者，夏正郊天之祭；黄琮所禮者，崑崙之神；兩圭所禮者，神州之神。徐邈云：「璧以禮神，圭以自執，故曰植璧秉圭。」《顯慶禮》又云：於蒼璧言禮，於四圭有邸言祀。説者謂禮神在求神之初，祀神在薦獻之時，蓋一祭而兩用。」今考徐邈之説，以「蒼璧」「黄琮」爲奠神之玉，「四圭」「兩圭」爲自執之玉，不知六瑞、六器並掌宗伯，何獨無「四圭」「兩圭」？《典瑞》玉人所職尤詳，何獨無「蒼璧」「黄琮」？且《典瑞》下文言：「圭璧以祀日月星辰，璋邸射以祀山川。」若以爲所奠之玉，不應一節之中頓爾異義；如盡以爲執玉，則日月星辰山川俱無奠玉矣。若《顯慶禮》謂禮玉用於求神之初，則玉無烟臭，本無燔燎降神之禮。且《大宗伯》於四方有禮玉，而何以《典瑞》又不言四方之祀玉邪？惟陳及之以「蒼璧」「黄琮」言其色，「四圭」「兩圭」言其形，蒼璧之與四圭，黄琮之與兩圭，祇各是一玉，其説爲正。《五禮通考》取之，當矣。言「既卒」者，葛象烈曰：某神合用某璧，某璧合祀某神，盡如典禮用之，無有餘者，如是謂之「既卒」也。

《禮記·郊特牲》正義曰：「圜丘之祭，皇氏云：祭日之旦，王立邱之東南，西嚮，燔柴及牲玉於邱上，升壇以降其神。故韓氏《内傳》云：『天子奉玉升柴加於牲上。』《詩》又云：『圭璧既卒。』是燔牲玉也。」《毛詩明辨録》曰：「典瑞所掌，玉人所造，有名之『圭』『璧』，皆君王執以禮神者，非用以獻神也。獻神，幣則焚之，玉則瘞之。《春秋》有沈璧於河之事，即庪縣沈貍之義。自《韓詩内傳》有『天子奉玉升柴』之説，因謂燔牲者并燔玉。夫牲取其臭，加蕭以達其氣，猶之用鬱鬯以裸耳。天神至尊不裸，故燔柴。玉之燔，何取乎爾？説者又引《雲漢》之詩以證之，殊不知國有災祲，君臣憂惘，雩以告天，望以祈山川，索鬼神，求廢祀，殺牲無算，圭璧俱空，甚言靡神不舉耳。國之壇墠皆獻牲執璧以禱，亦可云『卒』，豈必瘞燔而始卒邪？且祭天者加於牲上而燔之，小祀不燔牲，將燔玉於何所乎？」承珙案：《梁書·許懋傳》：「天監十年，轉太子家令。降勅問：『凡求，陰陽應各從其類。今雩祭燔柴，以火祈水，意以爲疑。』懋答曰：『雩祭燔柴，經無其文。案，周宣《雲漢》之詩曰：「上下奠瘞，靡神不宗。」毛注云：「上祭天，下祭地，奠其幣，今傳作「禮」。瘞其物。」以此而言，爲旱而祭天地，並有瘞埋之文，不見有燔柴之説，請停用柴。其牲牢等物，悉從坎瘞，以符周宣《雲漢》之説。』詔從之。」《文獻通考》載朱异議亦同。羅泌云：「《雲漢》所言，亦禮神之玉耳，何自而有燔且瘞哉？」然則「圭璧既卒」，其非因燔瘞而竭盡可知矣。

「后稷不克，上帝不臨」，箋云：「克，當作刻。刻，識也。奠瘞群神而不得雨，是我先祖后稷不識知我之所困與？天不視我之精誠與？」正義曰：「毛無破字之理，必不與鄭同，蓋以『克』爲『能』。王肅云：『后稷不能福佑我邪？上帝不能臨饗我邪？』傳意或然。」承珙案：王肅以「克」爲「能」，「不克」爲「不能福佑」，於經文增字成義，恐非毛旨。《吕記》引王氏曰：「在宫之神莫尊於后稷，既無以勝旱災；在郊之神莫尊於帝，又不顧我。」嚴《緝》略同。或又謂救災，人事也，故言「后稷不克」；臨饗，神事也，故言「上帝不臨」。此皆以「克」爲「勝」，雖與「能」義略同，而詞意較順。《春秋繁露·郊祀》篇曰：「宣王自以爲不能乎后稷，不中乎上帝，故有此災，愈恐懼而謹事天。」此則以「后稷不克」二句文法倒裝，皆爲自責之辭。其説亦古，足備一解。

「先祖于摧」，傳：「摧，❶至也。」箋云：「摧，當作『嗺』。嗺，嗟也。天將遂旱，餓殺我與？先祖何不助我恐懼，使天雨也？先祖之神于嗟乎，告困之辭。」正義曰：「孫毓云：『我今死亡，先祖之神于何所至？言將無所歸也。』今以孫爲毛説。箋以『先祖于至』於辭不安，故轉『摧』爲『嗺』。」《稽古編》曰：「孫説轉『至』爲『歸』，義太迂。源謂『至』者，猶云『來格』耳。言酷旱如此，天將使我民無有遺留，先祖之神何不助我畏此旱災而來格乎？毛意或如此。」承珙案：《釋文》云：「相，毛如字。」此「胡不相畏」與《雨無正》句同，「相」字當如字讀，言先祖見此旱災，何不相與畏懼而來至乎？不必如鄭訓「助」也。胡不相畏，本指先祖，則「先祖」之文當在「胡不」之上。正義謂下之與「于摧」共句，是也。若如孫毓之解，則「于摧」二字中間須增「何所」二字，經文爲不辭矣。箋以「于摧」爲「于嗟」，告困之辭，則是呼先祖而于嗟以告之。鄭於《詩》文多作此解。如「昊天不惠」「昊天不平」等，皆以上二字爲呼詞，下二字乃所以告之。按之文義，終未甚浹適也。

「父母先祖，胡寧忍予」，傳：「先祖，文、武。爲民父母也。」正義曰：「於民則爲父母，於周則爲先祖，故言『先祖，文、武』。以其爲民父母，故稱『父母』。欲見『先祖』『父母』爲一，故先解『先祖』。必知先祖唯文、武者，以此詩所訴皆所祭之神，周立七廟，親廟四，非受命立功，不足徧訴，上章已言后稷，明此唯文、武耳。」承珙案：《正月》「父母生我」傳云：「父母，謂文、武也。」《小宛》「念昔先人」傳云：「先人，文、武也。」毛蓋以二《雅》所稱周之先祖，至文、武而極盛；而父母斯民，尤惟文、武足以當之，故於諸言「父母」者多斥文、武。

❶「摧」，原脱，今依例據《毛詩正義》補。

其義必有所受之矣。

「滌滌山川」，傳：「滌滌，旱氣也。山無木，川無水。」承珙案：滌滌，即「滌蕩」之義。傳云「旱氣」者，謂山之木、川之水皆爲旱氣滌除殆盡也。《説文》：「䔶，艸旱盡也。」引《詩》「䔶䔶山川」。此或據三家《詩》。其字從「艸」，故云「艸旱盡」。然經文連「川」言之，則不如毛義之該備耳。

「旱魃爲虐」，傳：「魃，旱神也。」承珙案：《藝文類聚》引韋昭《毛詩答問》曰：《雲漢》之詩「旱魃爲虐」傳：「魃，天旱鬼也。」據此，似傳本作「旱鬼」。《説文》：「魃，旱鬼也。」即用毛傳。《後漢書・皇甫規傳》「旱魃爲虐」注云：「魃，旱神也。」意章懷時，毛傳已作「旱神」歟？

「祈年孔夙，方社不莫」，箋云：「我祈豐年甚早，祭四方與社又不晚。」正義曰：「《月令》：孟春祈穀于上帝，孟冬祈來年於天宗。是也。祭四方與社，即『以社以方』是也。」方望溪曰：「吕氏《月令》所述多周制。《孟春》命祀山林川澤，邦畿四面皆有之。《月令》於春未及方祭，疑此即方也。《仲春》命民社。二者正次祈穀之後，可與此詩相證。」承珙案：《甫田》「以社以方」傳云：「方，迎四方氣於郊。」此「方社」連言，與彼同，則方祭亦即迎氣之祭。此本述平時敬恭明神之事，「方」即謂四時方祭，「社」即兼春祈秋報，通一歲之祀事，皆及時舉行，未嘗晚莫。不必因祈穀在孟夏，遂泥「方社」亦專指春祭之事也。

「敬恭明神」，《釋文》：「云明祀，本或作『明神』。」盧氏《考證》曰：「注疏本作『明神』。案：《文選》陸士衡《答張士然詩》注作『敬恭明祀』，又見《隸釋・西嶽華山亭碑》。」承珙案：箋云：「肅事明神如是，明神宜不恨怒於我。」則鄭所據《毛詩》自作「明神」，當以注疏本爲正。臧氏玉林曰：「下文『宜無悔怒』正承此『明神』

言之。若言明祀無悔怒，似不可通。又《文選・東京賦》：『盛夏后之致美，爰恭敬於明神。』李注引《毛詩》『恭敬明神』，知張平子所據《詩》亦作『明神』。即有一本作『明祀』，要不得據以輕改也。」

「旱既大甚，散無友紀」，箋云：「人君以群臣爲友。散無其紀者，凶年禄餼不足，又無賞賜也。」承珙案：《假樂》「之綱之紀，燕及朋友」傳：「朋友，群臣也。」足證此「友紀」亦當是綱紀群臣之義。但箋釋「散」義謂是「禄餼不足，又無賞賜」，則與傳言「歲凶，年穀不登，趣馬不秣，師氏弛兵」之意不合。傳蓋謂群臣以救旱之急廢其職事，不暇整理，故曰「散無友紀」。然雖至於勞苦窮病，猶無人而不思周救百姓者。此及下章皆與鄭異。正義述毛仍云禄餼不足，是無綱紀，既誤以鄭義爲毛義，又於下章「大夫君子，昭假無贏」引王肅云：「『大夫君子，公卿大夫也。昭其至誠於天下，無敢有私贏而不敷散。所以無私贏者，以民近死亡，當賑救之，以全女之成功。』傳意或然。觀此文勢，上章或亦不同，今以毛無别訓，遂作同解。」正義所指即此「散無友紀」之下以「禄餼不足」爲毛解。不知毛所稱「凶年殺禮」，正以憂旱廢職證經「散」字之義，並非泛引成文，亦不得謂毛無别訓也。

「靡人不周，無不能止」，傳：「周，救也。無不能止，言無止不能也。」箋云：「周，當作賙。王以諸臣困於食，人人賙給之，權救其急。後日乏無，不能豫止。」正義申毛，引王肅云：「靡人而不周其急也，其發倉廩，散積聚，有分無，多分寡，無敢有不能而止者，言上下同也。」又申鄭云：「上言王之於臣禄餼不足，則此言當爲王救群臣，不宜爲群臣救人，故易傳。」承珙案：春秋時，列國有災，卿大夫尚有能出所蓄以賑貧民者，如楚子文、宋公子鮑之類。則宣王之時，群臣以禄食之餘賙給百姓，固其宜矣。若謂臣困於食而王給之，則是給其禄餼，不當言「周」。且《周官》「荒政」十二，並無賑給群臣之條。庶正冢宰位高禄厚，此而待賑，民當若何？況救荒當先及小民，亦不應但賙給有位也。準此言之，傳義誠不可易。

「有嘒其星」，傳：「嘒，衆星貌。」承珙案：《召南》正義引此傳但云「星貌」，無「衆」字。此箋云：「王仰天，見衆星順天而行嘒嘒然。」傳「衆」字或涉此而衍。《説文·口部》：「嘒，小聲也。《詩》曰：『嘒彼小星。』」《言部》：「譿，聲也。《詩》曰：『有譿其聲。』」《召南》以「嘒」狀「小星」，或由「小聲」之義而引申之。《雲漢》之詩，三家必有借「譿」字者，故許引之當云：「《詩》曰：『有譿其星。』」蓋此無正字，引申、假借皆依聲以見義。許兩引《詩》並與「嘒」「譿」之本義無涉。段注《説文》謂「有譿其聲」如史所云「赤氣亙天，砰隱有聲」，非也。

「昭假無嬴」，傳：「假，至也。」箋云：「假，升也。王仰天，見衆星順天而行嘒嘒然，意感，故謂其卿大夫曰：天之光耀升行不休，無自嬴緩之時。今衆民之命近將死亡，勉之助我，無棄女之成功者。」王肅申毛爲「昭其至誠於天下，無有私嬴而不敷散」。承珙案：下文「無棄爾成」若非因上章有群臣周救百姓之事，則何謂成功？正義申箋，以得雨即是成功，故勸群臣助之求雨。夫雨猶未降，何得遽云「爾成」？且此時豈有群臣敢不助王求雨者，而乃作此語邪？

崧　高

「崧高維嶽」，傳：「崧，高貌。山大而高曰崧。嶽，四嶽也。東嶽岱，南嶽衡，西嶽華，北嶽恒。堯之時，姜氏爲四伯，掌四嶽之祀，述諸侯之職。於周，則有甫、有申、有齊、有許也。」正義曰：「經典群書多云『五岳』，此傳惟言『四岳』者，以堯之建官而立四伯，主四時四方之岳而已，不主中岳，故《堯典》每云『咨四岳』而不言『五』也。《周語》説伯夷佐禹云：『共工之從孫四岳佐之。』又曰：『祚四岳國，命爲侯伯。』皆謂伯夷爲四岳。此將言伯夷之事，故指言『四岳』。其云『五岳』者，即此四與崧高而五也。」承珙案：《爾雅·釋山》：「河南華，河西嶽，河東岱，河北恆，江南衡。」其末一條云：「泰山爲東嶽，華山爲西嶽，霍山爲南嶽，恆山爲北嶽，嵩高爲中嶽。」鄭注《周禮·大司樂》「四鎮五嶽崩，令去樂」，用《爾雅》前條，有嶽山而無嵩高。注《大宗伯》「以血祭祭社稷、五祀、五嶽」，用《爾雅》後條，有嵩高而無嶽山。賈疏謂周國在雍州，權立吴嶽爲西嶽，非常法。孔穎達謂《大司樂》注主災異而言，其「五嶽」正名必取嵩高爲定解。邵氏二雲《爾雅正義》並駁之，以五嶽視三公，國有常祀，豈可權立其名？若專主災異，豈吴嶽有災而嵩高必無震裂？是其説皆不可通。故邵氏以《爾雅》「河南華」云云爲周時「五嶽」之名。周以嶽山爲西嶽，則華山當爲中嶽，故郭注《爾雅》但云「華陰山」，而不以華爲西嶽。漢初傳《爾雅》者，於篇末增「嵩高爲中嶽」之文，太史公首述其言，《風俗通》《説文》俱沿襲其説。何休注《公羊》、《白虎通義》引《尚書大傳》皆有嵩高之説，而不知皆誤以漢制爲古義也。金誠齋又駁邵氏，曰：「東岱西華南衡北恆，四嶽之名歷代所不改。惟中嶽非巡守朝會之所，特爲帝都之鎮，故中嶽當隨帝都而移。唐虞及夏都在冀州之域，以霍大山爲中嶽。《禹貢》曰『至于岳陽』。又曰『至于大岳』。皆謂霍大山是也。殷湯都西亳，在豫州之域，故以嵩高爲中嶽。周武王都鎬，在雍州之域，當以嶽山爲中嶽。嶽山即《禹貢》『岍山』。以其爲中嶽，故專稱『嶽』，猶霍大山爲中嶽亦專稱『嶽』也。嶽山之爲中嶽，不過以爲王畿之鎮。而華山仍爲西嶽，乃西方諸侯朝覲之所，與東岱南衡一例。若以嶽山爲西嶽，則此山逼近西戎，與華山相去幾及千里，又在鎬京之西，苟諸侯往朝於彼，必越過京師。此必無之事也。若云仍朝於華山而不至嶽山，是西嶽爲虛設矣。《爾雅》『九州』，《禹貢》『職方』不同，説者皆以爲殷制。可知《釋山》篇末所載『五嶽』有嵩高而無嶽山爲殷制矣。其篇首云『河南華』者，釋周之『五嶽』，而殷之『五嶽』載於篇末。蓋此『五嶽』雖殷制，而東周以後亦因之，故始西周而終東周也。邵氏以嶽山爲西嶽，華山爲中嶽，尚非確解。又謂《爾雅》篇末之『五嶽』爲漢人附益，豈其然乎？」承珙謂：虞夏之時，嵩高謂之「外方」，本不在「五嶽」之内，則其時中嶽爲霍大山可無疑義。《爾雅》前一條並無「嶽」名，第紀江河東西南北之名山耳。《職方》亦但記九州之鎮山，並未明指何山爲嶽。鄭注《大司樂》以「四鎮五嶽」連文，適與《職方》「九州」之山數足相當，而《職方》「五州」之山又與《爾雅》「河西華」等相同，故牽配二文爲注。其實周以岍山爲嶽，經典並無明證。《爾雅》末條所言「五嶽」，自是殷都豫州始以嵩高爲中嶽。周公營建洛邑，亦在豫州，故仍殷制，亦當以嵩高爲中嶽。嵩高又名「大室」。《左傳》昭四年。司馬侯曰：「『四嶽』、『三塗』、陽城、大室。」別大室於「四嶽」，可知嵩高爲周之中嶽矣。《爾雅》末條專釋殷、周之「五嶽」，唐虞之制本非所言。《史記》《尚書大傳》及《公羊》何注并謂唐虞即以嵩高爲中嶽，孔氏《詩疏》從之，誤矣。至嵩山，古本作「崇山」。《周語》「神降于崇山」韋注：「嵩，古通用『崇』。」是唐虞之「外方」，殷、周或謂之崇山，或謂之大室。《爾雅》當本作「崇山爲中嶽」，漢時始改名嵩高，寫《爾雅》者從而易之。其實「崇」「嵩」本一字也。若《詩》之「嵩高維嶽」，但指「四嶽」而言，應劭《風俗通》始以《詩》「嵩高」爲指中嶽耳。

「維嶽降神，生甫及申。維申及甫，維周之翰」，傳：「嶽降神靈和氣，以生申、甫之大功。翰，幹也。」箋云：「申，申伯也。甫，甫侯也。皆以賢知入爲周之楨榦之臣。甫侯相穆王訓《夏贖刑》。美此俱出四嶽，故連言之。」正義曰：「此箋定以『甫』爲甫侯，而《孔子閒居》引此詩，注以『甫』爲仲山甫者，按：《外傳》稱樊仲山甫，則是樊國之君，必不得與申伯同爲嶽神所生。注《禮》之時，未詳詩意故耳。」承珙案：鄭君《禮》注蓋出三家《詩》。《後漢書》劉陶云：「周宣用申、甫，以濟夷、厲之荒。」張衡《應閒》曰：「申伯、樊仲實榦周邦。」此皆以「甫」爲仲山甫。范《傳》、嚴《緝》仍主《禮》注。《困學紀聞》駁之，謂：「仲山甫猶《儀禮》所謂『伯某甫』也。『甫』與『父』同。若以仲山甫爲『甫』，則尹吉甫、蹶父、皇父、程伯休父亦可言『甫』矣。近世説《詩》者乃取此而舍傳箋，好奇之過也。」《吕記》曰：「申、甫，意者皆宣王時賢諸侯，同有功於王室者。『甫』雖不見於經，以文意考之，蓋當如此。」承珙謂：首章「甫」「申」皆指其先世言之。曰「維周之翰」，曰「于蕃于宣」，皆述其先世之功。次章乃入申伯。其曰「王纘之事」，言王使繼其先世之事。七章曰「戎有良翰」，正應此「維周之翰」。八章曰「揉此萬邦，聞于四國」，正應此「四國于蕃，四方于宣」。皆所謂「纘事」也。傳於首章但以「甫」「申」爲國名，而不著其人，可見毛意祇統言其先世，兼及「甫」者，以其同出四嶽而又皆有賢臣耳。若首章之「申」即指申伯，則甫侯當亦同時，不應遠舉穆王時人而與之並論矣。

「于邑于謝，南國是式」，傳：「謝，周之南國也。」箋云：「于，往。于，於。往作邑於謝，南方之國皆統理施其法度。時改大其邑，使爲侯伯，故云然。」正義曰：「申伯國本近謝，今命爲州牧，故改邑於謝，取其便宜。」許氏《名物鈔》曰：「《史記》謂四嶽佐禹有功，虞夏之際或封於申。然則申國固非宣王始封之也。謝非申國之舊，宣王改封申伯於此。申之舊國，莫可考。今南陽之申，因申伯而名謝地也。」承珙案：此説本林之奇。然申、謝本二地，《前漢志》申國在南陽宛縣，《續漢志》謝城在南陽棘陽縣東北百里。《鄭語》：桓公曰：「謝西之九州，何如？」史伯曰：「惟謝、郟之閒，是易取也。」注：「謝，申伯之國，今在南陽。郟南謝北，虢、鄶在焉。」蓋惟謝西之地甚廣，而與申相近，故令就申改邑於謝，當以形勢便宜之故。許氏謂申伯舊封無考，因改封，而謝地亦得申名，非也。

惠氏《古義》曰：「謝，王符引作『序』，《潛夫論·志氏姓》。云：申地在南陽宛北序山之下，故《詩》云：『亹亹申伯，王薦之事。于邑于序，南國是式。』王逸注《楚辭·七諫》『荆文寤而徐亡』云：『徐，偃王國名也，周宣王之舅申伯所封也。《詩》曰：「申伯番番，既入于徐。」』案：古『豫』『謝』字通。《儀禮·鄉射禮》『豫則鉤楹内』注云：『豫，讀如「成周宣謝」之「謝」。』今文『豫』或作『序』，聲之近也，故王符引作『序』。『豫』讀爲舒，『舒』讀爲徐，故王逸又作『徐』。」承珙案：「徐」亦「謝」音之轉。謝自在南陽，王叔師以爲彭城之徐，誤矣。

「王命召伯，定申伯之宅」，傳：「召伯，召公也。」箋云：「申伯忠臣，不欲離王室，故王使召公定其宅，令往居謝。」正義曰：「封諸侯者，當即使其人自定居處，不必天子爲築城邑，然後遣之。此宣王獨先命召公定申伯往居之宅，故解其言『定』之意。王以申伯忠臣，不欲遠離王室，使召伯先繕治其居，欲以定申伯之意，故言『定』也。」承珙案：《烝民》「王命仲山甫，城彼東方」傳云：「東方，齊也。古者諸侯之居逼隘，則王者遷其邑而定其居。」此正與「定申伯之宅」同義。《左傳》定四年。聃季授土，康叔授民。可見古者建國親侯，自有王朝遣官度地定居之制。「定申伯之宅」，亦不過定其所居耳。箋疏之言似非經旨。

「因是謝人，以作爾庸」，傳：「庸，城也。」箋云：「庸，勞也。今因是謝邑之人而爲國，以起女之功勞，言尤章顯也。」正義曰：「傳以下云『有俶其城』，故以『庸』爲『城』。箋以王命申伯當意在顯其功勞，不宜直言爲其作城而已，故易傳也。」承珙案：因謝人以作庸者，即謂用謝人築謝邑，如《召誥》云「以庶殷攻位于洛汭」也。此章是方作，下章「有俶其城」乃既成耳。《朱子語類》：「或問：『《嵩高》《烝民》二詩皆是遣大臣出爲諸侯築城。』答曰：『封諸侯固是大事。看《黍苗》詩，當初召伯帶領許多車徒人馬去，也是勞擾，此不可曉。』」承珙謂：調民築城，古人恐無此法。《黍苗》言召伯營謝，固與《嵩高》相表裏，然《黍苗序》言刺卿士不能行召伯之職，夫召伯之職豈止于營謝一事邪？蓋召穆公以上公爲二伯，時或巡省南國，因有營謝之事。故《黍苗》後二章並陳其功，以刺當時卿士不能爲王布恩澤而成事業耳。所云「車輦徒御」，自是君行師從、卿行旅從之常，非謂以周人而築謝邑也。《烝民》仲山甫城齊，而曰：「四牡業業，征夫捷捷。」傳云：「言述職也。」可見仲山甫是爲王卿士，職當眺省諸侯。此行亦是述其卿士之職，而因使之城齊，與召伯城謝事正同。所云「四牡」「征夫」，亦卿行旅從之義，非用征夫城齊也。然則「以作爾庸」，毛訓「庸」爲「城」，謂因謝地之人營築城邑，正見因地制宜，不煩調遣勞民之意。箋易傳訓「勞」，申伯之「勞」，何必因謝人而始章顯乎？

「錫爾介圭，以作爾寶」，傳：「寶，瑞也。」箋云：「圭長尺二寸謂之介。非諸侯之圭，故以爲寶。諸侯之瑞圭，自九寸而下。」正義曰：「寶者，居守之辭，非瑞信之語，故易傳。孫毓云：特言賜之以作爾寶，明非五等之玉。且申伯受侯伯之封，當信圭七寸，又不得受上公之制九寸桓圭而謂之介。箋義爲長。」汪氏《異義》曰：「《釋器》云：『珪大尺二寸謂之玠。』以鎮圭言也。然命圭亦得通謂介圭。《說文》：『玠，大圭也。《周書》曰：「稱奉介圭。」』是也。傳訓『寶』爲『瑞』，謂命圭也。若鎮圭，天子所守，宣王安得以錫申伯？諸侯玉瑞頒自王朝，故曰命圭。《聘禮》記曰：『圭、璋、璧、琮凡四器者，唯其所寶，以聘可也。』命圭何嘗不可以言『寶』？此與《韓奕》『介圭』皆傳義爲正。」承珙案：《韓奕》言以介圭入覲，尤不得謂非諸侯之命圭。《後漢書》張衡《應閒》曰：「服袞而朝，介圭作瑞。」《文選・魯靈光殿賦》：「錫介圭以作瑞。」此皆從毛訓「寶」爲「瑞」，則「介圭」自當爲命圭。東萊謂美大其圭而稱之，非天子尺有二寸之介圭，是也。

「往近王舅」，傳：「近，已也。」箋云：「近，辭也，聲如『彼記之子』之『記』。」臧氏《經義雜記》曰：「案：近，乃『迈』字形近之譌。《說文・丌部》：『迈，古之遒人以木鐸記詩言。从辵，从丌，丌亦聲。讀與「記」同。』又丌，讀若『箕』，與『其』同聲，故『彼記之子』亦作『彼其之子』。《詩》以『迈』字聲與『記』『其』同，故借用之。鄭從許讀若『記』，故云『辭』也。毛傳爲『已』，則音『以』。蓋古『巳』『已』『迈』聲皆相近也。正義曰：『歎而送之：往去已，此王之舅也。』得毛旨矣。正義又曰：『以命往之國，不復得與之相近，故轉爲「已」，以爲辭也。』然則唐時本已作『近』，孔仲達亦不知本作『迈』矣。」段氏《詩經小學》云：「『己』與『忌』同。《大叔于田》傳云：『忌，辭也。』此傳謂『迈』者，『己』之假借。箋申之曰：『己，辭也，讀如「彼記之子」之「記」。』《王風》『彼其之子』箋曰：『其，或作「記」，或作「己」，讀聲相似。』《鄭風》箋曰：『忌，讀如「彼己之子」之「己」。』蓋『其』『忌』『記』『己』『迈』五字，同詞之助也。『己』作『戊己』字，今本《毛詩》此及《王》《鄭風》作『已止』字，誤。又鄭釋毛云『己，辭也』。今本仍作『近』，誤。經傳『迈』誤作『近』，則自唐然矣。惟宋廖氏本作『迈』。」承珙案：臧說是也。段氏謂箋當作「己，辭也」，乃「戊己」之「己」，不作「已止」之「已」，此說非是。傳釋「迈」爲「已」，是「往迈王舅」即「往已王舅」，猶《洛誥》云「予往已」也。鄭恐人不明「迈」字訓「已」之義，故謂經「迈」字爲語辭也。又古人於「巳午」之「巳」、「已止」之「已」、「人己」之「己」讀聲皆相近，故毛以「近」爲「已」，鄭讀「已」如「記」，未必如後人分「巳午」爲詳里切、「已止」爲羊里切、「人己」爲居擬切也。

「王命召伯，徹申伯土疆，以峙其粻，式遄其行」，箋云：「粻，糧。式，用。遄，速也。王使召公治申伯土界之所至。峙其糧者，令廬市有止宿之委積，用是速申伯之行。」朱氏公遷曰：「上言徹土田，是井其田以授民人。此言徹土疆，則取井田什一之賦以爲餱糧，而供一時之用耳。」承珙案：徹土疆與徹土田自是二事。鄭以上言「土田」，故云「正其井牧，定其賦税」。此言「土疆」，則申畫郊圻、經理疆場之事，故云「治土界之所至」。正爲下「峙粻」「速行」緣起。《地官・遺人》所掌道路之委積，自廬至市，皆由國中以達於四境。其儲峙供具，自在疆域既定之後。中國境内之委積，亦當取其本國之所出。《虞東學詩》謂《遺人》所言皆王國爲之整備，駁箋以「峙糧」爲申伯舍宿之須爲非是。如此，則「峙粻」「速行」與上「徹土疆」句全不相涉，無此文義矣。

「吉甫作誦，其詩孔碩，其風肆好」，傳：「吉甫，尹吉甫也。作是工師之誦也。肆，長也。」正義曰：「詩者，工師樂人誦之以爲樂曲，故云『作是工師之誦』，欲使申伯之樂人常誦習此詩也。肆者，陳設之言，是『進長』之義，故以『肆』爲『長』。」承珙案：此章言「誦」，又言「詩」，又言「風」，三者有别。誦者，可歌之名。《周禮・大司樂》注：「以聲節之曰誦。」《禮記・文王世子》注：「誦，謂歌樂也。」蓋《三百篇》皆可爲工師之誦，故《節南山》亦云「家父作誦」。是統言之，則美惡不嫌同辭也。詩，則其本篇之詞。風，則其詞中之意。《烝民》「穆如清風」即此「風」也。「肆」爲「長」者，《説文》：「隸，極陳也。从長，隶聲。」「極陳」即「長」之義，故其字从長。「肆好」者，謂其意思深長也。

「以贈申伯」，傳：「贈，增也。」箋云：「以此贈申伯者，送之令以爲樂。」《釋文》云：「贈，送也。《詩》之本皆爾。鄭、王申毛並同。崔《集注》本作『贈，增也』。崔云增益申伯之美。」正義曰：「鄭唯『贈，送』一字別。」臧氏玉林曰：「案箋則鄭申毛本作『增』，崔《集注》本是也。箋云『送之令以爲樂』者，解所以作誦增益之意，非訓『贈』爲『送』。正義亦誤以鄭訓『贈』爲『送』，與陸同。今徐鉉本《說文》：『贈，玩好相送也。』此當是後人私改。家藏寫本徐鍇《說文》作『贈，增也』。毛、許往往相合，益可證《詩》傳之本作『增』矣。」承珙案：「贈」从曾聲，《說文》「會」下云：「从曾省。曾，益也。」送遺是增益之事，故「贈」當兼「增」「送」二義。如「賸」字下云：「物相增加也。一曰送也。」增，其本義。送，其引申之義也。《秦風·渭陽》「何以贈之」傳：「贈，送也。」彼但言車馬，故取「玩好相送」之訓。此云作誦以贈，有「增益德美」之義，當以崔本爲正。臧氏謂箋「送」之不解「贈」字，亦爲得之。《韓奕》「其贈維何，乘馬路車」箋云：「贈，送也。王既使顯父餞之，又使送以車馬，所以贈厚意也。」案：「贈厚」當作「增厚」，此箋亦以「贈」兼「送」「增」二義。

烝民

《序》云：「《烝民》，尹吉甫美宣王也。任賢使能，周室中興焉。」《稽古編》曰：「《烝民》詩雖因贈行而作，然意不專在贈行也。經八章，其言『出祖』，言『徂齊』，末二章始及之耳。首章言山甫之生，次章言其德，三章言其職，四、五、六章備言其德可以事上、率下、保身，出政能稱厥職。而宣王之知人善任以致中興，不言可知矣。蓋與《嵩高》詩同是贈行，而體製既殊，意義亦別。申伯之職以藩翰爲重，故首章既及之，而通篇述就封始末甚詳。山甫之職兼總内外，城齊之役其暫耳，故篇末方言之，復卷卷望其遄歸。二詩旨趣各有在也。《嵩高序》云建國親侯，《烝民序》云任賢使能，允矣。」承珙案：仲山甫之出使，毛傳明言「述職」，則詩中所言將命賦政、百辟式、四方發，皆其所任之事。城齊特其一端耳，故至後二章始言之。《序》並不及城齊一語，從可知矣。後之説《詩》者謂王命山甫城齊，而尹吉甫作詩送之；似全詩專爲城齊一事，殊於經《序》不合。

「天生烝民，有物有則」，傳：「烝，衆。物，事。則，法。」箋云：「天之生衆民，其性有物象，謂五行仁義禮智信也；其情有所法，謂喜怒哀樂好惡也。」承珙案：正義謂：「因經『物』『則』異文，故箋分『性』『情』爲二，五性法五行，六情法六氣。」或疑箋與傳異，其實非也。《孟子》引此詩而述孔子之言曰：「故有物必有則。」是謂則從物生，已爲定解。毛傳簡質，但訓「物」爲「事」、「則」爲「法」，當亦謂有事必有法。「事」即《洪範》「五事」之「事」。貌、言、視、聽、思，所謂事也。恭、從、明、聰、睿，所謂法也。《洪範》以五事配五行，而五行所包甚廣。《唐志》所云行於四時爲五氣，德秉於人爲五常，皆是。故鄭以「有物」爲五常之性。而必曰「五行」者，以經言「物」者，謂物象，五行乃物象也。其云「情有所法」者，謂喜怒哀樂好惡之情出於五常之性，性爲物，情以法性，故爲「則」也。疏謂「六情法六氣」者，六氣亦不外五行。《左傳》昭二十五年。子大叔曰：「天地之經而民實則之，則天之明，因地之性，生其六氣，用其五行。」蓋由五行而有六氣。《洪範》「八庶徵」，正義謂：「雨、暘、燠、寒、風五氣，與昭元年《左傳》陰、陽、風、雨、晦、明六氣相較，『雨暘風』文與彼同，『晦』即

『寒』、『明』即『燠』。鄭注《尚書》本《五行傳》，以雨屬木，暘屬金，燠屬火，寒屬水，風屬土。惟六氣之陰屬天，不在五行之内。」是則六氣亦本五行，六情之法六氣，亦即是法五行。其理皆相通貫，非是物有象，情有法，各不相涉也。箋廣申傳義，疏又博證箋文，故不云箋與傳異。趙注《孟子》云：「言天生衆民，有物則有所法則，人法天也。」考《韓詩外傳》云：「民之秉德，以則天也。」趙注蓋本於此。是以「有物」指天，「有則」指人之法天。亦如箋「物象」之説，謂性爲天所命，性之有仁義禮智信，即象天之木金水火土，故以性屬天。以六情法五性，是以人之情法天之性。故知毛、韓、鄭、趙諸説皆與孔子釋詩之旨趣不相悖也。

「生仲山甫」，傳：「仲山甫，樊侯也。」《漢書·杜欽傳》：「仲山甫，異姓之臣，無親於宣，就封於齊。」鄧展、晉灼皆以此爲《韓詩》之誤。《潛夫論·志氏姓》以「仲山」爲慶姓，與《韓詩》同。《水經·瓠子水注》：「成陽城西二里有堯陵，陵南一里有堯母慶都陵。堯陵東，城西五十餘步有仲山夫人祠，祠南有仲山甫冢，冢西有石廟，羊虎傾低，破碎略盡。」據郭緣生《述征記》，仲山夫人爲堯妃，見漢建甯四年成陽令管遵所立碑。洪氏《隸釋》載漢桓宗永康元年所立《孟郁修堯廟碑》云：「仲氏祖統所出，本繼於姬周之遺苗。天生仲山甫，翼佐中興。宣平功遂，受封於齊。周道衰微，失爵亡邦。後嗣乖散，各相土譯居，因氏仲焉。」此以仲山甫封齊，雖同《韓詩》，而又以爲周之苗裔，則與「異姓」之説不合。《通志·氏族略》謂周大王子虞仲支孫仲山甫爲周宣王卿士，食采于樊，曰樊侯，因邑命氏。《路史》中樊國遂兩見，一以爲泰伯仲雍後，一以爲慶姓，更屬漫無折衷。惟唐《權德輿集》有云：「魯獻公仲子曰山甫，入輔於周，食采於樊。」考《史記·魯世家》獻公子真公濞立三十年，卒。弟武公敖立。九年，與長子括、少子戲朝周宣王，欲立戲。樊仲甫諫，不聽。

戲立九年，括之子伯御攻殺戲而自立。周宣王伐魯殺伯御，問誰可爲魯後者，樊穆仲舉戲弟稱以對，是爲孝公。觀仲山甫於魯事始終相涉，則權氏以爲獻公之子者，似爲近之。

《續漢書·郡國志》：「河内郡修武，故南陽，秦始皇更名。有南陽城、陽樊、攢、茅田。」服虔曰：「樊仲山之所居，故名陽樊。」又《後漢書·樊宏傳》：「其先周仲山甫封於樊，因而氏焉。」章懷注云：「樊，今襄州安養縣。」又引《水經注》樊氏陂，謂在鄧州新野縣。承珙案：山甫所封在南陽者，《左傳》所謂「晉啟南陽」。高誘注《吕覽》云：「襄王賜晉南陽之地，本河之北、晉之山南，故言南陽。今河内陽樊温之屬是也。」今懷慶府修武縣。若襄、鄧之閒，則《水經·淯水注》云：「宛城，故申伯之都，秦以此地爲南陽。劉善曰：在中國之南而居陽地，故以爲名者也。」《水經》又云「朝水支分東北爲樊氏陂」者，或山甫後人所居。《續漢書》曰「仲山甫封於樊，因氏國焉，爰自宅陽，徙居湖陽」是也。章懷以山甫所封之樊即在襄州，誤矣。

「古訓是式」，傳：「古，故。訓，道。」箋云：「故訓，先王之遺典也。式，法也。」惠氏《古義》曰：「《説文》引《詩》作『詁訓』，云：『訓故言也。』張揖《雜字》云：『詁者，古今之異語也。訓者，謂字有意義也。』《爾雅·釋詁》《釋訓》，樊孫本作《釋故》《釋訓》。《藝文志》：《詩》有《魯故》《韓故》《齊后氏故》《孫氏故》《毛詩故訓傳》，《書》有大、小夏侯《解故》，皆所謂『故訓，先王之遺典也』。孔穎達以爲『古訓』者，故舊之道，故爲先王之遺典。何其繆歟？」《説文》：「詁訓，故言也。《詩》曰『詁訓』。」段注云：「故言，舊言也。訓者，説教也。訓故言者，説釋故言以教人，是之謂詁。『詩曰詁訓』四字當作『詩曰「告之詁言」』。《抑》篇毛傳曰：『詁言，古之善言也。』毛以『古』釋『詁』，正同許以『故』釋『詁』。」承珙案：《説文》當是「詁訓，逗。故言也句。」。「訓」

字連「詁」讀，如「偓」連「佺」、「參」連「商」、「鶴」連「鳴于九皋」之例。「詩曰詁訓」蓋脱「是式」二字。必三家《詩》有作「詁訓」者，許以「故言」釋之。《毛詩》自作「古訓」。傳以「故」釋「古」，以「道」釋「訓」，「道」即「言」也。《抑》傳云：「詁言，古之善言也。」此云「古，故」者，是以「古」爲「詁」之假借，故「詁訓傳」作「故訓傳」。而章句有「故言訓道」之「道」，當如字讀。《釋文》音「導」，正義又以爲故舊之「道」，皆非也。

「出納王命，王之喉舌」，傳：「喉舌，冢宰也。」箋云：「出王命者，王口所自言，承而施之也。納王命者，時之所宜，復於王也。其行之也，皆奉順其意，如王口喉舌親所言也。」正義曰：「上句云『式是百辟』，與百君爲法，則王朝上卿，故爲冢宰。舜命龍作納言，云：『出納朕命。』彼特立納言之官，以典王命出入，即今之納言也。」又引《周禮・大宰職》：「王視治朝，則贊聽治，歲終，則令百官府各正其治，受其會，聽其致事，而詔王廢置。」以爲冢宰出納王命之證。承珙案：《舜典》「命龍作納言」正義即引此詩仲山甫「王之喉舌」爲證，與《詩》疏異。要當以《詩》疏爲正。《北堂書鈔》引《尚書》注云：「納言，如今尚書，管主喉舌。」此舉漢法以況。蓋秦于禁中置尚書，有令丞掌通章奏，漢因之。《漢官解詁》曰：「尚書出納詔命，齊衆喉舌。」《後漢書・李固傳》：「今陛下之有尚書，猶天之有北斗也。斗爲天喉舌，尚書亦爲陛下喉舌。出納王命，賦政四海。」此即引用《詩》文，似以《烝民》所言即漢制尚書之職。然秦、漢尚書秩卑，可以例《書》之「納言」，不可以當《詩》之「喉舌」。毛以「喉舌」爲「冢宰」，自以「式百辟」「保王躬」皆上卿之事，與後世納言之官不同。《後漢書》注引《春秋合誠圖》曰：「天理在斗中，司三公也，如人喉在咽，以理舌語。」宋均注曰：「斗爲天之舌口，主出政教。三公主導宣君命喻於人。」此所言與毛傳「冢宰」義近。《續漢書・百官志》：「少府屬有尚書令一，六百石，承秦所置。」注引荀綽《百官表》注云：「唐虞官也。《詩》云仲山甫，王之喉舌。蓋謂此人。」此亦誤以《詩》之「出納王命」與《書》之「納言」合而爲一者也。

「德輶如毛」，箋云：「輶，輕。人之言云德甚輕，然而衆人寡能獨舉之以行者。言政事易耳，而人不能行者，無其志也。」何氏《古義》曰：「天則無形，不可控執。豪釐之差，千里之繆。詩意言其微而難舉。而舊説相承，皆以爲輕而易舉，非也。鄧元錫云，夫懿德之則如毛然，微乎微者也。入微難，烝民具有之，而鮮克舉之。」承珙案：《荀子・彊國篇》云：「財物貨寶以大爲重，政教功名反是，能積微者速成。」引《詩》曰：「德輶如毛，民鮮克舉之。」毛公於此二句雖無傳，觀下文「愛莫助之」訓「愛」爲「隱」，是謂其德深遠而隱，莫有能助之者，可知毛用師説，亦必以「毛」爲「微」，與鄭義不同。《中庸》言「毛猶有倫」，而推之於無聲無臭，亦是言其微，非言其輕也。

「我儀圖之」，傳：「儀，宜也。」箋云：「儀，匹也。我與倫匹圖之而未能爲也。我，吉甫自我也。」《釋文》：「儀，毛如字，宜也。鄭作儀。儀，匹也。」正義曰：「『儀，匹』，《釋詁》文。然則鄭讀爲『儀』，故以爲『匹』。」阮氏《校勘記》曰：「據此，知《釋文》、正義二本字皆作『義』。鄭以『義』爲『儀』之假借耳，未嘗改爲『儀』也。《唐石經》乃竟作『儀』字，誤。」汪氏《異義》曰：「傳訓『義』爲『宜』，當謂德輕而民莫舉，我宜謀自舉之而亦不能，惟仲山甫克舉此德。」承珙案：傳意似當謂德之精微，民鮮能舉，我以事物之宜圖度之，惟仲山甫所行無弗合者，故知其能舉也。

「衮職有闕，維仲山甫補之」，傳：「有衮冕者，君上之服也。仲山甫補之，善補過也。」箋云：「衮職者，不敢斥王之言也。」《黄氏日鈔》云：「方博士解《王制》『三公一命衮，若有加，則賜也』云：衮雖三公可服，非有加則不賜。《詩》言：『衮職有闕，維仲山甫補之。』蓋謂是也。此言衮者，人臣之極，常闕之而不補，維仲山甫加賜而得之，是當時所缺而今則補之也。」何氏《古義》曰：「《後漢書》：『蔡茂在廣陵，夢坐大殿，極上有三穗禾，茂跳取之，得其中穗，輒復失之。以問主簿郭賀。賀離席慶曰：「大殿者，宫府之形象也。極而有禾，人臣之上禄也。取中穗，是中台之位也。於字，『禾失』爲『秩』。雖曰失之，乃所以得禄秩也。衮職有闕，君其補之。」旬日而賀徵焉。』此引《詩》與毛、鄭異。然『補』爲完衣之義，乃蒙上衮衣而言，從《左傳》『補過』之説，於義爲允。」承珙案：《左傳》晉靈公不君，士季引此詩而釋之曰：「能補過也。君能補過，衮不廢矣。」此解正毛、鄭所本。《後漢書・楊賜傳》：「故司空賜五登衮職。」《法真傳》：「同郡田羽薦之曰：『願聖朝就加衮職。』」蓋漢人多以「衮職」爲三公之稱。然此詩「衮職」自當指王。《家語》成王冠，頌曰：「令月吉日，王始加玄服，去王幼志，服衮職。」亦是謂王爲衮職也。

「王命仲山甫，城彼東方」，傳：「東方，齊也。古者諸侯之居逼隘，則王者遷其邑而定其居。蓋去薄姑而遷於臨菑也。」正義曰：「毛時書籍猶多，去聖未遠，其當有所依約而言也。《史記・齊世家》：獻公元年徙薄姑，都治臨菑。計獻公當夷王之時，與此傳不合，遷之言未必實也。」《虞東學詩》曰：「城齊之故，《史記》與毛傳不合。《集傳》通其説，謂徙於先而城於後，理或有之。顧何以至是始城，則竊有説焉：考《史記》，齊國本封營邱，至胡公始徙薄姑。獻公殺胡公而徙臨菑，則夷王時也。再世而厲公暴虐，胡公子入齊，與齊人攻殺厲公，胡公子亦死。齊人乃立厲公子赤，是爲文公。而誅殺厲公者七十人。事在宣王之世。築城之命，疑在斯時。蓋出定齊亂也。置君戮叛之事，疑出山甫方略，史失紀耳。吉甫之意，則謂山甫以盛德輔天子，宜令朝夕在側，今以齊亂之故，奉命東行。故以『邦國若否』『明哲保身』爲言，而繼以『不侮矜寡，不畏彊禦』。若逆知其措置之必出於此，可以坐定反側，但得畢事早歸，以左右天子。則山甫之心，而吉甫所歌以慰之者也。不然，則詩所云云，義何歸著邪？」承珙案：虞東此説本之王氏《總聞》。毛傳祇言因逼隘而遷，似不關於定亂。且似其時方去薄姑遷臨菑，亦無「先徙後城」之意。疏謂毛去古未遠，有所依約而言，是也。《史記·年表》：齊文公立于宣王十二年。而《竹書》云：宣王七年，命樊侯仲山甫城齊。則其時齊尚未亂。總之，古籍參差，其事與時殆難以鑿指也。

仲山甫封齊之説，不獨見《漢書·杜欽傳》。《潛夫論·三式》篇云：「周宣王時，輔相大臣以德佐治，亦獲有國，故尹吉甫作封頌二篇。其詩曰『亹亹申伯』云云。又曰：『四牡彭彭，八鸞鏘鏘。王命仲山甫，城彼東方。』此言申伯、仲山甫文德致昇平，而王封以樂土，賜以盛服也。」王符此説當亦本《韓詩》。《史記·周本紀》正義引《括地志》：「漢樊縣城在兖州瑕邱縣西南，古樊國，仲山甫所封也。」此亦因《韓詩》而附會者。然經文明言「城彼東方」，又曰「徂齊」曰「遄歸」，其非山甫受封自城，灼然可知。不知《韓詩》何以有此。

「仲山甫徂齊，式遄其歸」，傳：「遄，疾也。言周之望仲山甫也。」箋云：「望之，故欲其用是疾歸。」《爾雅·釋詁》：「齊，疾也。」郭注：「《詩》曰：『仲山甫徂齊。』」承珙案：郭意似謂仲山甫往行之疾，則不以「齊」爲齊國。殆亦出三家《詩》，謂樊仲就封而往，然又與「遄歸」意不合。若謂「歸」即「謝于誠歸」之「歸」，但既曰「往疾」，又曰「遄歸」，複疊不成文義。此《毛詩》所以獨勝三家也。

韓　奕

《序》云：「《韓奕》，尹吉甫美宣王也。能錫命諸侯。」朱氏《通義》曰：「《集傳》謂韓侯初立來朝，引《禮》即位除喪，以士服入見聽命天子。毛、鄭諸家都無此説。《詩》曰：『以其介圭，入覲于王。』知是修常朝之禮。又曰：『奄受北國，因以其伯。』知是命爲侯伯。《周禮》：『正北曰并州。』蓋爲并州牧，兼領諸夷部也。」承珙案：《經解鉤沈》引《白虎通義·爵》篇所稱《韓詩内傳》「諸侯世子三年喪畢，上受爵命于天子」云云，以爲是《韓奕》之傳。不知《瞻彼洛矣》「靺韐有奭」，鄭箋有「世子除喪，服士服而來」之説，正本《韓詩》。《白虎通義》此篇亦惟引「靺韐有奭」，並無《韓奕》明文，何得附會以爲韓侯受命之解乎？

箋云：「梁山於韓國之山最高大，爲國之鎮，祈望祀焉，故美大其貌奕奕然，謂之『韓奕』也。梁山，今左馮翊夏陽西北。韓，姬姓之國也，後爲晉所滅，故大夫韓氏以爲邑名焉。」自王肅以末章「燕師所完」爲北燕國，且云：「涿郡方城縣有韓侯城。」見《釋文》及《水經注》。其説本《潛夫論·志氏姓》，云韓侯其國近燕。此或出於三家。《困學紀聞》謂《詩》有「奄受北國」，當以肅説爲長。後人因謂今韓城縣，漢之夏陽，古稱少梁，非韓侯國。韓國在今順天府固安縣地。秦、晉所戰之韓原在今解州府芮城縣，《郡國志》所謂河東河北縣有韓亭者。鄭既誤以韓國在夏陽，又誤以晉武子所封之韓即古韓國。承珙案：此皆非也。《詩》首言「奕奕梁山」，自必標舉其最高大之山足以爲鎮者。《禹貢》之梁山，《漢志》以爲在夏陽西北。《爾雅》：「梁山，晉望也。」《春秋》成五年梁山崩，《公羊傳》云：梁山，「河上之山也」。《穀梁傳》云：「梁山崩，壅遏河，三日不流。」

此其高大可知。蓋是山綿亙百里，今自郃陽西北抵韓城縣西北之麻線嶺皆是。傳釋「維禹甸之」云：「禹治梁山，除水災。」明用《禹貢》治梁之文，尚得謂非夏陽之梁山乎？周之韓國自當在梁山左右，或其境跨河之東，故河東河北縣有韓亭。僖二十四年《左傳》杜注亦云，韓國在河東界。迨其後俱入於晉，故梁山爲晉望，而又以封武子於韓原耳。此則以箋説按之諸書，皆無不合者。「燕師所完」，即以爲平安時衆民所築，何不可者？若《水經》聖水「逕韓城東」注云：「《詩·韓奕》章曰：『溥彼韓城，燕師所完。』『王錫韓侯，其追其貊，奄受北國。』鄭玄曰：『周封韓侯，居韓城爲侯伯。』言爲獫夷所逼，稍稍東遷也。王肅曰：今涿郡方城縣有韓侯城，世謂之寒號城。非也。」道元此注似并以鄭箋亦謂古韓國在涿郡，與王肅同。殊爲混繆。顧氏《日知録》又據《史記·燕世家》「易水東分爲梁門」，又《水經·濡水注》云「逕良鄉縣北界，歷梁山南，高梁水出焉」，以爲燕地有梁山之證。然梁山韓城之在燕者，於經無所見，而韓地屢見於《春秋傳》者，自應是武穆所封之國。馮翊梁山爲大河所經，禹功於此必多。《爾雅》專釋《詩》《書》，於「五嶽」外特舉「梁山，晉望」，亦必爲《詩》而設。《水經·鮑邱水》下雖云高梁山首受濡水於戾陵堰，水北有梁山，并引《范靖碑》「登梁山以觀源流」之語，但此梁山未必爲禹跡所經，且並非九州大山，更未必爲詩人所標舉。何氏《古義》曰：「方城，乃今順天府固安縣地，然去梁山遠矣。李氏謂恐是方城縣相近梁門界上之山，殊屬牽附。愚意寒號自是本名，其後改寒號爲韓侯者，王肅緣此詩有『燕師所完』一語而誤。而酈道元又爲肅所誤也。」承珙又案：《潛夫論》云：「昔周宣王亦有韓侯，其國也近燕，故《詩》云：『普彼韓城，燕師所完。』其後韓西亦姓韓，爲衛滿所伐，遷居海中。」觀王符之言，似宣王時別有韓侯，非武王子所封之韓國。又以其後居海中，似即漢、晉時「三韓」之屬。此爲王肅北燕之説所本，要與毛傳韓侯先祖爲武王之子者不合。故此詩仍當以毛、鄭爲正，王肅、酈元之説不足信也。

「奕奕梁山，維禹甸之。有倬其道，韓侯受命」，傳：「奕奕，大也。甸，治也。禹治梁山，除水災；宣王平大亂，命諸侯。有倬其道，有倬然之道者也。受命，受命爲侯伯也。」嚴《緝》曰：「功莫大于禹，詩人美人君之功，多配禹言之。《文王有聲》云『豐水東注，維禹之績』，而繼之『皇王維辟』，以武王配禹也。《信南山》云『信彼南山，維禹甸之』，而繼之以『曾孫田之』，以成王配禹也。此詩亦以宣王配禹，語勢略同。孔氏述毛，以爲美韓侯能述禹之功，則非其倫矣。」承珙案：箋云：「厲王之亂，天下失職，今有倬然著明復禹之功者，韓侯受王命爲諸侯。」此疏乃以鄭義述毛耳。《商頌・殷武》云：「天命多辟，設都于禹之績。」此不過謂禹平水土，弼成五服，而諸侯之國乃定。昭元年《左傳》劉定公謂趙孟，亦有「美哉禹功，明德遠矣！吾子盍亦遠績禹功，而大庇民」之語。然此詩主美宣王能錫命諸侯，不重諸侯能貢獻天子，故毛傳以禹與宣王並稱。即此足見毛公説《詩》一依《序》義，不得謂《序》爲毛所未見也。

「虔共爾位」，傳：「虔，固。共，執也。」箋云：「古之『恭』字或作『共』。」正義曰：「虔，固。共，執。皆《釋詁》文。」承珙案：「位」何以言「執」？執者，不失之謂。《左傳》云：「蔡、許之君一失其位，不得列於諸侯。」是也。箋於《抑》之「克共明刑」、《長發》之「有虔秉鉞」，皆從傳訓「執」訓「固」。此箋云「古恭字或作共」者，解經仍從傳義，但以古字可通，存此別解，如《周禮》注「廉辨」或爲「廉端」、「棘門」或爲「材門」之類。惟「共」若作「恭」，則「虔」亦當訓「敬」，不得仍爲「固」義。鄭不爲「虔」改訓者，是其意不欲易傳可知。正義云鄭唯以「共」爲「恭敬」爲異，又云鄭以「恭」字義强，故易傳，非箋意也。

「淑旂綏章」，傳：「淑，善也。交龍爲旂。綏，大綏也。」箋云：「善旂，旂之善色者也。綏，所引以登車，有采章也。」正義申毛云：「『綏，大綏』者，《王制》『天子殺，下大綏』是也。《天官·夏采》注云：徐州貢夏翟之羽，有虞氏以爲綏。後世或以旄牛尾爲之，綴於幢上，所謂『注旄於竿首』者。然則綏者，交龍旂竿所建，與旂共一竿，爲貴賤之表章。」又申鄭云：「若『綏』是大綏，則共旂一物，淑旂可以兼之，不應重出其文，故易傳，以『綏』爲所引登車者。」承珙案：旌、旂本有貴賤之辨。大綏注於竿首，故可以爲表章。若登車之綏，雖以采絲爲之，無所爲表章也。且此章每句各言一物，不相錯雜。如「淑旂綏章」，旂飾也。「簟茀錯衡」，車飾也。「玄衮赤舄」，服飾也。「鉤膺鏤鍚」，馬飾也。「鞹鞃淺幭」，則專言車之軾。「鞗革金厄」，則專言馬之轡。皆無一字旁及。若「淑旂」爲交龍之旂，而「綏章」又爲登車之綏，則詞意錯雜，與下各句文例不畫一，故知傳義爲長。

「鞗革金厄」，傳：「厄，烏蠋也。」箋云：「鞗革，謂轡也。以金爲小環，往往纏搤之。」段氏《詩經小學》云：「《説文》：『槅，大車軛也。』『軛，轅前也。』『軥，軛下曲者。』《小爾雅》：『衡，扼也。扼上者謂之烏啄。』當作『衡，扼上也。扼下者謂之烏啄』。按此詩作『厄』者，『軛』之假借。傳『厄，烏噣也』即《小爾雅》之『烏啄』。《釋文》：『噣，沈音畫。』是沈重讀『不濡其噣』之『噣』。陸氏雖誤引《爾雅》，而云『噣，《爾雅》作蠋』，是陸本尚未譌爲『蠋』也。鞹以爲鞃，虢以爲幦，鞗以飾勒，金以飾軛，本四事。鄭不信毛説，合鞗革金厄爲一事。正義乃以『噣』譌『蠋』，其説致爲無理。《爾雅》：『蚅，蝐蠋。』字皆從『虫』，與毛傳『厄，烏噣』奚翅風馬牛不相及！陸、孔之牽合誤甚。」承珙案：衡爲輈前横木，上平謂之衡。其下爲兩㧊駕服馬之頸者，《周禮》謂之「鬲」，《左傳》謂之「軥」，《小爾雅》謂之「烏啄」。是則就横木爲之，不當謂之「金厄」。惟《釋器》云「載轡謂之钀」，郭注：「車軛上環，轡所貫也。」《説文》：「钀，車衡載轡者。」蓋四馬八轡，除驂馬内轡納於軾前之觼，在手者惟六轡。驂馬外復有游環，與服馬四轡同在軛者，皆有環以約之。《説文》：「搹，把也。或作『扼』。」即今之「厄」字，又從扼省。是「扼」爲「把約」之義。衡下之軛名「烏啄」者，取把約馬頸爲名。此「金厄」連「鞗革」爲文，自當爲約轡之環。《士喪禮》「苴絰大鬲」，《喪服》作「搹」，注云：「搹，扼也。中人之扼圍九寸。」戴氏東原曰：「蓋兩指搤合如環謂之搹，因以爲環名。」是也。以其在軛上而用金爲環，故謂之「金厄」。毛曰「烏噣」者，以環之約轡亦如烏咮之嗛物，其實與衡下「烏啄」名同而物異。箋以傳但言其名，故復詳其物耳，非傳謂衡軛、箋謂轡環也。

「出宿于屠」，傳：「屠，地名也。」《困學紀聞》曰：「潏水，李氏以爲同州郿谷。按：《説文》有左馮翊郿陽亭。」段氏《説文》注：「《集韻》《類篇》引作『左馮翊郃陽亭』，謂郃陽縣之郿亭也。各本《説文》作『郿陽亭』，誤。」季氏《詩解頤》曰：「同州郿谷似太遠，或以爲『屠』『杜』古通，即鄠縣之杜陵。」則在鎬南，非適韓之道，當更詳之。顧氏《方輿紀要》作「荼谷渡」，云在今陝西同州府郃陽縣東。承珙案：周都鎬京，在今陝西長安縣西南，同州在今長安縣東北二、三百里，郃陽又在同州東北百餘里。鄭箋云：「祖於國外，畢乃出宿。」則屠必非郃陽之郿亭可知。太史公曰：畢在鎬東南杜中。《皇覽》云：文王、武王冢皆在京兆長安鎬聚東杜中。此即漢之杜陵，在周鎬京之東南，古字「屠」「杜」通。韓侯出宿，自當在此。雖韓國在周之東北，然祖餞出宿，或因道里所便，不必往北方者定出國之北門而餞宿也。無庸以鎬在杜南爲疑。

「顯父餞之」，傳：「顯父，有顯德者也。」箋云：「顯父，周之卿士也。」今本作「周之公卿」，據疏當作「卿士」。正義曰：「父者，丈夫之稱。以有顯德，故稱顯父。廣言有美德者，非止一人也。」又云：「諸侯爲王臣所送，送者唯卿士耳，故知顯父，周之卿士也。」承珙案：毛意以古無氏「顯」者，故知不同「蹶父」之「蹶」爲氏，而以爲有顯德者，如《酒誥》「圻父」「宏父」之類。古人自有此稱謂。然又知不同「程伯休父」之爲字者，以言字則是一人，下文「清酒百壺」「籩豆有且」皆言其多，則餞送者必非僅一人，故知「顯父」是泛言有顯德者。箋云「周之卿士」則專指一人，而無解於清酒、籩豆之多，故以「侯氏燕胥」爲諸侯在京師未去者，皆來相與燕。然《覲禮》「侯氏皮弁」注云：「不言『諸侯』言『侯氏』者，明國殊舍異，禮不凡之也。」賈疏云：「言『諸侯』則凡之總稱，言『侯氏』則指一身，不凡之也。」此詩「侯氏」與彼同，亦當指韓侯一身。餞送必皆王臣，未有命來朝之諸侯相與燕餞諸侯者也。毛於「侯氏」雖無傳，正未必同鄭意耳。

「其蔌維何，維筍及蒲」，傳：「蔌，菜殽也。」正義曰：「蔌者，菜茹之總名。《釋器》云『菜謂之蔌』。故云『蔌，菜殽』。對肉殽，故云『菜殽』，謂爲菹也。若平常蔌亦兼肉，故《周易》『鼎折足，覆公蔌』，鄭注以蔌爲八珍所用是也。《天官・醢人》加豆之實，有深蒲筍菹。是菹有筍有蒲也。」《説文》：「鬻，鼎實，維葦及蒲。陳留謂鍵爲鬻。从鬲，速聲。餗，鬻或从食、束。」段注云：「此當云：『鼎實也。《詩》云：「其鬻維何？維葦及蒲。」』按《詩》：『其殽維何？炰鼈鮮魚。』此謂鼎中肉也。『其蔌維何？維筍及蒲。』此謂鼎中菜也。毛曰：『蔌，菜殽也。』菜殽對肉殽而言，凡《禮經》之藿、苦、薇，《昏義》之蘋、藻，二《南》之荇，皆是。凡肉謂之醢，菜謂之菹，皆主謂生物實于豆者；肉謂之羹，菜謂之芼，皆主謂熟物實于鼎者。陳留謂『餰』爲『鬻』者，《周易》馬注：『餗，餰也。』按鼎中有肉有菜有米，以米和羹曰糜，糜者餰之類。古訓或舉菜爲言，或舉米爲言，故許不以陳留語爲別一義也。」承珙案：正義引陸《疏》食筍與蒲之法，皆謂爲菹，則是豆實矣。《賓之初筵》傳：「殽，豆實也。」此承上文「籩豆有旅」而言。此傳不用《爾雅》「菜謂之蔌」而云「菜殽」者，自對上文「肉殽」言之。《特牲饋食禮》注云：「凡骨有肉曰殽。」蔡邕注《典引》云：「肉曰殽。」《廣雅》：「肴，肉也。」是肉謂之殽，故以菜芼肉謂之菜殽耳。《説文》「鬻」又作「餗」，《易・鼎》九三：「覆公餗。」《博古圖》有「宋公緣餗鼎」。郭璞《山海經圖讚》：「赫赫三事，鑒于覆蔌。」是「鬻」「餗」「蔌」三字同。毛以「蔌」爲「菜殽」，是謂鼎實，與許義合。又鄭司農注《醢人》云：「糝食，菜餗蒸。」後鄭不從，引《内則》「糝取牛羊豕之肉與稻米」。正義曰：「《易・鼎卦》鄭注云：『糝謂之餗。筍者，餗之菜也。是八珍之食。』案：《膳夫》注八珍取肝膋，不取糝。鄭注《易》糝又入八珍中者，以其糝若有菜則入八珍，不須肝膋；若糝無菜則入羞豆，此文所引是也。」據此，是肉和菜者謂之餗，爲鼎實；肉和米者謂之糝，爲豆實。糝亦謂之餗者，即許所稱「陳留謂『鬻』爲『餰』」歟？要之，皆非生菹可知。《説文》「筍」作「葷」者，《釋文》：「筍，字或作笋。」《爾雅》「蕍笋」，樊光本「笋」作「葷」，《説文》「莙」讀若「威」，皆其聲例也。

「籩豆有且」，箋云：「且，多貌。」《釋文》：「且，子餘反，又七救反。」正義曰：「以配百壺，故知『且』爲『多貌』。」阮氏《揅經室文集》曰：「『且』有『包含』『大多』之意，故《説文》訓『咀』爲『含味』。苴，麻子，包多子者。《禮記》『苞苴』，此誼亦近也。」承珙案：《召旻》「如彼棲苴」，傳：「苴，水中浮草也。」《孟子》「驅蛇龍而放之菹」，趙注：「菹，澤生草者也。今青州謂澤有草者爲菹。」《管子》「苴多膢蟇」，注云：「苴，謂草之翳薈。」是則「菹」「苴」皆草多之謂，亦從「且」聲得義也。

「汾王之甥」，傳：「汾，大也。」箋云：「汾王，厲王也。厲王流于彘，彘在汾水之上，故時人因以號之，猶言莒郊公、黎比公也。姊妹之子爲甥。」正義曰：「箋以『汾』作汾水之『汾』，不得訓之爲『大』。且作者當舉其實，不宜漫言大王。王肅雖申毛以『汾』爲『大』，其意亦爲厲王之甥，正以經稱『汾王』是指他王。若是宣王之甥，當如上篇言『王之元舅』，不宜別言王號，故知非宣王之甥。宣王之前唯厲王耳，故箋傳之意皆以爲厲王。」汪氏《異義》曰：「傳箋之釋『汾』字雖異，其以爲厲王則同。『厲』爲惡謚，故詩人避稱汾王。若因流彘而稱汾王，則詩人頌美宣王，不宜以是爲稱，似當以傳『大』義爲是。又箋云：『姊妹之子爲甥。』《釋親》云：『謂我舅者，吾謂之甥。』《釋名》：『舅謂姊妹之子曰甥。「甥」亦「生」也，出配他男而生，故其制字男旁作「生」也。』疏以箋語爲《釋親》文，蓋以義而言，非《爾雅》有此成文。」承珙案：《齊風・猗嗟》箋亦云：「姊妹之子曰甥。」正義以爲《釋親》文，其引孫毓亦以爲《爾雅》之明義。疑《爾雅》本有此文，後以傳寫脱之。但《猗嗟》傳云：「外孫曰甥。」則此「汾王之甥」，毛意當爲厲王之外孫，而箋則以爲厲王姊妹之子，其意不同耳。

「以先祖受命，因時百蠻。王錫韓侯，其追其貊。奄受北國，因以其伯」，傳：「韓侯之先祖，武王之子也。因時百蠻，長是蠻服之百國也。追、貊，戎狄國也。奄，撫也。」箋云：「韓侯先祖有功德者，受先王之命，封爲韓侯，居韓城爲侯伯。其州界外接蠻服，因見使時節百蠻貢獻之往來。後君微弱，用失其業。今王以韓侯先祖之事如是，而韓侯賢，故於入覲，使復其先祖之舊職，賜之蠻服追、貊之戎狄，令撫柔其所受王畿北面之國，因以其先祖侯伯之事盡予之。皆美其爲人子孫，能興復先祖之功。其後追也、貊也，爲獫夷所逼，稍稍東遷。」正義曰：「『四夷』之名，南蠻、北狄散則可以相通，故北狄亦稱『蠻』也。《周禮》『要服』，一曰『蠻服』，謂第六服也。此言『蠻服』，謂蠻夷之在服中，於《周禮》則『夷服』『鎮服』，非《周禮》之『蠻服』也。知追、貊戎狄國者，以『貊』者，四夷之名。《論語》：『蠻貊之邦。』《魯頌》：『淮夷、蠻、貊。』是『貊』爲夷名。而『追』與之連文，故知亦是戎狄。《夏官・職方氏》：『正北曰并州。』言受王畿北面之國，當是并州牧也。言追、貊爲獫夷所逼，稍稍東遷者，以經傳説貊多是東夷，故《職方》『掌四夷九貊』，《鄭志》答趙商云：『九貊，即九夷也。』又《秋官》『貊隸』注云：征東北夷，所獲是貊者，東夷之種而分居於北。故於此時，貊爲韓侯所統。《魯頌》云：『淮夷蠻貊，莫不率從。』是於魯僖之時，貊近魯也。至於漢氏之初，其種皆在東北，於并州之北，無復貊種，故辨之。」承珙案：《角弓》「如蠻如髦」傳云：「蠻，南蠻也。」自以對「髦」爲西夷，故言南蠻。此以「百蠻」爲蠻服之百國，則是謂九州之外，皆百蠻之地。《周語》：「蠻夷要服，戎狄荒服。」韋昭注以「要服」當《周禮》「蠻服」，以「荒服」當夷、鎮、蕃三服。《禹貢》：「荒服，三百里蠻，二百里流。」即周鎮、蕃之地，世一見之國。故要服曰「蠻」，荒服亦曰「蠻」。此詩言北國而曰「百蠻」者，《史記・匈奴傳》：「居于北蠻。」王褒《四子講德論》：「匈奴者，百蠻之最强者。」是也。《抑》「用遏蠻方」箋云：「蠻方，蠻畿之外。」蓋亦謂九州之外通爲蠻地耳。追於經傳無考，《陸堂詩學》謂「追」同「堆」，若《匈奴傳》之「白龍堆」，夷人累土以爲保障者，恐未必然。貊，《説文》云：「北方貉，豸種也。」《漢書・高帝紀》有「北貉」。《戰國策》蘇秦説秦惠王曰：「大王之地，北有胡、貉、代馬之用。」此可見貉地亙秦之北。周都雍州，貊正爲其北面之國。《鄭志》答趙商

「九貊在東方」。此據漢時言之。故此箋亦云「其後，追、貊稍稍東遷」耳。正義謂貊本東夷而分居於北，至魯僖公時，貊又近魯。不知《魯頌》「淮夷蠻貊」，傳本言淮夷如蠻貊之行者，非謂此時貊在東方也。

「獻其貔皮」，傳：「貔，猛獸也。追、貊之國來貢，而侯伯總領之。」《釋文》：「貔，本亦作豼，即白狐也。一名執夷。《草木疏》云：似虎，或曰似熊，遼東人謂之白羆。」《爾雅》：「貔，白狐。其子豰。」郭注：「一名執夷，虎豹之屬。」《牧誓》「如虎如貔」某氏傳曰：「貔，執夷，虎屬也。」鄭注云：「其威當如獸之攫搏也。貔，一名豹，虎類也。」《曲禮》「前有摯獸，則載貔貅」鄭注：「貔貅，亦摯獸也。」《說文》：「貔，豹屬，出貉國。从豸，毘聲。《詩》曰：『獻其貔皮。』《周書》曰：『如虎如貔。』貔，猛獸。」段注云：「《方言》『貔，陳、楚、江、淮之閒謂之貅』云云，此貍也，非貔也。毛傳、《尚書》傳則皆『貔』之本義。」承珙案：此說是也。其下又云：「《說文》『豹屬』當作『貍屬』。許以『貍屬』爲『貔』本義，以『猛獸』爲《詩》《書》之『貔』。」此則非是。《說文》「貔出貉國」，正用毛傳「追、貊貢貔皮」之義。《爾雅》疏引《字林》亦云「貔，豹屬」。《字林》多本《說文》，則許書「豹屬」必非「貍屬」之誤。竊謂《說文》當作「貔，豹屬，猛獸也，三字即用毛傳。出貉國」。即引《詩》「獻其貔皮」以證。又引《書》「如虎如貔」者，以其與「虎」對文，可爲「豹屬」之證。今本「貔，猛獸」三字在引《書》之後，乃脫於上而衍於下耳。《秋官》貊隸「掌與獸言」，可知貊地多獸。鄭注謂貊隸征東北夷所獲，亦據漢時貊在東北耳。

江漢

《序》云：「《江漢》，尹吉甫美宣王也。能興衰撥亂，命召公平淮夷。」姜氏《廣義》曰：「黄櫄云《江漢》一詩乃召公旋師奏凱之日，論功行賞之時所作也。按：《史記》於宣王北伐南征事皆失載。鄒忠胤引《竹書》宣王六年，召穆公伐淮夷，王伐徐戎，以爲一時並出。此不然也。用兵次第，《詩》明言之，先命尹吉甫征玁狁，次命方叔征荆蠻，故云『征伐玁狁，蠻荆來威』。次則命召穆公平淮南之夷。江漢，楚界。舟師自江漢入，知已在平荆楚之後也。又次則王親將以伐淮北。陳氏埴云：『淮夷之地不一，徐州有夷，則在淮北；揚州有夷，則在淮南。』陳氏鵬飛云：『以地理考之，「江漢之滸，王命召虎」者，是淮南之夷也。若在淮北，則江漢非所由入之路矣。曰「率彼淮浦，省此徐土」者，是淮北之夷也。若在淮南，則徐土非聯接之地矣。』按：征淮南之夷不言淮浦，征淮北不言江漢，可知其地隔遠。徐夷之聯結叛國在淮北而不在淮南。故征淮南之夷，江漢諸國可爲王師之助，而不憂淮北諸夷爲淮南之援也。《常武》自在《江漢》之後，《竹書》以爲一時並舉，非也。」承珙案：《江漢》《常武》二詩，其先後正當如今《詩》次第。《江漢》王不親行，《常武》則王親行，《詩》文亦明白可據。鄭《江漢》箋云：「宣王於是水上命將率遣士卒。」疏謂：「不於京師命之，而於江漢之上命者，蓋别有巡省或親送至彼。」後儒因謂《常武》王自將六師、《江漢》乃命召公徵兵江漢以行，故以爲一時並發。不知《江漢》之詩自是王命召虎平淮南，由江漢進兵，因以爲興耳。三章「江漢之滸，王命召虎」者，此古人倒裝語，謂王命召虎由江漢之滸進而式闢四方耳，非謂王在江漢之水涯命之也。但必由江漢進兵者，意其時淮北徐戎未服，故不能由豫兖之境渡淮而南，必至揚州之廬江左右，而後可以東行至淮也。以此知《常武》伐徐當在《江漢》平淮之後。劉汝楨謂二事同時並舉，斯不然矣。

「江漢浮浮，武夫滔滔」，傳：「浮浮，衆彊貌。滔滔，廣大貌。」孔氏㬇軒曰：「江漢之廣大、武夫之衆彊，所不待言，故傳轉以江漢衆彊似武夫，武夫廣大似江漢互釋之。蓋『滔滔』『洸洸』皆形容水之辭，因推原詩意是欲以江漢比武夫也。」承珙案：此《詩》傳不言興，嚴《緝》始以爲興。今案：傳釋「浮浮」「滔滔」，實似互文見意，故李《解》引王氏以「江漢浮浮」譬廣而流行。孔氏此解尤合於比顯興隱之旨。又《吕記》謂江漢合流，去淮夷絶遠，或者會江漢之師以伐之。此泥於後來以大别在漢陽爲江漢合流之處，而不知古之江漢合處在安豐也。又林之奇云古者畿兵不出，調兵諸侯。則《常武》之「整我六師」又將何以解之？

「淮夷來求」，箋云：「主爲來求淮夷所處，據至其境，故言『來』。」「淮夷來鋪」，傳：「鋪，病也。」箋云：「主爲來伐討淮夷也。據至戰地，故又言『來』。」正義曰：「『淮夷來求』，正是來求淮夷，古人之語多倒。『鋪，病』，《釋詁》文。彼『鋪』作『痡』，音義同。」承珙案：文十二年《左傳》曰：「裹糧坐甲，固敵是求。」宣十二年《傳》曰：「率師以來，唯敵是求。」此「求」字之義也。傳以「鋪」爲「痡」之假借，來鋪者，謂來討而病之。或疑三章「匪疚」「疚」訓「病」，此不宜言「病」，故以「鋪」爲「陳」，謂來陳其師旅。不知「匪疚匪棘」承上「式辟四方，徹我疆土」而言，蓋既平淮夷之亂，因而闢地治疆，恐致病民，故曰「匪疚」，與此病淮夷之義不同也。

「來旬來宣」，傳：「旬，徧也。」箋云：「來，勤也。旬，當作營。宣，徧也。王命召虎：女勤勞於經營四方，勤勞於徧疆理衆國。」正義曰：「『旬，徧』，《釋言》文。彼『旬』作『徇』，音義同。毛既以『旬』爲『徧』，則

『宣』不復爲『徧』，當謂宣布王命也。」又申鄭云：「上言『經營四方』，又言『于疆于理，至於南海』，則召虎大功在此二事。今王稱其功勞，則『來旬來宣』當指此二事。『旬』之與『營』，字相類，故知當爲『營』。」汪氏《異義》曰：「傳義亦統上二事。『來』『旬』正謂『經營四方』，故訓『旬』爲『徧』，言悉經營之也。上言：『王命召虎，式辟四方，徹我疆土。』則『于疆于理』正經界，修分理，而宣布王命在其中矣。傳義殆不可易。且『旬』與『營』，爲字不類，聲亦有異。箋改『旬』爲『營』，蓋以意改耳。又《釋文》云：『來，毛如字，鄭音賚。』陸意謂毛不以『來』爲『勤』，與『來求』『來鋪』同。然此爲叙功之辭，疏從箋申傳，得之。」承珙案：《桑柔》傳：「旬，言陰均也。」「均」與「徧」義相成。《鴻雁》傳：「宣，示也。」此「來宣」，毛意亦當爲「示」。「匪疚匪棘，王國來極」，正所以宣示王之德意也。江氏申傳固當，而謂「旬」之與「營」，箋以意改，考《周禮·均人》鄭注：「旬」讀爲「𤳵𤳵原隰」之「𤳵」。《正月》詩「憂心惸惸」《釋文》：「惸，又作煢。」古文「旬」字从勹从日作「旬」。《說文·赱部》：「赹，讀若煢。」是从勹从𤇾之字，形聲有相通者，未可謂鄭以意改也。

「無曰予小子，召公是似」，傳：「似，嗣。」箋云：「女無自減損曰我小子耳。女之所爲，乃嗣女先祖召康公之功。」承珙案：《韓詩外傳》云：「傳曰：予小子使爾繼召公之後。受命者必以其祖命之。」此所引傳又在韓嬰之前，如《喪服》傳中引傳之例。其曰「予小子」，正釋此詩二句。是「予小子」爲王自謙之詞。言女無以予小子不足繼文、武之業，女當勉嗣女祖康公之功也。如此解經，似較箋爲勝。

「肇敏戎公」，傳：「肇，謀。敏，疾。戎，大。公，事也。」箋云：「今謀女之事，乃有敏德。」承珙案：《爾雅》：「肇，謀也。」郭注以爲未詳，失檢此傳耳。蘇《傳》、李《解》則訓「肇」爲「開」，《呂記》、嚴《緝》又改訓

「始」。然上句方言嗣康公之功，不應下文言「始」言「開」。《釋文》引《韓詩》云：「肇，長也。」此似承上「召公是似」而言，謂祖孫相繼，長有此功。但「肇」之爲「長」，不見所出。《後漢書》：宋漢、周舉卒後，詔令會葬賜錢，皆引《詩》「肇敏戎功，「功」與「公」同。用錫爾祉」。章懷注並用毛傳訓「肇」爲「謀」。此自謂朝廷圖謀其有敏大之功，故錫以祉福，斷非謂其始有此功，及長有此功。謀功者，猶言計功也。謀而錫之，故非濫賞。傳義不可易也。又箋訓「戎」爲「女」，謂「謀女之事，乃有敏德」。則經文當作「肇戎功敏」，其説尤不可通矣。

「秬鬯一卣」，傳：「秬，黑黍也。鬯，香草也。築煮合而鬱之曰鬯。」箋云：「秬鬯，黑黍酒也。謂之鬯者，芬香條鬯也。」正義曰：「『鬯』非草名，而此傳言鬯草者，蓋亦謂鬱爲鬯草。何者？《禮緯》有秬鬯之草，《中候》有鬯草生郊，皆謂鬱金之草也。以其可和秬鬯，故謂之鬯草。如毛此意，言秬鬯者，必和鬱乃名鬯，未和不爲鬯。與鄭異也。」又申鄭云：「《春官·鬯人》注云：秬鬯，不和鬱者。是黑黍之酒即名『鬯』也。知者，以鬯人掌秬鬯，鬱人掌和鬱鬯，明鬯人所掌未和鬱也。故孫毓云：『鬱』是草名，今之鬱金，煮以和酒者也。『鬯』是酒名，以黑黍秬一秠二米作之，芬香條鬯，故名曰鬯。古今書傳香草無稱『鬯』者，箋説爲長。」焦氏《補疏》曰：「《鬯人》：『凡王弔臨，共介鬯。』鄭司農云：『鬯，香草。王行弔喪被之，故曰介。』疏引《王度記》：『天子以鬯，諸侯以薰，大夫以蘭，士以蕭，庶人以艾。』『鬯』與『薰』『蘭』並言，是爲香草名。又引《禮緯》云：『鬯草生庭。』鬯之爲草，其來舊矣。傳云『合而鬱之』，此『鬱』爲鬱積，不以爲鬱金草也。鄭康成注《鬱人》云：『鬱，鬱金，香草也，宜以和鬯。』注《鬯人》云：『釀秬爲酒，芬香條暢於上下也。』合之此箋，皆以

『鬱』爲草名，『鬯』爲酒名，蓋以《郊特牲》云『鬱合鬯』，又《周禮》『鬱人』別於『鬯人』故也。因爲通考之：《雜記》云：『暢，臼以椈，杵以梧。』『暢』即鬯。臼、杵，擣築之器，冠以『鬯』字，則『鬯』非酒名。《説苑》云：『鬯，百草之本。上暢於天，下暢於地，無所不暢，故天子以鬯爲贄。』《春秋繁露・執贄》篇：『天子用暢，積美陽芬香以通之天。』暢亦取百香之心，獨末之合之爲一，而達其臭氣。《水經注》引應劭《風俗記》：『鬱，芬草也。百草之華，煮以合釀黑黍。』傳以『築煮合而鬱之』爲鬯，亦非以『鬯』即是草名，正以百草之英爲説也。而『裸將于京』傳云：『裸，灌鬯也。』『黄流在中』傳云：『流，鬯也。』是又以『鬯』爲酒矣。鄭氏以秬鬯爲無鬱之酒，而『鬯人共釁鬯』注又云：『釁尸以鬯酒，使之香美者。』疏云：『此鬯酒中兼有鬱金香草，故得香美也。』是亦以『鬯』爲兼鬱矣。因以經文考之：《鬯人》：『大喪，共鬯以沃尸。王齊，共秬鬯以給淬浴。』斷無以酒浴者。又：『臨弔，被介。』鬯酒則何以言『被』也？《司尊彝》：『凡六尊六彝之酌，鬱齊獻酌。』注引《郊特牲》『汁獻涗于醆酒』。彼注云：『謂泲秬鬯以醆酒也。』『獻』當讀爲『莎』，齊語也。秬鬯者，中有煮鬱，和以盎齊，摩挲泲之，出其香汁，因謂之汁莎。』《鬱人》亦言和鬱鬯以實彝。是鬱鬯必俟和於酒，而鬱鬯非酒也。蓋鬱爲香草名，擣煮合而釀成之，謂之鬯，所以釀之用黍，故又曰秬鬯。今人擣諸香草之屑，合之稻米，摶以爲佩，俗稱爲香料，即此鬯之遺制也。用於裸，則和醆酒而泲之。用於浴，則和水以供之。用於弔喪，則不和而被之。鬯人泛掌諸鬯，鬱人專主灌酌，職有不同，故名有各異。以『鬯』爲香草者，從其本也。」承珙案：傳兩「鬯」字，義微不同。「鬯，香草也」，謂此草本名爲「鬯」。「築煮合而鬱之曰鬯」，則謂草合黍米，鬱而成爲鬯，此「鬯」字已兼酒言之。故《文王》傳以「裸」爲「灌鬯」，《旱麓》傳以「流」爲「流鬯」，未嘗不謂酒爲鬯也。

但鄭注《禮》必謂和鬱者名鬱鬯，未和者名秬鬯，則不然。《稽古編》曰：「《周禮·鬱人》《鬯人》，則秬鬯、鬱鬯似有未和、已和之分。若盡舉經傳中秬鬯，概以未和鬱解之，則非是。」承珙謂：不特此也。經傳中有單言鬯，無單言秬者，正以鬯是香草所釀，與尋常秬黍釀酒不同，言鬯則秬從可知，言秬不足以該鬯故也。傳云「合而鬱之」，本不以「鬱」爲草名，即《鬱人》有「和鬱鬯」之文，似謂調和所鬱之鬯。鬱者，積也，幽也，並非以「鬱」爲草名。鬯爲秬酒，《説文》：「鬯，以𩰫釀鬱艸，芬香攸服以降神也。」此指黍與草合釀之酒。言之「鬱艸」者，似亦謂所鬱之艸。「鬱」下云：「芳艸也。十葉爲貫，百廿貫，築以煮之爲鬱。」今本「築」上有「爲」字，似以「築」爲貫葉之名。鄭司農《鬱人》注同。皆衍字也。觀《肆師》注「築香草煮以爲鬯」，可知「築」爲擣築。鄭、許説皆同毛。然則「芳草也」三字，讀連篆文，或重「鬱」字。蓋築煮乃有「鬱」名，非其草本名「鬱」也。其下又云：「一曰鬱鬯，百艸之華，遠方鬱人所貢芳艸，合釀之以降神。鬱，今鬱林郡也。」此則後鄭注所謂「鬱金香草」者，在《説文》乃别一義，似非三代所有。惟《郊特牲》「鬱合鬯」與「蕭合黍稷」文同，當是以「鬱」爲草名、「鬯」爲秬黍之酒。鄭所用以注《禮》箋《詩》者，惟依此耳。其實草以「鬯」名，取其芬芳條鬯。因鬱而釀酒，故草亦得「鬱」名。因鬯在酒中，故酒亦得「鬯」號。義有相成，故名多相借。從其本，則「秬」爲黑黍，「鬯」爲香草，「鬱」爲築煮之名。自當以毛傳爲正也。

「于周受命，自召祖命」，箋云：「周，岐周也，自，用也。宣王欲尊顯召虎，故如岐周使虎受山川土田之賜命，用其祖召康公受封之禮。岐周，周之所起，爲其先祖之靈，故就之。」《稽古編》曰：「岐下有周原，周之名實昉于此。故詩言『周』，所以别于豐鎬也。嚴《緝》以『周』爲豐，不過謂文王作豐，當有其廟耳。殊不知岐乃王跡所基，周之別廟多在焉，豈獨無文王廟乎？況召公采邑亦在岐陽，上文『錫山土田』正岐地也，就彼錫命，于理尤允。」承珙案：豐有文王廟，本馬、鄭《尚書・洛誥》，嚴説固非無據。但詩上文言「文武受命，召公維翰」，則以召康公事文武有功而受封，今用其禮命召虎，當於文武之廟命之，不應獨令受命於文王之廟也。

「作召公考」，傳：「考，成。」箋云：「作，爲也。王命召虎用召祖命，故虎對王，亦爲召康公受王命之時對成王命之辭，謂如其所言也。如其所言者，『天子萬壽』以下是也。」正義曰：「定本、《集注》皆作『對成王命之辭』。」承珙案：據此，則正義本箋當作「對王命之成辭」，故其述毛云「乃作其先祖召康公對王命成事之辭」，又述鄭云「謂對王命舊事成辭」是也。但以「成」爲「成辭」，未免迂曲。嚴《緝》云：「成者，毁之對，謂不毁墜康公之功。」范《傳》云：「此章言報君之事。召虎何以報上？惟答揚王之休命，作召公已成之事業，是乃報上之實。事業既成，惟祝天子壽考萬年，以享其成。此忠臣孝子之心也。『明明天子』以下，則因以進戒耳。」二説似於文義較爲明順。

常　武

《序》云：「《常武》，召穆公美宣王也。有常德以立武事，因以爲戒然。」承珙案：《詩》中特立篇名者，如《雨無正》《酌》《賚》《般》之類，皆必有意義。此詩以「常武」名篇，序者以武不可常，故以常德立武事解之，可謂善於説經矣。范氏《補傳》云：「召穆公之意謂德爲可常，武不可黷，故先極言其盛美以滿宣王之欲，卒章乃陳警戒之言，故其言易入也。後之爲詞賦者竊取其義，而學者以曲終奏雅、勸百諷一譏之，是不知其得古詩人之遺意也。」

又案：此《序》並不言所伐，以經文自明白也。詩言「率彼淮浦，省此徐土」，明是淮夷、徐戎並有征伐之事。淮夷者，淮北之夷。徐戎者，徐州之戎也。《費誓》：「徂兹淮夷，徐戎並興。」是在周初已朋比構難，故此詩先言「鋪敦淮濆」「截彼淮浦」，然後言「濯征徐國」。箋云：「既服淮浦，又以大征徐國。」是也。鄒忠胤謂《江漢》之淮夷兼指淮南、淮北，《常武》所云淮浦、淮濆指所經歷及駐師之地，未嘗指淮夷。毛西河力主此説，謂以《江漢》伐淮南之夷，《常武》伐淮北之夷，出朱《傳》肊説。不知《江漢》疏已言召公伐淮夷當在淮水之南，魯僖所伐淮夷應在淮水之北，此言是也。《書序》：「成王東伐淮夷，遂踐奄。」僖十三年《左傳》：「淮夷病杞。」此正淮北之夷在徐州之境者。詩首章統言南國，次章並言淮徐，三章總言徐方。徐方猶云冀方，謂徐州境内，戎夷皆在其中。四章則言伐淮，五章則言征徐，末章復總言徐方。則徐州之戎夷皆服矣。然則宣王此舉，先淮夷而後徐戎，其次第歷歷可見。蓋曰「徐土」曰「徐方」者，指徐州之境内言之。曰「淮浦」曰「淮濆」者，專指淮夷。曰「徐國」者，專指徐戎也。箋疏已明，無庸更爲異説。

「南仲大祖，大師皇父」，傳：「王命南仲於大祖，皇甫爲大師。」箋云：「南仲，文王時武臣也。宣王之命卿士爲大將也，乃用其以南仲爲大祖者，今大師皇父是也。」正義曰：「言王命南仲於大祖，謂於大祖之廟命南仲也。皇父爲大師，謂命此皇父爲大師。毛蓋見其文煩，故以爲二人。箋以王命卿士爲大將，止當命一人爲元帥，不應並命二人，故以爲止命皇父而已。以《出車》之篇言之，知南仲，文王時武臣，是今所命者皇父之大祖，故本言之。必易傳者，孫毓云：宣王之大將復字南仲，傳無聞焉。且古之命將皆於禰廟，未有於后稷大祖之廟者。又經言『南仲大祖』，明以南仲爲大祖，非命於大祖之文也。箋義爲長。」承珙案：文王、宣王之時，各有一南仲爲大將，辨已見《出車》篇。《白虎通義·爵》篇曰：「《王制》爵人于朝，與衆共之。《詩》云：『王命卿士，南仲大祖。』《祭統》曰：『古者人君爵有德，必于大祖。』」班氏多取三家《詩》，此引《祭統》證《詩》「大祖」，意與毛同，知傳義師承甚古也。

「不留不處，三事就緒」，傳：「誅其君，弔其民，爲之立三有事之臣。」箋云：「緒，業也。王又使軍將豫告淮浦、徐土之民云：不久處於是也，女三農之事皆就其業。爲其驚怖，先以言安之。」正義曰：「『立三有事之臣』，與《十月之交》『擇三有事』文同。彼傳云：『三有事者，國之三卿。』即此亦爲之立三卿也。就緒者，王肅云：就其事業。亦當謂民得就業。」又申鄭云：「擇三有事，是有事者三，而擇立之。《雨無正》『三事大夫』，文連『大夫』，故得以爲公卿。至於此者，言民就農事，不宜以爲三卿，故易傳也。」《陸堂詩學》曰：「鄭箋『三農之事』，皆就其『緒』字義增出。或云『三事』乃天、地、人之事，兵家言也。高彪之《箴》曰：『天有太乙，五將三門。地有九變，邱陵山川。人有計策，六奇五閒。總兹三事，謀則咨詢。』其義亦迂遠，不如據《十月》《雨無正》直以『三事』爲三卿。」承珙案：《周禮》祇言「三農」，不言「三事」。以「三事」爲官稱，則《詩》《書》皆有明文。《立政》：「任人、準夫、牧作三事。」「牧」謂養民之官，則農事就緒已在其中，故傳意尤爲該括。

「赫赫業業，有嚴天子。王舒保作」，宋吴才老、明陳季立以「業」與「作」韻，引《漢書·叙傳》述《武帝紀》「世宗煜煜，思宏祖業。疇咨熙載，俊髦並作」，又述《蓺文志》「虙羲畫卦，《書》契後作；虞夏商周，孔纂其業」爲證。顧氏《詩本音》謂首二句無韻。江氏慎修則謂入聲第四部與第八部無相通之字，《易林・革之賁》云「亥午相錯，敗亂緒業，民不得作」，乃「錯」與「作」韻，「業」字不入韻，班氏蓋誤讀此詩而强效之。承珙案：班書「孔纂其業」下又云：「纂《詩》删《書》，綴《禮》正《樂》。《彖》系大《易》，因史立法。」乃以藥鐸與業洽等部之字相閒遞用，豈是誤讀《詩》音？又《易林》：「鵞孱遻怯，如猬見鵲。偃示怒腹，不敢拒格。」又：「桑芳將落，隕其黄葉。」亦以藥鐸、葉恰遞用，豈皆效《詩》爲之？且首章起二句，吴才老以「士」韻「祖」「父」，諸家謂是散句無韻，然僅止二句。此章若「業」與「作」非韻，則起三句皆散文，不得以首章爲例也。

「匪紹匪遊」，傳：「匪紹匪遊，不敢繼以敖遊也。」箋云：「紹，緩也。王舒安，謂軍行三十里，亦非解緩也，亦非敖遊也。」正義曰：「《釋詁》云：『紹，繼也。』以『紹』『遊』共爲一句，皆是不敢爲之，故云不敢繼以敖遊。」又申鄭云：「『匪紹』『匪遊』各自言『匪』，每者一義，不得言繼以敖遊也，故讀之爲『紹』，訓之爲『緩』。」《釋文》：「紹，徐云鄭人遥反，緩也。」汪氏《異義》曰：「鄭讀『紹』爲『弨』，故訓爲『緩』。然古人設文，正不若是之拘。《吉日》『既伯既禱』，一事也，而兩言『既』，亦將謂每者一義乎？要之，傳箋之義皆可通耳。」承珙案：《詩》中如「爰始爰謀」謂於是始謀，「曰止曰時」謂止居於是，似此文例甚多，皆非每者一義。毛公善讀經文，如「式夷式已」「侯作侯祝」之類，皆以《詩》須四字成文，不得不兩用助字。準此推之，《江漢》之「匪安匪遊」「匪安匪舒」兩句，上二字皆言「安」，似非與「匪遊」「匪舒」相對，即謂匪安於遊止，匪安於舒徐亦可。「匪疚匪棘」，亦可謂非病之以急切之政。至此章「不留不處」，則箋云「不久處於是」，亦以「留」「處」連言，未嘗以各自言「不」，遂爲二義也。

「徐方繹騷」，傳：「繹，陳。騷，動也。」箋云：「繹，當作『驛』。徐國傳遽之驛見之，知王兵必克，馳走以相恐動。」承珙案：正義云：「徐方斥候之使陳説王之威，往告以恐動之。」此用箋義申傳也。然經文僅一「繹」字，既爲傳遽，「斥候之使」即傳遽也。又爲陳説，無此文理。且徐國傳遽，亦未必故自馳走以相恐動也。竊謂傳訓「陳」者，言陳列也。王師將至，徐方必有陳兵守隘之處，見王師而畏懼，故有擾動之意。王於是因其擾動，而震驚之以如雷如霆之威，而徐方遂不勝其震驚矣。箋破字爲「驛」，疏述傳爲「陳説」，皆可不必也。

「鋪敦淮濆」，傳：「濆，涯。」箋云：「敦，當作『屯』。陳屯其兵於淮水大防之上以臨敵。」《稽古編》曰：「鋪敦，毛無傳。述毛者以『鋪』爲『陳』，『敦』爲『厚』，謂布陳敦厚之陳於淮濆。鄭讀『敦』爲『屯』，破字固不可從，述毛者亦費力。案：《釋文》：『鋪，《韓詩》作敷，云大也。敦，《韓詩》云迫也。』大迫淮濆，與『濯征徐國』文義相類，當是也。」承珙案：《説文》「濆」下引《詩》「敦彼淮濆」，與毛、韓文皆不同，或出《齊》《魯詩》。但既云「敦彼」，則必非訓「厚」可知。昭二十三年《左傳》：「敦陳整旅。」「敦」與「整」對，謂整頓也。《周書·武順解》：「一卒居後曰敦。」「敦」亦「頓」也。《越絶書》：「西陵名敦兵城。」即頓兵城也。毛雖無破字之例，或者古字「敦」有「頓」義，傳意當謂陳頓其兵於淮水之涯，未必與鄭異也。

「截彼淮浦」，傳：「截，治也。」箋云：「治淮之旁國，有罪者就王師而斷之。」《長發》「海外有截」箋：「截，整齊也。」正義曰：「截者，斬斷之義，故爲齊也。」承珙案：整齊者，治亂之謂。故王肅釋《長發》云：「截然整齊而治也。」或以「截」爲阻截，謂於淮浦之旁阻遏其奔軼，不知上文已云「仍執醜虜」矣，不必復言阻截也。

「如飛如翰」，傳：「疾如飛，摯如翰。」箋云：「其行疾，自發舉如鳥之飛也。翰，其中豪俊也。」正義曰：「疾如飛，如鳥飛也。摯如翰者，摯，擊也，翰是飛之疾者，言其擊物尤疾，如鳥之疾飛者。翰飛戾天，『飛』『翰』爲一，此別言『如』，故爲二事也。」又云：「箋以傳太略，故申述之，鳥飛已是迅疾，翰又疾於飛。故云『翰，其中豪俊』者，若鷹鸇之類。摯，擊衆鳥者也。故傳以爲『摯如翰』，謂其擊戰之時也。」承珙案：《小宛》「宛彼鳴鳩，翰飛戾天」，傳訓「翰」爲「高」。《四月》「匪鶉匪鳶，翰飛戾天」箋云：「翰，高。」此皆承上鳥名言之，故當爲「高」。此但云「如翰」，故傳以爲摯鳥。蓋「如飛」者，是言凡鳥之飛。「如翰」，則於凡鳥之中比其尤摯者。《爾雅》《說文》皆云：「翰，天雞。」《說文》又云：「一名鶾風。」《鳥部》：「鸇，鶾風也。」《爾雅》及《秦風》傳皆云：「晨風，鸇也。」則此傳所謂「摯如翰」者，當即指此。正義以「飛」「翰」爲一，似不以爲鳥名，不知詩中本有此文例。《斯干》「如鳥斯革，如翬斯飛」，上句亦是通言凡鳥，下句則專指五色成章之翬也。

瞻印

「邦靡有定，士民其瘵。蟊賊蟊疾，靡有夷屆。罪罟不收，靡有夷瘳」，傳：「瘵，病。夷，常也。罪罟，設罪以爲罟。瘳，愈也。」箋云：「屆，極也。天下騷擾，邦國無有安定者，士卒與民皆勞病。其爲殘酷痛病於民，如蟊賊之害禾稼然，爲之無常，亦無止息時。施刑罪以羅網天下，而不收斂，爲之亦無常，無止息時。此目王所下大惡。」承珙案：傳以「瘳」爲「愈」。愈者，謂病愈也。是傳以「靡有夷屆」承上「定」字，「靡有夷瘳」

承上「瘵」字。故箋亦以下四句相對爲解。《虞東學詩》云：「『罪罟不收』二句，即蟊賊靡屆之實，謂此輩張設網羅，不加收斂，前痏新創，繼續而起，無復平愈之期，故靡屆也。」因謂鄭箋以四句排講非是，誤矣。又「蟊賊蟊疾」，猶《召閔》之「蟊賊内訌」。「蟊疾」即所謂「内訌」，故箋以「害禾稼」釋「蟊疾」。正義云：「蟊賊者，害禾稼之蟲。蟊疾，是害禾稼之狀。」何氏《古義》乃以「蟊賊」指小人，「蟊疾」指褒姒。虞東譏其穿鑿破碎，是也。

「人有土田，女反有之；人有民人，女覆奪之。此宜無罪，女反收之；彼宜有罪，女覆説之」，顧氏《詩本音》曰：「『有』『收』二字不入韻。」孔氏《詩聲類》曰：「《詩》『有』字自當讀『洧』爲正。惟此一入幽韻，猶『久』字，《詩》皆讀『已』，至《易》傳『亢龍有悔，盈不可久也；用九，天德不可爲首也』，遂有『九』音；『囿』字，《詩》本讀『异』，至《大招》『曲屋步櫚，宜擾畜止。騰駕步游，獵春囿止』，遂有『囿』音。」又曰：「他書韻語亦有用此法者，如《楚辭・遠遊》以『傳』『垠』『然』『存』，漢張超《誚書衣賦》以『道』『侶』『窕』『父』『首』『女』『受』『豎』隔句相協，皆用此例。」《陸堂詩學》謂此章隔句叶韻之法，與《桑柔》同。承珙案：此章前八句文義則以上四句、下八句各自排對用韻，又以一、二句與五、六句，三、四句與七、八句兩相爲協。觀經文於「有之」「收之」皆言「反」，於「奪之」「説之」皆言「覆」，亦可見其四句隔協矣。顧氏、江氏泥於「有」當讀「洧」，遂謂「有」「收」不韻，非也。《後漢書・王符傳》《潛夫論・述赦》篇皆作「女反脱之」，此蓋緣上文而誤，未必《詩》本如是耳。

「爲梟爲鴟」，箋云：「梟、鴟，惡聲之鳥，喻褒姒之言無善。」姚氏《識名解》曰：「梟亦有『鴟』名。《釋鳥》云：『梟，鴟。』郭璞以爲土梟，是也。然《瞻卬》明以二者對舉，如『爲鬼爲蜮』，各是一物。鄭箋似誤以爲一鳥。且梟乃惡鳥，非惡聲之鳥也。」承珙案：「梟」爲不孝鳥之專名，與鴟絶異。漢時尚使東郡送梟作羹，以賜百官，鄭豈有不知者？鴟則其名甚多，互相參錯。《説文·隹部》：「𨾊，𨿅也。」此今人所謂鷂鷹，《莊子》所云「鴟得腐鼠而嚇」者。《萑部》云：「萑，𨾊屬。从隹，从𦫳。有毛角。所鳴，其民有禍。」又「舊」下云：「𨾊舊，舊留也。从萑，臼聲。鵂，舊或从鳥，休聲。」此即《爾雅》之「怪鴟」，郭璞謂之鴟鵂，舍人注以爲鵂鶹，南陽名鉤鵅者。《爾雅》又有「鵅，鵋鶀」「萑，老鵵」，皆此類也。《本草拾遺》云：「鉤鵅入城城空，入室室空，怪鳥也。似鵂，有角。夜飛晝伏。北土有訓狐，二物相似。訓狐聲呼其名，兩目如貓兒，大於鴝鵒。又有鵂鶹，亦是其類，微小而黄。」承珙謂：《衆經音義》云：「鵂鶹，關西呼訓侯，山東謂之訓狐。」是鵂鶹與訓狐爲一。「訓侯」合聲爲「鵂」，「侯」「狐」又聲之轉耳。鉤鵅，《爾雅釋文》：「鵅，音格。《説文》作雒，盧各反。語有輕重也。」今蜀人謂此鳥爲轂轆鳥，即「鉤雒」之轉聲歟？總之，此「鴟」乃今人所呼夜貓，其頭似貓，夜飛，其聲若呼若笑。箋云「惡聲」者，以其鳥惡，故聞者以爲惡聲，所以喻褒姒之言無善也。

「鞫人忮忒，譖始竟背。豈曰不極，伊胡爲慝」，傳：「忮，害。忒，變也。」箋云：「鞫，窮也。譖，不信也。竟，猶終也。胡，何。慝，惡也。婦人之長舌者，多謀慮，好窮屈人之語，忮害轉化。其言無常，始於不信，終於背違。人豈謂其是不得中乎，反云維我言何用爲惡不信也。」承珙案：《巧言》「僭始既涵」，傳訓「僭」爲「數」，是以「僭」爲「譖」之借。此本作「譖」字，傳意自當爲「讒」。譖背，即《桑柔》「職涼善背」之「背」，謂長舌之婦能窮人以忮害轉變之術，始則用其譖愬，卒乃工相欺違。譖始，所以爲忮。竟背，所以爲忒也。極，至也。此其惡豈曰不至乎？而王尚曰「是何足爲惡」。上言王維近愛婦人，則「伊胡爲慝」當指王聽用其言，不知爲惡，下文所以言其能與外政也。箋謂褒姒自以爲賢，恐非經旨。

「婦無公事，休其蠶織」，傳：「休，息也。婦人無與外政，雖王后猶以蠶織爲事。」箋云：「今婦人休其蠶桑織紝之職，而與朝廷之事。」承珙案：《列女傳·母儀傳》曰：「《詩》曰：『婦無公事，休其蠶織。』言婦人以織績爲公事者，休之非禮也。」此似即以「公事」爲蠶織之事者，然兩句意複，不如傳箋爲當。

「舍爾介狄，維予胥忌」，傳：「狄，遠。忌，怨也。」箋云：「介，甲也。王舍女被甲夷狄來侵犯中國者，反與我相怨。」正義曰：「毛讀『狄』爲『逖』，故爲『遠』，則『介』當訓爲『大』。忌者，相憎怨之言，故以『忌』爲『怨』也。王肅云：舍爾大道遠慮，反與我賢者怨乎？」又申鄭云：「以辭有與奪，意爲彼此。言『維予胥忌』，是不當怨而怨，則『舍爾介狄』者，是當怨而舍之也。且幽王荒淫惑亂，將至滅亡，兵在其頸尚不知悟，安能復知大道遠慮？又大道遠慮，非幽王之所有，何云『舍汝』乎？」承珙案：幽王雖不能知大者遠者，然未始非其所當知，故詩人責以「舍爾」。《小雅》刺幽王諸詩，如《雨無正》云「弗慮弗圖」，《小旻》云「匪先民是程，匪大猷是經」，皆告以大道遠慮者。此詩末云「無忝皇祖，式救爾後」，亦即所謂大且遠者也。若夷狄，止爲外患，何得云「舍爾」乎？《説文》：「逖，遠也。」《集韻》引《説文》有：「《詩》曰：『舍爾介逖。』」王氏《詩考》因之。是《毛詩》用借字，許則從正字，其義仍同毛傳也。

「無不克鞏」，《釋文》：「鞏，九勇反。」吴才老叶音古，與下「祖」「後」爲韻。顧氏以爲未詳。孔氏《聲類》曰：「侯、虞本東江之陰聲，其偏傍互相出入，若竦从束、藂从聚、⿰山辱从辱、⿱共革从共、詬从后之類。故近儒戴氏《聲韻考》據《洪範》曰：『蒙，徐仙民音亡鉤反，疑東、侯二部聲氣交通。』愚謂《戰國策》『構』字悉作『講』，《中庸》『奏假』即『鬷假』，《漢書》『鬼容區』即『鬼臾區』，而此經則實以『工』聲之字轉而與『枸』『垢』同音。推之《武》之卒章，『耆定爾功』似亦與上文『克開厥後』遥相應矣。」承珙案：《車攻》「調」與「同」韻；《毛詩》「横從其畝」，《韓詩》作「横由」；《毛詩》「狃」聲之「猱」，《漢書》作「巎」；《史記・衛青傳》「大當户銅離」，徐廣曰「一作『裯離』」；《易林》「衣繡夜游，與君相逢，除患解惑，使君不憂」；潘岳《藉田賦》「茅」與「農」協；束皙《勸農賦》「曹」與「農」協：此皆侯幽與東冬相協之證也。

召　旻

「旻天疾威，天篤降喪」，箋云：「天，斥王也。疾，猶急也。」正義曰：「箋以此詩刺王大壞，而承以饑饉流亡，明是王使之然，於文勢非言上天，故以『天』爲斥王。旻天，亦斥王也。《小旻》云『旻天疾威』，文與此同。彼箋以『天』爲上天，『疾』爲疾惡，而此不然者，以此下云『天降罪罟』，承以『蟊賊内訌』，内訌是人自潰亂，非上天降之，文與下相類，故知疾威降喪亦是王自行之，非天疾王，非天降之也。《小旻》之文連『敷于下土』，布政下土是王之所爲，明天以是故疾惡於王。觀文而説，故與此異。《蕩》之『疾威』與此不同，義亦然也。」李氏《集解》謂毛、鄭以天斥王爲自生風波。後儒多從之，謂「天」即指上天，爲無所歸咎之辭。承珙案：《韓詩外傳》云：「威有三術。道德之威，存乎衆心。暴察之威，存乎危弱。狂妄之威，存乎滅亡。故威名同而吉凶之効遠矣，故不可不審察也。」引《詩》曰：「旻天疾威，天篤降喪。」據此正以「威」爲人君之所爲，則《韓詩》亦必以此「旻天」爲斥王。鄭義蓋本於韓也。

「蟊賊内訌」，傳：「訌，潰也。」箋云：「訌，争訟相陷入之言也。」正義曰：「『訌，潰』，《釋言》文。箋中傳『訌，潰』之義，以『訌』字從『言』，故知是『争訟相陷入之言』。由争訟相陷，故致潰敗。故《爾雅》以『訌』爲『潰』。」承珙案：《抑》「實虹小子」傳：「虹，潰也。」今《爾雅·釋言》亦作「虹」。《釋文》云：「顧本作『訌』，李本作『降』。」蓋《抑》篇「虹」乃借字，此「訌」則正字。「潰」與「讃」同。《説文》：「訌，讃也。从言，工聲。《詩》曰：『蟊賊内訌。』」「讃，中止也。从言，貴聲。《司馬法》曰：『師多則民讃。』讃，止也。」段注云：「中止者，自中而止，猶云内亂。」承珙謂：「止」不可爲「亂」。止者，陷也。陷穽，所以止物者。中止，猶言内陷也。蟊賊在内爲陷害，則「讃」亦得有「潰敗」之義，故傳即訓爲「潰」。箋乃以「相陷入」申其義也。

「昏椓靡共」，傳：「椓，夭椓也。」箋云：「昏、椓，皆奄人也。昏，其官名也。椓，椓毁陰者也。王遠賢者而近任刑奄之人，無肯共其職事者。」正義曰：「傳義亦以『椓』爲去陰，但以《正月》云『天夭是椓』，『夭』謂『夭殺』『椓』謂『椓破』，『夭椓』文連，故并舉其類以曉人。」《稽古編》曰：「幽王時亂政小人，《詩》有尹氏、有皇父七子，《國語》有虢石父，皆非寺人。即史伯所云『讒慝暗昧，頑童窮固，侏儒戚施，夭試幸措』，亦非寺人也。其寺人僅有遭讒被刑，無可控訴，而作《巷伯》詩以鳴其不平者，其他閹官未必怙寵弄權可知。疏言傳意與箋合，愚以爲未必然也。」承珙案：經文「蟊賊内訌，昏椓靡共」二語正相承接，「昏椓」即「内訌」之實，謂其所以陷於内者，乃昏亂椓喪之事，皆潰潰然維邪是行，謀夷滅我王之國。傳於「昏」字無訓，而以「椓」爲「夭椓」，必非同箋意謂「昏椓皆奄人」。《國語》史伯言：「幽王惡犀角豐盈，而近頑童窮固。」韋昭云：「頑童，童昏。」當即《詩》所謂「昏」也。史伯又云：「不建立卿士，而妖試幸措。」韋注謂妖嬖之臣，微倖之人。案：

「妖」疑即此傳所謂「夭椓」者。「昏椓」乃蟊賊之所爲，非與「蟊賊」爲二也。若謂「蟊賊」是衆爲殘酷之人，「昏椓」別是奄人，則「潰潰回遹」二句專指奄人，而通篇絶不見任用奄人以致亂之意，似於經旨未合。

「皋皋訿訿」，傳：「皋皋，頑不知道也。訿訿，窳不供事也。」正義曰：「《釋訓》云：『皋皋、訿訿，刺素食也。』舍人曰：『皋皋，不治之貌。』某氏曰：『無德而空食禄也。』無德不治而空食禄，是頑不知其道也。」承珙案：後儒多據《左傳》「魯人之皋」杜注訓「皋，緩也」，遂以「皋皋」爲「緩貌」。但傳言「頑不知道」，是「皋皋」爲「頑傲」之義。哀二十一年《左傳》齊人因蒙之會，哀十七年。齊侯爲公稽首不見答，故歌云：「魯人之皋，數年不覺，使我高蹈。」是謂魯人頑傲，數年不覺悟，故使我高蹈，復爲此會。與「緩」義似不相近。蓋「皋」與「高」同。《明堂位》注云：「皋」之言「高」也。傳云「頑不知道」者，乃「皋皋」之狀。《爾雅》「刺素食」者，「不知道」即是尸位素餐，此則推詩言「皋皋」之意耳。至毛釋「訿訿」用《爾雅》「莫供職也」之訓，與《小閔》傳「訿訿然思不稱乎上」意略同。《潁濱詩傳》云：「訿訿，多讒謗也。」此誤以《説文·口部》之「呰」當《此部》之「呰」。考《説文》：「呰，苛也。」「苛」與「訶」同，即「詆訶」之「訶」。鄭注《喪服四制》云：「口毁曰呰。」此「呰」自爲詆毁之義。若《此部》「呰，窳也」，乃《詩》「訿訿」之字。《史記》《漢書》皆有「呰窳偷生」之義，正與《爾雅》、毛傳合也。

「草不潰茂」，傳：「潰，遂也。」箋云：「『潰茂』之『潰』當作『彙』。彙，茂貌。」正義曰：「草之生，當遂其生長之性。今言草不潰茂，故以『潰』爲『遂』。」又申鄭云：「『潰茂』連文，以『潰』爲『遂』，於義不安，故易傳。言『潰』當作『彙』，如《易·泰卦》『拔茅以彙』之字，『彙』是『茂盛之貌』也。」承珙案：此及《小閔》傳皆訓「潰」爲

「遂」，蓋潰者敗也，遂者成也，以「潰」爲「遂」，猶之以「亂」爲「治」。又「潰」「遂」亦疊韻爲訓也。疏述傳謂草不得申遂盛茂，則「潰茂」正可連文，不必破字爲「彙」。《韓詩外傳》云：「如歲之旱，莫不潰茂。然天勃然興雲，沛然下雨，則萬物無不興起者。」相其文義，「莫」當爲「草」字之誤。近輯三家《詩》者或竟引作「莫」字，誤矣。

《召旻》第四章，顧氏以爲無韻。孔氏《聲類》云：「《詩》『幽』與『之』通者，八見。《召旻》『茂』『止』，其一也。《天問》『雄虺九首，儵忽焉在？何所不死？長人何首』，亦『黝』『止』韻之通。」戚氏《證讀》云：「《漢書·敘傳》：『侯王之祉，祚及孫子。公族蕃滋，枝葉碩茂。』魏武帝《觀滄海》：『樹木叢生，百草豐茂。秋風蕭瑟，洪波湧起。』皆此音也。顧氏以爲無韻，未詳音變。」承珙案：末章「舊」與「里」協，亦之幽通之例也。

「維昔之富不如時」，傳：「往者富仁賢，今也富讒佞。」箋云：「富，福也。時，今時也。」「維今之疚不如茲」，傳：「今則病賢也。」箋云：「茲，此也。此者，此古昔明王。」王氏《總聞》云：「昔之富多君子，不如今之富多小人也。昔之病少君子，不如今之病少小人也。」蘇《傳》、李《解》則云昔時富樂未有如是之貧困，今世疲病亦未有如是之甚者。案：王氏所言以今之疚爲昔之疚，顯與經文乖異。蘇氏、李氏則以昔富今疚汎指人民，又與下文不融。王氏《釋詞》曰：「兩『不』字皆語詞。不如時，如是也。不如茲，如此也。」言昔者賢人之富如是，今則賢人之疚如此也。此皆因箋訓「茲」爲「此」，以「此」爲古昔明王，於義未安耳。承珙謂：「如時」「如茲」，猶言「如是」也。「維昔之富」乃富所當富，不見如是之富小人也；「維今之疚」則疚所不當疚，不料如是之疚賢人也。此二句專主賢人。下文「彼疏斯稗，胡不自替」，則言小人之有富而無疚耳。

「彼疏斯粺」，傳：「彼宜食疏，今反食精粺。」箋云：「疏，麤也。謂糲米也。彼賢者祿薄食麤，而此昏椓之黨反食精粺。」正義曰：「以『疏粺』文稱『彼此』，❶則有相形之勢。上文責王病賢者，富小人，則此亦相對，不得爲一人，故易傳以賢者食麤，昏椓之黨食精也。」汪氏《異義》曰：「下言『胡不自替』，單指小人。『彼疏斯粺』與下聯貫，不宜分指。傳説爲是。」承珙案：傳意以「斯」爲「今」，正對上文言昔時富賢者，此言今時富小人也。或以「斯」爲語詞，「斯」猶「乃」也。《斯干》「乃安斯寢」即「乃安乃寢」，猶下文「乃寢乃興」也。若謂對「彼」爲「此」，則《詩》中「如彼路斯何」，又豈得以文稱「彼此」有相形之勢乎？

「胡不自替，職兄斯引」，顧氏以爲無韻。《潛研堂答問》曰：「《離騷》『替』與『艱』韻，古人讀『艱』如『斤』，則『替』亦當讀他因切。」戚氏《毛詩證讀》曰：「引，斂讀如『意』，與《禮經》讀『紖』爲『雉』，音轉相似，亦齊人以『殷』爲『衣』之類。」承珙案：揚雄《甘泉賦》「新雉」即「新夷」，服虔曰「雉」「夷」聲相近。《本草經》「辛夷」作「辛紖」，《御覽》亦作「辛引」，則「引」正可讀如「夷」，以與「替」韻。即如錢氏轉「替」爲他因切，以與「引」韻亦可，但不必如段氏以「替」「引」與下章「頻」字爲韻耳。

「不云自頻」，此章「頻」與「中」「宏」「躬」爲韻。顧氏謂「頻」字不入韻。江氏謂「中」字方音稍轉，似陟人切，與「頻」韻，而「宏」「躬」亦從方音借韻。孔氏謂「中」字當在冬部，與東鍾大殊，而與侵聲最近，與蒸聲稍遠，而皆可通。故《小戎》以「中」韻「驂」，《召旻》以「中」韻「宏」「躬」，是也。又謂「頻」與上章「引」字爲韻，如

---

❶「粺」，原誤作「稗」，據《毛詩正義》改。

《正月》十二章「又有嘉肴」與上章「沼」「樂」「炤」「虐」，《谷風》末章「維山崔嵬」與次章「穨」「懷」「遺」爲韻。承珙案：段氏《音均表》亦謂「頻」與上章「引」字合韻。然《正月》之「肴」本與上句「酒」韻，不必與上章協；《谷風》之「嵬」正與本章「萎」「怨」相韻，更不必與上章協。且以後章之首合前章之尾爲一韻，究屬牽强。考《爾雅》「烝，塵也」，《説文》「扔，因也」，皆疊韻爲訓。《説文》「仍」讀若「泓」。《論語》「仍舊貫」，魯讀「仍」爲「仁」。《莊子》「恆民」，《釋文》：「一作順民。」《周禮》「邱甸」即「邱乘」，而《稍人》注云：「『甸』讀與『維禹敶之』『敶』同。」以《詩》言之，如《文王》「躬」與「天」韻，天，古音鐵鄰切。《小雅》之「室家溱溱」與《魯頌》之「烝徒增增」皆爲「衆盛」之義，《鄭風》之「溱洧」亦作「溍洧」，此皆真諄等部與蒸登部相通之跡。然則「頻」字仍以本章自韻爲正。上章隔協之説，恐未足據也。

「昔先王受命，有如召公」，箋云：「先王受命，謂文王、武王時也。召公，召康公也。」《陸堂詩學》曰：「蘇《傳》以文王之世，周公治内，召公治外，故周人之詩謂之《周南》，諸侯之詩謂之《召南》。既誤以周召之地爲周召之人，又以『辟國百里』指《君奭》之分陝，與『三分服事』之義戾矣。鄭箋開其端，蘇氏承其誤，廬陵、東萊俱不及辨。不知詩人本旨近舉先王中興之業，如『王命召虎，式辟四方，于疆于理，至于南海』云云，以見父何其盛，子何其衰，極得覺悟昏主之法。若謂受命必屬文、武，宣王中興，獨非受命之君乎？」承珙案：《小雅·黍苗》刺幽王，即陳宣王之德、召伯之功，則此詩「召公」亦當指召穆公。下文「哀今之人，不尚有舊」，幽王去宣王中興未遠，故因言召穆公而欲王圖任舊人。若文、武之去幽王遠矣，安得復言「有舊」乎？

「有如召公，日辟國百里，今也日蹙國百里」，箋云：「言『有如』者，「者」，今本誤作「昔」。時賢臣多，非獨召公也。今，今幽王臣。」臧氏玉林曰：「《關雎》正義謂《詩》有六字一句者，『昔者先王受命，有如召公之臣』之類也。今此詩上句五字，下句四字，較孔所據本共少三字，而正義反無考。然玩箋義，是經本不止召公一人言。謂有如召公之賢臣正多，審此，知本有『之臣』二字。又《序》云『閔天下無如召公之臣也』，正承經文『有如召公之臣』爲説。當從《關雎》正義所引補正。」承珙案：成伯璵《毛詩指説》論《詩》六言者，所引與《關雎》疏同。是古本當作「昔者先王受命，有如召公之臣」。若本篇《序》下正義引卒章「有如召公」，或傳寫脱「之臣」二字。章末疏云：「『蹙國』之上不言無賢臣者，以『不尚有舊』事見於下，故空其文，以下句互而知之。」觀此亦可知孔所見本「辟國」之上有「之臣」二字矣。

毛詩後箋卷二十六

涇　胡承珙

周頌清廟之什

清　廟

《序》云：「《清廟》，祀文王也。周公既成洛邑，朝諸侯，率以祀文王焉。」箋云：「成洛邑，居攝五年時。」《稽古編》曰：「康成據《書傳》周公攝政五年營成周，合之《召》《洛》二誥、《書序》，知洛邑之成亦在五年，而六年朝諸侯，與《明堂位》所言爲一事。東萊非之，而據『周公誕保文、武受命，惟七年』之語，以爲成洛邑在七年，不在五年。又謂《洛誥》『王在新邑，烝祭歲，文王騂牛一，武王騂牛一』，與《清廟》祀文王爲一事。按《洛誥》所謂『七年』，乃總計周公居攝之年。所謂『烝祭』，乃爲封魯而祭，非爲成洛而祭，又兼祭文、武，非專祭文王。東萊引以爲據，恐與《序》未必合。」承珙案：東萊説本李《解》。近戴氏《詩考正》亦據《洛誥》，以爲是成王七年周正之十二月戊辰，在新邑烝祭文、武之詩。王氏《經義述聞》從之，謂「不顯不承」即「丕顯丕承」，爲兼祭文、武之證。承珙謂：《逸周書·明堂解》亦云：「周公攝政六年，會方國諸侯于宗周，大朝諸侯明堂之位。」然則五年成洛邑，六年朝諸侯，正與此《序》相合。至以《清廟》爲祀文王，則王褒、蔡邕皆同《序》義。《尚書大傳》曰：「清廟升歌者，歌先人之功烈德澤。故周公升歌文王之功烈德澤，苟《詩正義》作「尊」。在廟中嘗見文王者，愀然如復見文王。」此爲《清廟》祀文王之確證。其《洛誥》傳云：「卜洛邑、營成周、改正朔、立宗廟、序祭祀、易犧牲、制禮作樂，一統天下，合和四海而致諸侯。天下諸侯之悉來，進受命周公而退見文、武之尸者，千七百七十三諸侯。然後周公與升歌而弦文、武，諸侯在廟中者伋然淵其志，和其情，愀然若復見文、武之身。」此則近於《洛誥》所稱兼祭文、武者，與《清廟》祀文王迥然爲二。《經義述聞》合此二條，謂漢初言清廟者，亦有既成洛邑、兼祭文武之説，非也。

箋云：「清廟者，祭有清明之德者之宫也，謂祭文王也。天德清明，文王象焉，故祭之而歌此詩也。」《釋文》引杜預云：「清廟，肅然清静之稱也。」正義引賈逵《左傳》注：「肅然清静謂之清廟。」又引《書傳》説，清廟「歌文王之功烈德澤」，則「清」是功德之名，非「清静」之義，故鄭不從賈説。承珙案：《尚書大傳》明云：「清廟升歌者，歌先人之功烈德澤，故欲其清。清者，欲其在位者徧聞之也。」此正以「清静」爲義。孔自讀《書傳》不審耳。《左傳》「清廟茅屋」自非專指文王之廟。《漢書》韋玄成曰：「《清廟》之詩，言交神之禮無不清静。」蔡邕《月令論》：「取其宗祀之貌曰清廟。」是諸儒解誼皆同賈説，似勝於鄭。《援鶉堂筆記》曰：「《戰國策》淳于髡言：薛不量其力，而爲先王立清廟。」亦可見「清廟」通稱，不專爲象文王之德。

「於穆清廟，肅雝顯相」，傳：「於，歎辭也。穆，美。肅，敬。雝，和。相，助也。」箋云：「顯，光也，見也。於乎美哉，周公之祭清廟也！其禮儀敬且和，又諸侯有光明著見之德者，來助祭。」正義曰：「其禮儀敬且和者，謂周公祭祀能敬和也。知『顯相』是諸侯者，《序》言『朝諸侯，率以祀文王』，則『顯相』是諸侯可知。」承珙案：正義又引《尚書大傳》云：「『肅雝顯相』注云：『四方敬和明德來助祭。』以『敬和』爲諸侯者，義得兩通。」然如箋説，則「肅雝」屬周公，「顯相」又屬諸侯，一句之中文義乖隔。當以鄭注《大傳》爲正。范氏《補傳》曰：「文王在宫廟曰『肅雝顯相』，在清廟亦曰『肅雝』，所謂秉文之德也。」

「駿奔走在廟」，傳：「駿，長也。」箋云：「駿，大也。諸侯與衆士於周公祭文王，俱奔走而來在廟中助祭。」正義曰：「此奔走在廟，非惟一時之事，乃百世長然，故言『長』也。」又申鄭云：「以詩人所歌，據其見事，非是逆探後世，不宜以『駿』爲『長』。《禮記・大傳》亦云：『駿案今《大傳》作「逡」。奔走。』注：『駿，疾也。疾奔走，言勸事也。』其意與此相接成也。」承珙案：傳以「駿」爲「長」，對下「無射」言之。不厭是長久之事，故知傳勝於箋。

「不顯不承，無射於人斯」，傳：「顯於天矣，見承於人矣，不見厭於人矣。」箋云：「是不光明文王之德與？言其光明之也。是不承順文王之志意與？言其承順之也。此文王之德，人無厭之。」此傳以「不顯不承」爲文王之德，箋則指助祭者。正義右箋。承珙案：《詩》頌文王，當是美文王之德。《禮記・大傳》引《詩》云：「不顯不承，無斁於人斯。」注以「不顯不承」爲文王之德。彼疏謂《禮》注在前，《詩》箋在後，故不同。然下篇即云「於乎不顯，文王之德之純」，則「不顯不承」爲美文王，固當以傳義爲優也。

顧氏《詩本音》云：「《清廟》一章無韻，《維天之命》或可以『命』『純』『收』『篤』爲韻。朱子曰《周頌》多不協韻，疑自有和聲相協。《清廟》之瑟朱絃而疏越，一唱而三歎，歎即和聲也。」孔氏《詩聲類》曰：「《周頌》韻法與《風》《雅》稍異，後人多不能讀，開首《清廟》一篇遽謂之無韻。今以古音校之，上半章首二句不入韻，而『濟濟多士，秉文之德』相爲韻；下半章中二句不用韻，而『對越在天』『無射於人』首尾相爲韻。德，古音置，故可與『士』協。本經『嘉樂君子，顯顯令德』非韻之灼然者乎？」又云：「《維天之命》篇『篤』與『收』韻。『篤』與『竺』『築』等字俱諧『竹』聲，『竹』古蓋讀如呪。」又云：「《維清》『典』與『禋』韻。《新臺》正義曰：『腆』與『殄』，古今字，故《儀禮》注：腆，古文作『殄』。據此，則從『典』之字讀當與『㐱』同。」承珙案：孔說皆是也。

維天之命

《序》云：「《維天之命》，大平告文王也。」箋云：「告大平者，居攝五年之末也。文王受命，不卒而崩。今天下大平，故承其意而告之，明六年制禮作樂。」承珙案：此箋實本毛傳引孟仲子曰「大哉！天命之無極，而美周之禮也」一語。大平之事，孰有大于禮樂者？以周禮爲天命之精、致大平之具，此實七十子之微言大義、孟仲子所親受於孟子者。毛公去古最近，故首引此說。鄭君明於授受源流，所以暢申其義。後儒或謂詩中未見告大平意，或謂天命無極，不應徒以制禮當之，皆迂論也。

「於穆不已」，正義曰：「《譜》云：子思論《詩》『於穆不已』，仲子曰：『於穆不似。』此傳雖引仲子之言，而文無『不似』之義，蓋取其所說，而不從其讀。故王肅述毛，亦爲『不已』，與鄭同也。」承珙案：孟仲子曰「天命無極」，「無極」即「不已」之義。其稱《詩》「不似」者，《說文》「以」从反已，「似」从人，已聲，故「以」「已」「似」三字古通。《廣雅》：「已，似也。」《斯干》箋云：「似」讀如「巳午」之「巳」。皆以字同，故雖異讀而無異義。孔疏謂文無「不似」之義，蓋疑「不似」乃別有解説，誤矣。

「假以溢我，我其收之」，傳：「假，嘉。溢，慎。收，聚也。」箋云：「溢，盈溢之言也。以嘉美之道饒衍與我，我其聚斂之以制法度。」正義曰：「易傳者，以下句即云『我其收之』。『溢』是流散，『收』爲收聚，上下相成，於理爲密。」承珙案：假，《左傳》襄二十七。作「何」，《説文》作「誐」。溢，《左傳》作「恤」，《説文》作「謐」。引見《廣韻》。誐，《説文》訓「嘉善也」，與毛合。蓋「誐」者正字，「假」者借字，「何」則聲之誤也。《爾雅》「溢」「慎」「謐」皆訓「静」，「溢」又訓「慎」；《尚書》「維刑之恤」，今文作「謐」，是「溢」「謐」「恤」古字通。《説文》引《詩》「謐」爲正字，「恤」「溢」皆借字也。至毛公訓「溢」爲「慎」者，謂以嘉美之道戒慎我子孫，《詩》言及子孫多云「戒慎」。《螽斯》「宜爾子孫繩繩兮」傳：「繩繩，戒慎也。」《抑》「子孫繩繩」箋云：「戒也。」子孫因而收聚之，以制爲法度，正所以繩其祖武也。兩句文義亦未始非上下相承耳。鄭箋近於望文生義。《釋文》謂王肅及崔申毛，又以「慎」爲「順」。然《爾雅》「溢」訓「慎」，不訓「順」，王、崔所據《毛詩》殆字誤歟？

「曾孫篤之」，傳：「成王能厚行之也。」箋云：「曾，猶重也。自孫之子而下，事先祖，皆稱曾孫。是言曾孫欲使後王皆厚行之，非維今也。」《釋文》：「厚之也，一本作『能厚行之也』，今或作『能厚成之也』。」《校勘記》曰：「正義本與《釋文》『一本』同。今考此傳但云『能厚之』，箋始云『能厚行之』，一本有『行』字者，涉箋而衍耳，當以《釋文》本爲長。」承珙案：《信南山》傳以「曾孫」爲成王，彼疏以爲成王繼文、武之後爲太平之主，故詩人特異其號。此則不必泥於對曾祖始稱「曾孫」。如《曲禮》天子外事稱「嗣王某」，諸侯外事稱「曾孫某」，是「曾孫」猶言「嗣孫」。故《左傳》蒯聵告文王、康叔稱「曾孫」，而此詩成王告文王亦稱「曾孫」。毛云

「成王能厚之」者，謂成王能大順文王之意，以厚其子孫。箋申傳意，更推及後王，而曰「曾孫欲使後王皆厚行之」，蓋亦以「曾孫」爲成王。正義謂「箋以告之時，禮猶未成，不宜偏指一人，使之施用一代之法，當通之後王」，故以箋爲易傳，非也。

維清

《序》云：「《維清》，奏《象舞》也。」箋云：「《象舞》，象用兵時刺伐之舞，武王制焉。」正義曰：「《維清》詩者，奏《象舞》之樂歌也。謂文王時有擊刺之法，武王作樂象而爲舞，號其樂曰『象舞』。至周公、成王之時，用而奏之於廟。詩人以今太平由彼五伐，覩其奏而思其本，故述之而爲此歌焉。」承珙案：《象》爲文王之樂舞，見於《左傳》，賈、服二注皆同。見《史記集解》及本詩正義。鄭謂武王所制者，《墨子·三辨》篇云：「武王勝殷殺紂，環天下自立以爲王，事成功立，無大後患，因先王之樂又自作樂，命曰『象』。」此可見文王樂名「象」，故武王《大武》亦名「象」矣。惟武王之作《象舞》，所以象文王之武功，其時似但有舞耳。考古人制樂，聲容固宜兼備，然亦有徒歌徒舞者。《三百篇》皆可歌，不必皆有舞。《左傳》季札觀樂，見舞《韶》《夏》《濩》《武》，即能分别其德政，必是但觀其容，未聞其曲，所以爲聰明才博。若如《左》疏謂舞時堂上歌其舞曲，則已明知爲何代之舞，而作此讚歎，不足爲異矣。知此，則武王制《象舞》時，殆未必有詩，成王、周公乃作《維清》以爲《象舞》之節，歌以奏之。故《序》云：「《維清》，奏《象舞》。」《周禮·樂師》賈疏謂「詩爲樂章，與舞人爲節」者是也。此疏謂詩人覩奏《象舞》於廟，乃述爲此歌，則豈《象舞》又别有曲而《維清》非《象舞》之樂章邪？誤矣。至《周頌序》言「奏」者，惟此及《武序》云「奏《大武》也」，可見《頌》篇惟此二詩有歌有舞。《維清》象文王之武功，《武》象武王之武功，故其樂皆名「象」。《武序》不言「象」者，正義云：「序者於《維清》云奏《象舞》，於《武》之篇不可復言奏《象》，故指其樂名言『奏《大武》』耳。若《禮記·文王世子》《明堂位》《祭統》皆言『升歌《清廟》，下管《象》』，鄭注概以《象》爲《周頌》之《武》。然《記》文『管《象》』之下又別云『舞《大武》』『舞《大夏》』，則所謂『下管《象》』者，非《大武》之詩，當即此文王之《象》。」《詩》疏推鄭意，以《禮記》三文皆云「升歌《清廟》，下管《象》」，若《象》是《維清》，則與《清廟》皆文王之事，不容一升一下。明有父子尊卑之異，故知「下管《象》」者，謂《武》詩。然嚴《緝》云：「古樂歌者在上，以人歌者皆曰升歌，亦曰登歌。匏竹在下，以管奏者皆曰下管。《春官·大師》『帥瞽登歌』，『下管，播樂器』，《益稷》『下管，鼗鼓』，是也。《清廟》以人歌之，自宜升；《象》以管奏之，自宜下。凡樂皆有堂上、堂下之奏也。」承珙謂：《周禮·小師》亦云：「大祭祀登歌擊拊，下管，擊應鼓。」是下管爲奏樂之一節，本不專爲舞曲而作。《仲尼燕居》云：「升歌《清廟》，示德也。下而管《象》，示事也。」然則管《象》者，謂以管吹《維清》之詩，如《儀禮》之「升歌《鹿鳴》，下管《新宮》」耳。其奏《象舞》，則亦以管吹《維清》以爲之節。《記》言「管《象》」者，是以《維清》爲管詩，如《小雅》之《笙詩》。《序》言「奏《象舞》」者，是即以《維清》爲舞曲矣。若《仲尼燕居》之「下管《象武》，《夏籥》序興」，亦當以《象》爲文王之樂，與上「升堂歌《清廟》」對。曰《武》曰《夏》，即所謂「朱干玉戚以舞《大武》，八佾以舞《大夏》」者。鄭注亦以《象》爲《大武》，非是。

《詩序辨説》謂詩中未見《象武》之意，故泛指爲祭文王之詩。不知《維清》之奏《象舞》，即《禮記》「下管

《象》」一語可以斷之。《周頌・清廟》三篇與《國風》、二《雅》之首各三篇者相同。《儀禮》歌《關雎》《葛覃》《卷耳》，歌《鹿鳴》《四牡》《皇皇者華》，《國語》歌《文王》《大明》《緜》，又《左傳》歌《鹿鳴》之三，歌《文王》之三，此《風》《雅》之首三篇連奏者也。他如金奏《肆夏》之三，工歌《蓼蕭》之三、《鵲巢》之三，笙奏《南陔》之三、《由庚》之三，是古者歌詩必三篇連奏。凡正《風》、正《雅》列在樂章者皆然。然則《禮記》每言「升歌」，必言「下管《象》」，自是《周頌》開章三篇連奏之義。不言《維天之命》者，舉首尾以該中閒。但《清廟》以瑟歌於堂上，《維天之命》《維清》二篇其歌之亦必在堂上。獨言「下管《象》」者，以《維清》又爲《象舞》之曲，或不歌而管，則在堂下耳。

「肇禋」傳：「肇，始。禋，祀也。」箋云：「文王受命，始祭天而枝伐也。《周禮》以禋祀祀昊天上帝。」《稽古編》曰：「《維清》篇惟鄭氏釋之最明，而後儒莫用者，因『祭天枝伐』之説出於《緯書》耳。既以祭天非文王事，勢必以『肇禋』屬之成王。然『迄用有成，維周之禎』正指『文王之典』，而中隔『肇禋』，文義不續，故朱子疑經有闕文。則何如仍以『肇禋』屬文王，文順而義貫也？」承珙案：此「肇禋」與《生民》「肇祀」正同。彼傳謂「后稷始歸郊祀」，則此傳「肇始禋祀」亦當指文王言。後儒以文王三分服事，不應祀天爲疑，則「禋祀」不過指出師類禡之事，古者征伐無道，因事告神，不必定是祭天。詩意謂文王始行禋祀，有此武功，以至于今，永清大定，聿觀厥成，則文王之典試足爲周家之吉祥矣。如此則文義一貫，不必疑有闕文。若以「肇禋」爲宗祀文王之始，則與「迄用有成」不相承接矣。

「維周之禎」，傳：「禎，祥也。」《釋文》：「祺，音其，祥也。《爾雅》同。徐云，本又作禎，音貞。與崔本同。」正義曰：「『祺，祥』，《釋言》文。舍人曰：『祺，福之祥。』某氏曰：《詩》云：『維周之祺。』定本、《集注》『祺』字作『禎』。」《經義雜記》曰：「案：《爾雅》：『祺，祥也。祺，吉也。』《釋文》：『祺，音其，下同。』是《爾雅》無有作『禎』者。當從正義、《釋文》本，方與《雅》訓合。《唐石經》作『禎』，故今本多作『禎』，蓋即唐之定本據崔靈恩《集注》也。《説文》：『禎，祥也。』崔蓋本此。今注疏本作『禎』，則非。」段懋堂云作「禎」者，恐是改易取韻。承珙案：崔靈恩所據者，是《毛詩》古本作「禎」。徐邈所云作「禎」之本，亦當是《毛詩》也。正義引某氏稱《詩》「維周之祺」，考《爾雅》某氏注引《詩》，如「妃，媲也」引「天立厥妃」，「亶，厚也」引「俾爾亶厚」，「呬，息也」引「民之攸呬」之類，皆與毛異字，蓋多出於三家。此詩亦或三家作「祺」，《毛詩》自作「禎」耳，未必由崔注改易取韻也。

烈　文

《序》云：「《烈文》，成王即政，諸侯助祭也。」箋云：「新王即政，必以朝享之禮祭於祖考，告嗣位也。」蘇《傳》謂：「武王崩，成王踰年即位稱王。雖稱王矣，而不能治王事，故未嘗即政，是以周公當國而治事，非攝其位，蓋行其事也。其後七年退而復辟，則成王於是即政，亦非復其位，蓋復其事也。故此詩之《序》曰『成王即政』，即政，非即位也。」承珙案：鄭《發墨守》云：「隱爲攝位，周公爲攝政，雖俱相幼君，攝政與攝位異也。」此則鄭意本未嘗以周公果居天子之位。故「復子明辟」，《洛誥》雖有明文，而漢儒所謂「居攝」者，自皆言攝政。至復辟即歸政，非歸位，其義甚明。《詩》疏則謂武王崩之明年，與周公歸政明年，俱得爲成王即政。但此篇勅戒諸侯用賞罰以爲己任，非復喪中之辭，故知是致政後年之事也。《詩譜》疏又引服虔注《左傳》亦云：「《烈文》，成王初即洛邑，諸侯助祭之樂歌也。」此與《洛誥》「王在新邑，烝，《釋文》：鄭讀「烝」絶句。祭歲，文王騂牛一，武王騂牛一」鄭注云「歲，成王元年正月朔日也，以朝享之後，用二特牛祫祭文王、武王於文王廟」者，其事正合。但《詩》疏謂：「《烈文》言即政助祭，是王自祭廟告己嗣位，《洛誥》祭文、武是告封周公，二禮必不得同。當是先以朝享之禮偏祭群廟，告己嗣位，於祭之末即勅戒諸侯。事訖乃更以禮祫祭文、武於文王之廟，以告封周公也。」今案：經文「錫茲祉福」，傳以爲文王錫之；篇末「前王」，傳以爲武王，箋亦但言祭於祖考。竊意《洛誥》「王在新邑，烝」乃是偏祭群廟，其下「祭歲」云云乃祫祭文、武於文王之廟以告己嗣位，并勅諸侯。至告周公，其後特因事類告，並非別爲一祭。故《烈文序》祇言即政助祭，經文亦祇言文、武耳。

「烈文辟公，錫茲祉福」，傳：「烈，光也。文王錫之。」箋云：「光文百辟卿士及天下諸侯者，天錫之以此祉福也。」正義曰：「毛以『辟公』之下即言賜福，是賜之以福使得爲此辟公也。文王是周創業之主，此等得在周統内列爲諸侯，乃文王之所錫，故言文王錫之。鄭以下云『爾邦』謂諸侯爲『爾』，則此經云『我』是成王自我，非我諸侯也，故易傳，以爲天賜祉福，謂賜文王、武王以王天下之福也。」承珙案：「錫福」之文與「辟公」相屬，若以爲天錫文王，則文義乖隔。《載見》云：「烈文辟公，綏以多福。」二語正與此同。彼箋云：「成王乃光文百辟與諸侯，安之以多福。」則此篇當以傳義爲是。《白虎通義·瑞贄》篇曰：「『烈文辟公，錫茲祉福。』言武王伐紂定天下，諸侯來會聚于京師，受法度也。」此雖指武王錫福，與毛稍異，然亦謂王錫諸侯，不言天錫也。

「惠我無疆，子孫保之」，箋云：「惠，愛也。又長愛之無有期竟，子孫得傳世，安而居之。謂文王、武王以純德受命定天位。」正義曰：「傳以『錫兹祉福』爲文王賜諸侯，則『惠我無疆』亦是文王愛諸侯。『子孫保之』，謂諸侯得繼世也。」承珙案：疏泥於「惠我」「我」字不當我諸侯，故申箋以爲成王自我，則錫福自爲天錫文、武以福，「子孫保之」自爲文、武之子孫長王天下。考襄二十一年《左傳》范宣子囚叔向，祁奚見宣子曰：「《詩》曰：『惠我無疆，子孫保之。』《書》曰：『聖有謩訓，明徵定保。』夫謀而鮮過，惠訓不倦者，叔向有焉，社稷之固也。猶將十世宥之，以勸能者。今壹不免其身，以弃社稷，不亦惑乎？」據此是謂人能惠我者，當保其子孫，疑此詩「惠」不必訓「愛」。《維天之命》「駿惠我文王」，箋訓「惠」爲「順」。此篇亦當謂文王錫諸侯以祉福，爾諸侯能順我命，無有期竟，則子孫世世得保守此位。如此則「我」字仍我成王，此二句終文王錫福之事。下乃言無大累於其國者，武王皆崇立之，又戒以當念父祖之有大功，繼續其美也。若但言周之子孫長王天下，則與下「爾邦」云云文義不屬矣。

「無封靡于爾邦」，傳：「封，大。靡，累也。」箋云：「無大累於汝國，謂諸侯治國無罪惡也。」正義曰：「靡，謂侈靡。奢侈淫靡是罪累之事，故『靡』爲『累』也。」承珙案：傳意當以「靡」爲「縻」之假借，《莊子·胠篋》篇「伍員靡」，《釋文》引司馬注：「靡，縻也。」《説文》：「縻，牛轡也。」「纍，綴得理也。一曰大索也。」蓋「縻」「纍」皆有「繫綴」之義，引申之爲「羈縻」，爲「罪纍」，「纍」字省作「累」。故傳訓「靡」爲「累」。疏以「靡」爲「侈靡」，「侈靡」是「罪累」，增字成義，失傳箋之旨。《文選·文賦》注引《薛君章句》：「靡，好也。」《易釋文》又引《韓詩》曰：「靡，共也。」二訓皆與此「封靡」文義不協，疑非此篇之注。《白虎通義・誅伐》篇曰：「《詩》云：『毋封靡于爾邦，惟王其崇之。』此言追誅大罪也，或盗天子土地自立爲諸侯，絶之而已。」此以「封靡」爲「大罪」，正與毛、鄭義同。

「念兹戎功，繼序其皇之」，箋云：「皇，君也。念此大功，勤事不廢，謂卿大夫能守其職，得繼世在位以其次序。其君之者，謂有大功，王則出而封之。」汪氏《異義》曰：「箋以『辟公』兼指卿士，《序》云諸侯助祭，不言卿士。經言『無封靡于爾邦，維王其崇之』，與下『念兹戎功』文勢緊相承接，不得以『念兹』二句爲戒卿士，則傳以『辟公』唯指諸侯，是也。」承珙案：《載見》亦云「烈文辟公」，《序》亦衹言諸侯，不及卿士。《雝》「相維辟公」，包注《論語》：「辟公，謂諸侯及二王之後。」邢疏謂與毛同。箋於諸言「辟公」皆分卿士與諸侯。此疏謂《月令》「百辟」是卿士之總稱，此詩「辟公」下有「爾邦百辟」，則「辟」當下「百辟」，「公」當下「爾邦」，故分「辟」「公」爲二。然《假樂》云「百辟卿士」，箋以「百辟」爲畿内諸侯，「卿士」爲卿之有事。彼疏謂：「百辟」「卿士」文相對，故分之爲二；《烈文》唯有「百辟」無「卿士」之文，則「百辟」兼卿士。然則同一「百辟」，忽兼卿士，忽不兼卿士，未免自亂其例矣。

「無競維人，四方其訓之」，傳：「競，彊。訓，道也。」箋云：「無彊乎，維得賢人也！得賢人則國家彊矣，故天下諸侯順其所爲也。」《釋文》：「道，音導。」承珙案：《左傳》哀二十六年。引《詩》「訓」作「順」，箋云「順其所爲」，更不言「訓」當爲「順」，似經文本作「順」。即或毛本作「訓」，傳釋「訓」爲「道」，亦以「訓」「順」字通。《廣雅》：「訓，順也。」《洪範》：「于帝其訓，是訓是行。」《史記》皆作「順」。《大雅・抑》「四方其訓之」傳云：「訓，教。」此傳以「訓」即「順」字，故又釋爲「順導」之「導」。《說文》：「順，理也。从頁、川。」「理」謂循其條理，即「順導」之意。箋知傳以「訓」爲「順」，釋「順」爲導，故直易「訓」作「順」以申其義耳。

天作

《序》云：「《天作》，祀先王先公也。」箋云：「先王，謂大王已下。先公，諸盩至不窋。」正義曰：「《天作》詩者，謂周公、成王之時，祭祀先王先公。成王之世，時祭所及惟親廟與大祖，當自大王以下，上及后稷一人而已。言『先公』者，惟斥后稷耳。經之所陳唯有先王之事，而《序》并言先公者，以詩人因祭祀而作此歌，近舉王跡所起，其辭不及於后稷；《序》以祭祀實祭后稷，故其言及之。《昊天有成命》經無『地』而《序》言『地』，《般》經無『海』而《序》言『海』，亦此類也。箋云『諸盩至不窋』者，於時並爲毀廟，惟祫乃及之。時祭不及此等先公，而箋言之者，因以『先公』之言，廣解『先公』之義。或緣鄭此言，謂此篇本爲祫祭。若然，作《序》者言祫於大祖，則辭要理當，何須煩文言『先王先公』？《天保》云：『禴祠烝嘗，于公先王。』彼舉時祭之名，兼言『公』『王』，此亦時祭，何故不可兼言『公』『王』？彼祭亦不盡及先公，而箋廣解先公，此何故不可廣解先公也？」承珙案：此疏據《祭法》天子五廟，并二祧爲七，與《王制》《禮器》《曾子問》《穀梁傳》及《大戴禮·三本》篇、《荀卿子·禮論》之言皆合。《周官》「守祧掌守先王、先公之廟祧」，《周官》爲周公所作，在成王之時，則自大王以下爲四親廟，諸盩、亞圉爲二祧。大王、王季、文王、武王皆先王，諸盩、亞圉則先公也，故《守祧》有「先王先公」之文。此《序》云「祭先王先公」，則其爲時祭犆祀可知。但《序》有「先王先公」，而

《詩》專言大王、文王者，自以大王肇基王迹，文王始受天命，故特言之歟？后稷爲大祖，不當在先公之列。《天保》箋、《中庸》注皆以后稷爲先公，似不及此箋以「先公，諸盩至不窋」者爲正。惟時祭必先大祖，而經文不及后稷者，詩主比興，篇首云「天作高山」，此即周家發祥之義。「高山」不必泥箋言「岐山」，言天眷有周，鍾毓靈秀，至大王而大之，至文王而安之。是「天作」一語已包后稷以下先公在内。即如《昊天有成命》爲郊祀天地之詩，周人圜丘以帝嚳配，此詩當爲圜丘祀昊天，説詳本篇。而《詩》云「二后受之」，傳以「二后」爲文、武，亦未嘗明言其先世。其實《昊天有成命》已包周家最初之事，故箋云「有成命者，言周自后稷之生而已有王命也」。此傳云「天生萬物於高山」者，亦是取喻周之先代爲天所篤生耳，非真謂天生草木於岐山也。下文「岐有夷之行」乃承大王、文王所都而言之耳。明乎篇首一語已含后稷先公在内，則其下專言大王、文王，乃舉其極盛者。故雖通祀七廟，而上不及諸盩、亞圉，下不及王季、武王，非略也。《頌》體謹嚴，無緣一詩而徧揚祖烈。然而首言「天作」，末及子孫，詞意該括前後，即謂時祭各歌於其廟，亦未始不可也。

「天作高山，大王荒之」，傳：「作，生。荒，大也。天生萬物於高山，大王行道，能安天之所作也。」箋云：「天生此高山，使興雲雨以利萬物。大王自豳遷焉，則能尊大之。」正義曰：「以云天生高山，不言生萬物，故易毛也。」陳碩甫曰：「『安』當爲『大』字之誤。箋曰『能尊大之』，疏曰『長大此天所生』，箋疏不誤。《晉語》叔詹曰：『「天作高山，大王荒之。」荒大之也。大天所作，可謂親有天矣。』此毛傳所據之本。」承珙案：「天作高山」猶《大雅》言「帝省其山」，箋云：省，善。「帝作邦作對」，箋云：「作，爲也。天爲邦，謂興周國也。作配，謂爲生明君也。」皆天命興周之意。詩無達詁，詞在此而意在彼，本不必泥於天之生山與生萬物。即以詞論，亦當從毛，謂天所生於高山者，大王能大之。《荀子・王制篇》歷言「天之所覆，地之所載，莫不盡其美，致其用，上以飾賢良，下以養百姓而安樂之。夫是之謂大神」，引《詩》「天作高山，大王荒之」。此亦謂天生萬物，王者能用之。故毛傳云然。若如疏説，則高山終古如是，大王又何能尊大之？乃斤斤於興雲雨利萬物爲尊大，非秩祀之而尊大，疏駁韋昭説。此所謂以辭害志者也。

「彼作矣，文王康之。彼徂矣，岐有夷之行」，傳：「夷，易也。」箋云：「彼，彼萬民也。徂，往。行，道也。彼萬民居岐邦者，皆築作宫室以爲常居，文王則能安之。後之往者，又以岐邦之君有佼易之道故也。」《夢溪筆談》云：「《朱浮傳》作『彼岨者岐』。」朱子云：「《後漢書》『岨』但作『徂』，注引《薛君章句》訓『徂』爲『往』，獨『矣』字正作『者』，如沈氏説。然其末復注云『岐雖阻僻』，則似又有『岨』意。昌黎《岐山操》亦云『彼岐有岨』，疑或别有所據，故今從之而定讀『岐』字絶句。」《困學紀聞》曰：「《筆談》誤以『朱輔』爲『朱浮』，亦無『岨』字。」《詩經小學》曰：「《西南夷傳》朱輔上疏引《詩》：『彼徂者岐，有夷之行。』注引薛君《韓詩章句》：『徂，往也。夷，易也。行，道也。彼百姓歸文王者，皆曰岐有易道，可往歸矣。易道，謂仁義之道而易行，故岐道阻僻而人不難。』『阻僻』二字，薛君先經反言以釋『夷』字，非釋『岨』字也。東原先生謂鄭箋云後之往者，薛君云彼百姓歸文王者，是毛、韓皆作『彼徂者』之證。案：作『徂』固是，而作『者』則非。鄭箋釋『彼作矣』曰『彼萬民居岐邦者』，釋『彼徂矣』曰『後之往者』。兩『矣』字一例，當以『彼徂矣』三字一句，不當從《後漢書》作『者』。『岐有夷之行』，五字一句。《説苑》引《詩》『岐有夷之行，子孫其保之』，可證。」承珙案：兩「彼」字，鄭皆以爲「彼萬民」。「彼作」之「作」，毛無訓，蓋即同上傳訓「作」爲「生」。則毛意「彼作」之「彼」，當謂萬物。鄭言「萬民」，民亦物也。傳意當云彼萬民既生矣，「生」猶《緜》詩「民之初生」，毛不訓「作」爲「築作」。則惟文王能安之；下云彼萬民皆往矣，則惟岐邦有易道故也。鄭惟以兩「作」字異訓，似非毛旨。然兩「矣」字相對爲文，自當以「岐」屬下讀。《韓詩外傳》三引傳曰：「易簡而天下之理得矣。《詩》曰：『岐有夷之行，子孫保之。』」又曰：「忠易爲禮，誠易爲辭。賢人易爲民，工巧易爲材。《詩》曰：『岐《外傳》兩「岐」字，近本皆作「政」字，誤。有夷之行，子孫保之。』」是此詩義訓、句讀，韓與毛、鄭無不同也。

「子孫保之」，《虞東學詩》云：「末句不入韻。」戚氏《證讀》曰：此單句結，與《良耜》「續古之人」同。承珙案：上文「荒」「康」「行」固相爲韻，然末句「之」字亦可與「荒之」「康之」兩「之」字爲韻。

昊天有成命

《序》云：「《昊天有成命》，郊祀天地也。」鄭於此無箋。正義悉用鄭君注《禮》之説，謂：「此於南郊祀所感之天神，北郊祭神州之地祇，二者雖南北有異，祭俱在郊，故總言郊祀。《春官・大司樂》：圜丘祀天神，方丘祭地祇。彼以二至之日祭之於丘，不在於郊。此言郊祀，必非彼也。」承珙案：此疏蓋因箋釋「昊天有成命」言周自后稷之生而已有王命，故主此詩爲祀天南郊、祭地北郊，以后稷配之，與冬至圜丘、夏至方丘以帝嚳配者異。然《大宗伯》「以禋祀祀昊天上帝」注謂：「昊天上帝，冬至於圜丘所祀天皇大帝。」又「以蒼璧禮天」注云：「此禮天以冬至，謂天皇大帝在北極者也。」此詩首言「昊天」，安知其非冬至圜丘之祭？王肅難鄭，謂郊與圜丘爲一地一祭，固與諸經皆不合；孔疏又過泥鄭注，謂圜丘必不可稱郊，亦非是。《祭法》以

「禘」與「郊」對，又「禘」在「郊」上，故鄭以「禘」爲圜丘祀天，「郊」爲南郊祀天。若散文，則圜丘亦可稱「郊」。諸書惟《周禮》有「圜丘」之名，其他經傳言「郊」者未必皆指夏正南郊，絕不及冬至圜丘之祭也。《周禮》爲制度而言，故但稱圜丘、方丘，而不言郊，以其祭本不名「郊」也。以邱亦在郊，故通謂之「郊」耳。《祭法》「禘」「郊」「祖」「宗」爲四大祭之名，自有虞氏已然。周人每歲祭天，惟圜丘、方丘以嚳配，南郊、北郊以后稷配，明堂以文、武配。此爲最大之典，而《周頌》皆有其詩，《昊天有成命》《我將》《思文》是也。《生民》傳曰「后稷之母配高辛氏帝」，是明以帝嚳爲周人世系所從出之祖。惟始封之祖斷自后稷，故周人立廟至稷而止，而帝嚳無廟，惟祀天圜丘以嚳配之。姜嫄見於《雅》，而帝嚳之祀見於《頌》，然後周家一代大典始備，而後人謂后稷無父、姜嫄無夫之疑可釋。不然，圜丘、方丘二至大祀，不宜《周頌》絕無樂歌也。至《序》言「郊」而不言「邱」者，邱通於郊也。《詩》言「天」而不言「地」者，地統於天也。《舜典》類于上帝，不言祭地；《大宗伯》禋祀昊天，不言祭地；《中庸》郊社所以事上帝，亦不言地：皆以天統之也。後人歌所不祭、祭所不歌之疑，其見淺矣。或又疑后稷配天有《頌》，而帝嚳配天無《頌》者，不知二至祀天地，同歌《昊天有成命》之詩，但言：天眷有周，文、武受命。頌天地，即以頌嚳，而不必更爲帝嚳配天之頌。即如《我將》宗祀文王，而首言「天右」，末言「畏天」；《思文》郊祀后稷，而曰「配天」，曰「帝命」，可見作者意主祀天，不重在所配之人。況帝嚳雖有大功德，然去周世遠，但言其子孫受天命足矣。作者以世有遠近，語有詳略，故序者於《昊天有成命》祇言郊祀而不及帝嚳之配，於《我將》祇言祀文王於明堂而不言配帝，於《思文》又祇言后稷配天而不及天地之祭。文非一端，意可互見。詩主詠歌，固不同記事之例必須文緐而義備也。

「昊天有成命，二后受之。成王不敢康，夙夜基命宥密」，傳：「二后，文、武也。基，始。命，信。宥，寬。密，寧也。」正義曰：「此以太平之歌作在周公、成王之世，成王之前，有成其王功者，唯文、武耳，故知『二后』，文王、武王也。自『基始』以下及下傳，皆《國語》文也。古人説《詩》者，因其節文，比義起象，理頗溢於經意，不必全與本同，但檢其大旨，不爲乖異，故傳采而用焉。此詩作在成王之初，非是崩後，不得稱『成』之謚。所言『成王』有涉成王之嫌，韋昭云：『謂文、武脩己自勤，成其王功，非謂周成王身也。』鄭、賈、唐説皆然。是時人有疑是成王身者，故辨之也。」承珙案：《毛詩》此篇傳義，悉本《國語》叔向之釋此詩，故訓最詳。其曰：「是道成王之德也。成王，能明文昭、定武烈者也。夫道成命者，而稱『昊天』，翼其上也。二后受之，讓於德也。成王不敢康，敬百姓也。夙夜，恭也。基，始也。命，信也。宥，寬也。密，寧也。緝，明也。熙，廣也。亶，厚也。肆，固也。靖，和也。其始也，翼上德讓，而敬百姓。其中也，恭儉信寬，帥歸於寧。其終也，廣厚其心，以固和之。始於德讓，中於信寬，終於固和，故曰『成王』。」「王」字依《詩》疏引增。觀其釋「二后受之」爲「讓德」，而以始於德讓爲「成王」，則所言「成王」即「二后」，並非指成王誦甚明。鄭、賈、唐固皆如此解，非韋昭一人獨從毛説也。惟賈子《新書·禮容》篇雖亦引叔向語，而與《國語》大異，以此「成王」爲文王孫、武王子。孔疏所云「時人有疑是成王身者」，蓋即用《新書》之説。然《新書》云：「命者，制令也。基者，經也，勢也。」訓「命」爲「制令」，「基」又爲「勢」，義皆未安。又以成王時九州四荒致貢職以祀文、武，故曰「二后受之」，則與首句文義不貫。蓋其時，詩未萌芽，群言淆亂，賈生雜述所聞，恐未足爲據耳。

「於緝熙，單厥心，肆其靖之」，傳：「緝，明。熙，廣。單，厚。肆，固。靖，和也。」箋云：「『廣』當爲『光』，

『固』當爲『故』，字之誤也。於美乎，此成王之德也！既光明矣，又能厚其心矣。爲之不解倦，故於其功終能和安之。謂夙夜自勤，至於天下太平。」正義曰：「箋以《外傳》之訓與《爾雅》皆同，而《釋詁》云：『熙，光也。』『肆，故也。』則是聲相涉而字因誤，故破之。」汪氏《異義》曰：「此篇傳依《周語》爲義，箋據《爾雅》破『廣』『固』之訓。案：《周語》云：『廣厚其心，以固和之。』又曰：『終於固和。』則以『廣』爲『光』，以『固』爲『故』，非其義矣。」承珙案：《國語》訓「熙」爲「廣」，當本是以「光」與「廣」聲同字通。古人「光」字兼有「廣」義。《爾雅·釋詁》：「緝、熙，光也。」而《釋言》又云：「桄，充也。」孫炎本「桄」亦作「光」。《堯典》「光被四表」，《漢書·王莽傳》作「横被四表」。「横被」即「廣被」也。《荀子》「積厚者流澤廣」，《大戴禮》作「流澤光」。可知「光」「廣」聲同通用。傳於《文王》篇訓「緝熙」爲「光明」，而此獨從《國語》訓「熙」爲「廣」者，毛公深明通借之故，知《國語》之「廣」亦「光」也。故《敬之》「學有緝熙于光明」傳又云：「光，廣也。」正以二字互相轉注，而其義皆同。若用漢人訓詁法，當云：「熙，光之廣也。」毛時文尚簡奥耳。後漢人已不明此故訓，故韋注《國語》引鄭及虞翻，皆必破「廣」爲「光」矣。若以《國語》「廣厚其心」不得作「光厚」，不知「光厚」者，猶「光明正大」之謂，於文義本無害也。至《國語》訓「肆」爲「固」，亦是以「固」爲「故」借，但「故」非「是故」之「故」。《爾雅》：「治、肆、古，故也。肆、故，今也。」邵氏正義云：「『治』與『始』同，『始』即『故』也。『古』『故』則以聲爲義。」然則「肆」訓「故」者，「故」當讀如《孟子》「天下之言性則故而已矣」之「故」，有因其故然之意。此所以與「治」「古」同訓，非徒爲申上之詞。下文「肆，故今也」則當如毛讀「肆逗，故今也句」，不當如郭注以「肆」與「故」並訓爲「今」，此「肆」乃申上語詞耳。《國語》以「固和之」謂順其固然，所以爲和，猶《孟子》云「故者以利爲本」，

《文言》曰「利者，義之和也」。故《國語》又云：「終於固和。」毛亦假「固」爲「故」。並非「堅固」之謂。後人疑「固」爲「堅」義，「固和」二字不辭，故多從鄭解爲「是故」。然使《國語》果以「固」爲承上之詞，而曰「以故和之」，又曰「終於故和」，則更不辭矣。

此篇，顧氏、江氏、孔氏諸家皆以爲無韻，惟張氏《詩貫》云「命」轉音「芒」，與「康」叶，「靖」與「心」叶。承珙案：此亦非是。《毛詩》「黽勉」，《韓詩》作「密勿」，是「宥密」之「密」。可轉讀「黽」，正與首句「命」、末句「靖」相爲韻也。

我將

《序》云：「《我將》，祀文王於明堂也。」案：此《序》言祀文王於明堂，則正義引《孝經》所謂「宗祀文王於明堂，以配上帝」者，其證確矣。但或謂明堂即文王之廟，不知明堂既爲配帝之所，帝不可饗於國中。故《大戴禮》謂在近郊三十里，淳于登以爲在國南三里，韓嬰以爲國南七里。雖遠近不同，皆與《玉藻》「聽朔于南門之外」鄭注謂明堂在國之陽者合。但鄭謂明堂爲大饗五帝，而不及昊天，疏家據《周禮》「祀天旅上帝」爲別，不知「帝」即「天」也。此詩首言「維天其右之」，末云「畏天之威」，祇言「天」而不言「帝」，何得云明堂之享但有五帝而無昊天乎？《孝經》所分配天、配上帝者，南郊專祀昊天，明堂兼及五帝耳。至《祭法》「祖文王而宗武王」，鄭注謂：「祖、宗，通言耳。下有禘、郊、宗、祖。《孝經》曰：宗祀文王於明堂，以配上帝。」此鄭意恐人見文王忽宗忽祖，疑《祭法》與《孝經》異，故爲此注，謂此「祖」「宗」乃明堂祭祀之名，《祭法》之「祖文王」

猶《孝經》之「宗祀文王」也。但《孝經》所言，乃武王初有天下，郊祀后稷、宗祀文王之事，《樂記》所謂武王克殷，祀乎明堂而民知孝也。《孝經》曰周公其人者，禮雖行於武王而實制於周公。周公以后稷既配天南郊，而周之王業成於文王，故復制爲明堂配天之禮，以彰嚴父之義。此在當時衹以文王一人配帝，韋昭注《魯語》，謂周初祖后稷、宗文王，非是。雖「祖」「宗」可以通稱，然文王於武王爲父，故孔子但言「宗祀文王」耳。至武王既没，則定爲雙配，祖文宗武，一代之制，《祭法》所言是也。此詩但言文王，亦當同《孝經》之言，爲周公相武伐紂後，宗祀文王之樂歌。疏謂詩主説文王，故序者順經爲詞。此殊不然。《天作》經文無「先公」，而《序》言「祀先王先公」；《昊天有成命》經文無「地」，而《序》言「郊祀天地」。如果此詩有武王配帝，《序》當言祀文、武於明堂矣。

「我將我享，維羊維牛」，箋云：「將，猶奉也。我奉養我享祭之羊牛。」臧氏《經義雜記》云：「當本作『維牛維羊』，『羊』與『享』韻，非『牛』與『右』韻。明監注疏本箋中作『牛羊』，後改爲『羊牛』，今箋『牛』字尚宛然存『羊』字之跡。正義惟釋經一處言維是肥羊、維是肥牛，其釋《序》、釋箋，皆『牛羊』連文，先『牛』而後『羊』。《周禮・羊人》疏引《詩》『維牛維羊』，《隋書・宇文愷傳》引《詩》亦作『維牛維羊』，知唐以前本皆然。《開成石經》始誤作『維羊維牛』也。」承珙案：《隋書・禮儀志》載梁天監十年議曹朱异議明堂牲牢，云《我將》詩有「維羊維牛」之説。此又與宇文所引不同。疑經文或有二本，無容執一爲信。但後來《詩緝》《詩故》等見「維羊」文在「維牛」之上，遂據《周禮》「釁積，共羊牲」後鄭注以「積」爲「積柴」，因謂祭天用羊實柴，先柴而後獻，故先羊後牛。然《詩》疏謂：「祭天用騂犢，明堂祭天亦當用特牛，配者與天異饌，當用太牢。《羊人》『釁積，共羊牲』，彼『釁』在『積』上，明所云『積柴』非祭天，當爲槱燎祀司中、司命之等有羊也。」《周禮》賈疏云：「祭天用犢，其日月以下有用羊者，故《我將》詩云：『維牛維羊，維天其佑之。』彼亦據日月以下爲配者也。」二疏所辨已確，不必鑿爲之説。

「儀式刑文王之典，日靖四方。伊嘏文王，既右饗之」，傳：「儀，善。刑，法。典，常。靖，謀也。」箋云：「靖，治也。受福曰嘏。我儀則式象法行文王之常道，以日施政于天下，維受福於文王。文王既右而饗之，言受而福之。」正義曰：「『刑』既爲『法』，則『式』不復爲『法』，當訓爲『用』。毛於『嘏』字皆訓爲『大』，此『嘏』亦爲『大』也。王肅云：善用法文王之常道，日謀四方。維天乃大文王之德，既佑助而歆饗之。」又申鄭云：「儀者，威儀。式者，法式。故以『儀式』爲『則象』，謂則象法行文王之常道也。以此能治四方，可以蒙佑，不宜爲謀之，故以『靖』爲『治』。」承珙案：此疏述鄭以「儀」「式」「刑」三字一義，未免複沓。《大雅》「儀刑文王」傳云「刑，法」，而「儀」字無訓。箋云「儀法文王之事」，似亦以「儀」「法」爲一義。《禮記·緇衣》引《詩》「儀刑文王」，注云：「儀法文王之德。」與《詩》箋同。惟昭六年《左傳》引《詩》「儀刑文王」，疏引服虔：「儀，善也。刑，法也。」又引《詩》「儀式刑文王之德，日靖四方」，疏引服虔：「儀，善。式，用。刑，法。靖，謀也。言善用法文王之德，日日謀安四方。」考服解皆用毛義，王肅即本之服，其説實勝於箋。至王申毛，以「右饗」爲「天大右助文王而歆饗之」，箋以「右饗」屬文王，嚴《緝》云：「維天惠民，維文王之典足以安民。天福文王，則必右助而歆饗我祭矣。」承珙謂：「其右」「既右」語勢相承，則「右饗」自應屬天。天之右饗文王，即右饗其子孫。天既右饗，則文王右饗不待言矣。亦當以王肅申毛爲是。

此篇之韻，或以「牛」音「疑」，「右」音「以」，「牛」與「右」韻，「方」與「饗」韻，末三句「夜」轉音「豫」，「保」讀若「補」，或以末三句爲無韻。承珙案：此詩上七句當以「享」「羊」「方」「饗」爲一韻，末三句合全章三「之」字，亦可相爲韻也。

時邁

《序》云：「《時邁》，巡守告祭柴望也。」正義曰：「宣十二年《左傳》云：昔武王克商，作《頌》曰：『載戢干戈。』明此篇武王事也。《國語》稱周文公之《頌》曰：『載戢干戈。』明此詩周公作也。《白虎通》曰：『何以知太平乃巡守？以武王不巡守，至成王乃巡守。』其言違《詩》反傳，❶所説非也。」承珙案：《後漢書·李固傳》引《周詩》曰：「『薄言振之，莫不震疊。』此言動之於内，而應於外者也。」注引《韓詩薛君傳》當作「章句」。曰：「『薄，辭也。振，奮也。莫，無也。震，動也。疊，應也。美成王能奮舒文、武之道而行之，則天下無不動而應其政教。』」據此，是《韓詩》以《時邁》爲成王巡守，《白虎通》蓋用韓説也。然《逸周書·大匡解》《文政解》俱有「維十有三祀，王在管」之文，與《竹書紀年》「武王克商，命監殷，遂狩于管」之文合。又《度邑解》云：「我南望過於三塗，北望過於有嶽，丕顯瞻過於河，宛瞻過於伊洛。」與詩言「及河喬嶽」亦相近。《史記·周本紀》：「武王既克殷，命宗祝享祠于軍，乃罷兵西歸，行狩，記政事，作《武成》。」《書序》云：「武王伐殷，往伐歸

❶「反」，原作「及」，據阮校本《毛詩正義》改。

獸，作《武成》。」所謂「歸獸」者，即《樂記》云「馬散之華山之陽，牛散之桃林之野」者。其下文云：「車甲衅而藏之府庫，而弗復用；倒載干戈，包之以虎皮。」正與此詩「載戢干戈，載櫜弓矢」語合。然則《時邁》雖作於周公，要爲頌武王克殷後巡守諸侯之事甚明。班固謂武王不巡守，妄矣。

「懷柔百神」，傳：「懷，來。柔，安。」《釋文》：「柔，如字。本亦作濡，兩通。俱訓安也。」正義曰：「《釋詁》：『柔，安也。』某氏引《詩》云：『懷柔百神。』定本作『柔』，《集注》作『濡』。『柔』是也。」段懋堂據《宋書·樂志》明堂登歌有「懷濡上靈」語，因謂六朝時，《詩》本作「懷濡百神」，當從《集注》爲是。承珙案：《荀子·禮論篇》《淮南子·泰族訓》引《詩》俱作「懷柔」，則作「柔」之本較古。陸氏以「濡」爲「亦作」，孔氏以作「柔」爲是，當矣。

「及河喬嶽」，傳：「喬，高也。高嶽，岱宗也。」承珙案：《墨子·兼愛中》篇云：「昔者武王將事泰山隧。」然則武王既定天下後有巡守至岱宗之事，故毛以「高嶽」爲岱宗。箋云「王行巡守至方嶽之下」，則以巡守之禮理兼四嶽，故不專指岱宗耳。

「我求懿德，肆于時夏」，傳：「夏，大也。」箋云：「懿，美。肆，陳也。我武王求有美德之士而任用之，故陳其功於是夏而歌之。樂歌大者稱『夏』。」《儀禮·大射儀》：「公升即席，奏《肆夏》。」注云：「《肆夏》，樂章名，今亡。呂叔玉云：《肆夏》，《時邁》也。《時邁》者，太平巡守祭山川之樂歌。其《詩》曰：『明昭有周，式序在位。』又曰：『我求懿德，肆于時夏。』奏此以延賓，其著宣王德勸賢歟？《周禮》曰：『賓出入，奏《肆夏》。』」疏云：「《周禮·鐘師》『以鐘鼓奏九夏』，杜子春引呂叔玉以爲《肆夏》，《時邁》也；《繁遏》，《執競》也；《渠》，

《思文》也。後鄭云：以《文王》《鹿鳴》言之，則『九夏』皆《詩》篇名，《頌》之族類也。此歌之大者，載在樂章。樂崩，亦從而亡。是以《頌》不能具。鄭彼注破吕叔玉，此注亦云『《肆夏》，樂章名，今亡』，與彼注同。又引吕叔玉於下者，以無正文，叔玉或爲一義，故兩解之。」承珙案：毛於「肆」字無傳，但云「夏，大也」。所謂「大」者，不明何指。以《思文》「陳常于時夏」證之，彼云「陳」，則此「肆」自當訓「陳」；彼上云「無此疆爾界」，下云「陳常于時夏」，則「夏」似當爲「諸夏」之「夏」。言來牟率育，無疆界之殊，所以陳其常久之功於是諸夏。則此「肆于時夏」，亦當謂武王求美德之士，使之在位，陳其功於是諸夏。故傳以「夏」爲「大」。箋於此及《思文》皆以樂歌爲「夏」。考樂章名「夏」，亦取「諸夏」之義。服虔注《左傳》云：「《車鄰》《駟鐵》《小戎》之歌與諸夏同風，故曰夏聲。」是也。然編樂名「夏」，必在作詩之後，豈有詩未終篇，而即曰「陳于此以爲夏」者？至「九夏」之説，《周禮》杜子春注謂《春秋》金奏《肆夏》，與《鹿鳴》《文王》俱稱三。知《肆夏》爲詩。《國語》：「金奏《肆夏》《繁遏》《渠》，天子所以享元侯，所謂『三夏』矣。」吕叔玉則以《肆夏》《繁遏》《渠》皆《周頌》篇名。韋昭注《國語》又云：「《肆夏》一名《繁》，《韶夏》一名《遏》，《納夏》一名《渠》。」三説小異而大同，皆不如鄭「九夏」爲《頌》族類今亡之説爲正。惟「九夏」既以金奏，必非歌詩之類。鄭注《大射》引吕叔玉説，並解《時邁》所以用於延賓之意。而《詩譜》又云「天子享元侯，升歌《肆夏》」，此則經傳未有言金奏之樂用于升歌者也。

執競

「不顯成康」，傳：「不顯乎，其成大功而安之也！顯，光也。」箋云：「不顯乎，其成安祖考之道！言其又顯也。」歐陽《時世論》以「成康」爲成王、康王,《集傳》因之以爲祭武王、成王、康王之詩。朱氏《通義》曰:「《詩》之歌於祖廟者,非時祭則祫祭也。天子七廟,廟各有主。祫則群廟之主咸入太廟,三王並祭,此何禮邪? 如謂舉功德之最盛者,不應上捨文王而下逮成、康也。既曰祭三王矣,誦武王僅二語,『不顯』以下皆頌成、康,豈成、康功德遠過武王邪? 且文、武皆受命開基之主,祀文王有詩,何祀武王獨無詩乎? 夫『不顯成康』猶《雝》詩云『文武維后』,皆非舉謚爲言也。『康侯』見於《易》,『甯侯』見於《禮》,『甯王』見於《大誥》,『平王』見於《風》,『玄王』『武王』見於《頌》,『成王』見於《酒誥》及《下武》。此詩所云『成康』,其類同耳。」承珙案:漢稱文、景,周曰成、康,後人言之則可。若作爲樂歌昭告祖宗,而以父子兩世合併稱之,如史策記贊之詞,有是文義乎? 且下文「自彼成康」傳謂用彼成安之道,故可言「彼」。若明明祭成王、康王之詩而曰「自彼」,可乎?《鹽鐵論·論菑》篇曰:「周文、武尊賢受諫,敬戒不殆,純德上休,神祇相貺。《詩》曰:『降福穰穰,降福簡簡。』」此雖連文王言之,然可見詩中無成、康事。是時《毛詩》未盛,而引詩作解如此,疑三家説與毛同,不獨蔡氏《獨斷》合於毛《序》也。

「鐘鼓喤喤,磬筦將將」,傳:「喤喤,和也。將將,集也。」正義曰:「喤喤、將將,俱是聲也,故言『和』與『集』。謂與諸聲相和,與諸樂合集也。」承珙案:毛以「將將」訓「集」者,《釋詁》:「將,大也。」《詩》「將」字,傳多訓「大」,此「將將」亦「盛大」之意。《廣雅》:「鏘鏘,盛也。」《閟宫》疏引王肅云:「將將,美盛。」此則謂磬筦之聲繁盛,故傳訓爲「集」。喤喤,亦聲之大者,故《説文》引《詩》作「鍠」,以爲鐘聲。傳於「喤喤」言「和」,「將將」言「集」,互文見義耳。《説文·足部》:「蹩,行皃。从足,將聲。《詩》曰:『管磬蹩蹩。』」此或三家《詩》

異字，許引之以明假借。或即引《毛詩》「磬管將將」，以比方「𪔅」字之音，傳寫者因篆文而并改所引《詩》爲「𪔅𪔅」。要之，「行兒」之訓必不當用於磬筦。大抵「將將」爲磬筦之聲，本無正字，故多通借。《荀子·富國篇》引作「瑲瑲」，《風俗通·聲音》作「鎗鎗」，《漢書·禮樂志》又作「鏘鏘」，是也。

「威儀反反」，傳：「反反，難也。」箋云：「反反，順習之貌。」正義曰：「順禮閑習，自重難也。」或謂傳「難」當讀爲「儺」，《說文》：「儺，行有節度也。」此傳釋「反反」爲「難」，謂威儀安詳而有節度。箋云「順習」，亦安詳有節度意。正義讀爲「重難」，失之。承珙案：《賓之初筵》「威儀反反」傳云：「反反，言重慎也。」《說文》：「反，覆也。」凡言「反覆」者，皆重慎之意，故此傳又以「反反」爲「難」。正義釋爲「重難」，「重難」猶「重慎」也。《釋文》「難」字無音，亦讀爲「難易」之「難」耳。箋云「順習」者，「順」與「馴」同，「馴習」正「反覆」「重難」之意，乃所以申傳也。《潛夫論·正列》篇引作「威儀板板」，當亦謂「重難」也。《賓之初筵》釋文引《韓詩》作「威儀昄昄」，音蒲板反，善貌。彼泛言之，故但云「善貌」。毛傳切言之，故一曰「重慎」，一曰「難」耳。

思文

「立我烝民，莫匪爾極」，傳：「極，中也。」箋云：「立，當作『粒』。烝，衆也。昔堯遭洪水，黎民阻飢，后稷播殖百穀，烝民乃粒，萬邦作乂，天下之人無不於女時得其中者。言反其性。」正義曰：「傳不解『立』，但毛無破字之理，必其不與鄭同，宜爲存立衆民也。」承珙案：箋據《舜典》破「立」作「粒」，其義自通。然成十六年《左傳》申叔時曰：「德以施惠，刑以正邪，詳以事神，義以建利，禮以順時，信以守物。民生厚而德正，用利而事節，時順而物成。上下和睦，周旋不逆，求無不具，各知其極。故《詩》曰：『立我烝民，莫匪爾極。』」《周語》芮良夫曰：「王人者，將導利而布之上下者也，使神、人、百物無不得其極。故《頌》曰：『思文后稷，克配彼天。立我烝民，莫匪爾極。』」據此，似詩言「立民」，不專指「粒食」一事。故申毛當言爲生民立命，則所包者廣，且與傳訓「極」爲「中」意更親切也。

「貽我來牟」，傳：「牟，麥。」段氏懋堂曰：傳「牟」上脱「來」字，當作「來牟，麥」。承珙案：古人祇稱「麥」爲「牟」，累言之則曰「牟麥」。《詩》稱「來牟」者，乃專因周人有烏銜之瑞。謂此瑞麥爲「來牟」，是「來」本非麥之通名，故傳不釋「來」字。箋乃申之云：「武王渡孟津，白魚躍入于舟，出涘以燎。後五日，火流爲烏，五至，以穀俱來。此謂『遺我來牟』。」是鄭亦不以「來」爲麥名矣。傳雖不言瑞麥，然《生民》「誕降嘉種」傳云：「天降嘉種。」此則下文云「帝命率育」，故傳不言自天來耳。今文《泰誓》，在漢雖後出，然毛在未焚書前未必不見也。或謂《詩·頌》不及武王，似不宜及赤烏之瑞。不知箋云《書》説烏以穀俱來，言「穀」，紀后稷之德，故正義曰：「此言『來牟』，彼云『穀至』，交相證明，其事同也。」總之，此詩「來牟」下言「帝命」，《臣工》「來牟」下言「將受厥明，明昭上帝」，則「來牟」確爲周家瑞麥，自天而來，故有是稱。《漢書·劉向傳》引《詩》「貽我釐麰」，云：「釐麰，麥也，始自天降。」《文選·典引》注引《韓詩》作「貽我嘉麰」。皆此意也。但麥之爲穀，始于上世，非至周初始有，故傳第訓「牟」爲「麥」，《孟子》亦但言「麰麥」，在當時本不分大麥、小麥。《廣雅》：「麳，小麥。麰，大麥。」趙注《孟子》：「麰麥，大麥。」乃後人所分耳。《説文》：「來，周所受瑞麥來麰，二麥一夆，象其芒刺之形。天所來也，故爲『行來』之『來』。《詩》曰：『詒我來麰。』」案：許書此條似有脱誤。據其所云，是先有「來麥」之象形，而後有「行來」之取義，則夫《虞書》有「帝曰來禹」之文，《易卦》有「小往大來」之繇，皆在周受瑞麥以前，何以解之？故必如傳箋第以「牟」爲麥名，因與赤烏俱來而謂之「來牟」，斯爲通義耳。

「無此疆爾界」，箋云：「天命以是循存后稷養天下之功，而廣大其子孫之國。無此封竟於女今之經界，乃大有天下也。」段云：「《釋文》：『介，音界，大也。』按：箋以『女今之經界』釋經『爾』字，以『大有天下』釋經『介』字，淺人遂以箋之『經界』易經文『介』字。《唐石經》初刻『界』，後改『介』，是也。」承珙案：此謂經文「界」當本作「介」，可也。必謂箋「經界」之「界」乃自爲解義之詞，非經中「介」字，「大有天下」乃釋經中之「介」，則是經言「無此封竟於女之大」，殊不成文義。正義云：「箋謂當時經界已廣大萬里，於汝此之内使無封疆，是乃大有天下之辭也。」此疏「當時經界」句，先釋「爾界」二字，「使無封疆」乃釋「無此疆」三字，然後以「大有天下」之辭總釋經文五字，其申箋最爲明晰。《釋文》因經字作「介」，毛傳「介」多訓「大」，故以「大」訓之，然未必得傳箋意也。箋不云「介」當爲「界」者，《説文》「介，畫也」與「界，境也」音義皆同，故但於箋中易字説之，更不必破經字耳。

毛詩後箋卷二十七

涇　胡承珙

周頌臣工之什

臣　工

「嗟嗟保介」，箋云：「保介，車右也。《月令》：『孟春，天子親載耒耜，措之于參保介之御閒。』介，甲也。車右，勇力之士被甲執兵也。」高誘注《吕覽》云：「保介，副也。」承珙案：《釋詁》：「介，右也。」「右」即「副貳」之意。高以「保介」爲「副」，當亦指車右，謂其輔君耕藉。但高渾言之；鄭注《禮記》以「保」爲「衣」、「介」爲「甲」，切言之耳。後儒疑車右不過勇力之士，與農事無涉，故用高注，以「副」爲農官之副。不知古者士大夫皆嫺於射御，故君之御及車右皆以大夫爲之，初非别有甲士。此詩敕「保介」，自是呼諸侯之車右而告之，則「保介」即《月令》之「保介」無疑。若農官，則《詩》中每言「田畯」，不謂之「保介」。況又以爲「農官之副」，將以何者爲農官之正乎？但此詩爲廟遣諸侯，不忘農事，以保介預於勸農，故托以爲詞。必如正義謂不戒諸侯之身，嫌其太斥，則《烈文》「無封靡于爾邦」直戒諸侯，何以不嫌太斥乎？

「庤乃錢鎛，奄觀銍艾」，傳：「庤，具。錢，銚。鎛，鎒。銍，穫也。」箋云：「奄，久。觀，多也。教我庶民具女田器，終久必多銍艾。勸之也。」《釋文》、正義皆以「錢」「鎛」「銍」爲三器。案：錢，《説文》用毛傳訓「銚」，云：「古者田器。」《斗部》「斛」下引《爾雅》：「斛謂之疀，古田器也。」是銚、斛同物，即今之鏵鍫，所用以耕者。正義引宋咸注《世本》「銚，刈也」，以爲刈物之器，非是。鎛，《説文》：「一曰田器。」亦引此詩。《木部》：「槈，薅器也。从木，辱聲。或从金，作鎒。」正義云：「鎛、槈當是一器，但諸文或以爲槈即鋤，或云鋤類。古器變易，未能審之。」案：《齊語》「挾其槍刈槈鎛」，似鎛與鎒爲二物。然皆所以芸苗，亦小異大同耳。至銍，毛但訓「穫」，鄭云「必多銍艾」，似本不以爲田器。陸、孔皆引《釋名》《説文》以「銍」爲「穫禾之器」。然《説文》：「銍，穫禾短鐮。」「挃，穫禾聲。」二字迥殊。《良耜》「穫之挃挃」，《釋訓》作「銍銍」，是聲同通借。此傳蓋亦以「銍」爲「挃」之假借。《生民》疏引鄭注《尚書》「二百里銍」，云銍謂刈穗斷去藁也，亦是以「銍」爲「挃」借耳。又箋訓「奄」爲「久」，正義曰：「《釋詁》文。王肅云：奄，同也。毛於《執競》之傳以『奄』爲『同』，言同多銍刈。但無傳可據，故同之鄭焉。」承珙謂：王訓「同」者，蓋顧上「衆人」爲義。然《詩》言「錢鎛」，是方趣其耕耘，則其穫尚需時日，故箋以爲久多銍艾。揆之文義，似當同毛於鄭耳。

江氏《古韻標準》曰：「此篇韻不分明，『如何新畬』似與『來咨來茹』遥韻。」《虞東學詩》從顧氏《詩本音》，以「茹」「畬」「帝」「艾」四韻爲長調，「工」「公」、「求」「牟」、「年」「人」各爲韻。承珙案：顧説是也。

噫嘻

「噫嘻成王」，傳：「噫，歎也。嘻，和也。」《釋文》引傳亦作「嘻，和也」。正義曰：「孔子見顔淵死，曰：『噫！天喪予！』成湯見四面羅者，曰：『嘻！盡之矣！』則『噫』『嘻』皆是歎聲，爲歎以敕之。傳因其文重，分而屬之，非訓『噫嘻』爲『歎敕』。」是正義本傳作「嘻，敕也」。承珙案：「噫嘻」之文在「成王」之上，若如正義謂「噫嘻」猶上篇「嗟嗟」，故毛以爲敕，彼敕臣工保介，此豈敕王乎？若謂成王事者嗟歎而有所戒敕，則經文當云「成王噫嘻」矣。考《説文》無「嘻」字，《言部》：「譆，痛也。」又：「誒，可惡之詞。一曰誒，然。《春秋傳》曰：『誒誒出出。』」今《左傳》作「譆譆出出」，是「誒」「譆」字通。又《口部》：「唉，譍也。」與《言部》「誒，然」《説文》當本作「誒，然也」。同義。《方言》：「欸、𧩿，然也。」《廣雅》：「欸、𧩿、然，譍也。」是「誒」「唉」「欸」三字皆譍聲之詞。此傳云「嘻，和」者，《説文》：「和，相譍也。」蓋以「噫」爲歎而「嘻」和之。故箋云：「噫嘻，有所多大之聲也。」詩「嘻」字疑即「譆」之假借。「噫嘻」雖歎聲，要是有美有惡，此經當是歎美成王事者之能勸農重穀耳。

「既昭假爾」，箋云：「假，至也。噫嘻乎，能成周王之功，其德已著至矣。謂光被四表，格于上下也。」戴氏《考正》曰：「《詩》凡言『昭假』者，義爲昭其誠敬以假於神，昭其明德以假天。精誠表見曰昭，貫通所至曰假。『爾』之言『此』也。」《虞東學詩》曰：「《烝民》言『昭假于下』，《商頌》言『昭假遲遲』，皆事天也。」承珙案：《烝民》《商頌》之「昭假」，毛皆無傳。惟《雲漢》「昭假無贏」，傳「假，至也」，王肅以爲「昭其至誠」。此詩《序》

云「祈穀上帝」，則「昭假」當言事天，謂能成是王事者，既昭其至誠以祈禱於帝矣，然後率農播種而使之盡力焉。「爾」字，毛無傳，箋云「已著至矣」，蓋即以「爾」爲「矣」。毛意亦當然也。

「駿發爾私，終三十里。亦服爾耕，十千維耦」，傳：「私，民田也。言上欲富其民而讓於下，欲民之大發其私田耳。終三十里，言各極其望也。」正義曰：「毛以所在皆有公田在民井田之閒，亦當民所耕發，而云『駿發爾私』者，上意欲富其民而讓於下，欲民之大發私田，使之耕以取富，故言私而不及公。《大田》『雨我公田，遂及我私』，是民意之先公也。此云『駿發爾私』，言不及公，上意之讓下也。以彼『公』『私』相對，知此言『私』對『公』。又解正言『三十里』意，終三十里者，各極其望，謂人目之望所見極於三十；每各極望，則偏及天下矣。『三十』以極望爲言，則『十千維耦』者，以萬爲盈數，故舉之以言，非謂三十里内有十千人也。」承珙案：此疏申毛甚當。《鹽鐵論·取下》篇曰：「君篤愛，臣盡力，上下交讓而天下平。『浚發爾私』，上讓下也。『遂及我私』，先公職也。」此言正與毛合，其義古矣。但「私」者對「公」言之，經不及「公」，所以爲讓富於民，並非此中絕無公田。若因此謂是溝洫用貢法無公田，則是本皆私田，何必言讓？且此詩祈穀上帝，以天子而戒農播穀，何以所言止及鄉遂，而不通於畿甸乎？傳言「各極其望」者，疏引王肅云：「三十里天地合。所之而三十，則天下徧。」惠氏定宇曰：「五六三十，《易》之數也。五六爲十一，《三統歷》曰十一而天地之數畢。又五六，天地之中合。《易大傳》曰：『五位相得而各有合。』故云三十里天地合。納甲之數亦然。終三十里，終竟復始，《詩》通于《易》矣。」承珙謂：「三十」以極望爲言，「十千」以盈數爲言，傳義實爲該括，不必如箋疏以一川之閒萬夫，爲三十里與十千耦相配之數也。

顧氏《詩本音》以「爾」與「私」「里」協；「耦」古音魚矩反，與「夫」「穀」韻。江氏《古韻》以此爲無韻之章，謂顧爲强叶。孔氏《聲類》以「穀」音「彀」，與「耦」韻，而謂八句衹兩韻。承珙案：王氏《總聞》已以「爾」與「里」協、「穀」居候切。與「耦」協，此説亦通。

振　鷺

「振鷺于飛」，傳：「興也。振振，群飛貌。」或謂此詩但言「振」，未嘗言「振振」，且既曰「于飛」，不當先言「群飛」，故嚴《緝》引錢氏衹以爲自振其羽而已。承珙案：《詩》中一字，而傳以疊字訓釋者甚多。此「振鷺」即與《魯頌》之「振振鷺」同。振振者，盛也。在鳥則群飛爲盛貌，故以「振振」爲「群飛貌」耳。若《玉篇》别出「𪇆」字，以「𪇆鷺」爲名，劉淵林《蜀都賦》注亦以「𪇆鷺」爲鳥名，此則後人所加，不然明矣。

「于彼西雝」，傳：「雝，澤也。」箋云：「白鳥集于西雝之澤，言所集得其處也。」正義曰：「以鷺是水鳥，明所往爲澤，故知『雝，澤也』。謂澤名爲『雝』，故箋云『西雝之澤』也，明在作者之西有此澤。言其往向彼耳，無取於『西』之義也。」承珙案：《靈臺》傳云：「水旋邱如璧曰辟雍，以節觀。」是「辟雍」本取四周有水形如璧環爲名。《説文》：「邕，四方有水自邕成池者。」《水經注》釋漁陽郡雍奴縣曰：「四方有水爲雍，不流爲奴。」皆與毛合。宣十二年《左傳》云：「川壅爲澤。」故辟雍又謂之「澤宫」。單言之或曰「雝」，如《周庬敦》「王在雝位格廟」。或曰「澤」，如《周禮》「澤共射椹質之弓矢」，及《禮記》「王立于澤，必先習射于澤」，皆是。《靈臺》言「辟雍」，故傳以「水旋如璧」釋之。此經但言「雝」，故傳亦衹訓爲「澤」。其云「鷺，白鳥也」，蓋即謂《靈臺》之「白鳥」。是傳意以「雝」爲辟雍，「澤」即辟雍之澤。不釋「西」字者，豈古稱西雝，猶言東膠、東序，人所易曉歟？《後漢書·邊讓傳》注引《薛君章句》曰：「西雍，文王之雍也。」鄭君注《禮》謂殷制小學在公宫南之左，大學在西郊。《樂記》疏引熊氏云：「武王伐紂之後，猶用殷制。」然則文王辟雍自當在西郊。此箋云「西雝之澤」者，蓋亦以爲文王之雝。正義以爲泛言川澤，無取於「西」，失傳箋之旨矣。

豐年

《序》云：「《豐年》，秋冬報也。」箋云：「報者，謂嘗也，烝也。」此《序》及傳不明指所報之神，正義申箋云：「言『烝畀祖妣』，則是祭於祖廟。但作者主美其報，故不言祀廟耳。不言祈而言報者，所以追養繼孝，義不祈於父祖，至秋冬物成以爲鬼神之助，故歸功而稱報，亦孝子之情也。作者見其然而主意於報，故此《序》特言『報』耳，其餘則不然。故《那》與《烈祖》實爲烝嘗，而《序》稱爲『祀』，以義不取於報故也。其天地社稷之神，雖則常祭，謂之祈報，故《噫嘻》《載芟》《良耜》之等與宗廟異也。」承珙案：此疏義多窒礙。《那》與《烈祖》經有烝嘗義，反不取於報，此經無烝嘗，而意又主於報，豈周人歸功祖父有孝子之情，而殷人獨不然乎？至《載芟》祈社稷而亦有「烝畀祖妣」之文，安見非廟祀即不可言祖妣邪？箋疏以後，諸儒各自立説。王介甫以爲祭上帝；蘇《傳》以爲秋祭四方、冬祭八蜡；朱《傳》以爲祭田祖、先農、方社之屬；曹放齋《詩説》謂季秋大饗明堂，秋祭四方，冬祭八蜡，天地百神無所不報而同歌，是詩故不言其所祭；何氏《古義》據《郊特牲》「順成之方，其蜡乃通」，以此經言「豐年」，故專主蜡祭；近李氏黼平《毛詩紬義》又據《楚語》「周人報高圉、太王」，以此詩爲宗廟之祭。諸説致多錯迕。蓋專主上帝，則《序》但當言秋報而不必兼冬。若但指方蜡，則《載芟》爲祈上帝，不應有祈而無報。「方社」之「社」，其報祭，正歌《良耜》，不當又用《豐年》。至謂經言「豐年」必係一方順成之祭，則《良耜》報社稷，亦云「崇墉比櫛，室盈婦甯」，又豈必順成乃歌邪？《楚語》所稱廟祭固有「報」名，然又未見其必在秋冬也。今一以《序》及經證之，似當以曹氏之説爲近。《噫嘻序》言「春夏祈穀」，此言「秋冬報」，明是一祈一報相對爲義。彼言上帝，而此不言何神者，考祈穀之郊，主祀上帝而百神亦當從祀。《左傳》載孟獻子曰：「啟蟄而郊，郊而後耕。」是魯郊正所謂祈穀之郊。《春秋》每卜郊不吉，猶三望。《左傳》或曰：「望，郊之細也。」僖三十一年。或曰：「望，郊之屬也。」宣三年。可見祈穀之郊并及方望。至夏雩，則《月令》於雩帝之外，兼及百辟卿士。《噫嘻序》但言上帝，舉其重者耳。此秋冬報祭，亦必自上帝百神，凡有功于穀實者徧祭之，而皆歌此詩。《月令》：「季秋大饗帝。孟冬祈來年于天宗，大割祠于公社及門閭，臘先祖五祀。」鄭注皆以爲蜡。《郊特牲》云：「蜡者，合聚萬物而索饗之。」可見秋冬之報，所祭甚廣，故《序》不指言何神。但經文首稱「豐年」，則其爲百穀報成之祭，義甚著明，故傳亦不言何祭。況「烝畀祖妣」即云「以洽百禮」。《載芟》亦有此文，箋以「百禮」爲饗燕之屬；《賓之初筵》「以洽百禮」，箋又以爲合見天下諸侯所獻之禮。然則此「百禮」，或亦言合祀百神之禮。鄭注《月令》《郊特牲》皆以祭百神爲蜡，祭宗廟爲息民。《禮運》「仲尼與於蜡賓」，注以「蜡」爲索饗，亦祭宗廟。然則「烝畀祖妣」者，言宗廟之祀無不舉；「以洽百禮」者，言百神之祀無不舉。而皆歸功於豐年之報，自不得泥「祖妣」之文，專主廟祭。又《月令》「大饗帝」下云「嘗犧牲告備于天子」，鄭注：「嘗者，謂嘗群神。天子親嘗帝，使有司祭于群神。」可見「嘗」

不定是廟祭之名。推之孟冬「大飲烝」下即言天宗、公社諸祭，鄭注雖以「烝」爲「升俎」，然高誘注《淮南・時則訓》即以此「烝」爲冬祭。《楚語》觀射父曰：「日月會于龍豮，土氣含收，天明昌作，百嘉備舍，群神頻行。國於是乎蒸嘗，家於是乎嘗祀。」夫「龍豮」乃建亥之月，何以言「嘗祀」？竊意秋冬報祀，取「嘗新」「烝衆」之義，亦名「嘗烝」，與廟祀之秋嘗、冬烝同名而異實。箋以「報」爲「嘗烝」，豈亦謂四時之外，別有嘗烝歟？

「萬億及秭」，傳：「數萬至萬曰億。數億至億曰秭。」正義曰：「此於今數爲然。定本、《集注》皆云數億至萬曰秭。」《釋文》云：「數億至萬曰秭，一本作數億至億曰秭。」是陸用《集注》本，與正義不同。或據《説文》「秭」下「一曰數億至萬曰秭」，許書多用毛氏，則此傳當從陸本。然《心部》「十萬曰意」與《楚茨》傳「萬萬曰億」不同，則説「秭」亦未必同毛氏。以《楚茨》傳用今數例之，此傳亦必用今數，自以孔本作「數億至億曰秭」爲合。甄鸞《五經算術》曰：「毛氏『數萬至萬曰億』，舉中數也。又云『數億至億曰秭』，則有可疑。蓋《黄帝數術》中數交之上，萬萬京曰陔，萬萬陔曰秭。此應云數陔至萬曰秭，而言『數億至億曰秭』者，有所未詳。」段注《説文》曰：「十等之説，起於漢末，取《周頌》云『秭』、《國語》云『經畡』者演之。三等之説，取鄭云今數古數者演之。許、鄭所不言，未可盡信。」承珙案：秭數，諸書不同。《一切經音義》引《算經》：「黄帝十等：億、兆、京、垓、壤、秭、溝、澗、正、載。」與甄氏所引「秭」「壤」二字互倒。《廣韻》引《風俗通》：「千生萬，萬生億，億生兆，兆生京，京生秭，秭生陔。」《御覽》引《風俗通》又云：「十陔謂之秭。」《廣韻》又云：「秭，千億也。」郭注《爾雅》又云：「十億爲秭。」是秭數本無定論。但毛在先秦，必有所受，以經文「萬億及秭」數本層累而下，故以萬萬爲億、億億爲秭。正義曰：「毛以『億』云『及秭』，『萬』下不云『及億』，嫌爲萬箇億，故辨之也。知然者，以『億』言『及秭』，則萬與億亦宜相累，但不可再言『及』耳。」此疏於經文傳意體會最精。《内則》注云：「萬億曰兆。天子曰兆民，諸侯曰萬民。」正義曰：「萬億曰兆者，依如算法，億之數有大小二法：其小數以十爲等，十萬爲億，十億爲兆也；其大數以萬爲等，從萬至萬，是萬萬爲億，又從億而數至萬億曰兆，億億曰秭。故《詩·頌》毛傳云：『數萬至萬曰億，數億至億曰秭。』兆在億秭之閒，是大數之法。鄭以此據天子天下之民，故以大數言之。《詩·魏風》刺在位貪殘，魏國褊小，不應過多，故以小數言之，云：『十萬曰億。』」段注《説文》云：「數億至萬曰秭，亦不爲不多矣，不必從毛之數億至億也。」承珙案：詩主詠歌，不同紀事。此詩欲極言黍稌之多，由萬而億，由億而秭，皆形容之辭。故雖數有二等，當取其多者言之，並非實計年之所入與廩之所藏，無容疑於數之寥闊也。

有瞽

《序》云：「《有瞽》，始作樂而合乎祖也。」箋云：「王者治定制禮，功成作樂。合者，大合諸樂而奏之。」正義以「始作樂」爲始作《大武》之樂，以箋「合諸樂」謂合諸樂器，不合諸異代之樂。《稽古編》駮之，謂：「『始作樂』是始作《大武》，『合乎祖』是以《大武》與諸樂合奏之。諸樂兼六代之樂，不止周樂。」承珙案：經云「在周之庭」，傳云「縣鼓，周鼓」，正以見其皆爲周樂，不必合諸異代。況功成作樂，未必止《大武》一樂。箋云「大合諸樂」，與《獨斷》云「始作樂，合諸樂而奏之」語同。《獨斷》於《周頌》三十一篇皆云某事所歌，可見自《清廟》以下皆周初所作樂章。合樂者，即合此諸樂也。《虞東學詩》曰：「《禮經》多合樂之文，合樂必有詩，而今無別見者，或始作樂時，歌此以合乎祖，後亦移而他用歟？」

「應田縣鼓」，傳：「應，小鞞也。田，大鼓也。縣鼓，周鼓也。」箋云：「『田』當作『朄』。朄，小鼓，在大鼓旁，應鞞之屬也。聲轉字誤，變而作『田』。」正義申毛云：「應既是小，田宜爲大。」其申鄭則云：「以經傳無『田鼓』之名，而『田』與『應』連文，皆在『縣鼓』之上，應者應大鼓，則田亦應之類，故知『田』當爲『朄』，是應鞞之屬。」承珙案：經文「應田縣鼓」承上「業虡崇牙」言之，謂業虡之所縣者，爲應田二鼓。故傳以「應」爲「小鞞」，「田」爲「大鼓」，而總之曰「縣鼓，周鼓」。謂此二鼓皆縣者，乃周家之制。其下云：「鞉，鞉下「鞉」字近本作「小」，從宋本改。鼓也。」此別其不縣者也。箋云：「有視瞭者相瞽，又設縣鼓。」繼之云：「『田』當作『朄』。朄，小鼓，在大鼓旁。」似以「縣鼓」與應朄別言，其下箋又云：「既備者，縣也，朄也，皆畢已也。」故《禮器》疏以「縣鼓」爲大鼓，「應鼓」爲小鼓。後儒說此詩者，亦以「應田」小鼓、「縣鼓」大鼓爲說。夫使大鼓而別之爲縣，則似小鼓不縣矣。《大雅・緜》箋云凡大鼓之側有應鼙、朔鼙。《大射儀》「建鼓之旁有應鼙、朔鼙」，而其上文云「樂人宿縣」，則大小鼓必皆在縣。若此詩專謂縣鼓爲大鼓，以別於應朄，則承上「業虡」之文，不當以小鼓之不縣者廁其閒。若統言所縣之鼓，又不當偏舉二小鼓以該縣。故應從毛傳以應小、田大皆爲縣鼓者，於文義尤愜也。陳奐案：此說未具明晰，辨見《商頌》。

潛

「猗與漆沮」，傳：「漆、沮，岐周之二水也。」正義曰：「漆、沮自豳歷岐周，以至豐、鎬。以其薦獻所取不宜遠於京邑,故不言豳。言岐周者,鎬京去岐不遠,故繫而言之。其實此爲潛之處,當近京邑。」或謂鎬京去岐三百餘里,近京爲潛,何必遠繫於岐周之水。因疑傳言「岐周」,明此爲成王六年蒐于岐陽,薦獻先王别廟之詩,乃是就地取魚,故經表以漆、沮。承珙案:周公制《禮》,合萬國之歡心以事其先王,則祭時備物,四海九州之美皆具,何必以漆、沮非近京爲疑?況岐周爲興王之地,取其所有而薦之,示不忘本,亦思其所嗜之意。此彭執中説。經言「漆沮」,傳言岐周,皆指其實,非以鎬、岐相近,繫而言之也。

「潛有多魚」,傳:「潛,槮也。」《釋文》云:「槮,素感反。舊《詩》傳及《爾雅》本並作『米』旁『參』。《小爾雅》云:『魚之所息謂之㮣。』㮣,槮也,謂積柴水中,令魚依之止息,因而取之也。郭景純因改《爾雅》,從《小爾雅》作『木』旁『參』,音霜甚反。」正義曰:「《釋器》云:『槮』謂之『涔』。李巡曰:今以木投水中養魚曰涔。孫炎曰:積柴養魚曰槮。郭璞曰:今之作槮者,聚積柴木於水中,魚得寒,入其裏藏隱,因以薄圍捕取之。『槮』字,諸家本作『米』邊,《爾雅》作『木』邊,積柴之義也。然則『槮』用木不用米,當從木爲正也。」《校勘記》謂「槮」字乃郭璞所改,不可轉依以改《詩》傳,正義所説非是,當以《釋文》本爲長。承珙案:「槮」謂之「涔」,《爾雅》列於《釋器》。若以米養魚,不得爲器。況漆、沮大川,非可投米以養。若如《韓詩》謂「涔」爲「魚池」,則又當入《釋地》矣。《爾雅》既與「罛」「罶」「罺」「罾」並列,則「槮」自是圍魚待捕之具。水中列木所以聚魚,亦可謂養,非必以米畜養也。「積柴」之訓,義本李、孫,非郭所改。《釋文》又云:糝,《字林》作「罧」。《説文》:「罧,積柴水中以聚魚也。」此又吕忱、孫炎所本。然則「罧」爲正字,「槮」爲借字。即舊《詩》傳作「糝」,亦以聲近,故借。投米養魚之説,恐是望文生義耳。

「有鱣有鮪」，箋云：「鱣，大鯉也。」《毛詩紬義》曰：「正義以『鱣』『鮪』已釋於《衛風》，❶故不再釋。按：《衛風・碩人》傳云：『鱣，鯉也。』此箋因下有『鰋鯉』，故以『大鯉』别之。《爾雅・釋魚》云：『鱣，鯉。』舍人注：『鯉，一名鱣。』《説文》亦『鱣』『鯉』互訓，皆與毛、鄭合。郭景純據今之赤鯉魚，故謂與鱣别，不知鱣自名鯉，非謂今之赤鯉。《水經・河水》篇云：河水又南得鯉魚水。酈注云：『歷澗，東入窮溪首，便其源也。《爾雅》曰：「鱣，鮪承珙案：「鮪」疑當作「鯉」。也。」出鞏穴，三月則上渡龍門。得渡，爲龍矣。否則，點額而還。非夫往還之會，何能便有兹稱乎？』如酈注鱣渡龍門而其水名『鯉魚』，則鱣之名『鯉』審矣。成公子安《大河賦》曰：『鱣鯉王鮪，莫春來游。』『鱣鯉』與『王鮪』對舉，其意亦以『鱣鯉』爲大鯉也。《玉篇》『鯉』云『今赤鱓』，『鱣』云『鯉也，大魚也』，最爲明晰。」承珙案：箋以「鱣」爲大鯉，不過謂鯉類之稍大者。其小者自名「鯉」，不得名「鱣」，非如鮪之大者名「王鮪」，小者名「鮛鮪」，又可通稱「鮪」也。然此二魚，《詩》凡三見，《碩人》《四月》《潛》。皆以「鱣鮪」連言，自是種類相近，故郭璞以「鮪」爲鱣屬。但陸璣、郭璞皆以鱣爲身形似龍，大者長二三丈，重千餘觔；鮪似鱣而小，亦長七八尺。此則誤以爲今之鱏黄魚，非施罛積柴之所能取，其非《詩》所詠之鱣鮪可知矣。正義引陸璣《疏》云：「河南鞏縣東北崖上山腹有穴，舊説云此穴與江湖通，鮪從此穴而來，北入河，西上龍門，入漆、沮。」《水經注》：「漢水東經鱣湍。耆舊言有鱣魚奮鬐，望濤直上，至此暴腮，因以名湍。」據此，是鱣鮪本出於河，至河魚大上之時，乃逆流而至漆、沮，故周人取以薦新。然則其至有時，《潛》

❶「以」字原無，據《經解》本《毛詩紬義》補。

「槮」之不得爲投米以養，尤可知矣。

雝

《序》云：「《雝》，禘大祖也。」箋云：「禘，大祭也，大於四時而小於祫。大祖，謂文王。」承珙案：禘祫之説，先儒聚訟。有據《國語》歲貢終王，以祫爲歲祭，禘爲三年喪終之祭者，劉歆、見《漢書》。徐禪、袁準、虞喜皆見《通典》。也。有謂禘祫一祭二名，取其諦審昭穆謂之禘，取其合集群祖謂之祫，三年一大祭者，賈逵、劉歆、鄭衆、馬融、王肅、杜預見《通典》及《王制》正義。也。有謂禘祫分二祭而皆及遷廟者，臧燾見《宋書》本傳。也。有謂禘祫分三年、五年，而祫則止及毁廟，禘則總陳昭穆者，張純見《後漢書》本傳。也。有謂禘及毁廟，祫惟存廟者，王肅見《通典》。也。有謂三年喪畢遭禘則禘，遭祫則祫，而禘異於祫，功臣皆祭者，何休《公羊解詁》。也。有謂五年再殷，凡六十月中分，每三十月殷，而禘在祫前，三年而禘，五年而祫者，徐邈、《通典》。楊士勛《穀梁》疏。也。有謂禘祫並三年者，徐彦《公羊》疏。也。有謂禘祫奇偶，閒歲一祭者，高堂隆《通典》。也。有謂禘祫自相距各五年者，孔穎達《周頌》疏。也。有謂禘以夏四月，祫以冬十月者，張純本傳。也。有謂禘以夏，祫以秋者，崔靈恩《通典》。也。有謂禘以五月，祫以六月者，杜佑《通典》。也。今一以經文爲斷：《大宗伯》「以肆獻祼享先王」，「以饋食享先王」，鄭注「肆獻祼」爲祫，「饋食」爲禘。《司尊彝》「凡四時之閒祀追享、朝享」先鄭注：「追享」爲禘，「朝享」爲祫。《周官經》雖無「禘」「祫」之名，然《中庸》以禘嘗爲宗廟之禮，《明堂位》言魯以禘，《禮記》「周公於太廟」下云「天子之祭」，可知天子自有宗廟之禘，與《祭法》禘黄帝禘嚳爲祭天圜丘、

《大傳》「禘其祖之所自出，爲祭感生帝於南郊」者，不同。故鄭氏有「三禘」之説。若祫，則《曾子問》：「祫祭於祖。」《公羊傳》：「大事者，大祫也。」則禘祫確爲二祭，不得爲一祭二名，又不得謂《左傳》無祫文，但當有禘而無祫矣。《曾子問》：孔子曰：「祫祭於祖，則祝迎四廟之主；非祫祭，則七廟五廟無虚主。」《公羊傳》：「大祫者，合祭也。其合祭奈何？毁廟之主陳於大祖，未毁廟之主皆升合食於大祖。」若禘，則禘於大廟，唯有毁廟之主。《通典》引逸《禮》及《韓詩内傳》皆云然。若禘於文、武，似當兼及親廟。鄭君《魯禮禘祫志》推周法，謂禘不及親廟，但文、武以下，依昭穆於文、武廟中祭之，王季以上於后稷廟祭之。然《玄鳥》箋云：「三年喪畢，祫於大祖。明年春，禘於群廟。自此之後，五年而再殷祭，一禘一祫，《春秋》謂之大事。」夫曰「禘於群廟」，則必指親廟言之，此禘即爲五年再禘之張本。若明年之禘既及群廟，而後五年之禘又祇有毁廟之主而不及親廟，無此禮矣。竊意禘於大廟，唯毁廟之主升合食於大祖；禘於文、武則文以下穆主，武以下昭主，無論已遷未遷，皆各祭於文、武之廟。此《曾子問》所以但言「祫祭迎四廟之主」，《公羊傳》但言「大祫則毁廟、未毁廟皆升合食」也。《左傳》言「禘於武公」「禘於襄公」之類，專祭一公，固爲非禮，然亦必仿周人有分禘文、武之法，《左傳》：王使宰孔賜齊侯胙曰：「天子有事于文、武。」此即周人禘文、武之明証。故於禘大廟之外，别禘群公。且禘襄公在昭二十五年，襄乃禰廟。若禘，本毁廟之祭，而無故於親廟行之，魯雖僭禮，亦必不爲此創制。據此可見禘於大祖，祇及毁廟；禘於文、武，兼及群廟。不得謂祫止及毁廟，禘總陳昭穆。又不得謂禘及毁廟，祫唯存廟矣。若禘祫之年，以《閟宫》毛傳核之：《閟宫》云「秋而載嘗」，傳云：「諸侯夏禘則不礿，秋祫則不嘗，惟天子兼之。」正義曰：「毛以『載』爲『則』，言秋而則嘗。謂當祫之年雖爲祫祭，而則爲嘗祭，故解其意。」據此知諸侯以禘祫廢一時祭，則必非每歲爲之。天子雖不廢時祭，亦必有當祫、當禘之年。《禮緯》《春秋説》皆言三年一祫，五年一禘，故鄭云百王通義。《説文·示部》「禘」「祫」下又引《周禮》：「五歲一禘，三歲一祫。」張純又有「法天道，三年一閏，五歲再閏」之説。此皆證據明確。則凡謂禘祫並三年，又或謂祇有三年之禘者，皆不足信矣。且禘夏祫秋，毛傳明白如是。而《雝序》正義謂此禘，毛以春，鄭以夏，又誤矣。且據此，知諸侯之禘亦必及親廟。若祇及毀廟，則因禘而廢親廟一時之祭，有是理乎？《序》於《雝》云「禘大祖也」，於《長發》云「大禘也」。鄭箋謂《雝》之禘「大於四時，而小於祫」。謂《長發》大禘爲郊祭天，引《禮記》：「王者禘其祖之所自出，以其祖配之。」觀《序》一止曰「禘大祖」，一則曰「大禘」，二詩之「禘」自當不同。《春秋》言大祫稱「大事」，禘稱「有事」，《公羊》言合食惟大祫，《曾子問》言無虚主，惟祫祭。《通典》引《逸禮》：「祫祭七尸。禘於太廟之禮，惟立二尸。」是祫兼存廟，禘於大祖惟毀廟。則鄭氏祫大禘小之説爲近。《長發》言「帝立子生商」，則鄭氏南郊祭感帝之説亦合。毛於《雝》之「禘」無明文，但《序》言「禘大祖」，當指后稷。《王制》：「天子七廟，三昭三穆，與大祖之廟而七。」注云：「此周制。七者，大祖及文王、武王之祧，與親廟四。大祖，后稷。」唐神龍元年張齊賢議曰：「始封之君，謂之大祖。大祖之廟，百代不遷。商之元王、周之后稷是也。」又云：「伏尋《禮經》始祖即大祖，大祖之外更無始祖。或有引《白虎通義》云后稷爲始祖，文王爲大祖，武王爲大宗，及鄭注《詩序》云大祖謂文王以爲説者，其義不然。何者？彼以王者祖有功而宗有德，周人祖文王而宗武王，以謂文王爲大祖，自非祫祭群主合食之『大祖』耳。」承珙案：《漢書·劉向傳》：「武王、周公繼政，朝臣和於内，萬國驩於外，故盡得其驩心以事其先祖。其《詩》曰：

『有來雍雍，至止肅肅。相維辟公，天子穆穆。』言四方皆以和來也。」《韋玄成傳》：「唯聖人爲能饗帝，唯孝子爲能饗親。立廟京師之居，躬親承事，四海之内各以其職事來助祭。」亦引《詩》「有來雍雍」云云。劉、韋蓋皆出《魯詩》。劉向雖以爲武王之詩，然曰「事其先祖」，則非祭文王可知。《韋玄成傳》又謂「禮：王者受命、諸侯始封之君皆爲大祖。周之所以七廟者，以后稷始封，文王、武王受命而王」云云。故鄭以文王爲大祖。又其《禘祫志》言：「禘則大王、王季以上遷主，祭於后稷之廟；文、武以下遷主，若穆之遷主祭於文王之廟；昭之遷主祭於武王之廟。」此箋以大祖爲文王，即謂禘於文王之廟。但其所推《周禮》禘祫，自可逆探後世言之。若《周頌》作於成王、周公之時，文、武皆在親廟，其下並無昭穆，安所用毁廟合食之禘？《通典》引《韓内傳》曰：「禘取毁廟之主，皆升合食于大廟。」若係此篇之傳，則韓義亦必不以爲禘文王。惟以《序》之「大祖」爲后稷，則經中「皇考」即斥后稷。《祭法》五廟皆曰考，始祖即曰祖考，故后稷可稱皇考。《通典》引逸《禮》：「禘於太廟，毁廟之主升合食而立二尸。」又曰：「昭共一牢，穆共一牢，祝詞稱：孝子孝孫，則綏予。」「孝子」即爲成王對后稷之稱亦可。「宣哲維人，文武維后」，似指毁廟諸祖而言。「既右烈考，亦右文母」傳云：「烈考，武王也。文母，大姒也。」《孟子》引《書》曰：「丕承哉，武王烈。」《洛誥》曰：「烈考武王。」《列女傳》：「大姒號曰文母。」《大雅》「文定厥祥」傳云：「言大姒之有文德也。」故此箋云：「文德之母。」或疑武王不宜先大姒，此則杜鄴所云雖有文母之德，必繫於子者。竊意武王有天下時，文母猶在，經意蓋以周家受命而王，得行禘禮，皆由於大祖以下功德積累，足以右助烈考及文母耳。鄭箋謂爲烈考、文母所右，則禘於大祖不及親廟；若禘於文王，不必歸美武王。此當如《長發》祭天南郊以其祖配，不及相土與湯，而經言之者，美其爲天所命，得以郊天配祖之由耳。

武

《序》云：「《武》，奏《大武》也。」箋云：「《大武》，周公作樂所爲舞也。」案：此箋言周公所作即此《武》詩。又言所爲舞者，以《周頌》惟《維清》及此《序》言「奏」，明是既歌此詩，即爲此舞。但《維清》箋言《象舞》武王所制，則似武王時已象文王之伐而爲舞，周公乃爲歌詩作樂而奏之於廟。《大武》則似樂歌樂舞，皆成王時周公所作。《獨斷》謂《大武》周武所定，蓋本《左傳》「武王克商作《武》」之語。而《國語》引此，以爲周文公之《頌》。且經云「於皇武王」，云「耆定爾功」，必非武王時所作。意此亦同《維清》，其舞作於武王時，詩則周公所定，至此乃合詩與舞而奏之歟？何氏《古義》據：「《吕覽》云武王伐殷，克之。歸乃薦俘馘于京大室，令周公爲作《大武》。《墨子》亦云武王因先王之樂，又自作樂，命曰《象武》。《象武》即《大武》。《周禮》言舞《大武》。意者《大武》之舞已作于武王之世，特其詩未備，周公乃始成之。」此説近是。

《酌序》言：「告成大武也。」彼箋云：「周公居攝六年，制禮作樂，歸政成王，乃後祭於廟而奏之。其始成，告之而已。」正義述之，以：「《洛誥》爲攝政七年之事，而周公戒成王云：肇稱殷禮，祀于新邑。明待成王即政，乃行周禮。故知《大武》之樂，歸政成王，始祭廟奏。周公初成之日，告之而已。」而《武序》下疏又云：「此與《有瞽》及《酌》或是一時之事。」兩疏已自違異。又云：「周公作《大武》之樂既成，而於廟奏之。詩人覩其奏而思武功，故述其事而作此歌。」此與《維清序》疏同誤。兩《序》皆言「奏」，奏者進也，明用此舞，即歌此詩。如謂此是詩而非樂，則必《象舞》《武舞》别有樂章，顧何以告成《大武》有詩，述奏《大武》有詩，而《大武》爲一代盛樂，其本詩反無一語見於《三百篇》乎？且《左傳》疏既據《國語》以《武》詩爲周公作矣，而此又云詩人述事作歌，何也？總之，告成《大武》，當是周公既作《武》樂，别爲詩以告廟，故不言「奏」。此則歌詩以爲舞節，故言「奏」。但告成當在先，奏之當在後，今不然者，自是簡編有錯亂耳。

「耆定爾功」，傳：「耆，致也。」箋云：「耆，老也。年老乃定女之此功，言不汲汲於誅紂，須暇五年。」正義曰：「宣十二年《左傳》引此文『耆定爾功。耆，昧也』。其意言致討於昧，故以『耆』爲『致』。王肅云：致定其大功，謂誅紂定天下。」《稽古編》曰：「《左傳》云『耆，昧也』者，乃隨武子之言，引『於鑠王師，遵養時晦』而釋之耳。其楚子引『耆定爾功』亦在宣十二年，然並不訓『耆，昧』，疏誤合二文爲一。」承珙案：杜注《左傳》於「耆，昧也」下云：「耆，致也，致討於昧。」於「耆定爾功」下亦云：「耆，致也。言武王誅紂致定其功。」此即用王肅義也。疏兼采二義，故誤。然既曰「勝殷遏劉」矣，似不必復言「致討」。傳云：「耆，致也」者，「致」與「至」同，謂至此而後定女之此功，與鄭引「須暇五年」意同。箋申傳，非易傳也。

《左傳》楚子曰：「武王克商作《武》，其卒章曰：『耆定爾功。』其三曰：『鋪時繹思，我徂維求定。』其六曰：『綏萬邦，屢豐年。』」朱氏《通義》曰：「朱子謂《春秋傳》以《武》爲《大武》之首章，《賚》爲《大武》之三章，《桓》爲《大武》之六章，嚴華谷因其説，謂《酌》與《般》亦《大武》篇内之一章。以愚考之，其説誤也。《周頌》簡嚴，故篇止一章，無有疊章者。《左傳》既以『耆定爾功』爲《大武》卒章，則此句之下不應更有《武》詩。而下之『其三』『其六』斷皆以篇言，而非以章言矣。《傳》意蓋謂《武》爲武王之樂，《桓》與《賚》亦皆武王之樂，故以其三、其六數之。雖當時篇次已不可考，然《桓》《賚》四篇必無屬《武》樂分章之理。」承珙案：《左傳》首言武王克商作《頌》，然後曰「又作《武》」云云，蓋謂《時邁》及《武》《賚》《桓》諸詩皆頌武王克商之事。《傳》文於《時邁》言「作《頌》」，所以包下《武》《賚》《桓》三篇。而於《武》則舉篇名，於《賚》《桓》則舉篇次，此不過行文錯舉互見耳。然於《時邁》汎言「作頌」，固已別於《武》樂。其上文隨武子引《汋》曰，又引《武》曰，亦可見《酌》及《時邁》必非《武》樂中之詩篇矣。嚴華谷以《酌》爲《大武》篇内之一章，何黄如并以《時邁》亦爲《大武》之一章，皆臆説也。至篇次不同，杜注謂「楚樂歌次第」，亦未必然。楚子明言「克商作《頌》」，自必用當時《周頌》之次，其與後世不同，不必推及未删定以前。即如《左》正義引沈氏難云：「今《頌》篇次，《桓》第八，《賚》第九。」而《周頌譜》疏所次，則《桓》在二十九，《賚》在三十。是六朝篇次又與鄭《譜》不同，況未經秦火時乎？所謂可與悔論，難與精悉者也。

毛詩後箋卷二十八

涇　胡承珙

周頌閔予小子之什

閔予小子

《序》云：「《閔予小子》，嗣王朝於廟也。」箋云：「嗣王者，謂成王也。除武王之喪，將始即政，朝於廟也。」正義曰：「此朝廟早晚，毛無其説。毛無避居之事。此朝廟事，武王崩之明年，周公即已攝政，成王未得朝廟，且又無政可謀。此欲夙夜敬慎，繼續先緒，必非居攝之年也。王肅以此篇爲周公致政，成王嗣位，始朝於廟之樂歌。毛意或當然也。此及《小毖》四篇俱言『嗣王』，文勢相類，則毛意俱爲攝政之後，成王嗣位之初有此事，詩人當即歌之也。鄭以爲成王除武王之喪，將始即政。則是成王年十三，周公未居攝，於是之時，成王朝廟自言敬慎，思繼先緒。《訪落》與群臣共謀，《敬之》則群臣進戒，文相應和，事在一時，則俱是未攝之前。後至太平之時，詩人追述其事，爲此歌也。《小毖》言懲創往時，則是歸政之後，元年之事。」承珙案：《烈文序》云：「成王即政，諸侯助祭。」彼疏云：「《烈文》勑戒諸侯，以賞罰爲己任，非復喪中之詞，故知是致政後年之事。」然則《閔予小子序》變「成王」言「嗣王」，又但云朝於廟，其爲免喪後始朝於廟，可知。箋云「將始即政」者，成王居武王之喪，自遵亮陰不言之制。既除喪，則雖年在幼冲，亦當躬親庶政。所謂周公誕保七年者，不過伐叛營洛，及制作禮樂數大事耳。總之，武王崩後，周公攝政，非攝位。則免喪朝廟者，實爲嗣王，以及訪謀進戒，何莫非一時之事？正義以毛無避居之事，遂謂武王崩，周公即已攝政，故用王肅述毛，以此及《小毖》四篇俱爲攝政後、成王嗣位之初有此事。今玩《小毖》傳以「荓蜂」爲「摩曳」，以「集蓼」爲「辛苦」，雖似指管、蔡之事而言，然安知非三監方叛，《大誥》東征時所作？何必定爲太平以後追述之詞？至前三篇傳，更未見必爲周公致政後事，則毛義當與鄭同。王肅所述，未必得毛旨。曾氏釗曰：「《召誥》：『王朝步自周，則至于豐。』馬融注：『豐，文王廟所在。』按營成周在居攝五年，時未還政，成王已告廟，經有顯文可據，何謂成王攝政，周公未得朝廟邪？」承珙又案：《漢書》匡衡曰：「『煢煢在疚』，言成王喪畢思慕，意氣未能平也。」《文選》《寡婦賦》注引《韓詩》「惸惸余在疚」。《章句》曰：凡人喪曰疚」。《獨斷》云：「《閔予小子》，成王除武王之喪，將始即政，朝于廟之所歌也。」此并與鄭箋大同。可見三家皆以此詩爲喪畢。毛以「閔」「疚」皆訓「病」，正當爲免喪後之辭。疏述箋意，又謂是太平之時，詩人追述其事，亦未必然也。

「念兹皇祖，陟降庭止」，傳：「庭，直也。」箋云：「念此君祖文王，上以直道事天，下以直道治民。言無私枉。」各本「言」作「信」，從《校勘記》訂。正義：「於乎皇王」箋云「歎文王、武王也」，解之曰：「上文之意，言皇考自念皇祖，非成王念之。此言『繼緒思不忘』，宜爲繼武王之緒，思不忘武王耳。而以爲兼念文王者，以成王美武王能念文王，明成王亦當念之。」承珙案：箋以經言皇考皇祖並指成王思念文、武；故於「於乎皇王」箋總言「歎文王、武王」。此與《匡衡傳》言「成王思述文、武之道，以養其心，『休烈』『盛美』皆歸之二后，而不敢專其名」者義同。疏以「於乎皇考」爲成王思武王，以「念兹皇祖」爲武王念文王，似非箋旨。惟匡衡引《詩》「念我皇祖，陟降廷止」，以「庭」爲「廷」，故言「成王嘗思祖考之業，而鬼神祐助其治」。顔注因謂鬼神上下臨其朝廷。此疑三家《詩》本作「廷」字，其義因隨字異。然不如傳箋訓「庭」爲「直」，謂文王以直道事天治民者，與《大雅》「文王陟降」及《訪落》「紹庭上下」義皆融貫也。

訪　落

「率時昭考」，傳：「時，是。率，循。」箋云：「群臣曰：當循是明德之考所施行。」正義曰：「此篇所述皆是王言，獨知『率時昭考』一句爲群臣言者，以王方謀於臣，不得自言率考。且『於乎悠哉，朕未有艾』，是報答『率時昭考』之言。《序》云謀於廟，明此句是臣爲君謀也。」蘇《傳》以此詩皆爲成王之言，李迂仲謂當從其説。承珙案：自《閔予小子》以下三篇，皆有「維予小子」語。毛於前二篇無傳，惟《敬之》「維予小子」傳云：「嗣王也。」毛意蓋以上二篇皆爲成王之詞，則所稱「小子」自係嗣王。《敬之》前六句皆群臣進戒之詞，忽接以「維予小子」，嫌於群臣自稱，故特爲發傳，其精析如此。若「訪予落止」爲王言，「率時昭考」爲臣言，兩句之中一問一答，則傳家不應混同無別，僅以「訪，謀；落，始；時，是；率，循」平平訓詁而已。孔疏即以鄭説述毛，恐非毛旨。

「將予就之，繼猶判涣」，傳：「猶，道。判，分。涣，散也。」箋云：「女各本「女」作「艾」，從岳本訂正。扶將我就其典法而行之，繼續其業，圖我所失分散者收斂之。」正義引：「王肅云：『將予就繼先人之道業，乃分散而去，言己才不能繼。』傳意或然。箋易傳者，以謀於群臣當是求臣之助，不宜過自謙退，言己不堪繼續，故易之。」承珙案：謀訪群臣，自爲謙詞未爲不可。但既云才不能繼道，將分散，下又云未堪家多難，文義重複。竊謂傳意當云女群臣將予就近先王，繼其道之分散者而收斂之，維予小子未堪家之多難耳。道，即鄭箋所謂「典法」。分散者，猶上篇「遭家不造」，言家道未成，是將分散矣。此當用箋申傳，王肅之説非是。

「紹庭上下，陟降厥家」，箋云：「紹，繼也。厥家，謂群臣也。繼文王『陟降庭止』之道，上下群臣之職以次序者。」正義曰：「武王所繼者文王，故知繼文王陟降庭止之道。上篇『陟降庭止』與此文相協，故全引而説之。」承珙案：《集傳》於「陟降庭止」既用《漢書》顔注「鬼神上下臨其朝廷」之語，遂不得不以此「紹庭」之「庭」亦爲朝廷。但云紹其上下於庭，陟降於家，語意複沓，且不可謂繼鬼神之上下陟降。故輔氏以爲紹武王内外所行之事，「上下」指外事，「陟降」指内事。則又與《閔予小子》篇之「陟降」不同矣。且經云「紹庭上下」，而改爲紹其上下於庭，可乎？故必如箋説，則《閔予小子》謂文王之以直道事上治下，《訪落》謂武王紹文王之直道以上下其臣，《敬之》謂天之上下其事，三「陟降」皆同義，於經文亦不相戾也。

敬之

「天維顯思，命不易哉」，箋云：「天乃光明，去惡與善，其命吉凶不變易也。」《釋文》：「易，鄭音亦，王以豉反。」正義仍用鄭述毛，以「易」爲「變易」之「易」。承珙案：《左傳》：僖二十二年。「邾人以須句故出師。公卑邾，不設備而禦之。臧文仲曰：『國無小，不可易也。』」引《詩》曰：「敬之敬之，天維顯思。命不易哉！」《傳》：成四年。「公如晉。晉侯見公，不敬。季文子曰：『晉侯必不免。《詩》曰「敬之敬之」云云，夫晉侯之命在諸侯矣，可不敬乎？』」據此，皆以詩「不易」爲「難易」之「易」。《漢書·孔光傳》亦云：「『命不易哉』，謂不懼者凶，懼之則吉。」知此宜用王音申毛，箋説似非經旨。

「陟降厥士，日監在兹」，傳：「士，事也。」箋云：「天上下其事，謂轉運日月，施其所行，日月瞻視近在此也。」承珙案：此箋「天上下其事」三句釋經「陟降厥士」，末句釋經「日監在兹」。「轉運日月」指天之事，於經中「日」字無涉。「日月瞻視」當作「日日瞻視」，與匡衡云「言天之日監王者之處」義同。各本俱作「日月瞻視」，涉上箋「日月」字誤。《校勘記》因宋本正義有「日日瞻視，其神近在於此」語，疑正義所見本作「日日」。然其述毛仍作「日月視人」。其釋箋又云：「天神察物，不必以日月而知，以人事所見舉驗者言之。」是正義所據箋本已作「日月瞻視」，其誤久矣。

「學有緝熙于光明」，傳：「光，廣也。」箋云：「緝熙，光明也。欲學於有光明之光明者，謂賢中之賢也。」承珙案：傳訓「光」爲「廣」者，古字「光」「廣」聲同義通，説已見前。《文王》及《昊天有成命》篇。《皇矣》「載錫之光」傳云：「光，大也。」此「廣」與「大」義相成。毛以「緝熙」之「熙」已有「廣」義，則經文於「緝熙」下綴以「光明」，不當但爲「明」義，故必以「廣」訓「光」，謂學有其明既廣而更廣其明者，乃明益求明之意。箋謂學於有光明之光明者，不獨文義迂曲，且任賢意在下二句，此但言其學日月積漸，庶明而益明耳。《淮南子·修務訓》：「知人無務，不若愚而好學。」引《詩》云：「日就月將，學有緝熙於光明。」《潛夫論·讃學》篇：「《詩》曰『日就月將，學有緝熙於光明』，是故揚光烈者，莫良於學矣。」《中論》云：「學者，所以總群道也。述千載之上若其一時，論殊俗之類若與同室，度幽明之故若見其情，原治亂之故若見已效，故曰：『學有緝熙於光明。』」此皆以「緝熙光明」屬「學」言。疏用箋義述毛，謂賢中之賢乃從之學，未必得傳意也。

「佛時仔肩」，傳：「佛，大也。仔肩，克也。」箋云：「佛，輔也。時，是也。仔肩，任也。輔佛是任，示道我以顯明之德行。」正義曰：「『佛』之爲『大』，其義未聞。《釋詁》云：『肩，克也。』直以『肩』爲『克』耳。傳言『仔肩，克也』，則二字共訓爲『克』，猶『權輿』之爲『始』。箋亦云：『仔肩，任也。』雖所訓不同，亦二字共義。」李氏《紬義》曰：「《説文》：『奔，大也。从大，弗聲。讀若「予違汝弼」。』毛蓋讀『佛』爲『奔』。而《廣韻》云：『脪肸，大貌。』『脪肸』即『佛肸』，是『佛』亦本訓『大』也。」曾氏釗《異同辨》曰：「凡从弗之字，即有弼違之意。如矯弓之戾以使正爲『弜』，矯人之非以合宜爲『羛』，其字皆从弗。奔，从大，从弗，言大矯之。鄭訓『佛』爲『輔』，實與傳相將，非違傳也。《釋文》謂毛音符弗反，失之。」承珙案：傳以「佛」爲「弗」借，是專取「大」義。鄭讀若「弼」，則由聲得義。《説文》：「弼，輔也。」重文作「弜」。《孟子》「法家拂士」，趙注謂「輔拂之士」。《曲禮》「獻鳥者佛其首」，注：「佛，戾也。」是作「拂」作「佛」，皆「弜」之借。毛、鄭取義自各不同。至疏述傳，謂「大」是相克勝之道，語殊費解。「克」即「任」也。傳意當云大矣，是予之所任者，尚賴群臣示以顯明之德行耳。《書·大誥》：「予造天役，遺大投艱于朕身。」下文責「邦君多士綏予」云云，義與此略同。箋直言「輔弼是任」，則二句一貫，然實與傳意別也。

小毖

《序》云：「《小毖》，嗣王求助也。」正義曰：「毛以周公爲武王崩之明年即攝政爲元年，時即管、蔡流言，成王信之。周公舉兵誅之，成王猶尚未悟。既誅之後，得風雷之變，啟《金縢》之書，始得周公。箋言王意以管、蔡流言爲小罪，恨不登時誅之。毛不得有此意，是其必異於鄭。當謂將來之惡，宜慎其小耳。」承珙案：疏意以居東即東征，《鴟鴞》《金縢》皆管、蔡既誅後事，實皆本王肅之言，於毛傳並無可據，辨已見《豳風》。若此箋謂周公歸政，成王受之，而求賢臣以自輔助。其實桃蟲飛鳥之喻，「多難」「集蓼」之言，乃似方當武庚作亂，國家不靖之時，急求輔助，故其詞危迫。《大誥》曰：「殷小腆，誕敢紀其敘。」即桃蟲飛鳥之謂也。曰「天降割于我家」，曰「有大艱于西土」，即「多艱」「集蓼」之謂也。曰「予惟小子，若涉淵水，予惟往求朕攸濟」，即《序》「求助」之謂也。大抵武王崩，群叔即流言。周公居東二年，始知流言所起。《鴟鴞》貽王，風雷示警，時已免喪即政，然後悟而迎周公，命師伐叛。《小毖》之作似正值東征之時，曰「予其懲」者，懲戒往日之誤信流言，致疑周公，《史記》所謂「推己懲艾，悲彼家難」也。曰「毖後患」者，謂禍難未已，當日慎一日，《大誥》所云「朕言艱日思」也。《逸周書》：「成王即位，因嘗麥而語群臣求助，作《嘗麥解》。」其曰「求助」，與此《序》相應。其文曰「維四年孟春」，又可證此及上三篇通爲免喪即政時事。毛意未必如鄭，以此爲歸政後之詩也。

「予其懲而，毖後患。」段氏《詩小學》云：「疏於『而』字絶句，各本皆云《小毖》一章八句。」承珙案：《釋文》亦以「懲而」作音，是陸、孔章句正同。《唐石經》於「毖」下旁添「彼」字，或當時别有本作「毖彼後患」，鄭覃等因據以旁注，未必祇緣正義有「慎彼在後」之文，遂肊增經字也。

「莫予荓蜂，自求辛螫」，傳：「荓蜂，摩曳也。」箋云：「群臣小人無敢我摩曳，謂爲譎詐誑欺不可信也。女如是，徒自求辛苦毒螫之害耳。謂將有刑誅。」正義曰：「王肅云：以言才薄，莫之藩援，則自得辛毒。孫毓云：❶群臣無肯牽引扶助我，我則自得辛螫之毒。此二家以『荓蜂』爲掣曳爲善，『自求』爲王身自求。按，傳本無此意，故同之鄭說。」汪氏《異義》曰：「《序》以此篇爲嗣王求助王孫之解，是也。如箋說，則是勑戒之詞，非求助矣。」承珙案：《大雅》「荓云不逮」傳：「荓，使也。」此用《爾雅・釋詁》之「拼，使也」。郭注謂「使令」。此傳全用《釋訓》。彼作「甹夆，掣曳也」。郭注謂「牽挽」。依《説文》，字當作「𢓊𢓜」，義皆訓「使」。蓋《頌》之「荓蜂」與《雅》之「荓」同義。摩曳者，謂牽引而使之也。王肅以「荓蜂」爲藩援，似讀「荓」爲「屏」。《周書・嘗麥解》有「屏助予一人」語，似爲肅所本。孫炎注《雅》謂「相掣曳入於惡」，乃用箋說。孫毓謂扶助爲善，則與箋相反。今案：嗣王創艾求助，而先怵群臣以毋相掣曳爲惡，固非自怨自道。即謂無人扶助爲善，亦非責己怨人之義。竊意「莫予」與「自求」文相呼應。莫者，無也。言往日之事無有摩曳使我爲之者，乃我自求辛螫之害耳。《潛夫論・慎微》篇云：「德輶如毛，爲仁由己。『莫與併「併」與「拼」同。螽，「蠭」字之誤。自求辛螫。』禍福無門，唯人所召。」此引《詩》正謂無人掣曳於我，禍福皆自己求之，解經較箋爲勝。

❶「毓」，原作「疏」，據廣雅本改。

「肇允彼桃蟲，拚飛維鳥」，傳：「桃蟲，鷦也，鳥之始小終大者。」箋云：「肇，始。允，信也。始者，信以彼管、蔡之屬雖有流言之罪，如鷦鳥之小，不登誅之，後反叛而作亂，猶鷦之翻飛爲大鳥也。『鷦』之所爲鳥，題肩也；或曰『鴞』，皆惡聲之鳥。」正義曰：「定本、《集注》皆云：或曰『鴟』，皆惡鳥也。按《月令》注云：征鳥，題肩，齊人謂之擊征，或曰鷹。然則『題肩』是鷹之别名，與鴞不類。鴞自惡聲之鳥。鷹非惡聲，不得云皆惡聲之鳥也。《説文》云：『鷦䳤，桃蟲也。』郭璞云：『桃蟲，巧婦也。』諸儒皆以『鷦』爲巧婦，與題肩又不類也。此疏殊誤。箋本以「鷦」即桃蟲，「題肩」乃鷦所爲之大鳥。疏乃云始爲桃蟲，長大而爲鷦鳥，又云鷦與題肩不類，失箋旨矣。今箋以『鷦』與『題肩』及『鴞』三者爲一，其義未詳。且云『鷦之爲鳥，題肩』，事亦不知所出，遺諸後賢。」承珙案：桃蟲飛鳥，不過小患大變之喻，猶云「爲虺弗摧，爲蛇若何」耳。即有所指，亦當謂殷遺可慮。若管、蔡之誅，周公雖以大義滅親，事非得已。故《詩》中爲親者諱，如《鴟鴞》但云「既取我子」，《東山》但云「我心西悲」，至《常棣》尤惓惓以「莫如兄弟」爲言。箋謂流言之罪，恨不早誅，似非詩人之意。王肅述毛，言患難宜慎其小，非悔不誅管、蔡者，是也。《爾雅》：「桃蟲，鷦。」《説文》謂之「鷦䳤」。一單評之，一絫評之耳。「鷦䳤」即《莊子》之「鷦鷯」，其爲小鳥甚明。箋云「『鷦』之所爲鳥，題肩」，正申傳「始小終大」。「爲」者，化也。鄭注《大射儀》云：「正，鳥名。齊魯之閒名題肩爲正。鳥之捷黠者也。」《月令》注：「題肩，或名曰鷹。」下有「仲春化爲鳩」語。箋意蓋以此桃蟲飛鳥亦鳩鷹變化之類。《玉篇》「鶗」下云：「鶗鶘，應仲春化爲鳩。」《廣雅》：「鵜鶘，鷂也。」《列子·天瑞》篇：「鷂之爲鸇，鸇之爲布穀，布穀久復爲鷂。」《蓺文類聚》引陸璣《疏》云：「隼，鷂也。齊人謂之題肩，或曰雀鷹。春化爲布穀。此屬數種皆爲隼。」然則題肩實有變化，故箋云鷦爲題肩。或曰以下當從定本、《集注》作「或曰鴟，皆惡鳥」者爲是。詩「爲梟爲鴟」，與「梟」並言，斷爲惡鳥，與《墓門》《泮水》之「鴞」自别。陸《疏》云：「桃蟲，今鷦鷯，微小於黄雀。其雛化而爲鵰，故俗語鷦鷯生鵰。」是毛傳「始小終大」之説，至陸時猶有實驗。《易林》云「桃蟲生雕」，雕亦鷹鷂之屬。其言皆與傳箋合。劉肅《大唐新語》云：「崔希高轉并州兵曹。廳前叢葦有小鳥如鷦鷯，來巢孕卵。五色，如雞子，數日㱿毁雛見，已大於母。月餘五色成文，大如鵝。人到今號爲兵曹鳥。」此亦可見物類之變，自有此種。焦贛、陸璣必非肊説也。

毛氏《詩札》曰：「《臣工》《小毖》詩皆不用『義』『盡』『處』爲韻，如《臣工》『茹』與『畬』合，『帝』與『艾』合，《小毖》『蜂』與『蟲』合，『鳥』與『蓼』合。漢《鐃歌·樂府曲》與《烏生八九子》《相和歌辭》等用韻比視此。」

載芟

《序》云：「春藉田而祈社稷也。」《稽古編》曰：「此疏既引《祭法》，以此『社』是泰社，《祭法》疏又云：『泰社在庫門内右。王社所在，書傳無文。崔氏云：王社在藉田中，王所自祭以共齊盛。今從其説。《詩·頌》「春藉田而祈社稷」是也。』兩疏皆出孔氏，而説互異，較論之，《詩疏》言爲民祈祭，當主泰社爲是。況詩言主、伯、亞、旅，婦媚、士依，自説民間父子家室。藉田終畝惟甸徒三百人，乃庶人之役於官者，不應有此稱也。則藉田與祈社當各爲一事，而『社』爲泰社無疑矣。至崔氏之説，據《穀梁傳》云：『天子親耕，故自立社。』則云在藉田者，非無本矣。但蘇氏用以釋此詩《序》，則未必然耳。」承珙案：《穀梁傳》並無「天子親耕，故自立社」之文。惟唐神龍初，祝欽明奏云：「先儒以爲王社在藉田中，乃改先農壇爲帝社。」陳氏《禮書》謂此於經無見，特附會《詩序》而爲之説。至《國語》云「司空除壇於藉曰除」，則似臨時之事。若王自立社，則當有常設壇壝，不得言「除」矣。

「有厭其傑，厭厭其苗」，傳：「有厭其傑，言傑苗厭然特美也。」箋云：「傑，先長者。厭厭其苗，衆齊等也。」段注《説文》「懕」下云：「《湛露》傳：『厭厭，安也。』《釋文》及《魏都賦》引《韓詩》作『愔愔』。按：『愔』見《左傳・祈招》之詩。『愔』即『懕』之或體，『厭』乃『懕』之假借。《詩》『有厭其傑，厭厭其苗』，亦『懕』之假借。《廣韻》：『稖稖，苗美也。』用《載芟》傳也。」承珙案：《説文》：「猒，飽也。」今字作「厭」。「猒」本飽足之稱，苗之得氣足者先長爲傑，故曰「有厭」。及氣至，則衆苗齊足，故曰「厭厭」。《管子・五行》篇「苗足本」。然則《詩》「厭」字即從厭足義亦得，不必改爲「懕」也。

「緜緜其麃」，傳：「麃，芸也。」正義曰：「《釋訓》云：『緜緜，麃也。』孫炎曰：『緜緜，言詳密也。』郭璞曰：『芸，不息也。』王肅云：『芸者，其衆緜緜然不絶也。』」承珙案：《釋文》引《韓詩》作「民民」，云：「衆貌。」王肅似用韓義，然不如孫炎「詳密」之解爲當。蓋苗已長齊，其芸恐致傷苗，自以「詳密」爲要。若謂衆芸不絶，此指上文「千耦其耘」則可；以解此文，失詩人體物措辭之妙。疏引郭注「芸，不息也」，似用王義。今本郭注言「芸，耨精」，則又同孫説。豈郭注亦有兩本歟？

「匪且有且，匪今斯今」，傳：「且，此也。」箋云：「匪，非也。心非云且而有且，謂將有嘉慶禎祥先來見也。心非云今而有此今，謂嘉慶之事不聞而至也。」正義曰：「『且』實語助，但『今』謂今時，則『且』亦今時。其實是一，作者美其事而丁甯重言之耳。」王氏《釋詞》曰：「『且』字亦作『徂』，《書・粊誓》曰：『徂茲淮夷，徐戎並興。」『徂』讀爲『且』。且，今也。言今茲淮夷、徐戎並興也。某氏傳以『徂』爲『往征』。往征茲淮夷，徐戎並興，斯不詞矣。且經言『徂』，不言『徂征』也。」承珙案：《爾雅》：「徂，往也。」又：「徂，存也。」《出其東門》「匪我思且」箋云：「猶匪我思存也。」是鄭讀「且」爲「徂存」之「徂」。故《釋文》云：「且，音徂，存者見在之詞。」故「且」爲「此」，亦爲「今」矣。又案：傳以「且」爲「此」，蓋兼聲轉爲訓。古人訓隨聲轉，疑聲亦隨訓轉。「且」有「此」義，或亦可讀「此」聲，則正與末句「兹」字協也。

「振古如茲」，傳：「振，自也。」箋云：「振，亦古也。」承珙案：郭注《爾雅》引此詩曰：「猶云『久』。」若此，是但約略爲訓耳。今謂「振」本訓「起」。韋注《國語》「振廢淹」云：「振，起也。」《禮運》云：「凡禮之未有者，可以義起也。」「起」有「始」義。《越語》云：「人事不起，弗爲之始。」《釋詁》「治」「古」同訓爲「故」，「治」當爲「始」。「振起」之義亦近「古始」。此「振古如茲」猶言起于古初已如此矣。毛訓「振」爲「自」，與「起」義合。又《易》「振恒」，《説文》作「揗恒」。《書·酒誥》「庶群自酒」，「自」本或作「嗜」。見《書》疏。疑「振」與「自」古聲亦相轉。箋用《爾雅》，正申傳「自」字之意，故疏云「毛雖有此訓，其義與鄭不殊」也。

良　耜

「畟畟良耜」，傳：「畟畟，猶『測測』也。」箋云：「良，善也。農人測測，以利善之耜熾菑是南畝也。」正義曰：「以『畟畟』文連『良耜』，則是刃利之狀，故猶『測測』以爲利之意也。《釋訓》云：『畟畟，耜也。』舍人曰：『畟畟，耜入地之貌。』郭璞曰：『言嚴利也。』」承珙案：詩言「以我覃耜」，「有略其耜」，「覃」「略」自皆言耜利。

此既言「良耜」，則「畟畟」似非狀耜之詞。傳轉「畟畟」爲「測測」，用今語釋古語，故曰「猶」。《說文》：「畟，治稼畟畟進也。从田儿，从夊。《詩》曰：『畟畟良耜。』」箋云「農人」者，即從田儿之意。「儿」亦「人」也。云農人測測者，謂測測然進治其田，即从夊之意。「夊」訓行遲曳。凡入深者，必以漸而進。《爾雅》：「深，測也。」《說文》：「測，深所至也。」「畟畟」「測測」皆狀農人深耕之貌。疏引舍人、郭璞注，專以「畟畟」屬「耜」言，失經旨矣。

「其鎛斯趙」，傳：「趙，刺也。」正義曰：「其鎛斯趙，『趙』是用鎛之事，『鎛』是鋤類，故『趙』爲刺地也。」承珙案：《儀禮》「刺草之臣」，注云：「刺，猶剗除也。」若「趙」是剗除，則下文「薅」字贅矣。竊意「其笠伊糾」，「糾」爲笠之狀，則「其鎛斯趙」「趙」亦當爲鎛之狀，非言鎛之用也。傳訓「趙」爲「刺」者，《淮南·氾論訓》「脩戟無刺」注：「刺，鋒也。」蓋「刺」者，鋒利之謂，言其鎛鎒鋒利，故可以剗草耳。箋云：「以田器刺地，薅去荼蓼之事。」考《說文》：「薅，拔去田艸也。」段注云：「《衆經音義》作『除田草』，《釋文》《玉篇》《五經文字》作『拔田草』，惟《繫傳》舊本作『披』不誤。披者，迫地削去之也。」承珙案：今人除草但去其莖葉者，尚有呼毛反之音，則「薅」不必以鎛刺地，箋說恐非傳旨。

「以薅荼蓼」，傳：「蓼，水草也。」正義曰：「《釋草》云：『薔，虞蓼。』某氏曰：『薔，一名虞蓼。』孫炎曰：『虞蓼是澤之所生，故爲水草也。蓼是穢草，荼亦穢草，非苦菜也。』《釋草》云：『荼，委葉。』舍人曰：『荼，一名委葉。』某氏引此詩，則此『荼』謂委葉也。」李氏《紬義》曰：「《爾雅》『薔，虞蓼』列於『䝉蘇』之下。《說文》『蘇』『荏』『芺』『荳』『葵』『薑』下列『蓼』字，注云：『辛菜薔虞也。』則『蓼』是菜，名曰『薔虞』。自舍人讀《爾雅》

以爲虞蓼，孫炎又謂澤之所生，郭景純承其誤，注云：『虞蓼，澤蓼。』遂并忘其爲辛菜矣。此『蓼』如爲虞蓼，傳應直舉其名，今但云『水草』者，上篇『厭厭其苗，緜緜其麃』傳：『麃，芸也。』《說文》：『穮，除苗閒穢也。』本篇上言『實函斯活』，苗已生矣。下言『荼蓼朽止，黍稷茂止』，草除而禾茂。是此句之『薅』乃除苗閒之穢也。傳以『蓼』爲辛菜，農人應采之，非穢草可比。而水澤之『蓼』生于江皋河濱之上，不生于苗閒，故但以『水草』釋之而不實其名。蓋草之芀秀亦爲荼，草之長大亦爲蓼。古無四聲之分，『六』聲與『了』聲一也。」承珙案：傳於「誰謂荼苦，堇荼如飴」訓「苦菜」，於「有女如荼」訓「英荼」，於「予所捋荼」訓「萑苕」，❶而此「荼」不言者，於言「蓼」見之。「蓼」爲水草，則「荼」爲陸草可知矣。《小毖》「予又集于蓼」，傳云：「言辛苦也。」明以「蓼」爲辛物。而此不言者，自是泛言水田之草，不指辛菜。故王肅云：「荼，陸穢。蓼，水草。」疏以爲田有原隰，故並舉水陸穢草，是也。

「有捄其角」，傳：「社稷之牛角尺。」正義曰：「《王制》云：『祭天地之牛角繭栗，宗廟之牛角握，賓客之牛角尺。』無『社稷』之文，卑於宗廟，宜與賓客同尺也。《禮緯稽命徵》云：『宗廟社稷角握。』此箋不易毛傳，蓋以《禮緯》難信，不據以爲正也。」承珙案：「捄」當作「觩」。《說文·角部》作「觓」，云「角貌」，與此箋同。《桑扈》及《絲衣》皆云「兕觥其觩」，《桑扈》箋謂「觩然陳設」。惟《魯頌·泮水》「角弓其觩」傳：「觩，弛貌。」竊意弓弛則形長，此「有捄其角」亦當謂其角之觩然而長。以此推之，知毛公「角尺」之言，必有所據。若如《禮

❶「於」，原作「以」，據廣雅本改。

緯》云「角握」，鄭注《王制》「握」謂「長不出膚」，不當言「有捄其角」矣。

「續古之人」，諸家皆以此句無韻。孔氏《詩聲類》云：「『真』『清』音本相近。《三百篇》審音較精，故通者較少。然『巧笑倩兮』，「倩」从青聲，「青」从生聲。美目盼兮』，『無競維人，四方其訓之』，『不顯維德，百辟其刑之』，確然爲兩部合用。《易·繫辭》以『身』與『成』同用。而『我聞其聲，不見其身』，《何人斯》實有之。《革·象傳》《兑·象傳》以『人』與『成』『貞』同用。而『百室盈止，婦子甯止』，『續古之人』，《良耜》實有之。」

承珙案：此篇末句「人」與上文「盈」「甯」隔協，而中以「角」「續」爲閒韻，與《生民》末章韻同。張氏《詩貫》亦謂「人」叶「盈」「甯」，爲真蒸通韻，但不若孔氏之詳諦耳。

絲衣

《序》云：「《絲衣》，繹賓尸也。高子曰：靈星之尸也。」箋云：「繹，又祭也。天子諸侯曰繹，以祭之明日。卿大夫曰賓尸，與祭同日。」正義曰：「繹祭之禮，主爲賓事此尸。但天子諸侯禮大，異日爲之，別爲立名，謂之爲『繹』，言其尋繹昨日。卿大夫禮小，同日爲之，不別立名，直指其事謂之『賓尸』耳。此《序》言『繹』者，是此祭之名；『賓尸』，是此祭之事，故特詳其文也。」承珙案：繹與賓尸本是一事，但天子諸侯與卿大夫異其名耳。此《詩》箋、疏甚明。《郊特牲》孔子曰：「繹之於庫門内，祊之於東方，失之矣。」注云：「祊之禮宜於廟門外之西室，繹又于其堂。此二者同時，而大名曰繹。其祭禮簡，而事尸禮大。」彼疏云：「祊是求神之名，繹是接尸之稱。求神在室，接尸在堂。《詩·絲衣》云繹賓尸，但有繹名，而無祊稱，是大名曰繹也。

又《絲衣》云『自堂徂基，自羊徂牛』，是祭神也。下云『兕觥其觩，旨酒思柔』，是接尸也。故知祭神禮簡，事尸禮大。」承珙謂：此疏引《絲衣》分屬祭神、事尸，但鄭注《禮》謂祭神在室，而《絲衣》並無室中之事，是誤以祊與繹爲二事。不知祊者門内之地。《楚茨》傳：「祊，門内也。」祝祭于祊，乃正祭時孝子不知神之所在，而博求諸遠之義。繹祭，則第於廟門内、西塾爲之，故孔子以庫門内、東方爲失。蓋繹言其事，祊言其地，非有二祭。《家語》云「繹祭于祊」，是也。然此乃天子、諸侯之禮。若卿、大夫之賓尸，自於廟堂之上耳。總之，祊與繹是一祭，繹與賓尸是一事。《爾雅》：「繹，又祭也。」《穀梁傳》：「繹者，祭之旦日之享賓也。」《儀禮・有司徹》承《少牢饋食》之文，饔事既畢，師埽堂燅俎，迎尸而賓之。其升降辭讓，近於賓禮，而稱之爲尸，猶有以神事之之意。其云「若不賓尸」，不過其禮稍殺，非謂但有事神而無賓尸也。故詩《序》云「繹賓尸」，此天子之禮，專言之當曰「繹」，通稱亦可連言「賓尸」。全詩祇爲一事。若如《郊特牲》疏以上五句爲事神，下四句爲接尸，則安見牛羊鼐鼎禮之簡，兕觥旨酒禮之大邪？至《鳧鷖》，乃專言賓尸既獻後，行旅酬無筭爵爲燕禮，故每章皆曰「公尸燕飲」，且似述事爲歌，故列於《雅》。此詩雖統言繹祭始終之事，然自於賓尸時歌之，故當列於《頌》耳。

高子以爲「靈星之尸」者，正以《序》言「賓尸」，不明何祭之尸，故特著此語。《史記・封禪書》：「漢興八年，或曰：周興而邑邰，立后稷之祠，至今血食天下。於是高祖制詔御史，其令郡國縣立靈星祠，常以歲時祠以牛。」張晏曰：「龍星左角曰天田，則農祥也，晨見而祭。」張守節正義引《漢舊儀》云：「五年，脩復周家舊祠，祀后稷於東南，爲民祈農。夏則龍星見而始雩。龍星左角爲天田，右角爲大庭。天田爲司馬，教人種百穀爲稷。靈者，神也。辰之神爲靈星，故以壬辰日祠靈星於東南，金勝爲土相也。」其後，《漢書·郊祀志》《續漢書·祭祀志》皆因之。以漢法推周制，考《周語》虢文公曰：「農祥晨正。」伶州鳩曰：「昔武王伐殷，月在天駟。月之所在，辰馬農祥也。我大祖后稷之所經緯也。」《晉語》董因曰：「大火，閼伯之星也，是謂大辰。辰以成善，后稷是相。」此三條皆足爲周人祀靈星之證。《續漢書》又引舊説云：「言祠后稷而謂之靈星者，以后稷又配食星也。」然則靈星之祀，其來甚古。《淮南·主術訓》：「君人之道，其猶零「零」同「靈」。星之尸也。」是靈星之有尸，亦久矣。高子與孟子同時，去古未遠，故能確知此詩爲祀靈星之作。毛公分序篇端，存而不削，自必意與之同。至鄭箋乃注宗廟繹祭，孔疏遂謂高子別論他事，云祭靈星以人爲尸，後人引之以證宗廟之尸，此繆説也。宗廟有尸，誰人不知，何用假靈星以明之乎？又《絲衣》次《載芟》《良耜》，《古今注》云：「元和三年，初爲郡國立稷及祠社、靈星禮器。」《後漢·東夷傳》：「高句驪好祠鬼神、社稷、零星。」可知古者，靈星之祀與社稷爲類，此詩之次於《載芟》《良耜》殆非無故矣。

「絲衣其紑，載弁俅俅」，傳：「絲衣，祭服也。紑，絜鮮貌。俅俅，恭順貌。」《説文》：「紑，白鮮衣貌。《詩》曰：『素衣其紑。』」段注云：「『絲衣』乃篇名，『素』恐譌字。」承珙案：《釋文》：「俅，《説文》作『絿』。」此語亦有譌脱。《説文》「絿」下不引此詩，「俅」下引《詩》「戴弁俅俅」，無緣復有作「絿」之文。陸氏殆引他字書，誤爲《説文》歟？傳云「俅俅，恭順貌」者，《爾雅·釋言》：「俅，戴也。」郭注引《詩》「戴弁俅俅」。《釋訓》又云：「俅俅，服也。」郭注謂「戴弁服」。夫「俅」之訓「戴」，是謂戴弁之容。若「俅俅」訓「服」，仍謂弁服，則弁服乃絲衣，非「俅俅」之謂矣。竊疑「服」當是「屈服」「柔服」之「服」，正傳所謂「恭順貌」也。傳以「絲衣」爲「祭服」，「俅俅」爲「恭順」，箋申之以「爵弁而祭於王，爲士服。繹禮輕，故使士」，與經文首言祭者之服，繼言祭時之事，次第相應。若劉向《五經通義》以「絲衣」爲靈星公尸所服之衣，則下文「自堂徂基」云云，文義不相承接矣。

「鼐鼎及鼒」，傳：「大鼎謂之鼐，小鼎謂之鼒。」承珙案：傳雖不純用《爾雅》，然義與之同，故箋即用「圜弇上」句申之。《説文》：「鼒，鼎之圜掩上者。」《手部》：「掩，斂也。小上曰掩。」是《爾雅》「弇」當作「掩」。傳但云「小」者，渾言之，《爾雅》析言之耳。《説文》：「鼐，鼎之絶大者。」《魯詩》説：「鼐，小鼎。」此自是傳《魯詩》者之説，許意存爲別解。或據《説苑》引《詩》「自堂徂基，自羊徂牛」，言「自内及外，以小及大」也，因謂《魯詩》者，劉向家學，故説鼐小鼒大。考《韓詩外傳》三引《詩》曰：「『自堂徂基，自羊徂牛。』言先小後大也。」此「小大」指羊牛言，正與毛傳合。《説苑》即用《外傳》，不得援爲魯説「鼐，小鼎」之證也。

「不吴不敖」，傳：「吴，譁也。」箋云：「不讙譁，不敖慢也。」正義曰：「人自娱樂，必讙譁爲聲，故以『娱』爲『譁』也。定本『娱』作『吴』。」《釋文》：「不虞，各本作「吴」，從盧校改。舊如字。《説文》作『吴』，吴，各本兩「吴」字作「吳」，亦從盧校。大言也。何承天云『吴』字誤，當作『吳』，從口下大，故魚之大口者名『吳』，胡化反。」承珙案：據此，是正義本作「娱」，《釋文》本作「虞」。《史記·孝武本紀》引《詩》作「不虞不驁」，索隱引毛傳：「吴，譁也。」姚氏引何承天云：「此『虞』當爲『吳』，音洪覇反。此作『虞』者，與『吳』聲相近，故假借。或者本文借此『虞』爲『歡娱』字也。」《封禪書》引《詩》又作「不吴」，是古「虞」「娱」「吴」三字本通用。《説文》：「吴，大言也。」徐鍇以爲从口、从矢，寫《詩》者改「吴」作「吳」，何承天之説爲謬。不知「吴」字古文作「**⿰口亣**」，从口，从大，何説本此，非謬也。《漢書·郊祀志》引正作「不吳不敖」，或當時亦有此本耳。然《毛詩》本文自當依定本作「吴」，「虞」「娱」皆「吴」之假借。「吳」則「吴」之古文，其訓則當爲「大言」。「讙譁」即「大言」也。又「吴」與「華」本一聲之轉。《後漢書·戴就傳》「燒鋘斧」李注：「鋘，从吳。《詩》云：『不吳不敖。』」然《一切經音義》：卷十一。「鋘，此古文奇字『鏵』。」可見「吴」作「華」音，不必作「吳」音「話」也。

酌

《序》云：「《酌》，告成《大武》也。言能酌先祖之道以養天下也。」正義曰：「經有『遵養時晦』，毛謂武王取紂，鄭爲文王養紂。此言以養天下，則是愛養萬民，非養紂身。雖『養』字爲同，非經『養』也。」承珙案：養，即經中「養」字。傳訓「養」爲「取」，《序》「養天下」即取天下。《大武》之功，在於取天下。此告成《大武》之詩，而篇名「酌」者，言酌時之宜，所謂湯放桀、武王伐紂時也。曰「酌先祖之道」者，「先祖」謂文王。文王之道，三分有二而不取。武王酌其時，八百會同，則取之。《孟子》曰：「取之而萬民不悦，則勿取，文王是也。取之而萬民悦，則取之，武王是也。」《序》以《大武》之取天下爲能酌文王之道，即此意也。稱「先祖」者，據成王作《頌》時言之耳。《春秋繁露·質文》篇云：「周公輔成王，成文、武之制，作《汋樂》以奉天。」此「汋」即「酌」也。《漢書·董仲舒傳》：「虞氏之樂莫盛于《韶》，于周莫盛于《勺》。」曰奉天者，不過言革命所以順天。言其盛者，以周之武功爲極盛耳。」《禮樂志》云：「周公作《勺》，言能酌先祖之道也。」此正與《毛詩序》同。《白虎通義·禮樂》篇云：「周樂曰《大武》《象》，周公之樂曰《勺》，合曰《大武》。」此或出三家《詩》。然亦足證此《序》言「告成《大武》」，故有「合曰《大武》」之語。至蔡邕《獨斷》、應劭《風俗通》，亦皆言酌先祖之道，知《序》義之來古矣。

「遵養時晦」，傳：「遵，率。養，取。晦，昧也。」正義曰：「宣十二年《左傳》引此云：『遵養時晦，耆昧也。』故轉『晦』爲『昧』，言取是暗昧。則謂武王取紂，不得與鄭同。」承珙案：此疏引《左》申毛，不誤。《左傳》晉隨武子曰：「兼弱攻昧，武之善經也。《汋》曰：『於鑠王師，遵養時晦。』耆昧也。」是「耆昧」即「攻昧」。傳以「養晦」爲「取昧」，其義自異於箋。乃此疏申箋又云：「《左傳》：『耆昧也。』《皇矣》：『上帝耆之。』是養之至老，故云養是闇昧之君，以老其惡。」此則與《武》詩「耆定爾功」下疏引《左傳》「耆昧也」又異。彼疏因傳訓「耆」爲「致」，而引此申之，言「致討於昧」。然宣十二年《左傳》楚子引《詩》「耆定爾功」，並無「耆昧」之語。辨已見前。此疏申傳、申箋，又兩引「耆昧」，一以爲取昧，一又以爲養昧，幾不知其所從，傎矣。陳碩甫曰：「傳釋『養』爲『取』，此古義也。《禮記》『群鳥養羞』，鄭注『羞』謂『取食』。則『養羞』猶言『取食』也。」汪氏《異義》曰：「此篇與《武頌》本因作《大武》之樂而思武功。經首言『於鑠王師』，明是美武王用師伐紂。末句正與首句相應，兩『師』字不得爲異解。」

「我龍受之」，傳：「龍，和也。」正義曰：「『龍』之爲『和』，其訓未聞。王肅云：我周家以天人之和而受殷，用武德嗣文之功。」《潛研堂答問》云：「毛公釋《詩》自《爾雅》訓詁而外，多用雙聲取義，如『泮』爲『坡』、『苞』爲『本』、『懷』爲『和』之類也。或兼取同位相近之聲，如『願』爲『每』、『龍』爲『和』之類也。」段氏《詩經小學》云：「此及《長發》傳皆以『龍』爲『雝』之假借，故曰『和』也。」李氏《紬義》曰：「龍，乾道也。《易》稱乾道變化，各正性命，保合大和。故『龍』得爲『和』。」承珙案：傳於《蓼蕭》「爲龍」云「寵」，❶既以「龍」爲「寵」之假借，而此及《長發》必改訓爲「和」者，自是古説《詩》者相傳如此。毛公師承有自，不敢改移。後漢時已失此故訓矣。《説苑·辨物》篇：「神龍能爲高，能爲下，能爲大，能爲小，能爲幽，能爲明，能爲短，能爲長。昭乎，其高也。淵乎，其下也。薄乎，天光。高乎，其著也。一有一無，忽微哉！斐然成章。虚無則精以和，動作則靈以化。」《廣雅·釋魚》本之云：「龍能高能下，能小能巨，能幽能明，能短能長，淵深是藏，敷和其光。」據此二條，似古人言「龍」者實有「和」義，或亦可推毛訓「龍」爲「和」之故歟？

桓

《序》云：「《桓》，講武類禡也。桓，武志也。」《釋文》云：「『桓，武志也』，本或以此句爲注。」承珙案：正義云：「《序》又説名篇之意：《桓》者，威武之志。」是孔本以此句爲《序》。蓋此及下「賚，予也」，「般，樂也」皆説名篇之意，文義一例，皆當爲序《詩》者之言。《般》疏言定本「般樂」二字爲鄭注，不如崔《集注》本以「般，樂也」三字爲《序》文見《釋文》。之當。此《序》首言「講武類禡」，而經文無其事，恐啟學者之疑，故繼之以「桓，武志也」。意謂講武類禡者，固武王伐商之事，而詩人因其事以推言其志，在于安萬邦而保厥士，用四方而定厥家耳。是此《序》首言《頌》之所由作，繼言《頌》之所由名，其實仍一義也。或據《左傳》以《桓》爲《大武》

❶「蕭」，原誤作「肅」，今據文義改。

之六章，《賚》爲《大武》之三章，因并《酌》及《時邁》皆牽入以附會《武樂》六成，而又闕其一，皆肊説也。《荀子・禮論》云「《韶》《夏》《濩》《武》《汋》《桓》《箾》《簡》《象》」，蓋言此九者皆樂名。以《汋》《桓》與《武》並稱，則必非統於《武樂》明矣。

「於昭于天，皇以閒之」，傳：「閒，代也。」箋云：「于，曰也。皇，君也。於明乎，曰天也。紂爲天下之君，但由爲惡，天以武王代之。」正義曰：「毛傳未有以『于』爲『曰』，『皇』多爲『美』，此義必不與鄭同也。王肅云：『於乎周道，乃昭見於天，故用美道代殷定天下。傳意或然。』」承珙案：《大雅・文王》「於昭于天」，彼箋以爲文王之德，著見於天，故天命以爲王，使君天下。此篇文與之同，不必異解。毛雖訓「皇」爲「美」，而「思皇多士」則以「皇」爲「天」。此詩即謂周道昭見于天，故天以周代殷。用此申毛亦可，不必如王肅以「皇」爲「美」也。

顧氏《詩本音》謂首三句無韻，下文「王」「方」爲韻，「天」「閒」爲韻。江慎修則謂全章無韻，「閒」與「天」古音不相協。張氏《詩貫》謂起二句提起二韻，如《有瞽》之例；下「天命匪懈」四句以「王」「方」爲韻，承上「邦」字，江陽通韻；末三句以「天」與「閒」韻，承上「年」字。承珙案：「天」與「閒」固不同部，然音自相近。戚氏《證讀》曰：「此當如《釋名》『豫、司、兖以舌腹言之。天，顯也』，與『閒』叶。」

賚

《序》云：「《賚》，大封於廟也。賚，予也。言所以錫予善人也。」李氏《紬義》曰：「正義引《武成》：『列爵惟五，封土惟三。大賚于四海，而萬姓悦服。」以爲武王大封之事。按彼『大賚』承上散財發粟而言，非此《序》之所謂『賚』也。《書序》：『武王既勝殷邦，諸侯班宗彝作分器。』正義曰：《詩·賚序》云『大封于廟』，謂此時也。兩正義皆出孔手，彼引此『賚』以證『分器』，而此引『大賚』以證『大封』，則《書》正義之説長矣。《序》：『賚，予也。』明此『賚』非分財粟，乃以宗廟彝器錫予諸侯。諸侯之有功者，即『善人』也。《論語》稱『善人是富』，當亦指《武成》『大賚』。此《序》『大封于廟』與《書序》『邦諸侯』同，『賚，予也』與《書序》『班宗彝』同，未可輒引《武成》『大賚』矣。」承珙案：今《尚書·武成》篇以散財發粟爲大賚，本是用《史記》《論語》撮合而成。但《周本紀》云：「命南宫适散鹿臺之財，發鉅橋之粟，以振貧弱萌隸。」此伐罪、弔民，一時之事，所及當不過商紂畿内，必非大賚四海，亦必不别富「善人」，與此詩「大封」絶不相涉。今《武成》孔傳牽引《論語》「大賚」，其實《論語》正與此《序》相應。《集解》以「善人」爲亂臣十人，亦與此箋云武王伐紂時封諸臣有功者合。孔疏引《武成》證此詩之「賚」，李氏謂《論語》之「大賚」非詩「賚」，亦誤也。

「敷時繹思」，傳：「繹，陳也。」箋云：「敷，猶徧也。敷是文王之勞心，能陳繹而行之。」下「於繹思」箋又云：「陳繹而思行之。」是鄭以「思」爲「思念」。毛但訓「繹」爲「陳」，而「敷」字不爲傳。《小閔》「敷于下土」傳云：「敷，布也。」宣十二年《左傳》引此詩作「鋪時繹思」，「鋪」亦「布」也。《大雅》「陳錫哉周」，彼箋云：「能敷恩惠之施，以受命，造始周國。」彼疏引王肅述毛云：「文王能布陳大利以賜予人。」竊意此詩亦當云文王既勞心於政事，我當而受之，將布陳文王之恩惠以錫予善人。「我徂維求定」，當如范《補傳》云我自今以往，唯知求善人以定王業耳。末乃云此封爵，雖我周之新命，於乎，其猶是陳文王之德以爲賚歟？蓋大封在文王廟，故始終推本文王言之。毛傳凡「思」皆語辭，此但訓「繹」爲「陳」，不必云陳而思之也。

「於繹思」，箋云：「於，女諸臣受封者，陳繹而思行之。」正義曰：「於，亦歎辭也。」《釋文》：「於，鄭如字，王音烏。」承珙案：《酌》「於鑠王師」箋云：「於，美乎，文王之用師！」《桓》「於昭于天」箋云：「於，明乎，曰天也！」皆以「於」爲歎辭。此箋文法同前，當亦以「於」爲歎辭。孔説是，陸音非也。

顧氏《詩本音》云：此篇「或以『止』『之』『思』爲韻，然《詩》無全用語助爲韻者」。承珙案：首三句以「止」「之」「思」爲韻。中閒「定」「命」雖不同部，然《易・象傳》每以「命」與「正」韻，《大招》以「命」與「盛」韻，則「定」與「命」亦可相通爲閒韻。末復以「思」字應前爲韻耳。

般

《序》云：「《般》，巡守而祀四嶽河海也。般，樂也。」承珙按：此詩與《時邁》相似。但《時邁序》云：「巡守告祭柴望也。」此所重在告祭天神，而山川百神皆在從祀之數，故經首言「昊天」，然後及百神河嶽。《郊特牲》云：「天子適四方，先柴。」《堯典》：「東巡守至于岱宗，柴。」《説文》：「祡，燒柴焚燎以祭天神。」鄭《王制》注：「柴，祭天告至也。」此可見《時邁》以柴爲重，望秩山川不過連而及之耳。《般》則絶不及柴燎，惟祀山川而已，此其所以不同。況《時邁》言「載戢干戈，載櫜弓矢」，明是頌武王初克商後，巡守祭告之事。《般》則通言陟山翕河，敷天裒對，似當爲既定天下後，時巡四方而作。正義不分別二詩之異同，則豈同是武王一時巡守之事，而分爲二《頌》邪？於義疏矣。

「陟其高山」，傳：「高山，四嶽也。」承珙案：《時邁》傳以「喬嶽」爲岱宗，此則以「高山」爲四嶽，是必毛公時古書尚多，確知武王克商後，有巡行至泰山之事，及天下既定，乃舉巡守四嶽之禮。至成王、周公述武王之功，爲此二詩，俱屬武王之頌，故傳文分別若此。至鄭於《時邁序》箋云：「巡守告祭者，天子巡行邦國，至于方嶽之下而封禪也。」《白虎通義·封禪》引《詩》云：「『於皇明盧校云：「明」從《詩考》引。周，陟其高山。』言周大平，封泰山也。又曰：『墮山喬嶽，允猶翕河。』言望祭山川，百神來歸也。」是漢儒於二詩皆有「封禪」之説。《時邁》疏謂封禪之見於經者，惟《大宗伯》：「王大封，則先告后土。」案：「大封」，鄭無注。惟《通典》引袁準《正論》以「大封」爲封禪，或出於賈逵、干寶注。而毛於二詩皆不言封禪。蓋封禪之禮，古者帝王巡守必皆行之。「封」即《堯典》「封十有二山」之「封」。鄭注《書大傳》云：「祭者必封。封亦壇也。」「禪」與「墠」同。《東門之墠》傳云：「墠，除地町町者。」然則封土爲壇，除地爲墠，乃巡守祭祀之常事，故經典皆未嘗特言之。但巡守爲天子之禮，非諸侯之所得爲。齊桓公之欲封禪，蓋自以功德無異於三代受命之王。管仲知不可，窮以辭，故設爲「地瑞天祥」不可致之物，所以止其侈心，而不知適以啟後世人君之驕志。秦皇、漢武踵事而增玉檢金泥，爲世大詬。漢儒狃于所聞，未免鄭重言之，似於巡守之外別有此盛典者。《白虎通義》所載，亦三家《詩》説，猶是漢人之見。毛公生於先秦，尚知不侈言封禪，其見卓矣。

「墮山喬嶽，允猶翕河」，傳：「墮山，山之墮墮小者也。翕，合也。」箋云：「小山及高嶽，皆信按山川之圖而次第祭之。河言『合』者，河自大陸之北敷爲九，祭者合爲一。」正義曰：「『允猶』之文承山岳之下，可按山圖耳。而并云川者，山之與川共爲一圖，言望秩山川，則亦按圖耳。但河分爲九，合而祭之一，故退『翕河』

之文在『允猶』之下，使之不蒙『允猶』。自河以外，其餘衆川明皆按圖祭之，故云『信按山川之圖』。信者，謂審信而按之。」承珙案：《板》傳云：「猶，圖也。」圖者，謀維之意。此傳於「墮山」謂山之小者，所以別於「喬嶽」，於「翕」訓「合也」，傳意似謂山則分祭，河則合祭。分合之，故信乎宜謀維而後行之。故經以「允猶」之文上承「山」，下包「河」，並見其義。不必如箋訓「猶」爲「山川之圖」，更不當如疏謂「翕河」之文不蒙「允猶」也。

「裒時之對」，傳：「裒，聚也。」箋云：「裒，衆。對，配也。徧天之下，衆山川之神皆如是配而祭之。」李氏《紬義》曰：「《常棣》『原隰裒矣』，《殷武》『裒荆之旅』，傳訓『聚』，皆屬人説，此亦當指天下之民。『對』，如『對揚王休』之『對』，言天下之人於巡守所至，皆聚是方而對，僉曰：是懷柔百神，乃周之所以受命也。言人美而樂之，與名篇爲『般』之義合。傳意或當然也。」承珙案：《序》疏謂經不言海，不知「敷天之下」，即海在其中矣。但上文山嶽翕河，配祭之義已盡，似不必又訓「對」爲「配」。毛傳「對」多訓「遂」，遂者，進也。謂敷天之下，至于海隅，山川之神皆各聚于是方嶽之下，進而受命焉，是乃我周之命，百神所當受職也。《賚》篇言周命以勑群臣，此篇言周命以臨百神，其義一也。此箋謂周之受命由於祭神，似非經旨。疏曲申之，以爲受命之前已能敬神，尤非也。

《虞東學詩》曰：「嶽，轉音峩。下，音户。『嶽』『河』『下』平上入通。對，轉音敦。命，轉音民。」張氏《詩貫》曰：「『河』字與『下』字本音爲叶。」承珙案：皆臆説也。《時邁》「及河喬嶽，允王維后」，孔巽軒謂「嶽」「后」同用，「嶽」從「獄」聲，是屋燭爲侯厚之入。則此詩當以「嶽」與「周」韻，古尤、幽、侯三部古音本同入也。

「下」則《三百篇》皆讀「户」，無由與「河」叶。惟末二句似可爲韻。《雨無正》「訊」與「退」「遂」「瘁」「對」今詩作「聽言則答」。案：當作「對」，説見本篇。「退」爲韻，《三百篇》「命」字皆入震韻，與「訊」同，然則「命」之韻「對」，猶「訊」之韻「對」矣。

毛詩後箋卷二十九

涇　胡承珙
長洲　陳奐　補

魯頌

《譜》云：「初，成王以周公有太平制典法之勲，命魯郊祭天、三望，如天子之禮。故孔子録其詩之《頌》，同於王者之後。」李氏《紬義》曰：「魯有郊禘，《明堂位》《祭統》皆言之。宋代學者始以《戴記》爲誣，謂此乃東遷後之僭禮，惠公請之而平王賜之也。又謂成王賢王，伯禽賢君，不應躬行非禮，啟後世人臣加九錫之漸。爲此説者，是譏孔子不當進《魯頌》於《周》《商》也。非常之禮，所以待非常之人。昔者堯見天因部而生后稷，因命稷得祀天，成王之於周公亦若是焉已矣。以成王爲非禮，豈堯亦非禮乎？觀孔子之録《魯頌》，一切紛紛之論其可以息矣。」承珙案：魯無冬至圜丘之郊，而有孟春祈穀之郊；無帝嚳配天之祭，而有宗廟殷祭之禘。《明堂位》言祀帝于郊，配以后稷，與《閟宫》言「皇皇后帝，皇祖后稷」正合。《閟宫》又云「周公皇祖，亦其福女」，即《明堂位》「以禘禮祀周公於大廟」，《祭統》所謂「大嘗禘」是也。《閟宫》經文言「嘗」，傳並言「禘嘗」，可見。周人於崇德報功之中，亦微寓等差之意，所以並行不悖，未可謂成王不當賜，伯禽不當受也。或疑郊祭不及周公，何以言報？不知此正欲尊周公同於二王之後，爲王者所不臣，故得與杞、宋同郊。如諸侯不敢祖天子，而魯有出王之廟，亦此義也。《春秋》閔以前不書魯郊，至僖三十一年始書者，自當從《左氏》以魯郊爲常祀不書。所書者，或卜郊不吉及郊牛傷，有故則書耳。禘之書，亦以有故，如致夫人躋僖公之類。而得有非書其不宜郊禘也。至魯之無《風》，自當如《譜》説尊魯，故巡守述職，不陳其詩，與賜郊禘同意。《頌》者，《風》《雅》《頌》以體而分，本無天子諸侯之别，故王城之詩，謂之《王風》；而《豳風》有《豳雅》《豳頌》之目，則以其中有體近《風》《雅》者故也。然則《三百篇》何以别無諸侯之《雅》《頌》？竊謂太史陳詩以觀民風，所得者惟《風》耳。其諸侯朝廟之詩雖或有作，不入輶軒之采，故非太史之所職焉。豈諸侯之臣必不使其言政事之得失，諸侯之祭皆無樂以告神明邪？或又謂諸侯既得作《頌》，《魯頌》之作，季孫何必請命於周？則以《頌》者爲祭祀而作，而《魯頌》惟稱其君之功。諸侯人臣，而作爲詩歌以頌揚功德，自與商、周之《頌》，故必假天子之命以爲之。然當時雖請命爲《頌》，而其詩仍不列於周太史，故《春秋》列國大夫賦《詩》無及《魯頌》者。《譜》所謂「孔子録之，同於二王之後」，是也。若嚴華谷疑生前祝願之辭，以疏謂僖公薨後作《頌》者爲非，則《虞東學詩》辨之曰：「詩人追頌前王，往往敘其生平，如聞如見。即《閟宫》篇『熾昌壽臧』云云，並是追述當年承祭獲福之事，亦因僖公在位日久，有壽考茀禄之慶也，無容以文辭害志。」

駉

「駉駉牡馬」，傳：「駉駉，良馬腹幹肥張也。」《釋文》：「駉，古熒反。《説文》作驍，又作駫，同。」今本《説文》：「驍，良馬也。」「駫，馬盛肥也。《詩》曰：『四牡駫駫。』」「駉，牧馬苑也。《詩》曰：『在駉之野。』」臧氏《經義雜記》曰：「據《釋文》，駉，《説文》作『駫』，則《説文》當於『駫』下引《詩》『駫駫牡馬』。『駉』或爲重文。今引『四牡駫駫』及『在駉之野』，皆非是。蓋唐人李陽冰等所改。宋王伯厚《詩考》以《説文》『騯』字下引《詩》『四牡騯騯』，遂并此『四牡駫駫』皆引作《烝民》『四牡彭彭』之異文，誤也。《玉篇》：『驍，勇急捷也。良馬也。』『駫，馬肥壯盛貌。駉，同上，又牡馬苑也。』『騯騯，馬行貌。今作彭。』可證『驍』『駉』同文，『騯』即『彭』之異，與『駫』不同。『驍』與『駉』異字異訓，《釋文》謂『駉』又作『驍』者，誤。」承珙案：《説文》「驍」下本不引《詩》，《釋文》當是「駉，又作驍」。蓋陸所見《毛詩》有作「驍」一本耳。下乃云「《説文》作駫，同」，則陸所見《説文》自作「駫駫牡馬」，與今本異矣。段注《説文》謂《毛詩》必亦作「駫駫」，故許偁「駫駫」，而後人譌亂作「駉駉」，則未必然。許所稱《詩》與毛異者甚多。此或三家《詩》作「駫駫」，而「馬肥盛」之訓正與毛訓「駉駉」爲「腹幹肥張」者同義。毛多借字，此特借馬苑之「駉」字爲之耳。至「牧馬苑」乃「駉」之本義。其引《詩》「在駉之野」，則當如段説，宜本作「在冋之野」。《詩》言牧馬在冋，故許引之以證从馬、冋會意。馬在冋爲駉，猶草木麗于地爲蘢也。但「駉」爲牧苑之通名。《元和郡縣志》又云坰澤在兖州曲阜縣東九里，魯僖公牧馬之處。此則後人因《詩》附會耳。

《釋文》：「牡，茂后反。《草木疏》云：騭馬也。《説文》同。本或作牧。」正義曰：「定本『牧馬』字作『牡馬』。」《顔氏家訓》云：「江南本皆爲牝牡之『牡』，河北本悉爲放牧之『牧』。」其答鄴下博士云：「若作放牧之『牧』通於牝牡，則不容限在良馬獨得『駉駉』之稱。良馬，天子以駕玉輅，諸侯以充朝聘郊祀，必無騲也。」臧氏曰：「據正義，知孔本作『牧馬』。《釋文》作『牡馬』。《唐石經》作『牧』，改刻作『牡』。《文選》李少卿《答蘇武書》注、《藝文類聚》九十三、《御覽》五十五引作『牧馬』，《初學記》二十九、《白帖》九十六引作『牡馬』，則六朝及唐人皆兼具兩本。今考傳箋之文，則知『在坰之野，薄言駉者』二句方及牧事，首句止言馬之良駿，而未及於牧也。《釋文》引《草木疏》云『騭馬也』，則陸璣亦作『牡馬』矣。陸在顔前，其本更爲可據。毛當作『牡馬』爲定也。」《校勘記》曰：「正義云：毛以四章分説四種之馬，故言『駉駉，良馬腹幹肥張』。明首章爲良馬，二章爲戎馬也。又云，以四章所論馬色既別，皆言『以車』，明其每章各有一種，故言此以充之。不於上經言之者，以上文二句四章皆同，無可以爲別異，故就此『以車』異文而引之也。正義此言深得傳旨。若如顔説，則四章止有良馬耳，自與傳乖，已不可通矣。當以正義本爲長。」段氏玉裁曰：「考《周官》馬政特居四之一，絶無郊祀朝聘有騭無騲之説，顔氏説誤。」承珙案：傳云「駉駉，良馬腹幹肥張」者，此但釋經「駉駉」二字。其云「良馬」者，對下三章「戎」「田」「駑」言之，以此見「戎」「田」「駑」三種亦皆腹幹肥張耳。固非以「良馬」釋經「牡馬」，亦非謂四章皆良馬也。顔説自與傳不合，然謂經當作「牡馬」，不誤。凡禽獸之類皆牡大於牝，詩意形容肥張，自當舉其牡言之。《周禮》言馬，以「一牡乘三牝」言牡之盛，則其牝之盛亦可見。以《有駜》詩證之：首章言乘黄，三章言乘駽，而次章言乘牡，此是以中閒包前後，見黄馬、駽馬之皆牡，亦可知詩人貴牡之意。顔氏所謂《頌》舉其强駿者言之，於義爲得也。至《釋文》引陸《疏》「牡，騭馬」，固非有專疏此詩之明證，然楊雄《太僕箴》云：「僖好牡馬，牧於坰野。」此豈非又在陸璣之前者乎？況《家訓》云：「今以《詩》傳『良馬』通於牡騲，恐失毛生之意，且不見劉芳《義證》乎？」劉芳，北魏人，爲《毛詩箋音義證》者，亦作「牡馬」，可知傳箋本固作「牡馬」矣。

「在坰之野」，傳：「坰，遠野也。邑外曰郊，郊外曰野，野外曰林，林外曰坰。」正義曰：「《釋地》云：『邑外謂之郊，郊外謂之牧。』此傳出於彼文而不言郊外曰牧，注云『郊外曰野』者，自郊以外，『野』爲通稱，因即據『野』爲説，不言『牧』焉。且彼『郊外』之『牧』與此經『牧馬』字同而事異，若言郊外『牧』，嫌與『牧馬』相涉，故略之也。」承珙案：《野有死麕》《燕燕》《干旄》傳皆作「郊外曰野」，並無「郊外謂之牧」之文。《叔于田》箋亦云：「郊外曰野。」《説文》「冂」下亦與毛同。是毛所據《爾雅》本無此句，未可據爲此詩「牡馬」當作「牧馬」之證也。

「有騏」，傳：「蒼祺曰騏。」《釋文》：「祺，字又作騏。」正義曰：「蒼騏曰騏，謂青而微黑。」據此，是正義本即《釋文》之「又作」本也。今各本皆作「蒼祺」，惟相臺本作「蒼騏」。段氏《詩經小學》曰：「蒼騏，即蒼綦也。《小戎》傳：『騏，騏文也。』正義作『綦文』，李善《赭白馬賦》注引同。《尸鳩》傳：『騏，騏文也。』《釋文》作『綦文』。《顧命》馬、鄭本作『騏弁』，枚本作『綦弁』。是古通叚『綦』爲『騏』。此傳俗本作『蒼祺』，誤。今依正義及岳本。」承珙案：「綦」下从「糸」，「祺」旁从「示」，「糸」「示」形近易混，故「綦」誤爲「祺」。若作「騏」，無由誤「祺」。既《小戎》《尸鳩》傳皆有作「綦文」者，此傳亦當是「蒼綦曰騏」也。

「有駵有雒」，傳：「赤身黑鬣曰駵。黑身白鬣曰雒。」正義曰：「駵、雒，《爾雅》無文。《爾雅》有『駵白，駁』。『駵馬黄脊，騝。』則『駵』是色名。説者以駵爲赤色，若身鬣俱赤則騂馬，故爲赤身黑鬣曰駵，即今之駵馬也。黑身白鬣曰雒，則未知所出。檢定本、《集注》及徐音，皆作『雒』字，而俗本多作『駁』字。《爾雅》『駵白，駁』，謂赤白雜色，駁而不純，非黑身白鬣也。其字定當爲『騅』，但不知『黑身白鬣』何所出耳。」承珙案：此傳當本作「赤身白鬣曰駁」，即《爾雅》之「騵白，駁」也。考《爾雅》：「騵白，駁。黄白，騜。」自以「騵」「黄」爲其馬之全體，而有一處白者曰騵白、黄白。其立文與言雜毛者不同。凡《爾雅》所指一處異色者，脊與鬣爲尤顯。騵白、黄白雖謂指其白處所在，毛公或別有所本，故不純用《爾雅》。大抵「駁」爲騵白馬之專名，引申之爲「斑駁」，爲「駁犖」。《説文》：「駁，馬色不純。」是也。若如疏以「騵白，駁」爲赤白雜，則「黄白，騜」亦爲黄白雜，無以異於彤白雜毛之「騢」、黄白雜毛之「駓」矣。疏又云：「《東山》傳：『騵白曰駁。』若此亦爲駁，不應傳與彼異。」不知毛公博采故訓，不必盡同。如《小戎》傳：「騏，綦文也。」此傳又云：「蒼綦曰騏。」是也。至謂注《爾雅》者不引此詩，則樊、孫等於《詩》文失引者多矣，豈得據以爲準乎？

「思馬斯作」，傳：「作，始也。」箋云：「作，謂牧之使可乘駕也。」正義曰：「謂令此馬及其古始如伯禽之時也。」曾氏《異同辨》曰：「按正義所云，蓋王肅之義，非毛義也。下章『徂』無傳，正義引王肅云：『徂，往也，所以養馬得往古之道。』據此，則以『古始』訓『作』。必王肅申毛如此，故孔引之以申毛耳。竊謂此詩『作』當與《易》『作足』同義。《周易述》引王劭云：『馬行，先作弄其四足。』毛以『始』訓『作』，意亦當爾。不然，上章思馬多材，此章忽思古始，何詞之不倫邪？箋云『作，謂牧之使可乘駕』，亦與毛義相成。蓋馬先作弄四足者，正是調習之狀。但毛傳奥簡，鄭恐人不明，故以『牧之使可乘駕』箋之耳。《秦風》『載獫猲驕』箋：『載，始也，謂達其搏噬始成之也。』以『始』爲調習，正與此同。正義乃用王説，遂以鄭爲異毛，失之矣。」承珙案：曾説是也。

「有驔」，傳：「豪骭曰驔。」正義曰：「驔，《爾雅》無文。《說文》：『骭，骹也。』然則骭者，膝下之名。《釋畜》云：『四骹皆白，驓。』無豪骭白之名。傳言『豪骭白』者，蓋謂豪毛在骭而白長，名爲『驔』也。驓則四骹雜白而毛短，故與驔異也。」《稽古編》曰：「如疏云云，則傳『豪骭』下當有一『白』字，否則『曰』當作『白』。」承珙案：《釋文》「驔」下云：「豪骭曰驔。」是陸本作「曰」，孔本作「白」也。《爾雅》：「驪馬黄脊，騽。」《說文》則云：「驔，驪馬黄脊，讀若簟。」又別有「騽」字，云：「馬豪骭也。」考《爾雅釋文》云：「騽，《說文》作驔，音簟。」今《爾雅》本亦有作「驔」者，即此可見「騽」爲「驔」之異文，「豪骭」或「驔」之別義。故段注《說文》據《玉篇》《廣韻》皆於「騽」下並列「馬豪骭」及「驪馬黄脊」二義，知：「許氏原本或『驔』下有『一曰豪骭』之文，或『驔』後有重文作『騽』之篆。『覃』之古音如『淫』，其入聲則如『熠』，古音又如『尋』，其入聲則如『習』，故『驔』『騽』必一字。鳥之鷤鴰，蟲之熠燿，其理一也。」承珙謂：段說是矣。但「豪骭曰驔」當從正義「曰」作「白」爲是。毛蓋以《駉》篇馬名本有《爾雅》無文者，故訓釋亦不盡依《爾雅》。此章殆以「駰」，「騢」「魚」皆有白色，故於「驔」特取其「豪骭白」一義以配之，而不用「驪馬黄脊」之色歟？

「有魚」，傳：「二目白曰魚。」《釋文》：「毛云一目白曰魚。《爾雅》云：『一目白，瞯。二目白，魚。』」正義不言毛傳與《爾雅》異，是孔本傳作「二目曰魚」矣。《說文》：「瞯，馬一目白曰瞯；二目白，魚。」段注云：「『一』字賸。下『二』當作『一』。以理覈之，蓋陸本是，孔本非；毛傳是，《爾雅》誤。傳言一目者，以別於二目也。假令二目，則傳不言『二』，許本毛則必上句言『目白』，下句言『一目白』。毛本《爾雅》，則知《爾雅》轉寫失其真也。」承珙案：段說是也。《爾雅釋文》引《蒼頡篇》云：「瞯，目病也。」羅端良云：「相馬之說曰，目小而多白則驚畏。驚畏者,馬之大病,故其序尤在後。然漢武帝得西域之駿蒲梢、龍文、魚目、汗血之馬,充於黄門。以『魚目』爲名,豈此類邪?」承珙謂:目病之「瞯」與「驔」不同,《爾雅》特借「瞯」爲「驔」耳。此詩方美牧馬之盛,不應以病馬終篇。羅氏後説近之。

「以車祛祛」,傳:「祛祛,彊健也。」《六經正誤》云「祛」當作「祛」。段懋堂曰:「古無從『示』之『祛』,至《集韻》而後有之。《唐石經》從『衣』作『祛祛』不誤。」承珙案:《文選》殷仲文《南州桓公九井詩》注引《薛君章句》曰:「祛,去也。」輯《韓詩》者多於《遵大路》「執子之祛」下引之,非是。當是此「祛祛」之注,謂駕車而去,然與下「斯徂」義複。竊謂「祛」本衣袂之名,《釋名》:「袂,掣也。掣,開也,開張之以受臂屈申也。」《廣雅》:「祛,開也。」馬之開張者必彊健,故毛以「祛祛」爲「彊健」,猶上傳云「腹幹肥張也」。

有駜

「在公明明」,箋云:「在於公之所,但明義明德也。《禮記》曰:『大學之道,在明明德。』」《校勘記》云:「正義曰,以經有二『明』,故知謂明義明德也。定本、《集注》皆云『議明德也』,無上『明』字。段氏云:『義』是衍字,群經言『明明』者,皆連二字爲文,當作『但明明德也』。今考此箋之下引《大學》『在明明德』,彼注云:『謂顯明其至德也。』訓同《爾雅》及毛《大明》傳,還與此『明明』相證成,不得如正義所説以二『明』字分屬一『義』一『德』也。段説爲是。下箋則『相與明義明德而已』,『義』字衍同。定本、《集注》亦誤。」承珙案:孔本二「明」字分屬「義」「德」,固非,然經文傳箋絶無「義」字,不應兩衍「義」字。此恐當如定本、《集注》作

「但議明德也」。蓋箋以「議」字釋經上「明」字，以「明德」釋下「明」字，其引《大學》不過證經「明明」連文耳。下箋云「君臣無事，則相與議明德而已」，謂之「相與」，自當云「議」。孔本蓋「議」誤爲「義」，淺人又於「義」上加「明」字，而孔遂依之爲説耳。

「振振鷺，鷺于下。鼓咽咽，醉言舞。于胥樂兮」，箋云：「于，於。胥，皆也。僖公之時，君臣無事則相與明義明德而已。潔白之士群集於君之朝，君以禮樂與之飲酒。」正義曰：「既言君臣相與明義明德，別言潔白之士群集君朝，則『潔白之士』謂舊臣之外新來者也。」承珙案：此疏非是。此箋「僖公之時」以下十七字，當接上箋「大學之道在明明德」之下，仍是足上文義。下乃云「于，於。胥，皆也。潔白之士」云云。古本傳箋皆是於經文之後各自爲篇，後人散入句下者誤將此箋「僖公之時」云云置之「振振鷺」之下，孔疏依之爲説，殊失鄭旨。觀次章箋云「飛，喻群臣飲酒醉欲退」，並不分別舊臣新來，亦可見矣。歐陽《本義》謂疏者妄爲分別，是也。而又謂如鄭説，則舊臣夙夜在公，新來之士飲酒醉舞，不近人情，此亦誤以疏義爲箋義耳。

「在公飲酒」，傳：「言臣有餘敬而君有餘惠。」宋本「惠」下有「也」字。正義曰：「臣禮朝朝暮夕不當常在君所，今閒暇無事而夙夜在公，是臣有餘敬也。君之於臣，饗燕有數，今以無事之故，即與之飲酒，是君有餘惠也。」承珙案：此章飲酒是專指一事。傳云「有餘惠」者，謂於足禄之外復與飲酒，故曰「餘」。下章「在公載燕」乃通言凡在公閒暇則與燕飲，故箋云「載之言則也」。

「自今以始，歲其有」，傳：「歲其有豐年也。」《釋文》：「歲其有，本或作『歲其有矣』，又作『歲其有年者矣』，皆衍字也。」《唐石經》本「有」字旁添「年」字，《校勘記》曰：「正義本未有明文。惟《周頌・豐年》正義引

《魯頌》『歲其有年』，當是其本有『年』字，與『或作』本同。考此詩『有』與下『子』韻，不容更有『年』字。依《釋文》本爲是。惠棟引漢《西嶽華山廟碑》有『歲其有年』之文，此或出於三家耳。」又：「正義標起止云：『傳歲其有豐年。』正義云定本、《集注》皆云『歲其有年』。考此經本云『歲其有』，傳本云『歲其有年』，傳以『有年』説經之『有』也。經誤衍『有』下『年』字，傳又誤衍『年』上『豐』字，皆失其旨。當以定本、《集注》爲長。」承珙案：《校勘》説皆是也。正義曰：「《春秋》書『有年』者，皆謂五穀大熟豐有之年。故知『其有年』謂從今以去當有豐年也。」此「其有年」三字明指經文，「謂」字以下則述傳意也。定本、《集注》皆云「歲其有年」，自謂此二本傳文如是。盧氏《釋文考證》以「歲其有年」爲定本、《集注》之經文，誤矣。

「君子有穀，詒孫子」，《釋文》：「詒孫子，本或作『詒厥孫子』『詒于孫子』，皆妄加也。」《唐石經》「詒」下旁添「厥」字。《校勘記》曰：「考正義説此經云，可以遺其孫子。若以『其』説『厥』，則其本或有『厥』字也。但當依《釋文》爲是。惠棟引《列女傳》『貽厥孫子』，此正三家《詩》也。」承珙案：《校勘》説是也。

泮水以下俱陳奐補

「思樂泮水」，傳：「泮水，泮宮之水也。天子辟廱，諸侯泮宮。」奐案：泮宮，魯學名。經中或言「泮宮」，或言「泮」，故傳以「泮宮」釋經之「泮」也。泮宮有水，故曰泮水。《靈臺》傳曰：「水旋邱如璧曰辟廱，以節觀者。」辟廱四面有水，泮宮則當半於天子也。箋曰：「泮之言半也。半水者，蓋東西門以南通水，北無也。」《白虎通義》曰：「諸侯曰泮宮者，半於天子宮也。明尊卑有差，所化少也。半者，象璜也，獨南面禮儀之方有水耳，其餘壅之。言垣宫名之，别尊卑也，明不得化四方也。」鄭與班同。《説文》：「西南爲水，東北爲牆。」許説稍異。《水經·泗水注》：「魯共王殿之東南即泮宫也。宫中有臺，臺南水東西一百步，南北六十步。臺西水南北四百步，東西六十步。」酈言西、南通水，與《説文》合。《禮記·王制》：「天子命之教，然後爲學。小學在公宫南之左，大學在郊。天子曰辟廱，諸侯曰泮宫。」鄭注曰：「此小學、大學，殷之制。」案：殷制大學在郊，《靈臺》辟廱是也。周制天子大學在國，小學在郊，《文王有聲》辟廱是也。天子郊學、國學各四。諸侯用殷制，小學在國，大學在郊，各一。《鄉射記》：「君國中射則皮樹中，於郊則閭中。」注曰：「國中，城中也，謂燕射也。於郊，謂大射也，大射於大學。」此諸侯大學在郊之義證矣。《明堂位》曰：「米廩，有虞氏之庠也。序，夏后氏之序也。瞽宗，殷學也。頖宫，周學也。」米廩，周之上庠，虞學也。序，周之東序，夏學也。瞽宗，周亦曰瞽宗，即殷之右學也。頖宫，周之東膠，周人名大學爲東膠也。魯路寢明堂與周同制，於路寢明堂四門外，亦得立四代之學。唯天子四門之學總爲辟廱，故瞽宗亦稱西廱。若魯唯周學稱頖宫，則其餘三代之學不必皆依頖宫形也。此魯國學之制也。《禮器》曰：「魯人將有事於上帝，必先有事於頖宫。」注曰：「頖，郊之學也，《詩》所謂頖宫也。字或爲『郊宫』。」蓋周四郊之學，亦總爲辟廱。魯郊近於周郊，不必於四郊設四學，或亦從殷制。諸侯大學在郊者止有一泮宫，亦不四郊皆設泮宫也。此魯郊學之制也。《魯頌·泮宫》與《禮器》頖宫同處，而與《明堂位》頖宫爲異處爾。泮宫在郊，其遠近未聞也。魯有國學，有郊學。國外郊内又有州黨之學，若「矍相之圃」之類，此州長黨正爲主人，而魯侯所不至者也。魯侯之所至者，泮宫也。

「思」，語詞。《文王》傳曰：「思，詞也。」《禮記·禮器》篇正義引《詩》作「斯樂泮水」，「斯」亦詞也。箋以「思」爲「思念」之「思」，失之。

「鸞聲噦噦」，奐案：「鸞」當作「鑾」，李善《東京賦》注引毛傳作「鑾聲」。《説文》：「鉞，車鑾聲。从金，戉聲。」引《詩》「鑾聲鉞鉞」。徐鉉曰：「今俗作『鐬鐬』。」《説文注》云：「考《玉篇》《廣韻》皆作『鐬』字，注：『呼會切，鈴聲也。』鑾聲即鈴聲。疑古《毛詩·泮水》本作『鉞鉞』，後乃變爲『鐬』字。許所據作『鉞』，戉聲，辛律切。變爲『鐬』，呼會切。」案：《集韻·十四泰》「鉞」「鐬」「噦」三同呼會切。《説文》：「車鑾聲也。」引《詩》「鑾聲鉞鉞」。是丁度所據《説文》引《詩》作「鉞鉞」也。此其證。《庭燎》篇同。

「載色載笑」，傳：「色，温潤也。」奐案：色，讀「令儀」「令色」之「色」。《禮記·聘義》：「温潤而澤仁也。」鄭注：「色柔温潤似仁也。」《晉語》韋注言：「於大子無温潤也。」《初學記·鳥部》引《春秋元命包》注：「僂呼温潤，生長之言。」又《邶·谷風》箋云：「君子洸洸然，潰潰然，無温潤之色。」是「温潤」蓋古語也。

「薄采其茆」，傳：「茆，鳧葵也。」奐案：「茆」當作「茒」，《釋文》「徐音柳」是也。《周官·醢人》有「茒菹」。《説文》：「茒，鳧葵也。」引《詩》作「茒」。又：「攣，鳧葵也。」《廣雅》：「攣茒，鳧葵也。」《齊民要術》引陸璣《義疏》云：「茒與荇菜相似，葉大如手，赤圓有肥者箸手中滑不得停也。莖大如箸。皆可生食，又可瀹，滑美。江南人謂之蓴菜，或謂之水葵。」《釋文》引鄭小同説與《義疏》同。蓴即攣也。

「在泮飲酒」，奐案：《説文》曰：「饗，鄉人飲酒也。」「廱，天子饗飲辟廱也。」「泮，諸侯饗射泮宮也。」「侯，春饗所射侯也。」鄉人飲酒，此「饗」之本義。引申之義，凡飲酒皆曰饗。天子饗飲於辟廱，諸侯饗飲於泮宮，其禮同也。春入學，釋菜。詩詠采菜，正謂僖公行春饗之禮。而不言射者，文不備也。

「既飲旨酒，永錫難老」，奂案：此飲酒之必遂養老也。《禮記・文王世子》曰：「天子視學，釋奠於先老，遂設三老五更群老之席位焉。適饌省醴，養老之珍具，遂發咏焉。退，修之以孝養也。」《地官・黨正》：「以禮屬民，而飲酒于序，以正齒位。」此皆飲酒養老之禮。《行葦》曰「曾孫維主，酒醴維醹。酌以大斗，以祈黄耇」，所謂「既飲旨酒」也。又曰「黄耇台背，以引以翼。壽考維祺，以介景福」，所謂「永錫難老」也。

「順彼長道」，奂案：順，遂也。長道，謂尊長養老之道也。《行葦》傳曰：「引，長也。」義與此同。箋解「順從長遠之道」，既非傳義，即王肅述毛云：「能順彼仁義之長道。」王於「長道」上增設「仁義」二字，未免增字成文，且「仁義」與上下經旨無涉也，不如蒙上文二句作解爲得之。

「屈此群醜」，傳：「屈，收。醜，衆也。」奂案：屈，古「誳」字。「誳」即「詘」也。《爾雅・釋詁》：「屈、收，聚也。」「屈」訓「聚」，亦訓「收」，轉相爲訓。「醜，衆」，《釋詁》文。《釋文》引《韓詩》云：「屈，收也，收斂得此衆聚。」韓與毛同。王肅云：「斂此群衆。」此本韓以述毛，是也。《文王世子》曰：「凡語於郊者，必取賢斂才焉。或以德進，或以事舉，或以言揚。曲藝皆誓之，以待又語。三而一有焉，乃進其等，以其序，謂之郊人，遠之。於成均，以及取爵於上尊也。」注：「天子飲酒於虞庠，則郊人亦得酌於上尊以相旅。」《鄉射記》曰：「古者於旅也語。」然則傳云「屈，收」者，即取賢斂才之義。云「醜，衆」者，亦即郊人相旅之義。毛、韓解《詩》正與《禮記》脗合。蓋此章末及伐淮夷之事，鄭箋訓「屈」爲「治」、「醜」爲「衆」，謂在泮宮謀治淮夷群爲惡之人，與毛、韓不合。陳氏《稽古編》已辨及之。

「既作泮宫，淮夷攸服」，《穀梁傳》曰：「作，爲也，有加其度也。」奂案：前四章言脩泮宫之化，後四章言伐淮夷之功。此二句，蒙上生下之詞。《春秋》僖十三年夏，公會諸侯于鹹。傳：「會于鹹，淮夷病杞故。」十六年冬，公會諸侯于淮。十七年秋九月，公至自會。傳：「會于淮，謀鄫，且東略也。《書》曰：『至自會。』猶有諸侯之事焉。」案：淮夷病杞又病鄫，于鹹于淮皆齊桓公兵車之會，而僖公與焉。淮之會，於十六年之冬十二月，至自會在十七年秋九月，其時齊侯先歸，留魯侯與諸侯以爲東略之謀，則僖公自有伐淮夷之事。淮夷在魯東南，世與魯爲難，故周公、伯禽之世尚有淮夷並興，伯禽征討之，後或爲魯屬國。僖公又能征伐淮夷，故詩人歌以美之。昭二十七年《左傳》晉范獻子曰：「季氏甚得其民，淮夷與之。」是淮夷與魯，固畔則爲難，服則聽從者也。

「矯矯虎臣，在泮獻馘。淑問如皋陶，在泮獻囚」，傳：「囚，拘也。」奂案：「囚」訓「拘」者，「囚」與「馘」對文。《皇矣》傳曰：「不服者，殺而獻其左耳曰馘。」是馘謂已死。囚謂生者，生拘之，問其辭也。《王制》曰：「出征執有罪，反釋奠于學，以訊馘告。」《禮記》言訊馘告學，《詩》言囚馘獻泮，其事正同。《後漢書·祭祀志》劉昭注引蔡邕《明堂論》曰：「《王制》曰：『天子出征，執有罪，反釋奠於學，以訊馘告。』《樂記》曰：『武王伐殷，爲俘馘于京大室。』《詩·魯頌》云：『矯矯虎臣，在泮獻馘。』京，鎬京也。大室，辟雍之中明堂大室也。與諸侯泮宫俱獻馘焉，即《王制》所謂『以訊馘告』者也。」

「狄彼東南」，毛無傳。《瞻卬》傳曰：「狄，遠也。」《釋文》：「王他歷反，遠也。孫毓同。」正義引王肅云：「率其威武往征，遠服東南，謂淮夷來服也。」奂案：王子雍用《瞻卬》傳訓「狄」爲「遠」，是也。又《抑》傳曰：

「逷，遠也。」古「狄」「逷」聲同。「狄彼東南」與《書》「逷矣西土之人」句法一例。《釋文》引《韓詩》作「鬄」，訓「除」。箋作「剔」訓「治」，從《韓詩》義。

「不吴不揚」，吴，毛無傳。奂案：《絲衣》傳曰：「吴，譁也。」則此「吴」字當亦訓爲「譁」。箋云：「吴，譁也。」正本《絲衣》傳訓。《車攻》「之子于征，有聞無聲」傳曰：「有善聞而無讙譁之聲。」是即「不吴」之義也。王肅解「吴」爲「過誤」，實非毛義。漢《衛尉衡方碑》引《詩》作「不虞」，本三家《詩》。「虞」者，「吴」之叚借字。「不揚」，傳：「揚，傷也。」奂案：「不揚」，漢碑作「不陽」。「揚」「陽」皆叚借字。《釋文》云：「瘍，余章反。」是陸所據傳作「瘍」，謂「揚」讀爲「瘍」，非經文作「不瘍」也。盧刻《釋文》徑作「不瘍，余章反」，則直改經字，《校勘記》已辨之矣。陸所據傳作「瘍」，王肅所據傳又作「傷」，「瘍」「傷」義相近。不譁，言不讙譁也。不傷，言不傷害也。鄭讀「揚」如字，則與讙譁義複矣。

「不告于訩」，奂案：古「告」與「鞠」通。《文王世子》「告于甸人」鄭注：「告，讀爲鞠。」《十月之交》「日月告凶」，《漢書》作「鞠凶」。此「告」「鞠」聲通之證。鞠，亦作「𥷚」。《説文》：「𥷚，窮治罪人也。」「訩」與「凶」同。「不告于凶」，言不窮治凶惡，唯在柔服之而已。

「束矢其搜」，傳：「五十矢爲束。」奂案：「五十矢爲束」，《周禮·地官》疏引「爲束」作「曰束」，古「曰」與「爲」通。《荀子·議兵篇》曰「負服矢五十个」，此傳所本也。正義引無「服」字，與《漢書·刑法志》同。束矢五十一束，猶交弓二弓一韔，所以示不復用兵，此傳義也。周制，獄訟坐成罰以束矢。其束矢之數，未識與《詩》束矢同否。鄭注《秋官·大司寇》從《尚書》《左傳》「賜諸侯一弓百矢」爲説，韋注《齊語》及高注《淮南・汜論》篇並從《射義》「三發四矢共十二矢」爲説。然二者皆非束矢矣。《説文》：「挍，衆意也。」《廣雅》：「搜，衆也。」《玉篇》《廣韻》皆曰：「搜，聚也。」「聚」亦「衆」義。

「翩彼飛鴞，集于泮林。食我桑黮，懷我好音」，傳：「翩，飛貌。鴞，惡聲之鳥也。」奂案：鴞爲惡聲之鳥，《陳風・墓門》傳同。鴞，以喻荆楚也。《孟子・滕文公》篇：「南蠻鴃舌之人，非先王之道。」趙注曰：「南楚蠻夷，其舌之惡如鴃鳥。」然則「鴞聲」比荆楚，與「鴃舌」指南蠻同。《孟子》即本此詩意也。「集于泮林」，所謂「出于幽谷，遷于喬木」也。《匪風》傳曰：「懷，歸也。」《日月》傳曰：「音，聲也。」歸我以好聲，所謂「用夏變夷」也。此章末乃承上文「淮夷攸服」，而因及荆楚耳。下文云：「憬彼淮夷，來獻其琛。元龜象齒，大賂南金。」傳云：「南，謂荆揚也。」蓋傳意謂此淮夷既服，而聲教所被，雖荆揚之遠，亦來大遺元龜、象齒與金也。「大賂」二字句屬上下，與「韋顧既伐，昆吾、夏桀」文法相同。荆揚貢金三品。大龜、齒、革，皆荆州産。「南，謂荆揚」，但就物産之地爲言，其意實指荆楚也。僖公時，楚已兼有《禹貢》揚州之域，在魯之南。《閟宮》篇「淮夷蠻貊，及彼南夷，莫不率從，莫敢不諾，魯侯是若」傳曰：「南夷，荆楚也。」詩義正同。箋曰：「荆揚之州貢金三品。」正義既引《左傳》「楚子以金賜鄭伯」爲「南金」作證，而又云「淮夷來獻大龜、象齒，廣賂我以南方之金」，則直謂元龜、象齒與金皆屬淮夷所産，貢魯之物矣。孔失經傳之恉。

「憬彼淮夷」，傳：「憬，遠行貌。」奂案：《釋文》：「憬，《説文》懬，音獷。」《文選》沈約《齊故安陸昭王碑文》李注引《韓詩》作「獷」，《薛君章句》：「獷，覺寤之貌。」今《説文・瞿部》引《詩》作「穬」，《心部》「懬」下不引《詩》，而「憬」下引《詩》云：「憬，覺悟也。」其字同毛，其義同韓。段注以爲淺人竄改，疑不能明也。《玉篇》：

「憬，遠行貌。」蓋希馮所據《毛詩》已如此。

閟宮

「閟宮有侐」，傳：「閟，閉也。先妣姜嫄之廟在周，常閉而無事。」《采蘩》傳曰：「宫，廟也。」此傳探下文言「赫赫姜嫄」，故「閟宫」爲姜嫄廟。《生民》傳曰：「姜嫄，后稷之母，配高辛氏帝焉。」是姜嫄，周之先妣也。《春官・大司樂》：「乃奏夷則，歌小吕，舞《大濩》，以享先妣。」鄭注曰：「先妣，姜嫄也。周立廟自后稷爲始祖，姜嫄無所妃，是以特立廟而祭之，謂之閟宫。閟，神之。」奂案：周享先妣在天神、地示、四望山川之下，先祖之上，則先妣尊於先祖，故鄭注以先祖爲后稷，先妣爲后稷母姜嫄。《斯干》「似續妣祖」箋亦曰：「妣，先妣，姜嫄廟也。」蓋周人以后稷爲大祖，立廟，更於孟春南郊配天；帝嚳爲遠祖，尊不立廟，特於冬至圜丘之禘配天，以爲后稷親而帝嚳尊也。周家歷世有聖母，功起后稷，必推本於姜嫄，尊親之至，理應立廟。但帝嚳無廟，姜嫄既不得援《春秋經》禘于大廟用致夫人之禮，以婦人祔於男子，同帝嚳在圜丘；后稷有廟，姜嫄亦不得援《春秋經》惠公仲子、僖公成風之例，以母繫子，同后稷以合食，故周人特爲姜嫄別立一廟。《周官・守祧》「奄八人」賈疏云：「天子七廟，通姜嫄爲八廟。廟一人，故八人。」此姜嫄別廟之證也。于是后稷有母，而帝嚳有妃。后稷非無父，亦姜嫄非無夫矣。此周禮也。魯無圜丘之禘，不禘嚳。雖得郊祀后稷，然祈穀非南郊。無后稷廟，亦不立姜嫄廟。傳云「在周」以别，言廟不在魯也。鄭以爲魯有姜嫄廟，故末章「新廟」爲新姜嫄廟。則此詩爲頌僖公能脩姜嫄宫而作也。既與毛義不符，又於《周禮》且乖矣。正義曰：「按

《祭法》王立七廟，五廟皆月祭之，二祧享嘗乃止。彼文據周爲説，其言不及先妣。先妣立廟非常，而祭之又疎，月朔四時祭所不及，比於七廟，是閉而無事也。」奂謂：據《月令》仲春祀高禖，有「天子親往」之文，則姜嫄每歲止此一祭，故傳云「常閉而無事」。

傳：「孟仲子曰：是禖宫也。」正義曰：「姜嫄祈郊禖而生后稷，故名姜嫄之廟爲『禖宫』。」《月令》「祠於高禖」鄭注曰：「媒氏之官以爲候，高辛氏之世，玄鳥遺卵，娀簡吞之而生契，後王以爲媒官嘉祥而立其祠焉。變『媒』言『禖』，神之也。」奂案：鄭説殷之媒宫起於簡狄，與孔説周之媒宫起於姜嫄，皆非也。《生民》篇：「厥初生民，時維姜嫄。生民如何？克禋克祀。以弗無子，履帝武敏。」傳曰：「古者必立郊禖焉。玄鳥至之日，以大牢祠于郊禖，天子親往，后妃率九嬪御，乃禮天子所御。帶以弓韣，授以弓矢，于郊禖之前。帝，高辛氏之帝也。從於帝而見於天，將事齊敏也。」《玄鳥》篇：「天命玄鳥，降而生商。」傳曰：「春分玄鳥降，湯之先祖有娀氏女簡狄配高辛氏帝，帝率與之祈于郊禖而生契，故本其爲天所命，以玄鳥至而生焉。」然則禖宫始於上古，在帝高辛之前。帝高辛率簡狄祠禖宫而生契，率姜嫄祠禖宫而生后稷。簡狄、姜嫄猶《周禮》之「九嬪」也。殷、周皆高辛之後，故殷、周之世皆禘嚳。而周人又爲姜嫄立廟，即爲后夫人祀天祈子之宫，是謂之禖宫。周祀姜嫄，則殷祀簡狄，或周因殷也。《説文》曰：「禖，祭也。」《御覽・禮儀部》引《五經異義》曰：「王者一歲七祭天。仲春后妃郊禖，禖亦祭天也。」《呂氏春秋・仲春紀》高注曰：「祭其神於郊，謂之郊禖。」據此，則禖宫當在郊，故毛傳謂之郊禖。其廟爲高辛妃廟，故《月令》謂之高禖。魯郊亦有祈禖之宫，然謂魯有禖宫則可，謂魯禖宫即姜嫄廟則不可。故傳引孟仲子説周以姜嫄廟即禖宫，爲别説也。

「實實枚枚」，傳釋「實實」爲「廣大」。末章「松桷有舄」，「舄，大貌」義同。《東山》傳：「枚，微也。」則此「枚」字當亦訓爲「微」。傳云「礱密」者，既已礱之，復加密石，是即「微」之意也。案：《春秋》莊公二十四年春，「刻桓宮桷」，《穀梁傳》曰：「禮，天子之桷，斲之礱之，加密石焉。諸侯之桷，斲之礱之。大夫斲之。士斲本。」《國語》及《尚書大傳》並有此文。閟宮爲先妣廟，在周，故傳就天子廟桷言之也。《釋文》引《韓詩》：「枚枚，閑暇無人之貌。」蓋韓必連「實實」作訓，以狀其常閉，而與毛義異。

「上帝是依」，傳：「上帝是依，依其子孫也。」案：上帝，天也。傳探下文解「依」爲依姜嫄之子孫，說「子」謂后稷，「孫」謂大王以下至僖公。《生民》曰：「上帝不寧，居然生子。」又曰：「上帝居歆，以迄于今。」即其義也。箋就馮依姜嫄本身說，於義各通。

「黍稷重穋，稙穉菽麥」，傳：「先種曰稙，後種曰穉。」《七月》篇「黍稷重穋」傳云：「後熟曰重，先熟曰穋。」奂案：凡黍稷菽麥皆有先後種熟之異，此經於「黍稷」言「重穋」，「菽麥」言「稙穉」；傳又於「重穋」言後熟、先熟，義箸於《七月》，而此「稙穉」言先種、後種，皆互辭以見者也。《釋文》引《韓詩》云：「稙，長稼也。穉，幼稼也。」韓、毛似異而實同。

「實始翦商」，傳：「翦，齊也。」奂案：傳釋「翦」爲「齊」，齊者，正也。《小宛》傳曰：「齊，正也。」「翦」謂之「齊」，「齊」謂之「正」，此一義之申，故訓中多有此例。實始正商者，言周家有正商室之功。而推其由，是始於大王者，即大王之緒也。文王受命已後，武王受命已前，尚循服事之忱，猶是纘大王之緒也。下文乃云：「致天之届，于牧之野。」爲武王末年時事耳。《爾雅》曰：「翦，齊也。」又曰：「翦，勤也。」二訓並釋《詩》辭。

齊商、勤商，義本相通。毛傳用「翦，齊」之訓，「齊」義可兼「勤」義也。鄭箋訓「翦」爲「斷」，《周禮·翦氏》注「翦」爲「斷滅」，即引此《詩》。《説文》又引《詩》作「戩」，訓「戩」爲「滅」。鄭、許本三家《詩》義。惠定宇從《爾雅》詁「翦」爲「勤」，甚合經恉。而斥鄭并斥毛，尚未審傳箋之異也。《漢書·韋賢傳》：「總齊群邦，以翼大商。」當亦用《詩》齊商之義。

「錫之山川，土田附庸」，《王制》曰：「名山大澤不以封，唯有大功者則錫之。」《江漢》傳曰：「諸侯有大功德，賜之名山。」「土田附庸」，《王制》曰：「附於諸侯曰附庸。」又曰：「其餘以爲附庸閒田。」奂案：「土田」即「閒田」。天子有附庸閒田以進退諸侯也。《左傳》曰：「分之土田陪敦。」該附庸言之矣。周初封大國百里，其次七十里，其次五十里。周公作《周禮》，更建邦國，公方五百里，侯方四百里，伯方三百里，子方二百里，男方百里。鄭仲師以爲半皆附庸，而鄭康成則以爲附庸不在其中。《禮記·明堂位》「封周公於曲阜，地方七百里」注曰：「上公之封地方五百里，加魯以四等之附庸方百里者二十四，并五五二十五，積四十九，開方之，得七百里。」又《大司徒》注曰：「凡諸侯爲牧正、帥長及有德者，乃有附庸，爲其有禄者當取焉。公無附庸，侯附庸九同，伯附庸七同，子附庸五同，男附庸三同。進則取焉，退則歸焉。魯於周法不得有附庸，故言『錫之』也。地方七百里者，包附庸，以大言之也。附庸二十四，言得兼此四等矣。」賈疏申之云：「凡有功進地，侯受公地附庸九同，伯受侯地附庸七同，子受伯地附庸五同，男受子地附庸三同。魯本五百里，四面各加百里，四五二十即二十同，四角又各百里爲四同，附庸二十四。魯兼侯伯子男四等之附庸，以開方知之也。」

「龍旂承祀，六轡耳耳。春秋匪解，享祀不忒」，奂案：此四句指春秋廟祭而言。龍旂，上公之旂，畫以交龍也。《魯春秋》：「享祀載龍旂，郊建大常。」正義曰：「《異義》古《毛詩》説以此龍旂承祀爲郊者，自是舊説之謬。」是也。

「皇皇后帝，皇祖后稷」，奂案：此二句指郊祭言。箋曰：「皇皇后帝，謂天也。」「天」即所郊祭之天，故《明堂位》注曰：「昊天上帝，魯不祭。」《太平御覽·禮儀部》：《五經異義》引賈逵説曰：「魯無圜丘方澤之祭者，周兼用六代之禮樂，魯用四代，其祭天之禮亦宜損于周，故二至之日不祭天地也。」賈、鄭説同。《祭法》周人禘嚳郊稷，魯不禘嚳而猶郊稷，故南郊祀天亦配之以后稷。其實魯郊與周郊亦不盡同。周人於南郊祀天，以后稷配，是主報而不主祈。祈穀雖亦郊祭，然祈禱之禮輕，不以后稷配，又主祈而不主報。故《周頌序》於《思文》爲后稷配天之樂歌，於《噫嘻》又爲祈穀上帝之樂歌。襄七年《左傳》疏引何休《膏肓》據《孝經》后稷配天，非即祈穀上帝，分爲兩祭。此言得之矣。魯爲侯國，損于天子，故春秋之郊皆爲祈穀，以后稷配天，故亦謂之郊。桓五年《左傳》：「凡祀，啟蟄而郊。」又襄七年《傳》孟獻子曰：「夫郊，祀后稷以祈農事也。是故啟蟄而郊，郊而後耕。」蓋祀后稷謂配天也，祈農事謂祈穀也。魯合報祈爲一祭，又在夏正正月爲郊之正時，與周郊不同。

「享以騂犧，是饗是宜，降福既多」，奂案：此三句蒙上章郊祀帝稷而言。傳訓「騂犧」爲「赤純」。箋曰：「其牲用赤牛純色，與天子同也。」《春秋繁露·郊事對》：「臣湯問仲舒：『魯祭周公用白牡，其郊何用？』臣仲舒對曰：『魯郊用純騂犅。周色上赤，魯以天子命郊，故以騂。』」

「周公皇祖，亦其福女」，奂案：「周公皇祖」猶云「皇祖后稷」耳。此二句蒙上章春秋享祀而言，下文因極陳僖公祀周公於大廟之事。《明堂位》「孟春祀帝於郊，配以后稷」，下言「以禘禮祀周公」。《祭統》「外祭郊社」，下言「内祭大嘗禘」。此詩亦先言郊祀后稷，下言禘祀周公，皆是成王康周公之禮也。《詩》與《禮記》義正脗合。

「秋而載嘗民」，傳：「諸侯夏禘則不礿，秋祫則不嘗，唯天子兼之。」奂案：嘗，四時祭名也。《王制》：「天子諸侯宗廟之祭，春曰礿，夏曰禘，秋曰嘗，冬曰烝。」鄭注曰：「此蓋夏、殷之祭名，周則改之：春曰祠，夏曰礿，以禘爲殷祭。《詩·小雅》曰：『礿、祠、烝、嘗，于公先王。』此周四時祭宗廟之名。」《祭統》注亦謂春礿、夏禘、秋嘗、冬烝，夏、殷時禮。《周禮·司尊彝》「凡四時之閒祀，追享、朝享」，鄭司農曰：「追享、朝享，謂禘祫也。在四時之閒，故曰閒祀。」《大宗伯》「以肆獻祼享先王，以饋食享先王」，鄭注曰：「宗廟之祭有此六享。肆獻祼饋食在四時之上，則是祫也，禘也。祫言肆獻祼，禘言饋食者，著有黍稷，互相備也。」《公羊》桓八年傳：「春曰祠，夏曰礿，秋曰嘗，冬曰烝。」何注曰：「無牲而祭謂之薦。天子四祭四薦，諸侯三祭三薦。」案：「諸侯三祭三薦」，此即《王制》所云「諸侯礿則不禘，禘則不嘗，嘗則不烝，烝則不礿」也。鄭注《王制》，謂虞人夏之制，諸侯歲朝，廢一時祭。何氏之言，是虞夏制，而非周制矣。周四時之祭之外，又有禘祫二祭，在四時之閒。毛公言諸侯夏禘廢夏礿，秋祫廢秋嘗，用殷祭，即不用時祭，惟天子兼之。文二年《公羊》注曰：「禮，天子特禘特祫，諸侯禘則不礿，祫則不嘗。」此何解與毛義合。然則禘祫者，即《周禮》之所謂「閒祀」耳。昔儒論禘祫，聚訟紛然，其實祇辨吉、時兩事而已。今即毛義而申明之：其云夏禘礿、秋祫嘗，則禘祫時祭，非吉祭可知。凡經典多言禘，少言祫，言禘必連言嘗。《中庸》曰：「明乎禘嘗之義。」《祭統》曰：「禘嘗之義大。」又論魯内祭有「大嘗禘」。嘗爲四時祭之一，禘爲四時大祭之一。於夏則言禘，於秋則言嘗。言禘，知禘爲四時大祭；亦言嘗，知禘乃四時之一祭也。祫惟見於《公羊》《穀梁》及《曾子問》，類皆吉祫，非時祫。然《公羊傳》云五年而再殷祭，韋玄成、何邵公、鄭康成皆以爲一祫一禘。此蓋於吉祫之後，新主入親廟，行其常祀而言之。是四時有祫矣。則知謂「有禘無祫」，與「禘祫一祭二名」，以時祭而混入於吉祭」之説者，皆非也。其云諸侯禘祫不礿嘗，天子禘祫又礿嘗，則禘祫非四時常祭可知。《藝文類聚》《初學記》《太平御覽》並引《五經異義》云：「三歲一祫，此周禮也。五歲一禘，疑先王之禮也。」陳氏壽祺《疏證》曰：文有譌脱，當作：「三歲一祫，五歲一禘，此周禮也。三歲一禘，疑先王之禮也。」奂謂三年一禘，吉祭也。三年祫，五年禘，時祭也。當三年則祫，當五年則禘，較時祭爲大也。《通典》引許慎舊説云：「禘者，謂孝子三年喪終，則禘于大廟，以致新死者也。」此吉祭也。《説文》曰：「春祭曰祠。」「礿，夏祭也。」「禘，諦祭也。《周禮》曰：五歲曰禘。」「祫，大合祭先祖親疏遠近也。《周禮》曰：三歲一祫。」許以「祠」「礿」「禘」「祫」連篆，則皆謂時祭可知。是固以《説文》爲定論矣。《説苑·脩文》篇言四時常祭之外，亦云「三歲一祫，五年一禘」。可見西京舊説悉有師承。則知以三年喪畢之禘祫而誤爲時祭，三年祫，五年禘，本爲四時之殷祭，而又或誤爲吉祭者，又非也。其云夏禘秋祫，則禘祫定以夏秋可知。《明堂位》言季夏六月禘周公。《雜記下》：「『七月日至，可以有事於祖。』七月而禘，獻子爲之。」周六月、夏四月，故禘在孟夏，獻子改爲孟秋行禘，故譏其失禮。此禘在孟夏之證也。孟夏禘，孟秋祫，獻子改爲孟秋禘，則廢一祫祭矣。天子諸侯之有禘，必有祫，祫當在孟秋也。《通典・禘祫》上引崔靈恩曰：「禘以夏者，以審諦昭穆序列尊卑。夏時陽在上，陰在下，尊卑有序，故大次第而祭之。故禘者，諦也，第也。祫以秋者，以合聚群主，其禮最大，必秋時萬物成熟，大合而祭之。祫者，合也。」此即本毛傳禘屬夏、祫屬秋之義也。若吉禘、吉祫，本無定月。《周禮・鬯人》疏引賈逵、服虔説三年終，禘遭烝嘗，則行祭禮。則與時禘、時祫其禮有定時者不同。天子吉禘行於路寢大廟，見《長發》。時禘、時祫行於大祖廟。見《雝》。諸侯特祀即吉禘，合食有吉祫，及時禘、時祫悉行於大祖廟。諸侯大祖廟即大廟也。魯參用天子禮，故吉禘在新宫，其吉祫及時禘、時祫皆行於路寢大廟，《詩》傳可考也。詩言：「秋而載嘗。」「載」與「再」通。載嘗者，既行秋祫，再行秋嘗也。故傳言「諸侯秋祫則不嘗」。禘祫並重，故傳先言「夏禘則不礿」，探下文「夏而楅衡」句而爲言也。「秋而載嘗」，知五廟皆享也。「夏而楅衡」，知大廟特禘也。則經於秋言嘗，而不及祫；於夏雖不明言禘，而實行禘，而又不及礿。傳乃補經義以申明之。

「夏而楅衡」，傳：「楅衡，設牛角以楅之也。」奂案：衡，古「横」字。《衡門》傳以「衡」爲「横木」，則此當亦爲横木。楅衡者，謂以横木偪束之。傳但云「設牛角」而不言横木者，文義易明耳。《説文》：「楅，以木有所逼束也。《詩》曰：『夏而楅衡。』」《地官・封人》：「凡祭祀，飾其牛牲，設其楅衡，置其絼。」鄭司農曰：「楅衡，所以楅持牛也。謂夕牲時。」先鄭與許並同毛義。後鄭注云：「楅設於角，衡設於鼻，如椵狀。」析「楅衡」爲二。祭前夕之牛必設楅衡者，即《穀梁傳》「展斛角而知傷」之意。杜子春解「楅衡」以爲「持牛，令不得抵觸人」，豈是謂乎？此言祭夕飾牲，下乃言夏禘之事。

「白牡騂剛」，傳：「白牡，周公牲也。騂剛，魯公牲也。」正義曰：「文十三年《公羊傳》云：『魯祭周公，何以爲牲？周公用白牡，魯公用騂犅，群公不毛。』何休云：『白牡，殷牲也。周公死有王禮，謙不敢與文、武同也。不以夏黑牲者，嫌改周之文，當以夏辟嫌也。魯公諸侯，不嫌也，故從周制。』是周公、魯公異牲之意也。《説文》云：犅，特也。白牡謂白特，騂犅謂赤特也。」《公羊釋文》曰：「犅，《詩》作『剛』。」「剛」即「犅」之叚借字。犅爲特，於「白」言「牡」，於「騂」言「特」，互辭也。《檀弓》上篇：「殷人尚白，牲用白。周人尚赤，牲用騂。」鄭注曰：「騂，赤類。」白、赤皆純色。何謂騂犅？爲赤脊之牛，則其色非純矣。《明堂位》曰「牲用白牡」注曰：「白牡，殷牲也。」奐案：此詩上言夏禘周公，下言犧尊房俎及《萬舞》之樂，皆是康周公禮。而詩言「白牡」必兼言「騂剛」者，祀周公亦以祀魯公也。魯用天子禮樂，故魯與周可比而論之。《明堂位》言魯公祀周公於大廟，知此大廟非周公廟也。周公於時爲魯禰廟，魯公以夏禘奉禰廟主，祀於大廟，與周公奉文王考廟主祀於清廟其事相同。魯之大廟猶周之清廟也。《明堂位》曰：「大廟，天子明堂。」此「明堂」爲路寢明堂，即大廟之南堂也。魯大廟與天子路寢明堂同制。周制，天子親廟四，與大祖廟而五，與二祧而七。諸侯止五廟，無二祧。魯亦無二祧而立出王廟，如二王後。周以后稷爲大祖，魯以文王爲大祖，襄十二年《左傳》：「凡諸侯之喪，同姓於宗廟，同宗於祖廟。魯爲諸姬，臨於周廟。爲邢、凡、蔣、茅、胙、祭，臨於周公之廟。」注曰：「宗廟，所出王之廟。祖廟，始封君之廟。周廟，文王廟。周公之廟，即祖廟也。」是文王廟稱周廟，不稱大廟矣。亦稱宗廟，則文王居五廟之一，爲魯大祖矣。又昭十八年《傳》：「鄭災，子産使子寬、子上巡群屏攝至于大宫，使公孫登徙大龜，使祝史徙主祏於周廟，告于先君。」注曰：「大廟，鄭祖廟。祏，廟主石函。周廟，厲王廟也。」文二年《傳》：「鄭祖厲王。」是鄭以厲王爲大祖，以桓公爲始封之祖。毁廟主祏藏於桓公廟，因火災徙厲王廟，則遷主藏於始封之祖，不藏於大祖矣。大龜、祖廟之所藏也。先君四親廟，與厲王廟同處也。鄭亦立出王廟，故桓公廟稱大宮，不稱大廟者，辟王也。魯稱大廟者，用王禮也。大祖不遷不毁。周文王、武王皆爲受命之王，與夏、殷止一王者不同。周公、魯公皆爲受封之君，與列國受封止一君者不同。亦不遷不毁。然周至懿王之世，立文王爲文世室，孝王之世，立武王爲武世室，前此未有也。魯世家：周公旦，子魯公伯禽，子考公酋，弟煬公熙，子幽公宰，弟魏公濆，子厲公擢。五世服盡，臣子一例，其廟遷毁。魯自魏公之世，周公之主當遷於大廟，故即以大廟爲周公廟，不毁。厲公之世，魯公之主當遷於大廟，故即以大廟大室爲魯公廟，不毁。大廟，路寢大廟也。大室，路寢大室也。宗廟毁，主藏於廟室之西壁。周公、魯公不毁，故遂以路寢大廟爲周公專廟，路寢大室爲魯公專廟。此魯廟制之大凡也。不則，魏、厲已後，别立大廟、大室，則魯有七廟矣，不立大廟祀周公，大室祀魯公，則周、魯皆遷毁矣。大廟之祀周公，不始於遷毁之日，而實始於受封之時。但受封，周公尚在親廟，因禘而升祀大廟。至當遷毁之後，則其主奉於大廟。則大廟之祀周公，在成王之時。以大廟之奉周公主，乃在魏、厲之後。《春秋經》桓二年：納郜大鼎于大廟。臧哀伯諫，證之以清廟茅屋昭其儉德。則大廟即清廟也。《穀梁傳》以爲受賂而退以事其祖，以周公爲弗受。則此大廟爲周公廟也。天子吉禘在路寢明堂，諸侯謂之特祀，在新主廟。故閔二年始僭吉禘之稱，而於莊公新廟，不於大廟。文二年有事于大廟，僭行天子吉禘在明堂之禮，故《春秋》書「有事」，《公》《穀》皆以爲大祫。比僭禮之失，故孔子曰：「魯之郊禘，非禮也。周公其衰矣！」亦謂周公之弗受也。周公至僖十八世，而魯公至僖十七世。《明堂位》

曰：「魯公之廟，文世室也。武公之廟，武世室也。」正義曰：「按成六年立武宮，《公羊》《左氏》並譏之不宜立也。❶又武宮之廟立在武公卒後，其廟不毀，在成公之時。此《記》所云美成王褒崇魯國而已。云『武公之廟，武世室』者，作《記》之人因成王褒魯，遂盛美魯家之事因武公，其廟不毀，遂連文而美之，非實辭也。」奂案：《記》文當作：「魯公之廟，世室也。」此因周有文世室，又有武世室，故遂以武公之廟足其數。此失當成公立武宮之世，遂以改竄《明堂位》之文耳。世室，夏之明堂。重屋，殷之明堂。世室亦爲大室。《春秋經》文十三年：「秋，大室屋壞。」《穀梁傳》曰：「大室，猶世室也。周公曰大廟，伯禽曰大室。」《公羊》作「世室」，傳曰：「世室者何？魯公之廟也。周公稱大廟，魯公稱世室。此魯公之廟也，曷謂之世室？世室，猶世室也，世世不毀也。周公何以稱大廟于魯？封魯公以爲周公也。周公拜乎前，魯公拜乎後。曰生以養周公，死以爲周公主。」《左傳》杜預注曰：「大室，大廟之室。」疏云：「《左氏》先師賈、服等皆以爲大廟之室也。」《漢書・五行志中》：「《春秋經》：『大事于大廟，躋釐公。』《左氏》説曰：大廟，周公之廟，饗有禮義者也。釐雖愍之庶兄，嘗爲愍臣，臣子一例，不得在愍上。又未三年而吉禘，前後亂賢父聖祖之大禮，故是歲自十二月不雨，至于秋七月。後年若是者三，而大室屋壞矣。前堂曰大廟，中央曰大室。屋，其上重屋，尊高者也。象魯自是陵夷，將墮周公之祀也。」引《公羊》《穀梁》經曰：「世室，魯公伯禽之廟也。周公稱大廟，魯公稱世室。」然則前堂大廟爲周公廟，中央大室爲魯公廟。《左氏》先師舊説，信有明證矣。周公受封不之魯，魯公

❶「左氏」二字，原無，據阮校本《禮記正義》補。

雖始受封，而實出自周公，故祀不偏重。周、魯之在魯，猶文、武之在周也。魯之禘祫，周、魯合祭於大寢大室，猶文、武合祭於清廟明堂也。故曰：魯，王禮也。《明堂位》言禘周公，詩言祀周公亦祀魯公，皆所以頌僖公能脩廟祀之禮。迨僖公子文公，不於大廟聽朔，浸致大室屋壞，魯公廟壞，則周公之廟亦因之而不脩，故孔子録僖公詩，有以也。此因詩言合祭周、魯，而因詳證魯國廟祭之制如此。路寢大廟與宗廟不同。路寢居宮之中央，宗廟在路寢之左。混而一之者，非也。

「毛炰胾羹」，傳：「毛炰豚也。」奂案：炰，當作「炮」。《釋文》蒲包反，與《六月》《韓奕》之「炰」音甫九反義別也。《瓠葉》傳曰：「毛曰炮。」單言「炮」，連言「毛炮」。《地官·封人》「歌舞牲及毛炮之豚」注曰：「毛炮豚者，爓去其毛而炮之。」《周禮》作「炮」不誤。《禮運》「捭豚」，鄭讀「捭」爲「擘」，云：「擘肉加於燒石之上。」《鹽鐵論·散不足》篇亦云「古者焷豚以相饗」。「焷」與「捭」同。祭用毛炮豚，即上古捭豚之遺也。

傳：「胾，肉也。」奂案：《曲禮》：「左殽右胾。」殽爲豆實，則胾爲籩實。《鄉射記》：「薦脯用籩，五膱，祭半膱，横于上。」古文「膱」爲「胾」，是胾在籩也。《天官·籩人》：「朝事之籩有膴，加籩有脯。」《說文》曰：「胾，大臠也。」大臠即膴也。胾，乾物。羹，濡物。「胾羹」猶「脯醢」。傳謂「胾」爲「肉」，肉，乾肉也。《公食大夫禮》牛羊豕皆有胾，胾亦乾肉。

「萬舞洋洋」，奂案：凡宗廟舞，諸侯以羽，唯天子兼以干。萬舞有干有羽也。說詳《簡兮》疏。《春秋》宣八年：「夏六月辛巳，有事于大廟。壬午，猶繹。萬入去籥。」此周公廟用萬也。昭十五年：「二月癸酉，有事于武宮，籥入。」此群廟不用萬也。詩爲祀周公，故萬舞矣。傳云「洋洋，衆多」者，《明堂位》曰：「朱干玉戚，冕而舞《大武》。皮弁素積，裼而舞《大夏》。」《祭統》曰：「朱干玉戚以舞《大武》，八佾以舞《大夏》。」此爲舞數衆多也。《左傳》曰：「萬，盈也。」《韓詩》傳曰：「萬，大舞也。」

「三壽作朋」，傳釋「壽」爲「考」。三考，義未聞。奂疑「考」乃「老」之誤。張衡《東京賦》：「降至尊以訓恭，送迎拜乎三壽。」薛綜注曰：「三壽，三老也。」又《新序・襍事》篇五：「《詩》曰：『壽胥與試。』美用老人之言以安固也。」下章「壽」，三家釋爲「老」，則與此「三壽」爲「三老」義同。鄭箋：「三壽，三卿也。」應是申成毛說。正義云：「老者，尊稱。天子謂父事之者爲三老。諸侯之國立三卿，故知三壽即三卿也。」或孔所據傳本作「老」字。《爾雅》：「老，壽也。」正義又云：「『壽，考』，《釋詁》文。」恐有誤字。《椒聊》傳：「朋，比也。」古「比方」「比合」不分上去聲。「三壽作朋」意謂君與臣合德也。《困學紀聞》引《晉姜鼎銘》曰：「保其子孫，三壽是利。」案：此用《詩》「三壽」字，不指三卿說。

「公車千乘」，此賦兵之車數也。《司馬法》有二義。一云：九夫爲井，四井爲邑，四邑爲邱。邱十六井，有戎馬一匹，牛三頭，是曰匹馬邱牛。四邱爲甸，甸六十四井，出長轂一乘，馬四匹，牛十二頭，甲士三人，步卒七十二人，戈楯具備，謂之乘馬。一云：六尺爲步，步百爲畝，畝百爲夫，夫三爲屋，屋三爲井，井十爲通，通爲匹馬，三十家，士一人，徒二人。通十爲成，成百井，三百家，革車一乘，士十人，徒二十人。十成爲終，終千井，三千家，革車十乘，士百人，徒二百人。十終爲同，同方百里，萬井，三萬家，革車百乘，士千人，徒二千人。奂案：前一說甸出一乘，因是而推，則四甸爲縣，出十乘；四縣爲都，出百乘。後一說成出一乘，終出十乘，同出百乘，與《漢書・刑法志》同。何休《公羊》宣十五年注：「十井共出兵車一乘。」包咸《論語・學而》注：「方里爲井，十井爲乘，百里之國適千乘也。」是爲一乘起十井，一同出千乘。而不知周初大國百里，賦止百乘，其後益封，方五百里，於是大國車千乘矣。《論語》「道千乘之國」，謂成國也。井、邑、邱、甸、縣、都出賦法，通、成、終、同出軍法，説者混爲一制，非也。「千乘」亦有二義。一者以一乘七十五人，計之千乘當有七萬五千人。一者以一乘三十人，計之千乘當有三萬人。出軍之千乘與出賦之千乘，本自不同。如以出軍當出賦，則千乘三萬人僅充二軍，爲次國，不足充三軍，爲大國。毛傳云：「大國之賦千乘。」賦，出賦也。《楚語》曰：「國馬足以行軍，公馬足以稱賦。」此軍與賦不同術也。魯所出之賦千乘，人數當餘羨於三軍，不當退減爲二軍，致不合大國三軍之號，理甚明也。昭八年：❶「秋，蒐于紅。」《傳》曰：「自根牟以至商衛，革車千乘。」此謂魯蒐軍實也。《明堂位》：「成王封地方七百里，革車千乘。」此謂魯車大數也。皆出賦而非出軍，固有此七萬五千人之多也。《禮記・坊記》曰：「制國不過千乘。」疏引《異義》云：「公車千乘，謂大總計地出軍也。公徒三萬，謂鄉遂兵數也。」此説得之。

「公徒三萬」，此出師之軍數也。徒，即《司馬法》徒二人、徒二十人、徒二百人、徒二千人也。鄭箋以三萬爲三軍，正義引《鄭志》答臨碩謂此爲二軍，有此兩解。奂案：三萬二軍是也。詩意先言賦，後言軍，千乘爲賦，三萬爲軍，故「重弓」言備豫之事，而「貝胄」言從戎之節，文義顯然。蓋家賦軍徒四事，實用遞減之法：甸六十四井，通上中下地率之，定受田二百八十八家計，可任者二家五人，凡七百二十人，出長轂一乘，甲士三人，步卒七十二人，是於家任之人定賦，約十而用一。一乘七十五人，千乘七萬五千人，三軍三萬七

❶「八年」，原作「九年」，據阮校本《春秋左傳正義》改。

千五百人，是於賦乘之人定軍，約二而用一。二軍二萬五千人，是於軍興起徒，約三而用二。故古者比年簡徒，三年簡車。臨陳行師，亦復選徒治兵。《周禮》：「天子六鄉六軍，六卿掌之。大國三鄉三軍，三卿掌之。次國二鄉二軍，二卿掌之。小國一鄉一軍，一卿掌之。」此定軍之制也。出師不必盡行，故大國三卿，其一卿一軍留守，二卿二軍出征伐。《公羊》襄十一年《傳》曰：「三軍者何？三卿也。作三軍，何以書？譏。何譏爾？古者上卿下卿，上士下士。」《春秋繁露·爵國》篇曰：「諸侯大國四軍。」此謂卿爲帥，士爲佐，故有「四軍」之號，其實諸侯大國止有二軍耳。《穀梁》「作三軍」《傳》曰：「古者天子六師，諸侯一軍。作三軍，非正也。」昭五年「舍中軍」《傳》曰：「貴復正也。」舍中軍爲復正，《穀梁》亦謂魯當用二軍。案：《公》《穀傳》皆就魯調發之制言之。隱五年《公羊傳》注曰：「禮，天子六師，方伯二師，諸侯一師。」「六師」三見於《詩》。莊十六年《左傳》：「王使虢公命曲沃伯以一軍爲晉侯。」此諸侯一軍之證也。詩言「公徒三萬」，此方伯二軍之證也。《齊語》：「萬人爲一軍。」三軍三萬人。雖是變古，然亦通率方伯二軍之制爲之。

「戎狄是膺，荆舒是懲，則莫我敢承」，傳：「膺，當。承，止也。」《下武》《賚》傳皆曰：「應，當也。」《史記·建元以來侯者年表》引《詩》：「戎狄是應。」《孟子》作「膺」，趙注：「膺，繫也。」丁公著作「應」。「膺」「應」聲同，「當」「擊」義同。《沔水》傳曰：「懲，止也。」《史記》引《詩》「荆舒是徵」，徵，古「懲」字。「承」與「懲」亦聲同，故「懲」謂之「止」，「承」又謂之「止」。箋曰「天下無敢禦」之「禦」，亦「當」也、「止」也。奂案：下二章頌僖公伐淮夷及荆楚，此章先追美周公伐功，與《殷武》篇述成湯時氐羌享王同其篇例。《小雅·漸漸之石》刺幽王，戎狄叛之，荆舒不至，則周初之戎狄、荆舒率服可知也。僖公唯從齊伐荆，若戎狄與舒，未嘗有事。沖遠疑不能明，要誤於鄭謂誇美僖公耳。《孟子·滕文公》篇引此詩而釋之云：「周公方且膺之。」又云：「是周公所膺也。」此其明證矣。舊分章自「享以騂犧」以下三十八句爲一章，章首從祀帝祀稷説起，因而享祀大廟，備陳魯以天子禮祀周公，工祝致告於僖公作嘏，下又極陳兵賦之大、征伐之美，工祝又致神之意，再作嘏。此皆在廟中美周公，不頌僖公也。觀舊分章，知古説之不可易。

「遂荒徐宅」，《説文》「郐」下云：「魯東有郐城。」段注云：「《周禮·雍氏》注：『伯禽以王師征徐戎。』劉本『徐』作『郐』。《魯世家》頃公十九年『楚伐我，取徐州』，徐廣曰：『徐州在魯東。』是楚所取之徐州即郐地。《書序》曰：徐夷並興，東郊不開。徐，蓋郐也。」奂案：古「徐」「郐」聲通。此詩之「徐宅」當即《史記》之「徐州」、《説文》之「郐城」，在魯東者。宅，居也。徐宅，郐戎之舊居也。《釋文》不爲「徐州」作音，而正義亦但云「徐方之居」，皆不得其解。

「淮夷蠻貊」，傳：「淮夷蠻貊而夷行也。」「而」字，正義作「如」字。臧氏《經義襍記》改傳文：「淮夷蠻貊，夷行如蠻貊。」阮氏《校勘記》斥之，而以「淮夷蠻貊」四字爲逗，「如夷行也」四字爲句。段氏《小箋》於傳文「淮夷」下補「蠻貊」二字，以「淮夷蠻貊」四字複舉經文，以「蠻貊而夷行也」六字爲釋經義。段説良是。然又云：「蠻貊如淮夷蠻貊者，劣於夷者也，而夷行則進矣。」似亦泥「如」字作解。奂案：此傳作「而」字不誤，與《江漢》傳同。經文皆就近淮之國而言，非淮夷之外又有蠻貊也。《江漢》傳曰「淮夷，東國，在淮浦而夷行也」，以解經之「夷」字。此傳曰「淮夷蠻貊，蠻貊而夷行也」，以解經之「夷」「蠻」「貊」三字。淮上之國不與華同，故斥之曰「夷」。淮夷在魯東南，故更以南蠻東貊呼之。作如是解，似更直截。

「居常與許」，傳以「常」爲魯南鄙。箋曰：「常，或作『嘗』，在薛之旁。《春秋》魯莊公三十一年『築臺于薛』，是與？周公有嘗邑，所由未聞也。六國時，齊有孟嘗君，食邑於薛。」《左傳》杜注曰：「薛，魯地。」《史記・越世家》「願齊之試兵南陽莒地，以聚常郯之境」，《索隱》曰：「常，蓋田文所封邑。」奐案：今山東兖州府滕縣東南有薛城。周滕國在今滕縣西南，而薛城又在今滕縣東南。常邑近薛，是爲魯之南境也。《齊語》：齊桓公「反魯侵地棠潛」。《管子・小匡》篇「棠」作「常」，不審即《魯頌》之「常」，抑《春秋》之「棠」與？

傳以「許」爲魯西鄙，箋曰：「許，許田也，魯朝宿之邑。」《括地志》曰：「許田在許州許昌縣南四十里，有魯城，周公廟在城中。」奐案：今河南許州中隔陳、衛，成王營雒邑時以爲周公朝宿邑。衛以圃田之北境爲朝宿邑。許田在魯之西，而周公朝宿在焉，是即魯之西境也。鄭與魯易假許田在隱、桓之世，則許田久屬於鄭。疑魯南鄙之常，自莊、閔而後，或又屬於齊，故頌僖公之復故宇，乃就故宇極邊邑言之耳。沖遠謂僖公得許田而《春秋》闕漏，恐不然矣。傳以常、許爲魯南鄙、西鄙，鄭君不得明文，遂以「許」爲許田，而又推本薛旁之嘗即《詩》之常邑，皆以申傳。而沖遠以爲易傳，亦非。《晏子春秋・襍上篇》：「景公伐魯傅許，得東門無澤。」是魯有許邑矣。然齊在魯東北，不應起師伐魯西邑，與許爲西鄙不合。

「松桷有舃」，傳：「舃，大貌。」奐案：舃者，「㡿」之假借字。《文選・魏都賦》注引《蒼頡篇》曰：「㡿，大也。」「㡿」謂之「大」，「舃」亦謂之「大」。《禹貢》「海濱廣㡿」，《夏本紀》《地理志》皆作「廣舃」，此即「舃」「㡿」聲通之證矣。

「路寢孔碩，新廟奕奕」，此傳曰：「路寢，正寢也。」《殷武》傳亦曰：「寢，路寢也。」兩詩皆於篇末亟言修治路寢之事。路寢居宮之中央，右社稷而左宗廟，故經言路寢必連及新廟也。劉向《別録》曰：「社稷、宗廟在路寢之西。」又曰：「左明堂、辟廱，右宗廟、社稷。」桓二年《公羊》何休注：「質家右宗廟，尚親親；文家右社稷，尚尊尊。」則劉所言，殷制也。殷宗廟在路寢之西。周宗廟在路寢之東，則宗廟當在路門内路寢之左。《魯語》曰「合神事于内朝」，是也。路寢制如明堂，方三百步，其左右各三百步，五廟並列可容也。《夏官》：「隸僕掌五寢之埽除糞洒之事。」鄭注：「五寢，五廟之寢也。《詩》云：『寢廟繹繹。』相連貌也。前曰廟，後曰寢。」《吕覽・季春紀》及《淮南・時則訓》「薦鮪于寢廟」高注：「前曰廟，後曰寢。《詩》云：『寢廟奕奕。』言相連也。」蔡氏《獨斷》：「《頌》曰：『寢廟奕奕。』言相連也。」奂案：《毛詩》「新廟奕奕」，三家詩作「寢廟繹繹」。奕奕，高大。繹繹，相連。作「奕奕」者，據毛以改三家也。《毛詩》作「新廟」，傳云「閟公廟」，與《穀梁傳》「新宮」爲「禰廟」者同。以僖公爲閔公後而連及之，特舉五寢廟之一耳，與三家《詩》實無異也。唯鄭箋以爲姜嫄廟。

「奚斯所作」，傳：「有大夫公子奚斯者作是廟也。」傳中「廟」字，段先生云：「當作『詩』字，『奚斯所作』『所』字不上屬，『所作』猶『作誦』『作詩』，與《節南山》《巷伯》《崧高》《烝民》末章文法皆同。《文選・兩都賦》『奚斯頌魯』李注引《韓詩薛君章句》曰：『是詩，公子奚斯所作也。』毛與韓不異。偃師武虚谷援楊子《法言》《後漢書・曹褎傳》《班固傳》及諸石刻之文《度尚碑》《太尉劉寬碑》《綏民校尉熊君碑》《費汎碑》《楊震碑》《沛相楊統碑》《曹全碑》《張遷表》一一可證。」奂案：段説是也。鄭意《魯頌》四篇皆史克所作，故解「奚斯所作」爲「監作新廟」，與毛、韓異。不知史克作《駉》，奚斯作《閟宮》。史克，見《左傳》，在文公十八年，至宣公世尚存，見於《國語》。奚斯見於閔公二年，故文公二年已引《閟宮》之詩。則奚斯作《閟宮》必在史克作《駉》之前。此其顯證矣。

毛詩後箋卷三十

長洲　陳　奐　補

商　頌

那

《序》云：「《那》，祀成湯也。微子至于戴公，其閒禮樂廢壞，有正考甫者得《商頌》十二篇於周之大師，以《那》爲首。」《魯語》閔馬父之言曰：「昔正考父校《商》之名頌十二篇於周大師，以《那》爲首。」是爲子夏作《序》之源流也。《左傳》稱正考父佐戴、武、宣，則正考父爲戴公時大夫。戴公當周宣王時。宣王中興，修禮樂，正考父得以考校而録《商頌》十二篇。自幽王之末，六代禮樂又遭廢壞，孔子録《詩》僅得五篇，附諸《周頌》之末，所以學殷存宋備三統之文，仍大師之舊，而非自孔子删之也。《史記·宋世家》：「襄公之時，其大夫正考甫美之，故追道契、湯、高宗，殷所以興，作《商頌》。」《集解》云：「《韓詩章句》亦美襄公。」《索隱》駁之云：「考甫在襄公前百許歲，安得述而美之？斯謬説耳。」奐案：《禮記·樂記》注：《商頌》爲宋詩。鄭注三禮本《韓詩》説。然隱三年《左傳》美宋宣公，引《商頌》：「殷受命咸宜，百禄是何。」《晉語》公孫固對宋襄公，引《商頌》：「湯降不遲，聖敬日躋。」則《商頌》不作於宋襄，内外傳有明證矣。此可見毛公師承之確，實三家《詩》可廢，而《毛詩》不可廢。

「置我鞉鼓」，傳：「鞉鼓，樂之所成也。夏后氏足鼓，殷人置鼓，周人縣鼓。」《周頌・有瞽》篇「應田縣鼓，鞉磬柷圉」傳云：「縣鼓，周鼓也。鞉，鞉鼓也。」奂案：毛公言鞉鼓之制，特爲詳盡，蓋以《有瞽》之「鞉」即《那》之「鞉鼓」，然其器則同而其用有别。故於《那》之「鞉鼓」又歷引《禮記・明堂位》夏足、殷置、周縣三代異制之文，以明殷人以鞉鼓爲置鼓，至周人則以鞉鼓爲縣鼓矣。二傳意可互明也。「夏后氏足鼓」，今《禮記》誤倒。《那》正義及《有瞽》正義引皆不誤。《禮記》鄭注云：「足，謂四足也。」「殷人置鼓」，《明堂位》作「楹鼓」，《詩》作「置」，傳依經字言也。「置」之爲言「樹」也。鄭注云：「『楹』謂之『柱』，貫中，上出也。」是「置」與「楹」同義也。然則夏之鞉鼓，有四足揞著於地。殷改夏足鼓，爲貫中而建之。周人又改殷楹鼓，别設一肆以縣之，猶編鐘之有鑮、編磬之有玉磬，皆爲特縣之器。此殷因夏，周因殷，所損益可知也。小師掌教鼓鼗，眂瞭、瞽矇掌播鼗。魯用天子樂，其官有播鼗武，蓋重之也。古者鐘磬縣，鼓皆不縣，故《考工記》梓人爲筍虡，但有鐘磬而無鼓。周鼓亦不皆縣，唯鞉鼓乃縣之。《大射禮》曰：「鼗倚于頌磬西紘。」「紘」猶「縣」也。《淮南・地形訓》高注曰：「紘，維也。」維亦縣也。鄭注曰：「紘，編磬繩也。設鼗於磬西，倚于紘也。」鄭解「紘」爲編磬繩，失之。東西兩肆皆有磬鐘鑮，建鼓自北而南陳之，則西肆不得多設一器。鼗鼓在西肆頌磬之西，而特縣之，所以象西方功成。《禮器》曰：「廟堂之下，縣鼓在西。」其義證也。此皆周人以鼗鼓爲縣鼓之制。凡樂縣，天子宮縣，諸侯軒縣，大夫判縣，士特縣，樂縣當三代略同。宮縣，四面縣。周人四面設建鼓，於極西一肆特設一鼗鼓爲縣鼓。殷人鼗鼓亦建鼓，謂與四面建鼓同器也。《那》《有瞽》之「鞉鼓」，其分别如是。

詩中兩言「鼓」，兩言「鞉鼓」。「鼓」即四面之建鼓。「鞉鼓」即殷人「置鼓」，爲特建之鼓，在頌磬之西，與堂下管樂相應。鞉鼓節下管之樂。《書》曰：「下管鞉鼓。」其義證也。詩於章首言「鞉鼓」，下文又言「鞉鼓淵淵，嘒嘒管聲」，是鞉鼓節樂。故傳云：「樂之所成。」是也。鄭箋分鞉、鼓爲二鼓，而又云：「鞉雖不植，貫而摇之，亦植之類。」《儀禮·大射》注云：「鼗如鼓而小，有柄。」《周禮·小師》注云：「鼗如鼓而小，持其柄摇之，旁耳還自擊。」蓋鄭學本《魯》《韓詩》以注三禮，其作箋又在注《禮》之後，而於毛氏之學未暇精研，故往往箋與傳不合。即與西京以前舊説，亦多不合。《爾雅》曰：「大鼗謂之麻，小者謂之料。」鼗有大小，鄭所據其謂小者歟？後儒説鼗悉依鄭説矣。《大司樂》：宗廟之中，路鼓路鼗。路鼗，其大鼗也。「鼗」與「鞉」同。

「鞉鼓淵淵，嘒嘒管聲。」奂案：管，即「簜」也。《大射禮》曰：「簜在建鼓之間。」又曰：「乃管《新宫》三終。」鄭注云：「簜謂吹簜，以播《新宫》之樂。」賈疏引《禹貢》注云：「簜，大竹也。諸侯下管《新宫》，天子下管《象》。於商未聞也。」

「依我磬聲」，傳：「依，倚也。磬，聲之清者也，以象萬物之成。周尚臭，殷尚聲。」奂案：傳訓「依」爲「倚」者，《大射禮》曰：「鼗倚于頌磬西紘。」周人縣鼗於頌磬之西，殷人當置鼗於頌磬之西，毛意實本《禮經》爲訓也。《鼓鐘》傳：「笙磬，東方之樂。」此傳云磬以象萬物之成，其意亦指頌磬爲西方象成之樂言之。而不明言西者，所該又不專指頌磬一器也。故復引《禮記・郊特牲》「周人尚臭」之文以足其義。❶《春官》：「眂瞭掌播鼗，擊頌磬、笙磬。」是播鼗而笙磬亦無不應之者。天子有金奏下管之樂，金奏擊鎛，有編鐘以應之，則知下管擊磬亦有編磬以應之也。又《孟子・萬章》篇：「集大成也者，金聲而玉振之也。金聲也者，始條理也。玉振之也者，終條理也。」金謂鎛鐘，玉爲特磬。金奏鼓鎛鐘，樂之始；下管擊玉磬，樂之終。「終」猶「成」也。《中庸》鄭注曰：「振猶收也。」磬以節下管之樂，是謂之玉收。與《詩》義亦合。箋曰：「磬，玉磬也。玉磬尊，故特異言之。」鄭謂磬爲玉磬，亦傳義之所得而該矣。

「於赫湯孫，穆穆厥聲」，傳：「於赫湯孫，盛矣湯爲人子孫也！」奂案：「赫」爲「盛」，「穆穆」爲「美」，正是贊美成湯之樂，所以終「殷人尚聲」之義，其閒不應及祀成湯之人。傳解此「湯孫」謂「湯爲人子孫」者，言先王作樂崇德，所以克盡其爲人子孫之道，以爲後世法也。箋易傳「湯孫」爲「大田」。正義從王肅述毛，以經三「湯孫」皆謂湯爲人子孫，以爲終篇述湯生存之事，與《序》祀成湯義有乖。且《烈祖》《殷武》之「湯孫」又作何解乎？傳必有所本而云，然不得執一端以該全經也。

「庸鼓有斁」，庸，《靈臺》作「鏞」。此傳云：「大鐘曰庸。」《靈臺》傳云：「鏞，大鐘也。」庸，古文假借字。鏞，本字。《儀禮》《周禮》及《春秋》内外傳皆謂之鎛，或作「鏄」。《儀禮・大射禮》：「阼階東，西面，其南笙鐘，其南鑮。西階西，東面，其南頌鐘，其南鑮。」鄭注曰：「鑮如鐘而大，奏樂以鼓鑮爲節。」《周禮・鎛師》注

❶「周」，原作「殷」，據阮校本《禮記正義》改。

亦曰：「鑮如鐘而大。」《周語》：「細鈞有鐘無鎛，大鈞有鎛無鐘。」是鑮爲大鐘明矣。韋昭《晉語》注以鑮爲小鐘，誤。《説文》：「鑮，大鐘，湻于之屬，所以應鐘磬也。堵以二，金樂則鼓鑮應之。从金，薄聲。」「鏞，大鐘謂之鏞。从金，庸聲。」奂案：許以「鑮」「鏞」連篆，合《詩》《禮》爲一物。大鐘以應編鐘、編磬。堵以二者，所謂鐘一堵、磬一堵謂之肆也。「金」當作「奏」。奏樂擊大鐘以應編鐘、編磬，與鄭注《大射》説正同也。鐘磬編縣，鑮特縣。張衡《西京賦》云：「洪鐘萬鈞，猛虡趪趪，負笱業而餘怒，乃奮翅而騰驤。」此謂鑮虡也。凡樂縣，大夫判縣，聲樂不備，無鑮無特磬。故晉悼公以鄭賂鑮磬賜魏絳，絳始有金石之樂。金即鑮也。《大射》：陳設，諸侯軒縣，東西有鑮，北無鑮。疑天子宫縣鑮亦東西有之，南北則否。《周禮》序官：磬師中士四人，鐘師中士四人。此編縣設四面，故四人也。鎛師中士止二人，或即東西二鎛之謂與？

「鼓」，即《靈臺》之「賁」、《有瞽》之「田」也。《靈臺》傳曰：「賁，大鼓也。」《有瞽》傳曰：「田，大鼓也。」上文云「奏鼓簡簡」，傳云：「簡簡，大也。」謂四面建鼓閒作，其聲大，則鼓亦大鼓也。奂案：此鼓，雖周人亦不縣，與殷人同制。《大射禮》曰：「樂人宿縣于阼階東，建鼓在阼階西，南鼓，一建鼓在其南，東鼓，一建鼓在西階之東，南面。」案：諸侯三面縣，三面皆一建鼓。天子四面縣，則四面皆一建鼓。賈疏云：今之建鼓則殷法，是矣。《地官》：「鼓人掌教六鼓。雷鼓鼓神祀，靈鼓鼓社祭，路鼓鼓鬼享，鼖鼓鼓軍事，鼛鼓鼓役事，晉鼓鼓金奏。」鄭注曰：「雷鼓，八面鼓。神祀，祀天神。靈鼓，六面鼓。社祭，祭地祇。路鼓，四面鼓。鬼享，享宗廟。」《大司樂》：「圜丘雷鼓，方丘靈鼓，宗廟路鼓。」此天子四面縣皆有建鼓也，鄭注《鼓人》亦本三大祭而釋之矣。路鼓施於路寢明堂，又曰建於路寢門外。《大僕》：「建路鼓於大寢之門外，而掌其政。」注曰：

「大寢，路寢也。」《淮南・兵略訓》云「建鼓不出庫」，即謂路鼓矣。此路鼓爲建鼓，而雷靈二鼓皆爲建鼓，其八面、六面、四面皆可擊也。《吴語》「載常建鼓」韋注曰：「鼓，晋鼓也。《周禮》：『將軍執晋鼓。』晋鼓建，謂爲楹而樹之。」此晋鼓爲建鼓。而鼖鼛二鼓，《禮》無明文。然鼛鼓見於《緜》篇，其建而非縣可知。賁鼓見於《靈臺》，文王時尚無縣鼓之設，則賁鼓亦建而非縣可知。《説文》：「壴，陳樂立而上見也。从中豆。凡壴之屬皆從壴。」「鼓，郭也，春分之音，萬物郭皮甲而出，故謂之鼓。从壴支，象其手擊之也。《周禮》六鼓：靁鼓八面，靈鼓六面，路鼓四面，鼖鼓、臯鼓、晋鼓皆兩面。」案：「壴」字从中豆。豆，古「侸」字也。許云「立而上見」，正狀其建之形。「鼓」與「壴」同意。「鼓」下引《周禮》「六鼓」，則六鼓皆立而上見之鼓，許亦以六鼓爲建鼓可知。周人縣鼓謂鞞鼓也，非此六鼓也。後儒不明縣鼓即鞞鼓，遂以此六鼓皆爲縣鼓，直謂殷人之鼓皆置，而周人之鼓皆縣，俱失之。

傳：「斁斁然盛也。」《廣雅》曰：「驛驛，盛也。」《文選・甘泉賦》注引《韓詩章句》：「繹繹，盛貌。」「斁」「驛」「繹」義並同。此傳云「盛」者，謂聲樂盛也。《賓之初筵》「籥舞笙鼓」傳曰：「秉籥而舞，與笙鼓相應。」此曰：「庸鼓有斁，萬舞有奕。」則萬舞與庸鼓相應矣，故特盛之也。

「萬舞有奕」，萬舞以干羽。昭二十五年《公羊傳》何注曰：「《大夏》，夏樂也。周所以舞夏樂者，王者始起，未制作之時，取先王之樂與己同者，假以風化天下。天下大同，乃自作樂。取夏樂者，與周俱文也。王者舞六樂，於宗廟之中舞先王之樂，明有法也；舞己之樂，明有制也。」奂案：六舞唯《大武》《大濩》爲武舞，餘先王樂爲文舞。周舞以《大武》爲己樂，以《大夏》爲先王樂。商以《大濩》爲己樂，其用先王樂或亦用《大夏》，經無明文可證也。《大濩》，武舞，用干；先王樂，文舞，用羽。此詩言萬舞之義也。

傳：「奕奕然閑也。」《墨子·非樂》篇：「萬舞翼翼，章聞于大。」案：「翼翼」與「奕奕」同。此傳云奕奕，閑。《采薇》傳又云翼翼，閑。「奕」「翼」一聲之轉，故並有閑義。閑者，謂舞容也。傳於《十畝之閒》「閑閑」爲「往來」，《皇矣》「閑閑」爲「動搖」，並與「聲容」義同。

烈祖

《序》云：「《烈祖》，祀中宗也。」箋云：「中宗，殷王大戊，湯之玄孫也。有桑穀之異，懼而修德，殷道復興，故表顯之，號爲中宗。」正義云：「《異義》：《詩》魯説，丞相匡衡以爲殷中宗，周成、宣王皆以時毀。《禮稽命徵》『殷五廟至於子孫六』注云：契爲始祖，湯爲受命王，各立其廟，與親廟四，故六。」奐案：匡衡學《齊詩》，則齊、魯説同。《王制》鄭注曰：「殷則六廟，契及湯與二昭二穆。」疏引《孝經緯鉤命決》與《稽命徵》同。蓋二昭二穆四親廟與契大祖廟爲五廟。湯，受命王，其廟應毀不毀，遷其主於路寢大室，因以路寢大室爲湯廟，故殷人六廟。然則中宗應毀矣。詩言祀中宗，篇末言「顧予烝嘗，湯孫之將」，烝嘗，時祭之名，時祭及四親廟，此爲祀中宗親廟之樂歌與？

「亦有和羹，既戒既平。鬷假無言，時靡有争」，奐案：「亦有」與上「既載」對文，言既載清酤，亦有和羹也。和羹，指祭祀而言，不爲取諭而設。昭二十年《左傳》：晏子曰：「和如羹焉，水火醯醢鹽梅以亨魚肉，燀之以薪。宰夫和之，齊之以味，濟其不及，以洩其過。君子食之，以平其心。君臣亦然，君所謂可而有否焉，臣獻其否以成其可；君所謂否而有可焉，臣獻其可以去其否。是以政平而不干，民無争心。故《詩》曰：『亦有和羹，既戒既平。鬷嘏無言，時靡有争。』」案：晏子借「和羹」之「和」以喻君臣之和，而詩意本無關設諭也。政平無争，自釋詩「無言」「無争」之義。而「君子食之，以平其心」句是解「和羹」，并不釋詩「既戒既平」也。箋云：「和者，五味調，腥熟得節，食之於人性安和，喻諸侯有和順之德。」正義亦云：「以和羹爲喻，非實羹也。」鄭、孔皆以「和羹」設諭，恐非詩恉。而杜預《左傳》注更云：「言中宗能與賢者和齊可否，其政如羹。」更以晏子設諭之意以入《詩》辭，尤爲拘泥。

傳訓「戒」爲「至」者，自當言神靈之來至。平，和平也。「既戒既平」猶云「神之聽之，終和且平」也。箋訓「戒」爲「敬戒」，「平」爲「平列」，又「鬷假」爲「總升」，並與毛義異。《禮記·中庸》篇引《詩》作「奏」。「鬷」「奏」雙聲。鄭注云「奏假」爲奏大樂，或本三家《詩》。

「來假來饗」，宋本從《唐石經》作「饗」，各本皆作「享」。《詩小學》曰：「《石經》誤也。經例，獻曰享，受其獻曰饗。如《楚茨》《我將》《閟宮》諸篇皆同。此篇『以假以享』『來假來享』，是皆下獻上之辭。下文『降福無疆』箋云：『神靈又下與我久長之福也。』乃自神靈言。作『享』爲是。」奂案：「來假來享」猶上文云「以假以享」也，與他篇上言「享」、下言「饗」者不同。段説是也。

「湯孫之將」，箋云：「此祭中宗，諸侯來助之。所言湯孫之將者，中宗之饗此祭，由湯之功，故本言之。」正義云：「此時祭者當是中宗子孫。雖中宗子孫，亦是湯遠孫，故亦言湯孫。」此孔申箋説，是也。其申傳説即本《那》篇，以「湯孫」謂湯爲人子孫，此祭中宗而歸功於湯，故亦得稱湯孫。不知《那》傳云「湯爲人子孫」

但解「於赫湯孫」句。《那》篇上下文皆有「湯孫」，猶云孝孫爾，傳義不一概作此解。奂案：此篇「湯孫」，自當指祀中宗者說中宗爲湯之玄孫，則祀中宗，湯猶在親廟之列。烝嘗及親廟，且湯爲有功烈之祖，故本諸湯，猶章首稱「嗟嗟烈祖」之意云。

玄鳥

《序》云：「《玄鳥》，祀高宗也。」箋云：「祀，當爲『祫』。祫，合也。高宗，殷王武丁，中宗玄孫之孫也。有雊雉之異，又懼而修德，殷道復興，故亦表顯之，號爲高宗云。崩而始合祭於契之廟，歌是詩焉。古者君喪，三年既畢，禘於其廟，而後祫祭於大祖。明年春，禘於群廟。自此之後，五年而再殷祭。一禘一祫，《春秋》謂之大事。」汪氏《異義》云：「《釋文》謂此是後本，疏以爲文誤。據《王制》疏，則非誤。彼疏謂鄭將練禘總就喪畢祫於大祖言之。又引熊氏謂三年除喪，特禘新死者於廟，而云未知然否。按：熊氏之言是也。閔公不行三年之喪，故二年經書『吉禘』于莊公，示譏也。襄十六年《左傳》：晉人曰：『寡君之未禘祀。』是除喪禘祭之明證。孔氏合練禘於祫言之之說，蓋求合於鄭君《禘祫志》耳。然此注於後本特改其文，知不以《志》爲定論矣。」奂案：汪說是也。《周禮·鬯人》疏亦以練後遷廟而祭新主解「始禘」，引《穀梁傳》「於練焉壞廟」爲證。又《公羊》閔二年《傳》何注：「禘之于新宫。」鄭蓋自用其師說耳。《士虞》記：「死三日而殯，三月而葬，遂卒哭。將旦而祔，則薦。卒辭曰：『哀子某，來日某隮祔爾于爾皇祖某甫，尚饗！』明日，以其班祔，曰：『適爾皇祖某甫，以隮祔爾孫某甫，尚饗！』」士於未祔設祭，禮亦然也。此箋本諸侯禘祫以爲言也。諸侯三年喪畢，特祀新主，春秋僭稱之爲禘。禘而後祫於大祖，入親廟，而行時祫時禘，與五廟同。天子三年喪畢，大禘於路寢明堂，爲最大重典。禘畢而祫，與諸侯同。鄭意《殷武》祀高宗，爲專祀親廟之詩；《玄鳥》祀高宗，爲祫祭大祖廟之詩，故遂改《序》「祀」字當爲「祫」字。

「商之先后，受命不殆，在武丁孫子。武丁孫子，武王靡不勝」，奐案：正義引王肅述毛，謂「先后」爲成湯，是也。鄭讀「殆」爲「懈怠」。王訓「危殆」，則非也。《序》就廟號稱「高宗」，詩人祫祀作歌稱「武丁」，殷尚質，或以名也。此已下皆歌高宗之德。「在武丁孫子」，猶云在孫子武丁，倒句之以就韻耳。王肅用《那》傳釋「湯孫」善爲人子孫以釋此經，謂美高宗武丁善爲人之子孫，其述毛近是。而箋則以爲武丁之子孫，恐非傳義。傳訓「勝」爲「任」，《爾雅》曰：「勝，克也。」「克」與「任」義相近。《説文》曰：「任，保也。」案：篇中曰「武湯」、曰「后」、曰「先后」、曰「武王」，皆謂湯也。《長發》傳：「武王，湯也。」毛於此篇「武王」不傳者，以上言「武湯」，則此「武王」爲湯易明矣。經云「商之先后，受命不殆，在武丁孫子」，言商湯受天命，無有懈怠，以傳至武丁孫子也。云「武丁孫子，武王靡不勝」，言武丁爲湯之孫子，於武湯王天下之業，亦無不保任之也。上三句從湯下及高宗，下二句又從高宗上及湯，皆所以頌高宗之能繼湯而受命也。「靡不勝」與「不殆」同義。箋以「勝」爲勝伐，而以「武王」爲高宗之子孫有武功、有王德於天下者。但詩頌高宗，不應專美其子孫，箋非傳義。正義曰：「此武丁爲人之子孫，能行其先祖武德之王道，威德盛大，無所不勝任之。」孔亦當用王肅説，王以武王指湯是也。

「大糦是承」，《説文》「饎」或作「糦」。《特牲饋食禮》注：古文「饎」作「糦」。《天保》《泂酌》傳皆曰：「饎，酒食也。」《釋文》引《韓詩》曰：「大糦，大祭也。」然則鄭君改《序》文「祀」爲「祫」，其本《韓詩》與？

「景員維河」，傳：「景，大。員，均。」奂案：「景」與「京」通。「京」爲大，故「景」亦爲大。員，讀爲「圓」。《説文》：「圓，圜全也。讀若員。」《管子》有《地員》篇，地員即土均。《夏官·廋人》：「正校人員選。」員選即均齊。是「員」爲均也。此傳釋「景員」爲「大均」，與《長發》「幅隕」爲「廣均」訓雖同，而意實異。《長發》「廣均」承上文「禹敷下土方」而言，此「大均」承上文「四海來假，來假祁祁」而言。蓋高宗都景亳，在冀州域内，三面距河，故詩人言四海之來朝貢至于河者，乃大均也。《禹貢》：「揚州錫貢，沿于江海。」《夏本紀》《地理志》皆云：「錫貢均江海。」馬融本作「均」，云：「均，平也。」馬治《古文尚書》，則今、古文皆作「均」矣。《書》《詩》義同。箋易傳「員」爲「云」，易「河」爲「何」，與傳不合。正義謂：「教令大均，如河之潤物然，言霑潤無所不及也。」孔以河能潤物爲喻，亦不得其經解。

長　發

《序》云：「《長發》，大禘也。」此「大禘」謂吉禘也。殷人無二祧，其時禘在大祖廟，而又居四時時享之一。於其禘也，不謂之大。天子諸侯崩薨，皆在路寢，其栗主亦在路寢。三年喪終之祭，諸侯謂之特祀，天子謂之大禘。禘畢而祫於大祖廟，天子諸侯皆謂之大祫。殷人以契爲大祖，未於大祖廟行大祫禮，先特祀新主於路寢大廟，此即終王之吉禘也。於其禘也，較時禘爲大。《序》云「大禘」，則非時禘明矣。《周語》「終王」韋昭注曰：「終，謂終世也。」《漢書·韋玄成傳》劉歆議曰：「大禘則終王。德盛而游廣，親親之殺也。彌遠則彌尊，故禘爲重矣。」《太平御覽·禮儀部》引《五經異義》：「古《春秋左氏》説，古者禘及郊、宗、石室。」《通典·禮》九《禘祫上》：晉博士徐禪引許慎舊説曰：「終者，謂孝子三年喪終，則禘于大廟，以致新死者也。」《説文》曰：「禘，帝祭也。《周禮》曰：五歲一禘。」又曰：「祏，宗廟主也。《周禮》有郊、宗、石室。」奂案：五歲一禘爲時禘，三歲一禘爲喪終之禘。説詳《閟宫》。宗廟主藏於大廟之室。禘、郊、祖、宗四者皆配天大祭，則迎其主，設奠於圜丘南郊明堂。若喪終之禘，即於大廟出而陳之，合食其主於路寢大廟。時禘止及毁廟，大禘則及禘、郊、祖、宗。晉裴樞云：「是爲郊、宗之上復有石室之祖，虞、夏、殷、周皆如是也。」《曾子問》老聃曰：「天子崩，國君薨，則祝取群廟之主而藏諸祖廟，禮也。卒哭成事，而后主各反其廟。」此即《王制》所謂喪三年不祭，唯祭天地社稷，爲越紼而行事之謂也。天子諸侯崩薨，親廟之主亦皆藏諸祖廟。天子七月而葬，九月卒哭，三年喪畢乃出陳之。天子祖廟，即大廟也。是親廟徧禘於大廟矣。《通典》引《逸禮》曰：「禘于大廟，毁廟之主升合食。」是毁廟亦行禘於大廟矣。《春秋》文二年：「八月丁卯，大事于大廟，躋僖公。」魯行大祫不於大祖廟，而於大廟，是僭天子路寢明堂大禘之禮，然亦可見天子大禘自在路寢明堂也。《汲郡紀年》：「康王三年，定樂歌，吉禘于先王。」此謂成王三年喪終吉禘。成王崩喪皆行於路寢，《書·顧命》篇有明文可證。喪畢之禘，當亦在路寢。后稷、文、武之主，毁廟、未毁廟皆於路寢合食，故統言之曰「先王」。又《春秋傳》：「僖七年冬閏月，惠王崩。九年夏，王使宰孔賜齊侯胙，曰：『天子有事于文、武。』」此謂惠王三年喪終之吉禘。周人大禘禘文、武。明堂者，大廟之前堂也，大室者，大廟之中央室也，文、武之粟主在焉，故曰「有事於文、武」也。知周即知殷矣。《釋文》引王肅曰：「殷祭也。」殷祭時禘不得稱「大禘」，王説非是。箋曰：「大禘，郊祭天也。《禮記》曰：『王者禘其祖之所自出，以其祖配之。』是謂也。」鄭意以周況殷，契爲殷之大祖，南郊以契配天，猶稷爲周之大祖，南郊以稷配天同，故遂以此大禘爲南郊祀契之詩。但《周禮·内司服》賈疏引《白虎通義》：「周官祭天，后夫人不與。」而詩首章先言有娀。《盤庚》言大享，功臣從祀。鄭注「大享」謂「烝嘗」。而郊天無功臣從享之文，乃詩末章并及伊尹，似皆不合。惠氏棟《諦説》定爲吉禘成湯之詩。奂竊謂殷人以成湯爲受命之王，五世當遷其主，納於路寢大廟，而即以爲成湯之專廟。故後王新主行大禘禮，必以成湯爲禘主，猶之周人後王新主亦以文、武爲禘主，周固因於殷也。故篇中述湯受命功德綦詳。或亦祀高宗之詩，上篇爲大祫，而此篇爲大禘與？而詩何又不一及高宗也？禮無明文，宜從蓋闕之例。

凡禘有三：禘天於圜丘也，禘地於方丘也，禘人鬼於宗廟也。宗廟之禘有二：吉禘與時禘也。吉禘者，終王大禘也。時禘者，四時大禘也。吉禘爲三年喪畢之祭，時禘則爲四時宗廟之祭。吉禘有新主，時禘則主大祖。吉禘在路寢大廟，時禘則於大祖廟。吉禘及郊、宗、石室，時禘則止毁廟、未毁廟。吉禘爲百王通義，時禘則夏、殷爲夏禘，居四時祭之一。周乃改夏禘爲夏礿，又於四時時享之外行三年祫而五年禘。《閟宫》傳曰：「夏禘則不礿，秋祫則不嘗，唯天子兼之。」此即時享外有祫又有禘之義也。《詩》言「禘」有二：《長發》，大禘也，吉禘也；《雝》，禘大祖也，時禘也。《昊天有成命》，郊祀天地也。此雖曰郊，實亦是禘。郊祀天地，禘祀天地也。說詳《周頌》疏。說者或以禘爲宗廟之禘，而不知有天地之禘，則《祭法》《國語》禘郊祖宗之禮廢矣。或以禘但爲喪畢之禘，而不知有四時之禘，則《大宗伯》《大司樂》「六享」「六樂」之禮亡矣。讀經者應隨文別觀，不可舉一端以爲説。

「有娀方將，帝立子生商」，傳：「有娀，契母也。將，大也。契生商也。」案：傳釋「有娀」爲契母，「子」爲契。「帝」，高辛氏帝嚳也。「將，大」謂長大也。契母，有娀氏女簡狄，長大配高辛氏帝，生子契，佐禹有功，堯立國於商。後湯有天下，仍其始封之舊號，故云「有娀方將，帝立子生商」也。殷人禘嚳，大禘，禘主皆合食。祭天，后夫人不與。大禘，女主皆配祔，則先妣有娀當亦合食，故詩人溯商之始而首及之。

《史記·殷本紀》：「桀敗於有娀之虛。」蓋桀都河南，有娀與桀都相去當不甚遠。《淮南·墬形訓》「有娀在不周之北」高誘注曰：「娀，讀如嵩高之嵩。」案：嵩高山在河南，於聲求義，高説自得諸師讀。張守節謂有娀當在蒲州北，此由桀都安邑之説而誤。《尚書·堯典》鄭注：「商國在大華之陽。」《括地志》：「商州東八十里商洛縣，本商邑，古之商國，帝嚳之子契所封也。」司馬貞以爲「商」即相土所居商邱，亦誤。

「玄王桓撥」，傳：「玄王，契也。」《國語·周語》：「玄王勤商，十有四世而興。」《魯語》：「自玄王以及主癸，莫若湯。」《荀子·成相篇》：「契玄王生昭明，居于砥石，遷于商，十有四世乃有天乙，是成湯。」唯《漢書·禮樂志》以契玄王爲二人，非也。奂案：殷人郊契，大禘，郊主亦合食。

「相土烈烈」，傳：「相土，契孫也。」《殷本紀》：「契卒，子昭明立。昭明卒，子相土立。」襄九年《左傳》：「陶唐氏火正閼伯居商邱，相土因之。」杜注云：「相土，契孫，商之祖。」唯《漢書·五行志》：「相土商祖，契之曾孫。」非也。奂案：相土，殷之祧祖也。大禘，祧祖皆合食。

「受小球大球」，傳：「球，玉。」《經義述聞》曰：「球，共，皆法也。『球』讀爲『捄』，『共』讀爲『拱』。《廣雅》

曰：『拱、捄，法也。』『拱』『捄』二字皆從手，而訓亦同。其從玉作『球』，假借字。此承上文『帝命式于九圍』言之，言受小事之法、大事之法於上帝，故能爲下國綴旒，爲下國駿厖，所謂式于九圍也。《荀子》引《詩》，『小球大球』『小共大共』，謂所受法制有大小之差耳。傳解『球』爲『玉』，已與『共』字殊義。箋復謂『共』爲『執玉』，迂迴而難通矣。《廣雅》『拱』『捄』並訓爲『法』，殆本於三家與？」奂案：王説是也。但傳解「球」爲「玉」，疑後人改竄耳。「球，玉也」，《釋文》作「球，美玉也」。鄭《書・禹貢》注及《禮記・玉藻》注皆云：「球，美玉也。」美玉謂之球，故「小球大球」爲小玉大玉，「小共大共」爲所執搢小球大球。此鄭義，非毛義也。毛傳多同荀義，二章云：「玄王，契也。」六章云：「虔，固也。曷，害也。」皆依荀作訓。且下章「共」訓爲「法」，既與荀義合，則此「球」訓必不與荀義殊。楊倞注於《榮辱篇》云：「共，執也。言湯執小玉大玉。」用鄭義；而於《臣道篇》云：「球，玉也。」不言毛義。楊注解《詩》，必明言毛、鄭。又戴侗《六書故》「球」下引箋而不引毛傳，則唐本有無「球，玉」之文，爲較勝於正義本矣。古字當作「求」或作「捄」，猶作「共」或作「拱」，其義皆訓爲「法」。傳義見於下章，則上章同義不傳，此其例也。至後人依鄭改「捄」爲「球」，與今本《淮南》注改「拱」作「珙」，其誤亦正同。

「爲下國綴旒」，傳：「綴，表也。」正義云：「『綴』之爲『表』，其訓未聞。」奂案：《禮記・樂記》篇「行其綴兆」鄭注云：「綴，表也。」蓋「綴」之爲言「箸」也。「綴」與「表」同義，故古書中往往二字連文。《大戴記・曾子制言中》篇：「言爲文章，行爲表綴。」《晏子・外篇》：「行表綴之數。」又《呂覽・不屈》篇：「或操表掇以善晞望，若施者其操表掇者也。」高誘注云：「表掇，儀度也。」《禮記・郊特牲》篇：「饗農及郵表畷。」《説文》：

「畷，兩百閒也。」百，百夫也。兩百夫之閒是謂之畷，畷所以表百閒縱横之道，則謂之表畷。「綴」「掇」「畷」三字同。《玉篇·田部》引《詩》作「畷」，云：「畷，表也。」本亦作「綴」。旒，《玉篇》引作「流」，蓋冕旒、旌旒古字多作「流」也。旒所以章物，故引申之即有「章明」之義。毛傳曰：「旒，章也。」章亦表也。《抑》「維民之章」傳曰：「章，表也。」箋云：「章，文章法度也。」此章「綴旒」訓「表章」，與下章傳「駿厖」訓「大厚」，皆二字平列同義。表章者，言法度章明。大厚者，言章明之法度，又能篤厚而行之也。《荀子·臣道篇》曰：「傳曰：『斬而齊，枉而順，不同而壹。』《詩》曰：『受小球大球，爲下國綴旒。』此之謂也。」又《榮辱篇》曰：「先王案爲之制禮義以分之，使有貴賤之等，長幼之差，知賢愚、能不能之分，使人載其事而各得其宜。然後使慤禄多少，厚薄之稱，是夫群居和一之道也。故曰：『斬而齊，枉而順，不同而一。』《詩》曰：『受小共大共，爲下國駿蒙。』楊倞注：「蒙，讀爲厖，厚也。」此之謂也。」荀謂斬焉、枉焉，不同焉者，而齊之、而順之、而壹之，此即章明法度而又能篤厚行之之謂也。毛爲荀之弟子，故傳義多依師説。鄭氏《郊特牲》注曰：「郵表畷，謂田畷所以督約百姓於井閒之處也。《詩》云：『爲下國綴郵。』」箋曰：「綴，猶『結』也。旒，旌旗之垂者也。以與諸侯會同，結定其心，如旌旗之旒縿箸焉。」鄭注《禮》引《詩》，「郵」爲督約，「畷」取涂道爲義，正義謂：「郵，民之郵舍。」非鄭指。以喻諸侯朝宗而督約之，使不離散；箋《詩》，「綴」爲交結，「旒」取旌旗爲義，以喻諸侯會同而交結之，使有繫屬。雖各依經字以立訓，而義要本於三家《詩》。

「何天之龍，敷奏其勇，不震不動，不戁不竦，百禄是總」，吴江潘受生云「不震不動，不戁不竦」二句當在「敷奏其勇」之上，與上章一律。奂案：《家語·弟子行》篇引《詩》：「不戁不悚，敷奏其勇。」是王肅本不誤，此亦一證。《大戴記・衛將軍文子》篇引同今本，而「龍」作「寵」，疑出後人改之也。

「武王載旆」，傳：「旆，旗也。」奂案：此經傳疑皆誤，「旆」當作「伐」。如《詩・六月》「帛茷」、《左傳》「綪茷」、《爾雅》「繼旐曰茷」，今字皆改作「旆」，則此詩「旆」字本作「伐」，「伐」誤爲「茷」，又改爲「旆」耳。箋云：「於是有武功有王德，及興師出伐。」是鄭所據詩作「伐」。今本鄭箋「興師出伐」上亦誤衍「建旆」二字，「建旆」即「興師」之誤，後人併竄。因又於毛傳中增「旆旗也」三字。不知「繼旐曰旆」，傳義見於《六月》。旗爲九旗之統稱，不得以繼旐之旆獨擅旗名明矣。《釋文》於「旆」下不云「旗也」，或唐初毛傳尚不誤。又案：《説文》《玉篇》引《詩》作「武王載坺」。《考工記》鄭注云：「畎土曰伐。」《説文》：「臿土謂之坺。」是「坺」「伐」同也。《荀子・議兵篇》及《韓詩外傳》三引詩作「武王載發」。影元鈔本《韓詩外傳》作「發」。今刻本作「旆」，《漢書・刑法志》《新序・襍事》三亦作「旆」，皆後人依誤本《毛詩》改之也。《噫嘻》箋云：「發，伐也。」是「發」「伐」同也。「伐」「坺」「發」其用字不同，而不爲旌旗之名則皆同，此可以訂今本經傳之誤。發，行也，以言出師也。

「有虔秉鉞，如火烈烈，則莫我敢曷」，傳：「虔，固也。曷，害也。」奂案：《荀子・議兵篇》曰：「仁人之兵，聚則成卒，散則成列；延《新序》作「鋋」。則若莫邪之長刃，❶嬰之者斷；兑《外傳》《新序》作「鋭」。則若莫邪之利鋒，當之者潰；圜居而方止，則若盤石然，觸之者角摧，❷案角鹿埵隴種東籠而退耳。下「角」字疑衍。鹿埵、隴

❶「若」，原脱，據《荀子》補。

❷「摧」，原作「推」，據《荀子》改。

種、東籠，皆退貌也。且夫暴國之君，將誰與至哉？彼其所與至者，必其民也。而其民之親我，歡若父母；其好我，芬若椒蘭。彼反顧其上，則若灼黥、若仇讎。人之情雖桀、跖，豈又肯爲其所惡賊其所好者？或是猶使人之子孫自賊其父母也。彼必將來告之，夫又何可詐也？故仁人用，國日明，諸侯先順者安，後順者危，慮敵之者削，反之者亡。《詩》曰：『武王載發，有虔秉鉞。如火烈烈，則莫我敢遏。』此之謂也。」傳云「固」，荀所謂「若盤石然」也。傳云「害」，荀所謂「自賊其父母也」。毛公作訓，正用師説。「遏」與「曷」同。《漢書·刑法志》亦引此詩，而釋之曰：「言以仁義綏民者，無敵於天下也。」

「苞有三蘖」，傳：「苞，本。蘖，餘也。」奐案：本，指夏桀。「餘」讀爲「杞夏餘」之「餘」。三蘖，指韋、顧、昆吾三國。《釋文》引《韓詩》云：「蘖，絶也。」韓、毛訓異而意同。《漢書·敘傳下》：「三枿之起，本根既朽。」劉德注曰：「《詩》云：『包有三枿。』《爾雅》：『枿，餘也。』謂木斫髡而復枿生也，喻魏、齊、韓皆滅而後起，若髡木更生也。」然則劉以「三枿」喻魏、齊、韓三國，正與《詩》義同。「蘖」「枿」一字也。箋曰：「苞，豐也。天豐大先三正之後。」或亦本三家説。正義本鄭爲説，恐非《毛詩》義也。

「韋顧既伐，昆吾夏桀」，傳：「有韋國者。」案：韋，國名。《春秋》内外傳皆曰「豕韋」，一爲「劉累國」，一爲「彭姓國」。襄二十四年《左傳》：范宣子曰：「昔匄之祖在商爲豕韋氏。」昭二十九年《傳》：晉蔡墨曰：「陶唐氏後有劉累，事夏孔甲，夏后嘉之，賜氏曰御龍，以更豕韋之後。遷于魯縣。范氏，其後也。」此「豕韋」爲劉累也。《鄭語》史伯曰：「祝融後八姓，豕韋爲商伯矣。彭姓豕韋，則商滅之矣。」此「豕韋」爲彭姓也。夏初豕韋爲彭姓，湯伐之而繼興，故彭姓之後爲商伯，尋爲商滅，乃封劉累之子孫。自夏世累遷魯縣之後、范匄之祖在商爲豕韋氏之先，其閒豕韋皆彭姓爲君。箋曰：「韋，豕韋，彭姓。」是也。《郡國志》：東郡白馬有韋鄉。今河南衛輝府滑縣東南五十里有廢韋城。

傳：「有顧國者。」案：《鄭語》：祝融後八姓，己姓顧。箋曰：❶「顧，己姓也。」哀二十一年《左傳》「公及齊侯、邾子盟于顧」，即此地。今山東曹州府范縣東南有顧城，《漢書・古今人表》作「鼓」。

傳：「有昆吾國者。」《鄭語》：「昆吾爲夏伯，己姓昆吾。」是顧、昆吾同姓也。昆吾國即衛帝邱，帝顓頊之虚也。夏后相亦居兹乎？在相，爲寒浞子澆所滅，而少康邑諸綸。是衛本相都。夏道既衰，昆吾作伯，當在相滅之後。昆吾居衛，亦必當在相滅之後。則昆吾居衛在後，而居許乃在先也。昭十二年《左傳》曰：「楚之皇祖伯父昆吾，舊許是宅。」服虔注云：服注見《史記・楚世家》注。「昆吾曾居於許。」是也。韋昭注《外傳》以「舊許」連讀，遂謂昆吾遷許在封衛後，至湯伐時，昆吾在許。誤也。今直隸大名府開州州治是其地。

「夏桀」，《書序》曰：「伊尹相湯伐桀，升自陑，遂與桀戰于鳴條之野。湯既勝夏，欲遷其社，不可。夏師敗績，湯遂從之，遂伐三朡，俘厥寶玉。湯歸自夏，至于大坰。」孔傳以爲桀都安邑，後儒皆依孔說。《漢書・地理志》臣瓚注曰：「《汲郡古文》云：『大康居斟尋，羿亦居之。』吴起對魏武侯曰：『昔夏桀之居，左河濟，右大華，伊闕在其南，羊腸在其北。』河南城爲值之。又《周書・度邑》篇曰：『武王問大公曰：吾將因有夏之居，南望過于三塗，北瞻望于有河。』有夏之居，即河南是也。」近儒金氏鶚又據《國語》「伊洛竭而夏亡」，攷

❶「曰」，原作「白」，據《續經解》本改。

《水經》伊水過伊闕中，至洛陽縣南，北入于洛；洛水東過洛陽縣南，又東北過鞏縣東，又北入于河。伊洛竭而夏亡，則桀時事也。以爲桀都在今河南洛陽縣之一證。奂案：夏桀之際，昆吾最彊盛，顧在其東，豕韋在其西，俱在漢東郡界内，連屬密邇。湯伐韋、顧，鋤其與黨，而昆吾已成孤國之形，斷非望西南而征許州也。湯爲諸侯時，居南亳，即今河南歸德府商邱縣地。《書》疏載或説陳留平邱縣有鳴條亭，即今河南開封府陳留縣地。洛陽在商邱之西北，必徑陳留。陳留當即古桀都西郊也。湯自商邱舉師，桀必自洛陽出兵相迎，故於陳留交戰。《書序》云「戰于鳴條之野」，猶武王與紂戰于坶之野耳。《夏本紀》以爲桀走鳴條，非實録也。湯雖戰勝，桀國未亡，故《序》云「遷社不可」也。桀因敗績而走定陶。定陶，故三朡國，故《序》云「湯從之伐三朡」也。開州在定陶北，擊柝相聞。昆吾與桀同日滅也。于是夏桀已亡，湯歸商邱即天子位，故《序》云「湯歸自夏」也，《尚書大傳》所謂「湯放桀而歸于亳」也。此因桀都洛陽之説，想當日湯伐情形，可考之如此。

「昔在中葉，有震且業」，傳：「葉，世也。業，危也。」奂案：中世，湯之前世也。《殷武》正義云：「《中候契握》曰若稽古，王湯即受命興，猶七十里起。《孟子》云：湯以七十里。按：契爲上公受封，舜之末年，又益以土地，則當爲大國，過百里矣。而成湯之起止由七十里，蓋湯之前世有君衰弱，土地減削，故至於湯止有七十里耳。」案：此即「中世震危」之義也，箋異義。

「實唯阿衡，實左右商王」，傳：「阿衡，伊尹也。」奂案：「阿」與「伊」，「衡」與「尹」皆一語之轉。《禮記・緇衣》篇引《古文尚書》兩稱「尹躬」；《尚書・君奭》篇稱「保衡」，猶稱「保奭」；又班固《典引》稱「皋夔衡旦」，則「尹」與「衡」皆謂名矣。《史記·殷本紀》云伊尹名阿衡，而《漢書·王莽傳》及鄭箋皆謂「阿衡」爲官名，《墨子》《楚辭》及《孫子》兵書並云伊尹名摯，皆傳聞之異者也。

殷武

《序》云：「《殷武》，祀高宗也。」奂案：詩中始終敘高宗法成湯之業，亦祀高宗之樂歌也。首章頌伐功威武，末章頌徙都作廟，其中間四章皆追敘成湯之業，即所以頌高宗之能繼湯而王也。高宗伐荆楚，見於《詩》，而亦未嘗不伐氐羌。《漢書·五行志》：「武丁外伐鬼方以安諸夏。」《後漢書·西羌傳》：「武丁征西戎、鬼方，三年乃克。故其詩曰：『自彼氐羌，莫敢不來王。』」范謂《易·既濟》高宗所伐「鬼方」，即《詩》之「氐羌」。《世本》注云：「鬼方於漢，則先零戎。」先零，亦爲「西零」。漢臨羌西北塞外有僊海鹽池，莽曰鹽羌，即今甘肅、青海地。此鬼方爲西戎之證。《賈捐之傳》亦云：「武丁地南不過荆楚，西不過氐羌。」此就三家《詩》説。高宗亦有事於氐羌也。成湯服氐羌，見於《詩》，而亦未嘗不服荆楚。《吕覽·異用》篇：「湯見祝網者置四面，收其三面，置其一面。漢南之國聞之曰：『湯之德及禽獸矣。』四十國歸之。」是「漢南之國」即荆楚也。二章曰：「維女荆楚，居國南鄉。昔有成湯，自彼氐羌。」上言「荆楚」，下言「氐羌」，互辭，皆謂成湯時也。三章即承「曰商是常」之意而申言之。商者，湯有天下之號，故篇中言「曰商是常」，「商邑翼翼」；《玄鳥》言「降而生商」，「商之先后」；《長發》言「濬哲維商」，「帝立子生商」，「實左右商王」，「商」皆指成湯也。四章言湯之獲天福。襄二十六年《左傳》引《商頌》曰：「『不僭不濫，不敢怠皇。命于下國，封建厥福。』此湯所以獲天福也。」《後漢書・黃瓊傳》亦云「《詩》詠成湯之不怠皇」是也。五章言成湯都亳，宅四方之中，以著聲靈之盛，子孫之安甯，即以起末章之意。《漢書・匡衡傳》引《詩》曰：「『商邑翼翼，四方之極。壽考且甯，以保我後生。』此成湯所以建至治、保子孫、化異俗而懷鬼方。」「鬼方」即指氐羌。是也。然則中閒四章皆就成湯而言，顯有明證矣。鄭以中閒四章皆責楚、曉楚之辭，據此則篇中「氐羌」幾爲虚設。第三章云以歲時來朝覲於我殷王。第五章云王乃壽考且安，以此全守我子孫。意皆就高宗說，與古解詩不合。正義乃依箋分章，亦不得其解。

「罙入其阻」，傳：「罙，深。」案：「罙深」即「突湥」之隸變。《說文・穴部》曰：「突，深也。」本《毛詩》。又《网部》「罙」下引《詩》「罙入其阻」，本三家。《說文》引《漢廣》作「永」又作「羕」，《江有汜》作「汜」又作「洍」，《擊鼓》作「鏜」又作「鼞」，《君子偕老》作「紲」又作「褻」，《碩人》作「褧」又作「檾」，《子衿》作「挑」又作「叏」，《候人》作「薈」又作「嬒」，《狼跋》作「疐」又作「躓」，《四牡》作「嘽」又作「痑」，《蓼莪》作「罄」又作「窒」，《正月》作「蹐」又作「趚」，《青蠅》作「營營」又作「謍謍」，《賓之初筵》作「傞傞」又作「嵳嵳」。許用《毛詩》，亦不廢三家，此其例。箋云：「罙，冒也。」「冒」與「深」義相通，故鄭於字用毛，而於義用三家也。罙，式針反。《釋文》云面規反，則誤也。今本字多錯誤，而解者亦膠轕不清。

「湯孫之緒」，奂案：湯孫，謂高宗也。首章言武丁伐業，本其意於烈祖成湯也。《玄鳥》曰：「商之先后，受命不殆，在武丁孫子。武丁孫子，武王靡不勝。」即此云「湯孫之緒」也。箋以此「湯孫」爲大甲，與《那》箋同。但詩頌高宗上法成湯，不應涉及大甲。王肅又用《那》傳「於赫湯孫，湯爲人子孫」一語，以釋此「湯孫」。不知《那》篇爲祀湯之詩，詩人美湯作《大濩》之樂以享其先人，後之祀湯者即以此贊美成湯耳。此傳義祇解

「於赫湯孫」句，《那》篇中三言「湯孫」，已不同義。豈《烈祖》《殷武》之「湯孫」俱就湯爲人子孫言之邪？恐不然矣。

「自彼氐羌」，箋云：「氐羌，夷狄國在西方者也。」《海内經》《汲冢古文》及《逸周書·王會解》孔注並謂氐羌爲一種，唯《吕覽·義賞》篇「氐羌之民其虜也」高誘注曰：「氐與羌，二種夷民。」奂案：高説是也。考《漢書·地理志》金城郡有臨羌、破羌，隴西有羌道、有氐道，廣漢郡有甸氐道、剛氐道，蜀郡有湔氐道。又《漢書·西南夷傳》：夜郎、莋都、冉駹、白馬，皆氐類也。蓋自秦隴之西北，北連匈奴，若今鞏昌、蘭州、臨洮、河州、岷州皆古西羌所居。青海之羌，其一也。而秦隴之西南，南近巴蜀，若今階州以西，至松潘廳，古西氐所居。羌在古雍州西北，氐在雍州西南。漢時去古未遠，其分郡縣畫然而不亂。氐種實近《禹貢》「梁州」之域，殷之九州并梁於雍，故詩以「氐羌」並言之。

「陟彼景山」，奂案：《文選·洛神賦》「陵景山」李注稱《河南郡圖》曰：景山在緱氏縣南七里。考今河南偃師縣有緱氏城，縣南二十里有景山，即此詩之「景山」也。昭四年《左傳》曰：「商湯有景亳之命。」蓋亳，湯都名。西亳有景山，亦稱景亳。《楚語》曰：「昔殷武丁能聳其聽，至于神明，以入于河，自河徂亳。」然則湯、武丁同都河南。詩詠「陟彼景山」，此即自河而徂亳也。陟，升也。

「松柏丸丸，是斷是遷」，傳：「丸丸，易直也。遷，徙也。」《説文》曰：「丸，圜也。」易直者，「圜」之意也。「遷，徙」，《氓》傳同。「是斷是遷」，言斷景山松柏，遷徙之以供材用，猶公劉徙豳涉渭而取「厲」「鍛」也。《文選·長笛賦》李注云：「《韓詩》曰：『松柏丸丸。』薛君曰：『取松與柏。』然則丸，取也。」奂案：《章句》「取」字即下文「斷」「遷」之義。箋云：「升景山掄材木，取松柏易直者斷而遷之。」箋中「取」字即本《韓詩》。而李善注遂以「取」爲「丸」訓，集《韓詩》者又謂「丸丸，取也」爲《韓詩》義，皆非。

「方斲是虔」，傳：「虔，敬也。」案：「虔」與「劼」聲義相近。傳云「敬」者，探下文作寢立訓。《緜》：「作廟翼翼。」「虔」爲「敬」，猶「翼翼」爲「敬」也。「方斲是虔」者，言或斷爲桷，或斷爲楹，皆持事能敬也。箋云「『椹』謂之『虔』」，謂「正斲於椹上」。則字當作「榩」，本三家《詩》。

「松桷有梴」，傳：「梴，長皃。」《説文・木部》注曰：「《釋文》：『挻，丑連反，長皃。柔挻物同。俗作埏。』又《道德經釋文》：『挻，丑連反。一曰柔挻。』是陸本從手作『挻』。今《詩音義》作木旁『延』，非也。《白六帖》於『松柏』類引《詩》作『梴』，正作『挻』之俗字。《説文》引《詩》作『梴』，淺人羼入者也。《手部》『挻，長也』，正用《商頌》傳。」奐案：《釋詁》：「延，長也。」「挻」從「延」聲，形聲兼會意。《閟宮》傳曰：「桷，榱也。」松桷，松木爲榱也。堂高數仞，則榱題數尺，故爲「長皃」也。

「旅楹有閑」，傳：「旅，陳也。」奐案：「旅」讀爲「臚」。《賓之初筵》傳亦曰：「旅，陳也。」《逸周書・作雒解》「乃位五宮，咸有旅楹」，孔晁注曰：「旅，列也。」箋以「旅楹」爲「衆楹」。「列」「衆」並與「陳」同義。《明堂位》「刮楹」注曰：「刮，刮摩也。」案：刮摩，猶「礱密」。刮楹、旅楹，皆明堂之制。《文選・魏都賦》「旅楹閒列」李注引《薛君韓詩章句》曰：「閑，大也。」

「寢成孔安」，奐案：此傳釋「寢」爲路寢。《閟宮》傳曰：「路寢，正寢也。」桓譚《新論》曰：「商人謂路寢爲重屋。」《漢書・五行志》曰：「前堂曰大廟，中央曰大室，屋其上重屋，尊高者也。」《考工記》曰：「殷人重屋，周人明堂。」然則重屋、明堂、大廟、大室、路寢、正寢，皆異名而同實者也。殷路寢大廟爲成湯大廟，其南堂爲明堂。魯路寢大廟爲周公大廟，其南堂亦如天子明堂。故《魯頌》頌僖公營宮室，必言修治路寢之事。兩詩之義同。大祭大饗于此，告朔行政亦于此。蔡邕《明堂月令論》謂此爲大教之宮矣。《孔子三朝記·少閒》篇曰：「成湯受天命，咸合諸侯，作八政，命於總章，服禹功以修舜緒，爲副于天。粒食之民昭然明視，民明教通于四海。海之外，肅慎、北發、渠搜、氐、羌來服。成湯既崩，殷德小破，二十有二世，乃有武丁即位，開先祖之府，取其明法以爲君臣上下之節。殷民更服，近者説，遠者至，粒食之民昭然明視。」惠氏棟《明堂大道録》謂「祖府」即「明堂天府」，是也。《大戴禮》言武丁開祖府，《詩》言高宗築路寢，正是一事，而於此篇詩義亦正脗合也。孔，甚也。路寢既成，而後甚安也。近説遠至，所謂「甚安」也。

《儒藏》精華編選刊
即出書目(二〇二三)

白虎通德論
誠齋集
春秋本義
春秋集傳大全
春秋左氏傳賈服注輯述
春秋左氏傳舊注疏證
春秋左傳讀
道南源委
桴亭先生文集
復初齋文集
廣雅疏證
龜山先生語録
郭店楚墓竹簡十二種校釋
國語正義
涇野先生文集
康齋先生文集
孔子家語　曾子注釋
禮書通故
論語全解
毛詩後箋
毛詩稽古編
孟子正義
孟子注疏
閩中理學淵源考
木鐘集
群經平議

三魚堂文集　外集
上海博物館藏楚竹書十九種校釋
尚書集注音疏
詩本義
詩經世本古義
詩毛氏傳疏
詩三家義集疏
書疑　東坡書傳　尚書表注
書傳大全
四書集編
四書蒙引
四書纂疏
宋名臣言行録
孫明復先生小集　春秋尊王發微
文定集

五峰集　胡子知言
小學集註
孝經注解　温公易説　司馬氏書儀　家範
曌經室集
伊川擊壤集
儀禮圖
儀禮章句
易漢學
游定夫先生集
御選明臣奏議
周易口義　洪範口義
周易姚氏學

北京大學《儒藏》編纂與研究中心 編

《儒藏》精華編選刊

毛詩後箋（上）

〔清〕胡承珙 撰

莊大鈞 石静 續曉瓊 校點

陳新 審定

北京大學出版社
PEKING UNIVERSITY PRESS

圖書在版編目(CIP)數據

毛詩後箋：全二册 /（清）胡承珙撰；北京大學《儒藏》編纂與研究中心編. —北京：北京大學出版社，2023.9
（《儒藏》精華編選刊）
ISBN 978-7-301-34371-5

Ⅰ. ①毛… Ⅱ. ①胡…②北… Ⅲ. ①《詩經》-注釋 Ⅳ. ①I222.2

中國國家版本館CIP數據核字（2023）第165236號

書　　名	毛詩後箋 MAOSHI HOUJIAN
著作責任者	〔清〕胡承珙 撰 莊大鈞　石静　續曉瓊 校點　　陳新 審定 北京大學《儒藏》編纂與研究中心 編
策劃統籌	馬辛民
責任編輯	魏奕元
標準書號	ISBN 978-7-301-34371-5
出版發行	北京大學出版社
地　　址	北京市海淀區成府路205號　100871
網　　址	http://www.pup.cn　　新浪微博：@北京大學出版社
電子郵箱	編輯部 dj@pup.cn　總編室 zpup@pup.cn
電　　話	郵購部 010-62752015　發行部 010-62750672 編輯部 010-62756449
印 刷 者	三河市北燕印裝有限公司
經 銷 者	新華書店 650毫米×980毫米　16開本　81.75印張　960千字 2023年9月第1版　2023年9月第1次印刷
定　　價	326.00元（全二册）

目録

上册

毛詩後箋卷三……一〇一

邶……一〇七

毛詩後箋卷七……二八一

毛詩後箋卷八……三三九

毛詩後箋卷十二……四六三

毛詩後箋卷十三……四九二

毛詩後箋卷十四……五〇三

毛詩後箋卷十五……五一八

下册

毛詩後箋卷十六……五六七

毛詩後箋卷十七……六二五

毛詩後箋卷二十一……八四八

毛詩後箋卷二十二……八九二

毛詩後箋卷二十三……九三三

毛詩後箋卷二十四……一〇〇七

毛詩後箋卷二十五……一〇六四

校點説明

《毛詩後箋》三十卷，是胡承珙畢生注解《毛詩》的成果。胡承珙(一七七六——一八三二)，字景孟，號墨莊，安徽涇縣人。清嘉慶十年(一八〇五)進士，選翰林院庶吉士，散館授編修。累官至福建臺灣道兼學政加按察使銜。究心經學，著《小爾雅義證》十三卷、《爾雅古義》二卷、《儀禮古今文疏義》十七卷、《毛詩後箋》三十卷以及《公羊古義》、《禮記別義》(後兩種未完成)。諸經之中，於《毛詩》用力最勤，《毛詩後箋》實爲其經學代表著作。

胡氏宦於京師之時，即與同年友馬瑞辰朝夕過從，研討《毛詩》，心有所得則互相質問。胡氏治《詩》，專主發明毛傳，爲之既久，覺鄭箋之於毛傳有申毛而不得毛意者，有異毛而不如毛義者，以爲不熟讀經文不知傳文之妙，不細繹傳文不知箋説之多失傳旨。其於《詩》，墨守毛傳，惟揆之經文實有難通者乃捨之而求他證。如箋説有本而於經文尤順者，則捨傳而從箋，然如此者僅十之一二而已，故《毛詩後箋》從毛者十之八九，從鄭者十之一二。且始則求之本篇，不得則求之本經，不得則證以他經，又不得然後泛稽周秦古書。於語言、文字、名物、訓詁往往有前人從未道及者，不下數十百條，廣徵博引，採集甚富。胡氏以臺灣觀察引疾歸里，鍵户而著此書，撰稿屢易，手自寫定，病亟之時猶自沈吟，默誦不倦，然《魯頌·泮水》以下竟不能卒業，抱志以殁。其子請陳奂補之，奂乃以其《詩毛氏傳疏》語爲之條録而補綴之，使成完璧。胡氏卒後第六年，《毛詩後箋》付梓。

《毛詩後箋》的主要版本有求是堂本、蛟川漪園方氏刻本、《皇清經解續編》本、《廣雅書局叢書》本，後三種皆祖求是堂本。此次校點，以《續修四庫全書》影印清道光十七年（一八三七）求是堂刻本爲底本，校以《皇清經解續編》本和《廣雅書局叢書》本。對書中引文，查核出處，酌出校記。校記中，清光緒十四年（一八八八）南菁書院刊本《皇清經解續編》簡稱「《續經解》本」，清光緒中廣雅書局刊民國九年（一九二〇）番禺徐紹棨彙編重印《廣雅書局叢書》本簡稱「廣雅本」。參校諸書，凡清道光九年廣東學海堂刊咸豐十一年補刊本《皇清經解》中書簡稱「《經解》本某書」，凡中華書局一九八〇年影印本《十三經注疏》中書徑稱書名。

古人引書往往節引或意引，此書尤甚，大都援引某家某説，或節引意引，或牽合一書中幾處文字雜湊一説，或牽合一人之不同著作剪接成説。校點中，引號采取寬式標點，一家之説一般祇加一個引號，以明起訖，使眉目清晰，便於閱讀。

校點者　莊大鈞　石静　續曉瓊

福建臺灣道兼學政加按察使銜胡君別傳

績溪胡培翬撰

君姓胡氏，諱承珙，字景孟，號墨莊。先世自徽州婺源遷涇之溪頭，都二十五傳，至尚衡，順治壬辰進士，官至湖南布政使司參議，是爲君之高祖。曾祖之棟，河南新安縣知縣。祖兆殷，邑庠生。父遠齡，多隱德懿行。生君稍晚，奇愛之。然君自幼馴謹，不煩約束。五歲就傅，即穎悟，誦讀倍常兒。十歲能文章，十三入庠，十八食餼。歲科試，聯冠其軍。嘉慶六年辛酉，君年二十六，膺選拔，其年即中式江南鄉試。乙丑成進士，選翰林院庶吉士，散館授編修。庚午爲廣東鄉試副考官，尋遷御史，轉給事中。自以爲身居言路，當周知天下利弊，陳之於上，方不負職。故其數年中，陳奏甚多，多見施行。而其最切中時病者，則有條陳虧空弊端各條：「一曰冒濫宜禁。各省司庫支發錢糧，向有扣除二三成之弊，故藩司書吏外而授意州縣，内而慫恿本官，將不應借支之款冒支濫借。此在領者便于急需，不敢望其足數；而在放者利于多扣，不復問其合宜。至于動項興修工程，多有署印人員輒行支借，離任後歸款無期，則雖應放而仍與浮冒無異。一曰抑勒宜禁。州縣交代，例限綦嚴，一切鋪墊、衣服、器皿等項，均不准充抵。近日仍多以議單、欠票虛開實抵者。在新任之員，豈肯甘心承受，自詒伊戚？總由上司多方抑勒，逼令擔承。一曰糜費宜省。各省攤捐津貼，名目縱爲辦公，豈盡必不可省？聞州縣所解各上司衙門飯食、季規等銀，逐歲增加。而無益之費，如邸報一事，州縣多出己貲取閲抄報，而各省又有刻報一分。聞安徽省此項費用，每年通派各屬竟及萬金。竊思刻報即不可少，亦何須捐費如此之多。一省如此，他省可知；一事如此，他事可知。一曰升調宜慎。部選人員多係初任，或尚能謹守筦籥，前任有虧，不敢輕易接受。惟佐雜題升及調補繁缺二者，其中固不無結實可靠之員，然每多久歷仕途，習成狡滑，於升調之時，或詡擔承之力，以自見己長；或託彌補之名，以巧合上意。上司不加體察，輒易受其欺矇。在題升者急於得缺，明知此地之多累，不復顧後而瞻前；在調補者遷就一時，轉因原任之有虧，希圖挪彼以掩此。究之擔承彌補，皆屬空名，不過剜肉補瘡，甚且變本加厲。」其言深切著明。又如奏漕船積弊，謂「舵工水手，習教斂錢，糾結黨與。江蘇、浙江等幫最甚，恐釀成事端」。後數年，果有浙江漕船滋事重案。足見君於天下利弊，訪求者熟也。在科道任内，巡視倉廒東城，皆弊絶風清。己卯，充順天鄉試同考官。是冬，授福建分巡延建邵道。莅任編查保甲，設立緝捕章程八條，通行各屬，匪徒斂跡。上官廉其能，調署臺灣兵備道。至即緝獲洋盗張充等多名置於法，旋奉旨實授。道光甲申，以病乞假回籍調理。臺地背山面海，幅幀遼闊，民多獷悍，素稱難治。君在臺三載，力行清莊弭盗之法，鎮之以静，感之以仁，民番安肅，率屬清慎。事無鉅細，悉心綜理，用是積勞成疾，然自君去後踰年，而彰化、淡水即以械鬭起釁，擾及全臺，至動大兵勦定。則君綏輯之功不少矣。

君自少工舉業、詞章，通籍後，究心經術。遇有講求實學者，必殷勤造訪，引爲同志。人有投以撰著者，必細加考覈，别其是非，不爲虚文酬應。解經多心得，不苟同前人，以牽於公事未就。至是歸里調愈，遂專力著作。君初精研小學，熟於《爾雅》《説文》。謂惠氏棟《九經古義》未及《爾雅》，遂補撰數十條。《小爾雅》原本不傳，今存《孔叢子》中，世多謂爲僞書。君初亦疑其僞，後乃斷以爲真，作《義證》。其言曰：「《小爾雅》者，《爾雅》之羽翼、六蓺之緒餘也。《漢書・蓺文志》與《爾雅》並入《孝經》家。揚子雲、張稚讓、劉彦和之倫，皆以《爾雅》爲孔門所記，以釋六蓺之文者。然則《小爾雅》猶是矣。漢儒訓詁，多本《爾雅》。毛公傳《詩》，鄭仲師、馬季長注《禮》，亦往往有與《小爾雅》合者，特以不著書名，後人疑其未經援及。然如《説文》所引《爾雅》之『㝡』，則固明明在《小爾雅》矣。其中如『金舄』之解、『公孫』之偁、『請命』之禮、『屬婦』之名，合符《詩》《書》，深裨經誼。沿及魏晉，援據益彰。李軌作解，今雖不存，而所注《法言》『曼無』『邵美』，即用《雅》訓，是固足以名其學矣。唐以後，人取爲《孔叢子》第十一篇，世遂以《孔叢》之僞而并僞之。而酈氏之注《水經》，李氏之注《文選》，陸氏之音義，孔賈之義疏，小司馬之注史，釋玄應之譯經，其所徵引，核之今本，粲然具存。此可見《孔叢》本多剌取古籍，而所取之《小爾雅》猶係完書，未必多所竄亂也。」又取戴氏震所疑四事，一一辨釋，具戴本書。❶

嘉慶甲戌，培翬在都，館於君邸。時方草創《儀禮疏》，昕夕與君談論。君見鄭氏注中引古今文異字，賈疏多略不及，笑謂培翬曰：「吾當專爲書，以助子全疏之一矣。」其後在閩、渡臺，以書笥累重難攜，獨攜《儀禮》一經，每日公事畢，輒纂一二條，成《古今文疏義》。其言曰：「鄭注所謂今文者，乃小戴本，出於高堂生

❶「戴」，廣雅本作「載」。

所傳；所謂古文者，則《前漢書・蓺文志》云古經出於魯淹中者也。鄭君作注，參用二本。從今文者，則今文在經，古文出注；從古文者，則古文在經，今文出注。然今文古文，各有一字兩作者。如『職』爲今文，『蘵』爲古文，而又云：『今文職，或作植。』『繅』爲古文，『璪』爲今文，而又云：『古文繅，或作藻。』且有不言今古文，但云某或作某者。殆當時行用，更有別本，典籍流傳，字多通借。《周禮》故書，《禮記》他本，《論語》異讀，凡皆審定聲義，務存折衷。此經之注，亦同斯旨。冣其略例，蓋有數端：有必用正字者，取其當文易曉，從『甒』不從『廡』、從『盥』不從『浣』之類是也；有即用借字者，取其經典相承，從『辯』不從『徧』、從『膉』不從『嗌』之類是也；有務以存古者，『視』爲正字，『示』乃俗誤行之，而必從『視』是也；有兼以通今者，『升』當爲『登』，『升』則俗誤已久，而仍從『升』是也；有因彼以決此者，則別白而定所從，《鄉飲》《鄉射》《特牲》《少牢》諸篇是也；有互見而並存者，可參觀而得其義，《士昏》從古文作『枋』、《少牢》從今文作『柄』之類是也。」又嘗撰《春秋三傳文字異同考證》。

然其畢生精力所專注者，則在《毛詩》。所撰《毛詩後箋》一書，采集甚富，後儒説《詩》之是者録之，似是而非者辨之。而其最精者，在能於毛傳本文前後，會出指歸，又能於西漢以前古書中，反覆尋考，貫通《詩》義，證明毛旨。此則君所獨得者。同時長洲陳奐亦治《毛詩》，君數與書講論。奐著書，惟毛之從。君尚有別擇，然亦從毛者多。嘗與培翬書曰：「承珙《後箋》專主發明毛傳。爲之既久，然後知箋之於傳，有申毛而不得毛意者，有異毛而不如毛義者。蓋毛公秦人，去周甚近，其語言、文字、名物、訓詁已有後漢人所不能盡通者，而況於唐人乎？況於宋人乎？姑以一事言之：《召南》『厭浥行露。豈不夙夜，謂行多露』，傳：『興也。厭浥，溼意也。行，道也。豈不，言有是也。』箋云：『我豈不知當早夜成昏禮歟？謂道中之露太多，故不行耳。』案：此詩首章三語，初讀之似與《王風》之『豈不爾思，畏子不奔』、《小雅》之『豈不懷歸，畏此簡書』文法相類，故箋語云云，正義即用以述傳。但此女方被訟不從，而開口乃云『豈不欲之』，作此婉辭，不合語意。且他處言『豈不』者，下皆言有所畏而不敢，此則是『謂』非『畏』。蓋此『謂』字與下章『誰謂』之『謂』一律，皆訟者誣衊之辭，衆不能察，而欲歸於召伯之聽之者也。故此云厭浥者道中之露，然必早夜而行，始犯多露，豈不早夜者而亦謂多露之能濡己乎。以興本無犯禮，不畏彊暴之相誣也。毛於他詩『豈不』無傳，而獨於此言之，明其詞旨不同。『豈不，言有是』者，謂有是早夜而行者，乃可謂道中多露。經反言之，傳正言之耳。故不熟讀經文，不知傳文之妙；不細繹傳文，不知箋説之多失傳旨。鄭學長於徵實，短於會虛，前人謂其按跡而語性情者，以此。唐人作疏，每欠分曉，或箋本申毛，而以爲易傳；或鄭自爲説，而妄被之毛。至毛義難明，不能旁通曲鬯，輒以『傳文簡質』四字了之而已。拙著從毛者十之八九，從鄭者十之一二。始則求之本篇，不得則求之本經，不得則證以他經，又不得然後泛稽周秦古書。於語言、文字、名物、訓詁往往有前人從未道及者，不下數十百條。擬俟通録一本後，乃摘出別鈔，以便就正。」又與魏源書曰：「承珙於《詩》，墨守毛傳，惟揆之經文實有難通者，乃舍之而求他證。如『弗躬弗親，庶民弗信』，傳謂『庶民之言不可信』，而《左傳》《國語》《淮南》《説苑》引此詩，皆謂民不信上。此箋説之所本，而於經文尤順，故宜舍傳從箋。然似此者才十之一二而已。」此君《後箋》之大旨也。撰藁屢易，手自寫定，至《魯頌·泮水》而疾作，未卒業，陳奐補之。

君詩亦積生平精力以爲者。同邑朱侍講珔序其集，謂「音節悉本唐賢，使典尤鎔其膏液，棄其渣滓。體安以雅，辭麗以則，寄託遥深。詩之正聲，庶幾弗墜」，蓋不誣也。所著《儀禮古今文疏義》十七卷，《小爾雅義證》十三卷，皆手自付梓。《毛詩後箋》三十卷、《爾雅古義》二卷、《求是堂詩集》二十二卷、《奏摺》一卷、《文集》六卷、《駢體文》二卷，卒後，子先翰、先頫次第梓以行世。其爲之而未成者，又有《公羊古義》《禮記別義》二書。

君操行淳篤。歸田後，家居九載，足不出里門，不預外事，惟與二三故舊，間爲詩酒之會。注經常至夜分，寒暑罔輟。平居自奉極儉，然遇修邑城、興書院及族中平糶等事，多樂捐資助成。生於乾隆丙申歲三月十四日，卒於道光壬辰歲閏九月十四日，年五十七。

論曰：世之沈潛經義、精於考訂者，往往拙於文詞。即或工文矣，而詩未必工，蓋兼之者難也。又如閭巷憔悴專壹之士，文章、學問負一時重名，而終其身坎坷不遇者多矣。君經學、詩文，卓然均可傳後，而早登甲科，陟歷清要，中歲擁旄海外，宦績偉然。豈非生有夙慧，得天者厚歟？然君練達時務，貌雖若不勝衣，而慮事周詳慎密，心力有過人者。余又以惜其設施之未竟也。

衷至當。有與余說大略相同，而徵引博于余者；有余蓄疑既久，未能得其端緒，讀是書而昭若發矇者；亦有與余說互異，而不妨並存其說以待後人論定者。墨莊曾與余約，俟書成互相爲序。今余書粗已畢業，欲求序于墨莊不可得。而墨莊是書，實能集《毛詩》之大成，評異同而辨白黑。余既録其說之精核可懸國門者百數十條，將以補入余書，示服膺之篤，因並序而歸之。

昔何劭公閉户十有七年，始成《公羊解詁》，墨莊以臺灣觀察引疾歸里，亦鍵户十餘稔，而後《毛詩後箋》得以成書。研精覃思，古今同轍。墨莊雖年未滿六十，而其書信今傳後，可稱立言不朽者已。道光十四年正月望日，年愚弟桐城馬瑞辰謹序。

毛詩後箋序一❶

《毛詩後箋》三十卷，余同年友胡觀察墨莊所著也。墨莊性沈静，寡嗜欲，獨躭著述。治群經無不賅貫，而於《毛詩》尤專且精。往嘗與余同宦京師，余亦喜爲《毛詩》學，朝夕過從，心有所得，輒互相質問，時幸有出門之合。蓋《毛詩》詞義簡奥，非淺學所易推測。唐人作正義，每取王子雍説，名爲申毛，而實失毛恉。鄭君箋《詩》，宗毛爲主，毛義隱略，則或取正字，或以旁訓疏通證明之，非盡易毛也。正義泥于「傳無破字」之説，每誤以箋之申毛者爲易毛義。又鄭君先從張恭祖授《韓詩》，兼通齊魯之學，間有與毛不同者，多本三家詩，而參以己意，正義又或誤以箋義爲傳義。余與墨莊同見及此。凡所援據，《説文》《字林》《玉篇》《廣韻》及經、傳、子、史所引《詩》與近人説《詩》，若惠氏《詩説》《詩古義》、陳氏《稽古編》、段氏《詩小學》、阮氏《校勘記》、王氏《經義述聞》、孔氏《詩義卮言》、李氏《毛詩紬義》，徵引略備。是所見同，所學同，所援引又同，宜其説之不謀而合也。故余所註，名《毛詩傳箋通釋》，而墨莊自名其書爲《毛詩後箋》，名雖異而實則同。

今墨莊已作古人，令嗣仲池持其書請序于余，余受而讀之。其書主于申述毛義，自注疏而外，于唐、宋、元諸儒之説有與毛傳相發明者，無不廣徵博引；而于名物、訓詁及毛與三家詩文有異同，類皆剖析精微，折

---

❶ 標題原無「一」字，爲區别馬序與陳序，今加「一」字，並於陳序前增標題「毛詩後箋序二」。

毛詩後箋序二

曩奐游學至京師，相見胡墨莊先生於萬柳堂，己卯秋七月也。於後先生之閩，由閩歸里第，通音問、商疑難，奐亦時時出己説，以請益於先生。《後箋》中所載之説，皆所請益者也。甲午夏，令嗣先翰、先頖招奐至其里第，屬任校讎遺書，以刊傳於後世，先生殁已二年矣！

先生有言曰：「諸經傳注，唯《毛詩》最古。數千年來，三家皆亡，而毛氏獨存。源流既真，義訓尤卓。後人不善讀之，不能旁引曲證以相發明，而乃自出己意，求勝古人，實則止坐鹵莽之過。」斯言可謂深切而箸明也已。毛氏之學，文簡而義贍，體略而用周。進取先秦百氏之書而深究之，所以知古訓之歸；廣採近者數十百家之解而明辨之，所以絶後來之惑。先生所謂準之經文，參之傳義，必思曲折以求通。其引博，其指約，其事甚大，而其心甚小。説《詩》之家，未有偶也。側聞先生在病亟時，猶自沈吟，默誦不倦，至易簀然後已。《魯頌·泮水》篇以下，竟不能卒業，而抱志以殁，儒者惜之。

今奐因令嗣之請，不辭譾陋，爰以拙箸《傳疏》語爲之條録而補綴之，俾有完璧之觀，詎無續貂之誚。時道光十有七年，歲次丁酉，冬十月，長洲陳奐謹記顛末云。

毛詩後箋卷一

涇　胡承珙

國風

周南　召南

《序》云：「《關雎》《麟趾》之化，王者之風，故繫之周公。南，言化自北而南也。《鵲巢》《騶虞》之德，諸侯之風也，先王之所以教，故繫之召公。」箋云：「自，從也。從北而南，謂其化從岐周被江漢之域也。先王斥大王、王季。」正義曰：「文王之國在於岐周，東北近於紂都，西北迫於戎狄，故其風化南行也。《漢廣序》云：『美化行乎江漢之域。』是從岐周被江漢之域也。大王始有王迹，周之追謚，上至大王而已，故知『先王』斥大王、王季。」蘇潁濱《詩傳》曰：「文王之風謂之『周南』『召南』，何也？文王之治國也，所以爲其國者，屬之周公；所以交於諸侯者，屬之召公。《詩》曰：『昔先王受命，有如召公，日辟國百里。』言其治外也。《召南》有召公之詩，而《周南》無周公之詩，周公在内，近於文王，雖有德而不見，故其詩不作；召公在外，遠於文王，功業明箸，則詩作於下。此理之最明者也。」李迂仲《毛詩集解》曰：「周召之分陜，在武王既得天下之後，周南、召南雖皆文王之風化，不可繫之於文王。故周公所屬之地所得之詩，謂之『周南』；召公所屬之地所得之詩，謂之『召南』。」范逸齋《詩補傳》曰：「自周公制禮作樂，即定『風』『雅』『頌』爲樂章之名，故《周官》有『六詩』及『豳雅』『豳頌』之説，而幽王《小雅》亦曰『以雅以南』。此「以南」非《詩》二南，范氏説誤，辨見後。非周之樂章，詩人安得有是言。以《關雎》爲《周南》，以《鵲巢》爲《召南》，亦周之舊。故《儀禮》有『乃合樂《周南·關雎》《召南·鵲巢》』之語，豈非周公舊典歟？二《南》諸篇，皆述后妃、夫人風化之效，本其所得之地而録之。彼區區欲分《周南》《召南》，以爲聖賢深淺者，未爲通論也。或以周召繫於所得之地爲疑，及觀《邶南》存召公之詩，且有聽訟明教之實，《邶》《鄘》《衛》皆衛詩，而繫以邶鄘國風，然後信録《詩》者果以所得之地名之也。二公采地不出岐周，豈得而優劣哉？」承珙案：周公、召公本以采邑得名，是地名在先，爵名在後。《儀禮》，周公所作，已有《周南》《召南》，則當時編《詩》入樂，自以所得之地爲名，必非别以二公之爵。《序》云「繫之周公」「繫之召公」者，乃作《序》者推衍之意。後儒泥於此言，駁之者謂二《南》皆文王之化，於周召二公無與，且以《序》説爲謬；信《序》者則謂二公爲王行化，故繫之二公，與天子嫁女於諸侯，使諸侯爲主同義。皆由不知以地分《周》《召》者，乃編《詩》者之法；以人分《周》《召》者，乃序《詩》者之意，固各不相涉者也。《六經奥論》曰：「二《南》之詩本於所得之地而係之耳，蓋歌則從二《南》之聲。二《南》皆出於文王之化，言王者之化自北而南，周召二公未嘗與其間。後世取於樂章，用之爲鄉樂、燕樂、射樂、房中之樂，所以彰文王之德美也。故曰：夫《武》，始而北出，再成而滅商，三成而南。『南』之爲義，蓋如是也。五成而分，周公左，召公右，《周》《召南》之爲義，蓋如是也。」此解最爲通達。至《序》以《周南》爲王者之風，《召南》爲諸侯之風，亦是約略言之，猶《關雎》《麟趾》言化，《鵲巢》《騶虞》言德，所以互見其義故。「先王之所以教」，箋本言「先王斥大王、王季、文王」，俗本删「文王」字，《蜀石經》及《文選》注有之。且《摽有梅》《野有死麕》《騶虞》《序》皆言「文王之化」，亦可見「先王」不專指大王、王季。然則王者、諸侯又何容過爲區别乎？

王雪山《詩總聞》曰：「周召分陝，世以爲司馬氏之創説，不知其來已久。周、召，官也。自二公爲之，後世相承不改。此詩當是此地所采。古彝器有『周召宫』，亦謂之『師保宫』。衛武公繼治西偏、東偏，亦見諸《師毁敦》，蓋周、召之任也。度其時在遷洛之後，此官猶存。其宫亦有大室、宣榭，與宗廟同制，可謂重矣！此事甚明。而後有聖賢深淺之别，后妃尊卑之差，皆强爲辭也。」承珙案：王氏以二《南》但采於周召之地，不信《詩序》「自北而南」之説。然《周南》有《漢廣》《汝墳》，《召南》有《江沱》，則《序》説究屬可據。王氏夫之《詩稗疏》曰：「周公、召公分陝而治，各以其詩登其國風。❶則『周南』者，周公所治之南國；『召南』者，召公所治之南國也。北界河雒，南踰楚塞，以陝州爲中線而南分之。《史記》謂雒陽爲周南，從可知已。陝東所統之南國爲周南，則今南陽、襄、鄧、承天、德安、光、黄、汝、潁是已。陝西所統之南國爲召南，則今漢中、商雒、興安、鄖、夔、順慶、保甯是已。其國之風，或其國人所作，或非其國人所作，而以其俗之音節被之管絃，今雖無考，而大要可知。故《漢廣》兼言江漢，江北漢南，今之潛沔也；《汝墳》言江汝之間，則今之光州、新蔡也，而皆繫之《周南》。若《召南》之以地紀者，曰『江有沱』，又曰『江有汜』。《禹貢》：『岷山導江，東别爲

---

❶「詩」，《續經解》本《詩經稗疏》作「治」。

沱。』《水經》：江水歷氏道縣，湔水入焉，又東別爲沱，入江過都安縣。今湔水自龍安府石泉縣入江。都安，今成都府灌縣。沱江在今新繁縣。汜者，水決復入之總名。沱即汜也。言沱言汜，皆川北西、漢水今嘉陵江。南之地。據此，則二陝分治之地，別爲二南。不言國者，文王未有天下，侯國本非其所有，特風教遠被，以類附也。何侯國王畿聖教賢化之殊乎？」顧古湫《虞東學詩》曰：「《史記》『大史公留滯周南』，摯虞言：『古之周南，今之洛陽。』爲豫州，其南爲荊州。《漢廣》采之荊，《汝墳》采之豫，則周南之地界畫然矣。若召南自陝而西，朱子嘗疑雍州地狹，未免不均。竊考《周官・職方氏》，雍州實兼梁地，惟自雍及梁，故得稱『南』。《類考》謂江沱之間即梁山之界，蓋據《禹貢》『岷山導江，東別爲沱』而言，其說可信。至於爲『汜』爲『渚』，則自蜀至楚，江行數千里，在在有之，不必專屬夏口。故二南之地，當以《通志》爲定論也。至於『南』，本樂名。毛鄭皆云『自北而南』，諸儒力詆其說。愚謂樂之爲『南』，正以風化之被於南方而得名。不獨《漢廣》《汝墳》《江沱》諸作義炳事白，餘若『南有樛木』『陟彼南山』『南澗之濱』『南山之陽』『南山之側』『南山之下』，所指方名無有及於他者，不坦然衆著乎？」案：以上二說，發明《序》「自北而南」之説甚諦。考《括地志》云：今陝州有陝原，去州西南二十五里，分陝以此原爲界。此《詩稗疏》以陝州爲中線之説所本也。《水經・江水注》引韓嬰叙《詩》，云其地在南郡、南陽之間。此亦謂自北而南，與毛《序》合。惟酈注又引《逸周書》云：「南，國名也。南氏有二臣，力均勢敵，競進争權，君弗能制，南氏因分爲二南國也。」此則近於附會。二《南》篇末冣數云：《周南》之國十一篇，《召南》之國十四篇。此等篇目，皆毛公之舊，必漢以前師承古義。曰「之國」者，明非一國之辭。所采之國既衆，而其詩之篇數或不能國各爲編，故以其皆屬文王風化所及，而爲分陝之所統，遂以周召繫之。若僅南氏二臣之國，而冒之以周召，於義不可通矣。

程泰之《考古編》曰：「《詩》有《南》《雅》《頌》，無《國風》。《鼓鐘》之詩曰：『以《雅》以《南》，以籥不僭。』季札觀樂，有『舞《象》《箾》《南籥》者』，《南籥》，二南之籥也；《箾》，《雅》也；《象舞》，《頌》之《維清》也。其在當時親見古樂者，凡舉《雅》《頌》，率參以《南》。其後《文王世子》又有所謂『胥鼓《南》』者，則《南》之爲樂古矣。杜預之釋《左氏》，亦知《南籥》爲文樂矣，不勝傳習之久，無敢正指以爲二《南》也。劉炫之釋《鼓鐘》，雖疑『雅南』之『南』當爲二《南》，亦不敢自信，惟能微出疑見而曰『南，如「周南」之意』而已。夫諸儒既不敢主二《南》以爲『南』，而《詩》及《左氏》雖皆明載南樂，絶不知其節奏爲何音何類，其贊頌爲何世何主。惟《鉤命決》之《書叙》載『四夷之樂』，適有名『南』者，鄭氏因遂采取以足其數。孔穎達輩率皆因襲其説，凡六經之文有及於『南』者，皆指爲『南夷』『南樂』以應塞古制，甚無理也。」承珙案：程説一往謬誤。其謂《詩》篇無「風」名，古有二《南》無《國風》，毛西河既據《樂記》「正直而静、廉而謙者，宜歌《風》」，及《表記》引《詩》「我躬不閲，遑恤我後」，又引《詩》「心之憂矣，於我歸説」，皆稱「國風」以駁正之；其又謂《詩》之《雅》《南》，《左傳》之《南籥》皆二《南》，則陳長發《毛詩稽古編》曰：「『以《雅》以《南》，以籥不僭』，雅者，先王之雅樂；南者，四方之南樂；籥者，羽舞之籥樂，傳義允矣。鄭以『雅』爲《萬舞》，與『籥』分文武，異於毛，不可從。宋蘇氏復自立説，謂『雅』是二《雅》，『南』是二《南》，舛繆尤甚。大雅、小雅，《詩》六義之一也，非樂名也。樂以『雅』名，則《風》《雅》《頌》皆得奏之，不僅二《雅》矣。至二南之『南』，猶十五國之『國』也，目其地而言也。當時所采詩，或得於南國，周召不足以盡之，故不言『國』而言『南』耳。尚不得與二雅並列於六義，況樂名乎？《文王世子》之『胥鼓南』，鄭氏釋爲『南夷之樂』；《左氏》之『南籥』，杜氏以爲文王之樂，俱不云二《南》也。」程大昌特見蘇氏釋《鼓鐘》篇，故生此説耳。以上諸説皆足破《考古編》之謬。今考《吕氏春秋·音初》篇：「禹巡省南土，塗山氏之女乃令其妾候禹于塗山之陽。女乃作歌，歌曰：『候人兮猗！』實始作爲南音。周公及召公取風焉，以爲《周南》《召南》。」此實爲蘇氏《詩傳》、程氏《詩論》之所本。然高注《吕覽》，以「南音」爲「南方國風之音」，以《周南》《召南》謂取「南音以爲樂歌」，義本可通。程氏乃謂有南無風，據《左傳》季札觀樂歌十五國而不言「風」。而《左傳》明言「風有《采蘩》《采蘋》」，則又以爲出於臆説，真自相矛盾。總之，「南」以地言者，乃采詩時編部之名也；以音言者，又入樂時編部之名也。二者不同，而亦不相悖。諸儒混爲一解，而又牽引「南夷之樂」以爲二《南》，則尤誤矣！

周南

關雎

《序》云：「《關雎》，后妃之德也。」傳箋皆未明言「后妃」爲大姒，「君子」爲文王。程子謂《序》言「后妃之德」，非指人而言，凡爲王后妃者當如是。馮元成亦以爲「周公制房中之樂，追稱后妃思得淑女以共理内治。此語尚沿箋疏之誤，辨見後。所謂憂樂，皆設言其事，播諸管絃，以代箴銘」。二説頗爲近之。惠研谿《詩説》曰：「《小序》未嘗指言『后妃』『夫人』爲何如人，後之訓詁家推跡其自始，以爲太姒耳。作詩之意，或本于文王、大姒，而周公隸之爲房中樂，則又以是告後之爲后妃、夫人者矣。」戴東原《詩經補注》曰：「《南》《豳》《雅》《頌》有專爲樂章，非詠時事者。周家歷世有賢妃之助，故《周南》首《關雎》，《召南》首《鵲巢》，所以正内德、慎婚姻之際。《關雎》之言夫婦，《鹿鳴》之言君臣，歌之房中，歌之燕饗，俾聞其樂章，知君臣夫婦之正焉，非指一人一事爲之者也。」韓氏怡《讀詩傳謁》曰：「案，君子，在上之通稱。《序》但言后妃，則爲文爲武未可知也。《思齊》稱大姒，《雝》稱文母，並無『后妃』之目。惟《大戴禮·保傅》篇曰：『周后妃任成王于身。』據此，則不得定以爲文王之后妃，審矣。」朱子《詩集傳》謂文王求得大姒爲配，宫中之人於其始至而作是詩。於是疑難蠭起。崔銑云：「大姒未至，文王不應先畜妾媵，誰與探其寤寐間事而形容之？」或又以爲王季宫人。何元子《詩經世本古義》曰：「古者命士，父子異宫，彼淑女之得與否，亦何與於王季宫人之憂樂也。」金仁山則謂諸書言文王十五而生武王，前此已生伯邑考；武王八十一而生成王，後此又生唐叔虞，人情事理所必不然。故許白雲《詩集傳名物鈔》云：《通鑑前編》據《竹書紀年》謂武王五十四而崩爲可信，又據《大明》之詩自三章至六章皆言文王有國，娶莘生武王之事，其四章曰「文王初載」即文王即位之初年：「文王四十七即位，居喪三年，其娶蓋在五十之後。」文王九十七歲而終。「武王即位十三年滅商」，「既滅商七年而崩，在位共十九年」。以此推之，知「文王六十三而生武王」，「女妻乃能孕字，下又生子八人，則大姒之年少爾」。鄒忠胤據「纘女維莘」之文，疑大姒爲文王繼娶于莘。錢飲光《田間詩學》用其説，且據《周書·無逸》稱「文王受命惟中身，厥享國五十年」、《史記》載文王年九十七，而云「享國五十年」，當以四十七即位。「《史記》載武王克殷告叔旦曰：『惟天命不享于殷，發之未生，至于今六十年。』是武王以六十歲克商，在侯位已十三年。則武王以四十八即位，克商後四年而崩，得年六十四歲。以文王歿年考之，蓋以五十歲生武王，而非十五生武王明矣。若以大姒爲文王之始配，以古者男三十娶、女二十嫁之例準之，當文王生武王時，大姒必將四十矣。生武王而後，又有子八人，不應前此壯年惟伯邑考一人，及血氣將衰，乃生子纍纍如許。意必文王「續娶于莘而得大姒，有不妒之德，故周世歌頌之。若是，則《關雎》爲文王宫人之作，亦足據矣」。承珙案：《白虎通義·嫁娶》篇云：「人君及宗子無父母自定娶者，卑不主尊，賤不主貴，故自定之也。《昏禮》經曰：『親皆没，己躬命之。』《詩》云：『文定厥祥，親迎于渭。』」此蓋三家詩說。然則以文王娶大姒爲在即位之後，漢人已有此說矣。但必據是以證《關雎》爲文王宫人之作，則可不必耳。

「關關雎鳩」，傳：「雎鳩，王雎也。鳥摯而有別。」毛訓本之《爾雅》。《左傳》「雎鳩氏，司馬也」，杜注即用毛傳云：「鷙《釋文》：「本亦作摯。」而有別，故爲司馬，主法制。」其他則陸璣以爲如鴟，郭璞以爲雕類，楊雄、許慎以爲白鷢。而白鷢亦復似鷹，是則雎鳩爲雕鶚之類，已無疑義。自鄭夾漈有鳧類之說，朱子從之，云「江淮間有此」。則馮嗣宗《六家詩名物疏》云：「江淮所有，當年恐未入詩人之目。」夾漈之說，自未可從。餘如《詩總聞》以爲鴟鳩，《風土記》疑爲蒼鷃，馮元敏謂狀似鴛鴦，方以智《通雅》定爲屬玉，郝氏以爲布穀，錢氏《詩詁》以爲杜鵑，無稽之言，皆可無庸置辨。《史記·孔子世家》正義曰：「王雎，金口鴞也。」案：「鴞」當爲「鶚」之誤，《御覽》九百二十六引《蒼頡解詁》：「鶚，金喙鳥也。」

毛傳「鳥摯而有別」，鄭箋申之曰：「摯之言至也，雎雄情意至然，而有別。」此最得傳意。蓋「摯」與「至」聲近義同。《說文》：「𡠗，至也，讀若摯。」《爾雅》：「摯，臻也。」郭注云「摯」「臻」皆「至」，是也。「摯」與「有別」自是兩義。若以爲猛鷙之「鷙」，則《淮南子》曰：「猛獸不群，鷙鳥不雙。」言「鷙」已含「別」意，不必又云「有別」矣。惟其雌雄情意肫至，而又能有別，故傳以興「后妃説樂君子之德，無不和諧，又不淫其色，慎固幽深，若關雎之有別焉」。楊雄《羽獵賦》云：「王雎關關，鴻雁嚶嚶。群娭乎其中，噍噍昆鳴。」張衡《思玄賦》云：「鳴鶴交頸，雎鳩相和。」又《歸田賦》云：「王雎鼓翼，倉庚哀鳴。交頸頡頏，關關嚶嚶。」此所謂雌雄情意至者也。《淮南·泰族訓》云：「《關雎》興於鳥，而君子美之，爲其雌雄之不乘居也。」今本「乘」作「乖」，誤。《列女傳》魏曲沃負曰：「夫雎鳩之鳥，「未嘗見其乘居而匹處也」。張超《誚青衣賦》云：「感彼關雎，德不雙侣。」此即所謂有別者也。歐陽《本義》疑於「摯」爲猛鷙，且謂「雌雄皆有情意，孰知雎鳩之情獨至」。其説固矣。

《漢書》匡衡上疏曰：「《詩》曰：『窈窕淑女，君子好仇。』言能致其貞淑，不貳其操，情欲之感無介乎容儀，宴私之意不形乎動静，夫然後可以配至尊而爲宗廟主。」此以詩之「淑女」即爲后妃。《毛詩稽古編》曰：「《集傳》釋《關雎》，舍毛鄭而取匡衡。」承珙案：匡衡之言，實同毛氏。毛傳云：「淑，善。逑，匹也。言后妃有關雎之德，是幽閒貞專之善女，宜爲君子之好匹。」黄氏元吉《詩經遵義》曰：「毛傳文氣緊接而下，『是』字即指后妃。孔疏必强毛以同鄭，實失毛旨。」《田間詩學》謂朱子宗毛氏，以「淑女」指后妃者，得之。歐陽氏《詩本義》云：「《關雎》之作，本以雎鳩比后妃之德。故上言雎鳩在河洲之上，關關然雌雄和鳴，下言淑女以配君子。」此解甚當。但謂毛鄭皆云《詩》所斥「淑女」者非后妃，則不然。鄭箋乃以「逑」爲「仇」，謂「淑女」爲三夫人以下耳。正義援箋合傳，曲爲附會，非果傳意云然也。《漢書·杜欽傳》欽説王鳳云：「后妃之制，夭壽治亂存亡之端也。」其下云：「故詠淑女，幾以配上，忠孝之篤，仁厚之作也。」《後漢書》應奉以田貴人微賤，不宜超登后位，上書曰：「臣聞周納翟女，襄王出居于鄭；漢立飛燕，成帝胤嗣泯絶。宜思《關雎》之所求，遠五禁之所忌。」以上二條，皆與毛義合，不獨匡衡也。

「窈窕淑女」，傳：「窈窕，幽閒也。」毛既以「幽閒」訓「窈窕」，其下復以「貞專」足成其義。《文選・秋胡詩》注引薛君《韓詩章句》曰：「窈窕，貞專貌。」正與毛同。是皆以「窈窕」指女之德容言之。鄭箋始增入「深宮」字，以「窈窕」爲「居處」。而正義遂并以深宮之義被之毛傳，非也。《楚辭》「子慕予兮善窈窕」，《史記・李斯傳》「佳冶窈窕」，《漢書・杜欽傳》「必鄉舉求窈窕」，《劉輔傳》「妙選有德之世，❶考卜窈窕之女」，《王莽傳》「有窈窕之容」，《後漢書・班固傳》「窈窕繁華，更盛迭貴」，《邊讓傳》「爾乃攜窈窕，從好仇」，張超《誚青衣賦》「但願周公，配以窈窕」，凡此皆不以「窈窕」爲「居處」。至疊字形容語，本無庸字別爲義。《方言》云：「善心爲窈，善容爲窕。」亦非是。

「君子好逑」，傳：「逑，匹也。」訓本《爾雅》。今《爾雅》作「仇，匹也」，郭注引《詩》「君子好仇」。孫炎注云「相求之匹」。是孫所見本作「逑」。《衆經音義》引李巡注云：「仇，讎怨之匹。」是李所見本又作「仇」。可見《爾雅》古有兩本，「逑」「仇」異字，以「逑」爲「仇」之假借。如《左傳》「怨耦曰仇」，而《説文》「逑」下云「怨匹曰逑」，亦以「逑」爲「仇」之假借也。據《釋文》，毛傳作「逑」，又別有作「仇」之本。臧玉林《經義雜記》曰：《後漢書・邊讓傳》注，《文選・景福殿賦》《琴賦》、嵇康《贈秀才從軍詩》注，皆引《毛詩》曰「君子好仇」，知《毛詩》

❶「輔」，原作「酺」，據《漢書》改。

之不作「逑」。承珙案：《後漢書·皇后紀》論「《詩》美好逑」，章懷注引《詩》「君子好逑」，並引毛傳爲「君子好匹」。可見毛傳自有作「逑」之本，不得定以作「仇」者爲毛氏舊文也。

《禮記·緇衣》：「子曰：『惟君子能好其正，小人毒其正。』」下引《詩》云：「君子好仇。」鄭注云：「正，當爲『匹』，字之誤也；仇，匹也。」此鄭所用蓋三家詩訓。其以「仇」爲「匹」，正與毛同，至箋《詩》時乃易其説耳。陸聚緱《陸堂詩學》曰：「鄭氏箋《詩》，其異毛者不過十之三四，乃於開章第一義泥《左氏》『怨耦曰仇』語，遂至『左右』『友』『樂』盡失其解，真犯孟子『以文害辭』之譏。」承珙謂，孟子言大王之時内無怨女，而《周南》之君子乃不免有衆妾之怨者，此義豈可爲訓。

陳氏《稽古編》曰：「此詩首章傳，初視之，意竟似目『淑女』爲后妃矣。及觀次章傳『后妃有關雎之德，乃能共荇菜、備庶物，以事宗廟』，方知下文『淑女』不得指后妃也。不然，『流之』與『求之』文義不協矣。」承珙案：陳意蓋以後二章爲賦，言后妃供荇菜，淑女助而求之。其實不然。二《南》爲房中之樂，故美后妃有關雎之德，爲窈窕之淑女，宜配君子。其下「求之」「友之」「樂之」即指此淑女而言。吕東萊《讀詩記》曰：「首章以雎鳩發興，後二章皆以荇菜發興。」此説是也。后妃即「淑女」，有共荇菜之職，故因荇菜之可流以興淑女之可求。下文「采」謂采取，「芼」謂擇取。古者昏禮納采即謂納其采擇之禮。以此託興，意味深長。若以共荇菜爲直賦其事，意義淺矣。毛於首章標明興體，故次章略之，全《詩》例皆如此。范氏《詩補傳》、嚴氏華谷《詩緝》皆以「荇菜」爲賦，誤矣。

「寤寐思服」，傳：「服，思之也。」《莊子·田子方》篇「吾服女也甚忘」，郭注云：「服者，思存之謂也。」或疑「思服」相連，「服」亦爲「思」，於義重複。承珙案：《康誥》曰：「要囚，服念五、六日，至于旬時。」「服念」連文，不嫌複也。

「輾轉反側」，正義引《書傳》「帝猶反側，晨興」，「『反側』既爲一，則『輾轉』亦爲一，俱爲卧而不周」。又歷引《澤陂》之「輾轉伏枕」，《何人斯》箋之以「輾轉」釋「反側」。「『反側』猶『反覆』，『輾轉』猶『婉轉』，大同小異。」承珙謂古人名「側」多字「反」，《左傳》楚公子側字子反，宣十二年。魯孟之側字反，哀十年。亦足證「反」「側」之無二義。朱《傳》析四字各爲一義，而語無所本，故不可從。

「琴瑟友之」，傳：「宜以琴瑟友樂之。」「鐘鼓樂之」，傳：「德盛者宜有鐘鼓之樂。」孫毓述毛見正義。云：「思淑女之未得，以禮樂友樂之，是思之而未致，樂爲淑女設也。知非祭時設樂者，若在祭時，則樂爲祭設，何言德盛。設女德不盛，豈祭無樂乎？又琴瑟樂神，何言友樂也？」承珙案：《序》云：「后妃之德。」傳云「德盛」，正與《序》相應。則所謂「友之」「樂之」者，非即指后妃而何？毛義本自直截，孫毓述之，更爲明白。

「左右芼之」，傳：「芼，擇也。」《爾雅》：「芼，搴也。」孫炎曰：「皆擇菜也。」某氏曰：「搴，猶拔也。」郭璞曰：「拔，取菜也。」孫炎之訓即本毛公，某氏、郭璞似别爲説而義實相因。《説文》：「芼，艸覆蔓。从艸，毛聲。《詩》曰：『左右芼之。』」蓋此「芼」本艸覆蔓之名，菜亦艸類，惟其覆地蔓延，故須拔之，而擇之義相成也。《玉篇》：「覒，擇也。」引《詩》「左右覒之」，殆三家字異歟？朱《傳》從董氏逌以「芼」爲「熟而薦之」，而上章釋「左右」爲「無方」。故《稽古編》云：「『左右』訓爲『無方』，則於『芼』義難通。『熟而薦之』，於禮當有常所，安得云『無方』乎？」承珙案：若從毛傳訓「芼」爲「擇」，則「左右芼之」與「左右流之」

同義，亦可訓爲「無方」。毛雖不釋「左右」字，然傳意本以「淑女」即「后妃」，則「左右」不必如鄭箋「佐助」之義也。

《燕禮》記「若與四方之賓燕，有房中之樂」，注云：「絃歌《周南》《召南》之詩，而不用鐘磬之節也。謂之房中者，后、夫人之所諷誦以事其君子。」疏云：「若用鐘磬，當云有房中之奏樂，今直云有房中之樂，明彼本無鐘磬也。若然，《磬師》云：『教縵樂、燕樂之鐘磬。』注云：『燕樂，房中之樂，所謂陰聲也。二樂皆教其鐘磬。』房中樂得有鐘磬者，彼據教房中樂，待祭祀而用之，故有鐘磬也。房中及燕，則無鐘磬也。」陳氏《禮書》曰：「毛氏以《詩》『招我由房』爲房中之樂。《關雎》之詩曰『鐘鼓樂之』，而《周禮》教燕樂以磬師，則房中之樂非不用鐘磬也。鄭氏言不用鐘磬，又言教以磬師，是自惑也。賈公彦謂祭祀有鐘磬，燕無鐘磬，此不可考。」《隋書・音樂志》：「牛宏修皇后房内之樂，據毛萇、侯苞、孫毓故事，皆有鐘磬，而王肅之意乃言不可。又陳統云：『婦人無外事，而陰教尚柔。柔以静爲體，不宜用鐘磬。』宏等採肅、統以取正焉。大業中，柳顧言又增房内樂，益其鐘磬。奏議曰：『房内樂者，主爲皇后弦歌諷誦而事君子，故以房室爲名。燕禮、鄉飲酒禮亦取而用也，故云「用之鄉人焉，用之邦國焉」。文王之風由近及遠，鄉樂以感人，須存雅正。既不設鐘鼓，義無四懸，何以取正於婦道也。《磬師職》云：「燕樂之鐘磬。」鄭玄曰：「燕樂，房内樂也，所謂陰聲，金石備矣。」以此而論，房内之樂非獨絃歌，必有鐘磬也。』」承珙案：房中樂用鐘磬，諸儒祇據《磬師》，不知《周禮·笙師》：「凡祭祀饗食，❶共其鐘笙之樂，燕樂亦如之。」注云：「鐘笙，與鐘聲相應之笙。」夫此言燕樂，别於祭祀饗食，則是用之房中及燕矣。使無鐘磬，何爲「共其鐘笙之樂」乎？此不待辨而明者也。《隋志》稱侯苞、孫毓，蓋毛韓二家詩説。牛宏不用，而取陳統之説，誤矣。又《漢書·禮樂志》「房中樂，高祖唐山夫人所作也」，其原出於周房中樂。而《安世房中歌》首章即云：「高張四縣，樂充宫庭。」亦可爲房中樂有鐘鼓之證。

《關雎》爲風之始，而後人云三家以爲刺詩者，大史公曰：「周道缺，詩人本之衽席，《關雎》作。」楊子雲曰：「周康之時，《關雎》傷始亂。」此於三家之説，不知何屬。他如《漢書·杜欽傳》「佩玉晏鳴，《關雎》歎之」，《後漢書·楊賜傳》「康王一朝晏起，《關雎》見幾而作」，注家皆以爲《魯詩》；《後漢書》明帝詔「應門失守，《關雎》刺世」，《馮衍傳》「美《關雎》之識微兮，愍王道之將崩」，注皆引薛君《韓詩章句》云「大人内傾于色，故詠《關雎》説淑女正容儀以刺時」；惟《齊詩》未詳其説。《漢書·儒林傳》：匡衡受《齊詩》於后蒼。《衡傳》上疏云「聞之師曰：『妃匹之際，生民之始，萬福之原。』婚姻之禮正，然後品物遂而天命全。孔子論《詩》以《關雎》爲始」云云。此蓋《齊詩》之説，正與毛傳「夫婦有别則父子親」云云合。至魯韓二家以爲刺時者，必皆係傳《詩》者之説。《陸堂詩學》曰：「《史》《漢》儒林傳皆云申公有詁訓，無傳義。後之爲《魯詩》説者，恐非申公之舊。」此語可謂破的。《韓詩外傳》云：「大哉，《關雎》之道也！萬物之所繫，群生之所命也。」又

❶「食」，阮校本《周禮注疏·笙師》作「射」。

云：「《關雎》之事大矣哉！天地之間，生民之屬，王道之原，不外是矣！」所言亦與毛傳合。然則三家詩於開章大義無不同於毛氏，林艾軒云：「毛公趙人，未必不出於《韓詩》。」特數經傳受之後，或不免所聞異辭耳。劉向習《魯詩》，《列女傳》亦云：「康王晏出朝，《關雎》預見。」鄭康成先通《韓詩》，故注《論語》「哀而不傷」云：「哀世夫婦不得此人，不爲減傷其愛。」總之，刺時之説，薛士龍謂是賦其詩者，吕元鈞謂陳古以諷，二説近之。《後漢書》注引《春秋説題辭》曰：「人主不正，應門失守，故歌《關雎》以感之。」夫曰「歌以感之」，正如《常棣》作於周公，而《左傳》僖二十四年。載富辰之言曰，召穆公「糾合宗族於成周而作」，杜預注云周公作之，召公歌之耳。范蘅洲《三家詩拾遺》曰：「光武《廢郭后詔》云『既無《關雎》之德，而有衛霍之風』，似用毛《序》。而范蔚宗《皇后紀序》先言『后、夫人進賢才以輔君，哀窈窕而不淫其色』，後又云『康王晚朝，《關雎》作諷』，可知康王時人歌《關雎》以諷諫。與薛、吕之説正同。」

葛覃

《序》云：「《葛覃》，后妃之本也。」孔疏謂后妃「在父母家本有此性，出嫁修而不改」。《吕記》則曰：「《關雎》，后妃之德也。而所以成德者，必有本。曷謂本？《葛覃》所陳是也。講師徒見《序》稱『后妃之本』，而不知所謂，乃爲在父母家志在女功之説以附益之。殊不知是詩皆述既爲后妃之事，貴而勤儉，乃爲可稱，若在室而服女功，固其常耳，不必詠歌也。」嚴《緝》略同。李氏《集解》又祖楊龜山、張横渠之説，以「在父母家爲歸甯之時，言后妃歸甯，志猶在於女功之事」。承珙案：諸儒之説，皆有難通。孔疏以后妃之本爲本性貞事，則與《關雎序》所云「德」者無異，不當又別爲「后妃之本」。若謂詩皆述既爲后妃之事，則《禮》有后、夫人親桑，不聞采葛。至於既嫁歸甯，更不當有采葛之事。竊意此詩首章、次章自是追溯后妃在父母家勤於女工之事，即《内則》所謂執麻枲，治絲繭，織紝，組紃，學女事以共衣服者；末章言尊敬師傅，教以適人之道，躬習勤儉，服澣濯之衣，如此，則「于歸」之後，和於室人而當於夫，乃可以安其父母，即《小雅》所謂「無父母遺罹」也。蓋勤儉自是后妃之本性，女功亦是后妃之本務，而要皆推本於在父母家服習煩辱，婉娩聽從，乃能嫁而正夫婦之道，歸而安父母之心。如此，則作詩之旨與序詩之説并傳箋皆一以貫之矣。

「葛之覃兮」，傳：「覃，延也。」此本《爾雅·釋言》。正義失引。《釋詁》又云：「延，長也。」《方言》同。《生民》「實覃實訏」，傳云：「覃，長也。」此「葛覃」之「覃」毛又訓爲「延」者，當從延長之義，謂葛引蔓延長，羅願《爾雅翼》云：葛蔓「牽其首以至根，可二十步」。非「延易」之「延」。下「施于中谷」，傳云：「施，移也。」乃延易之義。《大雅》「施于孫子」，箋云：「施，猶易也，延也。」《爾雅》：「弛，易也。」郭注：「相延易。」《廣雅》：「施，敡也。」「施」與「弛」同，「敡」與「易」同。雖引蔓之長至於延易，義本相成，然詩以「覃」與「施」相承言之，文義自當有別。箋云「葛延蔓於谷中」，「延蔓」專釋「施」字，非牽用傳文「覃，延也」。

「黄鳥于飛」，段懋堂《説文注》曰：「毛傳：『黄鳥，摶摶音博，非徒端反。黍也。』不云即倉庚，『倉庚』下亦不云即黄鳥，然則黄鳥非倉庚。」又：「鄭箋稱『黄鳥宜食粟』，又云『緜蠻，小鳥貌』。承珙案：二條皆傳文，非箋語。顯非倉庚，蓋今之黄雀也，似雀而色純黄。《戰國策》云：『俛啄白粒，仰棲茂樹。』《詩》所謂『黄鳥』也。」承珙案：段説是也。《爾雅》云：「倉庚，商庚。」又云：「鵹黄，楚雀。」又云：「倉庚，黧黄也。」《説文》「離」下云：

「離黄，倉庚也。鳴則蠶生。」「黐」下云：「黐黄也。从隹，黎聲。一曰楚雀也。其色黎黑而黄。」此皆謂今之黄鸝。《爾雅》又有「皇，黄鳥」，則當别爲一鳥。舍人注但云：「皇，名黄鳥。」郭璞乃云：「俗呼黄離留，亦名摶黍。」則誤合爲一。然其誤實始於《方言》謂「驪黄，自關而東謂之倉庚，自關而西謂之驪黄，或謂之黄鳥，或謂之楚雀」。陸璣《疏》因之。今案：《小雅·黄鳥》云「啄粟」「啄粱」「啄黍」，似當主謂黄雀，《古樂府》所謂「野田有黄雀」者是。若黄鸝，不聞其食黍粟也。《秦風》「交交黄鳥」，傳亦云：「交交，小貌。」鳥之黄而小者惟黄雀。陸《疏》云「鴟鴞似黄雀而小」，桃蟲微小于黄雀。皆足見黄雀之小。若黄鸝，則《格物總論》云大勝鴝鵒，不得爲甚小也。且《小雅》云「集于穀」「集于桑」「集于栩」，及《秦風》之「止于棘」「止于楚」，皆灌木也，傳謂「止于棘」爲黄鳥往來得所。今之黄雀，愛集叢木。若黄鸝，則多集於喬木，亦與止棘、集灌之義不合。不得因《小雅》有「倉庚喈喈」與此詩「其鳴喈喈」音同而合爲一也。又案：孫奕《示兒編》已有此説，謂黄鳥有二種，名同而小大殊。但以《葛覃》《凱風》之「黄鳥」爲黄鸝，《秦風》《小雅》之「黄鳥」爲「黄雀」，則非是。其云毛氏、陸氏所謂「摶黍」亦當是黄雀，「黍熟於七八月之間，無復有鸝矣」。此説極通。陳氏《稽古編》反謂其妄，誤矣。

「維葉莫莫」，傳：「莫莫，成就之貌。」案：《廣雅·釋訓》云：「莫莫，茂也。」《文選·蜀都賦》「秔稻莫莫」，劉注亦云「茂也」。是「莫莫」本爲茂盛之貌，與「萋萋」同。傳以上文「萋萋」已訓茂盛，義可類推，而此章下文有「是刈是濩」，故以「莫莫」爲「成就之貌」。正義云「葛既成就，已可采用」是也。《大雅·旱麓》「莫莫葛藟，施于條枚」，傳云：「莫莫，施貌。」草之茂盛者，乃能延蔓于木，故但言「施貌」而茂盛可知。傳義各有攸當，不得謂其緣辭生訓也。

「服之無斁」，《禮記·緇衣》引《葛覃》曰「服之無射」，「斁」作「射」。郭璞注《爾雅》，王逸注《楚辭》，引皆作「射」。段懋堂曰：「斁，本字；射，同部假借。」承珙案：鄭《緇衣》注云：「言己願采葛以爲君子之衣，令君子服之無厭。」此箋則用《爾雅》，訓「服」爲「整」，謂整治此葛以爲絺綌。蓋以「言歸」之文尚在下章，則此「服之」不得云服其君子耳。傳引《國語》「王后織玄紞，至庶士以下，各衣其夫」者，亦謂婦人無貴賤，皆有衣其夫之責，故在父母家，即當豫習女功煩辱之事。傳箋義蓋相足也。

「歸寧父母」，傳：「寧，安也。父母在，則有時歸寧耳。」惠氏《詩説》謂古無歸寧之禮，毛傳因《左氏》而誤。段懋堂曰：「『父母在』以下九字，恐後人所增。毛云：『寧，安也。』毛意同《草蟲》箋所云『寧父母』。《説文·女部》：『妟，安也。从女，从日。《詩》曰：「以妟父母。」』今《毛詩》無此，蓋『歸寧父母』之異文也。尋詩上文『言告言歸』，『歸』謂嫁也。方嫁不當遽圖歸寧，則此『歸』字作『以』字爲善，謂可用以安父母之心。《草蟲》『未見君子，憂心忡忡』，箋云：『在塗而憂，憂不當君子，無以寧父母，故心衝衝然。』《葛覃》『害澣害否』二句，箋云：『言常自潔清以事君子。』正謂能事君子，則能寧父母心。二箋義互相足也。」承珙案：《潛夫論·斷訟》篇云：「不枉行以遺憂，故美歸寧之志一許不改，蓋所以長真潔而寧父兄也。」此亦第以「歸寧」爲「無父母遺罹」之意。至歸寧之禮，正義歷引《左傳》《喪服》傳等，證據明白，固不得謂爲非禮。《曲禮》云「姑姊妹女子子已嫁而反」，尤有明文。《詩》之《泉水》《載馳》《竹竿》雖皆思歸不得，然使父母在，而亦不當歸寧，則其思爲非禮矣。故《泉水序》及箋皆據《左傳》説。「父母在則歸寧，没則使大夫寧於兄弟」，此古禮也。

惟此《序》云「可以歸安父母」，則似謂既嫁而可以安父母之心，故箋云：「言嫁而得意，猶不忘孝。」但「父母在」以下九字，段以爲後人所增，不如陳碩甫云此九字是鄭箋語竄入毛公傳文。箋云「言常自潔清以事君子」，釋「害澣害否」句；「父母在則有時歸甯耳」，釋「歸甯父母」句。《泉水》箋云：「國君夫人，父母在則歸甯。」兩箋義正同耳。承珙又案：《説文》「晏」下所引或三家詩。此《序》及箋既皆以「歸安」連文，則《毛詩》字仍當作「歸甯」，未必作「以晏」也。

卷耳

《序》云：「《卷耳》，后妃之志也。」劉原父《七經小傳》曰：「后妃於君子有夙夜警戒相成之道。此詩言后妃警戒人君，使求賢審官之意耳，不謂后妃已自求賢審官也。采卷耳者，欲求盈筐，心不在，故無獲也。以言爲國當求賢耳，而賢不至者，亦以心不專，故賢不來矣。如是，頃筐無所獲，則失其所願；周行無所寘，則失其所治。此爲后妃警戒求賢審官也。其餘又陳當知臣下勤勞之事，亦謂從容警戒於君耳，非以后妃已所行也。」《吕記》曰：「求師取友，婦人固無與乎此，而好善之志則不可不同；崇德報功，婦人固無與乎此，而體群臣之志則不可不同。室有轑釜之聲，則門無嘉客，況后妃心志之所形見者乎？」郝仲輿曰：「或者謂婦人勿與外事，然則《雞鳴》之解佩，十亂之邑姜，非乎？不越酒食，不及爵賞，借中饋以効箴，故謂之志而已。」承珙案：三説皆得詩旨。朱子初解從《序》，見《吕記》。後作《集傳》乃以爲大姒懷文王之詩。則懿筐非后妃所執，大路非后妃所遵，至於登山極目，縱酒遺懷，尤爲儗不於倫。近儒辨之當矣。

郝氏曰："《小雅》之《四牡》《皇華》《采薇》《杕杜》，遣勞使臣，王者所以享諸臣於外廷也。《卷耳》則后妃所以相王於中饋也。《卷耳》之志，是《采薇》《杕杜》之治所從出也。"承珙案：成九年《左傳》：季文子如宋致命，公享之。襄二十年："季武子如宋。歸，復命，公享之。"是春秋時臣下出使而還，其君猶有享燕之禮。《周禮·酒正》《漿人》有共后、夫人致飲于賓客之禮，世婦掌大賓客之饗食。疏謂賓客饗食，王后有助王禮賓之法。然則《周南》盛時恩明誼美，於命將遣戍之際，燕饗慰勞，作爲詩篇以詠歌其勤苦者，安知后妃不與有助邪？晉束晳《讀書賦》曰："讀《卷耳》則忠臣喜，讀《蓼莪》則孝子悲。"所謂喜者，即《鹿鳴序》云"忠臣嘉賓得盡其心"者也。

《淮南子·俶真訓》云："今矰繳機而在上，罔罟張而在下，雖欲翺翔，其勢焉得。故《詩》云：『采采卷耳，不盈頃筐。嗟我懷人，置彼周行。』以言慕遠世也。"承珙案：此蓋謂亂世之臣，險阻憂危而不見體恤，故因《卷耳》之詩而思慕古之賢人，寘之列位，各得其所。義正與《序》相應。晁説之謂《魯詩》以《卷耳》爲康王時詩，亦必當時有慕古而賦其詩者，如《關雎》作諷之類是也。

"采采卷耳，不盈頃筐"，傳："卷耳，苓耳也。頃筐，畚屬，易盈之器也。"箋云："器之易盈而不盈者，志在輔佐君子，憂思深也。"《荀子·解蔽篇》云："頃筐，易滿也；卷耳，易得也，然而不可以貳周行。故曰：心枝則無知，頃則不精，貳則疑惑。"楊倞注云："采易得之物，實易滿之器，以懷人寘周行之心貳之，則不能滿。"此用箋義也。高誘注《淮南·俶真訓》云："言采采易得之菜，不滿易盈之器，以言君子爲國執心不精，不能以成其道也。『嗟我懷人，寘彼周行』，言我思古君子官賢人，置之列位。"此釋"懷人"二句，全同傳義。

其釋上二句，意當亦本之毛公。蓋傳以采卷耳爲憂者之興，是謂卷耳易得，頃筐易盈，而采之者苟有貳心，尚不能滿，況於求賢之難，而可不思所以寘之乎？如是乃得爲因物託喻，諷其君子。歐陽《本義》謂「不盈頃筐」，「以其心之憂思在於求賢，而不在於采卷耳」。又謂毛鄭之説首章，言「后妃欲君子求賢置之列位，故憂思至深，而忘其手有所采」。此誤以鄭義爲毛義。夫必謂憂在進賢而忘其采菜，則是賦而非興矣。

《爾雅》：「卷耳，苓耳也。」郭注引《廣雅》云：「枲耳也。亦云胡枲，江東呼爲常枲。」《爾雅釋文》引《廣雅》又云：「苓耳，蒼耳。」後之説《詩》及注《本草》者，無不以卷耳爲蒼耳。惟鄭夾漈云：「《詩》言『采采卷耳』者，以其可茹也。即今卷菜如連錢者。是若蒼耳，但堪入藥，不可食。」馮氏《名物疏》駁之曰：「陶隱居云蒼耳名常思菜，傖人皆食之，何謂但堪入藥乎？其以卷菜爲卷耳，又未知何據也。」承珙案：杜子美《驅豎子摘蒼耳詩》云：「蓬莠獨不焦，野蔬暗泉石。卷耳況療風，童兒且時摘。」又云：「放筐亭午際，洗剥相蒙密。登牀半生熟，下箸還小益。加點瓜薤間，依稀橘奴跡。」是亦以卷耳爲蒼耳，蓋唐時猶以充蔬食者。明周憲王《救荒本草》亦云蒼耳嫩苗及子皆可食。此皆得諸身試目驗者，知夾漈之説非矣。

《詩正義》引陸《疏》云：卷耳，「葉青白色，似胡荽，白華細莖，蔓生」。郭注《爾雅》：「或曰苓耳如鼠耳，叢生如盤。」宋《圖經》謂陸郭所言皆與今蒼耳相類，而以郭言叢生者爲尤得之。承珙案：郭所引「或説」是別一物，故徐鍇《説文繫傳》於「苓」字下引郭注「叢生如盤」，以爲菌屬生朽潤木根者，其非蒼耳明甚。朱《傳》云「卷耳，枲耳。葉如鼠耳，叢生如盤」，則合郭氏二説爲一，誤矣。

朱子《詩序辨説》云：「后妃雖知臣下之勤勞，然曰『嗟我懷人』，其言親暱，非所宜施。且首章之『我』獨爲后妃，而後章之『我』皆爲使臣，首尾衡決，不相承應，亦非文字之體。」承珙案：此詩「我」字，毛傳不明所指。鄭箋於「我馬」之「我」云：「我，使臣也。」於「我姑」之「我」云：「我，君也。」詳《序》言「后妃志在輔佐君子」，則首章「嗟我懷人」之「我」，即是我其君。傳云「思君子官賢人，寘之列位」，則毛意以首章之「我」爲我君子明矣。下三章「我」字，則以鄭箋所分爲是。凡《詩》中「我」字，有其人自「我」者，有代他人言「我」者，一篇之中不妨並見。如《出車》，「勞還率之詩」，首章「我出我車」，箋云：「上『我』，我殷王也；下『我』，將率自謂也。」三章「天子命我，城彼朔方」，箋云：「此『我』，我戍役也。」五章「既見君子，我心則降」，箋以「君子」斥南仲，謂近西戎之諸侯聞南仲之來而喜。是此「我」，又我諸侯。一詩之中，「我」字各有所指，可無疑於《卷耳》之「我」前後異解矣。朱長孺《詩經通義》曰：「《序》云『后妃之志』，最有味。夫求賢才、勞行役雖文王之事，孰非后妃之輔治于内而志在相成者乎？此出賦詩者言外歸美之意。觀《兔罝》《芣苢》之序皆然，不必定以出自后妃之口而後爲其志。」此説是也。朱《傳》惟泥於諸「我」字皆爲后妃自我，故致乘馬攜僕，以文害辭。《焦氏易林·師之臨》云：「玄黄虺隤，行者勞疲，役夫憔悴，踰時不歸。」蓋從來説《詩》者，未有以「我馬」「我僕」屬之后妃者。

「寘彼周行」，傳：「寘，置。行，列也。思君子官賢人，置周之列位。」《詩》「周行」有三：《卷耳》《鹿鳴》《大東》。鄭皆以爲周之列位。嚴《緝》云：「此唯《卷耳》可通。《鹿鳴》『示我周行』，破『示』爲『寘』，自不安矣；《大東》『行彼周行』，又爲發幣於列位，其義尤迂。」承珙案：毛於《大東》之「周行」無傳，然訓「佻佻」爲「獨行」，則當以「周行」爲「道路」。《鹿鳴》「周行」，毛訓「至道」。此詩則本之《左傳》，其義自古。言各有當，不必一概也。

「陟彼崔嵬」，傳：「崔嵬，土山之戴石者。」正義曰：「《釋山》云『石戴土謂之崔嵬』，孫炎曰『石山上有土者』；又云『土戴石爲砠』，孫炎云『土山上有石者』。此及下傳云『石山戴土曰砠』，與《爾雅》正反者，或傳寫誤也。」《説文》：「岨，石戴土也。」段注云：「《爾雅》、毛傳二文互異而義則一。戴者，增益也。《釋山》謂用石戴於土上，毛謂土而戴之以石；《釋山》謂用土戴於石上，毛謂石而戴之以土。以《絲衣》《戴弁》例之，則毛之立文爲善矣。石在上則高不平，故曰崔嵬；土在上則雨水沮洳，故曰岨。許於『嵬』下同毛，此『岨』下亦同毛也。《詩》《爾雅》作『砠』。」承珙案：段説是也。「戴」亦有「覆」義，《小爾雅》：「戴、蓋、燾、蒙、冒，覆也。」《西都賦》：「上反宇以蓋戴。」《方言》：「燾，覆也。」又云：「燾，戴也。」此則傳文《雅》義，本自可通。若《説文》《釋名》，則皆同毛説。惟《玉篇》「岨」「砠」二字並載，「岨」訓用毛，「砠」訓用《雅》。當以義可兩存，不得謂傳寫之誤也。

「我姑酌彼金罍」，傳：「姑，且也。」《説文·夂部》：「夃，秦人市買多得爲夃。从乃、从夂。夂，益至也。《詩》曰：『我夃酌彼金罍。』」段氏注曰：「今《毛詩》作『姑酌』，傳曰：『姑，且也。』許所據者，《毛詩》古本，今作『姑』者，後人以今字易之。夃者，『姑』之假借字。如《尚書》古文『無有作𢼸』『黎民組飢』，『𢼸』『組』者，『好』『阻』之假借字。」承珙案：此説非也。姑者，「夃」之假借字。凡「姑且」字，正當作「夃」。蓋「姑且」者，少略之辭。「夃」義本訓「多得」，反之則爲「少略」，如「香」爲「臭」，「亂」爲「治」之類。或作「姑」、作「嫴」，《廣雅》：「嫴，且也。」皆假借字。《説文》所引，疑三家詩有作「夃」者。《毛詩》本多假借，未必後易以「姑」字也。

《五經異義》引《毛詩》説：「金罍，酒器，金飾龜目，蓋刻爲雲雷之象。」《説文・木部》：「櫑，龜目酒尊，刻木作雲雷象，象施不窮也。」此正用《毛詩》説。至《韓詩》説：「金罍，大夫器也。天子以玉，諸侯、大夫皆以金，士以梓。」許君雖云「天子以玉」，經無明文，其云「諸侯、大夫皆以金」，與《毛詩》説「人君黄金罍」自合。孔疏必謂「《周南》，王者之風」，當言「天子之事」，以《毛詩》説「人君」謂「天子」與韓不同，其説非是。

「我姑酌彼兕觥」，傳：「兕觥，角爵也。」箋云：「觥，罰爵也。」《詩》言「兕觥」有四：《卷耳》《七月》《桑扈》《絲衣》。鄭於《卷耳》《桑扈》皆云「罰爵」，《絲衣》箋云：「繹之旅士用兕觥，變於祭。」亦謂至旅酬時設罰爵。承珙案：《韓詩》説酒器有五，曰爵，曰觚，曰觶，曰角，曰散。五者自爵外，多不見於《詩》，而獨言「觥」者四。毛於《桑扈》《絲衣》無傳，但彼文皆以兕觥之「觓」對旨酒之「柔」言之。故説《詩》者皆謂以剛制柔，所以救酒之失。則以爲罰爵，義自可通。《七月》傳云：「觥，所以誓衆也。」此因「饗」爲鄉人飲酒而正齒位，故云「誓衆」，亦可兼有罰義。若《卷耳》「罍」「觥」並陳，自不必指言「罰爵」，故傳祇言「角爵也」。箋一概以「罰」義釋之，非矣。

「云何吁矣」，傳：「吁，憂也。」段氏《詩小學》曰：此謂「吁」即「忓」之假借。《説文》「忓，𢝊也」，《何人斯》《都人士》「盱」同此。承珙案：段説是也。《爾雅・釋詁》：「盱，憂也。」郭注引《詩》「云何盱矣」，邢疏以爲《卷耳》及《都人士》文。是《卷耳》之「吁」，亦本作「盱」。《爾雅釋文》：「盱，本作忓。」是「忓」爲正字，《毛詩》《爾雅》作「盱」者，借字。鄭箋於《何人斯》《都人士》「盱」皆訓「病」，而毛於彼二詩無傳，殆皆蒙此傳訓「憂」，故不復釋歟？

樛木

「南有樛木」，傳：「木下曲曰樛。」《釋文》云：「馬融、《韓詩》本並作『朻』，《說文》以『朻』爲『木高』。」承珙案：馬融，習《魯詩》者。疑《魯詩》本作「朻」，與韓同也。詳二家詩意，蓋謂朻木雖高，而葛藟得以蔓延，猶后妃至貴，而衆妾得以上附耳。然不如毛用《爾雅》「下曲」之訓，於逮下義爲尤切。《說文·木部》：「朻，高木也。」又有「樛」字，云：「下句曰樛。」陸德明但引「朻」而不及「樛」，疏矣。

「葛藟纍之」，朱《傳》以藟爲葛屬。何氏《古義》曰：「《易》《詩》《左傳》皆以『葛藟』連言，知藟即是葛。」承珙案：《詩》正義云：「藟與葛異，亦葛之類。」此語甚諦。蓋藟本藤生，與葛相類。郭注《爾雅》「諸慮，山櫐」云：「今江東呼櫐爲藤，似葛而粗大。」惟其似葛，故經傳多以「葛藟」連言。《詩》凡七言「葛藟」。鄭此箋云「葛也，藟也」，則是分爲二物。若陸《疏》云「藟，一名巨苽，似燕薁，亦連蔓生，葉艾白色，其子赤，可食」，則並不似葛矣。《說文》：「葛，絺綌艸也。」「蔓，葛屬也。」若「藟」，則但云「艸也」，不與「葛」「蔓」相廁，其非葛屬明甚。至《說文·木部》有「櫐」，而獨於《艸部》之「藟」引《詩》「莫莫葛藟」，是以《詩》之「藟」爲艸。而《爾雅·釋草》無「藟」，惟入於《釋木》者，陳氏《稽古編》謂藤生之物，草木俱可通者，得之。惟是草木藤生者甚多，在當時必有一種藤專得「藟」名，後人混之。《玉篇》云：「今總呼草蔓延如藟者爲藤。」猶「蔓」本「葛屬」，專爲草名，而後人凡草木蔓延者皆謂之「蔓」矣。

「樂只君子」，傳箋於「只」字無訓。正義據《南山有臺》箋，云：「『只』之言『是』，則此『只』亦爲『是』。」嚴

《緝》云：「只，語助辭，如『仲氏任只』『母也天只』。此『樂只君子』蓋曰『樂哉君子』也。」陳氏《稽古編》云：「《説文》：『只，語已詞。从口，象氣下引。』則以『哉』字代之，亦可通。」承珙案：《小雅·采菽》「樂只君子」，鄭箋亦訓「只」爲「是」。「只」又與「旨」通。襄十一年《左傳》引《采菽》云：「樂旨君子，殿天子之邦。」二十四年《傳》引《南山有臺》云：「樂旨君子，邦家之基。」杜注皆訓「旨」爲「美」，一則云「諸侯有樂美之德」，一則云「君子樂美其道」。此蓋見《傳》文作「旨」，緣辭生訓耳。今案：襄十一年《傳》上文云「願君安其樂而思其終」，二十四年《傳》上文云「夫有德則樂，樂則能久」，是二《傳》引《詩》皆取「樂」義，並無「美」訓。又昭十三年《傳》引《詩》「樂旨君子，邦家之基」，其下文云「子産，君子之求樂者也」，亦衹以「樂旨」爲「樂」，不兼「美」義。其字作「旨」者，乃「只」之假借。《隸釋》載《衡方碑》「樂旨君子」，亦作「旨」。王氏《詩稗疏》云凡「樂只」皆應作「樂旨」，樂其有美德，不爲虚譽。非也。

「福履綏之」，傳：「履，禄。綏，安也。」嚴《緝》以爲「視履考祥」之「履」，「動罔不吉謂之福履」。承珙案：《爾雅·釋詁》：「履，福也。」《釋言》又云：「履，禄也。」王弼注《易·履》上九云：「禍福之祥，生乎所履。」然則「履」訓「福」又訓「禄」者，即以爲動履之善能致福禄，義自可通。郭注《爾雅》「履，禄也」引《詩》「福履將之」，蓋是取證毛傳。而於「履，福也」又引《詩》「福履綏之」，則以「履」既訓「禄」，而「禄」又訓「福」，《釋詁》《説文》並云：「禄，福也。」故「履」亦可訓「福」。此「六書」所謂「轉注」也。但此詩「福履」連文，自當用《釋言》訓「履」爲「禄」耳。

「葛藟荒之」，「福履將之」，傳：「荒，奄也。將，大也。」皆用《爾雅》。承珙案：《爾雅》「蒙」「荒」同訓

「奄」，是「荒」亦有「蒙密」之義。《喪大記》「振容黼荒」注云：「荒，蒙也。」《説文》：「荒，一曰草掩今本作「淹」，誤。地也。」「掩」與「奄」同。三章「葛藟縈之」傳云：「縈，旋也。」《説文》作「藥」，云「草旋皃」，引《詩》「葛藟藥之」，蓋亦用毛傳爲訓。李迂仲曰：「《詩》辭重複，亦有先後之序，若此詩則不可爲先後之序。」今案之詩義，亦自有淺深次第：葛藟始生延蔓，漸長蒙密，愈久則更盤結，此「纍之」「荒之」「縈之」相次之序也。君子之福禄，始而安吉，繼而盛大，終而成就，此「綏之」「將之」「成之」相次之序也。鄭箋於次章云：「此章申殷勤之意。」而《卷耳》三章箋亦云：「此章爲意不盡，申殷勤也。」正義曰：「詩本畜志發憤，情寄於辭，故有意不盡，重章以申殷勤。《詩》之初始有此，故解之。」歐陽《本義》乃謂凡《詩》如此者甚多，何獨於此見殷勤之意。誤矣。

螽斯

《序》云：「《螽斯》，后妃子孫衆多也。言若螽斯不妒忌，則子孫衆多也。」歐陽《本義》云：「螽斯微蟲，詩人安能知其不妒忌？據《序》，宜言不妒忌，則子孫衆多如螽斯也。」朱克升、蔣仁叔皆從之。許氏《名物鈔》載金仁山説，以「言若螽斯」絶句，屬上文；以「不妒忌」歸之后妃，屬下文。何氏《古義》、朱氏《通義》皆從之。承珙案：《序》首句云：「《螽斯》，后妃子孫衆多也。」是但以螽斯喻子孫之衆多，因而推衍其意，以爲不妒忌耳。即以不妒忌歸之螽斯，亦不過因其群處和集而卵育蕃多之故。范氏《補傳》曰：「凡物之群處而不相殘者，則知其能不妒忌也。」諸儒改讀《序》文，皆可不必。張華《女史箴》曰：「比心螽斯，則繁爾類。」

此詩傳箋皆不言「興」，正義引《鄭志》之文以此爲興，朱《傳》則以爲比。若以爲興，則經文上二句言螽斯，下二句言后妃，爾者，爾后妃也。以爲比，則四句皆指螽斯，爾者，爾螽斯矣。或謂詩上二句但言螽斯之羽詵詵而衆多，以興后妃之不妒忌而妾媵和耳，未見子孫衆多之義，何得下文便指后妃之子孫衆多乎？當從《集傳》作比。承珙案：此説非也。何氏《古義》謂「蕃育之最多者莫如螽斯，故詩借以興子孫」，非以比后妃也。戴岷隱亦如此説。今玩經文，每上二句形容螽斯和集，衆多之意已盡，下二句自當從毛傳指人。《後漢書》荀爽對策曰：「配陽施，祈螽斯。」謂祈如螽斯之多子耳。詩人因子孫衆多，而歸其所自於后妃，但曰「宜爾子孫」，使人自思其所以宜者何故，而未嘗明言，故《序》又以「不妒忌」申之。《韓詩外傳》引此詩亦曰：「賢母使子賢也。」傳箋以爲「爾后妃」者，其義諦矣。嚴寶成《讀詩質疑》曰：「朱子於草木鳥獸之屬多以『爾』『汝』稱之，『之子無裳』之『子』指狐；『樂子之無家』，『子』指萇楚；『匪女之爲美』，『女』指荑；此以『爾』指螽斯，皆不可訓。」

「螽斯羽」，傳：「螽斯，蚣蝑也。」《説文·虫部》：「蝗，螽也。」《蚰部》：「螽，蝗也。」二字相轉注。「螽」與「蝗」皆蟲之大名，其類繁多。區別之，則各有主名。《爾雅》「螽醜奮」，而有「阜螽」「草螽」「蜤螽」「蟿螽」「土螽」五名，皆螽類也。螽又名蝗，故《左傳疏》引李巡注《爾雅》五螽云：「皆分别蝗子，異方之語。」蓋「螽」「蝗」，古今語。《藝文類聚》引《洪範五行傳》云「春秋爲螽，今謂之蝗」是已。《爾雅》又有「食苗心，螟；食葉，蟘；食節，賊；食根，蟊」。《詩正義》引舍人曰：「此四種蟲皆蝗也。實不同，故分别釋之。」今謂蝗子爲螽，一名蠶螽，「兖州人謂之螣」。案：「螣」與「蟘」通，「螣」又「蝗」之大名，故《月令》云：「百螣時起。」鄭注：「螣，蝗之屬。言百者，明衆類並爲害。」高誘注《吕覽》《淮南》並云「兖州人謂蝗爲螣」是已。總之，經傳渾言

「螽」及言「百螣」者，皆蝗之通稱。若析言之者，則雖亦蝗類，必各有主名。《爾雅》五螽，其三見於《詩》。《召南》之「草蟲」「阜螽」，毛傳並依《爾雅》，而於此「螽斯」及《豳風》之「斯螽」，又兩引《爾雅》之「蜙蝑」以釋之。《方言》《說文》皆以「蜙蝑」爲「舂黍」，舍人《爾雅注》、陸璣《詩義疏》並同。《太平御覽》引《毛詩提綱》亦同，此亦唐以前說。陸《疏》又以「舂黍」爲「股鳴者」，與鄭注《考工記》云「蜙蝑，動股屬」同。故《詩釋文》、正義皆以「螽斯」即《七月》之「斯螽」，其義不可易矣。嚴《緝》始爲異說，謂螽斯，蝗也，即阜螽，「斯」爲語助，猶「鹿斯」「鸒斯」。若《七月》之「斯螽」，乃《爾雅》之「蜤螽」「蜙蝑」，別是一物。以毛傳合一爲誤。承珙案：此說非也。「蜙蝑」「舂黍」皆雙聲，「螽」與「舂」、「斯」與「蝑」，亦雙聲。「螽」音近「鍾」。《山海經》「鍾山」，《穆天子傳》作「舂山」，《詩》「民胥傚矣」，《潛夫論》作「民斯傚矣」。其又名「斯螽」者，方俗互名之。如「蟅蟒」《方言》《廣雅》。即「虴蜢」，郭注。今北方人又謂之「蛨蚱」耳。《詩》中固多以「斯」爲語助者，《小弁》正義謂劉孝標《類苑·鳥部》立「鸒斯」之目誠誤，而亦不可以概論。《爾雅·釋蟲》有「蟔，蛅蟴」，《說文》「蛅斯，墨也」，豈亦以「斯」爲語助邪？或據《太平御覽·螽斯部》引《七月》「螽斯動股」，因謂《詩》兩處皆當作「螽斯」，非文有顛倒。此又不然。毛惟以「螽斯」「斯螽」互異，故兩引「蜙蝑」以釋之。若皆作「螽斯」，則《七月》不煩再傳矣。如《草蟲》既有傳，則於《出車》無傳是也。《御覽》引《七月》亦作「螽斯」，殆誤倒，不足爲據。

「詵詵」「薨薨」，傳皆云「衆多也」。「揖揖」，傳云「會聚也」。此三者皆假借字。詵，陸德明《釋文》云：「《說文》作『㚫』。」今《說文·多部》無「㚫」字，《言部》：「詵，致言也。从言先，先亦聲。《詩》曰：『螽斯羽，詵詵兮。』」或疑《多部》脱「㚫」字，後人據今本《毛詩》於「詵」字下增入。不知《毛詩》多借字，以「詵詵」爲「衆多」者，謂「詵」爲「㚔」之假借耳。陸所見《説文》自有「㚔」字，其引《詩》或據三家本，不必定是《毛詩》作「㚔」。《廣雅》云：「㚔，多也。」蓋亦用三家詩耳。毛傳於《皇皇者華》「駪駪征夫」云：「駪駪，衆多之皃。」於《桑柔》「甡甡其鹿」云：「甡甡，衆多也。」《説文》：「甡，衆生並立之皃，从二生。《詩》曰：『甡甡其鹿。』」毛傳以「衆多」釋「甡甡」，是爲本義。孔疏謂「甡」即「詵」字，誤矣。若「駪」字，《説文》云：「馬衆多皃。」「駪」本从「馬」，引申爲凡物衆多。《毛詩》「駪駪征夫」，蓋用其引申之義。《説文》「駪」下不引《詩》，《㚒部》「㚔」下云「讀若《詩》曰『莘莘征夫』」，《國語・晉語》《韓詩外傳》《説苑・奉使》篇皆引作「莘莘征夫」，李善注《文選・東都賦》、《魏都賦》兩引毛傳曰「莘莘，衆多也」，王逸《招魂》注又引作「侁侁征夫」，皆以同聲通借。戴氏《補注》：《螽斯》之「詵」與「駪」「莘」「甡」「兟」「侁」「𢓜」「燊」「㚔」「𤝞」等字聲義相邇。是也。至「薨」與「翃」「翁」二字音近。《玉篇》：「翃，胡萌切。」「翁，呼横切。」《廣雅》「翃」「翁」並訓「飛」。因飛而見其衆多，故《爾雅・釋訓》以「薨薨」爲「衆」。《齊風・雞鳴》「蟲飛薨薨」，疑亦「翃」「翁」字之通借也。「揖」者，「輯」之假借。《説文》：「輯，車和輯也。」《史記》「揖五瑞」，假「揖」爲「輯」。「揖揖」者，螽斯斂羽群集之皃。

「宜爾子孫繩繩兮」，傳：「繩繩，戒慎也。」《大雅・抑》「子孫繩繩」，箋亦訓爲「戒慎」。《下武》「繩其祖武」，傳云：「繩，戒也。」《爾雅》：「兢兢、繩繩，戒也。」是單言、疊言皆有「戒慎」之義。《續漢書・祭祀志》劉昭注引《詩》「慎其祖武」，即以訓詁字代之。《漢書・禮樂志》「繩繩意變」注引孟康曰：「繩繩，衆多也。」又引應劭曰：「繩繩，敬謹更正意也。」應説較勝。《吕記》、嚴《緝》以「子孫繩繩」爲不絶，其義淺矣。

「宜爾子孫蟄蟄兮」，傳：「蟄蟄，和集也。」何氏《古義》曰：「蟄，《説文》云：『藏也。』物伏藏則安静，故

《爾雅》又訓爲『静』。曰『蟄蟄』者，安静而各得其所也。」承珙案：《爾雅》「蟄，静也」郭注云：「見《詩》傳。」今《詩》傳無此訓，竊疑此傳「和集也」，郭所見本作「和静也」。蓋争則擾，和則静，必然之理。何氏以「安静」解「蟄」字，不爲無據。《虞東學詩》謂據「蟄蟄」言，則「爾」字應如《集傳》指「螽斯」。泥矣。

桃夭

《序》云：「桃夭，后妃之所致也。」朱子《辨説》謂「自此以下諸詩，皆言文王風化之盛由家及國之事，而序者失之」。故《集傳》主美文王。蔣氏悌生曰：「文王之化，正家之道，莫盛於后妃。后妃之德，莫盛於不妒忌。《小序》之言，亦未爲失。」承珙案：二《南》爲房中之樂，而其體則風也，故可專美后妃，原不必定指大姒，亦無嫌於美宮闈而遺朝廷。况《漢廣》以下，《序》亦未嘗不言文王之化。若《大明》《思齊》諸詩，雖言大姒，意自歸美文王，此則朝廷之雅，體製各殊，未可一概而論。

此詩三言「桃夭」，傳以爲喻女容德，蓋與《何彼襛矣》同意。《集傳》謂「桃之有華，正婚姻之時」，則無以解於次章之「實」與三章之「葉」。《通典》載束皙云：「《桃夭》篇《序》美『婚姻以時』，蓋謂盛壯之時，而非日月之時。故『灼灼其華』喻以盛壯，非爲嫁娶當用桃夭之月。其次章云『其葉蓁蓁』，『有蕡其實』，此豈在仲春之月乎？」承珙案：此議足以正《集傳》之誤。

嫁娶時月，毛鄭異説。《東門之楊》傳云：「男女失時，不逮秋冬。」正義曰：「秋冬爲昏，經無正文。荀卿書云：『霜降逆女，冰泮殺止。』荀在焚書之前，必當有所憑據。毛公親事荀卿，故亦以秋冬。《家語》云：『群生閉藏爲陰，而爲化育之始，故聖人以合男女、窮天數也。霜降而婦功成，嫁娶者行焉；冰泮而農業起，昏禮殺於此。』又云：『冬合男女，春頒爵位。』《家語》出自孔家，毛氏或見其事，故依用焉。鄭不見《家語》，不信荀卿，以《周禮》指言『仲春之月，令會男女』，故以仲春爲昏月。毛鄭別自憑據以爲定解，詩内諸言昏月，皆各從其家。」《周官・媒氏》賈疏歷引王肅、馬昭、張融、孔晁諸儒之説，賈意則以鄭用仲春爲密。《通典》載庾蔚之謂：「王鄭皆有證據，以人情言之，王爲優矣。」承珙案：毛義原本荀卿，王肅引《韓詩》傳亦曰：「古者霜降逆女，冰泮殺止。」是其源亦出自荀卿。《管子・幼官》篇：春三丣，「十二始丣，合男女」。秋三丣，今本亦作「卯」，據惠氏《禮説》改正。「十二始丣，合男女」。案：《管子》所謂「秋始丣」，在白露之後，即《荀子》之「霜降逆女」也。「春始丣」，在清明之後，即《荀子》之「冰泮殺止」也。《通典》引董仲舒書曰：「聖人以男女當天地之陰陽。天地之道，向秋冬而陰氣來，向春夏而陰氣去。故古之人，霜降而迎女，冰泮而殺止：與陰俱近，與陽俱遠也。」《太玄》亦云：「納婦始秋分。」《管》《荀》皆先秦古書，董楊又漢代大儒，皆與毛傳後先脗合，其義不可易矣。王肅云：「自馬氏以來，乃因《周官》而有『二月』。」蓋鄭説本於馬融。至馬昭申鄭，援證諸詩，則孔晁答云：「『有女懷春』，謂女無禮過時，故思；『春日遲遲』，蠶桑始起，女心悲矣。『嘒彼小星』，喻妾侍從夫人；『蔽芾其樗』，喻行遇惡人；『熠燿其羽』，喻嫁娶盛飾。皆非仲春嫁娶之候。」此據《通典》，與《周禮》賈疏所引微異。昭又引《禮》：「玄鳥至，祀高禖。」晁則以爲此求男之象，非嫁娶之候。其説皆孔優於馬。若張融所據《夏小正》二月，「綏多士女」，恐亦期盡蕃育之法。《泰卦》六五：「帝乙歸妹」，「爻辰在丣」。「爻辰」者，鄭氏一家之説耳。其實鄭正據定在《周官》。今考《周官・媒氏》云：「掌萬民之判。凡男女自成名以上，皆書年月日名焉。令男三十而娶，女二十而嫁。凡娶，判妻入子者皆書之。中春之月，令會男女。於是時也，奔者不禁。若無故而不用令者，罰之。」詳玩經文所謂「判妻入子皆書之」者，自是霜降之候，正以禮昏。其下云云，乃期盡蕃育之法。蓋自中春以後，農桑事起，婚姻過時，故於是月令會男女。其或先因札喪凶荒六禮未備者，雖奔不禁。所謂「不待禮聘」，因媒請嫁而已。若中春非爲期盡，則正昏之月，何用汲汲而先下此不禁奔之令乎？此誤會經文之失也。惠氏《禮説》云：「《左傳》襄二十二年：『十二月，鄭游眅將如晉，未出境，遭逆妻者，奪之。』則春秋民間嫁娶亦在秋冬也。」

「有蕡其實」，傳：「蕡，實貌。」段氏《詩經小學》曰：「蕡，實之大也。《方言》：『墳，地大也。』《説文》：『頒，大頭也。』《苕之華》傳：『墳，大也。』《靈臺》傳：『賁，大鼓也。』《韓奕》傳：『汾，大也。』合數字音義考之可見。」承珙案：傳以「蕡」爲「實貌」，不止言其大，并其繁茂之狀亦見。《釋木》「蕡，藹」郭注：「樹實繁茂菴藹。」此即「有蕡」之「蕡」。邵氏正義云：「《説文》『蕡』爲『雜香艸』，假借以爲木實錯雜之貌。」是也。

《左傳》：「申繻曰：『男有室，女有家。』」自是以「室家」指夫婦而言。毛傳於首章云「宜以有室家，無踰時者」，次章云「家室，猶室家也」。此正如《左傳》所言，以「室家」當「夫婦」，謂其年時俱得，故夫婦和順耳。末章云「一家之人，盡以爲宜」，則統言家中尊卑長幼之人，與《大學》引《詩》義合。鄭箋云：「家人，猶室家。」是仍謂「家」即夫，「人」即婦。正義云：「易傳者，據其年盛得時之美，不宜横爲一家之人。」然箋説究不如傳。至首章「宜其室家」，次章「宜其家室」，不過變文以叶句。李《解》引王安石，謂首章「先女而後男」，次章「先男而後女」。其説亦鑿。

兔罝

《序》云：「《兔罝》，后妃之化也。《關雎》之化行，則莫不好德，賢人衆多也。」《墨子・尚賢》篇云：「文王舉閎夭、泰顛於罝罔之中，授之政，西土服。」金仁山曰：「此事於《兔罝》之詩辭意最爲脗合。計此詩必爲此事而作。」何氏《古義》曰：「詩專以武夫爲言，墨子之説似若可信。若胡毋輔之謂閎夭樵于山，與獵者争路被執，纏以兔網，文王救而得解，則俚鄙無稽甚矣。」陳氏《稽古編》曰：「漢賈山云：『文王之時，芻蕘采薪之人皆得盡其力。』芻蕘采薪，非兔罝之流乎？」歐陽《本義》謂《序》云「賢才衆多」，爲詩説者泥於《序》文，因「謂周南之人，舉國皆賢，無復君子、小人之别」。李氏樗譏其以辭害意。承珙案：《序》云「莫不好德，賢人衆多」者，亦不過極言其盛耳，原非謂「舉國皆賢」也。《吕氏春秋・報更》篇云：「宣孟德一士，猶活其身，而況德萬人乎？故《詩》曰：『赳赳武夫，公侯干城。』『濟濟多士，文王以甯。』」此本二詩，《吕覽》連引之，以明德萬人之效，足見《兔罝》之言「多賢」與《文王》篇之言「多士」正同。《序》説未可非也。

臧氏玉林曰，《鹽鐵論・備胡》以《兔罝》爲刺詩。承珙案：《鹽鐵論》：「賢良曰：匈奴處沙漠之中，生不食之地，如中國之麋鹿耳。好事之臣求其義，責之禮，使中國干戈至今未息，萬里設備。此《兔罝》之所刺。故小人非公侯腹心、干城也。」此言當時之臣異于周南之賢人，不能折衝禦難爲國干城，將不免爲《兔罝》詩人之所刺，非以《兔罝》爲刺詩也。

《左傳》成十二年。郤至答楚子反兩引此詩，似以「公侯干城」爲美，「公侯腹心」爲刺，故歐陽氏疑所引别自有詩亦同此語。不知郤至謂諸侯貪冒，略武夫以爲腹心，而引《詩》曰「赳赳武夫，公侯腹心」者，此斷章取義。其下云：「天下有道，則公侯能爲民干城，而制其腹心。」此則《兔罝》之本義。杜注云「舉《詩》之正，以駁亂義，言治世則武夫能合德公侯，外爲扞城，内制其腹心」者，得之。毛傳於首章云「干，扞也」，三章云「可以制斷公侯之腹心」，與《左傳》正合。箋於「公侯腹心」云：「此罝兔之人於行攻伐，可用爲策謀之臣，使之慮無。」岳本作「無」。案：郤至因子反「一矢相加遺」之言，故極陳享燕所以結好敵國、不相侵犯之意。《左傳正義》云：「以人心本貪，縱之則害物，美公侯能以武夫制己腹心，自守扞難而已，不害人也。」若如箋説，則正與郤至意相背。況次章箋云：「敵國有來侵伐者，可使和好之。」而此又用以攻伐，非自相矛盾乎？故知毛義爲優。

「肅肅兔罝」，傳：「肅肅，敬也。」歐陽《本義》謂：「布罝椓杙，何用施敬？」李氏樗以爲不然：「賢者不以有人而作，不以無人而輟。其處幽顯，皆如一致。」金仁山曰：「臼季之取冀缺，郭泰之取茅容，皆以是觀之，況文王之取人乎？」承珙案：劉向曰：「『肅肅兔罝，椓之丁丁』，言不怠于道也。」《焦氏易林·坤之困》云：「兔罝之容，不失其恭。」《中論·法象》篇云：「人性之所簡也，存乎幽微；人情之所忽也，存乎孤獨。幽微者，顯之原也；孤獨者，見之端也。是故君子敬孤獨而慎幽微，雖在隱蔽，鬼神不得見其隙也。《詩》云：『肅肅兔罝，施于中林。』處獨之謂也。」據此，漢人説詩皆本毛義。《大戴禮·文王官人》篇云：「以其見，占其隱；以其細，占其大。」蘇潁濱曰：「丁丁，人所聞；中逵，人所見；中林，聞見所不及。」葉氏云：「在野之凡夫，逐兔之細事，即可以知其才。正如日磾之馭馬，甯戚之飯牛，陳平之宰肉，識者已知其可大用矣。」以上諸説，皆足以破歐陽之癥結。

「公侯干城」，傳：「干，扞也。」箋云：「干也，城也，皆以禦難也。」正義曰：鄭惟「干」「城」爲異。此謂毛讀「干」爲「扞」，鄭則以「干」爲「盾」，故云異。其實毛云「干，扞也」者，用《爾雅》文。以「扞」釋「干」，其義爲扞衛，其名自爲干盾，故孫炎注《爾雅》即以「干楯自蔽扞」釋之。《左傳》成十二年。「此公侯之所以扞城其民也」，亦是以「扞」釋《詩》之「干」，其下引《詩》仍作「干城」。《釋文》云「本亦作扞」，恐是後人所爲。又云「公侯能爲民干城」，自是以「干」與「城」皆所以衛民者。毛訓「干」爲「扞」，亦用《左傳》之義。箋既分「干」「城」爲二，而其下文又云：「諸侯可任以國守，扞城其民。」則是申毛，非與毛異也。惟《小雅·采芑》「師干之試」傳云：「師，衆。干，扞。試，用也。」箋云：「其士卒皆有佐師扞敵之用爾。」則直以「干」爲「扞」字之借，非同此詩訓「干盾」爲「扞衛」耳。

芣　苢

《序》云：「《芣苢》，后妃之美也。和平則婦人樂有子矣。」《文選》劉峻《辨命論》「冉耕歌其《芣苢》」李善注引《韓詩序》曰：「《芣苢》，傷夫有惡疾也。」《薛君章句》以爲「詩人傷其君子有惡疾，人道不通，求己不得，發憤而作」。《列女傳》云：「蔡人之妻，宋人之女，夫有惡疾，其母將改嫁之。女曰：『夫之不幸，妾之不幸也。且夫「采采芣苢」之草，雖其臭惡，猶始于采捋之，終于懷襭之，浸以益親，況於夫婦之道乎？』終不聽其母，乃作《芣苢》之詩。」范氏家相曰：「夫有惡疾，妻不肯去，《列女傳》猶爲近理。若『求己不得，發憤而作』，則夫子何取而入之《三百篇》乎？」羅氏願曰：「詳蔡人之妻，或因説母引《芣苡》之義以自況，遂賦其詩，不必始作於此也。宋女而蔡妻，何名爲《周南》哉？」承珙案：此詩三家傳聞異辭，總不如毛義之正大。此毛學所以獨盛與？

「芣苡」，毛傳用《爾雅》「芣苡，馬舄。馬舄，車前」。一物三名。《釋文》引《韓詩》：「直曰車前，瞿曰芣苡。」則誤分芣苡、車前爲二種。《文選》注引《薛君章句》曰：「芣苡，澤瀉也。」則是因「馬舄」之名，而混于「蕍蕮」。皆與《雅》義違異。《釋文》又云：「《山海經》及《周書・王會》皆云：『芣苡，木也。實似李，食之宜子。出於西戎。』衛氏傳及許慎並同此。王肅亦同。王基已有駁難也。」正義引王基駁云：「《王會》所記雜物奇獸，皆四夷遠國各賫土地異物以爲貢贄，非周南婦人所宜采。」承珙案：今《山海經》無「芣苡」之文；《周書・王會》篇「康民以桴苡」，亦未嘗明言其爲木。今車前草，所在多有，亦易識認。郭注《爾雅》所謂「大葉，長穗，江東呼爲蝦蟆衣」，及蘇頌《本草圖經》所云「春初生苗，布地如匙面，累年長及尺餘，如鼠尾」者，形狀最悉。諸家以爲木者，皆因其「實似李」而誤。《説文・艸部》「苢」下：「芣苡，一名馬舄，其實如李，令人宜子。从艸，㠯聲。《周書》所説。」段注云：「《説文》凡言『一名』者，皆後人所改竄。《爾雅音義》引作『芣苢，馬舄也』，可證。『其實如李』，《韻會》所引『李』作『麥』，似近之。竊謂古者殊方貢獻，不必知中國所無而後獻之。然則芣苢無二，不必致疑於許偁《周書》也。」

「采采芣苡」，傳：「采采，非一辭也。」《卷耳》傳云：「采采，事采之也。」據《卷耳》正義謂傳訓「采采」不同者，《卷耳》言「勤事采菜，尚不盈筐，故云事采之」；《芣苡》「以婦人樂有子，明其采者衆，故云非一辭」。又引《鄭志》答張逸云：『事，謂事事一一用意之事，《芣苡》亦然。雖説異，義則同。』然則此謂一人之身，念采非一；彼《芣苡》謂采人衆多非一，故鄭云『義則同』也」。此疏釋傳意甚明。《唐風》「采苓采苓」，箋云：「采苓采苓者，言采苓之人衆多非一也。」與此傳「采采非一」意同。

「薄言采之」，傳：「采，取也。」「薄言有之」，傳：「有，藏之也。」正義云：「首章言『采之』『有之』，『采』者，始往之詞；『有』者，已藏之稱，總其終始也。」諸家多疑初采不宜遽言「藏」，故皆以「有之」爲始得。承珙案：藏，猶聚也。嚴《緝》云：「采而聚之於地，既爲已有，然後掇之、捋之。」是猶以「采采」爲一人之事。傳明云采者非一，則或有始往而采取之者，或有已采而聚藏之者，合下章「掇之」「捋之」諸事，總以形容采者衆多。正義既云「掇捋事殊，袺襭用別，明非一人而爲此六事」，而又以首章爲「總其終始」，則仍是一人之所爲。其説非也。或謂「藏之」義非其次，據《廣雅》訓「有」爲「取」，則又與「采」之義複，亦可不必。

「薄言捋之」，傳：「捋取也。」此三字連讀，非訓「捋」爲「取」，猶言「捋，捋取之也」，傳文簡渻耳。《詩詁》云：「捋，以指歷取也。」戴氏《補注》曰：「掇，穗折之也。捋，一手持其穗，一手捋取之。」承珙案：傳訓「掇」爲「拾」，蓋「掇」是拾其子之既落者；「捋」是捋其子之未落者。陸燧、沈守正皆如此説。《陸堂詩學》曰：「即『捋之』一語，可證芣苡爲車前。」

「薄言袺之」，傳：「袺，執衽也。」「薄言襭之」，傳：「扱衽曰襭。」陳氏《禮書》云：「鄭釋《喪服》傳曰：『婦人不殊裳，其服如深衣而無衽。』《詩》言婦人之采芣苡，或袺衽，或襭衽，是婦人之服未嘗無衽也。」承珙案：《説文》：「衽，衣裣也。」「裣，交衽也。」衽雖屬衣，其實衣、裳皆有之。《喪服》傳「衽二尺有二寸」鄭注：「衽，所以掩裳際也。上正一尺，燕尾一尺五寸，凡用布三尺五寸。」此謂「殊衣裳」者，用布三尺五寸，裁爲兩衽，上廣下狹，綴於衣之兩旁，鄉下垂之，掩裳際，《玉藻》注所謂「或殺而下，屬衣，則垂而放之」者也。深衣之服不殊裳，衣用正幅；裳之前後正處亦用布四幅，正裁爲八幅，又以布二幅，斜裁爲四幅，上狹下廣，綴於裳之兩旁。《玉藻》云「衽當旁」，注所謂「或殺而上，屬裳，則縫之以合前後」者也。婦人之衣既如深衣，則裳之旁幅亦當如深衣有衽，以合前後之交際。此詩「袺之」「襭之」，蓋謂以裳貯物，而或持其衽，或扱其衽於帶耳。《儀禮注》「無衽」之説，自未可據。

漢廣

《序》云：「《漢廣》，德廣所及也。」《文選·七啟》注引《韓詩序》曰：「《漢廣》，悦人也。」《琴賦》注引《薛君章句》曰：「游女，漢神也。言漢神時見，不可得而求之。」范氏《拾遺》曰：「韓云『悦人』，蓋悦游女之貞潔而思欲求之耳。薛君乃以游女爲漢神，悖矣。」承珙案：《文選·江賦》注引《韓詩内傳》有鄭交甫漢皋遇二女妖服佩珠之説，《説文·鬼部》又引《韓詩》傳曰：「鄭交甫逢二女魃服。」然則「漢神」之説，不獨出於薛君。總之，《韓序》云「悦人」者，不過謂女子守禮之可悦耳。以漢女爲漢神者，或以比貞静之女可望而不可即，非果如陳思感甄后而賦《洛神》也。古籍不完，難以遽生訾議。

首章四「不可」字，語意直截。傳云：「漢上游女，無求思者。」是不獨女志貞潔，而男之守禮無犯亦可知矣。自鄭箋有「犯禮而往，女將不至」之説，而歐陽《本義》駮之，謂文王之化豈獨「使婦人女子知禮義，而不能化男子」？不知鄭氏「犯禮」之言祇是設辭，謂非禮則不可求耳。故下章箋云：「願致禮餼，示有意焉。」歐陽譏其一篇之中前後意殊，亦非是。

「不可休息」，陸德明云：「息如字，古本皆爾。本或作『休思』，此以意改爾。」孔穎達云：「經『求思』之文在『游女』之下，傳解『喬木』之下，先言『思，辭』，然後始言『漢上』，疑經『休息』之字作『休思』也。何則？《詩》之大體，韻在辭上。疑『休』『求』字爲韻，二字俱作『思』，但未見如此之本，不敢輒改耳。」朱《傳》始據《韓詩外傳》改作「思」。陳氏《稽古編》疑「唐初《韓詩内》《外傳》及《章句》具存，陸孔所見本較多，何反無作『思』者？今《外傳》作『思』，恐是後人以意改之」。承珙案：「息」當爲「思」之譌字，陸孔意見不同，孔説較勝於陸。《小雅·南有嘉魚》「烝然來思」「嘉賓式燕又思」，「來」讀「釐」、「又」讀「怡」爲韻。《大雅·抑》「神之格思」「不可度思」「矧可射思」，皆韻在辭上，與此文法正同。段懋堂曰：「《葛生》《民勞》，傳皆曰『息，止也』。此若作『息』，則當有傳。」箋云：「木以高其枝葉之故，故人不得就而止息也。」此「止息」專釋「休」字，非關經作「休息」。然諸儒自以箋有「止息」之語，故不敢輒改耳。

「江之永矣」，傳：「永，長。」《文選·登樓賦》「川既漾而濟深」，李注引《韓詩》「江之漾矣」，薛君曰：「漾，長也。」惠氏《古義》引《齊侯鎛鐘銘》云「萬年羕保其身，又子子孫孫羕保用亯」，謂「羕」乃古「永」字，《韓詩》從古文故作「羕」。承珙案：此説非是。《説文》：「永，水長也。象水巠理之長。《詩》曰：『江之永矣。』」「羕，水長也。从永，羊聲。《詩》曰：『江之羕矣。』」然則「永」「羕」明是二字。《説文》兩引《漢廣》，或是《毛詩》作「永」，三家作「羕」，師傳不同，非是「羕」古於「永」。《文選》引《韓詩》作「漾」者，「漾」乃「羕」之譌耳。

陳長發謂《韓詩》作「漾」或《齊》《魯詩》作「羕」，亦未必然。

後二章，鄭箋以「刈楚」「刈蔞」喻欲取女之尤高潔者，下「秣馬」「秣駒」，「謙不敢斥其適己，於是子之嫁，我願秣其馬以致禮餼」，語意本自貫串。《詩》中言娶妻者，每以「析薪」起興，如《齊・南山》《小雅・車舝》及《綢繆》之「束薪」、《豳風》之「伐柯」皆是。此言「錯薪」「刈楚」，已從婚姻起興，「秣馬」「秣駒」，乃欲以親迎之禮行之，《昏禮》所謂壻「御婦車」「御輪三周」是也。不曰「御車」而曰「秣馬」，微婉其辭，故箋云「謙不敢斥其適己」。何氏《古義》曰：「秣馬，謂親迎也。言人若欲娶此女，必待秣馬以行親迎之禮，庶可耳，豈可以非禮干之乎？」又疊《漢廣》四語者，是申言非禮決不可求，以明必以禮往之意。歐陽《本義》謂秣馬「猶古人言『雖爲執鞭，所忻慕焉』」。嚴華谷云：「如此則敢請子佩，已有狎暱之想矣。」承珙案：《本義》方駁箋説以不應女貞潔而男獨有犯禮之心，乃謂秣馬、秣駒爲「執鞭忻慕」。若非自欲擇偶而但從旁效其殷勤，則佻達之辭豈非犯禮之漸乎。歐陽説真自相牴牾矣。

《召南》正義引鄭《箴膏肓》據《士昏禮》謂「士妻始嫁，乘夫家之車」。又據宣五年《左傳》齊高固及子叔姬「來反馬」，謂「自天子至大夫，始有留車反馬之禮」。承珙案：《東山》云：「之子于歸，皇駁其馬。」則似士、庶人亦有送女之馬。此箋云「致禮餼」者，餼即秣馬之芻禾，猶《聘禮》餼賓有芻禾，亦所以秣馬者。正義泥於牲腥曰餼，謂「《昏禮》不見用牲」，惠氏《詩説》又謂「納徵無用馬」者，皆誤會箋意。

「言刈其蔞」，傳：「蔞，草中之翹翹然。」正義引《爾雅》「購，商蔞」，郭注以爲「蔞蒿」，陸《疏》云葉長數寸，高丈餘。似於「翹翹」爲近。然郭云「江東用羹魚」，陸《疏》亦云生食脆美，其葉又可烝爲茹。是即《大招》所謂「吴酸蒿蔞」者，今人尚以爲菜，猶名蔞蒿，未聞有高丈餘者，亦不可刈以爲薪。郭、陸所言《爾雅》之「商蔞」，似非詩人所刈。王氏《稗疏》曰：「蔞蒿，水草。生于州渚。既不翹然于錯薪之中，亦與楚爲黄荆、莖幹可薪者異。《管子》曰：『葦下于雚，雚下于蔞。』則蔞爲萑葦之屬，翹然高出而可薪者，蓋蘆類也。」承珙案：《埤雅》亦引《管子》此文，然與「商蔞」混而爲一，不如此説於詩義較合。

「言秣其駒」，傳：「五尺以上曰駒。」《説文·馬部》云：「馬高六尺爲驕。从馬，喬聲。《詩》曰：『我馬維驕。』」段注云：「《漢廣》傳云：『六尺以上爲馬，五尺以上爲駒。』此『駒』字，《釋文》不爲音。《陳風》『乘我乘駒』傳曰：『大夫乘駒。』箋云：『馬六尺以下曰駒。』此『駒』字，《釋文》作『驕』，引沈重云：『或作駒，後人改之。』《皇皇者華》篇内同。」《小雅》『我馬維駒』，《釋文》云：『本亦作驕。』據《陳風》《小雅》，則知《周南》本亦作『驕』也。蓋六尺以下五尺以上謂之『驕』，與『駒』義迥别。三詩義皆當作『驕』，而俗人多改作『駒』者，以『駒』與『葉』『株』『濡』『諏』爲韻，『驕』則非韻，抑知『驕』其本字，音在二部，於四部爲合韻乎？《説文》：『馬二歲曰駒。』《詩》『駒』字四見，《小雅》『老馬反爲駒』，乃用『駒』字本義。駒未可駕車，故《南有喬木》《株林》《皇皇者華》斷非用『駒』本義。陸氏於三詩無定説，彼此互異，由不知古義也。」承珙案：段説是也。何休注《公羊隱元年傳》云：「天子馬曰龍，高七尺以上；諸侯曰馬，高六尺以上；卿大夫士曰駒，高五尺以上。」此「駒」字亦必「驕」字之譌。蓋乘驕者，通卿、大夫、士。毛云「大夫乘驕」，舉中以該上下。此「漢有游女」正義云：「庶人之女執筐行饁，不得在室，故有出游之事。」然則以庶人之女而言「秣馬」「秣驕」者，殆昏禮攝盛，抑託辭故不嫌歟？

汝墳

《序》云：「《汝墳》，道化行也。」此是誰？ 原其本，蓋由道化既行，雖婦人女子亦明於君親之大義，勤而不怨，則其君子之盡瘁事國、無遺父母憂者，從可知矣。 詩中但陳「閔其君子，勉之以正」意，而道化之行，自在言外。 李迂仲曰：「《北山》之大夫，不及《北門》之大夫；《北門》大夫之妻，不及《汝墳》之婦人。 以此見王化之衰，日甚一日，可勝歎哉！」

「遵彼汝墳」，傳：「汝，水名也。 墳，大防也。」正義云：《釋水》「汝爲濆」，又云「汝有濆」，郭璞曰：「《詩》云：『遵彼汝濆。』」則郭意以此「汝墳」爲濆汝所分之處。 「傳箋不然者，以彼『濆』從水，此『墳』從土，且伐薪宜於厓岸大防之上，不應在濆汝之間。」「『墳，大防』，《釋邱》文。」「《大司徒》注云：『水厓曰墳。』則此『墳』爲汝水之側厓岸大防也。」承珙案：《説文》：「墳，墓也。」「濆，水厓也。」「坋，麤也，一曰大防也。」據此，是《常武》之「淮濆」當作「濆」，此「汝墳」當作「坋」。 作「墳」者，假借字。 《爾雅·釋邱》作「墳」，亦借字。 《詩》疏引李巡云：「墳，謂厓岸狀如墳墓，名大防也。」此即就借字釋之，義亦可通。 《楚辭·哀郢》：「登大墳以遠望。」亦作「墳」。 《考工記》注：「妢胡，胡子之國，在楚旁。」《漢志》：「汝南郡汝陰縣，故胡國，莽曰汝墳。」《續漢志》注引《晉地道記》：「有陶邱鄉，《詩》所謂汝墳。」案：《考工》作「妢」者，亦「坋」字之借。 郭璞引《詩》作「汝濆」者，以「濆」與「墳」通用。 如《大雅·常武》傳「濆，厓也」，而《釋文》、正義引俱作「墳」是已。 董廣川乃謂「汝墳」字當作「濆」，晉世《詩》本猶作「濆」。 是不知毛訓「大防」者，宜以「坋」爲本字，「墳」「濆」皆假借字也。

「惄如調飢」，傳：「惄，飢意也。」箋云：「惄，思也。」正義曰：「《釋詁》云：『惄，思也。』《釋言》：『惄，飢也。』惄之爲訓本爲思耳，但飢之思食，意又惄然，故傳言『飢意』，箋以爲『思』，義相接成也。」承珙案：《説文》：「惄，飢餓也。从心，叔聲。一曰惪也。《詩》曰：『惄如輖飢。』」段云：「輖，各本作朝，今依李仁甫本訂。」據此，是飢爲「惄」字本訓。但許引《詩》在「一曰惪也」下，「惄」之訓「惪」，本《方言》，「惪」與「思」義相近，是許意略與鄭同。《釋文》引《韓詩》作「愵」者，《説文》：「愵，惪皃，讀與惄同。」《一切經音義》十六：「愵，古文惄𢙷二形」。蓋「惄」爲古文，「愵」爲後來孳生之字。許於「惄」下引《詩》，「愵」下不引者，所謂偁《詩》毛氏皆古文也。

傳：「調，朝也。」此謂「調」爲「朝」之假借。調，周聲；輈，舟聲。古「周」「朝」字通。《文選》注引《蒼頡篇》曰「啁，調也」，又引《字書》曰「嘲，亦啁也」，是其例。《釋文》云：調，又作「輖」。《説文》：「輖，重也。」李迂仲引王氏曰：「飢而又飢，飢之甚也。」《集傳》因之。承珙案：《説文》「輖」雖訓「重」，並不引《詩》「輖飢」。「惄」下引《詩》作「輖」者，亦謂「輖」爲「朝」之假借耳。《文選》注引《薛君章句》曰：「朝飢最難忍。」是韓與毛同。《易林》云「倆如旦飢」，亦用毛義。重飢之説，殆未可從。

「魴魚赬尾」，傳：「魚勞則尾赤。」正義引《左傳》「如魚赬尾，衡流而方羊」，鄭氏此鄭衆，見《左傳》疏。云「魚肥則尾赤」，服氏亦爲魚勞。《左傳》疏以賈逵云「魚勞」，是賈、服説同。李氏《集解》引《養生經》曰：「魚勞則尾赤，人勞則髮白。」嚴《緝》引張子曰：「水淺，魚摇尾多，則血流注尾，故尾赤。」此皆用「魚勞」之説。惟《爾雅翼》云：「魚肥則不耐勞，不耐勞則尾易赤。以魴言之，其體博大而肥，不能運其尾，加之以衡流，則其勞甚矣，宜其尾之赬也。」此則通二説爲一，然在《詩》當祇取「魚勞」之意，但如傳義足矣。嚴《緝》又引呂氏曰：「鯉尾赤，魴尾白。」李迂仲曰：「《說文》：『魴，赤尾魚。』《字林》同。《晉安海物記》曰：『橘鬛魚，猶今之魴魚，其尾赤，其鬛似橘。』此徒見有『魴魚赬尾』之文，遂以爲魚尾盡赤，而不知魚勞然後尾赤也。」承珙案：《說文·魚部》：「鯾，鯾魚也。从魚，便聲。或从扁，作鯿。」「魴，赤尾魚也。从魚，方聲。籀文从旁，作鰟。」據郭注《爾雅》及《山海經》，皆云「魴即鯿魚」。《說文》則二篆相次，而不言是一魚，是許意「魴」非即今之鯿魚。據籀文作「鰟」，今有一種小魚，形微似鯿魚，而尾頰俱赤者，俗尚名爲鰟魾魚，許所指似是此魚。「魴」下云「赤尾魚也」，與「鱒」下云「赤目魚也」文同，必皆得諸目驗，豈果因《詩》有「赬尾」之文而遂妄爲附會哉。《本草綱目》云：「一種火燒鯿，頭尾俱似魴，而脊骨更隆，上有赤鬛連尾，黑質赤章。」此蓋即《海物記》所云「橘鬛魚」者，要於《詩》之言「赬尾」者無涉也。

「父母孔邇」，傳：「孔，甚。邇，近也。」箋云：「辟此勤勞之處，或時得罪。父母甚近，當念之以免於害，不能爲疏遠者計也。」劉向《列女傳》曰：「周南大夫平治水土，過時不來。其妻恐其懈於王事，蓋與其鄰人陳素所與大夫言國家多難，惟勉强之，無有譴怒，遺父母憂。」此誼與箋說同。又云：「家貧親老，不擇官而仕；親操井臼，不擇妻而娶。生於亂世不得道理，而迫于暴虐不得行義，然而仕者，爲父母在故也。乃作詩曰：『魴魚赬尾，王室如燬。雖則如燬，父母孔邇。』蓋不得已也。」此又與《韓詩》說合。《後漢書·周磐傳》：「居貧養母，儉薄不充。嘗誦《詩》至《汝墳》之卒章，慨然而歎，乃解韋帶就孝廉之舉。」注引《韓詩》曰：「《汝墳》，辭家也。」《薛君章句》曰：「赬，赤也。燬，烈火也。孔，甚也。邇，近也。言魴魚勞則尾赤，君子勞苦則顔色變。以王室政教如烈火矣，猶觸冒而仕者，以父母甚迫近飢寒之憂，爲此祿仕。」此雖與傳箋小異，大旨則同。自長樂王氏以「父母」爲指文王，而《吕記》、朱《傳》因之。范氏《補傳》曰：「岐周去汝墳不可謂邇。若婦人之言以文王爲父母，則是怨紂而親文王。此文王之所甚懼也，何謂勉之以正哉？」

麟趾

《序》云：「《麟之趾》，《關雎》之應也。《關雎》之化行，則天下無犯非禮。雖衰世之公子，皆信厚如《麟趾》之時也。」末句「皆信厚如《麟趾》」六字微逗，謂《關雎》之化行，雖衰世之公子皆有信厚如《麟趾》之時耳。「之時」對上「衰世」言之，即指化行之時。「衰世」者，自如《易・繫》所言「殷之末世」。以此見《周南》之化，有移風易俗之應，雖衰世公子，皆有信厚如《麟趾》之時。「如麟趾」三字屬上「信厚」，非連下「之時」，古人文法拙奥如此者甚多。箋説乃以爲後世存《關雎》之化，有似麟應之時。正義遂以黄帝、堯、舜致麟，文王不致麟，斤斤較量，拙矣。程朱皆以「之時」二字爲贅。李迂仲又云：「所謂『如《麟趾》之時』，亦如《關雎》『樂得淑女，以配君子』，指作詩者言之。」此亦費解，皆非善讀《序》文者。

朱《傳》以首句「麟」字興文王后妃，「于嗟麟兮」則指公子。許白雲曰：「兩『麟』字説不同，恐微有礙。不如兩『麟』字皆指爲子姓公族。」嚴《緝》云：「『麟之趾』指『麟』言也，『于嗟麟兮』指公子言，猶楚狂接輿稱孔子爲『鳳兮』也。」承珙案：此説尤與傳箋合。

「麟之趾」，傳：「麟信而應禮，以足至者也。」正義云：「言信而應禮，則與《左氏》説同，以爲修母致子也。哀十四年《左傳》服虔注云：『視明禮修而麟至，思睿信立白虎擾，言從乂《校勘記》云「乂當作義」是也。成則神龜在沼，聽聰知正而名山出龍，《禮運》疏引作「名川」。貌恭禮仁《禮運》疏引作「性仁」，《校勘記》據閩本作「體仁」。則鳳皇來儀。』《騶虞》傳云：『有至信之德則應之。』是與《左傳》説同也。説者又云：人臣則修母致子應，以昭二十九年《左傳》云『水官不修則龍不至』故也，人君則當方來應，《禮運》疏以此爲熊氏申鄭義。是以《駮異義》云：『玄之聞也，《洪範》五事，一曰言，於五行屬金。孔子時，周道衰，於是作《春秋》以見志。其言可從，故天應以金獸之瑞。』據《禮運》及《左傳》疏引《異義》，以此爲奉德侯陳欽説，康成蓋本之。是其義也。箋：『公子信厚，與禮相應，有似於麟。』申述傳文，亦以『麟』爲『信獸』。《駮異義》以爲『西方毛蟲』，更爲别説。」承珙案：《禮運》疏引《異義》：「《左氏》説：麟，中央軒轅大角之獸。許慎謹案：麟、鳳、龜、龍，謂之四靈。龍，東方也；虎，西方也；鳳，南方也；龜，北方也；麟，中央也。」哀十四年《左傳》疏云：「説《左氏》者云：『麟生於火而游於土，中央軒轅大角之獸。』賈逵、服虔、穎容皆以爲然。」《初學記》引蔡邕《月令章句》曰：「天宫五獸，中有大角軒轅麒麟之信。麟生于火，游于土，故修其母致其子，五行之精也。」據此，諸説皆與毛同，足明先儒相承，歷有此義，其來古矣。

瑞應之説，後儒固所不信。然此云「于嗟麟兮」，《騶虞》云「于嗟乎騶虞」，反復詠歎，在作詩者固必有取爾。而二《南》適以此終篇，則編詩者更非無意可知。李安溪《詩所》云：「此詩言公子公孫，宜在《樛木》《螽斯》之次，而序以終篇，故先儒以爲必有郊藪之瑞焉。爲此詩者因其應，推其本，以爲麟不在他，自其一家之中，而麟之全體具矣。作者道其實，序者大其事也。」

毛詩後箋卷二

涇　胡承珙

召南

鵲巢

《序》云：「《鵲巢》，夫人之德也。」嚴氏《詩緝》引朱氏曰：「文王之時，《關雎》《麟趾》之化行於内，諸侯蒙化以成其德，而其道亦始於家人，故其夫人之德如是。當時之人，詠歌而美之，當必爲一人而作。然周公取以爲法，明夫人之德皆當如是，則其義不主於所指之人，故序者特云『夫人之德』而已。」黄氏佐《詩經通解》曰：「《周南·關雎》與《召南·鵲巢》正相爲始，而《麟趾》《騶虞》爲之終。《關雎序》謂『后妃之德』，不言所美之人，《鵲巢》如之。朱《傳》既以《關雎》專指大姒，而於《鵲巢》則不言所美之人，故有此論。要之，『后妃之德』，『夫人之德』，安知其不兼指大任、周姜，而必以大姒當之？至於《鵲巢》乃有此説，恐亦當俱以泛言爲是也。」承珙案：二《南》在周爲房中之樂，蓋言凡爲后妃、夫人者，必皆有是德耳。如必欲實指其人，則周初三母皆足當之，不必泥后妃爲大姒，夫人爲大任、周姜。況古者，王后亦可稱夫人。《考工記》「夫人以勞諸侯」，「夫人」

謂王后也。《祭義》「世婦卒蠶，獻繭于夫人，夫人副褘受之」，此「夫人」亦謂王后，蓋副褘是王后之服。其下云：「遂布於三宮夫人、世婦之吉者。」若諸侯，止有一夫人，安得有三宮夫人？其末云：「君服以祀先王、先公。」諸侯豈有先王邪？此章本通言天子、諸侯之禮，故此「夫人」亦王后通稱，不專指諸侯夫人也。

歐陽《本義》云：「詩人直謂鵲有成巢，鳩來居爾，初無配義。況鵲鳩異類，不能作配也。《序》言『德如鳲鳩，乃可以配』，鄭氏因謂鳲鳩『有均壹之德』。詩人不繆，但《序》與箋傳誤爾。」承珙案：鳲鳩均壹之德，毛於《曹風・鳲鳩》傳及之，而《鵲巢》並未嘗言。蓋詩人取興，止於鳩居鵲巢，其均壹之德固是言外所該。《文心雕龍》云：「鳲鳩貞一，故夫人象義。」《東萊文集》有云：「居已成之鵲巢，受百兩之厚禮，爲夫人者自思苟無純静均一之德，其何以堪之？」是則以德言鳩，於詩義自無大悖。況《序》言「可配」，本指夫人，非關鵲鳩。鄒忠胤云：「鵲鳩殊種，喻二姓之好，族類名物之相稱。」此説得之。即如昭元年《左傳》，鄭伯享趙孟，穆叔賦《鵲巢》，趙孟曰：「武不堪也。」杜注云：「喻晉君有國，趙孟治之。」此可見詩無達詁，何庸以文害辭？

「維鳩居之」，傳：「鳩，鳲鳩，秸鞠也。」《爾雅》作「鴶鵴」，《詩疏》引《埤蒼》字同。郭注云：「今之布穀也。江東呼爲穫穀。」《説文》：「鶌，秸鶌，尸鳩也。」《詩釋文》引《草木疏》云：「一名擊穀。」《方言》云：「布穀，自關而東，梁楚之間謂之結誥，周魏之間謂之擊穀。」《月令》鄭注云：「鳩，搏穀也。」案：「秸鞠」「鴶鵴」「秸鶌」「擊穀」「結誥」，皆一聲之轉；「布穀」「穫穀」「搏穀」，聲亦相近。《本草拾遺》云：「布穀，江東呼郭公，北人云撥穀。」「郭公」亦「秸鞠」之轉聲，「撥穀」亦「布穀」之轉聲也。《方言》既以鳲鳩爲戴勝，《左傳》疏引孫炎注《爾雅》同，《禽經》亦同。孔穎達云：戴勝自生穴中，不巢生，而《方言》云「鳲鳩，戴勝」，非也。又以爲鵟澤，《太平御覽》引孫炎亦同。案：

《說文》作「鴋」，云：「澤虞也。」郭《方言》注以爲別一鳥。誤矣。或謂《詩》單言「鳩」，毛何以定知爲鳲鳩、秸鞠？承珙案：《爾雅》無單言「鳩」者，《詩》則有之。《氓》詩之「鳩」，傳云：「鳩，鶻鳩也。食桑葚過，則醉而傷其性。」此蓋毛公目驗而知者。疏云：「《爾雅》鳩類非一，知此是鶻鳩者，以鶻鳩冬始去，今秋見之，以爲喻，故知非餘鳩也。」《小宛》之「鳴鳩」，傳云：「鳴鳩，鶻鵰也。」鶻鵰，《爾雅》謂之「鶌鳩」。《太平御覽》引蔡邕《月令章句》、《左傳》疏引孫炎，皆以「鳴鳩」爲「鶻鳩」，與毛傳合。郭注《爾雅》云「鶻鵃，似山鵲而小，短尾，青黑色，多聲」，高誘注《淮南·時則訓》云「鳴鳩奮迅其羽，直刺上飛入雲中」，亦與《詩》「宛彼鳴鳩，翰飛戾天」義合。至《鵲巢》之「鳩」，傳以爲「秸鞠」者，蓋諸書單言「鳩」者，多係布穀。如《夏小正》正月，「鷹則爲鳩」；《淮南·時則訓》《呂氏春秋·仲春紀》「鷹化爲鳩」，高誘注皆以「鳩」爲「布穀」；《列子·天瑞》篇「鷂之爲鸇，鸇之爲布穀」。是則鷹鸇所化之鳩確是布穀，且得獨專「鳩」名。傳云：「鳲鳩不自爲巢，居鵲之成巢。」亦必目驗知之。歐陽氏謂別有一拙鳥名鳩者，肊說無徵，曾何足據！徐氏文靖《管城碩記》曰：「後儒謂鳩性拙，不能爲巢，是先將鳩說壞矣，何以爲夫人興乎！」

「維鳩方之」，傳：「方，有之也。」《爾雅翼》以「方」爲「併」，謂「始則一鳩居之而已，尋則呼其耦併居焉」。何氏《古義》曰：「方，嚮也。上章主迎之而言，故曰『居之』；此章主送之而言，故曰『方之』，言嚮其巢之所在，而將往居之也。」《虞東學詩》說同。季氏本《詩說解頤》曰：「方，所也，以爲安居之所。」戴氏《補注》曰：「古字『房』通用『方』。《小雅》『既方既皁』，箋云：『方，房也。』『方之』，猶『居之』也。」承珙案：諸家蓋皆疑於「方」不宜訓「有」耳，不知《爾雅》「幠、厖，有也」郭注引《詩》「遂幠大東」，今《毛詩》作「遂荒大東」，傳云：「荒，有也。」蓋「幠」「荒」聲之轉，「荒」與「方」聲有輕重耳。《廣雅》云「方，有也」，即本毛傳。無庸改訓。《釋文》云：「方，有之也。一本無『之』字。」玩《序》云「夫人起家而居有之」，箋於首章亦云「鳲鳩因鵲成巢而居有之」，然則傳文「之」字蓋涉此諸文而衍。段懋堂云：「方，猶甫也。方有之，言甫有之也，非訓『方』爲『有』。」然經文但言「方之」，若如段説，則是「維鳩甫之」，經文爲不辭矣。

「維鳩盈之」，傳：「盈，滿也。」箋云：「滿者，言衆媵姪娣之多。」何氏《古義》謂：「舊説以鵲比國君，鳩比夫人，則末句『維鳩盈之』一語爲不通。」承珙案：衆媵姪娣者，夫人之族類，以充君子之室，正如鳩類之盈於鵲巢也，何不通之有？若《詩所》以鵲比夫人，鳩比諸娣，則其義誠難通耳。

劉氏《七經小傳》云：「或曰：《貍首》，《鵲巢》也，篆文似之。」王伯厚駮之曰：「《大戴禮·投壺》云：『凡《雅》二十六篇，其八篇可歌，歌《鹿鳴》《貍首》《鵲巢》。』此有《貍首》，又有《鵲巢》，則或説非矣。」《鄭譜》云：「射禮，天子以《騶虞》、諸侯以《貍首》、大夫以《采蘋》、士以《采蘩》爲節。今無《貍首》，周衰，諸侯並僭而去之，孔子録詩不得也。」正義曰：「言此者，以射用四篇，而三篇皆在《召南》，則《貍首》亦當在，今無其篇，故辨之。」《射義》注云：「《貍首》，逸詩。下云『曾孫侯氏』是也。」承珙案：《射義》云：「《騶虞》者，樂官備也；《貍首》者，樂會時也；《采蘋》者，樂循法也；《采蘩》者，樂不失職也。」《采蘋》《采蘩》固與《毛詩》篇義脗合，即《騶虞》「官備」，亦與「虞人翼五豝」傳義相符。若《鵲巢》「夫人之德」，則與「會時」義了不相涉。然則《鵲巢》之非《貍首》明矣。

采蘩

《序》云：「《采蘩》，夫人不失職也。夫人可以奉祭祀，則不失職矣。」《虞東學詩》曰：「蘩之供祭，一見於《左傳》，再見於《夏小正》戴德傳。又《射義》云：『士以《采蘩》爲節，樂不失職也。』詩皆與之合，可以爲定論矣。」陳氏《稽古編》曰：「《左傳》『蘋蘩薀藻，可薦鬼神』正指《采蘩》《采蘋》二詩言，則毛公執蘩助祭之説不可易矣。」承珙案：傳云：「神饗德與信，不求備焉。沼沚谿澗之草，猶可以薦。」此正用《左傳》文，不止如葉石林所云毛釋《碩人》《清人》《黄鳥》《皇矣》與《左傳》合也。又文三年《左傳》：「秦伯伐晉，遂伯西戎，用孟明也。君子是以知秦穆公之爲君也，舉人之周也，與人之壹也。《詩》曰：『于以采蘩，于沼于沚。于以用之，公侯之事。』秦穆有焉。」杜注：「言沼沚之蘩至薄，猶可用之以供公侯，以喻秦穆不遺小善。」昭元年《傳》，鄭伯燕趙孟，穆叔賦《采蘩》，曰：「小國爲蘩，大國省穡而用之，其何實非命。」注云：「穆叔言小國微薄猶蘩菜。」此雖斷章取義，其大旨則皆以蘩爲物薄，而用可重之意。然則公侯之事，尚得謂之非祭事乎？

「于以采蘩」，箋云：「于以，猶往以也。」「于沼于沚」，傳云：「于，於。」承珙案：「于」「於」二字，其本義皆爲氣舒之詞。《説文·丂部》云：「丂，气欲舒出，勹上礙於一也。丂，古文以爲『亏』字。」《亏部》云：「亏，於也。象气之舒。亏从丂，从一。一者，其气平也。」又《烏部》云：「烏，孝烏也。象形。孔子曰：『烏，于呼也。』于，各本作「盱」，从段注訂正。取其助气，故以爲烏呼。𦾔，古文烏，象形。於，象古文烏省。」據此，是「于」爲氣之舒，古文作丂，小篆作亏；「烏」象烏烏之形，借爲烏呼之字，小篆作烏，古文作𦾔，或省作於。今「於」字从此。

字之本義，如此而已。其孳生之義，則以「于」「於」二字皆以助氣，故經典多用爲語辭。其用爲語辭者，則又用「于」爲古字，用「於」爲今字。《爾雅》：「粤、于、爰，曰也。」「曰」與「聿」同爲發語辭。又「爰、粤，于也」，「爰、粤、于、那、都、繇，於也」，輾轉訓釋，皆爲語辭。而以「於」釋「于」，乃以今字釋古字，則是「于」爲古義，「於」爲今義矣。其又訓爲「往」、訓爲「在」者，皆由氣出之義而引申之，氣出必有所往，既往則有所在。亦以用「于」者爲古文，用「於」者爲今文。故凡《詩》《書》用「于」字，《論語》用「於」字，又凡經多用「于」字，傳注多用「於」字。而毛傳、鄭箋以「於」釋「于」者，皆所以通古今之字也。《詩》中「于」字有當爲語辭者，有當爲「往」者，有當爲「在」者，傳箋義多錯出。毛於《桃夭》「于歸」訓「于，往也」；此「于以」之「于」不釋，蓋以爲語辭；而訓「于沼」之「于」爲「於」，則用「在」義，「于沼」猶在沼也。箋則云：「于以，猶言往以也。」案：《采蘋》又云「于以盛之」「于以湘之」，夫「采之」可言「往」，「盛之」「湘之」似不必言「往」。正義演經文云「往何器盛之」「往何器亨煑之」，皆不成語。《陳風》「越以鬷邁」，箋云：「越，於。」正義曰：「『越，於』，《釋詁》文。」此謂「越」即《爾雅》之「粤」，「越以」猶「于以」也。鄭既謂「越以」爲語辭，則此「于以」亦當爲語辭，而箋乃訓爲「往」，誤矣。

「于以采蘩」，傳：「蘩，皤蒿也。」《左傳正義》隱三年。引陸《疏》云：「凡艾，白色爲皤蒿，今白蒿。春始生，及秋，香美可生食，又可烝。一名游胡，北海人謂之旁勃。故《大戴禮·夏小正》傳曰：蘩，游胡；今本《夏小正》傳作「由胡」。游胡，旁勃也。」承珙案：《爾雅》有「蘩，皤蒿」，郭注本孫炎以爲「白蒿」。又有「蘩，由胡」，則郭云「未詳」。陸《疏》以「皤蒿」與「由胡」爲一物，蓋因毛戴《詩》《禮》二傳皆以「蘩」爲豆實，故知爲一物。此可爲定論矣。孔疏疑「皤蒿陸草，不當采於水中」，故謂「于沼于沚」爲「于其旁」，「于澗之中」爲「于曲内」，義殊牽强。《爾雅翼》又謂「莪，蘿蒿，生澤田沮洳之處，莪即古之蘩，而皤蒿爲陸草，非夫人之所采」。今案：《本草》「白蒿」，唐本注云：「此蒿葉麤于青蒿，從初生至枯，白于衆蒿，所在有之。」此言陸産之白蒿也。《圖經》又云：「白蒿，蓬也。生中山川澤。」然則皤蒿水陸皆有，通可名蘩，故《爾雅》云：「蘩之醜，秋爲蒿也。」《七月》傳云：「蘩，白蒿也，所以生蠶。」采蘩雖同，而用則異。《集傳》既從毛以采蘩爲奉祭祀，而又存生蠶之説，不知蠶事豈可謂公侯之事，蠶室豈得爲公侯之宫。試誦經文，而其説可不煩言而破矣。

「被之僮僮」，傳：「被，首飾也。」箋引《禮記》「主婦髲髢」。戴氏《補注》云：「鄭氏注《禮》，合『次』與『髲鬄』爲一；其箋是詩，又合『被』與『髲鬄』爲一。『被』之爲『次』，恐未然也。《周禮》王后之六服，三翟皆祭服。從王祭先王，服褘衣；祭先公，服褕翟；祭群小祀，服闕翟；鞠衣，告桑之服；展衣，以禮見王及賓客之服；褖衣，御於王之服，亦以燕居。三翟之首服『副』，鞠衣。展衣之首服『編』，褖衣之首服『次』。《説文》：『髲，鬄也。』『鬄，髲也。』二字轉注。『鬄』又作『髢』，『髲』『被』古字通用。然則是詩之『被』，乃所謂『髢』，不在副、編、次之數。既用『被』，然後加首服，『翟衣』之首服『副笄六珈』是矣。」承珙案：戴説是也。《鄘風·君子偕老》正義引《説文》云：「髲，益髮也。」與今本《説文》異。《釋名》：「髲，被也。髮少者得以被助其髮也。」此「髲」可通「被」之義也。《説文》又云：「鬄，髲也。字亦作髢。」此鄭箋所由以「被」與「髲髢」爲一也。然《説文》但云「益髮」，並不以爲禮服之首飾。《禮記》曰：「斂髮毋髢。」《左傳》：「衛莊公見己氏之髮美，使髡之，以爲吕姜髢。」《莊子》曰：「禿而施髢。」據此諸文，似髢爲婦人益髮所需，禮服及平居時皆可用以爲飾。《君子偕老》之次章，上言「其之翟也」，下言「鬒髮如雲，不屑髢也」，足見服翟時亦可用髢，但鬒髮者不屑耳。若髮髢即次，則次非翟衣之配，「不屑」之言毋乃虛設。且次係禮服正飾，亦不當云「不屑」也。《少牢》「主婦被錫衣侈袂」，鄭讀「被錫」爲「髲鬄」者，蓋因《士昏禮》「女次純衣」，「純衣」即褖衣，《少牢》大夫妻服褖衣，首當服次，故遂以被爲次。諸家泥於此解，而又以夫人祭祀當服副，不當服次，故正義以「夙夜」爲視濯於夜、視饎爨於將祭之夙，皆非正祭；嚴《緝》引曹氏又以爲此在商時，故與《周禮》異。不知被不在副、編、次之數，副、編、次三者皆可用被。詩人但詠其被，故雖釋祭服而歸，其被固依然祁祁也。若如毛傳但云「被，首飾也」，則不必曲引祭前祭後及異代之禮以解之矣。《虞東學詩》云：「副、編、次皆爲首飾，皆得名被，《少牢》之『被』屬次，此詩之『被』屬副。」案：副、編、次，禮服之飾，各有主名，無容統名爲「被」。姜氏炳璋《詩序廣義》又以被爲夫人齋時之首服，仍是以被爲次，亦未有以見其必然也。

草蟲

《序》云：「《草蟲》，大夫妻能以禮自防也。」防者，以禮檢束之意。惟恐不當於夫，故其辭如此。正義云：「經言在室則夫唱乃隨，既嫁則憂不當其禮，皆是以禮自防之事。」傳箋之説，固與《序》意不背。程子從之，故謂「陟彼南山」爲適於夫家，「言采其蕨」以喻求合於禮。惟歐陽《本義》謂毛鄭與《序》意不合，而以此詩爲大夫行役，其妻能守禮自防以待其君子之歸。朱《傳》用其説，《吕記》、嚴《緝》皆同。李氏《集解》又謂首章數語全與《出車》五章同，故知皆爲行役而作。黄實夫又云：「《序》曰『大夫妻』，而説者以爲未嫁之女，失其旨矣。」承珙案：數説皆非也。夫作詩在前，序詩在後，作詩者是言方嫁時在塗之情，而序詩者乃據其已嫁之後，追而敘之，故云「大夫妻」爾。如《采蘋》，經文明云「季女」，而《序》亦曰「大夫妻」，又何説邪？《説苑·君道》篇載孔子對哀公曰：「《詩》云：『未見君子，憂心惙惙。亦既見止，亦既覯止，我心則説。』《詩》之好善道之甚也如此。」此雖似斷章取義，然未見而憂，則爲待禮；既見而説，則爲好善，其義亦相通也。

「喓喓草蟲，趯趯阜螽」，傳：「喓喓，聲也。草蟲，常羊也。趯趯，躍也。阜螽，蠜也。」《爾雅》「草螽，負蠜」郭注云：「常羊也。」此本毛傳。可見歷漢至晉，稱名尚未改矣。《爾雅》又曰：「阜螽，蠜。」陸佃曰：「阜螽，今謂之蚱蜢。亦跳亦飛，飛不能遠，青色。草蟲鳴，阜螽躍而從之，故阜螽曰蠜，草蟲謂之負蠜。」承珙案：此如鷤能捉雀，遂名「負雀」。古人名命百物，多有象形、會意者，其原出于六書。鄭《小雅》箋云：「鳴躍之相應，其天性然也。」此蓋相傳古義。戴氏《詩補注》以「草蟲」爲凡小蟲草生者之通稱，《爾雅》因《詩》辭而別其名類以傅合之，未必盡可證實。今案：《爾雅》「螽」有五種，惟阜螽、草螽、蜤螽三者見《詩》，其蟿螽、土螽非《詩》所有，未可概謂緣《詩》辭生訓，則戴説非也。若《爾雅翼》用張衡、郭璞之説，以草蟲爲蚯蚓與阜螽交，《本草》陳藏器亦有此説。夫蚯蚓與蚱蜢判然異類，與鄭箋「同類」之義相違，尤未可信。

草蟲，《爾雅》本作「草螽」，與阜螽皆爲蝗類，故陸《疏》謂草蟲「大小長短如蝗，奇音，青色，好在茅草中」是已。《詩正義》引李巡《爾雅注》以「阜螽」爲「蝗子」，又引陸《疏》云：「今人謂蝗子爲螽子。」是則鄭箋云「草蟲鳴，阜螽躍而從之，異種同類，猶男女嘉時以禮相求呼」之説，申明毛傳「卿大夫之妻待禮而行，隨從君子」，其義當矣。歐陽《本義》謂草蟲、阜螽形色不同，種類亦異，故詩人引以爲戒，「比男女之不當合而合」。李氏《集解》駁之，曰：「以類相從者，如雲從龍，風從虎，豈必專是一物？《鵲巢》之詩，鵲喻諸侯，鳩喻夫人，詩人之取興，不如是之泥也。」承珙案：二《南》所言貞女，如《南有喬木》《行露》《野有死麕》，大抵皆指民間之女。若大夫妻，則當深宫固門，閽寺守之，何至無端而有彊暴之侵陵，其惴惴戒心若此哉？總由歐公誤認《序》文「以禮自防」衹爲防閑淫泆之事，而不知禮之所包甚廣，失禮之宜防者甚多。故傳云：「婦人雖適人，有歸宗之義。」如「七出」之類，淫僻第其一端耳。李《解》既謂歐公草蟲、阜螽非匹類之説爲不可，而又以其餘説爲可從，且云：「大夫在家而能以禮自防，未足爲賢；惟大夫不在家而能以禮自守，所以可尚。」此尤足發一笑。

陳氏《稽古編》曰：「箋以『見止』爲同牢之時，以『覯止』爲初昏之夕，因引《易》『覯精』語證之，後儒多笑其鑿。然古詩簡貴，不應一事而重複言之，鄭分爲兩義，亦非無見。」承珙案：鄭以「覯」爲「昏媾」，究不如毛傳但訓「覯」爲「遇」之善。蓋「見」謂見君子顔色之和，「覯」謂遇君子接待之禮，「見」與「覯」自分深淺，不必如鄭所云也。姜氏《詩序廣義》曰：「此詩辭與《殷其靁》《汝墳》同調，而《序》及傳不主君子行役者，以篇中有『亦既覯止』一語也。覯者，遇以禮也。天下豈有行役既歸而望其禮遇者哉？則知《序》、傳之精矣。如『覯』即作『見』，是贅矣。《小雅·車舝》亦云『覯爾新昏，以慰我心』，即用此『覯』字之義。」

毛於首章云「興也」，下二章不明所謂。箋云：「在塗而見采鼈菜者得其所欲得，猶己今之行者欲得禮，以自喻也。」正義曰：「毛以秋冬爲正昏，不得有在塗采鼈之事；鄭以大夫之妻待禮而嫁，明及仲春采蕨之時故也。」承珙案：張衡云：「大火流，草蟲鳴。」此正秋時。然傳意並不以爲秋冬正昏之證，但取以興大夫之妻待禮而行，隨從君子耳。馬昭申鄭，乃謂三代嫁娶以仲春，符於《南山》《采薇》之歌。見《通典》。不知昏禮婦車有裧，安得在塗而見采鼈？束皙云：「『迨冰未泮』，正月以前；『草蟲喓喓』，末秋之時。」凡詩人之興，取義繁廣。或舉譬類，或稱所見，不必皆可以定時候也。

「言采其蕨」，傳：「蕨，鼈也。」《爾雅》「蕨，鼈」，郭注謂：「《廣雅》云『紫綦』，非也。初生無葉，可食。江西謂之鼈。」又「綦，月爾」，郭注云：「即紫綦也，似蕨，可食。」郭以「蕨」與「綦」爲二物。而《廣雅》云：「茈綦，蕨也。」「茈」與「紫」同。《爾雅翼》云：「蕨生如小兒拳，紫色而肥。野人今歲焚山，則來歲蕨菜繁生。其舊生蕨之處，蕨葉老硬紛披，人誌之，謂之蕨基。《廣雅》云：『蕨，紫萁。』『基』豈『萁』之轉邪？」承珙案：「蕨」「鼈」疊韻，「蕨」「綦」雙聲，鳥獸草木之名多如此類，蕨與綦當爲一物。郭以「紫綦」爲似蕨，而斥《廣雅》「茈綦」爲「蕨」之非，誤矣。

「言采其薇」，傳：「薇，菜也。」《爾雅》：「薇，垂水。」《釋文》引顧野王云：「水濱生，故曰垂水。」陸璣《詩疏》則云：「薇，山菜也。」故邢昺《爾雅疏》謂《本草》有二薇，生平原川谷似柳葉者，白薇也；生水旁似萍者，薇也。《詩》「采薇」似山菜，非垂水。段懋堂曰：「『垂水』乃俗名，不必以生水旁釋之。承珙案：《爾雅》以『薇，垂水』與『虋從水生』相次，似非無義。段説恐非。不如陳氏長發曰：「垂水生水旁，不生水中。澗谿潢潦皆山間水，薇生其旁，不害爲山菜也。」《説文》：「薇，菜也，似藿。」《詩義疏》云：「莖葉皆如小豆，蔓生，其味亦如小豆藿。」許陸二説正同。嚴《緝》引項氏云：「薇即今之野豌豆苗，蜀人謂之巢菜。」説與許陸合，似爲近之。若白薇，《本草》一名春草，《别録》又名白幕，蘇頌曰：「莖葉俱青，頗類柳葉。」然白薇非可食之菜，陸《疏》則云薇「可作羹，亦可生食」。馮嗣宗曰：「陸親見官園所種，其言必審。復非似柳之白薇。」胡明仲又以荆楚間有草名「迷蕨」者當之，《集傳》用其説，而一以爲味甘，胡云「食之甘美」。一以爲味苦，朱云「有芒而味苦」。又各不同。至鄭漁仲以爲金櫻芽，更不知何所據矣。

《困學紀聞》云：「《詩正義》曰：《儀禮》歌《召南》三篇，越《草蟲》而取《采蘋》，蓋《采蘋》舊在《草蟲》之前。曹氏《詩説》謂《齊詩》先《采蘋》而後《草蟲》。」惠氏《詩説》曰：「《鵲巢》言夫人有均壹之德，佐君以造邦也。《采蘩》言奉祭祀不失職也。《采蘋》言循法度以承先供祭也。婦德之大，莫大于事宗廟、循法度、佐君子，故婦順備而内和理，内和理而後家可長久也。《鄉飲》《燕射》取三詩歌之，宜也。若《草蟲》，則言始見君子之事，《昏禮》所謂主人揖婦以入御衽席于奥之時也。始曰我心降，再曰我心説，又曰我心夷，其言近于褻矣。牀笫之言不踰閾，況可歌之君臣賓客之前乎？舊謂《草蟲》在《采蘋》後，此徒以篇什先後言，且未可考也。」承珙案：曹氏雖不見《齊詩》，其言必有所本。即以《毛詩》論之，《草蟲》述方嫁時在塗之情，《采蘋》陳未嫁時教成之祭，其先後之序，固自判然。疑《毛詩》亦本先《采蘋》而後《草蟲》，漢以後，學者亂其篇第耳。若惠氏謂牀笫之言近褻，故不取《草蟲》，則二《南》本以房中之樂用於鄉人、邦國，所謂有夫婦然後有父子，有父子然後有君臣也。彼《關雎》之「輾轉反側」，獨非牀笫之言乎？況《儀禮·燕禮》「有房中之樂」注云：「弦歌《周南》《召南》之詩。」是則二《南》諸篇皆可用於鄉射、燕飲，何獨舍《草蟲》而不取乎？襄二十七年《左傳》鄭伯享趙孟，子展賦《草蟲》，即用於燕享之明證。徐氏《管城碩記》云：「案：徐幹《中論》曰：『良霄以《鶉奔》喪年，子展以《草蟲》昌族。感凶德之如彼，見吉德之如此，故立必磬折，坐必抱鼓，周旋中規，折旋中矩。』亦是『以禮自防』之意。」

采蘋

《序》云：「《采蘋》，大夫妻能循法度也。能循法度，則可以承先祖，共祭祀矣。」陳氏《稽古編》曰：「《采蘩》篇，毛鄭皆以爲教成之祭，其合於經文者有三焉：蘋藻二菜，與《禮記·昏義》同，一也；『宗室牖下』，與『教之宗室』之文同，二也；不偁『婦』而偁『季女』，三也。」胡允嘉説亦略同。姜氏《廣義》曰：「《詩》稱『季女』，《序》稱『大夫妻』，《詩》原其始，《序》要其終。少而能敬，以被文王后妃之化也。」承珙案：毛鄭而後，惟王肅異説，以爲「大夫妻主夫氏之祭」，正義駁之當矣。鄒氏忠胤乃謂詩不言婦而言「季女」，此内子必初嫁者。《禮記·曾子問》云：「三月而廟見，稱季婦也；擇日而祭于禰，成婦之義也。」當其未廟見則猶稱女，女而尸祭，其爲廟見之初祭可知。今案：《曾子問》：「三月而廟見，稱來婦也。」《士昏禮》：舅姑既没，婦入三月，奠菜，祝亦稱曰「某氏來婦」。並無「季婦」之文。鄒氏直改經以就己矣。又案：《禮記正義》引《左傳》隱八年鄭公子忽「先配而後祖」，賈服之義，大夫以上無問舅姑在否，皆三月廟見之後，乃始成昏。故服虔注云：「季文子如宋致女，謂成昏。」此則婦入三月之内，或可稱「女」。然《儀禮》所謂「廟見」者，乃禰廟爾；經文明曰「宗室」，則非「禰廟」可知。《虞東學詩》曰：「《春秋》書『逆婦姜』『來逆婦』，皆未昏時已正其名，而《易·漸》之『女歸吉』、《歸妹》之『女承筐』，又皆以嫁而稱『女』，復何疑於『季女』之爲大夫妻乎？所當辨者，『牖下』耳。考《特牲》《少牢》事主于室，主婦薦豆，皆自房中奠於筵前，無奠於牖下之文。惟《昏禮》自納采至請期，主人皆『筵于户西，西上右几』，禮皆外設。注曰『爲神布席』，其爲牖下明白可據。故『牖下』之義明，而此章之説定矣。」

「于以采蘋」，傳：「蘋，大蓱也。」《爾雅》：「苹，蓱。」郭注云：「水中浮蓱，江東謂之薸。」又：「其大者蘋。」郭注云：「《詩》曰：『于以采蘋。』」此本不誤。自《詩正義》連引《爾雅》兩語，而誤以郭注釋「蓱」者爲釋「蘋」，朱《傳》因之，嚴《緝》並譏郭注之誤。陳氏《稽古編》辨之審矣。承珙案：蓱與蘋小大既殊，浮沈亦異。《詩釋文》引《韓詩》云：「沈者曰蘋，浮者曰薸。」今本《釋文》作「浮者曰藻」，盧氏文弨謂王應麟《詩考》作「薸」，音「瓢」，當據以改正。今案：《爾雅翼》亦引《韓詩》説「沈者曰蘋，浮者曰薸」，且云：「『薸』之字似『藻』，説者遂以相紊。」此言尤爲明證。而《埤雅》引《韓詩》仍作「浮者曰藻」，遂謂藻亦出水上，謬矣。

又案：《神農本草經》但有「水萍」，陶弘景、蘇頌即以「大蘋」釋之。惟吴普《本草》云：「水萍，一名水廉，生池澤水上，葉圓小，一莖一葉，根入水底，五月開白花。」此乃所謂蘋也。此後諸家説蘋者，言人人殊。李時珍曰：「臞仙謂白花者爲蘋，黄花者爲莕；蘇恭謂大者爲蘋，中者爲莕；楊慎《卮言》謂四葉菜爲莕；陶弘景謂楚王所得者爲蘋，皆未深加體審。時珍一一采視，頗得其真。其葉徑一二寸，有一缺而形圓如馬蹄者，蓴也；莖紫色，大如箸，柔滑。夏月開黄花，結實青紫色，大如棠梨。葉似蓴而稍尖長者，莕也；與蓴相似，並根連水底，葉浮水上，夏月俱開黄花，亦有白花者，結實大如棠梨，中有細子。葉徑四五寸，如小荷葉，而黄花，結實如小角黍者，萍蓬草也；見《本草拾遺》。陳藏器云：萍蓬草，即今水粟也。六七月開黄花，結實長二寸許，内有細子一包，如罌粟，澤農取作粥飯食之。其根作藕香味，如栗。昔楚王渡江得萍實大如斗，蓋此類也。若水萍，安得有實邪？四葉合成一葉，如田字形者，蘋也。」其莖細於蓴莕，其葉大如指頂，面青背紫，有細文，頗似馬蹄、決明之葉。四葉合成，中拆十字。夏秋開小白花，故稱白蘋。

嚴《緝》又謂蘋有水陸二種，引項氏云：「柳惲所云『汀洲采白蘋』者，水生而似萍者也；宋玉所云『起于青蘋之末』者，陸生而似莎者也。」姚氏炳《詩識名解》曰：「蘋不陸生，所謂似莎者，乃藾蕭。其字作『苹』，不作『蘋』，兩者判然不容混也。」羅端良云：「蘋五月有花，白色，故稱白蘋。」然則「白」因花名，要之，即是青蘋耳。

「于以采藻」，傳：「藻，聚藻也。」正義引陸《疏》，云藻有二種，「其一種葉如雞蘇，莖大如箸，長四五尺；其一種莖大如釵股，葉如蓬蒿，謂之聚藻」。據此，傳所云「聚藻」者，乃莖如釵股之藻。若《爾雅》之「莙，牛藻」，郭注云：「似藻，葉大，江東呼爲馬藻。」此則似陸所謂「葉如雞蘇」之藻矣。《左傳》「蘋蘩薀藻之菜」，《説文》「薀」下不言草名，《顔氏家訓》引郭注《三倉》云「蘊，藻之類也」，李時珍謂聚藻即水蘊也，俗又名牛尾蘊，然則蘊與藻非二物，《詩正義》曰「蘊，聚也，故言藻，聚藻」是已。或謂《左傳》「澗、谿、沼、沚」等凡四者，皆實字，行潦之「行」當作「洐」，《説文》「洐，溝行水也」，則蘊、藻不當爲一物。承珙案：古人文字，似不必如此板對。且若以二句之「薀藻」與四句之「行潦」作對：薀藻，聚藻也；行潦，流潦也，豈不更見文章參差變化之妙乎？

「于以湘之」，傳：「湘，亨也。」惠氏《古義》曰：「《漢書·郊祀志》『皆嘗鬺亨上帝鬼神』，顔注：『鬺、亨，一也。鬺亨，煑而祀也。』《韓詩》曰：于以鬺之。』案：『湘』訓『亨』無考，當從《韓詩》作『鬺』。」段懋堂曰：「古享獻、烹熟、元亨，字同作『亯』。《郊祀志》云『鬺亨上帝鬼神』者，謂煑而獻之也。『亨』讀如『饗』。《史記》作『亨鬺』，文倒，當從《漢書》。鬺，即《説文》之『䰞』字，煑也。《毛詩》『湘』字當爲『鬺』之假借。」承珙案：鬺亨上帝鬼神者，猶云聖人亨，以亨上帝也。《史記集解》引徐廣亦曰「鬺，讀。亨煑也」。《廣雅·釋言》：「鬺，飪也。」《説文》：「飪，大孰也。」此傳云：「湘，亨也。」《楚茨》傳云：「亨，飪之也。」蓋此蘋藻爲鉶羹之芼，故當亨飪。正義引《昏義》：「牲用魚，芼之以蘋藻。」故此箋云：「亨蘋藻者，於魚湆之中，是鉶羹之芼。」若如王肅以此篇所陳爲「大夫妻助夫氏之祭，采蘋藻以爲菹」，則菹本以生菜鬱釀而成，無所用其亨飪矣。朱《傳》於《關雎》云「芼，熟而薦之」，此又云「粗熟而醃之以爲菹」，不顯與《昏義》「芼以蘋藻」之言背乎？

「宗室牖下」，傳：「宗室，大宗之廟也。大夫、士祭於宗廟，奠於牖下。」《儀禮·士昏禮》記云：「祖廟未毁，教于公宫三月；若祖廟已毁，則教于宗室。」注云：「祖廟，女高祖爲君者之廟也。宗室，大宗之家。」盛氏世佐曰：「案：注云『大宗之家』，疏云：『不於小宗者，小宗卑故也。』《昏義》孔疏：『大宗、小宗之家，悉得教之。與大宗近者於大宗，與大宗遠者於小宗。』二説不同，當以賈疏爲正。若謂與國君絶服者，教於大宗之家，與大宗絶服者，教於小宗之家，設有繼高祖之宗，而與大宗絶服者，其女當於何教乎？教於大宗則已遠，教於己室是無統矣。此則孔説所不通也。」承珙案：孔於《周南·葛覃》及此疏，亦皆以「宗室」爲大宗之家，惟《昏義》疏因鄭彼注祇云「宗室，宗子之家」，不言大宗、小宗故耳。今考毛傳云：「宗室，大宗之廟也。」蓋教在大宗之家，祭在大宗之廟，知賈疏不可易矣。

臧氏玉林曰：「《潛夫論·班禄》云：『背宗族而《采蘩》怨。』案：《采蘩》不言宗族事，《采蘋》云『于以奠之，宗室牖下』，『蘩』當爲『蘋』，字之誤耳。」承珙案：臧説近是。《白虎通義·嫁娶》曰：「《昏經》曰，教于公宫三月，婦人學，一時足以成矣。與君有緦麻之親者，教于公宫三月；與君無親者，各教於宗廟，『廟』疑『子』字之誤。宗婦之室。國君取大夫之妾、士之妻老無子而明於婦道者禄之，使教宗室五屬之女。大夫、士皆有宗族，自於宗子之家學事人也。」此可見古者敬宗收族之道，雖女子之微而教不遺焉。所以背宗族而怨生，當有賦《采蘋》以刺者耳。

「有齊季女」，傳：「齊，敬也。」《玉篇·女部》引《詩》「有齌季女」，并引《説文》「齌，材也」。此蓋出三家詩。《廣雅》云：「齌，好也。」與「材」義近。然皆不如毛之訓「齊」爲「敬」。襄二十八年《左傳》穆叔曰：「濟澤之阿，行潦之蘋藻，寘諸宗室，季蘭尸之，敬也。」毛義與此合，其來古矣。《釋文》：「齊，側皆反。」今案：《玉藻》「宗廟齊齊」，《祭義》「齊齊乎其敬也」，則「齊」即如字讀亦可。

傳：「少女，微主也。」姚氏《識名解》曰：「陸農師謂大夫妻祭共蘋藻，則使女之季者佩蘭，主而奉之，故傳以季女爲微主。此大非也。主祭之季女，自即大夫妻，於時教成將嫁，因爲辭廟之祭，非女主之而誰主之？且祭祀之禮，主婦設羹，正將嫁時所當習者，未有身臨祭而反使他人爲主之理。愚則謂奠之、尸之者，乃大夫妻也；采之、盛之、湘之者，共大夫妻之役者也。貴族之女，惟身臨其事以爲敬耳，又何必親執其勞乎？」承珙案：《小雅·車舝》「思孌季女逝兮」，傳云：「孌，美貌。季女，謂有齊季女也。」此「季女」亦指將嫁者。然則傳云「微主」者，主以少女，故謂之微耳。

傳：「古之將嫁女者，必先禮之於宗室，牲用魚，芼之以蘋藻。」箋云：「主設羹者季女，則非禮女也。各本「禮」下無「女」字，據正義所引箋補正。女將行，父禮之而俟迎者，蓋母薦之，無祭事也。」正義曰：「自『無祭事』以上，難毛之辭也。言父禮女無祭事，不得有羹。今經陳季女設羹，正得爲教成之祭，不得爲禮女。傳以教成之祭與禮女爲一，是毛氏之誤，故非之也。」承珙案：此傳於篇末總發一篇之義，所引「牲用魚」云云，本係

《昏義》教成之祭；其云「禮之於宗室」者，謂祭於宗室使之爲主，即所以禮之也。若昏禮醴女自在房中，並不於宗室，豈有毛氏不知而合教成之祭與醴女爲一者乎？鄭箋誤會傳意。正義既從鄭駮毛，而疏末又云：「上傳云『宗室，大宗之廟。大夫、士祭於宗室』，此傳『禮之宗室』，與『大夫、士祭於宗室』文同；『芼之以蘋藻』，與經『采蘋』『采藻』文協，皆是，毛實以此篇所陳爲教成之祭。」此則善申傳義。而前後自相違戾，何也？

甘棠

《序》云：「《甘棠》，美召伯也。」首章箋云：「召伯聽男女之訟，重煩勞百姓，今本「重」上有「不」字，《蜀石經》無。止舍小棠之下而聽斷焉。國人被其德，説其化；思其人，敬其樹。」據正義引定本及崔靈恩《集注》，此乃傳文，非箋語，則是毛義矣。與《史記·燕召公世家》《漢書·王吉傳》《説苑·貴德》篇、《白虎通義·巡守》篇所説皆同。惟《韓詩外傳》云「召伯在朝，有司請營洛以居」，召伯不欲勞百姓，出而就烝庶于隴畝阡陌之間。劉元城以爲此墨子之道，不知坐棠聽政，在召公當日必實有其事。然亦偶爾爲之，未必終年暴露，《外傳》特從而附會之耳。

《詩譜》及《序》正義兩引《鄭志》載趙商、張逸俱問云：「《甘棠》若在文王之時，不審召公何得爲伯？」答曰：「《甘棠》之詩，召伯自明，誰云文王與紂之時乎？」然則召公布化在文王之時，而作詩自在分陝之後，本不相妨。正義乃云召伯巡民決訟，皆是武王伐紂之後，爲伯時事。何氏《古義》因謂周召分陝在武王得天下之後，而《甘棠》頌召伯又當在康王之時。並據《説苑》諸書皆言「後世思召公」，《孔叢子》載孔子曰「吾於《甘棠》，見宗廟之敬」，《竹書紀年》召公以康王二十四年薨，此詩當在召公殁後始作。承珙案：諸書言後世歌詠者，不過謂召公之德歷久而不忘耳，非必此詩定作於公殁之後。豈召伯生前必不許民一思之邪？《説苑》亦載孔子曰：「吾於《甘棠》，見宗廟之敬。」此與《漢書·韋玄成傳》載劉歆《廟議》云「思其人尚愛其木，況宗其道而毁其廟乎」二語同意。蓋以《甘棠》之令人興思喻宗廟之令人起敬耳。豈得以此爲召公既殁之證乎？襄十四年《左傳》晉士鞅對秦伯曰：「欒武子之德在民，如周人之思召公焉，愛其甘棠，況其子乎？」此亦謂既殁而民思之，然不得謂詩於殁後始作也。

「蔽芾甘棠」，傳：「甘棠，杜也。」戴氏《詩考正》曰：「《爾雅》：『杜，赤棠。白者，棠。』又曰：『杜甘，棠。』與『梨山，樆』『榆白，枌』立文同。杜澀棠甘，而名可轉注。杜甘曰棠，梨山生曰樆，榆白曰枌。《毛詩》以甘棠爲杜，失《爾雅》之讀也。」《説文》：「棠，牡曰棠，牝曰杜。」又云：「杜，甘棠也。」段氏注曰：「《召南》毛傳云：『甘棠，杜也。』《釋木》曰：『杜，甘棠。』本無不合。棠不實；杜實而可食，則謂之甘棠。牡棠、牝杜，析言之也；杜得偁甘棠，互言之也。《釋木》又曰：『杜，赤棠。白者，棠。』《唐風》傳用之。此以其木色之異異其名，與『杜，甘棠』説異，即與分牝牡説異，爲許所不取。戴先生蓋依陸璣《疏》『白棠即甘棠，子美；赤棠即杜，子澀』爲此説耳。非許意，亦非《爾雅》意也。」承珙案：《爾雅》主釋《詩》《書》，「杜，甘棠」即是釋《召南》之「甘棠」，不宜改讀。「杜，赤棠。白者，棠」，以杜爲大名，言其味則曰甘棠，言其色則赤者曰赤棠、白者曰棠耳。《六書故》引舍人注《爾雅》云：「白者爲棠，赤者爲杜，爲甘棠，爲赤棠。」此與毛傳、《雅》義皆合。戴説泥於陸《疏》「澀如杜」之言，疑杜不得爲甘棠。不知所謂「澀如杜」者，乃俗語耳，《爾雅》、毛公時未必即有此方言。且「杜」有「澀」義，亦未必定指果實之杜。《方言》云：「杜，蹻澀也。」「蹻」又是何物邪？即以「杜」爲「澀」，果實中亦有生時味澀、熟即甘美者，必謂甘棠不當名「杜」，而譏毛公不善讀《爾雅》，過矣。又陸《疏》謂子有赤、白、美、惡。案：《爾雅》「杜，赤棠」二語與「梀，赤梀。白者，梀」文同。彼「赤梀」「白梀」謂木之文理，此「赤棠」「白棠」恐亦不指實言。段氏泥於子有赤白，與牡棠、牝杜不合，遂謂《爾雅》「赤白」之説爲許所不取，亦非也。

「召伯所茇」，傳：「茇，草舍也。」《周禮》「仲夏教茇舍」注云：「茇，讀如『萊沛』之『沛』。茇舍，草止之也。」蓋「草」訓「茇」，「止」訓「舍」。「茇」是草名，非「舍」義，此詩「茇」字當爲「废」之假借。《説文》：「废，舍也。从广，犮聲。《詩》曰：『召伯所废。』」《釋文》引《説文》：「废，草舍也。」有「草」字爲是。《艸部》云：「茇，草根也。」《載馳》「大夫跋涉」，傳云：「草行曰跋。」蓋「茇」本草根，因而草行謂之「跋」，草舍謂之「废」。段注《説文》云：「許書『废』但訓『舍』，與毛鄭説異，以其字从艸、从广别之耳。其引《詩》『召伯所废』，蓋用三家詩作『废』，與毛作『茇』訓『草舍』異。」承珙案：《詩》字本當作「废」而訓爲「草舍」，「召伯所废」謂召伯之所草舍也。三家今文，多正字；《毛詩》古文，假借作「茇」耳，非有異也。若《周官》「茇舍」，只當作「茇」，不作「废」，以言「废」則可不兼「舍」，若連「舍」，則當作「茇」也。《左傳》僖十五年。「反首拔舍」，以「拔」與「舍」連文，則又「茇」之借字，而非「废」之借字矣。

「勿翦勿伐」，傳：「翦，去。伐，擊也。」朱《傳》云：「翦，翦其枝葉也。伐，伐其條幹也。」次章，「勿敗，則非特勿伐而已」。三章，「勿拜，則非特勿敗而已」。嚴粲、程大昌皆從此説。《詩所》云：「伐者，取其條幹。敗者，殘其枝葉。拜者，攀援而屈曲之。」承珙案：此説非也。詩三章皆言「勿翦」，毛訓「翦」爲「去」，蓋但謂去其枝葉而已。《釋文》引《韓詩》作「剗」，《漢書·韋玄成傳》作「鬋」。剗，削也；鬋，斷也，皆刪除枝葉之意。下「勿伐」「勿敗」「勿拜」，皆對「翦」言之，其事必重於翦。若但以「敗」爲殘壞其枝葉，則「勿翦」已足該之。至「拜」爲「低屈」之説，本於唐施士丏《詩説》云「拜，言人之拜，小低屈也。上言『勿翦』，終言『勿拜』，明召伯漸遠，人思不忘也。毛注『拜，猶伐』，非也」。見《韓昌黎集注》及《吕氏讀詩記》。此特望文生義耳。然其謂毛注「拜」猶「伐」爲非，則可據以證今本毛傳之有脱。蓋傳於首章云「伐，擊也」，三章云「拜，猶伐也」。擊者，謂擊斷其樹。拜猶伐者，毛殆以「拜」爲「拔」之借，故鄭箋申之云「拜之言拔也」。《廣韻》「扒，拔也」，引《詩》「勿翦勿扒」。疑三家詩有作「扒」而訓「拔」者，與毛字異義同耳。傳於次章「勿敗」無訓，則以前後兩章義可互見。今案：《大戴禮·少閒》篇云：「凡草木根鞁傷，則枝葉必偏枯。」注云：「『敗』當字誤爲『鞁』。」「鞁」即「敗」。然則敗者，謂傷其本根；「勿敗」亦猶「勿伐」「勿拜」也。陳氏《稽古編》據《説文》訓「敗」爲「毁」，謂毁之則甚於擊，拔之則又甚於毁，三章文義殆由輕而重。此説亦可不必。

行露

《序》云：「《行露》，召伯聽訟也。」《列女傳》曰：「申人之女既許嫁於酆，夫家禮不備而往迎之。女與其人言，以爲夫婦者，人倫之始也，不可不正；夫家輕禮違制，不可以行。夫家訟之於理，女終以一禮不備，持義不往。而作詩曰：『雖速我獄，室家不足。』」王伯厚以此爲《魯詩》。《韓詩外傳》語亦略同，皆與《毛詩》篇義相近。但既曰許嫁矣，一禮不備，何至誓死不行？范衡洲云：「如魯韓説，以閨門之處子，求全責備，至於構訟不顧，豈無父母之命、媒妁之言乎？」承珙案：毛傳云：「不從，終不棄禮而隨此强暴之男。」蓋在當時，必有女氏未許而男子强求之事。觀經文「亦不汝從」，詞旨決絶，必非已許嫁者可知。箋云：「室家不足，謂媒妁不和，六禮之來，强委之。」此説最爲近理。《集傳》云：「家，謂媒聘；不足，謂求爲室家之禮初未嘗備。」陳長發曰：「夫不行媒聘，突然興訟，何必召公之賢，方能決斯獄哉。」

《虞東學詩》曰：「首章述其自守之辭，下二章『鼠牙』『雀角』之疑，終明其誣，《序》所以歸美聽訟也。」承珙案：此所謂「彊暴」，非肆行無禮。古者男女昏姻，各有配類。如《後漢書·梁鴻傳》云：鴻妻孟光「擇對不嫁，偃蹇數夫」。《袁隗妻傳》云：「妾姊高行殊邈，未遭良匹。」《行露》之女蓋其流亞。而當時乃有如子皙之强委禽焉者，故不從而致於理。此類陰訟，雖聖明之世，亦未必無。王雪山疑於暴男侵貞女，豈王化及女而不及男？孔疏乃云「禁嚴於女，法緩於男」。見《南有喬木》章。此皆泥於《序》文之過也。

「厭浥行露。豈不夙夜，謂行多露」，傳：「興也。厭浥，溼意也。行，道也。豈不，言有是也。」承珙案：此詩首三句，初讀之似與「豈不爾思，畏子不奔」文意相類，故箋云：「我豈不知當早夜成昏禮歟？謂道中之露太多，故不行耳。」正義即用此述傳。然女方被訟不從，而乃先云「豈不欲之」，作此婉辭不合語意。玩首章「謂」字，當與下二章「誰謂」之「謂」一律。「誰謂」者，誣善之辭，衆不能察，而歸之聽訟之明者也。故此云厭浥者，道中之露也，然必早夜而行，始犯多露。豈不早夜，而謂多露之能濡己乎，以興本無犯禮，不畏彊暴之侵陵也。傳云「豈不，言有是也」，謂有是早夜而行者，則可謂道中多露。經反言之，傳正言之，可謂善會經旨矣。《左傳》僖二十年：「隨以漢東諸侯叛楚。楚鬭穀於菟帥師伐隨，取成而還。君子曰：『隨之見伐，不量力也。量力而動，其過鮮矣。善敗由己，而由人乎哉？』《詩》曰：『豈不夙夜，謂行多露。』」此正以夙夜犯露爲不量力之喻，言豈有量力而動，猶至見伐乎？又襄七年：「晉韓獻子告老。公族穆子有廢疾，將立之。辭曰：《詩》曰：『豈不夙夜，謂行多露。』」此亦謂自量不才，故辭位，如人不早夜，可無犯露耳。杜注皆云：「豈不欲早夜而行，懼多露之濡己。」此箋義，非傳義也。王雪山謂首章必有闕佚，不然，「文勢未能入『雀』『鼠』之辭」。由不知首章「謂」字與下「誰謂」緊相呼應也。傳以「厭浥」爲多露濡溼之意，三句一貫，語本直截。箋則以「行露」爲「始有露」，是「二月嫁娶正時」；「多露」則三月四月已過昏時，故云「禮不足而彊來」。於經文三句中多一轉折，不如毛義爲允。《易林》云：「厭浥晨夜，道多湛露。濺衣濡襦，重不可步。」亦即以「厭浥」爲「多露」，無二月、四月之別也。

「誰謂雀無角」，傳：「不思物變而推其類，雀之穿屋，似有角者。」角，即謂獸角。誣善之辭，以無爲有，故可謂雀之穿屋似有角。何氏《古義》引「或説」云：「角，嘴之鋭而鉤者。凡鷙鳥皆有之。」案：鳥有鉤喙，並無「角」名，此肊説也。「誰謂鼠無牙」，傳：「視牆之穿，推其類，可謂鼠有牙。」楊龜山以爲鼠無牡齒。陸農師曰：「鼠有齒而無牙。」《説文》：「牙，牡齒也。象上下相錯之形。」段注云：「『牡齒』當作『壯齒』，『壯』誤作『牡』，今本《篇》《韻》皆譌。惟石刻《九經字樣》不誤。《士部》曰：『壯，大也。』壯齒者，齒之大者也。統言之皆稱『齒』稱『牙』，析言之則前當脣者稱『齒』，後在輔車者稱『牙』。牙較大於齒，非有牝牡也。鼠齒不大，故謂『無牙』。東方朔説『騶牙』曰：『其齒前後若一，齊等無牙。』此爲齒小牙大之明證。」承珙案：段説是也。隱五年《左傳疏》云：「頷上大齒謂之爲牙。」《説文繫傳》：「臣鍇曰：比于齒爲牡也。」此「牡」字亦當作「壯」，蓋楚金所見《説文》本作「壯齒」，故云「比於齒爲壯」。若本作「牡齒」，而云「比於齒爲牡」，則不成語矣。

羔羊

《序》云：「《羔羊》，《鵲巢》之功致也。」觀此《序》及《麟趾序》云「《關雎》之應」、《騶虞序》云「《鵲巢》之應」，可見序《詩》者與作《詩》者之意絶不相蒙。作《詩》者即一事而形諸歌詠，故意盡於篇中；序《詩》者合衆作而備其推求，故事徵於篇外。然諸家見此《序》云《鵲巢》，必推本於齊家之義。如黄實夫曰：「大其始於閨門，而後及於在位。」蘇潁濱曰：「君子能治其外，而内無良妻妾以和其室家，雖欲委蛇，而不可得也。」嚴《緝》引朱氏曰：「在位節儉正直，本於國君夫人正身齊家以及其國之效。」以上諸説，解《序》可作推原，解《詩》殊爲附會。鄭箋但云「積行累功，以致此羔羊之化」，其義已足。《孔叢子》引孔子曰「吾於《羔羊》，見善政有應也」，亦與《序》説脗合。「鵲巢」之語，可不必泥。

《序》又云：「在位皆節儉正直，德如羔羊也。」孔疏歷引《周官·宗伯》《儀禮·士相見禮》注及何休《公羊傳》注以釋「羔羊」之德。孔意特以衣服甚多，詩獨言羔裘，故有是説。但其下又引鄭注《論語》以「羔裘」爲「諸侯視朝之服」，傳注所稱羔群而不黨及死義生禮者，於卿大夫則可，若諸侯何所取乎？嚴《緝》引吕氏曰：「德如羔羊，如《羔羊》之詩也。」陳氏《稽古編》曰：「箋云『卿大夫競相切化，皆如此《羔羊》之人』，言如服羔裘之人也。德不可爲大夫，雖服羔裘，而非其人。召南大夫德稱其服，故曰『如《羔羊》之人』。」一説釋《序》「如」字是也。

王平仲曰：「『彼都人士，狐裘黄黄。其容不改，出言有章。行歸于周，萬民所望。』即爲《羔羊》之箋傳可也。」承珙案：《禮記·緇衣》云：「子曰：長民者，衣服不貳，從容有常，以齊其民，則民德壹。」此數語尤足爲此詩注脚。蓋三章皆言羔羊素絲，而紽、緎、總之數皆五，此所謂「衣服不貳」者也。「委蛇委蛇」，傳云：「行可從迹也。」箋云：「委曲自得之貌。」《吕記》曰：「惟其出入皆可從迹，則仰不愧，俯不怍，而從容自得。」據此，則毛鄭義合，皆所謂「從容有常」者也。

諸家説紽、緎、總，多無確據。李氏《集解》曰：「《爾雅》：『緎，羔裘之縫也。』五緎既爲縫，則五紽、五總亦爲縫，蓋謂五次縫之。以羔裘之或綻或弊，五次縫之，可以見其節儉。」范氏《補傳》曰：「合五羊之皮爲一裘，循其合處以素絲爲英飾。百里奚衣五羊之皮，蓋倣古制。」胡氏一桂曰：「縫之突兀謂之紽，有界限謂之緎，合二爲一謂之總。」戴氏《詩補注》曰：「紽，讀爲『予之佗矣』之『佗』。佗，加也。其英飾五，故曰五佗。」又云：「紽之施於縫，其下端餘絲垂爲飾者曰總。」戚氏學標《毛詩證讀》曰：「『紽』『袉』疑一字，《古論語》：『朝服袉紳。』五紽，蓋絲之垂者。」承珙案：毛傳於首章云：「古者素絲以英裘，不失其制。」三章云：「言縫殺之大小得其制。」是紽、緎、總皆關定制。若徒謂裘敝而縫紉以示儉，於義隘矣。至裘有垂絲爲飾，尤爲肊度之辭。惟戴氏溪《續讀詩記》疑紽、緎、總皆絲之量數。《埤雅》曰：「《西京雜記》云：『五絲爲繦，倍繦爲升，倍升爲緎，倍緎爲紀，倍紀爲緵，倍緵爲襚。』此乃自少之多，自微至著也。紽，今無所考據，以類求之，緎寡於總，紽蓋寡於緎也。」馮氏《名物疏》引鄭長倩語同。王氏伯申《經義述聞》曰：「《豳風·九罭》釋文云：『緵，字又作總。』然則緎者二十絲，總者八十絲也。孟康注《漢書·王莽傳》曰：『緵，八十縷也。』《史記·孝景紀》『令徒隸衣七緵布』正義與孟康注同。《晏子春秋·雜篇》曰：『十總之布，一豆之食。』《説文》作『稯』，云『布之八十縷爲稯』，正與『倍紽爲緵』之數相合。蓋五絲爲紽，四紽爲緎，四緎爲總。五紽二十五絲，五緎一百絲，五總四百絲。故先言五紽，次言五緎，五總也。紽之數，今失其傳。《釋文》曰：『紽，本又作佗。』《春秋傳》：陳公子佗字五父。則知『五絲爲紽』即《西京雜記》之『䌰』矣。」

段懋堂曰：「毛傳：『紽，數也。總，數也。』『數』皆入聲，音促。《東門之枌》『越以鬷邁』傳曰：『鬷，數。邁，行也。』《烈祖》『鬷假無言』傳曰：『鬷，總。假，大也。總大無言，無争也。』毛意：鬷者，『總』之假借；總者，數也，如『數罟』之『數』。《九罭》傳曰：『九罭，緵罟，小魚之網也。』《烈祖》『鬷假』，《中庸》作『奏假』。『奏』亦讀如『蔟』。古者素絲以英裘，『五總』謂素絲英飾數數然其數有五也。」承珙案：此説非是。《釋文》『數』所具反，並不作入聲。毛傳但云『數也』，尚未分明。《後漢書·循吏傳》注引《韓詩章句》曰：「紽，數名。」此語尤晰。數名，即謂絲之量名。《説文》引《漢律》曰：「綺絲數謂之絩，布謂之總。」此「數」亦量名。對文則絲數爲絩，布數爲總。毛傳總亦爲絲數，蓋散文得通也。孔疏云「上言紽數，下言總數，謂紽總之數有五」，非訓「紽」「總」爲促數，明矣。

正義曰：「古者素絲所以得英裘者，織素絲爲組紃，以英飾裘之縫中。《雜記》注云：『紃施諸縫，若今之條。』是有組紃而施於縫中之驗。」此疏以「素絲」爲「組紃」，甚是。而組紃所施之處，則諸家説多未安。正義曰：「《釋訓》云：『緎，羔裘之縫也。』孫炎曰：『緎之爲界緎。』然則縫合羔羊皮爲裘，縫即皮之界緎，因名裘縫云緎。五緎既爲縫，五紽、五總亦爲縫。視之見其五，故皆云五焉。」何氏《古義》引錢氏曰：「兩皮之縫不易合，故織白絲爲紃，施之縫中，連屬兩皮，因以爲飾。」此以素絲爲施於皮革之上者也。《埤雅》云：「革者，言皵而因故以改造。縫者，革而又皵，則補緝以縫之。」《古義》又云：「次章言革，毛去而革存也；三章言縫，革皵而縫見也。」此則又似以素絲爲施於裘毛之上者也。承珙案：古人服裘，毛表而革裏。《新序》云：「魏文侯出游，見路人反裘而負芻，問之。對曰：『臣愛其毛。』文侯曰：『若不知其裏盡而毛無所恃邪？』」《魏志》注載明帝《破諸葛亮露布》云：「反裘負薪，裏盡毛殫。」夫以革爲裏，此古人裘毛在表之明證。故《漢書》楊興薦匡衡云：「富貴在身，而列士不譽，是有狐白之裘而反衣之也。」顔注：「反衣者，以其毛在内也。」然則謂素絲施於皮革者，革既在裏，何由得見。若謂施於裘毛之上，則毛毳蒙茸，又何由見乎？古制茫昧，此殆難以肊解。

「退食自公，委蛇委蛇」，傳：「公，公門也。委蛇，行可從迹也。」箋云：「委蛇，委曲自得之貌。」蓋惟其委曲自得，不改其容，故其行止動作皆如有從迹可尋。《鄘風》「委委佗佗」傳云：「行可委曲縱迹。」是傳箋意實相成也。襄七年《左傳》叔孫穆子曰：「《詩》云：『退食自公，委蛇委蛇。』謂從者也。衡而委蛇，必折。」此因孫子無辭，亦無悛容而言。蓋孫子過而不悛，外示從容，有似委蛇之貌。然爲臣而君，則逆於理矣。故曰「衡而委蛇，必折」。然則「委蛇」之義可識矣。陸佃、范處義、王質皆以「委蛇」爲蛇行之狀，殊爲穿鑿。《釋文》引《韓詩》作「逶迤」，云「公正貌」。案：行可從迹，則異於詭隨，故爲公正。是毛韓義亦相近。

孔顨軒《經學卮言》曰：「《釋文》云：沈讀作『委委蛇蛇』。案：古書遇重讀者，每於各字下疊小『=』。《石鼓文》『君子員獵，員獵員斿』，即書作『君子員=獵=員斿』。《宋書·樂志》載諸樂府辭皆如是。若《秋胡行》云：『願=登=泰=華=山=，神=人=共=遨=遊=。』乃重讀此二語也。此詩舊本似亦作『委=蛇=』，故沈重誤讀耳。」承珙案：《唐石經·左傳》初刻襄公七年引《詩》曰「委蛇委蛇」，亦作「委委蛇蛇」，此必亦據古本有作「委=蛇=」者故耳。然諸書言「委蛇」者，如《莊子·田子方》篇「遺蛇其步」，《釋文》：「遺」本作「逶」。《漢書·東方朔傳》「遺蛇其迹」，顔注「遺蛇，猶逶迤也」。《後漢書·竇憲傳》以前太尉鄧彪「仁厚委隨」，任光等傳贊「委佗還施」，《儒林傳》序「服方領，習矩步者，委它乎其中」，及《隸釋》所載《費鳳碑》「有逶蛇之節」，《唐扶頌》「在朝逶隨」，《衡方碑》「禕隋在公」，《童子逢盛碑》「當遂遢池」，《劉熊碑》「卷舒委隨」，凡此皆「委蛇」二字之别，且多用《召南》之義。足見此詩定以「委蛇」連文，異於《鄘風》之疊二字者矣。

殷其靁

《序》云：「《殷其靁》，勸以義也。」范氏《補傳》曰：「三章申言『振振君子，歸哉歸哉』，謂君子既能奮然自立，勇於從役，當竭力以俟卒事，不可徒歸也。相勸之辭諄復如此，非知義者不能。」姜氏《廣義》曰：「盛世之思婦，與衰世不同。衰亂則行者有死亡之懼，居者篤思念之情。君子閔而録之，因以爲輕用民力者戒。若二南之世，因材而使，不比《北山》之『從事獨賢』也；及期而代，不比《于役》之『不日不月』也。簡書自奉，每懷靡及，而爲室家者睠念征人，勸之以義，於以見王化之行也。」朱子《辨説》謂此詩無勸以義之意。案《吕記》云：「再言『歸哉』，正勸以義也。遠行從役，不辱君命，然後可以言歸。」又引朱氏曰：「閔之深而無怨辭，所謂勸以義也。」是朱子本從《序》説，後乃更之耳。

「何斯違斯，莫敢或遑」，傳：「何，此君子也。斯，此。違，去。遑，暇也。」箋云：「何乎此君子，適居此，復去此，轉行遠從事於王所命之方，無敢或閒暇時。」正義曰：「傳言『何此君子』解『何』字，何爲我此君子乃然。『此』非經中之『斯』，故傳先言『何此君子』，乃訓『斯』爲『此』。箋『何乎此君子』，亦謂傳中『何此君子』亦非經中之『斯』。言『適居此』，經中『何斯』之『此』；『去此』者，經中『違斯』之『此』也。」《稽古編》曰：「孔特以毛之『斯此』在『違去』之前，鄭又多『適居此』一語，故作斯解。愚則以爲毛鄭『何此君子』皆經中之『斯』。毛之『斯，此』，總釋兩『斯』字；鄭之『適居』『復去』，合釋『違』義，而兩『此』字祇當經『違斯』之一『斯』字。如此則經文明順，且合傳箋矣。《集傳》得之。」承珙案：經文「君子」在末，毛傳「何此君子」不過探下文以釋「何」字，非以「何斯」之「斯」指「君子」。鄭箋「適居此」「復去此」，兩「此」字正釋經文兩「斯」字。《集傳》以上「斯」爲「君子」，下「斯」爲「其地」，蓋本王安石《經義》，見李氏《集解》。不如正義之解爲是。

蘇氏以靁在南山之陽，不可得而見，猶《召南》之大夫遠行從政，其妻思見之而不可得。吕氏枏曰：「陽而側，側而下，靁愈近，君子愈遠。」黄實夫則謂「『南山之側』『南山之下』皆是一意」，更韻協聲，不必求其異義。承珙案：細繹經文，三章皆言「在」而屢易其地，正以靁之無定在興君子之不遑甯居。故傳於二章云「亦在其陰與左右」，於三章云「或在其下」，是此詩爲正興。顧夢麟以此詩爲反興之始，非也。

摽有梅

《序》云：「《摽有梅》，男女及時也。」黄實夫曰：「李迂仲謂『詩人之意，以梅爲戒，言盛時之難久』，此似非詩人形容文王風化之意。」《吕記》云：「是詩也，其辭汲汲如將失之，豈習亂而喜始治者邪。」承珙案：《周官·媒氏》疏引張融云：「《摽有梅》之詩，殷紂暴亂，娶「娶」上當脱「嫁」字。失其盛時之年，習亂思治，故戒《經義雜記》云「當作嘉」。文王能使男女得及其時。」東萊説蓋本於此。范氏《補傳》曰：「男女婚姻失時，固有多端。或以時之凶荒，無以爲禮；或以俗之强暴，不容擇配；或以役之無節，不遑甯處。今召南之國，被文王之化，既無三者之患，可以及時而婚姻矣。故詩三章皆幸其可以講禮，又惟恐其失時也。」

《摽有梅》自是以梅落喻男女年衰。首章傳云：「盛極則隋落者，梅也。」箋云：「興者，梅實尚餘七未落，喻始衰也。」此本就傳意而申之，並不以梅落爲昏時早晚。惟末章箋有「明年仲春不待禮會」之語，則仍自用其説，據《周官·媒氏》之文，以仲春爲昏姻正時。故正義述之，以此詩首章爲孟夏，次章爲仲夏，此兩月尚可行嫁；三章爲季夏，則不可復昏，待至明年仲春，不以禮會而行之。夫使仲春爲正昏之月，而孟夏仲夏猶可嫁娶，則《周官》何必於仲春之月即言「奔者不禁」邪？歐陽《本義》云：「梅實有七，至於落盡，不出一月之間。故前世學者多云詩人不以梅實紀時早晚。」此説是也。

男女昏嫁年歲，毛鄭亦各不同。此傳云：「三十之男、二十之女，禮未備，則不待禮會而行之者，所以蕃育人民也。」正義謂毛意「男自二十以至二十九，女自十五以至十九，皆爲盛年，皆可昏嫁」。「王肅述毛曰

『前賢有言，丈夫二十不敢不有室，女子十五不敢不事人』。譙周亦云，是故男自二十以及三十，女自十五以至二十，皆得以嫁娶。先是則速，後是則晚矣。凡人嫁娶，或以賢淑，或以方類，豈但年數而已。此皆取説於毛氏矣。」箋云：「女年二十而無嫁端，則有勤望之憂。」正義謂鄭依《周禮》、《書》傳、《穀梁》《禮記》皆言男三十而娶，女二十而嫁，故不從毛傳。《周禮》賈疏又引王肅申毛、馬昭難肅諸説。《禮記・昏義》疏引《異義》云：「《大戴》説『男三十、女二十有昏娶，合爲五十，應大衍之數。自天子達於庶人，同一也』。古《春秋左氏》説：『國君十五而生子，禮也；二十而嫁，三十而娶，庶人禮也。』禮，夫爲婦之長殤，長殤十九至十六，知夫年十四、十五，見《士昏禮》也。莊氏葆琛云：「『夫爲婦之長殤』，此句誤。女子笄則不爲殤，況已適人乎？《儀禮》『緦麻三月』條，有婦爲『夫之姑、姊、妹之長殤』，此所引必是『婦爲夫之姊之長殤』也。」又「『見《士昏禮》』，亦無可考。陳氏壽祺曰：此言士之子年十四、十五而得行昏禮，於此可見，非謂禮有其文也」。許君謹案：舜三十不娶謂之鰥，文王十五而生武王，尚有兄伯邑考。知人君早昏娶，不可以年三十，非重昏嗣也。」陳氏壽祺曰：「《摽有梅》正義引末句作『所以重繼嗣也』，當从之。」《通典》因之，謂三十、二十而嫁娶者，衆庶之禮；卿、士、大夫之子，十五六之後，皆可嫁娶。承珙案：毛傳以三十、二十爲期盡蕃育之法，其誼自古。王肅所云「前賢有言」者，今見《墨子・節用》篇，以爲昔者聖王之法如是。《穀梁文十二年傳》雖云「大夫三十而娶，女子二十而嫁」，范甯注則引譙周説：「三十而娶，二十而嫁，説嫁娶之限，蓋不得復過此爾。故舜年三十無室，《書》稱曰鰥。《周禮》云：『女子年二十未有嫁，仲春之月，奔者不禁。』」「甯謂《禮》『爲夫之姊妹服長殤』，年十九至十六。如此，男不必三十而娶，女不必二十而嫁，明矣。」范氏此解最爲通達。所引《喪服經》「爲夫姊之長殤」一語，尤爲明據。馬昭以爲「關畏厭溺而殤之」，盧氏以爲「衰世之禮」，皆曲説也。《通典》：吴徐整問射慈曰：「古者三十而娶，何緣當服得夫之姊殤服。」慈答曰：「三十而娶，禮之常制也。古者七十而傳宗事與子，雖年幼未滿三十，自得少娶。故《曾子問》曰『宗子雖七十，無無主婦』。此言宗子已老，傳宗事與子，則宜有主婦。」晉袁準、束皙並云二十、三十，禮之大斷，若形智夙成，不在此限。賈孔疏義皆引《越語》「女子十七不嫁，丈夫二十不娶，父母有罪」，以爲越王欲速報吴，故下此令。若女年皆十五而嫁，越王欲速爲婚，何由乃下十七之期乎？不知女十五而嫁，謂十五則可以嫁耳。其實自十五至二十，皆所不禁也。若《越語》所陳，則立爲定限，過此者有罪，故酌於十五、二十之間，而以十七爲中制，非必古無十五而嫁之法也。

「摽有梅」，傳：「摽，落也。」《稽古編》曰：「《説文》『拋』字注云：『棄也，从手，从尤，从力。或从手，票聲。匹交切。』是『摽』乃『拋』之重文，其訓『棄』與此詩訓『落』義近。」段懋堂曰：「《説文》：『𠬪，物落上下相付也。从爪、又。讀若《詩》「摽有梅」。』《毛詩》『摽』字，正『𠬪』之假借。《孟子》『野有餓莩』趙注引《詩・莩有梅》云：『莩，零落也。』丁公著云：『莩有梅』，《韓詩》也。《食貨志》『野有餓芆』，鄭氏注：『芆，音「蔈有梅」之蔈。』總之，《韓詩》當本作『𠬪』，是正字；《毛詩》作『摽』者，是借字；鄭德作『蔈』，亦借字；《孟子》作『莩』者，『芆』字之誤；《漢志》作『芆』，又『𠬪』之俗字也。」承珙案：「拋」乃《説文》新附字，陳氏引之殊誤。嚴《緝》據《説文》「摽」本訓「擊」，謂此爲「擊而落之」，於文義多一轉折。《廣韻》「摽，落也」引《字統》云：「合作芆。」此「芆」亦即「𠬪」字，《説文》有「𠬪」無「芆」。故段氏以《毛詩》「摽」爲「𠬪」之同部假借，其説得之。李氏《詩所》謂：「『摽』與『標』同，木末也。女子自言歸期將近，傷離父母之家，如梅之離其本根。」今考《白帖》引「摽有梅」作「標有梅」，李説雖似有據，然於義太迂曲，且與下二句神理不貫：女子方自傷離，而乃云「求我庶士」，如此其汲汲乎？

「求我庶士」，箋云：「我，我當嫁者。」疏云：「女被文王之化，貞信之教興，必不自呼其夫令及時取己。言『我』者，詩人我此女之當嫁者，非女自我。」此説最當。歐陽《本義》則謂召南之人顧其女方盛年，懼其過時而至衰落，乃求庶士以相昏姻。范氏《補傳》亦云詩人設爲女家之辭。此二説已開戴氏《續讀詩記》之先。戴氏曰，此「擇壻之辭，父母之心也」。《黄氏日鈔》亦取之。今案：《釋文》引《韓詩章句》曰：迨，願也。合之《孟子》云「丈夫生而願爲之有室，女子生而願爲之有家」，似《韓詩》亦以此爲父母之辭。但「迨」何以訓「願」，則不可考耳。若朱《傳》以爲女子自言，不獨其辭汲汲非女子所宜出，且於「庶士」二字尤有難通：女子從一而終，豈可言求我衆士乎？ 輔廣、朱善雖曲爲周旋，終多窒閡。

「傾筐塈之」，傳：「塈，取也。」案：「塈」即「摡」字之借。《玉篇》：「摡，許氣切。《詩》曰：『傾筐摡之。』本又作塈。」此所引必三家詩有作「摡」者，故《廣雅》云：「摡，取也。」蓋亦用三家詩義。《毛詩》假「塈」爲之耳。嚴《緝》以「塈」訓「仰塗」，遂解爲「取之於地而霑溼」，殊爲牽强。

「迨其謂之」，段懋堂曰：毛意「謂」即「會」也。承珙案：傳云「禮未備則不待禮會而行之」，若「謂」即「會」字，則經文正言「謂之」，不當云「不待禮會」矣。是毛意未必以「謂」爲「會」。考毛於《詩》中「謂」字皆無傳，如《隰桑》之「遐不謂矣」亦無傳，殆以「謂」爲告言，人所易曉，故不復傳。《表記》引《隰桑》「遐不謂矣」，鄭注：「謂，猶告也。」此當是用三家詩義。至箋《詩・隰桑》，則訓「謂」爲「勤」。而於此又云：「女年二十而無嫁端，則有勤望之憂。」今案：「謂，勤」雖本《爾雅》，正義不言《爾雅》文，蓋偶遺之。然合之經文，若云「迨其勤之」，則不辭矣。

小星

《序》云：「《小星》，惠及下也。」《陸堂詩學》曰：「《小星》一詩有三益焉：使后、夫人聞之，則知恩宜下逮，可免專房、方輂之羞；使天子諸侯聞之，則知嬖寵不可並嫡，而無周幽、晉獻之禍；使女御聞之，亦知才色不足恃，義命所當安，而昭儀殺女之毒，與侯夫人自縊之愚，可以積漸消融矣。章俊卿謂使臣勤勞之詩，何乃爲此巾幗語？」承珙案：王雪山、程泰之、洪容齋説皆與章同，陸氏駁之是也。何氏《古義》曰：「如泥『夙夜在公』之云爲勤于王事，則《采蘩》之詩亦當屬之使臣矣。」

此詩兩章，首二句詞氣直下，三、五、參、昴即指小星，亦即以喻衆妾。自傳箋以「小星」爲衆無名之星，以「三五」爲心噣，小星隨心噣在天，猶諸妾隨夫人進御於君，按之經文，多一轉折。故范氏《補傳》駁之，謂夫人一而已，不應以「三五」爲比。且據《天文志》、《星經》以柳爲八星，又心以三月見於東，噣以正月見於東，詩人言一時所見，則「五」非噣明矣。嚴《緝》深取其説。《稽古編》則云：「三五，經不言何星，謂之小星猶可；參三星俱大，昴七星其一最大，謂之小星，可乎？且詩是託興，不必一時並見之星。又星體離合，天官家各有師授，古今多寡不同，豈可執一而論。」承珙案：細繹傳文云「小星，衆無名者。三心五噣，四時更見」，其釋「寔命不同」云「命不得同於列位」，傳意蓋以小星喻賤妾，三心五噣則似喻貴妾，初未嘗以喻夫人。

若夫人，不得云「更見」、云「列位」矣。「更見」如所云「娣姪兩兩當夕」者，「列位」如所云「後宮之號十有四位」者。然夫人之不妒忌，不獨惠及娣姪也，即賤妾之無名者，亦使之夙夜抱衾，如娣姪之更進迭御焉。是則傳義實異於箋。然即傳義果如是，亦必以「小星」與「三五」「參昴」爲二，於首二句文義究有不順，則信傳固不如信經耳。

翁覃溪《詩經附記》曰：「裴駰《史記集解序》『譬嘒星之繼朝陽』注：『言衆無名微小之星，各隨三心五噣出在東方，❶亦能繼朝陽之光，喻己淺薄也。』按：毛傳本無『隨』字，『隨』字乃鄭箋所加。孔申毛義，乃同鄭意以『三五』比夫人耳。裴《序》注引毛傳，亦因鄭有『隨』字，遂加『各隨』二字於『三五』句上，其實毛傳初未嘗以『三五』比夫人也。」承珙案：此説甚是。其又云：「次章『維參與昴』，句首加『維』字，或可云無名之星隨伐留在天；若首章『三五在東』，句首無他字，則『在』字緊接『小星』，何疑？」此則未確。《大雅》「其蔌維何？維筍及蒲」，句首亦有「維」字，豈得謂「筍」「蒲」非即指「蔌」而言乎？

何氏《古義》云：「孔子曰：『日者天之明，月者地之理。』陰契制，故月上屬於天；婦從夫，故月紀。月爲后、夫人之象。妾特借其餘光以自耀，故取興於星。『三五在東』『維參與昴』，正其所指之小星也。」承珙案：《禮·郊特牲》云：「大明生于東，月生于西，此陰陽之分，夫婦之位也。君西酌犧象，夫人東酌罍尊。」《昏義》云：「故天子之與后，猶日之與月，陰之與陽，相須而後成者也。」是則月者，后、夫人之象，自不得以

❶「心」，原作「星」，據《續經解》本改。

星爲比。或以經不言月爲疑，不知《序》言「惠下」，詩但陳其下之安命，而夫人之惠自在言外，經雖不言月，經本亦未嘗斥夫人也。

「嘒」，傳：「微貌。」《廣韻》作「嘒」，注云「《小星》詩」。承珙案：《説文》無「嘒」字，《口部》「嘒，小聲也」，引《詩》「嘒彼小星」。是《毛詩》本只作「嘒」。蓋「嘒」字从口，《説文》「小聲」者，祇言其本義，引申之則亦可通爲小貌。正義曰：「此言小星，故爲微貌。《雲漢》傳曰『嘒，星貌』者，以宣王仰視不止小星，故直言『星貌』，兼大星皆在也。嘒之爲貌不甚大明，比於日月爲小，故大星小星皆得爲小貌。」

「肅肅宵征，夙夜在公」，傳：「肅肅，疾貌。宵，夜。征，行。」箋云：「夙，早也。謂諸妾肅肅然夜行，或早或夜，在於君所。」承珙案：《行露》「豈不夙夜」，《釋文》出「夜莫」二字，云：「本又作暮，同。忙故反，又亡博反。《小星》詩同。」盧召弓曰：「今注疏本鄭箋無『夜莫』之文，毛本因妄改《釋文》爲『露，又作暮』。足利古本於箋『夙，早也』下有『夜，暮也』三字，與《釋文》正合。」今考蜀石經《行露》箋亦云：「夙夜，早暮也。」是不獨足利本爲然。又《陟岵》《烝民》兩箋皆有「夙，早。夜，莫」之文，《行露》箋又云「行事必以昏昕」，正承上文「早莫」言之，知盧校是也。《釋文》又云「《小星》詩同」，是陸所見《小星》箋「夙，早」下有「夜，莫也」之文。蓋因傳訓「宵」爲「夜」，故箋於「夙夜」之「夜」轉釋爲「莫」，以「宵征」統言一夜，而夜中亦有早莫。《東方未明》傳云：「夙，早。莫，晚。」是「夙夜」猶今人言「早晚」耳。何氏《古義》曰：「衆妾進御於君，初昏見星而往，將旦見星而還，往來皆在暗中，故總言之曰『宵征』也。」

「維參與昴」，傳：「昴，留也。」《説文》：「昴，白虎宿星。从日，丣聲。」或謂「昴」字當从丣，象閉門，今《説文》作「昴」，乃俗本傳寫之誤。段懋堂曰：「丣，古音讀如某。丣，古文『酉』字。二字同部而不同紐，是以丣聲之『劉』『留』『聊』『柳』等爲一紐，丣聲之『昴』爲一紐。此『昴』字，古謂之昴，漢人謂之留，故《天官書》言昴，《律書》直言留。毛以漢人語釋古語也。」顧氏《詩本音》亦云，昴音卯，不當讀力求反。承珙案：毛傳云：「昴，留也。」正義引《元命包》云：「昴之爲言留，言物成就繫留。」考古訓「丣」字多訓「就」、訓「留」，《説文》：「酉，就也。」《漢書·律歷志》：「留孰于酉。」傳既以「昴」爲「留」，則似「昴」字本當從丣作「昴」。《釋文》於此詩云「昴又音柳」，於《爾雅》「大梁，昴也」云「昴，本又作昴」，初無定見。若徐邈音「茆」，又似「昴」本从丣，亦未始不可與「稠」「猶」叶韻，但核以訓「留」之義，當从丣耳。《集韻·十八尤》：「昴，星名。《詩》：『維參與昴。』」字作「昴」。至《陸堂詩學》云：「星名古皆象形，參象旗，畢象魚叉，昴象罶。罶以承梁之空，故昴一名大梁，而後人又改稱昴。《史記·律書》言『留』不言『昴』，是詩人本用『留』而漢人書爲『昴』。」案：此則不然。《書》之「日短星昴」，豈亦漢人所改邪？況傳以「留」訓「昴」，謂「昴」一名「留」則可，若謂「昴」即「留」字，則豈「參」亦即「伐」字乎？

「抱衾與裯」，傳：「衾，被也。裯，襌被也。」箋云：「裯，牀帳也。」《説文·巾部》：「幬，襌帳也。」義本《爾雅》，字不作「裯」。鄭蓋以「裯」爲「幬」之假借耳。然《説文》自有「裯」字，《衣部》「袛」下云「袛，裯短衣也」，「裯」下云「衣袂袛裯」，「襤」下云「裯謂之襤褸」，皆未嘗以爲「帳」，亦不同毛傳以爲「被」。《説文》又云：「衾，大被。」《釋名》：「衾，广也。其下廣大，如广受人也。」毛傳文義簡古，以「衾」是「被」之大名，故但云「衾，被」，不加「大」字。且下云「裯爲襌被」，正以見「衾」爲「複被」，則其爲「大被」可知，不必如正義所疑「衾」既爲

「被」，不宜復云「襌被也」。范氏《補傳》云：「《齊詩》作『幬』，注云『帳也』。」此語不知所據。《文選》曹子建《贈白馬王詩》「何必同衾幬」，李注引《毛詩》作「裯」，但云「幬」與「裯」古字同耳。

江有汜

《序》云：「美媵也。❶勤而無怨，嫡能悔過也。」傳於首章云「決復入爲汜」，次章云「水枝本作「歧」，从《校勘記》改正。成渚」，三章云「沱，江之別者」，皆以興嫡媵本宜偕行。箋云：「嫡與己異心，使己獨留不行。」蓋古者姪娣年十五以上與嫡俱行，許慎、何休皆云然。此詩所美之媵，必是年在行限而嫡不與俱，故有勤望之憂，而無怨憾之意。《周易·歸妹·彖傳》正義云：「妹既係姊爲媵，不得別適。若其不以備數，則有勤望之憂。」即用此詩《序》義。朱子《集傳》以爲待年之女。何氏《古義》曰：「待年不行，於禮有之。《公羊傳》注云：『諸侯之媵，八歲備數，十五從嫡，二十承事君子。未任承事，還待年父母之國。』《白虎通義》亦云：『還待年父母之國，未任答君子也。』若此媵爲待年之故而不與嫡偕行，豈得怨嫡乎？」承珙案：「媵娣」之名，見於《易》《詩》《儀禮》《左傳》《公羊》甚明。「諸侯一娶九女，二國媵之」，毛氏著於《韓奕》。蓋惟諸侯以同姓之國爲媵，故有「娣姪」之稱。其本國之媵，或以君之庶女，君之嫡女雖多，亦不爲媵。摯任仲女，曰嬪周室，《春秋》紀「季姜歸京師」，「魯叔姬歸於侯國」，皆嫡也。《何彼襛矣》疏引皇甫謐云武王「元女妻胡公，王姬宜爲媵」，此最爲謬説。或以同姓大夫之女，故《碩

❶「美」，原作「姜」，據廣雅本及阮校本《毛詩正義·江有汜序》改。

人》有「庶姜」之稱，秦穆有「懷嬴」之媵。大夫以下或不必備，或以他人，然亦必有媵。故《喪大記》云「大夫撫姪娣」，《士昏禮》云「雖無娣，媵先」，皆所以息陰訟而廣繼嗣也。此《序》祇言嫡媵，不明其爲諸侯、大夫、士之妻。然其嫡不與媵俱行，後始悔而迎之，則篇中情事顯然。王雪山曰：「婦人在母家必有久相諳者，適夫家必有願相從者，而嫁者違之，故在家之女有觖望不悦之心。違者不欲以其家昵厚者俱行，望者不意其疎情相棄也。」此説微婉，最爲得之。朱子以爲待年之女，固非。程氏則謂不以媵備妾御之數而侍君，且以「不我過」之「過」爲「顧」。如此則是歸後之事，經中「之子歸」句成贅旒矣。《呂記》、嚴《緝》皆用之，非也。

正義云：「『決復入爲汜』，《釋水》文也。此毛解汜之狀。其興與鄭同。知毛不以興夫人初過而後悔者，以後悔之文下章自見，故不解。」沈青厓《毛詩明辨録》曰：「以江之有汜興嫡之有媵，則三章同意。若以水決復入興媵亦復歸，其義僅通於首章，且近於比矣。江有汜，而之子不與我偕行，亦是反興。」承珙案：《説文·水部》兩引，一曰：「洍，水也。从水，𦣝聲。《詩》曰：『江有洍。』」一曰：「汜，水別復入水也。从水，巳聲。《詩》曰：『江有汜。』」此作「洍」者，蓋三家詩，但以爲水名。《毛詩》則作「汜」，以「決復入」爲興。鄭箋云：「興者，喻江水大，汜水小，然而諸本「而」作「得」，從《校勘記》。並流，似嫡媵宜俱行。」孔疏申之而傳義愈明，此毛之所以勝于三家也。次章「江有渚」，《釋文》引《韓詩》云「一溢一否曰渚」，謂水溢於此則涸於彼，猶俗所謂東坍西漲者。鄭箋謂「江水流而渚留」，亦取此意。然皆不如毛傳「水枝成渚」之詁爲愜。《釋名》云：「渚，遮也，體高能遮水，使從旁迴也。」蓋水中有渚，則水至此而分流，亦以喻嫡媵宜俱行，與首章之「汜」、三章之「沱」，其義一也。

「其後也悔」，傳謂「嫡能自悔」，義本《序》首句。此蓋當時實有其事。蘇潁濱、戴岷隱始創爲「冀幸將來」之辭，謂「媵不敢怨而俟其自悔」。或謂必如此方與「美媵」合。不知《序》明言「勤而無怨，嫡能悔過」，則美嫡即所以美媵。《虞東學詩》曰：「《小星》下能安，而《序》曰『惠下』；《江沱》上能悔，而《序》曰『美媵』，互見其義也。」郝仲輿曰：「以汜自比，以江比嫡，賢女恭順之辭。小星自託，以日月之光比夫人；江汜自況，以洪流之量比正嫡，知分守命，所以爲賢女也。」

野有死麕

《序》云：「《野有死麕》，惡無禮也。」夫既惡無禮，則必將之以禮，故毛傳於首章云：「凶荒則殺禮，猶有以將之。」又以「白茅」爲「取潔清」，以「誘」爲「道」；次章以「死鹿」爲「廣物」，以「如玉」比女德，皆正言有禮，而惡無禮之意自見。至末章云「非禮相陵，則狗吠」，乃所以爲惡無禮也。其實以禮自防者，未必果有無禮劫脅之事也。自箋疏以末章爲貞女拒暴之詞，而後儒遂并以「誘之」爲挑戲，以致目爲淫奔之詩。然箋疏以此詩所陳爲女之所欲，如是則「懷春」「如玉」不可以爲女子自言。或又以「無感我帨」爲詩人我此女子者，亦於詞氣不合。惟范氏《補傳》云：「此言强暴之人被化感悟。謂於林野得自死之鹿，及以樸樕之小木爲薪芻，其物可謂微矣，取潔白之茅以包束之，猶可以爲禮。向也未悟，陵暴成俗，雖微禮亦不能講。今日自知羞惡，取微物以爲用，則可以成禮矣。『有女懷春』者，謂女子年及而當嫁，因春則興懷。凡我吉士，苟能以禮誘道之，則可以成室家之道矣。『有女如玉』者，謂女之德如玉之潔白，不可犯以非禮。再言『白茅純束』，亦以比德，與『生芻一束，其人如玉』之意同也。末章設爲女家謂男子之詞，謂既有微物可以行禮，室家之好指日而成，尚慮强暴之習未除，遂戒其徐徐圖之，無或違禮。蓋以禮自防，惟恐以無禮而害其成也。當此亂世，被文王之化，男子既知惡無禮，女子亦幸其有禮，固不當責其備物。蓋物雖微薄，猶賢乎已，但不可不約以禮，故雖許之，亦不欲其遽迫也。如此，則男女兩善矣。」案：此説善體毛意，且足破後儒二《南》之化及於女子而不及男子之疑。

惠氏《詩説》曰：「昏禮，束帛以鹿皮。今曰『死麕』，乃不中禮之皮；曰『白茅束』，則不中禮之皮而又苟簡將之矣。次章言死鹿之不成皮，猶樸樕之不成林，女惡之而不從，故曰『白茅純束，有女如玉』。言束者不可解，白者不可玷也。」《虞東學詩》曰：「昏禮，儷皮，執皮者必攝之，故以包束爲言。而茅又純潔之物，可以藉禮。此正禮儀周備，節次從容。『舒而脱脱』，無急遽、無苟略也。『感帨』『尨吠』，則躁急欲速，非從容誘道之謂矣。故兩言『無』以戒之。」承珙案：二説一以爲不中禮，一以爲禮之備。然如惠説，則兩章同言「白茅」，不應先後異義；如顧説，則昏禮用鹿皮，究無用麕皮者。皆不如毛傳「凶荒殺禮」之説爲當。或又謂：《説文》：「慶，行賀人。从心，从夊。吉禮以鹿皮爲贄，故从鹿省。」又：「麇，麞也。」「麞，鹿之屬也。」凶荒殺禮，或不能具鹿皮，故以麞皮爲禮。白茅，皮之藉也。《易·大過》「過以相與」，明嫁娶過時之義。初六「藉用白茅」，亦明「殺禮」以白茅爲藉。「野有死鹿，白茅純束」，亦謂死鹿之皮也。《射禮》及《投壺》「一算爲奇」，「二算爲純」，是「耦」謂之「純」。「白茅純束」，謂儷皮也。兩皮爲儷，其束之也，如純帛而結以白茅，即是儷皮之制。傳箋謂以白茅裹麕肉，非也。案：如此説以鹿皮不具而用麕皮，則當首章言鹿，次章乃言麕矣。故知毛傳不可改易也。

「吉士誘之」，傳：「誘，道也。」《吕記》云：「毛鄭以『誘』爲『道』，《儀禮》《射禮》亦先有『誘射』，皆謂以禮道之。古人固有此訓詁也。歐陽氏誤以爲『挑誘』之『誘』，遂謂『彼女懷春，吉士誘而汙以非禮』。殊不知是詩方惡無禮，豈有爲挑誘之汙行而尚名之『吉士』者乎？」承珙案：《衡門序》「誘僖公也」，正義謂「在前道之」，况《戴禮》《立言篇》。有「誘賢」之文，《論語》有「善誘」之語，《吕記》駁歐陽甚正。後儒反有從歐陽者，何歟？且諸家不獨誤解「誘」字，致以「吉士」爲「匪人」，亦復誤認「懷春」，并以「如玉」之女爲蕩婦。大抵泥於六朝、唐人春閨、春怨之詩，遂覺「懷春」非美名。不知《七月》傳：「春女悲，秋士悲，感其物化也。」然則「春日遲遲，女心傷悲」，豈豳國之女皆欲淫奔者乎？惟其發乎情，止乎禮義，所以爲王化之效。陸士衡《演連珠》云：「遁世之士，非受匏瓜之性；幽居之女，非無懷春之情。是以名勝欲，故偶影之操矜；窮愈達，故陵雲之節厲。」此雖文人之詞，然最於詩意有合也。

「林有樸樕，野有死鹿」，傳：「樸樕，小木也。野有死鹿，廣物也。純束，猶包之也。」箋云：「樸樕之中及野有死鹿，皆可以白茅裹束以爲禮。廣可用之物，非獨麕也。」李迂仲曰：「歐陽氏以林有樸樕之木，猶可用以爲薪。王氏則以爲林之有樸樕，雖小而可免於陵踐。夫『白茅純束』，皆是連於『林有樸樕』之文，不可但以爲連『野有死麕』之文。鄭氏以爲『樸樕之中及野有死鹿，皆可以白茅純束以爲禮』。然觀詩又以謂『林有樸樕，野有死鹿』，其文相對，不當言『樸樕之中及野有死鹿』也。惟蘇氏云：『將取樸樕、死鹿以爲用，猶知以白茅純束而取之，况於「有女如玉」而可不以禮成之哉？』然不知當時白茅之束樸樕當何用？姑且從蘇氏。」承珙案：毛傳「樸樕，小木也」，「死鹿，廣物也」，似本分爲二意。鄭箋始以樸樕及野爲死鹿之所在，正義衍之，尤多牽强。惟《吕記》云：「以樸樕爲禮，意其若致薪芻之饋。」今考《詩》言昏姻之事，往往及於薪木。如《漢廣》有「刈薪」之言，《南山》有「析薪」之句，《豳風》之「伐柯」與「娶妻」同喻，《小雅》之「覯爾」以「析柞」爲辭。此雖似以析薪者離同爲異、娶妻者聯異爲同起興，然竊意古者於昏禮或本有薪芻之饋。蓋芻以秣馬，薪以供炬。《士昏禮》「從車二乘，執燭前馬」注云：「使徒役持炬火居前炤道。」樓攻媿《答楊敬仲論詩解》云：古者，「如麻、骨、樺皮、松明之類可以照者，皆謂之燭」。是則薪以供炬，事或然歟？《漢廣》箋有「致禮餼」之言，芻以秣馬亦屬禮餼，特古書殘闕，無文以明之耳。

劉昫《唐書·志》曰：「平王東遷，諸侯犯法，男女失冠昏之節，《野麕》之刺興。」此言實開歐陽《本義》之先。《左傳》昭元年鄭伯享趙孟，「子皮賦《野有死麕》之卒章。趙孟賦《常棣》，且曰：『吾兄弟比以安，尨也可使無吠。』」注云：「《詩》義取君子徐以禮來，無使我失節而使狗驚吠。喻趙孟以義撫諸侯，無以非禮相加陵。」杜《解》全用《序》義。若係刺詩，子皮非伯有一流，於享宴之際，而無端賦此以刺，何爲哉？

汪氏梧鳳《詩學女爲》曰：「朱公遷云：『末章非必出於女子之口，詩人特探其意而言之，所謂極其形容也。』愚謂非特末章，全詩皆當作如是觀。則首章之『懷春』，即所謂女子生而願爲之有家者，道其情之常也。然必『吉士』而後可，必『吉士』而又有媒妁導之以成禮而後可，其不可干以非禮之意已凜然矣。次章極言其心之堅且潔。三章首句極言其容之莊且和，於是申言之，若曰：彼非吉士而或無媒妁之導者，帨不可感，尨且欲吠矣。蓋旁觀者見貞女而刻意摹寫之詞，非真有强暴之污而女拒之云云也。故曰文王之化也。」承珙案：此説亦頗圓通。惟謂毛、鄭、孔皆以爲女子自作，則傳文並無此意，鄭箋乃有「貞女欲吉士以禮來」之語。後之説詩者又多以末章「我」字爲詩人我女子，其實不必然也。即以爲詩人我吉士，或吉士自我，謂當以禮舒遲而來，不可奔走失節而自動其佩巾，致令尨吠，義皆可通。《内則》男子亦左佩紛帨，故謂動女子之帨，不如謂男子自動其帨也。

何彼襛矣

《序》云：「《何彼襛矣》，美王姬也。」案：二南皆文王之詩，而經言「王姬」，當是有天下以後之稱，故毛傳以爲「武王女、文王孫，適齊侯之子」。《六經奥論》以作詩之時爲東周，采詩之地爲召南。鄒忠胤曰：「《黍離》既作，召南故地已非周有。天朝歸妹，何與雍岐舊民事，顧安得采於其地？」朱《傳》引「或説」以「平王」爲宜臼，「齊侯」即襄公諸兒，則誤認桓公爲襄公之子。《山堂考索》載林氏説，以「王姬」爲桓王女、平王孫，又誤認桓王爲平王子。《日知録》取此説，殊誤。許白雲已加辨正，近陳氏《稽古編》更劇論之。蓋毛鄭以「平王」爲文王，在當時必有所受之，正義以《書》稱「甯王」爲證。《國語》大子晉曰：「后稷始基靖民，十五王而文始平之。」文王之稱「平王」，猶契之稱「玄王」，湯之稱「武王」，又如「皇后烝哉」「告于文人」之類，《詩》中每多此稱謂。或疑文王既稱「平王」，不應後世又有平王。李迂仲曰：宋太宗亦稱「神宗」，而後又有神宗，即其比例。李氏又言「平王」既非東遷之王，則「齊侯」亦非齊國之侯，故訓「齊」爲「一」。黄實夫以《易》「康侯」爲證。彭汝礪《奏疏》亦引此詩，云：「惟有平德，故人化之；惟有齊德，故人畏之。」此則未必然。《儀禮疏》引鄭《箴膏肓》曰：「齊侯嫁女，以其母王姬始嫁時車送之。」據鄭答張逸，以此爲《魯詩》説。此雖於義難通，然其以「齊侯」爲齊國之侯，則與毛同。姜氏《廣義》曰：文王之稱「平王」，固不得預爲東遷之平王避；若太公已封齊，安得於他國公子而云「齊侯之子」乎？傳「武王女，文王孫，適齊侯之子」，定論也。

嚴《緝》云：「武王之詩當爲雅，而不當爲風，然此三章只是風體。又詩中專言女德，正與二南同科，非雅之類。當時采詩之官，得之於召南之地，以爲武王之女下嫁召南之國，能執婦道，成其肅雝之德，皆本於文王、大姒之化，故以其詩列於《召南》而爲文王之風。《甘棠》之詩亦作於武王之世，而爲文王之風，皆推本言之。」《田間詩學》曰：「二南決無東遷以後之詩，當是成康時所作。古者天子嫁女於諸侯，必使諸侯同姓者主之。召公輔成王、康王，以康王二十四年始卒。則當時同姓，齒、德、位之尊者，莫如召公。意王姬下嫁於齊，召公主之，故以其詩繫之《召南》。《譜》謂二南之詩，武王録以屬之太師，意或後之采詩者以此篇爲召公而作，故補入之。」顧氏《日知録》云：「成王時齊侯則太公，而以武王之女適其子，是甥舅爲婚。周之盛時，必無此事。逮成王顧命，丁公始見於經，而去武王三十餘年，又必無未笄之女。」承珙案：此説亦未必然。《顧命》云「齊侯吕伋」，則吕伋在成王時早已爲齊侯矣。戴岷隱云：「《左傳》『武王邑姜，方震大叔』，杜氏云：『武王后，太公之女。』武王莫年而得唐叔，蓋甚幼矣，以元女大姬配胡公，則安知不有幼女配吕伋之子乎？」朱鑑《詩傳遺説》載朱子曰：「《詩》疏謂武王有五男二女，五男者，《左傳》邘、晉、應、韓，武之穆也，與成王則五矣；二女者，大姬下嫁陳胡公，其一也，《何彼襛矣》王姬嫁齊侯之子，則二也。」此説可補傳箋之所未備。姜氏《廣義》曰：「以聖人手定之二南，而諸儒好異，忽玷以淫穢之諸兒，自知不類，又更以創霸之小白，是亦不可以已乎？」

「唐棣之華」，傳：「唐棣，栘也。」《小雅·常棣》傳云：「常棣，棣也。」此皆與今本《爾雅》同。正義引舍人注「唐棣，一名栘」，「常棣，一名棣」，又皆與郭注同。後之學者，印定心目，遂據以爲唐棣、常棣之分牢不可破，而所言華實形色及别名又多溷淆。王氏《經義述聞》曰：「『常棣，棣』，本或作『常棣，栘』。《秦風·晨風》傳『棣，唐棣也』，《論語·子罕》篇注『唐棣，棣也』，今本作「唐棣，栘也」，此後人據郭本《爾雅》改之。皇侃疏云「唐棣，棣樹也」，《釋文》不出「栘」字之音，則舊本作「唐棣，棣也」可知。則與郭本殊。蓋所見《爾雅》舊本作『常棣，栘。唐棣，棣也』。今案：《小雅》『常棣之華』，《藝文類聚·木部》下引三家詩作『夫栘之華』，唐時《韓詩》尚存，所引蓋《韓詩》也。則名『栘』者乃常棣，而非唐棣甚明。《常棣》傳『常棣，棣也』，當依或本作『常棣，栘也』。《何彼襛矣》傳『唐棣，栘也』及箋内之『栘』字，俱當作『棣』，後人據郭本《爾雅》改之也。以三家詩及毛傳、陸《疏》、《本草》考之，似作『常棣，栘。唐棣，棣』者爲長。《玉篇》「唐」作「榶」，云「棣也」，與《晨風》毛傳、《論語》何注合。蓋因『常』『唐』聲相近，遂致相亂耳。」承珙案：王説是也。《説文》：「栘，棠棣也。」「棣，白棣也。」棠棣即常棣，「常」「棠」形聲皆相近。《漢書·杜鄴傳》引《小雅·常棣》作「棠棣」，顔師古注亦同。《文選》曹子建《求通親親表》「中詠《棠棣》，匪他之誠」，李注引毛《序》云：「《棠棣》，燕兄弟也。」又謝宣遠《於安城答靈運詩》注引《毛詩》曰：「棠棣之華，萼不韡韡。」蓋許氏以「栘」爲「棠棣」，即《小雅》之「常棣」。《毛詩》「常棣」據《選》注有作「棠棣」者，殆即許氏所本歟？其又以「棣」爲「白棣」者，意當時惟白棣得專「棣」名，故以色别之。此即《召南》及《論語》之「唐棣」。蓋「唐棣」可單稱「棣」，故《秦風》「山有苞棣」祇言「棣」，而毛傳曰「棣，唐棣也」。

「常棣」又可單稱「常」，故《小雅》但言「維常之華」，而毛傳曰「常，常棣也」。然則《召南》之「唐棣，栘」當作「唐棣，棣」，《小雅》之「常棣，棣」當作「常棣，栘」。由于後人互易致誤，其故瞭然矣。

《論語·子罕》篇疏引此詩陸《疏》云：「唐棣，奥李也，一名雀梅，「梅」疑當作「李」。亦曰車下李，所在山皆有之。其華或白或赤，六月中熟，大如李，子可食。」《齊民要術》引《豳風》義疏：亦即陸璣《詩疏》。「鬱樹高五六尺，實大如李，正赤色，食之甜。《廣雅》曰：『一名雀李，又名車下李，又名郁李，亦名棣，亦名奥李。』」二疏正與《神農本草》「郁李，一名雀李」、《太平御覽》《果部》十。「郁李，一名車下李，一名棣」者皆合。奥、郁，字之通；鬱、奥，聲之轉。總之皆唐棣也。陸氏此疏甚爲明晰，惟於「常棣之華」疏云：見《爾雅》邢疏引。「常棣，許慎曰白棣樹也，如李而小，如櫻桃正白，今官園種之。」此則微誤。《説文》以「棣」爲「白棣」，而訓「栘」爲「常棣」，未嘗以「常棣」爲「白棣」也。陸又云：「又有赤棣樹，亦似白棣。葉如刺榆葉而微圓，子正赤，如郁李而小，五月始熟。自關西，天水、隴西多有之。」此所言白棣、赤棣，以其子色別之。蓋唐棣子名郁李，其大如李；常棣子如郁李而小，其實皆棣樹而種微異耳。自郭注《爾雅》以「唐棣」爲「白栘」，謂「似白楊」，後人如陸佃、羅願，遂皆以「唐棣」爲「白楊」；而「唐棣」之別有「郁李」「車下李」諸名，則又以「常棣」當之。名實糾紛，不可董理。殊不知《詩》所言「唐棣」「常棣」，皆取其華爲形容，今姑無論其子之大小。而陸《疏》所云唐棣華有赤有白，故《召南》一則曰「何彼襛矣」，再則曰「華如桃李」，正謂其華或赤或白，如桃李之華也。至逸《詩》之「偏其反而」，則其華之襛盛阿那，更可想見。陸氏於「常棣」雖不言其華，然《齊民要術》引《詩義疏》云：「承華者蕚，其實似櫻桃。」薁李蓋常棣，不獨子如郁李，其華當亦如郁李之華，故二者皆以棣名，而詩人皆取其華之美盛。即常棣一名「栘」，亦與栘楊無涉。《古今注》云：「栘楊亦曰栘柳，亦曰蒲栘，圓葉弱蒂，微風善摇。」此所言與白楊同類，故《古詩》曰「白楊多悲風」。夫白楊安得有偏反之華、韡韡之萼邪？馮嗣宗曰：「唐棣自是楊類，雖得棣名，而實非棣。」亦惑之甚者矣。

《吕記》曰：「肅雝者，王姬。而曰『王姬之車』，不敢指切之也。此語足破鄭箋訓「之車」爲「往乘車」之泥。『平王之孫，齊侯之子』，其詞匹敵，則不驕亢可知也。此詩爲美王姬而作，自應先稱王姬。至末章則反覆歌詠之，非有他義也。」李氏《詩所》曰：「《春秋》書法，天子逆后不曰『逆女』，先正其爲王后，命出而分定也。歸而後，本其所生之女稱其『下嫁』也。不言『來逆』者，先曰築王姬之館，見其將有行也。歸而後，著其所適之國。配若諸侯，則反是。於其逆夫人也，以『女』名之；於其來逆也，即言所來逆者，是尊卑之體也。此詩先言『王姬之車』，是將有行矣，然未知所適也。次乃指言平王之孫下於齊侯之子，與《春秋》之法同也。逆女之事則歸之卒章，曰『釣緡』者是也。至此乃言齊侯之子尚平王之孫，正夫婦之序也。與先曰『韓侯娶妻』，而後云『蹶父之子』者異矣。」承珙案：正義亦言上章主美王姬適齊侯之子，故先言平王之孫；末章主説齊侯之子以善道求王姬，故先言齊侯之子。説詩者於此類固不必過泥，然亦非無所本。荀悦《申鑒》云：「尚主之制，非古也。『釐降二女』，陶唐之典；『歸妹元吉』，帝乙之訓；『王姬歸齊』，宗周之禮也。以陰乘陽違天，以婦陵夫違人，違天不祥，違人不義。」由是觀之，《春秋》書王姬之歸，與此詩相表裏，實萬世之法也。

騶虞

《序》云：「《騶虞》，《鵲巢》之應也。」宋儒每不信瑞應之説，故多以《序》爲非。然《論語》歎鳳鳥之不至，《春秋》因獲麟而絶筆，則知瑞應之故，聖人未嘗不留意焉，後儒自少見多怪耳。李氏《詩所》云：「周道之行，恩及禽獸。《易》所謂『王用三驅，失前禽』，《雅》所謂『大庖不盈』者，皆文王之流風也。是以四靈感之而至，而賢者識其應非由外。孔子云：『鳳皇麒麟，皆在郊藪』，『鳥獸之卵胎皆可俯而窺也』。先王『能體信以達順』，此則『順之實也』。其《麟趾》《騶虞》之義歟？」黄氏元吉曰：「孔氏謂詩人之作，各言其志。《麟趾》之與《關雎》，《騶虞》之與《鵲巢》，未必一人作也。但君子之道，作事可法，垂憲後昆。大師比之於末，序者申明其意，因言『《關雎》之應』『《鵲巢》之應』耳。其實，作者本意不在於應也。」承珙案：此説最爲平正。然而徵應之理，實有不可誣者。《陸堂詩學》曰：「士君子終身隱約，苟能孝友仁義，推行不倦，如氾毓之『兒無常父』，張公藝之九世同居，即謂《麟趾》之應可也。許孜之猛獸擾庭，董召南之犬乳雞哺，不謂之《騶虞》之應，得乎？」

《周禮·鍾師》疏云：「《異義》：今《詩》韓魯説：『騶虞，天子掌鳥獸官。』古《毛詩》説：『騶虞，義獸。白虎黑文，食自死之肉，不食生物。人君有至信之德則應之。』《周南》終《麟趾》，《召南》終《騶虞》，俱稱嗟歎之，是麟與騶虞俱獸名。謹案：古《山海經》《鄒子書》云『騶虞，獸』，説與《毛詩》同。」陳氏壽祺曰：「《文選·魏都賦》張載注引《魯詩》傳曰：『古有梁騶。梁騶者，天子之田也。』《東都賦》李善注引『騶』作『鄒』。《禮記·射義》："《騶虞》，樂官備也。"賈誼《新書·禮篇》："騶者，天子之囿也；虞者，囿之司獸者也。"《儀禮·鄉射禮》注："其詩有「一發五豝」「五豵」「于嗟騶虞」之言，樂得賢者衆多，歎思至仁之人以充其官。"此皆與韓魯説合。《太平御覽》引《尚書大傳》散宜生之於陵氏，"取怪獸，尾倍其身，名曰騶虞"。《文選》張平子《東京賦》"圉林氏之騶虞"，李善注引劉芳《詩義疏》："虞，或作吾。"《漢書·東方朔傳》謂之"騶牙"。古音"虞""吾""牙"近，通。此皆與《毛詩》説合。陸璣《義疏》云："騶虞，白虎黑文，尾長於軀，不食生物，不履生草，應信而至者也。"此采《書大傳》及《毛詩》爲説。《詩正義》引《鄭志》：張逸問："傳曰「白虎黑文」，又《禮記》曰「樂官備」，何謂？"答曰："「白虎黑文」，周史《王會》云「備者，取其一發五豝」，言多賢也。"鄭注《禮》則用韓魯説，答《志》則用毛説。」承珙案：此《異義》，許氏從毛，鄭無駁，故知毛説不可易也。《説文·虍部》："虞，騶虞也。白虎黑文，尾長於身，仁獸也，食自死之肉。从虍，吴聲。《詩》曰：『于嗟乎騶虞。』」此亦全用毛説，惟「仁獸」與毛傳「義獸」不同。毛用古《左氏》修母致子之説，許則以其不食生物耳。鄭司農注《周禮》又云："「騶虞，聖獸也。」此皆因瑞應而爲美稱。總之，「虞」字本義專取「騶虞」，故《書大傳》但云「名曰虞」，而鄭注即云「虞，騶虞也」。蓋因古者先有此仁獸之名，故掌鳥獸之官取以名之，因而田獵之囿亦以爲名，以及七騶八虞，或皆緣此而起。毛公以《序》云「《騶虞》」「《鵲巢》之應」，又與《麟趾》相配，皆繫之鳥獸爲義。而且《六韜》《周書》《山海經》、伏生《大傳》皆在毛前，而毛與之合。《爾雅》自以獸非常有，偶遺其名，不得因此遂謂古無是物。三家以爲官名、囿名，皆緣後起之義，而以之詁《詩》，則皆不如毛説之精切也。

「壹發五豝」，傳：「豕牝曰豝。虞人翼五豝，以待公之發。」姜氏《廣義》曰：「豝隱深葭之中，一豝負矢，其群皆奔，故壹發而五豝齊見。」承珙案：《説文》以「茁」爲「艸初出皃」，箋亦云「記蘆始出者，著春田之早晚」，「深葭」之説顯與經悖。范氏家相《詩瀋》云：「古者一發四矢，蓋先後發之，非四矢並發也。一豝中而五豝齊見於葭蓬，庶物之蕃蕪可見矣。」此説較有分曉。

朱氏《通義》曰：「豕牝曰豝，本《爾雅》。《集傳》誤云『牡豕』，陳潛室已辨之。」黄元吉曰：「朱子於《吉日》曰『牝豕』，而此云『牡豕』，傳寫之誤耳。至《集傳》用《西都賦》『中必疊雙』，欲言中多以見禽獸之蕃殖，然有害於國君仁心及物之義，且與天子不合圍、諸侯不掩群義未洽。惟獸多而不忍盡殺，故詩人歎之，以爲即不食生物之騶虞耳。」承珙案：賈誼《書》説騶虞雖與毛異，然其云：「虞人翼五豝，以待一發，所以復中也。」其説實與毛同。此漢初經師相承之義。蓋虞人驅五豝以待射者，奉上之敬也；君公祇壹發而不忍盡殺者，愛物之仁也。

毛傳於「五豝」云「豕牝曰豝」，於「五豵」云「一歲曰豵」，二者蓋互見其義。或謂春獵爲蒐，謂蒐索擇取其不孕者，若云「豕牝」，則有孕道。不知豝爲牝豕之小者，《吉日》云「發彼小豝」，其明證矣。《説文》既以「豝」爲「牝豕」，又云一曰豝，「二歲能相杷拏者也」，引《詩》曰「一發五豝」。先鄭注《大司馬》及《廣雅·釋獸》並云「二歲曰豝」。是豝雖「牝豕」，而以其小者不孕，故無害於蒐義。至「五豵」傳「一歲爲豵」之説，正義以《七月》「言私其豵」爲證，又與先鄭注《大司馬》及《説文》《廣雅》皆合。《太平御覽》引《纂文》云：「齊徐以小豬爲貗。」《玉篇》云：「貗，小母豬。貗與豵同。」故《説文》云：「一歲曰豵，尚叢聚也。」然則豵亦牝豕，而更小於豝。毛傳於「豝」言其牝，而於「豵」言其小，義相互耳。所以專取豝豵者，説者謂豝豵獨喜害稼。《郊特牲》：迎虎爲其食田豕，所以除春農之害也。《爾雅翼》云：「凡六畜之屬，皆見於《釋畜》，惟豕見於《釋獸》，以豕者通田豕之名，故别異之。豝，牝豕之小者，故又謂之小豝。豵亦豕子也。言雖取害稼之物，亦必待其成。《淮南子》『魚不長尺不得取，彘不朞年不得食』。今皆一歲、二歲之豕，所以爲仁也。」承珙案：毛傳訓「豝」用《爾雅》，而獨不取其「豕生三曰豵」者，蓋以田豕在野，何由知其生子之多少。惟大小之形，則可見約略，其一歲二歲，不甚相懸耳。

《禮記·樂記》：武王散軍郊射，「左射《貍首》，右射《騶虞》，而貫革之射息」。是則《騶虞》之詩，文武之世已入樂章。故周公制《禮》，於《大司樂》《鍾師》《射人》及《儀禮·鄉射禮》皆有「奏《騶虞》」之文。《墨子·三辯》篇云：「周成王因先王之樂，命曰《騶虞》。」可見《騶虞》爲文王時詩，周公、成王用爲射節耳。《序》云「天下純被文王之化」，語必有所本。晁説之言《魯詩》謂《騶虞》作於康王之世，當亦是用爲射節。至《文選》注引《琴操》曰「《騶虞》，邵國之女所作」，則更無可考矣。

宋韓淲《澗泉日記》云：「王建時，騶虞見碧山。文忠論之云：『騶虞，吾不知其何物也。《詩》曰：「吁嗟乎騶虞。」賈誼以謂騶者，文王之囿；虞，虞官也。當誼之時，其説如此。然則以之爲獸者，其出于近世之説乎？』」谷際岐曰：「賈誼之説見《新書》。顧訓騶爲囿，未知何據。考《説文》：『騶，廄御也。』《禮記·射義》云：『天子以騶虞爲節，樂官備也。』吕大臨曰：『所以歸功于二官也。』《漢書·序傳》云：『滕公廄騶。』是騶乃掌御之官矣。戴埴《鼠璞》引《月令》『命僕及七騶咸駕』，及《左傳》『使訓群騶知禮』，謂騶爲騶御，虞爲虞人。其説蓋本之白居易《畫贊序》，較訓『囿』者爲長。至謂之獸者，不特相如《封禪書》爲然，《淮南·道應訓》云『商拘文王于羑里，散宜生乃以千金求天下之珍怪，得騶虞、雞斯之乘』，則亦指爲獸矣。況白虎黑文，毛傳已明言之。是漢時已不一其説，又安得謂出于近世。淲此論殊爲失考。」承珙案：《淵泉日記》此條原注云：「《封禪書》：『囿騶虞之珍群。』則騶虞必獸也。」是則淲意仍以騶虞爲獸，其「出於近世之説」尚是引歐公語，不然注與正文不應自相矛盾。谷氏駁之殊誤。《陸堂詩學》曰：「明宣德四年，滁州獲二騶虞獸獻之朝。今觀夏原吉《賦序》一一與毛傳合，可知漢儒中未有如毛公之博物者。」

毛詩後箋卷三

涇　胡承珙

邶鄘衛

鄭《譜》云：「周武王伐紂，以其京師封紂子武庚爲殷後。庶殷頑民被紂化日久，未可以建諸侯，乃三分其地，置三監，使管叔、蔡叔、霍叔尹而教之。」正義曰：「《地理志》云：『邶，以封紂子武庚；鄘，管叔尹之；衛，蔡叔尹之，以監殷民，謂之三監。』則三監者，武庚爲其一，無霍叔矣。王肅、服虔皆依《志》爲説。鄭不然者，以《書傳》曰：『武王殺紂，立武庚繼公子禄父，使管叔、蔡叔監禄父。禄父及三監叛。』言使管蔡監禄父，禄父不自監也。言禄父及三監叛，則禄父已外，更有三人爲監，禄父非一監矣。孫毓亦云三監當有霍叔。鄭義爲長。」陳氏《稽古編》曰：「《漢志》既言管蔡監鄘衛，則霍叔監邶不言可知；又與武庚同國，故略而弗著耳。《史記正義》引《帝王世紀》，以爲管叔監衛，蔡叔監鄘，霍叔監邶。此言管蔡所監，與《漢志》異；而言霍之監邶，足補《漢志》之未及也。《周書·作雒解》孔晁注云：『霍叔相禄父。』言『相』，則必立於其朝，其監邶信矣。厥後周公誅三監，霍叔罪獨輕者，良以謀叛之事，武庚主之，霍叔與之同居，意雖不欲，勢難立異，非若二叔在外，可以進退惟我也。」「故《周書·多士》止數管、蔡、商、奄爲四國；《破斧》詩『四國』，毛亦以爲管、蔡、商、奄，皆不及霍。則霍叔與武庚同在邶，固無可疑者。而管蔡所監，《漢書》與《世紀》二説必有一是矣。」承珙案：《逸周書·作雒解》：「武王克殷，乃立王子禄父，俾守商祀。建管叔於東，建蔡叔、霍叔於殷，俾監殷臣。」則三監之有霍叔，自無疑義。此《譜》以紂都爲武庚所封，邶、鄘、衛皆在紂城之外。而《酒誥》「明大命于妹邦」鄭注則以妹邦爲紂都，於《詩》國屬鄘。若謂三監有與武庚同國者，據《漢志》管叔尹鄘，則其叛也，必管叔與武庚同謀，故諸書多指管叔爲戎首。《書序》言「伐管叔、蔡叔」，鄭云：「不言霍叔者，蓋赦之也。」當由霍叔本非與武庚同處，或先不知其謀，後乃爲所瘳曳耳。未有與叛人同居，而罪反輕於在外者。陳氏之言，殊非事理。

《譜》云：「成王既黜殷命，殺武庚，更於此三國建諸侯，以殷餘民分康叔於衛，使爲之長。後世子孫稍并彼二國，混而名之。」正義曰：「《地理志》云：『武王崩，三監叛，周公誅之，盡以其地封弟康叔，號曰孟侯。遷邶鄘之民於雒邑，故邶、鄘、衛三國之詩相與同風。』如《志》之言，則康叔初即兼彼二國，非子孫矣。服虔依以爲説。鄭不然者，以周之大國不過五百里，王畿千里，康叔與之同，反過周公，非其制也。」《稽古編》曰：「孔疏申鄭駁服，似矣。然殷自帝甲以後，國勢浸弱，又重以紂之暴，土荒民散，境壤益削。即如黎爲畿内國，周得戡之，至紂滅時，豈猶是邦畿千里乎？又三亳皆商之故都，而去朝歌稍遠，商未亡時，所謂邦畿千里者，定應并數之，如東西周通畿之制。武王立三監，固未嘗以畀之也。西亳偃師在孟津之南，武王觀兵於孟津，又大會諸侯於此，然後北行伐紂，則偃師已非商有。南亳穀熟及北亳蒙即宋地也，武王克殷，初下車即以封微子，亦不在三監域内。況殷之畿内諸侯非大無道者，不應概從誅滅，改建他侯。則三監所統，不過近郊、遠郊，及邦甸以內地耳。康叔兼而有之，安得方千里乎？成王作洛之後，殷之頑民盡徙下都；封伯禽，又以殷民六族賜之。可見康叔時，民得留者多在衛地，邶鄘兩國已成曠土。厥後生齒日繁，「邶鄘舊壤漸至殷庶。采風之時，仍各存舊名，以記風土之異。理或當然。未必以此寓褒貶也。鄭《譜》謂紂城北爲邶，南爲鄘，東爲衛。楚邱與漕二地皆見《鄘風》，在河南，足徵衛地在河南者，故鄘地也。祝鮀論武王之封康叔曰：『自武父以南及圃田之北境。』武父不可考，桓十二年「與鄭伯盟於武父」，乃鄭地，非此。❶圃田則豫州之澤藪也，後爲鄭有。鄭在衛西南，圃田之北，當與鄘接壤，而康叔初封以此爲境。則以鮀之言合之《鄭譜·鄘風》，不又康叔兼有二國之明證乎？」❷承珙案：《左傳》祝鮀又言：「康叔取於有閻之土，以共王職。」「閻」與「鄘」聲相近，《左傳》「閻職」，《史記》作「庸職」，是「有閻」即鄘，亦足爲康叔兼邶鄘之證。至鄭《譜》以邶、鄘、衛就紂城三面分之，江艮庭《尚書集注》云：「以周制考之，王城之外，盡鄉遂之地。面有二百里，四面相距爲方四百里。邶、鄘、衛之大，當不是過也。周初封侯，方四百里。康叔侯爵，安見邶鄘不以封康叔乎？」承珙又案：《説文》：「邶，故商邑，自河內朝歌以北。」今河南衛輝府府東北有故邶城，滑縣東南有邶水，府城西又有故鄘城，有庸水出宜蘇山，與衛相去本不甚遠，何疑於兼得邶鄘即盡商畿千里之地乎？

❶「此」下，《經解》本《毛詩稽古編》有「武父」二字。

❷「二」，《經解》本《毛詩稽古編》作「三」。

《譜》云：「康叔七世至頃侯，當周夷王時，衛國政衰，變風始作。故作者各有所傷，從其國本而異之爲邶、鄘、衛之詩焉。」正義曰：「《緑衣》《日月》《終風》《燕燕》《柏舟》《河廣》《泉水》《竹竿》，述夫人衛女之事，而得分屬三國者，如此《譜》説，定是三國之人所作，非夫人衛女自作矣。女在他國，衛人得爲作詩者，蓋大夫聘問往來，見其思歸之狀，而爲之作歌也。《泉水》《竹竿》俱述思歸之女，而分在異國，明是二國之人作矣。唯《載馳》一篇，《序》云『許穆夫人作也』，《左傳》曰『許穆夫人賦《載馳》』，《列女傳》稱『夫人所親作』，而得入《鄘風》者，蓋以於時國在鄘地，故使其詩屬《鄘》也。《木瓜》美齊，《猗嗟》刺魯，各從所作之風，不入所述之國。許穆夫人之詩得在衛國者，以夫人身是衛女，辭爲衛發，故使其詩歸衛也。宋襄之母，則身已歸衛，非復宋婦，其詩不必親作，故在衛焉。并邶鄘分爲三國，鄭并十邑不分之者，以鄭在西都，十邑之中無『鄭』名，又皆國小，土風不異，不似邶鄘之地大與衛同，又先有『衛』名，故分之也。雖分從邶鄘，其實衛也，故《序》每篇言衛，明是衛詩。猶唐實是晉，故《序》亦每篇言晉也。」承珙案：衛詩分繫邶鄘，諸家之説紛紛不一。程氏以爲從其所得之地，安成劉氏本此説。朱子以爲其聲之異。毛西河《詩札》曰：「或謂邶鄘之音異於衛音，則莊姜、共姜諸詩，通作自衛宫者，安見其一爲邶音、一爲鄘音邪？且邶鄘既入衛，則當通曰衛音。齊音敖辟，豈仍曰爽鳩之音？陳音好巫，豈仍曰大皞之音？此易知也。假云作之邶鄘地者爲《邶》《鄘》，作之衛地爲《衛》，則漕邑鄘地，而《邶》曰『土國城漕』；泉水衛地，而《邶》曰『毖彼泉水』，又何也？或又謂繫其國名是太史書法，猶《春秋》楚既滅陳，復書『陳災』，穀梁子所謂『存陳』者。則齊秦所并不一，將奚書之？且太史采詩，其職不過輯民風、審善敗耳，詎事書法？即有書法，亦偶一見之，詎必《魏》《唐》《鄭》《檜》畢情如是？竊臆『邶』『鄘』諸名即樂部名也。周初列國不一，采詩者各判其國詩，授之樂官。則樂官必預班國名，考按樂部，然後以列國詩分入之。雖列國代有興絶，其樂部班名若故也。後比遇詩多者，浸假於本部過繁，仍得入之其國所兼之舊部。此但因之作標識耳，故無深旨也。如《樂記》曰：『《商》者，五帝之遺聲也，商人識之，故謂之《商》；《齊》者，三代之遺聲也，齊人識之，故謂之《齊》。』其曰『識』，正以當時故有商齊遺聲，而其後之爲《商》《齊》者取『識』焉。識者，記也，謂記其名也。觀此則《邶》《鄘》可曉矣。」毛氏所駁甚辨，而其自立説者，仍不外乎以音爲本。若非以音而但取舊部之名，更無此理。且謂邶鄘本周初列國，舊有詩而亡之，則康叔已兼邶鄘，周初未聞此國，無據之言，尤不足信矣。顧氏《日知録》據《左傳》季札觀周樂，爲之歌《邶》《鄘》《衛》，曰：「吾聞衛康叔、武公之德如是，是其《衛風》乎。北宫文子引《衛詩》曰『威儀棣棣，不可選也』。此詩今爲《邶》之首篇，乃不曰《邶》而曰《衛》，知累言之則曰《邶》《鄘》《衛》，專言之則爲《衛》。猶之言『商』而曰『殷商』，言『楚』而曰『荆楚』云爾。」陸陸堂、陳見復皆同其説，直以某篇爲《邶》，某篇爲《鄘》分自漢儒，非復孔門舊次。不知《漢志》云《邶》《鄘》《衛》同風，故編詩以類相次，而入樂亦以部相從，必非累言、單言之謂。即如《左傳》「爲之歌《周南》《召南》」，亦合言之，豈可謂不分某篇爲《周》，某篇爲《召》乎？北宫文子以《邶》爲《衛》，則由三國皆係衛詩，正如《序》於每篇皆言「衛」耳。酈注《水經》，於《邶》《鄘》亦稱《衛詩》，便文言之，豈尚在未分《邶》《鄘》之前乎？《虞東學詩》曰：「以聲言者，古音既不可考。以地言者，而《詩》中所指之地互見錯陳，難以區界。若謂分爲三者，漢儒之謬，則漢儒又何故誤分之也？按：《邶風》十九篇，歷志淫亂，無一美詩，疑是著其召禍之本。《鄘風》十篇，則中興之詩在焉。《衛風》十篇，則美詩居多，所謂康叔、武公之德，於斯可見。區別觀之，則當時分第之義，或有取爾。」此説亦迂闊無味。且是《邶》《鄘》《衛》分次之故，而於衛詩之繫《邶》《鄘》仍無當也。要而論之，究當以鄭箋從其國本之説爲當。其地名錯出者，則正義云：「三國境相連接，故《邶》曰『亦流於淇』，《鄘》曰『送我乎淇之上矣』，《衛》曰『瞻彼淇奥』，是以三國皆言『淇』也。戴公東徙渡河，野處漕邑，則漕地在鄘也。而《邶》曰『土國城漕』，國人所築之城也。『思須與漕』，衛女所經之邑也。『河水瀰瀰』，宣公築臺之處也。此詩人本述其地，❶作爲自歌其土也。」此疏足爲通論。姜氏《廣義》曰：「《詩》有作於衛人而鄘人傳之者，亦有事在鄘地而邶人詠之者，況《詩》多擬作，非必自爲。劉氏瑾云：『太師各從得詩之地而繫之。』其説是也。」張氏遠曰：「古者陳詩以觀民風，審樂以知時政。凡有所作，采詩、典樂者不敢增損。至其所得之地與夫命地之名，本諸詩人之言，史家依其所稱，無敢稍易。其所謂《邶》《鄘》，所謂《唐》者，不過從民言之便熟者記之。若單于稱中國爲漢，西羌稱中國爲唐之義耳。得之邶、鄘、衛者，係之《邶》《鄘》《衛》，得之王城者，係之王城。夫子不容改竄於其間也。」此二説足以補箋疏之所未備。

❶「地」，阮校本《毛詩正義》作「事」。

邶

柏舟

《序》云：「《柏舟》，言仁而不遇也。」《易林・屯之乾》云：「汎汎柏舟，流行不休。耿耿寤寐，公懷大憂。仁不逢時，退隱窮居。」此用《序》義也。《列女傳・衛宣夫人傳》引此詩「我心匪石」四句，胡氏一桂以爲《魯詩》，王氏《詩考》又引李迂仲説以《韓詩》云「衛宣姜自誓所作」。今李氏《集解》無此語。考衛之宣姜，乃《鶉奔》所刺，此外别無宣姜。城門君死之事，更無可考。故嚴華谷據《孔叢子》所載孔子讀《柏舟》語，《孔叢》云：「吾於《柏舟》，見匹夫執志之不可易。」定以爲非婦人之詩。朱氏《通義》曰：「朱子取《列女傳》，以此詩爲婦人不得於夫而作，又極詆《序》語頃公之時爲鑿空附會。然宣公夫人事，經史未見，庸非鑿空附會乎？」馬貴與云：「《列女傳》出劉向，向上封事論弘、顯傾陷正人，引是詩『憂心悄悄，愠于群小』，而繼之曰：『小人成群，亦足愠也。』正合毛《序》之意。夫一劉向也，《列女傳》之説可信，而封事之説獨不可信乎？」《稽古編》曰：「朱子雖引《列女傳》爲證，然不全用其説，而疑爲莊姜詩。蓋亦心知其非，特欲借之以助己排《序》耳。」承珙案：朱子作《孟子集注》仍用《序》説。考朱子《詩傳序》成於淳熙四年，《孟子集注序》作於淳熙十六年，則是晚年定論仍從古《序》。《黄氏日鈔》曰：「《柏舟》之詩，説汎然流水中，似與經文合，初不見所謂『堅守』之意。且合從毛氏古説，以仁人不遇爲主。」此其所見勝於張學龍、朱善輩多矣。王符《潛夫論・斷訟篇》云：「貞女不貳心以數變，故有『匪石』之詩。」此亦用《列女傳》説耳。非別有所據，以爲婦人之詩也。

朱氏公遷曰：「《柏舟》與《關雎》《鵲巢》反對，而處變以常，不愧於后妃、夫人之化。所以首變風而繼二《南》也。」此欲因以見此詩爲婦人之作耳。承珙案：《關雎》憂在進賢，故《卷耳》《兔罝》諸詩皆求賢得人之作。至《騶虞》而官備矣，故二《南》以之終篇。《邶》不尊賢，變風始作，何必定以爲婦人之詩，乃與《關雎》《鵲巢》對乎？何氏《古義》曰：「章首言飲酒遨遊，此豈婦人之事？」黄元吉曰：「胡一桂據『不能奮飛』句，知爲婦人詩。今正以此句知非莊姜詩，婦人從一而終，豈可自飛。而『我思古人，實獲我心』，莊姜之温厚和平如此，焉得生欲飛之念哉。」秦氏震宇《詩測》曰：「玩『亦有兄弟』二句，必同姓之臣所作，《序》説恐不可易。若以爲莊姜詩，則莊姜係齊東宮之妹，安能自衛往訴。且婦人三從，即往訴之，意欲何爲邪？」以上三説，皆足正《集傳》以爲婦人之誤。

「耿耿不寐」，傳：「耿耿，猶儆儆也。」王逸注《楚辭·遠游》篇曰：「耿耿，猶儆儆，不寐貌也。」正用毛義。《廣雅·釋訓》「耿耿、儆儆，不安也」，則兼經傳義並釋之。「耿」又訓「明」者，《説文》：「耿，從耳，炯省聲。杜林説：耿，光也。」故此詩「耿耿不寐」，《楚辭》注：「耿，一作炯。」

「我心匪鑒，不可以茹」，傳：「鑒，所以察形也。茹，度也。」承珙案：此二句與下「我心匪石」四句文義正同。鄭箋云：「鑒之察形，但知方圓白黑，不能度其真僞，我心非如是鑒。我於衆人之善惡外内，心度知之。」是則謂鑒不可度而心可度矣，與下傳石可轉、席可卷意義兩岐。歐陽《本義》訓「茹」爲「納」，謂鑒納影在内，不擇妍醜；我心不能兼容善惡。此於文例似合。《韓詩外傳》云：「莫能以己之皭皭，容人之混污。」即引此二語。故嚴《緝》最取歐説。然第自言其不能容物，與下文「亦有兄弟」四句語意不貫，殊費周折。惟訓「茹」爲「度」，言鑒之分明，可由表以度其裏，我心不能披露於人，使人度而知之。所謂人藏其心，不可測度也；美惡皆在其心，不見其色也。此所由忠而獲謗，信而見疑，雖有兄弟，而「不可以據」，且至往愬而逢其怒。即《離騷》所云「女嬃之嬋媛兮，申申其詈予」，而繼之曰「衆不可户説兮，孰云察予之中情」也。《詩》中「茹」字，如「玁狁匪茹」「來咨來茹」，作「度」字解者甚多，從毛爲是。

「亦有兄弟，不可以據」，箋云：「責之以兄弟之道，謂同姓臣也。」鄭並未嘗明指「兄弟」爲君。至「逢彼之怒」傳云：「彼，彼兄弟。」其不以「兄弟」爲君可知。孔疏乃指「兄弟」爲君，「彼」即「彼其君」，於義不順。故《吕記》引范氏曰：「此公侯之臣也，僚類皆其兄弟耳。」

「威儀棣棣，不可選也」，傳：「君子望之儼然可畏，禮容俯仰，各有威儀耳。」正義云：「此言『君子望之儼然可畏』，解經之『威』也；『禮容俯仰，各有宜耳』，解經之『儀』也。」《校勘記》云：「正義本傳文作『宜』，不知者改『宜』字作『威儀』。於是此傳既『威』『儀』二字分解，而『威』字乃互見『儀』字解中矣，毛氏以『宜』解『儀』之故訓遂不可復見。失之甚者也。」承珙案：此説是也。段懋堂乃謂毛傳「各有威儀」用《左傳》北宫文子「皆有威儀」之文，不當改爲「各有宜」。其説非是。

毛傳：「棣棣，富而閑習也。物有其容，不可數也。」《釋文》：「數，色主反。」賈誼《容經》曰：「棣棣，富也。不可選，衆也。」與毛義合。段氏據《漢書》引《詩》作「算」，謂「選」爲「算」之假借。不知「選」亦可訓「數」，如《左傳》昭元年。「弗去懼選」可證，不必改「選」爲「算」也。又案：今本《後漢書·朱穆傳》注載《絶交論》略引詩：「威儀棣棣，不可選也。」王氏《詩異字考》作「不可算也」，云出《朱穆傳》注，蓋所見本異耳。

「憂心悄悄，慍于群小」，傳：「慍，怒也。」《釋文》「慍」下云「怒也」。正義云：「言仁人憂心悄悄然，而怨此群小人在於君側者也。」《校勘記》云：「《釋文》本此傳作『怒也』，正義本『怒』字當是『怨』字。《緜》傳云：『慍，恚。』正義云：『《說文》：慍，怨也。恚，怒也。有怨必怒之。』所引《說文》作『慍，怨也』，亦其一證。」承珙案：趙岐注《孟子》云：「憂心悄悄，憂在心也。慍于群小，怨小人聚而非議賢者也。」據此，趙亦訓「慍」爲「怨」，知正義本是也。

又案：「慍于群小」，歐陽《本義》謂小人慍仁人，《呂記》、嚴《緝》皆從其說。考鄭箋於上章云：「言己德備而不遇，所以慍也。」是以「慍」屬「仁人」，故孔疏謂仁人「怨此群小」。《荀子·宥坐篇》歷敘湯誅尹諧、文王誅潘止、周公誅管蔡云云，而終之曰：「此七子者，皆異世同心，不可不誅也。《詩》曰：『憂心悄悄，慍于群小。』小人成群，斯足憂矣。」劉向上封事云：「小人成群，亦足慍也。」本此。此皆以「慍」爲「慍此小人」，自不當作見慍于群小也。

「日居月諸，胡迭而微」，箋云：「日，君象也。月，臣象也。微，謂虧傷也。君道當常明如日，而月有虧盈。今君失道而任小人，大臣專恣，則日如月然。」疏云：「微謂虧傷者，《十月之交》『彼月而微，此日而微』箋云：『微，謂不明也。』以爲日月之食。知此『微』非食者，以經責日云何迭而微，故知謂虧傷也。彼《十月之交》陳食事，故『微』謂食，與此別。」承珙案：《釋文》引《韓詩》「迭」作「臷」云：「臷，常也。」范氏《詩瀋》云：「胡常而微，言日月至明，胡常有時而微，不照見我之憂思。」此解頗直截。疏曲爲附會，以此「微」字與《十月之交》「微」字異義，非也。

緑衣

「緑衣」，箋云：「緑，當爲『褖』。故作『褖』，轉作『緑』，字之誤也。」惠氏《古義》曰，此或見《齊》《魯詩》，今不可考矣。承珙案：篇名《緑衣》，從毛爲是。此與《内司服》「緑」誤爲「褖」者不同。鄭學深於三禮，往往以《禮》箋《詩》，所謂「按跡而議性情」者，以此。毛傳：「緑，間色。黄，正色。」以喻嫡妾，甚爲確當。疏曲附箋義，以「褖衣」爲「六服」之下，詩「宜因其所有之服而言，不宜舉實無之『緑衣』以爲喻」。夫詩人託興之辭，何所不可？如必謂宜舉所有之物，則箋云鞠衣以下，衆妾以次服之，是「黄」與「黑」皆媵妾所得服，安見褖衣以喻妾，而黄又以喻嫡乎？

「緑兮絲兮，女所治兮」，《釋文》引崔靈恩云：「女，毛如字。」承珙案：毛意謂絲爲女子之所治耳。傳云：「緑，末也。絲，本也。」蓋謂素絲由於所染，染之蒼則蒼，染之黄則黄。今以絲而爲間色之緑，將歸過於女手之所治，喻以妾而開上僭之端，亦當歸過於人君之所致，所以思古人而欲俾其無過也。鄭讀「女」爲「汝」，云：「女，女妾上僭者。」專以「上僭」責「妾」，似非探本之論。《集傳》「女」指君子，且云：「言緑方爲絲，而女又治之，以比妾方少艾，而女又嬖之。」此用正義述毛之語，殊失毛意。况此詩四章，上二句同是興體，此章第二句不應直斥君子，故知毛義爲長。

「絺兮綌兮，凄其以風」，何氏《古義》曰：「絺綌乃來風之物，袗絺綌以禦風，吾知其難矣。故古語云『禦寒莫如重裘，止謗莫如自脩』也。或以此章喻己之過時，猶班婕妤《怨歌行》所謂『常恐秋節至，涼飇奪炎熱』者，雖摹情近似，然斤斤以色之盛衰爲較量，其於義末矣。」

《吕記》引程氏曰：「《緑衣》，衛莊姜傷己無德以致之。」陳氏櫟云：「不得於夫而不疾其妾，惟思古以自修其身。憂而不傷，怨而不怒。孔子謂『詩可以怨』，其此類也夫。」承珙案：《詩序》三言「莊姜傷己」，但傷己而無怨於人，最得詩人忠厚之意。《左傳》成九年。「季文子如宋致女，復命。公享之」，穆姜賦《緑衣》之卒章。《魯語》：「公父文伯之母欲室文伯，享其家老，而賦《緑衣》之三章。」古人雖有斷章取義者，然歌《詩》必類，則此詩其必無忿疾怨恨之意可知矣。

燕燕

《序》云：「《燕燕》，衛莊姜送歸妾也。」姜氏《廣義》曰：「説者謂陳方與州吁伐鄭，忽中變執之，此詩動之也。按：此詩作於既送之後，乃追述之詞。若戴嬀與莊姜，其於討賊自有同心，不待作詩也。然當時煢煢兩嫠婦郊門訣别，未嘗不足以動舊臣故老之心。穆姜啼而晉靈不廢，出姜過而魯人皆哭，況桓公在位十六年，未聞失德。國人目擊其身弒母歸，則州吁之未能和其民，或此送助之，無關詩之作與不作也。又《禮》婦人送迎不出門，於野，則越禮遠送。箋云：『舒己憤，盡己情。』國當大變，莊姜自有深心，固難以尋常迎送律之。」

此詩，《列女傳》以爲衛定姜子死，其婦無子，畢三年之喪而歸，定姜送之而作。承珙案：是時定公尚在，不得稱「先君」，且其詞亦不類送婦之作。《禮記・坊記》引「先君之思，以勖寡人」，「勖」作「畜」。鄭注以「畜」爲「孝」，言「獻公當思先君定公，以孝於寡人」。《鄭志》答炅模云：「爲《記注》時就盧君，先師亦然。後乃得毛公傳，既古書，義又宜。然《記注》已行，不復改之。」案：《禮記・緇衣》引《都人士》首章鄭注云：「此詩毛氏有之，三家則無。」據此，是鄭爲《記注》時，並非不見《毛詩》，但其時未爲毛學，故多用三家詩耳。李迂仲又引《韓詩》，以爲「定姜歸其娣，送之而作」。其説更不足信。惟《毛詩序》「莊姜送歸妾」之言，有經文「遠送于南」爲陳在衛南之證，且與《左傳》情事適合。左證明白如此，豈尚不可信邪？《後漢書・和熹鄧皇后紀》：「和帝葬後，宫人並歸園。太后賜周、馮貴人策曰：『今當以舊典分歸外園，慘結增歎，《燕燕》之詩，曷能喻焉。』」此時三家盛行，《毛詩》並未立學官，然詔策已用其義。蓋其授受有自，故足取信也。

「燕燕于飛」，傳：「燕燕，鳦也。」《爾雅》：「巂周，句。燕燕，句。鳦。句。」孫炎曰「別三名」，舍人曰：「巂周名燕燕，句。又名鳦。」此正與傳訓「燕燕」爲「鳦」合。《説文》：「巂周，燕也。从隹，屮象其冠也，冏聲。段注：「《文選・七命》『燕髀猩脣』，李云：《呂氏春秋》曰：『肉之美者，巂燕之髀。』此燕名巂周之證。」一曰：蜀王望帝婬其相妻，慙亡去，爲子巂鳥。故蜀人聞子巂鳴，皆起曰：是望帝也。」許云「一曰」者，乃別一義。「巂周」與「子巂」，異物同名。《爾雅》不言「子巂」，郭景純誤讀《説文》，以「巂周」爲「子巂」。雖誤，其以「燕燕」爲「鳦」，仍與毛傳同。姚氏《詩識名解》曰：「鳦鳥本名『燕燕』，不名『燕』，以其雙飛往來，遂以雙聲名之，若『周周』『蛩蛩』『猩猩』『狒狒』之類。最古之書凡三見，而語適合，此詩及《釋鳥》『燕燕，鳦』與《漢書》『燕燕尾涏涏』是也。餘書省其文，多單言之。不知單言『燕』者乃鳥名。《釋鳥》云『燕，白脰烏』，《小爾雅》謂之『燕烏』，釐然可據。則舊以『燕燕』爲『兩燕』，及曲爲重言之説者，皆非也。」承珙案：此説亦泥。《左傳正義》云：「或單呼『燕』，或重名『燕燕』，異方語也。」《吕氏春秋・音初》篇：「有娀氏有二佚女，爲之九成之臺，飲食必以鼓。帝令燕往視之，鳴若『謚隘』。二女愛而争搏之，覆以玉筐。少選，發而視之，燕遺二卵，北飛，遂不反。二女作歌，一終曰：『燕燕往飛。』實始作爲北音。」此文既云「令燕往視」「燕遺二卵」，皆單言「燕」，而歌又曰「燕燕」。《漢書・五行志》童謡「燕燕尾涎涎」，下又云「王孫死，燕啄矢」，足見其可名「燕」，亦可名「燕燕」矣。或謂「燕燕」爲兩鳥，以喻行者與送者爲二人。不知傳所謂「飛而上」「飛而下」者，皆狀一燕之言。鄭箋於「差池」「頡頏」「下上」皆言「興戴嬀」者是也。試觀《雄雉》亦言「下上其音」，又豈得爲兩雉邪？

「頡之頏之」，傳：「飛而上曰頡，飛而下曰頏。」《説文》段注云：「當作『飛而下曰頡，飛而上曰頏』。轉寫互譌久矣。『頡』與『頁』同音，頁古文『䭫』，飛而下如䭫首然，故曰『頡之』，古本當作『頁之』。頏即『亢』字，亢之引申爲高也，故曰『頏之』，古本當作『亢之』。於音尋義，斷無『飛而下曰頏』者。若楊雄《甘泉賦》『柴虒參差，魚頡而鳥胻』，李善曰：『頡胻，猶頡頏也。』師古曰：『頡胻，上下也。』皆以《毛詩》『頡頏』爲訓。魚潛淵，鳥戾天，亦可證頡下、頏上矣。」承珙案：段説是也。《爾雅》：「亢，鳥嚨。」《釋文》引舍人云：「亢，鳥高飛也。」此可爲段説之一證。三章「下上其音」，即承此下頡、上頏言之。傳云：「飛而上曰上音，飛而下曰下音。」此亦轉寫譌倒，傳當依經釋之。如箋云：「下上其音，興戴嬀將歸，言語感激，聲有小大。」今本誤作「大小」，惟小字本、相臺本不誤。《校勘記》以《雄雉》箋亦作「小大」爲證是也。蓋小謂下、大謂上，皆依經釋義，不宜倒亂。

「遠于將之」，傳：「將，行也。」案：《鵲巢》「百兩將之」，傳云：「將，送也。」彼對「御之」爲言；此以戴嬀有行，故以「行」訓「將」。毛傳多訓「將」爲「行」，蓋於疊韻取義。《周頌》正義云：「《釋言》『將，送也』，孫炎云：『將行之送。』是『將』亦行之義，故爲行也。」

「其心塞淵」，傳：「塞，瘞。」《釋文》：「瘞，崔《集注》本作實。」正義云：「定本作瘞，俗本作實。」其衍傳文云：「其心誠實而深遠也。」是正義用俗本。《書》「温恭允塞」，正義亦引毛傳訓「塞」爲「實」。承珙案：「塞」之爲「實」，訓義易明，定本作「瘞」者，蓋以「塞」爲「𡨄」之假借，「瘞」乃「㥷」之假借。《方言》：「厭塞，安也。」《廣雅》：「厭𡨄，安也。」是「塞」與「𡨄」通。《説文》：「㥷，静也。」王褒《洞簫賦》：「清静厭㥷。」「厭㥷」與「厭𡨄」義同，故「𡨄」亦可訓「㥷」。蓋塞淵者，狀其心之静深。《鄘風》「秉心塞淵」，傳義亦當如是。鄭箋於《定之方中》云：「塞，充實也。」於《常武》「王猷允塞」云：「自實滿。」此與毛異義，不必定以俗本爲長。

日　月

《序》云：「《日月》，衛莊姜傷己也。」此詩及《緑衣》《終風》，《序》首句皆止云「衛莊姜傷己也」。《詩》經秦火後，倒亂失次，經師因前《燕燕》是莊公殁後之詩，故於此增入「不見答於先君」之語，後儒遂有以「乃如之人」爲指州吁者。案：毛傳於「逝不相好」云「不及我以相好」，於「甯不我報」云「盡婦道而不得報」，則斷非莊公殁後追述既往之辭。故鄭箋以「胡能有定」爲「定完」，正義引《左傳》石碏之諫以釋經中「定」字，實爲確論。

「乃如之人兮，德音無良」，傳：「音，聲。良，善也。」《稽古編》曰：「『德音』屢見於《詩》，或指名譽，或指號令，或指語言。」嚴華谷曰：「德音，言語也。此詩『德音無良』及《邶·谷風》『德音莫違』，皆婦人言其夫待己之意耳，故爲聲音言語。」承珙案：德音非必有德之音，如《豳風》「德音」而曰「不瑕」，鄭箋以「瑕」爲「過」。此詩「德音」而曰「無良」，所謂德有凶有吉也。《集傳》云：「德音，美其詞；無良，醜其實。」殊屬强解。《鶡冠子》曰：「德音也者，所謂聲也。未有音出而響過其聲者也。」此雖指號令聲名，然但以德音爲聲，與毛傳但以「音」爲聲，不更詁「德」字者合。

「俾也可忘」，《毛詩明辨録》云：「言何時能有定而使我可忘其無良乎？箋亦作忘無良解。諸家解以爲莊公忘莊姜，莊姜忘莊公者，義皆淺。」承珙案：可忘，言何時能定而使我可忘其憂，即《緑衣》「心之憂矣，曷維其亡」之意。箋云：「亡之言忘也。」不必云「忘其無良」。若《陸堂詩學》謂「也」疑「我」字之譌，則又可不必。

「報我不述」，傳：「述，循也。」箋云：「不述，不循禮也。」惠氏《古義》曰：「《釋文》：述，亦作術。《文選》注引《韓詩》曰『報我不術』，薛君曰：『術，法也。』案：術，古文『述』。薛夫子訓爲『法』，非也。《士喪禮》『筮人許諾，不述命』注云：『述，循也。既受命而申言之曰述。古文「述」皆作術。』」《祭義》「術省」，鄭氏云：「術當爲述，聲之誤也。」翁氏《詩附記》曰：「高郵宋綿初亦引賈山《至言》『術追厥功』及《隸釋》諸碑，『術』與『述』古字通用。案『術』『述』二字古既通用，則毛傳、鄭箋以『循禮』爲『述』字訓義，正與薛君訓『法』相合。而《呂記》、嚴《緝》乃引朱子初說，以『不可稱述』爲訓，則是『術』可通『述』，而『述』不可通『術』矣。惠氏駁薛君注，毋乃過與？」承珙案：首章云不以古道相處，次章云盡婦道而不得報，此則云雖報我而不循禮，「禮」即所謂「古處」

也。文意相承，自當以傳箋爲是。

終風

《序》云：「《終風》，衛莊姜傷己也。」嚴《緝》云：「國史題《日月》《終風》二詩，止云衛莊姜傷己，不言爲何時詩也。《後序》以爲作於州吁之時，或者以爲作於莊公之時，且《後序》有毛公所不及見者，固不可盡據。然『莫往莫來』傳云：『人無子道以來事己，己亦不得以母道往加之。』是毛公以爲州吁詩矣。」陳氏《稽古編》曰：「説《終風》詩者，謂莊姜不忘州吁，見侮慢則悼之，莫往來則思之，甚至憂而不寐，望其思我母子之情，卷卷不已，所以爲温柔敦厚也。此言非是。州吁弑君簒國，阻兵安忍，是衛之賊也。衛人未嘗以之爲君，莊姜安得以之爲子。況其『謔浪笑敖』，侮慢其嫡母，彼不以母道事莊姜，莊姜安得以子道畜之。母子之情絶久矣，何自致其卷卷乎？故凡經文言『悼』言『思』言『願』，鄭云：「願，思也。」皆非指州吁也。然則何所指，曰：《序》不云乎？『莊姜傷己也。』傷己者，傷己之不能正州吁耳。正之維何？曰：聲其弑逆之罪，告於國人而誅之，則甚正。然非婦人所能及已，故受其侮笑不敢怒也，悼之已耳。至『莫往莫來』，若可幸矣，然國家之禍至此，豈能已於思乎？此首章、次章之意也。下章又言其憂悼之情，至不能寐，且念不得伸，如行而躓；心之痛切，如割而傷。毛訓「懷」爲「傷」。皆承上章言也。然則莊姜所憤者，亂賊之横行；所悲者，宗社之多禍而已。安得反結歡於簒弑之人，欲與敘母子之情哉？果爾，則夫子不録其詩矣。」朱氏《通義》曰：「作思念莊公者，既不合《序》，作思念州吁者，於理未安。長發此解，善申《序》旨，且於《左傳》『莊姜惡之』語甚合。」姜氏《廣義》曰：「州吁，嬖人之子，素有篡奪之心，而桓得以不廢者，外有石碏，内有二母保護之功耳。乃一旦以平日從憂危中百計扶植之嗣子，絶脰於仇人之手，況帷堂猶在，祕不發喪，棄之如孤雛腐鼠。賢如莊姜，何以爲情。諸儒説此篇則曰，州吁雖無禮，莊姜猶思之也。又曰，我思於此，彼或無故自嚏。嗟乎！是莊姜忘不共戴天之讎，而認賊作子，保若嬰兒，作詩招之使來，其不爲戴嬀泠齒幾何矣？此朱子所以深惡而削之也。」「顧聖人手定編次，何遽知爲錯簡。傳箋俱指州吁之時，不得移置莊公之世。」然則《序》言「傷己」者，傷己之不能討賊也。承珙案：此説與陳意略同，而語較痛快。

許氏伯政《詩深》曰：「朱子辨此詩有夫婦之情，無母子之意。僅就『莫往莫來』二語觀之，其説似矣。但『謔浪笑敖』，即狂蕩暴疾之發於行事者，既擬諸形容，又敷陳其事，安在其不忍斥言乎？且『惠然肯來』，謂子之來朝其母則可；若夫人之於君，以禮見則展衣而朝，進御當夕則適君寢，鳴玉告去，未聞坐致君之來也。如謂宫車亦有時臨幸，守禮如莊姜，肯以爲分誼應爾而曰『惠然』乎？」承珙案：以「莫往莫來」等語遂指爲莊公之世，則此詩直不過《長門》一賦耳。惟因州吁之狂暴，而思念憂傷皆關宗社。晉褚太后批桓温廢立詔曰：「未亡人不幸罹此百憂，感念存歿，心焉如割。」與此詩意正同。《詩深》又曰：「漢廷臣詣奏昌邑之罪於太后前，斥其引納騶宰官奴居禁闥内敖戲，與孝昭宫人蒙等淫亂。太后曰：『爲人臣子當悖亂如是邪？』此云『謔浪笑敖』，大略與太后所以詰昌邑者亦相仿也。莊姜值此，念及君薨子弑，國靡有定，『悠悠我思，不遑假寐』，愁苦之深情見乎詞矣。」

「終風且暴」，傳：「終日風爲終風。」王氏《經義述聞》曰：「《毛詩》『終風』爲『終日風』，《韓詩》『終風，西風也』，此皆緣辭生訓，非經文本義。終，猶既也，言既風且暴也。《燕燕》曰『終温且惠』，《北門》曰『終窶且貧』，《小雅・伐木》曰『終和且平』，《商頌・那》曰：「既和且平。」《甫田》曰『終善且有』，《正月》曰『終其永懷，又窘陰雨』，『終』字皆當訓爲『既』。『既』『終』，語之轉。『既已』之『既』轉爲『終』，猶『既盡』之『既』轉爲『終』耳。解者皆失之。」承珙案：《王風・葛藟》「終遠兄弟」傳云：「兄弟之道已相遠矣。」是毛公非不知「終」有「既」訓。而於「終風」必云「終日風」者，自由師説相承。且三章「不日有曀」，不日者，謂不旋日而又曀也。鄭箋以「不日」爲「不見日」，非是。説見下。此「終日」亦對下「不日」言之。「終日風」本非風名，故《爾雅》無釋耳。至《韓詩》以「終風」爲「西風」，雖於古無考，然謂其「緣辭生訓」，則「終」之與「西」殊不相涉。竊嘗以意説之，《韓詩》「終風」，疑本作「泰風」，故韓依《爾雅》釋爲「西風」。《説文》：「𠔀，古文終。」又：「冬，古文作𣅃。」又：「泰，古文作夳。」是「終」與「泰」古文形近易溷。又「終」亦爲「衆」，《儀禮・士相見禮》注：「今文『衆』爲『終』。」《集韻》：「衆，古作昏。」《列子・周穆王》篇「𡗜角爲右」，殷敬順《釋文》云：「𡗜，篆作泰。」❶「昏」與「𡗜」形亦相近。《韓詩》自作「泰風」，與毛師承各異，無足怪也。

「惠然肯來」，《稽古編》曰：「箋云：『肯，可也。』有順心則可來，不欲見其戲謔。」此説當矣。州吁安得有順心時乎？言可來，正欲其不來也。距之之詞，非望之之詞也。」承珙案：毛傳於「惠然肯來」云：「言時有順心也。」《虞東學詩》謂如宋光宗間歲一朝重華宮。此尚非其比類。州吁弑君篡國，自知爲臣民所不容，故

---

❶「篆作泰」，《列子釋文》作「音泰」。

有時亦欲託君母以自重。然即其時有順心而來，亦不得謂其「以子道事己」，故繼之曰「莫往莫來，悠悠我思」。傳云：「人無子道以來事己，己亦不得以母道往加之。」此皆決絶之語，詞雖婉而意則嚴矣。

「終風且曀，不日有曀」，傳：「陰而風曰曀。」全用《爾雅》文。《詩考》引董氏云：「《韓詩》：『𡔹𡔹其陰。』天陰塵也。」《説文・土部》：「𡔹，天陰塵《玉篇》「塵」下有「起」字。也。《詩》曰：『𡔹𡔹其陰。』」許從《韓詩》作「𡔹」，與毛字異。然天陰塵起，有風可知。訓雖小異，義實通也。鄭箋以「不日」爲「曀不見日」。既曰「且曀」，是已不見日矣，何必又云「不日」。不如《吕記》引王氏曰「不日有曀者，言不旋日而又曀也」。

「願言則嚏」，《釋文》：「疌，本又作啑，又作疐，舊竹利反，又丁四反，又豬吏反，或竹季反，劫也。鄭作嚏，音都麗反，又云劫也，居業反。本又作跲，音同。又渠業反，孫毓同。崔云：毛訓『疌』爲『㰦』，今俗人云『欠欠㰦㰦』是也，不作『劫』字。人體倦則伸，志倦則㰦。案：㰦音邱據反。《玉篇》：『㰦，欠張口也。』」正義述毛云：「願以母道往加之，我則嚏正義「嚏」字當作「疐」，後人以箋「嚏」字亂之。跲而不行。」又引王肅云：「『願以母道往加，則嚏此「嚏」字亦當作「疐」。劫而不行。』跲與劫音義同也。定本《集注》並同。」又述鄭云：「『言則嚏』，解經『言則嚏』此「嚏」亦當作「疐」，謂鄭以「嚏」解經之「疐」也。也。」承珙案：《釋文》所據《毛詩》經文當作「願言則疌」；其「又作啑」，《一切經音義》十五、十六引《詩》作「啑」。又作疐」者，所以存別本。「疌」即「疐」之或體，《狼跋》釋文云：「疐，本又作疌。」非《説文・止部》之「疌」字。「啑」又「疌」之變體，六朝別字往往有之。其云「鄭作嚏」者，乃指箋讀「疐」爲「嚏」言之。鄭雖以嚏咳義釋經，而經文自猶作「疐」。蘇林《漢書》注云：「疐讀欬嚏之嚏。」陳氏啟源曰：鄭云「疐」讀爲「嚏」，是箋《詩》時本尚作「疐」，其徑改經文爲「嚏」，不知始自何時。陸所見傳文作「疌，劫也」；

則是同王肅本作「劫」。其別本「劫」又作「跲」，孫毓本亦作「跲」。觀《釋文》云「跲，又渠業反，孫毓同」，可見孫本作「跲」。臧玉林謂孫同王肅作「劫」，非也。至崔靈恩《集注》，經文亦作「疌」，傳則作「疌，㰦也」，與王肅作「劫」、孫毓作「跲」者皆不同矣。正義所據經文本作「疐」字，傳作「疐，跲也」，與《狼跋》傳同。其所引王肅說「跲」乃作「劫」，故云「跲與劫音義同也」。但其下云「定本、《集注》並同」，則與陸所云《集注》作「㰦」者又異，殊不可解。

《說文》：「嚏，悟解气也。从口，疐聲。《詩》曰：『願言則嚏。』」又云：「㒫，即「欠」字。張口气悟也。象气从人上出之形。」段注《說文》於「欠」下云：「悟，覺也。《曲禮》『君子欠伸』，正義云：『志疲則欠，體疲則伸。』《通俗文》曰：『張口運气謂之欠㰦。』《詩》『願言則疐』，崔《集注》云：『毛訓「疐」爲「㰦」，今俗人「欠欠㰦㰦」是也。』❶許說多宗毛，許釋『嚏』爲『悟解气』，蓋用毛說也。」又於「嚏」下云：「許說『嚏』義非是，不必曲徇。《說文》『噴』下一曰『鼓鼻』，而釋『嚏』爲『欠』，直以其字從口不從鼻故耳。殊不思《內則》既云『不敢嚏』，又云『不敢欠』，其爲二事憭然。《素問》說『五氣所病腎爲欠、爲嚏』，亦分二字。倘『嚏』即是『欠』，則《內則》《素問》皆不可通矣。至若《詩》『願言則疐』傳『跲也』或作『劫』者，古字通假。崔《集注》乃改『劫』爲『㰦』，訓以俗人『體倦則伸，志倦則㰦』，蓋以附合許之『嚏』解，而不知許自解『嚏』，非解毛之『疐』也。改『疐』爲『嚏』，自鄭君始。許在鄭前，安得從鄭易毛？各本《說文》引《詩》『願言則嚏』，汪氏龍《毛詩異義》以爲後人妄增者，是也。學者可以知毛許於《詩》本無『㰦』說，《唐石經》作『嚏』者，乃從鄭，非從毛。」承珙案：段氏二

❶「人」，廣雅本作「云」。

注微相矛盾。既以《詩》作「疐」，傳訓「跲」，即不應以許釋「嚏，悟解气」者爲宗毛矣。其云許不當以「嚏」同「欠」，則是。而所云引《詩》作「嚏」爲後人妄加者，臧玉林云「考王肅、孫毓、崔靈恩以至陸孔，經皆不作『嚏』。而《五經文字》云『嚏』見《詩·風》，《開成石經》作『願言則嚏』，是改《毛詩》從鄭箋在陸孔之後。《玉篇》：嚏，噴鼻也。《詩》曰：『願言則嚏。』疑引《詩》亦後人增入，非顧氏之舊。然則《説文》此條，殆爲唐人李陽冰輩竄改」者，是也。

陳氏《稽古編》曰：「傳訓『疐』爲『跲』，與《狼跋》『疐尾』同是礙而不行之義。此言徒思之，不能行之。誅除亂賊，原非婦人事也。下章『願言則懷』，毛云：『懷，傷也。』蓋言思及此則傷心也。二語皆自道其思，非謂州吁思我。鄭以俗人『道我』釋之，穿鑿之見耳。又崔《集注》『欠故』之説，余謂人多思之極，輒至困倦。崔義亦優。」承珙案：傳訓「懷」爲「傷」，正與《序》首句「莊姜傷己」合。鄭訓「願」爲「思」，「言」爲「我」，訓「懷」爲「安」，於三章云「女思我心，如是我則嚏也」，末章云「女思我心，如是我則安也」。考《序》云「遭州吁之暴，見侮慢不能正」，鄭云：「正猶止也。」此謂不能止其侮慢，自傷則有之，豈復有望其思己之意？箋兩言「思我」，亦與《序》不合。

擊　鼓

《序》云：「《擊鼓》，怨州吁也。衛州吁用兵暴亂，使公孫文仲將而平陳與宋，國人怨其勇而無禮也。」范氏《詩瀋》曰：「《左傳》州吁以諸侯之兵伐鄭，以告於宋，無平陳與宋之事。其伐鄭有二，一圍其東門，五日而還；一敗鄭徒兵，取其禾而還。亦未嘗曠日持久，如《詩》所云也。且《詩》云『土國城漕』，考《春秋》閔二年戴公渡河而廬于漕，僖二年文公又城楚邱，使漕既城，不城楚邱矣。諸家皆以爲疑。姜氏炳璋曰：『州吁連陳伐鄭，推宋爲主。「平陳與宋」者，連合陳宋之謂。兩次雖俱未曠日持久，方其「踊躍用兵」，必不先計往返之速。如是所以有居處喪馬、死生契闊之悲。居無宮室即謂之廬，不係乎有城無城也。』先城漕復城楚邱，爲遷都計也，何疑爲州吁之詩？」以上《詩瀋》。承珙案：此詩是在出軍之時，人無鬭志而有怨心，死亡訣別，惟聞愁歎之聲，即衆仲所謂州吁阻兵而安忍。阻兵無衆，安忍無親，衆叛親離，難以濟矣者，正不必以再舉伐鄭未嘗敗衄爲疑。至謂漕未城，故戴公曰「廬」，文公復城楚邱，此云「城漕」，則非怨州吁詩，此毛西河之說。汪氏梧鳳《詩學女爲》曰：「漕，衛之下邑。《定之方中序》曰『野處漕邑』，《載馳序》曰『露于漕邑』。邑，則有城矣。曰『野』曰『露』者，正以下邑荒陋，非國君所居，亦猶『越在草莽』云爾。文公之築楚邱，因利築城，度土建邦，猶之商人五遷、周人遷岐遷豐遷鎬耳。遂云漕無城焉，非也。且州吁之城漕也，亦猶浚洙城郎之類，非創爲是邑，故鄭箋曰『修理漕城』。況未幾而州吁死，則漕之增修與否，皆未可定。不得據後『廬於漕』之文，而遂謂漕無城，謂城漕非州吁事也。」

「不我以歸」，箋云：「以，猶與也。與我南行，不與我歸期。」何氏《古義》曰：「先是平陳與宋，之後即往伐鄭。既圍其東門五日而還矣，未幾魯翬帥師來會，復往伐鄭。自夏而秋，僅隔一時耳。必師歸在途，又聞後命，未得班師，故曰『不我以歸』也。」王氏《總聞》亦云：「夏還而秋再舉，當是征夫不得還家。」承珙案：詩詞「不我以歸」緊接「平陳與宋」，則是初出師時已有死亡無日之憂，不必待其再舉。箋云：「兵，凶事，懼不得歸，豫憂之。」此於詩旨最合。

「爰居爰處，爰喪其馬」，箋云：「爰，於也。今於何居乎？於何處乎？於何喪其馬乎？」嚴《緝》曰：「此説，文意亦通。然此詩『爰居爰處』可通；至《斯干》『爰居爰處』，説不行矣。《詩》中如『爰始爰謀』『爰衆爰有』『爰笑爰語』之類，皆無『於何』之意，惟《四月》『爰其適歸』言何所適歸。蓋『其』者，未定之辭也。『爰』止訓『於』，今以爲皆發語之詞。」承珙案：傳云：「有不還者，有亡其馬者。」是亦但以「爰」爲發語詞，並無「於何」之意，嚴説是也。

「死生契闊」，傳：「契闊，勤苦也。」《釋文》：「契，本亦作挈。」《小雅·大東》「契契寤歎」，傳云：「契契，憂苦也。」王逸《楚辭注》引作「挈挈寤歎」。《文選注》引《孝經鉤命決》曰：「削肌刻骨，挈挈勤思。」「挈」又作「絜」。《爾雅》「九河有絜」，《禹貢》正義引李巡云：「絜，言河水多山石，治之苦絜。絜，苦也。」蓋契闊者，以雙聲爲義。《後漢書》傅毅《迪志詩》曰：「契闊夙夜，庶不懈忒。」盧子諒《贈劉琨詩》：「契闊百罹。」《風俗通》：「妻者，既齊于己，以養舅姑，契闊中饋，經理蠶織，垂統傳重，其篤勤至矣。」此正用毛傳以「契闊」爲「勤苦」也。《宋書·劉勔傳》詔曰：「勔思懷亮粹，體業淹明，宏勳樹績，譽洽華野，綢繆顧託，契闊屯夷。」《齊書·謝朓傳》辭隋王牋：「故舍耒場圃，奉筆兔園，契闊戎旃，從容讌語。」「契闊」與「從容」對，亦言勤苦於兵旅。隋煬帝《遺史祥書》：「於時同行軍，契闊戎旃。」是六朝猶用此義。至唐人始有以「契闊」爲「間別」之意，如杜甫詩「中允聲名久，如今契闊深」，李商隱文「契闊十年，流離萬里」之類。《集傳》因之，以「契闊」爲「隔遠」；嚴《緝》并引《漢書》「問何闊」爲證，誤矣。《通典》魏徵等《嫂叔服議》貞觀十四年。云：「長年之嫂，遇孩童之叔，劬勞鞠養，情若所生，分飢共寒，契闊偕老。」此猶用毛義，以「契闊」爲「勤苦」也。

《釋文》引《韓詩》：契闊，約束也。盧召弓曰：「李善注《文選》劉越石《答盧諶詩》，引薛君《韓詩章句》曰：『括，約束也。』是《毛詩》作『闊』，《韓詩》作『括』。」承珙案：《韓詩》「闊」既作「括」，「契」疑當作「絜」，「絜」「括」亦雙聲取義。《説文》：「絜，麻一耑也。」「括，絜也。」麻一耑者，猶言一束也，故《糸部》又曰：「絜，束也。」是絜括爲約束之義。「死生絜括」，言死生相與約結，不相離棄也。其義亦通。後漢繁欽《定情篇》云：「何以致契闊，繞腕雙跳脱。」《齊書·張敬兒傳》太祖《報沈攸之書》云：「至於契闊杯酒，殷勤携袖，薦女成姻，志相然諾。」《梁書·蕭琛傳》梁高祖在西邸與琛狎，琛奉陳昔恩。上答曰：「雖云早契闊，乃自非同志。」《魏書·蘇湛傳》：「魏莊帝曰：『聞卿答蕭寶夤，甚有美詞，爲我説也。』湛頓首謝曰：『臣與寶夤，周游契闊，言得盡心，而不能令其不反，臣之罪也。』」又魏武帝《短歌行》：「越陌度阡，枉用相存。契闊談讌，心念舊恩。」梁昭明太子詩：「綢繆似河曲，契闊等漳濱。」江淹詩：「契闊承華内，綢繆踰歲年。」此皆以「契闊」爲「周旋」之意，正與「約結」義相近。

「與子成説」，《釋文》：「説，音悦。毛：數也。鄭：相愛悦也。數，色主反。」承珙案：陸音悦者，是專爲鄭箋作音。其以「數」爲「色主反」，則毛於「成説」之「説」如字讀矣。正義云：「從軍之士，與其伍約：『死也生也，共處契闊勤苦之中，當與子危難相救，成其軍伍之數。』王肅云：『言國人室家之志，欲相與從生至死，契闊勤苦而不相離，相與成男女之數，相扶持俱老。』此似述毛，非毛旨也。」正義述毛，雖與王肅異，而讀「數」爲「數目」字，則同。「説」爲「數目」，古無此訓，自以《釋文》音「色主反」爲正。蓋「數」讀「色主反」有二義，一爲「責數」之「數」，《左傳》「數之，以其不用僖負羈」是也；一爲「數説」之「數」，《禮記》「遽數之不能終其物」、《左傳》「數典而忘其祖」是也。此傳「説，數也」，當爲「數説」之「數」；「成説」者，成言也。毛不訓「説」爲「言」，而訓「數」者，「説」之爲「數」亦有二義：所説者非一事爲「數」，所説者非一人亦爲「數」。此爲從軍之士與其同伍者約，誓以死生勤苦之意，則所説不止一人一事，故傳以「説」爲「數」歟？

「于嗟闊兮，不我活兮」，傳：「不與我生活也。」毛於此「闊」字不別爲訓，蓋即承上「契闊」之義。《吕記》云：「言始欲死生勤苦共之，今乃不得相依以生也。」此語最諦。孔疏以「闊兮」爲「乖闊」，與「契闊」異義，非是。或疑「契闊」雙聲字，似不宜單言「闊」。不知雙聲取義者，單言之，訓亦可通。即如「九河之絜」，李巡以「苦」釋之，是單言「契」亦可訓「苦」。且如「綢繆」即「纏綿」之轉聲，《廣雅·釋詁》云：「綢繆，纏也。」而《都人士》「綢直如髮」，毛以「密直」訓之，「密」亦「纏綿」之意，是「綢繆」可單言「綢」，猶「契闊」可單言「闊」也。

「于嗟洵兮」，毛傳云：「洵，遠。」《釋文》云：「《韓詩》作夐，夐亦遠也。」盧召弓曰：「高誘注《吕氏春秋·盡數》篇，引正作夐。」錢曉徵曰：「古讀夐如絢，夐與洵音相近。」承珙案：《文選·思玄賦》「儵眴眴兮反常閭」注引《蒼頡篇》云：「眴，視不明也。」《靈光殿賦》「目矎矎而喪精」張載注云：「矎矎，目不正也。」是「矎矎」即「眴眴」。「洵」之爲「夐」，與此同例。毛訓「洵」爲「遠」，蓋以「洵」爲「夐」之假借耳。

凱　風

《序》云：「《凱風》，美孝子也。」《集傳》以爲此詩乃孝子自責之辭。陳氏《稽古編》曰：「詩人美刺，多代爲其人之辭，故有似刺而實美、似美而實刺者。不獨《三百篇》也。後世騷賦及樂府猶然。若謂七子自作，是暴揚其親之過，何得云孝？況人子自責，惟有涕泣引咎，豈暇弄文墨、誇詞藻邪？」許氏《詩深》曰：「此詩敘七子自責，而略不及其母之過，所以深體其心。若七子幹母之蠱，積誠幾諫，必惟恐人之或聞，而又自作此詩流播人口，則有借母立名之心，不足以爲孝矣。」承珙案：此詩自是七子遭家不造，母有去志，而能痛自刻責，思過引咎以悟親心，卒令其母感而不嫁。故詩人代敘其自責之辭，以美其能慰母心，而孝已莫大於是矣。《大戴·曾子立孝》篇曰：「『有子七人，莫慰母心』，子之辭也。」此謂爲人子者，義當歸過於己，非七子真不能慰其母心耳。要非以此詩爲七子所自作也。

閻氏《四書釋地又續》云：「宋晁説之以道《詩序》之論曰：『孟子：「《凱風》，親之過小者也。」而序《詩》者曰：「衛之淫風流行，雖有七子之母，猶不能安其室。」是七子之母者，於先君無妻道，於七子無母道，過孰大焉？《孟子》之言妄與？《孟子》之言不妄，則序《詩》非也。』黄太沖亟取其説，載《孟子師説》。余按：《序》又曰：『故美七子能盡其孝道，以慰其母心，而成其志爾。』成志，成母守節之志，非如鄭箋指『孝子自責』言。因檢孔疏亦言『母遂不嫁』，爲之快絶。復憶東漢姜肱性篤孝，事繼母恪勤，母既年少又嚴厲，肱感《凱風》之孝，兄弟同被而寢，不入房室，以慰母心焉。歎作詩者能安母於千載之上，感詩者亦能安母於千載之下。詩之有益人倫如此，當日采風者親覩其事，序《詩》者申美其事，遂不爲聖人所删，《序》曷可非也。蓋七子之母徒有欲嫁之志云爾，若果嫁矣，則真於先君無妻道，於七子無母道。是之謂惡，豈僅僅『過』而已哉。」

季氏《詩説解頤》曰：「衛有七子，不能安其母之心，故作此詩以自責。」非謂其母欲嫁也，故孟子以爲過小。王氏《總聞》曰：「《凱風》之過，不能從其子之善意，必寡識者也；《小弁》之過，不能救其子之顛危，必寡情者也。此孟子所謂大小之别也。趙氏以爲《凱風》言以慰母心，母心不悦，親之過小也；《小弁》言『行有死人，尚或墐之』，而曾不憫己，親之過大也。」承珙案：人子苟不能安其母，則罪在其子，其母並無過可言，孟子何以舍子而過其母哉？至斤斤較量於親之待己者，以爲其過之大小，尤爲無理。許氏《詩深》曰：「從一而終者，婦人之大節，而孟子以此爲『親之過小』，豈小其失節哉？嘗即『愈疏』『不可磯』之義求之，蓋曰一念雖差，過而未遂，譬諸蛇之方虺，火之未然，斯爲小矣。人子當此惟有負罪引慝，積誠婉諭，可以挽回。若遽呼天怨懟，則己心未盡，奚以悟親之心？或反至激怒而成之，故曰『不可磯』亦不孝也。若夫《小弁》之親，昏惑信讒，廢嫡屏子，悍然見諸行事而弗顧，則如火勢燎原，莫可撲滅。於是而不怨，是目擊其就死而心弗動，豈但秦越人之相視肥瘠。故曰『愈疏』不孝也。説詩者但見敘七子之自責，不及其他，遂疑其未能悟母以成厥志，不亦惑乎？」

嚴《緝》云：「《凱風》『棘心』，傳箋及疏皆不指爲何木；惟『園有棘』，毛氏以爲『棗』，陸農師以爲『酸棗』。經有二棘，『吹彼棘心』『園有棘』，酸棗也；《楚茨》以棘配茨，及《青蠅》以棘爲樊，非酸棗也。舊不指爲何物，今按：《釋草》云：『茦，刺也。』郭璞云：『草刺鍼也。』《方言》：『凡草木刺人，北燕、朝鮮之間謂之茦，自關而西謂之刺，江湘之間謂之棘。』」沈括云：「棗獨生，高而少横枝。棘列生，卑而成林。以此爲别。其文皆從『朿』，朿音刺，木芒刺也。朿而相戴立生者棗，相並横生者棘。不識二物，觀文可知。」承珙案：《説文》：「棘，小棗叢生者。」此語最明晰。蓋棘之大者爲棗，小者爲棘，對文則别，散文則通。《周禮》外朝「三槐九棘」注云：「取其赤心而外刺。」此與槐配植者，必非小木，而亦謂之棘，蓋散文可通耳。《毛詩》釋「棘」祇二處。《魏風》「園有棘，其實之食」傳云：「棘，棗也。」以其言實故也。《小雅》「有捄棘匕」傳云：「棘，赤心也。」以其爲匕故也。此皆因文見義，故訓各不同。其他如此詩之「棘心」，《秦風》「止于棘」，《唐風》「集于苞棘」，《小雅·青蠅》「止于棘」，《楚茨》「言抽其棘」之類，皆無傳。蓋以皆係荆棘，不煩故訓自明耳。此詩次章言「吹彼棘薪」，則是此棘之長，祇可爲薪，其不當指爲棗木可知矣。嚴氏以爲與「園有棘」同，非是。

《通卦驗》云：「南風曰景風，一曰凱風。」《爾雅翼》云：「《白虎通》：『景風至，棘造實。』蓋吹彼棘心者，將以趣其造實。萬物之難生者棘，而造實又欲其應候。南風雖能生物，亦已勞矣。」《埤雅》云：「棘性堅强，費風之長養者，其心之生更難於幹。」承珙案：《易》「寘于叢棘」虞翻注云：「坎多心，故叢棘。」《特牲饋食》記：「棘心匕刻。」蓋棘心堅，故以爲匕。凡木心堅者最難長，自萌芽而至于盛大，其久可知，故以爲「母氏劬勞」之興矣。

《稽古編》曰：「《凱風》首二章皆興也。《集傳》分首章爲比，次章爲興，太鑿矣。劉瑾以『有應』『無應』釋之，豈詩本旨乎？」承珙案：劉氏「有應」「無應」之説，謂上章言凱風、棘心，而下句無應，故屬比；次章言風與棘，而下文以母與子應，故屬興。不知上章雖未言子，而已有「母氏」，不必定以兩物興兩人也。即如末章止説黄鳥，而下乃言母與子，《集傳》亦以爲興。是又以一物興兩人矣。可知詩人取興，原不應如此過泥也。

「爰有寒泉，在浚之下」，《水經·瓠子河注》：「濮水枝津，東逕浚城南，而戴校「而」作「西」。北去濮陽三十五里。城側有寒泉岡，即《詩》所謂『爰有寒泉，在浚之下』。世謂之高平渠，非也。」承珙案：此及《干旄》之「浚」，毛傳俱以爲衛邑，當以濮陽之浚城爲是。濮陽，今直隸開州是。《方輿紀要》云：「城東南有浚城，又有寒泉。其後曰濮陽，以地在濮水北也。」若浚儀故城在今祥符西北者，《晉地道記》以爲衛之儀邑。《竹書紀年》云：「梁惠王三十一年，爲大溝于北郛，以行圃田之水。」《陳留風俗傳》云：「縣北有浚水，象而儀之曰『浚儀』。」然則在春秋時本無「浚」名。《寰宇記》：開封府浚儀縣鴻池，衛獻公射鴻於此。沈小宛曰：陳留縣之浚儀，春秋時爲宋地。《輿地廣記》謂寒泉在祥符縣西十里，蓋皆係後人因浚水之名而附會之。趙氏一清曰：浚水爲汴水所奪，故汴水經大梁北，亦兼浚水之名。

傳箋及正義皆以寒泉在下有益於浚，喻子能奉母，其義甚正。何氏《古義》乃謂「子賴母以有生，猶浚民賴寒泉以爲養。舊以寒泉興七子，浚民興母，難通」。不知此章兩「有」字正相呼應，若以寒泉比母，而乃云「在下」，於理不順。故知何説非也。

「睍睆黄鳥，載好其音」，《説文》：「睍，出目也。」《一切經音義》引作「目出皃」。「睅，大目也。」大徐本又云：「睅，或从完作睆。」段氏注謂《説文》無「睆」字，「睅」下之「睆」爲徐氏所補。不知《艸部》「⿱艹睆」从睆聲，似不得謂無其字。或者「睆」即「睍」之重文，後人誤移於「睅」下。鈕氏樹玉曰：「『睍睆黄鳥』，《御覽》引《韓詩》作『簡簡黄鳥』。疑『睍』『睆』實一字。考『睆』字屢見於經典，而『睍』祇見於《凱風》，若《博雅》《玉篇》《廣韻》『睆』並訓出目，案：今《廣雅》「睆」訓「大目」。正與《説文》『睍』訓合。然則『睍』即『睆』矣。蓋『完』『見』形近易譌，《論語》「夫子莞爾而笑」，《釋文》「莞」作「莧」，引《爾雅》注云：「華版反，本今作莞。」後人不察，分爲二字耳。」承珙案：

鈕説近是。《列子·天瑞》篇「老韭之爲莞也」，《釋文》云：「莞，一作莧。」若《廣韻》以「睍」爲小目，「睆」爲大目，則二義迥别，不當連文，其誤可知。總之，箋以「睍睆」興顔色，「好音」訓辭令，於義爲備。《集傳》專指其音，偏矣。

案：《詩》「睆」字凡三見。《凱風》「睍睆」，《黄鳥》傳云：「睍睆，好貌。」《杕杜》「有睆其實」，傳云：「實貌。」《大東》「睆彼牽牛」，傳云：「明星也。」各隨文釋之。其實惟《凱風》「睆」字從目；若《杕杜》「睆」字，據《釋文》云「字從白，或作目邊」；《大東》「睆」字，《玉篇·日部》「晥」下云：「明星也。」是三字偏旁各異。《稽古編》但據從「日」之字，以爲《玉篇》獨取《大東》爲《詩》中「睆」字之本義，而不知《玉篇·目部》「睍」訓「目出」，「睆」訓「出目」，又於「睍」下引《詩》「睍睆黄鳥」，何得謂獨取《大東》乎？

雄雉

《序》云：「《雄雉》，刺衛宣公也。淫亂不恤國事，軍旅數起，大夫久役，男女怨曠，國人患之而作是詩。」

姜氏《廣義》曰：「考《春秋》隱四年，宣即位。明年，衛入郕，又與宋入鄭伐戴。瓦屋之盟，及鄭平矣，又與陳蔡從王伐鄭。既爲鄭敗，又與齊鄭伐魯。魯桓求好，待於桃邱，弗遇，卒來戰於郎。前後以兵爲戲，故詩人託爲大夫久役、室家思念之辭，因以刺宣公也。曰『百爾君子』，可知非婦人自作矣。」

朱氏《通義》曰：「《序》語本顯白，毛公所以只解字義。鄭箋以上二章爲男曠，下二章爲女怨，而雄雉乃喻宣公淫亂。牽經配《序》，殊覺支離。不思《序》所云『淫亂不恤國事，軍旅數起』者，乃推久役之由。久役而婦思其苦，即是男女怨曠。豈必章各異詞，分配其説邪。」翁氏《附記》曰：「凡《序》之説，必皆實有所本。如所謂衛頃公、衛宣公諸詩，悉非無因。至謂《雄雉》『刺衛宣公』，朱子雖不信之，然亦未有以斷其必非衛宣公之詩也。蓋《序》説特述此詩所由起，而所謂國人患之者，即使國人陳詩爲怨曠者言之，亦奚不可。陳氏啟源乃以毛鄭喻宣公媚説婦人義盡駁朱《傳》，殊不思毛傳止詁字義而已，初無宣公媚悦婦人之説也。鄭箋始有『奮其衣服，志在婦人』之語。至於《序》言『怨曠』，只渾舉之詞。鄭乃以前二章爲男曠，後二章爲女怨，繆矣。」承珙案：毛於首二句傳云：「雄雉見雌雉飛，而鼓其翼數數然。」是毛意已有奮訊形貌、志在婦人之意，但未明言耳，固非止解詁字義而已。惟《序》言志在淫亂，乃所以「不恤國事，軍旅數起」之由。故於首章起興，以下皆敘從役怨曠之事，而終之以「不忮不求」，所以隱刺宣公構兵無已，由於忿疾貪惏所致。其言微而婉矣。《序》又言「國人患之而作是詩」，自不當擬以唐人閨怨之作也。

「我之懷矣，自詒伊阻」，箋云：「懷，安也。伊，當作繄，繄猶是也。君之行如是，我安其朝而不去，今從軍旅，久役不得歸，此自遺以是患難。」承珙案：箋義正與《左傳》合。趙宣子以「亡不越境，反不討賊」，太史書其「弑君」，而引此詩以自咎，其意自當以「懷」爲「安」。杜注亦云「言人多所懷戀，則自遺憂」是也。又案：《左傳》引《詩》當本作「自詒繄慼」，《詩正義》云：「《左傳》『自詒伊「伊」當作「繄」。慼』，《小明》云『自詒伊慼』，爲義既同，明『伊』有義爲繄者。故此及《蒹葭》《東山》《白駒》各以『伊』爲『繄』。《小明》不易者，以『伊慼』之文與傳正同，爲『繄』可知。」觀此足知傳本作「繄」，今《左傳》仍作「伊」，及《詩》疏引傳亦作「伊」，皆寫者誤改耳。惠氏《左傳補注》：「王肅以《左傳》『自詒伊慼』爲《邶風·雄雉》之詩。案：今詩『慼』作『阻』，惟《小明》詩作『慼』，而上句又異。王子雍或見三家之詩，據以爲衛詩。」馬元伯曰：「自詒伊慼，『慼』即『阻』之異文，非《逸詩》也。阻从且聲，且之言藉也。《國語》『甯戚』，《亢倉子·賢道》作『甯藉』。」此說亦通。

范氏《詩補傳》曰：「『百爾君子』不獨指其夫，舉凡從役之大夫而言。謂爾諸大夫不知何者爲德行，苟無忮害貪求之心，則何所用而非善，似指數興軍旅爲忮害貪求。此國人亦姑徇兒女所見。數興軍旅，由于國君，固非諸大夫之所欲。不敢斥其君，乃詩人之忠厚也。此詩多有含蓄不盡之意，❶如言雄雉而不及其雌，蓋爲怨女而言，不欲其褻；厭軍旅而言德行，譎諫之義也。」《詩瀋》云：「詩人託爲婦之念夫，以刺衛君之構兵而勞民。前三章道思婦之情，末乃指其因忮害而起釁爭，因貪求而召怨亂，動輒得咎，以致杌隉而不安也。不敢斥言君，故以責之『百爾君子』。」承珙案：末章箋說以爲君子不忮不求，君不當使之在外，不得來歸。解固迂曲。《集傳》以爲「憂其遠行之犯患，冀其善處而得全」。此即《王風》「苟無飢渴」，《漢書》「萬里之外，以身爲本」，及辛憲英所云「軍旅之間，克濟者其惟仁恕」之意。蓋在婦人言之，固宜如此。若係國人所作，意當不止於此。嚴《緝》引朱氏曰：「戰國之時，諸侯無義戰。報復私怨，所謂忮也；貪人土地，所謂求也。二者之行，婦人女子知其不可，足以見先王之澤猶在也。」此蓋朱子舊說，似較《集傳》爲勝。

---

❶「含」，原作「舍」，據《續經解》本及廣雅本改。

匏有苦葉

《序》云：「《匏有苦葉》，刺衛宣公也。公與夫人並爲淫亂。」毛公雖不注《序》，然次章傳云：「衛夫人有淫泆之志，授人以色，假人以辭，不顧禮義之難，至使宣公有淫昏之行。」此言并與《序》相應。且傳語多簡，而於此篇較詳，其必有所受之矣。惟夫人爲誰，傳未明言，箋始以爲夷姜。正義曰：「知非宣姜者，以宣姜本適伋子，但爲公所要，故有『魚網』『離鴻』之刺，此責夫人云『雉鳴求其牡』，非宣姜之所爲，明是夷姜求宣公，故云並爲淫亂。」承珙案：宣姜淫亂在宣公既卒之後，自不得云「公與夫人並爲淫亂」。若《虞東學詩》所載顧宛溪說力詆《左傳》之誣，以《史記》謂夷姜宣公夫人者爲是，此說洪容齋已有之，不始於顧。即如顧云先君之妾嚴閟深宮，宣公爲公子，又出居於邢，無由得近，然則公子頑何以通于宣姜？又云：「即有之，亦必閟不令宣，乃顯屬諸右公子，猖狂無忌如此。」不知《左傳》所謂屬急子於右公子者，當是宣公即位後之事。若當爲公子時，無庸屬其子也。劉向《新序》以夷姜爲宣公前妻，與《史記》略同，蓋皆三家詩說。獨《毛詩》與《左傳》合，不應舍此而信彼也。

「濟有深涉」，傳：「濟，渡也。」案：「濟」當作津渡解。渡水謂之濟，因而所從渡處亦謂之濟。《說文》：「津，水渡也。」「渡，濟也。」《方言》：「過渡謂之涉濟。」《水經·河水注》云：「名其津爲『君子濟』。」《晉書·石虎載記》：「起河橋于靈昌津，采石爲中濟。」此皆以「濟」爲渡名。此詩首章以「濟」與「匏」對，次章以「濟」與「雉」對，皆實字也。箋訓「濟有深涉」爲「渡處深」，此固以「濟」爲津濟。次章云「渡深水者必濡其軌」，則又以「濟」爲渡水矣。正義因之，言「濟此盈滿之水」。兩「濟」字虛實異義，非也。

「深則厲，淺則揭」，正義曰：「傳『由膝以上爲涉』、後傳『以衣涉水爲厲，謂由帶以上。揭，褰衣』，今定本如此。傳不引《爾雅》『由膝以下爲揭』者，略耳。涉者，渡水之名，非深淺之限。此深涉不可渡，則深於厲矣。『厲』言深者，對『揭』之淺耳。《爾雅》以深淺無限，故引《詩》以『由帶以上』『由膝以下』釋之，明過此不可厲也。揭者，褰衣，止得由膝以下；若以上，則褰衣不得渡，當須以衣涉爲厲也。見水不没人，可以衣渡。故言『由帶以上』。其實以『由膝以上』亦爲厲，因文有三等，故曰『由膝以上爲涉』。傳因《爾雅》成文而言之耳，非解此經之『深涉』也。鄭注《論語》及服注《左傳》皆云『由膝以上爲厲』者，以揭衣、褰衣止由膝以下，明膝以上至由帶以上總名『厲』也。」毛西河曰：「《爾雅》云：『以衣涉水爲厲。』謂衣褌入水耳。又云：『繇膝以下爲揭，繇帶以上爲厲。』何也？蓋言水淺及膝，可揭衣以涉，是爲『繇膝以下』。假水深及帶，則需衣褌入水矣，然帶以上若故，故曰『繇帶以上』。以此推之，似厲以帶爲節，故有時帶亦稱厲，《方言》『厲謂之帶』、《小爾雅》『帶之垂者謂之厲』、《都人士》『垂帶而厲』是也；有時水碕及帶亦稱厲，《衛詩》『有狐綏綏，在彼淇厲』是也。若衣褌入水，介自帶上，亦稱厲，『深則厲』是也。」承珙案：《爾雅》此篇首引《詩》「濟有深涉」三句，而釋之曰：「揭者，褰衣也。以衣涉水爲厲。」此二語專釋此詩。其深淺之限，以褰衣不褰衣爲别耳。下乃廣釋涉水之名，有「繇膝以下爲揭、繇膝以上爲涉，由帶以上爲厲」三科。《雅》意蓋以膝爲準而分上下，言凡涉水者有此三限，似不專釋此詩。毛傳則引「由膝以上爲涉」訓詩「涉」字，又引「以衣涉水爲厲」而曰「謂由帶以上也」。此毛公善解《爾雅》，恐學者疑「厲」有二法耳。至引「揭者，褰衣」，義訓已明，故不必更引「由膝以下爲揭」。總之，毛公用《雅》證《詩》，蓋以由膝以上爲涉之正限，深於此而上於帶則爲厲，淺於此而褰其衣則爲揭耳。正義謂傳引「由膝以上爲涉」特因《爾雅》成文，非是。段懋堂云：「傳當作：『以衣涉水爲厲，由帶以上爲厲。』《爾雅》有二説，而並存之。定本出於小顏，恐屬肊改。」案：此説亦未必然。

《毛鄭詩考正》曰：「毛傳義本《爾雅》。然以是説《詩》，既『以衣涉水』矣，則何不可涉乎？似與詩人託言不度淺深，將至於溺不可救之意未協。許叔重《説文解字》：『砅，履石渡水也。』引《詩》『深則砅』。字又作『濿』，省用『厲』。《水經·河水》篇云《段國沙州記》：吐谷渾於河上作橋，謂之『河厲』。此可證橋有厲之名。詩之意以淺水可褰衣而過，若水深則必依橋梁乃可過，喻禮義之大防不可犯。《衛詩》『淇梁』『淇厲』並稱，厲固梁之屬也。」邵氏《爾雅正義》曰：「古字假借，義相貫通，不得專主一解。《衛風》言『淇厲』，無妨橋有『厲』名；至於『深則厲』之文，當從《雅》訓，不可易也。《列子·説符》篇：『懸水三十仞，圜流九十里，有一丈夫方將厲之。』是厲爲以衣涉水也。《説文》解『涉』字云：『徒行厲水也。』是許氏未嘗不以『厲』爲以衣涉水矣。」段氏《説文注》云：「履石渡水乃水之至淺，尚無待於揭衣者，與『深則厲』截然二事。『厲』『砅』同音，故《詩》容有作『砅』者。許稱之以明假借。《釋文》引《韓詩》『至心曰厲』，《玉篇》作『水深至心曰砅』。蓋《韓詩》作『深則砅』，假『砅』爲『厲』，故許稱之歟。若如戴説，許當徑云『石梁』，不當云『履石渡水』矣。」承珙案：戴謂「以衣涉水則何不可涉」。此言非是。以衣涉水對褰衣而言，蓋淺則褰衣可使無濡，深則濡衣至帶而猶可渡，故須度其深淺之宜。若有橋梁可依，無所庸度。且即水淺亦何妨從橋，不必云「深則」「淺則」矣。《釋文》引《韓詩》「至心曰厲」，即《爾雅》「由帶以上」之義。《論語集解》引包注：「以衣涉水爲厲。揭，揭衣。」

《後漢書・儒林傳》：包咸本習《魯詩》。此所解用《爾雅》，亦與毛同，故知毛傳未可非也。

「濟盈不濡軌」，段懋堂曰：「軌非轍迹之名，毛傳本作『由輈以下爲軌』，此以車之高下言軌也。高誘注《淮南子》云『兩輪之間爲軌』，❶此以車之廣狹言軌也。毛傳『以下』誤作『以上』，故以車軾前之軓解之。而《禮記・少儀》正義、《開成石經》竟作『濟盈不濡軓』。《釋文》『軌，舊龜美反』，是晉宋古本皆作『軌』也。」又曰：「毛言『由輈以下』，則輿下之輈，軌也；輈下之軸，軌也；虛空之處未至於地，皆軌也。濡軌者，水濡輪間空虛之處，而至於軸，而至於輈，則必入輿矣。」王懷祖曰：「《釋文》：『軌，舊龜美反，謂車轊頭也。依傳意，宜音犯。案：《說文》云：「軌，車徹也。從車，九聲。」龜美反。「軓，車軾前也。從車，凡聲。」音犯。車轊頭，所謂軌也。相亂，故具論之。』李成裕曰：『「軌」字自有二義。其訓爲車轍者，《中庸》「車同軌」是也；其訓爲車轊頭者，《少儀》之「祭左右軌范」是也。軌、范並言，則顯然兩物矣。《少儀》注云：「祭兩軹祭軓，軌與軹於事同，今本「事」譌作「車」，據孔疏改正。謂轊頭也；軓與范聲同，謂軾前也。」正義云：軌謂轂末。《周禮・大馭》「祭兩軹祭軓」，此云「祭左右軌范」，兩文正同。則左右軌與兩軹是一事，故云：「軌與軹於事同，謂轊頭也。」又云：轂末之軌，此經「左右軌」是也。其車徹亦謂之軌，則《考工記》「經涂九軌」是，與此字同而事異也。合《周禮》《禮記》觀之，是車轊頭謂之軹，又謂之軌。轊頭在軓之下，車之濟盈必濡其轊頭，不必作『軓』也。且以古音言之，軌居酉反，牡莫九反。此章『瀰』『鷕』『盈』『鳴』『軌』『牡』用韻甚密，若『軌』字作『軓』，則

❶「淮南子」，段氏《說文解字注》《毛詩故訓傳定本》《經韻樓集》均作「呂氏春秋」。

出韻矣，無是理也。此處訓詁當用鄭轊頭之説爲確。《集傳》讀『軌』爲『九』音，是也。但訓『軌』爲『轍』，轍非車上之物，則不可以言『濡』矣。成裕此説足正唐以後傳注相沿之誤。蓋傳文本作『由輈以下爲軌』，車軸在輈之下，其兩端出轂外者謂之轊頭，又謂之軌，故曰『由輈以下爲軌』。『上』『下』字形相近，又因上章傳有『由膝以上爲涉』，『由帶以上爲厲』之文，遂誤作『上』耳。鄭君不言其誤，則所見本尚未誤也。《釋文》曰：『軌，舊龜美反，謂車轊頭也。』蓋徐邈、阮侃、王肅、江惇、干寶、李軌諸人所見本並作『由輈以下爲軌』，故有『車轊頭』之訓。陸德明、孔穎達所見本始誤作『上』，故陸云『依傳意宜音犯』；而孔遂以『軌』爲『軓』之譌，且以爲軌是車轍，轊頭謂之軹，不謂之軌，《少儀》『軌范』之『軌』當爲『軹』，其説與《禮記正義》自相矛盾。《唐石經》因之，改『軌』爲『軓』，誤矣。或謂轊頭與車轍不宜同名，不知車中之物固有異事而同名者。《考工記》『軹崇三尺有三寸』注曰：『軹，轂末也。』又『去三以爲軹』注曰：『鄭司農云：軹，小穿也。』又『去一以爲軹圍』注曰：『軹，輢之植者、衡者也，與轂末同名。』又《少儀》注云：『軌與軹於事同，謂轊頭也。』然則輢之植者、衡者謂之軹，轂末小穿謂之軹，轊頭亦謂之軹；轊頭謂之軌，車轍亦謂之軌，皆異事而同名也。《晏子春秋·諫篇》曰：『景公爲西曲潢，其深滅軌。』亦謂轊頭爲軌也。」承珙案：馮氏《名物疏》曰：「羅中行云：『車輪廣狹高下皆定於軌。軌同，則轍迹亦同。後人因謂車轍亦曰軌。《曲禮》「驅塵不出軌」，以高下言；《中庸》「車同軌」，以廣狹言。蓋車輪崇六尺六寸，軌居輪中，若濡軌則水深三尺三寸。此謂轂末之軌也。』予謂『軌』『軓』二字，書者易混；式前、轂末二處，皆水可濡。孔仲達不知軹亦名軌，乃謂《少儀》字誤。朱子但取『軌』『牡』叶韻，而不知軌之爲軹，遂以車轍釋之。轍跡，特車行之見於地者，豈可濡乎？當從羅氏爲長。」

據此，是羅馮之説皆與李成裕同。毛傳云：「瀰，深水也。盈，滿也。深水，人之所難也。」其下云：「違禮義，不由其道，猶雉鳴而求其牡矣。」此謂水深必至濡軌，犯禮必至爲非，今濟既盈而不知其濡軌，猶之牡是求而不知其非偶矣。此承上章「深則厲」二句，更進一層：上祇言男女宜有禮義，此直言其犯禮不顧矣。但「濟盈有濡軌之道，雉鳴無求牡之理」二句，語意反正不同。箋云：「渡深水者必濡其軌，言『不濡』者，喻夫人犯禮而不自知。雉鳴反求其牡，喻夫人所求非所求。」此以濡軌、求牡皆喻夫人爲是。《集傳》謂以濟盈興雉鳴，然後以雉求其牡比淫亂之人，非也。

「旭日始旦」，《釋文》：「旭，許玉反。徐又許袁反。《説文》讀若好。《字林》呼老反。」今本《説文》作「讀若勖」。盧召弓曰：「勖，從力，冒聲。知亦讀若好也。《爾雅·釋訓》：『旭旭、蹻蹻，驕也。』《釋文》：『旭旭，郭呼老反。』邢疏曰：『郭讀旭旭爲好好。《小雅·巷伯》云：「驕人好好。」』」承珙案：「徐又音許袁反」者，《集韻》《類篇》亦引徐邈讀許元切，是徐所見本不作「旭」。《易》「旴豫」，《釋文》：「旴，姚作旴，云日始出，引《詩》『旴日始旦』。」今考姚所引《詩》「旴」當作「旰」，从干，不从于。《説文》《玉篇》皆無「旴」字。旰，《説文》雖訓「晚」，然《日部》又云：「暤，旰也。」《玉篇》：「暤，明也，旰也。」是「旰」有明義。故《爾雅·釋天》注言：「氣皓旰。」《釋文》云：「旰，日光出也。」《文選·上林賦》「采色澔旰」、《景福殿賦》「皓皓旰旰，丹采煌煌」，皆取光明之義。「旰」从干，讀與「軒」同，「許袁反」正其音。是徐所見本亦必作「旰日始旦」，與姚氏同也。段注《説文》謂《集韻》《類篇》「許元切」，「元」乃「九」字之誤，今之音義又改「元」爲「袁」。使學者求其説，而斷不能得。如段説，必先以形近誤「九」爲「元」，後乃以聲近誤「元」爲「袁」。然《釋文》在《集韻》等之前已先有許袁反矣。段氏蓋未檢《易釋文》所引姚信注，故求其説而不得耳。

谷　風

《序》云：「《谷風》，刺夫婦失道也。衛人化其上，淫於新昏而棄其舊室，夫婦離絶，國俗傷敗焉。」《吕記》引朱氏曰：「皆述逐婦之辭也。宣姜有寵而夷姜縊，是以其民化之，而《谷風》之詩作。所謂『一國之事繫一人之本』者，如此。」此朱子初説也，其論甚正。至作《集傳》乃以爲未見化其上之意。朱氏《通義》曰：「民風善惡，何一不由上致之。王者陳詩，將以觀政。苟無關政化，焉取于風。」

「采葑采菲，無以下體」，傳：「葑，須也。菲，芴也。下體，根莖也。」箋云：「此二菜者，蔓菁與葍之類也，皆上下可食。然而其根有美時有惡時，采之者不可以根惡時并棄其葉。喻夫婦以禮義合，顔色相親，亦不可以顔色衰棄其相與之禮。」承珙案：此傳以葑爲須，《爾雅》則云：「須，葑從。」《説文》又云：「葑，須從。」其實乃一物三名，古今方俗語異耳。「須」「從」爲雙聲，「葑」「從」爲疊韻。《説文》紊呼之曰須從，毛傳單呼之則曰須，猶《爾雅》紊呼之曰葑從，單呼之亦可曰從。《禮記正義》引陸《疏》云「葑亦謂之從」是也。《齊民要術》引《爾雅》舊注云：「江東呼爲蕪菁，或爲菘。」「菘」「須」聲相近。今考「菘」，本當作「松」，「松」即「從」之同聲假借。《禮記·學記》「待其從容」注云：「從，或爲松。」是其證。郭注《爾雅》「須，葑從」云：「未詳。」《毛詩音義》「采葑」下引郭璞云：「今菘菜也。案江南有菘，江北有蔓菁。」此所引疑即景純《爾雅注》，傳寫脱去，誤以上文「蘢，天蘥」注「未詳」二字移并於下。陸氏所見係未脱之本。邢作疏時，蓋郭注已脱漏，乃以毛傳訓「葑」爲「須」者屬之「須，蕵蕪」。殊不知《詩》本言「葑」，毛故以「葑從」之「須」釋之。若「須，蕵蕪」，並無「葑」名。邢知有傳，而不知有經，亦惑矣。《釋文》云：葑，「《字書》作蘴」。《玉篇》：「葑，蕪菁也。」「蘴，蕪菁苗也。」《齊民要術》引《字林》亦云：「蘴，蕪菁苗。」其實一物，亦方俗語異耳。《方言》云：「蕪菁，紫華者謂之蘆菔。」王氏《廣雅疏證》謂《名醫別録》以蕪菁與蘆菔同條，蘆菔之白華者古亦名蕪菁，《方言》《別録》皆不誤。不知蘆菔雖或名蕪菁，而究不可以釋《詩》之「葑」。何也？采葑「無以下體」，葑之美自在葉。蘆菔即今之羅匐，其美在根，與「無以下體」語不合也。蘇頌《本草圖經》云：「蔓菁四時俱有，春食苗，夏食心，秋食莖，冬食根。」陳藏器云：「蕪菁，今并、汾、河、朔間燒食其根，呼爲蕪根。」蔓菁根莖惟秋冬可食，故箋云「有美時有惡時」矣。

菲者，《爾雅·釋草》凡兩見。一云「菲，芴也」，郭注：「即土瓜也。」一云「菲，蒠菜」，郭注：「菲草生下溼地，似蕪菁，華紫赤色，可食。」《詩正義》曰：「陸璣云：『菲似葍，莖麤，葉厚而長，有毛。三月中，烝鬻爲茹滑美，可作羹。幽州人謂之芴，《爾雅》謂之蒠菜，今河内人謂之宿菜。』《爾雅》『菲，芴』與蒠菜異釋，郭注似是別草。如陸璣之言，又是一物。某氏注《爾雅》二處引此詩。即菲也，芴也，蒠菜也，土瓜也，宿菜也，五者一物也。其狀似葍而非葍，故云葍類也。」承珙案：孫炎注《爾雅》以菲爲葍類，本之鄭箋。郭注以菲芴爲土瓜，本之《廣雅》。陸《疏》合二菲爲一，而不云名土瓜。郭所云「土瓜」乃《月令》之「王瓜」、《爾雅》之「鉤，睽姑」，非《詩》所謂「菲」也。據某氏、孫炎、陸璣之説，菲芴即菲、蒠菜無疑。毛傳但訓「菲」爲「芴」，不及蒠菜，正以其爲一物耳。據陸《疏》，蒠葉烝鬻爲茹滑美，是其美亦在葉。箋以菲爲葍類，而陸《疏》云葍一名蕾，其根正白，可著熱灰中温噉之。則其根或亦有美時耳，故詩人與葑並舉。《左傳》僖三十三年。臼季對晉文公，引此詩而曰：「君取節焉可也。」《坊記》鄭注云：「此詩故親今疏，言人之交當如采葑采菲，取一善而已，君子不求備於一人。能如此，則德美之音不離令名，我願與汝同死矣。」此雖不指夫婦，其爲節取之意則同。自程大昌云：「古人用牲，以上體爲貴。蕪菁則葉可食而不如其根之美，故采葑者不棄下體。」此雖亦本《坊記》鄭注「君子不盡利於人，無以其根美則并取之」，然可以注《禮》而不可以釋《詩》。何氏《古義》因之，言二物根爲美，詩人謂采葑采菲，得無以下體之故乎？此解殊與詩意不合。至錢氏以爲下體莖葉近地，多黄腐，嚴《緝》同。此則凡菜皆然，詩人何獨言葑菲乎？

「行道遲遲，中心有違」，傳：「違，離也。」蓋謂有違者爲有離别之意。《釋文》引《韓詩》云：「違，很也。」《説文》云：「很，不聽從也。一曰行難也。」《韓詩》以「違」爲「很」，即「行難」之義。箋云：「違，徘徊也。行於道路之人至將離别，尚舒行，其心徘徊然，喻君子於己不能如也。」毛、韓、鄭三説略同。至「薄送我畿」，箋云：「言君子與己決别，不能遠，維近耳。送我裁於門内，無恩之甚。」何氏《古義》曰：「此非真謂其夫之送之。言我既行矣，汝與我決别，即不敢望其遠，獨不可近相送而一至於畿乎。奈何其不一顧也。《白虎通》云：『出婦之義，必送之，接以賓客之禮。君子絶，愈于小人之交。《詩》云：「薄送我畿。」』正謂此也。」承珙案：何説於「不遠伊邇」之言更覺微婉。下文云「比予于毒」，又云「有洸有潰，既詒我肄」，其夫之相遇如此，豈復循送婦之禮。《白虎通義》引此詩爲送出婦之禮，以見其夫之不以禮送，此必本三家詩，似較箋義爲勝。

惠定宇曰：「《吕覽》：『出則以車，入則以輦，務以自佚，命之曰招蹷之機。』高誘曰：『招，至也。蹷機，門内之位也。乘輦至于宫中遊翔，❶至于蹷機，故曰務以自佚也。《詩》曰：「不遠伊邇，薄送我畿。」此不過蹷之謂。』『畿』與『機』古字通。」承珙案：《説苑·政理》篇：「修近理内，正橛機之禮，壹妃匹之際。」蔡邕《司徒袁公夫人馬氏靈表》云：「不出其機，化導宣暢。」此皆以「機」爲「畿」。

「涇以渭濁，湜湜其沚」，傳：「涇渭相入而清濁異。」正義曰：「此以涇濁喻舊室，以渭清喻新昏，取相入而清濁異，似新舊相並而善惡別。」箋云：「小渚曰沚。涇水以有渭，故見謂今本「見謂」作「見渭」，從正義引改。濁。湜湜，持正貌。喻君子得新昏，故謂己惡也；己之持正守初，如沚然不動摇。」毛鄭皆以涇喻舊室，渭比新昏，但傳意以湜湜爲渭之清，以比新昏之美；箋謂湜湜爲持正，以比己之持正守初，則「其沚」指涇言之。經本作「止」，鄭則讀「止」爲「沚」。程氏謂涇濁而渭清，今涇反以渭爲濁。嚴《緝》即用其説。《吕記》云：「涇，新昏也。渭，舊室也。涇渭既合，則清濁易惑。於洲渚淺處視之，渭之清猶可見也。」此皆與傳箋相反。《東萊遺集》又有説云：「既看得涇水濁，愈見得渭水湜湜然清潔可喜，此所以『宴爾新昏，不我屑以』也。」此又以渭清比新昏，與《詩記》之説自相矛盾。然後説於傳箋有合，亦於經文較爲融貫也。

「不我能慉」，《釋文》云：「慉，許六反。毛：興也。鄭：驕也。《説文》：起也。王肅：養也。」據此，是今本傳云「慉，養也」乃王肅所改。正義云「偏檢諸本皆云『慉，養』」，以孫毓引傳云「慉，興者」爲非，不知陸所見本即與孫同。且孫朋于王者，尚引傳爲「興」，可知古本必不作「養」矣。《毛鄭詩考正》曰：「《説文》『慉，

❶「至」，《四部叢刊》本《吕氏春秋·本生》無。

起也』，引此詩。《小雅·蓼莪》篇『拊我畜我』，箋亦訓爲『起』。起，如《晉語》『世相起也』之起，韋注云：『起，扶持也。』『不我能慉』蓋承上章『何有何亡，黽勉求之。凡民有喪，匍匐救之』，自言盡心力如此，而其夫乃不以爲能相扶持起家，反讎視之。《蓼莪》篇上言『鞠我』，既爲哺養；下言『育我』，又爲覆育。而『畜我』承『拊我』下。拊，撫摩也；畜，扶持也，『畜』亦當作『慉』，省文假借耳。」承珙案：「慉」訓爲「興」，即謂興起家道。言不以我爲能興起家道，即下文所謂「既阻我德」也。「不我能慉」，似當作「不以我能慉」。《蜀石經》殘刻「不」下有「以」字。《後漢書·竇融傳》注引《詩》云：「不以我爲德，反以我爲讎。」此「爲德」二字雖或有誤，然固可證「不」下有「以」字也。

《説文》：「慉，起也。」引《詩》「能不我慉」。段注云：「許所據如此，與『能不我知』『能不我甲』句法同。『能』讀爲『而』。」承珙案：《説文》所引詩，或以爲是《我行其野》篇「爾不我畜」之異文。然《呂記》引董氏曰，孫毓、王肅詩並作「能不我慉」。此正與《説文》同，自是所據本異。但如段所言，以《説文》訓「慉」爲「起」者，與傳「慉，興也」義同，則經文「能不我慉」當解作「而不我起」，文義不順。或者傳「興」字如《爾雅》「廞、熙，興也」之「興」。鄭注《樂記》云：「興之言喜也，歆也。」孔疏引《爾雅》作：「歆、喜，興也。」《文選》潘安仁《關中詩》「如熙春陽」李善注引《爾雅》：「熙，興也。」《説文》：「興，悦也。」顔延年《和謝監靈運詩》「興玩究辭棲」注亦引《説文》：「興，悦也。」是古本《説文》「興」下尚有「悦也」一訓。或毛傳訓「慉」爲「興」，乃喜悦之意，《詩》言「而不我悦，反以我爲讎」，於義亦通。

「昔育恐育鞫，及爾顛覆」，《蜀石經》「恐」下無「育」字。承珙案：傳云：「育，長。鞫，窮也。」箋云：「昔育，育稚也。及，與也。昔幼稚之時，恐至長老窮匱，故與女顛覆盡力，於衆案：「衆」當作「家」。正義釋經云「我與汝顛覆盡力於家事」，即用箋語。上箋兩云「君子之家事」，可證。今十行本、相臺本、毛本皆作「衆」，誤。事難易無所辟。」傳云「育，長」者，「長」訓長養，謂昔時於長養之道恐至窮匱，故我與爾顛覆盡力於家事。下文「既生既育」，謂既遂其生，既得所長，二「育」字同義，故於「既育」無訓。《爾雅·釋詁》「育，長也」郭注：「育，養，亦爲長。」此正以「長」爲長養，與孟耆艾爲長老、正伯爲官長者別，如台、朕、陽爲予我之予，賚、畀、卜爲賜予之予。《爾雅》每有此例。箋以「昔育」之「育」爲幼稚，「既育」之「育」爲長老。正義曰：「以『育』得兩訓，故《釋言》爲『稚』、《釋詁》爲『長』；以經有二『育』，故辨之。」今《爾雅·釋言》：「幼、鞠，穉也。」「鞠」與「育」同。承珙又案：箋云「昔育」者，對「既育」言之，於「既生既育，比予于毒」乃云「生謂財業也，育謂長老也」。鄭雖以「昔育」爲「稚」，「既育」爲「長」，與毛異，其於「昔育」句亦必無二「育」字。所云「昔幼稚之時，恐至長老窮匱」者，乃探下文「既育」言之，非因「恐」下有「育」字而訓以長老也。若經文作「恐育」，則箋當云「昔育，幼稚也。恐育，長老也」，然後云「昔幼稚之時，恐至長老窮匱」矣。此可見傳箋本皆當作「昔育恐鞠」四字爲句，《蜀石經》所據當不誤也。

翁氏《詩附記》曰：「顧氏炎武以『鞠』『覆』『育』『毒』皆轉通『讎』『售』爲韻，蓋泥於第一句『慉』字轉音許求反。此作繭自縛也。愚謂此章後四句自爲韻，不必與首句相叶。而『慉』『德』二句却未嘗不自爲韻，此即屋、職通用也。」承珙案：翁說非是。戚氏學標《毛詩證讀》曰：「《逸周書》『民善之，則畜也；不善，則讎也』，讀『畜』如『齅』。《夏小正》『鞠則見』，解者謂即『噣』，讀如呪。《書》古文『教育子』，『育』今作『胄』。《淮南子》『令民知所避就，一日而遇七十毒』，『毒』亦讀竇。若『覆』字，則今本兩讀。《封禪頌》：『自我天覆，雲之油油。甘露時雨，厥壤可游。滋液滲漉，何生不育。嘉穀六穗，我穡曷畜？」音讀與此相倣。自韻書與四聲界限判然，豈知古音口齒遠近，間有自然相就者，惟達者能知其通。」

「伊余來塈」，傳：「塈，息也。」段懋堂曰：「『塈』即『呬』之假借。《大雅》『民之攸塈』，正義引《爾雅·釋詁》云：『呬，息也。』某氏曰：『《詩》云「民之攸塈」。』此當作「呬」。蓋三家詩作『呬』，《毛詩》作『塈』。」惠氏《古義》云：「塈，仰涂也。非休息之謂。正義以『塈』與『呬』爲古今字，未知何據。《釋詁》云：『憩、休、呬，息也。』《玉篇》云：『㞢，息也。今爲憩。』『㞢』與『塈』字相似，毛公傳《詩》多據《爾雅》。《說文》無『憩』字，則《釋詁》『憩』字當依《玉篇》作『㞢』。《谷風》『伊余來塈』及《大雅》『民之攸塈』皆從土、既，或古字假借，以『塈』爲『㞢』。」承珙案：孔疏引某氏注《爾雅》引《詩》「民之攸呬」，是《詩》本有作「呬」者，則「塈」爲「呬」之假借無疑。惠氏雖據《玉篇》以「㞢」爲古「憩」字，然《玉篇》「㞢」下本不引《詩》，未可即以「㞢」字爲《詩》「塈」字之假借。如《玉篇·心部》又云：「㤅，息也。」此「㤅」字，《說文》以爲古文「愛」字，而後人亦有以爲《詩》「塈」字者，皆誤。「伊余來塈」對「既詒我肄」，而言今遺我以勞苦之事，不念昔者我初來之時，猶能以禮相待而安息我也。黄氏一正引《葛屨》毛傳「婦三月廟見，然後執婦功」，故婦初來曰息。此亦足以發明經義。

式微

《序》云：「《式微》，黎侯寓于衛，其臣勸以歸也。」《旄邱》箋云：「黎國在衛西，今所寓在衛東。」考黎侯本國自在漢上黨郡之黎亭。《説文·邑部》:「𨞲,殷諸侯國,在上黨東北。《商書》:『西伯戡𨞲。』」《漢·地理志》「上黨郡壺關縣」應劭曰:「黎侯國也。今黎亭是。」《通典》:「潞州上黨縣,古黎侯國。西伯戡黎,即此。漢爲壺關縣。」又云:「壺關縣,古黎國地,有羊腸坂。後魏移壺關縣於此。」《括地志》云:「故黎城,黎侯國也。在潞州黎城縣東北十八里。」據此,是唐宋時潞州之上黨、黎城、壺關三縣皆古黎國地,但其故墟則實在黎亭。故王存《九域志》云潞州黎侯亭在黎侯嶺上。《左傳》:晉滅赤狄潞氏,數之以奪黎氏地之罪。杜注云:「黎氏,黎侯國。上黨壺關縣有黎亭。」此即「戡黎」之「黎」,亦即《詩》之黎國。若魏郡之黎陽,本屬衛地。《水經》「河水又東北過黎陽縣南」注:「黎侯國也。《詩·式微》黎侯寓于衛是也。」又《瓠子河》注:「瓠河又東逕黎縣故城南,王莽改曰黎治矣。孟康曰:『今黎陽也。』薛瓚言:『按黎陽在魏郡,非此黎縣也。』世謂黎侯城,昔黎侯陽寓于衛,《詩》所謂『胡爲乎泥中』,毛云泥中邑名,疑此城也。土地汙下,城居小阜,魏濮陽郡治也。」據酈注,蓋誤以黎陽爲黎侯國,黎縣爲黎侯寓衛之地。《漢書·地理志》黎縣屬東郡,爲今直隸大名府開州地。泥中在開州南,旄邱在開州西。黎陽屬魏郡,在今河南衛輝府濬縣西。濬縣之西即開州之東。二者皆衛地,皆以黎侯寓此得名。《寰宇記》謂黎陽縣以黎侯寓衛居之得名,是也。不得以黎陽爲其本國,黎縣爲其寓居。至《元和郡縣志》:「黎邱在鄆城縣西四十五里,黎侯寓于衛,因以爲名。」鄆城縣今屬曹州府,爲漢東郡壽良縣地。此當别是一黎,非黎侯所寓之地也。

朱子《詩序辨説》引陳氏曰:「説者以此爲宣公之詩。然宣公之後百餘年,衛穆公時,晉滅赤狄潞氏,數之以奪黎氏之地。然則此其穆公之詩乎。」劉氏瑾曰:「黎侯臣子有勸歸之辭,黎之宗社疑未滅也。豈其後黎再復國，至衛穆公時方爲赤狄所滅歟？　此詩雖未見其必作於衛宣之時，亦未必作於衛穆時也。」劉氏詔江《詩益》曰：「《衛・凱風》以下時世多闕，但此篇既次宣公詩《新臺》《乘舟》之前，云穆公時詩者，固非義也。」承珙案：變風終于陳靈。陳靈被弒在春秋魯宣公十年，晉滅赤狄在魯宣公十五年。當衛穆公時，去衛宣公之世已百餘年矣。惟在衛宣公時，桓文未興，故黎臣以救災恤鄰望之於衛。若在穆公時，則齊晉迭主夏盟，不當復以責衛矣。

詩中人名地名，毛公必有所受。傳以「中露」「泥中」爲衛之二邑，李迂仲既誤以爲鄭氏，而又譏其無據。古地名豈皆有據乎？《黄氏日鈔》又云：恐無一身處二邑之理。不知處之以二邑者，謂以二邑之所出贍恤之耳，豈必令其分身而處之乎？　且春秋齊景爲昭公取鄆圍成，非二邑乎？　此等皆拘墟之見也。《水經注》以泥中在濮陽，郡治則中露，當相去不遠。　段氏懋堂云：「《泉水》之『禰』，《韓詩》作『坭』，當即泥中之地。《廣韻》：坭，地名。」承珙案：鄭注《士虞禮》引《泉水》「飲餞于禰」，《釋文》云：「禰，劉本作泥。」是不獨《韓詩》作「坭」，且有竟作「泥」者，段説似爲有據。　但其云：「當以『露』與『泥』爲邑名，『泥中』猶言『邑中』，『中露』猶『泥中』也，即中林、林中之例。　從來連『中』字爲邑名者，非。」殊不知春秋時邑名上下連「中」字者，魯有中邱，晉有中牟，鄭有中分，晉又有平中，安見「中露」「泥中」必不可連「中」字爲邑名乎？　《路史・國名紀》：高辛氏後有中路。　又《炎帝紀》：「潞子嬰兒，甲氏留吁姜路之餘，晉滅之。　後有潞氏、路氏、中路氏。」據此，疑《詩》「中路」本國名，而以爲邑名者也。

旄丘

《序》云：「《旄丘》，責衛伯也。」《詩序辨説》謂其見詩有「伯兮」二字，遂以爲責衛伯，誤矣。朱氏《通義》曰：「武王封康叔于衛，本牧伯，故《康誥》稱『孟侯』。孟侯者，五侯之長也，非伯而何？《史記·衛世家》自頃公以前七世皆名伯。此可證矣。黎侯以狄難來告，正望其修先世連率之職，故《序》云責衛伯也。不應詆其誤。」承珙案：《史記》衛自康叔至貞伯不稱侯，頃侯賂夷王，始爲侯。孔氏《詩正義》因謂康叔之後爲時王所黜，頃侯故賂夷王而復之。此説本不足信，司馬貞索隱駁之極明。《詩序》之「衛伯」，自是方伯之伯。惟《序》云「衛伯」是責其君，《詩》稱「叔伯」則指衛之諸臣，所謂不斥其君而責其臣，婉辭也。豈得謂見《詩》有「伯兮」，遂以爲衛伯？作《序》者不應牽合如此也。至《序》云「責衛伯」者，是推本詩人之意，不必定《詩》詞所有。《三百篇》往往有此。毛傳專釋《詩》詞，故兩言大夫，但以「伯叔」指衛之諸臣，而並不及其君。《序》與傳各明其義，仍兩不相悖耳。

「旄丘之葛兮，何誕之節兮」，傳：「興也。前高後下曰旄丘。諸侯以國相連屬，憂患相及，如葛之蔓延相連及也。誕，闊也。」姚氏《識名解》云：「誕與覃通，猶葛覃之覃。《書》『誕敷』亦作『覃敷』，是其明證。覃，延也。《詩》蓋曰：『旄丘之上有葛，其節何延蔓而長，雖前高後下之邱，猶遠相及。而我之伯叔同處一地，乃多日而不相恤，是何心也？』傳釋『誕』爲『闊』，於義無據。」承珙案：《詩》言葛者，多取延蔓之義。此傳以葛之連屬興諸侯憂患相及，取義自確。其訓「誕」爲「闊」，即「延」字引申之義。蔓愈長，則節愈闊，已有爲時甚久之意，故下傳云「日月以逝，而不我憂」。姚説謂訓「闊」無據，非是。至鄭箋云：「土氣緩則蔓生闊節。興者，喻此時衛伯不恤其職，故其臣於君事亦疏廢也。」姚氏曰：「葛自有節，初生節密，後延蔓則愈長。此自然之理，非關土氣。鄭氏緣詩説物，於物情未必有當也。」

「何其處也，必有與也」，傳：「言與仁義也。」「何其久也，必有以也」，傳：「必以有功德。」正義云：「言『與』言『以』者，互文。以者，自己於彼之辭；與者，從彼於我之辭。故傳此『言與仁義』，不云『必』，由『與』自彼來。下云『必以有功德』，是自己情，故云『必』也。」案：此疏析義甚精。其實，「與」「以」二字本通。《漢書·劉向傳》注曰：「以，由也。」此「必有以」者，言「必有由」也。《廣雅》：「以，與也。」《江有汜》《擊鼓》《桑柔》箋並云：「以，猶與也。」然則「必有與也」與「必有以也」義當略同。《吕氏春秋·審應覽》：成公賈諫荆莊王曰「有鳥止于南方之阜，三年不動，不飛不鳴」云云，其下引《詩》曰：「『何其久也，必有以也。何其處也，必有與也。』其莊王之謂邪？」此亦大概言其遲久之必有所爲耳。毛公所謂仁義功德者，殆即詩意而推言之，非截然「與」「以」二字分屬仁義、功德也。讀者宜善會之。《儀禮·特牲饋食禮》：「主人西面再拜，祝曰：饗有以也。」注：「以，讀如『何其久也，必有以也』之『以』。」《釋文》云：「以，依注音似。」案：鄭所據必三家詩有讀「以」爲「似」者，故此讀從之。必有似也者，謂所以久於衛者，其君臣必似有相恤之意故也。然曰「似」，則非真能相恤可知矣。

「狐裘蒙戎，匪車不東」，傳：「大夫狐蒼裘。蒙戎，以言亂也。不東，言不來東也。」傳所謂「大夫」者，明指衛之大夫。蒙戎喻亂，與《左傳》士蒍所言同。匪車，猶言彼車。古人「匪」「彼」通用：《桑扈》「彼交匪敖」，襄二十七年《左傳》引作「匪交匪敖」，《漢書・五行志》引亦作「匪」；《采菽》「彼交匪舒」，《荀子・勸學篇》引作「匪交匪舒」；襄八年《左傳》引《詩》「如匪行邁謀」，杜注：「匪，彼也。」《廣雅》亦云：「匪，彼也。」毛公直云彼車不來東耳，鄭箋始以「匪」爲「非」，言「女非有戎車乎？何不來東迎我君而復之」。詞雖婉而義近迂。下文「靡所與同」，箋說亦不如傳之直截。「靡所與同」傳云：「無救患恤同也。」箋云：「衛之諸臣行如是，不與諸伯之臣同。言其非之特甚。」

「流離之子」，傳雖未明言所指，然於「褎如充耳」傳云大夫「有尊盛之服而不能稱」，則「之子」自指衛之諸臣。所謂始而愉樂，終以微弱，正謂衛臣不知救患恤同，苟且偷安，脣亡齒寒，終必及患，如鳥之少好不足恃耳。《稽古編》云：「衛不救黎，而狄患終及于衛。黎臣見微知著，故以流離喻之。夫子録其詩，示戒深矣。」

自來說「流離」者，皆以爲梟，惟姚氏《識名解》云：以《爾雅》文義按之，「上云鳥之雌雄不可別者，以翼右掩左雄，左掩右雌；下云二足而羽謂之禽，四足而毛謂之獸，皆統論鳥獸情狀。故謂凡鳥之少美長醜者，俱呼爲鶹鷅耳。況上既釋梟鴟，此不當復贅，明甚。後人因黄鳥有『栗留』『離留』之通，强以詩『流離』比例，且飾爲食母則醜之說，何其冤也。」承珙案：郭注《爾雅》但云「鶹鷅，猶留離，《詩》所謂留離之子」，並未嘗指爲梟。陸璣《詩疏》則云「自關而西謂梟爲流離」，且引張奐云「鶹鷅食母」。姚氏據《爾雅》上下文義，以鶹鷅爲凡鳥少美長醜者之通名，其解甚諦。惟不信《毛詩》之「流離」即鶹鷅，而仍用宋人「流離漂散」之說，殊不知《詩》字本作「留離」，觀郭注引《詩》及《爾雅釋文》云「留離」，《詩》字如此者可見。今《詩》作「流」者，乃後人所改。《詩釋文》云「流音留」者，亦後人所改耳。《詩》字既不作「流」，則宋人自王介甫後，俱以「漂散」解「流離」者，真所謂郢書燕説矣。

「褎如充耳」，《稽古編》曰：「漢武帝《策賢良》云『子大夫褎然爲舉首』，服虔注云：『褎然，盛服貌。』正祖此詩義。其云『多笑』者，康成之妄説耳。充耳即瑱，施于冕服，故爲盛飾。」承珙案：《漢書》注訓「褎」爲「盛服」，乃顔師古，非服虔。陳氏偶不檢察耳。《漢書·敘傳》又云：「樂安褎褎，古之文學。」顔注亦云：「褎褎，盛貌。」蓋「褎」本衣袂之名，从衣，从采，引申之爲盛飾，亦訓爲長。《生民》「實種實褎」，傳云「褎，長也」，箋云「枝葉長」是也。

簡兮

《序》云：「《簡兮》，刺不用賢也。」姜氏《廣義》曰：「賢者仕于泠官，詩人作此以刺時君之不用，非賢者自作也。詩言『碩人』多矣，無自譽而曰『碩人』者。」何氏《古義》曰：「『有力如虎』『赫如渥赭』，皆旁觀贊歎之辭，絶非自作之語。」朱氏《通義》曰：「朱子謂賢者有輕世肆志之心，若自譽而實自嘲，非也。既稱賢者，豈以輕世肆志爲心乎。魯仲連、東方朔之流，春秋時恐無此等人物。」

「方將萬舞」，傳：「以干羽爲萬舞。」箋云：「萬舞，干舞也。」何氏《古義》曰：「萬，《初學記》云：大舞也。所以名『萬』者，何休以爲象武王以萬人定天下，民樂之，故名之。然《商頌》曰『萬舞有奕』，《夏小正》曰『丁亥，萬用入學』，《竹書》『帝舜十七年春二月入學，初用萬』，則『萬』之稱，其來已久，或但取萬物得所之義耳。

毛傳：『以干羽爲萬舞。』案：武舞名干舞，言干，則有戚矣。文舞爲羽舞，言羽，則有籥矣。或又以文舞爲籥舞。吕祖謙云：『鄭康成據《公羊傳》以萬舞爲干舞，蓋《公羊》釋經之誤也。《春秋》書「萬入去籥」，言文武二舞俱入，以仲遂之喪，於二舞之中去其有聲者，故去籥焉。《公羊》乃以萬舞爲武舞，與籥舞對言之，失經意矣。若萬舞止爲武舞，則此詩與《商頌》何爲獨言萬舞而不及文舞邪？《左傳》：「考仲子之宫，將萬焉。」婦人之廟，亦不應獨用武舞也。然則萬舞爲二舞之總名，明矣。』又《左》莊二十八年：『楚令尹子元欲蠱文夫人，爲館於其宫側而振萬焉。夫人聞之，泣曰：「先君以是舞也，習戎備也。」』蓋謂萬舞之中有武舞焉，非專以萬舞爲武舞也。」承珙案：孔穎達於隱五年《左傳》疏云：「萬是舞之大名。萬、羽之異，自是《公羊》之説。」宣八年疏云：「尋杜注意，直云『萬，舞名』，不取《公羊》萬是干舞之義。」《詩》疏則從《公羊》説，以萬爲干舞，籥爲羽舞。而所引《韓詩》説，「萬」以夷狄大鳥羽，則是萬亦兼羽舞矣。又所引《異義》《公羊》説，亦云「樂萬舞以鴻羽」，尤自相牴牾。總之，舞有文舞有武舞，文舞，羽籥；武舞，干戚，統名曰萬舞。萬爲盈數，義取衆多。《魯頌》「萬舞洋洋」傳云：「洋洋，衆多也。」《初學記》引《韓詩章句》曰：「萬，大舞也。」故知毛説不可易矣。或又疑萬兼文武二舞，而詩何以止言「執籥」「秉翟」？不知上言「公庭萬舞」，則干戚羽籥皆備可知；次章「籥翟」，單就祭末錫爵時言之。蓋凡舞，皆先武而後文。陳氏《禮書》曰：「《書》言舞干羽，則先干而後羽；《樂記》言及干戚羽旄謂之樂，則先干戚而後羽旄；《郊特牲》《明堂位》《祭統》皆先《大武》而後《大夏》，漢樂先武德而後文始，唐樂先七德而後九功。」然則祭末正當文舞之時，故見其「執籥」「秉翟」，而繼之以「公言錫爵」也。

《稽古編》云：「如毛説，則爲舞者三：方，四方之舞也；日中，教國子弟之舞也；公庭，宗廟之舞也。鄭以『方將』爲方且，缺四方一舞。説小異而俱通。」承珙案：傳雖爲舞有三，然四方及教國子弟非一時之事，但言其平時職業有此，而當日詩人所見則以在宗廟公庭者爲正。下文「公言錫爵」乃公庭祭末之事，傳引《祭統》文者，以經有「秉翟」，而《禮》所言韗、胞、翟、閽、寺者，翟即秉翟之輩，故云「樂吏之賤者也」。賢者失職，至以畀翟之禮施之，賤斯甚矣。胡氏紹曾曰：「錫爵之禮，舊以公庭爲宗廟，故云祭末勞翟。」朱子不拘祭祀，故引「獻工」。《毛詩明辨》曰：「萬舞文武俱備，惟於大祭祀用之。燕禮恐無萬舞之事，終以從毛鄭爲妥。」

「執轡如組」，傳：「組，織組也。御衆有文章，言能治衆。動於近，成於遠也。」惠氏《古義》曰：「《呂氏春秋・先己》篇曰：『《詩》曰：「執轡如組。」孔子曰：「審此言也，可以爲天下。」子貢曰：「何其躁也。」孔子曰：「非謂其躁也，謂其爲之於此而成文於彼也。」聖人組修其身而成文於天下矣。』大毛公與呂氏同時，蓋皆有所受之也。」承珙案：《淮南・繆稱訓》亦云：「聖人在上，化育如神。大上曰『我其性與』，其次曰『微彼，其如此乎』，故《詩》曰『執轡如組』，《易》曰『含章可貞』。動於近，成文於遠。」此亦與毛義同。《鄘風・干旄》傳云：「紕所以織組也。總紕於此，成文於彼，願以素絲紕組之法御四馬也。」正義以「總紕」二語爲《家語》文。今《家語・好生》篇云：「《邶詩》云『執轡如組』，『兩驂如舞』。案：四字宜衍。引《邶詩》，不引《鄭風》。孔子曰：『爲此詩者，其知政乎！夫爲組者總紕於此，成文於彼，言其動於近，行於遠。執此法以御民，豈不化乎！《干旄》之忠告至矣哉！』」觀此諸書所引，足知毛公傳義多本七十子之遺言，其來古矣。

「左手執籥」，傳：「籥六孔。」《説文》：「龠，樂之竹管，三孔，以和衆聲也。」又《竹部》云：「籟，三孔龠也。大者謂之笙，其中謂之籟，小者謂之箹。」段注云：「《毛詩》傳曰『籥六孔』，許『籥』下當從毛，今作『三孔』者，爲淺人所亂。然於此可以正彼。此云『三孔龠』者，謂龠之三孔者，則名籟也。其大者蓋六孔矣。鄭注《笙師》《少儀》《明堂位》皆云：『籥如笛，三孔。』鄭專爲籟耳。」承珙案：段説是也。趙注《孟子》、郭注《爾雅》、應氏《風俗通》皆同鄭注，以籥爲三孔，蓋皆舉其中者言之。若《廣雅》又云「籥七孔」，此則以籥有「笛」名，故單舉笛孔言之。《説文》：「笛，七孔筩也。羌笛三孔。」亦猶籥爲六孔，而籟別爲三孔龠耳。

「山有榛」，《稽古編》曰：「《説文》：『榛，木也。从木，秦聲。』『亲，果實如小栗。从木，辛聲。』《鳲鳩》釋文云：『榛，木叢生也。《字林》榛木之字從辛、木，云似梓，實如小栗。』《廣雅》云：『木叢生曰榛。』『亲，栗也。』皆以榛、亲爲兩植。今經傳概作『榛』，無復辨矣。案，此詩『山有榛』，《鄘》『樹之榛栗』，《曹》『其子在榛』，《小雅》『止于榛』，《大雅》『榛楛濟濟』，凡五見。以文義觀之，《鄘》之『榛』與『栗』並言；《曹》之『榛』上有『梅』、下有『棘』，棘者小棗，皆果實，二『榛』其亲乎！『止于榛』，前二章爲『樊』與『棘』，毛云『榛所以爲藩也』，孔云棘榛皆『爲藩之物』，故此棘是茦音册。刺，非小棗，則『榛』亦非小栗也，其叢生之榛乎！餘二『榛』，經無明據，然陸《疏》謂『山有榛』與『樹之榛栗』，子皆味如栗。《周語》引《旱麓》詩『榛楛濟濟』，韋昭注云：『榛似栗而小。』則《邶》與《大雅》之『榛』，先儒皆以爲栗實也，字當作『亲』矣。」承珙案：陳説是也。「亲」「榛」二字本別，經傳則「榛」「亲」多溷爲一。《詩》有五「榛」，大抵多係「亲」字。《太平御覽》《齊民要術》皆引《詩義疏》，云榛有兩種。其一種，子如杼子、味似栗者，既明指爲「山有榛」及「樹之榛栗」，此即《説文》

「實如小栗」之「亲」。其一種形如木蓼，生高丈餘，作胡桃味，遼、代、上黨皆饒者，此即李時珍《本草》所謂「實如櫟，上壯下鋭，生青熟褐，殼厚而堅，仁白而圓，大如杏仁，亦有皮尖」，遼東軍行食之當糧者，今人尚名榛子。此非《詩》中所有。《鳲鳩》之「榛」，陳氏云：「曹在兖豫間，未必産遼果。」是也。《大雅》之「榛」與「楛」並言，《山海經·西山經》「下多榛楛」，郭注亦云「榛子似栗而小」，與韋昭同。至《青蠅》之「榛」，《説文》「榛」下「一曰叢木也」，今本作「一曰菆也」，誤，惟《一切經音義》所引不誤。陳氏云：「《詩》五言『榛』，爲果實者四，惟《小雅》之『榛』爲叢木。」可爲確詁。

「隰有苓」，傳：「下溼曰隰。苓，大苦。」《説文》「苦」下云：「大苦，苓也。」段注云：「見《邶風》《唐風》毛傳。《爾雅·釋草》『苓』作『蘦』，孫炎注云：『今甘草也。』按《説文》『苷』字解云甘草矣，倘甘草又名大苦又名苓，則何以不類列而割分異處乎？且此云『大苦，苓也』，中隔百數十字又出『蘦』篆，云『大苦也』，此『苓』必改爲『蘦』而後畫一。即畫一之，又何以不類列也？考周時音韻，凡『令』聲皆在十二部，今之真臻先也；凡『霝』聲皆在十一部，今之庚耕清青也。《簡兮》『苓』與『榛』『人』韻，《采苓》『苓』與『顛』韻，倘改作『蘦』，則爲合音而非本韻。然則《釋草》作『蘦』，不若《毛詩》爲善。許君斷非於『苦』下襲《毛詩》、於『蘦』下襲《爾雅》，劃分兩處，前後不相顧也。『蘦』篆必淺人據《爾雅》妄增，而此『大苦，苓也』固不誤。然則『大苦』即卷耳歟？曰：非也。毛傳《爾雅》皆云：卷耳，苓耳。《説文》『苓』篆下必當云：『苓耳，卷耳也。』今本必淺人删其『苓耳』字。卷耳自名苓耳，非名苓。凡合二字爲名者，不可删其一字以同於他物。如單云蘭，非芄蘭；單云葵，非鳧葵是也。此『大苦』斷非苓耳，而『苦』篆『苓』篆不類廁，又其證也。然則『大苦』何物？

曰：沈括《筆談》云：《爾雅》『蘦，大苦』注云：『葉似荷，莖青赤。』此乃黄藥也。其味極苦，謂之大苦。郭云甘艸，非也。」承珙案：郭注《爾雅》「蘦，大苦」所云「葉似荷，青黄，莖赤有節，節有枝相當」者，據《詩正義》，乃本之孫炎，其形狀正與《本草》黄藥相似。若甘草，則沈括又云，枝如槐，高五六尺，與孫説形狀不類。故知「大苦」非甘草。但「苓」與「蘦」字本可通，故《毛詩》作「苓」，《爾雅》作「蘦」。如零落之零，《禮記・王制》《月令》「草木零落」，《釋文》俱云「零，本又作苓」，《管子・宙合》《漢書・敘傳》亦作「苓」，而《爾雅・釋詁》又作：「蘦，落也。」惟單言苓者，自非卷耳，而《説文》既有「大苦，苓」，即不必復有「蘦，大苦」，此皆當以段説爲是。

「云誰之思，西方美人。彼美人兮，西方之人兮」，朱氏《通義》曰：「此詩極稱碩人才藝堪爲王臣，見衛之不用爲可刺，而因有思于西周之盛王。『西方美人』即《序》所謂『王者』。蓋言如此碩人，安得遇西周盛王而承事之邪。東萊曰：『詩歎碩人之賢，謂山則有榛，隰則有苓，惟西周然後有此人物也。「云誰之思，西方美人」，見碩人而慨然有懷於西周之賢士大夫也。「彼美人兮，西方之人兮」，指碩人也，歎美其真西周之人而非今世之人。江左諸人喜言中朝名臣，亦此意也。』説亦通。」承珙案：鄭箋以「西方美人」指周室賢者，「彼美人兮」指碩人，或疑首言「碩人」，末言「美人」，文義乖異。然毛於末二句傳云「乃宜在王室」，則亦以「彼美人兮」爲碩人。蓋周既東遷，詩有思西周之時有如此人物，而因歎美衛之賢者可爲西周之人物。范氏《補義》曰：「前曰『碩人』，言其貌；後曰『美人』，言其才。固無嫌于一篇之中，人同而稱異也。」

泉水

「毖彼泉水」，傳：「泉水始出，毖然流也。」《釋文》：「毖，《韓詩》作祕。《説文》作䀣，云直視也。」段懋堂曰：「《説文》『䀣』字注『讀若《詩》云「泌彼泉水」』，不作『䀣』字。」陸氏誤。又云：「《説文》『泌，俠流也』，爲正字；毛作『毖』，韓作『祕』，皆同部假借字。《衡門》『泌之洋洋』傳：『泌，泉水也。』正義曰：《邶風》有『毖彼泉水』，知泌爲泉水。《魏都賦》『温泉毖涌而自浪』，劉淵林引《詩》『毖彼泉水』，善曰：『《説文》云「泌，水駛流也」，泌與毖同。』」承珙案：《吕記》引《釋文》云：「毖，《説文》作泌。」是吕所見《釋文》本不誤，今本《釋文》乃後人妄改耳。

「孌彼諸姬」，傳：「諸姬，同姓之女。」此正指姪娣而言。《左傳》成八年。所謂「諸侯嫁女，同姓媵之」者，是也。鄭箋乃以「諸姬」爲未嫁之女，謂「我且欲與之謀婦人之禮」。夫欲謀婦人之禮，當就傅母而問之，何爲與未嫁之女謀之乎？《集傳》既以「諸姬」爲姪娣，又謂姑姊即諸姬。考之諸書，從未有以姑姊爲媵者。襄二十一年《左傳》：「邾庶其來奔，季武子以公姑姊妻之。」此謂姑姊同嫁庶其，非以爲媵。昭二年，晏嬰請繼室于晉，曰：「猶有先君之適，及遺姑姊妹若而人。」此言諸女之中，使其自擇，亦非以姑姊爲媵也。《日知録》曰「諸姬」猶《碩人》之「庶姜」，是也。至云「古之來媵而爲姪娣者，必皆同姓之國；其年之長幼、序之昭穆則不可知，故有諸姑伯姊之稱」。承珙案：《公羊》云：莊十九年。「媵者何？諸侯娶一國，則二國往媵之，以姪娣從。」既曰「姪娣」，而其中乃有姑姊，古人正名不應如此。此「姑姊」蓋其别嫁或在室者，斷非首章之

「諸姬」。箋云：「甯則又問姑及姊，親其類也。」杜注《左傳》云：「衛女思歸而不得，故願致問於姑姊。」此正用箋義。范氏《補義》曰：「不言兄弟而言姑姊，遠嫌也。」此亦足補鄭義之所未備。盧召弓曰：「『問』之爲言『問訊』也。問，遺也。諸姑、伯姊在其父母國者也。故『君子曰：禮，謂其姊親而先姑也』。若偶然諮諏而謂必以其序，禮豈如是之譾譾拘拘者哉！」

「聊與之謀」，傳：「聊，願也。」箋云：「聊，且略之辭。」正義云鄭以「聊」爲「且」，與毛異。承珙案：「聊」之本字爲「僇」。《說文》：「僇，一曰且也。」「聊，耳鳴也。」是僇，正字；聊，借字。經傳皆假借爲「聊」。「願」與「且」，古義有相近者。古人讀「願」與「甯」爲一聲之轉。《說文》：「甯，所願也。」「甯」之爲「願」，亦聊且之意，如《左傳》引《夏書》曰「與其殺不辜，甯失不經」，《論語》「與其奢也，甯儉」之類。凡上言「與其」，下言「甯」者，多係且略之意。故訓「聊」爲「願」，猶之訓「聊」爲「且」耳。又「願」與「憖」亦一聲之轉。《小雅·十月之交》「不憖遺一老」，《釋文》引《小爾雅》：「憖，願也，强也，且也。」三義略同。哀十六年《左傳》「不憖遺一老」，杜注：「憖，且也。」王肅注《家語·終紀》篇同。應劭注《漢書·五行志》曰：「憖，且辭也。」「憖」爲「且」，亦爲「願」，故「聊」爲「願」，亦爲「且」，其例正同。《晉語》伯宗妻謂伯宗曰：「盍亟索士，憖庇州犂焉？」蓋言且庇州犂也。《楚語》靈王謂白公子張曰：「不穀雖不能用，吾憖寘之于耳。」言吾且寘之于耳也。而韋昭注皆云：「憖，願也。」韋蓋猶知古訓「願」與「且」同意。此傳以「聊」爲「願」，箋以「聊」爲「且」，正所謂表明毛意者也。唐人作正義，已不能通此故訓矣。《鄭風·出其東門》「聊樂我員」，傳云：「願室家得相樂也。」亦以「聊」爲「願」。願得相樂者，言如雲之女非所思存，甯自樂其室家，猶云我甯爲我耳。箋云「且留樂我員」，亦非與毛異義。疏謂傳以「聊」爲「願」，故云

「願室家得相樂」，箋訓「聊」爲「且」，故言且留可以樂我。亦誤認傳箋文義有異。《檜風・素冠》「聊與子同歸兮」，傳云：「願見有禮之人，與之同歸。」

「出宿于泲，飲餞于禰」，傳：「泲，地名。禰，地名。」箋云：「泲禰者，所嫁國適衛之道所經。」「出宿于干，飲餞于言」，傳：「干，所適國郊也。」正義云：「或兼云『干言，所適國郊』者，言，衍字耳。定本、《集注》皆云：干，所適國郊。」箋云：「干言猶泲禰，未聞遠近同異。」承珙案：傳于「泲」「禰」但言地名，不著何國，獨於三章云「干，所適國郊」，似傳意本不以泲禰爲所適國之地，特鄭箋爲此説耳。但傳於末章「須」「漕」明言衛邑，而「泲」「禰」不言者，豈以下文「女子有行」文義緊相承接，雖不言衛地，自可知邪？《吕記》、嚴《緝》皆以「泲」「禰」爲父母之國地名，「干」「言」爲適衛所經之地，於毛義爲近。泲禰既近衛都，則不得以臨邑之泲廟、宛句之大禰溝當之。若「干」「言」之下有「遄臻于衛」之語，自非衛地，亦不得以東郡之發干、衛國之竿城當之。惟《水經注》「泜水又東南逕干言山」，《隋志》「邢州内邱縣有干言山」，《御覽》引李公緒《紀》「柏人縣有干山、言山」，蓋柏人與内邱連界。今直隸順德府唐山縣西北有干言山，延袤數十里，西連内邱縣界者，是也。末章「思須與漕」，《水經注》：「濮渠東逕須城北，《衛詩》云『思須與漕』也。」案：須城在今滑縣東南；「漕」亦作「曹」，即白馬縣，亦在今滑縣東。箋云須漕，「自衛而來所經邑」，則邢州之干言，其爲所適國之地歟？

「載脂載舝，還車言邁」，傳：「脂舝其車，以還我行也。」案：傳意蓋讀「還」爲「子之還兮」之「還」，彼傳云：「還，便捷之貌。」以還我行者，謂以便捷我行也。正義解爲「還迴其車」，似非。傳意但釋「還」爲「便捷」，與下「遄臻」義複。箋云：「言還車者，嫁時乘來，今思乘以歸。」《鵲巢》正義引鄭《箴膏肓》云：「禮雖散亡，以《詩》義論之，天子以至大夫皆有留車反馬之禮。」故此箋讀「還車」爲還反之還，似較傳義爲勝。

「不瑕有害」，陳氏《稽古編》曰：「『瑕』字，毛訓『遠』，言至衛亦非遠而有害也；王肅述之，以爲不遠禮義，稍迂。鄭訓『過』，言非有過差也；張氏釋之，以爲不大有害。則『遠』『過』二義俱可通，而文義亦明順。《集傳》訓爲『何』，則當云不何有害，經文爲不辭矣。」承珙案：此及《二子乘舟》，傳雖皆以「瑕」爲「遐」之假借，而義各不同。此言遄臻于衛，不至遠而有害；《二子乘舟》則言二子之不遠害。至《大雅·下武》「不遐有佐」傳云「遠夷來佐也」，此則謂不遐，遐也，猶「不顯，顯也」「不盈，盈也」之例。《抑》「不遐有愆」，毛雖無傳，亦當謂遠有愆也。故箋云：「是於正道不遠有罪過乎？言其近也。」此又與《國風》之「不瑕」異義，亦言各有當而已。

「我思肥泉」，傳：「所出同、所歸異爲肥泉。」《稽古編》曰：「《爾雅》：『水歸異、出同流，肥。』郭注引《泉水》毛傳釋之。劉熙推其故，以爲同出時所浸潤少，所歸各枝散而多，似肥者也。惟犍爲舍人反是，曰『水異出，流行合同，曰肥』。《列子釋文》亦云：『水所出異爲肥。』與劉郭異意。如此，則《爾雅》『歸』字成虛設，殆不然。而酈道元《水經注》以衛之肥泉實異出同歸，疑舍人之言爲是，云：泉水有二源，皆出朝歌城北，右水南流東屈，左水東流南屈，合爲馬溝水，又東與美溝水合，又東南注於淇水爲肥泉，是異出同歸也。其援據似不謬矣。然源謂川谷流變，古今多有不同，河濟經流尚非禹績之故道，況其小者乎？酈所據者，元魏時之肥泉耳，未必《邶風》之舊也。舍人之説既不合《爾雅》文義，而毛鄭諸家之解當有師授，不可盡以爲非。」承珙案：酈注陰溝水云：「過水又東，左合北肥水。肥水出山桑縣西北澤藪，東南流，左右翼佩數源，異出同歸。」此亦用舍人之説。然其注肥水云：「吕忱《字林》曰肥水出良餘山，俗謂之連枷山，亦或以爲獨山也，北流分爲二水。」則又用出同歸異爲「肥」之義。《唐文粹》載盧潘《合肥辨》曰：「肥水出雞鳴山，北流二十里所，分而爲二。其一東南流逕合肥縣南，又東南入漅湖；其一西北流二百里出壽春西，投於淮。二水皆曰肥。《爾雅》『歸異、出同流，肥』，言所出同而歸異也。是山也，高不過百尋，所出惟一水分流而已。其源實同而所流實異也，故皆曰肥。合于一源，分而爲肥，合亦同也，故曰合肥。」此文足爲《爾雅》、毛傳之證。段懋堂曰：「肥之言飛也、非也。飛必兩張其翼；非者，違也，故以言自同而異。」

北門

「終窶且貧」，傳：「窶者，無禮也。貧者，困於財。」正義曰：「窶謂無財可以備禮，貧謂無財可以自給。」承珙案：傳以窶、貧爲二事，正義分釋之，用對文則別之例。《説文》：「窶，無禮居也。」徐鍇曰：「阼階升降，所以行禮。貧無禮，故先見於屋室。」此以其字从宀故耳。其實衹是貧者不能以貨財爲禮，故《曲禮》「主人辭以窶」即無財不能備禮之意。貧則更甚於窶，經文言「終」言「且」，自當從毛分二義也。

「天實爲之，謂之何哉」，顧氏《詩本音》曰：「『哉』『之』以語助爲韻，《詩》中亦或有之。李氏因篤曰：當以『爲』『何』爲韻。」承珙案：爲，古音譌，《詩》凡七見，《易》一見，《楚辭》八見，並同此詩。末三句兩「哉」字既相爲韻，「爲」「何」又自爲韻。

「王事適我，政事一埤益我」，箋云：「國有王命役使之事。」正義曰：「『王事』不必天子事，直以戰伐行役皆王家之事，猶《鴇羽》云『王事靡盬』。於時甚亂，非王命之事也。」《日知録》曰：「凡交於大國、朝聘、會盟、征伐之事謂之王事，其國之事謂之政事。」承珙案：詩「王事」與「政事」分説，則明明以「王事」爲天子之事。況春秋之初，衛人從桓王伐鄭；桓五年。春秋之末，復爲敬王城成周，定元年。又從劉文公伐楚，定四年。安得云無王命之事乎？

「王事敦我」，傳：「敦，厚。」《釋文》引《韓詩》云：「敦，迫。」承珙案：「敦」與「督」一聲之轉。《廣雅》：「督，促也。」「督」又與「篤」通。「篤」有「厚」義而通於督促，故「敦」有「厚」義而亦可訓爲促迫。《後漢書・韋彪傳》「以禮敦勸」注云：「敦，猶逼也。」《班固傳》「靡號師矢敦奮撝之容」注云：「敦猶迫逼也。」傳言「敦，厚」猶云「敦，篤」。《孟子》「使虞敦匠」亦言篤匠也。毛訓雖似迂回，其實與韓同意。箋云：「敦猶投擲也。」《淮南・兵略訓》：「敦六博，投高壺。」此以「敦」與「投」對，敦亦投也。敦六博者，言投瓊也。此可爲箋義之證。

「室人交徧摧我」，傳：「摧，沮也。」《釋文》：「摧，或作催。」《説文》：「催，相擣也。从人，崔聲。《詩》曰：『室人交徧催我。』」是許本作「催」，與毛異字。承珙案：許於《手部》云：「擣，手椎也。椎，疑當作「推」。推與擣義亦相近，「揖」下云「推擣也」，是其證。段注「手椎」云：「以手爲椎而椎之。」非是。一曰築也。从手，𠷎聲。」「摧」下云：「擠也。从手，崔聲。一曰挏也。」《漢書》有挏馬官，《顏氏家訓》曰「此謂撞擣挺挏之」。蓋《人部》之「催」與《手部》之「摧」義本相近。毛本作「摧」，而訓爲「沮」，取沮壞之意。毛、許所據字雖異，而實則擣撞與沮壞義亦相因。《釋文》又引《韓詩》作「䜅」，音千隹、子隹二反，云「就也」。就，疑「訧」字之誤。古「尤」「訧」字通。訧者，過也、怨也。此與鄭箋以摧爲刺譏之言者相近。

北風

「北風其涼，雨雪其雱」，《爾雅》：「北風謂之涼風。」《釋文》云：「本或作古『𩗬』字，同，力張反。」《説文》：「北風謂之䬂。从風，涼省聲。」蓋《説文》所據《爾雅》本如是。今《爾雅》及《毛詩》乃假「涼」爲之耳。傳於《凱風》《谷風》皆全用《爾雅》文，而此但云「寒涼之風」者，以經已明言北風也。雱者，籀文「旁」字。《説文》：「旁，溥也。籀文作雱。」雨雪有溥偏之意，故傳云「雱，盛貌」。《穆天子傳》注引作「雨雪其霶」。《廣韻·十遇》引同。

「其虛其邪」，傳：「虛虛也。」箋云：「邪，讀如徐。」《釋文》：「邪音餘，又音徐，《爾雅》作徐。『虛虛也』，一本作『虛徐也』。」正義曰：「《釋訓》云：『其虛其徐，威儀容止也。』孫炎曰：『虛徐威儀，謙退也。』然則虛徐者，謙虛閑徐之義，故箋云『威儀虛徐寬仁者』也。但傳質，詁訓疊經文耳，非訓『虛』爲『徐』。」《校勘記》云：「正義本當是『虛徐也』，與《釋文》『一本』同。標起止云『傳虛虛』，或合并經注正義時所改本也。」臧玉林曰：「案：作『虛徐也』是。蓋經言『虛邪』，中加『其』字以助句；毛作傳以連合之。『虛徐也』三字當一氣讀，言『其虛其邪』者，謂虛徐也。故箋申之以『邪讀如徐』。」「孫叔然以『虛徐』訓『其虛其徐』者，取法乎毛鄭也。因思《大雅》『侯作侯祝』，傳『作祝詛也』，毛以『作』字説經『作』字，以『祝詛』字説經『祝』字，兩『侯』字皆助句之辭，猶《北風》兩『其』字也。孔氏不察，乃云：『作，古「詛」字。「詛」與「祝」別，故各自言「侯」』；傳辨『作』爲『詛』，故言『作，祝詛也』。』是以『祝詛也』三字爲『作』字訓。不知此四字連讀，猶《北風》傳三字連讀也。」段懋堂曰：「經文作

『邪』，鄭始易『邪』爲『徐』。毛意『虚邪』如《管子》之『志無虚邪』耳。『虚，虚也』者，謂此邱虚字即空虚字也。古之訓詁有此一例。如《易大傳》『比者，比也』，『剥者，剥也』，『蒙者，蒙也』，《説文》亦云『巳者，巳也』，經傳不可枚舉。或疑毛傳内無此，因舉『要之襋之』傳曰：『要，䙅。』毛公時安得有『䙅』字？䙅，本作『要』，謂此『要』非人要領之要，乃衣裳之要也，正與此『虚，虚也』一例。古者『虚』本訓邱虚，其義則空虚也。如《易》『蒙者，蒙也』，謂此『蒙』，草名之字，其義則訓蒙覆也。」承珙案：臧説是，段説非也。經作「虚邪」，傳總釋爲「虚徐」。蓋當時「虚徐」二字爲疊韻形容之語，人所易知，故毛謂經言「其虚其邪」者，猶虚徐也。但毛無破字之例，鄭恐人疑經「邪」字與傳「徐」字異，故爲比方其音曰「邪讀如徐」，并用《爾雅》釋之，則更明白曉鬯矣。班固《幽通賦》「承靈訓其虚徐兮」，曹大家注引《詩》作「其虚其徐」，固學《魯詩》者亦以「虚邪」爲「虚徐」。可知經師相承，音讀有自來矣。至曹注以「虚徐」爲「狐疑」，《管子·弟子職》注以「虚邪」爲「僞」，此皆從疊韻之字，因聲託義耳。釋《詩》則應從《爾雅》，以「虚徐」爲威儀容止者爲正。「虚徐」對下「既亟」言之，歐陽《本義》言「無暇寬徐，當亟去」，似得傳意。若如段説，毛但云「虚，虚也」，何以不爲「邪」字作訓？傳文雖簡，恐無此法。鄭司農注《考工記》引《弟子職》作「志無空邪」，可見「虚」與「空」同義易明，故毛但以「徐」訓「邪」，不復釋「虚」也。

「既亟只且」，正義云：「只且，語助也。」案：「只」與「且」，單言之亦爲語助，「只」如「仲氏任只」「母也天只」，「且」如「乃見狂且」之類；連言之則爲「只且」，此詩「既亟只且」及《君子陽陽》「其樂只且」之類。王伯申《經傳釋詞》曰：「只，詞之『耳』也。襄二十七年《左傳》曰：『諸侯歸晉之德只，杜注：「只，辭。」非歸其尸盟也。』《晉語》曰：『文公學書於臼季三日，曰：吾不能行咫，句。聞則多矣。』言吾但不能行耳，所聞則已多矣。」此皆以「只」爲「耳」。「咫」與「只」同。且者，毛於「乃見狂且」傳云：「且，辭也。」他如「狂童之狂也且」及此「只且」等，皆無傳，蓋皆以爲語辭。《文選·西京賦》「其樂只且」李善注：「且，辭也。」惟《載芟》「匪且有且」，傳乃云：「且，此也。」鄭於此箋云：「言今在位之人，其故威儀虚徐寬仁者，今皆以爲急刻之行矣。所以當去以此也。」於「其樂只且」云：「君子遭亂，道不行，其自樂此而已。」於「狂童之狂也且」云：「狂童之人日爲狂行，故使我言此也。」鄭意似皆訓「且」爲「此」。但「只且」連文而訓爲「此」，於語不順，故不如以爲語辭。只且者，猶語助之「耳矣」也。

「北風其喈，雨雪其霏」，傳：「喈，疾貌。霏，甚貌。」何氏《古義》曰：「喈，通作偕，《説文》云：强也。」承珙案：《北山》「偕偕士子」傳云：「强壯貌。」强壯與捷疾義亦相成，然不如以「喈」通作「湝」。《説文》：「湝，水流湝湝也。」《鼓鐘》傳云：「湝湝，猶湯湯。」《漢書·溝洫志》集注云：「湯湯，疾貌。」水之狀可借爲風之狀，如瀏本流清貌，而王逸《楚辭》注云「瀏，風疾貌」是也。霏者，段氏云：「《説文》無『霏』字，古當作『非』。非，猶飛也。」

「莫赤匪狐，莫黑匪烏」，傳：「狐赤烏黑，莫能别也。」箋云：「赤則狐也，黑則烏也，猶今君臣相承，爲惡如一。」案：傳箋本自平易，歐陽《本義》以爲喻民之各呼其類；程子以爲狐赤烏黑，以其色而知其物，故觀其爲政而知暴虐之禍將及於人；朱子則以狐、烏爲不祥之物。夫烏稱孝鳥，未可謂之不祥。惟嚴《緝》以《小弁》「莫高匪山，莫浚匪泉」二句例之，則文義並同，不必於傳箋之外求别解矣。

静女

《序》云：「《静女》，刺時也。衛君無道，夫人無德。」《稽古編》曰：「詩極稱女德，而《序》反言夫人無德，所言者作詩之意，非詩之詞也。横渠、東萊皆從《序》説，《集傳》獨祖歐陽《本義》，指爲淫奔期會之詩。夫淫女而以『静』名之，可乎哉？」《虞東學詩》曰：「《序》以『刺時』書者十有三篇，言男女者居大半焉。衍者謂衛君無道，夫人無德，而毛鄭皆以女德貞静爲説，引古女史彤管之法。左氏定九年《傳》：『《静女》之三章，取彤管焉。』杜注：『雖悦女美，義在彤管。』是古説與毛鄭合也。歐陽氏直例諸《溱洧》之類，而於彤管之明白可據者乃謂『樂器亦有管，不知此管爲何物』，則不免於遁矣。總之，静女不可謂淫，彤管不可比芍藥，則古説不可廢也。」承珙案：《三百篇序》凡有美刺而指其人其事以實之者，當時必有依據，斷非鑿空肊造。獨於《静女》《氓》《伯兮》《有狐》《著》《園有桃》《十畝之間》《杕杜》《羔裘》《鴇羽》《東門之池》《東門之楊》《澤陂》十三篇但言「刺時」者，蓋在采詩時，第得諸里巷歌謡，已不能確指其爲何人何事之作，故序《詩》者但以「刺時」一語括之，亦不敢憑虚撰造，蓋其慎也。然《詩》中大義則經師授受相承，必有所自，故《序》者得以推演其説耳。此詩思静女，而《序》以爲刺時者，猶《東門之池》亦曰「刺時」而詩有「彼美淑姬」也。傳云：「静，貞静也。」《文選》《思玄賦》《高唐賦》。注並引《韓詩章句》曰：「静，貞也。」天下有奔女而可目之爲貞者乎？

「静女其姝，俟我於城隅」，傳：「俟，待也。城隅，以言高而不可踰。」箋云：「待禮而動，自防如城隅。」《周禮・匠人》疏引許叔重《五經異義》：「古《周禮》説天子城高七雉，隅高九雉；公之城高五雉，隅高七雉；

侯伯之城高三雉，隅高五雉。」是城隅者，最高之處。傳意蓋言其以禮待聘，自處甚高，故假城隅爲喻。箋説申之愈明。後儒誤以爲實，故疑「俟於城隅」非静女之事，真所謂以文害辭，以辭害志者矣。《潁濱詩傳》曰：「衛君内無賢妃之助，故衛之君子思得静一之女，既有美色又能待我以禮者，而進之於君。思而不可得，是以踟躕而求之。城隅，言高而不可踰也。」此説最得傳箋之意。姚氏炳曰：「城隅而曰『俟』者，從其人想望之也，即『于歸秣馬』之意也。故下曰『愛而不見』也。」其説亦通。

黄實夫曰「俟我於城隅」如「俟我於堂乎而」，以待親迎之禮。戴氏《詩考正》曰：「城臺謂之城隅。『静女其姝，俟我於城隅』，此媵俟迎之禮。諸侯娶一國，二國往媵之。冕而親迎，惟適夫人耳。媵則至乎城下以俟迎者，然後入。『愛而不見』，迎之未至也。彤管者，女史書宫中之法度。『自牧歸荑』，言乎説舍近郊也。荑，亦以爲潔白之喻。美其管、美其荑，設言以欣慕其人耳。《静女》之刺，思賢媵懷女史之法者也。」承珙案：《韓詩外傳》曰：「不肖者精化始具，而生氣感動，觸情縱欲，反施亂「亂」字從《説苑》補。化，是以年壽亟夭而性不長也。《詩》曰：『乃如之人兮，懷婚姻也，大無信也，不知命也。』賢者不然，精氣填溢而後傷，時不可過也；不見道端，乃陳情欲以歌道義。《詩》曰：『静女其姝，俟我乎城隅。愛而不見，搔首踟躕。』」《説苑·辨物》篇略同。據此，知漢儒説此詩者，已有婚姻之義。黄氏以爲如《著》之言「俟我」者，不爲無本。戴氏以爲學者罕聞城隅，詩遂失傳。不知媵至城下，何必定是城隅。必謂門臺謂之宫隅，城臺謂之城隅，言城隅以表入門之所，亦屬牽强，不如毛鄭喻高爲當。至《外傳》以是詩爲歌道義，則其非淫奔期會之作，決可知矣。

「愛而不見」,《説文》:「僾,仿佛也。从人,愛聲。《詩》曰:『僾而不見。』」《吕記》引董氏曰:「《石經》亦作僾。」《禮記・祭義》「僾然必有見乎其位」,正義:「僾,髣髴見也。」《釋文》:「僾,微見。」段氏《詩小學》云:「《説文》又有『薆,蔽不見也』。《方言》『揜、翳,薆也』,郭注謂隱蔽也,《詩》曰:『薆而不見。』《禮記・祭義》疏引《詩》:『僾而不見。』《離騷》:『衆薆然而蔽之。』薆而,猶薆然也。」今《詩》作「愛」,非古也。承珙案:《烝民》「愛莫助之」傳云:「愛,隱也。」與《爾雅・釋言》「薆,隱也」同訓,謂「愛」即「薆」之假借。而此不言者,毛自作愛悦之愛,與許異義。蓋所據本不同,不得謂作「愛」非古。傳云:「言志往而行止。」諸本皆作「行正」,惟《蜀石經》及相臺本作「止」。「志往」謂愛之,「行止」謂踟躕而不往見。箋云:「『志往』謂踟躕,『行止』謂愛之而不往見。」於傳意似未盡協。

「搔首踟躕」,《文選・琴賦》注引《韓詩章句》曰:「躊躇,猶躑躅也。」案:《文選》注凡七引此詩,如《琴賦》《洞簫賦》《思玄賦》《思舊賦》、何劭《贈張華詩》、左思《招隱詩》等注皆作「躊躇」,惟《鸚鵡賦》注引同毛作「踟躕」,此後人據《毛詩》誤改耳。《説文》作「峙躇」,《足部》云:「躇者,峙躇不前也。」此與《毛詩》「踟躕」字聲相近。《心部》曰「篙箸」,則與《韓詩》「躊躇」音相近。又《足部》曰「蹢躅」,即《章句》之「躑躅」也。皆雙聲疊韻而義略同。

「貽我彤管」,《稽古編》曰:「彤管,毛傳以爲女史記事所執,而宋儒疑之。李氏謂箴有管,樂器亦有管。《解頤》《新語》亦謂筆始於秦,古以刀爲筆,不用豪毛,安得有管?此皆謬説。夫筆之由來古矣。《曲禮》云『史載筆』,《莊子・田子方》篇云『宋元君將畫圖,衆史舓筆和墨』,《太公陰謀》載武王《筆銘》云『豪毛茂茂』,

此皆三代文典也，已著有筆名，可謂古無筆乎？可謂古筆用刀而不用豪毛乎？董仲舒《答牛亨問》曰『蒙恬所造即秦筆耳』。又問：『彤管何也？』答曰：『彤者，赤漆耳。史官載事，故以彤管，用赤心記事也。』夫有筆之理與書俱生，具《尚書中候》云『龜負圖，周公援筆寫之』。其來尚矣。案仲舒《答牛亨問》，漢短書名也。張華《博物記》、崔豹《古今注》皆載其語。仲舒去古未遠，所聞必有據。又武帝時，《毛詩》未行，而仲舒之論『彤管』與《詁訓傳》相合，不足爲確證乎？」承珙案：三代典記言筆者，尚有《國語》魯里革曰「臣以死奮筆」、晉董安于曰「方臣之少也，進秉筆」、士茁曰「臣以秉筆事君」皆是，他若《管子・霸形》篇「桓公於是令百官有司削方墨筆」，《晏子春秋》「擁札摻筆」，《說苑・指武》篇曰王滿生曰「藉筆牘書之」，《韓詩外傳》周舍曰「臣以爲諤諤之臣墨筆執牘，從君之後」，《新序・雜事一》同。秦以前言筆者多矣。《說文》云「楚謂之筆，❶吴謂之不律，燕謂之弗」，「秦謂之筆」，或因此遂誤筆始於秦耳。至王介甫以彤管爲樂管，徐安道注則謂是笙簫之屬，姚寬《西溪叢語》已駁之。馮鑑《事始》謂筆始蒙恬，史繩祖《學齋佔畢》亦力辨其非。張氏次仲《詩記》引豐南嵎云：「『子張書諸紳』，必不以刀。」亦爲確證。歐陽《本義》云：「彤管自媒，何名『靜女』？」此亦以文害辭之過。傳明言「能遺我以古人之法」，蓋謂人君得此靜女，能循彤管之法度以事其君，即不啻貽我以彤管。故下文即承此而言之曰：我思彤管之有煒，是以悦懌于女美也。宋儒說此詩者，惟《潁濱詩傳》最得毛意。其說「彤管有煒」云：「樂其有法而後悦其美也。」蓋傳於首章云「女德貞靜而有法度，乃可說也」，「法度」謂

❶「筆」，依《說文》，當作「聿」。

彤管，「可說」謂説懌，乃探下文豫言之。末章傳云：「非爲其徒説美色而已，美其人能遺我法則。」文義自相承一貫耳。

新臺

《序》云：「《新臺》刺衛宣公也。納伋之妻，作新臺于河上而要之，國人惡之而作是詩也。」姜氏《廣義》曰：「宣公納子之妻，無復人理。所貴乎刺者，欲其君之感悟也。此何足以感悟而刺之？蓋此詩之作，新臺既成，齊女未至，猶意爲伋妻者，守從一之義，不至於從公之欲也。《序》云『要之』者，以前此未嘗言自娶，於是作新臺使齊女登之，道達其意。然則齊女之來，何嘗知爲宣婦哉。故言燕婉之求，而忽得此醜惡之人也。」《詩瀋》曰：「衛，弱國也。齊能殺哀姜之淫，何甘心受恥于衛？且國君之嫁女，送必以卿，宣何敢明目張胆要姜于中路？且既欲奪之，又何必作臺於河上，使兩國之人耳而目之而自揚其醜乎？考《傳》：『宣公烝於夷姜，生伋子，屬諸右公子。爲之娶於齊而美，公娶之。』以理推之，當是先爲伋求娶於齊，六禮未行，公聞其美，乃自求爲夫人。宣姜未必即是齊君女，故齊人以之許其父，而公往娶之。新臺之作，所以説宣姜，而國人惡之，故曰『要之』而作是詩耳。」承珙案：宣公不父，《左傳》雖具其事，而曲折未明，得此詩及《序》，然後情事畢露。姜氏、范氏之説，雖想當然，固自有理。

「新臺有泚」，《水經注》：「鄄城北岸有新臺。」《輿地廣記》：開德府觀城縣有新臺。《通典》：魏州黄縣有新臺。汪氏《詩學女爲》曰：「鄄城在今濮州，觀城縣屬濮州；黄縣在今東昌府冠縣，春秋時晉邑，《通典》

之説非也。濮爲衛地，觀城在濮州西北八十餘里，而《水經注》云『鄄城北岸』，則地當在鄄觀之間。明正統時，鄄城爲河所圮，新臺故跡今不可考。」承珙案：觀城縣有臨黃城，以縣南黃溝得名；冠縣有黃城，亦以黃溝爲名。但觀城爲漢之畔，觀本衛地；冠則春秋時之冠氏，乃晉地。《通典》自以地相近誤耳。

「河水瀰瀰」，《漢書・地理志》引《邶風》「河水洋洋」，師古曰：「今《邶詩》無此句。」承珙案：《玉篇》：「瀰，莫爾、奴禮二切，深也，盛也。泮，亡爾切，亦瀰字。」《集韻》：「瀰，或作泮。」《類篇》亦同。《漢書》所引當作「泮泮」，即此「河水瀰瀰」之異也。小顔誤認爲「洋」，故謂《邶詩》無此句耳。王懷祖曰：「下文引《衛詩》『河水洋洋』，則此『洋洋』爲『泮泮』之譌，明矣。」次章「新臺有洒，河水浼浼」，《釋文》云：洒，「《韓詩》作漼，云鮮貌。浼浼，《韓詩》作浘浘，音尾，云盛貌」。段懋堂曰：「此必首章『新臺有泚，河水瀰瀰』之異文。漼、浘與泚、瀰同部，與洒、浼不同部。毛傳：『泚，鮮明貌。』《韓詩》：『漼，鮮貌。』毛傳：『瀰瀰，盛貌。』《韓詩》：『浘浘，盛貌。』陸氏屬之二章，誤也。」承珙案：黃氏佐《詩經通解》於首章下云：「泚，《釋文》作漼。瀰，《釋文》作浘。」此所據《釋文》，正如段説。是今本係傳寫者誤屬二章，非陸氏之誤。然《吕氏讀詩記》、王氏《詩考》所引《釋文》皆同今本，不知黃泰泉何以得此。

「燕婉之求」，《説文》：「暥，目相戲也。从目，晏聲。《詩》曰：『暥婉之求。』」段氏曰：「毛傳云：『燕，安也。婉，順也。』許所據作『暥』。豈毛謂『暥』爲『晏』之假借，後人轉寫改爲『燕』與？抑三家詩有作『暥』者與？」承珙案：《文選・西京賦》李善注引《韓詩》「嬿婉之求」，《説文》「嬿」下則云「女字也」。又「婉」下云「宴婉也」。古「宛」「冤」字通，宴婉亦即燕婉。然《説文》於《女部》字皆不引《詩》，《日部》所引當是《齊》《魯》

詩》。《毛詩》自作「燕婉」，其訓「燕」爲「安」，蓋謂「燕」爲「宴」之假借。《文選》注又兩引《毛詩》作「嬿婉」者，劉越石《答盧諶詩》、蘇子卿詩。自因本文作「嬿婉」而就其字，未必毛與韓同也。

「籧篨不鮮」，鮮，毛傳無訓，《釋文》引王肅云：「少也。」鄭箋改訓「善」。戴氏《詩考正》云：「鮮，讀如《史記》『數見不鮮』之『鮮』。」《詩序廣義》云：「昭五年《左傳》『葬鮮者自西門』注：『不以壽終爲鮮。』與次章『不殄』意同。不鮮、不殄，猶言須臾無死，尸居餘氣耳。」承珙案：姜説是也。次章「不殄」傳云：「殄，絶也。」《爾雅》訓同。《瞻卬》傳又云：「殄，盡也。」《説文》訓同。《易・繫辭》傳「故君子之道鮮矣」，《釋文》引師説云：「鮮，盡也。」是「鮮」與「殄」同義。張湛《列子》注亦云：「人不以壽死曰鮮。」毛訓「殄」爲「絶」，而「鮮」不言者，意在當時「鮮」之爲盡人所共知，不煩故訓歟？《論衡》云：「殄者，死之比也。」《潁濱詩傳》云：「不殄，猶言病而不死者也。」其實「不鮮」、「不殄」皆言胡不遄死也，蓋深惡之之辭。王肅雖名述毛，每不能得毛意，此以「鮮」爲「少」，不知作何解。而正義衍之，云：「得行籧篨佞媚之行不少者之宣公。」殊不成文義。何氏《古義》云：一説「方將燕婉是求，豈意世固不乏籧篨者哉」。許氏《詩深》曰：「齊女自有燕婉之求，若籧篨之人，世不鮮少也，世不殄絶也。」此並用王肅義耳。

戴氏《詩考正》曰：「《方言》：『簟，或謂之籧笛，其麤者謂之籧篨。』蓋粗竹席之用以爲困者。《晉語》：『籧篨不可使俯。』其疾似之，故名。《爾雅》：『籧篨，口柔也。』柔者，媚也。以言媚人者，常仰觀顔色，病若籧篨之不能俯，故又爲口柔之名。」段氏云：「不可使俯者，此謂捲籧篨而豎之，不可使俯耳。」承珙案：《説文》：「籧篨，粗竹席也。」與《方言》同。《爾雅》「出隧，蘧蔬」郭注：「蘧蔬似土菌，生菰草中。」《類篇》作「蘧蒢」，云「菰根大菌」。蓋蘧蒢與竹簟之蘧篨音同，亦以其輪囷擁腫名之。《説文》「圥鼀」云「其行圥圥」者，圥即菌圥，亦取其樸地椎鈍之狀。可知蘧篨、戚施雖分别不能俯仰，其爲擁腫輪囷則一也。

「新臺有洒」，傳：「洒，高峻也。」段氏云：「《爾雅》『望厓洒而高岸』，高謂其頂，洒謂其身峭直。又『夷上洒下不㞙』，夷上者，其頂平不高出也；洒下亦謂身斗峭也。《説文》：『峻，陗也。』『陗，峻也。』峻同陖，洒即陖之假借字。凡言陖陗，皆謂斗直不可上。」承珙案：《王風·葛藟》疏引李巡、孫炎，俱以洒下爲陗下，惟郭注《爾雅》訓洒爲深。以毛傳高峻義核之，則李孫是也。

「河水浼浼」，傳：「浼浼，平地也。」段云：「《吴都賦》『清流亹亹』李善注引《韓詩》：『亹亹，水流進貌。』不言何篇之注。今按：必此章『浼浼』之異文也。古音洒讀如『詵』，亹讀如『門』，殄讀如『珍』。」承珙案：《説文》：「潣，水流浼浼皃。从水，閔聲。」又：「浼，汙也。从水，免聲。《詩》曰：『河水浼浼。』」蓋浼本訓汙，《毛詩》作「浼浼」者，乃「潣潣」之假借。許从毛，故於「浼」下引《詩》。《文選》注引《韓詩》作「亹亹」者，又「潣潣」之異文也。傳云「浼浼，平地」者，謂水極盛則與地平矣。正義云：「河在平地，而波流盛。」非也。

「得此戚施」，傳：「戚施，不能仰者。」《説文》「鼀」下云：「圥鼀，詹諸也。其名詹諸，其皮鼀鼀，其行圥圥。从黽、圥，圥亦聲。䵹，鼀或从酋。」又「䵶」下云：「䵹䵶，詹諸也。《詩》曰：『得此䵹䵶。』言其行䵶䵶。从黽，爾聲。」戴氏《考正》曰：「《説文》引《詩》『得此䵹䵶』，䵹，七宿切；䵶，式支切。又名鼀䵹，鼀，力竹切。《説文》誤并『鼀』與『䵹』爲一字，並讀七宿切。『鼀』下當云『鼀䵹，詹諸也。』『其皮鼀鼀』當作『䵹䵹』。『其行圥圥』當作『鼀鼀』。鼀䵹之鼀，《説文》但用圥聲，《爾雅》轉寫作『鼁』。《釋文》：『鼁，起據反。䵹，音秋。』並非也。」承珙案：《説文》「䵹」爲「鼀」之别體，「鼀」「䵹」同字。《爾雅》既誤「鼀」爲「鼁」，又以「鼁䵹」連文，自是轉寫致譌。戴氏謂《説文》「圥鼀」當作「鼁䵹」，亦誤。「圥鼀」之圥，音力竹反，鼀音七宿反。「圥鼀、詹諸」，猶《虫部》之「𧌒鼀，詹諸也」。其行圥圥者，圥本土菌，取其樸地輪囷之狀。「鼁」下云「其行鼁鼁」者，取其施施難進之狀。「鼀」「鼁」二篆相連，「鼀」或作「䵹」，故「鼁」下即承之曰「䵹鼁，詹諸也。」䵹鼁，猶鼀鼁矣。總之，一物四名，曰𧌒鼀，曰圥鼀，曰䵹鼁，曰詹諸，無所謂鼁䵹也。《御覽》引《薛君章句》曰：「戚施，蟾蠩，喻醜惡。」是《韓詩》亦作「戚施」，即以詩言「戚施」者爲詹諸，「戚」乃「鼀」之借字。《文子·上德》篇「蟾蜍辟兵，壽盡五月之望」，《淮南·説林訓》作「鼓造辟兵」。「造」亦與「戚」聲相近，《説文》：「竈从穴，鼀省聲。或不省，作竈。《周禮》故書以竈爲造。」「施」則「鼁」之借字。《淮南·脩務訓》「蟾蠩捕蚤」，高誘注：「蟾蠩，鼀也。」字又作「鼀」。或謂若作「戚施」，不當訓蟾蠩，非也。

翁氏《詩附記》曰：「籧篨、戚施皆惡疾之名，故詩人以指衛宣也。至《爾雅》『口柔』『面柔』『體柔』之解，乃因三語同訓而比類之耳。豈其刺衛宣者必肖貌而爲辭邪？若《國語》云『不可使俯』『不可使仰』，又推而言之，所謂言各有當也。歐陽子乃以一身不能兼二事疑之，不亦迂乎？」承珙案：籧篨、戚施，物名是其本義。蓋籧篨之簟，麤惡堅强而難於屈曲；戚施之蟲，蹣跚匍匐而不能高仰。因而人之病偃者，有似於籧篨；病僂者，有似於戚施，故以目之。因而口柔者似病偃，面柔者似病僂，故又以目之。此詩以刺宣公，自是取惡疾爲喻。《潁濱詩傳》從毛説，謂此二者，天下惡疾，詩人之言所以深惡宣公。李迂仲極取其説。鄭箋用《爾雅》，訓爲口柔、面柔之狀，正如《雄雉》以「鼓翼泄泄」喻宣公振衣奮迅，志在婦人。其説亦通。歐陽《本義》乃謂宣公作臺，求燕婉之樂，國人過其下者皆仰面視之，既而惡之，或俯面不欲視之。此成何文理邪。王介甫又謂籧篨不能俯，以刺宣公之無見於下；戚施不能仰，以刺宣公之無見於上。亦於詩意不切。

二子乘舟

《虞東學詩》曰：「《容齋五筆》謂宣公在位十九年而卒，姑以即位之初便成烝亂，次年即生伋子，勢須十五年然後娶。既娶而奪之，又生壽、朔。朔又能同母譖兄，壽又能代爲越境，非十歲以下兒所能辦也。然則十九年之間如何消破，陸儼山嘗舉以問穆伯潛。伯潛以爲宣公上烝當在未即位之前。儼山以爲其父尚在，不應認爲己子。按：《史記》：衛莊公卒後十六年，而後桓公被弒，迎其弟晉于邢而立之，是爲宣公。宣公嗣爲諸侯，去父亡十有六年矣。其生伋子，豈得謂父在時邪。惜伯潛不能舉此折之。或謂宣未爲君，其兄桓公固在，肯任其烝庶母生兒，而居然以爲己子邪。愚謂桓公爲世子時，親見州吁之驕縱，久思爲紾臂之舉，乃即位後尚容之十六年，聽其與叔段爲伍，釀成禍端而身受之；闇弱如此，安能防閑其庶母及弟也。後公子頑之事，亦當惠公在位時。可以破疑矣。」承珙案：衛宣之立在魯隱公四年，其卒在魯桓公十二年。公子朔立，是爲惠公。《左傳》云：「惠公之即位也，少。」杜預注云：「蓋年十五六。」正義謂宣公即位三四年始生惠公，新臺之作當在即位之初年，烝夷姜而生伋子自當在其兄桓公之世。《左傳》於此事原委分明，無不可信，諸儒皆疑其所不必疑者也。

毛西河曰：「莘在河西，齊在河東。以《左傳》『西至於河』一語證之，盜殺二子於莘，未嘗渡河，無乘舟事。疑是詩非爲二子作。」又云：「莘、新聲近。《漢志》：東郡陽平有莘亭。杜預、酈道元無不曰衛之新臺即衛殺子伋之地。蓋『莘』即『新』也。」汪氏梧鳳曰：「衛宣時，猶都商之朝歌，即今濬縣。自衛都達莘，未嘗不取道于河，豈必入齊乃渡河邪。况詩又未明言渡河。若肥、若淇，何不可舟者，奚以明其渡之必河邪？」承珙案：毛西河謂莘爲衛東地而在河西，是也。其云《漢志》《水經注》皆言莘即新臺，則誤。《郡國志》「陽平侯國有莘亭」劉昭注云：「杜預注《傳》曰，衛作新臺在縣北，衛殺公子伋之地，故曰『待諸莘』。」考桓十六年《左傳》杜注但云「陽平縣西北有莘亭」，無「新臺在縣北」語，此劉昭誤也。《水經・漯水注》云：「漯水又北絶莘道城之西北，有莘亭。京相璠曰：陽平縣北十里有故莘亭，道阨限險要，自衛適齊之道也。望新臺於河上，感二子於宿齡，詩人乘舟，誠可悲也。」此所云「新臺」者，不過因其事而及之，非謂新臺即莘。西河據此二文以爲證，誤矣。且《傳》云：「國人傷其涉危遂往，如乘舟而無所薄。」明是借喻之語。毛公豈不知二子皆死於陸，並非舟中，又後先繼往亦非同舟而濟邪？若《新序》謂壽母謀沈伋於河，壽知之而與之同舟，舟人不能殺伋，方乘舟時，其傳母閔之而作是詩，安知其不即因是詩而附會爲此説邪？

「汎汎其景」，《經義述聞》曰：「景，讀如憬。《魯頌・泮水》篇『憬彼淮夷』，毛傳曰：『憬，遠行貌。』下章言『汎汎其逝』，正與此同意。《士昏禮》『姆加景』，今文『景』作『憬』，是『憬』『景』古字通。」承珙案：傳云：「汎汎然迅疾而不礙也。」毛以迅疾不礙釋「景」字，礙者，止也，並不以爲景響之景。《釋文》乃云「景，或音影」。正義則云「見其影之去，往而不礙」，是直以景爲影，礙爲挂礙之義。皆誤。

「願言思子」，傳：「願，每也。」段懋堂曰：「此『每』如《春秋外傳》『懷私爲每懷』、賈誼賦『品庶每生』之每。《毛詩》「願」字首見於《終風》「願言則疐」而無傳，則毛意謂與今人語同耳。《釋詁》曰：「願，思也。」《方言》曰：「願，欲思也。」《邶風》鄭箋曰：「願，念也。」皆與今語合。《説文·丂部》曰：「寧，願詈也。」《用部》曰：「甯，所願也。」《心部》曰：「憖，肯也。」凡言「願」者，蓋「寧」「甯」「憖」三字語聲之轉。自《詩》所用已如是，而《二子乘舟》語意尤深，故傳别言之，非有異也。」承珙案：《衛風》「願言思伯」，正義云：「毛於《二子乘舟》傳曰：『願，每也。』則此『願』亦爲每。」「甘心首疾」傳云：「甘，厭也。」正義曰：「謂思之不已，至厭足於心。」觀於「甘」之爲「厭」，而「願」爲「每」之義乃益明。孔疏但以「每有所言」解之，淺矣。

「不瑕有害」，傳：「言二子之不遠害。」朱氏《通義》曰：「『不瑕有害』與《泉水》語同意别。《泉水》是害於義，此詩是害其身。過爲疑辭者，不忍斥言其死也。」《陸堂詩學》曰：「毛傳於《泉水》但訓『瑕』爲『遠』，而此乃云『不遠害』。《泉水》當曰不以遠而有害也，此則曰不以遠而有害乎。」黄氏文焕曰：「《泉水》明知於義不可往，而聊與之謀，非真欲歸甯也；此明知其身已被禍，而有不忍言，非直爲君諱也。」承珙案：三説皆微婉得詩意。《唐石經》初刻作「遐」，因傳義而改經字。其實經字衹當作「瑕」，傳意「瑕」爲「遐」借，故訓「遠」；箋則用「瑕」字本義訓「過」。《泉水》與此並同。

毛詩後箋卷四

涇　胡承珙

鄘

柏舟

《序》云：「《柏舟》，共姜自誓也。衛世子共伯早死，其妻守義，父母欲奪而嫁之，誓而弗許，故作是詩以絶之。」《史記》謂衛武公和殺共伯而自立，《索隱》力辨其誣。後之説詩者，《吕記》、嚴《緝》及李氏《集解》皆從其説。姜氏《廣義》曰：「此正當宣王之世，宣王能討魯伯御，豈容武公之弑君簒國。今即以詩考之，曰『髧彼兩髦』，知共伯之卒，在釐侯未薨之前。《序》曰共世子，知未立爲君也。《史》遷之説誣矣。」《虞東學詩》曰：「《序》言共姜自誓，而下稱衛世子共伯蚤死，其妻共姜守義云云，《索隱》據之以正子長之失。《序》不獨有功於經，抑且有補於史。」范氏《詩瀋》曰：「共伯長於武公，其死時必年近五十，何云『蚤死』。共姜年必相仿，非少艾也，父母何尚欲奪而嫁之。髦者，垂髮至眉，被於兩旁，幼小之飾。若父母見在，雖長不去，唯拂而扱之冠纓。《内則》云『子事父母，拂髦冠纓』是也。至父母死，乃脱其髦。《喪大記》云『小斂脱髦』是也。當共伯之死，釐公已葬，何得仍以『兩髦』稱之。此皆誤也。竊意共伯立爲世子，早已身死，武公是以嗣爲大子。共姜無倚，大歸於齊。其母欲奪其志。故指共伯之兩髦以自矢。是時釐公尚在，故曰『髧彼兩髦』也。」姜氏《廣義》又曰：「郝氏、鄒氏、張氏皆以共姜爲室女，蓋以『髧彼兩髦』一語也。疏據《内則》『櫛、縰、笄、總、拂髦、冠、緌、纓』，謂既髦乃加冠。夫冠則冠加髦上，安得見髦。詩舉兩髦，知共伯未冠。禮，冠而後娶。知共伯之未娶，而姜爲室女也。然兩髦之制，康成未詳，而毛公云『髮至眉』，安知非加冠而兩髻之末垂於眉，冠不得掩乎。以是決其未冠，所不敢矣。」何氏《古義》亦云：「郝鄒皆以兩髦爲童子之飾，即『總角丱兮』是也。然詩言兩髦，不言總角，意即所謂拂髦而韜之冠内者。況父喪脱左，母喪脱右，古有明文，誰謂兩髦不可以言既冠乎。」承珙案：《甫田》「總角丱兮」，傳云：「總角，聚兩髦也。」正義云：「言總聚其髦以爲兩角。」郝鄒之説，固自可通。但《内則》於子事父母及男女未冠笄者，皆云「拂髦」，則兩髦之有無祇分親在親没，實不分已冠未冠。惟據《序》「世子蚤死」一語爲斷，則《史記》之説自不可信耳。

「髧彼兩髦」，傳：「髧，兩髦之貌。髦者，髮至眉，子事父母之飾。」正義引《既夕禮》《内則》鄭注皆止云髦象幼時鬌，其制未聞。項安世云：「以髮作僞髻，垂兩眉之上，如今小兒用一帶連雙髻，横繫額上是也。」承珙案：傳言髦，髮至眉，是實知其形象。而鄭注三禮已云「其制未聞」，可見毛公時書，康成已有不能盡見者矣。惟據《既夕禮》云「既殯，主人脱髦」，《喪大記》云：「小斂，主人脱髦。」《内則》注云：「拂髦，振去塵，著之。」曰「脱」曰「著」，自是假他髮爲之。故此傳云：「子事父母之飾。」鄭注《既夕禮》云：「長大猶爲之飾。」是也。

《説文》：「鬏，髮至眉也。从髟，敄聲。《詩》曰：『紞彼兩鬏。』髳，鬏或省。漢令有髳長。」《詩釋文》云：「髦，《説文》作髳。」承珙案：《説文》「髮至眉」之訓正用毛傳，即引《詩》云云。其下乃言省畫之髳，而證以漢之髳長。是許以「鬏」「髳」字同而義異。其所據《詩》本，並不作「髳」。《呂記》引《釋文》云：「髦，《韓詩》作髳。」蓋韓以髳爲鬏，《釋文》所引當是《韓詩》，今本誤作《説文》。然王氏《詩考》輯《韓詩》不及此字，則所見《釋文》已同今本矣。

「實維我儀」，傳：「儀，匹也。」何氏《古義》曰：「毛傳、《爾雅》皆訓儀爲匹。《書》『鳳皇來儀』，注以爲相乘匹。《國語》『丹朱馮身以儀之』，亦謂馮依其身而匹偶之。」

「實維我特」，傳：「特，匹也。」《稽古編》曰：「毛以特爲匹。朱子謂特爲孤獨之義，而得爲匹者，古人多反語。故《小雅》『新特』亦用此詩毛義釋之。然毛傳以『新特』爲外婚，鄭申之爲特來無倂之女，與匹義反矣。案：我特，《韓詩》作『我直』，云：『相當值也。』兩家字異而義同。意毛傳《詩》時，字亦作『直』乎？不然，則師授如此也。不得爲《小雅》『新特』例矣。」惠氏棟曰：「特，猶犆也。《繁陽令楊君碑》以特爲犆。故《韓詩》作『直』。」承珙案：「特」本牛父之稱，通言之則羊豕及馬皆有「特」名。《周禮·校人》「凡馬特居四之一」，鄭衆注云：「三牝一牡也。」《生民》傳云：「羝，牡羊也。」《衆經音義》引《三倉》云：「羝，特羊也。」《爾雅》：「豕生三豵二師一特。」是凡畜之牡者皆可謂之特。反言之，則孤特者必有偶，故又爲匹偶之稱。至因其獨立之意，則爲雄俊之稱，《黄鳥》「百夫之特」傳云「乃特百夫之德」是也。又單獨之意，男女皆可通，故《小雅》「求爾新特」，傳箋以爲外婚無倂之女也。凡一義之反覆引申者如此，但其施之各有當耳。

牆有茨

「牆有茨，不可埽也」，傳：「牆，所以防非常。茨，蒺藜也。欲埽去之，反傷牆也。」此於取興之意木無不合，歐陽《本義》譏之，謂「牆以防非常者，爲有内外之限爾。若牆上有蒺藜，則人益不可履而踰，是於牆反有助爾」，此豈詩之本意哉？不知傳言「牆以防非常」，宜於堅密，而乃生不可埽之茨，以興中冓宜於肅清，而乃有不可道之言。今欲埽之，則恐傷於牆之堅，猶欲道之，則恐揚其國之惡耳。興意深隱。以下有中冓言醜，故衹取於合好掩惡之意。箋云：「國君以禮防制一國。今其宮内有淫昏之行者，猶牆之生蒺藜。」此説稍泥。孔疏衍之，云：「蒺藜不可埽，埽之則傷牆而毁家，以興國君以禮防制一國之非法。今宮中有淫昏之行，不可滅而除之；欲滅而除之，反違禮而害國。」夫淫昏之行正宜滅除，何得云違禮害國。此所以來歐陽之譏也。而歐自爲説，乃云：「茨生於牆，理當埽除，然欲埽則恐傷牆，以比公子頑罪當誅戮，恐傷惠公子母之道。」案：詩但以「不可埽」對「不可道」言之，未必以茨喻人、以埽除喻去其人。歐説亦豈詩之本意哉。

「中冓之言」，傳：「中冓，内冓也。」箋云：「内冓之言，謂宮中所冓成頑與夫人淫昏之語。」案：《説文》：「冓，交積材也。象對交之形。凡冓之屬皆從冓。」又《木部》：「構，蓋也。从木，冓聲。杜林以爲椽桷字。」《淮南·氾論訓》云：「築土冓木。」是「冓」與「構」義略同。《書·大誥》：「若考作室，既底法，厥子乃弗肯堂，矧肯構。」「堂」謂築基，「構」謂蓋屋。古者，堂半以後爲室，室必交積材以爲蓋屋。中冓者，謂室中，傳云「内冓」，猶言内室。《漢書·文三王傳》：谷永上書曰：「是故帝王之意，不窺人閨門之私，聽聞中冓之言。」以

「中冓」與「閨門」對舉，亦是指內室而言。應邵云：[1]「中冓，材冓在堂之中。」非是。《玉篇·宀部》引《詩》作「⿱宀冓」，从宀者，亦取交覆深屋之義。其以中⿱宀冓爲中夜，則用《魯》《韓詩》説。晉灼《漢書》注引《魯詩》曰：「冓，夜也。」《釋文》引《韓詩》云：「中冓，中夜。謂淫僻之言也。」夫中冓爲嚮晦宴息之地，故以爲夜，義本相近。《韓》云「淫僻之言」，則箋説所本。鄭注《媒氏》「陰訟」謂「争中冓之事以觸法者」，即引此詩爲證，蓋亦用《韓詩》説。但頑與夫人實爲淫昏之行，非由宮中所冓之語，故不如傳第以中冓爲閨中隱奧之處，其言亦第當爲閨門曖昧之言也。馬元伯曰：《桑柔》「征以中垢」，傳云：「言闇冥也。」「中垢」與此「中冓」聲義略同。

「不可襄也」，傳：「襄，除也。」段氏《詩小學》曰：「古『襄』『攘』通。《史記·龜策傳》『西襄大宛』，徐廣曰：『襄，一作攘。』」承珙案：《出車》「玁狁于襄」，《釋文》亦云：「襄，本作攘。」《説文》引《漢令》「解衣耕謂之襄」，此其本義；除者，其引申義也。

「不可讀也」，傳：「讀，抽也。」段懋堂曰：「抽，當作籀。《説文》：『籀，讀書也。』籀之義訓抽，《説文》敘云『諷籀書九千文』是也。毛公及《方言》皆用『抽』爲『籀』。抽、籀，漢之古今字。或假『紬』爲『籀』。」承珙案：箋云：「抽，猶出也。」此如服虔《左傳》注云「繇，抽也。抽出吉凶也」。「繇」與「籀」同，於義皆爲抽繹而出之，此古訓也。蓋道者約言之，詳者多言之，讀者反覆言之。詩意蓋謂約言之尚不可，況多言之乎？況反覆言之乎？三章自有次第。《釋文》引《韓詩》「詳」作「揚」。揚，猶道也。不如毛訓「詳審」爲長。

[1] 「邵」，《續經解》本、廣雅本並作「劭」。

君子偕老

「副笄六珈」，傳：「副者，后夫人之首飾，編髮爲之。笄，衡笄也。珈，笄飾之最盛者，所以別尊卑。」箋云：「珈之言加也。副既笄而加飾，如今步摇上飾，古之制所有，未聞。」案：鄭注《周禮》，分別《追師》「副」「編」「次」云：「副之言覆，所以覆首爲之飾，其遺象若今之步摇。編者，編列髮爲之，若今假紒。次者，次第髮長短爲之，若今髲髢。」此以假紒專屬之編。而此傳云：「副，編髮爲之。」蓋副與編皆假髮所爲，但副有衡笄六珈之飾，所以爲盛。此箋云「副既笄而加飾，如今步摇上飾」，亦謂副上加飾。則副必本以髮爲之可知。《廣雅》云：「假結謂之髻。」髻與副同。《釋名》云：「王后首飾曰副。副，覆也，以覆首也。亦言副貳也，兼用衆物成其飾也。」「衆物」即六珈之類。統言之，則六珈皆爲副飾，毛析言之，故曰「副，編髮爲之」耳。《續漢書·輿服志》云：「皇后謁廟，假結步摇簪珥。步摇以黄金爲山題，貫白珠爲桂枝相繆。一爵九華，熊、虎、赤羆、天鹿、辟邪、南山豐大特六獸，《詩》所謂『副笄六珈』者。」鄭氏疑古制未必然，故云「所有，未聞」。然宋玉《風賦》云：「主人之女，垂珠步摇。」則步摇制亦古矣。

《稽古編》曰：「『衡笄』本《周禮·天官·追師》文，傳引其成語耳，非合衡笄爲一物也。衡垂於當耳，笄横於頭上。彼注云：『王后之衡笄，皆以玉爲之。惟祭服有衡，垂於副之兩旁當耳，其下以紞縣瑱。笄，卷髮者。』是衡與笄本二物也。孔疏引之，於『祭服有衡』下增一『笄』字，而不引『笄，卷髮』之文，是以釋衡者釋笄矣。《吕記》、朱《傳》皆仍其誤，而嚴《緝》尤失之，曰：『笄者，婦人之首飾。惟后夫人之副，其笄謂之衡笄。』是竟以衡爲笄名。又曰：『毛以衡笄爲一物，鄭注《追師》以爲二物，疏溷毛鄭爲一説。』不知毛公連引衡笄，所以見笄之爲玉，非合二物爲一也。鄭注《追師》既以衡笄爲二物，而箋《詩》副笄仍不易傳，亦知毛意與己不異也。疏之誤，在引釋衡文而不引釋笄文耳。嚴誤認毛意，而謂與鄭異説，其誤更甚於孔矣。」承珙案：傳意似以衡笄爲一物，非關便文言之。衡笄即謂笄之横於頭上者，不必定與鄭注《周禮》相同。嚴《緝》從毛，未可謂誤。竊意此所謂「衡笄」者，與尋常固髮之笄名同而實異。禮，男子冠而婦人笄，男子二十冠而字，女子許嫁笄而字。夫笄以配冠，則非止固髮之用。《楚語》：「司馬子期欲以妾爲内子，訪之左史倚相曰：『吾有妾，而愿欲笄之，其可乎？』」然則古之爲妾者不笄，非並無簪以鬖髮也。蓋笄爲婦人禮服之首飾，而副笄有六珈，其飾更盛，或獨爲后夫人之所服，故毛以副笄之笄爲衡笄耳。金誠齋曰：「《周禮・追師》『衡笄』，鄭司農注云：『衡，維持冠者。』案：先鄭釋衡不釋笄，始以衡笄爲一物；後鄭以衡笄爲二物。左氏桓二年《傳》云『衡、紞、紘、綖』，杜注云：『衡，維持冠者。』與先鄭同。是衡笄即固冠之笄也。此笄既以固冠，亦以縣瑱。瑱之制，縣之以紞，上係于笄。《弁師》言『玉瑱玉笄』，《左傳》言『衡紞』，衡之即笄，甚明。蓋既有笄，不宜又有衡。苟衡與笄並設，不亦過於繁複乎？後鄭説非也。」

《周禮》賈疏云：「《詩》有『副笄六珈』，謂以六物加於副上，未知用何物。」《詩正義》云：「言珈者，以玉加於笄爲飾。」案：傳云「珈，笄飾之最盛者」，自是以珈飾笄，其數有六，與鄭義珈爲副飾者不同。《太玄・瞢》：「上九，男子折笄，婦人易哿。」注范望曰：「哿，笄飾也。男子有笄，婦人哿之以飾。」「哿」與「珈」同，哿之以飾，言加之以飾也。姚姬傳《九經説》云：「毛鄭皆以笄與珈同爲副上之物，非謂以珈爲笄飾。」其説非是。《廣雅》云：「笄，簪也。」笄即珈，簪即簪，張揖蓋以珈即爲笄。然《詩》言六珈，未聞六笄也。惟一笄而有六珈之飾，則非徒固髮之簪，又可知矣。

「委委佗佗」，傳：「委委者，行可委曲從迹也。佗佗者，德平易也。」正義引《爾雅·釋訓》「委委佗佗」，「李巡、孫炎、郭璞皆以爲容儀行步之美，與毛言其德者異。鄭以諭宣姜之身，則或與孫郭同」。承珙案：《一切經音義》卷九引《詩》「逶逶佗佗」傳云：「委佗者，行可委曲迹也，亦自得之貌。」此或誤合《召南》傳、箋之文耳。卷三引《韓詩》云：「委佗，德之美貌也。」與此篇《釋文》正同。是《韓詩》以「委佗」爲德，與毛義合。《爾雅釋文》云：委，先儒並作「褘」。舍人曰：「褘褘者，心之美。《詩》云：『褘褘它它。』」此所據字異，必三家詩。其以爲心之美，亦同毛義，自不當專指容儀、行步言之。傳以「佗佗」爲德平易者，《太玄·玄攡》：「夫地他然，示人明矣。」注云：「他，猶泰也。」此「他然」如《易·繫辭》所言「隤然」者，故《太玄·玄吉》又云「地隤而静」。「他然」「隤然」蓋皆安泰之意，傳云「佗佗，平易」，義可以此推之。

「象服是宜」，傳：「象服，尊者所以爲飾。」惠氏《古義》曰：「《説文》：『襐，飾也。从衣，象聲。』《急就篇》曰：『襐飾刻畫無等雙。』《漢書·外戚傳》曰：『襐飾將醫往問疾。』師古曰：『襐飾，盛飾也。』」承珙案：「象」即「襐」之假借，襐爲盛飾，故毛云「尊者所以爲飾」。范甯注《穀梁》，以象服爲吉笄。《玉篇》云：「襐，首飾也。」《廣韻》又曰：「襐，未笄冠者之首飾也。」顔注《漢書》：「襐飾，一曰首飾，在耳後，刻鏤而爲之。」此皆别義，與傳不合。惠氏《禮説》：「象服，即象揥，佩猶服也。」謂著於首。然《詩》云「是宜」，則斷非專指象揥一物耳。

「玼兮玼兮，其之翟也」，傳：「玼，鮮盛貌。翟，褕翟、闕翟。翟上下兩「翟」字，依段説補。羽飾衣也。」《稽古編》曰：「象服翟衣，毛傳謂以象骨及羽爲衣服之飾，而孔疏不從，以爲象骨飾服，經傳無文；又衣裳隨身卷舒，非可羽飾，蓋右鄭也。然古籍散亡，制度不見於經傳者多矣。安知象飾之服，毛非有據乎？至以羽飾衣，春秋時尚有之。楚王『秦復陶，翠被』，杜注謂『秦所遺羽衣』，及『以翠羽飾被』，不聞其礙於卷舒也。又案：《説文》釋褘爲『畫衣』，褕爲『翟羽飾衣』。陸農師謂《周禮》二翟曰翟，而褘衣變翟曰衣，當是褘衣畫雉，而褕翟、闕翟皆用羽飾。以證《説文》，其語良是。」承珙案：《周禮》「樂師皇舞」，注：「故書皇作翌。」鄭司農云：「翌，舞者衣飾翡翠之羽。」《説苑・善説》篇：「襄成君始封之日，衣翠衣，帶玉劒。」此皆足爲傳「翟羽飾衣」之證。至「象骨飾衣」，乃孔疏妄推毛意，以言服則非揥，明以象骨飾服，惟尊者爲然。此實書傳之所未聞，毛公並無此説。而陳氏以爲必有所據，不亦誣乎？

「象之揥也」，傳：「揥，所以摘髮也。」《説文》：「擿，搔也。」段云：「此義音剔。《詩釋文》：『揥，敕帝反。摘，他狄反。本又作擿，非，擿音直戟反。』按：以許説繩之，則作『擿』爲是，擿正音他狄反也。以象骨搔首，因以爲飾，名之曰『揥』，故云『所以擿髮』。即後世玉導、玉搔頭之類也。《廣韻・十二霽》曰：『揥者，揥枝，整髮釵。』許書無『揥』字。」承珙案：《説文》但有「摘」字，云：「拓果樹實也。从手，啇聲。一曰指近之也。」此即「摘」字。李善《文選》注引《説文》云：「揥，取也。他狄切。」似《説文》本有「揥」字而今脱之。但訓「取」，則又非《詩》之象揥矣。姚氏《識名解》曰：「嚴華谷云，若音『摘』爲摘取之義，則今之鑷子；搔首之摘，因以爲飾者，若今之篦。何元子云，整髮釵也。按：揥若即篦，亦非佩物，疑所謂『整髮釵』近是。古禮服有玉瑱，無象揥，今並舉之，或是燕居之飾歟？」

「揚且之晳也」，傳：「揚，眉上廣。」「子之清揚，揚且之顔」，傳：「清，視清明也。揚，廣揚而顔角豐滿。」

承珙案：末章兩「揚」字當有二義。「揚且」之「揚」，與次章同。「清揚」之「揚」，必非亦謂眉上，傳文當作「清揚，視清明也」，「明」即「揚」字之訓。「清揚」亦作「清陽」。《説苑·尊賢》篇引「野有蔓草，清陽婉兮」。《説文》：「陽，高明也。」《禮記》注：「明者曰陽。」《猗嗟》「美目揚兮」，「揚」即明也。又「猗嗟名兮」，「名」與「明」通，亦謂目也。傳云「揚，廣揚而顔角豐滿」，乃釋「揚且之顔」句，不連「清揚」之「揚」爲釋也。《猗嗟》「美目揚兮」「美目清兮」，皆專指目而言，文義明白。傳於「美目揚兮」云「好目揚眉」者，蓋以揚眉見目之美，要其美仍在目不在眉也。上文「抑若揚兮」已云「眉廣揚」矣，不應此「揚」又指眉上也。《野有蔓草》《猗嗟》「清揚婉兮」，當與《鄘風》「子之清揚」皆爲視清明之貌。毛傳一云「眉目之間婉然好也」，一云「婉，好眉目也」，正義遂謂眉上眉下皆爲揚，目上目下皆爲清。不知《説文》「眉目之間爲顔」，本有專名，非清揚之謂。此「清」祇言目之精光，「目上」「目下」皆於清義不合。「揚」雖有二，而廣顙之揚究不得爲美目之揚。目亦曰揚者，《方言》云：「黸瞳之子，燕、代、朝鮮、洌水之間曰盱，或謂之揚。」是其明證。毛傳每於「清揚」之「揚」兼眉言之者，《説文》：「盱，張目也。」張載注《魏都賦》「盱衡」曰：「眉上曰衡。盱，舉眉大視也。」李善引《漢書音義》曰：「盱衡，謂舉眉揚目也。」此即毛傳好目揚眉之義。因揚眉見目之美，故經以美目爲揚。傳欲見揚爲舉目之美，故統言「眉目之間」與「好眉目」耳。不然，經文既言「子之清揚」，又言「揚且之顔」；既言「抑若揚兮」，又言「美目揚兮」，同一眉上廣揚，何必複沓若是乎？《爾雅》：「目上爲名。」《猗嗟》傳：「目下爲清。」此謂目之上視、下視。「名」與「明」通，即所謂視清明也。自孫炎、郭璞誤讀《爾雅》「目上」爲在上之上，孔氏正義因並謂目之下爲清，皆誤也。別有辨，見《齊風》。

「瑳兮瑳兮，其之展也」，傳：「禮有展衣者，以丹縠爲衣。」箋云：「后妃六服之次，展衣宜白。」惠氏《禮説》云：「陸農師謂展，一作襢。通帛爲旜。旜，絳色也，與襢同義。其説有據。」段氏《周禮漢讀考》曰：「《説文》『𧜵，丹縠衣也』，本毛傳，而字作『𧜵』，从衣，㠭聲。今《詩》《禮》皆無此字。蓋漢時禮家師傳不一，是以毛公作褕狄𧜵衣，而許君從之，不與鄭同也。今《毛詩》作「揄」「展」，此又鄭箋之本，不與許同。《釋文》「揄」字又作「褕」與許本合。毛、許、馬融皆云：展，丹縠衣。鄭仲師始云展衣，白衣，而鄭君從之。蓋舊説《周禮》鞠衣黃，緑衣緑，不改字。素沙白，則展衣爲丹色矣。沙者，沙縠。言『衣』言『沙』者，互見。則鞠衣，黃縠爲之；緑衣，緑縠爲之。以意揣之如是。」承珙案：以素沙當白衣，何氏楷已有此説，且引《雜記》「復有素沙」爲證。然若素沙爲衣，則是七服而非六服，其説自不可通。但鄭注：「素沙者，以白爲裏，使之張顯。」夫展衣既爲白衣，則以白裏，「白」何能張顯丹縠之制，故當以毛義爲勝。蓋后服不必如王四時之色俱備耳。孫毓推之，以爲疑於凶服，故展衣赤。亦未必然。《玉篇》：「𧜵，丹縠衣。又王后衣也。」則似以丹縠之展衣非六服之展衣，殆以毛鄭異義，故疑不能定歟？

「蒙彼縐絺，是紲袢也」，傳：「蒙，覆也。絺之靡者爲縐，是當暑袢延之服也。」箋云：「縐絺，絺之蹙蹙者。展衣，夏則裏衣縐絺，此以禮見於君及賓客之盛服也。」何氏《古義》云：「所謂『蒙彼縐絺』，乃展衣上加縐絺蒙之，即素沙也。郝敬云，素沙即白紗，所以加于衣上者，尚絅之意。古婦人盛服，以薄綃蒙于外。凡繒薄細者，皆稱絺，即今方目紗之類，不獨葛也。」承珙案：如此，則《詩》當云「蒙以縐絺」，不得云「蒙彼縐絺」矣。

《稽古編》曰：「毛云『當暑袢延之服』，孔氏申之，以爲『展衣而以絺爲裏，所以紲去袢延蒸熱之氣也』。紲袢，音薛煩，二字皆借用。以意推之，『紲』當是『渫』除去也，私列切。之借，『袢』當是『煩』之借耳。」《説文·衣部》云：「褻，私服。从衣，埶聲。《詩》曰：『是褻袢也。』」段注云：「今《詩》『褻』作『紲』，毛傳云『當暑袢延之服』，『當暑』二字釋『褻』也。」又：「袢，衣無色也。从衣，半聲。一曰《詩》曰：『是紲袢也。』」段云：「紲，當同『褻』，篆下作褻。毛傳『袢』『延』疊韻，如《方言》之『襎裷』。漢時有此語，指摩之意。外展衣，中用縐絺爲衣，可以揩摩汗澤，故曰褻袢。褻袢專謂縐絺也。暑天近汗之衣必無色，故知『一曰』爲衍文矣。」承珙案：「袢延」當與《大雅》之「畔援」「泮奐」、《周頌》之「判渙」同，以疊韻爲義。畔援，猶跋扈也。伴奐，自縱弛之意。《訪落》傳：「判，分；渙，散也。」畔援，亦作「叛换」。《魏都賦》「雲徹叛换」，劉淵林注：「叛换，猶恣睢也。」當暑之服縐絺，近於縱弛分散，然係私褻之服。若以禮見王及賓客，則必有展衣蒙之，故曰「展衣」。而「蒙彼縐絺」，以縐絺是私褻袢延之服故也。《説文》「褻」下引《詩》是證「褻」字，「袢」下則以無色之衣通名「袢」，而當暑袢延之服亦必無色，故引《詩》以備一義，「一曰」二字恐非衍文也。焦里堂曰：「《蜀都賦》『累轂疊跡，叛衍相傾』，李善引《莊子》曰：『何貴何賤，是謂叛衍。』司馬彪注：『叛衍，猶漫衍也。』毛言『當暑袢延之服』，袢延即叛衍。袢延之服，蓋謂服之寬闊者。正義所言，非毛義，尤非詩義。」

「邦之媛也」，傳：「美女爲媛。」箋云：「媛者，所依倚以爲援諸本皆作「媛」，惟相臺本作「援」爲是。助。」《釋文》引《韓詩》「媛」作「援」，云：「援，取也。」「取」當爲「助」之誤。《説文》：「媛，美女也，人所欲援也。」鄭許及孫叔然注《爾雅》，蓋皆本韓義。

桑中

《序》云：「《桑中》，刺奔也。衛之公室淫亂，男女相奔，至于世族在位，相竊妻妾，期於幽遠，政散民流而不可止。」朱子以此詩爲淫者自作，與東萊争論，卒不能合。嚴氏《詩緝》曰：「若謂奔者所自作，則非所謂止乎禮義矣。當從國史所題，以爲刺也。」郝氏敬曰：「淫者犯禮法，方秘其事，惟恐人知。詩人爲表暴其事，《韓詩》所云『匹夫匹婦相會于牆陰，明日有傳之者』矣。」承珙案：此詩惟爲刺奔而作，故所舉貴族皆明列其人；而「桑中」「上宫」，又歷著其地，蓋如陳之宛邱、鄭之溱洧爲男女聚會之所，故奔者三人，而期、要、送皆在一處耳。若以爲淫者自作，則非僻之事，雖至不肖者，亦未必肯直告人以其人其地也。且若以爲一人所作，則一人而亂三貴族之女，而其輩行與期會迎送之地又皆相同，固無是理。若以爲三人所作，亦必無三人群聚一處而賦此狹邪之詩者。即有之，則廉恥道喪，惡莫甚焉，聖人肯録之以示後世乎？張氏叙《詩貫》云：「作詩刺淫，雖傷忠厚，然出于惡惡之公，其思固無邪也。若淫奔自述，則以淫思而賦淫詩，豈可供人吟誦乎？乃以是垂教，而又禁人之無邪，是樹曲表而求直影，何聖人之拙於計邪？其必不然也審矣。」

《稽古編》曰：「《小序》所云『政散民流而不可止』語，偶與《樂記》同，非謂『桑中』即桑間也。朱子因此語，遂全用《樂記》文證此詩即『桑間』。殊不知《樂記》既言鄭衛，又言桑間、濮上，明係兩事。若桑濮即『桑中』，則《桑中》乃《衛詩》之一篇，言鄭衛而桑濮在其中矣，何煩並言之邪？《樂記》又言『亂世之音怨以怒』，而係之《鄭》《衛》；『亡國之音哀以思』，而係之《桑間》《濮上》。此則二音之倫節，與作此二音之時世迥不相侔也。」又：「《樂記》注謂桑間即濮上地名，其音乃紂所作。《周禮·大司樂》『禁其淫聲、過聲、凶聲、慢聲』，注云：『淫聲若《鄭》《衛》。凶聲，亡國之聲，若《桑間》《濮上》。』疏亦解《桑》《濮》爲紂樂，則《桑》《濮》之非衛詩，歷有明證矣。」承珙案：何氏《古義》、《田間詩學》皆引《史記》以《桑間》《濮上》爲紂樂，非《桑中》之詩。考《史記·樂書》：衛靈公朝晉，晉平公使師涓鼓琴，未終，師曠止之，曰「此亡國之聲也」，聞此者「必於濮水之上」云云。是《史記》並無「桑間」之名。鄭注《樂記》乃云「濮水之上地有桑間」耳。《續漢書·郡國志》東郡濮陽縣有顓帝冢。《皇覽》曰：「冢在城門外廣陽里中。」《博物記》曰：「桑中在其中。」考東郡濮陽爲今開州，在滑縣東；《詩》之桑中與沬相近，當在朝歌，爲今衛輝府淇縣，濮陽即有桑中，要與「桑濮之音」無涉。然《漢書·地理志》云：「衛地有桑間、濮上之阻，男女亦亟聚會，聲色生焉。故俗稱『鄭衛之音』。」是班固已以《桑》《濮》爲鄭衛之音，而孔氏於《詩序》正義亦全用《樂記》文，則固不始於朱子。但必以《桑中》之詩即《桑間》，則非耳。《左傳》申公巫臣聘夏姬于鄭，「盡室以行」。申叔跪遇之，曰：「夫子有三軍之懼，而又有『桑中』之喜，宜將竊妻以逃者也。」其意正以「桑中」爲苟合之事，可見《序》說有所自來。王氏《總聞》乃謂作《序》在左氏之後，其說皆附合左氏爲之。案：毛公傳《詩》時，《左傳》尚未行，安得作《序》者已盡襲《左氏》。必如所疑，則天下之書更無有可信者矣。

「爰采唐矣」，傳：「唐蒙，菜名。」姚氏《詩識名解》曰：「孫炎以《釋草》『唐蒙』連讀，故云三名。郭璞分之爲四名。愚案：釋『唐』爲『蒙』，自傳始，其讀爾雅，必有所據。惟以『芣苢、馬舄』之文律之，又似以女蘿釋唐蒙者，不然則當多下一『蒙』字矣。然《詩》亦單言『唐』，不連『蒙』，《爾雅》所釋固當指此。但今菟絲子僅供合藥，非食菜。傳遵《釋草》文爲訓，而於『蒙』下增一『菜』字，豈唐別有蒙菜之名，非《釋草》所謂『唐蒙』者邪？」承珙案：正義引孫注：「唐蒙，女蘿。女蘿，菟絲。別三名。」而其下又引孫注「蒙，王女」云：「蒙，唐也。」則是單言之可曰唐曰蒙，連言之亦可曰唐蒙。草木之名，方俗語言、古今稱謂往往不同。《詩》雖單言唐，而《爾雅》、毛傳或因當時稱謂以「唐蒙」釋之，未爲不可。至謂菟絲僅供合藥，則今人以入藥者，古人或以爲菜，如蒼耳入藥而唐人尚有食之者，是也。

「美孟弋矣」，傳：「弋，姓也。」朱子曰：《春秋》「定姒」，《公》《穀》作「定弋」，「蓋杞女，夏后氏之後，亦貴族也」。承珙案：姒，本作「以」。《白虎通義》：夏祖昌意以薏以生，賜姓姒氏。《說文》無「姒」字，蓋即作「以」。「弋」與「以」一聲之轉。又《漢書》「鉤弋」，《廣韻》作「鉤㚤」。《說文》：「㚤，婦官也。」詩「弋」字或即「㚤」之省。蓋「㚤」本婦人姓，故字從女，而以爲婦官之稱，猶「姬」亦姓，而後世以爲衆妾之稱耳。

「美孟庸矣」，傳：「庸，姓也。」范氏《補傳》曰，鄘本庸姓之國，漢有庸光及膠東庸生，是其後也。《稽古編》曰：「《通典》謂鄘國，古或作『庸』，不知何所據。古未有以姓名其國者。荀、曹、滕皆古姓，而春秋時，荀、曹、滕則皆姬姓，未嘗以姓爲國名也。」錢竹汀曰：「古書『庸』與『閻』通，《左傳》『閻職』，《史記・齊世家》作『庸職』是也。《漢書》谷永對策引《小雅》『豔妻』作『閻妻』，鄭箋以『豔妻』爲厲王后，蓋其女之族姓。『閻妻』猶言『姜女』云爾。『庸』『閻』聲相近。《書》『毋若火，始焰焰』，《漢書》作『庸庸』，故知『庸』即『閻』。」承珙案：定四年《左傳》：「取於有閻之土以共王職。」是閻本衛地。古之姓氏亦有因其地而稱之者，如舜居嬀汭而其後氏姓爲嬀，是也。《路史·國名紀》引《風俗通》云：「古用國見《毛詩》，在高唐。乃用地，故有用姓。」此説亦不足據。

鶉之奔奔

《序》云：「《鶉之奔奔》，刺衛宣姜也。」許氏《詩深》曰：「詩以頑爲首，而《序》專斥宣姜，即弒君書趙盾之義也。盾，兄也，上卿也，有弟弒君而不討，是謂盜主。宣姜，嫡也，君母也，從子瀆倫而不恥，實爲亂階。兩人之罪狀既著，若穿若頑，俾服上刑而已，不待讞而定也。是故《詩》如史之文與事，而《序》則聖人之所取義。『《詩》亡然後《春秋》作』，此之謂矣。古人以事關君國者，多以『我』言之，如微子曰『我用沈酗于酒』，《春秋》曰『齊師伐我』。而臣民之分誼休戚一體，於兹可見。使此詩必爲惠公之言，則《左氏傳》曰『仲子歸于我』，何以爲之解乎？凡《詩》中如『念我無禄』『念我土宇』及『我是用急』之類，皆通指君國，必解爲詩人自指，則以文害辭矣。」承珙案：許説是也。《埤雅》云：「兄者，女兄也，娣刺宣姜之詞。君者，女君也，妾刺宣姜之詞。」此泥於「兄」與「君」字而爲之辭。李氏樗不然其説。《稽古編》乃謂《序》云刺宣姜，不云刺頑，毛以「兄」爲君之兄，不如陸之合，《序》非也。錢氏天錫曰：「我以爲兄者，刺其安爲之弟而不知逐也。我以爲君者，刺其安爲之子而不知閑也。」此解頗得詩旨。《序》與傳本不相背，不必鑿指娣與妾也。

「鶉之奔奔，鵲之彊彊」，箋云：「奔奔、彊彊，言居有常匹，飛則相隨之貌，刺宣姜與頑非匹耦。」承珙案：

《禮記・表記》引《詩》：❶「鵲之姜姜，鶉之賁賁。人之無良，我以爲君。」注云：「姜姜、賁賁，爭鬬惡貌也。良，善也。言我以惡人爲君，亦使我惡，如大鳥姜姜于上，小鳥賁賁于下。」據《表記》言「君命順則臣有順命，君命逆則臣有逆命」，其下引《詩》云云，意蓋重「人之無良，我以爲君」，言無良之人，其臣至不願以爲君，以證「君命逆則臣有逆命」耳。鄭注非詩本旨。至「姜姜」「賁賁」之解，似與詩言「奔奔」「彊彊」者不同。然陸佃云：「鶉無常居而有常匹。《尸子》曰：『堯鶉居。』《莊子》曰：『聖人鶉居而鷇食。』奔奔，鬬也，言鶉能不亂其匹。鵲傳枝受卵，故一曰乾鵲。而《莊子》云『烏鵲孺』，以傳枝少欲，故曰孺也。彊彊，剛也，言鵲能不淫其匹。」范氏《補傳》亦云：「鶉所以奔奔然善鬬者，惡其亂匹而鬬也。鵲所以彊彊然難偶者，傳枝受卵，故能不淫也。」據此，則《詩箋》所云「居有常匹，飛則相隨」者，與《禮》注「爭鬬」義固相成耳。

「我以爲君」，傳：「君，國小君。」正義曰：「夫人對君，稱小君。以夫妻一體言之，亦得曰君。襄九年《左傳》筮穆姜曰『君』，其出乎是也。」承珙案：《左傳》又云：「秦穆姬屬賈君焉。」《易・歸妹》六五「其君之袂」，虞翻注亦以「君」爲小君。

定之方中

《序》云：「《定之方中》，美衛文公也。衛爲狄所滅，東徙渡河，野處漕邑。齊桓公攘夷狄而封之，文公

❶「引」上原有「注」字，據《禮記・表記》刪。

徙居楚邱，始建城市而營宫室，得其時制，百姓説之，國家殷富焉。」《水經注》：「菏水分濟於定陶東北，北逕己氏縣故城西，又北逕景山東，又北逕楚邱城西。《郡國志》曰：『城武縣有楚邱亭。』杜預云：楚邱在城武縣西南。衛懿公爲狄所滅，文公東徙渡河，野處漕邑。齊桓公城楚邱以遷之，故《春秋》稱『邢遷如歸，衛國忘亡』。即《詩》所謂『升彼墟矣，以望楚矣。望楚與堂，景山與京』。故鄭玄言觀其旁邑及山川也。」趙氏一清曰：「程公説《春秋分記》云，戎州己氏邑在今拱州楚邱縣，天王使凡伯聘魯，由雒邑道楚邱至仙源，逮其歸，戎乃要而伐之。楚邱在河南，宜爲周魯往來之地。杜預誤以此爲即僖二年衛所城之邑，於隱七年釋云『在濟陰城武縣』，於僖二年『城楚邱』則釋云『衛邑』。是以『城楚邱』爲前日戎伐王使之楚邱矣。《水經》亦以戎伐凡伯于楚邱爲衛文公徙居於此。按：濟陰城武縣即今開德之衛南，蓋隋大業初改從此名，謂梁郡有楚邱，故以别之。衛爲狄所滅，東徙渡河，野處曹邑，文公徙居楚邱。曹邑在今滑之白馬，衛南爲近。二邑不出邦域之中，斯文公所由徙也。又衛南之楚邱在河北，凡伯安得踰河北道衛南而使于魯邪。故衛南之楚邱爲衛所城之邑，而拱州之楚邱則戎州己氏邑云。顧氏《日知録》曰：『濟陰之城武，曹地也；而言衛，非也。衛國本在汲郡朝歌，懿公爲狄所滅，渡河而東，立戴公以廬于漕。杜氏曰：漕，衛下邑。《詩》所謂「思須與漕」，而非曹國之曹也。僖公二年「城楚邱」，杜氏曰：「楚邱，衛邑。」《詩》所謂「作于楚宫」，而非戎伐凡伯之楚邱也。但云衛邑而不詳其地，然必在滑縣、開州之間。滑在河東，故唐人有魏滑分河之録矣。《水經注》乃曰楚邱在城武西南，即衛文公所徙，誤矣。』」一清案：亭林之見與克齋合。但克齋謂濟陰城武縣即開德之衛南，誤也。濟陰郡，宋時爲曹州地。《方輿紀要》云：『曹州曹縣東南四十里有楚邱城，春秋時戎州己氏之邑。』《左氏》隱公七年：『戎伐凡伯于楚邱。』又襄公十年：『宋享晉侯于楚邱。』蓋在曹宋間。漢置己氏縣，屬梁國，是即杜氏所云在濟陰城武縣者也。衛南屬滑州，後改屬澶州，《文獻通考》云：崇甯四年建州，爲北輔；五年升爲開德府。《太平寰宇記》『澶州衛南縣』下云：『衛文公自曹邑遷楚邱，即此城也。漢爲濮陽縣地。隋開皇十六年於此置楚邱縣，後以曹州有楚邱縣，改爲衛南。此在衛之南垂，故以名縣。』又云：『楚邱城在縣西北四里，《詩》云：「定之方中，作于楚宫。」《城冢記》云「齊桓築楚邱之城」，即此也。』是即亭林所謂『不詳其地，必在滑縣、開州之間』者也。兩地懸殊，何乃混而爲一乎？杜注於隱七年『戎伐凡伯之邑』釋曰『衛地，在濟陰城武縣西南』，於僖二年『所城』則曰『衛邑』，本自不錯，惟於『戎伐』下多『衛地』二字爲不合耳。然酈氏之説亦本《漢志》。『山陽郡城武縣』下云：『有楚邱亭，齊桓公所城，遷衛文公于此，子成公徙濮陽。』『東郡濮陽縣』下云：『衛成公自楚邱徙此，故帝邱，顓頊墟。』酈蓋篤信班固而不暇詳審爾。」承珙案：程氏以濟陰城武縣即開德之衛南，固誤，而謂衛南之楚邱在河北，尤誤。蓋但知宋時衛南縣之楚邱在河北，而不知春秋時之楚邱當在河南也。杜氏以隱七年戎伐凡伯之楚邱爲衛地者，蓋因哀十七年《左傳》「衛莊公登城以望見戎州」，又云「公入于戎州己氏」，故以此楚邱爲衛地，要未嘗以爲是《詩》之楚邱也。酈注《水經》，於《河水》篇云：「白馬濟，津之東南有白馬城，衛文公東徙渡河，都之。」固明知文公所都在滑之白馬，而於《濟水》注乃以城武之楚邱混于衛南之楚邱，則真誤矣。

「定之方中，作于楚宫；揆之以日，作于楚室」，傳：「定，營室也。方中，昏正四方。揆，度也。度日出日入，以知東西。南視定，北視極，❶以正南北。」箋云：「定昏中而正，❷於是可以營制宫室，故謂之營室。定昏中而正，謂小雪時。」毛鄭皆以「定」爲營室，惟毛以視定星而正南北，遂以營宫室；鄭以定星昏中，小雪之時，可以營宫室。正義云：「經傳未有以定星正南北者，故箋以『定』爲記時，異於傳也。」承珙案：《考工記·匠人》有「夜考之極星」之語，《晏子春秋·雜篇》亦有「古之立國者，南望南斗，北戴極星」之語，是古人本有視星以正方位者。人君居必南面，小雪之時，定昏中當正南之位，既以此時爲營作之候，亦即可指此星以定南北之方。故辨方記時，義未始不可相通。惟建宫室而定四方，既有「揆之以日」矣，故以此詩首句爲記時，於義更順，於文亦不複。此則箋勝於傳也。

「作于楚宫」，傳：「楚宫，楚邱之宫也。仲梁子曰：初立楚宫也。」惠定宇云：「《韓非子》曰：『有仲梁氏之儒』，即仲梁子也。《檀弓》亦引『仲梁子』，鄭氏以爲六國時人，是也。」《三家詩拾遺》云：「陶潛《群輔録》有『仲梁傳樂爲道』語，蓋先申公、浮邱伯而説《詩》者。」

「望楚與堂」，傳：「楚邱有堂邑者。」傅氏寅曰：「堂，楚旁邑。即今博州堂邑，以博濮二州連界也。」王伯厚《詩地理考》引之。《田間詩學》云：「此地去楚邱遠，不宜望見，由誤認濮州爲濮陽耳。」案：戴公廬漕，漕在漢爲白馬縣，今滑縣南猶有白馬廢城。楚邱在漢爲濮陽，隋改衛南，今開州也。在滑縣東六十里，與漕相

❶「視」，《續經解》本、阮校本《毛詩正義》皆作「準」。

❷「定」下，阮校本《毛詩正義》有「星」字。

去不遠，故登漕虛可以望楚。考開州，秦屬東郡，漢晉以來皆爲濮陽。『衛成公遷帝邱』，杜預注：『帝邱，今濮陽也。有顓頊墓。』今滑縣東北七十里有帝邱城，俗名土山村是也。《漢書》：東郡縣二十二，其首曰濮陽，爲郡治。而白馬正所屬也。成公由楚邱遷帝邱，只在開滑之間，而當時總名爲濮陽，總屬東郡。後人不辨東郡疆域所轄之廣，遂專指山左東昌爲東郡，以東昌之濮州爲濮陽，以爲顓頊墓在焉，成公所遷之帝邱謂即其地，謬矣。」

「景山與京」，傳：「景山，大山。京，高邱也。」承珙案：《輿地廣記》云，今拱州楚邱非衛之所遷，縣有景山京岡，乃後人附會名之。《九域志》云，開德府有景山。《詩地理考》又引《寰宇記》：「景山在澶州衛南縣東南三里。」今《寰宇記》「衛南縣」下無此語。總之，毛傳但云「大山」「高邱」，本未嘗以「景」爲山名。范氏《詩補傳》云：「景山以大而得名，商之故都也。衛在商畿内，故升墟以望，知地勢之勝。」《集傳》因之，曰：景山名見《商頌》。《稽古編》曰：「以《商頌》之『景山』爲山名，徒據《左傳》『景亳』之語。然『景』與『亳』連文，定是地名，非山名也。」

「終焉允臧」，顧氏《詩本音》曰：「漢光和六年《白石神君碑》其銘曰『卜云其吉，終然允臧』，張衡《東京賦》『卜征考祥，終然允淑』，用此文法。」《稽古編》曰，今本「然」誤作「焉」，此俗人據朱《傳》而妄改。《校勘記》曰：「《唐石經》、相臺本皆作『然』，《考文》古本同。案：正義云『終然信善』，又云『何害終然允臧也』，皆可證。」

「命彼倌人」，傳：「倌人，主駕者。」承珙案：《說文》：「倌，小臣也。」《周禮》：小臣爲大僕之佐。「大僕掌正王之服位，出入王之大命。王出入，則自左馭而前驅。」「小臣掌王之小命，詔相王之小法儀。王之燕出入，則前驅。」注：「燕出入，若今游於諸觀苑。」此云「説于桑田」，亦是游觀，而寓勤民之事，故命小臣。蓋小臣既爲前驅，亦可兼主駕説之事，故毛傳以「倌人」爲主駕者。秦漢官制，大僕主輿馬，殆沿周制歟？又《儀禮・燕禮》賈疏云：「諸侯小臣當大僕之事。」或謂《周禮・太僕》注云「僕，侍御於尊者之名」，《周禮》又別有「大馭中大夫」與「戎僕」「齊僕」等，皆掌馭車；《左傳》諸侯有僕人，又別有戎御等官，其職各不相通。今考春秋諸國祇有戎車之御，謂之「御戎」，其右謂之「戎右」；乘車則惟晉有「乘馬御」，餘皆無考。其《周禮》大馭以下等官，或諸侯即以大僕之屬兼之；或文公時草創，官無備制，亦未可知也。

「星言夙駕」，箋云：「星，雨止星見。」姚姬傳曰：「古『晴』字本作『𣅐』。𣅐，亦作『星』。若星辰字，自作『曐』。」「《詩釋文》引《韓詩》曰：『星，精也。』精，明晴之謂也。世久以『星』字當曐辰字，此詩偶存古字耳。其『星』即『晴』字，甫晴即駕，足以爲勤矣。若見星而行，乃罪人與奔喪者之事，衛文固不得爲也。」承珙案：《説文》：「夝，雨而夜除曐見也。」與箋説同。《日部》又云：「晵，雨而晝夝也。」「晵」字從日，故屬之晝；「夝」字從夕，故云夜除星見。鄭意亦以詩之「星」即「夝」字。「雨止星見」之「星」，字當作「曐」。此非以「星見」釋詩「星」字。蓋四字總言夜晴以明，預戒倌人，令其早駕耳。《史記》：「天精而見景星。」精謂精明，與《韓詩》釋「星」爲「精」義同。《漢書》直作「夝」，亦作「𣅐」。見《索隱》。《一切經音義》云：「古文夝、𣅐二形同。」或據宋本《釋文》引《韓詩》作「星，晴也」，若經文之「星」爲「𣅐」，則與「晴」同字，不當以晴釋𣅐。不知漢初已多用「晴」，少用「𣅐」，故《韓詩》以今字明古字，謂「星」即「晴」字，非訓「星」爲「晴」。《韓非子・説林下》曰：「荆伐陳，吴救之。軍間三十里，雨十日，夜星。」此亦古「晴」字之僅存者。

「匪直也人」，傳：「非徒庸君。」《稽古編》曰：「言文公務農愛民如此，非直庸庸之人也。故下文又美其德，而因及馬耳。朱《傳》曰：非獨人之操心誠實而淵深也，其畜馬已至三千之衆。則是君德之美祇以『匪直』二字帶言之，而專侈言多馬，恐失輕重之權。」承珙案：傳以「匪直」爲「非徒」，與《孟子》「非直爲觀美也」義同。庸君者，言非猶夫尋常之君，故范氏《補傳》云「非可以常人而論吾君」也。嚴《緝》則云：「文公能務農重本，蕃育其人，非直人也。文公操心塞實淵深，故能致國富强。」後儒多取其說。朱子《答劉坪書》云：「言非特人化其德而有塞淵之美，至於物被其功亦至衆多之盛。」此與嚴華谷說小異而大同。至《集傳》又別爲一說，則不如前說尚少語病耳。

蝃蝀

《序》云：「《蝃蝀》，止奔也。衛文公能以道化其民，淫奔之恥，國人不齒也。」朱《傳》以爲刺淫奔之詩。承珙案：《後漢書·楊賜傳》注引《韓詩序》亦云：「《蝃蝀》，刺奔女也。」夫曰「刺奔」，則時有淫奔者而刺之也。曰「止奔」，則時未有奔者而止之也，所謂禮止於未然者爾。文公當中興之際，敬教勸學以禮化民；斯民值喪亂之餘，革面洗心，以禮自守，與《桑中》諸篇之刺淫奔者不同。觀「乃如之人」云云，是引其人以爲戒。白當以毛《序》爲正。

「女子有行，遠父母兄弟」，《吕記》云：「此與《泉水》《竹竿》詞同而意異。此詩蓋國人惡淫奔者，言女子終當適人，非久在家者，何爲而犯禮也？《泉水》《竹竿》蓋衛女思家，言女子分當適人，雖欲常在父母兄弟之側，不可得也。一則欲常居家而不可得，一則欲亟去家而不能得，其善惡可見矣。」黄氏佐曰：「《泉水》《竹竿》言不可犯義而歸，此言不可犯義而行也。」《田間詩學》曰：「『女子有行』二句，似是當時陳語，故多引用之。猶言女生外向，本非父母兄弟之所能留，但宜守正待聘，何至于奔邪。」

「朝隮于西，崇朝其雨」，傳但訓「隮」爲「升」，自是承上章而言，謂蝃蝀朝升于西也。范氏《補傳》、嚴氏《詩緝》並據《曹風》「南山朝隮」傳云「隮，升雲也」，以此「朝隮于西」亦爲升雲。然此傳但言「升」，不言「雲」，恐與《曹風》傳不同。至《周禮》「十煇」之「隮」，先鄭以爲升氣；後鄭以爲虹，引此詩「朝隮于西」爲證。而後鄭箋《詩》但云「朝有升氣於西方」，不言虹者，亦以承上「蝃蝀」言之，無庸復贅。《詩正義》合二鄭説爲一，以虹由升氣所爲，故號虹爲「隮」。劉熙《釋名》亦云蝃蝀「見於西方曰升，朝日始升而出見也」。至箋云：「終其朝則雨，氣應自然，以言婦人生而有適人之道，亦性自然。」朱《傳》云：「方雨虹見，則終朝而雨止。」二説正相反。馮氏《名物疏》：「據《玉歷通政經》：『旦見於西則爲雨，暮見於東則雨止；旦見於西而純赤者則大雨，莫見於東而色黄者則雨止。』然則在東者，截雨者也；隮西者，行雨者也。《孟子》云『若大旱之望雲霓』，以此。」楊旭、顧起元皆云俗諺「東鱟晴西鱟雨」，以朱《傳》爲誤。承珙案：上章既以蝃蝀爲天之淫氣，至於人莫敢指，次章不應又以爲陰陽和而有雨之徵。程子曰：「在西者，陽方之氣來交於陰，陽感陰則陽唱而陰從，此理之順，故崇朝其雨。」且傳云：「崇，終也。從旦至食時爲終朝。」玩傳意，似以崇朝爲雨不久。《衛風》「曾不崇朝」，箋云：「喻近。」其義可見。《小雅》「終朝采緑」，傳亦云「自旦及食時爲終朝」。此則言久於其事。義各有當，不得援彼爲證。

朱《傳》云：「淫慝之氣有害於陰陽之和。」此義仍與上章一貫，且於毛意亦合。況古書如《逸周書》云「虹不收藏，婦不專一」，《河圖稽耀鉤》云「虹蜺主内淫」，《春秋考異郵》云「虹霓出，惑衆弃和」，京房《易傳》云「妻乘夫則蜺見」，《月令章句》云「陰陽不和，婚姻失序，即生此氣」，《淮南子》云「虹霓者，天之忌也」，《後漢書·楊秉傳》云「今殿前之氣，應爲虹蜺，皆妖邪所生，不正之象，詩人所謂『蝃蝀』者也」，從未有以虹爲陰陽和而能致雨者。

相鼠

《序》云：「《相鼠》，刺無禮也。」劉氏《詩益》曰：「此詩所謂蓋居位有名望者，故以『無儀』『無止』『無禮』刺之。」許氏《詩深》曰：「詩言『無儀』『無止』，即《抑》詩『淑慎爾止，不愆于儀』之訓，所以責士大夫，非繩細民也。蓋前篇懲污俗而約民以法，故曰『止』；此篇整綱維而勵臣以恥，故書『刺』，義各有當也。」

《稽古編》曰：「《詩》多用『相』字，如『相彼鳥矣』『相彼投兔』『相彼泉水』『相其陰陽』之類，皆訓爲視。孫奕《示兒編》據陸璣《疏》『河東大鼠能人立』之説，《魏·碩鼠》疏。又牽合韓愈詩『禮鼠拱立』之句，欲解『相鼠』爲相州之鼠。謂相州與河東相鄰，當有此鼠，《詩》以鼠有禮體，喻人之不如斯。亦鑿矣。相州與河東中隔晉地，不可謂鄰，況此詩作於文公時，衛已徙河南矣。相在河北，非復衛有。詩人目其地産以爲興端，何得及之哉？」承珙案：《埤雅》：「有一種鼠，見人則交其前兩足而拱，謂之禮鼠，亦或謂之拱鼠。」《吕記》亦引韓愈《聯句》、《爾雅翼》，又引《關尹子》「師拱鼠制禮」，但不以「相」爲相州耳。王氏《總聞》謂「相」即「拱」字之變，尤爲臆説。

《稽古編》曰：「鼠乃貪惡之物，故傳以喻無禮義之人。言鼠則僅有皮，人而無儀則亦如鼠，非以皮喻儀也。箋疏甚明。後儒多誤解，惟嚴《緝》得之。」承珙案：嚴《緝》云：「舊説鼠尚有皮，人而無儀則鼠之不若。以人之儀，喻鼠之皮，非也。此言鼠則只有皮，人則不可以無儀，人而無儀則何異於鼠？如此，語意方瑩然。」《潁濱詩傳》云：「視鼠之所以爲鼠者，豈以其無皮故邪？亦有皮而無禮耳。人之所以爲人者，豈以其面？亦以其禮也。苟無禮，則亦鼠矣。」此解正本箋疏，不始于嚴華谷也。

「人而無儀」，傳：「無禮儀者，雖居尊位，猶爲闇昧之行。」箋云：「儀，威儀也。視鼠有皮，雖處高顯之處，偷食苟得，不知廉恥，亦與人無威儀者同。」或謂詩「儀」字當本作「義」，故毛訓爲「禮義」之「義」。鄭讀爲「威儀」之「儀」。《左傳》劉康公曰：「民受天地之中以生，是以有動作禮義威儀之則。」是禮義與威儀有別。但古「儀」字皆作「義」，故鄭訓爲「威儀」，以別於傳。承珙案：傳云「無禮儀者」，乃合首章「無儀」、末章「無禮」而總以四字該之，「雖居尊位」二語統括全篇。傳文簡古，往往有此，未必以「儀」爲「義」也。且鄭云「威儀」者，亦非容儀之謂。觀其云「偷食苟得」，與「闇昧」義同，箋固未嘗異于傳耳。

「人而無止」，傳：「止，所止息也。」箋云：「止，容止。」《稽古編》曰：「毛訓優矣。人所止息自有定則，無止則淫僻之行無所不爲，故可刺也。豈僅在容止間哉。」承珙案：「容止」猶言動静，「所止」義亦在其中，不得謂傳勝於箋。今本鄭箋「《孝經》曰容止可觀」下尚有「無止，則雖居尊，無禮節也」十字，相臺本、《考文》古本無此十字，一本「則雖居尊」四字作「《韓詩》：止，節」。蓋「無止」以下十字，本《釋文》混入於注者。是《韓詩》訓「止」爲「節」，與傳「止息」、箋「容止」義皆相近也。

「人而無禮，胡不遄死」，姜氏《廣義》曰：「《韓詩外傳》三引此詩，以明禮之不可已，其義甚精。《禮運》亦引末章，然不可謂即此已盡詩意。《白虎通》云此妻諫夫之詞。臆説也。」承珙案：昭公三年《左傳》：「伯石之汰也，一爲禮於晉，猶何其禄，况以禮終始乎？《詩》曰：『人而無禮，胡不遄死。』」定十年：「晉人討衛之叛故曰『繇涉佗』，遂殺涉佗。君子曰：『此之謂弃禮必不鈞。《詩》曰：「人而無禮，胡不遄死。」涉佗亦遄矣哉！』」又《晏子春秋》亦兩引此二句。此皆以爲處高位之戒。《左傳》載列國君臣不敬之事，多以死決之，即此意也。若婦人以夫爲天，即曰諫之，何至欲其速死？馮氏時可云：「所謂不死何爲者，不忍其夫之無禮，甘死而不去。」其説亦鑿。

干旄

劉氏《詩益》曰：「《周禮》九旗無『旄』名。首章『干旄』，蓋即謂旟旌干首之旄也。但此衛大夫乘車見賢，旟旌並建，義未有考。今按《周禮·司常》云：國大閲，州里建旟，會同賓客如之。注云：州里，鄉遂之官。州長，中大夫。里宰，下士。《大司馬》仲秋治兵又云『百官載旟』。以此推之，凡天子之百官、卿大夫、士，大閲治兵、會同賓客，並得載旟。則諸侯之大夫見賓客時，或亦當載旟矣。孔氏穎達泥《周禮》「州里建旟」之説，疑諸侯之州長、里宰皆士官，恐此篇所云非大夫所建。然據《周禮》説建旟非一官，又《禮》文不具，未可詳考。學者當會通其義，不可偏執也。《孟子》曰：『招大夫以旌。』大夫既招以旌，或亦當建旌矣。《禮》文殘闕，姑依《詩》義存其説，以備一端。或又謂首章『干旄』、末章『干旌』，皆謂旟也；旟上有旌旄，朱氏備善說。鄭注《禮記》亦云：「旌，總名。」則凡旗設旌者，皆謂之旌，蓋亦旗之通名。第三句首章云『紕』、末章云『祝』，皆謂組也，篇中文義一例，皆互文耳，此大夫見賢時，但建旟而不建旌。說亦可通，宜並存之。」承珙案：此詩三章本多互文。首章傳云：「孑孑，干旄之貌。注旄於干首，大夫之旃也。」箋云：「孤卿建旃，大夫建物，首皆注旄焉。」正義謂九旗之干皆有旄，則二章之「干旟」亦有旄矣。《爾雅》：「注旄首曰旌。」則三章之「干旌」，即干旄矣。傳於首章既用《爾雅》「注旄首」之文，而於三章則用《周禮·司常職》云「析羽爲旌」，又以見注旄首者亦有析羽。凡九旗皆有旄有羽，干旄言其旄，干旌言其羽，是旌本九旗析羽者之通名。《說文》：「旌，析羽注旄首也。」孫炎注《爾雅》亦云：「析五采羽注旄上。」劉氏疑大夫亦當建旌，似謂旌爲一旗之專名，殊誤。惟傳於首章云「大夫之旃」，則首章之注旄、三章之析羽，當皆指大夫；而於次章「干旟」但引《司常》「鳥隼爲旟」，則或如正義所述《大司馬職》「百官載旟」，卿大夫亦有建旟之時耳。《稽古編》曰：「次章『干旟』與首章『干旄』、末章『干旌』，乃一人所建也。三章皆云『在浚』，是專論一人之事。蓋衛臣食邑於浚，當國之郊，而下邑曰都城，即都之城，一地而異其文耳。鄭解『干旄』，兼言旃物。旃則卿，物則大夫也。又以干旟爲州里所建，而云『州長之屬』。侯國之州長，上也。其屬，則士以下兼之。所指非一人，豈以《序》言臣子多好善，故廣言之歟？然以『在浚』之文則有礙矣。❶夫專美一人，即可概其餘，毛說爲允。」

❶「以」，《經解》本《毛詩稽古編》作「於」。

「素絲紕之，良馬四之」，傳：「紕，所以織組也。總紕於此，成文於彼，願以素絲紕組之法御四馬也。」正義曰：「以二章言組，卒章言織，故於此總解之。」此説是也。「總紕於此，成文於彼」，蓋本古語，而毛引之，故《簡兮》「執轡如組」傳語亦略同。鄭箋《大叔于田》「執轡如組」云「如組織之爲」，與毛同義。獨此箋與傳異。案：毛意素絲御馬，不過謂馬良御善，以形容大夫車服之盛，禮意之勤，如所謂「初見漢官威儀」也。其云「願以素絲紕組之法御四馬」者，古人文字闊略，容有不關意義者，並未嘗明言以此御法告大夫也。孔疏釋毛乃云：「此好善者，我願告之以素絲紕組之法而御善馬四轡之數，以此法而治民也。」夫御馬固可喻治民，然此大夫方來禮賢，末句始爲賢者慮其何以畀之，豈有先告以治民之法。此正義衍説之誤，毛本無此意也。至鄭箋謂素絲爲縷，「以縫紕旌旗之旒縿」，則經文「紕之」「四之」相承，不應中隔「在浚」一語，而屬之於「干旄」。蓋紕乃合絲縷而未成者，組乃合紕之數股而成者，皆以縶維良馬而爲御者所用也。若程子及蘇《傳》皆以素絲爲束帛，則「束帛紕之」「束帛組之」更爲不辭矣。

「彼姝者子」，傳：「姝，順貌。畀，予也。」案：「静女其姝」傳云：「姝，美色也。」《東方之日》「彼姝者子」傳云：「姝者，初昏之貌。」此傳云「順」者，蓋以「姝」爲「孎」之假借。《説文》：「嬉，孎也。」「孎，謹也。从女，屬聲。讀若人不孫爲不孎。」《玉篇》：「孎，女謹貌。」宋本「孫」上無「不」字者，非是。《考工記》「水屬不理孫，謂之不行」注云：「屬，讀爲注。孫，順也。」《説文》之「孎」與《考工》之「屬」同義，不孫謂不孎，則孎爲孫順。《淮南·氾論訓》「洞洞屬屬」注云：「屬屬，婉順貌也。」屬讀犂攦之攦也。此亦與《説文》「孎」字義同。「姝」爲「孎」之借，故傳以「姝」爲「順貌」。「孎」可假作「姝」者，猶「蹢躅」轉爲「跢跦」也。見《廣雅》。至毛傳未明言「彼姝者子」爲何人，鄭箋乃云「時賢者既説此卿大夫有忠順之德，又欲以善道與之」，則以「彼姝」指大夫。玩經文二語相承，「彼姝」似當指賢者。定九年《左傳》云：「《竿旄》『何以告之』，取其忠也。」忠指告之者，毛傳「順貌」亦當指告之者。箋以忠順指大夫言之，恐非毛意。

「素絲組之，良馬五之」，傳：「總以素絲而成組也。驂馬五轡。」據此則知上傳「御四馬」乃總言御馬之法，非以解「良馬四之」也。其不別云「兩馬四轡」者，以此章例之自明耳。正義曰：「凡馬，士駕二，《既夕禮》云公賵以兩馬，是也；大夫以上駕四。四馬則八轡矣。驂馬五轡者，御馬之法，❶驂馬内轡納於觖，唯執其外轡耳。驂馬，馬執一轡，服馬則二轡俱執之，所謂六轡在手也。此經有『四之』『五之』『六之』，以御馬喻治民，馬多益難御，故先少而後多。傳稱漸多之由爲説從内而出外。上章『四之』，謂服馬之四轡也；此章加一驂焉，❷益一轡，故言『五之』也；下章又加一驂，更益一轡，故『六之』也。」此疏頗得傳意。蓋此但言御馬之法，執轡如組，其轡可以四、可以五耳，不必以爲制度也，亦非謂此大夫有乘兩馬三馬者。疏又云：「馬以引重，左右當均。一轅車以兩馬爲服，旁以一馬驂之，則偏而不調，非人情也。」此則不然。古車未嘗不可駕兩駕三。《禮記》：「孔子之衛，遇舊館人之喪，説驂而賻之。」《左傳》：「陽處父釋左驂，以公命贈孟明。」《史記》：「晏子解左驂贖越石父。」此可見一驂亦可以駕。即以今車言之，雖異古制，亦時有三馬五馬者，未

❶ 「馬」，阮校本《毛詩正義》作「車」。

❷ 「焉」，阮校本《毛詩正義》作「馬」。

見其偏而不調也。疏引「王肅云：古者一轅之車駕三馬，則五轡。其大夫皆一轅車。夏后氏駕兩，謂之麗。殷益以一騑，謂之驂。周人又益一騑，謂之駟，本從一驂而來，亦謂之驂。經言驂，則三馬之名。又孔晁云：作者歷言三王之法，此似述傳，非毛旨也。《株林》曰：『乘我乘駒。』傳曰：『大夫乘駒。』則毛以大夫亦駕四也。且殷之制，亦駕四，故王基云：《商頌》曰『約軧錯衡，八鸞鏘鏘』，是則殷駕四不駕三也。又《異義・天子駕數》：『《易》孟京、《春秋》公羊説天子駕六，《毛詩》説天子至大夫同駕四，士駕二。《詩》云「四騵彭彭」，武王所乘；「龍旂承祀，六轡耳耳」，魯僖所乘；「四牡騑騑，周道倭遲」，大夫所乘。謹案，《禮・王度記》曰：天子駕六，諸侯與卿同駕四，大夫駕三，士駕二，庶人駕一。説與《易》《春秋》同。玄之聞也，《周禮》「校人掌王馬之政，凡頒良馬而養乘之。乘馬一師四圉」。四馬爲乘。此一圉者，養一馬，而一師監之也。《尚書・顧命》：諸侯入應門，「皆布乘黃朱」。言獻四黃馬朱鬣也。既實周天子駕六，校人則何不以馬與圉以六爲數？《顧命》諸侯何以不獻六馬？《王度記》曰大夫駕三，經傳無所言，是自古無駕三之制也。』」承珙案：《説文》：「駢，駕二馬也。」「驂，駕三馬也。」哀十七年《左傳》：渾良夫「乘衷甸兩牡」。又二十七年《傳》：「陳成子屬孤子，三日朝。設乘車兩馬。」《史記》：「孔子適周，魯君與之一乘車兩馬。」《尚書大傳》：「命民得乘飾車駢馬。」此皆駕二之證。駕三雖於經傳無文，然古無單騎之法，則饋人馬者，自當備駕車一乘之數。如《左傳》「王賜虢公、晉侯馬三匹」，疑必古有駕三之制，故賜以三馬。《宋書・禮志》：「梁惠王以安車駕三送淳于髡。」《論衡・問孔篇》亦有「士乘二馬，大夫乘三馬」之語。又《左傳》：楚公子弃疾過鄭，見鄭伯，「以其乘馬八匹私面」。「見子皮，以馬六匹。見子産，以馬四匹。見子太叔，以馬二匹。」雖降殺以兩，亦當由駕三駕二皆可御車，故六匹爲二車之用，二匹者亦可爲一車之用耳。至天子駕六，則《逸周書·王會解》「天子車立馬乘六」；《莊子》逸篇云「金鐵蒙以大緤，載六驥之上，則致千里」；《列子·湯問》云「六轡不亂，而二十四蹄所投無差」；《荀子·脩身篇》云「昔者伯牙鼓琴而六馬仰秣」；《議兵篇》云「六馬不和，則造父不能以致遠」；《史記·李斯列傳》「是猶騁六驥，過決隙也」；《白虎通義》曰「天子駕六者，示有事天地四方也」，是古制由來已久。鄭《駁異義》以《王度記》爲漢法。劉昭注《續漢書·輿服志》引《史記》：「秦始皇以水數制乘六馬。」其實不始於秦漢也。

載馳

《序》云：「《載馳》，許穆夫人作也。」《衛詩》三十九篇，惟許夫人之《載馳》乃其自作。正義曰，《載馳》是許夫人作，得入《鄘風》者，於時衛戴公國於鄘地，故使其詩屬鄘也。案：《韓詩外傳》：「高子問于孟子曰：『夫嫁娶者非己所自親也，衛女何以得編于《詩》也。』孟子曰：『有衛女之志則可，無衛女之志則怠。夫道二，常之謂經，變之謂權。夫衛女行中孝，慮中聖，權如之何？』《詩》曰：『既不我嘉，不能旋反。視我不臧，我思不遠。』」此《韓詩》之説，與毛師承各異。劉向多用《韓詩》，故《列女傳》載許穆夫人事與《外傳》合。但其以許夫人爲衛懿公女，又以渡河居楚邱者爲懿公，則皆謬誤，不足據。故知毛傳爲信而有徵也。

范氏《詩瀋》曰：「《春秋》閔公二年：狄入衛。冬十二月，宋桓公隨立戴公以廬于漕。是年戴公卒，立甫一月耳。文公繼立。夫人之思歸當在此時矣。周之十二月，夏十月也。詩『芃芃其麥，言采其蝱』，豈十月所有乎？蓋唁衛或在次年，或戴公未立之前。」承珙案：戴公未立以前，不容有唁，況狄滅衛在二年冬，亦非麥蝱之候。考《定之方中》，文公營室詩也，在夏之十月，爲周之十二月，此蓋魯僖公元年之十二月。至僖二年，諸侯乃城楚邱而封衛焉。則當僖元年春夏之間，戴公已卒，文公雖立而尚無甯居，許穆夫人所爲賦《載馳》以弔失國歟？揆之情事，「衛侯」似指文公爲近。「蝱」「邱」「麥」「野」雖皆係設詞，亦不宜取非時之物而漫爲託興也。

「載馳載驅，歸唁衛侯」，翁氏《詩附記》曰：「侯，古音固，有音胡者。至若此詩，自當以『驅』叶『侯』，不當以『侯』協『驅』也。若陸士龍《九愍》『肅榜人以曾驅，命湘娥而安流』，此『驅』字必應與『流』叶者；《離騷》『前望舒使先驅兮，後飛廉使奔屬』，此『驅』字不必與『屬』叶者也。顧炎武因《秦·小戎》詩，必欲以『驅』轉『續』，遂執定此説。甚至《大雅·行葦》之『句』『鍭』同韻者，轉欲以『句』改叶，故於《載馳》之『侯』必上叶『驅』，而謂『悠悠』以下别爲韻，斯亦固滯之甚者矣。」承珙案：翁説是也。顧氏《唐韻正》博引古書，以「侯」當音「胡」。又謂今人讀「區萌」之「區」古矛反，「豆區」之「區」烏矛反，乃因「侯」而誤，晉宋之間始讀「驅」字爲古矛反，引宋《讀曲歌》以「驅」與「由」韻爲證。今考王逸《九思》：「將喪兮玉斗，遺失兮紐樞。我心兮煎熬，惟是乎用憂。」楊方《合歡詩》：「同聲好相應，同氣好相求。我情與子親，譬如影追軀。」從區得聲者，與「憂」「求」叶韻，則此詩「驅」與「侯」自可通「悠」「憂」等爲一韻。且王逸漢人，已讀「區」爲古矛反，不得謂始于晉宋也。

「大夫跋涉，我心則憂」，箋云：「跋涉者，衛大夫來告難於許時。」承珙案：熒澤之戰，國人皆曰「使鶴」

矣，世族在位諒無有號秦而復楚如包胥其人者。閔二年《左傳》杜注云「經不書滅者，衛之君臣皆盡，無復文告」是也。且下文云「許人尤之」，又云「大夫君子，無我有尤」。此「大夫」既爲許之大夫，何以知首章之「大夫」獨爲衛之大夫乎？朱《傳》謂夫人馳驅而歸，將唁衛侯於漕邑，未至，而許大夫有奔走跋涉而來者。夫人知其必將以不可歸之義來告，故心以爲憂。夫以小君之尊，遠適異國，豈有不告於君、不命大夫，倉卒潛走，舉朝莫知，迨去路已遥，始覺而追之者乎？且夫人單身赴難，亦復何益也。《潁濱詩傳》謂：「許大夫跋涉往唁於衛，夫人以將欲親唁其兄，雖大夫之往而不足以解憂。」然宋與許皆衛婚姻之國，戴公之廬漕，宋桓公與有力焉，而許不聞有一旅之助。至齊桓公使公子無虧戍漕，又城楚邱而封衛。城楚邱之諸侯，即會于檉之諸侯也。會檉者，齊、魯、宋、鄭、曹、邾，而許不與焉，則亦未必使大夫唁于衛也。總之，此詩曰「馳驅」，曰「跋涉」，以及陟邱采蝱，行野見麥，正如《泉水》《竹竿》皆設想之詞，非實有其事。《吕記》引朱氏曰：「夫人父母不在，當使大夫甯其兄弟。許夫人欲自歸唁其兄弟，而託言不欲勞其大夫之跋涉也。」此蓋朱子舊解，最爲圓通無閡。不知《集傳》何以改易前説，舉詩中所言皆指爲實事，轉致以辭害意。

「既不我嘉，不能旋反」，傳：「不能旋反我思也。」「視爾不臧，我思不遠」，傳：「不能遠衛也。」「既不我嘉，不能旋濟。視爾不臧，我思不閟」，傳：「濟，止也。閟，閉也。」案：傳釋「旋反」「旋濟」，皆主所思而言，謂我思一往不能回反，我思既動，不能止息耳。至「視爾不臧」，《韓詩外傳》作「視我不臧」，諸家多據之以釋《毛詩》，謂視爾不以我爲善。但語意與上「既不我嘉」相複，似宜從鄭箋以「不臧」指許人之不善。蓋善猶親仁善鄰之善，言視爾之不善，而我思則不能遠而忘也；視爾之不善，而我思則不能閟而止也。「不遠」承上

「不能旋反」，「不閟」承上「不能旋濟」。苟可反之，則遠而忘矣；苟可濟之，則閟而止矣。傳訓「濟」爲「止」者，《爾雅·釋天》「濟謂之霽」，郭注：「今南陽人呼雨止爲霽。」《洪範》曰「霽」，《宋世家》「霽」作「濟」，《史記正義》引鄭注：「濟者，兆之光明如雨止。」是「濟」「霽」古通，故訓爲「止」。「閟」爲「閉」者，《魯頌·閟宮》傳亦云：「閟，閉也。」「我思不閟」，言我之思不可遏抑，猶云發於不容已爾。《吕記》以不閟爲曉然易見，嚴《緝》以爲我之所思其説非閟而不通，皆非是。

「陟彼阿丘，言采其蝱。女子善懷，亦各有行」，傳：「偏高曰阿丘。蝱，貝母也。升至偏高之丘，采其蝱者，將以療疾。行，道也。」傳雖不言興，而興意自明。故箋申之云：「升丘采貝母，猶婦人之適異國，欲得力助安宗國也。善，猶多也。懷，思也。女子之多思者有道，猶升丘采蝱也。」《東萊文集》一説曰：「蝱，治病之物。自不病者觀之，采蝱若可緩；自病者觀之，采蝱爲甚急。夫人之思衛，自無家難者觀之，若可緩；自有家難者觀之，爲甚急。今許人徒知以義止夫人之行，而不知夫人之於兄弟篤厚。如此，雖女子善懷，亦是人各有所見而行之。」此説善達傳箋之意。朱《傳》言「其在塗，或升高以舒憂想之情，或采蝱以療鬱結之疾」，則誤以興爲賦矣。《吕記》又云：「女子雖多懷思，然今之所以迫切者，亦各有道。他人不知，則以爲女子情性之常而尤之也。『衆穉且狂』，非真指許人以爲穉狂，蓋言我憂患如此迫切，彼方且尤我之歸，意者衆人其幼穉乎？其狂惑乎？不然，何其不相體悉、不識緩急一至於是也。」此説亦得詩人微婉之旨。

「控于大邦」，傳訓「控」爲「引」。《説文》：「控，引也。《詩》曰：『控于大邦。』」用毛義也。箋云：「今衛侯之欲求援引之力助於大國之諸侯。」殊覺費詞。《一切經音義》卷九。引《韓詩》云：「控，赴也。」赴謂赴告。

襄八年《左傳》「無所控告」，是也。《莊子·逍遥遊》「時則不至，而控于地」，《釋文》引司馬注：「控，投也。」控告，猶言投告也。投與赴義相近，韓訓「控」爲「赴」，似較「引」義爲勝。

「不如我所之」，傳：「不如我所思之篤厚也。」毛意蓋以「所之」即爲所思，與上「我思不遠」「我思不閟」相應。雖思至篤厚，而終以義，不果歸，所謂「發乎情，止乎禮義」也。「之」爲「思」者，《素問》《陰陽應象大論》云：「在志爲思。」《釋名》云：「詩，之也，志之所之也。」蓋「思」之爲「之」，猶「懷」之爲「至」矣。

正義云：「《左傳》叔孫豹、鄭子家賦《載馳》之四章，義取『控引大國』。今『控于大邦』乃在卒章。此實五章，言『賦四章』者，杜預云並賦四章以下。服虔云：『《載馳》五章屬《鄘風》。許夫人閔衛滅、戴公失國，欲馳驅而唁之。在禮，婦人父母既没，不得甯兄弟。於是許人不嘉，故賦二章以喻思不遠也。許人尤之，遂賦三章。以卒章非許人不聽，遂賦四章，言我遂往，無我有尤也。』」承珙案：疏所引服説，既以「許人尤之」爲三章，則服意自以此詩通爲四章，首章章六句，次章章八句，三章與首章同，四章與次章同；章六句者用一韻，章八句者用兩韻。古詩雖不必拘，而此篇固相配整齊。服氏所分，當是古本如此。今《毛詩》章句，後人或有改易。服云「《載馳》五章屬《鄘風》」者，「五」字恐係「四」字傳寫之譌。《潁濱詩傳》分爲四章，不爲無據。孔正義謂服置首章於外，以下别數爲四章，非也。子家、穆叔所以賦《載馳》者，皆止取「控于大邦」之意，無庸並賦「許人尤之」之章。杜注《左傳》謂並賦四章以下，亦非也。

毛詩後箋卷五

涇　胡承珙

衛

淇奥

《序》云：「《淇奥》，美武公也。❶有文章，又能聽其規諫，以禮自防，故能入相于周，美而作是詩也。」正義曰：「《賓之初筵》云『武公既入而作是詩也』，則武公當幽王時已爲卿士。又《世家》云：武公將兵佐周平戎，甚有功，平王命爲公。則平王之初，未命爲公，亦爲卿士矣。此云『入相于周』，不斥其時之王，或幽或平，未可知也。」承珙案：徐幹《中論・虚道》篇云：「昔衛武公年過九十，猶夙夜不怠，思聞訓道。命其群臣曰：『無謂我老耄而舍我，必朝夕交戒。』又作《抑》詩以自儆也。衛人誦其德，爲賦《淇澳》。」何氏《古義》據此謂歐陽《補圖》以《淇奥》屬之平王，較嚴《緝》「幽王時詩」之説轉爲有據。今觀詩言「終不可諼」，自是武公

❶「公」下，阮校本《毛詩正義》有「之德」二字。

耄年，國人誦美之詩耳。

「緑竹猗猗」，傳：「緑，王芻也。竹，萹竹也。」《毛詩》字多假借。緑，《禮記》《爾雅》《説文》皆作「菉」。竹，《釋文》引《韓》《魯詩》《釋文》引《石經》，是漢一字石經，乃《魯詩》。及《説文》皆作「薄」，惟《爾雅》作「竹」，與毛同爲借字。而「緑」之爲王芻，「竹」之爲萹蓄，漢儒並無異説。惟兩《漢志》並言「淇園之竹」。戴凱之《竹譜》云：「根深耐寒，茂彼淇苑。」李匡乂《資暇集》引謝瞻《竹贊》云「瞻彼中唐，菉竹猗猗」，而譏其乖謬。宋儒乃專指緑竹爲竹箭。《容齋三筆》載：吴安度試「緑竹青青」詩，不依注作王芻、萹竹，謂之失旨，放罷。富弼疏稱「《史記·河渠書》有云『淇園之竹』，安度未爲不識題義」，乞下學士院看詳。于是賜安度出身。此宋人以緑竹爲竹箭之始。然酈注《水經》云：「今通望淇川，無復此物，惟王芻、萹竹不異毛興。」此得諸目驗者。豈淇園之竹惟盛於漢時，至後魏而無復遺種邪？況揚貢篠簜，荆貢箘簵，而豫州未聞貢竹材。《易》言蒼筤，《禮》言竹箭，皆不兼「緑」爲稱，則「緑竹」之名自非經典所有矣。至陸璣以緑竹爲一草名，蓋本《博物志》謂淇旁有緑竹草。見《後漢書》注。李巡《爾雅》注謂菉竹一物二名。見《詩正義》。孔疏引「終朝采緑」，證緑與竹别草，以駮其非。考《采緑》之「緑」毛無傳，以已見《淇奥》，故鄭箋仍以「王芻」釋之。王逸注《離騷》「薋菉葹以盈室兮」，即引「終朝采緑」，字作「菉」，而義同毛鄭。段氏《詩小學》引《魏都賦》「南瞻淇澳，則緑竹純茂」，言緑與竹同茂，故以「冬夏異沼」對句。其又引《上林賦》「揜以緑蕙」，張揖注以緑爲王芻。今按，《爾雅翼》已引此句。但《上林賦》所謂緑蕙與江蘺、留夷、蘼蕪對言，並是一物，殆即所謂「樹蕙百畝」者，以「緑」狀其色，似非「緑，王芻」之「緑」也。《爾雅》「菉，王芻」郭注云：「今呼爲鴟脚莎。」鄭氏樵以爲即藎草。但《説文》既有藎草，又有「菉，王芻」，亦似非一物。《招魂》云「菉蘋齊葉」，以「菉」與「蘋」連言，自是水草，故生於淇旁耳。《説文》：「薄，水萹茿也。从艸水，毒聲。讀若督。」「萹，萹茿也。从艸，扁聲。」「茿，萹茿。从艸，筑省聲。」《經義雜記》據之謂《魯》《韓詩》作「薄」，以爲水萹茿；《毛詩》作「竹」，以爲岸萹茿。然《毛詩》既假借「竹」字，安知必爲「茿」字之借而非「薄」字之借乎？《爾雅》作「萹蓄」者，「蓄」與「茿」疊韻通用。郭注：「似小藜，赤莖節，好生道旁，可食。」《九章》云「解萹薄與雜菜兮」，王逸注云：「萹，萹蓄也。」是萹蓄乃可食之菜。鄭《采緑》箋亦以王芻爲易得之菜。然則諸家《本草》僅以王芻、萹竹爲草類者，尚未必然也。

「如切如磋，《唐石經》初刻作「瑳」，是也。《説文》有「瑳」無「磋」。如琢如磨」，傳：「治骨曰切，象曰磋，玉曰琢，石曰磨。道其學而成也，聽其規諫以自修，如玉石之見琢磨也。」岳本無「也」字。傳義本之《釋訓》。《禮記·大學》亦同，孔疏謂記者引《爾雅》而釋之，是也。毛以「切磋」爲「道其學而成」者，「道學」猶「講學」。《中庸》「道問學」注云：「道，猶由也。」《禮記》孔疏云：「道學也者，論道其學矣。」蓋切磋者，朋友講習之事，故云道其學而成也。鄭注《大學》則云：「道，猶言也。」末章「如金如錫，如圭如璧」，箋云：「四者，亦道其學而成也。」似亦以「道」爲「言」，與傳異義。《大學》正義以鄭注「道，猶言也」專謂經中「道盛德至善」之「道」，蓋亦不以「道學」之「道」爲「言」矣。

《太平御覽》九百六十四。引《韓詩》「如錯如磨」，宋氏綿初云：「束晳《補亡詩·白華》篇曰：『粲粲門子，如磨如錯。』其《韓詩》之語與？李善注引《毛詩》『如琢如磨』，未之考也。」承珙案：《禮記·大學》《論語》皆孔門引《詩》，皆作「如琢如磨」，而《毛詩》與之合，可見《毛詩》源流七十子，所以勝于三家也。

「瑟兮僩兮，赫兮咺兮」，傳：「僩，寬大也。」《説文》「僩，武貌」，引《詩》「瑟兮僩兮」。段注云：「許與毛異者，以《爾雅》及《大學》皆云『瑟兮僩兮者，恂慄也』。恂，或作峻，讀如嚴峻之峻。言其容貌嚴峻，與寬大不相應，故易之。僩，《左傳》《方言》《廣雅》皆作『撊』，服虔、楊雄、張揖皆訓『僩』爲『猛』。而荀卿子『塞者俄且通也，陋者俄且僩也，愚者俄且知也』，則以陋陿與寬大反對，與毛合。蓋大毛公固受《詩》於孫卿子者。」承珙案：《賈子·傳職》篇「明僩雅以道」之文，又《道術》篇「容志審道謂之僩，反僩爲野」，僩雅猶言嫺雅，容志審道亦寬大嫺雅之意；「反僩爲野」與荀子「陋」「僩」反對相同，是亦與毛義近。《釋文》引《韓詩》云：「僩，美貌。」亦不以爲武。《説文》所據，其《齊》《魯詩》歟？ 又「赫兮咺兮」，傳云：「咺，威儀容止宣著也。」《釋文》引《韓詩》作「宣」。宣，顯也。毛作「咺」者，蓋「宣」之借字，故以「宣著」釋之。《説文》引《詩》作「愃」，云「寬閒心腹貌」，與毛韓義異，當亦出《齊》《魯詩》耳。

「會弁如星」，傳：「弁，皮弁。所以會髮。」《釋文》云：「會，古外反。注同。鄭注《周禮》則如字。《説文》作『䯤』。」段氏《周禮漢讀考》云：「《説文》『䯤，骨擿之可會髮者』，引《詩》『䯤弁如星』，是《詩》本作『䯤』，與《周禮》故書合。今本毛傳疑有錯誤，當云『䯤，所以會髮』，爲許叔重所本。蓋《毛詩》作『䯤』，三家詩有作『會』者。鄭君注《禮》時未治《毛詩》，其所云『會弁如星，其弁伊綦』，蓋皆《韓詩》，至箋《毛詩》時則又合《周禮》注及《韓詩》爲説改字。而『䯤讀爲會』之文，蓋今本佚去。」《詩小學》又云：「正義引《儀禮》注『收者，所以收髮』，證傳『會者，所以會髮』之文，孔氏所見傳未誤也。此蓋毛公謂經『會』爲『䯤』之假借。傳當云：『會者，所以會髮。弁，皮弁。』淺人删去『會者』二字，并倒置其文耳。」承珙案：段氏兩説微異。其云「會者，所以會髮」，是也。云《毛詩》作「膾」，則《釋文》、正義皆未言及，鄭箋又不云「膾」當爲「會」，殆未必然也。《周禮・弁師》「王之皮弁會五采」注：「故書『會』作『膾』。鄭司農云：讀如『馬會』之『會』，謂以五采束髮也。《士喪禮》曰『檜用組，乃笄』。『檜』讀與『膾』同，書之異耳。説曰：以組束髮，乃著笄，謂之檜，沛國人謂反紒爲檜。」此先鄭以《儀禮》之「檜」釋《周禮》之「膾」，用經證經，可爲確詁。所引《儀禮》説，乃先師舊訓。《士喪禮》之「檜」今本作「鬠」。用組爲之，經有明文，知《周禮》之「會五采」亦是以五采組束髮。且「五采」二字屬上「會」字讀句，與後鄭連下「玉」字讀者不同。毛傳以「會」爲「所以會髮」，當亦謂以組束髮。經言「如星」者，謂以五采束髮而加弁，文駮如星也。「如星」不必指玉之光。即如鄭箋「會」謂「弁之縫中，飾之以玉，皪皪而處，狀似星也」，亦衹言其布置疏落之狀，非取象於星光也。陳氏《稽古編》辨之極晰。《五經文字》云：《春秋傳》注引《詩》以爲「繪弁」，見昭二十八年《左傳》注。今本仍作「會弁」。《釋文》「會，本又作璯」。是杜注《左傳》所據《詩》作「繪」，亦五采之義也。《説文》以膾爲骨擿，引《詩》作「膾弁」，此三家義，不必同毛。鄭箋則仍用其《周禮》注之説，但讀「會」義不同，初未嘗與毛異字。高誘注《呂覽・上農》篇引《詩》「冠弁如星」，則又出於《説文》諸書所引之外者矣。

「猗重較兮」，傳：「重較，卿士之車。」較，《説文》作「較」，云：「車輢上曲鉤也。」鉤，今本譌作「銅」。《文選・西京賦》《七啟》注引皆作「鉤」。又云：「𨊻，車耳反出也。」「輒，車兩輢也。」「輢，車旁也。」《考工記》：「三分其隧，一在前，二在後，以揉其式。以其廣之半爲之式崇，以其隧之半爲之較崇。」注云：「兵車之式，高三尺三寸。較，兩輢上出式者。兵車自較而下，凡五尺五寸。」蓋車深四尺四寸，其前三之一，式也，後三之二，輢也。較分冒於兩輢之上，下與軹之植者相貫。式在前而低，較在後而高，故鄭云「兩輢上出式者也」。以式低較高，望之若兩重然，故曰重較。段氏云：「較之制，蓋漢與周異。周時較高於軾，高處正方有隅，故謂之較，較之言角也。至漢乃圜之如半月然，故許云車上曲鉤。曲鉤，言句中鉤也。圜之，則亦謂之車耳。其飾，則崔豹云文官青耳，武官赤耳。《西京賦》云：『戴翠幰，倚金較。』荀卿及《史記·禮書》『彌龍以養威』，『彌』，許書作『𦖌』，解云：『乘輿金耳也。』皆謂較爲龍形而飾以金。司馬氏《輿服志》：『乘輿金薄繆龍，爲輿倚較。』是其義也。下文云：『公、列侯安車倚鹿。』然則較辨尊卑，自周已然。故劉熙曰：『較在箱上，爲辜較也。重較，其較重，卿所乘也。』毛公謂『重較，卿士之車』，必有所受之矣。」承珙案：《詩正義》謂《周禮》無「重較」「單較」之文，然《考工記》疏云：「鄭云兵車自較而下五尺五寸者，以其前文式已崇三尺三寸，更增此隧之半二尺二寸，故爲五尺五寸。昭十年《左傳》：公使王黑以靈姑銔率，請斷三尺而用之。服注云：『斷三尺使至於較。大夫旗至較。』按《禮緯》：諸侯旗齊軫，大夫旗齊較。軫至較五尺五寸，斷三尺得至較者，蓋天子與其臣乘重較之車，諸侯之車不重較，故有三尺之較也。」據此疏，則傳謂「卿士之車」，蓋以武公爲周卿士，故有重較歟？又考凡卿大夫之車皆名「軒」。杜注《左傳》，於軒皆曰「大夫車」，定九年曰：「犀軒，卿車。」《説文》：「軒，曲輈藩車。」藩，當本作「轓」，段注謂此「藩」是藩蔽，與䡊爲車耳不同，用顏師古注《景帝紀》駁應劭之説。不知「藩」「轓」字本通。《太玄·積》：「次四君子積善，至于車耳。測曰：至于蕃也。」此「蕃」亦當謂轓。謂車之輈與轓皆曲者爲軒。曲輈，即梁輈也。轓亦言曲者，即所謂輢上曲鉤，與車耳反出者。車耳反出必邪迆向外，故云曲轓。其曲如角，故謂之較；重出式上，故名重較。崔豹《古今注》曰：重較，重耳也，在車轓上重起如牛角。然車之重較者名軒，正取軒舉之義。《荀子・非相篇》：「軒較之下而以楚霸。」楊注引《詩》：「重較。」《候人》傳云：「大夫以上乘軒。」與此傳義相備。戴氏震謂傳因《詩》辭傅會，非也。

臧氏《經義雜記》云：「『猗重較兮』，『猗』字，傳箋無説。《禮記・曲禮》『尸必式』，正義、《荀子》楊注、《文選》李注皆作『倚』。然《釋文》作『猗』，云於綺切，依也。正義釋經，云『倚此重較之車兮』，似本從人旁。而下引經仍作『猗』，則陸孔皆從犬旁，爲『倚』之假借字。《説文繫傳》『較』字下引《詩》作『猗』，《群經音辨・犬部》引《詩》亦作『猗』，則自六朝至宋初皆作『猗』字。唐人雖多引作人旁，要未若從犬者尤信而有徵也。」承珙案：謂「猗」爲「倚」之假借，是也。傳箋無説者，以當時「猗」「倚」假借，人所共知耳。要其字爲「猗」，其義則「倚」。《後漢書・輿服志》：「乘輿倚龍伏虎，皇太子、諸侯王倚虎伏鹿，公、列侯倚鹿伏熊。」此「倚」皆謂倚較，「伏」皆謂伏式。較在兩旁，可倚人。直立稍後，一手可以憑較；俛躬向前，兩手可以憑式。《曲禮》疏謂於車式上二尺二寸横一木，謂之爲較。《讀詩記》引吕和叔説即本之。其實非也。式在車前三分深之一，而卑於較者，以便車前射御執兵，亦因之伏以致敬。較在車兩旁三分深之二，稍後於式而高出於式者，以輪在輢外，車驅疾則塵上，較在輢上，所以蔽塵，亦便於左右憑依。《楚辭・九辨》：「倚結軨兮長大息，涕潺湲兮下霑軾。」軨爲車闌，所以固輢，亦交錯於較。倚軨，猶言倚較。較高於軾，故倚軨而其涕得下霑軾也。若如《曲禮》疏式上又横一木爲較，則横於當面，射御皆有不便，即俛而伏式，首且爲較所觸矣。朱《傳》既以「猗」爲歎辭，而仍用《釋文》「於綺反」之音，亦誤。

考槃

《序》云：「《考槃》，刺莊公也。不能繼先公之業，使賢者退而窮處。」案：此《序》是推本作詩者言外之意，詩詞則止專美碩人，猶《簡兮》亦止美碩人，而《序》云「刺不用賢也」。蓋天地閉而後賢人隱。《衛》之《考槃》、《王》之《邱中有麻》、《小雅》之《白駒》皆詠賢人之肥遯，以刺其君者。鄭箋泥于《序》下之説，以詩詞之「弗忘」即爲刺君，故不能無語病。若毛傳，則就詩釋詩，有美無刺。説者概以毛鄭同譏，過矣。陳氏見復曰：「《序》謂刺君上之失賢，朱謂美隱居之得所。美在此，則刺在彼矣。美在言中，刺在言外。」其説最爲圓通。

毛傳「考，成；槃，樂」，二訓皆本《爾雅》。孔疏不言者，以人所共知耳。《集傳》「考槃」二説。前説謂成其隱處之室，即黄氏一正所云「槃者，架木爲屋有槃結」之義，皆本鄭樵「木偃蓋爲槃」之説。然結室而在澗、在阿、在陸，分爲三處，恐無此理。後説引陳傅良云：「考，擊也。槃，樂器也。扣之以節歌，如鼓盆拊缶之爲。」然此乃貧無聊賴者之所爲，賢者當不如此。惠半農曰：「孔子自衛將入晉，及河，聞趙殺竇犫鳴犢及舜華，臨河而歎，遂還。息于鄹，作《槃琴》以哀之。王肅注云：『槃，操。《琴》，曲名也。』然則《考槃》即《槃琴》歟？考，猶鼓也。蓋古有是名，而孔子作之。曰『考』曰『作』，皆鼓之義。」案：此説亦近附會。顧虞東曰：「世固有隱而弗成者，無真樂斯弗成矣，無可隱斯弗樂矣。成其樂乃所以成其隱也。反復詩言，毛義深矣。」

「考槃在澗」，傳：「山夾水曰澗。」《釋文》引《韓詩》作「干」，云「墝埆之處也」。惠氏《古義》云：「『澗』當作『間』，古字『干』『間』通。」引《聘禮》記「皮馬相間」注云「古文『間』作『干』」。承珙案：作「澗」，亦與「干」通。《小雅》「秩秩斯干」傳云：「干，澗也。」此二字通借之證。《毛詩》正字，《韓詩》借字，其實一也。《易》「鴻漸于干」，《釋文》引荀王注並云：「干，山間澗水也。」虞注云：「小水從山流下稱干。」翟注云：「干，厓也。」此皆謂干即澗耳。劉淵林《吴都賦》注又引《韓詩》：「地下而黄曰干。」黄，疑「潢」字之誤。潢汙者，停水之處。《小雅》正義引鄭注《漸》卦云：「干者，大水之傍。」故停水處即其義也。至《韓詩》「干」有兩訓，則或由《韓故》《韓説》與《薛君章句》之不同。若《吕記》引董氏説，謂次章「在阿」，《韓詩》亦作「在干」，謬矣。《文選·西都賦》注引《韓詩》「曲景曰阿」，《一切經音義》引作「曲京」。案：「景」乃「京」之誤。

嚴《緝》云：「舊説以『弗諼』『弗過』『弗告』皆爲賢者畎畝不忘君之意，其義亦正，但與上文槃樂、寬大之意不類。故此詩不過極言賢者山林之樂，以見其時之不可爲；而賢者無復有意於仕，所以刺其君之不能用也。」戴岷隱云：「弗諼者，誓不忘山中之樂。若『蕙帳空而山人去』者，皆忘之也。弗過者，弗與人相過。弗告者，弗與人議論也。閉門絶交，口不言世事，此隱遁者之常也。」《黄氏日鈔》以此説爲當。承珙案：弗諼、弗過，毛皆無傳。「諼」之訓忘，已見《淇奥》傳，以近在前篇，可不復出。但疏引王肅述毛以「弗諼」爲不忘先王之道，則不如以不忘此樂者爲近。至次章「弗過」，以末章「弗告」傳云「無所告語也」推之，則「弗過」當是無所過從之意。疏引王肅云：「歌所以詠志，長以道自誓，不敢過差。」其言亦未必得毛旨也。

碩　人

《序》云：「《碩人》，閔莊姜也。」案：此詩但極言夫人族戚之貴、容貌之美、來嫁之儀，及齊國之富，而無一語及其可閔之處。若無此《序》首句，則將以爲美莊姜矣。然莊姜之賢，固當不止於此也。《序》云「閔莊姜者」，自有《左傳》可證。且《序》以「閔」言者七篇，如《君子陽陽》之「閔周」，《揚之水》之「閔無臣」，詩中皆不見其意，而《序》能言之，其必有所受之矣。

「碩人其頎」，臧氏《經義雜記》曰：「《玉篇·頁部》：『頎，渠衣切。《詩》云「碩人頎頎」，傳：「具長貌。」』又：『頎頎然佳也。』案：下章箋云：『敖敖，猶頎頎也。』知詩『頎』字本重文。六朝時猶未誤，故顧野王據之。然據下正義曰『以類宜重言，故箋云頎頎然長也』，知唐初孔所見本已作『其頎』矣。」《校勘記》云：「考經文一字，傳箋疊字者，多矣。如『明星有爛』，箋云『明星尚爛爛然』等是也。《玉篇》乃依箋疊字耳，非六朝時經有作『碩人頎頎』之本也。」承珙案：《玉篇》引傳云「頎頎，具長貌」，則傳文自重一「頎」字，與今本不同。蓋《經》作「頎」，傳作「頎頎」，即「洸洸潰潰」之例耳。

「衣錦褧衣」，傳：「錦，文衣也。夫人德盛而尊，嫁則錦衣加褧襜。」《説文·林部》：「檾，枲屬。从林，熒省聲。《詩》曰：『衣錦檾衣。』」又《衣部》：「褧，檾也。《詩》曰：『衣錦褧衣。』示反古。」案：今《毛詩》作「褧」，則許《衣部》引者，《毛詩》；《林部》引者，三家詩也。要其於緝枲爲衣，則無異義。鄭箋《衛風》：「褧，禪也。」此用《禮記》「禪爲絅」文，而不言禪用何物。《鄭風》箋云：「褧，禪也。蓋以禪縠爲之。」其説與許異。縠者，細絹，是以絲而非以枲矣。孔疏云：「婦人服尚輕細，且欲露錦文，必不用厚繒，故以單縠爲之。」夫衣錦尚絅，方謂惡其文著，而乃云欲露錦文，是矛盾矣。鄭義似不如許。毛云「褧襜」者，謂以褧爲襜。襜，猶言襜褕。《説文》：「直裾謂之襜褕。」《釋名》：「荆州謂襌衣曰布襡，亦曰襜褕，言其襜襜宏裕也。」《爾雅》：「衣蔽前謂之襜。」引申之，凡衣或曰襜褕，或曰襜襦，皆取蔽義。蓋襌衣不殊裳，如今之直裰，故謂之襜。是襜已有襌義，故孔疏云「襜，亦襌，而在上」。毛既「褧襜」連文，則「褧」必不同鄭訓「襌」，當是以「褧」爲襌衣。許云「反古」，疑亦《毛詩》家舊説也。

「螓首蛾眉」，傳：「螓首，顙廣而方。」《説文》：「䫆，好皃。从頁，争聲。《詩》所謂䫆首。」段注《説文》云：「䫆首，即螓首。毛傳不言螓爲何物，鄭箋乃言蜻蜻，知毛作『䫆』，鄭作『螓』。」承珙案：鄭不言「䫆」當爲「螓」，自是與毛同字。毛本亦作「螓」，但毛以「螓」爲「䫆」之假借，不以爲蜻蜻耳。許云「《詩》所謂䫆首」者，此「䫆」亦當作「螓」，謂《詩》「螓首」字即此「䫆」字之借也。猶他處云：某字，古文以爲某字。「疋」下云「古文以爲《詩》『大雅』字」，謂《詩·大雅》之「雅」，古文作「疋」；此則謂《詩》「螓首」之「螓」，小篆作「䫆」，皆所以明假借也。許凡引《詩》，無言「所謂」者，此獨變文，故知引《詩》仍當作「螓」。不得因此謂毛亦作「䫆」也。《史記·扁鵲倉公列傳》「其尺索刺麤而毛美奉髮」，徐廣曰：「奉，一作『奏』，又作『秦』。」《索隱》曰：「徐氏云，奉一作『奏』，非其義也。又云一作『秦』，『秦』謂螓首。」承珙案：《御覽》三百八十引《詩》「秦首蛾眉」，亦不作「螓」，皆「䫆」聲之借。螓，自非取象蟲名也。至「蛾眉」，傳箋皆無説。《詩小學》云：「王逸注《騷》云『蛾眉，好貌』。師古注《漢書》始有『形若蠶蛾』之説。《離騷》及《招魂》注並云：『娥，一作「蛾」。』今俗本倒易之。『娥』作『蛾』者，字之假借。娥者，美好輕揚之意。

《方言》："『娥，好也。秦晉之間，好而輕者謂之娥。』《大招》：『娥眉曼只。』枚乘《七發》『皓齒娥眉』，張衡《思玄賦》『嫮眼娥眉』，陸士衡詩『美目揚玉澤，娥眉象翠翰』，倘從今本作『蛾』，則一句中用『蛾』，又用『翠羽』，稍知文義者不爲矣。」承珙案：《漢書·外戚傳》武帝《悼李夫人賦》云「連流視而娥揚」，師古曰：「娥揚，揚其娥眉。」字亦作「娥」不作「蛾」也。

「碩人敖敖」，傳："「敖敖，長貌。」箋云："「敖敖，猶頎頎也。」案："「敖」蓋「贅」之假借。《説文·頁部》「贅」下云："「贅，顤高也。」《廣雅》亦云："「顤，高也。」贅爲頭高，此字之本義，引申爲頭長，故《廣韻》云："「顤，頭長。」又引申爲長貌，亦如「頎」本頭佳貌，而引申爲長貌也。

「河水洋洋」，翁氏《附記》云："「齊衛二國固皆可以河言。要以河道論之，經衛者多，經齊者少。其河流與衛都近，與齊都遠。且經明言『北流』，則衛言河『北流』者，適齊之路也。若齊言『北流』，則是通海也。河之通海，與此章有何關係，而衛人作詩必鋪敘齊北通海之水以爲齊境之廣。斯亦可謂弗通也矣。」承珙案：翁説非也。《讀詩記》引董氏曰："「齊地西至於河，衛居河之西，則自齊適衛，河界其中，故曰『北流活活』。」此數語頗有分曉。衛西齊東，以河爲界。河流於齊衛之間，漸趨而北。自衛適齊之路，可言「北流」，則自齊來衛，又豈不可言「北流」邪。且言嫁女，則盛稱其所適之國，《韓奕》之五章是也；言娶婦，則盛稱其所出之邦，此詩是也。《序》云「閔莊姜」，全詩皆爲莊姜而詠，首章極言其族類之貴盛，末章極言其國産之廣饒，皆以見其宜見答於莊公而不然者，所以可閔。翁謂河之通海與此章有何關係，然使以衛人而言衛河之洋洋，與莊姜又有何涉也？孔疏云："「以『庶姜』『庶士』類之，知不據衛之河。」翁云："「庶姜、庶士，自指齊來媵從，與章首言河者無涉。」不知首敘境地，次及物産，次及士女，敘述分明，無可疑也。

「施罛濊濊」，傳：「濊濊，施之水中。」《釋文》：「濊，呼活反。案：《説文》四引此詩，惟《网部》「罟」下、《目部》「眓」下俱作「濊濊」，不誤；《水部》引作「薉薉」，《大部》引作「濊濊」，皆非是。馬云：大魚網目大豁豁也。《韓詩》云：流貌。《説文》云：凝流也。」案：凝流，今《説文》作「礙流」。此句本承「北流活活」，言活活之流，施罛則於水似礙。此語最善形容。蓋與傳所謂「施之水中」者，皆兼罛與水言之。若《韓詩》云「流貌」，則專指水；馬云「網目」，又專指罛，皆於詩語不合。《説文・大部》：「奯，空大也。从大，歲聲。讀若《詩》『施罟濊濊』。」此似近馬説。然許意但引《詩》比方「奯」字之音耳。桂氏馥遂謂《説文》引《詩》以證「空大」，《詩》當本作「施罟奯奯」，後人改爲「濊濊」，又加「讀若」二字，而《水部》「濊」下引《詩》亦後人所加。夫施罟者，必於水中，網在水中，不見所謂空大之狀。桂氏乃欲以易「礙流」之訓，亦不善於體物矣。

「鱣鮪發發」，傳：「鱣，鯉也。」《説文》：「鯉，鱣也。」「鱣，鯉也。」段云：「毛傳於『鱣』云『鯉』，於『鯉』不云『鱣』者，鯉者俗通行之語，不待注也。舍人云：『鯉，一名鱣。』《爾雅》古説如此，自陸璣、郭璞，乃分鯉鱣爲二。《周頌》：『有鱣有鮪，鰷鱨鰋鯉。』鱣鯉並言，似非一物，而箋云：『鱣，大鯉也。』然則凡鯉曰鯉，大鯉曰鱣，猶小鮪曰鮥，大鮪曰鮪。謂鱣與鯉、鮥與鮪不必同形，而要各爲類也。」承珙案：《爾雅》：「鯉，鱣。鰋，鮎。鱧，鯇。」舍人、孫炎皆以爲釋二名，則是以「鱣」釋「鯉」，郭氏乃分爲六物。夫《爾雅》，故訓之書，正名辨物，無庸並列六魚不加訓釋，全書無此文例。故毛傳以「鯉」訓「鱣」，以「鮎」訓「鰋」，皆本《爾雅》。《説文》又本之毛傳。至《周頌》「鱣」「鯉」並言，則當如鄭箋以「鱣」爲大鯉。《詩》以多魚爲言，故連類而並舉之歟。

「發發」，傳：「盛貌。」《釋文》：「發，補末反。馬云：魚著罔尾發發然。《韓詩》作鱍。」《説文》：「鮁，鱣鮪鮁鮁。从魚，犮聲。」段云：「作『鮁』者，非毛非韓，又不言其義，《篇》《韻》皆無『鮁』字，其可疑如此。」承珙案：楊倞注《荀子·榮辱篇》：「鰷魚，一名鰷鮁。」是「鮁」本魚名，與此詩無涉。然《韓詩》之「鱍」亦不見《説文》，或許書原有「鱍」字，本之《韓詩》，今《説文》「鮁」字又爲「鱍」之或體，《説文》此處傳寫有脱誤耳。《集韻》：「鮁，或作發，亦從魚。」乃欲合毛、韓、許而一之。

「葭菼揭揭」，《詩》或言「葭菼」，或言「蒹葭」，或言「萑葦」，皆並舉二物。《爾雅·釋言》既云「菼，騅也。菼，薍也」，《釋草》又云：「葭華、蒹薕、葭蘆，菼薍。」此皆以二字爲一物，葭蘆即葭華也。菼薍即蒹薕也。毛傳於《碩人》云：「葭，蘆。菼，薍也。」於《秦風》云：「蒹，薕。葭，蘆也。」於《七月》云：「薍爲萑，葭爲葦。」是則《詩》之葭與葦同爲一草，又謂之蘆；菼與萑與蒹同爲一草，又謂之薍，又謂之薕，又謂之騅，其分析皆本於《爾雅》。《説文》：「葭，葦之未秀者。」「葦，大葭也。」「蒹，萑之未秀者。」「薕，蒹也。」「萑，薍也。」「薍，𦼮也。八月薍爲萑，葭爲葦。」各本脱「萑葭爲」三字，此從段本增。「𦼮，萑之初生。一曰薍，一曰騅。」此與《爾雅》、毛傳並同。《夏小正》傳云：「萑未秀爲菼，葦未秀爲蘆。」故《豳風·七月》孔疏云：「此二草，初生者爲菼，長大爲薍，成則名爲萑；初生爲葭，長大爲蘆，成則名爲葦。」分別甚明。《碩人》疏所引李巡以蘆薍爲一草，自不如孫炎、郭璞以爲二草之諦。然此二草形類本不甚相懸，析言之則別，統言之或亦可以通稱。如《爾雅》列葭華等草，而總之曰「其萌虇」，郭注：「萑葦之類，其初生者皆名虇。」非以其形類相近故乎？《大車》傳云：「菼，鵻「鵻」當作「騅」。也，蘆之初生者也。」此似以葭菼合爲一草，不知毛意於《詩》中葭菼對文者既分釋之，此單言菼，故不嫌於通稱耳。或謂《大車》傳「薍」乃「萑」字之誤，亦通。《夢溪筆談》云：「詳諸家所釋葭、蘆、葦，皆蘆也，則菼、薍、萑自當是荻耳。《詩釋文》云：『薍，江東人呼之爲烏蓲。』今吴中烏蓲草乃荻屬也，則薍爲荻明矣。然《召南》『彼茁者葭』，謂之初生可也。《秦風》曰：『蒹葭蒼蒼，白露爲霜。』則散文言之，霜降之時亦得謂之葭，不必初生。若對文，須分大小之名耳。荻，芽似竹筍，味甘脆可食。莖脆，可曲如鉤，作馬鞭節。花嫩時紫，脆則白，如散絲。葉色重狹長而白脊。一類小者可爲曲薄，其餘惟堪供爨耳。蘆，芽味稍甜，作蔬尤美。莖直。花穗生如狐尾，褐色。葉闊大而色淺。此堪作障席、筐筥、織壁、覆屋、絞繩雜用，以其柔韌且直故也。古書名字雖多，今世俗只有蘆與荻兩名。」

氓

「抱布貿絲」，傳：「布，幣也。」箋云：「幣者，所以貿買物也。」承珙案：此「幣」即錢幣之幣。《漢書》「賈人緡錢」，如淳引胡公云：「緡，錢爲緡者，《詩》云『氓之蚩蚩，抱布貿絲』，故謂之緡也。」蓋古人即以幣爲錢，可以貿易，不必定用錢刀。然亦非僅以布粟易物，即謂之布。先鄭注《周禮・載師》云：「里布者，布參印書，廣二寸，長二尺，以爲幣，貿易物。《詩》云『抱布貿絲』，抱此布也。」案，先鄭又云言布參印書者，舊時説也。其説正與毛同。然則詩所謂「布」，必非布帛之通稱。孔疏乃云此布幣爲絲麻布帛之布。《鹽鐵論》文學曰：「古者市朝無刀幣，各以其所有易無，抱布貿絲而已。」疏説蓋本於此。然如此，則傳不必更訓以「幣」矣。

「送子涉淇，至于頓邱。」毛氏《毛詩寫官記》曰：「衛有頓邱三。其一名『五軍』，謂魏置五軍於邱旁故也，在淇水南。其一名『五觀』，在淇上宿胥口。其一名『帝邱』，『帝』『頓』聲轉，亦近淇。凡此三頓邱，未審『至于頓邱』是何地。」承珙案：《水經注》：「淇水自元甫城東南逕朝歌縣北，又東屈而西轉逕頓邱北，故闞駰云頓邱在淇水南。又屈逕頓邱西，《詩》所謂『送子涉淇，至于頓邱』者也。魏徙九原、西河、土軍諸胡，置五軍於邱側，故其名亦曰『五軍』也。」其後歷敘至「淇水合宿胥故瀆」下又云：「東北逕帝嚳冢西，世謂之頓邱臺，非也。《皇覽》曰『帝嚳冢在東郡濮陽頓邱城南臺陰野中』者也。」其下又云：「淇水又北逕頓邱縣故城西，《古文尚書》以爲觀地矣，蓋太康弟五君之號曰『五觀』者也。《竹書紀年》：晉定公三十一年城頓邱。《皇覽》曰：頓邱者，城門名；頓邱道，世謂之殷。皆非也。蓋因邱而爲名，故曰頓邱矣。」據此，酈注雖三言頓邱，而獨以《詩》之「頓邱」系於「五軍」者。《河水》篇於氾水滎陽下歷敘所經，至石濟津云：「河水又東，淇水入焉。又東，逕遮害亭南。《溝洫志》曰：在淇水口東十八里，又有宿胥口，舊河水北入處也。」《淇水》篇云：「淇水右合宿胥故瀆。瀆受河於頓邱縣遮害亭東、黎山西北，會淇水處立石堰遏水，令更東北注。魏武開白溝，因宿胥故瀆而加其功也，故蘇代曰：決宿胥之口，魏無虛頓邱也。」考春秋時，淇水入河當在黎陽以西。其黎陽以東之淇水，乃魏武帝於水口下大枋木成堰，遏而東入白溝以通漕運者也。闞駰曰：頓邱在淇水南。自是淇水尚未入河之處。《詩》言涉淇而至頓邱，是其地相去不遠。黎陽，漢魏郡地。頓邱當在其西。若東郡之頓邱，則在黎陽以東，去舊淇口稍遠，其非《詩》之「頓邱」，明矣。故酈氏於「淇水合宿胥口」下雖言頓邱，而絶不及《詩》。王氏《詩地理考》兩引《水經》之「頓邱」，漫無區別；又引《輿地廣記》以爲澶州清豐縣，亦誤認東郡之頓邱，而不知其非春秋時淇水所經之地也。

「將子無怒」，傳：「將，願也。」箋云：「將，請也。」《廣雅·釋詁》：「欲、羡、願、貪、欲、欲、將、闓，欲也。」「願」即「願」字之借，《廣韻》「願」「願」皆魚怨切。是「願」與「將」皆爲「欲」，故毛訓「將」爲「願」。鄭易訓爲「請」。正義謂「面與之言，宜爲請」。案：《穆天子傳》：「西王母爲天子謡曰：『將子無死，尚能復來。』」此「將」亦當爲「願」，蓋可云「願其無死」，不可云「請其無死」也。且此亦相對唱酬之詞，不必面言即宜爲請也。

「秋以爲期」，《通典》引董仲舒云：「霜降迎女，冰泮殺止。」舉此詩云：「將子無怒，秋以爲期。」《媒氏》疏引王肅《聖證論》亦舉此詩。馬昭則以此爲淫奔之詩，不足爲據。承珙案：此婦雖係被誘，然其言曰「良媒」、曰「卜筮」，則必猶託於婚姻之正禮以行者。秋以爲期，自是嫁娶之時，故以此相訂。毛義秋冬爲昏，正可據此爲本經之一證，馬昭之説非也。

「乘彼垝垣，以望復關」，傳：「復關，君子所近。」箋亦不言其地之所在。《寰宇記·澶州·臨河縣》：復關城在南黄河北阜也，復關隄在南三百步，自黎陽下入清豐縣界。考宋臨河縣故城，今在開州西，其云「自黎陽下入清豐縣界」爲復關隄，則其去黎陽以西之淇水頓邱尚遠，似未可以乘垝垣而望見之也。

「爾卜爾筮，體無咎言」，箋云：「爾，女也。復關既見此婦人，告之曰：我卜女筮女，宜爲室家矣。兆卦之繇，無凶咎之辭，言其皆吉，又誘定之。」歐陽《本義》謂：「上下文初無男子之語，忽以此兩句爲男告女，豈成文理。據詩所述，是女被棄逐，怨悔而追敘與男相得之初，我乃決以卜筮，於是我從子往爾。推其文理，『爾卜爾筮』者，爾其男子也。」承珙案：《坊記》云：「子云：『善則稱人，過則稱己，則民不争；善則稱人，過則稱己，則怨益亡。《詩》云：「爾卜爾筮，履無咎言。」』」鄭注：「爾，女也。履，禮也。言女鄉卜筮，然後與我爲禮，則無咎惡之言矣。言惡在己，彼過淺。」鄭注《禮》時用《韓詩》。然陸德明《詩音義》云：「體，《韓詩》作履。履，幸也。」鄭則訓「履」爲「禮」，又不盡用《韓詩》。其云卜筮而後爲禮，本無咎惡之言，似以此婦人但自怨自艾，而不深責其男子。較之箋説，更爲忠厚。且以「爾」爲爾其男子，與箋《詩》亦異。觀下句「以爾車來」，則上兩「爾」字，自以爾男子爲是。

「桑之未落，其葉沃若。于嗟鳩兮，無食桑葚」，傳：「桑，女工之所起。沃若，猶沃沃然。鳩，鶻鳩也。食桑葚過，則醉而傷其性。」毛意蓋以此爲婦人之詩，故因女工所起之桑爲興。即「沃若」「黄隕」，亦不過顔色盛衰之況耳。鄭箋泥於「秋期」之説，遂分「未落」爲仲秋，「黄隕」爲季秋。殊不知貿絲是孟夏時事，桑葚是孟夏時物，若謂「沃若」是仲秋，其時安得有葚？乃云「鳩以非時食葚」，與女子非禮行嫁，義殊迂曲。

「自我徂爾，三歲食貧」，此二句正與下章「三歲爲婦，靡室勞矣」相應。蓋初至其家，食貧力作，盡心於家事。靡室勞矣，言不以室家之事爲勞，猶《邶·谷風》之「昔育恐鞫，及爾顛覆」也。「言既遂矣，至于暴矣」者，謂三歲之後，久而見酷暴，猶《谷風》之「既生既育，比予于毒」也。鄭箋以「三歲食貧」謂「往之女家，女家乏穀食，已三歲貧矣」。夫其時，婦尚未往，又安知其家食貧必三歲乎。於「三歲爲婦」二句又云：「無居室之勞，言不以婦事見困苦。」兩「三歲」異義，非是。王肅述毛，又云：「往之女家，從華落色衰以來，三歲食貧。」此於上句「自我徂爾」中間多一轉折，亦於文義不合。

「言既遂矣」，箋云：「遂，猶久也。」案：「遂」非即訓「久」，而義近於「久」。蓋「遂」本訓「終」、訓「竟」，皆有久意，比方爲訓，故曰「猶」也。《曹風·候人》箋同。

「及爾偕老，老使我怨」，箋云：「及，與也。我欲與女俱至於老，老乎，女反薄我，使我怨也。」此直謂本期偕老，不意其老而見棄耳。箋詞氣抑揚。嚴《緝》遂謂：「此詩言『總角之宴』，則此婦人始笄便爲此氓之婦，三歲見棄，不應便老。蓋言始也將與汝偕老，今未老而已見棄；若從爾至老，其被暴戾必有甚者，愈使我怨也。」《虞東學詩》以此説爲長。不知「三歲食貧」「三歲爲婦」皆謂初爲夫婦時耳；其下文「言既遂矣」自在三歲之後，久乃見棄，非必三歲便棄也。惟「總角之宴」一語，則似幼即爲婚，而抱布來謀、涉淇遠送又非穉男弱女之所爲，此爲可疑。王氏志長以「總角」别有所指，蓋謂氓所私者。所謂「士貳其行」者，捐故憐新，婦人之所爲恨也。《田間詩學》又疑是改適之婦見棄後夫，轉追念其故夫結髮之情。解愈支離。承珙案：「總角之宴」以下，祇自悔其少不更事，爲人所誘，言笑盟誓以爲可託終身，而不知其不可信也。「總角」正與上「老」字對。宴，安也。謂其初本相安無事，非同今日之不能安于室耳。「宴」訓已見《邶・谷風》，故毛於此無訓。

「信誓旦旦」，《校勘記》云：「考《釋文》云：『旦旦，《説文》作「悬悬」。』《説文・心部》『怛』下重文云：『悬，或从心在旦下。《詩》曰：「信誓悬悬。」』是許本《毛詩》經字作『悬』也。鄭箋之本，字與許異，經字作『旦』，傳同。而『旦』即『悬』之假借，故箋云『言其懇惻款誠』。字爲『旦』，義仍爲『悬』，實與許未嘗不合也。正義引定本云：『定本：旦旦猶怛怛。』是定本改『悬』用『怛』。《考文》古本作『信誓旦旦然猶怛怛也』，一本作『旦旦猶怛怛然』，皆采正義而誤。」承珙案：《説文》：「怛，憯也。」「憯，痛也。」《方言》：「怛，痛也。」或疑此於「信誓」義不協，不知傷痛者至誠迫切之意，故可通爲形容誠懇之貌。如《説文》「惻」亦訓「痛」，而《後漢書·張酺傳》云：「闇闇惻惻，出於誠心。」注云：「惻惻，懇切也。」又如《説文》「懽」：「懽，喜歀也。」又引《爾雅》曰：「懽懽、愮愮，憂無告也。」懽本訓喜歀，而憂者之歀歀，亦與喜樂之歀歀同其誠切，是其例矣。

「不思其反。反是不思，亦已焉哉」，箋云：「反，復也。今老而使我怨，曾不念復其前言。已焉哉，謂此不可奈何，死生自決之辭。」正義曰：「今老而使我怨，是曾不思念復其前言，而棄薄我。我反復是君子不思前言之事，則我亦已焉哉，無可奈何。」據正義，則經中兩「反」字異義，非是。反是不思者，即疊上「不思其反」，變文以叶下「哉」字耳。

《表記》：「子曰：口惠而實不至，怨菑及其身。是故君子與其有諾責也，甯有已怨。《國風》曰：『言笑晏晏，信誓旦旦，不思其反。反是不思，亦已焉哉。』」觀此，知「反」即「言可復也」之「復」。《集傳》以「反」爲反覆，言我不思其反覆以至此，爲婦人自悔之語。此與《表記》引《詩》證「諾責」之意不合。戴氏《續詩記》：「反，謂回思前日之事。」惠半農云：「反，謂爲夫家所遣。」引《穀梁傳》「婦人謂嫁曰歸，反曰來歸」爲證。此皆與上文「信誓」義不相應，故知箋説爲允。

竹　竿

《序》云：「《竹竿》，衛女思歸也。適異國而不見答，思而能以禮者也。」案：《序》首句但言「衛女思歸」，下乃推原其所以思歸，由于「不見答」耳。詩前三章第言夫婦相接之禮，並無不見答意，亦並未露思歸之情，故毛於首章傳云：「釣以得魚，如婦人待禮以成爲室家。」於三章傳云：「舟楫相配，得水而行；男女相配，得禮而備。」比興深微，使人不覺。至章末「駕言出游，以寫我憂」，始露不答、思歸之意，故傳云：「出游，思鄉衛之道。」則全詩情事瞭然矣。《集傳》以此詩未見不答之意，嚴《緝》辨之曰：「此雖不言其夫家之不見答，而觀其思歸之切如此，則其情不言可知矣。」或又疑傳箋屢言「室家」「夫婦」，似誤認《序》中「歸」字作「嫁」字。獨不思末章傳云「思鄉衛之道」，正與《序》「思歸」相應，何嘗誤認爲謂「嫁」曰「歸」乎？

「泉源在左，淇水在右」，傳：「泉源，小水之源。淇水，大水也。」吕氏大臨曰：「淇水出相州林慮縣東流，泉水由西北來注之。『左右』蓋主山而言之。相，衛之山東面，故以北爲左，南爲右。」《集傳》云：「泉源在衛之西北，而東南流入淇，故曰『在左』；淇在衛之西南而東流，與泉源合，故曰『在右』。」承珙案：《水經注》「左爲菀水，右則淇水，自元甫城東南逕朝歌城北」，又東屈而西轉。夫衛都朝歌，淇水自其城北屈而西轉，是亦在衛之西北，其下流乃在西南耳。經文於《泉水》曰「泉源」，《水經》云：「水有二源：一曰馬溝，一曰美溝，皆出朝歌西北。」《詩》自其源而言之，故曰「在左」。淇水，《詩》不曰源，則是目其下流已至衛之西南，故曰「在右」。即一字之分别，其不苟如此。徐氏光啟以爲泉源之委在左，淇水之源在右，正與經文相背謬矣。

「女子有行，遠父母兄弟」，臧玉林曰：「家藏明人舊刻本作『遠兄弟父母』，始知俗本爲誤。『母』讀若『每』，與上『淇水在右』爲韻。後見《唐石經》亦然。」《校勘記》云：「小字本、閩本、明監本皆作『遠兄弟父母』，《釋文》以『遠兄』二字作音，可證。」承珙案：《王風·葛藟》《魯頌·閟宫》皆「母」與「有」韻，《小雅·沔水》「母」與「友」韻，與此「母」「右」爲韻正同。顧氏《詩本音》仍作「遠父母兄弟」，何氏焯謂其未加考正，漫從《大全》本耳。

「巧笑之瑳」，傳：「瑳，巧笑貌。」案：瑳，疑「齹」之假借。「瑳」字本一作「磋」。《一切經音義》云：「磋，古文齹同。《説文》：『齹，齒參差也。』」詩不必定作是解，但當爲笑而見齒之貌耳。

「佩玉之儺」，傳：「儺，行有節度。」《説文》：「儺，行有節也。」引《詩》「佩玉之儺」。此用毛義也。段云：「此『儺』字本義。其《曹風》之『猗儺』，則《説文》之『旖施』也。」承珙案：「曹」當作「檜」。《隰有萇楚》之「猗儺」，即《小雅・隰桑》之「阿難」。毛傳訓「猗儺」爲「柔順」，「阿難」爲「美盛」，其義相因，説詳《檜風》。要皆與「行有節度」之「儺」異。嚴《緝》因錢氏「柔緩」之解，而爲「腰身裊儺」之説，宜《稽古編》之譏之也。

芄蘭

「芄蘭之支」，傳：「芄蘭，草也。」案：傳「草」字或「雚」字之誤，或「草」上脱「雚」字，當作「芄蘭，雚草也」，如「木瓜，楙木也」之例。《爾雅》「雚，芄蘭」郭注：「雚芄蔓生。」邢疏：「雚，一名芄蘭。」郭注「雚芄」：「或傳寫誤。芄，衍字也。」《説文》：「芄蘭，莞也。」此「莞」當爲「雚」。或謂「莞」亦衍字也。陸《疏》：「芄蘭，一名蘿摩，幽州人謂之雀瓢。蔓生，葉青緑色而厚，摘之白汁出，食之甜脆。鬻爲茹滑美。其子長數寸，似瓠子。」陳氏《稽古編》云：「宋沈括言芄蘭莢在枝間，如解結錐，故以爲興。韘亦當似葉，但不復見耳。近世《本草綱目》祖其説，言芄蘭實櫼即「尖」字。如錐，葉後曲如張弓指彄。據此，則韘是決，非沓矣。但詩人託興，本喻人君當柔潤温良，信任大臣，豈專爲觿韘二物取象乎。況首章言『支』不言『莢』也。毛鄭義優，沈説纖甚。」承珙案：沈説見《夢溪筆談》。其云「莢出葉間如解結錐」，與陸《疏》「子長數寸」者合。「支」本與「枝」同，《唐石經》及《説苑》引詩皆作「枝」。莢綴於枝上，亦可云枝。《名醫别録》云：「芄蘭葉嫩時似蘿摩，圓端大莖。」李時珍云，葉長而後大前尖。韘音涉，張弓指彄也。此葉後彎似之。其説雖本沈括，然亦得之目驗。近時程氏瑶田《芄蘭疏證》亦云：「葉油緑色，厚而不平正，本圓末狹。」考玦形如環而缺，則此葉圓端象其環，狹末象其缺。沈云古人爲韘之制，亦當與芄蘭之葉相似者，固可存之，以備一解也。

「能不我知」，王氏《述聞》曰：「《詩》凡言『甯不我顧』『既不我嘉』『子不我思』，皆謂不顧我、不嘉我、不思我也。此『不我知』『不我甲』，亦當謂不知我、不狎我，非謂不如我所知、不如我所狎也。能，乃語詞之轉，非才能之能。『能』當讀爲『而』，言童子雖則佩觿，而實不與我相知；雖則佩韘，而實不與我相狎。蓋刺其驕而無禮，疏遠大臣也。『雖則』之文正與『能』字相應。古字多借『能』爲『而』。」承珙案：傳云：「不自謂無知，以驕慢人也。」是毛本讀「能」爲「而」，鄭箋乃如字訓爲才能耳。惟以「能不我知」爲「不自謂無知」，於經文不順。段懋堂云，「無」當作「有」。此説是也。詩蓋以「芄蘭之支」興君子當柔潤温良，正與驕慢相對。又人君治成人之事，故以童子而佩觿。然雖服成人之佩，而不自謂我知，所以爲柔潤温良而有成人之德。下章「能不我甲」，亦當云不自謂我已狎習。蓋觿爲解結之物，故言「知」；韘是射御之事，故言「狎習」。此皆正言之以反刺惠公之驕慢，所謂陳美以刺惡也。傳用此意釋詩，於詞旨最爲深婉。若如箋説「不如我衆臣之所知」爲「不如我衆臣之所狎習」，則淺直少味矣。

「垂帶悸兮」，傳：「垂其紳帶，悸悸然有節度。」段懋堂曰，此未知以「悸」字爲何字之假借。承珙案：《釋文》：「悸，《韓詩》作萃。」蓋「悸」即「萃」字之借。悸从季聲，季从稺省，稺亦聲，稺、萃聲相近，故悸亦可借爲萃。《韓詩》以萃爲垂貌，猶《爾雅》之「崒者，厜㕒」也。毛云「垂其紳帶悸悸然」，是亦以悸爲垂貌。則「悸」爲「萃」之借字無疑。《説文》：「繠，垂也。」哀十三年《左傳》曰：「佩玉繠兮。」注云：「繠然，服飾備也。」案：繠然者，垂意。繠與萃，音亦相近。《文選》注引《蒼頡》：「蕊，聚也。」即以爲「萃」之假借。

「童子佩韘」，傳：「韘，玦也。能射御則佩韘。」箋云：「韘之言沓，所以彄沓手指。」《稽古編》曰：「《説文》訓『韘』與毛意同。案，《射禮》，右巨指著決以鉤弦，食指、中指、無名指著沓以放弦。決用棘及骨及象爲之，沓用朱韋爲之，亦名『極』。極，取其中於指；沓，取其沓於指也。韘之爲決爲沓，皆無明文。而毛説較古，又有許説相輔，當得其真。許云：『韘，射決也，所以鉤弦，以象骨，韋系箸於右巨指。从韋，枼聲。《詩》曰：「童子佩韘。」』」承珙案：孔疏謂禮無以韘爲決者，故鄭易爲「沓」。然禮亦未有以韘爲沓者，馮氏《名物疏》駮之當矣。而「右佩決捍」見於《内則》，「佩極」之文則不見於《禮經》。或謂沓以韋爲之，韘字从韋，故宜爲沓。然《説文》不云「韘或从弓作弽」乎。蓋韘即今之扳指，而制微不同：今之扳指如環無端，古之玦則如環而缺，其缺處當聯以韋系，所以箸指，亦可以佩。段注《説文》，謂《士喪禮》注云「決以韋爲之藉」，又云「以紐環大擘本」，皆爲送死而設。恐未必然也。

河　廣

《序》云：「《河廣》，宋襄公母歸于衛，思而不止，故作是詩也。」嚴《緝》云：「箋謂宋襄即位，其母思之而作《河廣》之詩，疏因以爲衛文公時。非也。衛都朝歌在河北，宋都睢陽在河南，自衛適宋必涉河。自魯閔二年狄入衛之後，戴公始渡河而南。《河廣》之詩作于衛未遷之前。時宋桓猶在，襄公方爲世子，衛戴、文俱未立也。舊説誤矣。」許氏《詩深》曰：「《説苑》宋襄公爲大子，請于桓公曰：『請使目夷立。』公曰：『何故？』對曰：『臣之舅在衛，愛臣，若終立則不可以往。』《左傳》僖公八年：『冬，宋公疾，大子兹父固請曰：「目夷長，且仁，君其立之。」公命子魚，辭曰：「能以國讓，仁孰大焉？臣不及也。」』夫不言母之愛子而託于舅，固由不忍傷父之意。然夫人之思子，不止形諸哀吟，故襄公於前請未獲命，至父疾而又固請之。自鄭箋以辭害志，遂謂襄公即位，夫人思宋而義不可往。竊謂桓公在時，必無出婦思返之理。若襄公既已即位，不惟衛徙楚邱，無河可渡，而母出與廟絶，尤不宜復萌此想也。使此時思及往宋，是前乎此者未嘗思，今見先君已没，其子即位，思以國母就養而義有不可，遂不勝其拳拳而作此焉，則亦愚婦之鄙情，安見其發于愛子之至性而有循禮度義之志也哉？」《虞東學詩》曰：「鄭箋謂襄公即位而夫人思之，與詩義不相應。《集傳》亦仍其誤。疏謂本不渡河，特假有渡者之詞。此是曲説。詩固從賦，不從興也。《四書釋地》引劉曰：『珩言謂不必渡河，而仍以故國之山川言者，其有深情與？』此亦滯於鄭箋，而欲稍變疏義以通其説，非達詁也。」范氏《詩瀋》曰：「詩雖以望宋爲言，然於桓公無相思之理。《詩億》引宋仁宗廢后郭氏不肯與仁宗私見一事，明夫人之不思桓公，是也。蓋望宋但以思子。」承珙案：《序》云「宋襄公母歸于衛，思而不止」，則是被出之時即思之矣，奚必待襄公即位而後思哉？《序》不言桓公夫人而曰襄公母者，以此詩爲思子而作耳。孔疏以《河廣》「葦杭」爲設詞，嚴《緝》則以爲實詠。今玩毛傳於首二句不言「興」，則嚴説實指渡河者爲得《序》傳之意，箋疏之説非也。

許氏《名物鈔》以《集傳》既云衛在河北，宋在河南，而又言「《河廣》之詩作于襄公即位之後」，則衛不在河北矣，其説自相枘鑿。夫桓公迎衛渡河，疑此時未出夫人。「桓公卒於衛文公之八年」，其出夫人當在衛既渡河之後。「然則衛在河北之説爲誤」。承珙案：桓姬之出，經傳不詳其事。然夫人雖出，而宋衛之好未必遂絶。況《説苑·立節》篇載襄公兹父以大子讓目夷，目夷逃之衛，兹父從之三年。是雖出母在衛，而襄公從之，桓公未嘗禁也。逆河宵濟之事，恐不足爲夫人未出之證。

《詩序廣義》曰：「襄公甯讓千里之國，不忍疏母子之情，孝之至也。而夫人之作是詩，恐傷襄公之心也，假而曰『靡日不思』，其子將何以爲情？假而曰『遠莫致之』，是又明明以迎養示其子矣。是以甯置母子之情於不論，而曰誰謂宋遠乎，『跂而望之』即是也，『曾不崇朝』可至也，若曰吾於汝不過咫尺之睽耳。蓋意實思之，而語若爲未嘗思者。然守不可歸之義，而又曲體孝子之心，夫人之情苦矣！夫人之賢至矣！故孔子以爲德之至。」承珙案：此説蓋欲以曲通箋疏即位後思之之説。所引孔子語，出《鹽鐵論·執務》篇。然其云「好德如《河廣》」者，大旨謂有求則得，所思不遠，與《論語》「唐棣」之解略同，實于本詩母子之義不相關涉也。

「一葦杭之」，傳：「杭，渡也。」《説文》：「斻，方舟也。从方，亢聲。」段云：「《衛風》『一葦杭之』，『杭』即『斻』字。詩謂一葦可以爲之舟也。舟所以渡，故謂渡爲斻。」承珙案：段説非是。《説文》「斻」下但引《禮》「天子造舟，諸侯維舟，大夫方舟，士特舟」，並不引《詩》。毛傳但云「杭，渡也」，「杭」在《説文》爲「抗」之或字，「抗」有舉而加之之意，故箋云「一葦加之，則可以渡之」，以「加」字申成傳義，則「杭」之爲「抗」明矣。《廣雅·釋詁》云："抗，渡也。"疑詩"杭"字本亦有作"抗"者。杜篤《論都賦》"造舟於渭，北杭涇流"，章懷《後漢書》作"北抗"，注云："《説文》『抗』字在《方部》，今流俗不解，遂與『杭』字相亂。"據此，是章懷改"杭"爲"抗"。夫上言造舟，而忽雜以方舟之抗，無此文理。段氏反從其説，誤矣。次章"曾不容刀"，《釋文》、正義皆引《説文》"舠"字，今《説文》脱此字。而於"一葦杭之"並不及《方部》之"抗"，是陸孔皆知"杭"非即"抗"字也。"跂予望之"，王逸注《楚辭·九歎》引作"企予望之"。《説文》："企，舉踵也。""跂，足多指也。"是企，正字；跂，同音假借字。《小雅》"如跂斯翼"，《玉篇·人部》亦引作"企"。《文選·贈蔡子篤詩》注云："跂與企同。"謂其聲同，可通借耳。

伯兮

《序》云："《伯兮》，刺時也。言君子行役，爲王前驅，過時而不反焉。"嚴《緝》引曹氏曰："是役也，王爲主，而衛人屬焉，故不專刺宣公，而云『刺時』也。"朱氏《通義》曰："從王伐鄭，事在衛宣公十三年。三國之從王，正也，而《序》以爲刺時者，刺其過時，非刺宣公也。鄭在衛之西南，而詩言東者，時三國從王，必會兵東都乃行，非謂鄭在衛東也。孔仲達解此詩最當。朱子終以鄭在衛西疑之，又云無明文可考。然則《春秋》非明文邪。若但是衛國用兵，何以有『爲王前驅』之語？"承珙案：首《序》雖止云"刺時"，然經中有"爲王前驅"一語，已爲確據。鄭箋以繻葛之役當之，證佐明白，無可疑者。《陸堂詩學》又因"自伯之東"一言，乃引《春秋》莊六年王人救衛，謂"之東"者，東與齊戰。不知王人救衛，非"爲王前驅"；一戰即罷，亦非過時不歸也，自當以箋疏爲正。

「伯兮朅兮」，傳：「朅，武貌。」《碩人》「庶士有朅」，傳云：「朅，武壯貌。」彼《釋文》云：「有朅，《韓詩》作『桀』，云：健也。」段氏以傳訓「朅」爲「武壯貌」者，謂「朅」即「仡」之假借。承珙案：有朅，韓既作「桀」，「桀」與「傑」古字同，疑毛亦以「朅」爲「傑」之借字。韓曰「健」，毛曰「武壯」，義亦相近。此「朅兮」，《韓詩》又作「偈」。《文選・高唐賦序》注引《韓詩》曰：「偈，桀侹也，疾驅貌。」《玉篇》引《詩》從韓作「偈」，而訓仍同毛，云「武貌」。蓋《説文》雖無「偈」字，《一切經音義》引《字林》云「偈，邱竭反，健也」，「武」「健」義同，毛殆以此「朅兮」又即「偈」之假借耳。惟傳於《檜風》之「偈兮」云：「偈偈，疾驅。」此不同韓作「疾驅」，而略同《碩人》訓義者，蓋以「爲王前驅」義尚在下，此與「邦之桀」連文，故當爲「武貌」耳。

「伯也執殳，爲王前驅」，傳：「殳長丈二而無刃。」箋云：「兵車六等，軫也，戈也，人也，殳也，車戟也，酋矛也，皆以四尺爲差。」正義引《考工記》注云：「戈、殳、戟、矛皆插車輢，用則執之。此據用以言也。」承珙案：戈戟皆可言「執」，何以獨云「執殳」？《説文》：「殳，以杸杸，當依《太平御覽》作「杖」。殊人也。《禮》殳以積竹，八觚，長丈二尺，建于兵車，旅賁以先驅。」《周禮・司戈盾》：「祭祀授旅賁殳、故士戈盾。」注云：「故士，王族故士也，與旅賁當事則衛王也。」疏云：「旅賁氏掌執戈盾而趨，此執殳，以其與故士同衛王時以爲儀衛，故不執戈盾。」《旅賁氏》云：「掌執戈盾，夾王車而趨，左八人，右八人。」注云：「夾王車者，其下士也。下士十有六人，中士爲之帥焉。」據此，則執戈盾夾車者爲下士，其執殳前驅者當爲中士歟？《司戈盾》所謂「授旅賁殳」者，蓋以授中士。故《説文》獨於「殳」下言「旅賁以先驅」，《禮書》云：「殳雖建于車，及王行，則執而前驅。」《急就篇》注云：「旅賁以先驅者曰殳。」皆本《説文》。雖引《禮》文，而實合於《詩》義。傳以「伯」爲州伯，正義以《内則》「州伯」釋之。鄭彼注云：「州長，中大夫一人。」而此執殳之旅賁，則爲士。《曲禮》：「列國之大夫，入天子之國曰某士。」注云：「三命以下，於天子爲士。」衛之君子「爲王前驅」者，自是諸侯大夫，於王朝則爲士耳。

「自伯之東」，《毛詩明辨録》云：「衛在鄭之正北，王在衛之西南，俱與『東』不合。惟孔疏謂兵至京師乃東行伐鄭，庶幾近之。然思婦在室，豈遽忘其身所居之地，而以伯爲東行邪？鄒氏泉曰：『周既東遷，衛自西北而往，故云「之東」。』豈有以淇縣目洛陽爲東者？胡氏紹曾曰：『衛人從王屬右軍，虢公林父正東行矣。』夫左右軍皆從王而東伐鄭，由京師向鄭南行，右軍在西路，焉得援爲東行之據。然則何以云東也？蓋伯以衛人仕於王朝，常供護衛，《周禮》虎賁、旅賁之職，夾車而趨，即執戈盾者，不必拘泥『殳』字。若泥定兵器爲殳，則建於車右，非常執者。又王有從車、貳車而無前驅之車，故於『執』字、『前驅』字而知前驅步從，正旅賁也。其妻從仕于周，故云『自伯之東』。」承珙案：《田間詩學》云：「周室東遷，天下稱爲東周。『之東』者，猶言『之周』。」又云：「三國之士，其始至京師以赴王命，猶未知其果伐與否，迨聞王師之東，則伐鄭決矣。伯也前驅，室人殆有死亡之慮，故憂思益深耳。」此蓋因王不在衛之東，又無主爲容，當自始别已然，何以必自「之東」之後，故轉而爲此二説。然終近於迂曲，當以《明辨録》謂其妻從夫仕於王朝者情事爲合。惟既知前驅者爲旅賁，而又云「殳」字不必泥，則未檢及《周禮》之「授旅賁殳」，《説文》之「殳」下云「旅賁以先驅」耳。

「願言思伯，甘心首疾」，傳：「甘，厭也。」箋云：「我願思伯，❶心不能已，如人心嗜欲所貪，口味不能絶。」此正申傳訓「甘」爲「厭」之意。正義引《左傳》「請受而甘心焉」，謂「始欲取以甘心，則『甘心』未得爲『厭』」。似以鄭爲易傳者，誤矣。

「焉得諼草」，傳：「諼草令人忘憂。」《校勘記》云：「此當作『諼草令人善忘』，故箋云：『憂以生疾，恐將危身，欲忘之。』傳不言『憂』，箋以『憂』申之也。若傳已云『憂』，則生疾危身，人所共曉，何煩更箋乎？《釋文》云：『令人，力呈反。善忘，亡向反，又如字。』《爾雅釋文》引《詩》云『焉得萲草』毛傳云『萲草令人善忘』，是《釋文》本不誤也。正義説傳云：『「諼」訓爲「忘」，非草名，故傳本其意，言「焉得諼草」，謂欲得令人善忘憂之草。』此正義本『忘』上有『善』字之證。其仍云『忘憂』者，以鄭説爲毛説。凡正義以爲毛鄭不異者，其自爲文每如此，非傳有『憂』字也。正義本當亦不誤。《釋文》云：『《説文》作藼，云令人忘憂也。』所以著其異耳。不知者反據之，並取正義自爲文者以改此傳，失之甚矣。」承珙案：此説是也。孔疏以「諼」非草名，嚴《緝》力辨其非。《爾雅翼》云：「衛之君子行役，過時不反。其婦人思之，則心痗首疾，思欲暫忘之而不可得，故願得善忘之草而植之，庶幾漠然而無所思。然世豈有此物哉？蓋亦極言其情。説者因『萱』音之與『諼』同也，遂命萱以爲忘憂之草，蓋以『萱』合其音，以『忘』合其義耳。然忘草可也，而所謂『忘憂』，『憂』之字何從出哉？」據此云「願得善忘之草」，似羅所見傳本亦無「憂」字。故於「忘憂」之名，但引《説文》《養生

❶「願」，阮校本《毛詩正義》作「念」。

論》《博物志》，以爲皆諸儒附會之語，可謂善讀傳箋者矣。《文選》謝惠連《西陵遇風詩》注引《韓詩》「焉得諠草」，薛君曰：「諠草，忘憂也。」然則「忘憂」之説，始於《韓詩章句》。《説文》從韓，與毛異義。傳箋皆祇作設想之詞，不謂實有此草，於「焉得」二字最合。《爾雅》備列草名，而但有「諼」訓，别無「諼草」。陳氏《稽古編》因《釋訓》「萲、諼，忘也」郭注云「義見《伯兮》《考槃》詩」，《釋文》引《詩》作「萲草」，遂謂《伯兮》詩當作「萲」，爲草名，與《考槃》不同。然正義引孫注《爾雅》云「焉得諼草」，是叔然所見詩仍作「諼」，不從艸作「萲」也。毛西河《詩札》引陸機《贈從兄車騎詩》云「焉得忘歸草，言樹背與襟」，則且易「忘憂」爲「忘歸」矣。此可爲解頤之論。

有狐

《序》云：「有狐，刺時也。衛之男女失時，喪其妃耦焉。」《韓詩外傳》曰：「昔者不出户而知天下，不窺牖而見天道，非目能視乎千里之前，非耳能聞乎千里之外，以己之情量之也。己惡饑寒焉，則知天下之欲衣食也；己惡勞苦焉，則知天下之欲安佚也；己惡衰乏焉，則知天下之欲富足也云云。故先王之法，天子親耕，后妃親蠶，先天下憂衣與食也。《詩》曰：『父母何嘗？』『心之憂矣，之子無裳。』」此以《鴇羽》篇語與《有狐》二語同引者，因上文衣食並言故也。雖不及男女婚姻，而與毛《序》刺時之意正合。

又案：《序》有「男女失時，喪其妃耦」之語。喪亦失也，謂失其妃耦之道，不得早爲室家。故正義云：「久而無匹，非先爲妃而相棄也。」此語甚明，初非寡婦、鰥夫之謂。即箋云「時婦人喪其妃耦，寡而憂是子無裳，無爲作裳者，欲與爲室家」，此「寡」是獨處之謂，非必以爲未亡人。正義云：「首章傳曰『裳所以配衣』，二章傳曰『帶所以申束衣』，則傳皆以衣喻夫，以裳帶喻妻宜配之。故箋云『是子無裳，欲與爲室家』之道，申説傳『裳所以配衣』之義。」據此，是傳箋皆以「無裳」喻無妻，非憂其無人縫裳而欲與爲室家也。讀注疏者不子細，輒謂《集傳》本鄭箋立説，豈其然哉？

「有狐綏綏」，《續讀詩記》曰：「《有狐》，國人作也。狐多媚，故有匹；多疑，不涉水，故在淇梁與岸側，綏綏然安閒而不迫。衛之男子失時，故有感於狐，言未有妃耦猶之可也，衣帶之屬無與治之，此可念爾。」《黄氏日鈔》曰：「諸家皆以爲婦人欲嫁之詞，岷隱之説覺優游得詩人之意。戚氏雄曰：『岷隱謂《有狐》爲國人憫鰥夫，則表國人之仁心，固勝于彰寡婦之淫志。』」承珙案：如果寡婦欲嫁而作爲自媒自炫之詞，尚何所取而列之三百？故後儒多覺其不安，而有取于戴説。但戴以「無裳」爲無與治之，猶不及傳箋以「無裳」喻無妻得比興之旨耳。

《日鈔》又云：「綏綏，毛以爲『匹行貌』，朱子以爲『獨行求匹之貌』，李迂仲祖毛説，戴氏獨以爲『安閒不迫』。諸家祖朱説者，以狐非美物，不欲以『綏綏』爲安閒耳。然恐詩人託物起興，不似此拘也。」《稽古編》曰：「朱《傳》特見《齊・南山》鄭箋『求匹』之訓，因移以釋衛詩耳。然《南山》之『綏綏』，毛義實勝鄭矣。」承珙案：《玉篇》：「夊，行遲貌。《詩》『雄狐夊夊』，今作綏。」戴氏「安閒」之義，與「行遲」正合。然凡獸之性，獨行多急遽，匹行多安閒，亦其大較也，故「匹行」已足該「行遲」之義。《陸堂詩學》云：「《塗山歌》『綏綏白狐』，爲毛色舒散之貌，猶《荀子》所云『綏綏兮，其有文章也』。」其實「舒散」與「安閒」意近，要皆不如訓「匹行」者取興尤切合也。

「在彼淇厲」，傳：「厲，深可厲之旁。」《毛鄭詩考正》曰：「《水經注・河水》篇引《段國沙洲記》曰：『吐谷渾於河上作橋，謂之河厲。』此可證橋有『厲』名。詩『淇梁』『淇厲』並稱，厲固梁之屬也。」《經義述聞》曰：「厲，謂水厓也。《廣雅》：『隒，厓也。』又：『隒、厓、厲，方也。』又：『邊、厓、旁、隒，方也。』隒、厓、厲，皆在旁之名，故皆訓爲方。『淇厲』與『淇側』同義，猶『河干』與『河側』同義。是『淇厲』爲淇水之厓，非承上『淇梁』言之。戴以厲爲梁屬，非也。」承珙案：傳以「厲」爲「深可厲之旁」，固明知此「厲」非「深則厲」之「厲」。但厲必深水，其旁水淺處亦可名「厲」，實則此「厲」當爲「瀨」之借字。《史記・南越傳》「爲戈船下厲將軍」，《漢書》作「下瀨」。《說文》：「瀨，水流沙上也。」《楚辭》：『石瀨兮淺淺。』」是瀨爲水流沙石間，當在由深而淺之處。上章「石絶水曰梁」，爲水深之所；次章言「厲」，爲水淺之所；三章言「側」，則在岸矣。立言次序如此。《說文》：「砅，履石渡水也。或从厲，作濿。」「厲」「賴」同聲，故「履石渡水」之「砅」與「水流沙上」之「瀨」，義足相成，聲亦同類，而又與涉水之「厲」轉相引申。故「深則厲」，《說文》作「砅」；此水旁之「厲」，又借深厲之字爲之，若但訓「水旁」，與「側」無别。傳云「深可厲之旁」者，用彼「厲」以見此「厲」故也。李《集解》引王氏曰：「岸近危曰厲。」則望文生義矣。

木　瓜

《序》云：「《木瓜》，美齊桓公也。」漢、唐、宋諸儒皆從《序》說。朱子《讀尊孟辨》云：「《詩》録《木瓜》，《春秋》序績之意，亦以善衛人之情也。」正用《序》説。《吕記》引朱子説，則但以爲尋常施報之言，已稍變其義。至作《集傳》，乃以爲男女贈答之詞，疑與《静女》同類。當時輔廣最爲篤信師説者，尚疑此詩但見忠厚之意，絶無褻慢之情，以《小序》云云恐非後人揣度者所能及。因疑是齊桓既殁之後，衛文伐齊，「殺長立幼，衛人感桓公之惠而責文公之無恩，故爲是詩以風其上」。而朱子不以爲然，但謂美桓之説於經文無所據。不知衛人戴桓之德，實有難於報稱者，故作此詩以致其意。《詩》乃詠歌之文，非紀事之史，安得盡著實跡於篇中哉？且此詩在《衛風》之末，或如輔説爲衛文忘齊大惠而作，則風刺之詩更不當直言其事，何可以經無明文疑之。劉氏瑾又駁《序》，云齊桓之德，豈可僅比于草木，衛人之報，何乃自擬于重寶，不知作者之旨，正以人當薄遺厚報，故設爲瓊瓜不等之喻，言若有厚于此者，報當何如，此尤詩人微婉之意也。至《静女》之詩，如古《序》説，本非男女贈答之作。即謂「美人」，《静女》經有其言，而此詩則有何明文可據乎？且傳引孔子曰：「吾於《木瓜》見苞苴之禮行。」《孔叢》雖非真古書，然如此等已先見於毛傳，當必有所授之。春秋昭二年《左傳》：韓起聘衛，「衛侯享之。北宫文子賦《淇澳》，宣子賦《木瓜》」。使果爲男女贈答之私，則何以謂之行禮？而名卿燕享，安所取之？若謂賦《詩》斷章，則《孔叢》所引孔子之言，自二《南》至《采菽》皆實據《詩》義，與古《序》相符，何獨於《木瓜》節取焉。而北宫之賦《淇澳》，託意宏深，宣子顧自取歌《詩》不類之誚邪？至賈誼《新書·禮》篇以《木瓜》爲下報上，此則因施報之義而推廣之耳，未可爲此詩正詁也。

「投我以木瓜」，傳：「木瓜，楙木也。」《吕記》引徐氏曰：「瓜有瓞，桃有羊桃，李有雀李，此皆支蔓也。故言『木瓜』『木桃』『木李』以別之。」陸氏《埤雅》始謂實如小瓜，食之津潤不木者爲木瓜；圓而小於木瓜，食之酢澀而木者爲木桃；大於木桃，似木瓜而無鼻者爲木李。李氏《集解》從之。姚寬遂以「木桃」爲樝子，「木李」爲榠樝。李時珍《本草》祖述其説。陳氏《稽古編》從之。承珙案：樝子、榠樝在《本草别録》《圖經》並無「木桃」「木李」之名，後人因《詩》而被以此名耳。傳以「木瓜」爲「楙」，用《爾雅》文，而「木桃」「木李」無訓。《爾雅》以瓜不木生，故獨釋「楙」爲「木瓜」，若桃李本皆木耳，自不必復稱爲「木」。詩言「木桃」「木李」者，因上章「木」字以成文耳。毛公無訓，蓋即以爲桃李。徐安道謂别於羊桃、雀李，其説亦通。若樝子及榠樝，皆與木瓜同類，不應目爲桃李。任昉《述異記》云，桃之大者爲木桃。足知「木桃」即桃，烏得爲木瓜之類乎？

「報之以瓊琚」，傳：「瓊，玉之美者。琚，佩玉名。」正義曰：「以言瓊琚，琚是玉名，則瓊非玉名，故云『瓊，玉之美者』。言瓊是玉之美名，非玉名也。」此與應劭云「瓊，玉之華者」同義。《説文》：「瓊，赤玉也。」段注云：「赤，當作『亦』。《説文》時有言『亦』者，如李賢所引『診亦視也』、《鳥部》『鸞亦神靈之精也』之類。此上下文皆云『玉也』，則瓊亦當爲玉名。倘是赤玉，當厠『瑞』『瑕』二篆間矣。唐人陸德明、張守節皆引作『赤玉』，則其誤已久。《詩》『瓊琚』『瓊瑶』『瓊華』『瓊瑩』『瓊英』『瓊瑰』，毛傳云『瓊，玉之美者』也。蓋瓊支爲玉之最美者，故《廣雅》言『玉首瓊支』，因而引伸凡玉石之美皆謂瓊。」是也。「琚，佩玉名」者，正義曰：「《有女同車》云『佩玉瓊琚』，故知琚，佩玉名。」段氏云：「『名』當作『石』，謂佩玉納間之石。」承珙案：此説非也。雜佩謂之佩玉，亦謂之玉佩。故《鄭風》言「佩玉瓊琚」，《秦風》言「瓊瑰玉佩」，一也。佩玉名者，雜佩非一，其中有名「琚」者耳。段以琚乃佩玉之一物，不得爲佩玉名，誤矣。

「報之以瓊瑶」，傳：「瓊瑶，美玉。」首章正義以傳「琚」言「佩玉名」，「瑶」言「美石」，「玖」言「玉名」，「名」當作「石」，説見下。三者互文，是此傳當作「瓊瑶，美石」。《釋文》：「瑶，音遥，美玉也。《説文》云，美石。」是陸所見傳作「美玉」，故引《説文》以存異義。孔所見傳本作「美石」，故首章正義引傳云「瓊瑶，美石」。今本傳文作「美玉」者，轉寫之誤。《吕記》引傳尚作「美石」。段氏云：「《説文》琨、珉、瑶皆石之美者。今《説文》「瑶」下亦作「玉之美者」，誤。《周禮》，王獻玉爵，后獻瑶爵。《禮記》，玉爵獻卿，瑶爵獻大夫。是其等差。」承珙案：正義又云「瑶亦佩玉名」者，賈誼《新書》言：「佩玉捍珠以納其間。」《大戴》作「蚍珠」，《韓詩外傳》作「蠙珠」。然「珠」字從玉，其初蓋以玉爲者，後乃用蚌珠代之。荀卿賦曰：「旋玉瑶珠，不知佩也。」古人殆以瑶爲珠，以充佩玉，故知瑶亦佩玉名也。

「報之以瓊玖」，段氏云：「《王風》傳曰：『玖，石次玉者。』《説文》：『玖，石之次玉黑色者。』今此傳作『玉名』，乃『玉石』之誤耳。玉石，見楊雄《蜀都賦》。《漢書·西域傳》師古曰：『玉石，石之似玉者也。』」承珙案：首章正義云：「此言『琚，佩玉名』，下傳云『瓊瑶，美石』，『瓊玖，玉名』，三者互也。」此「瓊玖，玉名」，「名」當作「石」，蓋謂傳訓「瓊玖」爲「玉石」，與「琚」爲「佩玉名」、「瑶」爲「美石」三者互文見義。若作「瓊玖，玉名」，則與「琚，佩玉名」同，不得云「三者互矣」。正義又云：「琚言『佩玉名』，瑶玖亦佩玉名。瑶言『美石』，玖言『玉名』，明此三者皆玉石雜也。」此「玖言玉名」，亦當作「玉石」，蓋以瑶之「美石」、玖之「玉石」，證琚雖「佩玉名」，而亦爲「玉石雜」也。今本正義「瓊玖，玉名」，「玖言玉名」，二「名」字皆「石」之誤。若此傳本以「玖」爲玉名，則正義不當引《邱中有麻》傳以明玖非全玉矣。

毛詩後箋卷六

涇　胡承珙

王

《譜》云：「平王以亂故徙居東都王城。於是王室之尊，與諸侯無異，其詩不能復雅，故貶之，謂之王國之『變風』。」正義曰：「風雅之作，本自有體，而云『貶之謂之風』者，言當爲作『雅』，猶《校勘記》云：猶，同「由」。貶之而作『風』，非謂採得其詩乃貶之也。」承珙案：鄭意似謂詩人之作，自降爲《風》耳。范甯誤會鄭意，其《穀梁序》云：「孔子就大師正雅頌，因魯史修《春秋》，列《黍離》於《國風》，齊王德於邦君，明其不能復雅，政化不足以被群后也。」《困學紀聞》已駁之。即鄭謂詩人自降，亦無此理。陳潛室又謂《雅》詩多朝會燕饗樂章，及公卿大臣規諫獻納之作。東遷以後，朝廷既無制作，公卿又無獻納，故《雅》詩遂亡，獨有民俗歌謡，其體製音節與列國之《風》同也。然《王風》之首篇爲《黍離》，即作于周大夫。《君子于役》序亦云：「大夫思其危難以風。」是豈得謂盡出民俗歌謡乎？黄實夫曰：「周室未遷，則其聲，天下正聲也。平王遷而東之，則其音乃東土之音耳，故曰王國風。」此爲聲調之説，亦近渺茫。無已，則惟孔疏以「風雅之作，各自有體」者，似爲近之。正義又引服虔云：「尊之，猶稱王，猶春秋之王人，稱『王』而列於諸侯之上。」《黍離》箋：「平王東遷，政遂微弱，下列於諸侯。其詩不能復雅，而同於國風焉。」《釋文》云：「崔《集注》本此下更有『猶尊之，故稱「王」也』。」似鄭亦同服義。然《詩譜》謂之「王城譜」，則「王」即東都王城，亦地名也。《陸堂詩學》曰：「《春秋》，魯國之史。于元年春必書『王正月』，猶可目爲尊王。《黍離》十章採自王畿，將不稱『王』而奚稱？或曰『周』可稱也。余謂『王』亦以地而言，自平王歷景王，都王城者十二世，敬王避子朝亂，乃徙都成周，義固不得舍王而稱『周』。且稱『周』，則與《周南》混矣。故謂以『風』貶周者非也，謂以『王』尊周者亦非也。」顧氏《日知録》曰：「邶、鄘、衛、王，列國之名，其始於成康之世乎？太師陳詩以觀民風，采於商之故都者，則繫之《邶》《鄘》《衛》，采於東都者則繫之《王》，采於列國者則各繫之其國。至驪山之禍，先王之詩率已闕軼，而孔子所録者皆平王以後之詩，此變風之所由名也。詩雖變，而太師之本名則不敢變，此十二國之所以猶存其舊也。先儒謂『王』之名不當儕於列國，而爲之説曰：『列《黍離》於《國風》，齊王德於邦君。』誤矣。」

范氏《詩瀋》曰：「孟子曰：『王者之迹熄而《詩》亡，《詩》亡然後《春秋》作。』《詩》亡者，太師不采詩，王朝無掌故，諸侯之國史亦不紀録之以進於王。國亡則四詩俱亡，非僅《雅》亡也。《春秋》所以繼《詩》亡者，《詩》之爲教，長於諷諭，其微婉常餘於言外：《猗嗟》稱禦亂而實刺莊公，《揚水》諷晉昭而詞嘉桓叔。其有深切著明，如所謂『赫赫宗周，褒姒烕之』者，必其事著於王官，迫於忠憤而有然也。《詩》存，而列國之事可得之絃誦之間，若其亡矣，亂臣賊子何以彰其惡於萬世？孔子以匹夫而操筆削，事核其實，文生於義。天王狩河陽，夫人孫于齊，有不必直言而見者，約而達，微而臧，是在讀史者之善會其旨，惟弑父與君則直書之耳。是故《春秋》即《詩》，《詩》亦史也。孟子之言，明白易曉如此。而後儒乃曰《黍離》降爲國風而雅亡。夫王降爲風，或是衰周時勢，何至雅詩亦變爲風乎？　王室雖陵遲，而雅詩誰能禁之不作？　且二《南》與《豳》，雖爲風之終始，而其爲國風則一也，豈亦有升降之殊歟？　善乎，夾漈鄭氏之言曰：『《七月》者，西周之風；《黍離》者，東周之風。』非《黍離》降爲國風而雅亡。　章如愚曰：『王之《風》，非貶王也，體自風也。　魯之《頌》，非褒魯也，體本頌也。　《詩》體有風、雅、頌之殊，非雅重於風，頌高於雅。』汪琬曰：『十五《國風》中有二《南》、《王》、《豳》，皆天子之詩；《雅》《頌》有《賓筵》《抑戒》《魯頌》，皆諸侯之詩，不得以風詩專屬之諸侯。或曰平王政教東遷，故斥爲風；行父請命於周，然後有頌。　然則王之斥爲風也，孰斥之？　王不自斥也。　作詩者不自斥，采詩者必不敢斥其所得之詩以告於王也。　幽厲之詩猶列於雅，而平王獨否，是不逮幽厲也。』由三家之説思之，則『王降爲風』之謬，顯然矣。」

《虞東學詩》曰：「先儒以《王風》係平王，猶以《周南》《召南》係二公，其失同也。『周』爲周之南，『召』爲召之南，『王』則澗水東、瀍水西之王城，皆以地言，不應從人立説，曲言『《黍離》降風』也。」又曰：「自康成有『不能復雅』之云，楊龜山據之，以雅亡爲《詩》亡者也。　然考趙岐注《孟》則曰：『太平道衰，王跡止息，頌聲不作，故《詩》亡。』是漢儒原立兩義。　後世鄭學盛行，遂遺趙説。　李迂仲兼而存之，古義略具。　王魯齋則謂風、雅、頌俱亡，而安溪《詩所》又特據風雅爲説，論莫能一。　愚竊以爲都非要義。　所欲究者，王迹耳。　王者之迹，何預於《詩》？　《春秋》之作，何與於『跡』？　此義不明，則不獨『《黍離》降風』支離難據，即迂仲、魯齋、安溪諸説亦可存而不論。　蓋王者之政莫大於巡狩述職，巡狩則天子采風，述職則諸侯貢俗，太師陳之以考其得失，而慶讓行焉，所謂『迹』也。　夷厲以來，雖經板蕩，而甫田東狩，舄芾來同，撻伐震於徐方，疆理及乎南海，中興之跡爛然著明，二雅之篇可考焉。洎乎東遷，而天子不省方，諸侯不入覲，慶讓不行，而陳詩之典廢，所謂『迹熄而《詩》亡』也。孔子傷之，不得已而託《春秋》以彰衮鉞，所以存王迹於筆削之文，而非進《春秋》於風雅之後。今即諸儒所論《詩》亡者而折衷之，則魯齋爲近。蓋《詩》者，風、雅、頌之總名，無庸舉彼遺此。若疑《國風》多録東周，《魯頌》亦多僖世，則愚謂《詩》之存亡繫於王迹之熄與不熄，不繫於本書之有無也。」

黍　離

《序》云：「《黍離》，閔宗周也。」《新序》：「衛宣公子壽閔其兄伋之見害，作憂思之詩，《黍離》是也。」王氏《詩考》以劉向所傳當爲《魯詩》説。承珙案：《説苑・奉使》篇載：「魏文侯封太子擊於中山，三年使不往來。趙倉唐爲太子奉使於文侯。文侯曰：『子之君何業？』倉唐曰：『業詩文。』侯曰：『於《詩》何好？』倉唐曰：『好《晨風》《黍離》。』」此蓋亦以《黍離》爲公子壽之詩，故倉唐於文侯父子之間借以爲風。《新序》《説苑》，劉向一人之作，其説《詩》旨趣當同。但《左傳》衛壽竊旌先往，是死在伋先，安得有閔兄見害之事。且使《黍離》果爲壽作，當列之《衛風》，何爲冠於《王風》之首？其不足據明矣。《詩考》又引《韓詩序》云：「《黍離》，伯封作也。」陳思王《令禽惡鳥論》曰：「昔尹吉甫信後妻之讒，而殺孝子伯奇，其弟伯封求而不得，作《黍離》之詩。」此大旨與劉向説同，而事與人又異。然尹吉甫在宣王時，尚是西周，不應其詩列於東都也。《太平御覽》又引《韓詩》曰：「離離，黍貌也。」詩人求亡不得，憂懣不識於物，視彼黍離離然，憂甚之時，反以爲稷之苗，乃自知憂之甚也。劉勰云：「思親者莪蒿不分，閔周者黍稷莫辨。」此用韓義，而「閔周」又本毛《序》。范氏《補傳》、許氏《名物鈔》皆以視黍爲稷釋首二句，惟李氏《集解》以爲不必如此説。承珙謂：黍稷皆言彼者，正見有黍有稷，徧地皆然，《序》所謂盡爲禾黍是也。

《序》云：「周大夫行役至宗周，❶過故宗廟宮室，盡爲禾黍，閔周室之顛覆，彷徨不忍去而作是詩。」季氏本謂以事理推之未必盡然，所見黍離當在野外。錢氏天錫亦謂岐周故地盡以封秦，不應鞫爲禾黍。《虞東學詩》曰：「此惑於鄭氏《秦譜》『横有西都八百里』之説，以爲秦不應毁廢本朝宗廟宮室也。案《史記》：『平王賜襄公岐以西之地，曰：「戎侵奪我岐豐，秦能逐戎，即有其地。」』是秦封在岐以西。豐鎬在岐東，爲戎所據，非秦有也。終襄公世不能克戎，至文公十六年逐戎，始得至岐，岐以東仍獻之周。是豐岐故都仍隸周境，秦不得過而問焉。特爲戎殘破，平王視同敝帚，不復加葺，銅駝荆棘固所不免耳。史言殷墟城壞生麥，則周墟黍稷，理亦有之。」承珙案：《史記》秦獻地于周，在平王東遷後二十一年，當犬戎蹂躪之後。至此，而周始得有其地。大夫行役，因以經過故都。箋云：「宗廟宮室毁壞，而其地盡爲禾黍。」此事之必然者。《虞東》之説足破季本謂詩人見黍稷之盛，「知秦地廣民勤，將以富强雄天下，而傷周室不競」之謬論。

「彼黍離離，彼稷之苗」，鄭氏注三禮及箋《詩》不詳稷之形狀。氾勝之種殖書，鄭氏頗引其説，亦不言稷。《集傳》云黍似蘆者，本陶隱居「黍與稷相似」之語。而陶説，唐本注已辨之云：「黍有數種，亦不似蘆。」

❶「至」下，阮校本《毛詩正義》有「于」字。

許氏《名物鈔》互易朱《傳》「黍」「稷」之訓，以爲得實。陳氏《稽古編》以「黍」爲今之黍子，以黍之不黏者爲「稷」。此誤以穄爲稷，非是。說見下。陸氏稼書引雷禮之說，謂黍貴而稷賤，黍早而稷晚，黍小而稷大，黍穗散而稷穗聚，黍有黏有不黏，而稷性疏，所辨似明。然雷氏仍是以「稷」爲今之小米，其誤更甚。其餘言人人殊，皆不若程氏瑶田《九穀考》之精析。其《黍考》曰：「《說文》：『黍，禾屬而黏者也。』以大暑而種，故謂之黍。《說文》以禾況黍，謂黍爲禾屬而黏者，非謂禾爲黍屬而不黏者也。禾屬而黏者黍，則禾屬而不黏者穈。對文異，散文則通稱『黍』。謂之『禾屬』，要之皆非禾也。穈，一曰穄。飯用黍之不黏者，黏者釀酒及爲餌餈酏粥之屬。不黏者有『穈』與『穄』之名，於是黏者得專稱『黍』矣。今山西人無論黏與不黏，統呼之曰『穈黍』。太原以東，則呼黏者爲『黍子』，不黏者爲『穈子』。武邑人呼穈之米曰『稷米』。北方『稷』『穄』音相近，穄奪稷名，承譌日久，論者因謂稷穄一物，而以黏不黏分黍稷，失之矣。諸書言種黍皆云大火中，是以夏至而種也。《說文》獨言以大暑而種，蓋言種黍之極時，其正時實夏至也。」段氏以《說文》「大」字爲衍文，案：氾勝之云：「黍，暑也。種者必待暑。」正與許同。承珙謂段說是也。其《稷考》曰：「《說文》：『稷，齋也。五穀之長。』『齋，稷也。』重文作『粢』。『秫，稷之黏者。』重文作『朮』。案：稷齋，大名也。黏者爲秫，北方謂之高粱，或謂之紅粱，通謂之秫秫，又謂之蜀黍，蓋穄之類，而高大似蘆。故元人吴瑞曰：『稷苗似蘆，粒亦大，南人呼爲蘆穄也。』《月令》：『孟春行冬令，首種不入。』鄭氏注：『舊說首種謂稷。』今以北方諸穀播種先後考之，高粱最先，粟次之，黍穈又次之。然則首種者，高粱也。《管子書》：『日至七十日，陰凍釋而蓺稷，百日不蓺稷。』秦漢以來，諸書並冒粱爲稷。無論稷粱二穀缺一不可，即以《管子》言之，『日至七十日』，乃八九之末，今之正月也。雖南北氣候不齊，曾未聞有正月蓺粱粟者。而高粱早種於正月者，則南北並有之，故曰稷爲首種。首種者，高粱也。諸穀惟高粱最高大而又先種，謂之五穀之長，不亦宜乎？故司農之官曰后稷，因之爲五穀之總名，《廣韻》：「稷，五穀總名。」因之爲祭穀之總名也。鄭氏注《甸師職》：「齍盛，祭稷所用穀也。粢，稷也。穀者，稷爲長，是以名云。」其黏者黄白二種，所謂秫也。以秫爲黏稷，於是他穀之黏者亦假借通稱之曰秫。崔豹《古今注》所謂『秫爲黏稻』，是也。不黏者赤白二種，民俗多種赤者，故得專紅粱之名。《穀譜》：蜀黍一名高粱。『蜀黍』爲『秫』之緩聲，『秫』爲『蜀黍』之合聲。黍類之大者爲蜀黍，猶葵類之大者名蜀葵。」又：「凡經言『疏食』者，稷食也。稷形大，故得『疏』稱。《論語》『疏食菜羹』，《玉藻》『稷食菜羹』，二經皆與菜羹並舉，則『疏』『稷』一物可知。『疏』言其形，『稷』舉其名也。」承珙案：黍名古今不易，而高粱尚有木稷之名，即南人謂之蘆穄者。穄，當亦「稷」音之譌，程氏所言可爲定論。惟高粱正月下種，黍穈五月下種，而《小雅》「黍稷方華」正義以二物大時相類者，蓋高粱早種而晚熟，黍穈遲種而疾熟。程氏云：「嘗以六月過天津，見黍穈正秀，而高粱竟畝無一秀者。因問之農民。則曰：高粱種在黍穈前，秀在黍穈後。在地時日久，其秀反遲，若不早種，斷不能收。向疑高粱首種，而《詩》乃云『黍離離』『稷猶苗』者，至此始信《詩》言不謬矣。」承珙又案：二章傳云「詩人自黍離離見稷之穗，故歷道其所更見」，三章傳云「自黍離離見稷之實」，正義：「稷則『穗』『實』改易，黍則常云『離離』，欲記其初至，故不變『黍』文。大夫役當有期而反，但事尚未周了故也。」嚴《緝》以「苗」「穗」「實」惟取協韻。此即《吕記》所引張氏説，以爲作文者須是如此，不可都謂之「苗」。然經文豈有如此湊韻者？劉氏安世以爲往來非一見，楊用修駁之，以爲猶興桃夭者，因葉及華，因華及實，蓋一時所見，一日所賦。然《桃夭》傳本云喻女容德，非以華實紀時，不得援以爲比。《爾雅翼》云：「農家穜黍以三月上旬爲上時，四月上旬爲中時，五月上旬爲下時。故《月令》：仲夏之月，天子以雛嘗黍，庶人秋乃薦黍。」是黍有早晚三輩，則當「離離」時，而或值稷之苗、稷之穗、稷之實，蓋以早晚而異。此説亦通。總之，離離言其垂，自秀至實皆可言之。《湛露》「其實離離」，傳云：「離離，垂也。」是其明證。程氏曰：「離離者，狀黍生下垂之形，秀亦離離也，穗亦離離也，實亦離離也。故黍已離離而稷或猶苗，及黍猶離離而稷或已實。時有先後，穜有早晚，大致不差，抑非必可以執一論者。」姜氏《詩序廣義》亦有此説。然則毛傳「歷道所見」之云，自因行役既久而作此詩，「苗」與「穗」皆追溯之詞，本不相妨也。

《釋文》云：「離，《説文》作䅻。」承珙案：今《説文》無此字。王氏《詩考》亦引《説文》作「䅻」，黄公紹《韻會》同。未知二家係采《釋文》之説，抑宋元時《説文》尚有此字與否。《玉篇》則云：「䅻，禾把也。」蓋取其稀疏適歷之意，故字从离聲。《毛詩》作「離離」者，《明堂位》「叔之離磬」注謂編懸之磬歷歷非一，疏以爲「磬希疏相離」是也。

「行邁靡靡」，《稽古編》曰：「靡字，《釋文》無音反，據文義，當讀上聲。《玉篇》：『𢕟，迷彼反。𢕟𢕟，猶遲遲也。今作「靡」。』此詩『靡靡』，毛傳訓『遲遲』，義同，當亦音同。」承珙案：「靡」本不訓「遲」。《説文》：「靡，披靡也。」披靡者，解散之意，引申之則爲慢緩。故傳不直訓「靡靡」爲「遲遲」，而曰「猶遲遲也」。

「中心摇摇」，傳：「摇摇，憂無所愬。」此即用《爾雅》「灌灌、愮愮，憂無告也」之訓。毛蓋以「摇」爲「愮」之借耳。正義不引《爾雅》而第引《戰國策》「心摇摇如懸旌」之語，豈以「摇」「愮」字異故邪？《玉篇・心部》

引《詩》「憂心愮愮」，正作「愮」不作「摇」也。

「彼稷之穗」，傳：「穗，秀也。」嚴《緝》云：「朱氏《論語解》：『吐華曰秀。』是秀爲未穗。今毛氏所謂『秀』，則已成穗而秀茂，與彼『秀』别。」承珙案：《説文》：「采，禾成秀，人所以收。从爪、禾。穗，俗从禾，惠聲。」凡穀之華皆吐於穗，非華而後穗，故毛傳《説文》皆以采爲秀。《月令》注「黍散舒秀」，即謂黍穗。嚴氏以「吐華曰秀」與「成穗之秀」别，不知穀類惟菽作華，餘皆不華而秀，吐穗即秀，既秀即實。《出車》「黍稷方華」，此「華」即秀，散文通耳，非於華之外别有秀也。

「中心如噎」，傳：「噎，憂不能息也。」段氏《詩小學》云：「《玉篇》引《詩》『中心如噎』，謂『噎憂不能息也』。噎憂，雙聲字。憂，《老子》作『嚘』，氣逆也。」承珙案：此説非是。毛傳於首章云：「摇摇，憂無所愬。」次章云：「醉於憂也。」末章云：「噎，憂不能息也。」三傳皆探下句「謂我心憂」「憂」字釋之，不應末章忽作「噎嚘」之「嚘」。正義：「噎者，咽喉蔽塞之名。憂深不能喘息，如噎之然。」《玉篇》以「噎」謂噎憂，是自爲解，非引傳文以「噎憂」爲句也。《鄭風·狡童》「使我不能息兮」，傳云：「憂不能息也。」此則經文並無「噎」字，而段亦云當作「噎憂」，與《黍離》同，尤非是。

君子于役

《序》云：「《君子于役》，刺平王也。君子行役無期度，大夫思其危難以風焉。」《吕記》曰：「攷經文，不見『思其危難以風』之意。」承珙案：范氏《詩補傳》云：「行役之人所憂者，死亡耳。飢渴則致疾病，疾病則致死亡。所謂危難，即疾病死亡也。卒章祝其『苟無飢渴』，蓋思其危難所由致而風諭之，使無飢渴以生患也。」此闡發《序》義甚明。范氏在南宋初，必其時已有疑《序》之言者，故爲此說，蓋不始於《讀詩記》矣。

朱子《詩序辨說》以爲國人行役，而室家念之之辭，《集傳》又以爲大夫行役，室家思而賦之。其說微異，豈欲扭合下篇《君子陽陽》與此爲一人所作，故俱以爲大夫妻歟？然果何所據而知之？至「室家之思」，王氏《總聞》已引班叔皮《北征賦》「日晻晻其將暮兮，覩牛羊之下來。寤怨曠之傷情兮，哀詩人之歎時」四句爲證。不知李善注《文選》於上二句引此詩，於下二句引《雄雉》序曰：「大夫久役，男女怨曠。」是則「怨曠」者，並不指此詩，不得援以爲證。

「君子于役」，《王城譜》疏云：「《君子行役》及《揚之水》《葛藟》序皆云平王，是平王詩矣。」《文選·北征賦》注引《詩》「君子行役，如之何勿思」，李氏《集解》、嚴氏《詩緝》兩目録皆作「君子行役」，或據之以爲篇目當作「君子行役」。承珙案：詩首句箋云「君子于往行役」，「往」字明爲「于」字作訓。凡篇目多取詩首句，自當仍作「于役」。《譜》疏、《選》注及李嚴目録皆涉《序》下「君子行役」之文而誤耳。

「曷至哉」，箋云：「何時當來至哉？思之甚。」朱《傳》云：「今亦何所至哉？」《虞東學詩》云：「此說本李迂仲。」今案：李氏《集解》並無此說。輔氏廣、嚴氏粲皆從其說，遂分「不知其期」爲「時之久」，「曷至哉」爲「地之遠」。夫古人行役，歸期難卜則有之，若聘問遣戍皆有定所，何有不知其所至者？且通章皆言行役之反無期，不應此句獨言不知所至也。

「羊牛下來」，自《唐石經》以下皆作「羊牛」。熊氏《經說》謂：「詩不曰『牛羊』而曰『羊牛』，日之夕矣，則畜之小者先歸而大者次之，有大於羊牛者亦當歸矣。」別本又有次章作「牛羊」者，不過傳寫誤倒。而説者遂謂首章敘歸之先後，次章順類之大小，殊爲穿鑿。《詩》中先羊後牛者，此詩及《小雅·無羊》及《周頌·我將》《絲衣》，凡四處，惟《絲衣》傳云：「自羊徂牛，先小後大也。」其餘傳箋無説者，自以便文不關意義耳。《埤雅》云：「羊性畏露，故早出晚歸。」此説亦近於鑿。

「曷其有佸」，傳：「佸，會也。」《説文·人部》：「佸，會也。」引《詩》「曷其有佸」。蓋「佸」「會」疊韻爲訓，故「栝」與「檜」、「髺」與「鬠」皆同字。又「佸」與「括」字異而義亦略同。《説文》：「括，絜也。」絜有約束之義。凡物之總會者曰括，故此傳云「佸，會也」，而《小雅·車舝》「德音來括」傳又云：「括，會也。」《釋文》：「括，本亦作佸。」「會」與「至」義亦相因，下文「羊牛下括」傳云「括，至也」，而《釋文》於「有佸」又引《韓詩》云「佸，至也」是矣。又案：「括」與「格」聲亦相近，《易略例》「語成而後有格」《釋文》云：「一本『格』作『括』。」《尚書》「格其非心」，正義以「格」謂「檢括」。「格」有「至」訓，故「括」亦訓「至」矣。

君子陽陽

《序》云：「《君子陽陽》，閔周也。君子遭亂，相招爲禄仕，全身遠害而已。」案：此詩及《中谷有蓷》《兔爰》皆云「閔周」，彼二詩皆有憂詞，此獨言樂而亦云「閔周」者，蘇氏《詩傳》曰：「君子以賤爲樂，則貴者不可居也。雖有貴位，而君子不居，則周不可輔矣。」蓋此詩正《中谷有蓷》《兔爰》之所兆也。陳氏《稽古編》曰：「序《詩》者，其知本乎。」

朱子初解本從《序》説，後疑此詩亦前篇婦人所作者，因篇首俱以「君子」爲言耳。當時如輔廣已疑其師説。許氏《名物鈔》曰：「以大夫招其妻入於舞位，亦或有微礙否？」《毛詩明辨録》曰：「古者士大夫家有樂，不自考擊。即幼習象勺，成人之後亦不聞無故自舞。若君子行役初歸，雖有室家之樂，亦何至執簧執翿，聲容並肆？」承珙案：此詩自當與《簡兮》同意。徐氏與喬曰：「《春官》『磬師教縵樂、燕樂之鐘磬』注：『燕樂，房中之樂也。』陽陽之君子，其磬師之流歟？磬師、鐘師，皆中士、下士爲之，於論鼓鐘，周何以盛。執簧由房，周何以衰。論世者可以思矣。」

「右招我由房」，傳：「由，用也。國君有房中之樂。」案：房中，對廟朝言之。人君燕息時所作之樂，非廟朝之樂，故曰「房中」。下章「由敖」，箋云「從之於燕舞之位」者，此「燕」亦燕息之燕，非燕享之燕也。《虞東學詩》據《儀禮》「燕，朝服于寢」注謂「燕於路寢」，駁正義「小寢」之説，章氏易又謂「執簧」「執翿」，樂舞既備，不應作於房中，皆誤。

「左執翿」，傳：「翿，纛也，翳也。」段氏云：「『翳也』之上當有『纛』字，此『熠燿，粦也。粦，熒火也』之例。」《校勘記》云：「《考文》古本『翳』上有『纛』字。考正義引《爾雅》『翿，纛也』，又引『纛，翳也』，然後説之云『故傳並引之』，正説傳用《爾雅》而去其一『纛』字之意。《考文》古本反用添傳，失之甚矣。」承珙案：《説文·羽部》：「翳，翳也，所以舞也。从羽，殹聲。《詩》曰：『左執翳。』」此據《集韻》。今《説文》引《詩》作「翿」，乃後人據俗本《毛詩》改。據此，知《詩》本作「翳」。《説文》無「翿」字，「翿」乃「儔」之别體。《人部》：「儔，翳也。从人，壽聲。」徐鍇曰：「儔，古與『翿』字同義。」蓋儔，正字，或作「翿」，經典遂通用「翿」。若「纛」字，六書所無，不但作「纛」爲俗，即作「纛」亦非。《爾雅・釋言》當本作「翳，翿也」，「翿，翳也」。後人多識「翿」，少識「翳」，又別有作「纛」之俗字，寫《爾雅》者既以「翿」易「翳」，復以「纛」易「翿」，而他經傳亦往往有俗人據改者。《周禮・鄉師》「執纛」及鄭注引《爾雅》「纛，翳也」，皆當作「翿」。詳見《爾雅古義》。《陳風》「值其鷺翿」傳云：「翿，翳也。」正義曰：「『翿，翳』，《釋言》文。」可知孔所見《爾雅》本作「翿，翳也」，不作「纛，翳也」。此詩當是「左執翳」，傳當是「翳，翿也，翳也」。傳本用《爾雅》釋詩，《爾雅》二句雖是以「翿」釋「翳」，以「翳」釋「翿」，然「翳」「翿」聲義並同，故傳引《爾雅》，中間可省一「翿」字。若《爾雅》本作「翿，纛也。纛，翳也」，則詩文並無「纛」字，何用並引「纛，翳也」一句乎？《王風》正義仍引《爾雅》作「纛，翳也」，自是後人因誤本改之。至翳既爲翿，翿又爲翳，一義相承，故《說文》即約之曰：「翳，翳也。」若《陳風》經文，則本作「翿」，不作「翳」，故傳亦止引《爾雅》「翿，翳也」一句耳。

箋云：「翳，舞者所持，謂羽舞也。」《虞東學詩》曰：「《宛邱》箋謂『翳，舞者所持以指麾』。陳祥道引《春秋》傳『舞師題以旌夏』，言以纛與旌引二舞者，其說信矣。而此箋又謂羽舞。按羽舞，析衆羽爲之，非纛也。燕舞自用旄舞，當以《宛邱》箋爲正。」承珙案：此說非是。《周禮・樂師》「有旄舞」，鄭司農云：「旄舞者，氂牛之尾，辟雍以旄。」是旄舞並非用於燕樂，顧氏特以《旄人》有「祭祀賓客，舞其燕樂」之文耳。不知祭祀賓客之燕樂，正羽舞也。《周禮・旄人》注云：「旄，旄牛尾，舞者所持以指麾。」此「翳」是羽葆幢，自是析羽爲之，固非旄人所持以指麾者。《說文》：「翳，翳也，所以舞也。」「翌」下云：「樂舞以羽殹自翳其首。」故鄭以「執翳」爲「羽舞」。即《宛邱》箋，亦謂持羽葆幢以指麾，非謂旄舞也。

「右招我由敖」，案：《小雅》「嘉賓以敖」傳訓爲「遊」，此「由敖」不應無傳。《釋文》：「敖，五刀反，游也。」陸氏《詩音義》凡傳箋並舉或並引他説者，則著「毛云」「鄭云」之類；其有單舉一義不著某云者，多係《故訓傳》文。此「敖，游也」，疑即所引毛傳，後來各本皆脱，賴《釋文》存之。毛以「敖」爲「游」者，「游」謂燕游。「執翳」是舞之事，則「由敖」即謂用燕游之舞相招。箋更不爲「敖」字作訓，而但云「欲使我從之於燕舞之位」，豈非以毛既訓「游」，不煩更釋乎？嚴《緝》引錢氏曰：「敖，游也。」因謂游處爲「敖」，猶《周禮》之「囿游」也。此即本之《釋文》，但未悟敖游之訓即毛傳耳。

揚之水

《序》云：「《揚之水》，刺平王也。不撫其民而遠屯戍於母家，周人怨思焉。」陳氏《稽古編》以《集傳》謂周制凡有討伐皆用諸侯之師，王師止衞王室，不以出征，未知出何典記，因歷舉《周官・大司馬》諸職所言偏兩卒伍之名，蒐苗獮狩之法，及成王踐奄伐東夷，穆王征犬戎，共王滅密，宣王伐魯，皆王師親征之明證，見於《書序》與《外傳》者；又周公之東征、宣王之南征北伐，即見於《詩》，不得謂天子之六師不用以征伐。其説甚辨。承珙案：出征究與遣戍有别。經傳所言皆天子征伐諸侯之事，從未有以畿甸之民而爲諸侯戍守者。此《序》言「不撫其民而遠屯戍于母家」，固西周以前未有之事也。

「揚之水，不流束薪」，傳：「興也。揚，激揚也。」不言興意。正義以《鄭風・揚之水》傳云「激揚之水，可謂不能流漂束楚乎」，則此篇興意當同。鄭箋於此篇云：「激揚之水至湍迅，而不能流移束薪，喻平王政教煩急，而恩澤之令不行於下民。」於《鄭風》云：「激揚之水，喻忽政教亂促。不流束楚，言其政不行於臣下。」二篇興意略同。而於《唐風·揚之水》則云「激揚之水，波流湍疾，洗去垢濁，白石鑿鑿然，喻桓叔盛强，除民所惡」云云，取興與《王》《鄭》二詩大異。承珙案：若如《鄭風》傳義，則「揚之水」二句爲反興，而於《唐風》仍不明所興之意。惟以經證經，國風言「揚之水」者三，不應異義。鄭箋既云「激揚之水湍迅」，又云「不能流移束薪」，語意不貫。

「彼其之子」，《黄氏日鈔》曰：「古注云：『是子獨處鄉里，不與我來守申，是思之言也。』至歐陽、程、蘇，則以爲國人怨諸侯不戍申，言周人不當遠戍也。《詩記》《詩緝》皆從之。晦菴《傳》獨從古注云：『彼其之子，戍人指室家而言。』夫室家豈有同戍之理，而詩人云爾者，思之情然也。」蔣氏悌《五經蠡測》云：「《集傳》以『之子』指戍者之室家，以國風事類考之，『彼其之子』凡五，未有目其室家者。況征戍之人，初無攜室同行之理。」承珙案：《序》下鄭箋云「思其鄉里之處者」，首章箋云「彼其是子，獨處鄉里」，此第謂行者思居者而言耳，許氏謙曰：「彼其之子，指留國中不出戍之人而言。」是也。並不以爲室家。孔疏衍之，乃云：「役人所思，當思其家，雖託詞於處者，其實所思在父母妻子。」黄氏所謂「古注」，指此。然實誤讀鄭箋而强爲之説，既云「室家無同戍之理」，而又以爲是「思之情」。天下理外之情，尚得爲情之正哉？

「不與我戍申」，傳：「申，姜姓之國，平王之舅。」又云：「甫，諸姜也。」「許，諸姜也。」閻氏伯詩曰：「《詩集傳》云：『甫，即吕也。今未知其國之所在，計亦不遠於申。』請證以《潛夫論》：『炎帝苗胄，四岳伯夷，或封於申城，在南陽宛北序山之下，故《詩》云「亹亹申伯，于邑于序」。宛西三十里有吕。』更證《齊太公世家》注徐廣曰：『呂在南陽宛縣西。』又司馬貞云：『《地理志》：申在南陽宛縣，申伯之國。呂亦在宛縣之西也。』三證《水經注·淯水》：條宛西呂城，四岳佐禹治水，虞夏之際受封於呂。所以《括地志》最可信者，云故申城在鄧州南陽縣北三十里，故呂城在鄧州南陽縣西四十里。然則兩國相距四十八里有奇。其密邇明晣至此，而朱子不知，蓋緣誤本《通典》謂申在今鄧州信陽軍之境。申既不確，呂遂茫然。宜哉。」承珙案：《周語》富辰曰：「齊、許、申、呂由大姜。」《鄭語》：「史伯曰：當成周者，南有申呂。」《左傳》：「楚子重請取於申呂以爲賞田，申公巫臣曰：『不可。此申呂所以邑也，是以爲賦，以禦北方。』」然則申呂相距必近可知。《一統志》：「申伯國在河南南陽府南陽縣，附郭呂城在南陽府西三十里，今名董呂村。許，今河南許州。」正義云：「言甫許者，以其同出四岳，俱爲姜姓。既重章以變文，因借甫許以言申，其實不戍甫許。」此説非是。申息爲南北門户，甫許與申爲脣齒，戍申必兼戍甫許。何氏《古義》引《國語》史伯曰：「王欲殺太子以成伯服，必求之申。申呂方强，其隩愛太子亦必可知也。」《竹書紀年》：幽王十一年爲犬戎所弑，申侯、魯侯、許男、鄫子立故太子宜咎于申。然則平王戍此三國，皆以其助己而德之耳。此説於情事似近。至《集傳》以爲申在信陽軍，則梁氏益謂是楚靈王所遷在信陽州之方城内，非平王時之申矣。又《郡國志》云：「汝南新蔡有大呂亭，故呂侯國。」《輿地廣記》：蔡州新蔡縣，故呂國。王伯厚曰：「今以《左傳》考之，楚有申呂時，新蔡屬蔡，非楚邑，當以在宛縣爲正。」王氏《詩考》往往雜引他説，❶鮮所折衷，獨此條所見甚確。

❶「他」，原作「地」，據《續經解》本及廣雅本改。

「不流束蒲」，傳：「蒲，草也。」箋云：「蒲，蒲柳。」《釋文》引：「孫毓云：『「蒲草」之聲不與「戌許」相協，箋義爲長。』今則二『蒲』之音，未詳其異耳。」盧氏《考證》曰：「孫毓以『蒲草』之『蒲』讀平聲，『蒲柳』之『蒲』讀上聲，故以傳爲不協，箋義爲長。不知古人同字異義，無煩改音也。」承珙案：《説文》：「蒲，水草也，或以作席。从艸，浦聲。」是則蒲草讀從「浦」聲，正與「許」協。《周禮・職方》「其澤藪曰弦蒲」司農注：「蒲，或爲浦。」「堯時蓂莆生庖廚。」《論衡》作「脯」，或亦作「蒲」。古無四聲，「蒲」「浦」本皆可與「許」協，安見必爲蒲柳乃協「許」韻乎？孫毓朋王難鄭者，此字獨從鄭箋，強生區別，殊屬謬説。陸作音義時，已不能詳其所以異。然即「蒲草」與「蒲柳」異音，亦在四聲既分以後，未足以評毛鄭也。

中谷有蓷

「中谷有蓷」，傳：「蓷，鵻也。」馮氏《名物疏》曰：「案毛傳云：『蓷，鵻。』《大車》傳云：『菼，鵻。』考《本草》諸書，充蔚子並無『鵻』名，豈毛以蓷爲菼乎？毛又云，陸草生谷中，傷於水。據《本草》，充蔚正生海濱池澤，非陸草也。魏博士等以爲菴閭。《本草》菴閭生雍州川谷及上黨道邊，春生苗，葉如艾蒿，高二三尺，亦無『蓷』名。不知古人何以云爾。」《説文》：「蓷，萑也。从艸，推聲。《詩》曰『中谷有蓷』。」段氏注云：「『萑』當作『隹』，各本皆誤。《王風》傳曰：『蓷，鵻。』《釋草》曰：『萑，蓷。』蓋《爾雅》本作『隹』，與毛傳『鵻』字同，後人輒加『艹』頭耳。菼，亦一名『鵻』，皆謂其色似夫不也。」承珙案：《説文》：「萑，薍也。从艸，萑聲。」胡官切。「萑，艸多皃。从艸，隹聲。」職追切。二字音訓絶殊，皆與「蓷」無涉。《爾雅》之「萑，蓷」，自當衹作「萑」，以別於「萑」，「萑」艹頭固後人所加。毛傳於《大車》訓「菼，鵻也」，恐其與「萑」相亂，故又申之云「蘆之初生者也」。毛氏何嘗以萑爲菼乎？且《爾雅・釋言》之「菼，騅也」，《説文》之「菿，一曰騅」，及毛傳之「萑，鵻」「菼，鵻」，其字皆當作「隹」，馬旁、鳥旁亦皆轉寫所加耳。至正義引陸《疏》云：「舊説及魏博士、濟陰周元明皆云菴閭，《韓詩》及《三蒼》悉云益母。」嚴《緝》據《本草》益母生海濱池澤，以毛傳「傷水」之説爲非。不知蘇頌《圖經》又言「充蔚，今園圃及田野極多」，是不必盡生水濱。王氏《總聞》又云：「益母草在野甚多，最能任酷烈。日愈烈，色愈鮮。」則其性不宜水可知。且凡隰草固生於下溼，若谷中，水之所注，亦不能生。即如菴閭，在《子虛賦》亦卑溼所生，究未必能久浸於谷中之水而不菸也。

「暵其乾矣」，傳：「暵，菸貌。陸草生於谷中，傷於水。」諸家皆誤認「暵」字，故以「乾」爲乾燥、「溼」爲卑溼。不知《説文》「暵」下訓「乾」，但引《易》「燥萬物者，莫暵乎火」，並不引《詩》。惟《水部》「𤅩，水濡而乾也」，引《詩》「𤅩其乾矣」。是則詩本作「𤅩」，不作「暵」。可知毛傳亦必作「𤅩」。云「菸貌」者，《説文》：「菸，鬱也。从艸，於聲。一曰殘也。」菸鬱者，兼乾與溼言之。乾謂槁瘁，溼謂浥爛，百草經此皆菸邑而無色。觀經於「乾」「脩」「溼」皆以「暵」言之，則必非「乾」義可該，故傳以「𤅩」爲「菸貌」，並非如「暵」之但訓「燥」也。然經文承上「中谷」言之，故傳又以爲「陸草生於谷中，傷於水」。蓋谷中，水之所注，庶草所不能生。既傷於水而病，則或成槁瘁，或成浥爛，皆有菸鬱之形。次章「脩」爲「且乾」者，又介於槁瘁、浥爛之間也。《豳風》「予尾翛翛」傳云：「翛翛，敝也。」脩，定本作「翛」，訓「敝」，與此義略同。箋於末章云：「鵻之傷，始則溼，中而脩，久而乾，有似君子於己有薄厚。」孔疏衍之云，先舉其重，然後倒本其初。此由泥於乾燥卑溼之義，而不知其同爲草病之狀。乾固菸貌，脩與溼亦皆爲菸鬱之形耳。蘇氏《詩傳》以爲先燥其乾者，終更燥其溼者，以爲旱由漸而甚，與夫妻之以漸而薄。李《解》、嚴《緝》皆從之。然經文「暵其」與「嘅其」「條其」「啜其」，四「其」字皆連上一字作形容之詞，非以「其乾」「其脩」「其溼」二字相連也。《説文》「灩」不同「暵」但訓「乾」，而曰「水濡而乾」者，以「灩」字从水，説其本義。此「乾」與「乾燥」異義，當如「外强中乾」之「乾」，謂菁華已盡，乾竭徒存。許書此種訓義最爲微妙。毛傳於三章云「雖遇水則溼」者，此「溼」亦非「乾溼」之「溼」。《説文・乙部》：「乾，上出也。从乙。乙，物之達也。倝聲。」《土部》「㬎，下入也。从土，㬎聲」，則是與「乾」對稱者，字本作「㬎」。《水部》：「溼，幽溼也。」此與「湆」訓「幽溼」同。「幽」即菽爲幽朩之「幽」。《廣雅》：「鬱，幽也。」「幽」與「鬱」同義，是「溼」亦當爲菸鬱之貌，《方言》：「溼，憂也。」注云：「溼者，失意潛沮之名。」蓋人憂鬱謂之溼，物幽鬱謂之溼，故在人則爲「於邑」，《後漢書・馮衍傳》：「日曀曀其將暮兮，獨於邑而煩惑。」在物則爲「菸邑」，《楚辭・九辨》：「葉菸邑而無色。」此其義也。與泛言乾溼者不同。不然遇水則溼，凡物皆然，尚何待於故訓乎。

「何嗟及矣」，箋云：「及，與也。泣者傷其君子棄己：嗟乎，將復何與爲室家乎！」詳玩箋語，經文當作「嗟何及矣」，「何及」二字文義相連，「嗟」字自當在句首。傳寫者誤倒之。今各本皆然，從來無人是正。《序》下正義云：「何嗟及矣，是決絶之語。」可知孔所見本已誤倒矣。《韓詩外傳》二、《説苑・建本》篇引《詩》皆作「何嗟及矣」，然《外傳》引孔子曰：「不慎其前，而悔其後。嗟乎，雖悔無及矣！」《説苑》同，無「嗟乎」二字。是正以「何及」二字相連爲義。而所引《詩》仍作「何嗟」，亦皆傳寫誤倒。王氏《釋詞》謂《韓外傳》兩引《詩》皆作「何嗟及矣」，而未檢所引孔子語，遂以「嗟」爲句中語助，「嗟」字當在「何」字下，非今本誤倒。此説非是。

兔爰

《序》云：「《兔爰》，閔周也。桓王失信，諸侯背叛，構怨連禍，王師傷敗，君子不樂其生焉。」《吕記》引朱氏曰：「爲此詩者，蓋及見西周之盛，故曰方我生之初，天下尚無事；及我生之後，而逢時之多難如此。」此朱子初説，後作《集傳》仍用此語。戴氏《續詩記》曰：「東遷以來，至于桓王伐鄭之時，近七十年矣。我生之初，雖時已亂離，尚未至此。今禍患之興，稠沓如此，不如無生之爲愈也。」范氏《詩瀋》曰：「《後序》以此爲桓王詩，朱子不詳其世。考桓王在位二十三年，惟率蔡、衛、陳伐鄭一事見《春秋傳》，他無所考。《詩》曰：『我生之初尚無爲，我生之後逢此百罹。』則明爲平王詩也。幽王之初年，周室尚平，故生初無爲。至犬戎入寇，王死驪山，禍始大劇。東遷以後，戎患未息，平乃靦顔庇仇，戍申戍許，征役不息，非『逢此百罹』『逢此百凶』乎？」《毛詩明辨録》曰：「此篇當是幽王時詩，不必拘定平王。蓋我生之初，正當宣王中興，爲西周之盛；我生之後，正當幽王時，遇此君弑國亡之亂，故言『逢此百罹』。若東遷已定，民方安集，不至於如幽之甚。細繹之，非痛定之思也。《序》謂『桓王失信，王師傷敗，君子不樂其生』。其人自序生初猶及見西周之盛，即在宣王中興二三十年，又歷幽至平至桓五十餘年，則是八十老人矣。豈經幽王之亂，反安然不憂，至此桓王伐鄭，一用兵，而遂爲百憂乎？」翁氏《詩附記》曰：「陳啟源辨朱《傳》『我生之初，天下尚無事』之説，云：『《序》以此爲桓王時。其曰「王師傷敗」，指繻葛之戰，事在桓王十三年，距西周六十四年，距宣王之崩七十五年。如朱子之言，則此人作詩時應八九十歲，尚從征役，無是理也。』此言甚辨。然以愚度之，所謂『我生之初，天下尚無事』者，只是概論中國諸侯之不臣，未有若此時構怨連禍之甚，則雖屬東遷之始，而尚不至傷敗若此。陸務觀生於北宋末戎馬倥偬之際，而其詩曰：『宣和七年冬十月，尚是中原無事時。』即此『尚無爲』之義矣。蔡文姬《十八拍》亦云：『我生之初尚無爲，我生之後漢祚衰。』尤足相證，豈亦必其生於東漢盛時邪？」承珙案：諸家皆泥於「生初無爲」指時事而言，故以《序》云桓王時者，其人不及見西周之盛；而以爲幽王時者，又不應列於《王風》次平王諸詩之後。故《虞東學詩》云：「此與上篇俱爲閔周，而衍者綴以『桓王失信』云云。疏謂《兔爰》本在《葛藟》之下，但簡劄失次耳，因此《序》言『桓王』，下《序》言『平王』也。若不用衍序，則篇次相從正得。」是亦以爲平王時詩。其實皆不必然。「我生之初尚無爲」，傳云：「尚無成人爲也。」箋申之云：「言我幼稚之時，庶幾於無所爲。」是則「我生之初」但自言其幼時，並不繫於時代。無爲者，言不識不知，無所事事。次章「尚無造」傳云：「造，僞也。」三章「尚無庸」傳云：「庸，用也。」僞，即爲也。相臺《五經》本「僞」作「爲」。無用，亦猶無爲也。蓋因長大之後，多歷艱難，轉憶少不更事之時爲足樂耳。如此説，則不必較量於平桓之世，而皆可通矣。

「有兔爰爰，雉離于羅」，傳：「興也。爰爰，緩意。鳥網爲羅。言爲政有緩有急，用心之不均。」箋云：「有緩者，有所聽縱也。有急者，有所躁蹙也。」案：此箋善申傳意。聽縱者，謂解放之。《一切經音義》引《韓詩》曰：「爰爰，發蹤之貌也。」「蹤」當作「縱」，顔師古注《漢書・蕭何傳》曰：「發縱，謂解紲而放之也。」箋云「聽縱」，與《韓詩》義同。躁蹙者，正義云定本作「操」。此即《公羊傳》「操之已蹙」之義。《釋文》既音七刀反，又云今作「躁」，與箋義合。非是。正義曰：「兔言緩，則雉爲急矣。雉言在羅，則兔無拘制矣。舉一緩一急之物，故知喻政有緩急、王心之不均也。」或謂政有緩急，未爲大害，何至於欲寐而不動以死。不知政刑乖舛，皆由于緩急失中。解縱則法制日隳，操切則禁防益厲，斯民之視聽無所從，手足無所措，百弊叢生未有不至於大亂者，非所謂「百罹」「百憂」「百凶」乎？且「尚寐無吪」者，不過欲付世事於不知耳，原非如士燮、叔孫婼之祈死。故《黄氏日鈔》曰：「人寤則憂，寐則不知，故欲『無吪』『無覺』『無聰』，付理亂于不知耳。近世釋以爲欲死者，過也。」

葛藟

《序》云：「《葛藟》，王族刺平王也。周室道衰，棄其九族焉。」案：春秋文七年《左傳》：宋昭公欲去群公子，樂豫曰：「不可。公族，公室之枝葉也。若去之，則本根無所庇廕矣。葛藟猶能庇其本根，故君子以爲比，況國君乎？」杜注、孔疏皆引此詩爲證，則《序》説與《左傳》合，無可疑者。《集傳》謂「世衰民散，有棄其鄉里家族而流離失所者」，於葛藟取興之意殊不親切。翁氏《詩附記》曰：「《序》云刺平王棄九族，故三章皆言『終遠兄弟』。族親爲兄弟，是此句實陳棄九族之事。若作流民失所解，則應首二章自云『遠其父母』，而末一章乃云『遠其兄弟』，方與『謂父』『謂母』『謂昆』義相比協，不宜三章皆以『遠兄弟』爲説也。」

正義云：「定本作『刺桓王』，義雖通，不合鄭《譜》。」《釋文》云：「刺桓王，本亦作『刺平王』。」案：《詩譜》是平王詩，皇甫士安以爲桓王之詩，崔《集注》本亦作『桓王』。」《校勘記》曰：「《譜》下正義云：『今《葛藟序》云「平王」，則謚言非也。定本《葛藟序》云「刺桓王」，誤也。』考此，是《集注》、定本、《釋文》本皆誤以皇甫謐所改入毛鄭《詩》。」承珙案：皇甫不過因其次《兔爰》後而改之，別無他據。然自秦火之後，篇帙散亡，傳者失次，先後之序固有難以過執者矣。

「緜緜葛藟，在河之滸」，陳氏《稽古編》曰：「箋疏本謂葛藟得河潤而生長，興己不受王恩，葛藟之不如。宋胡氏旦反其說，以爲葛藟宜生邱陵，不宜生水畔，以喻己之失所。又引他詩詠葛藟語，以爲葛性喜燥惡溼之證。然所引諸詩，惟『旄邱』誠爲高阜耳。若『樛木』『條枚』『蒙楚』，止言其附木而生，不言所附之木必在山不近水也。至《葛覃》篇言『中谷』，谷者，《爾雅》以爲水注谿之名，其近水更甚於河滸。詩言『萋萋』『莫莫』，反足爲葛性好水之一證。又此詩亦云『緜緜』，夫物生緜緜不絶，安見其不得地哉？」承珙案：胡氏此說，《呂記》、嚴《緝》皆取之。然案之文七年《左傳》所言，雖不見在河之意，而曰「葛藟能庇其本根」，則非生不得地之喻，明矣。《太平御覽》引《毛詩題綱》云：「葛藟，一名燕薁藤，好生河滸邊，得水潤而長，喻王九族蒙王恩惠以育子孫，今王無澤於族人，不如葛藟生河滸邊也。」此言藟名燕薁，與陸《疏》云「藟名巨瓜，似燕薁」者微異。然云「好生河滸邊」，與《別録》「千歲藟不生大山川谷」合，則非性不宜水可知。姚氏《識名解》亦駁胡說云：「河滸、河涘、河漘，乃近水高出之地，並非水中，正葛藟之所託以生者。而曰必生於山谷邱野，而不生於水厓，吾不信也。」李《集解》又引王氏說，謂水所盪危地也，潤澤葛藟而生之，亦所以自固。陸氏《埤雅》即用其義。此則節外生枝，殊可不必。

「終遠兄弟，謂他人父」，傳：「兄弟之道已相遠矣。」箋云：「兄弟，猶言族親也。王寡於恩施，今已遠棄族親矣，是我謂他人爲己父。族人尚親親之辭。」其下「謂他人父，亦莫我顧」，箋云：「謂他人爲己父，無恩於我，亦無顧眷我之意。」後儒解此，異於箋疏者，有二說焉。一說斥王不愛其親而愛他人，是謂他人爲父，

《呂記》所引王氏、李氏、蘇氏之説是也。然指斥過甚，恐無是理。一説風王以一本之義，嚴氏粲、郝氏敬、張氏彩之説是也。此則謂王不顧兄弟，即是不顧父母，直自視如他人之父母，亦於理不順。惟箋疏以「父」「母」「昆」皆指王言，蓋九族之戴王，本所謂天地父母者，乃王已遠棄族親，則雖戴王爲父，而不異謂他人爲父矣。夫謂他人爲父，尚安肯顧我乎？傳訓「終」爲「已」，正與「亦莫我顧」「亦」字相呼應，言王已遠我，雖謂爲父，而亦如他人之莫我顧矣。次章箋云「王又無母恩」，此本箋語，正義標起止不誤。今各本脱去句首「箋」字，遂屬之傳文，非是。《校勘記》曰：「又者，繫前之辭，所以又上箋『無恩於我』也。傳未有『無恩』之文，安得云又哉？」謂有父道者，必兼母道也。三章傳云：「昆，兄也。」段懋堂云：「小功以下爲兄弟。篇中言『兄弟』者，自其親疏言之，謂於王疏也。《喪服》曰『昆弟』、曰『從父昆弟』、曰『從祖昆弟』、曰『族昆弟』，雖疏必曰昆弟，親親之辭也。此詩自稱曰『兄弟』，謂王曰『昆』，不敢以其戚戚君而得循九族之稱也。」此説甚精，足明箋以「兄弟」爲族親之義。《將仲子》「畏我諸兄」傳云：「諸兄，公族。」亦是謂小功以下爲兄弟也。且於每章皆言「兄弟」，而其下文「謂父」「謂母」「謂昆」，各異之處曉然易明。陳氏《稽古編》曰：「元后作民父母，況九族之親乎？名雖父母，情則他人，親親之道微矣，所以爲刺也。」

采葛

《序》云：「《采葛》，懼讒也。」《黄氏日鈔》曰：「《詩傳折衷》載晦菴新説，以采葛比聽讒，《晉風·采苓》之詩亦以比聽讒。此説近人情，而不反古。」或謂《采苓》刺聽讒，詩中明言及之，與此篇不同。承珙案：此詩三言「不見」，正懼讒隱微深切之語。蓋讒言之入必乘其間，故曹氏引古語云：「『一日不朝，其間容刀』，即《孟子》『一暴十寒』之喻。雖非爲懼讒，亦足見情疏之易間。」李氏《集解》曰：「小人譖人，多因其不見，則乘間而讒之。」如上官桀等謀譖霍光，「伺光出沐日，奏之」。弘恭、石顯欲譖蕭望之，候望之出沐日，上之」。范氏《補傳》曰：「汲黯不願之郡，疑張湯也；京房不敢離左右，疑石顯也。詩人懼人之讒，至不敢去朝廷，故以一日不見君爲三歲。」此皆足以申明古《序》之義。

「彼采葛兮，一日不見，如三月兮」，傳：「興也。葛，所以爲絺綌也。事雖小，一日不見於君，憂懼於讒矣。」《呂記》云：「毛氏所謂『事雖小』，蓋通三章言之。葛之『爲絺綌』，蕭之『共祭祀』，艾之『療疾』，特訓釋三物所以見采之由，不於此取義也，鄭箋失傳意矣。」陳氏《稽古編》曰：「《詩》言『采』多矣。或言采之地，則以地取義，『沬鄉』『新田』之類是也。或言采之時，則以時取義，蘩之『春日』，薇之『柔止』『剛止』之類是也。或言采之事，則以事取義，『不盈頃筐』『不盈一匊』之類是也。《采葛》之詩言采之外，無他詞焉，則義在葛、蕭、艾三艸矣。傳文至簡，玆獨詳焉，良以興義攸存，不容略爾。箋申其意，以首章爲小事使出，次章爲大事使出，末章爲急事使出，亦非穿鑿之見也。東萊非之太過。」承珙案：毛傳三「所以」字，蓋言采此三物皆爲有用，獨人臣出使於外，本屬奉公而暫違君側，則讒說遂行，顛倒是非，變亂黑白，無所不至，所以可懼在此。蘇氏《詩傳》曰：「朝有讒人，則下不敢有所爲。采葛所以爲絺綌、采蕭所以供祭祀、采艾所以攻疾病耳，雖事之無疑者，猶不敢行，畏往而有讒之者。是以一日不見君，而如三月之久也。」此説申傳，似勝於箋。至箋本以采葛等喻使事之小大緩急，初非真爲采葛而出使，黄氏震乃云采葛非人臣之事，於情事未通。真瞽説矣。

大車

《序》云：「《大車》，刺周大夫也。禮義陵遲，男女淫奔，故陳古以刺今大夫不能聽男女之訟焉。」《吕記》云：「此所謂『陳古』，其在文、武、成、康之後歟？蓋惟止其奔，未能革其心，與《行露》之詩異矣，亦僅勝于東遷之時而已。」承珙案：此説非是。《序》於變風、變雅中凡詩詞之美者多謂之「陳古」。夫詩人既欲陳古，何不直陳文、武、成、康之盛，而必陳其後之不能革心者以爲古歟？諸儒特以「豈不爾思，畏子不敢」二語，以爲免而無耻，特政刑之效耳。不知此正所謂「發乎情，止乎禮義」者，詩人抑揚之詞，何可固執？范氏《補傳》曰：「據詩所陳，當禮義陵遲之時，男女淫奔，由無所忌憚而然。詩人因言古之大夫能聽男女之訟，與《行露》美召伯之意略同。然《行露》言『不能』，此詩言『不敢』，其息訟雖同，而所以息者有異。曰『不能』者，德明惟明也；曰『不敢』者，德威惟畏也。『明』與『威』皆出于德，其可美均也。」此説得之矣。

「大車檻檻，毳衣如菼」，傳：「大車，大夫之車。毳衣，大夫之服。天子大夫四命，其出封五命，如子男之服。乘其大車檻檻然，服毳冕以決訟。」箋云：「古者天子大夫服毳冕以巡行邦國，而決男女之訟。」嚴《緝》引曹氏曰：「毳衣，冕服也。享王於廟，及助王祭祼則服之，未有服以聽訟者。」陳氏啟源曰：「毛謂服毳冕以聽訟，❶當本於師説，或古制爾耳。康成好以《禮》釋《詩》，而不易此傳，必有見也。」承珙案：毛意亦祇

❶ 「聽訟」，《經解》本《毛詩稽古編》作「決訟」。

以大夫出巡邦國決獄弊訟，故因車服以指目其人，謂乘此車、服此服而來者，爲出封聽訟之大夫，如漢遣直指使者衣繡衣巡行郡國，稱爲「繡衣使者」之比。不必泥於毳冕助祭而非聽訟之服也。

「毳衣如璊」，傳：「璊，赬也。」「赬」下當脱「玉」字。陳氏《稽古編》曰：「《説文》引《詩》『菼』作『緂』，云『帛騅色』；『璊』作『𣯌』，云『以毳爲𦇯』。故《埤雅》據此爲説，謂『毳衣』別是一物，非毳冕。李彭山、馮嗣宗亦謂毳冕之服以絲爲之，毳衣以毛布爲之，名同實異。此似之而實不然也。毛布者，褐也。《左傳》云『褐之父』，《孟子》云『褐夫』，《老子》云『被褐』，皆以爲賤服，大夫安得服之？又據《説文》『𣯌』字之訓，則𣯌即毛布矣。既謂毳衣爲毛布之衣，而又曰如毛布，有此文義乎？」承珙案：《説文》：「𣯌，以毳爲𦇯，色如虋，故謂之𣯌。虋，禾之赤苗也。从毛，㒼聲。《詩》曰：『毳衣如𣯌。』」《説文》既以毳𦇯爲𣯌，則引《詩》「毳衣」自當同大鄭《周禮》注以毳衣爲罽衣，與毛異義。其《糸部》云：「𦇯，帛騅色也。从糸，剡聲。《詩》曰：『毳衣如𦇯。』」此所據亦與毛傳不同，疑皆三家詩説。蓋謂罽衣之騅色如緂帛之騅色耳。但西胡毳布，究未必以爲冕服，則當以後鄭《周禮》注爲正耳。

「穀則異室，死則同穴」，傳：「生在於室，則外内異，死則神合同爲一也。」箋云：「此章言古之大夫聽訟之政，非但不敢淫奔，乃使夫婦之禮有別。」正義引《檀弓》曰：「『合葬，非古也。自周公以來未之有改也。』然則周法始合葬也。經稱『死則同穴』，則所陳古者，陳周公以來賢大夫。」承珙案：《漢書》哀帝太后丁氏崩，上曰：「朕聞夫婦一體。《詩》云：『穀則異室，死則同穴。』附葬之禮自周興焉。」此西京詔書將以太后合葬定陶恭王而引此詩，足知詩所陳者，必夫婦之正禮。此詔與毛義正合。箋疏之言，皆爲有本。若係淫奔者約誓之辭，何至用以比太后之葬。且天下有生不得爲夫婦，而死可合葬以同穴者乎。《晏子春秋・諫下》：景公成路寢之臺，逢於何欲葬其母於其牖。晏子言之，景公許之，引《詩》云：「穀則異室，死則同穴。」此亦謂是夫婦之正禮也。

邱中有麻

「彼留子嗟」，傳：「留，大夫氏。」嚴《緝》引曹氏曰：「留，本邑名，其大夫以爲氏。」《説文》有「鎦」無「劉」，然「劉」「瀏」皆从劉聲，故或疑許書脱「劉」篆，或疑「鎦」之「卯」下本作「刀」，轉寫譌「田」。竊意「劉」即「鎦」之別體，「鎦」又省作「留」，故留氏即劉氏。《路史》以「留」爲國名，唐堯長子監明之後，妘姓，漢地隸彭城。陳氏《稽古編》駁之曰：「留乃東周畿内邑。緱氏縣有劉聚者，是若堯之後，❶在夏世已有劉累，其來舊矣，不以周邑氏也。厥後八十餘年，而留邑復爲王季子采地，是爲劉康公。豈子嗟之遭放逐，並失其爵邑乎？」承珙案：《括地志》云，劉聚即劉累故城。蓋在夏爲劉累邑，在周則爲周大夫留氏之邑。《漢書・地理志》：「河南緱氏縣劉聚，周大夫劉子邑。」《水經・洛水注》云：「合水北與劉水合。水出半石東山，西北流注於劉聚，三面臨澗。在緱氏西南周畿内劉子國，故謂之劉澗。」諸書所言皆合。《春秋》劉康公見成十一年。之後有劉夏、襄十五年。劉摯、即劉獻公。劉狄，即伯蚠，獻公子。皆食采於此。雖未知其即子國、子嗟後人與否，要皆以邑

---

❶「若」字，《經解》本《毛詩稽古編》無。

氏者。襄十五年《公羊傳》云：「劉者，❶邑也。其稱劉何？以邑氏也。」若桓十一年《公羊傳》云「古者鄭國處于留」，及「遷鄭焉而野留」，至蔡仲省留而爲宋所執，此則地與宋近，即《水經・渠水注》所引孟康曰「留，鄭邑也，後爲陳所并，故曰陳留」者。至《路史》所云彭城之留，則《左傳》襄元年楚子辛侵宋、吕、留者，皆不足以證《王風》之「留」也。

傳以「子嗟」爲大夫字，「子國」爲子嗟父。正義云：「毛時書籍猶多，或有所據。」承珙案：不但毛公必有所據，鄭箋從毛，並無異說，亦必其時古籍尚存，有可徵信者。歐陽《本義》謂其人其事不見於《春秋》《史記》，以毛爲附會。善乎，李氏《集解》曰：「此猶《陳風》所謂『子仲之子』，豈必求於他書？蓋詩中所陳便是實事跡，不必於《春秋》《史記》中求之也。」至正義云：「子國是子嗟之父，不應同時見逐，又不應先思其子。今首章先言子嗟，二章乃言子國，然則賢人放逐皆言子嗟耳。❷但作者既思子嗟，又美其奕世有德，遂言及子國耳。故首章傳曰：『麻麥草木，乃彼子嗟之所治。』是言麥亦子嗟所治，非子國之功也。二章箋『言子國使邱中有麥，著其世賢』，則是引父以顯子，非思子國也。卒章言『彼留之子』，亦謂子嗟耳。」此疏善達傳箋之意。姜氏《廣義》曰：「先言子嗟而後及子國，或王惡子嗟，並子國去之；或王惡子國，先去子嗟，使之不安其位。說者乃云無父子並斥之理，又曰不宜先子後父，皆非也。」

---

❶ 「者」下，阮校本《春秋公羊傳注疏》有「何」字。

❷ 「皆言」，阮校本《毛詩正義》作「止謂」。

「將其來施施」，傳：「施施，難進之意。」臧玉林曰：「此詩三章，章四句，句四字，獨『將其來施施』五字。《顏氏家訓·書證篇》云『江南舊本悉單爲「施」』，又以傳箋皆『施施』重文，疑江南本誤。然顏氏所述江北本往往爲人所改，江南者多善本。如「有杕之杜」「駉駉牡馬」等。則此之單爲『施』，不得據河北本以疑之矣。若以毛鄭皆重文爲疑，則傳箋每正文一字，釋者重文，所謂長言之也。如《邶·谷風》『有洸有潰』，傳箋並云『洸洸』『潰潰』；《十月之交》『噂沓背憎』，傳箋云『噂噂』『沓沓』，皆是。」承珙案：臧說是也。又《釋文》云：「將，王申毛如字，鄭七良反。下同。」正義述毛云：「彼留氏之子嗟，其將來之時施施然。」此所謂讀「將」如字也。然依此，則經文當作「其將來」，不應作「將其來」矣。竊謂毛讀「將」如字者，猶《氓》詩「將子無怒」之訓「將」爲「願」，「將其來」者，願其來，正《序》所謂「思」也。《釋文》云「鄭七良反」，是謂鄭訓「將」爲「請」。然次章箋云「言其將來食」，是鄭意讀如《簡兮》「方將萬舞」之「將」，訓當爲「且」，非訓爲「請」而讀七良反也。

「邱中有李」，箋云：「邱中而有李，又留氏之子所治。」陸氏《埤雅》曰：「言麻以衣之，麥以食之，又有李焉，且皆邱中植之，則留子之政脩矣。此人之所以思也。《法言》曰：男子畝，婦人桑之謂『思』。呂子曰：子產相鄭，桃李之垂於街者，莫之援也。然則邱中有李，又能使人不盜也。」承珙案：此說最合詩旨。篇中思人愛樹之意，與《甘棠》略同。其人必能勸農桑、教樹蓺，如《循吏傳》所稱「桑麻滿野，麥秀兩岐」者，蓋賢大夫之有惠愛者，故去而國人思之如此。何氏《古義》乃以陸說爲不識比興之意，過矣。

毛詩後箋卷七

涇　胡承珙

鄭

緇　衣

《序》云：「《緇衣》，美武公也。父子並爲周司徒，善於其職。國人宜之，故美其德，以明有國善善之功焉。」《吕記》云：「此詩，武公入仕於周，而周人美之也。若鄭人所作，何爲三章皆言『適子之館兮』。『好賢如《緇衣》』，所謂『賢』，即謂武公父子也。後之講師習其讀，而不知其義，誤以爲稱武公之好賢，遂曰『明有國善善之功』，失其旨矣。」黄氏震曰：「明善善之功費解，朱云武公有善而天子善之，亦就其文爲説耳。」承珙案：箋云：「善善者，治之有功也。」蓋即所謂「善於其職」者。朱子之解不誤。范氏《詩補傳》云：「周之國人以鄭武公父子善於其職，宜在此位，故作此詩以美之。」此説是也。其又云：「序《詩》者發明其意，以武公之德，所以能有其國者，由善善之功，遂以『授粲』爲武公適館而還，以所得王之廩粟授之賢者，猶後世開東閣之比。」此則詩中「適子之館」，「子」指武公；「授子之粲」，「子」又指賢者，無此文義。考鄭注《禮記·緇衣》云：「言此衣緇衣者，賢者也，宜長爲國君。其衣敝，我願改制授之以新衣。」是鄭注《禮》時，本以《緇衣》之賢者即指武公，並非別有武公所好之賢。至箋《詩》更一本《序》傳改衣授粲皆周人愛武公而致其惓惓之意，其義甚明。至陳氏《稽古編》謂若周人之作當入《王風》，則嚴《緝》云《破斧》《伐柯》《九罭》，皆周大夫所作而附於《豳》，何不可之有。

「適子之館兮」，傳：「適，之；館，舍。」箋云：「卿士所之之館，在天子之宮，如今之諸廬也。」正義引《考工記》説：「『王宮之制，內有九室，九嬪居之；外有九室，九卿朝焉。』注云：『內，路寢之裏。外，路寢之表。九室如今朝堂，諸曹治事之處也。六卿三孤爲九卿。』彼言『諸曹治事處』，此言『諸廬』，正謂天子宮內卿士各立曹司，有廬舍以治事也。」承珙案：《周禮·宮正》：「比宮中之官府，次舍之衆寡。」注云：「次，諸吏直宿，若今部署諸廬者。」疏云：「此『次』謂若《匠人》云『外有九室，九卿治之』，即《詩》云『適子之館兮』。彼二者與此『次』爲一物。」是也。

「還予授子之粲兮」，傳：「粲，餐也。」段氏《詩小學》曰：「此假借也。粲、餐同部。」是也。又云：「依《釋文》作『飧』，《禮》『公飧五牢以下』之類。」承珙案：此説非是。「飧」「餐」音義皆異，《魏風·伐檀》「不素飧」與「不素餐」分言，甚明，傳何至訓「餐」爲「飧」。《周禮·掌客》「上公飧五牢以下」，乃待賓客之禮，武公入仕於周，初非朝王爲客也。且傳云：「諸侯入爲天子卿士，受采禄。」則「粲」者所包甚廣，不必沾沾一飯。李《解》引王氏，又泥於「粲」字，以爲粟治之精，於義亦隘。

「緇衣之蓆兮」，傳：「蓆，大也。」正義曰：「《釋詁》文。言服緇衣者，大得其宜也。」承珙案：毛於首章

「宜」字無訓，但云「有德君子宜世居卿士之位焉」，此「宜」字即釋經「宜兮」，蓋訓如「象服是宜」之「宜」。故次章傳云：「好，猶宜也。」正義於「蓆，大也」，仍蒙首章「宜」字，以爲大得其宜，於理亦通，而文義稍迂曲。《釋文》引《韓詩》云：「蓆，儲也。《說文》云：蓆，廣多也。」此與毛傳「蓆，大」之訓義正相足。大，即謂所儲之廣多也。蓋於卒章致其殷勤，尤爲有加無已，雖其衣大多，猶恐其敝而思改作，此正所謂宜世居卿士之位者也。

將仲子

《序》云：「《將仲子》，刺莊公也。不勝其母，以害其弟。弟叔失道而公弗制，祭仲諫而公弗聽，小不忍以致大亂焉。」《春秋》「鄭伯克段于鄢」，《公》《穀》二家皆謂是甚鄭伯、大鄭伯之惡，《左傳》云：「稱『鄭伯』，譏失教也。謂之鄭志。不言出奔，難之也。」范氏《補傳》謂：「克段之事，論者多過其實，非聖人以恕待人之道。獨《將仲子》之《序》與《左氏》合。莊公本不得爲大惡，特以庸闇無識，不能權利害之輕重，舉措乖違，故聖人以恕待之。」陳氏《稽古編》即用其說，云：「公穀二子未嘗見國史，段實出奔，誤以爲殺。彼特據傳聞以爲懸斷耳，豈能定當日之情事哉？今觀兩《叔于田》詩，段所長祇在飲酒、田獵、馳馬、暴虎耳，莊公機險百倍於段，心固未嘗忌之，祇以母所鍾愛，遠嫌避譏，不加抑制。詩所云『畏父母』『畏兄弟』『畏人之多言』，是也。致段不克令終，莊公不得無罪焉。若以爲有意殺弟，恐未必然也。嚴《緝》言《將仲子》首《序》必經聖人之筆，故意與《左氏》合。良不謬矣。」承珙案：《序》首言刺莊公，已具《春秋》褒貶之法，其下云云，乃就詩詞言之。蓋詩人託爲公拒祭仲之詞，其時實祇以母所鍾愛，順母私情，恣其寵榮，初非有心殺害。作詩者以此爲諷，不失温柔敦厚之意。《序》亦因而明之。不必牽合後事，過爲誅心之論也。

「無折我樹杞」，傳：「杞，木名也。」承珙案：《詩》言「杞」者凡七，惟此言「木名」。及《小雅·四牡》之「集于苞杞」、《四月》之「隰有杞桋」，傳皆以爲「枸檵」。其他如《小雅·杕杜》之「言采其杞」、《南山有臺》之「南山有杞」、《湛露》之「在彼杞棘」、《北山》之「言采其杞」，皆無傳。毛意蓋以《將仲子》之「杞」首見於經，而《爾雅》無明文，故特言「木名」以别《四牡》之「枸檵」，至《四牡》訓以「枸檵」，則其後《杕杜》《南山有臺》《北山》之單言「杞」者，當皆蒙此傳而爲「枸檵」。《四月》又傳者，以「杞桋」連文，桋爲赤楝叢生，與杞爲枸檵之叢生者相配。《湛露》與「棘」連文，而不傳者，以棘之叢生爲人所共知，由棘可以知杞，故無庸傳歟？然則自《四牡》以後言「杞」者六，當皆爲枸檵，惟《將仲子》爲别木。陸《疏》云：「杞，柳屬也。生水旁。樹如柳，葉麤而白色，木理微赤，故今人以爲車轂。今共北淇水旁、魯國泰山汶水邊，純杞也。」考《孟子》：「性猶杞柳也。」趙注云：「杞柳，柜柳也。」《爾雅》：「楥，柜枊。」郭注云：「未詳。或曰：枊當爲柳。柜柳似柳，皮可煑作飲。」《玉篇》亦云：「枊，柜柳。」與郭引「或説」同。後世謂之「櫸柳」。《别録》謂「櫸樹削取裏皮，去上甲，煎服之，夏日作飲，去熱」，亦與郭注「或説」合。《圖經》云：「今人取其細條，火逼令柔韌，屈作箱篋。」又與《孟子》「爲桮棬」義近。然則陸《疏》所言「杞柳」，當即《爾雅》之「柜柳」。毛傳於《雅》無明文者，每不欲質言之。然以下章傳「桑，木之衆」「檀，彊刃之木」例之，此「杞」當是大木。《本草衍義》云：「櫸，木本最大者，高五六十尺，合二三抱。」此陸《疏》所由以《將仲子》之「杞」與「枸檵」别歟？嚴《緝》謂《詩》「杞」有三，《將仲子》同陸說，《四牡》《杕杜》《四月》《北山》皆爲「枸杞」，而別《南山》《湛露》之「杞」爲山木。不知《湛露》與「棘」並言，自當爲叢生之枸檵，不必別爲山木，《南山》亦當爲枸檵。其所據陸《疏》「杞，一名枸骨，山材也」云云，姚氏《識名解》援崔豹《古今注》所言，證陸璣乃釋下「南山有杞」，非此章之「杞」，其解甚確。別見《小雅》。是詩祇有二杞，並無三杞之別也。

「無折我樹桑」，傳：「桑，木之衆也。」下「無折我樹檀」，傳：「檀，彊刃今本作「韌」。之木。」案：二傳於木必兼言其形性者，自以取興所在。故箋申之云：「無折我樹杞，喻言無傷害我兄弟也。」然則所謂桑與檀者，蓋皆以喻段。可知桑以喻段之得衆，所謂「厚將得衆」也，段懋堂云「比諸兄多言」，非是。檀以喻段之恃彊，所謂「多行不義也」。李《解》引王氏：「以謂始曰『無踰我里』，中曰『無踰我牆』，卒曰『無踰我園』，以言仲子之言彌峻，而莊公拒之彌固也。始曰『無折我樹杞』，中曰『無折我樹桑』，卒曰『無折我樹檀』，以言莊公不制段於早，而段之彌强也。」李迂仲雖謂「不必如此分別」，然玩傳以桑爲「木之衆」，檀爲「木之彊」，箋謂祭仲驟諫，莊公固拒，則王說似於傳箋有合。

吴氏肅公曰：「子展賦此詩，見《左傳》襄二十六年。取兄弟相護之意，則豈淫奔語乎？」承珙案：子展之賦此詩，杜注雖云「義取衆言可畏」，然實以全詩皆有關于兄弟，並非斷章。惟《晉語》姜氏勸重耳歸國，專引卒章末三句，此則斷章取義耳。

叔于田

《序》云："《叔于田》，刺莊公也。叔處于京，繕甲治兵以出于田，國人説而歸之。"陳氏《稽古編》曰："叔段善飲酒，工服馬，而得『仁』『武』『美』『好』之名，猶誦宣姜爲『邦媛』，皇父爲『孔聖』云爾，是君子微文之刺，非小人虚譽之詞。嚴《緝》謂京城私黨諛説之稱爲『美』『仁』，猶河朔之人稱安史爲聖。過矣。鄭師一出，京城皆叛，段何嘗有私黨哉？"承珙案：嚴氏"安史"之説本於李黄《集解》，《王士禎集》亦云其黨如淮南之伍被、左吴，宸濠之李士實、劉養正輩。但以此爲私黨美段之詞，則於"刺莊"不合。是猶泥於詩中"仁""武"等語，不知所謂"仁""武""美""好"者，不過飲酒服馬之事，蓋以爲舍是皆無足道者。故許氏《詩鈔》亦云："詳味其辭，非小人黨惡者之言，乃君子知幾者所作也。"

何氏《古義》曰："朱子于此詩既從《序》矣，而又云：『或疑此亦民間男女相説之辭。』則胡不思後篇『獻于公所』之語，其爲叔段之事鑿鑿明甚，夫猶此『叔于田』也。此而可疑，孰不可疑邪？"承珙案：《詩序辨説》泥于詩中"巷"字，謂段以國君貴弟，不應出居閭巷，下雜民伍。不知傳訓"巷"爲"里塗"，即《説文》所謂"巷，里中道也"。鄭箋但言"國人"，不復言巷，猶云傾城出觀，里巷爲空耳。且謂從叔者巷之人，非以叔爲居此巷也。明乎此，可無所用其疑矣。

劉氏《詩益》曰："『美且仁』對『居人』言，蓋巷居者宜相仁愛也。次章『冬獵曰狩』承首章『于田』而申言其時。『美且好』對『飲酒』言，蓋飲酒者宜好會也。三章『郊外曰野』承前二章『于田』『于狩』而申言其地。

『美且武』對『服馬』言，蓋乘馬者宜有武容也。」

大叔于田

《序》云：「《大叔于田》，刺莊公也。叔多才而好勇，不義而得衆也。」嚴《緝》云：「二《叔于田》皆美叔段之材武，無一辭他及。而首《序》以爲刺莊公，蓋與《春秋》書『鄭伯克段』譏失教之意同。首《序》經聖人之手矣，説詩不用首《序》，則二《叔于田》皆爲美叔段，《椒聊》爲美桓叔。❶叔段、桓叔可美也乎哉？」承珙案：二詩皆祇言叔之材藝武勇，詞似愛之，實則形容其輕揚麤暴之氣習，知其不足以有爲，而且將及于禍，故意又似乎戒之。然言外見公之於叔，不早諭教，卒使陷于不義。所言在此，所刺在彼，此風人主文譎諫之義也。

「大叔于田」，阮氏《校勘記》云：「《唐石經》、小字本、相臺本皆有『大』字，此正義本也。《釋文》云：『叔于田，本或作「大叔于田」者，誤。』正義標起止云『大叔至傷女』，又上篇正義云：『此言叔于田，下言大叔于田，作者意殊。』是與『或作』本同。此詩三章共十言『叔』，不應一句獨言『大叔』。或名篇自異，詩文則同，如《唐風·杕杜》《有杕之杜》二篇之比。其首句有『大』字，援《序》入詩耳。當以《釋文》本爲長。」承珙案：顏師古注《漢書·匡衡傳》引《詩》「將叔無狃」，而釋之曰：「叔，莊公之弟，大叔也。」可見小顏所據《詩》本與《釋文》同，章首無「大」字，故於「將叔」字作此解。《開成石經》則據正義本耳。蘇《傳》云：「二詩皆曰『叔于

❶「聊」，原作「柳」，據《續經解》本、廣雅本改。

田』，故加『大』以別之。不知者乃以段有『大叔』之號，而讀曰『泰』，又加『大』於首章，失之矣。」此謂首章不應加「大」，是也；而讀「大」爲「大小」之「大」，非也。上篇「叔于田」傳云：「叔，大叔段也。」《釋文》：「大音泰。後『大叔』皆放此。」然則此《序》加「大」以別之者，自以段有「大叔」之號，故即以爲別耳。嚴《緝》云：「短篇者止曰『叔于田』，長篇者加『大』爲別。」亦是以大小爲說，有是文理乎？

「兩驂如舞」，傳：「驂之與服，和諧中節。」正義曰：「此經止云『兩驂』，不言『兩服』，知驂與服和諧中節者，以下二章皆說『兩服』『兩驂』，知此經所云亦總驂服。」董氏逌曰：「五御之法有舞交衢者，蓋《詩》所謂『如舞』也。服制於衡，不得如舞，其言舞者，驂也。」承珙案：《周官·保氏》注「舞交衢」疏云：「御車在交道，車旋應於舞節。」此謂四馬安行，能與舞節相應，非謂馬有舞蹈之容，如唐明皇舞馬之類。然則「如舞」自當依傳兼驂與服言之，何疑於服爲衡制，不能如舞邪？

「襢裼暴虎，獻于公所」，嚴《緝》云，暴虎而獻于公，傳謂從公田者，是蓋叔有示勇於公之意。戴氏《續詩記》曰：「言勇力之士，暴虎以獻於叔也。」《黄氏日鈔》云：「晦菴以『公』爲莊公，華谷遂以爲叔段從莊公出田，暴虎以獻，氣陵其兄，不如岷隱之說爲當。段爲京城之主，其所寓即公所也。」承珙案：叔從公田，說本毛氏，並不始于朱子，黄氏殊誤。襢裼暴虎，正叔段好勇輕脱之常態，得虎以獻莊公，乃自矜武力以驕其兄。嚴《緝》極爲得情，黄氏駁之亦非是。《漢書·匡衡傳》：「鄭伯好勇而國人暴虎。」王氏《詩考》引此爲《齊詩》之說。此雖三家傳聞異詞，然正可作《毛詩》以「公」爲鄭伯之證。

「叔于田，乘乘黄」，傳：「四馬皆黄。」何氏《古義》曰：「後章『乘鴇』，豈又四馬皆鴇乎？何叔乘馬之驟易如此，愚謂『乘黃』『乘鴇』俱當於『乘』字略斷讀之。蓋四馬爲乘，於乘之中有黃者，又有鴇者，或兩服爲黃而兩驂爲鴇也。」姚氏炳曰：「此不過舉馬之上色誇之，固不必泥四馬爲一色，亦不必分驂服各一色。如《小雅》『四黃既駕』、《魯頌》『駜彼乘黃』，則亦非必不可得者。以叔之驕侈，何知不比物齊色以快一時耳目邪？」承珙案：姚説是也。

「兩服上襄」，箋云：「兩服，中央夾轅者。襄，駕也。上駕者，言爲衆馬之最良也。」承珙案：《説文》：「駕，馬在軛中也。」上駕者，言兩服在前駕軛，與兩驂在後雁行者，文義相對。高誘注《呂覽》云：「上，猶前也。」是「上駕」即謂「前駕」。《大雅・下武》箋云：「下，猶後也。」是「上」爲前，「下」爲後，古人自有此稱。諸家因箋説而以「上駟」解之，非是。或引《説文》「驤，馬之低卬」，以「襄」通「驤」，亦可不必。

「火烈具揚」，傳：「揚，揚光也。」正義曰：「言舉火而揚其光耳，非訓揚爲光也。」《稽古編》曰：「玩疏語，傳衍一『揚』字。《呂記》、嚴《緝》引此亦無下『揚』字。」承珙案：陳説是也。毛蓋以「揚」「光」二字連讀，即蒙經文「揚」字作訓，不必更疊「揚」字。如《北風》傳：「虛，徐也。」即蒙經文「其虛其邪」訓之，此所以簡奥難通也。

「抑磬控忌，抑縱送忌」，傳：「騁馬曰磬，止馬曰控。發矢曰縱，從禽曰送。」黃氏元吉曰：「考磬、控、縱、送之義，孔氏申毛謂無正文，朱《傳》『磬』『控』從毛，而『縱』『送』別解，則以上言『善射』『良御』而分以應之耳。然此章言射者只一句，下三句言御馬之良；下章言馬者只一句，下三句言射畢之事，體如羅文，又未嘗不相配也。」承珙案：朱《傳》言「舍拔曰縱，覆彇曰送」。二語本蘇氏《詩傳》。「舍拔」見《秦風・駟鐵》，「覆彇」二字殊不明晰。許氏《名物鈔》云：「覆，倒也。彇，弓弰也。《禮》疏：『弓頭稍剡差斜似簫，故亦謂爲簫。』射者既發矢，則弓隨矢傾倒，直指於前以送矢。」此説非是。凡張弓，稍皆内向，僅一發矢，亦不至傾倒指前。若如所言，乃所謂「翩其反矣」者。《小雅·角弓》正義云：「北狄角弓，弛則體反。」故惟弛弓，始有覆彇之象。此則獵畢之事，又當在下章矣。嚴《緝》亦覺其不安，故改爲「縱，放箭也。送，送箭也」。如射者之「後手⿰糸男，子悦切。前手擫。⿰糸男即縱也，擫即送也」。其實毛謂「發矢曰縱，從禽曰送」，從禽謂逐獸命中，亦是言射之事。磬、控、縱、送仍分承「善射」「良御」而言，不必改易傳訓也。

《毛詩明辨録》云：「騁馬曰磬，謂使之曲折如磬。夫馬之馳驅，不能如磬折，惟人之馭馬，收縱俱在轡，轡操之則身直，舍之則身僂，故曰磬。磬以言乎人之馭馬也。」承珙案：「磬」即「磬折」之謂。《禮》凡言「磬折」者，皆謂屈身如磬之折殺。凡騁馬時，人之立於車中者，身必稍曲向前，故謂之磬。或疑「磬折」不當單言「磬」。考《曲禮》「立如齊」，注云：「磬且聽也。」疏云：「磬之折殺，其形如曲，人之倚立亦當然也。」此則「磬折」亦可單言「磬」也。

「乘乘鴇」，傳：「驪白雜毛曰鴇。」《釋文》：「鴇，音保，依字作駂。」承珙案：《爾雅·釋畜》本作「駂」，《詩》疏引《爾雅》作「鴇」者，後人據詩文改之。《唐石經》及《五經文字》《爾雅》皆作「駂」。《爾雅釋文》：「駂，音保，《説文》云黑馬驪白雜毛。」此所引《説文》，今本所無，陸氏尚及見之，故《詩音義》亦云「依字作駂」。蓋《毛詩》特借「鴇」爲「駂」耳。説《詩》者謂馬名取諸鳥，以其毛色相似，如後世紫燕、晨鳧之類，顧氏《詩本音》第引《廣韻》「駂，烏驄」爲證，皆不知《説文》本有「駂」字也。

「兩驂如手」，傳：「進止如御者之手。」箋云：「如人左右手之相佐助也。」正義曰：「鄭以『如』者比諸外物，故易傳。」承珙案：「齊首」與前章「上襄」義同，兩服在前而齊其首，兩驂在後而如夫手，則「如手」與上「鴈行」比喻略同。此似箋勝於傳，正義申之是也。

「火烈具阜」，傳：「阜，盛也。」下文「叔馬慢忌，叔發罕忌」箋云：「田事且畢，則其馬行遲，發矢希。」夫田事既將畢矣，何以復言火盛？承珙案：首章「火烈具舉」，傳以「烈」爲「列」，箋云「列人持火俱舉」。正義曰：「火烈，嫌爲火猛，故轉『烈』爲『列』，言火有行列也。火有行列，由布列人使持之，故箋申之云『列人持火』。此爲宵田，故持火炤之。」陳氏《禮書》謂此即《爾雅》之「火田」，以疏云「宵田」爲非。《吕記》、朱《傳》皆用其説。然經文云「具舉」「具揚」，則「宵田」之説爲近。且若係火田，則《周官·大司馬》「蒐田火弊」注云：「火弊，火止也。春田主用火，因焚萊除陳，草皆殺而火止。」則獵畢之時，其火將止，不應復言火盛，此詩自是宵田用燎。首章初獵之時，其火乍舉。次章正獵之際，其火方揚。末章獵畢將歸，持炬炤路，其火自當更盛。故知箋疏之説不可易也。

清　人

《序》云：「《清人》，刺文公也。」案：《序》以此詩爲公子素作，亦如《王風》毛傳之「子國」「子嗟」，必有所據。《漢書·古今人表》之公孫素當即其人。何休注公羊閔二年《傳》云：「鄭伯素惡高克。」或因「素」字偶同，遂謂鄭伯爲公子時素惡高克。此於《序》文上下皆不順，其説非也。

「清人在彭」，傳：「清，邑也。彭，衛之河上，鄭之郊也。」箋云：「清者，高克所帥衆之邑也。」《續漢書·郡國志》：河南中牟縣有清口水。劉昭《補注》云：「《左傳》閔二年『遇于清』，杜預曰：『縣有清陽亭。』」此語誤甚。《左傳》閔二年無遇清事，隱四年「公及宋公遇于清」，杜云：「清，衛邑。濟北東阿縣有清亭。」與中牟絶不相涉，不知劉昭何以舛誤至此。惟《水經注》：「渠水又東，清池水注之。清池水出清陽亭西南平地，東北流逕清陽亭南，東流，即故清人城也。《詩》所謂『清人在彭』，彭爲高克邑也，故杜預《春秋釋地》云『中牟縣西有清陽亭』是也。清池水又屈而北流，至清口澤，七虎澗水注之。」下又云：「期水北與七虎澗合，逕期城北，東會清口水，司馬彪《郡國志》曰中牟有清口水，即是水也。」案：酈氏所引甚明，但其云「彭爲高克邑」，此條上下文皆止言清，不當贅及於彭。疑「彭」當爲「清」，傳寫之誤，即箋所云「清者，高克所帥衆之邑也」。至王氏《總聞》引《左傳》昭二十年。衛侯、甯喜盟于彭水之上，鄭衛相近，彭或指此。考《左傳》上文云：「丁巳晦，公入。」則是入國而盟，彭水當在衛都，與傳云「衛之河上，鄭之郊」者不合，不當引以爲證。

「二矛重英」，箋云：「二矛，酋矛、夷矛也。」正義曰：「《考工記》云：『酋矛常有四尺，夷矛三尋。』注云：『八尺曰尋，倍尋曰常。酋、夷，長短名也。』酋短夷長，是矛有二等也。《記》又云：『攻國之兵用短，守國之兵用長。』此禦狄于竟，是守國之兵用長，宜有夷矛，故知『二矛』爲酋矛、夷矛。《魯頌》以『二矛』與『重弓』共文，弓無二等，直是一弓而重之，則知『二矛』亦一矛而有二，故彼箋云：『二矛重弓，備折壞。』直是酋矛有二，無夷矛也。」承珙案：《伯兮》箋引《考工記》「兵車六等」，亦無夷矛。此箋以「二矛」爲酋、夷，正義申之謂「禦狄于竟，爲守國之兵用長，宜有夷矛」，是也。然《伯兮》詩「爲王前驅」，則是攻國之兵，故箋不言夷矛。

而彼疏乃云：「前驅在車之右，當有勇力以用五兵，不得無夷矛。」顯與鄭義相戾。總之，《考工記》言「兵車六等」之法，與《廬人》言「六建」不同。「六等」是就車身言之，故自軫數之，至酋矛，皆以四尺爲差。司農注云：「酋，發聲，直謂矛。」是兵車但以矛爲一等，不必更數夷矛。若「六建」，言建於車上，故不數軫，而取五兵與人爲六。蓋夷矛雖亦可建於車上，但其長至三尋，自非車上所利用，惟守國之兵宜之。守國者或嬰城阨隘，不必用車，故兵車之「六等」不數。若《清人》言「重英」「重喬」，則必二矛有長短，所建高下不一，故見爲重，自與《魯頌》但言「二矛」者義異。此疏及《魯頌》疏釋箋皆當。惟《伯兮》疏牽於「六等」「六建」之文，致生轇轕耳。

王氏《詩稗疏》云：「兵車所載之戎器，有酋矛而無夷矛。夷矛之長三尋，古尺二丈四尺，當漢尺一丈八尺，所謂丈八鍦音「委蛇」之「蛇」。矛也。《隴西健兒歌》：『丈八蛇矛左右盤。』『鍦』『蛇』『夷』三字通用。今尺丈六尺有四寸。後世步騎或用之，古者惟用以守。若建於車上，則不相等而易摇。持之以刺，則礙于車後之籓，而舉之必後。舉之後，則前重而無力，故不可以攻而惟用以守望。守者步卒操之，進却隨手，所謂長兵短用者也。車無夷矛而云『二矛』者，二俱酋矛也。常制，將執弓，右用矛。臨敵，則惟所便。用二矛，猶《小戎》之有二弓，右持矛而弓備，將執弓而矛備，因勢之遠近則隨用。」承珙案：王氏謂兵車無夷矛，雖與鄭異，然夷矛之建車與否，經無明文，尚可存之，以備一說。至謂二矛一爲車右所持，一備將帥之用，則右人所持者當建於車右，而將居車左，所備之矛又當建於車左，二矛分建，無由見其爲重，是與經文「重英」「重喬」之言相背，其說非矣。

「二矛重英」，傳：「重英，矛有英飾也。」箋云：「各有畫飾。」下章「重喬」傳：「重喬，累荷也。」箋云：「喬，矛矜近上及室題，所以縣毛羽。」《釋文》：「喬，毛音橋。鄭居橋反，雉名。《韓詩》作鷮。荷，舊音何，謂刻矛頭爲荷葉相重累也。沈胡可反，謂兩矛之飾相負荷也。」正義曰：「《魯頌》説矛之飾，謂之『朱英』，則以朱染爲英飾。《釋詁》云：『喬，高也。』重喬，猶如重英，以矛建于車上，五兵之最高者也。而二矛同高，其高復有等級，故謂之重高。傳解稱『高』之意，故言『累荷』。《候人》傳曰：『荷，揭也。』謂此二矛刃有高下重累而相負揭。箋申説『累荷』之意，言喬者，矛之柄近于上頭及矛之鋈室之下，當有物以題識之。其題識者，所以縣毛羽也。二矛於其上頭皆懸毛羽以題識之，似如重累相負荷然，故謂之累荷也。經傳不言矛有毛羽，傳以時事言之，❶猶今之鵞毛稍也。」承珙案：「重英」「重喬」，傳箋所釋，大意本同。陸孔申之，各有得失。傳以「重英」爲「矛有英飾」，箋云「各有畫飾」。英飾者，謂刻矛柄爲飾。《周禮·掌節》「以英蕩輔之」杜子春云：「英蕩，畫函。」疏云：「以英華有畫義，故曰畫函。」干寶注曰：「英，刻畫也。」見《續漢書·百官志》注。此蓋刻矛柄而以朱畫之，故箋云「各有畫飾」，即《閟宮》所謂「朱英」也。彼疏以朱英爲絲纏，非是。傳云「重喬，累荷」者，謂矛有短長，刻畫之處重累如荷。箋謂矛柄刻畫爲題識，乃所以縣毛羽者，非即以「喬」爲毛羽。鄭讀「喬」字亦當同毛。《釋文》因《韓詩》作「鷮」，而牽合鄭意以爲雉名，鄭固無是説也。其引舊説謂刻矛頭矛頭即矛柄。者則是，而以爲「荷葉」則非。惟沈重音胡可反，而云「兩矛之飾相負荷」者，得之。正義釋傳，引

❶「傳」，阮校本《毛詩正義》作「鄭」。

《候人》傳訓「荷」爲「揭」，「二矛重累如相負揭」，其釋箋謂「題識者所以懸毛羽」，皆是。而又云「懸羽重累爲累荷」，則與箋説不合。馮氏《名物疏》云：「重喬，猶云『重英』。諸説紛然，不如直從毛氏。」陳氏《稽古編》曰：「『重英』『重喬』均當以毛傳爲正。箋云『畫飾』，疏云『重高』，俱善述毛意者也。兵車『六建』之中，二矛最出其上，人舉目即見之，故指以爲言。首章言其采畫之飾，次章言其負揭之形耳。」

「左旋右抽，中軍作好」，傳：「左旋，講兵。右抽，抽矢以射。居軍中爲容好。」箋云：「左，左人，謂御者。右，車右也。中軍，謂將也。兵車之法，將居鼓下，故御者在左。」《閟宫》箋云：「兵車之法，左人持弓，右人持矛，中人御。」正義以此爲「士卒兵車」。《尚書·甘誓》：「左不攻于左，右不攻于右。」《史記集解》引鄭注云：「左，車左；右，車右。」孔疏以爲凡兵車，甲士三人，所主者如此。若將之兵車，則御者在左，勇力之士在右，將居鼓下在中央，主擊鼓與軍人爲節度。王氏《詩稗疏》云：「御必居中，所以齊六轡而制馬也。使其居左，則攬轡偏而縱送礙，且視不及右驂之外靷而舒斂無度矣。故雖以天子之尊，而在車亦無居中之理。《周禮》『大馭掌馭玉路，犯軷，王自左馭，馭下祝』。其曰『王自左馭』者，自左而嚮中也。馭犯軷，暫攝馭居中，王位固在左矣。『戎僕掌馭戎車，犯軷，如玉路之儀』，則天子即戎，且不居中，而況將乎？鞌之戰，齊侯親將，逢丑父爲右。《公羊傳》曰：『逢丑父者，齊侯之車右也，代頃公當左。』此將居左之明證。案：王氏考之經傳，立爲四證，惟此條經有明文，故特録之。至鞌之戰，張侯御郤克，曰：『矢貫余肘，余折以御，左輪朱殷。』則似郤克居中而御者左。要之，杜預所云『自非元帥，御者居中，將在左』之言，既無典據，而郤克或以傷夷易位，未可知也。然則『左旋右抽』者，非以車左車右言之，蓋言戎車回旋演戰之法耳。毛傳曰：『左旋，講兵。右抽，抽矢以射。』是已。蓋兵車之法，有左旋以先弓矢者，有右旋而先矛者。左旋先弓以迎敵於左，則車右持矛以刺，右旋先矛以要敵，則將抽矢以射，勢以稍遠而便也。田獵之法，逐禽左。《駟鐵》之詩曰：『公曰左之。』禽左則我右，此所謂『右抽』矣。蓋車戰之法類然。清人曠日翱翔而以軍戲，斯可傷已。中軍者，大將之幕下卒也，古未有呼將爲中軍者。鄭于時未有三軍，中軍者，對左拒、右拒而言，非對車左、車右而言。『翱翔』『作好』者，中軍之士，亦以見衆之且散也。」承珙案：《左傳》言車戰之法，如僖三十三年，「秦師過周北門，左右免冑而下」。宣十二年，「楚許伯御樂伯，攝叔爲右。樂伯曰：『致師者左射以菆。』」皆足爲御在車中之證。故《詩》疏唯據成二年鞌之戰，以爲郤克在鼓下而居中，解張有「左輪朱殷」之言而居左，然將執旗鼓，豈必鼓定在中？解張之血染左輪，焉知非射傷左手而流血於左邪？且是戰也，韓厥因夢避左右，而代御居中，杜注因有「自非元帥，御皆在中」之説，近於因文遷就，非有明證。總之，此詩「左」「右」「中」，本不當以一車言之。傳云：「居軍中爲容好。」則以「中軍」爲「軍中」，猶「中谷，谷中」之比，並未嘗以「中軍」爲將。故「左」「右」亦必非車左、車右之謂。王氏謂「左旋右抽」爲戎車回旋演戰之法，申明毛義甚的，此即是「居軍中爲容好」也。至云鄭時未有三軍，則非是。桓元年《左傳》：衛人以燕師伐鄭，鄭祭足、原繁以三軍軍其前。是鄭之三軍舊矣。繻葛之戰，原繁、高渠彌以中軍奉公，但不必以證此詩之「中軍」耳。

羔裘

《序》云：「《羔裘》，刺朝也。言古之君子以風其朝焉。」《毛詩明辨録》云：「鄭之《羔裘》美其大夫，較《羔羊》之美在言外更爲著明，何以在列國則爲變風。蓋王化之行，如《羔羊》惟述其衣服、威儀之合度、舒徐而已，其他無溢美之詞，與《芣苡》《桃夭》同一平談，斯其所以爲盛與，只此便分正變。如《小序》於變風中有頌美者皆云思古之盛以刺今之不然，則是變風有刺而無美，豈理也哉？」承珙案：此説非是。此詩所陳純是思古之美，而其意則以刺今。《序》所言者，詩之意，非詩之詞也。所美在此，則所刺在彼耳。許氏《詩深》曰：「刺朝，如宋人《諫院記》及《待漏院記》之類。此就衣服言之，彼就官與地言之，皆以風刺其同朝，非有所顯斥之人。所謂言之者無罪，聞之者足以戒也。」此説得之。沈氏又云：「如《序》説，則變風有刺而無美。」亦不然。《淇澳》《緇衣》《車鄰》《駟鐵》諸篇，《序》何嘗不言美乎？

「洵直且侯」，傳：「洵，均。侯，君也。」毛義皆本《爾雅》。《韓詩外傳》「洵」作「恂」，與《溱洧》「洵訏且樂」《釋文》引《韓詩》作「恂」同。是毛云「皆直且侯」，韓云「信直且侯」，義並可通。《釋文》又引《韓詩》云：「侯，美也。」如《大雅·文王》「烝哉」，毛本《爾雅》訓「烝」爲「君」，《釋文》引《韓詩》訓「美」，此則義異，不可强同。案：次章云「邦之司直」，三章云「邦之彦兮」，「彦」爲士之美稱，則首章「洵直且侯」似統下二章而言，「直」即「司直」之「直」，「侯」即「美士」之「美」。此訓似宜從韓。

「彼其之子」，《韓詩外傳》作「彼己之子」，《新序·節士》《義勇》兩篇亦皆作「彼己」。《左傳》襄二十七年引「彼己之子，邦之司直」正作「己」，知《韓詩》亦本古文。《王風·揚之水》箋云：「其，或作記，或作己。讀聲相似。」蓋古人於此等以聲爲主，聲同則字不嫌異。推之《大叔于田》之忌，箋云：「忌，讀如『彼己之子』之『己』。」《崧高》之「近」，箋云：「聲如『彼記之子』之『記』。」皆然。然其字亦必各有師承，不相錯亂。如毛必作「其」，《揚之水》

《汾沮洳》《椒聊》《候人》及此詩是也，韓必作「己」，《汾沮洳》「彼其之子，美如英」，《韓外傳》亦引作「己」是也。若《文選》陸士衡《吴趨行》及漢高祖《功臣頌》注兩引《毛詩》曰「彼己之子，邦之彦兮」，又謝玄暉《答呂法曹詩》注引《毛詩》曰「彼己之子，美無度」，此「毛詩」恐皆「韓詩」之誤。

「舍命不渝」，傳：「渝，變也。」惠氏《古義》曰：「箋云：『舍，猶處也。』王肅云：『舍，受也。』案：舍，猶釋也。《管子・小問》曰：『語曰：澤命不渝，信也。』徐廣《史記》注云，古『釋』字作『澤』。《周頌》『其耕澤澤』，《爾雅》作『釋釋』。康成《周禮注》曰：『舍，即釋也。』《士冠禮》注云：『古文「釋」作「舍」。』是澤命即舍命也。蓋古有是語，詩引之以美君子之信。」戴氏《詩考正》曰：「《考工記》：『水有時以凝，有時以澤。』澤，李軌音『釋』。『澤』與『舍』義並爲『釋』。言自受命於君，以至復命而後釋，終始如一也。」承珙案：《釋文》：「舍，音赦。」此因箋訓「舍」爲「處」，故爲作音。又云：「沈書者反。」是沈重意以「舍」爲「舍釋」之「舍」矣。然鄭雖訓「舍」猶「處」，而云「是子處命不變」，謂「守死善道，見危授命」之等，是以「命」爲「軀命」之「命」。《韓詩外傳》云：「崔杼弑莊公，合士大夫盟，謂晏子曰：『子不與吾，殺子。』直兵將推之，曲兵將鉤之。晏子曰：『吾聞留以利而倍其君，非仁也，劫以刃而失其志，非勇也。』」其下引《詩》曰：「『羔裘如濡，恂直且侯。彼己之子，舍命不偷。』晏子之謂也。」《新序・義勇》篇同此。蓋以「舍命」爲「授命」，與鄭義合。戴氏用王肅之訓，以爲受君命，非也。

「羔裘豹飾」，傳：「豹飾，緣以豹皮也。」姚氏《識名解》曰：「正義以君裘用純，此詩褎飾異皮，爲臣之服，引《唐風》作證，謂緣以豹皮爲袪褎也。陸農師言國君體柔而文之以剛，其義上達。引《玉藻》『豹褎』『豹飾』

異文，明飾非褎。傳所謂『緣』，蓋言領，人君之服也。愚按：飾義通用，凡緣領、緣褎、緣屨皆謂之飾。豹飾自指褎袪而言，裘惟有緣褎之制，未聞有緣領者。《玉藻》以豹飾爲君子之服，亦指士大夫言，未嘗專指人君之服也。」承珙案：姚説是也。《玉藻》首云「君衣狐白裘，錦衣以裼之」，下乃言「君子狐青裘豹褎」，「羔裘豹飾」之等，其下又云「錦衣狐裘，諸侯之服也」，分析甚明。故鄭注以「君子」爲大夫士。正義以狐青羔裘，君皆用純，大夫士雜以豹褎、豹飾爲異。《埤雅》引《管子》見《揆度》篇。「上今《管子》作「卿」。大夫豹飾，列大夫豹幨」，正足證豹飾爲人臣之服，而以爲非古，過矣。嚴《緝》云：「或謂《檜·羔裘》專刺其君，《唐·羔裘》專刺其臣，《鄭·羔裘》兼刺君臣。然此詩言豹飾，止是臣下之服，『舍命不渝』及『司直』『邦彦』，皆臣事也，止當爲刺在朝之臣。」

「三英粲兮」，傳：「三英，三德也。」箋云：「三德，剛克、柔克、正直也。粲，衆意。」嚴《緝》云：「『三英』，或以爲裘之英飾前後有三，如『五紽』『五緎』『五總』之類。只是肊度，無文可據。毛氏以爲三德，或疑牽合於三之數。今考『立政三俊』，注以爲剛、柔、正直，英即俊也，毛氏之説有源流矣。此詩每章第二句皆言德美，知『三英』非英飾也。」承珙案：嚴氏但知「三俊」爲剛、柔、正直之出《書》孔傳，而不知《皋陶謨》疏所稱以「九德」分配《洪範》「三德」者，實出鄭注，其義尤古，爲東晉孔傳所本。毛公以「三英」爲「三德」，自以英俊本爲才德之稱，《淮南·泰族訓》：「智過萬人謂之英。」邢疏《爾雅序》引《禮辨名記》：「德過千人曰英。」箋以「剛、柔、正直」申毛，亦必因《書》之「九德」「三俊」皆關卿大夫之事。若後儒以英爲裘飾，則《羔羊》傳云：「古者素絲以英裘。」是「英飾」之説原本毛公。而以之駁傳，豈非蠹生於木而自戕其木者乎？

遵大路

「摻執子之袪兮」，傳：「摻，擥。袪，袂也。」《毛詩寫官記》曰：「『摻』既爲『擥』，何又云『執』？摻，當爲『摻摻女手』之『摻』，以摻然之手而執子之袪也。若宋玉賦云『遵大路兮擥子袪』，則以『擥』爲『執』，原無『摻』情。」承珙案：何氏《古義》已有此説，謂《説文》無「摻」字，宜通作「攕」，云「好手貌」。不知此詩正義明云《説文》「摻」字參聲，訓爲斂也；「操」字喿聲，訓爲奉也，二者義皆小異。是孔所見《説文》本有「摻」字，訓「斂」，與《方言》同。《方言》：「摻，細也。斂物而細謂之揫，或曰摻。」毛訓「摻」爲「擥」者，《説文》：「擥，撮持也。」撮亦與斂義近。總之，「摻」「執」二字義本有别，不必改爲「好手」之「攕」。天下有執裾留人而自稱爲「好手」者乎？

王氏《稗疏》曰：「毛傳云：『袪，袂也。』案：玄端之制，士之袂二尺二寸，袪尺二寸。大夫以上袂三尺三寸，袪尺八寸。袂、袪殊裁，袂聯腰腋之際，而袪則袖口也。《唐風·羔裘》『豹袪』，蓋以豹皮飾裘之袖口。若以袪爲袂，則横施異飾于肘腋之間，甚不類矣。後世文人不審，而有『聯袂』『分袂』『把袂』之語，皆沿毛傳之誤。」承珙案：正義引《喪服》云：「袂屬幅，袪尺二寸。」則袂是袪之本，袪爲袂之末。《唐·羔裘》傳云：「『袪，袂末。』則袪袂不同。此云『袪，袂』者，以袪袂俱是衣袖，本末别耳，故舉類以曉人。」此釋傳義甚明。經傳或言「以袂拂几」，《儀禮·有司徹》。或言「反袂拭面」，《公羊傳》。皆指袖口而言，是袪未嘗不通稱袂。王氏不察，而以之譏傳，妄矣。王逸注《楚辭·哀時命》云：「袪，袖也。」此散文得通之證。

「無我惡兮，不寁故也」，傳：「寁，速也。」箋云：「子無惡我擥持子之袂，我乃以莊公不速於先君之道使我然。」承珙案：箋云「不速於先君之道」者，言不急急於先君之道，遂聽君子之去而不顧耳。以「先君之道」釋「故」字，非讀「故」爲「是故」之「故」。孔疏衍之，乃云「以莊公不速於先君之道故也」，殆誤會箋末「使我然」三字以爲釋經「故」字耳。殊不思下章箋云：「好猶善也，我乃以莊公不速於善道使我然。」是明以「先君之道」釋「故」字，以「善道」釋「好」字，「使我然」三字於經無當矣。宋儒不能通鄭箋之意，而欲變其說。如李《解》云：「言君子無惡我也，我之故惟願子之不速去也。」《吕記》引朱氏曰：「子無惡我而不留，故舊不可遽絶也。」揆之經文，皆於「寁故」二字倒置。嚴《緝》云：「莊公失道，君子惡之，遵循大路而去。其國人欲摯持其裾袖以留之，曰子無惡我而不留，不可倉卒於故舊也。言棄去之速也。不言其惡莊公，而以爲惡我，婉辭也。言故舊以先君之義風之，庶其或留也。」范氏《補傳》云：「詩人謂君子何忍舍我君遵大路而去。我欲摯其袪而留之，君子勿以我爲可惡，不敢速忘故舊之情也。我欲執其手而留之，君子勿以我爲可醜，不敢速忘昔日之好也。既欲摯其袪，又欲執其手，以見爲王留行之意甚堅。既陳故舊之情，復陳昔日之好，以見詩人述己之私情，期君子之必聽。非愛君憂國者，安得此言哉？」承珙案：《唐風・羔裘》「豈無他人，維子之故」，「豈無他人，維子之好」，與此詩「故也」「好也」正同。鄭彼箋云「我不去者，乃念子故舊之人」。又云「我不去而歸往他人者，乃念子而愛好之也」。以彼證此，固當以嚴《緝》、范《傳》之說爲長。

女曰雞鳴

《序》云：「《女曰雞鳴》，刺不説德也，陳古義以刺今不説德而好色也。」陳氏《稽古編》曰：「首二章士弋鳧雁，女則宜之，以爲燕賓之用，皆陳古説德事也。歐陽氏以『勤生』解之。夫勤生者，小民之細行耳。以此爲賢，將白圭、猗頓皆可升堂入室邪？況夫婦相燕樂而不及賓客，則與説德何關？夙寤晨興，衹自謀口腹之需，斯乃飲食之人，與留色者相去無幾，并不得謂之勤生，惡得謂之賢？始信古注之義長也。惟二、三章五『子』字，箋疏皆指賓客，與首章差，殊爲未當。今案：『子』字應是女目士之言：與子宜之，女爲士宜之也，與子偕老，承飲酒言，則所燕之賓與士相親愛，老而不衰也。若末章，則《集傳》當矣。」承珙案：陳説是也。女主中饋，惟酒食是議，豈徒以之自享？古之賢婦善相其夫，爲酒食以待賓友延譽者，史傳多載其事，此詩已先之矣。唐李華曰：「『將翺將翔，弋鳧與雁。』此主酒食待賓客之儀也。」義本傳箋，何等正大。歐陽《本義》泥於「偕老」二字，以爲賓客一時相接，豈有偕老之理。蓋見《鄘風・君子偕老》《氓》詩「及爾偕老」，皆夫婦之詞。然《擊鼓》之言「偕老」即爲卒伍約誓之語，安見賓客必不可言「偕老」？況以婦人而願其夫之賓友白首如新，尤足見其賢智。至「琴瑟在御，莫不静好」，傳云：「君子無故不徹琴瑟。賓主和樂，無不安好。」宋儒必以爲夫婦親愛之意者，亦泥於妻子好合如鼓瑟琴之類耳，獨不思《鹿鳴》又曰「我有嘉賓，鼓瑟鼓琴」邪？

「弋言加之，與子宜之」，傳：「宜，肴也。」箋云：「所弋之鳧雁，我以爲加豆之實，與君子共肴也。」《埤雅》云：「『加』與『玄鶴加』『加雙鶬』之意同。弱弓微矢，乘風振之曰弋。」承珙案：陸説是也。「弋言加之」專言「弋」，下「宜之」方言「肴」，自不應以「加之」即爲「加豆」。蘇氏《詩傳》亦引《史記》：「弱弓微繳，加諸鳧雁之上。」《吕記》、朱《傳》並從其説。此「弋之」承上「弋」字，則下「宜言」之「宜」亦當承上「宜」字。

傳於「宜之」訓「肴」，而下「宜」字無訓，則爲同義可知。箋云：「宜乎，我燕樂賓客而飲酒，與之俱至老。」正義謂與上「宜，肴」别。王氏《述聞》謂不當與上異訓。《爾雅》「宜，肴也」，李巡注云：「宜飲酒之肴。」正義引。是也。

「知子之來之，雜佩以贈之」，傳：「雜佩者，珩、璜、琚、瑀、衝牙之類。」《稽古編》曰：「『佩玉瓊琚』傳云：『佩有琚瑀，所以納間。』孔疏引《説文》、《列女傳》、《玉藻》注、《玉府》注，合諸説以推詳佩制，大約珩上横，兩璜下垂，衝牙在兩璜中央衝突前後，琚瑀則納於衆玉與珩之間。《玉藻》疏所言亦略相同，而不及琚瑀。皆未若賈公彦《玉府》疏言之詳也。《玉府》注引《詩》傳曰：『佩玉有葱衡，❶衡即珩也。《大戴禮・保傅》篇作「雙衡」，《漢書》顔師古注、魚豢《魏略》及《三禮圖》《韻會》皆從之。下有雙璜，衝牙、蠙珠以納其間。』疏云：『《詩》傳，謂《韓詩》。衡，横也，謂葱玉爲横梁。下以組懸于衡之兩頭，兩組之末皆有半璧曰璜，半璧曰璜，乃《逸禮記》文，見《大宗伯》注。故曰雙璜。又以一組懸于衡之中央，於末著衝牙，使前後觸璜，故曰衝牙。案，《毛詩》傳别有琚瑀，其琚瑀所置當於懸衡牙組之中央，又以二組穿琚瑀之内角，衺係衡之兩頭，組末係于璜。蠙，蚌也。蚌珠，故曰蠙珠。納其間者，組繩有五，皆穿於其間故也。』賈疏之言佩制較明於孔矣。朱子《集傳》、錢氏《詩詁》皆祖其説。但朱以琚瑀皆爲佩名，琚在旁組之中，瑀在中組之中。錢以琚爲佩名，瑀乃石之可爲琚者，非佩名也，又惟中組之中有琚瑀，旁組之中不别係玉。二説各異。源案：中組有琚瑀，爲拘捍兩衺組之用，不應

❶「玉」下，阮校本《周禮注疏・玉府》注有「上」字。

旁組亦置之。故賈疏言琚瑀所置，在衡牙組之中央，不言兩璜之組中有係玉。又毛傳云：『琚，佩玉名。』孔疏引《説文》云：『瑀，石次玉也。』據此，知《詩詁》之説良是。」承珙案：朱錢二説皆有所失。朱謂琚在旁組之中，既與賈疏不合，而謂大珠曰瑀，雖本盧辯《大戴禮》及聶氏《三禮圖》，然瑀中既貫中組，又貫衮繫於珩璜之兩組，以一珠而受三組，天下安得此徑寸之珠而佩之？錢氏以琚爲佩玉名，瑀即石之可爲琚者，則是以瑀石爲琚佩，於文當爲「瑀琚」，而傳兩云「琚瑀」。《説文》：「瑀，石之次玉者。」據正義引。今《説文》「次」作「似」。「琚，佩玉名也。」此亦據正義引。今《説文》作「瓊，琚也。」誤。段注謂「名」當作「石」，亦非，辨見《木瓜》。然則琚瑀二物，琚爲玉，瑀爲石，皆納於珩與衡牙之中，並非以瑀石爲琚佩。《大戴禮・保傅》篇：「玭珠以納其間，琚瑀以雜之。」《韓詩》傳言「蠙珠」不言「琚瑀」，毛傳言「琚瑀」不言「蠙珠」，《大戴》則「玭玭即蠙。珠」「琚瑀」並稱，是所佩有玉有石有珠，非一類，故曰「雜」。正義申傳云：「佩玉之名未盡于此，故言『之類』以包之。」王氏《稗疏》謂琚瑀即玭珠，而玭珠專名「雜佩」，亦非也。

顧氏《詩本音》曰：「《集韻》『來』字、『贈』字皆叶入聲。然『來』字或可讀入聲，『贈』字斷不可讀入聲，姑闕之。」段氏《詩小學》云：「戴先生曰當作『貽』。然古人『徵召』爲『宮徵』，『得來』爲『登來』，『仍孫』爲『耳孫』，《詩》訓爲承，皆之咍、職德韻與蒸登韻相通之理。此『來』『贈』爲韻，古合韻之一也，不當改爲『貽』。」孔氏《詩聲類》云：「之咍爲蒸登之陰聲，若『乃』之與『仍』，『疑』之與『凝』，『徵』訓『火音』則音『祉』。《上林賦》『葴持』，韋昭云『持音懲』。古書用『等』字，率爲多改反。『螣』字在登韻則爲『螣蛇』之『螣』，在德韻則爲『螟螣』之『螣』。『能』字四收於登韻、咍韻、等韻、代韻，《詩》則惟一與『又』協，一與『忌』協。《樂記》『人不耐無樂」，❶注以爲古書『能』字。『能』可以讀『耐』，『𦡰』可以讀『縢』，則『贈』亦可以讀『載』，又何足爲異？『曾』之言『則』也，『則』之言『載』也，此六書轉注之道也。」承珙案：改「贈」爲「貽」，始於雪山《總聞》，蓋疑二字形近致誤。然「貽」字雖見於漢碑，經典祇作「詒」，「贈」之與「詒」形不相近。段氏、孔氏以「來」「贈」韻本可通，所辨極確。今更考得《説文》「倗」讀若「陪」，「崩」讀若「陪」，「德」訓爲「升」。《漢書·周緤傳》注「憑、陪聲相近」，亦皆之咍、職德與蒸登相通之證也。

有女同車

《序》云：「《有女同車》，刺忽也。鄭人刺忽之不昏于齊。大子忽嘗有功于齊，齊侯請妻之。齊女賢，而不取，卒以無大國之助，至於見逐，故國人刺之。」正義云：「《鄭志》：『張逸問曰：「此《序》云齊女賢，經云德音不忘。文姜内淫，適人殺夫，故齊有《雄狐》之刺，魯有《敝笱》之賦，何德音之有乎？」答曰：「當時佳耳，後乃有過，或者早嫁不至於此。作者據時而言，故《序》達經意。」』如鄭此答，則以爲此詩刺忽不娶文姜。張逸以文姜爲問，鄭隨時答之。此箋不言文姜，《鄭志》未爲定解也。若然，前欲以文姜妻之，後復欲以他女妻之，他女必幼於文姜，而經謂之『孟姜』者？詩人以忽不娶，言其身有賢行，大國長女，刺忽應娶不娶。何必實賢實長？」承珙案：《春秋》桓三年「夫人姜氏至自齊」，即文姜也。六年，「北戎伐齊，鄭大子忽帥師救

❶「耐」，原作「能」，據阮校本《禮記正義》改。

齊」。是時文姜歸魯已久，則所謂齊侯又請妻之者，其非文姜明甚。至稱「孟姜」者，古者男女異長，嫡長稱伯，宋伯姬是也。庶長稱孟，齊孟姜是也。或文姜是嫡出，孟姜是庶出耳。

陳氏《稽古編》曰：「鄭詩二十一篇，其六篇皆爲忽而作。計忽兩爲君，其始以桓十一年五月立，是年九月奔衛，其繼以桓十五年六月歸，至十七年遇弑。前後在位不及三載，事至微矣，而國人閔之，刺之惓惓無已者，豈非以其世子，當立而不克令終，故獨加憐惜歟？案：忽六詩，孔氏以《有女同車》《褰裳》二篇爲作於前立時，以《山有扶蘇》《蘀兮》《狡童》《揚之水》四篇爲作於後立時，今合之鄭事，殆不謬也。忽之立而出奔也，因宋人之執祭仲也，釁起於外也。使結齊昏，有大援，或當時有賢方伯起而正之，則鄭突不能恃宋以竊國矣。故《有女》之刺辭昏，《褰裳》之思見正，皆汲汲於外援也。忽之歸而復見弑也，因惡高渠彌而不能去也，禍生於内也。使忽能用賢去奸，斷制威福，權臣不得擅命，與忠臣良士共圖國政，則臣下之逆節無自萌矣。故《山有扶蘇》諸篇刺其遠君子近小人，主弱臣專，孤立無輔之事，所憂在内也。然則前立二詩，其作於忽之既奔，後立四詩，其作於忽之未弑乎？既奔，故多惋惜之情；未弑，故多憂危之語。詩人忠愛之思，蓋千載如見矣。」承珙案：《吕記》引廣漢張氏曰：「忽之不昏於齊，未爲失也。而詩人追恨其失大國之助者，蓋見忽之弱爲甚，追念其資於大國，或有以自立，此國人之情也。蓋忽者，先君之世子，其立也正。故其始也，國人見其逐而憐其無助；至於其復入也，不能懲創而用賢，於是至有目之爲『狡童』者，而猶憂之而不能餐、不能息也，又閔其無忠臣良士而至此極也。夫忽蓋不足道，而人之情猶不欲遽絶之者，以其立之正故耳。」陳氏之説蓋本於此，而推闡情事尤爲曲暢。

趙氏文哲有《娵雅堂別集》。曰：「朱子以忽之辭昏未爲不正，其失國以勢孤援弱，亦未有可刺之罪，故力斥《序》爲失是非之正、害禮義之公，而疑此詩亦淫奔之作。閒嘗考之，忽之辭昏有二。始以非耦爲辭，繼以師昏爲辭，其守義不可謂不正。特是鄭莊之時，内多嬖寵，外有權臣，群公子交構其間，禍亂之萌已非一朝夕之故。忽以守小節而亡大援，以致失國，國人目擊心傷，形諸嗟歎，亦未失忠厚之遺也。且忽之辭昏，祭仲不言之乎？『君多内寵，子無大援，將不立。』忽不能聽。君子譏其善自爲謀，而謀不及國。是當時，鄭之廷臣及後之據經作傳、親承孔子之教如左氏者，皆以其辭昏爲失，豈作詩者與序詩者一人之私言乎？至以爲淫奔之詩者，朱子特以《鄭風》而臆之耳。今就經文詮之，同車者，親迎授綏之禮也；同行者，御輪三周之候也。曰『佩玉』，是有矩步之節。曰『孟姜』，則本齊族之貴。彼《溱洧》之相謔，《桑中》之相要，有如是之威儀盛飾昭彰耳目者乎？」《虞東學詩》曰：「《左傳》昭十六年。六卿餞韓宣子，子旗賦《有女同車》，子柳賦《蘀兮》，皆有求助大國，相與唱和之義。若果淫詩，豈有鄭人賦鄭詩而自彰其醜者？如曰賦詩斷章，則牀笫之言不踰閾，伯有之賦《鶉奔》何以見斥於趙孟邪。」承珙案：宣子謂六卿賦詩皆昵燕好，則所賦諸詩自子産《羔裘》外，其餘如《野有蔓草》《褰裳》《風雨》必皆非淫詩，固無疑義。至諸家以忽之辭昏無可刺者，殊不知詩人之意，以忽雖言自求多福，而卒之不能自保，國亂身亡，尚不如許昏於齊，猶或可藉大國之助以圖存也。凡詩人言外之意，不必詩中所有。而以《序》合之，則微婉之旨畢見，此《序》之所以不可廢也。

「有女同車，顔如舜華」，傳：「親迎同車也。舜，木槿也。」箋云：「鄭人刺忽不娶齊女。親迎與之同車，故稱同車之禮，齊女之美。」正義謂忽實不同車，假言同車以刺之。嚴《緝》以「有女」即「孟姜」，其文重複，

「彼」乃別指之辭。「有女同車」指忽所娶者,「彼美孟姜」指忽所不娶者。承珙案:以「有女」爲娶他國之女,其説出自歐陽《本義》。《田間詩學》因之,謂即忽所娶之陳嬀。考《春秋》鄭公子忽如陳逆婦嬀,乃以王命結昏,在隱八年,何得因後日辭昏追咎於前娶之不當? 殊爲無理。嚴《緝》又謂所娶之他女如木槿之華,朝生暮落,雖翱翔佩玉,徒有威儀服飾之美,而不足恃。説本《埤雅》,亦多穿鑿。其實此詩祇因辭昏失援,故設言親迎之時,有女同車,其容色佩服之美若此,彼何人哉,則孟姜也。通篇皆形容歎羡之詞,而不娶之失自在言外。上言「有女」者,虛想其人,下言「孟姜」,實指其姓,不得謂之文複也。

「將翺將翔,佩玉瓊琚」,傳:「佩有琚瑀,所以納間。」《校勘記》云:「《女曰雞鳴》正義引此傳『瑀』作『玖』。此據宋本。今本皆作「瑀」。考《女曰雞鳴》傳云『雜佩,珩、璜、琚、瑀、衝牙之類』。正義説之,於字皆引《説文》,而證其爲佩,則『衝牙』及『珩』引《玉藻》,『璜』引《列女傳》,『琚』引此經,惟『瑀』獨無所證,故先引《説文》瑀、玖,石次玉,後引《邱中有麻》云『貽我佩玖』,而云『然則琚、玖與瑀皆是石次玉,玖是佩,則瑀亦佩也』。若此傳作『瑀』,則傳自有明證,不當舍之而借『玖』爲譬況矣。作『玖』者是也。」承珙案:上篇傳言「琚瑀」,此篇傳言「琚玖」,古人注經,原有互見相足之例。《校勘》説是。又李華書云:「《詩》曰『將翺將翔,佩玉瓊琚』。此奉舅姑助祭祀之儀也。」亦可見此詩是極言昏禮之美。唐人説《詩》,其恪守傳箋,不敢横生異義如此。

「德音不忘」,箋云:「不忘者,後世傳道其德也。」《校勘記》云:「近本誤作『傳其道德』,又脱『也』字。小字本作『傳道其德也』爲是。《釋文》以『傳道』作音,可證。」《呂記》引長樂劉氏曰:「德音,謂齊侯請妻之音。鄭人懷之不能忘也。」此蓋疑於所指者爲文姜。不足當德音之美。不知孟姜本非文姜，安知其必無賢德？嚴《緝》云：「言齊女有賢譽，至今使人不能忘，恨不娶之也。《車舝》『德音來括』言其有賢譽，此言『德音不忘』即所謂賢而不娶也。」

山有扶蘇

《序》云：「《山有扶蘇》，刺忽也。所美非美然。」朱氏霈著《經學質疑》。云：「朱子初説『所美非美』謂賢者佞，智者愚也。呂東萊取其説，著之《讀詩記》。朱子亦曾與之，後改此詩爲『淫女戲其所私者』。白雲許氏申之曰：『此是淫女見絶於男子，而復私於人，乃思絶者之美好，而厭所私之狂狡也。』夫鄭國之女縱有淫行，何至明斥新好之『狡』，顯推舊交之『都』，作爲歌詩肆情無忌。以聖人之經而録此惡詩，幾何不慮後人之唾棄乎？此必不可從之説也。」

「山有扶蘇」，傳：「扶蘇，扶胥，小木也。」段氏《詩小學》云：「此從《釋文》無『小』字爲長。正義作『小木』，乃淺人用鄭説增字，非也。」《説文》：「枎，枎疏四布也。」段注：「枎之言扶也，古書多作『扶疏』，同音假借也。《上林賦》『垂條扶疏』，《劉向傳》『梓樹上枝葉，❶扶疏上出屋』，《楊雄傳》『枝葉扶疏』，《呂覽》『樹肥無使扶疏』，是則扶疏謂大木枝柯四布。『疏』通作『胥』，亦作『蘇』。《鄭風・山有扶蘇》，毛意山有大木，隰則

❶「樹上」，《漢書》作「柱生」。

僅有荷華，是爲高下大小各得其宜。後人以鄭箋棍合而改之。」承珙案：《佩觿》引「山有枎蘇」，與「扶持」別，是經字本亦作「枎」。《埤雅》引毛傳「扶蘇，扶胥，木也」。是所見本尚無「小」字。惟傳既以扶胥爲木，似非僅「枝柯四布」之謂。《吕覽·求人》篇「東至榑木之地」，注云：「榑木，大木也。」「榑」亦作「扶」。《淮南·墬形訓》：「扶木在陽州。」此「扶木」即榑桑，榑桑猶言大桑。《管子·地員》篇：「五沃之土，宜彼群木，桐柞枎櫄，及彼白梓。」據此，則「枎」自爲木名。蓋緩言之曰「扶蘇」，急言之曰「扶」，扶蘇即枎木耳。

毛傳以「山有扶蘇，隰有荷華」言「高下大小，各得其宜」。箋云：「扶胥之木生于山，喻忽置不正之人于上位也。荷華生于隰，喻忽置有美德者于下位。此言其用臣顛倒，失其所也。」承珙案：傳意高、下謂山、隰，大謂扶蘇、松，小謂荷、龍，正言以刺忽。二章一例，皆謂各得其宜。箋互易其小大，義近牽强，以荷華喻美德，不宜置于下位，豈欲樹荷于山上乎？且首章既以扶蘇喻不美，荷華喻美，下章又以喬松喻美，❶而游龍喻不美，使山隰倒置，比物錯互，非也。

「不見子都」，傳：「子都，世之美好者也。」嚴《緝》云：「世稱美好之人爲『子都』。《孟子》所稱『子都』，以貌之美；此詩所稱『子都』，以德之美。猶『美人』之名，或稱美貌，或稱美德也。《詩》『彼姝者子』兩出，一爲賢者，一爲女子也。若以此『子都』爲美貌，則與『狂且』意義不貫。」承珙案：子都、子充，皆假言賢者，不必實有其人。《易林·蠱之比》云：「視闇不明，雲蔽日光，不見子都，鄭人心傷。」蓋不見者，謂有所蔽則雖美

❶「喬」，原作「橋」，據《續經解》本、廣雅本改。

而不見。下乃見「狂且」，則所美非美耳。後儒因《左傳》公孫閼字子都，遂附會爲此詩之「子都」。而「子充」無所考，豐坊乃造爲瑕叔盈字子充之説，并以宣十二年《左傳》之宋大夫名狂狡者爲「狂且」「狡童」。類皆無稽之言，不足與辨。

《稽古編》曰：「首章『子都』『狂且』，鄭以美惡妍媸爲君子、小人之喻，次章『子充』訓『忠良』，『狡童』訓『有貌無實』，則正言之。兩章一喻一正，文義差殊，未爲盡善。」承珙案：《序》下正義云「箋傳皆是所美非美人之事，定本云『所美非美然』，與俗本不同」。據此，是一本有作「美人」者。「子都」即美人，但如「西方美人」之謂，而非以爲美色耳。

「隰有游龍」，傳：「龍，紅草也。」正義引《釋草》云：「『紅，蘢古。其大者蘬。』舍人曰：『紅名蘢古，其大者名蘬。』陸璣《疏》云：『一名馬蓼，葉大而赤白色，生水澤中，高丈餘。』」承珙案：《廣雅》云：「鴻、龍蘱，馬蓼也。」「鴻」即「紅」。「龍蘱」即「龍古」，語之轉。《本草經》云：「葒草，一名鴻蘱，如馬蓼而大，生水旁。」語與《廣雅》微異。大抵龍爲蓼之大者，即今之水紅。《圖經》云：「葒草即水紅，下溼地皆有之。」引《詩》「隰有游龍」。是也。《爾雅翼》云：「龍與荷華是隰草之偉者，然所配扶蘇、喬松不同。《管子》言五沃之土，桐柞扶櫄，秀生莖起，五臭疇生，蓮與蘼蕪，藁本白芷。然則首章言扶蘇荷華，應此『五沃之土』也。其『五位』曰：『其山之淺，有龍與斥。』注云：「龍、斥皆古草名。」群木安遂，條長數丈，其桑其松，其杞其茸。』次章言『喬松游龍』應此『五位之土』也。《淮南》言水草之始，海閭生屈龍，屈龍生容華，容華生蔈，蔈生萍藻，萍藻生浮草。凡浮生不根茇者，生於萍藻。屈龍豈亦此龍草邪？」姚氏《識名解》云：「《淮南》逆溯浮草所自，必是從其始生微者言之，豈有紅龍之大而生萍蕈細物者邪？羅端良以『屈龍』爲『游龍』，未可據也。」承珙案：《淮南·墬形訓》歷言人物所生，皆取其類之相近者言之，蓋謂同類者相聚以生耳，非必以彼物生此物也。況高誘注云：「屈龍，游龍，鴻也。《詩》云『隰有游龍』。」言「屈」字之誤。然則其説不始於羅氏矣。

「乃見狡童」，傳：「狡童，昭公也。」《稽古編》曰：「『子都』『子充』指君子，『狂且』『狡童』指小人，鄭説是也。毛以『狂』『狡』目昭公，失之矣。」惠氏定宇曰：「《狡童》序以爲刺忽，毛説不爲無據。」承珙案：「狡」爲「狡好」之「狡」，鄭箋亦但云「有貌無實」，則即以目昭公，原不爲過于指斥。「彼狡童兮」，自指昭公而言。但此詩首章「狂且」，傳祇訓爲「狂人」，未嘗明指昭公，兩章文義並同，不應異訓，故正義并以「狂且」指昭。惟《序》云「所美非美」，則「子都」「子充」爲美，而「狂且」「狡童」爲不美，正與經文脗合，箋義實勝於傳，不必曲爲解説。汪氏《毛詩異義》曰：「孫毓謂傳以『狡童』爲昭公，於義雖通，不若箋指小人爲長。其言是矣。然以傳義求之，疑傳文有誤也。傳以章首二句爲反興，則下二句義當接成。傳釋『子都』爲美好，『子充』爲良人，正指君子，則『狂且』『狡童』當指小人，用舍失當，反正對言，合《序》『所美非美』之義，無由以『狂且』『狡童』目昭公也。傳如以目昭公，亦必於釋『狂且』下著之，不應於下章始言。又上章解『狂且』之義，而『狡童』之義於《狡童》篇釋之，似此傳『狡童，昭公也』係彼傳上文，後脱誤移於此耳。彼《序》刺忽不與賢人圖事，爲賢人指昭公之言，故曰：『狡童，昭公也。』昭公有壯狡之志，傳以『狡童』之義在後總釋，此因略而不言。不然於此言其人，於彼言其義，傳文何雜碎乃爾！彼此參校，知不如是也。」承珙案：此説雖無明據，然細釋文義，固是通論。

蘀兮

「蘀兮蘀兮，風其吹女」，傳：「蘀，槁也。人臣待君倡而後和。」李氏《集解》云：「君倡臣和，理之常也。今也君弱臣强，專命自恣，不稟於君，不待君命而動，詩人所以刺之也。」蘇氏《詩傳》則謂此憂懼之詞，而非倡和之意。《吕記》、嚴《緝》皆本之，以風之吹蘀喻國將危亡，以「倡予和女」爲大臣相約倡和以謀國難。或且因《褰裳》序云「思大國之見正」，并謂倡者望晉之倡義納忽，以此詩「叔兮伯兮」與《旄邱》同。承珙案：風喻號令，本屬古義。君出令，臣行令，又係常經，仍當以傳箋爲是。若謂思大國之倡，則「倡」字當略斷，「予和女」之「女」是指大國而言，而「風其吹女」之「女」不得指大國，又當自喻其國，是兩「女」字異義，非也。

《稽古編》曰：「『叔兮伯兮，倡予和女』，傳以爲君責臣之詞，言倡者當是『予』，和者當是『女』也。箋以爲群臣相謂之詞，言女倡矣，則我將和之也。如箋意，則『倡』字當略斷，『予和女』三字連讀。然傳義勝矣，鄭之君臣不相倡和，應舉倡和之常理以正之也。康成之意，徒以叔伯爲兄弟之稱，當是群臣自相謂耳。案：《左傳》魯隱公謂公子彄爲叔父，鄭厲公謂原繁爲伯父，晉景公謂荀林父爲伯氏，安在叔伯之稱君不可施於臣乎？」承珙案：經以風吹蘀隕興君倡臣和，必如傳義，下二句乃與上興意一貫。箋以倡和屬群臣，則與興意乖隔。且既云伯叔群臣相謂而倡和，又爲群臣自以强弱相服，將倡者叔而和者伯乎，抑倡者伯而和者叔乎，於文義殊不明晰。

顧氏《唐韻正》云：「吹，古音昌戈反。」引《老子》「故物或行或隨，或呴或吹，或强或羸，或載或隳」，「隨，古音旬禾反。羸，古音鸁。隳，即『墮』之俗字。皆在歌韻」。承珙案：《説文》「吹，嘘也。从口欠」，是會意字。以《詩》音讀之，自當如「瑳」，以協「和」。王氏《總聞》讀「和」户圭切，引《老子》高下之相傾，長短之相形，聲音之相和，前後之相隨爲證。是徒見今韻「隨」入支韻，而不知「隨」本从𡐦省聲也。

狡童

《序》云：「《狡童》，刺忽也。不能與賢臣圖事，權臣擅命也。」朱氏《通義》曰：「程子謂《春秋》止書『鄭忽』，不以忽爲君也。不以忽爲君，故詩人目爲『狡童』。此説殊非。夫《春秋》書『鄭世子忽』，則國固忽之國也。立不一時而爲突所逐，歸國二年旋爲高渠彌所弒，中間不書『鄭伯』，非故略之也。生不同盟，死不赴告，孰從而書之？《春秋》此類多矣。杜預譏忽守介節而失大援，父没而不能自君，鄭人亦不君之，此蓋爲篡國者左袒也。伊川奈何亦踵其失乎？朱子之辨正矣，但解此詩爲淫女所作，則其失殆有甚焉。以愚臆之，此詩乃昭公見弒後，國人哀之，而假狡童以爲刺也。『狂且』『狡童』，蓋當時有此方言，動相指斥，不必未成人者始可加之也。《史記》：『箕子過殷墟，作《麥秀之歌》《尚書大傳》以爲微子作。曰：「彼狡童兮，不與我好兮。」』『狡童』可目紂，則此不嫌於擬忽矣。朱子又云忽無大罪，國人不應數刺之。然昭公之復國也，祭仲擅權而不能制，高渠彌發難而不能察，突居鄭別都而不能討，外無强援，内無良輔，以至於亡，則固多可刺之道矣。聖人録此等詩，以示戒萬世，豈私一鄭忽乎哉？」承珙案：桓十七年《左傳》：「初，鄭伯將以高渠彌爲卿，昭公惡之，固諫，不聽。昭公立，懼其殺己也，辛卯弒昭公而立公子亹。君子謂昭公知所惡矣。」孔疏云：「韓子以爲言君子知所惡者，非多其知之明，而嫌其心不斷也。曰知之若是其明也，而不知早誅焉，以及於死，故言『知所惡』，以見其無權也。」此與桓六年《傳》「君子謂忽善自爲謀」者，皆不足於忽之詞。蓋忽之爲人，殆見賢而不能舉，見不善而不能退者，故《山有扶蘇》《蘀兮》《狡童》及《揚之水》皆致慨於其不能任忠良、去權奸，以致身弑國危而不悟也。

錢氏竹汀曰：「古本『狡』當爲『佼』。《山有扶蘇》箋云：『狡童有貌而無實。』孫毓申之，以爲『佼好』之『佼』，非如後世解爲『狡獪』也。《狡童》傳云：『昭公有壯狡之志。』疏亦云：『佼好之幼童。』則『佼童』只是少年通稱，非甚不美之名。衛武公刺厲王，云：『於乎小子！』古人質樸，不以爲嫌。」段氏《詩經小學》云：「『壯狡』與《月令》之『壯佼』皆當作『姣』。姣，好也。有壯狡之志，正義以『童心』釋之，是也。」承珙案：「狡」「佼」「姣」三字古通。《月令》「養壯佼」，《呂氏春秋》作「壯狡」。《詩·碩人》箋「長麗佼好」，《還》箋、《猗嗟》箋「昌，佼好貌」，《月出》「佼人僚兮」，《釋文》並云：「佼，本作狡。」《荀子·非相篇》：「古者桀紂長巨姣美，天下之傑也。」據此，則箕子以狡童目紂者，亦止爲形貌佼好之稱明甚。且此傳云「壯狡之志」，則又非徒形貌。高注《呂覽》云：「壯狡，多力之士。」是「壯狡」與「雄武」意略同。昭公志在自奮，而所與圖者非其人，故惟有壯狡之志而闇于事機，終將及禍，愈使人思其故而憂之，至不能食息焉。然則謂毛以狡童目昭公爲悖理者，皆不達古人文義者也。

褰裳

《序》云：「《褰裳》，思見正也。狂童恣行，國人思大國之正己也。」昭十六年《左傳》：「鄭六卿餞韓宣子。子大叔賦《褰裳》。宣子曰：『起在此，敢勤子至于他人乎？』子大叔拜。宣子曰：『善哉，子之言是。不有是事，其能終乎？』」朱子以爲《詩序》之失本於《左傳》，而未察其斷章取義之意。不知斷章取義者，如詩本爲鄭忽而作，而歌詩者爲晉賦之，即是斷章取義矣。若謂以本國淫詩而公然歌於聘卿祖餞之際，必無是理。且如所言，則「狂童之狂」乃斷章以譏韓宣，天下有如是之唐突者乎？《吕覽・求人》篇曰：「晉人欲攻鄭，令叔向聘焉，視其有人與無人。子産爲之《詩》曰：『子惠思我，褰裳涉洧。子不我思，豈無他士。』叔向歸，曰：『鄭有人，子産在焉，不可攻也。秦荆近，其詩有異心，不可攻也。』晉人乃輟攻鄭。」此尤義炳事白，無庸別生歧説。「爲之《詩》」即謂「誦其《詩》」耳。

「狂童之狂也且」，傳：「狂行，童昏所化也。」承珙案：狂童，箋疏皆以指突。蘇氏《詩傳》謂狂童爲忽，固非。或又以爲指祭仲、高渠彌者，亦未是。祭仲等固屬亂臣，而突賂宋奪嫡，實爲戎首。《春秋》桓十一年書「突歸于鄭」，《穀梁》曰：「曰突，賤之也。」桓十五年「鄭伯突出奔蔡」，《公羊》曰：「突何以名？奪正也。」「鄭世子忽復歸于鄭」，《公羊》曰：「其稱『世子』何？復正也。」夫突爲「奪正」，忽爲「復正」，與《序》云「思見正」者合。然則所謂「狂童」，非指突而何？《玉篇》云：「僮，幼迷荒者。《詩》云：『狂僮之狂也且。』傳曰：『狂行，僮昏所化也。』」字皆作「僮」，今《毛詩》作「童」者，乃借字耳。

「褰裳涉溱」，《釋文》云：「褰，起連反，本或作『騫』。《説文》云：『褰，袴也。』」承珙案：《説文・衣部》「褰」下引《春秋傳》「徵褰與襦」，是「袴」爲本義。《毛詩》借爲摳衣之字。段注《説文》於「褰」下云：「古騫衣字作『騫』，騫，虧也。」蓋因《釋文》或作，故云然耳。又《手部》：「攐，摳衣也。从手，褰聲。」段云：「《詩》言『褰裳』，當作此篆。『褰』訓『袴』，非其義也。亦有作『騫』者，謂虧其下體之衣，較作『褰』者爲長。」今案：作「褰」者，固屬借字。即如《左傳》襄二十六年。注「拂衣，騫裳也」作「騫」，亦以聲同，故借以手摳衣，不必有虧損之義也。《白虎通》云：「《易》曰『黄帝、堯、舜垂衣裳而天下治』。何以知上爲衣、下爲裳？以其先言衣也。《詩》曰『褰裳涉溱』，所以合爲下也。《弟子職》言『摳衣而降也』，名爲『衣』何？上兼下也。」此謂「褰裳」與「摳衣」同義，則「褰」當爲「攐」可知。嚴《緝》引《釋文》云：「褰，摳也。摳，挈也。摳，恪侯反。」此正用《説文》「攐」字之訓。今《釋文》無此語，蓋有脱誤。宋本《釋文》「本或作騫」下有「非」字，是陸亦不以爲當作「騫」也。

傳：「溱，水名也。」段氏《詩經小學》云：「《説文》：『潧水，出鄭國。从水，曾聲。』《詩》曰：『潧與洧。』『溱水，出桂陽臨武，入洭。从水，秦聲。』《廣韻》：『潧水南入洧，《詩》作「溱洧」，誤也。』按，秦聲在今真臻韻，曾聲在今蒸登韻。此詩一章『溱』與『人』韻，二章『洧』與『士』韻，出鄭國之水本作『溱』，《外傳》《孟子》皆作『溱』。《説文》及《水經》作『潧』，誤也。」又注《説文》「溱」字云：「《地理志》鄭水作『溱』，粤水作『秦』。又《方輿紀要》引《舊志》云『溱』與『尋』同音，故《水經》『觀峽』亦名『秦峽』也。據此可證『溱水』讀如秦國，《前志》『秦』爲古字。」其注「潧」字云：「按曾聲在十六部，❶而經傳皆作『溱』。秦聲側詵切，則十二部。《鄭風》『溱』與『人』韻，學者疑之。玉裁謂《説文》《水經》皆云潧水在鄭，溱水在桂陽，蓋二字古分别如是，後來因《鄭風》異部合韻，遂形聲俱變之耳。《説文》引《詩》，爲『潧』字之證，知今經傳皆非古本。《廣韻》曰《詩》作『溱洧』，誤。」承珙案：段氏注《説文》，與《詩小學》異，「潧」下注又與「溱」下注異，不知何以舛錯如是。全氏謝山曰：

❶「在十」，上海古籍出版社影印經韵樓本《説文解字注》作「則在」。

「按溱水，《説文》以出桂陽臨武者當之，而《水經注・汝水》篇亦有出平輿之溱水。」若其出鄭縣者，《説文》以爲潧水，其音如「溱」，其字不作「溱」也。不知何時盡《毛詩》《國語》《孟子》《史》《漢》諸書之「潧」胥改爲「溱」。猶幸《水經》存其舊，稍留《説文》之學。承珙又案：「溱」「潧」雖異部，殆以音近而通。《小雅》「室家溱溱」，與《閟宮》「烝徒增增」皆爲衆盛之義。《爾雅》：「烝，塵也。」《豳風》傳：「烝，寘也。」箋云：「古聲寘、填、塵同。」此真臻與蒸登二部中字自有可通轉者，故「潧」與「人」亦韻。經傳作「溱」，《説文》《水經》作「潧」，蓋皆不誤也。錢氏《養新録》曰：「『溱洧』之『溱』，本當作『潧』，今《毛詩》作『溱』者，讀『潧』如『溱』，以諧韻耳。『溱』即『潧』之轉音，不可謂《詩》失韻，亦不可據《詩》以疑《説文》也。」又《説文》「蔆」，司馬相如从「遴」。

「豈無他人」，箋云：「言他人者，先鄉齊、晉、宋、衞，後之荆楚。」正義云：「齊、晉、宋、衞，宋本「衞」作「是」，蓋「宋衞」乃「本是」二字之誤。諸夏大國，與鄭境接連，楚則遠在荆州，是南夷大國。故箋舉以爲言，見子與他人之異耳。其實大國非獨齊晉，他人非獨荆楚也。定本云『先鄉齊、晉、宋、衞，後之荆楚』，義亦通。」《校勘記》云：「據此，是正義本箋無『宋衞』二字。今正義作『齊、晉、宋、衞，諸夏大國』者，誤。下文又云『而告齊、晉、宋、衞』者，此承定本之下，因引《春秋經》有宋公、衞侯，遂并説『義亦通耳』，與上文不同。」承珙案：正義又云：「《春秋》突以十五年入于鄭之櫟邑。其年冬，經書『公會宋公、衞侯、陳侯于袲，伐鄭』。十六年四月，『公會宋公、衞侯、陳侯、蔡侯伐鄭』。《左傳》稱：『謀納厲公也。』則是諸侯皆助突矣。由宋、衞、蔡、魯助突爲篡，故思大國正己耳。」考袲之會，《公羊》多「齊侯」二字，《左傳》《穀梁》無之，是齊不在助突之列。箋當止言齊晉，必不兼及宋衞，定本有「宋衞」者非是。嚴《緝》云：「舊説謂爾不我思，則當有他國思我者。如此則自爲悠緩之詞，非告急之意。當云子不我思，則豈無他國思我者乎，何爲皆不來也。望大國之正己，其情甚切，不主一國也。」蘇氏《詩傳》則云：「『子不我思，豈無他人』，我恐他人之先子也。是則激之之意。」二説似皆可通。

「豈無他士」，傳：「士，事也。」段氏懋堂曰：「經當本作『他事』，傳當作『事，士也』。謂事即士之假借字，轉寫以注改經，又以經改注。經果是『士』字，何須傳乎？前文『士曰昧旦』，何以不傳也？『吉士誘之』『無與士耽』皆不傳。」承珙案：傳訓「士」爲「事」者，正謂與泛言「士」者不同，猶云子不我思，豈無能任其事者乎。蓋「士」本訓「事」，其稱人爲士者，亦以其能任事，故名之耳。《北山》「偕偕士子」，傳云：「士子，有王事者也。」皆因文立訓，使與本義相比附。故此傳訓「士」爲「事」，與《祈父》「予，王之爪士」傳同，段氏於彼亦云：「經當作『爪事』。」與《東山》「勿士行枚」、《敬之》「陟降厥士」、《桓》「保有厥士」直訓「士」爲「事」者義異。故箋申之云：「他士，猶他人也。」

丰

《序》云：「《丰》，刺亂也。昏姻之道缺，陽倡而陰不和，男行而女不隨。」戴氏東原曰：「此《坊記》所謂親迎『婦猶有不至者』也。蓋言俗之衰薄，婚姻而卒有變志，非男女之情，而其父母之惑也，故託爲女子自怨之詞以刺之。悔不送，以明己之不得自主，而意終欲隨之。後二章望其復迎己以行昏禮，以名通在女子不必知其夫之字也。『叔兮伯兮』，便文連稱，不知其字之辭，非不知其人也。或曰，女子始有所爲留者，非歟？

曰：非也。凡後世婚姻變志，皆出於父母，不出於女子。詩言迎者之美，固所願嫁也，必無自主不嫁者也。此託爲女子之詞，正以見惑由父母爾。使父母知男女之情如此，惑亦可以解矣。」承珙案：此説極爲圓通。《記》云：「婚姻之禮廢，則夫婦之道苦，而淫辟之辠多。」然《序》但云刺亂，未必定爲淫亂。或者國亂民貧，父母變志，男親迎而女不行者有之。若以爲淫奔之詩，天下豈有淫奔而備衣裳、駕車馬以行者乎？且既稱叔又稱伯，一女子而欲從二人，是人盡夫也，廉恥道盡，尚足以污簡册哉？

「悔予不送兮」，傳：「時有違而不至者。」或謂昏禮，女隨男行，無所謂送，故當與《桑中》言送者相似。承珙案：送，猶致也。《荀子·富國篇》云：「男女之合，夫婦之分，婚姻娉内，送逆無禮。」注：「内，讀曰納，納幣也。送，致女。逆，親迎也。」《春秋》言「致女」者，即以女授壻之謂。此女悔其不行，故託言於其家之不致，非自謂其不送男子也。傳以「違而不至」釋之，蓋即以「送」爲致女之意。《坊記》：「子云：昏禮，壻親迎，見于舅姑。舅姑承子以授壻，恐事之違也。以此坊民，婦猶有不至者。」毛傳即用此語。鄭彼注以「違」爲「夙夜無違命」「毋違宫事」之「違」，以「不至」爲「不親夫以孝舅姑」，解殊迂曲。《陳風·東門之楊序》云：「刺時也。昏姻失時，男女多違。親迎，女猶有不至者也。」其「昏以爲期，明星煌煌」傳云：「期而不至也。」正與《丰》詩相類。《匡謬正俗》謂康成《詩》箋爲得其義，何爲注《禮》乃更妄生異説，不知鄭先注《禮》後箋《詩》，固當以《詩》箋爲定論。但於《鄭風》云「時不送則爲異人之色」，於《陳風》亦云「女留他色，不肯時行」，其實違而不至，變故或非一端，未必盡由未嫁之女先從奔誘而然耳。

「俟我乎堂兮」，正義曰：「此傳不解『堂』之義。王肅云：『升于堂以俟。』孫毓云：『禮，門側之堂謂之墊。謂出俟於墊前。』按：此篇所陳，庶人之事。人君之禮尊，故於門設墊，庶人不必有墊，不得待之於門堂也。《著》云『俟我於堂』，文與『著』『庭』爲類，是待之堂室，非門之堂也。士禮，受女於廟堂。庶人雖無廟，亦當受女於寢堂。故以王爲毛説。箋以《著》篇言『堂』，文在『著』『庭』之下，可得爲廟之堂。此篇上言『於巷』，此言『於堂』，『巷』之與『堂』相去懸遠，非爲文次，故轉『堂』爲『棖』。上言待於門外，此言待之於門，事之次，故易爲『棖』也。」承珙案：棖爲門闑上豎木，非可待人之處。且上既待於門外，此又待於門，仍是自外而内，亦非事之次。雖申棖、《論語》。申堂《史記》。二字古通，然此詩本不煩改字。若王肅以爲堂室之堂，則不應先言「巷」而後言「堂」。惟孫毓謂門側之堂者爲是。庶人雖未必有墊，然里門自有墊名。《學記》「古之教者家有墊」，正義曰：「《周禮》，二十五家爲閭，同共一巷，巷首有門，門邊有墊，故云家有墊。」《爾雅・釋宫》：「閍門謂之閎，門側之堂謂之墊。」二句連文，「門側」即閍門之側，「墊」即「家有墊」之「墊」。郭注以「閎」爲「閍頭門」，以「墊」爲「夾門堂」，不誤。《尚書大傳》：「上老平明坐於右墊，庶老坐於左墊。」《漢書・食貨志》亦云：「春秋出民，里胥平旦坐於右墊，鄰長坐於左墊。」又云：「冬，民既入，婦人同巷相從夜績。」此可見一里之巷，巷外有門，門側有堂。親迎者既出寢廟之門，始俟乎里中之巷，繼俟乎巷首之門，次第分明，不必從鄭改「堂」爲「棖」，亦不得同王謂堂在寢也。

東門之墠

《序》云：「《東門之墠》，刺亂也。男女有不待禮而相奔者也。」翁氏《詩附記》曰：「朱《傳》以鄭詩多屬淫奔，故於《東門之墠》序云『男女有不待禮而相奔者』，獨取其得解。乃今詳繹諸家之説，而知《序》説亦不如此也。毛傳本渾言男女交際之難易，初無女奔男之説。惟以『踐』爲『淺』，疏以爲無明解，準上章亦難易爲喻。」「踐，淺」，疏以爲《釋言》文。據《爾雅・釋言》「俴，淺也」，無「踐，淺」之文。李樗曰：「此詩最難曉。此是思古之詩，當時既不待禮而奔，故思古之人能以禮自防也。『東門之墠』，言東門除處之地易往也。而有『茹藘在阪』焉，言其難行也。『其室則邇，其人甚遠』者，言其人雖甚近，卓然有不可犯，故曰甚遠，如晉人所謂室邇人遐者。鄭謂望其來迎己，則曲説也。」陳氏《稽古編》曰：「墠平易踐，阪峻難登，毛義本無不通，鄭箋則爲淫奔之説濫觴矣。」承珙案：此詩每章下二句實與《漢廣》之「不可求思」、《静女》之「愛而不見」相似，皆有可望不可即之意。傳以墠阪之遠近難易喻禮與非禮之别，比興深奥，其義甚精。若但云門外有墠，墠邊有阪，茅蒐生焉，則是任意指目，意味索然矣。劉氏克《詩説》曰：「此詩之意，大抵與《丰》相似，無淫奔之風，婦人女子猶知所守，而不輕從者也。《出其東門》亦同此，非難踰之物，特義不得往耳。室既邇矣，人之遠者，不容越禮而行，有禮以限之也。」此説亦足以發明傳義。

「東門之墠」，傳：「東門，城東門也。墠，除地町町者。」正義云：「徧檢諸本，字皆作『壇』，《左傳》亦作『壇』。其《禮記》《尚書》言『壇』『墠』者，皆封土者謂之壇，除地者謂之墠。『壇』『墠』字異，而作此『壇』字，讀音曰墠，蓋古字得通用也。今定本作『墠』。」《校勘記》云：「《釋文》云：『壇音善，依字當作墠。』是《釋文》、正義經字皆作『壇』，注同。《唐石經》以下乃依定本作『墠』。」盧召弓云：「惠氏棟、余氏蕭客所據《唐石經》作『壇』，今《唐石經》亦作『墠』。」承珙案：《周禮・大司馬職》「暴内陵外則壇之」注云：「壇讀如『同墠』之『墠』。」《王霸記》曰：

「置之空墠之地。」鄭司農云：「壇，讀從『憚之以威』之『憚』，字亦或爲『墠』。」據此，知古「墠」字多作「壇」。《毛詩》古文，故作「壇」，《韓詩》則作「墠」。《華嚴音義》引《韓詩傳》曰：「墠，猶坦。」是也。毛云「除地町町者」，町町，平意。《論衡·語增篇》「町町若荆軻之閭」，謂平夷其地。《韓詩》訓「墠」爲「坦」，亦平易之意也。

「茹藘在阪」，傳：「茹藘，茅蒐也。男女之際近而易，據正義當無「而易」二字，今各本俱衍。則如東門之墠。遠而難，則如「如」字，據相臺本增。茹藘在阪。」《毛詩寫官記》據《易林》作「茹䕡」，以爲是菜䕡，故曰「其室」，又曰「有踐家室」。汪氏梧鳳曰：「此因《漢書》『菜茹有畦』，以成《易林》之誤，不足據也。」承珙案：鄭詩兩言「茹藘」，蓋茅蒐是其地産。古字「藘」「䕡」可通，不當改「藘」爲「䕡」。《爾雅·釋地》「陂者曰阪」，《說文》作「坡者曰阪。从阜，反聲。一曰澤障，一曰山脅也」。《禮記·月令》「阪險」，高誘注《吕覽》云：「阪險，傾危也。」《書·立政》「阪尹」，鄭注云：「其長居險，故言阪尹。」是阪者，險遠之地，故傳以喻遠而難也。

「其室則邇，其人甚遠」，傳：「邇，近也。得禮則近，不得禮則遠。」案：《易林·賁之鼎》：「東門之壇，茹藘在坂。禮義不行，與我心反。」此正用毛氏得禮不得禮之說。《淮南·說山訓》：「行不合，趨不同，對門不通。」高誘注云：「《詩》所謂室邇人遠。」亦與傳義相合。即如晉酒泉太守馬岌求見宋纖不得，銘曰：「丹厓百尺，青壁千尋。室邇人遠，實勞我心。」即此亦可見詩言爲可望不可即之意，其非淫奔之詩決矣。

「東門之栗，有踐家室」，《韓詩》「踐」作「靖」。《藝文類聚》引《韓詩》云：「靖，善也。」《太平御覽》引《韓詩》云：「栗，木名。靖，善也。言東門之外，栗樹之下，有善人可與成爲室家也。」據此，與毛傳言「男女之際」者正同。既曰「善人」，必非淫奔之謂。或謂與下《風雨》思君子同者，則又未必然耳。

「豈不爾思，子不我即」，傳：「即，就也。」箋云：「我豈不思望女乎，女不就迎我而俱去耳。」正義述毛亦云：「貞女謂男子曰，我豈不於女思爲室家乎，但子不以禮就我，我無由從子。貞女之行，非禮不動。今鄭國之女，何以不待禮而奔乎？故刺之。」承珙案：首章下二句，傳謂「不得禮則遠」，此章下二句自當謂無禮則貞女不從。但經文曰「爾」曰「我」，當爲男子目女之辭，尤足見正言以刺亂之意，且與上章室邇人遠文義相同一貫也。

風　雨

《序》云：「《風雨》，思君子也。亂世則思君子不改其度焉。」毛氏大可曰：「陳晦伯作《經典稽疑》，載《風雨》一詩，行文取證者甚備。郭麐叛，吕光遺楊軌書曰：『陵霜不彫者，松柏也。臨難不移者，君子也。何圖松柏彫於微霜，而雞鳴已於風雨。』《辨命論》云：『《詩·風》云：「風雨如晦，雞鳴不已。」故善人爲善，焉有息哉？』《廣弘明序》云：『梁簡文於幽縶中自序云：「梁正士蘭陵蕭綱立身行己，終始如一，風雨如晦，雞鳴不已。非欺暗室，豈況三光？數至於此，命也。」』如何自『淫詩』之説出，不特春秋事實皆無可按，即漢後史事，其於經典有關合者，一概埽盡。如《南史·袁粲傳》：『粲峻於儀範。廢帝倮之，迫之使走，粲雅步如常，顧而言曰：「風雨如晦，雞鳴不已。」』此《風雨》之詩蓋言君子有常，雖或處亂世，而仍不改其度也。如此事實，載之可感，言之可思，不謂淫説一行而此等遂闃然。即造次不移，臨難不奪之故事，俱一旦歇絶，無可據已。」承珙案：《文選》陸士衡《演連珠》云：「貞乎期者，時累不能淫，是以迅風陵雨，不謬晨禽之察。」亦是用

《序》意也。

「風雨淒淒」，傳：「風且雨淒淒然。」《説文》作「湝」，云：「水流湝湝也。从水，皆聲。一曰湝，水今本作「湝湝」。此從宋本。寒也。《詩》曰：『風雨湝湝。』」段注云：「今《鄭風》祇有『風雨淒淒』，《邶風》傳曰：『淒，寒風也。』許引《詩》證『寒』義，所據與今本異，或是兼采三家。」承珙案：《玉篇》亦引《詩》曰「風雨湝湝」，雖承用《説文》，亦必當時有本作「湝湝」者矣。

「風雨瀟瀟」，傳：「瀟瀟，暴疾也。」段氏《詩經小學》云：「《説文》：『潚，水清深也。』《水經注・湘水》篇：『二妃從征，溺於湘江，神游洞庭之淵，出入瀟湘之浦。』用《山海經》語。又釋『瀟』字云：『瀟者，水清深也。』用《説文》語。今俗以『瀟』『湘』爲二水名，且『潚』誤爲『瀟』矣。《羽獵賦》『風廉雲師，吸嚊潚率』，《西京賦》『飛罕潚箾，流鏑擂㩧』，皆形容欻忽之貌，與毛傳『暴疾』意正合。《思玄賦》『迅猋潚其媵我』，舊注：『潚，疾貌。』李善引《字林》：『潚，深清也。』考《廣韻》一屋二蕭皆有『潚』無『瀟』，《詩》『風雨潚潚』是淒清之意，入聲音肅，平聲音宵，轉音霄，俗本誤爲『瀟』。明刻舊本《毛詩》作『潚』。」承珙案：《玉篇》「潚」訓與《説文》同，別有「瀟」字從「簫」，曰「水名」。《集韻》則云：「瀟瀟，風雨暴疾貌。一曰水名。或作潚。」轉似以「瀟」爲正字，誤矣。

「雞鳴膠膠」，傳：「膠膠，猶喈喈也。」承珙案：《玉篇・口部》：「嘐，古包切，雞鳴也。」「啁」下引《説文》云：「啁，嘐也。」又引《楚詞》曰：「鶤雞啁哲而悲鳴。」《廣韻》引《詩》曰：「雞鳴嘐嘐。」是《毛詩》作「膠」。膠者，「嘐」之借字。《埤雅》以「膠」爲「固」義，嚴《緝》以「膠膠擾擾」爲「雜」意，姚氏炳又以「膠粘」有接續不已之意，皆所謂郢書燕説者也。

子　衿

《序》云：「《子衿》，刺學校廢也。世亂則學校不修焉。」毛氏大可曰：「『青衿』一詩原屬風刺，未嘗儇薄，且亦漢唐以來行文之甚有據者。如北魏獻文詔高允曰：『道肆陵遲，學業遂廢。《子衿》之歎，復見於今。』《北史》：大甯中，徵虞喜爲博士，詔曰：『喪亂以來，儒軌陵夷，每攬《子衿》之詩，未嘗不慨然。』如此引用，不一而足。朱子作《白鹿洞賦》亦云：『廣青衿之疑問，宏菁莪之樂育。』則又從《序》説矣。」承珙案：首章箋云：「學子而俱在學校之中，己留彼去，故隨而思之耳。」蓋三章皆有此意，魏武《短歌行》云：「青青子衿，悠悠我心。但爲君故，沈吟至今。」亦與詩旨有合也。

「青青子衿」，傳：「青衿，青領也，學子之所服。」承珙案：《漢書·馬援傳》：「勃衣方領，能矩步。」注引《前書音義》曰：「頸下施衿領正方，學者之服也。」此即深衣，所謂曲袷如矩者。注以「衿領」連言，正同毛義。衿，當從《漢石經》作「䘳」。䘳之別體，或作「襟」。《玉篇》云：「䘳，衣䘳交領也。」與「襟」同。然不當作「衿」，「衿」乃是「紟」之誤字。張有曰：「紟，古作𦁈，別作衿。」非。《説文》：「紟，衣系也。」《士昏禮》：「施衿結帨。」又云：「視諸衿鞶。」皆非衣領之謂。《爾雅》：「衿謂之袸。」與上「衣眥謂之襟」迥非一事。郭注於「衿謂之袸」云：「衣小帶。」於「佩衿謂之褑」云：「佩玉之帶上屬。」此皆與《説文》「衣系」義近。糸旁譌衣爲「衿」，又以聲同假借爲「䘳」，經典相承通用，遂致「䘳」「襟」「衿」三字不分。《説文》：「䘳，交衽也。」衽，本所以掩裳際者。襘爲交衽在領之下，而謂之領者，《顏氏家訓・書證篇》云「古者斜領下連於衿，故謂領爲衿」是也。正義云：「衿是領之別名，故云『青衿，青領也』。衿、領一物，而重言青青者，古人之復言也。」《家訓》亦云：「孫炎、郭璞注《爾雅》，曹大家注《列女傳》，並云：『衿，交領也。』鄴下詩本既無『也』字，群儒因謬説云青衿、青領是衣兩處之名，皆以青爲飾，用釋『青青』二字，其失大矣。」今案：《釋文》云：「青青，如字。學生以青爲衣領緣衿也。」此亦似以青衿、青領爲二。蓋深衣自領及衽，皆以青緣之，總謂之「青襘」。《説文》：「褷，襘緣也。」經文言「襘」者，以與「心」協韻。傳以襘統於領，故舉領以見襘。《説文》言字之本義，故但曰「交衽」。孫炎注《爾雅》用毛義，故曰「交領」，其實義相成耳。《爾雅》：「黼領謂之襮。」蕭該《漢書音義》引《字林》云：「襮，黼衿也。」亦是以領爲衿。

「子甯不嗣音」，傳：「嗣，習也。古者教以詩樂，誦之，歌之，絃之，舞之。」承珙案：傳訓「嗣」爲「習」者，「習」與「襲」同，皆有因繼之義，引申爲學習，故訓「嗣」爲「習」，即《學記》云「善歌者使人繼其聲，善教者使人繼其志」也。《釋文》云：「嗣，《韓詩》作詒。詒，寄也，曾不寄問也。」「詒」「嗣」音本相近，《尚書》「舜讓于德弗嗣」，徐廣曰：「今文作『不怡』。」見《史記集解》。是毛韓字通而訓各異。鄭箋「嗣，續」之訓，亦與毛同。其下云「女曾不傳聲問我」，則從韓説耳。《中説》：房玄齡問於薛收曰：「道之不行也，必矣。夫子何營營乎？」薛收曰：「子非夫子之徒歟？天子失道，則諸侯修之。諸侯失道，則大夫修之。大夫失道，則士修之。士失道，則庶人修之。修之之道，從師無常，誨而不倦，窮而不濫，死而後已，得時則行，失時則蟠，先王之道所以續而不墜也。古者謂之繼時。『縱我不往，子甯不嗣音。』如之何以不行而廢也？」此蓋謂從師修業，不宜廢墜之意。其引《詩》猶用毛義也。

惠氏《詩經古義》曰：「《墨子·公孟》篇云：『誦《詩三百》，弦《詩三百》，歌《詩三百》，舞《詩三百》。』謂《三百篇》可誦、可弦、可歌、可舞也，其説與《毛詩》合。學者不察，遂謂《詩》有千二百篇矣。」

「挑兮達兮」，傳：「挑達，往來相見貌。」正義曰：「城闕雖非居止之處，明其乍往乍來，故知挑達爲往來貌。」承珙案：據此，則正義本傳文似無「相見」二字。《釋文》云：「挑達，往來見貌。」無「相」字，當本作「往來貌」。古「貌」字作「皃」，或誤爲「見」，淺人因於「見」下添「貌」字耳。「挑」與「佻」同。《説文·辵部》小徐本引《詩》作「佻兮」。《初學記》十八。引《詩》亦作「佻」。《小雅·大東》「佻佻公子」，《釋文》引《韓詩》作：「嬥嬥，往來貌。」毛彼傳云：「佻佻，獨行貌。」此傳云：「挑達，往來貌。」正與《韓詩·大東》傳同。其實往來者，謂其避人游蕩，獨往獨來，二義自相足也。《説文》：「㚢，滑也。《詩》云：『㚢兮達兮。』」又：「達，行不相遇也。《詩》曰：『挑兮達兮。』」此「達」與「泰」音義皆同。《説文·水部》：「泰，滑也。」《太平御覽》引《詩》「達」作「撻」。《殷武》傳云：「撻，疾也。」疾速亦滑利之意。許云「行不相遇」，毛謂乍往乍來，皆狀其滑泰耳。

「在城闕兮」，武氏虚谷曰：「《説文》『觖』字注：『古者，城闕其南方，故謂之觖。』審是，則城故有闕見于南方矣。定十二年《公羊傳》注：『天子周城，諸侯軒城。軒城者，闕南面以受過也。』與許氏説合。鄭爲侯國，其城制宜闕南方，詩人目驗知之，發於刺文如此。」段氏《説文注》云：「案，《毛詩》傳曰：『闉，曲城也。闍，城臺也。』城門上有臺謂之闍，《周官·匠人》《詩·静女》所謂『城隅』也。無臺謂之觖，《詩·子衿》所謂『城闕』也。三面有臺而南方無臺，故謂之觖。猶軒縣之缺南方，泮水之缺北方，不敢同天子也。《毛詩》『城闕』當作『缺』，闕，其假借字，非『象闕』之『闕』也。傳曰：『乘城而見闕。』箋申之曰：『登高而見於城闕。』明非城墉不完，如《公羊疏》所疑也。」

揚之水

《序》云：「《揚之水》，閔無臣也。君子閔忽之無忠臣良士，終以死亡，而作是詩也。」郝氏仲輿曰：「國風《揚之水》有三，皆微弱之比。一《王風》，比平王不能令諸侯也。一《唐風》，比昭侯不能制曲沃也。一此篇，比昭公不能制突也。昭公之于突，與昭侯之于曲沃，其事同，故其比同。突與子儀、子亹，皆忽之弟，同氣相殘，迄無甯歲。《詩》所以謂之『終鮮兄弟』，傷忽之無助也。」何氏《古義》曰：「鄭突奪適非正，然其出奔也，諸侯尚有會師而謀納之者。忽以世子當立，乃自其失位以至復國，迄於被弒，外不聞鄰國之援，内未有臣民之戴，意其人必多猜喜忌，于物無親者，讀此詩可想其概。朱《傳》改爲淫者相會之辭，而于『兄弟』難通，則曰『兄弟，昏姻之稱，《禮》所謂「不得嗣爲兄弟」是也』。或又云『兄弟』如所謂『宴爾新昏，如兄如弟』者，蓋親親之辭。然章首《揚之水》二句當作何解？」承珙案：以兄弟爲昏姻，非獨章首二句難通，即本句亦自不協，兄弟可以多寡言，若夫婦而曰『終鮮』，此何言乎？

「終鮮兄弟」，嚴《緝》引曹氏曰：「按，《左傳》忽突争國，而子儀、子亹更立。及至莊十四年，忽與子儀、子亹皆已死，而原繁謂厲公曰莊公之子猶有八人，不得爲鮮。蓋昭公兄弟雖衆，無與同心者，故言今兄弟雖多，終竟是少。謂要其終，必不相助，雖多猶少也。」承珙案：戴氏《續詩記》曰：「忽兄弟多矣，謂之『終鮮』，猶司馬牛曰『人皆有兄弟，我獨無』是也。」嚴以「終」爲「終竟」，蓋本鄭箋云「忽兄弟爭國，親戚相疑，後竟寡於兄弟之恩，獨我與女有耳」。今案：《王風》「終遠兄弟」，毛傳云：「已遠兄弟。」是以「終」爲「已」。此「終鮮」之「終」雖無傳，其意當與《葛藟》同。「已」與「維」文法正對，言已無兄弟之恩矣，維有我與女同心耳。如此則不必以「終」爲「終竟」。然李密《陳情表》云：「既無叔伯，終鮮兄弟。」蓋亦同鄭箋以「終」爲「終竟」矣。

出其東門

《序》云：「《出其東門》，閔亂也。公子五爭，兵革不息，男女相棄，民人思保其室家焉。」承珙案：傳以「有女如雲」爲「衆多」，以「匪我思存」爲「思不存乎相救急」，以末二句爲「願室家得相樂」，解經本極平正。箋乃云作者之妻時亦棄之，心不忍絶，轉非經文「聊樂」「聊娛」之意。蓋將棄復留，在經文本不見有此意，且如所言，則於時方悲哀之不暇，又何娛樂之有？

「匪我思存」，陳氏《稽古編》曰：「毛以『存』爲存救，則『思』應如字讀。鄭箋以爲思之所存，則『思』應讀去聲。毛義在『存』，鄭義在『思』也。下章『匪我思且』，《釋文》云：『且音徂。《爾雅》云：存也。舊子徐反。』合之上章，則音徂者，毛義。子徐切者，鄭義也。陸不分毛鄭，而別後反爲『舊』，未知『舊』指誰家。」承珙案：此説非是。「匪我思存」，傳云：「思不存乎相救急。」箋云：「此如雲者，皆非我思所存也。」毛鄭皆訓「存」爲「在」，其義一也。《釋文》爲「思」字作音，乃謂毛音如字，鄭息嗣反。其實「存」義不殊，「思」音當亦無異，陸氏强生分別耳。正義於上章述毛云：「言其見棄既多，困急者衆，非己一人所以救恤，故其思不得存乎相救急。」此解不誤。下章又云：「雖則衆多如荼，非我思所存救。」陳氏遂據此以傳訓「存」爲「存救」，不知傳文是「存乎相救」，而非「相爲存救」，不得謂毛義在「存」，鄭義在「思」也。下章箋云：「匪我思且，猶匪我思存也。」鄭以毛無訓，故表明之。《釋文》音「且」爲「徂」，引《爾雅》「徂，存」之訓，正所以證明鄭箋「思且」猶「思存」之義。其又云「舊子徐反」者，乃引他家舊音，讀「且」如「既亟只且」之「且」，蓋以爲助語辭耳，然而非鄭義也。

「縞衣綦巾」，傳：「縞衣，白色，男服也。綦巾，蒼艾色，女服也。」《説文》作「綥」，云：「帛蒼艾色。从糸，畀聲。《詩》曰：『縞衣綥巾。』未嫁女所服。」承珙案：《説文》「蒼艾色」之訓，本之毛傳。《夏小正》「九月玄校」傳云：❶「校也者，若緑傳本作「襐」，誤。色然，婦人未嫁者服之。」緑色即蒼艾色也。《説文》義與《小正》傳同，足徵其來甚古。至「未嫁女所服」，則或出三家詩説，與毛義異。毛云「願室家得相樂」，當即閔亂者自言其室家縞衣綦巾，思得相保。箋謂「棄而復留」，固屬衍説。正義述毛，言「詩人閔被棄之女衆多，不可救拯，故言彼縞衣之男、綦巾之女是舊時夫妻，願其還自配合」，似非毛意。何以明之？次章傳以「如荼」爲喪服，又以「茹藘」爲茅蒐之染女服，若猶是見棄之女，則忽而喪服，忽而茅蒐染衣，有是事乎？

「聊樂我員」，《釋文》：「員，本亦作云。」《商頌·玄鳥》箋云：「員，古文作云。」案：「員」是物數，「云」乃古文「雲」字，皆非語辭。但用爲語辭，則古人多假「員」字爲之，後人多假「云」字爲之，如《秦誓》「若弗云

---

❶「九」，依《夏小正》，當作「八」。

來」，衛包以前作「員來」之類。正義曰「云、員古今字」者，以「員」爲古之借字，「云」爲今之借字也。《小雅·正月》「員于爾輻」傳云：「員，益也。」《商頌》「景員維何」傳云：「員，均。」又《正月》「昏姻孔云」《釋文》：「云，本又作員。」傳云：「云，旋也。」獨於此「員」字無訓。箋云：「言且留樂我員。」正義以爲助句辭者，得之。楊升菴引《秦誓》「雖則員然」、《石鼓文》「君子員獵，員獵員游」爲證是也。近人或據「昏姻孔云」之傳，亦欲訓此「員」爲「旋」，謂樂於與我周旋，殊可不必。

「出其闉闍」，傳：「闉，曲城也。闍，城臺也。」箋云：「闍，讀當如『彼都人士』之『都』，謂國外曲城之中市里也。」正義曰：「以《爾雅》謂臺爲闍，在城門之上，今《注疏》本「在」上衍「不」字，非是。此言『出其』，不得爲出臺之中，故轉爲『彼都人士』之『都』。都者，人所聚會之處，故知謂國外曲城中之市里也。」承珙案：《説文》「闉」下云：「闉闍，城曲重門也。此依正義所引，今《説文》「曲」作「内」，誤。从門，垔聲。《詩》曰：『出其闉闍。』」又「闍」下云：「闉闍也。从門，者聲。」毛雖以「曲城」「城臺」分釋「闉」「闍」，然臺在城門之上，亦即統于城門。故許氏但以「城曲重門」釋之。「出其闉闍」猶言出其重門，不必以臺中不可言出爲疑。況闍在城上，而出於其下亦可謂之出，如闕在門上，豈不可云出於闕下乎？鄭讀「闍」爲「都」，謂曲城中市里。曲城如今之甕城，此地容有市聚。然「出其闉闍」，文義自通，不煩改讀。

「有女如荼」，傳：「荼，英荼也。言皆喪服也。」箋云：「荼，茅秀。」正義以《爾雅》「荼，苦菜」爲《邶風》「誰謂荼苦」之「荼」，「蒤，委葉」爲《周頌》「以薅荼蓼」之「荼」。又引《周禮》「地官掌荼」及《既夕》注與此箋皆云「荼，茅秀」，則如荼者，乃茅草秀出之穗，非彼二種荼草。姚氏《識名解》以《釋草》「蕫、荂，荼」爲即此詩之

「荼」。承珙案：「蕫、荂，荼」，郭注云：「即芀。」「猋、藨，芀」注云：「皆芀荼之别名。」「葦醜，芀」，注云：「其類皆有芀秀。」是《爾雅》此三句相連，皆言葦類之秀。此乃《豳風》「捋荼」之「荼」。彼傳云：「荼，萑苕也。」疏云：「茅藱之秀，其物相類，故皆名荼。」毛此傳云「英荼」者，英言其白。正義引《六月》「白旆英英」證「英」是白貌。考《小雅·白華》傳亦云：「英英，白雲貌。」是毛傳但以爲白荼，如《考工記》所云「荼白」者，未明言其爲茅爲藱，故箋以「茅秀」申之。《詩》有「白茅包之」「白茅束兮」，又云「白華菅兮」，然則英荼爲茅菅之秀，信矣。《廣雅》：「蒤蓏，茅穗也。」「蒤」即「荼」之别體。至毛傳以「如荼」言「皆喪服」，「皆」者，衆多之意，與上章「如雲」一例。故正義述毛云：「雖則衆多如荼。」是傳意仍重在衆多，不在喪服。《埤雅》云：「雲言盛，荼言繁。傳曰：『秦網密於秋荼。』」王氏《總聞》、范氏《補傳》亦皆以「如荼」爲「密」，如此乃於下文「雖則」義協。若但取喪服之義，則下文當云「雖則喪服，非我思所存救」，於文義終不順也。

野有蔓草

《序》云：「《野有蔓草》，思遇時也。君之澤不下流，民窮於兵革，男女失時，思不期而會焉。」案：此詩及《出其東門》，朱《傳》皆以爲淫詩，遂謂「如雲」爲冶游之女，「野田」爲苟合之區。後儒多疑其説。今案：《漢書·地理志》云：「鄭國土狹而險，山居谷汲，男女亟聚會，故其俗淫。鄭詩曰：『出其東門，有女如雲。』又曰：『溱與洧，方灌灌兮。』此其風也。」《太平御覽》引韋昭《答問》云：「時草始生而云『蔓』者，女情急欲以促時也。」此漢晉人《詩》説，蓋出於三家者，實爲朱《傳》之濫觴。然揆之經文，《東門》有「聊樂」之言，則於「閔亂」爲近。「蔓草」爲「偕臧」之語，則於「遇時」爲宜。故知《毛詩》所傳爲得其正。

「零露漙兮」，《釋文》：「漙，本亦作團，徒端反。」《校勘記》云：「《考文》古本『漙』作『團』，采《釋文》也。《匡謬正俗》所云《詩》古本有作水旁專者，亦有單作『專』者，後人輒改之爲『團』字，讀爲『團圓』之『團』者，即謂此。」承珙案：《説文》無「漙」字，《玉篇》始有。此「漙兮」，古只作「團」，《藝文類聚》卷八十一引正作「團」。《文選》謝靈運《永初三年之郡詩》「火閔團朝露」，謝朓《京路夜發詩》「猶霑餘露團」，陸士衡《苦寒行》「飢待零露餐」，謝惠連《七月七日夜詩》「團團滿繁露」，江淹《雜體詩》「簷前露已團」，李善注並引《詩》「零露團兮」。此必六朝古本作「團」，顏氏以後人改「漙」爲之，非也。

溱洧

「方渙渙兮」，《釋文》云：「渙，《韓詩》作『洹』，音丸。《説文》作『汎』，音父弓反。」段注《説文》云：「『汎』當作『汍』，音『丸藥』之『丸』。若作『汎』，音父弓反，則音義俱非。汎汎，蓋『汍汍』之誤。汍汍與洹洹同。《漢志》又作『灌灌』，亦當讀汍汍，皆水盛沄旋之貌。」承珙案：段説是也。《玉篇》「汍」爲「洹」之重文，胡端切，可證「汍」「洹」一字。《文選》歐陽堅石詩「揮筆涕汍瀾」，陸士衡《弔魏武帝文》「涕垂睫而汍瀾」，李善注兩引《漢書·息夫躬傳》「涕泣流兮萑蘭」，又云「萑與汍，古今字，同」。此足證《漢志》「灌灌」與「汍汍」亦同字也。

「方秉蕑兮」，傳：「蕑，蘭也。」《釋文》云：「蕑，古顏反，蘭香也。《韓詩》云：蓮也。」臧氏在東曰：「蕑與蓮是兩物。鄭箋《澤陂》云：『蕳，當爲蓮。』可證『蕳』字不得訓『蓮』也。《太平御覽》引《韓詩》：『蕳，蘭也。方執蘭而拂除。』《後漢書》注、《北堂書鈔》《藝文類聚》《初學記》《白帖》《文選》注皆引《韓詩》：『秉執蘭草。』此『蓮也』當作『蘭也』。今《注疏》本毛傳『蕳，蘭也』亦有譌。《釋文》本毛傳必本是『蕳，香草也』，故又引《韓詩》之『蘭』以明同異。後人據《注疏》本以改《釋文》，其誤遂至於此。下文『贈之以勺藥』，毛傳：『勺藥，香草也。』則此傳亦當作『香草』。今作『蘭香』，無理之甚，此臆改之驗也。正義引陸璣《疏》云：『蕳即蘭，香草也。』『蕳即蘭』，此用《韓詩》，『香草也』，正本毛傳。若傳本作『蕳，蘭也』，陸璣何煩言『蕳即蘭』乎？」承珙案：臧説是也。毛於此傳云：「蕳，香草也。」於《陳風·澤陂》傳云：「蕳，蘭也。」蓋互相足。若此傳已作「蕳，蘭也」，則於《澤陂》無庸發傳矣。鄭箋云「託采芬香之草」，即承傳「香草」言之。至《澤陂》箋乃謂毛傳之「蘭」當爲「蓮」耳。今《注疏》本箋云：「蕳，當作蓮。」「蕳」乃「蘭」之誤。説詳《陳風》。若《韓詩》説以此詩爲三月上巳祓除，此時安得有蓮，此固可不辨而明者也。

陳氏《稽古編》曰：「蘭，《神農本草》列於上品，謂之『水香』。《别録》名蘭澤草，出都梁山，又名都梁香。《本草綱目》以爲即今省頭草，引《唐琺經驗方》云：『夏中置髮中，令髮不膇，故名。』其説良是。然今之省頭草，氣不甚佳，人亦莫珍，而古人顧重之，此物性有變更耳。」又曰：「蘭草與澤蘭同類而小别。紫莖素枝，赤節緑葉，其莖圓節長，葉無芒者，爲蘭草。莖微方，節短，葉有芒者，爲澤蘭。《炮炙論》云：『大澤蘭即蘭草，小澤蘭即澤蘭也。』嫩時並可佩。八九月有花，赤白色，成穗。又有生山中者，名山蘭，與二蘭而爲三焉。其曰蕙者，今之零陵香是也。」「零陵」當作「苓蘦」。後人以葉長似茅，花黄緑色，或一莖一花，或一莖數花者，强名爲『蘭蕙』，蓋誤始于黄山谷。然朱晦菴《離騷辨證》、陳正敏《遯齋閑覽》、熊太古《冀越集記》、陳止齋《盜蘭説》、方虚谷《訂蘭説》皆已辨之矣。」承珙案：正義引陸璣《疏》云：「蕑即蘭，香草也。」歷引《左傳》《楚辭》及孔子語。又云：「其莖葉似藥草澤蘭，廣而長節，節中赤，高四五尺。漢諸池苑及許昌宫中皆種之。可著粉中藏衣，著書中辟白魚。」據此所言，《毛詩》之「蕑」已極明晰。按其形狀，必非今之山蘭。注《本草》者，陶隱居、蘇恭，雖以蘭草、澤蘭爲一物，爲陳藏器所駁，然皆指爲都梁香。惟寇宗奭、朱震亨始以今之山蘭當之。李時珍歷引諸家之説，以正其誤，可爲定論矣。今更有可證者，《神農本經》蘭草在上品，澤蘭在中品。即《太平御覽》引《范子計然》云「大蘭出漢中三輔，蘭出河東弘農」，此其別也。今閩廣所産之蘭，不宜於西北，何由而入詩人之詠？《晏子春秋》云：「今夫蘭本，三年而成，湛之麋醢而賈匹馬矣。」《説苑·雜言》篇同。《家語》作：「湛之以溓酳，既成，則易以匹馬。」注云：「本，根也。投物水中曰湛。澄酒曰溓。以酒嗽口曰酳。」姜氏《廣義》曰：「夫惟蘭之根葉俱香，故投于酒而香冽，其貴敵匹馬。若今蘭之根投之酒中，立見敗腐矣。可爲今蘭非古蘭之證。」

王氏《詩稗疏》云：「此所秉之蕑，非紫莖香葉之都梁。所以然者，勺藥春榮，都梁秋秀，不同時矣。『蕑』與『葌』通，《本草》謂之茅香。《周禮》『男巫掌望祀望衍』，『旁招以茅』。《風俗通》曰：『此祓禊之始。』則秉蕑之爲香茅可知，又不容與都梁、蘭草亂也。」承珙案：王説蓋因《漢書·地理志》作「方秉菅兮」，故附會爲茅。不知《漢志》「菅」乃「蕑」字之借。《山海經·西山經》：「天帝之山多菅蕙。」菅即蕑也。郭注以「菅」爲茅類，亦非。若以菅茅爲蘭，別無所據。況都梁之香在莖葉，無庸以八九月方華，疑非春游所秉也。

「贈之以勺藥」，傳：「勺藥，香草。」陳氏《稽古編》曰：「疏引陸璣云，今藥草勺藥無香氣，非是也，未審今何草。東萊謂香不必在柯葉，故以藥草之勺藥當之。朱《傳》、嚴《緝》皆從其説。然古人以香草爲佩，亦以贈貽，往往取其柯葉之香，華不與焉。蓋佩欲其久，柯葉之香雖萎不歇，華則否矣。況上巳祓除時，安得有勺藥華乎？《集傳》以爲三月開華，殆據閩中風土，非所以解鄭詩也。宋董氏因《韓詩》『離草』語，遂疑勺藥是江離，雖屬肊見，然江離香草見《離騷》，亦蘭之類也。《别録》云：蘼蕪，一名江離，芎藭苗也。陶隱居云，葉似蛇牀而香，騷人取以爲譬。則士女相贈，容或以之。又案：勺藥之名，兩見《山海經》。《北山經》云，繡山草多勺藥、芎藭。《中山經》云，洞庭之山，草多葌、勺藥、蘼蕪、芎藭。夫蘼蕪、芎藭，本與江離同類，而經與勺藥並稱，董以勺藥爲江離，或非誤。」承珙案：《説文》亦云：「江離，蘼蕪。」但《吕記》引董氏云：「唐《本草》『可離，江離』。」今《本草》諸書並無此語，則以勺藥爲江離，恐未可信。王氏《稗疏》云：「古人以勺藥爲和味，故曰勺藥之和。則必其香味之足咀。若今之所謂勺藥者，味酸苦而臭，初不足以和味。《廣雅》云：『勺藥，欒夷也。』欒夷者，《楚辭》之所謂留夷也。《山海經》『繡山多勺藥』，郭璞注曰：『勺藥，一名辛夷。』是則欒夷、留夷，蓋辛夷之别名耳。」承珙又案：《漢書·司馬相如傳》「雜以留夷」，《史記》作「流夷」。張揖曰：「留夷，新夷也。」揖著《廣雅》，又以勺藥爲欒夷。「欒」「留」音轉，則欒夷即新夷，故郭注《山海經》即本之，以勺藥爲辛夷。毛傳云：「勺藥，香草。」而王逸注《楚辭》「辛夷」、服虔注《漢書》「辛雉」，「雉」「夷」聲相近。亦皆云「香草」。則辛夷自是草類，非今之所謂木筆者。《稗疏》以此爲勺藥，亦非無據。然陸《疏》已不知勺藥爲何草，惟引司馬相如賦云「勺藥之和」、楊雄賦云「甘甜之和，勺藥之美」，以此知其爲和味之草而已。高誘注

《呂覽·本生》篇云：「鄭國淫僻，男女私會于溱洧之上，有詢訏之樂、勺藥之和。」亦當謂鄭詩之「勺藥」爲香草之可以和味者。至《文選·七發》「勺藥之醬」，《南都賦》「香稻鱻魚以爲勺藥」，《七命》「和兼勺藥」，《論衡·譴告篇》「猶人勺藥失其和」，諸言勺藥者，或別爲調和五味之通名，要與詩言香草者有別。若但是五味均調，而曰贈之以調和，有是文義乎？

毛詩後箋卷八

涇　胡承珙

齊

雞　鳴

《序》云：「《雞鳴》，思賢妃也。哀公荒淫怠慢，故陳賢妃貞女夙夜警戒相成之道焉。」《釋文》：「警，居領反，本又作敬。」承珙案：箋於首章云：「夫人以蠅聲爲雞鳴，則起早於常禮，敬也。」次章云：「夫人以月光爲東方明，則朝，亦敬也。」三章云：「無使衆臣以我故憎惡于子，戒之也。」此正用《序》「敬戒」二字。毛傳亦云：「古之夫人配其君子，亦不忘其敬。」《孔叢子》引孔子曰：「於《雞鳴》見古之君子不忘其敬也。」據此，知《序》「警」當作「敬」，《釋文》、正義本始皆作「警」耳。

《序》下正義云：「二章章首上二句陳夫婦可起之禮，下二句述諸侯夫人之言。」至經下，正義又云：「陳賢妃貞女警戒其夫之辭，乃言曰，雞既爲鳴聲矣，朝上既以盈滿矣，言己以雞鳴而起，欲令君以朝盈而起也。作者又言，夫人言雞既鳴矣之時，非是雞實則鳴，乃是蒼蠅之聲耳。」次章經下正義略同，亦以上二句爲夫人告君之言，下二句爲詩人敘述之語。承珙案：細繹經文，首次兩章上二句自當爲夫人之言，下二句乃詩人推原夫人所言之時實景如此，而其恐晚之心愈見。若如《序》疏以下二句述諸侯夫人之言，則是夫人自以爲尚早，非經意矣。此《序》下正義恐有譌脱，否則當時非一手所成，致與經下正義彼此互岐，未及檢照耳。

《稽古編》曰：「此詩人陳古刺今，設爲此警戒之詞耳。首章舉君夫人可以起之時，次章舉君夫人可以朝之時，以爲立言之次第，非真有兩度語也。末章又自言警戒之故，與上二章並一時語，非兩促之不起，至蟲飛時又促之也。」承珙案：黄氏《詩經通解》已云三章皆一時之言，首章即所聞以告君，二章即所見以告君，三章即將旦之候以告君，本心常恐晚，故言之複耳。此説先於陳氏，皆足正《集傳》「初告」「再告」「三告」之失。

「匪雞則鳴，蒼蠅之聲」，傳：「蒼蠅之聲，有似遠雞之鳴。」《太平御覽》引《韓詩》云：「《雞鳴》，讒人也。」又引《薛君章句》曰：「雞遠鳴，蠅聲相似也。」《韓詩序》雖與毛異義，而薛君説「匪雞則鳴」二句正與毛同。《黄氏日鈔》曰：「古説皆以賢妃欲其夫之早起，誤以蠅聲爲雞聲。晦菴云：『心常恐晚，聞其似者而以爲真。』至曹氏始謂哀公以雞聲爲蠅聲。嚴《緝》則云蠅以天將明乃飛而有聲，雞未鳴之前無蠅聲也。戴岷隱曰：『哀公荒淫，雞鳴矣，乃託辭曰此蒼蠅之聲耳。東方明矣，乃託辭曰此月出之光耳。』一以爲賢妃之言，一以爲哀公之言，未知孰是。然讀者且當從古説，庶三章之義聯貫。」承珙案：「雞鳴」「蠅聲」，諸説紛紛不一。季氏《詩説解頤》曰：「『蒼蠅之聲』，此疑其已遲之詞也。『月出之光』，此幸其尚早之詞也。」范氏《詩瀋》曰：「言非但雞則既鳴，蒼蠅似將作聲矣，可安寢而怠朝哉。次章言若非東方之明，豈猶是月出之光乎。

警之愈切也。」毛氏《國風省篇》有二説，一説謂：「雞既鳴矣，其實乃蠅已有聲，不但雞鳴也。是既莫矣，而以爲夙也。東方明矣，其實乃月出之光，東方未明也。尚夙也，而以爲莫焉。所謂不能辰夜，不夙則莫，刺興居無節也。」一説以爲刺媮，亦以下二句爲其君之言，與戴氏説略同。孔顨軒《經學卮言》曰：「此篇與《東方未明》所刺同意，首章以夙爲莫也，諸臣聞雞鳴之聲既盈於朝，君猶曰莫矣，蒼蠅之聲矣。次章則又以莫爲夙，東方明矣，君曰是月出之光耳。」此與毛西河前説略同，而詞意又微異。毛前説兩「匪」字文同義異，孔説首章於「既」字不合。至以爲哀公託辭者，《虞東學詩》駁之云：「據曹説，是蠅聲晚，雞聲早。哀公既不欲早起，何反以聲之早者爲晚，其説顯自矛盾。白雲許氏又以一章爲賢妃之相警，二章爲國君之相拒。安溪李氏復疑『月出之光』爲『日出之光』，此本《集傳》。不知詩人摹擬賢妃恐晚，神情恍惚，疑似蠅聲、月光，皆歸想像，無容泥滯。」承珙謂：《虞東》之説較勝諸家。然諸家皆因疑於蠅聲不先雞鳴，故不得不曲爲之説。其實蠅雖不夜飛，或人起驚觸，或火光所照，宿蠅亦有時群飛作聲。北方多蠅，夜起每逢此景。毛薛以爲似遠雞鳴者，實工於體物之言。況蠅以驚飛作聲，惟夜靜乃聞，若天明群籟俱動，轉未有聞蠅聲者。此詩首次兩章下二句文義並同，不必別爲周旋，轉多窒礙。若因蠅聲之故而並改次章之「月出」爲「日出」，尤爲武斷矣。

《吕記》引王氏曰：「『蟲飛薨薨，甘與子同夢』，情也。『會且歸矣，無庶予子憎』，義也。」二語釋經義極正大。傳箋本皆以此章爲賢妃告君之語。何氏《古義》以爲：「君告其妃之詞，聞妃言而能自克若此。」嚴《緝》又云：「君起已晏，猶曰吾方甘與子同夢，迫於視朝而起，吾會朝即歸，庶無爲子所憎。此兒女昵昵，恩怨爾汝之辭。」承珙案：此二説皆可不必。

「會且歸矣」，季彭山曰：蘇《傳》云「群臣亦欲退朝而歸治其家事」，此毛説也。《集傳》云：「俟君不出，將散而歸。」恐無此理。徐氏常吉曰：「不曰君之荒於内，而言己之甘於同夢，不曰以君之故憎我，而反言以我之故及君，其言温厚和平。」承珙案：二説皆極有理趣。

《太平御覽》九百四十四引《韓詩》曰：「《雞鳴》，讒人。」《玉海・詩考》云：「一本作『説人也』。」沈氏清瑞《韓詩故》曰：「《御覽》又引《韓詩外傳》：『溱與洧，説人也。』考今《外傳》無此文，疑本《溱洧》序文也。《雞鳴》之『説人』，豈因二篇而混邪？《雞鳴》又無讒人之意。簡編紊缺，無以定之。」

還

「子之還兮，遭我乎峱之間兮」，傳：「還，便捷之貌。峱，山名。」《説文》：「峱山在齊地。」《詩地理考》云：「《水經注》作『峱』。」案：今《水經・淄水》篇仍作「峱」，《御覽》九百九又引作「猱」。《方輿紀要・青州府》：臨淄縣南十五里有峱山。《漢書・地理志》：「臨甾名營邱，《詩》云：『子之營兮，遭我虖嶩之間兮。』」師古曰：「《毛詩》作『還』，《齊詩》作『營』。之，往也。嶩，山名，字或作『峱』，亦作『巎』，音皆乃高反。」《釋文》引崔《集注》本亦作「嶩」。錢氏竹汀曰：「《釋邱》：『水出其左，營邱。』郭景純謂：『淄水過其南及東。』是『營邱』本取回環之義，營、還同物，非别音也。『營』爲地名，則『茂』與『昌』亦地名。《釋邱》云『涂出其後，昌邱』，即此詩之『昌』與？」范氏《拾遺》云：或謂「營邱故城即濰之昌樂，茂即泰山之牟，『牟』『茂』古字通」。王氏《經義述聞》云：「凡《詩》中『旄邱』『頓邱』『宛邱』之類，皆連『邱』字言之，無單稱上一字者。錢以『茂』與『昌』亦爲地名，又引

《爾雅》『昌邱』，皆非也。《鄭風》『子之丰兮』『子之昌兮』，豈得亦以『丰』『昌』爲地名乎？」承珙案：王説是也。《讀詩記》引崔《集注》已以「還」「茂」「昌」三者皆地名，而未實指其處。此詩三章第二句皆言「峱」，若「還」「茂」「昌」爲三地，何以每往輒遇于峱，此不煩言而破者矣。還，《韓詩》作「嫙」，雖與毛異，亦不以爲地名也。

「並驅從兩肩兮」，傳：「獸三歲曰肩。」姚氏《識名解》云：「陸農師以爲一章言肩，二章言牡，三章言狼。蓋狼，物之尤暴戾者，故詩以爲後。但以狼列後，則前肩牡二者不知何獸而先言之。羅端良又謂：『首章從狼之子，次章從其牡，末章又從其牝。先牡而後牝者，蓋鳥之類，雄摯於雌；獸之類，牝猛於牡，以乳護其子，非可得犯也。』總之先後之説，不可以論詩。如陸氏泛言肩牡，而謂以狼之暴戾者列後，羅氏又以肩牡屬狼，而必別其子母、牝牡之序，作者之意豈暇及此邪？」承珙案：傳云：「獸三歲曰肩。」《後漢書・馬融傳》注引《韓詩薛君章句》正與毛同。《説文・豕部》引此詩作「豜」。《豳風》之「豜」，《周禮注》引又作「肩」。可知肩、豜同物。《豳風》傳：「豕三歲爲豜。」彼以「豜」與「豵」對，故屬之豕。此但言「獸三歲」者，或者「豵」「豜」等本爲豕名，因而廣爲凡獸之通稱。故《廣雅》云：「獸一歲爲豵，二歲爲豝，三歲爲肩，四歲爲特。」是凡獸之大小皆可名之。《豳風》「獻豜于公」，是肩爲大獸，故此篇首章舉其大者言之。《秦風》「奉時辰牡」，則田獵貴牡，故次章舉所貴者言之。陸《疏》云狼「猛捷」，自是難獲之獸，故末章舉最猛者言之。此所以互相夸譽以爲戲樂。詩意止於如此，不必過爲穿鑿。

「揖我謂我儇兮」，箋云：「子則揖耦我謂我儇，譽之也。」承珙案：揖耦者，謂以揖相親耦也。《大射儀》

「揖以耦」注：「言『以』者，耦之事成於此，意相人耦也。」《聘禮》「每曲揖」注：「以相人耦爲敬也。」《公食大夫禮》「賓入三揖」注：「相人耦。」《匪風》箋云「人偶能烹魚者」，「人偶能輔周道治民者」。正義引《論語》注云：「人偶，同位人偶之辭，《禮》注云：『人偶，相與爲禮儀皆同也。』」《中庸》「仁者，人也」，注：「人也，讀如『相人偶』之『人』，以人意相存問之言。」據此，各注所言「人偶」，猶曰親近，所謂同則相親者。字當從「二伐爲耦」，《說文》：「耒廣五寸爲伐。二伐爲耦。」諸注多借「桐人之偶」爲之。此箋作「耦」，乃正字。

「並驅從兩狼兮」，陸《疏》云：「狼，其膏可煎和，其皮可爲裘。」《周禮》：「庖人掌共六獸，辨其名物。」鄭司農云：「六獸，麋、鹿、熊、麕、野豕、兔。」鄭康成云：「獸人冬獻狼，夏獻麋。又《内則》無熊，則六獸當有狼，而熊不屬。」又《獸人》注：「狼膏聚，麋膏散。」正義亦引《内則》「狼臅膏」爲證。昭二十五年《左傳》「爲六畜、五牲」杜注云：「五牲，麋、鹿、麏、狼、兔。」正義引服虔云：「麏、鹿、熊、狼、野豕。」陳祥道云：「考之於《詩》及《禮·内則》《少儀》諸文，當有野豕，無狼。」承珙案：《内則》自「狼臅膏」外，又有「狼去腸」語，是狼實古人供膳所用。至熊羆雖見經傳，其物珍貴，非田獵所常有，不可以充庖。故《周禮》「六牲」當以後鄭爲正。

著

《漢書·地理志》引《詩》云「俟我於著乎而」，顔師古曰：「著，地名，即濟南郡著縣也。」范氏《拾遺》曰，此蓋三家說。承珙案：顔於上文「子之營兮」明言《齊詩》作「營」，此則不言所據，未必出於三家。且濟南之著，韋昭音弛咨反，乃「蓍龜」之「蓍」字，魏收《地形志》亦作「蓍」。顔氏乃音竹庶反，以韋昭爲失，並謂即《齊風》之「著」，皆非也。

《虞東學詩》曰：「朱子《集傳》及《呂記》引《昏禮》『俟于門外』以下之文爲『著』『庭』『堂』之證，竊有未盡釋然者。《爾雅》：『門屏之間謂之宁。』陳氏《禮書》言『大夫以簾，士以帷』，則無屏矣。《詩》曰『俟我於著』，蓋簾帷之爲蔽限，亦謂之屏。既以『著』爲『宁』，則賈疏所謂『路門之外，屏樹之内』，此據天子言。李巡所謂『正門内兩塾間』，此據諸侯以下言。《韓詩説》所謂『門屏之間曰闑』，皆不在大門之外。而《儀禮注》：『門外，謂壻家大門外。』則俟於門外，非著也。當時古禮盡廢，既無壻往婦家之節，而婦至壻家，其禮亦復簡略。曰『俟著』，不復行俟於門外之禮矣。曰『俟庭』，不復行寢門揖入之禮矣。曰『俟堂』，不復行升自西階之禮矣。節節與記傳所引者相反，故詩人連下九『乎而』字，言不過如是云云也。逸齋有其説，而於『俟著』『俟門』猶似混併爲一。今爲剖别而著其義如此。」承珙案：《集傳》之説，本之《呂記》。《呂記》又引張氏曰：「著，夫家之著也。」但以「俟著」當《昏禮》之「俟於門外」，與此詩節次不合。《虞東》之説，略本范處義《補傳》而辨析尤詳。若毛傳，祇云「門屏之間曰著」，未嘗明指夫家或婦家。《序》下正義謂毛意「是受女於堂，出而至庭、至著」，乃以鄭義述毛。不知傳以三章各一人，則俟著、俟庭、俟堂本非一人一事，無容疑於先後失次。惟箋疏以此爲壻在婦家相待之事，則不應先外而後内。《穀梁傳》曰：「禮，送女，父不下堂，母不出祭門，諸母兄弟不出闕門。」廟門謂之祭門。《爾雅》「觀謂之闕」，諸侯以雉門爲闕門。是則壻在婦家，於著、庭、堂皆無俟婦之事。蓋是時，闕門以内猶有送者，故《士昏禮》「壻乘其車」注謂壻車在大門外。此詩若從箋疏解爲一人一事，則以婦至壻家，自著而庭而堂相次爲順。若隱二年《公羊傳》注云「夏后氏逆於庭，殷人逆於堂，周人逆於户」，疏以爲《書》傳文者，尤與此無涉矣。

「充耳以素乎而」，傳：「素，象瑱。」箋云：「君子以素爲充耳，謂所以縣瑱者，或名爲紞。織之，人君五色，臣則三色。此言素者，目所先見而云。」正義引孫毓云：「按，《禮》之名充耳是『塞耳』，即所謂瑱縣當耳，故謂之塞耳。縣之者，别謂之紞，不得謂之充耳，猶瑱不得謂之爲紞耳。」孫意是毛非鄭，孔疏謂其不然。承珙案：王基云：「紞，今之絛。色不雜不成爲絛。」夫絛既雜色織成，何以獨先見素？正義謂取其韻句，殊爲無理。故當從毛，以每章一人者爲正。「我」當爲詩人我嫁者，❶非嫁者自謂也。至「尚之以瓊華乎而」，毛於「尚」字無訓，但以「瓊華」爲士服，「瓊瑩」爲卿大夫之服，「瓊英」爲人君之服。正義述之，以爲見其身之所佩者，蓋以傳言「服」當爲衣服之飾。不知冠冕皆可言「服」，《南山》傳云「冠緌，服之尊者」可見。此經云「尚之」，則瓊華、瓊瑩、瓊英疑即冕弁之飾。禮，人君冕而親迎。《儀禮》士昏服爵弁，《周禮》冕弁，皆用玉，則瓊華等自是冕弁之飾，故曰「尚之」。充耳在冕弁之下，而加之以瓊華，曰尚。若身之所佩，不得言「尚之」矣。

《虞東學詩》云：「陳祥道曰：『《弁師》王五冕皆玉瑱，而《詩》於衛夫人言玉瑱，則不特施於男子也。冕服用瑱，而《詩》言「充耳琇瑩，會弁如星」，則不特施於冕也。』何元子謂惟冕服用充耳，一命以下不得用，則《士喪禮》所謂『瑱用白纊』，《檀弓》所謂『練角瑱』者，何氏殆未之詳歟？ 明瑱之不獨用於冕，則異説可以息矣。」承珙案：《小雅·彼都人士》「充耳琇實」，此尤爲士庶人用瑱之明證。《説文》：「紞，冕冠塞耳者。」此雖

❶ 「我嫁者」，疑衍。

當作「所以縣塞耳者」，不應以紞爲塞耳，然言「冕」又言「冠」，則雖冠亦有紞有瑱可知。況《昏禮》「主人爵弁」，何士不可用瑱之有？

「尚之以瓊瑩乎而」，傳：「瓊瑩，石似玉者。」此與上章「瓊華」，下章「瓊英」同義。嚴《緝》引曹氏曰「英、華、瑩皆光采」，是也。但傳以「瓊華」爲「美石」，以「瓊瑩」爲「石似玉」，以「瓊英」爲「美石似玉」，語有深淺，蓋即以此爲君、卿、大夫、士之別。次章云「瓊瑩」者，謂石色如瓊玉之瑩，猶《淇澳》「琇瑩」耳，必非以瓊、瑩爲二物。毛傳三章皆「石」，瓊不可以爲石，故當連「華」「瑩」與「英」釋之，非謂「華」「瑩」「英」皆石名也。《説文》：「瑩，玉色也。从玉，熒省聲。逸《論語》曰：『如玉之瑩。』」今本《説文》「省聲」下多「一曰石之次玉者」七字，此後人因《毛詩·衛風》傳有「琇瑩，美石」，《齊風》傳有「瓊瑩，石似玉」語，遂以「瑩」亦爲石名。不知《説文》引《論語》「如玉之瑩」正證明「玉色」之義，不應中間雜入「石之次玉」一語，於理宜刪。段注謂是字義别説，非是。次章箋云：「石色似瓊似瑩也。」下「似」字當本作「之」，鄭以「似瓊之瑩」申毛意。正義本誤作「似瑩」，遂云「『瓊』『瑩』俱玉石名，故云似瓊似瑩」。觀其引定本末章箋云「瓊英，猶瓊華、瓊瑩」，可見「瑩」與「華」「英」一例，定本次章箋必不作「似瑩」。正義反以定本兼言「瓊瑩」者爲衍字，非也。

東方之日

《序》云：「《東方之日》，刺衰也。君臣失道，男女淫奔，不能以禮化也。」案：毛傳以日月在東方皆言君臣明察之盛，所謂言在此而意在彼，主文而譎諫者也。《序》又以男女淫奔歸於君臣之失道，亦是推本之論。

毛以每章下四句皆陳昏禮之正，以刺今之不然。其云「姝者，初昏之貌」，蓋與《静女》之「姝」同，乃指女子之美。下句「室」爲男子之室。履，禮也。即，就也。言彼姝之子所以在我之室者，由我以禮聘，始來就我而爲昏也。次章「闥」亦男子之闥。發，行也。言我以禮迎，始能歸我而行夫婦之禮也。如此釋傳，文理皆順。若箋以「彼姝者子」爲男子，來在女室，則是强暴矣。天下有遇强暴而尚以美好稱之者哉？下又云「在我室者，以禮來，我則就之」。天下有强暴在室而尚望其以禮來者哉？宋儒因之，並謂是女子淫奔，來在男子之室。夫謂之「淫奔」，而日出輒來，月出却去，尤爲不近情理矣。

「東方之日兮」，傳：「興也。日出東方，人君明盛，無不照察也。」次章「東方之月兮」，傳：「月盛於東方，君明於上，若日也；臣察於下，若月也。」承珙案：《楚辭》「暾將出兮東方」，王逸注云：「日始出東方，其容暾暾而盛大也。」楊子曰：「月未望則載魄于西，既望則終魄于東。」故傳以日月在東方皆爲明盛。《吕記》引程氏曰：「日月明照，則物無隱蔽，姦慝莫容，如朝廷明於上也。今君不明，故有淫奔之行。詩人以東方之日刺其當明而昏也。」此説最合傳旨。箋以日月在東方皆喻不明，義殊迂曲。《文選》注引《韓詩薛君章句》，謂詩人言所説者顔色盛美，如東方之日。其義淺矣。

「在我闥兮」，傳：「闥，門内也。」《説文》無「闥」字。《門部》：「闥，樓上户也。」段注以爲即今「闥」字，引《西京賦》説「神明臺」曰「上飛闥而仰眺」，《西都賦》説「井幹樓」曰「排飛闥而上出」：「此二闥皆樓上户，在高處，故名之曰飛。」承珙案：賦稱「飛闥」，以爲是樓上户之「闥」，於義似近，故薛注《西京賦》「飛闥」云：「突出方木也。」《玉篇》「闥」訓「門内」，用毛義。又云「飛闥，突出方木也」，則與薛同。然《西京賦》又云「重閨幽闥」，薛注：「宫中之門，小者曰闥。」此則與闥爲「樓上户」者不同。或別有「闥」字，或通作「達」。《東京賦》「八達九房」，「達」即「闥」字。漢人多作「闥」，《前漢書・高后紀贊》《樊噲傳》《霍光傳》，注皆云：「闥，宫中小門。」《後漢書・宦者傳》注引《爾雅》曰「小閨謂之闥」，與今本《爾雅》不同，此所據當是古本。毛訓「門内」者，以與上「室」字同義。蓋切言之，則闥爲小門；渾言之，則門以内皆爲闥。《釋文》引《韓詩》「門屏之間曰闥」，亦是謂門以内也。

東方未明

《序》云：「《東方未明》，刺無節也。朝廷興居無節，號令不時，挈壺氏不能掌其職焉。」朱子《辨説》云：「刻漏不明，固可以見其無政，然所以興居無節，未必皆挈壺氏之罪也。」黄氏實夫曰：「詩人微其意以責臣，而作《序》者原其本以責君也。」嚴《緝》云：「哀公興居無節，詩人歸咎於司漏者以諷之。杜蕢酌而飲師曠、李調，乃所以規晉平也。」郝氏仲輿曰：「興居號令，非辰夜者所得司。無所歸咎，不敢斥君而求諸挈壺氏，所謂『敢告僕夫』云爾。」承珙案：以上諸説皆足以解《辨説》之惑。若許氏《名物鈔》云：「詩無明刺挈壺氏之語，故傳亦無挈壺之意，而於《序》下言之。」今案：傳於三章云：「古者有挈壺氏，以水火分日夜，以告時於朝。」許氏何以未見？《序》下箋云：「挈壺氏，掌漏刻者。」何以又誤爲傳？許氏竟似目未見注疏者，大奇。

韓氏怡《讀詩傳謅》曰：「《竹書》『懿王元年，天再旦于鄭』，沈約注謂：『興居無節，號令不時，挈壺氏不能掌其職。』據齊世系，哀公適當懿王之時。是齊廷之顛倒，化起於周王，正所謂一國之事繫一人之本。」承珙案：孔疏以哀公當懿王時，不誤。沈約注《竹書》用《東方未明》之《序》，殆以懿哀相值，故移之於王朝歟？然齊之挈壺失職，當不止哀公一世，《序》既不斥何公，是當時已不能明其世次，無庸肊爲之説。

《荀子・大略篇》云：「諸侯召其臣，臣不俟駕，顛倒衣裳而走，禮也。《詩》曰：『顛之倒之，自公召之。』」《説苑・奉使》篇：「魏文侯封太子擊于中山，後遣趙倉唐賜太子衣一襲，勑倉唐以雞鳴時至。太子起，拜受賜。發篋視衣，盡顛倒。太子曰：『趣早駕，君侯召擊也。』倉唐曰：『臣來時不受命。』太子曰：『君侯賜擊衣，不以爲寒也。欲召擊，無誰與謀，故勑子以雞鳴時至。《詩》曰：「東方未明，顛倒衣裳。顛之倒之，自公召之。」』遂西至謁，文侯大喜。」據此，人臣朝君，未明求衣，自是常禮。但「自公召之」則於時過早，故箋云：「漏刻失節，君又早興。」至末章「不夙則莫」，而興居無節之弊始盡見矣。

「不能辰夜」，傳：「辰，時。」案：《莊子・齊物論》「見卵而求時夜」，《釋文》引崔注云：「時夜，司夜。」此蓋以「時」爲「伺」，如孔子「時其亡也」之「時」，謂察候夜之早晚。傳但以「辰」爲「時」，只當如正義云不能時節此夜之漏刻，不必又轉「時」爲「伺」。若《集傳》云「辰夜之限甚明」，則誤以「辰」爲「晨」矣。

正義云：「馬融、王肅注《尚書》，以爲日永則晝漏六十刻、夜漏四十刻，日短則晝漏四十刻、夜漏六十刻，日中、宵中則晝夜各五十刻。鄭於《堯典》注云：『日中、宵中者，日見之漏與不見者齊也。日永者，日見之漏五十五刻，日不見之漏四十五刻。』又與馬王不同者，鄭言日中、宵中者其漏齊，則可矣。其言日永日短之數，則與歷甚錯。馬融言晝漏六十、夜漏四十，減晝以裨夜矣。鄭意謂其未減，又減晝五刻以增之，是鄭之妄説耳。」此蓋用王肅難鄭之説。《尚書正義》引肅云：「鄭知日見之漏減晝漏五刻，不意馬融爲傳已減之矣。因馬融所減而又減之，故日長爲五十五刻。因以冬至反之，取其夏至夜刻以爲冬至晝短，此其所以誤耳。」王氏西莊《尚書後案》云：「玄《授時歷》夏至晝六十二刻，夜三十八刻，冬至晝三十八刻，夜六十二刻，又與馬鄭並不同。蓋地勢有在南在北之異，馬據地中而言，故晝夜刻數長極于六十，短止于四十。《授時歷》據燕都而言，故晝夜刻數長極于六十二，短極于三十八，其不同以此。而鄭則又取南北之適中者言之耳。然則馬、鄭、《授時歷》三者皆是也，王肅妄駁。」孫氏淵如《尚書疏》云：「鄭與馬異者，《周禮·挈壺氏》疏云：『馬云春秋晝夜五十刻，據日見之漏。若兼日未見、日没後五刻，則晝五十五刻，夜四十五刻。若夏至晝六十刻，通日未見、日没後五刻，則晝六十五刻，夜三十五刻。一年通閏，有三百六十五日四分日之一，四時之間九日有餘，較一刻爲率云。』高誘注《吕覽》云：『夏至之日，晝漏水上刻六十五，夜漏水上刻三十五。』各不同者，日自長至漸長，日增刻數，各據一月上中下旬言之也。」承珙案：《尚書正義》又云：「天之晝夜以日出入爲分，人之晝夜以昏明爲限。日未出前二刻半爲明，日入後二刻半爲昏。損夜五刻以裨於晝，則晝多於夜，復校五刻。」據此，知鄭注《尚書》於日永晝漏較馬少五刻，日短晝漏又多五刻者，蓋欲備二法。日永晝漏，不兼日未出、日入言之，故少五刻。日短晝漏，兼日未出與日入言之，故多五刻。其注《考靈燿》云：「九日增減一刻，計春分至夏至九十二日，當增十刻。春分晝漏五十，則夏至六十刻矣。」此注正與馬同。高誘注《吕氏春秋》「日短至」云：「冬至之日，晝漏水上刻四十五，夜漏水上刻五十五。」亦與鄭同。而其所云夏至之刻又與馬鄭互異，且多於鄭十刻，則並不止兼日未出與日入而言。此王氏所云「地有南北」者，理或然歟！

南山

《序》云：「《南山》，刺襄公也。」箋疏以上二章刺襄公淫乎其妹，下二章責魯桓縱恣文姜。嚴《緝》謂齊人不當以雄狐目其君，欲改爲喻魯桓之求匹。不知齊襄鳥獸之行，何不可目以雄狐。且詩人嘗以雄雉目衛宣公矣。季彭山又以詩稱「齊子」，疑爲魯人之作誤入《齊風》，尤爲臆斷。「齊子」者，謂其爲齊之子，而非齊之婦也。不曰「姜」而曰「齊」者，諱其氏而爲一國之通稱，此所以爲齊人之作也。吴氏易堂曰：「前兩言『齊子』，是刺文姜。後兩言『取妻』，是刺魯桓，皆所以刺襄公也。」《虞東學詩》曰：「章首既以南山雄狐發端，是意主於刺襄以及文、桓耳。」承珙謂全詩本皆爲刺襄而作，後二章乃惡其君之大惡，無所歸咎，而責之魯桓。《敝笱》之惡魯桓，亦此意也。

「南山崔崔」，傳：「南山，齊南山也。崔崔，高大也。國君尊嚴，如南山崔崔然。」正義曰：「詩人自歌土風，山川不出其境，故云齊南山。」❶案：《水經注》：「淄水逕牛山西，又東逕臨淄縣故城南，東得天齊水口，水出南郊山下，左思《齊都賦》曰『牛嶺鎮其南』者也。」《方輿紀要》：「南郊山在臨淄縣東南一十五里，一名南野山。」此當即《詩》所謂「南山」者歟！

「雄狐綏綏」，傳：「雄狐相隨，綏綏然無別，失陰陽之匹。」李氏迂仲曰：「孔疏：『雄當配雌，今雌雄無

---

❶ 「齊」上，阮校本《毛詩正義》有「南山」二字。

別，失陰陽之匹，以喻夫當配妻，今襄公兄與妹淫，亦失陰陽之匹。』此非也。『雄狐』亦如『雄雉于飛』，言鳥獸之雄者惟雌之匹，而無別也。」承珙案：李說最得傳旨。傳云「雄狐相隨」者，非謂二雄相隨，謂雄狐但與其類相隨。鳥獸之性，淫不避親，配非其正，故曰「綏綏然無別，失陰陽之匹」。箋惟以狐在山上，合二句爲一喻，與傳「南山」「雄狐」各自爲喻者異義。其云「雄狐行求匹偶，形貌綏綏然」，則意與傳同。正義謂箋以狐無二雄相隨之理，其實傳本不謂二雄也。

「葛屨五兩，冠緌雙止」，傳：「葛屨，服之賤者。冠緌，服之尊者。」箋云：「葛屨五兩，喻文姜及姪娣與傅姆同處。冠緌，喻襄公也。五人爲奇，而襄公往從而雙之。冠屨不宜同處，猶襄公、文姜不宜爲夫婦之道。」承珙案：毛於上章「南山」「雄狐」各自爲喻，此「葛屨」「冠緌」亦各自爲喻，謂葛屨賤服，而下有五兩之多。冠緌尊飾，而上有成雙之美，貴賤各有其耦如此。箋說迂曲，孔疏强爲申之，皆非是。後儒惟蘇氏《詩傳》云：「葛屨五兩，則屨具於下矣。冠緌雙止，則緌具於上矣。言文姜有匹於魯，襄公有耦於齊，曷爲又相從哉。」又吕氏大臨曰：「屨與屨爲耦，雖五兩各有耦。冠緌之雙，亦自爲耦。襄公、文姜非其耦也。」二說皆能得毛意。至葛屨所以言「五兩」者，《放齋詩說》引《周禮・屨人》注有纁屨、黄屨、白屨、黑屨、散屨，爲五兩。姚氏《識名解》謂：「屨惟夏用葛，爲便於時。其纁、黄、白、黑諸色未必皆以葛爲之。《士喪禮》：『夏葛屨，冬白屨。』變『皮』言『白』，可見葛屨惟用本色，故喪服不易其稱，安得有五者之異？」承珙又案：《士冠禮》記云「屨，夏用葛」，其下即云玄端黑屨，素積白屨，爵弁纁屨。則是葛屨未嘗不可備纁黑諸色，曹氏之言不爲無據。或又據《說苑》言親迎之禮，諸侯以屨二兩加琮，大夫、庶人以屨二兩加束修，夫人受琮，取一兩屨以履女。然則葛屨五兩，親迎之禮也，「二兩」當作「五兩」，大夫以下二兩，則諸侯五兩明矣。今案：下二章方言取妻，此章恐未及親迎之事，且於「冠緌」又將何説也？

「蓺麻如之何？衡從其畝」，傳：「蓺，樹也。衡獵之、從獵之，種之，然後得麻。」正義云：「在田逐禽謂之獵，則『獵』是行步踐履之名。衡，古『横』字。衡獵之、從獵之，謂既耕而踐躡概摩之也。古者推耒耜而耕，不宜縱横耕田，且書傳未有謂耕爲獵者，故知是摩獵之也。」承珙案：獵，經典亦通作「躐」，疏以「踐躡概摩」言之，自與耕田不同。箋云「必先耕治其田」者，約略言之，亦非謂縱横耕田。《坊記》引《詩》「横從其畝」，注云：「横從，游行治其田也。」此從《釋文》。今《注疏》本作「横行治其田」，非是。游行者，往來踐治之謂，亦與此傳言「獵」意同也。

段氏《詩經小學》云：「賈思勰《齊民要術》曰：『凡種麻，耕不厭熟。縱横七偏以上，則麻無葉也。』此正合毛説。獵，猶踐也，治也。衡治之、縱治之，乃種之，然後得麻。《韓詩》『從』作『由』。『由』亦『從』也。古『隨從』與『縱横』不分二音。」承珙案：《釋文》引《韓詩》「東西耕曰横，南北耕曰由」，《一切經音義》又引《韓詩》傳曰「南北曰從，東西曰横」，可見《韓詩》字雖作「由」，訓仍爲「從」，正與毛同耳。

「取妻如之何」，《釋文》：「取，七喻反。」段云：「《衆經音義》曰：『娶，七句切，取也。《詩》曰：「娶妻如之何。」傳曰：「娶，取婦也。」』玄應所據《毛詩》與陸異，或是《韓詩》。」承珙案：《白虎通義》引《詩》亦作「娶妻如之何」，當是用三家詩。即如《坊記》引下章云「伐柯如之何？匪斧不克」，與今《毛詩》不同，疑亦三家字異耳。

「必告父母」，傳：「必告父母廟。」箋云：「取妻之禮，議於生者，卜於死者，此之謂告。」正義引《曲禮》「齋戒以告鬼神」、昭元年《左傳》「圍布几筵，告於莊共之廟而來」，以證娶妻自有告廟之法。而又云：「箋必以爲卜者，以納吉爲六禮之一，故舉卜言之。按，《昏禮》婦家受納采之禮云：『主人筵於户西。』注云『爲神布席』。其後諸禮皆轉以相似。女家尚每事告廟，則夫家將行六禮，皆告於廟，非徒一卜而已。明以卜爲大事，故特言之。」承珙案：《士昏禮》親迎以前，不言告廟之事，《白虎通義》因有「娶妻不先告廟，示不必安也」之説。其實他經言告廟者甚明，傳説自不可易。鄭君蓋亦主不告廟之説，故解《左傳》「先配後祖」，以「祖」爲軷道之祭。其説已爲孔疏所駁。至注《曲禮》之「告神」，又以女家之布神席當之。然《曲禮》之意，實主男氏而言，觀上下文可見。至《文王世子》曰：「五廟之孫，祖廟未毁，雖爲庶人，冠、娶妻必告。」鄭云：「告於君也。」亦既告君，必先告廟。是則鄭君本未有定論矣。

甫田

《序》云：「《甫田》，大夫刺襄公也。無禮義而求大功，不修德而求諸侯，志大心勞，所以求者非其道也。」《詩序廣義》曰：「古人云《甫田》悟進學，《衡門》悟處世。楊子《修身篇》亦引此詩，蓋言詩之用。而此詩之作，實指齊襄。以詩之言『遠人』者證之，《春秋傳》：襄公討鄭而殺子亹，伐衛而納惠公，侵紀而滅其國，乃兄弟之問弗能防，以至簒弑，此忽近圖遠之明證。」承珙案：《詩序辨説》以此未見其爲襄公之詩，故泛指爲戒時人而作。夫詩無達詁，讀詩者原有引伸觸類之法，故楊雄《法言》引之以説修身，李和伯於此悟進學，見《困學紀聞》。未爲不可。而風人當日則實有所指，必非泛作格言，了無關係。《鹽鐵論・地廣》篇云：「夫治國之道，繇中及外，自近者始。近者親附，然後來遠百姓，内足然後卹外。今中國弊落不憂，務在邊境，意者地廣而不耕，多種而不耨，費力而無功。《詩》云：『無田甫田，維莠驕驕。』其斯之謂歟！」此所引證乃詩本義，何氏《古義》反以爲舊説相傳，與詩不合，何也？

此詩首次兩章，傳箋皆以上二句興，下二句詞旨明白，無可疑者。《集傳》改爲比。若以田甫田之難獲比思遠人之徒勞，尚屬可通，而乃云戒時人厭小而務大，忽近而圖遠，以每章四句平列爲比，則所比之意在於言外，非比顯興隱之謂矣。至末章箋云：「人君内善其身，外脩其德，居無幾何，可以立功。猶是婉孌之童子，少自脩飾，丱然而稚，見之無幾何，突耳加冠爲成人也。」蘇《傳》、李《解》、《吕記》皆從其説，《集傳》亦因之。范氏《補傳》、嚴氏《詩緝》乃謂童子冠弁爲襄公躐等躁求之喻，説自可通，然不如箋疏之深婉矣。

「維莠驕驕」，毛傳無訓。次章「維莠桀桀」，傳云：「桀桀，猶驕驕也。」《法言》作「喬喬」。承珙案：「驕」蓋「喬」字之借。《爾雅》：「喬，高也。」下文「桀桀」亦高出之義。《載芟》「有厭其桀」，傳云：「言桀苗厭然特美也。」箋云：「桀，先長者。」故此傳云：「桀桀，猶驕驕也。」潘安仁《射雉賦》：「何調翰之喬桀，邈儔類而殊才。」與此「驕驕」「桀桀」意近。

「勞心忉忉」，傳：「忉忉，憂勞也。」《説文》無「忉」字，當通作「惆」。「惆」之爲「忉」，猶「舟周」之爲「舠」耳。《説文》：「惆，失意也。」《荀子・禮論篇》：「惆然不慊。」《楚辭・九辨》：「惆悵兮而私自憐。」《玉篇》：惆悵，恨也。《莊子・天地》篇釋文引《字林》作「怊」，蓋「忉」又「怊」之省也。《匡謬正俗》云：「《甫田》篇『勞心忉忉」，《爾雅》音『切切』，憂也。後之賦者叙憂慘之情，多爲『忉怛』。王仲宣《登樓賦》：『心悽愴以感發，意忉怛而憯惻。』諸如此類，皆當音『切』，字與『忉』字相類。『切』字从刀，七聲，傳寫誤亂，或變爲『忉』。今之學者諷誦辭賦，皆爲『忉怛』，不復言『切』，失之遠矣。」承珙案：顔氏此條當有脱誤。今《爾雅·釋訓》：「忉忉，憂也。」《釋文》亦不云有作「切」者。即謂古本有此，然於韻不協。或謂次章「怛怛」有作「切切」者，而顔氏又明言「忉」當作「切」，殊不可解。

「總角丱兮」，傳：「丱，幼穉也。」《説文》：「磺，銅鐵樸石也。从石，黄聲。讀若穬。」段注云：「各本此下出『丱』篆，解云：『古文磺。《周禮》有丱人。』按：《周禮》鄭注：『丱之言礦也。』賈疏云：『經所云「丱」是總角之「丱」字。此官取金玉，於丱字無所用，故轉從「石邊廣」之字。』語甚明晰。丱之言礦，丱非礦字也。《説文》『卵』字本作『丱』不作『卵』，《五經文字》曰：『丱，古患反，見《詩·風》。《説文》以爲古「卵」字。』《九經字樣》曰：『丱，卵。上《説文》，下隸變。』是《説文》『卵』字作『丱』，唐時不誤，確然可證。《五經文字》又云：『丱，《字林》不見。』可證『丱』變爲『卵』始於《字林》。今時《説文》作『卵』不作『丱』，則五季以後據《字林》改《説文》者所爲也。《説文》即無『丱』，乃有淺人於《石部》妄增之。『丱』果是古文『磺』，則鄭何必云『之言』，賈何必云『此官取金玉，於丱字無所用』哉？《説文》『卵』字古音如『關』，亦如『鯤』，引申爲『總角丱兮』之『丱』，又假借爲『金玉樸』之『磺』，皆於其雙聲求之。讀《周禮》者徑謂『丱』即『磺』字，則非矣。又或云與角丱之字有别，亦誤。」承珙案：段説是也。或據《一切經音義》「礦，古文⿰石卝，同」，是《説文·石部》之「丱」當作「⿰石卝」。不知鄭注明以「丱」「礦」爲二字，若果有從石之「⿰石卝」，則《周禮》多古文，注不必轉「丱」爲「礦」矣。或又據高誘注《吕覽·本味》篇云「丸，古『卵』字」，不應又有「卝」爲古「卵」字。不知高注謂古字或以「丸」爲「卵」，是以聲義相近假借，非以「丸」爲「卵」之本字也。「卝」訓「幼稺」，猶後人以稚子爲雛之意。嚴《緝》乃云「兩角如『卝』字之形」，鑿矣。

盧令

《序》云：「《盧令》，刺荒也。襄公好田獵畢弋而不脩民事，百姓苦之，故陳古以風焉。」何氏《古義》曰：「《國語》及《管子書》皆稱襄公田獵畢弋，不聽國政。《公羊傳》載，莊四年，公與齊侯狩于郜。《左傳》載，莊八年，齊侯田于貝邱，此足爲襄公好田之明證。」承珙案：後儒説《詩》者多謂此詩與《還》意略同，不信《序》「陳古以風」之語。不知《還》詩「揖我謂我」等語，是自夸其從禽之事，故通篇直刺其荒。此詩云「其人」者，是想望之詞，故以爲陳古。首章傳云：「言人君能有美德，盡其仁愛，百姓欣而奉之，愛而樂之。順時游田，與百姓共其樂，同其獲，故百姓聞而説之，其聲令令然。」傳文多簡，而此獨詳者，自以《序》刺襄公，故詳述人君之事。足知《序》傳所言，必皆有所受之。正義引《孟子》爲證，此善申傳義者也。

「盧令令」，傳：「盧，田犬也。令令，纓環聲。」《説文·犬部》：「獜，健也。《詩》曰：『盧獜獜。』」承珙案：《吕記》引董逌曰：「《韓詩》作『盧泠泠』。」此雖與毛異字，然「泠泠」當亦指聲言。若《説文》作「獜」而義爲「健」，殆據《齊》《魯詩》歟？下二章言「重環」「重鋂」，則此章作「環聲」爲是。蓋田犬頷下有環，必先聞其聲而後見其狀，故於首章言「令令」，情景最合。《玉篇》：「獜獜，聲也。亦作鏻。」則不明爲何聲。《廣韻》：「獜獜，犬健也。出《説文》。今《説文》「健」上脱「犬」字。力珍切。」又《青韻》引《玉篇》「獜獜，犬聲也。郎丁切」。以爲「犬聲」，尤非是。正義作「鈴鈴」者，以今字明古字，易而説之。疏中每有此例，非別有本作「鈴鈴」。觀《序》下正義云「《盧令》三章，章二句」，經下云「盧令至且仁」，皆作「令」，不作「鈴」，可見。

「其人美且鬈」，傳：「鬈，好貌。」承珙案：《還》詩「揖我謂我儇兮」，《釋文》引《韓詩》作「婘」，音權，好貌。《陳風》「碩大且卷」，傳云：「卷，好貌。」《釋文》：「卷，本又作婘。」合之此傳，是「婘」與「鬈」同，又省作「卷」。《説文・髟部》：「鬈，髮好貌。《詩》曰：『其人美且鬈。』」此「鬈」之本義。《雜記》：「燕則鬈首。」《管子》：「百工商賈不得服長鬈貂。」長鬈，謂毛長也。皆與《説文》本義相近。此傳但言「好貌」，則是由髮好引申爲凡好之稱耳。箋謂「鬈」爲「權」，《五經文字》以爲其字从手作「捲」。但訓爲「勇壯」，與下章「偲」字意複。正義云「箋以諸言『且』者，皆辭兼二事，若『鬈』是『好貌』，則與『美』是一也」，故易之。《稽古編》曰：「『美』是美德，首章傳甚明。『好』指儀容，與『美』異義，何嘗一乎？此《詩序》云『陳古以風』，故三章皆以美德爲主，而仁，則又有其政也。鬈，則又有其容也。偲，則又有其才也。容貌與才技雖非『美』『仁』之比，然詩人頌君，往往及之。《終南》之『顔如渥丹』，《駟驖》之『舍拔則獲』，皆是矣。」承珙案：《鄭風・叔于田》「洵美且好」，彼何不嫌「美」「好」是一乎？

「其人美且偲」，傳：「偲，才也。」箋云：「才，多才也。」《説文》：「偲，彊力也。」引《詩》曰「其人美且偲」。案：「彊力」與「才」義亦近。如《能部》云：「能獸堅中，故稱賢能，而彊壯稱能傑。」亦其義也。《稽古編》曰：「《集傳》訓『鬈』爲『鬚髮好』，訓『偲』爲『多鬚』，而引《左傳》『于思』語爲證，則兩章意複矣。況《説文》『鬈，髮好貌」，不云鬢也。《左傳》杜注云『于思，多鬢貌』，《釋文》、正義載賈逵云『白頭貌』，皆不云『鬢』，且合『于思』二字爲義，非偏釋一『思』字也。」

敝笱

《序》云：「《敝笱》，刺文姜也。齊人惡魯桓公微弱，不能防閑文姜，使至淫亂，爲二國患焉。」陳氏《稽古編》曰：「《序》以爲惡魯桓微弱，是也。朱《傳》以爲刺莊公，失之矣。案：女子之歸有三：于歸也、歸甯也、大歸也，舍是無言歸者。文姜如齊，始于桓末年耳。時僖公已卒，不得言歸甯。又非見出，不得云大歸，則詩言『齊子歸止』定指于歸無疑。然于歸時，文姜淫行未著也，末年如齊，桓即斃於彭生之手，詩何得責其防閑而以爲刺哉？蓋嘗考之矣，魯桓弒君自立，惟恐諸侯見討，急結婚於齊，以固其位。故不由媒介，自會齊侯于嬴以成婚。文姜又僖公愛女，於其嫁也，親送之讙。則嫁時扈從之盛，與文姜之驕逸難制可知。桓既恃齊以自安，勢不得不畏内，養成驕婦之惡，已非一朝，特於晚年發之耳。然則笱之敝也，不敝於彭生乘公之日，而敝於子翬逆女之年矣。詩人推見禍本，故不於如齊刺之，而於歸魯刺之，指深哉。」承珙案：首《序》言刺文姜，是全詩本旨。其下云「齊人惡魯桓微弱，不能防閑文姜」，則因敝笱之興而推原文姜淫亂之所由來。《呂記》引胡氏、楊氏之説，皆從《序》以爲惡桓。《集傳》始改爲刺莊，又疑於子不宜制母，而以爲當制其僕從。其説牽率，不如《序》義之長。或又泥於《序》首之言，以敝笱比文姜，尤非詩旨。

「其魚魴鰥」，傳：「鰥，大魚。」正義引《孔叢子》「衛人釣於河，得鰥魚焉，其大盈車」爲證。《稽古編》曰：

「嚴《緝》謂『鰥』與『魴』『鱮』同稱，非甚大之魚，衛人所釣，偶得其盈車者耳。斯語良然。然案《本草》：『鰥魚體似鯮而腹平，頭似鯇而口大，頰似鮎而色黄，鱗似鱒而稍細，大者三四十斤。善吞啗，故又名鱤魚，又名䲒魚。』鱤者，敢也。䲒者，啗也，則定非敝笱所制矣。」承珙案：《本草》以鱤魚爲鰥，乃李時珍說。考《上林賦》「鰅鰫鰬魠」，郭璞注云：「魠，鱤也。一名黄頰。」《山海經·東山經》「減水，其中多鱤魚」，郭注亦云：「一名黄頰。」《説文》：「魠，侈口魚也。」《玉篇》：「魠，黄頰魚。」《廣雅》：「䱌、魧、䲥，魠也。」陸《疏》又以《小雅》之「鱨」即黄頰魚。然皆不以爲鰥。《説文》别有「䲒魚」，亦不名「鰥」。《綱目》之説似未可信。總之，毛傳云「大魚」者，不過以見非敝笱所能制，不必定是盈車。若果盈車之魚，雖强笱亦不能制矣。馮氏《名物疏》云：「次章釋鱮，亦云『大魚』，則鰥特魴鱮之類耳，非必大至於盈車也。『盈車』即鰥之尤大者，如今鱮亦有小有大。鄭箋以爲魚子，殊不知魚子尚未成魚，何云制以笱邪？」

「齊子歸止」，案《南山》「齊子由歸」箋云：「婦人謂嫁曰歸。」《集傳》從之，而於此又從張氏説，以爲歸齊。《虞東學詩》云：「考莊二年至七年經，書姜氏會齊侯者三，享齊侯及如齊師者各一，皆於齊魯之境，未嘗歸齊。如下篇《載驅》所云，是其事也。此詩三言『歸止』，惟桓十八年經書『公與夫人姜氏遂如齊』，乃歸齊實事。」承珙案：《南山》之「曷又鞠止」「曷又極止」固謂桓與姜氏如齊爲淫縱其欲，而兩詩所云「歸止」者，則皆謂于歸。此詩本其初嫁言之，以見文姜驕伉由來者漸，非一日之積耳。若《南山》之「歸止」爲歸魯，而《敝笱》之「歸止」又爲歸齊，詞同義異，恐非詩旨。

「其從如雲」，傳：「如雲，言盛也。」案：《鄭風·出其東門》「有女如雲」、《大雅·韓奕》「諸娣從之，祁祁如雲」，傳皆以「如雲」言「衆多」。鄭惟《韓奕》同毛，於《出其東門》箋云：「如雲者，如其從風，東西南北，心無有定。」此與下文「雖則」義不甚協。此箋又云：「其從，姪娣之屬。言文姜初嫁于魯桓之時，其從者之心意如雲然。雲之行，順風耳。後知魯桓微弱，文姜遂淫恣，從者亦隨之爲惡。」夫從者之「如雲」「如雨」「如水」，皆言其衆盛，以見豪奴悍婢簇擁而來，其驕伉難制之意隱然言外。箋乃以三「如」字皆爲從者心意無定，可善可惡之比，正義遂云「由文姜淫泆，故從者亦淫」，非也。

「其魚唯唯」，傳：「唯唯，出入不制。」箋云：「唯唯，行相隨順之貌。」《釋文》：「唯唯，《韓詩》作遺遺，言不能制也。」案：毛韓字異而義同，「唯」與「遺」皆有「隨」義。「唯」本言語聽從之稱，引申爲凡物之聽從。《角弓》「莫肯下遺」，箋云：「遺，讀曰隨。」《玉篇》：「遺遺，魚行相隨。」《廣韻》：「遺，魚盛貌。」此蓋皆本《韓詩》，又加水旁耳。

載驅

《序》云：「《載驅》，齊人刺襄公也。無禮義，故盛其車服，疾驅於通道大都，與文姜淫，播其惡於萬民焉。」許氏《詩深》曰：「序《詩》之例，鄭詩不書『鄭』，齊詩不書『齊』。而此篇獨繫之『齊人』，正恐讀者但見詩稱『齊子』，不辨其何以刺襄，故加『齊人』以著之使知。『載驅』若指文姜，當其發夕于魯，齊人何由見其『薄薄』？惟屬之襄公，則知簟茀者，國君之路車，非夫人之翟茀。固以齊人目擊襄公之薄薄載驅，遂想見齊子之發夕魯道，而後詩意了然。可謂發淫人隱微深痼之疾，而善言其情狀矣。」承珙案：齊人自刺其君，其詞宜隱，故「簟茀」「四驪」但言其車馬馳驟之盛，無所指斥，而以「齊子」對照出之，所謂言隱而旨顯也。至諸詩皆稱「齊子」，而不稱「姜」，其有諱惡之意，亦復昭然。《詩》與《春秋》相表裏，豈不信哉？

《虞東學詩》曰：「《載驅》，刺襄公。毛鄭俱以上二句指襄，下二句指姜，《集傳》改爲刺文姜。嚴華谷言四句分作二人，詞意斷續，必並言文姜，文方貫也。今案：《春秋》莊二年冬，『夫人姜氏會齊侯于禚』。杜注：「齊地。」傳曰：『書姦也。』七年：『春，會齊侯于防。』杜注：「魯地。」傳曰：『齊志也。』杜氏以爲『至齊地則姦發夫人，至魯地則齊侯之志』。詩中四舉『魯道』，兩言『汶水』，始終不及齊境，正杜所謂至魯地爲齊侯之志者。況首言『載驅薄薄』，明已在道疾行。末言『齊子發夕』，明是聞襄來而暮夜啟行赴之。若敘一人之事，豈容先在道而後啟行？傳箋無誤，文亦無不貫也。」承珙案：何氏《古義》引陳祥道《禮書》云「襄公方叔之車以簟茀，衛夫人之車以翟茀」，以爲「此男子、婦人車蔽之別」。《毛詩明辨録》又云：「婦人不立乘，但乘安車駕一馬，而無四驪。」其實亦不必盡然。總之，齊人作詩刺上，不應反舍襄公而不一及耳。

「齊子發夕」，傳：「發夕，自夕發至旦。」惠氏《古義》曰：「《小宛》詩云『明發不寐』，薛夫子、王叔師皆訓『發』爲『旦』，故《焦氏易林》云：『襄送季女，至於蕩道。齊子旦夕，留連久處。』旦夕，猶發夕也。《說文》曰：『昏鼓四通爲大鼓，夜半三通爲戒晨，旦明三通爲發明。』發明，猶旦明也。」承珙案：毛義亦是以「發」爲「旦」。「自夕發至旦」當本作「自夕至旦」，傳寫衍「發」字。《小宛》傳云「明發，發夕至明」，當本作「明發，夕至明」，亦傳寫衍「發」字。《祭義》注以「明發」爲「自夜達旦」，即所謂「夕至明」也。此「發夕」猶言「旦夕」，彼「明發」猶言「明旦」耳。正義以此「發夕」爲「夕時發行」，以《小宛》「明發不寐」爲「從夕至明，開發以來，不能寢寐」，皆未悟傳意即以「發」爲「旦」耳。

「齊子豈弟」，傳：「言文姜於是樂易然。」承珙案：毛於《蓼蕭》「孔燕豈弟」直云「豈，樂。弟，易也」。此獨云「於是」云「然」，猶言「此何事也，而乃於焉樂易乎」。「樂易」與下「翺翔」「游敖」一例。蓋首章「齊子發夕」，言其旦夕往來魯道，爲一篇之提綱，下三章形容其在道坦易舒徐，毫無慙恥之狀。而「發夕」「豈弟」「翺翔」「游敖」皆爲疊字儷句，文義未嘗不配。鄭箋讀「豈」爲「闓」，以「弟」爲「圛」。正義云：「若是其心樂易，非獨在道爲然。」不知此「樂易」猶言「流蕩」，豈得泥於「强教悦安」之訓，而疑文姜不當言樂易乎？段氏《尚書撰異》云：「鄭箋欲改『豈弟』爲『闓圛』，與『發夕』相儷，而不知『圛』與『濟』不韻。《尚書》之一作『涕』，一作『圛』，此古今文絶殊，非關聲誤者，不當引以説詩。」承珙謂：此説是也。《詩小學》又云：「《方言》：『發，舍車也。東齊海、岱之間謂之發。』郭注：『今通言發寫也。』《詩》『發夕』猶言『發寫』。」此則用戴氏《詩考正》之説。然下三章方言在道，不應首章先言解息車徒耳。

「汶水湯湯」，箋云：「汶水之上蓋有都焉，襄公與文姜時所會。」《稽古編》欲以《水經注》所謂「文姜臺」者當之。《毛詩明辨録》云：「莊二年會禚，禚在禹城、博平之間，是文姜渡汶而往也。四年會祝邱，注云『魯地』，而不知其所在。五年如齊師，師未出齊境，亦文姜渡汶以往。七年會防，防在金鄉，是襄公渡汶而來。再會於穀，穀在東阿，亦文姜渡汶以往。至鄭箋所云『都』爲何邑，已不可考。今以《春秋》所紀會地按之，或者祝邱在汶水之上邪。」承珙案：首章箋云：「襄公既無禮義，乃疾驅其乘車以入魯境。」正義云：「魯在汶側，齊在魯北。水北曰陽。僖元年《左傳》稱：『公賜季友汶陽之田。』當齊襄公之時，汶水之北尚是魯地。」

《虞東學詩》云：「原山之汶，以今輿地考之，自萊蕪、泰安、肥城、甯陽至東平入濟，綿亘數百里，或分或合，出入皆在魯境。馬之貞《臨清新聞記》：凡東蒙徂徠之陰，岱岳之陽，諸山溪澗之水皆瀦於汶，魯之大川也。」據此，知箋云「汶上有都」者，依《序》「大都」言之，不必定在汶水切近之處。嚴《緝》以《春秋》姜氏五會齊侯，無會汶之事。諸氏錦曰：「此不必拘，《春秋》可以補《詩》之亡，《詩》亦可以補《春秋》之闕也。」

汶水有二。《漢志》於「泰山萊蕪」下注云：「《禹貢》汶水出西南入泲，桑欽所言。」於「琅邪朱虛」下注云：「東泰山，汶水所出，東至安邱入維。」《説文》：「汶水出琅邪朱虛東泰山，東入濰。从水，文聲。桑欽説汶水出泰山萊蕪，西南入泲。」班許皆以二汶並列。然《水經》於二汶源流詳略迥異，則以出萊蕪入泲之汶，《書》《詩》《春秋》所稱皆即此水。而朱虛之汶，其流短促，非經傳所言故也。郭緣生《述征記》有「五汶」之名，曰北汶，曰嬴汶，曰柴汶，曰浯汶，合經流爲五，所謂泰山郡水皆名曰「汶」者也。《元和志》以「牟汶」易「浯汶」爲五。于欽《齊乘》曰：「入濟之汶見《禹貢》《論語》謂之『汶上』，《書傳》謂之『北汶』，即今大清河。入濰之汶見《漢書》。入沂之汶見《水經》。齊有三汶，清河爲大。」承珙案：酈注《水經》雖不言五汶，而所叙牟汶、石汶、柴汶等皆不過汶水支流，惟出萊蕪原山至安民亭入泲之汶，在齊南魯北，出入二國之境。此詩與「魯道」連言，則必其在魯地者也。王氏蘭泉曰：「詩言『汶』，蓋指『大汶』言之。酈氏云：『汶水南逕鉅平縣故城東而西南流，城東有魯道，《詩》所謂「魯道有蕩，齊子由歸」者也。今汶上夾水有文姜臺。』」案：成二年『齊侯伐我北鄙，圍龍』，注：『龍在泰山博縣西南。』桓三年『公會齊侯于嬴』，注：『嬴，齊邑。今泰山嬴縣。』哀十一年『會吴子伐齊，克博，壬申至于嬴』。然則嬴博以南屬魯界，龍以北屬齊界。酈氏云：汶水屈從博縣西南流經龍鄉故城南。益知齊魯往來要道實在嬴博，當今甯陽東平間，故襄公之來會由之。扼要之地，即爲大都通邑，惜正義之未能詳指其地也。」

猗嗟

《序》云：「《猗嗟》，刺魯莊公也。齊人傷魯莊公有威儀技藝，然而不能以禮防閑其母，失子之道，人以爲齊侯之子焉。」王氏《總聞》以爲：「莊公早年而桓公已殁，文姜挾母之尊，倚齊之强，安可防閑？」其後，郝氏敬、胡氏允嘉、鄒氏忠胤、黄氏櫄容皆於莊之不能防閑有恕詞焉。然則曷爲刺莊？考莊公生於桓公六年，至即位之時纔十三歲耳，固難責以防閑其母。其即位後二年至七年，文姜屢會齊襄，莊公身已弱冠，責以不能防閑，固已無所逃罪。惟詩中歷言莊公容貌技藝之美，非齊人熟觀而審悉之，不能言之如此其詳。而莊公二十二年以前，其身實未嘗至齊，詩人無由興刺。惟二十二年如齊納幣，二十三年如齊觀社，二十四年如齊逆女，《穀梁》一則曰：「不正其親迎於齊也。」再則曰：「娶仇人子弟以薦舍於前，其義不可受也。」蓋莊之忘親暱仇，於此爲甚，《猗嗟》之作當在此時。觀末章「猗嗟孌兮」傳云：「壯好貌。」毛於《甫田》《候人》之「婉孌」並訓爲「少好貌」，獨此言「壯好」者，豈亦以《猗嗟》作於如齊納幣逆女之時乎？

「抑若揚兮」，傳：「抑，美色。揚，廣揚。」「美目揚兮」，傳：「好目揚眉。」承珙案：「抑，美色」者，毛蓋以「抑」爲「懿」之假借。《爾雅》：「懿，美也。」韋注《國語》：「懿，讀曰抑。」是也。此句與「頎若長兮」文法一例。正義本作「頎若」，定本作「頎而」。「頎」爲長身之貌，「抑」爲廣額之美，故曰「頎若」「抑若」也。「美目揚兮」，此

「揚」專指目而言，與「廣揚」之「揚」不同。《集傳》以「揚」爲目之動，似不足以言美。惟嚴《緝》引錢氏曰「揚，起也，言目俊」，范氏《補傳》引《禮記》曰「揚其目而視之」，謂其瞻視之明，是也。《方言》：「盱、揚，雙也。驢瞳子，今本「子」上衍「之」字。《説文》引無「之」字。燕、代、朝鮮、洌水之間曰盱，或謂之揚。」郭注：「盱，舉眼也。揚，《詩》曰『美目揚兮』是也。」毛云「好目揚眉」者，「揚眉」猶言「盱衡」。《漢書·王莽傳》「盱衡厲色」，李善注《文選》引《漢書音義》曰：「眉上曰衡。」謂「舉眉揚目」也。然則毛傳正以揚眉形目美，謂好目於揚眉見之，故美目謂之揚。揚屬目，不屬眉。末章「清揚婉兮」乃總上二章「揚兮」「清兮」而言。婉者，好也，皆謂目之好。毛云「婉，好眉目」者，渾言之，其實揚眉即揚目耳。正義云：「眉毛揚起，故名眉爲揚。」非毛意也。

「猗嗟名兮，美目清兮」，傳：「目上爲名，目下爲清。」正義曰：「《釋訓》云：『猗嗟名兮，目上爲名。』孫炎云：『目上平博。』郭璞曰：『眉眼之間。』《爾雅》既釋如此，『清』又與『目』共文，名既目上，則清爲目下。」承珙案：《説文》：「顔，眉目之間也。」是眉下目上爲顔。若目下爲顴頰之際，不得謂「清」。竊謂此「目上」「目下」當讀爲「視不上於袷」之「上」、「不下於帶」之「下」，謂目之仰視、俯視也。爲「名」爲「清」，即所謂視容清明也。下文「儀既成兮，終日射侯，不出正兮」，故先言目之「名兮」「清兮」蓋形容其射時審固之狀。「名」與「明」通。《檀弓》：「子夏喪其子而喪其明。」注云：「明，目睛。」《冀州從事郭君碑》：「卜商號咷，喪子失名。」何超《晉書音義》云：「名，目也。」此固不誤。又引《玉篇》云：「《詩》『猗嗟顯兮』，顯，眉目間也，本亦作名。」此則非是。如云喪子失名，豈得謂失其眉目間乎？《西京賦》：「眳藐流眄，一顧傾城。」「眳」與「名」同。「眳」「藐」雙聲，即《方言》「驢瞳子謂之矊」郭注謂「矊藐」者，矊藐猶眳藐也。薛綜注《西京賦》云：「眳，眉睫之間。藐，好視容也。」二字分釋，誤矣。至「目下爲清」，即「清揚」之「清」。彼「清」與「揚」對，「揚」爲「舉目」，則「清」爲「低目」。此「清」與「名」對，「名」爲「上視」，則「清」爲「下視」，其義一也。上視爲名，「名」即「明」。人目上視則多白。《説文》：「眅，多白眼也。」《春秋傳》曰：鄭游眅，字子明。此亦一證。《説文》又云：「瞯，戴目也。」《廣韻》：「瞯，人目多白也。」戴目即上視，諸書謂之「望羊」。「羊」與「揚」通，此「美目揚兮」當爲「舉目」之證也。《晉書》：「阮籍能爲青白眼。」白眼者，仰視不顧之狀。則青眼當爲俯視。「青」與「清」同，此亦足見「清」爲下視也。

「儀既成兮」，箋云：「成，猶備也。」正義以爲威儀容貌既備。承珙案：儀，即謂射儀也。《周禮・射人》：「以射法治射儀。」《淮南・俶真訓》：「善射者有儀表之度，如工匠有規矩之數。」《泰族訓》：「射者數發不中，人教之以儀，則喜矣。」此言莊公善射，惟其射儀既備，所以終日不出正也，不當泛作威儀釋之。

「展我甥兮」，傳：「外孫曰甥。」正義云：「傳言『外孫曰甥』者，王肅云：『據外祖以言也。』謂不指襄公之身，總據齊國爲言。❶外孫得稱『甥』者，按《左傳》云：『以肥之得備彌甥。』孫毓云：『姊妹之子曰甥。謂我舅者，吾謂之甥。此《爾雅》之明義，末學者之所及，豈毛公之博物、王氏之通識，而當亂於此哉？抑者以襄公雖舅，而鳥獸其行，犯親亂類，使時人皆以爲齊侯之子，故絶其相名之倫，更本於外祖以言也。凡異族之親皆稱甥。』以上孫評，以下孔駁。然此是毛傳之言，不應代詩人爲絶其相名之倫，孫毓之言非也。」承珙案：傳云「外孫曰甥」者，不過如《左傳》云「我之所自出」耳。文十四年《公羊傳》：「接菑，晉出也。貜且，齊出也。」何休注以

❶「言」，阮校本《毛詩正義》作「信」。

「出」爲外孫。《爾雅》：「女子子之子爲外孫。」《儀禮・喪服》「緦麻三月」章有「外孫」。傳以「外孫爲甥」，正義所謂「總據齊國爲言」是也。鄭箋「姊妹之子曰甥」，雖不見《爾雅》，正義以爲《釋親》文。今《爾雅》但云：「男子謂姊妹之子爲出。」或者鄭所見本有之，與毛「外孫曰甥」義相成也。

「舞則選兮」，傳：「選，齊。」正義曰：「『選』之爲『齊』，其訓未聞。」承珙案：《爾雅》：「既差我馬，差，擇也。宗廟齊豪，❶戎事齊力，田獵齊足。」擇者，選擇。「齊毫」「齊力」「齊足」皆選擇之事，故「選」可訓「齊」。《史記・仲尼弟子列傳》：「任不齊，字子選。」《史記・平準書》「吏道益雜不選」，謂雜出不齊也。又「選」從巽聲，虞翻注《易》云：「巽」爲「齊」。是「選」之訓「齊」，蓋從聲得義。至「舞」曰「齊」者，正義云：「當謂其善舞，齊於樂節。」此用《薛君章句》釋《韓詩》「舞則纂兮」，言其舞應雅樂也。但此詩三章皆言射，此「舞」亦當謂以樂節射之事，即《禮》所云「容體比於禮」「節比於樂」者。箋云：「選者，謂於倫等最上。」夫全詩美其善射，不應雜此一語美其善舞。或又謂供事于舞者，皆極一時之選。此則何與於莊公而與「射則貫兮」並言乎？

「四矢反兮」，箋云：「反，復也。禮，射三而止。每射四矢，皆得其故處，此之謂復。」承珙案：《莊子・田子方》篇：「列禦寇爲伯昏無人射，引之盈貫，措杯水其肘上，發之，適矢復沓。」《釋文》：「適，丁歷反。」郭注：「箭適去，復歃沓也。」《列子》作「鏑矢復沓」，張湛注引郭象曰：「箭鏑去，復往沓。」《列子・仲尼》篇：「善射者能令

❶「豪」，阮校本《爾雅注疏・釋畜》作「毫」。

後鏃中前括，發發相及，矢矢相屬，前矢過準而無絶落，後矢之括若銜弦，視之若一焉。」《韓非子》曰：「夫新砥礪殺矢㲄弩而射，雖冥而妄發，其端未嘗不中秋豪也，然而莫能復其處，不可謂善射，無常儀的也。」此皆足爲箋説之證。「得其故處」當即「五射」所謂「參連」也。《釋文》引《韓詩》「反」作「變」，云：「變，易。」《周禮》保氏五射，「五曰井儀」，疏云：「四矢貫侯，如井之儀也。」此於《韓詩》「變，易」之義爲近。然此義，上章「不出正兮」已足該之，必如箋説，乃爲更進一義耳。

毛詩後箋卷九

涇　胡承珙

魏

葛屨

《序》云：「《葛屨》，刺褊也。魏地陿隘，其民機巧趨利，其君儉嗇褊急，而無德以將之。」姜氏《廣義》曰：「風人從無説出所以刺之之故者，而此詩明言之，以儉本美德，原無可刺，儉而太過，至於褊急，則不能無譏矣。詩人之意，正使後世驕侈惰慢者不得以是詩爲口實也。」張氏鳳岡《詩貫》曰：「此詩末二句直自標題目，故不必别立詩柄。『褊』與『儉』異，儉本美德，儉之失乃爲褊。褊者，瑣屑蹙迫之謂。瑣屑之至，則與民争利，《汾沮洳》之所以作也。蹙迫之至，則貪殘並進，《碩鼠》之所以歌也。瑣屑蹙也，而徒爲容好修飾威儀，則有名無實，此《園有桃》之所以憂也。然比鄭衛之淫靡流蕩，畢竟差勝，故並稱唐魏之風焉。」

「糾糾葛屨，可以履霜」，傳：「糾糾，猶繚繚也。夏葛屨，冬皮屨，葛屨非所以履霜。」正義以「繚繚」爲「稀疏之貌」。承珙案：此説非是。《説文・丩部》云：「丩，相糾繚也。」又云：「糾，繩三合也。」《糸部》云：

「繚，纏也。」此可知「糾」爲纏繚之貌，故毛以「繚繚」釋之。嚴《緝》言「魏之男子葛屨既敝，而以繩糾纏之，糾而復糾，謂其可以奔走道路，祁寒不休也」。李《解》引王氏、程氏説同。范氏《補傳》亦云：「男子穿糾糾繩繚之葛屨。」此皆善讀毛傳者。姚氏《識名解》曰：「今江東以絲合物，皆呼『繚繚』，即傳説耳。《集傳》因『繚』字通爲『繚戾寒凉』意，以合下『履霜』。然此四字乃霜空秋氣之云，非所以言屨者也。」

首二句，毛不言興，蓋以爲賦。《集傳》作「興」，則謂以葛屨之履霜，喻女手之縫裳耳。承珙案：《小雅·大東》亦有此二語，彼以貧乏，此以儉嗇，其意正同，皆實賦其事，不當爲興。

「摻摻女手」，傳：「摻摻，猶纖纖也。」《説文》：「攕，好手貌。从手，韱聲。《詩》曰：『攕攕女手。』」段注云：「《毛詩》字當作『攕』，俗改爲『摻』，非是。《遵大路》傳曰：『摻，擥也。』是『摻』字自有本義。孔正義引《説文》『摻』參聲，此音反，訓爲斂；『操』喿聲，七遥反，訓爲奉。是唐初《説文》確有『摻』字之證。淺人『摻』『操』不分，而奪『摻』篆。知『摻』之有本義，則知用『摻』爲『攕』之非矣。」承珙案：《説文·戈部》「㦰」下亦云：「讀若《詩》『攕攕女手』。」《玉篇》引《詩》亦作「攕」，即本《説文》耳。《吕記》引董氏曰：「《石經》作『攕』。」此指《漢石經》，則是《魯詩》亦作「攕」矣。《文選·古詩十九首》注引《韓詩》作「纖」。毛傳云「糾糾，猶繚繚。摻摻，猶纖纖」者，皆以今語釋古語。「糾」「繚」疊韻，「摻」「纖」雙聲。《韓詩》作「纖」，乃以訓詁字代經文耳。楊氏旭以「摻」爲「攕」之俗字，由不知《説文》本有「摻」字也。段氏謂俗改「攕」爲「摻」，但《毛詩》多假借，或者假「摻」爲「攕」，亦未可定耳。《易林》：「摻摻女手，紘績善織。」字亦作「摻」。

「要之襋之，好人服之」，傳：「要，褸也。襋，領也。好人，好女手之人。」箋云：「服，整也。褸也、領也在上，好人尚可使整治之，謂屬著之。」正義曰：「《士喪禮》：『襚者左執領，右執要。』又曰：『襚者以褶必有裳，執衣如初。』然則襚服有衣有裳，而左右執之，則左執衣領，右執裳要。此『要』謂裳要，字宜從衣，故云『要，䙅也』。『要』是裳要，則『襋』爲衣領。《説文》亦云：『襋，衣領也。』二者於衣於裳各在其上，且又功少，故好人可使整治屬著之。」《校勘記》云：「案要領皆統於衣，不得分䙅屬裳、領屬衣。正義云：『䙅爲裳要。』此語陋甚，是未考《儀禮》《禮記》衣服之制。」承珙案：箋云「䙅也、領也在上」，自當專指衣言。裳爲男子之下服，斷無又分別裳要爲上者。《士喪禮》及《襍記》所云「襚者左執領，右執要」，皆指衣之要領，並非一手執衣，一手執裳。孔疏誤讀《禮》文，乃爲此説。《吕記》、嚴《緝》皆本之，以「要」爲裳要。惟李氏《集解》曰：「《士喪禮》『左執領，右執要』，蓋衣之要也。《説文》：『襋，衣領也。』皆是衣之上也。有好人之所事，而乃使之縫裳，失其宜矣。」

段氏《詩經小學》曰：「傳『䙅也』當本作要也，淺人加『衣』耳。如《禮記·玉藻》《深衣》等篇言衣服皆作『要』，《禮·喪服》注曰：『衣帶下者，要也。』字不從『衣』。傳本謂此『要』乃人衣帶下之要，非人身要領之要。古人傳注有此義例。《北風》傳：『虚，虚也。』亦此例。」此説焦里堂已有駁正，見《毛詩補疏》。承珙案：古人訓詁固有即用本字之例，獨毛傳此二條則未必然。《北風》傳仍當作「虚徐也」，蓋「虚」「徐」疊韻，是當時有此語，毛謂詩之「虚邪」即漢人之言「虚徐」也。辨已見本篇。此傳「要，䙅也」，「䙅」字雖不見《説文》，然《玉篇》云：「䙅，襻也。」「襻，帥下系。」《廣韻》：「䙅，於霄切，䙅襻。」又：「襻，普患切，衣襻。」《集韻》：「䙅，衣襻也。或从系。又衣系曰襻。」《類篇》同。據此，䙅爲衣系，猶今人言紐，非衣裳之要。蓋䙅與領皆衣之所有，故箋云「在上」，又皆以他物聯合於衣者，故箋云「屬著之」。若衣身之要，但當云縫紩緶緝之，不得言「屬著」矣。且領與褸襻，是用功少，猶今人縫衣者亦以領、紐爲易事也。《説文》以小篆所無，故不收此字，或漢時通用有之，故毛公用以釋《詩》。觀鄭箋「褸也、領也」，即承傳文而以「在上」及「屬著」申釋之，益知此「褸」非指衣之要矣。

朱氏《通義》曰：「《集傳》解首章本用毛鄭，惟『好人』異耳。『好人』即縫裳之女，于下章『左辟』『象揥』語方順。左辟，婦入門辟夫，不敢當尊也。象揥，婦人之盛飾。言女子始嫁，治其禮儀如此，而遽可使之縫裳要襋以自服歟。魏俗如此，由其用心褊急，吾是以刺之。《序》刺其君意，只見之言外。朱子疑縫裳之女所作，而以『好人』爲大人，則『佩其象揥』如何作男子之服。」承珙案：古亦有以「美人」「佳人」爲男子之稱者，然「美」與「佳」本有「大」訓。此「好人」只當作「容好」解。《方言》云：「自關而西，秦晉之間，凡美色或謂之好。」是也。況「象揥」兩見於《詩》，一爲宣姜之飾，一爲「好女」之佩，以經證經，知毛傳不可易也。

「好人提提」，傳：「提提，安諦也。」《爾雅·釋訓》：「媞媞，安也。」毛傳用《雅》義。《説文》：「媞，諦也。」又用傳義。又云：「嫢，媞也。从女，規聲，讀若癸。秦晉謂細要爲嫢。」《方言》：「自關而西，秦晉之間，謂細而有容曰嫢。」承珙案：《楚辭·七諫》：「西施媞媞，而不得見兮。」王逸注云：「媞媞，好貌也。《詩》曰：『好人媞媞。』」《漢書·敘傳》「姼姼公主」，顔師古謂與《詩》「好人提提」音義同。《説文》：「姼，美女也。」是古人皆以「媞媞」爲女子好貌矣。《檀弓》「吉事欲其折折爾」，注云：「安舒貌。」引《詩》「好人提提」。蓋《毛詩》作「提」者，「媞」之借字。《禮記》作「折」者，又「提」之譌字也。

汾沮洳

《序》云：「《汾沮洳》，刺儉也。其君儉以能勤，刺不得禮也。」《釋文》云：「『其君子』，一本無『子』字。」是陸氏以有「子」字者爲正矣。正義云：「王肅、孫毓皆以爲大夫采菜，崔靈恩《集注序》亦作『君子儉以能勤』，惟定本直云『其君』。」承珙案：毛鄭釋此詩並無一語及「君」。顔師古等定本每有異字，然輒多乖謬，孔疏反據之以爲魏君采菜，而嚴《緝》從之。《虞東學詩》且謂康成泥於「其君」立説，豈竟未一檢傳箋乎。

嚴《緝》云：「或以『公路』『公行』『公族』皆晉官，汾水又出於晉，疑《魏風》皆晉詩，猶《邶》《鄘》皆衛詩，非也。季札觀樂，《邶》《鄘》皆爲《衛風》，而《魏》與《唐》異，知《魏風》非晉矣。《園有桃》《十畝之間》皆言國之侵削，非晉事也。」姜氏《廣義》曰：「《地理志》：汾水出太原，西南入河。王氏謂入河之處即魏舊國，所謂南枕河曲，北涉汾水也，安得言汾者即爲晉地哉。吴有太宰，陳、鄭、宋、魯亦有大宰；鄭有少正，魯亦有少正；晉有公行，齊亦有公行，安見晉有是官而魏必無之。」承珙案：《潁濱詩傳》以《魏風》爲晉詩，范氏處義遂據此詩「汾水」晉地，「公行」晉官爲説。然班《志》云：「魏在晉之南河曲，故其詩曰『彼汾一曲』『寘諸河之側』。」《魏譜》正義引此「側」作「干」。此爲詩作於魏世之明驗。齊之公行亦見於《荀子·大略篇》，有「公行子之之燕」，楊倞注、《孟子》「公行子」趙岐注：「齊大夫也。」子之，蓋其先也。自不得因此二者斷此詩爲作於晉既并魏之後也。

「彼汾沮洳」，傳：「汾，水也。沮洳，其漸洳者。」錢氏獻之曰：「《地理志》：『汾陽在今太原府嵐縣西南三十里。北山，汾水所出。』《山海經》以爲管涔山也。在今忻州静樂縣北百四十里。《淮南子》作『燕京』。古『燕』『管』

字聲相同，『京』『涔』相轉。《水經注》曰，『燕京』亦『管涔』之異名。《説文》：『汾水出晉陽山，或説出汾陽北山。』案：後説是也。晉陽山，晉水所出，無汾水。」承珙案：鄭注《周禮·職方》亦云：「汾出汾陽。」《山海經》：謁戾之山，東三百里有沮洳之山。郭璞注引《詩》「彼汾沮洳」。王氏《稗疏》據之，謂「沮洳，山名，非漸洳之謂」。今案：《水經注》引《山海經》云：「淇水出沮如山。」則「洳」當作「如」，山在今河南輝縣，與汾殊不相涉。詩之「沮洳」與下「一方」「一曲」同義。若「汾沮洳」以水與山連言之，不成文理。劉帝臣曰：「汾沮洳，即《左傳》所謂『汾隰』也，郭注《山海經》以詩之『沮洳』爲山名，謬矣。」

「言采其莫」，傳：「莫，菜也。」正義引陸璣《疏》云：「莫莖大如箸，赤節，節一葉，似柳葉，厚而長，有毛刺，今人繅以取繭緒。其味酢而滑，始生可以爲羹，又可生食。五方通謂之酸迷，冀州人謂之乾絳，河汾之間謂之莫。」《埤雅》云：「子如楮實而紅，故冀人謂之乾絳。今吴越之俗呼爲茂子。」承珙案：陸佃所云，似指爲《爾雅》之「藨莓」。《廣志》引《切韻》「莓」音「茂」。然藨莓藤生，惟子甘酸可食，與毛傳言「菜」者不合。陸《疏》亦祇言葉可爲羹，未及其實，不得因「乾絳」之名附會爲莓。《齊民要術》則以「莫」爲《爾雅》之「藄，月爾」，引《詩義疏》云：「藄，菜也。葉狹，長二尺，食之微苦，即今莫菜也。《詩》曰：『彼汾沮洳，言采其莫。』」此所引《義疏》未知何家，以「莫」爲「藄」亦無他證。惟錢氏《潛揅堂答問》曰：「《爾雅》無莫草。孫淵如校《本草》，據陶隱居説：『「羊蹄有一種極相似而味酸，呼爲酸摸。」酸摸即《爾雅》之「須，薞蕪」，亦即《詩》之「莫」、陸璣所云「酸迷」也。古人訓「莫」爲「無」，「規模」字亦作「橅」。』孫説得之。」

「彼其之子，美無度」，箋云：「是子之德，美無有度，言不可尺寸。」韓氏怡曰：「案，《地官·大司徒》施十有二教，『几曰：以度教節，則民知足』。無度，則不知足，得寸則寸，得尺則尺，不可限量。皆由其君儉不中禮，是以居官者亦不知足。世俗且以爲美，而詩人美之，正所以刺之。」承珙案：美無有度，即是儉不中禮之意。箋言「不可尺寸」，似非盡美之詞。下二章「美如英」「美如玉」，猶言虛有其表也。孔疏以爲「其美如是，信無限度」，殊失箋意。王氏《總聞》曰：「采莫、采桑，窮賤之事也。賦丰美之容而躬窮賤之役，殊不似貴族，訝之之辭也。」《韓詩外傳》引此詩，極言君子之美，有「雖在下位，民願戴之」語。何氏《古義》遂以「彼其之子」爲指賢人，刺晉君疏公室而信任卿族，故因汾水之間有隱居不得位者，以采莫、采桑、采藚起興。然《外傳》斷章，似非本旨。《田間詩學》曰：「《春秋》世卿雖有賢者在下，豈能驟用之於上位。其信任卿族不獨晉爲然也。」何刺之有。

「殊異乎公路」，傳：「路，車也。」「殊異乎公行」，傳：「公行，從公之行也。」箋云：「公路，主君之秏車，庶子爲之。晉趙盾爲秏車之族，是也。從公之行者，主君兵車之行列。」正義引《左傳》宣二年。杜注，以秏車爲公行之官，因謂傳有「公族、餘子、公行」，《詩》有「公路」「公行」「公族」，「知公路非餘子者，餘子自掌餘子之政，不掌公車，不得謂之公路。明公路即公行，變文以韻句耳」。陶定山曰：「《周官》：巾車掌王之五路，車僕掌戎車之倅。據此，諸侯亦疑分公路、公行爲二官。公路掌路車，主居守。公行掌戎車，主從行。《左傳》：宦卿之適子『以爲公族，又宦其餘子亦爲餘子，其庶子爲公行』。杜注：『餘子，適子之母弟也。庶子，妾子也。』晉有餘子、公族、公行，而無公路，故疏疑公行、公路爲一官。公路，箋引『趙盾爲秏車之族』，案：秏車是兵車，非路車。兵車主行，路車主守。或即以餘子爲公路，觀《周官·小司徒》『大故致餘子』鄭注『餘子，卿大夫之子，當守於王宫者也』可見。」承珙案：公路、公行，當是兩官。秏車，服虔以爲戎車之倅。路爲車之大名，主秏車者不當名爲公路，箋説似未可據。又《左傳》先言晉「驪姬之亂，詛無畜群公子，自是晉無公族」。成公即位，始立此三官。疑魏之公路、公行、公族亦皆以同姓爲之。《文王世子》云：「公若有出疆之政，庶子以公族之無事者守于公宫。」與餘子守宫制合。既云同姓，不得不以卿大夫之子爲之。末章傳云：「公族，公屬。」亦謂公族屬也。《將仲子》「畏我諸兄」傳云：「諸兄，公族。」明非公族大夫矣。黄氏元吉曰：「正義云：『餘子自掌餘子之政，不掌公車，不得謂之公路。』説固詳矣。然餘子所掌之政，據《左傳》注，祇主教卿大夫適妻之次子，其職甚簡。即以之主君路車，宜亦可辦，安知不掌公車乎？《左傳》自有餘子、公行、公族三官，而詩分公路、公行、公族爲三章，自當即以公路爲餘子。不然詩人何分一官爲兩章、而一官祇一章乎？」承珙謂公路、公行，《周官》無文，不得不以《左傳》釋之。然魏制亦未必盡同於晉。惟三章自當各爲一官，必謂公路即公行，則孔疏之泥耳。

「言采其藚」，傳：「藚，水舄也。」正義曰：「《釋草》云：『藚，牛脣。』郭璞引《毛詩》傳曰：『水蕮也。如續斷，寸寸有節，拔之可復。』陸璣《疏》云：『今澤蕮也。其葉如車前草大，其味亦相似。徐州、廣陵人食之。』《稽古編》曰：「《爾雅》『藚，牛脣』，郭注不用陸璣『澤蕮』之説。《爾雅》别有『蕍蕮』，郭注云：『今澤蕮。』蓋明以陸《疏》爲非也。孔疏兼存郭陸之言，《吕記》、朱《傳》亦因之。惟嚴《緝》引曹氏語辨之甚悉，以爲藚非澤蕮，其説當矣。」承珙案：李氏《集解》亦引陳翥注《本草》，謂藚非澤瀉。然《神農本經》「澤瀉，一名水舄」，與毛傳釋藚者同。《説文》：「藚，水舄也。」正用傳文。陸《疏》自爲有據。蘇頌云：「澤瀉春生苗，多在淺水中，葉似牛舌。」此《爾雅》「牛脣」之名，以其形似耳。《爾雅》一物數名者甚多，不得因既有渝蕮，遂疑藚非澤瀉。郭注云「如續斷寸寸有節」者，不知當今何草。王氏《稗疏》以爲牛膝，亦未見的據。不如陸説爲長。

園有桃

《序》云：「《園有桃》，刺時也。大夫憂其君，國小而迫，而儉以嗇，不能用其民，而無德教，日以侵削，故作是詩也。」正義雖云「國小而迫」，以下於經無當，然《序》不過推原作詩之由耳。鄭箋乃云：「魏君薄公税、省國用，不取於民，食園桃而已。不施德教，民無以戰，其侵削之由由是也。」承珙案：《魏風·葛屨》刺褊，《汾沮洳》刺儉，與《碩鼠》刺重斂跡似相反而實相因。蓋褊嗇者性必貪，其勢然也。若果薄税省用，則必無重斂之事矣，何反不能用其民乎。諸詩雖未必盡屬一君，然箋語實多窒礙，正義曲爲解説，非也。

「園有桃，其實之殽」，傳：「興也。園有桃，其實之殽。國有民，得其力。」《校勘記》云：「傳『殽』字，小字本、相臺本作『食』。案，『食』字是也。此傳以『食』解『殽』，非複舉經文。正義説箋云明食桃爲殽，正用傳。」承珙案：經文「殽」當本作「肴」。《釋文》：「殽，本作肴。」《初學記》二十四引作「肴」。《賓之初筵》傳：「殽，豆實也。」以與「核」對文。此但以「食」解「殽」，即彼箋云「非穀而食之曰『殽』也」。《説文》：「肴，啖也。」蔡邕注《典引》云：「肴，食也。」《吕記》引傳文亦作「園有桃，其實之食」。

秦留仙《毛詩日箋》曰：「詩中雖無不能用民力之言，而其意固在言外。或謂二句止是託興，無他意義，亦未必然。」承珙案：《集傳》云：「言園有桃，則其實之殽矣。心有憂，則我歌且謡矣。」此蓋疑篇中不見用民力意，故以上二句興，下二句改「心之憂」爲「心有憂」。黄氏佐遂謂兩「有」字相應爲興。然經文未嘗有兩「有」字也。許氏《名物鈔》以此詩爲無義之興，是《三百篇》不過信口亂道，何以爲經。不知詩以園桃可食興民力可用，取義深隱，故毛以爲興。《吕記》引朱氏説，以傳文爲比，又與比顯興隱之旨戾矣。

「不知我者」，《校勘記》云：「《唐石經》作『不我知者』，小字本同。相臺本作『不知我者』。案：相臺本非也。箋倒經作『不知我者』，正義依之耳，不可據以改經。下章同。」承珙案：李黄《集解》、范氏《補傳》、《吕氏讀詩記》、戴氏《續詩記》、許氏《名物鈔》皆作「不我知者」，惟蘇氏《詩傳》、王氏《總聞》、朱《傳》、嚴《緝》與相臺本同，當從《唐石經》爲正。

「謂我士也驕」，箋云：「士，事也。不知我所爲歌謡之意者，反謂我於君事驕逸故。」承珙案：《鄭風》「豈無他士」，傳云：「士，事也。」此不言者，當即以「士」爲人臣之通稱。箋釋爲「事」者，蓋以《序》言「大夫憂其君」，不當自稱爲「士」。然古者卿大夫皆可稱士。《儀禮·喪服》：「公士、大夫之衆臣爲其君。」注云：「士，卿士也。」是「公士」猶言「公卿」。《尚書·秦誓》疏云：「士者，男子之大號，臣通稱之。」下章「士也罔極」與《氓》詩語同，傳皆訓「極」爲「中」。彼以「士」與「女」對，此自不當訓「士」爲「事」。季氏本以「士」爲未仕之稱，亦可不必。

「彼人是哉，子曰何其」，傳：「夫人謂我欲何爲乎。」正義曰：「夫人，即經之『彼人』也。今定本云『彼人』，不云『夫人』，義亦通。何爲，即經之『何其』也。彼人謂我何爲者，言彼不知我者之人，謂我歌謡無所爲也。」承珙案：毛以「彼人」指「不我知者」，則「子」亦當斥「彼人」。「謂我」之「謂」，釋經「曰」字。其，《釋文》音

「基」。「何其」與「何居」同。《史記集解》引鄭注《尚書》「若之何其」云：「其，語助也。齊魯之間聲如『姬』。」與《檀弓》「何居」注云「居，讀如姬姓之姬，齊魯之間語助也」正同。毛意蓋云彼人豈果是哉，而子乃謂我欲何爲乎。正義述毛，以爲「彼人又言君之行是哉，子之歌謡欲何其爲乎」。既於經文「是哉」上增「君之行」三字，又代「彼人」目憂者爲「子」，皆失毛旨。鄭箋乃云：「彼人，謂君也。曰，於也。不知我所爲憂者，既非責我，又曰君儉而嗇，所行是其道哉，子於此憂之何乎。」此解迂曲，不如傳義爲勝。

「其誰知之，蓋亦勿思」，箋云：「無知我憂所爲者，則宜無復思念之以自止也。」鄭意似以「宜」釋「蓋」。「蓋」與「盍」古字通，《爾雅·釋詁》：「盍，合也。」《史記·司馬相如傳》索隱引文穎云：「蓋，合也。」《孟子》「蓋亦反其本矣」，趙注：「蓋當反王道之本。」蓋當，猶合當也，與此訓「蓋」爲「宜」同。蓋亦者，猶盍亦也。王氏《經傳釋詞》曰：凡言「盍亦」者，以「亦」爲語助。《左傳》僖二十四年「盍亦求之」，盍求之也。昭元年「子盍亦遠績禹功而大庇民乎」，盍遠績而大庇民也。《吴語》「王其盍亦鑑於人」，盍鑑於人也。《孟子》「盍亦反其本矣」，盍反其本也。據此，「蓋亦勿思」爲作詩者自言其止而勿思耳。後儒則皆以「勿思」指「不我知者」言之，義亦可通。

陟　岵

《序》云：「《陟岵》，孝子行役，思念父母也。」許氏《詩深》曰：「詩稱『猶來無止』『猶來無棄』，則其遠行從役必有不得已於此者矣。然作詩之意，主於思親，非若《揚水》《鴇羽》爲刺其上而作，故以『孝子』書之。」鄒氏忠胤曰：「《采薇》以公義言，故曰『我行不來』。《陟岵》以私情言，故曰『猶來無止』。」

「陟彼岵兮」「陟彼屺兮」，傳：「山無草木曰岵。」「有草木曰屺。」《爾雅》：「多草木岵，無草木峐。」《三蒼》《字林》《聲類》並云「峐」即「屺」字。《説文》《釋名》皆與《爾雅》同，與毛傳異，《詩正義》以爲傳寫之誤。《釋文》云「王肅依《爾雅》」。後儒亦多以《爾雅》爲是。段氏《詩經小學》云：「岵之言瓠落也，屺之言荄滋也。岵有陽道，故以言父。無父，何怙也。屺有陰道，故以言母。無母，何恃也。毛公所據《爾雅》似勝。毛又曰：『父尚義，母尚恩。』則屬辭之意可見矣。許，宗毛者也，疑『有』『無』字本同毛，後人易之。」承珙案：段説是也。《韓昌黎集注》引施士丏《詩説》云：「山無草木曰岵。此所以言『陟彼岵兮』，無可岵也。以其無草木，故以譬之。」此説申毛亦善。《終南》「有紀有堂」，紀，崔《集注》本作「屺」。見正義。毛傳訓「紀」爲「基」，基者，根基也。《易》「箕子」釋文引劉向作「荄滋」。《史記・律書》云：「箕者，萬物根棋。」此亦可爲有草木名「屺」之證。

「父曰嗟予子」，顧氏《詩本音》引李因篤曰：「『父曰』『母曰』『兄曰』皆至『行役』爲句，而『子』『季』『弟』於句半爲韻，各協下音，猶之半句爲讀也。」承珙案：此有見於「子」「季」「弟」之爲韻，而仍以「父曰」至「行役」爲句，所云「句半爲韻」，詩中似無此例。不如段氏曰此五字句，「父曰嗟予子」，「子」與「已」「止」韻。次章「季」「寐」「棄」韻。三章「弟」「偕」「死」韻，「行役夙夜無已」六字句，此説直截。

「行役夙夜無已」，箋云：「無已，無解倦。」承珙案：鄭以此詩三「曰」字爲行役者思其父、母、兄戒己之言。無解倦者，戒其解倦也。觀次章傳云「無寐，無耆寐也」，其爲戒詞尤明。箋意實本於傳。《集傳》以爲其父、母、兄思念之詞。夫「無已」「無寐」尚可爲閔其勤勞，不得止息，至三章云「必偕」，殊與「閔勞」語意不合。此自是以失伍爲戒，而乃云「言與其儕同作同止，不得自如」，語殊牵强，故當以傳箋之説爲長。《隸釋》載《漢石經》殘碑作「毋已」，是《魯詩》亦以爲禁戒之詞，《毛詩》假「無」爲之耳。

「上慎旃哉」，箋云：「上者，謂在軍事作部列時。」嚴《緝》云：「上猶赴也，謂赴役也，如『上官』『上工』之『上』。」姜氏《廣義》曰：「旃，之也。上慎旃，猶云往慎之，不必改爲『尚』。」承珙案：《隸釋》載《石經》殘碑作「尚」，是《魯詩》本作「尚」。尚者，庶幾也。《毛詩》以「上」爲「尚」之假借。《儀禮・鄉射禮》「上握焉」注：「今文『上』作『尚』。」《覲禮》「尚左」注：「古文『尚』作『上』。」此可見古文多借「上」爲「尚」。《論語》「草上之風」，《孟子》作「尚」。《論語》亦古文也，又足爲《毛詩》多古文之證。蘇氏《詩傳》訓「上」爲「尚」，《吕記》、朱《傳》從之，是也。

「猶來無止」「猶來無棄」，毛鄭於「止」與「棄」皆無訓。《集傳》以「止」爲「死則止而不來」，「棄」爲「死而棄其尸」。是與末章「無死」一意，然不如李《解》引《左傳》「見獲於敵爲止」及《吕記》云「母尚恩，故曰無棄，言無棄母而不歸也」二説較勝。方氏《詩補正》云：「曰『止』曰『棄』者，體父母之心，不忍正言子之死，但恐其久止於外，或見獲而棄在他國耳，於兄始正言之。」

十畝之間

《序》云：「《十畝之間》，刺時也。言其國削小，民無所居焉。」《魏風》言「刺時」者二篇，《園有桃》序云「不能用其民」，傳云「國有民，得其力」，語正相應。此篇序但云「其國削小，民無所居」，後儒或疑「國小民多」未見可刺。承珙案：首章傳以「閑閑」爲「男女無別」，可見魏以削小之故，自安僻陋，禮教不興，苟且成俗，乃至男女無別，所以可刺。傳意蓋以經中所言不僅刺其削小，鄭箋乃專以「削小」解經耳。

「十畝之間兮」，《水經注》云：「故魏國城南西二面，並去大河可二十餘里，北去首山十餘里，處河山之間，土地迫隘，故著《十畝》之詩。」此不過以見其國之小耳。鄭箋云：「古者一夫百畝，今十畝之間，往來者閑閑然，削小之甚。」蘇《傳》疑一夫十畝，無以爲生。橫渠張氏謂周制國郛之外有聽爲場圃之地者，疑家授十畝以毓草木。朱《傳》即本此爲説。《吕記》則云：「橫渠指桑地爲場圃，合於古制。但又謂魏地侵削，無井授之田，徒有近郭園廛而已，則似不然。果如是，民將何所食乎？政使周制果家賦園廛十畝，魏既削小，豈容尚守古法，容或數家共之也。況詩所謂『十畝』者，特甚言之耳，未可以爲定數也。」嚴《緝》又云：「或謂井廬邑居各二畝半，合爲五畝之宅。八家，則在井者二十畝，在邑者亦二十畝。一處本共有二十畝之桑，今止有十畝，是削其半。要之，詩人情性之言，亦不必屑屑求合。」李氏《集解》曰：「《詩》中言多則曰『則百斯男』，言少則曰『靡有孑遺』，言廣則曰『日闢國百里』，言窄則曰『一葦杭之』，『十畝』亦此類也。」

「桑者閑閑兮」，傳：「閑閑然男女無別往來之貌。」承珙案：下章「泄泄」爲多人之貌，此「閑閑」義當略同。惟其地隘人多，故閑閑然男女無別。《莊子·齊物論》：「大知閑閑，小知間間。」《釋文》引簡文云：「閑閑，廣博之貌。間間，有所間別也。」然則廣博者，無所間別，與此傳「閑閑」爲「無別」義亦有合。《皇矣》「臨衝閑閑」傳云：「閑閑者，動摇也。」此閑閑往來者，亦群動紛紜之意，故《廣雅》云：「閑閑，盛也。」

「行與子還兮」，傳：「或行來者，或來還者。」正義曰：「云『還兮』，相呼而共歸。下云『逝兮』，相呼而共往。傳探下章之意，故云『或行來者，或來還者』，見往來相須，故總解之。」承珙案：此疏極是。毛傳每有此法，前以「閑閑」爲往來貌，「往來」即合下「還兮」「逝兮」而總解之。且「男女無别」，即可見其多人。「泄泄，多人」又可見其無别，二傳亦互相足也。正義又云：「言『之間』，則一家之人。下章『之外』，地旁徑路行非一家，故『泄泄』爲多人貌。」此則未必然耳。

「桑者泄泄兮」，傳：「泄泄，多人之貌。」《説文》：「呭，多言也。从口，世聲。《詩》曰：『無然呭呭。』」《言部》：「詍，多言也。」引《詩》「無然詍詍」。《毛詩·大雅》作「泄泄」，傳云：「泄泄，猶沓沓也。」與《孟子》同。《説文·曰部》「沓」下云：「語多沓沓也。」然則「泄泄」「沓沓」皆爲多言之貌。多言由於多人，故此傳又以「泄泄」爲多人也。

伐檀

《序》云：「《伐檀》，刺貪也。在位貪鄙，無功而受禄，君子不得進仕爾。」范氏《三家詩拾遺》曰：「《孔叢子》引孔子曰：『於《伐檀》見賢者之先事後食也。』董仲舒曰：『不素食兮，先其事而後其食，謂治身也。』《文選》曹植《求自試表》、潘岳《關中詩》、傅咸贈何劭、王濟詩。注引《韓詩薛君章句》曰：『何以爲「素餐」，素者，質也。人但有質樸而無治民之材，名曰素餐。』又司馬相如《上林賦》。注引張揖曰：『《伐檀》刺賢者不遇明王也。』案：《孔叢子》、董仲舒及薛漢之説皆與孟子答公孫丑意同。《毛詩序》謂在位貪鄙，賢者不得仕進，張揖謂『賢者不遇明王』，俱非詩意。」承珙案：范説非是。董薛諸義皆止説章末二句耳，全詩之旨自以《序》傳爲正。《漢書・王吉傳》：吉上疏曰：「今使俗吏得任子弟，率多驕驁，不通古今，至於積功治人，亡益於民，此《伐檀》所爲作也。宜明選求賢，除任子之令。」王吉，學《韓詩》者，見《儒林傳》。其以《伐檀》爲刺不用賢，正與《毛詩》義同，不獨張揖也。

毛於章首三句雖不言興，然云「《伐檀》以俟世用，若俟河水清且漣」，則其爲興體明矣。箋本《序》文，以首三句爲君子不得進仕，中四句爲在位貪鄙，無功受禄，末二句「君子」斥「伐檀之人，仕有功，乃肯受禄」，詞旨明白，無可易者。後儒或謂伐檀河干，玩清漣以自樂，《吕記》、嚴《緝》皆同。或謂伐檀河干，遇清漣而無用，范《傳》、朱《傳》略同。直以首三句爲賦，意味索然矣。又謂中四句爲君子厲志之詞，則於曰「胡」、曰「爾」詰問指斥語氣不合。且既爲自耕而食，安得有三百之多乎。末二句又以伐檀食力爲不素餐，則於義甚隘，與孟子所謂「其君用之則安富尊榮，其子弟從之則孝弟忠信，不素餐兮，孰大於是」之言悖矣。考義玩辭，故知傳箋不可易也。

「胡取禾三百廛兮」，傳：「一夫之居曰廛。」《放齋詩説》曰：「三百廛，爲田三萬畝。以《漢志》準之，畝收一石有半，三百廛當四萬五千石。」許氏《詩深》曰：「三百廛，大國之卿田也。每井八夫，每夫一廛，助耕公田八十畝而制禄出焉。故以廛計之，重民力也。大國卿田三千二百畝，共三百二十廛，言『三百』，舉成數也。」何氏《古義》曰：「《易》云『其邑人三百户』，《論語》稱『伯氏駢邑三百』，蓋下大夫食邑制也。此云『取禾』，以食邑所入言耳。」承珙案：三百廛，自只舉其所食有三百夫之入約略言之。若如《放齋》云三萬畝，固非人臣之制，即如許氏準以大國之卿，而魏在當時又不得爲大國也。

「胡瞻爾庭有縣貆兮」，傳：「貆，獸名。」箋云：「貉子曰貆。」貉，當依《爾雅》作「貈」。《説文》：「貈似狐，善睡獸也。」段注云：「凡『狐貉』連文者，皆當作此『貈』字。今字乃皆假『貉』爲『貈』，造『貊』爲『貉』。《説文》：『貉，豸種也。』並非獸名。又云：『貆，貉之類。』則由轉寫譌舛。《釋獸》曰：『貈子貆。』然則當云『貆，貈之類』矣。」陳氏《稽古編》曰：「李時珍《本草》云：『貆與貛同，今狗貛也。』彼見《埤雅》言『貛貉同穴』，而《説文》以『貆』爲貉類，故爲此説耳。不知貛乃野豕，亦見《説文》。貛即《爾雅》之『貒』耳，非貆也。」承珙案：今《説文》：「貒，獸也。」「貛，野豕也。」段注據《凥部》引《爾雅》「狐、貍、貒，貈醜」，「貒」作「貛」，知「貒」「貛」一字，「貛」乃「貒」之或體。「野豕也」三字，後人所加。今考鄭注《地官·草人》云：「貆，貒也。」賈疏引《爾雅》：「貈子貒，或曰貆。」然則李氏以貆爲貛，似非無據。

「胡取禾三百億兮」，傳：「萬萬曰億。」箋云：「十萬曰億。三百億，禾秉之數。」正義云：「詩内言『億』者，毛鄭各從其家，故《楚茨》傳箋與此同。『三百億』與『三百廛』『三百囷』相類，若爲釜斛之數，則太多不類，故爲禾秉之數。秉，把也，謂刈禾之把數。」漢徐岳《數術記遺》曰：「黄帝爲法，數有十等。及其用也，乃有三焉。十等者，億、兆、京、垓、秭、壤、溝、澗、正、載。三等者，上、中、下也。下數者，十十變之，若十萬曰億，十億曰兆，十兆曰京也。中數者，萬萬變之，若言萬萬曰億，萬萬億曰兆，萬萬兆曰京也。上數者，數窮則變，若言萬萬曰億，億億曰兆，兆兆曰京也。」甄鸞注云：「《詩》云『胡取禾三百億兮』，毛用中數，鄭用下數。鄭注以數爲多，故合而言之。」韋昭注《國語》曰：「賈唐説皆以萬萬爲億，今數也。後鄭十萬爲億，古數也。」《詩正義》因謂：「傳以時事言之，今《九章算術》皆以萬萬爲億。箋以《詩》《書》古人之言，故合古數言之。」《王制》正義云：「《尹文子》百姓、千品、萬官、億醜，皆以數相十，此謂小億也。鄭氏所用《毛詩》傳『數萬至萬爲億』，此《周頌》傳文。是大億也。」承珙案：三百億爲禾秉之數，蓋指其露積者而言。《楚茨》「我庾維億」，傳云：「露積曰庾。」疏以「一庾之積，方一尺而長二十七萬尺，立方開之，幾六十五尺」，非倉所能容，故爲露積。然則三百億者，亦極言其露積之多。「萬萬」「十萬」皆屬約略其辭，不比出於田而貯於倉者數有定限，無庸疑其與上「廛」下「囷」之數相遼絶也。

「胡瞻爾庭有縣特兮」，傳：「獸三歲曰特。」盧氏召弓曰：「《齊》傳曰『三歲曰肩』，《豳》傳曰『三歲曰豜』矣。則此『三』當作『四』，《廣雅》之所本也。」承珙案：盧説是也。古字「三」「亖」皆積畫，故傳寫多誤。鄭司農注《周禮》云：「三歲爲特，四歲爲肩。」此或別有師承，與毛互異耳。

「不素飧兮」，傳：「熟食曰飧。」箋云：「飧，讀如『魚飧』之『飧』。」正義曰：「鄭以爲『魚飧』之『飧』，則非傳所云『熟食』也。《説文》云：『飧，水澆飯也。从夕食。』言人旦則食飯，飯不可停，故夕則食飧。是『飧』爲『飯』之別名。易傳者，《鄭志》答張逸云，『禮，飧饔大多非可素，不得與「不素飧」相配』，故易之也。」承珙案：《小雅·祈父》「有母之尸饔」傳云：「熟食曰饔。」又豈謂禮食之饔乎。蓋毛於「饔」「飧」皆謂熟而可食者。若掌客之飧饔，與常食不同，且多生腥，不盡熟物也。故《大東》「有饛簋飧」傳云：「飧，熟食，謂黍稷也。」此「飧」自指客禮。然毛必以熟食專屬黍稷，正由牲牢不皆熟物故耳。尤可見此但言「熟食」者，必非指禮食之飧矣。《釋文》引《字林》：「飧，水澆飯也。」正義以此爲《説文》，今《説文》：「飧，餔也。从夕食。」且言「飧」爲「飯」之別名。試即以飯言之，又豈得謂非熟食乎？傳義本通，無庸改易。

碩鼠

《序》云：「《碩鼠》，刺重斂也。國人刺其君重斂蠶食於民，不脩其政，貪而畏人，若大鼠也。」戚氏學標曰：「《韓外傳》於接輿去楚、伊尹去殷、田饒去魯，並引此詩。《吕氏春秋·舉難》篇『甯戚擊牛角疾歌』，高誘注云：『歌《碩鼠》也。』《馬融傳》注引《説苑》：『甯戚擊車輻而歌《碩鼠》。』今《説苑·善説》篇作「歌顧見」，以上下文義求之，「顧見」自是「碩鼠」之譌。蓋相傳以此爲賢人去國之詩。」承珙案：《鹽鐵論·取下》篇：「周末有履畝之税，《碩鼠》之詩作。」《潛夫論·班禄》篇亦云：「履畝税而《碩鼠》作。」此詩正意自因重斂，民不堪命，甘心流亡。其引以證賢人去國者，緣詩中有「適彼樂土」云云耳，未必爲此詩所由作也。至《史記集解》引應劭所稱「南山矸，白石爛」者，以爲甯戚之歌，其詞氣似是後人擬作。《藝文類聚》别載《甯戚歌》一首，末云「黄犢上坂且休息，吾將捨汝相齊國」，亦僞託之詞。劉向、高誘以所歌爲《碩鼠》，必有所據。《碩鼠》在齊桓時已有，亦可證魏詩之不作於晉世矣。

「碩鼠碩鼠」，箋云：「碩，大也。」案：「碩鼠」即《爾雅》之「鼫鼠」，亦即《易》之「鼫鼠」。鄭氏箋《詩》，但以「大鼠」釋之。其注《易·晉》九四即引此詩：「碩鼠碩鼠，無食我黍。」是以「碩」「鼫」爲一也。《易釋文》：「鼫，《子夏傳》作碩。」古字本只作「碩」可知。又《九家易》曰：「鼫鼠喻貪，謂四也。」翟元曰：「鼫鼠晝伏夜行，貪猥無已。」皆足爲《詩序》之證。《詩正義》云，舍人、樊光注《爾雅》同引此詩，亦即以「鼫鼠」爲「碩鼠」。蓋《爾雅》所列十三鼠惟此鼠最大，故謂之「碩鼠」。《玉篇》：「鼢，鼫鼠也。」「鼢」亦「大」義。《説文》以鼫鼠爲五技之鼠，此則《荀子》之所謂「梧鼠」，雖不妨有「鼫鼠」之名，然荀許皆未嘗以爲《詩》之「碩鼠」。自孫炎注《爾雅》以鼫鼠爲五技鼠，《詩正義》遂云舍人、樊光亦同，此臆説也。陸氏《詩疏》云：「今河東有大鼠，能人立，交前兩脚於頸上跳舞，善鳴。食人禾苗，人逐則走入樹空中。亦有五技，或謂之雀鼠。其形大，故《序》云大鼠也。魏國，今河北縣是也。言其方物，宜謂此鼠非鼫鼠也。」此又於「鼫鼠」之外，別有所謂「大鼠」者。而所云「或謂之雀鼠」，郭注《爾雅》「鼫鼠」即云「關西呼『鼩』音『雀鼠』」，是郭氏已不從其説。孔疏猶泥於「碩」「鼫」字殊，當從陸説。誤矣。至崔豹《古今注》云，螻蛄亦名鼫鼠，「有五能而不成技」，此更與詩無涉。無論螻蛄不得有五技，亦豈能食禾黍者乎。

「三歲貫女」，傳：「貫，事也。」惠氏《古義》曰：「貫，《魯詩》作『宦』。《外傳》云『入宦于吴』。韋昭曰，宦爲臣隸也。貫當讀爲宦。《釋文》『徐音官』。此『宦』字之誤。傳云『貫，事也』，蓋本《爾雅》，而與『宦』義亦通。」承珙案：《説文》：「宦，仕也。」《大雅·文王有聲》云「武王豈不仕」，傳訓「仕」爲「事」。然則「宦」訓爲「仕」，亦有「事」義。《魯詩》作「宦」，仍當同毛義爲「事」耳。《婁壽碑》謂「宦」即「貫」字。

「逝將去女，適彼樂土。樂土樂土，爰得我所」，《韓詩外傳》引此詩首章，疊「適彼樂土」二句，次章同。《新序·節士》篇引三章亦同。宋氏綿初曰：「今《毛詩》作『樂土樂土』。按，文從《韓詩》爲得。」承珙案：嚴《緝》云：「連稱『樂土』者，喜談樂道於彼，以見其厭苦於此也。」今謂古人疊句，乃長言嗟歎之意，祇疊「樂土」二字，尤見悲歌促節，不必改毛從韓。

「爰得我直」，傳：「直，得其直道。」箋云：「直，猶正也。」戴氏《詩考正》曰箋與傳相足，其説是也。《論語》：「人之生也直。」「得我直」，謂得遂其性，不違生人之正道。或謂什而取一，取民正道，「得我直」謂不重斂也。説亦可通。《集傳》訓「直」爲「宜」，未知所本。

「莫我肯勞」，箋云：「不肯勞來我。」《集傳》云：「勞，勞苦也。❶謂不以我爲勤勞也。」案：《釋文》：「勞，如字，又力報反。注同。」是當讀爲「勞還帥」之「勞」。若謂「不以我爲勤勞」，則於「肯」字不可通矣。

❶「勞苦」，文淵閣《四庫全書》本《詩集傳》作「勤苦」。

毛詩後箋卷十

涇　胡承珙

唐

蟋　蟀

《序》云：「《蟋蟀》，刺晉僖公也。儉不中禮，故作是詩以閔之，欲其及時以禮自虞樂也。」陳氏《稽古編》曰：「漢傅毅《舞賦》云『哀《蟋蟀》之局促』，《古詩》云『《蟋蟀》傷局促』，『局促』之義正與《序》『儉不中禮』同。哀之、傷之，即《序》所謂『閔之』也。傅毅，明帝時人。《古詩》，亦名《雜詩》，《玉臺新詠》以爲枚乘作。乘，景帝時人。《文選》十九首，昭明列於蘇李前，則亦以爲西京時人作也。此時毛學未行，而《詩》説已如此，《序》義有本可知矣。」承珙案：《孔叢子》引孔子曰：「於《蟋蟀》見陶唐儉德之大也。」《左傳》：襄二十七年。「鄭伯享趙孟，印段賦《蟋蟀》，趙孟曰：『善哉，保家之主也。』」此皆以儉爲美德。《漢書·地理志》曰：「參爲晉星。其民有先王遺教，君子深思，小人儉陋，故唐詩《蟋蟀》《山樞》《葛生》之篇曰：『今我不樂，日月其邁。』『宛其死矣，他人是媮。』『百歲之後，歸于其居。』皆思奢儉之中，念死生之慮。」可見諸詩皆欲其奢儉得中，原非專爲刺儉。《後漢書》馬融上《廣成頌》云：「臣聞孔子曰：奢則不孫，儉則固。奢儉之中，以禮爲界。是以《蟋蟀》《山樞》之人並刺國君，諷以大康馳驅之節。」顔師古注：「言僖公以大康貽戒，昭公以不能馳驅被譏。」馬融，傳《毛詩》者，其言與班《志》合。蓋此詩因刺僖公儉不中禮，故全篇皆言中禮之事。中禮，則樂而無荒，仍不害其爲儉；不中禮，則不可謂儉，祇見其不樂而已。經之大旨如此。每章前四句似爲荒樂者代述其言，後四句又似戒其耽於逸樂，其實不然。前謂吾君亦姑行樂，毋一於儉；後則謂樂自有節，乃是奢儉得中耳。所云憂深思遠者，正在於此。《鹽鐵論·通有》篇引孔子曰：「不可大儉極下，此《蟋蟀》所爲作。」此尤足見《序》説之古，不止如《稽古編》所引枚乘、傅毅之言也。

「歲聿其莫」，正義云：「《七月》之篇説蟋蟀之事，『九月在户』。此言『在堂』，謂在室户之外，與户相近，是九月可知。時當九月，則歲未爲莫，而云『歲聿其莫』者，言其過此月後，則歲遂將莫耳，謂十月以後爲歲莫也。《采薇》云：『曰歸曰歸，歲亦莫止。』其下章云：『曰歸曰歸，歲亦陽止。』十月爲陽，明『莫止』亦十月也。《小明》云：『歲聿云莫，采蕭穫菽。』采穫是九月之事，云『歲聿云莫』，其意與此同也。」《陸堂詩學》曰：「据《邠風》，則自九月而十月矣，『歲聿其莫』可證晉用夏正。」《夢溪筆談》云：『以新易舊謂之除。』《日知録》云，據《左傳》，晉用夏正。獻公滅虢之月，平公時絳縣老人甲子，其文可以互證。余謂平王以前，晉國仍用周正。《竹書》：『曲沃莊伯改用夏正。』本注云：『莊伯之十一年十一月，魯隱公之元年正月也。』」何氏《義門讀書記》則據僖四年十二月《左傳》稱申生縊於新城，而經書其事於五年春，傳自注云：「晉侯使以殺太子申生之故來告。」蓋經必來告乃書，左氏特發此爲例。以後傳載於前，經書於後，皆準諸此，豈可云晉用夏正。

且告有遲速，亦有即告於當時者。僖五年經書「冬，晉人執虞公」，傳亦言是年「冬十二月」也。二十八年經書「三月丙午，晉侯入曹」。城濮之戰，經云「四月己巳」，傳年月日無不同。知晉自叔虞以至春秋之末，皆用周正。因以闕《竹書》之説及羅泌所云「傳據晉史，經據周歷」之誤。承珙案：莫者，晚也。九月以後，自秋徂冬，歲事已晚，不必定謂歲終，似可無泥於周正、夏正之異。即以晉詩而論，《綢繆》之「三星在天」，毛以「三星」爲參，「在天」爲始見東方，謂秋冬爲昏姻正時，此亦據夏正言之。蓋「三正」通於民俗，十五國風皆然，非必由莊伯改用夏正之故也。

「職思其居」，傳：「職，主也。」《稽古編》曰：「《十月之交》篇云『職競由人』，《左傳》鄭子駟引逸《詩》云『職競作羅』，晉范宣子責戎云『言語漏洩，則職汝之由』，『職』皆訓『主』。言主當如此，非實字也。『職思其居』，謂主思其所居之事，義在居不在職也，語本渾成。《集傳》既訓『職』爲『主』，復云『顧念其職之所居』，則又以爲職任之義，自相戾矣。」承珙案：歐陽《本義》云：「不廢其職事，而更思其外。」蘇氏《詩傳》云：「既思其職，又思其職之外。」蓋皆以「職」爲職事，爲《集傳》之所本。然經言「職思其外」，不言思其職外，若以「職」爲職事，則經文爲不辭矣。

山有樞

《序》云：「《山有樞》，刺晉昭公也。」《呂記》曰：「詩人豈真欲昭公馳驅飲樂哉？蓋曰：是物也，行且爲他人所有，曾不若及今爲樂之爲愈。所以激發之，非勸其爲樂也。呂禄棄軍，其姑呂嬃悉出珠玉寶器散堂下，曰：『毋爲他人守也。』乃此詩之意。末章尤可見。」胡氏允嘉曰：「是時昭公弱不自豎，桓叔强且漸逼，若朝生之菌，夕而即落。識者傷之，以甚愚之主，至急之勢，百務積廢不舉之時，而欲告之以保身甯家之道，則其説也長，而其入也無緒，故喟然曰：與其齷齪以待亡，何如快樂以永日？所以發其傷心之痛，而振其欲死之氣。詩人語苦而意促迫矣。」朱氏《通義》曰：「唐俗儉嗇，不應此詩忽作曠達語。是時曲沃成師勢盛，昭公不能制，日就危亡，故詩人作此以諷之。其詞不直斥昭公，託爲同儕相告語者，憂危之情最爲迫切。朱子乃以爲答《蟋蟀》之詩，相勸行樂。若然，不過如後世《將進酒》《箜篌引》《來日大難》之類，此何關於理亂者而夫子録之乎？」承珙案：《蟋蟀》本非行樂之詩，若又以此爲答前篇之意，則前篇尚以好樂無荒爲戒，而勸之者乃遽怵以死期將至、他人且來，是欲相率而入于流蕩放曠之域，尚得爲陶唐之遺風哉？

「山有樞」，《釋文》：「樞，本或作蓲，烏侯反。」《爾雅》「藲，荎」，郭氏引《詩》作「山有蓲」。《漢書・地理志》「山藲」，師古曰：「藲音甌。」段氏《詩小學》曰：「《石經・魯詩》作『蓲』，《毛詩》當作『藲』，亦作『蓲』。《唐石經》譌爲『户樞』字，而俗本因之。」《校勘記》云：「《説文》『蓲』下云草也，不以爲『樞荎』字。是毛氏詩作『樞』也，《爾雅》加『艸』於首，所以别户樞字耳。《漢志》『山藲』亦然。其實《毛詩》不作『蓲』，《釋文》『或作』本非也。亦不作『藲』，故《説文・艸部》《木部》皆無『藲』字。」承珙案：《校勘》説是也。《隸釋》載《魯詩》作「蓲」者，亦字之借。蓲本草名，非木類。《説文》：「蓲，艸也。」《爾雅音義》引《説文》：「烏蓲，艸也。」《廣韻》：「烏蓲，草名。」本《説文》。郭璞注《爾雅》「菼，薍」云：「江東呼爲烏蓲。」此不得言「山有」明矣。《爾雅》作「藲」者，其从艸，是後人所加。然則此字，《毛詩》本用「户樞」之字，但其讀則烏侯反，此以音爲别者耳。

「弗曳弗婁」，傳：「婁，亦曳也。」《釋文》引馬云：「婁，牽也。」盧氏召弓曰：「《孟子》『踰東家牆而摟其處子』，劉熙注：『摟，牽也。』《玉篇・手部》引《詩》『弗曳弗摟』，據馬融訓『牽』，則《毛詩》蓋本作『摟』。」承珙案：曳者，《説文》云：「臾曳也。」臾曳，即牽引之意。《説文》又云：「摟，曳聚也。」是「摟」有曳義，故傳云「婁亦曳也」。

「宛其死矣」，傳：「宛，死貌。」案：「宛」與「蘊」與「鬱」聲義皆通。「宛」有蘊結之意，又近鬱幽之稱，故傳以爲「死貌」。《釋文》云：「本亦作苑。」《淮南・本經訓》「百節若苑」注云：「苑，病也。苑讀南陽之『宛』也。」又《俶真訓》「形苑而神壯」注云：「苑，枯病也。苑讀『南陽宛』。」此尤足爲毛傳「死貌」之證。《秦風》「宛在水中央」箋云：「宛，坐見貌。」此爲思見其人而言之，《集傳》乃用以釋此篇之「宛」，於義疏矣。

「他人是愉」，傳：「愉，樂也。」箋云：「愉，讀曰偷，偷取也。」臧氏《經義雜記》曰：「《漢書・地理志》引《詩》『它人是媮』。《文選・西京賦》『鑒戒唐詩，他人是媮』，薛綜注引《詩》同。《説文》：『愉，薄也。』『恌，愉也。』《鹿鳴》傳亦云：『恌，愉也。』定本作『偷』，是『愉』爲『偷』之本字。《説文》：『媮，巧黠也。』義稍別。而《國語・晉語》『媮居幸生』，賈山《至言》『媮合取容』，及《漢志》、張《賦》皆以『媮』爲『偷』。蓋康成時以『愉』爲愉樂字，恌薄字則作『偷』，或作『媮』，故鄭隨俗改『愉』爲『偷』，使人易曉，猶《召閔》『不云自頻』即水頻字之省，而鄭依俗改爲『濱』也。」承珙案：《説文・心部》：「愉，薄也。」《人部》：「佻，愉也。」無「恌」字。臧引作「恌，愉也」，誤。又「媮」訓「巧黠」，當爲「偷」之本字，臧以「愉」爲「偷」之本字，亦誤。考《説文》「憪，愉也」，「愉，薄也」，「憪」本閒静之意，則「愉，薄也」當如段注作「薄樂也」，故「愉」下引《論語》「私覿愉愉如也」。愉愉者，和氣之薄發於色也。引申之，爲凡淺薄之稱，故「恌」又訓「愉」，如《鹿鳴》「示民不恌」之訓「愉」、《周禮》「則民不愉」皆是。若《女部》「媮」，爲「巧黠」，故引申爲偷盜。古無「偷」字，當即作「媮」。毛於此詩訓「愉」爲「樂」，是用其本義。鄭自以三家詩有作「媮」者，遂讀「愉」爲「偷」。然毛於首章言「樂」，次章言「安」，語有次第。鄭以「是愉」爲「偷取」，「是保」爲「居」，則次章與末章「入室」意義無别，故應從毛爲正。

「山有栲」，傳：「栲，山樗。」《稽古編》曰：「案：栲，山樗也。樗，臭櫄也。『櫄』乃『杶』之或體。《書·禹貢》作『杶』，《左傳》作『橁』，俗書爲『椿』。見《莊子》。别一木又名「橓」，式閏切。椿、樗、栲三木同類而微分。《本草綱目》云：椿，『皮細肌實而赤，嫩葉香甘可茹』。樗，『皮粗肌虚而白，其葉臭』。栲生山中，亦虚大，『爪之如腐朽』。陸『謂山樗不名栲』，『然栲之爲山樗，《爾雅》《説文》、毛傳皆同，不誤也』。又案：《説文》『栲』作『⿰木尻』，云『从木尻聲』。苦浩切。陸《疏》云許慎『栲』讀爲『糗』，則徐鉉此切非許意矣。《詩》『栲』字叶『杻』，陸語應不謬。」承珙案：栲名山樗，而實非樗類。郭注《爾雅》云「似樗」者，或謂其葉及皮色之似耳。《豳風》《小雅》毛傳皆云：「樗，惡木也。」此詩取興於山隰之木可爲材用，不應及樗。且此及《小雅》皆以「栲」「杻」並舉，杻既彊韌，中爲車輞，則陸《疏》以「栲」爲栲櫟，「皮厚數寸，可爲車輻」者，近之。陸氏又言：「許慎『栲』讀爲『糗』，今人言『栲』者，失其聲。」不知「⿰木尻」从尻苦刀切。聲，未嘗不可讀「栲」，亦未嘗不與「杻」叶也。

「隰有杻」，傳：「杻，檍也。」《説文》無「杻」字。檍，《説文》作「⿰木音」，云：「梓屬。大者可爲棺槨，小者可爲弓材。」與《考工記》「取幹之道七，柘爲上，檍次之」合。先鄭注《周禮》「檍」讀爲「億萬」之「億」，與陸《疏》「官園種之，正名曰萬歲」者合。或謂《説文》自有「檍」字，云「杶也。从木，意聲」，「杶」下云：「木也。从木，屯聲。《夏書》曰『杶幹栝柏』。或从熏作櫄。」又云：「杻，古文杶。」「檍」既爲「杶」，「杶」又作「杻」，故《爾雅》、毛傳皆云「杻，檍」。段懋堂曰：「《玉篇》『杶』下無『杻』字，依《汗簡》所載，當即『杶』之變體。『屯』旁側書作『杻』，非从『子丑』之『丑』。《韻會》云《說文》作『[木音]』，今文作『檍』，可知『[木音]』『檍』爲一，不必別有『檍』字。許無『杻』字，豈其字正作『紐』，俗作『杻』與？」承珙案：《爾雅》《毛詩》之「杻」，古人蓋即借「手械」之「杽」字爲之，後人始寫作「杻」。然郭注《爾雅》云，關西呼「杻子」。是詩人所詠，至晉尚有其名。郭又云：「杻似棣，細葉，材中車輞。一名土橿。」考《山海經・西山經》「英山其上多杻橿」，「大時之山下多杻橿」，每以「杻」與「橿」連言。《說文》：「橿，枋也。枋木可作車。」然則「杻」與「栲」亦同，爲彊韌有用之木可知。

「弗鼓弗考」，傳：「考，擊也。」《釋文》云：「鼓，如字。本或作擊，非。」正義曰：「今定本云『弗鼓弗考』，注云『考，擊也』，無『亦』字，義並通。」據此，是陸據定本，孔據「或作」本，今《注疏》本乃以陸改孔耳。盧氏召弓曰：「《文選》二十六。李善注引《詩》『弗擊弗考』。」承珙案：《御覽》五百八十二。引《山有樞》曰：「子有鐘鼓，不擊不考。」此皆同「或作」本。毛傳「考，亦擊也」，與上文「婁，亦曳也」同例。陸必以「或作」本爲非，恐未然也。

揚之水

《序》云：「《揚之水》，刺晉昭公也。昭公分國以封沃，沃盛彊，昭公微弱，國人將叛而歸沃焉。」承珙案：《詩》所謂刺其君者，非徒刺之已也，必實有愛君憂國之心，而事有不容顯言者。故其慮深，其情切，而其詞轉隱，或且有詭詞以託意，反言以著事者。如此詩託爲叛者之辭，云既見桓叔而樂，又反言聞命而不敢告，乃正所以告之。此所謂主文譎諫，風人之旨也。《鄭風》之《叔于田》《大叔于田》皆刺鄭莊，而詩詞反似言叔段之美，與此《揚之水》《椒聊》皆刺晉昭，而詩反似言桓叔之美者同意。蓋其美者，非真美也。彼以大都耦國，孽子傾宗而爲人所歸附如此，爲之上者，任其包藏禍心而不早爲之所，其可刺孰甚焉。故此《序》云「刺昭公」，是國史推見至隱之語。其下云「沃盛彊，昭公微弱，國人將叛而歸之」，乃是據事直書。鄭箋泥於此文，遂有「桓叔除民所惡，民得以有禮義」之説。嚴《緝》云，昭公時，晉人之心尚未涣散，其樂從沃者，沃之黨耳。作詩者設爲國人相語之詞，曰「我聞有命，不敢以告人」，正所以泄沃黨之謀，而非叛晉者之所自作也。其説最爲當理，後儒多從之者。今考毛於國風三《揚之水》，惟《鄭風》有傳，此及《王風》皆不明興意。然其於「白石鑿鑿」云：「鑿鑿然，鮮明貌。」次章云：「皓皓，潔白也。」三章云：「粼粼，清澈也。」皆不過謂激揚之水微弱，無轉石之力，徒使之鮮明潔白，以興昭公微弱，無制桓叔之權，徒坐視其彊盛而已。鄭箋以「揚水」喻桓叔，「白石」喻民，既與《王風》所云激揚之水喻平王政教煩急，《鄭風》喻忽政教亂促者自相乖異，即案之本詩，亦多不合，固未必得毛旨也。至傳於末章云：「聞曲沃有善政命，不敢以告人。」所謂「善政命」者，當如齊陳氏厚施之類，潛通逆黨，收拾人心。詩人見微知著，故曰聞之而不以告人者，正所以告之也。

秦氏《詩測》曰：「『素衣朱襮，從子于沃』，褚炤所云『不知汝家司空以一家物復與一家，亦復何謂也』。『云何不樂』『云何其憂』，則如徐廣所云『君爲宋朝佐命，身爲晉朝元老，悲歡故是不同』。前二章已有微詞，不特末二語爲發潘父之邪謀也。」凌氏濛初云：「素衣朱襮，何等服物；我聞有命，何等密謀，而明明見之篇什。且『不敢告人』一語，直同兒戲，不虞敗乃公事邪。謬意此陽雖爲沃，陰實聳晉，猶厮養卒所云『名爲求趙王，實欲燕殺之也』。」承珙案：以上數説，似頗得詩人微婉之旨。《集傳》以爲叛者所自作，天下有欲叛之人而乃爲此以自彰其事乎。且叛人之詩，又何録焉。此不煩言而破者也。

「素衣朱襮」，傳：「襮，領也。諸侯繡黼丹朱中衣。」案：傳似當作「襮，黼領也」，用《爾雅》文。《説文》：「襮，黼領也。从衣，暴聲。《詩》曰：『素衣朱襮。』」即全用毛義。毛既訓「襮」爲「黼領」，故下即引《郊特牲》之「繡黼丹朱中衣」，而於次章之「素衣朱繡」但云「繡，黼也」，其義已明。《釋文》云：「繡音秀，衆家申毛，並依字。」正義云：「傳意『繡』得爲黼者，繪是畫，繡是刺之。雖五色備具乃成爲繡，初刺一色即是作繡之法，故繡爲刺名。傳言『繡，黼』者，謂於繒之上繡刺以爲黼，非訓『繡』爲『黼』也。孫炎注《爾雅》云：『繡刺黼文以褗領。』是取毛『繡，黼』爲義，其意不與箋同，不破『繡』字，義亦通也。」此疏申傳甚諦。鄭據《魯詩》「素衣朱綃」，破「繡」爲「綃」，正義云：「《考工記》：『白與黑謂之黼，五采備謂之繡。』若五色聚居，則白黑共爲繡文，不得別爲黼稱。繡、黼不得同處，明知非『繡』字也，故破『繡』爲『綃』。」承珙案：「繡」既爲刺繡，自不妨與「黼」連文。《漢書·郊祀歌》「黼繡周張」，《賈誼傳》「美者黼繡」，皆以二字連稱，故不必破「繡」爲「綃」也。

《易林·否之師》曰：「揚水潛鑿，使石絜白。衣素表朱，游戲皋沃。」黄氏生《義府》據《吕覽》高誘注訓「襮」爲「表」，遂謂朱襮非領。不知《郊特牲》「繡黼」「丹朱」是二事。繡黼爲黼領之襮，丹朱當從鄭注爲中衣之純。經傳未有言中衣以朱爲表者，《詩》之「朱襮」亦衹謂中衣以朱爲緣，❶以黼刺領。首章之「襮」，次章之「繡」，其義一也。至黼領爲襮，亦自有表暴之義。鄭注《士昏禮》：「卿大夫之妻刺黼以爲領，如今偃領。」賈疏：未詳其制。孫炎作「襮領」。《方言》：「袚，謂之襮。」郭注：「即衣領也。」「袚」即《玉藻》「深衣」之「袷」。袷者，交領也。鄭注「深衣」云：「古者方領，如今小兒衣領。」《說文》：「襮，黼領也。」「黼」下云：「一曰次裏衣。」《方言》：「緊袼謂之褔。」彼注云：「即小兒次衣也。」《漢書·廣川惠王傳》曰：姬榮愛爲廣川王去「刺方領繡」。服虔曰：「如今小兒却襲衣也，頸下施衿，領正方。」據此，知黼領之制，如小兒次衣。蓋別以綺繒爲之，加於領上，故謂之襮領。又謂之襮，亦取義於表暴也。《士昏禮》：「女從者畢袗玄，纚笄，被纇黼。」注云：「纇，禪也。士妻始嫁，被禪黼於領上。言『被』，明非常服。」此可見婦人黼領亦別施於衣上，與男子同也。《說文·糸部》：「纀，頸連也。」《玉篇》作「領連」，謂與「襮」同字。「領連」者，聯領於衣，即偃領之義也。

「從子于鵠」，傳：「鵠，曲沃邑也。」《水經注》：「涑水又西南逕左邑縣故城南，故曲沃也。晉武公自晉陽徙此，秦改爲左邑縣，《詩》所謂『從子于鵠』者也。」承珙案：此説微誤。《漢書·地理志》：「河東郡左邑，莽曰兆「兆」當作「洮」。亭。聞喜，故曲沃。晉武公「武公」當作「成侯」。自晉陽徙此，武帝元鼎六年行過更名。」考《武帝本紀》云：「將幸緱氏，行至左邑桐鄉，聞南粵破，以爲『聞喜縣』。」今左邑在聞喜縣東三十里，桐鄉在今平陽府曲沃縣西南四十里。酈注以左邑爲《詩》之「鵠」，則是以爲即故曲沃。非也。但二地相去不遠，故

❶「緣」，原誤作「緑」，今據文義改。

傳祇以鵠爲曲沃邑。正義謂都在曲沃，旁更有邑者，得之。

「我聞有命，不敢以告人。」段氏《詩經小學》云：「《荀子·臣道篇》：『迫脅於亂時，窮居於暴國，而無所避之，則崇其美，揚其善，違其惡，隱其敗，言其所長，不稱其所短，以爲成俗。《詩》曰：「國有大命，不可以告人，妨其躳身。」』按，所引即此詩異文。前二章皆六句，此章四句，殊太短。左氏定十年《傳》言『臣之業在《揚水》卒章之四言』者，恐漢初相傳有脱誤。」臧氏在東曰：杜注《左傳》云：「卒章四言曰：『我聞有命。』」是杜以一字爲一言也。承珙案：《關雎》正義云：「《左氏》曰『臣之業在《揚之水》卒章之四言』，謂第四句『不敢告人』也。」此又與杜注異。且以「四言」爲「第四句」，非謂一字一言，似較杜注爲合。然傳箋皆云「不敢以告人」，此所引無「以」字，不知傳寫脱誤，抑別有此本歟。

椒聊

《序》云：「《椒聊》，刺晉昭公也。君子見沃之盛彊，能脩其政，知其蕃衍盛大，子孫將有晉國焉。」嚴《緝》云：「此詩言桓叔之强，而不及昭公，其意則憂昭公之弱，而非主桓叔。言在此，而意在彼也。説詩不用首《序》，則以此詩爲美桓叔可矣。」

「椒聊之實」，傳：「椒聊，椒也。」阮氏《揅經室集》曰：「椒聊，『聊』字舊訓爲語助，謬矣。毛傳云：『椒聊，椒也。』『也』字上必脱『梂』字。鄭箋云『一梂之實』，意實承傳而述言之，緣傳已專訓，不必再爲『聊，梂也』之訓矣。《爾雅》云：『椒、榝醜菉。』『菉』即『梂』也。又云：『朻者聊。』『朻』亦即『梂』也。《詩》『兕觥其斛』，『斛』每作『觩』，『丩』『求』通也。是《爾雅》此句專爲《唐風》而釋，毛鄭皆知，而郭璞未詳，陸璣妄爲『語助』之説。然則斯義自魏晉以後，皆昧之矣。」段氏《詩經小學》曰：「傳不以『聊』爲語辭。『椒』『聊』疊韻，單呼曰『椒』，絫呼曰『椒聊』。」《毛詩明辨録》云：「《爾雅》『朻者聊』，郭注：『未詳。』又曰：『椴，大椒。』又曰：『椒、椴醜菉。』合觀之，大椒名椴，小椒名朻，朻，一名聊，朻與菉同，可以爲『聊』字非語助之證。」承珙案：此以小椒名朻，雖未有據，然固知椒聊之即「朻者聊」矣。今考《本草經》：「蔓椒，一名家椒。」《名醫別録》陶注云：「俗呼爲樛。」「樛」即「朻」字，《毛詩·南有樛木》，《韓詩》作「朻」。「朻」亦即「梂」字。鄭箋之「梂」自是釋經之「聊」，亦必毛傳已作「椒梂」也，故但云「今一梂之實」耳。《楚辭·九歎》云「懷椒聊之蔎蔎兮」，王逸注云：「椒聊，香草也。《詩》曰：『叔聊且。』蔎蔎，香貌。」據此，益可見「聊」非語助。至王逸以爲香草者，猶《説文》以「茮」入《艸部》，蓋草木散文得通耳。

《虞東學詩》云：「馮復京曰：『椒樹種不一，秦椒色黄黑，似蜀椒而大，即《爾雅》「椴」也。蜀椒則陸《疏》所謂「似茱萸有刺」者，皮紫赤色。晉地近秦，當指秦椒。』『聊』爲語助，《集傳》本陸《疏》。然『聊』既語助，『且』又語助，恐難成句。按：《爾雅》：『朻者聊。』《説文》：『朻，高木也。』疑即椒之高大者。」承珙案：《山海經·北山經》云：「景山其草多秦椒。」郭注：「子似椒而細葉草也。」考《水經注》：「涑水又與景水合，水出景山。」《太平寰宇記》云，景山在聞喜縣東南十八里。據此，則馮疏以此椒爲秦椒，説似可通。秦椒，《本經》列木中品，而《山海經》以爲草，亦散文則通耳。《虞東》引朻爲高木，以此椒爲椴，則不知「朻」即「梂」字，無庸泥於高木之説。至何氏《古義》云「檕梅名朹，其朻者名聊」，「聊即朹之高者」，與椒爲二物。此説尤爲肊撰。

「蕃衍盈升」,《文選·景福殿賦》、曹子建《求通親親表》,李善注並引《詩》作「蔓延盈升」。此所引疑三家詩,「蔓延」與「蕃衍」聲同字通耳。又李注兩引《詩》下皆有「美其繁興」四字,疑亦三家詩傳之語。古人取於椒者,祇以其蕃衍,如《後漢紀》注引《漢官儀》云:「皇后稱椒房,取其蕃實之義。」又《第五倫傳》注:「后妃以椒塗壁,取其繁衍多子。」皆是。鄭箋欲合沃盛反常之喻,轉謂椒性少實,蕃衍者非其常,恐非詩意。

箋云:「今一梂之實,蕃衍盈升。」❶正義云:「知蕃衍盈升謂一梂之實者,若論一樹則不啻一升,纔據一實又不足滿升。驗今椒實一裹之内惟有一實,時有二實者少耳。今言一梂滿升,假多爲喻,非實事也。王肅云:『種一實,蕃衍一升。』若種一實,則成一樹,非徒一升而已,不得以種一實爲喻也。」承珙案:《爾雅》「茮、椴醜菉」與「櫟其實梂」之「梂」義同而微異。櫟之梂巢自裹者,一梂祇一實。若椒椴之菉,則郭注云:「菉、萸子聚生成房貌。」《說文》:「菉,茮椴裹如裘也。」皆謂其實叢生攢蔟爲菉耳。鄭樵注《爾雅》云此類結子成毬朵,是也。箋云「一梂」者,乃借櫟實之梂爲之。孔疏誤以「一梂」即今椒之一粒,故云「一裹之内惟有一實」,則所謂實者乃椒目矣。夫椒之一粒,焉得言「菉」。今椒與茱萸皆多實,結聚成菉,詩人正因其蕃衍,故以取興,何得云「假多爲喻,非實事」乎?

「碩大無朋」,傳:「朋,比也。」箋云:「無朋,平均不朋黨。」《釋文》云:「王肅、孫毓申毛,必履反,謂無比例也。一音必二反。鄭云不朋黨,則申毛作毗至反。」正義引孫毓云:「桓叔阻邑不臣,以孽傾宗,與潘父

---

❶「盈」,阮校本《毛詩正義》作「滿」。下引正義同。

比，至殺昭公而求入焉。能均平而不朋黨，斯不然矣。」承珙案：孫氏之論極爲正大。傳以「朋」爲「比」，無比者，即陳敬仲占辭「莫之與京」之意。次章「碩大且篤」傳云「篤，厚」，即鄭子封謂叔段「厚將得衆」之意。箋以「無朋」爲「不朋黨」，乃易傳，非申傳也。陸氏謂鄭申毛，作毗至反。孔述傳「朋，比」，謂「無朋比之行」，誤以鄭義爲毛義，乃駁孫毓云：「桓叔能脩國政，撫民平均，別封於沃，自是鄰國，不得以傾宗阻邑爲罪。」此真悖理傷教之言，豈可爲訓？

「椒聊且，遠條且」，傳：「條，長也。」《校勘記》云：「案，正義云：『《尚書》稱「厥木維條」，謂木枝長，故以條爲長也。』其説非是。此傳以『長』訓『條』，乃謂『條』爲『脩』之假借。古字『條』『脩』相通，如《漢書》『脩侯』之比。考箋云『椒之氣日益遠長』，是此經『遠條』二字皆以氣言之，不以枝言之也。下章同。《考文》本改經二『條』字皆作『脩』，及依『長也』之訓而爲之耳，❶非有所本。此經自正義及《唐石經》以下，各本俱作『條』也。」

「蕃衍盈匊」，傳：「兩手曰匊。」《稽古編》曰：「宋董氏引崔《集注》謂匊大於升，古升上徑一寸，下徑六分，深八分。陳氏祥道、呂氏大臨亦言二升曰匊。《周禮·考工記·陶人》疏引《小爾雅》云：『匊，二升。』二匊爲豆。豆，四升。』陳呂之説，應本於此。」承珙案：《埤雅》云先盈升，後盈匊，則古者匊大而升小，升之所容不足以盈匊故也。或曰《廣雅》以爲「兩手謂之匊」，匊，一升也，故是詩先言升，後言匊，相備而已。考今《廣

❶「及」，《毛詩正義》阮元校勘記作「乃」。

雅》無「兩手謂匊」語，當即《小爾雅》文。然賈疏所據「二升爲匊」，必當不誤。自《御覽》諸書引《孔叢子》「兩手爲匊」，蓋宋以後已誤「二升」爲「兩手」。此傳及《小雅·采緑》傳皆當本作「二升」，後人改爲「兩手」耳。

「遠條且」，傳：「言聲之遠聞也。」阮氏《揅經室集》曰：「目得者可概以聲聞，鼻得者亦可概以聲聞，故《説文》曰：『馨，香之遠聞者。从香，殸聲。殸，古文磬。』又曰：『䛔，聲也。从只，甹聲。讀如馨。』案：《詩·椒聊》次章『遠條且』，毛傳曰：『言聲之遠聞也。』『聲』字與『馨』字音義相近，漢人每相假借，故《衡方碑》亦借『聲』爲『馨』矣。」段氏《詩經小學》云：「一章曰『遠脩且』，傳曰『脩，長也』。二章『遠條且』，傳曰：『言馨之遠聞也。』今本前後章皆作『條』，則毛不應别爲傳矣，而足利古本尚可證。經言『脩』者，枝條之長。『條』者，芬香條鬯之謂。傳『馨』字，今譌『聲』。」《校勘記》云：「考此『條』，與上章同，皆訓『長』，爲『脩』字之假借，非有異也，不宜更爲之訓。此傳『言聲之遠聞也』乃篇末總發一篇之傳，謂此《椒聊》詩乃言桓叔聲之遠聞也。篇末總發傳，毛氏每有此例，如《采蘋》《木瓜》之屬是矣。此傳，毛當有所案據，自作正義時已無文以言之，後遂專繫諸第二章『遠條且』一句，而疑其不可通也。」承珙案：《校勘》説是。傳於上章云「條，長也」，是總兩章「條」字釋之。次章云「言聲之遠聞也」，是總兩章「遠」字釋之。且上章解言椒氣之長，次章解喻桓叔聲聞之遠，此訓詁互相足之例，不嫌於經同而傳異也。至《衡方碑》「耀此聲香」，「聲」自是「馨」字之借。《漢志·郊祀歌》：「造兹新音永久長，聲氣遠條鳳鳥鴹。」此歌上文多言樂聲，則「聲氣」必非「馨氣」，「遠條」二字又與《詩》同，則此傳「聲」字似不必改作「馨」。《鳧鷖》傳：「馨，香之遠聞也。」此經文本「馨」字，傳自作「馨」，與此不同。

綢　繆

「綢繆束薪」，傳：「興也。綢繆，猶纏緜也。男女待禮而成，若薪芻待人事而後束也。」興義明白，不可改易。《潁濱詩傳》《放齋詩説》皆能發明毛説。鄭箋乃謂束薪於野，爲三月之末、四月之中見於東方，故云不得其時。則以「束薪」爲賦矣。《集傳》既從毛爲興，而又云：「詩人叙其婦語之詞，曰方綢繆以束薪也，而仰見三星之在天。」則似此夫婦自爲束薪之事，無論昏夕負薪不合情理，且束薪既爲實事，則所謂興者，又何指也？

「三星在天」，傳：「三星，參也。在天，謂始見東方也。三星在天，可以嫁娶矣。」毛以秋冬爲昏姻正時，十月參見東方，自此至正月皆可嫁娶，故陳昏姻之正時以刺亂。鄭以嫁娶用仲春，則以三星爲心，心爲大火，三月火始見，則時已晚矣。疏家於毛鄭昏期異説，往往兩存之。承珙案：經傳以星紀候，自《堯典》《夏小正》以至《春秋》內、外傳，無不指其見者言之，從無既指某星爲候，而又取其將見未見之時以言之者。箋云：「三星，謂心星也。心有尊卑、夫婦、父子之象，又爲二月之合宿，故嫁娶者以爲候焉。昏而火星不見，嫁娶之時也。」夫既不見矣，何以爲候？古人觀象授時，所以明民。民所不見，何以示之？孔疏曲爲申釋，云：「《左傳》『火伏而後蟄者畢』，此取將見爲候，彼取已伏爲候。」其説過於紆回，故知毛義不可易矣。

「見此良人」，傳：「良人，美室也。」正義曰：「《小戎》云『厭厭良人』，妻謂夫爲良人。知此美室者，以下云『見此粲者』，『粲』是三女，故知良人爲美室。『良』訓爲『善』，故稱『美』也。」諸家皆以古無稱女子爲「良人」者，《儀禮》「良席在東」，《孟子》「其良人出」，鄭注「婦人稱夫曰良」，是也。承珙案：「良」既訓「善」，則「良人」，男女皆可通稱。《戰國策》：「賣僕妾售乎閭巷者，良僕妾也。出婦嫁於鄉曲者，良婦也。」此婦人稱「良」之證。《漢書·外戚傳》：「漢興，因秦之稱號，適稱皇后，妾皆稱夫人，又有美人、良人。」師古曰：「良，善也。」此「良人」當即因《詩》而有此稱。可見毛公以前，經師已有訓此「良人」爲「美室」者矣。

「子兮子兮」，傳：「子兮者，嗟茲也。」王氏《經義述聞》曰：「嗟茲，即嗟嗞。《說文》：『嗞，嗟也。』《廣韻》：『嗞嗟，憂聲也。』《秦策》曰：『嗟嗞乎，司空馬。』《管子·小稱》篇曰：『嗟茲乎，聖人之言長乎哉。』《說苑·貴德》篇曰：『嗟茲乎，我窮必矣。』楊雄《青州牧箴》曰：『嗟茲天王，附命下土。』皆歎辭也。或作『嗟子』。《楚策》曰：『嗟乎子乎，楚國亡之日至矣。』《儀禮經傳通解續》引《尚書大傳》曰：『諸侯在廟中者，愀然若復見文武之身，然後曰：嗟子乎，此蓋吾先君文武之風也夫。』是『嗟子』與『嗟嗞』同。經言『子兮』，猶曰『嗟子乎』『嗟嗞乎』也，故傳以『子兮』爲『嗟茲』。鄭箋謂『子兮子兮』斥娶者，殆失其義。」承珙案：《說文·言部》：「䜺，咨也。」段注謂「咨」當作「嗞」。今考《爾雅·釋詁》：「嗟、咨，䖘也。」此「嗟咨」亦當作「嗟嗞」。鄭箋以「子」斥「娶者」固誤，然猶謂詩人子此娶者。《集傳》言男女「自謂曰『子兮子兮』」，則從古無自稱爲「子」者矣。

「見此邂逅」，傳：「邂逅，解說之貌。」《稽古編》曰：「《鄭·野有蔓草》傳『不期而會曰邂逅』，此云『解說之貌』，意當日經文必有不同。《鄭風》釋文云：逅，本亦作遘。此《釋文》：『邂，本亦作解。逅，本亦作覯。』此字形互異，略可見者也。案：《說文》『不期而會』是『邂逅』本訓，鄭詩正當此訓。唐詩『邂逅』指昏姻，言昏姻之禮必相約而後成，豈可言不期而會乎。宜毛公之别爲釋也。傳『解脱』，《釋文》音『蟹悦』，其義則箋疏俱無發明。《韓詩》云：『邂覯，不固之貌。』雖與毛義殊，亦足證此『邂逅』與鄭詩别矣。」承珙案：《説文》「邂逅」係新附字，陳誤以爲許氏本文，非也。陳意謂《鄭風》爲君臣遇合，與此詩言男女昏姻者不同。其實「邂逅」字只當作「解構」，但爲會合之意。《淮南・俶真訓》「孰肯解構人間之事」，高注：「解構，猶會合也。」蓋凡君臣、朋友、男女之遇合，皆可言之。《魏志・崔季珪傳》注：「大丈夫爲有邂逅耳。」亦是遇合之意。傳云「解説之貌」，即因會合而心解意説耳。《韓詩》云「不固之貌」，則由不期而遇，卒然會合，故云「不固」。《後漢書・閻后紀》：安帝幸章陵，崩于葉。閻后與兄弟謀曰：「今晏駕道次，濟陰王在内，邂逅公卿立之，還爲大害。」此「邂逅」亦謂倉卒遘會，與《韓詩》「不固」義近。總之，「解覯」大旨是會合，無分期與不期，皆可稱也。

杕杜

《序》云：「《杕杜》，刺時也。君不能親其宗族，骨肉離散，獨居而無兄弟，將爲沃所并爾。」《稽古編》云：「《綢繆》《杕杜》《羔裘》三詩，《序》不言刺何君，疏以其在《椒聊》《鴇羽》之間，概判爲昭公詩，殆非也。《鴇羽序》云『刺時』，不云『刺昭公』，又言『昭公之後，大亂五世』，明是亂後始作。《鴇羽》非昭公詩，則《綢繆》諸篇可知矣。」承珙案：《序》但云「刺時」，自以非一君之世，故不能定指某公。總之，爲昭公以後，曲沃日盛，晉國日衰，詩人憂時感事之作，明白無疑。郝氏仲輿曰：「晉自昭公被弑，與沃五世相攻，宗族離叛，公室孤立。詩人以杕杜特生比晉，椒聊蕃衍比沃，一盛一衰比晉將折而入沃也。如《王風・葛藟》《鄭風・揚之水》，皆親戚叛之，所以不振，安得目爲泛泛行道之語乎？」

「有杕之杜，其葉湑湑」，傳：「興也。杕，特貌。杜，赤棠也。湑湑，枝葉不相比也。」此傳「杕，特貌」，宋本作「特生貌」。《釋文》引傳但云「特貌」，無「生」字。《顔氏家訓》引傳云「杕，獨貌」，亦無「生」字。《説文·木部》：「杕，樹貌。」「樹」當作「特」，即用毛傳。然《家訓》引《説文》已作「樹貌」，其誤久矣。《釋文》「湑湑」下云「不相比次也」，是傳文「比」下有「次」字，疑即取經文「胡不比焉」「胡不佽焉」之義。朱氏道行曰：「詩以獨生之杜猶葉茂，起獨行之人終無與，此反興也。」《虞東學詩》曰，毛取正興，當從《集傳》取反興。承珙案：正義云：「《裳裳者華》亦云『其葉湑兮』，則『湑湑』與『菁菁』皆茂盛之貌。傳於此云『湑湑，枝葉不相比』，下章言『菁菁，葉盛』，互相明耳。言葉雖茂盛而枝條稀疏，以喻宗族雖彊，不相親暱也。」此疏中傳甚諦。蓋傳意「湑湑」「菁菁」皆爲葉盛，其云「枝葉不相比次」者，則以「杕」爲「特貌」。凡樹木必枝葉相兼，始見扶疏茂盛之狀。特生之杜有幹無枝，雖其葉繁密，而枝條稀疏不相比次，其幹之孤特自若也。猶獨行之人宗族雖多，而離心離德不相親附，其身之孤立自若也。故傳仍以「湑湑」「菁菁」就經文言葉之盛，而以「不相比次」形容「有杕」，即以影合興意，可謂善於體物，且亦是反興，非正興也。箋以「菁菁」爲「希少之貌」，則與「緑竹菁菁」及「菁菁者莪」諸言「盛」者訓義乖異。疏曲爲申之，云：「箋以此刺不親宗族，不宜以盛爲喻。菁菁實是茂盛而得爲希少者，葉密則同一色，由希少故見其枝，不取葉爲興耳。」語多牽强，於文義殊不順也。

「胡不佽焉」，傳：「佽，助也。」箋云：「何不相推佽而助之。」正義曰：「佽，古『次』字。欲使相推以次第助之耳，非訓『佽』爲『助』。」承珙案：《吕記》引崔靈恩《集注》云「佽」作「次」。《車攻》「決拾既佽」，箋云「謂手指相次比也」，亦是以「佽」爲「次」。「次」與「比」本互相轉注。薛綜注《東京賦》云：「次，比也。」鄭注《周禮》云：「比，次也。」此「胡不佽」與上「胡不比」同義，「比」訓「輔」，「次」亦非不可訓「助」也。焦里堂曰：「『次』『且』一聲之轉。『佽』之爲『助』，猶『趦』之與『趄』。箋以『推』『佽』並言。《儒行》注：推，舉也。舉猶與也，與猶助也。以『推』明『佽』，正是以『助』明『佽』耳。」

「獨行睘睘」，傳：「睘睘，無所依也。」《釋文》：「睘，本亦作煢，又作焭。」《書·洪範》正義引此詩作「煢」，王逸注《楚辭·九思》、李善注《文選·思玄賦》引皆作「焭」。毛於此傳訓「無所依」，於《小雅·正月》「哀此惸獨」、《周頌·閔予小子》「嬛嬛在疚」皆無傳，蓋以「睘」「惸」「嬛」爲一字矣。《正月》之「惸獨」，《孟子》引作「煢獨」。《閔予小子》之「嬛嬛」，《釋文》引崔《集注》本作「煢」，似《毛詩》本皆作「煢」。《説文》：「煢，回疾也。」段注云：「回轉之疾飛也。引申爲煢獨，取褢回無所依之意。」其説亦通。又《説文》「睘」下云「目驚視也」，引《詩》「獨行睘睘」，字同今《詩》，而訓與毛微異。然無依之人獨行多懼，義亦未始不相通耳。

「不如我同姓」，傳：「同姓，同祖也。」案：古稱「同姓」，有親疏之别。《周官·司儀》：「土揖庶姓，時揖異姓，天揖同姓。」注云：「庶姓，無親者。異姓，昏姻也。」則此「同姓」乃統宗族言之。襄十二年《左傳》：「同姓於宗廟。」注云：「所出王之廟。」此「同姓」亦統言之。《禮記·大傳》：「四世而緦，服之窮也。五世祖免，殺同姓也。六世親屬竭矣。其庶姓别于上，而戚單于下，昏姻可以通乎。」疏云：「四世，謂上至高祖，以下至己，兄弟同承高祖之後。相報緦麻，是服盡于此。『五世祖免殺同姓也』者，謂共承高祖之父者也，言服祖免而無正服，減殺同姓也。『其庶姓別于上』者，五世以後，庶姓別異于上，與高祖不同，各爲氏族，不共高祖，別自爲宗，是別于上也。庶，衆也。高祖以外，人轉廣遠，分姓衆多，故曰庶姓也。」據此，則以共承高祖者爲同姓，高祖以上爲庶姓。此詩對「他人」言之，則「同姓」當謂共始祖者。上章「同父」舉其至親，下章「同姓」舉其至疏，所謂以兩頭該中間也。傳以「同姓」爲「同祖」，乃統宗族言之，非即以「祖」爲祖父。正義云：「上云『同父』，故云『同姓』爲『同祖』。」非是。若謂曲沃亦晉同姓，服屬未遠爲疑，則《虞東學詩》云：「桓、莊、武三世弒逆，律以《春秋》之義，絶不爲親。詩人所言『同父』『同姓』，義別有屬，不得疑此謂非爲沃事也。」

羔裘

《序》云：「《羔裘》，刺時也。晉人刺其在位不恤其民也。」案：《吕記》引朱氏曰：「在位者不恤其民，故在下者謂之曰彼服是羔裘豹袪之人。」是朱子初説本從《序》也。及著《集傳》，以「居居」「究究」義未詳，不敢强解。夫《爾雅》爲釋《詩》之祖，又興於中古，在毛鄭之前，此而不信，是古書無可證據者矣。《毛詩寫官記》乃又以「居居」「究究」爲美其大夫。夫苟蔑棄《雅》訓，而徒憑肊決，亦復何所底止乎！

「羔裘豹袪」，傳：「袪，袂也。本末不同，在位與民異心。」《校勘記》云：「《釋文》『袪』下云：『袂末也。』正義云：『此解直云「袪，袂」。定本云「袪，袂末」，與《禮》合。』《釋文》本與定本同。下傳云『本末不同』，正義云以裘身爲本，裘袂爲末，無取於袂爲本、袪爲袂末。當以正義本爲長。」承珙案：《遵大路》傳已云：「袪，袂也。」散文得通，此可無庸復傳。自因取喻本末，故以「袪」爲「袂末」別之，仍當從定本爲是。

「自我人居居」，傳：「自，用也。居居，懷惡不相親比之貌。」箋云：「其役使我之民人，其意居居然有悖惡之心，不恤我之困苦。」正義曰：「《釋詁》云：『由，用也。』案：《左傳》昭八年疏亦引《爾雅》「由，用也」。今《爾雅》無此語。『自，由也。』展轉相訓，是『自』爲『用』也。」《大雅・緜》「自土漆沮」傳云：「自，用也。」正義曰：「《釋詁》云：『由、從，自也。』此『由』訓爲『用』，故『自』得爲『用』也。」承珙案：毛於《執競》「自彼成康」傳亦云：「用彼成康之道。」❶鄭箋《大雅・江漢》「自召祖命」及注《尚書》「自服于土中」皆云：「自，用也。」蓋此訓雖不見《爾雅》，實爲經傳通義。但此詩，毛祇訓「自」爲「用」，而「我人」二字無釋。箋既云「役使我之民人」，又云「不恤我之困苦」，上「我」似詩人自我，下「我」又民自言我，語意不順。今謂「自」者，詞之用也。「我人」對下句「他人」言之，乃指其在位者。云此羔裘而豹袪者，我人也，乃用是居居然懷惡不相親比，何也。「自我人居居」猶言我人自居居，倒裝句耳。下乃云豈無他人能恤我者乎，念子故舊之人而不去。如此，似於文義較順。

正義引李巡注《爾雅》云：「居居，不狎習之惡。」與毛義合。案：《說文》居處字作「尻」，蹲踞字作「居」。曹憲《廣雅音》云「今『居』字乃箕居字」，故「居」又與「倨」通。《說文》：「倨，不遜也。」倨敖無禮，故爲惡也。《漢書・郅都傳》：「丞相條侯至貴，居。」亦以「居」爲「倨」。《荀子・子道篇》云：「子路盛服見孔子，孔子曰：『由是裾裾，何也？汝服既盛，顏色充盈，天下且孰肯諫汝矣。』」「裾裾」與「居居」同，亦謂其有倨敖之色也。《魯頌・

❶「康」，阮校本《毛詩正義》作「安」。

駉》「以車祛祛」，《唐石經》作「祛祛」，傳云：「祛祛，彊健也。」《方言》：「袿謂之裾。」郭注云：「裾，或作祛。」是古字「裾」「祛」同。「祛祛」爲彊健，亦於「裾裾」聲義相近。

「豈無他人」，箋云：「此民，卿大夫采邑之民也，故云豈無他人可歸往者乎。」正義曰：「指謂他國可往，非欲去此采邑適彼采邑也。王肅云：『我豈無他國可歸乎，維念子與我有故舊也。』與鄭同。」承珙案：疏申箋義是也。後儒有謂「他人」指曲沃者。姜氏《廣義》曰：「曲沃之君，民已讐之屢世，豈以上不見恤而萌事讐之心。箋泛指他國是也。故者，謂祖父以來，已相服屬，一旦去之，誠所不忍。且子爲舊君之臣，猶足以繫人心。好者，言子在故國而無異志，亦足爲人所親愛。皆忠義感發語。聖人存《羔裘》，見唐民有不渝之忠義，亦見君臣無立國之經猷也。」

「自我人究究」，傳：「究究，猶居居也。」正義引孫炎注《爾雅》云：「究究，窮極人之惡。」承珙案：王逸《楚辭·九歎》章句曰：「究究，不止貌也。」其訓與孫炎「窮極」義相通。傳以「究」亦爲惡，故云「究究，猶居居」，是於雙聲取義。蘇《傳》以「究」爲「久」，嚴《緝》以「究」爲「察」，皆可不必。

鴇羽

《序》云：「《鴇羽》，刺時也。昭公之後，大亂五世，君子下從政役，不得養其父母，而作是詩也。」《稽古編》曰：「鄭箋以昭公、孝侯、鄂侯、哀侯、小子侯爲五世，此非也。《序》既云『昭公之後』，不得併數昭公矣。朱子初説不數昭而數緡，最得之。緡在位二十八年，視前數君獨久，其時豈得無亂？又，滅緡之後，曲沃武公始繼晉而作《無衣》之詩，不容言晉亂者反闕緡而不數也。」承珙案：以孝侯至緡爲五世，李氏《集解》、范氏《補傳》已云然。況詩中明言「王事」，《左傳》隱五年：「秋，王命虢公伐曲沃，而立哀侯於翼。」桓八年：「冬，王命虢仲立哀侯之弟緡於晉。」九年：「虢仲、芮伯、梁伯、荀侯、賈伯伐曲沃。」皆所謂「王事」也。然則此詩云刺時者，當作於小子侯及緡爲最後一二君之世。孔疏以爲追刺昭公，謬矣。

「集于苞栩」，傳：「栩，杼也。」《稽古編》曰：「此詩『苞栩』及《秦風》之『苞櫟』皆有柞櫟之名。說詩者不明，言其爲兩木，惟嚴《緝》云《詩》有二柞櫟：《爾雅》『栩杼』、《唐風》之『苞栩』是也。又『櫟其實梂』，《秦風》之『苞櫟』是也。今案：《草木疏》二風之『柞櫟』，各有釋。《藝文類聚》於『柞』引《爾雅》『栩杼』及《車舝》《采菽》《旱麓》《緜》諸詩，於『櫟』引《爾雅》『櫟其實梂』及《秦風》『苞櫟』之陸《疏》，則嚴說非無據矣。」承珙案：陸《疏》於「苞栩」「苞櫟」雖各爲說，然其說「苞栩」云：「栩，今柞櫟也。徐州人謂櫟爲杼，或謂之爲栩。其子爲皁，或言皁斗。其殼爲汁，可以染皁，今京洛及河内多言杼汁。謂櫟爲杼，五方通語也。」其說「苞櫟」云：「秦人以柞櫟爲櫟，河内人謂木蓼爲櫟，椒椴之屬也。其子房生爲梂，木蓼子亦房生。」故說者或曰柞櫟，或曰木蓼。璣以爲此秦詩也，宜從其方土之言「柞櫟」是也。據此，陸雖以「柞櫟」與「木蓼」之「櫟」爲二木，然於《唐》《秦》之「苞栩」「苞櫟」皆爲「柞櫟」，仍一木也。《說文》：「栩，柔也。其實皁。一曰樣。从木，羽聲。」「柔，栩也。从木，予聲。讀若杼。」「樣，栩實也。从木，羕聲。」《艸部》：「草斗，櫟實也。一曰象斗。从艸，早聲。」此則栩、柔、樣、櫟並爲一木。「樣」即今之「橡」字。惟《木部》「櫟」下云「木也」，「梂」下云「櫟實」，段注云：「許『櫟』『梂』二篆連屬，正與陸《疏》云木蓼、子房生爲梂者合。然則許意謂櫟爲木蓼也。《艸部》『草斗，櫟實也」當作『柞櫟實』，損『柞』字耳。草下之『櫟』，非《木部》之『櫟』。許意栩、杼、樣草爲一物，是名柞櫟，亦名櫟，而非柞也，亦非子梂生之櫟也。柞與棫爲類，櫟似樧椒。《艸部》以『茮』系諸樧椒矣，此則以『茮』系諸櫟也。」今案：段說分析甚細。《詩》單言「柞」或連言「柞棫」者，自與「柞櫟」不同。若「苞栩」「苞櫟」，則同爲柞櫟。即《說文》別以木蓼爲櫟，然本非《詩》所有也。

「王事靡盬」，傳：「盬，不攻致也。」箋云：「我迫王事，無不攻致，故盡力焉。」正義曰：「此云『盬，不攻致』，《四牡》傳云『盬，不堅固』，其義同也。」《經義述聞》云：「如毛鄭所解，『王事靡盬』之下須先述其勞苦不息，而後繼之以不能藝稷黍云云，殆失之迂。《爾雅》：『棲遲、憩、休、苦，息也。』苦，讀與『靡盬』之『盬』同。王事靡盬者，王事靡有止息也。王事靡息，故不能藝稷黍也。所解似較直截。」承珙案：正義以「盬」與「蠱」同，於義爲近。《周易》「山風蠱」正義引褚氏曰：「蠱者，惑也，物既惑亂，終致損壞。《序卦》云：蠱者，事也。謂物蠱必有事，非訓『蠱』爲事。」此解甚晰。他若《周禮》之「苦鹽」、《儀禮》之「沽功」，皆即此「盬」字。《方言》：「盬、雜，猝也。」郭注：「皆倉卒也。」又：「盬，且也。」亦苟且之意。《漢書·息夫躬傳》「器用盬惡」，即不堅固之謂。王事無不堅固，已含有勞苦不息意，原不必更作一折，且《四牡》云：「王事靡盬，我心傷悲。」傳云：「盬，不堅固也。思歸者，私恩也。靡盬者，公義也。傷悲者，情思也。」此則語本各關，義尤正大。若以爲王事靡有止息，則近於怨懟，以說《鴇羽》《北山》尚可，施之《四牡》《杕杜》，則文王方率諸侯以朝聘，伐狄戎以敵愾，而於勞使臣、勞還役之詩乃致憾於王事靡息，則是相市以恩而歸過於上，恐非。有二服事之心，且將不免陰行善事之謗矣。靡息之言似非詩旨，不如從毛鄭爲正也。《左傳》襄二十九年：「葬靈王。鄭上卿有事，子展使印段往。伯有曰：『弱，不可。』子展曰：『與其莫往，弱不猶愈乎。《詩》云：「王事靡盬，不遑啟處。」東西南北，誰敢甯處。堅事晉楚，以蕃王室也。王事無曠，何常之有。』」此謂固事晉楚，乃所以蕃屏王室，即王事無不堅固之意。傳箋所解確合古義，不可易矣。

「肅肅鴇行」，傳：「行，翮也。」段氏《詩經小學》曰：「『行』『翮』求諸雙聲合韻，詁訓之法如此。羽、翼、翮以類相從，不釋爲行列也。」承珙案：訓「行」爲「翮」，疑謂「行」爲「翭」之假借。《說文》：「翭，羽本也。」「翮，羽莖也。」二篆相次，雖似微別，然《爾雅》云「羽本謂之翮」，鄭注《地官》亦云「翮，羽本也」，是「翮」與「翭」析言之則別，統言之則同也。「翭」「行」雙聲之轉，且詩以「鴇羽」「鴇翼」「鴇行」皆連「肅肅」言之，「行」自當爲「翮」。此及《鴻雁》「肅肅其羽」傳皆云：「肅肅，羽聲也。」《鴻雁》釋文云：「肅，本又作䎘。」《廣雅》：「䎘䎘，飛也。」總之不當舍羽翼而別求解。《埤雅》鴇「群居如雁，自然有行列」之說，非詩意也。

無　衣

《序》云：「《無衣》，美晉武公也。武公始并晉國，其大夫爲之請命乎天子之使而作是詩也。」「美」字，《注疏》本有作「刺」者，此疑武公非所當美，而《唐譜》正義有「《無衣》《有杕之杜》皆刺武公」語，故據以改此《序》「美」爲「刺」耳。然《序》下正義屢言「美武公」，則《序》本作「美」可知。至不當美而美，則正義明云：「《世家》稱武公厚賂周僖王，僖王乃賜之命。是於法武公不當賜之。美之者，其臣之意美之耳。」此可謂善於讀《序》。張氏《詩貫》曰：「此詩人述其賂王請命之意，似恭而實倨，以著其無王之心也。劉仁恭嘗謂使者曰：『旌節吾所自有，但要長安本色爾。』何其與此詩語氣如出一轍也。」許氏《詩深》曰：「此詩之美晉武，作者美之，非《序》者美之也。凡里巷淫邪之詩，皆愚夫愚婦之所爲，故正其失而書刺。此所謂『美』者，正如符命美新，九錫美魏，作史者但據事直書，而其惡自昭揭于萬世而不可揜。此《序》之書法亦如是而已。」韓氏《讀詩傳譌》曰：「此詩作自曲沃之大夫，當其作之之始，亦止據事直陳，初不知其爲美爲刺也。而序詩者特以爲美武公，正以著曲沃大夫黨惡之情，刺意不言自見。聖人録其詩，所以傷王靈之不振，欲使後世亂賊知所懼也。《序》首國史所題，其下推説，意深且遠，宜爲淺近者所訾議矣。」案：諸説皆足以發明《序》義。

「不如子之衣」，「子」字，毛鄭皆未明言所指。正義曰：「就天子之使，請天子之衣，故曰『子之衣』。」語意亦未明晰。《集傳》以「子」爲「天子」，則古無斥天子爲「子」者。且武公雖有無王之心，然方其請命，必且謬爲恭敬，何敢爲此倨傲之詞，公然指斥？或又以「子」指武公，如公子翬謂隱公曰：「百姓安子，諸侯説子。」是諸侯之臣，亦呼君爲「子」，以此爲作於晉大夫美其君始得王命之時。然使果謂武公服其命服安且吉兮，則命服章數有定，次章何復以「衣六」爲言。故惟嚴《緝》以「子」爲指王使者得之。但謂言「六」者，變文成章，則又非是。孔氏《經學卮言》曰：「傳直言天子之卿六命，車旗衣服以六爲節，初無變『七』言『六』爲謙之意。推《序》云『請命乎天子之使而作是詩』，則毛公所謂『天子之卿』即『天子之使』也。因使者有六命之衣，愧己未受服于王，不如其衣安燠耳。雖上章『子之衣』，亦斥使者之衣也。《大車》傳曰：『天子大夫四命，其出封五命，如子男之服。』正義曰：『毛意以《周禮》「出封」爲出於封畿，非封爲諸侯也。尊王命而重其使，出於封畿即得加命。』然則此天子之卿來使於晉，亦假以七章之服矣。故兩言『子之衣』，一其加服，一其本服。」承珙案：孔説是也。此述其請命之辭，若曰「子之衣」，乃王命之服也。今晉君未得王命，則雖有衣六、衣七，而不如子服命服之安且吉、安且燠也。所以要之，令爲請命于王而賜服耳。如此，兩「子」字乃爲親切言之，既非傲慢之言，而「六兮」亦非徒變文成章之謂。至鄭箋云：「變『六』言『七』者，❶謙也。不敢必當侯伯，得受六命之服，列於天子之卿，猶愈乎不。」觀《左傳》莊十六年。❷「王使虢公命曲沃伯以一軍爲晉侯」，注云：「小國，故一軍。」疏云：「晉地雖大，以初并晉國，故以小國之禮命之。」蓋春秋之初，周禮猶在，如曲沃之傾宗弑逆，事所罕見，故雖釐王受賂，尚不敢遽以大國之禮待武公。則當武公請命，或不敢必爲侯伯，亦情事之常。但於「子之衣」三字，總少著落耳。

「豈曰無衣六兮」，傳：「天子之卿六命，車旗衣服以六爲節。」正義曰：「云車旗者，蓋謂卿從車六乘，旌旗六旒。衣服者，指謂冠弁也。飾則六玉，冠則六辟積。三公毳冕，則孤卿絺冕。絺冕，衣一章，裳二章，止有三章而此云『六爲節』，不得爲卿六章之衣。故毛鄭並不云『章』。」《周禮·司服》賈疏云：「舊説天子九章，據大章而言，其章别小章。章依命數，則皆十二爲節。上公亦九章，與天子同，無升龍，有降龍。其小章章别皆九而已，自餘鷩冕、毳冕以下皆然。必知有小章者，若無小章，絺冕三章，則孤有四命、六命。卿大夫

❶「變六言七」，阮校本《毛詩正義》作「變七言六」。
❷「十六」，原作「十八」，據阮校本《春秋左傳正義》改。

玄冕一章，卿大夫中則有三命、二命、一命，天子之卿六命，大夫四命，明中有小章，乃可得依命數。」承珙案：毛於首章「七兮」云「冕服七章」，此但依《典命》文車旗衣服以六爲節，不言六是章數，當以正義所申爲是。賈疏「小章」之說，似非毛意。

有杕之杜

《序》云：「《有杕之杜》，刺晉武公也。武公寡特，兼其宗族而不求賢以自輔焉。」姜氏《廣義》曰：「武公以篡弒得國，國人以王命無貳心而超然于塵俗之表，泥而不滓，如後世申屠蟠、管幼安之徒，固自有人也，豈以武公之飲食爲義而就之歟？故采一刺武公無以得賢人之詩，列于《無衣》之後，以見鴻飛冥冥，天了亂命不得而脅，亂臣賊子不得而汙。《易》曰『肥遯』，其殆斯人歟？此編詩之意也。」《田間詩學》云：「三國時賈詡謂袁紹使者曰：『歸語袁本初：兄弟不相容，焉能用天下國士乎？』即此詩意。承珙案：戴氏《續詩記》已有此說，謂「武公翦滅宗國，孤立無助，猶杕杜也。當時賢者必有不義其事相率而去之者，故詩人以爲刺」。近人乃有以此詩美武公能好賢者。試思「有杕之杜」，是杜不皆杕，凡言「有杕」者，皆取興於特貌。若果美其好賢，則當如菁莪、棫樸，舉其盛者言之，何故以特生之杜起興乎？此不待辨而明者矣。

《虞東學詩》曰：「此刺武公不能求賢自輔耳。諸儒解義各出：謂教武公求賢之法，何但飲食而已，此疏申箋義也；謂使武公誠有好賢之心，惟恐無以飲食賢者，此《呂記》用陳氏說也；謂好賢而恐不足以致之，無自而飲食之，此《集傳》說也；謂君不能養賢，國人自致其意，曰何以飲食之，此嚴《緝》說也。餘説雖多，要不出四者之域。今案，詩言君子適我而來遊，若果中心好之，何不飲食之。病其不能飲食，所謂悦賢不能舉，又不能養也。以杜之孤生道左，興武公之不求自輔，事非切類，不得爲比。《爾雅》『曷，盍也』郭注：盍，何不。諸家皆據《説文》以『曷』爲『何』，似不如《爾雅》注之曉達。」承珙案：蘇氏《詩傳》云：「苟誠好之，曷不試飲食之，庶其肯從我乎。」是已以「曷」爲「曷不」矣。蓋緩言之曰「曷不」，如「曷不肅雝」是也；急言之則曰「盍」，亦曰「曷」，聲近義通，故《爾雅》曰「曷，盍也」。

「噬肯適我」，傳：「噬，逮也。」毛於《邶·日月》「逝不古處」云：「逝，逮。」次章「逝不相好」云：「不及我以相好。」是訓「逝」爲「逮」，訓「逮」爲「及」。此訓「噬」爲「逮」，蓋以「噬」爲「逝」之假借。《爾雅》作「遾」。《方言》云：「北燕曰噬。」《釋文》引《韓詩》作「逝」，云：「逝，及也。」則毛韓義同。噬肯適我，謂及今可以適我乎。箋云：「彼君子之人至於此國，皆可來之我君所。」正義曰：「逮」又別訓爲「至」。此則與「適我來遊」語意重複，不如訓「及」爲善。

「中心好之，曷飲食之」，孔氏《詩聲類》云：「『好』在幽部，『食』在之部，《杕杜》『好』與『食』韻，乃之、幽之通。『食』音『飤』，『好』讀近『海』，去聲，今歙縣方言有之。《九章》：『妬佳冶之芬芳兮，嫫母姣而自好。雖有西施之美容，讒妬入以自代。』」承珙案：王氏《總聞》已謂「好」音祖似切，「食」音象齒切，與「好」相叶。然不如以兩「之」字爲韻之説爲正，且「好」與「好」，「食」與「食」，二章亦可自爲韻也。

「生于道周」，傳：「周，曲也。」案：王氏《詩考》引《韓詩》云：「道周，周，右也。」是訓「周」爲「右」，非以「周」爲「右」字。《吕記》引《釋文》曰：「周，《韓詩》作右。」與今本《釋文》同，誤矣。「周」「右」以疊韻爲訓，毛則取「周旋」之義，故云：「周，曲也。」

葛生

《序》云：「《葛生》，刺晉獻公也。好攻戰，則國人多喪矣。」箋云：「喪，棄亡也。」承珙案：此「棄」如「猶來無棄」之「棄」，「亡」如《説文》云「亡，逃也」，故云夫從征役，棄亡不反，非即謂其死亡。《車鄰》「逝者其亡」傳云：「亡，喪棄也。」亦非死亡之謂。此詩三章傳明有「夫不在」語，則必不以爲嫠婦之作。故箋讀「予美亡此」之「亡」爲「無」，能得傳意。季氏《詩解頤》曰：「程子以此詩思存者，非悼亡者，而華谷則直以爲悼亡。今觀《詩》意，角枕錦衾之粲爛，夏日冬夜之懷思，豈悼亡者之所宜言乎？但曰『予美亡此』，則知其或已喪亡而心猶冀其歸也。其情亦可哀矣。」范氏《詩瀋》曰：「晉自武公以後，用兵之多未有過於獻公者。《序》以爲刺獻，是也。古注及程朱皆不作悼夫之亡，而嚴華谷獨主以爲説。今玩詩文意尚和緩，似異於寡婦之憔殺。然曰『予美亡此，誰與獨處』，曰『百歲之後，歸于其居』，則唐人所謂『其存其没，家莫聞知』者，殆仿佛似之矣。」《世説》：「袁羊嘗詣劉恢，恢在内眠未起，袁作詩調之曰：『角枕粲文茵，錦衾爛長筵。』劉尚晉明帝女，主見詩，大不平。」劉孝標亦引《小序》以見袁以死嘲劉，故主不平耳。何氏《古義》據此以爲悼亡之詩。然傳箋並無此説。公主之不平，殆以其言褻慢。孝標注引《小序》，不過以肊解之，未必六朝説《詩》者果有此義也。

「予美亡此，誰與獨處」，箋云：「予，我。亡，無也。言我所美之人無於此，謂其君子也。吾誰與居乎，獨處家耳。」《毛鄭詩考正》曰：「《漢書》云：『不以在亡爲辭。』亡此者，今不在此也。既言其夫今不在此，而又曰『誰與』，非義也。『與』當音『餘』。誰與，自問也。『誰與獨處』與《檀弓》『誰與哭者』語同。其夫從征役不歸，生死未可知，婦嗟無所依託，故以葛蘞之必得所依爲興，而言予所美之人不在此，留誰獨處哉。反顧歎傷之辭，明其爲一婦人隻身無託也。」承珙案：《毛詩寫官記》亦引《檀弓》以證此「誰與」爲婦人自問之辭，是也。若《田間詩學》《陸堂詩學》又謂此四字兩韻，如《易》之「匪寇，婚媾」，則下二章「獨息」「獨旦」又非韻矣。

「蘞蔓于域」，傳：「域，營域也。」嚴《緝》云：「變『野』言『域』，知爲征夫所死之地。今我所美之人死於此地，不得卒於牖下。」故何氏《古義》引《詩翼》云：「讀『葛生蒙棘，蘞蔓于域』，宛然荒塚纍纍，祭埽悲哀之景。」承珙案：三章言「角枕」「錦衾」而亦曰「予美亡此」，則一二章「此」字不當指「野」與「域」，而「亡」亦不當作死亡解矣。

「角枕粲兮，錦衾爛兮」，傳：「齊則角枕錦衾。禮，夫不在，斂枕篋衾席，韣而藏之。」箋云：「夫雖不在，不失其祭也。攝主，主婦猶自齊而行事。」後儒多疑齊用角枕錦衾，未見所出，則《王風》正義有云：「毛時書籍尚多，必有所據。」此語可爲讀毛傳者之通例。《周禮·玉府》大喪「共角枕」、《喪大記》小斂「君錦衾」，此皆天子諸侯斂時所用。疑生時則齊日用之，如斂有明衣，而《論語》「齊必有明衣」是也。然天子、諸侯之所服用，而此國人亦有之者，豈庶人不嫌上同，如《碩人》傳云「夫人嫁則衣錦加褧襜」，而《丰》詩又以「衣錦褧衣」爲庶人之妻嫁服乎？至正義釋傳云：「齊則角枕錦衾，夫在之時用此以齊。今夫既不在，妻將攝祭。

其身既齊，因出夫之齊物，❶故覩之而思夫也。傳又自明己意，以『禮，夫不在，斂枕篋衾席，韣而藏之』，此無故不出夫衾枕，則是齊時所用，❷是以齊則出角枕錦衾也。」又釋箋云：「夫雖不在，其祭也使人攝代爲主，主婦猶自齊而行事。是故因己之齊，出夫之衾枕，非用夫衾枕以自齊也。故王肅云：『見夫齊物，感而增思。』是也。」此疏申釋，語皆明暢。孔氏《經學卮言》云：「毛意以爲角枕錦衾本齊時所用，而詩言之者，婦人以夫不在，韣其常所與共寢之衾，以禮自防，有若齊然，故亦用角枕錦衾耳。箋疏以爲攝夫齊祭，乃演傳義而失之者。」今案：此説過于迂曲，仍從箋疏爲得。

「百歲之後，歸于其居」，《後漢書·蔡邕傳》「百歲之久，歸乎其居」，注云：「《詩·晉風》也。毛萇注云：『居，墳墓也。』」承珙案：今注疏各本「居，墳墓也」四字，是箋，非傳。此殆傳寫脱誤，當從章懷所引作「傳」。蓋傳於「居」訓「墳墓」，故下章云：「室，猶居也。」箋乃更申之曰「室，猶冢壙」，則以居爲兆域、室爲窀穴別之。若毛於「居」無訓，而下忽云「室，猶居也」，不應鶻突至此。

采苓

《序》云：「《采苓》，刺晉獻公也。獻公好聽讒焉。」案：此《序》語簡意明，後儒從之，皆無異義。范氏《補

---

❶ 「物」，阮校本《毛詩正義》作「服」。

❷ 「則」，阮校本《毛詩正義》作「明」。

傳》、王氏《總聞》并引申生事以實之。《吕記》引朱氏曰：「獻公好聽讒，觀驪姬譖殺太子及逐群公子之事，可見也。」及作《集傳》，則第以爲聽讒之詩，謂「未見其果作於獻公時」。郝氏仲輿曰：「事之可據，孰有如獻公聽讒者乎。如是猶謂不信，則詩必有年月日時、作者姓名乃可。」

「采苓采苓，首陽之巔」，傳：「興也。苓，大苦也。首陽，山名也。采苓，細事也。首陽，幽辟也。細事，喻小行也。幽辟，喻無徵也。」《埤雅》云：「苓生于隰，葑生于圃，則首陽之巔不必有苓，其下也不必有苦，其東也不必有葑，則理可以無信矣。」《爾雅翼》云：「苓甘此誤以苓爲甘草，故云然。辨已見《邶風》。而苦，若讒者之入人，必先甘而後苦。而葑則甘苦相半，所謂『采葑采菲，無以下體』，下體惡而上體美者也。則讒人之所以嘗試其君者，無所不用矣。」此與范氏《補傳》略同。承珙案：諸説過於穿鑿，不如毛傳所云「細事小行」「幽辟無徵」，其取譬爲切，且於「好聽讒」義尤合。故《吕記》曰：「孔疏引申毛傳，謂讒言之起由君數問小事於小人。雖求之太過，然實天下之名言也。」

段氏《詩小學》曰：「枚乘《七發》『蔓草芳苓』，楊雄《反離騷》『颺煜煜之芳苓』，曹植《七啟》『搴芳苓之巢龜』，皆借『苓』爲『蓮』。漢人蓋讀『蓮』如『鄰』，故假借『苓』字。《史記·龜策傳》：『龜千歲乃游蓮葉之上。』徐廣曰：『蓮，一作領。聲相近，假借。』是又借『領』爲『蓮』也。顔師古注《漢書·楊雄傳》但云『苓，香草名』，不知爲『蓮』之假借字。李善注《文選》，於《七發》直臆斷曰古『蓮』字，於《七啟》又曰與『蓮』同，皆不指爲假借，以致朱彝尊引李注證《唐風》『苓』即『蓮』。其説曰：『水華而采於山顛，喻人言之不足信。』若然，豈首陽之下必無苦，首陽之東必無葑乎？由六書之假借不明也。苓本大苦，不得爲蓮。」承珙案：《義門讀書記》亦誤以《詩》「采苓」爲「蓮」，其説與朱氏同。《爾雅翼》知古字「苓」「蓮」通借，乃以《史記》「龜游蓮葉之上」即此「苓」。「若水中之蓮，則凡龜皆可游，不足爲奇。」不知《龜策傳》又云「常巢於芳蓮之上」，故曹植《七啟》用之。若苓爲大苦，不得言「芳」，漢人多言「芳苓」，故當爲「蓮」之假借。若《詩》自言苓，本無庸改爲「蓮」也。

「人之爲言」，箋云：「爲言，謂爲人爲善言以稱薦之，欲使見進用也。」《釋文》云：「爲言，于僞反，或如字。下文皆同。本或作『僞』字，非。」陸意因箋言「爲人」，故讀經「爲言」如「相爲」之「爲」，以「詐僞」之義爲非。正義云：「王肅諸本作『爲言』，定本作『僞言』。」正義從定本，故皆作「僞言」。然又用箋義述毛，云：「人之詐僞之言，有妄相稱薦，欲令君進用之者，君誠亦勿得信之。」不知箋云「爲人爲善言」，則鄭意「爲言」是「作爲」之「爲」，非「詐僞」之「僞」。疏説既非鄭意，而又以箋義通爲傳義。承珙案：《詩》以「采苓首陽」興人言之不可信，傳以采苓細事喻小行，首陽幽辟喻無徵。夫無徵之言必僞言也，則毛意似當作「僞言」，與鄭義異。孔疏合而一之，殊誤。王氏《經義述聞》曰：「《白帖·詐僞類》引此作『僞言』。《晉語》曰『僞言誤衆』，是其義也。」

「舍旃舍旃」，箋云：「旃之言焉也。舍之焉，舍之焉，謂謗訕人，欲使見貶退也。」歐陽《本義》曰：「『人之爲言』四句，以文意考之，本是述一事，而鄭分爲二。其下文再舉『人之爲言』而不舉『舍旃舍旃』，知非二事。」承珙案：此説是也。「人之爲言」只當作「人之僞言」，箋云「稱薦人之言」，則《序》本刺聽讒。讒者，言人之不善，何反云「爲善言以稱薦之」。鄭於「爲言」既誤解，而於「舍旃」又云「謗訕人」，與「爲言」分爲二事。

末句「人之爲言」乃云「人以此言來」，則又總稱薦、謗訕爲一，揆之文義，皆屬不合。

「苟亦無信，苟亦無然」，傳：「苟，誠也。」毛意以「苟」爲決詞蓋然者，是也。無然者，無是也。《皇矣》「無然畔援，無然歆羨」傳云：「無是畔道，無是援取，無是貪羨。」凡經言「無然」皆如是解。上言人之僞言，誠亦無可信矣。當舍之，當舍之，《陟岵》傳云：「旃，之。」此不復訓。嚴《緝》引《釋文》曰：「旃，之也。」誠亦無是事理也。首章「無信」者，不信其言；次章「無與」者，不用其言；三章「無從」者，不聽從其言。而皆繼之以「無然」者，則直斷其無是。如此，則人之僞言何得施其伎哉。此真止讒之法也。鄭箋訓「苟」爲「且」，訓「然」爲「答」，謂「且無信受之，且無答然」。後儒因謂人言當舍，亦且無遽舍之，而徐以待其審察。則是猶豫狐疑，聽讒之根尚伏，幾何不復爲讒人之所中哉。故知訓「苟」爲「誠」，傳義確不可易。

毛詩後箋卷十一

涇　胡承珙

秦

車鄰

《序》云：「《車鄰》，美秦仲也。秦仲始大，有車馬禮樂侍御之好焉。」《虞東學詩》曰：「附庸雖未爵命，而自君其國，則車馬禮樂侍御所宜有也。而秦僻在西陲，因仍舊俗，至仲入仕王朝，初備其制。故《序》下言『秦仲始大』。劉瑾、何楷、錢天錫及近日陸奎勳俱以秦仲時未必得備寺人之官，因謂此詩作於秦襄之世。愚謂仲初溺於戎俗，及爲大夫，得見周京聲物之盛，效而爲之，亦情理所有。諸家泥於襄公始爲諸侯，鑿空改《序》，不可訓也。」承珙案：許氏《名物鈔》又云：「秦仲雖嘗爲附庸之君，自宣王命爲大夫，蓋日與戎戰，六年而死，非可樂時也。《詩》語不類。」姜氏《廣義》因之，謂：「秦仲以初造之秦當猖獗之戎，適以滋禍，故以飲食燕樂告之，蓋勸之以養晦之意。」此説尤爲支離。《鄭語》史伯謂「秦仲、齊侯，姜嬴之雋」，國大將興。即其世保西陲，入仕王室，豈遂無一日之樂，而以爲與《詩》不類乎？至下二章「逝者」云云，不過及時行樂之意。古人言樂者每及於日月易逝、壽命無常，樂府詩辭中多有之，不必疑其於頌美之詞無端作此不祥語也。

「寺人之令」，傳：「寺人，内小臣也。」《稽古編》曰：「閽寺守門，古制也。欲見國君者俾之傳告，不過使令賤役耳。嚴《緝》謂三代侍御僕從罔非正人，今秦用寺人爲失。夫侍御僕從豈給使令賤役者邪。楊用修因其語，遂極論之，又牽合穆公學著人事，以爲後世刑餘爲周召、法律爲詩書皆始於此，故聖人録《車鄰》以冠《秦風》。議論雖美，然本非詩旨。」承珙案：郝仲輿引《月令》以奄爲尹，「内宮之事無有不禁，此秦作法之弊，趙高所以專制也。《秦風》首章：『未見君子，寺人之令。』次章乃云『既見君子』，見由寺人也。司馬翳奏事七日不得見之兆形矣」。此亦因嚴説而附會秦事以快其議論耳。其實《序》但美秦仲有侍御之好，不過見其先僻處西陲，百事苟簡，至秦仲始大，能具傳宣命令之儀，飲食燕樂之禮，所以爲美。傳云「寺人，内小臣也」，疏以爲「在内細小之臣」。此則奔走使令乃其常事，何得謂望夷之禍遂肇於此乎？宋明人經説往往借端發議，不獨此詩也。

正義引《周禮》「内小臣，奄上士四人」，「寺人，王之正内五人」，《儀禮・燕禮》「獻左右正與内小臣」，《左傳》齊有寺人貂，晉有寺人披，明天子諸侯皆内小臣與寺人別官。「《巷伯》箋云：巷伯，内小臣，與寺人之官相近。彼『巷伯』即是内小臣之官。此傳言『寺人，内小臣』者，非内小臣之官。」承珙案：傳云「内小臣」者，猶《文王世子》之「内豎」耳，不必以《周禮》官名相例。《左傳》晉有寺人孟張，成十七年。齊有寺人賈舉，襄二十五年。魯公果、公賁使寺人僚柤告公，昭二十五年。尤足爲寺人傳言之證。齊崔杼使圉人駕，寺人御而出，襄二十七年。則大夫得有寺人，又可見諸家謂秦仲大夫不宜有寺人之非。又「寺」或作「侍」者，自由近侍通稱。

顔師古《匡謬正俗》謂「侍人」與「寺人」有別，亦非也。

「既見君子，並坐鼓瑟」，傳：「又見其禮樂焉。」又者，對經「既」字言之。箋云：「並坐鼓瑟，君臣以閒暇燕飲相安樂也。」正義云：「《檀弓》稱工尹商陽止其御曰：『朝不坐，燕不與。』注云：『朝燕於寢，大夫坐於上，士立於下。』彼言正法耳。秦仲君臣安樂，或士亦與焉。」承珙案：《燕禮》「公以賓及卿大夫皆坐乃安」。此「並坐」猶云「皆坐」，非「並坐不横肱」之「並」。《吕記》及戴氏《續記》謂「並坐」爲簡易相親，未有禮節之繁。何氏《古義》又云：「是伶工之輩與其儕侣並坐，以供鼓瑟之事，非君臣並坐。」此皆泥於「並」字之誤耳。

駟驖

《序》云：「《駟驖》，美襄公也。始命，有田狩之事、園囿之樂焉。」范氏《詩瀋》曰：「秦之爲大夫，始於仲，故上篇稱『君子』，其爲諸侯始於襄，故此篇稱『公』。」承珙案：陳氏《禮書》云：「《春秋傳》曰：『惟君用鮮，衆給而已。』是天子、諸侯有四時田獵之禮，大夫、士不與焉。故鄭豐卷將祭請田，而子産止之。」然則前篇但言車馬、禮樂、侍御，祇爲大夫所有。此篇盛稱其田獵園囿，自是諸侯之事。《序》一以屬秦仲，一以屬襄公，當必有所受之矣。

「駟驖孔阜」，傳：「驖，驪。阜，大也。」案：傳云「驖，驪」，渾言之也。《魯頌》傳云：「純黑曰驪。」《説文》：「驪，馬深黑色。」「驖，馬赤黑色。」析言之也。《月令》「孟冬駕鐵驪」注云：「鐵驪色如鐵。」考《爾雅·釋畜》無「驖」，是「驖」本謂馬色，即因以爲馬名。如驪與黄亦皆馬色，而《詩》有「四驪」「四黄」，即用之爲馬名是已。又《説文》引《詩》「四驖孔阜」，今《詩》「四」作「駟」，段注云：「《詩》言『四牡』『四騏』『四駱』『四黄』，皆作『四』，下一字皆馬名也。言『駟介』『俴駟』，皆作『駟』，謂有所以加乎駟者。駟謂一乘也，故言馬四，則但謂之四。言施乎四馬者，乃謂之駟。」今《詩》作「駟驖」「駟騵」，而《干旄》疏引《異義》及《公羊》隱元年疏、《説文》「驖」字下皆作「四」，不誤。

「奉時辰牡」，傳：「時，是。辰，時也。冬獻狼，夏獻麋，春秋獻鹿豕群獸。」箋云：「奉是時牡者，謂虞人也。」正義曰：「『冬獻狼』以下皆《天官·獸人》文。按，獸人所獻之獸以供膳，傳引《獸人》所獻以證虞人奉之者，獸人獻時節之獸以供膳，故虞人驅時節之獸以待射。」此合傳箋釋之，其義已諦。王氏《經義述聞》謂：「虞人驅禽以待射，斷無冬但驅狼、夏但驅麋之理。『辰』當讀爲『慎』。《周禮·大司農》注：『五歲爲慎。』是獸之最大者。故下文曰『辰牡孔碩』。」馬元伯又引後鄭注《周禮》「慎」讀爲「麎」，及《吉日》「其祁孔有」：「『祁』當作『麎』。麎，麋牝也。此『辰牡』當作『麎牡』，與『騋牝』句法相似。承珙案：《周禮》「獸人掌罟田獸，辨其名物」，注謂「以网搏所當田之獸」。是獸人亦能取獸，非但獻以供膳。但下文「舍拔則獲」言射禽之事，故箋以爲虞人驅禽，所以待射。《騶虞》傳云：「虞人翼五豝，以待公之發。」若泥於無冬但驅狼、夏但驅麋之理，則《騶虞》之虞人何以豝豵必五也。風人之詞不必膠執如此。古人田獵自有因時擇物之道，如春蒐，索取不孕者；夏苗，除害苗稼者，未嘗無所辨擇。驅時牡以待射，容當有之，無容疑於獵非一獸以駁傳義也。

「公曰左之」，箋云：「左之者，從禽之左射之也。」《毛詩明辨録》曰：「逐禽左者，逆驅禽獸使左當人君以射之。夫周人尚右，何以射獸必左乃爲中殺。蓋射必有傷，以實鼎俎，近於不虔。殺其左而右體俱整，仍是尚右之意。古之逐禽，射於車上，與今騎射不同。騎射，奔馬可以逐獸，故有順驅而殺者。車上射獸，亦必有步騎合圍驅獸逆來，然後左向射之能以中左。若車順驅，雖在獸左，人不能射其左也。公之有命使御左車者，非爲中殺。以獸逆車而來，必在車左，而去車遠者，矢不能貫獸，故命媚子微左以迎獸耳。」承珙案：此解極細。何休《公羊傳》注解第一殺，第二、三殺，皆自左膘射之達於右。雖以死之遲速爲言，但考《儀禮・特牲》《少牢》，凡牲升鼎者皆用右胖，載俎者亦皆右體。《鄉飲》《鄉射》用右體，與祭同。惟《既夕》《士虞》以凶禮反吉，乃用左胖。《士虞》記云：「升腊左胖。」「腊」爲田獸之肉。可見吉禮之腊，亦用右胖。射必中左，自以尚右之故。至驅禽待射者，即係驅逆之車，田僕掌之，虞人乘之。《吉日》傳云「驅禽而至天子之所」，又云「驅禽之左右以安待天子」，皆是。正義云：「公命御者從禽之左逐之。」此誤會箋語。箋云「從禽之左射之」者，謂當禽之左射之。若逐禽而出其左，轉不便於射矣。《車攻》正義亦云：「凡射獸，皆逐後從左廂而射之。」亦誤。但獸之來未必定在車左，設出於車右而旋車向左，則相背。故「公曰左之」者，蓋獸自遠奔突而來，公命御者旋當其左以便於射耳。

「輶車鸞鑣」，傳：「輶，輕也。」箋云：「輕車，驅逆之車也。置鸞於鑣，異於乘車也。」正義云：「《夏官・大馭》及《玉藻》《經解》之注皆云鸞在衡、和在軾，謂乘車之鸞也。此云『鸞鑣』，則鸞在於鑣，故異於乘車也。鸞和所在，經無正文。《經解》注引《韓詩内傳》曰：『鸞在衡，和在軾。』又《大戴禮・保傅》篇文與《韓詩》説同，故鄭依用之。《蓼蕭》傳曰：『在軾曰和，在鑣曰鸞。』箋不易之。」承珙案：《小雅・庭燎》「鸞聲將將」傳亦云：「將將，鸞鑣聲。」《異義》載《禮》戴、《詩》毛氏二説，謹案云「經無明文」。且殷周或異，故鄭亦不駮。《商頌·烈祖》箋云：「鸞在鑣。」以無明文，且殷周或異，故爲兩解。今考劉昭注《續漢書·輿服志》載《白虎通義》引《魯訓》曰：「和，設軾者也。鸞，設衡者也。」與《韓内傳》同。高誘注《吕覽》、薛綜注《東京賦》，皆與韓同。服虔注《左傳》，及《文選·思玄賦》舊注則與毛同。《左傳正義》云：「鸞和所在，舊説不同。然《考工記》『輪崇、車廣、衡長，參如一』，則衡之所容惟兩服馬耳。《詩》辭每言『八鸞』，當謂馬有二鸞。鸞若在衡，衡惟兩馬，安得置八鸞乎。以此知鸞必在鑣。」此疏主申毛義，其辨甚明。《説文·金部》云：「人君乘車，四馬鑣，八鑾鈴，象鸞鳥之聲，和則敬也。」段注云：「四鑣八鑾，此破鸞在衡之説，專宗毛氏，是許晚年定論。」承珙又案：《輿服志》注引許慎曰：「《詩》云『八鸞鎗鎗』，則一馬二鸞也。又曰『輶車鸞鑣』，知非衡也。」此主謂鸞在鑣，與《異義》兩存韓毛者不同，當亦造《説文》時定論也。《詩》言「八鸞」者四：《采芑》《烝民》《韓奕》《烈祖》。《烝民》兩以「八鸞」與「四牡」對文，明係一馬二鸞，尤足爲在鑣曰鸞之證。

「載獫歇驕」，箋云：「載，始也。始田犬者，謂達其搏噬，始成之也。此皆游於北園時所爲也。」《稽古編》曰：「後儒謂以輶車載犬，其説始於《文選》張銑注。五臣多謬説，不可取信。《集傳》又引韓愈《畫記》爲據。後世事恐難以證古。嚴氏《詩緝》引《補傳》謂『歇驕』非犬名，以車載犬所以歇其驕逸。《爾雅》改『歇驕』從『犬』，以合毛氏耳。此尤謬妄。」惠氏《古義》曰：「《西京賦》『屬車之萓，載獫猲獢』，甯得謂以副車載犬邪。蓋文似相連，而意不屬耳。」承珙案：《西京賦》「載獫猲獢」語本在將獵之前，正與《詩》箋謂北園調習説合。後儒謂田事已畢，游于北園，以車載犬，休其足力。夫田畢而游，事所恒有，但不必更載田犬以從耳。

或疑先言田獵，後言調習，文義不順。李氏《集解》曰：「此如《定之方中》，上章既言建國之事，下章乃言相土地之初也。」

小戎

《序》云：「《小戎》，美襄公也。備其兵甲以討西戎，西戎方彊而征伐不休，國人則矜其車甲，婦人能閔其君子焉。」姜氏《廣義》曰：「或以秦有天下二世而亡，因歸咎此詩。此不識時務者之言也。西戎殺秦仲，盡滅犬邱、大駱之族，夫且弑幽王、虜褒姒，周轍遂東。凡爲臣子不反戈而鬬，孰無是心。秦自莊襄以來，歷世不隳其志，殘山賸水以耕以牧，卒致富强。襄公奄有鎬京，通大國，其子文公盡有豐岐之地，至德公徙於雍，德公之子宣公、成公讓國以及穆公，遂霸西戎。其始盛，則由襄公也。蓋攘外所以安内，非威武無以爲功。《駟驖》一篇，即《車攻》《吉日》之旨也。《小戎》即《采薇》《六月》之義也。特規模有廣狹，則王霸有異音，不可謂周則是而秦則非。秦之失在有國以後，不在造邦以前也。」

「小戎俴收」，傳：「小戎，兵車也。」箋云：「此群臣之兵車，故曰小戎。」惠氏《古義》曰：「案：《齊語》及《管子》云：『十軌爲里，故五十人爲小戎，里有司帥之。』韋昭曰：『此有司之所乘，故曰小戎。古者戎車一乘，步卒七十二人，今齊五十人。』棟謂韋昭所據乃《司馬法》所云，《六月》詩所謂『元戎』也。七十二人爲大戎，五十人爲小戎，其周之制歟？」承珙案：《釋文》引王肅云「小戎，駕兩馬」者，然下二章並未别言車名，而曰「四牡」、曰「俴駟」，則王説非矣。《埤雅》謂首章「駕我騏馵」，故王言兩馬。不知首章之「五楘梁輈」，所以馭兩服也。「游環」二句，所以馭兩驂也。若止兩馬，則「游環脅驅」，何所用之？

傳：「俴，淺。收，軫也。」《虞東學詩》曰：「收謂之軫，戴東原謂輿下四面材合而收輿者。《考工記》注謂輿後橫木，蓋據一面言之。《詩》疏兼及前後，則其旁可知。陳祥道據注駁孔，非也。」阮氏《車制圖解》曰：「輿下四面材謂之軫，軫謂之收。是説，戴侗《六書故》首明之。據《考工記》：『軫之方也，以象地也。』又曰：『六尺有六寸之輪，軹崇三尺有三寸，加軫與轐焉，四尺也。』又曰：『輪人爲蓋，弓四尺，謂之庇軫。』又曰：『五分其軫間，以其一爲之軸圍。』使軫獨爲輿後橫木，則不得言『方以象地』。且軫之兩旁木加于軸，故加軫與轐爲四尺。若輿後橫木，安得加轐軸之上乎？且庇軫、庇輿、庇軹皆指左右兩旁而言，非指輿後明矣。況《記》言『五分其軫間』，若獨爲輿後橫木，則不得言『間』矣。康成于軫圍既謂『輿後橫木』，于『加軫與轐』則又通謂之『輿』，未免自岐其説。蓋由不察『任正』『衡任』之名，以任正爲輿下三面材持車正者，故獨以軫爲輿後橫木也。元案：《史記·天官書》曰：『軫爲車，主風。』《索隱》引宋均説：『軫四星居中，又有二星爲左右，轄車之象也。』此亦四面爲軫之明證。蓋軫，所以收衆材者，故又謂之收。《中庸》『振河海而不洩』注：『振，收也。』『軫』『振』音義同。《晏子春秋》『棧軫之車而牝馬』，即《小戎》義也。」承珙案：《考工記》又云：「車軫四尺，謂之一等。戈柲六尺有六寸，既建而地，崇於軫四尺，謂之二等。」此亦車兩旁爲軫之明證。《易·井》「收勿幕」《釋文》引陸績注云：「收，井幹也。」是井闌謂之收。收有遮闌之義，軫爲輿下四面材，亦有闌義，故亦謂之收歟？姚氏姬傳曰：「《記》云軫之方以象地，蓋軫六尺六寸。《記》曰三分車廣，以其一爲隧，蓋以二尺二寸爲輿後，其前廣如軫，而深四尺四寸以設立木焉，是爲收。毛公曰：『收，軫也。』謂輿深四尺四寸收於軫矣，非謂軫名收也。」承珙謂此傳明是以「軫」訓「收」，姚説似非毛意。

「五楘梁輈」，傳：「五，五束也。楘，歷録也。梁輈，輈上句衡也。一輈五束，束有歷録。」王氏《稗疏》曰：「傳言『束有歷録』，則歷録自爲一物。《集傳》云：『歷録然，文章之貌。』增一『然』字，削一『有』字，文意遂成差異。古未聞以『歷録』狀文章者，或因『歷録』『陸離』聲相近而附會耳。《説文》：『楘，車歷録束交也。』束交者，束之互相交，如畫卦交爻作『乂』也。《廣雅》曰：『維車謂之麻鹿。』麻鹿，即歷録也。許慎説『著絲於筟車』爲『維』。筟車者，紡車也。紡車相維之繩，上下轉相縈，則是歷録者，紡車交縈之名，而借以言車之楘也。輈之束有五，蓋輈體不可枘鑿，恐致脆折，故皆用束。其束之或金或革，未詳其制。而於束之上更以絲交縈，如紡車之左右交縈，務爲纏固，此之謂『歷録』。何文章之有邪。」承珙案：王説是也。《廣雅》本《方言》：「維車，趙魏之間謂之轣轆車。」《墨子·備高臨》篇説連弩車之法，亦云以磿鹿卷收。蓋皆圍繞纏束之名。《説文》「束交」字仍當作「交」爲是，《韻會》引「交」作「文」，恐誤。《革部》「䡨」下云「曲轅䡨縛」，讀若《論語》「鑽燧改火」之「鑽」。字或作「𩏇」。此即所謂五楘。鄭司農云「駟車之轅，率尺所一縛」，是也。然則梁輈以革縛之，又纏束以爲固，謂之歷録。故毛云「束有歷録」，「録」當本作「录」。《説文》：「录，刻木录录也。」徐楚金《説文繫傳》：「录录，猶歷歷也。」許云「楘，車歷録束交也」。許又云「鞏，車軸束也」，「帑，車衡上衣」。軸束謂之鞏，衡衣謂之帑，與輈束謂之楘，其義一耳。《集傳》以「歷録」爲「文章貌」，語本孔疏，漢儒無此解也。

「游環脅驅」，傳：「游環，靷環也。游在背上，所以禦出也。脅驅，慎駕具，所以止入也。」《釋文》：「靳環，居覲反。本又作『靷』。沈云舊本皆作『靳』。靳者，言無常處，游在驂馬背上。「驂」當作「服」。《釋名》云：「在服馬背上。」以驂馬外轡貫之，以止驂之出。《左傳》云『如驂之有靳』。據《左傳釋文》無「有」字。居覲反，無取於靷也。」承珙案：「靷環」當從陸氏作「靳環」爲正。《說文》：「靳，當膺也。」鄭司農注《巾車》云：「纓，謂當胸。」當胸，即當膺也。《既夕》注云：「纓，今馬鞅。」《說文》：「鞅，頸靼也。」是靳、纓、鞅爲一物。蓋鞅纏服馬之頸，所以負軛而上繫于衡，其下則當服馬之胸，故謂之頸靼，又謂之當膺。其上有環，可以貫驂馬之外轡，以禁其出。驂馬之首齊服馬之胸，胸上有靳，故《左傳》定九年。王猛曰：「吾從子如驂之靳。」其環又謂之游環者，以其游動於服馬胸背之間，而能制驂馬之外出故也。正義云：「游環者，以環貫靷，游在背上。」然游環所以貫轡，非以貫靷也。轡以御馬，靷以引車，非可混爲一事。傳又云「脅驅，慎駕具」者，《說文》：「駕，馬在軛中。」「鞁，車駕具也。」《國語》「兩鞁將絶」，韋注以「鞁」爲「靷」。考駕具所包者廣，原不止於靷。但脅驅所以止驂馬之内入，而傳云「慎駕具」，則駕具當指駕中馬之具。蓋驂馬頸不當衡，若任其内入，恐傷駕具，故正義云：「脅驅者，以一條皮上繫於衡，後繫於軫，當服馬之脅，愛慎乘駕之具也。」

「陰靷鋈續」，傳：「陰，揜軓也。靷，所以引也。鋈，白金也。續，續靷也。」箋云：「揜軓在軾前垂輈上。鋈續，白金飾續靷之環。」戴氏《考工記圖》曰：「車旁曰輢，式前曰軓，皆揜輿板也。軓以揜式前，故漢人亦呼曰揜軓。《詩》謂之陰。式前揜板直曰軓，衺呼之曰揜軓，如約轂革直曰軧，衺呼之曰約軧。」阮氏《車制圖解》曰：「陰者，輿前式下板也。軓之爲物，蓋在輿前軫下正中，略如伏兔，爲半規形以圍輈身。輈與輿之力在後軫則有任正以持之，在前軫則有軓以銜之，故左右轉戾不致敗折。此陰板掩乎輈前空處，下垂至輈上，並軏亦揜之使不見，故陰即名揜軓，且爲輿前容飾也。或直命揜軓爲軓者，誤矣。」程氏《通藝録》曰：「輈侯起處正當前軫，自於前軫下與輈侯起處牙錯相嵌而函之。如是則範圍此輈全繫乎此，故謂此處爲軓，實非別有一物。軫圍尺一寸，輈圍較大，相函不能齊平，正當輿前，不可無以飾之，此揜軓之所由設與。」承珙案：阮程二説是也。軓在輿下，陰在軾前，陰高於軓，是名揜軓。箋云「揜軓在軾前垂輈上」，所言祇有一面。正義謂「以板木横側車前，所以陰映此軓」，則似車左右亦有陰板，恐非。至「陰靷」者，謂陰下之靷。正義謂靷以皮爲之，繫於陰板之上，亦非也。《説文》：「靷，引軸也。」楊倞注《荀子》引《説文》：「靷，所以引軸者也。」《詩》傳不言「軸」，許云「軸」以著明之。哀二年《左傳》，郵良曰：「我兩靷將絶，吾能止之。」正義曰：「古之駕四馬者，服馬夾轅，其頸負軛，兩驂在旁挽靷助之。《詩》所謂『陰靷鋈續』是也。」蓋靷從輿下而出於軓前，以繫於衡，其革不能如此之長，必須爲環以接續之，故曰「鋈續」。其後則繫於車軸，故《説文》以靷爲引軸。《廣雅》：「陰靷，伏兔也。」此語雖誤，然伏兔本在軸上，正以靷繫於軸，故張揖致有此誤。若靷繫於陰板之上，陰板非挽輿得力之處，何以引車。《詩》以「陰靷」連言者，殆以其自下而出於揜軓之前，故曰「陰靷」耳。

王氏《稗疏》曰：「《廣雅》：『白銅謂之鋈。』鋈乃白銅之名，從無沃灌之義。以鋈飾續環，蓋即今之嵌銅事件，作者必鑿鐵作竅，而以鍊成銅片嵌入之。若以銅液傾沃，則生熟不相沾洽，其上之漫出者，施以錯鑢，必動搖而不固矣。《釋名》乃云：『鋈，沃也，冶白金以沃灌靷環也。』《集傳》惑於其説，更云『銷白銅沃灌其環』，又改劉熙『冶』字爲『銷』，則尤誤矣。世豈有已成之鐵，可用他金沃灌而得相黏合者哉？」承珙案：傳但云「鋈，白金也」，本不以爲沃灌。箋云「白金飾續靷之環」，又云「軜之觼以白金爲飾」，説者遂以爲嵌銅，或又以爲鏤金塗銀之類。其實毛意鋈爲白金，「鋈續」者即以白金爲續靷之環。鋈以觼軜者，以白金爲繫軜之觼。鋈錞者，以白金爲矛下之錞。疏泥於《爾雅》白金無「鋈」名，遂誤以爲沃灌，勢不得不沿爲嵌銅塗銀之説。古人質樸，未必作此工巧。但靷環等似非白金之柔者所宜，則正義云「金銀銅鐵總名爲金，此或是白銅、白鐵，未必皆白銀」，是也。

「文茵暢轂」，傳：「文茵，虎皮也。暢轂，長轂也。」段氏《詩經小學》曰：「『虎』上脱『文』字。《爾雅》斥山文皮謂虎豹之皮，《説文》『彪，虎文彪也』，『彪，虎文也』，此皆虎皮爲文之證。傳不釋『茵』者，以人所易知也。許慎則云：茵，車中重席。」汪氏梧鳳曰：「《釋名》：『文茵，車中所坐也。』古者婦人及高年乘安車，餘皆立乘。竊謂大路越席、大車簟、戎車文茵，皆車中之飾，非所以坐也。」承珙案：《續漢書·輿服志》云：「文虎伏軾。」則段云「虎」上有「文」字者爲是。至《大雅》「淺幭」，即以虎皮蒙軾，原不盡爲坐具。然成二年《左傳》云：「丑父寢於轏中。」又襄二十四年《傳》：張骼、輔躒「皆踞轉而鼓琴」。服虔曰：「轉，軫也。」是兵車亦有可箕踞坐臥之處，固未必無茵以藉之耳。「暢轂，長轂」者，正義云：大車轂長尺五寸，兵車轂長三尺二寸。或謂大車轂長謂徑二尺五寸，其圍一柯有半，是古筭法徑一圍三也。兵車轂長謂圍三尺二寸，依古筭法則兵車轂徑一尺六寸有奇，未可謂之長轂也。柯長三尺，柏車轂長一柯，是行山之車其轂乃長耳。不知《考工記》明言以其長爲之圍，是轂長即轂圍也，何得以徑度爲轂長？《司馬法》曰：「成方一里，出長轂一乘。」即此所謂「暢轂」也。《毛詩明辨録》云：「車之廣僅六尺六寸，兩輪離車箱各七寸，故軌以八尺爲度。軸末出於轂外，以轄鈐之，是軸約長八尺五六寸足矣。轂之菑輻，二在外，一在内，以置其輻。注云輻外長一尺九寸，輻内長九寸五分，暢轂之軸勢必兩末各長尺許，出於軌外，統計軸長非一丈以外不可。然細考《車人》之制，未有直言轂長三尺二寸者，乃是漢儒以柯度，故知其爲三尺二寸耳。然恐無此暢法。」承珙又案：《考工記》云：「六分其輪崇，以其一爲之牙圍。參分其牙圍而漆其二，椁其漆内而中詘之，以爲轂長。」❶則轂長之度，未可謂「經無明文」。至鄭注《考工》云「轂當入輿下七寸」，程氏《通藝録》反覆考之，皆不能合。是轂限輿外，轂長者，軸亦當隨之而長。故《記》云：「衡任者五分其長，以其一爲之圍。五分其軫間，以其一爲之軸圍。」衡任者，軸也。軸圍一尺三寸五分寸之一，則所謂軸之長度但指横輿下者言之，而出輿外至轂末之長度不見，殆以隨轂之長度故歟？程氏曰：「轂長，則軸當置輻處較轂短者而加長，故乘之而安。若三等之車，其軸之用力處均視徹廣以爲之度，則彼轂雖長，而軸力均限以八尺，何以能安？」故程氏疑「徹廣八尺」，鄭注不詳所出，恐難概定。因謂「經涂九軌」必爲三等之徹廣，分别由之無不合轍。其説自通。

「騏駵是中，騧驪是驂」，箋云：「赤身黑鬣曰駵。中，中服也。驂，兩騑也。」陸氏《埤雅》曰：「騏駵中駟，騧驪上駟，故服以騏駵，驂以騧驪。《淮南子》曰：『驂欲馳，服欲步。』」何氏《古義》因之，謂：「此章之『騏駵』即上章之『騏馵』，乃《爾雅》之所謂『駵白駁』者也。蓋馬兼駵白色者，名之曰駁。特上章因其白之在足而題之以『馵』，此章則因其駵之在體而題之以『駵』耳。羅願云：『古者駵非所貴，故《淮南子》曰，旁光不升俎，駵駁不入牲。以其犂也。』」用此附合《埤雅》之説。承珙案：此妄説也。《爾雅·釋畜》無單言「駵」者，有

❶「爲」下，阮校本《周禮注疏·考工記·輪人》有「之」字。

「駵馬白腹，騵」，「駵馬黃脊，騜」。則此詩單名「駵」者，自以箋「赤身黑鬣」之解爲正。箋本《魯頌·駉》傳。《説文》：「駵，赤身黑毛尾。」與傳箋略同。且「駵白，駁」與「左白，馵」，《爾雅》明列二名，何得牽合爲一？至駕車以服馬任重爲主，今車猶以轅馬爲貴。何得云服用中駟、驂用上駟？《列女傳》趙津女言：「湯伐夏，左驂牝驪，右驂牝靡；武王伐商，左驂牝騏，右驂牝黃。」此可見古人驂或用牝，若服則必用牡，未聞服可劣于驂也。

「鋈以觼軜」，傳：「軜，驂内轡也。」箋云：「軜繫於軾前。」正義曰：「四馬八轡，而經傳皆言『六轡』，明有二轡當繫之。馬之有轡者，所以制馬之左右，令之隨逐人意。驂馬欲入，則偪於脅驅内轡，不須牽挽。故知軜者，納驂内轡，繫於軾前，其繫之處以白金爲觼也。」《大戴禮·盛德》篇「六官以爲轡，司會均入以爲軜」盧注：「軜在軾前，斂六轡之餘。《詩》曰：『鋈以觼軜。』」王氏《稗疏》因此謂：「以轡比六官，則轡止於六而無八。以軜比司會之均入，則六轡皆納于軜中而非但二也。」故疑「驂馬有兩轡以左右使，而服馬僅一轡當項上，其左右旋也聽命於驂馬」耳。承珙案：此説非也。《説文》：「軜，驂馬内轡繫軾前者。」引《詩》：「浂以觼軜。」《荀子·正論篇》「三公奉軶持納」楊注：「『納』與『軜』同。軜謂驂馬内轡繫軾前者。」盧注《大戴》云「斂六轡之餘」，正指驂内二轡爲餘。若車止六轡，則但云「斂六轡」足矣，何必言其「餘」。不得據此爲四馬六轡之證也。

「俴駟孔群」，傳：「俴駟，四介馬也。」箋云：「俴，淺也，謂以薄金爲介之札。介，甲也。」《釋文》引《韓詩》云：「駟馬不著甲曰俴駟。」此與《管子·參患》篇「甲不堅密與俴者同實」「將徒人與俴者同實」二「俴」字相近。然《清人》明言「駟介」，成二年《左傳》鞌之戰，「齊侯不介馬而馳」本非兵家之常，此詩方言兵甲之備，豈反以不介爲詞？ 可知韓義之不如毛矣。

「厹矛鋈錞」，傳：「厹，三隅矛也。」正義曰：「刃有三角，蓋相傳爲然也。」《書·顧命》疏引鄭注：「戣、瞿，蓋今三鋒矛。」三鋒即三隅，鋒謂棱也。「戣」「瞿」與「厹」聲亦相轉。《釋名·用器》《兵器》兩言「仇矛」。《兵器》篇云：「仇矛頭有三叉，言可以討仇敵之矛也。」其下即言夷矛云云。劉意蓋以仇矛當《考工記》之「酋矛」，亦即《毛詩》之「厹矛」。案：「仇」「厹」字固可通，如《國策》「厹由」，《吕覽》《韓非》《史記》《淮南》皆作「仇由」是已，而以爲頭有三叉，則與三隅不合。《曲禮》孔疏云：「矛如鋋而三廉。」是亦但謂其鋒作三棱形耳。

「蒙伐有苑」，傳：「蒙，討羽也。伐，中干也。苑，文貌。」箋云：「蒙，厖也。討，雜也。畫雜羽之文於伐，故曰厖伐。」承珙案：「蒙」與「燾」同訓「覆」。《說文》「燾」从壽聲。《人部》：「儔，翳也。从人，壽聲。」《羽部》：「翿，翳也。从羽，𠷎聲。」《攴部》：「𢾅，从攴，𠷎聲。《周書》以爲討。」此數字聲皆相近，然則傳訓「蒙」爲「討」者，猶訓「蒙」爲「燾」。討羽者，猶言「燾羽」也。「蒙」亦有「雜」義。《易·雜卦傳》曰：「蒙雜而著。」「儔」「翿」等義亦可通於「雜」。《儀禮·鄉射》記「旌各以其物，無物則以白羽與朱羽糅」，注云：「此翿旌也。」糅者，雜也。又「君國中射，則皮樹中，以翿旌獲，白羽與朱羽糅」，注云：「今文『糅』爲『縚』。」據此知翿爲雜羽之名。「討」與「翿」聲相近，故箋申「討」爲「雜」，釋「討羽」爲「雜羽」也。

「竹閉緄縢」，傳：「閉，紲。緄，繩。縢，約也。」正義云：「《說文》：『紲，繫也。』謂置弓韠裏案：當作「置韠弓裏」，傳寫「弓韣」誤倒。以繩紲之，因名韣爲枻。」❶承珙案：鄭注《周禮・考工》引《詩》「竹韣」，注《儀禮・既夕》記又引《詩》「竹柲」。《儀禮》經文作「柲」者，《説文》：「柲，欑也。」「欑，積竹杖。」蓋凡戈矛柄，皆積竹而謂之「柲」。弓檠殆亦積竹爲之，故亦得名「柲」。《毛詩》作「閉」者，閉猶欑也。《説文》：「欑，一曰叢木。」《喪大記》「君殯欑至於上」，注云：「欑，猶菆也。」鄭意謂與《檀弓》「菆塗」義同也。左氏哀六年《傳》：楚昭王卒于城父，子閭與子西、子期謀，「潛師閉塗」。《史記・楚世家》索隱曰：「閉塗」即「攢塗」也。「攢」與「欑」同，是「閉」「柲」皆有「欑」義。故《毛詩》作「閉」，《儀禮》作「柲」，其實一也。傳云「閉，紲」者，即訓「閉」爲「紲」，非謂以繩紲韣。《考工記》：「恆角而達，譬如終紲，非弓之利也。」恆角者，謂竟其角。達者，謂長於淵幹，若達於簫頭。如此，則其弓不利於引絃、送矢。其張之也，如弛弓之常用紲然，故曰譬如終紲。是《記》所謂紲者，即弓韣也。鄭注云：「紲，弓韣。」此語不誤。又云：「角過淵接則送矢不疾，若見紲於韣。」則似以「紲」爲「繫」。故《詩正義》云「紲爲繫名」。然於「縢約」義複矣。《小雅・角弓》傳曰：「不善紲檠巧用，則翩然而反。」蓋檠者，藏弓定體之器。檠、紲同物，以其能持弓，謂之檠；以其能縛弓，謂之紲。紲又名閉，以竹爲之，故曰竹閉。「紲」字又作「枻」，《荀子・非相》「接人則用枻」，注云：「枻者，檠枻也，正弓弩之器也。」今人以「枻」爲「舟楫」之「楫」者，楫輔船舷如枻輔弓弩，猶榜所以輔弓弩而船舷亦謂之榜也。《角弓》正義以「紲」爲「緄縢」，亦泥於「紲繫」之解，誤與此同。緄，《説文》云：「織帶也。」段氏據《文選》注「帶」上補「成」字。帶亦繩之

❶「枻」，阮校本《毛詩正義》作「紲」。

類耳。縢，《説文》云：「緘也。」《周書》「金縢」，鄭注云：「縢，束也。」是縢本約物之名，因而所用以約者亦謂之縢。《魯頌》「朱英緑縢」，傳云：「縢，繩也。」是也。

此詩之韻，首章當以江氏慎修所分爲是。《古韻標準》曰：「首三句『收』『輈』『驅』爲一韻，下則五入一去爲一韻。郝氏敬已有此説。《載馳》首章『驅』字祛尤反，則此處亦當音『邱』。舊誤以『驅』字連下爲韻，『驅』『續』『轂』『馵』皆有去入二叶音，未安。顧氏亦誤以『驅』字連下，而轉『續』『玉』『屋』『曲』皆爲平聲，尤誤。顧氏不知十虞韻有一支通十八尤、十九侯，而侯韻字皆轉入模，於是不得『驅』字之音。又不知入聲别有轉紐，意『屋』即爲『烏』之入聲，於是悉轉『續』『玉』『屋』『曲』爲平以叶『驅』。此顧氏之蔽。」承珙案：「續」字自當從《釋文》「如字讀」。其引徐邈作辭屢反，似已欲叶上「驅」字，然不如江氏以「驅」韻「收」「輈」、下七句六韻去入通用爲正。段氏《音均表》引《東京賦》以「驅」「燭」「屬」爲韻，又謂《集韻·三燭》内有「馵」字。孔氏《詩聲類》又引《詩》中「屋」「燭」二韻讀去聲者如《楚茨》之「具」「奏」「禄」，《角弓》之「木」「附」「屬」，《桑柔》之「谷」「穀」「垢」等爲證，不知此皆去入通用，古人原無四聲之别也。次章孔氏分首二句爲一韻。三四句「中」「驂」爲韻，「中」讀如「斟」，《易·比·象傳》「中」「禽」韻、《恒·象傳》「深」「中」韻可證。五、六、七、八句「合」「軜」「邑」爲韻。末二句轉韻，「期」「之」自爲韻。此所分是也。《七月》「沖」與「陰」韻，《蕩》「諶」與「終」韻，《雲漢》「臨」與「躬」韻。《古韻標準》曰：「『中』與『驂』韻，此方音稍轉，似陟林切。舊叶諸仍反，未的。顧氏謂『中』字不入韻，而轉下文『合』『軜』『邑』『念』爲平聲以韻『驂』，不知『合』與『軜』『邑』自爲韻，末二句『期』『之』自爲韻。顧氏蔽於入聲通轉平、上、去之説，其實，驂何能與『合』『軜』『邑』韻。末二句韻本分明，乃讀『念』字爲韻，誤甚。」三章亦首三句「群」「錞」「苑」爲韻，與首章同。「苑」本在二十阮，而與「群」「錞」韻，則轉入十八吻，猶《都人士》「我心苑結」之轉「藴結」也。此平上爲韻也。下七句以「膺」「弓」「縢」「興」「音」五字一韻，亦與首章略同。江氏謂此以「蒸」「登」韻「侵」，如《大明》之「興」「林」「心」爲韻，從方音偶借。段氏曰：「凡古曾之爲曾，興之爲廞，堋之爲窆，朋之爲鳳，戴勝亦爲戴鵀，仍叔亦爲任叔，皆蒸登與侵鹽添關通之證。」錢氏《潛揅堂答問》曰：「《小戎》三章末句不入韻，説古音者以爲雜用方音。案：『興』字固以虚膺切爲正音，然亦兼有『歆』音。《學記》『不興其器』注云：『興之言歆也。』《儀禮·既夕》《士虞》二篇皆有『聲三』之文，而注一云『噫興』，一曰『噫歆』，是『興』與『歆』通。《大雅》『維』『于』『侯』『興』與『林』『心』爲韻，此亦以『興』與『音』爲韻也。」承珙謂此不獨「興」與「音」爲韻，《魯頌·閟宫》「乘」「縢」「弓」「增」「膺」「懲」「承」與「綅」爲韻，《説文》「雁」从「瘖」省聲，「膺」从雁聲，故《小戎》「膺」「弓」「縢」「興」皆與「音」爲韻也。

蒹葭

《序》云：「蒹葭，刺襄公也。未能用周禮，將無以固其國焉。」案：首《序》但云「刺襄」，而其下乃有「用周禮」之説，自必有所受之。毛傳最簡，此首章傳云：「白露凝戾爲霜，然後歲事成。國家待禮，然後興。」如此委曲發明《序》意，亦足見《序》在傳前，未可謂毛公未見《詩序》也。趙氏文哲曰：「《詩序辨説》謂此詩不詳所謂，而斥《序》之鑿。於是後之説《詩》者如朱氏公遷、朱氏善、黄氏佐、唐氏順之，或以爲朋友相念之辭，或以爲賢人肥遯之作，都無確指。」試思作《序》者如果鑿空妄説，則必依附詩詞，若近世僞爲申公詩者，謂此乃秦之君子隱於河上，秦人慕之而作，於以欺天下萬世，豈不易易？必不憑虚而創一襄公「不用周禮」之説，與詩詞絶不相比附，以自納敗闕也。是可知其必遠有傳授矣。

「所謂伊人，在水一方」，傳：「伊，維也。一方，難至矣。」箋云：「伊，當作繄。繄，猶『是』也。所謂是知周禮之賢人，乃在大水之一邊，假喻以言遠。」正義云：「毛以爲所謂維是得人之道，乃遠在大水一邊。大水喻禮樂，言得人之道乃在禮樂之一邊。」此用王肅説申毛，非毛意也。《小雅·白駒》「所謂伊人」與此正同，毛不復訓「伊」字，自以已見此篇。然其上文傳云：「宣王之時不能用賢，賢者有乘白駒而去者。」則毛意「伊人」即指賢人可知。彼箋亦云：「伊，當作繄。繄，猶『是』也。所謂是乘白駒而去之賢人。」蓋所以申毛意也。此「伊人」，毛訓「維」者，《大雅》「無競維人」，彼箋云：「人君爲政，無彊於得賢人。」是「維人」與「伊人」皆指賢人。此箋破「伊」爲「繄」，轉「繄」爲「是」，雖不以爲語辭，然其以「人」爲「賢人」，亦所以申毛，非與毛異也。

「溯洄從之，道阻且長」，傳：「逆流而上曰溯洄，逆禮則莫能以至也。」「溯游從之，宛在水中央」，傳：「順流而涉曰溯游，順禮求濟，道來迎之。」案：傳言「逆禮則莫能以至」，是本以經文「道」爲道路。下文云「順禮求濟，此從定本作「求」，正義本作「未濟」。道來迎之」，此「道」即指「道阻」之「道」，謂順禮則其道路漸移而近，由一方而至中央。蓋此岸對彼岸爲遠，至中央則較近矣。是雖人往覶道，實不啻道來迎人耳。因其文義古奥，猝難通曉，自王肅誤認傳中「道」字爲「理道」，《吕記》因之，以此詩全篇皆比，猶《鶴鳴》之類，「所謂伊人」猶曰「所謂此理」。古人文詞質實，斷無以人爲理者。且此詩不過言逆禮則遠而難，順禮則近而易，雖求道求賢理本一貫，然經云「伊人」、云「道阻」，自當爲求賢之路，不得泛以「理道」言也。

傳箋以「溯洄」二句爲逆禮則難而遠，「溯游」二句爲順禮則易而近，按之經文最爲脗合。歐陽《本義》乃以「伊人」指襄公，謂「襄公如水旁之人，不知所適。欲逆流而上則道遠不能達，欲順流而下則不免困於水中」。嚴《緝》從之，謂「逆流則道阻且長，喻襄公僻處一隅，狃於功利，以道爲遠而難致，必不能勉强行之。順流則惟在水中，喻由今之道無變今之俗，終於夷狄而已」。此無論「伊人」非斥君之詞，且經上云「在」，下云「宛在」，明是冀幸之意，而以爲不足之詞，亦於語氣不合。戴氏《續詩記》則謂「在水一方言其邇，溯洄、溯游，皆逆也。在水際則可從，在水中如何可從」。何氏《古義》又謂：「狃于功利，必無見伊人之理。初言在水中央，或猶可以縱一葦凌茫然而改途以求至焉。過此溯游不已，則登岸何從。將有小於沚之坻爲之礙矣，又有大於坻之沚爲之礙矣。」此皆各逞肊説，以求勝於傳箋，試尋繹經文而可以知其未有當矣。

「在水之湄」，傳：「湄，水隒也。」《小雅·巧言》「居河之麋」，傳云：「水草交謂之麋。」此用《爾雅》文，以「麋」爲「湄」之假借也。《説文》《釋名》「湄」義皆同《爾雅》，此傳獨以「湄」爲「水隒」者，案：《説文》：「隒，崖也。」「崖，高邊也。」下文「道阻且躋」，「躋」爲「升」義，故此以「水隒」見其高意。若從「水草交」之訓，則近於言平，故不用《爾雅》。傳義之精如此。

「宛在水中坻」，傳：「坻，小渚也。」段氏《詩經小學》曰：「『小渚』當作『小沚』，乃與《爾雅》合。『坻』『沚』同訓，不可通，聲之誤也。《説文》『坻，小渚也』，引《詩》『宛在水中坻』，『渚』亦『沚』之誤。」承珙案：上文「湄」爲水隒，故言「且躋」。箋云：「言其難至如升阪。」坻爲水中小沚，對上「且躋」言之。《甫田》箋雖云坻爲水中高地，不過高於水耳，較之水湄則易升矣。

「在水之涘」，傳：「涘，厓也。」案：《説文》：「涘，水厓也。」「厓，山邊也。」蓋山邊、水邊皆得名「厓」。《王風・葛藟》傳亦云：「涘，厓也。」《魏風・伐檀》傳云：「漘，厓也。」《葛藟》傳又云：「漘，水隒也。」段氏懋堂云：「《爾雅》：厓『夷上洒下，漘』。夷上謂上平，洒下謂側水邊者斗峭。」蓋平者曰厓，高起者曰隒。承珙謂「厓」乃總名，「漘」是厓之別名。《葛藟》以「涘」與「漘」分言，故傳別「涘」爲「厓」、「漘」爲「水隒」。《伐檀》經但言「漘」，故「漘」亦訓「厓」，皆對別散通之例。此傳以上章「湄」爲「水隒」，與「漘」同訓，則此章「涘，厓也」者，殆亦指其平者歟？

「道阻且右」，傳：「右，出其右也。」箋云：「右者，言其迂迴也。」正義曰：「出其左亦迂迴，言『右』，取其『涘』『沚』爲韻。」承珙案：此言「且右」者，疑亦有逆順之意，謂右逆而左順也。故禮皆祖左，請罪乃祖右。吉禮交相左，喪禮交相右，亦其義也。此言「道阻且右」，亦謂逆禮則莫能以濟。下文「宛在水中沚」，則言順禮而求，乃不在右而在左矣。何以明之？傳云：「小渚曰沚。」《釋名》：「水出其右曰沚邱。沚，止也，西方義氣有所制止也。」然則小渚曰沚，或亦因水出其右而名。夫水出其右，則沚已在左。此雖云「水中之沚」，然已自右而左矣，亦即所謂道來迎之者，故此章以「沚」與「右」相承爲義，不當但謂其取韻也。

沈氏清瑞《韓詩故》曰：「《文選》潘安仁《河陽縣詩》曰『歸雁映蘭持』，李善注引《韓詩章句》『大渚曰持』以證之。俗本改詩中『持』作『時』，改注中所引作『沚』。考第二十二卷謝叔源《游西池詩》『褰裳順蘭沚』注引潘安仁詩『歸雁映蘭持』，『沚』與『持』同，據此知潘詩實作『持』也。詩既作『持』，則注亦作『持』矣。若仍作『沚』字，是與毛同，李善何不徑引《毛詩》證乎？《穆天子傳》曰『飲于枝洔之中』，郭璞注：『水岐成洔。洔，小渚也，音沚。』即此。學者罕見『洔』字，但知據今改古，並及潘詩。王氏《詩考》引亦未及校正其誤，世不復知《韓詩》有『洔』字矣。」承珙案：沈校是也。郭注《穆天子傳》云「洔」即「沚」，《爾雅・釋文》亦云「沚」本作「洔」，然果「洔」「沚」同字，則薛君所引亦《爾雅》文，不應「大渚」「小渚」與毛相反若是。考《說文》：「洔，水暫溢且止，未減也。」此義雖不見他書，要可識「洔」非即「沚」字。薛君或別有所據，故與毛迥異歟？

終南

《序》云：「《終南》，戒襄公也。能取周地，始爲諸侯，受顯服，大夫美之，故作是詩以戒勸之。」案：詩文似美非戒，而《序》言戒者，蓋於頌美之中寓有規戒之意耳。毛於首章傳云：「宜以戒不宜也。」毛雖不注《序》，然此等傳文似皆爲《序》而發，不然，經文並無「宜」字，傳語何從而來。但傳箋止於兩章首二句起興語略見戒意，以下則皆頌美之詞，觀「其君也哉」箋云「儀貌尊嚴也」可見。《韓詩外傳》云：「故君子容色，天下儀象而望之，不假言而宜爲人君者。《詩》曰：『顏如渥赭，其君也哉。』」此與箋意略同。嚴《緝》乃謂「其者，將然之詞。哉者，疑而未定之詞」。恐非詩旨。至「壽考不忘」，與《小雅・蓼蕭》句同。後儒於此語或謂戒襄公無忘周賜，范氏《補傳》。或謂願襄公不忘其初，戴氏《續詩記》。惟李氏《集解》云：「言衣服佩玉之美如此，宜其有人君之道，至於壽考，而民不忘也。」此說與《蓼蕭》正義云「四海稱頌之不忘」同，當爲正解。《中論・爵祿》篇曰：「爵祿之賤也，由處之者不宜也，賤其人，斯賤其位矣。其貴也，由處之者宜也，貴其人，斯貴其位矣。《詩》曰：

『君子至止，黻衣繡裳。佩玉鏘鏘，壽考不忘。』黻衣繡裳，君子之所服也。愛其德，故美其服也。」此亦足證《序》「受顯服」而「大夫美之」之説。

「終南何有」，傳：「終南，周之名山中南也。」《漢書·地理志》：「右扶風武功縣東有大壹山，古文以爲終南。」蓋大壹山爲終南主峰，故班《志》注於武功下。《初學記》引《五經要義》云：「終南山，長安南山也，一名太一。」則不專指武功可知。蓋終南西起秦隴，東徹藍田，緜亘至廣。平王以岐西之地賜襄。岐周名山莫如終南，舉終南則可以該岐西、北。歐陽《本義》駮《蒹葭序》箋，據《史記》言終襄之世，不能取岐豐。李黄《集解》亦疑此《詩序》與《史記》相戾。不知岐之東西皆有終南，不必定至岐東之地。朱子謂襄公雖未能遽有周地，然既有天子之命矣。《穀梁子》曰：「王者無外，命之則成矣。」《史記》載平王曰：「戎無道，奪我岐豐之地。秦能攻逐戎，即有其地。」故秦襄公塚中鼎銘曰：「天王遷洛，岐酆錫公。」見《通鑑前編》。其言正與《詩序》相應。此大夫美其君能取周地，始爲諸侯，首舉周之名山，舍終南將何所舉。不必泥於襄地之未至終南。且箋云：「至止者，受命服於天子而來。」是則襄公救周之後，受服西歸，道經終南，大夫因以起興，亦未爲不可也。

「有條有梅」，傳：「條，槄。」何氏《古義》曰：「《爾雅》：『槄，山榎。』又云：『柚，條。』是則條自名柚，無緣以槄爲條。」段氏《詩小學》謂毛傳「條，槄」與《爾雅》「柚，條」異。此皆不知傳非訓「條」爲「槄」，蓋以「槄」爲「條」之假借字也。馬元伯曰《爾雅》「柚，條」即「槄，條」之異文，故傳知「條」即爲「槄」。以《説文》引《詩》「右抽」作「右搯」，證「由」「舀」古字通用，且斥郭注以「柚，條」爲「橘，柚」之非。承珙案：郭景純「柚，條」之注原本《説文》，不誤。毛以「條」爲「槄」借，必知非「柚條」之「條」者，自以橘柚非終南所宜耳。古字攸聲、舀聲同音假借，《論語》「滔滔」者，鄭本作「悠悠」，是其證例。正義引孫炎注《爾雅》於「槄，山榎」下引《詩》「有條有梅」，可謂深通毛義矣。

「錦衣狐裘」，傳：「錦衣，采色也。狐裘，朝廷之服。」箋云：「諸侯狐裘，錦衣以裼之。」案：「采色」，正義作「采衣」爲是。據傳文，則錦衣加於狐裘之上，即是在朝禮服。箋引《玉藻》「錦衣以裼之」者，錦衣即是裼衣，其上更無他服。正義引《玉藻》注，謂君衣白毛之裘，以素錦爲衣覆之，使可裼，此鄭氏注《禮》之説。凡袒而有衣曰裼。謂裼衣之外更有上服，如皮弁祭服之等，此在經文並未明言。且傳以「錦衣」爲「采衣」，而《玉藻》注云「素錦」，已屬不合。又引《詩》「衣錦褧衣」明錦衣復有上衣，天子狐白之上有皮弁服，不知衣錦褧衣，婦人之服，非以裼裘，不當引以爲證。皮弁服白布之衣，古人不以帛裏布，而謂可以錦裏布乎。然則古人裘外止一禮服，裼襲之説當以《五禮通考》蔡氏德晉之辨爲允。至傳以狐裘爲朝廷之服，正義謂諸侯在天子之朝廷服此服，引《曾子問》以證。「諸侯受天子之賜，歸則服之，以告廟而已，於後不復服之。故視朔受聘服麑裘。」此雖臆度，義或近之。陳氏《禮書》乃以狐白裘爲人君燕服，云：「《終南》之詩，始之以『錦衣狐裘』，終之以『黻衣繡裳』，蓋先言燕服而繼之以祭服也。」案：下文「顔如渥丹，其君也哉」方言儀貌尊嚴，而獨舉其燕服，有是理乎？且先燕服而後祭服，又何義也？馮氏《名物疏》云：「古人之裘最重狐白。天下無粹白之狐，而有粹白之裘，則狐白之難得可知。故天子以爲朝服，諸侯以爲賜服。凡在朝，君臣同服，惟卿大夫得衣之。又別其裼衣：天子諸侯以錦，卿大夫以素，蓋禮服之重者也。陳氏以爲燕服，戾矣。」

「有紀有堂」，傳：「紀，基也。堂，畢道平如堂也。」箋云：「畢也、堂也，亦高大之山所宜有也。畢，終南山之道名，邊如堂之牆然。」《校勘記》云：「正義曰，定本又云『畢道平如堂』，是正義本此傳當無『平』字，故下文云『因解傳「畢道如堂」』。」段氏《詩小學》曰：「定本非也。此自兩崖言之，故《爾雅》云：畢，堂牆。若云『平如堂』，則自道言之矣。」又箋「畢也、堂也」，段云：「『畢也』當作『基也』。正義云：今箋唯云『畢也、堂也』，衹釋經之『有堂』一事者云云，是正義本已誤，遂爲之遷就其説耳。」承珙案：「畢」與「邊」雙聲。《大戴禮・保傅》篇注「坐不邊蹕」，《列女傳》作「坐不邊，立不蹕」。「蹕」與「畢」同，是「畢」即「邊」也。故箋以「畢」爲終南山道名，邊如堂之牆然。焦里堂曰：「《爾雅》『畢，堂牆』，謂『畢』爲堂之牆，『堂』爲畢中間之道。中間道平如堂，兩畔崖高如牆。毛云『畢道平如堂』，據其平處解經之『堂』也。箋因傳言『畢』，故用《爾雅》解『畢』爲兩邊之如牆，互相發明，兩無不足。堂本平，定本作『平如堂』，正義云『畢道如堂』，有『平』字與否，一也。」《元和郡縣志》：「畢原在萬年縣西南二十八里。《詩》注云：『畢，終南之道名也。』《書》云：『周公薨，成王葬于畢。』是也。」

「黻衣繡裳」，傳：「黑與青謂之黻，五色備謂之繡。」正義云：「鄭於《周禮》之注差次章色，黻皆在裳。言黻衣者，衣大名，與繡裳異其文耳。」陳氏《禮書》云，《爾雅》「衮，黻也」，舉其章之末者，則餘章著矣。何氏《古義》曰：「九章盡于黻，故以黻該之。『黻衣繡裳』猶言此有黻之衣，其繡之則在裳也。」承珙案：傳但引《考工記》「黑與青謂之黻」，是本不以此「黻衣」爲九章之「黻」。鄭注《考工記》云文、章、黼、黻、繡五者，言刺繡采所用也。故《爾雅》「黼黻，彰也」，謂黼黻者，文章之事，原非十二章之「黼黻」。又云「衮，黻也」，則直訓「衮」爲「黻」，是「黻衣」猶言「衮衣」。《論語》「而致美乎黻冕」，「黻冕」猶言「衮冕」，故鄭注云：「黻，祭服之衣也。」《詩》「黻衣」與「繡裳」對言，必非謂刺裳之「黻」。傳但引《繢人》而不言章次，可謂善於解經。諸家泥於九章之次，必謂舉在裳之黻以該衣，誤矣。

黄鳥

《序》云：「《黄鳥》，哀三良也。國人刺穆公以人從死，而作是詩也。」案：《左傳》以三良之死，國人哀之，爲之賦《黄鳥》，且以「死而棄民」專責穆公。《序》説皆與之合。正義云：「不刺康公而刺穆公者，是穆公命從己死，此臣自殺從之，非後主之過。」此説未允。此非末減康公，自以康公之罪不待言耳。《史記·蒙恬傳》曰：「昔秦穆公殺三良而死，罪百里奚而非其罪也。」此亦但以三良之死歸咎穆公。《漢書·叙傳》：「旅人慕殉，義過《黄鳥》。」劉德曰：「《黄鳥》之詩刺秦穆公要人從死，言今田横不要而有從者，故曰過之。」即此可見三良之死，由于逼迫而然，初非願以身殉也。自匡衡云「秦穆貴信而士多從死」，應劭注：「秦穆公與群臣飲酒酣，言曰：『生共此樂，死共此哀。』于是奄息、仲行、鍼虎許諾。及公薨，皆從死。」衡，學《齊詩》者，此或《齊詩》之説。楊雄《法言》遂責三良，復言「而不近於義，安得爲信其後」。李德裕謂三良之死殉榮樂，非殉仁義，與梁邱據、安陵君同譏，焉得爲「百夫之特」？東坡《和陶詩》即用此説。是且以詩言爲僨矣。今考《左傳》及《詩序》於三良則哀之，於穆公則刺之，其爲穆公之要以死而非三子之樂從可知。況經云「殲我良人」，云「如可贖兮」，足見其殉有甚不得已者，若果許公以死，何得云「殲我」，又何必云「可贖」乎？

「交交黄鳥，止于棘」，傳：「興也。交交，小貌。黄鳥以時往來得所，❶人以壽命終，亦得其所。」箋云：「興者，喻穆公使臣從死，刺其不得黄鳥止于棘之本意。」《虞東學詩》曰：「黄鳥止棘，毛鄭以爲得所。龜山駁之，謂與出谷遷喬者異，其説然也。夫枳棘之棲，昔人所歎，以爲得所，可乎？蓋以黄鳥之失所止，興三良之不得其死也。」承珙案：此亦誤以黄鳥爲黄鶯，故謂止棘爲失所，而不知《詩》凡「黄鳥」皆即今之黄雀，鳥之至小者。故此傳云：「交交，小貌。」《小雅》傳云：「緜蠻，小鳥貌。」小鳥性宜叢木，故棘、桑、楚皆爲得所。《禮記·大學》引《詩》「緜蠻黄鳥，止于丘隅」，注云：「知鳥擇岑蔚，安閒而止處之。」疏云：「岑謂巖險，蔚謂草木薈蔚。」棘與楚亦所謂草木薈蔚者，故知傳箋「得所」之興爲正。戴氏《續詩記》曰：「宋劉景素在藩，有鵲集于承塵上飛鳴相追。景素泫然曰：『若斯鳥者，游則參於風煙之上，止則隱於林木之下，形體無累于物，得失不關于心，一何樂哉！』詩人覩物而有感，亦此意也。」

「臨其穴，惴惴其慄」，傳：「惴惴，懼也。」箋云：「秦人哀傷此奄息之死，臨視其壙，皆爲之悼慄。」焦里堂曰：「箋謂三良自殺從死，故以『惴惴』爲秦人臨視其壙者爲之悼慄。然《序》稱穆公以人從死，則殺三良者乃穆公。毛訓『惴惴』爲『懼』，自謂三良。若秦人臨三良之壙，止宜哀不必懼。誠是三人許諾自殺，且已死而臨其壙，何欲百身以贖之。《左傳》言秦收其良以死，君子知秦之不復東征。秦蒙毅對使臣云：『昔者秦穆公殺三良而死，故立號曰「繆」。』三子非自殺，審矣。王仲宣、曹子建均有詩，曹以『臨穴』爲登三良墓之

❶「得」下，阮校本《毛詩正義》有「其」字。

人，王則以『臨穴呼天』爲三子之妻子兄弟，皆從箋而推之耳。」承珙案：《序》下箋云三良「自殺以從死」，故不得不以臨穴惴慄爲他人。然於章首取興之意又云黄鳥止棘求安，「喻臣之事君亦然」，則又與三良自殺之旨不甚相合。故不如從《左傳》《詩序》，以《黄鳥》爲秦之殺三良，而「惴惴」即爲三良之臨穴悼慄也。

晨風

「鴥彼晨風」，傳：「鴥，疾飛貌。晨風，鸇也。」案：此「鴥」與「鴥彼飛隼」同，《韓詩外傳》作「鷸」，乃古字通用，如「回遹」作「回鴥」、《釋文》引《韓詩》。「潏水」作「泬水」《漢書・司馬相如傳》注。之類。故「鷸」亦訓「疾」，《海賦》「鷸如驚鳧之失侶」是也。晨，依字當爲「鷐」。《説文・鳥部》：「鸇，鷐風也。」又《羽部》：「翰，一名鷐風。」《毛詩》作「晨」，古文假借耳。戴侗《六書故》云：「晨風，朝風也，猶云朝雲夜雨。鴥，言風之卂也。風卂而林木披靡，故曰『鬱彼北林』。若晨風爲鸇，則當言集彼北林，不得言『鬱』。」陳氏大章《詩名物集覽》云：「《古詩》：『晨風懷苦心，蟋蟀傷局促。』又：『亮無晨風翼，焉能凌風翔。』曹丕詩：『願爲晨風鳥，雙飛翔北林。』若非鸇，何以言『鳥』言『翼』，何以與蟋蟀並稱乎？」姚氏《識名解》曰：「李陵詩：『願因晨風發，送子以賤軀。』此『晨風』亦指鸇言。發，如宋玉言『鯤魚朝發』之『發』。以鸇飛急疾，故云願因晨風之發託賤軀以相隨耳，不得以晨風爲朝風也。」承珙案：《易林・小畜之革》云「晨風之翰」，又《豫之咸》云：「晨風文翰，隨時就温。雄雌相和，不憂危殆。」亦足爲鳥名之證。

「鬱彼北林」，傳：「鬱，積也。」案：鄭司農注《周禮・函人》，「惌」讀爲「宛彼北林」之「宛」，此蓋三家詩有作「宛」者。但今《韓詩外傳》及《說苑》引《詩》仍作「鬱」。此作「宛」，未知於三家何屬。《說文》：「宛，屈艸自覆也。」「鬱，木叢生者。」古「宛」「鬱」字通。毛作「鬱」者，正字。三家作「宛」，借字耳。

「未見君子，憂心欽欽」，傳：「思望之，心中欽欽然。」「如何如何，忘我實多」，傳：「今則忘之矣。」傳文兩「之」字相承，明指賢者而言，「思」謂穆公思之，「忘」謂康公忘之。箋以「憂心」爲思賢，與傳同。至「忘我實多」，則謂「假穆公之意責康公之忘己」，此泥於《序》文「忘」字之故。其實《序》言「忘穆公之業」，乃作詩大旨，非即指詩中「忘」字也。箋釋經「忘」字，本與傳異，正義强以鄭説述毛，殊失毛旨。《韓詩外傳》云：魏文侯封大子擊於中山，三年莫往來。趙倉唐爲大子使於文侯，文侯曰：「中山之君亦何好乎？」對曰：「好《詩》。」文侯曰：「於《詩》何好？」倉唐曰：「好《黍離》與《晨風》。」文侯曰：「《晨風》謂何？」對曰「鴥彼晨風」云云至「忘我實多」，此自以忘我者也。此句依《文選》注引。於是文侯大悦。《說苑·奉使》篇略同。據此，必此詩爲君忘其臣，故倉唐引以爲諷。王襃《四子講德論》云：「太子擊誦《晨風》，文侯諭其指意。」若如箋説，以爲子之忘父，而乃誦之以諷文侯之忘其子，雖曰斷章，亦言之不順矣。程《傳》、《吕記》、嚴《緝》皆從毛義，是也。

「隰有六駮」，傳：「駮如馬，倨牙，食虎豹。」陸《疏》以駮爲梓榆，據下章「山有苞棣，隰有樹檖」皆山隰之木相配，不宜云獸。近人又據《爾雅》之「駁，赤李」，及「瓟九葉」樊光本「瓟」作「駁」者，以易陸《疏》之「駁馬」，總由泥於櫟木與駮獸之不類耳。段氏《詩小學》曰：「案，《鵲巢》『旨苕』『甓』『旨鷊』之等，不必『駮』與『櫟』不爲類也。」承珙案：《詩》中言「山有」「隰有」者，固多舉草木爲言，然風人之興亦未可盡拘。其在一章者，如《召南》之「林有樸樕」「野有死鹿」，據毛義似二文對舉，與他詩言「山有」「隰有」者略同。其在兩章者，

《終南》首章「條」「梅」，次章乃言「紀」「堂」。不必以「苞棣」「樹檖」皆木爲疑。至傳不解「六」字，正義引王肅云，言「六」據所見而言，恐未必然。「六」字當爲「犖」之聲借，「六駮」即「犖駮」，疊韻爲名。犖駮者，言其文采。李尤《平樂觀賦》「禽鹿六駮，白烏朱首」，亦是狀其毛色。此獸因狀得名，故《廣韻》直云：「六駮，獸名。」《易林・无妄之觀》云：「三羖六牂，相隨俱行。迷入空澤，循谷直北。經涉六駮，爲所傷賊。」《吴都賦》「驀六駮」，劉淵林注即引此詩。《一切經音義》九云，魏初三年，六駮再見於野，亦引此詩。《北史・張華原傳》：「爲兖州刺史。州境數有猛獸爲暴，自華原臨政，州東北七十里甑山中忽有六駮食猛獸，咸以爲化感所致。」此皆以六駮爲獸名，豈得謂諸言六駮者皆以所見有六而云然歟？

「隰有樹檖」，傳：「檖，赤羅也。」《説文》作：「椽，羅也。」《爾雅》云：「檖，蘿。」字亦當作「羅」。《詩正義》引《爾雅》「檖，赤羅」，多「赤」字，邵氏以爲連引舊注之文耳。何氏《古義》曰：樹檖，謂成樹之檖。姚氏《識名解》曰：「此但增字成文，以『樹』字代上『苞』字，順言之則檖樹耳。《鶴鳴》詩『爰有樹檀』，文亦同此。」承珙案：姚説是也。

無　衣

《序》云：「《無衣》，刺用兵也。秦人刺其君好攻戰，亟用兵，而不與民同欲焉。」案：此詩自宋以來，諸家異議紛紜。金氏《前編》、何氏《古義》以爲秦莊公時，許氏《名物鈔》、季氏《解頤》則以爲襄公時，惠氏《詩説》、《陸堂詩學》又以爲穆公時。此皆泥詩中「王于興師」一語，以爲衰周之世，列國無有奉王命征伐者耳。

不知莊公、襄公之奉王命伐西戎，皆以敵王所愾。穆公會晉納王，事見《史記》，亦勤王之事，皆可美而何以云刺。觀「王于興師」傳云「天下有道，則禮樂征伐自天子出」，可見此經「王」字乃思古之詞，所以刺康公非王法而興師。故蘇《傳》、《吕解》、嚴《緝》皆以爲陳古刺今之作，❶可謂善讀毛傳者。或謂定四年《左傳》秦哀公爲申包胥賦《無衣》，似非刺用兵者。然哀公之賦，祇取「與子同仇」之意，不關本詩之美刺，乃王氏《稗疏》即以爲秦哀公時詩。夫《三百篇》豈有下至東周百年以後者乎？

「豈曰無衣，與子同袍」，傳：「興也。袍，襺也。上與百姓同欲，則百姓樂致其死。」正義曰：「傳既以此爲興，又言『上與百姓同欲，則百姓樂致其死』，則此經所言朋友相與同袍，以興上與百姓同欲。故王肅云：『豈謂子無衣乎？樂有是袍，與子爲朋友同共弊之，以興上與百姓同欲，則百姓樂致其死，如朋友樂同衣袍也。』」承珙案：毛以上二句爲興者，謂以「同袍」興「同仇」耳，不必定以朋友興君上也。王肅云云，恐非毛意。至箋云：「此責康公之言也。君豈嘗曰『女無衣，我與女同袍』乎？言不與民同欲。」考《唐風》「豈曰無衣六兮」，彼文正與此同。「豈曰無衣」者，言有衣也。彼非無衣，但以請命爲重，猶之此亦非無衣，但以同袍爲親耳。故以經證經，足知箋説之不合。

「與子同仇」，傳：「仇，匹也。」箋云：「怨耦曰仇。」毛鄭於詩「仇」字，義皆各異。此傳以「仇」爲「匹」者，蓋謂同仇即同伍。首章「同仇」，謂聯爲軍伍。次章「與子偕作」，傳云：「作，起也。」「作」如「田與追胥竭作」

❶ 「吕解」，《續經解》本作「吕記」。

之「作」，謂振起師旅。末章「與子偕行」，傳云：「行，往也。」此則結隊前行也。三章詞意相承，軍興次第如此。箋以「仇」爲「讎怨」之「讎」，《吴越春秋》引《詩》亦作「讎」，義自可通，但與下二章「偕作」「偕行」語意不相類耳。

「與子同澤」，傳：「澤，潤澤也。」箋云：「襗，褻衣近汙垢。」阮氏《校勘記》云：「小字本箋『襗』作『澤』。案：『澤』字是也。《釋文》云：『澤，如字。毛：澤，潤澤也。鄭：褻衣也。《説文》作「襗」，云：絝也。』可作毛鄭異義而經字則同之證。正義云故易傳作『襗』，乃依鄭義易字以曉人，非謂經傳字作『澤』，箋字作『襗』也。相臺本依之改箋者，誤。」承珙案：《校勘記》謂箋字亦當作「澤」，是也。《釋文》所據箋本自作「澤」。正義則云易傳爲「襗」，是孔所見箋本與陸不同。《周禮·玉府》注：「燕衣服者，巾絮、寢衣、袍襗之屬。」賈疏引《詩》「與子同襗」，則並經字亦改爲「襗」矣。然箋不云「澤」當爲「襗」，《説文》「襗」下不引《詩》，可知許鄭皆未嘗以「澤」爲「襗」也。李黄《集解》、《吕記》、嚴《緝》引箋皆作「澤」，不作「襗」，知宋時本尚多未誤者。傳云「澤，潤澤也」，蓋本以澤爲衣名，其曰「潤澤」者，猶《釋名》云「汗衣，《詩》謂之澤，受汗澤也」，傳文簡質耳。箋云「澤，褻衣近汙垢」，正申傳「潤澤」之意。《校勘記》以爲毛鄭字同而義異，亦非也。汪起潛曰：「箋云『近汙垢』，其解『澤』，與《曲禮》『共飯不澤手』之『澤』同。」

渭陽

《序》云：「《渭陽》，康公念母也。」案：詩皆送舅之辭，而《序》云念母，則以經文「悠悠我思」一語斷之。送舅而有深長之思，非念母乎？《序》每求作詩之意於言外，所以不可廢也。《後漢書·馬援傳》：建初八年有司奏防兄弟，悉免就國。臨上路，詔曰：「舅氏一門，俱就國封，四時陵廟無助祭先后者，朕甚傷之。其令許侯謂馬光，封許陽侯。思愆田廬，有司勿復請，以慰朕渭陽之情。」《北齊書》：楊愔幼時，其舅源子恭問讀《詩》至《渭陽》未，「愔便號泣。子恭亦對之歔欷」。此皆見舅思母之意。《序》下云：「穆公納文公，康公時爲太子，贈送文公於渭之陽，念母之不見也，我見舅氏，如母存焉。及其即位，思而作是詩也。」此「念母之不見」謂母已前卒，不可復見，故繼之云：「我見舅氏，如母存焉。」正義以「不見」爲「不見文公之反國」，則與下二句文意不貫矣。

《列女傳》云：「穆姬賢而有義。死後，其弟重耳入秦，秦送之晉。太子罃思母之恩而送其舅氏也，作詩曰：『我送舅氏，曰至渭陽。』君子曰：慈母生孝子。」何氏《古義》曰：「孔疏以『即位』爲康公即位。案：《左傳》重耳卒後七年，康始即位，無緣此時復述其事而著之詩。詳味《序》意，或祇謂重耳返國即位後，而康公思之耳。如此則與《列女傳》所記猶相仿佛。孔疏誤也。」承珙案：戴氏《續詩記》亦疑「即位」爲晉文復國，其説已開何氏之先。姜氏《廣義》又云：「秦穆濟河焚舟，晉師不出，取王官及郊，封殽尸而還，遂霸西戎，志得意滿。康公即位，秦晉交絶，迴思母氏劬勞，欲報無由，而當年送舅歸國宛如昨日，故從此抒寫其情。其後趙盾有立雍之請，而多與徒衛，未嘗非此悠悠之思爲之激發也。」此則斷以爲康公即位後所作，亦自可通。總之，令狐之役，曲不在秦。《吕記》、嚴《緝》皆引張南軒之説，謂康公怨欲害乎良心，故説《詩》者疑其即位後，無復因舅思母之意。惟朱氏道行曰：「讀《渭陽》，便見晉伯中原，皆西秦羽翼。《春秋》於秦晉交戰，每主晉客秦，多抑揚焉，即録《詩·渭陽》之意。」此論尤爲平允。

權輿

《序》云：「《權輿》，刺康公也。忘先君之舊臣與賢者，有始而無終也。」姜氏《廣義》曰：「謝疊山責詩人禮貌衰而不去，而説者因視爲『彈鋏無魚』之類，不知居食但指一節。不忍斥言其大者，而但責其奉養之小者，亦忠厚之意歟！且爲穆公舊臣，與君共休戚，諫不行、言不聽，禮意漸衰而後翻然決去之，乃知從前惓惓君國之意，正未忍遽絶也。」承珙案：姜説是也。後儒好爲議論，而多失其實。如以《無衣》爲秦民强悍、樂於戰鬬者平居相謂；以《權輿》爲游士食客之所爲。試思果如其説，亦復何關勸懲，而國史編之入樂、聖人録之爲經乎？

「於我乎夏屋渠渠」，傳：「夏，大也。」箋云：「屋，具也。渠渠，猶勤勤也。言君始於我厚，設禮食大具以食我，其意勤勤然。」王肅述毛，以「夏屋」爲所居之屋。孔疏申鄭，以全詩皆説飲食之事，不得言屋宅，故知爲禮物大具。至以「夏屋」爲大俎，其説出於元人陰幼達。而楊升菴《丹鉛録》引《禮記》「周人房俎」、《魯頌》「籩豆大房」，以《風》之「夏屋」猶《頌》之「大房」。惠氏《詩説》、戴氏《考正》皆用之。何氏《古義》則歷引《檀弓》「見若覆夏屋者」、《楚辭·大招》「夏屋廣大」、崔駰《七依》「夏屋渠渠」、此據正義。《文選》注引《七依》作「蘧蘧」。《法言》「震風凌雨，然後知夏屋之帡幪也」，以證古人言夏屋即爲大屋。楊説雖辨，然不敢信。承珙案：毛於「屋」字無傳，自以屋室常語，不煩故訓。王肅所述當得毛旨。惟鄭箋「大具」之訓，似於經文更合。

蓋「大具」對下章「每食四簋」言之，彼謂常日授粲，此謂有時盛設。故上章繼之以「無餘」，下章繼之以「不飽」，謂待賢之意寖薄，雖禮食不足爲大烹，至常食則鮮可以飽矣。夏，大。屋，具。既有《爾雅》正訓，不必援「房俎」「大房」以爲證也。

「於我乎每食四簋」，傳：「四簋，黍、稷、稻、粱。」孔疏申毛，引《公食大夫禮》注及《秋官・掌客》注皆簠盛稻粱、簋盛黍稷，而云「四簋，黍、稷、稻、粱者，以《公食大夫禮》有稻有粱，知此四簋之内兼有稻粱。公食大夫之禮，是主國之君與聘客禮，食，備設器物，故稻粱在簠。此言『每食』，則是平常燕食，器物不具，故稻粱在簋」。承珙案：鄭注二禮分簋爲黍稷器、簠爲稻粱器，此對文則別之例。統言之，則簋亦可盛稻粱，如《玉藻》朔月「四簋」注云「日食稻粱各一簋而已」，疏即引此詩爲簋盛稻粱之證。馮氏《名物疏》云：「以諸侯朔月少牢四簋推之，則天子朔月大牢當六簋，黍、稷、稻、粱、麥、苽各一簋盛，則陳八簋更加以稻、粱。此章『四簋』、《伐木》『八簋』，皆以天子、諸侯朔月之盛食，禮賢者及諸舅也。」承珙謂《小雅》「陳饋八簋」，箋但云「陳其黍稷」，不及稻粱，蓋自用其《禮》注分別之例。此則仍傳不易者，鄭知毛意言簋可以該簠。如《說文》「簋，黍稷方器也」，「簠，黍稷圜器也」，則又以黍稷該稻粱，亦由統舉則然耳。

毛詩後箋卷十二

涇　胡承珙

陳

宛　邱

《序》云：「《宛邱》，刺幽公也。」正義曰：「毛以此《序》所言是幽公之惡，經之所陳是大夫之事，由君身爲此惡，化之使然，故舉大夫之惡以刺君。鄭以經之所陳即是幽公之惡，經《序》相符也。」承珙案：《序》刺幽公，而傳以經文「子」字斥大夫，後儒因疑毛公不見《詩序》。然詩中就事指陳，而《序》則推求原本者，往往有之。如此及《東門之枌》皆言士大夫之淫荒，而實幽公風化之所行。正所謂一國之事繫一人之本者，未可謂傳與《序》異。《集傳》以「子」爲泛指游蕩之人，則擊鼓舞羽至于「無冬無夏」，似非閭巷細民之所爲。且《爾雅》「陳有宛邱」，《水經注》「宛邱在陳城南道東」，《括地志》以宛邱縣在陳城中，即古陳國。考《説文》云：「陳，宛邱也，舜後嬀滿之所封。」則宛邱爲陳國都可知。劉氏克《詩説》曰：「名詩以陳所都之地爲言，則係於其國，非僅一方之風土所可言。」《序》以爲刺幽公者，非無自矣。

「子之湯兮」，傳：「湯，蕩也。」惠氏《古義》曰：「湯，本古『蕩』字，王逸引此詩正作『蕩』。古文《論語》『君子坦蕩蕩』，鄭注：『《魯論》作「坦湯湯」。』是古皆以『湯』爲『蕩』。或音他郎反者，非。」承珙案：《莊子・天地》篇「數如泆湯」，《釋文》引司馬本作「佚蕩」。其實「放蕩」之「蕩」，依字當作「愓」。《説文》：「愓，放也。」又「像，放也」。《華嚴經音義》則以「像」爲「愓」古文。《方言》：「婬、愓，游也。江沅之間謂戲爲婬，或謂之愓。」經典多通作「蕩」，古文或又借「湯」字爲之。此傳正謂經借「湯」爲「蕩」，初非以「蕩」訓「湯」。《呂記》云：「湯雖訓『蕩』，與徑斥爲淫蕩者辭氣緩急不同。」誤矣。

「宛丘之上兮」，傳：「四方高、中央下曰宛丘。」正義曰：「《釋丘》云：『宛中，宛丘。』言其中央宛宛然，是爲四方高、中央下也。郭璞曰：宛丘謂中央隆峻，狀如負一丘矣。與此傳正反。案：《爾雅》上文備説丘形有左高、右高、前高、後高，若此宛丘中央隆峻，言中央高矣，何以變言『宛中』。明毛傳是也。故李巡、孫炎皆云『中央下』，取此傳爲説。」臧玉林《經義雜記》曰：「《爾雅釋文》：『宛，施於阮反。孫云謂中央汙也。郭於粉反，謂蘊聚隆高也。下同。』《元和郡縣志》載《爾雅》舊注：『四方高、中央下曰宛。』與毛傳同。施博士於阮反，讀爲宛，義與李孫合。郭氏於粉反，讀爲菀，音蘊，與毛傳、李孫皆乖異矣。邢疏云：『郭氏以爲中央高者，以其四方高、中央下即是上文「水潦所止泥丘」。又下云「丘上有丘爲宛丘」，作者嫌人不了，故重曉之。既言丘上有丘，非中央隆高而何，此郭氏所以不從先儒也。』案：水潦所止之丘，但頂上汙下耳，非四方高、中央下也。下云『丘上有丘爲宛丘』，謂有上下兩丘，上一丘中央宛下耳，亦非言中央高也。《釋名》云：『中央下曰宛丘，有丘宛宛如偃器也，涇上有一泉水亦是也。』亦用舊説。」《廣雅・釋言》：「偃，仰也。」承珙案：臧説是也。邵氏《爾雅正義》又引《釋山》「宛中隆」以證宛中當爲中央隆峻。考《漢晉春秋》云襄陽城西二十里號曰「隆中」，凡地必四方高阻，中央窊下始可謂之「中」，如柤中、涂中皆是。若中央隆峻，何以謂之「隆中」乎？又《爾雅》「邱背有邱爲負邱」，郭氏謂與「宛中宛邱」同。不知邱背有邱者，謂邱後別有一邱，如背負然，非中央隆峻之謂。至《釋名》「中央宛宛如偃器」者，正形容中央下貌。其又云「涇上有一泉水」者，「涇」或爲「陘」字之誤。《説文》：「陘，絶坎。」亦謂中有坎窞也。邵氏謂《釋名》與郭義同，亦誤。

「坎其擊鼓」，傳：「坎坎，擊鼓聲。」何氏《古義》曰：「坎，通作竷，《説文》『竷，舞也』。如舊説以『坎』爲擊鼓聲，然則後章『坎其擊缶』又將爲擊缶聲乎？按，舞必應節擊鼓，所以爲舞節，故曰竷其擊鼓。後章放此。」承珙案：《説文》訓「竷」爲「舞」，引《詩》「竷竷舞我」，段注據《韻會》引《説文》仍作「鼓我」，又《士部》引《詩》「墫墫舞我」，則此處自應同今《詩》作「鼓」爲是。此或用三家詩，與毛異。毛於《伐木》「坎坎鼓我」無傳，自應與《陳風》同訓。「坎」是擊鼓聲，故傳以重文形容之。下章「缶」爲瓦器，凡革木瓦石聲多相近，故《魏風》傳又云：「坎坎，伐檀聲。」此又豈得以「坎」爲舞邪？

「值其鷺羽」，傳：「值，持也。鷺鳥之羽可以爲翳。」末章「值其鷺翿」傳：「翿，翳也。」是傳意以「鷺羽」即下「鷺翿」，故箋申之云：「翳，舞者所持以指麾。」承珙案：《説文・羽部》云：「𦏸，樂舞以羽𦐔自翳其首，以祀星辰也。」此與鄭司農注《周禮・樂師》云「𦏸，舞者以羽冒覆頭上」義同。《説文》又云：「翳，翳也，所以舞也。」此皆謂執羽而舞，翳者，舞人所以自蔽之義。古者舞人用翟，故《簡兮》：「右手秉翟。」此用鷺羽者，《周禮》「舞師教羽舞」鄭注：「羽，析白羽爲之。」豈即鷺羽歟？《爾雅》「纛，翳也」，當本作「翿，翳也」。毛傳所引蓋古本，不誤。說見《王風》。鄭注《周禮》引「匠人執翿」，《雜記》作「執羽葆」，故郭注《爾雅》云：「翿，今之羽葆幢。」此殆帥舞者所持以指麾之具。或謂翳爲舞者之蔽，翿爲舞者之導，然大要皆舞時所用，故傳以翳翿爲一。而《王風》箋云：「翳，舞者所持，謂羽舞也。」與此箋正互見其義，並非兩岐。傳訓「值」爲「持」，《說文》「值，持也」即同毛訓。今《說文》作「值，措也」。段注云：「措者，置也，非其義。依《韻會》所據正之。《韻會》雖譌爲『待』，然轉刻之失耳。」顔注《漢書》以「值」爲「立」，蓋疑「值」爲「植」之借字。李《解》引王安石說，訓「值」爲「遭遇」，謂是百姓厭苦之言。然《王風》明云「執翿」，自以訓「持」爲正，不必更求別解也。

東門之枌

《序》云：「《東門之枌》，疾亂也。」許氏《詩深》曰：「前篇刺邦君，此篇則疾卿士，『子仲之子』是也。亂者，男女無別，則末章所陳是也。《序》之以『疾』書者二，《萇楚》『疾恣』，讀之悽婉，而知其音之哀以思。此篇『疾亂』，讀之切直，而知其音之怨以怒。然則政乖民困之故可想矣。」

嚴《緝》云：「後《序》附益講師之說，時有失《詩》之意者，一斷之以經可也。首《序》之傳，源流甚遠。方作《詩》時，非國史題其事于篇端，雖孔子無由知之。或欲并首《序》去之，不可也。古說相傳，猶不之信，千載之下一一以胸臆決之，難矣。《桑中》《溱洧》之詩，或謂淫者自言其如此，此詩亦爲男女聚會而賦其事以相樂，蓋不用首《序》『刺奔』『刺亂』『疾亂』之說耳。如此則凡刺詩之作，皆淫人動於淫思，發爲淫辭，非止乎禮義者矣。聖人何取淫人之言著之爲經而使天下後世諷誦之邪？故凡刺詩，皆作者刺淫，非淫者自作也。

味此詩『不績其麻』，正是誚責之辭，非相樂之辭。首《序》未易盡去也。」承珙案：嚴氏此條專指《集傳》。蓋《集傳》以末章「視爾」「遺我」今《毛詩》各本作「貽我握椒」，據箋當作「遺」。似兩相親愛之語，故以爲男女自賦其事。不知所云「爾」「我」者，正由會聚之時，而二人自通情好，不以爲恥。詩人疾其如此，故即其言而爾我之以爲刺，非必全詩皆男女之自述也。

《讀詩質疑》曰：「此詩，毛鄭之説俱得。歐陽氏駁毛鄭，以『子仲之子』莫可知其爲男女，『南方之原』爲國南原野，非陳大夫原氏。朱子因之，故《集傳》云：『子仲之子，子仲氏之女也。』蓋其意不欲以『南方之原』從毛鄭作原氏之女，而次章『不績其麻』絶無所承，故不得不以『子仲之子』爲女。但兩章皆言女，而末章『視爾如荍，貽我握椒』又爲男女相説，則於上下文之脈絡，亦未見其爲妥帖也。又首章『婆娑其下』，次章『市也婆娑』，皆指女言，語亦煩贅。又首章言『東門之枌』，次章言『南方之原』，既往東門，復往南方之原，於理不順。又上言『南方之原』，下復言『市也婆娑』，『原』是郊原，『市』乃市井，一在國門之外，一在國門之内，既期會於南方之原，又婆娑於國中之市，揆之情事，俱未爲合。案：首章之『婆娑』，子仲之男也。次章之『婆娑』，原氏之女也。末章『越以鬷邁』，乃道其男女之相説，贈物以結好。則三章文意俱明曉通達，而無錯亂複疊之病矣。《集傳》又云『此男女聚會，而賦其事以相樂』。亦未必然。玩『子仲之子』，明是他人之言。『不績其麻』，直是刺其廢業，未有男女賦詩相樂而自言『不績其麻』者也。」承珙案：嚴氏此條一準經文以申毛鄭，其説甚確。

何氏《古義》曰：「王符《潛夫論》案此見《浮侈篇》。云『《詩》刺不績其麻，女也婆娑』。今多不修中饋，休其蠶織而起學巫祝，鼓舞事神以欺誣細民，熒惑百姓」云云。此詩所言『婆娑』，正巫覡之事，未有良家子女而群然歌舞于市中者。況『不績其麻』二句，《潛夫》之解更自明晰乎。」承珙案：自匡衡有「陳夫人好巫而民淫祀」之語，班固《地理志》亦云：「大姬，婦人尊貴，好祭祀，用史巫，故其俗巫鬼。」引《陳風・坎其擊鼓》《東門之枌》二詩爲證。鄭《譜》因之。此皆推本之論。蓋上有好之，漸漬國俗，酣歌恆舞成爲巫風耳。然必以此二詩即爲巫祝事鬼之作，且以子仲爲男巫、原氏爲女覡，則又因事附會，經無明文，未可據信。

「子仲之子」「南方之原」，傳皆以爲陳大夫氏。箋則申之以爲「之子」是男，「原氏」是女。正義引莊二十七年《左傳》季友「如陳葬原仲」爲陳大夫姓原之證。《路史》注云：「子仲氏，陳宣公子，即《詩》『子仲之子』。」馮氏《名物疏》云：「此詩作於幽公時，在宣公前。」此說非是。承珙案：《新唐書・世系表》胡公滿後有仲牛甫、仲爾金甫，子仲氏豈即其後歟？總之，傳箋於此類必有憑依，斷非嚮壁虛造。范氏《補傳》曰：「舉二氏之男女，則下此者可知。古人姓氏幸而留於經者，不得而廢。如《邱中有麻》之留氏，《桑中》之姜氏、弋氏、庸氏，皆其類也。」

「穀旦于差，南方之原」，傳：「穀，善也。」箋云：「旦，明。于，曰。差，擇也。朝日善明，曰相擇矣，以南方原氏之女可以爲上處。」《釋文》：「旦，本亦作且。王七也反，苟且也。徐子餘反。差，鄭初佳反，擇也。王音嗟。《韓詩》作嗟，徐七何反。沈云毛意不作嗟。案：毛無改字，宜從鄭讀。」承珙案：《韓詩》作「嗟」，或古字「差」通作「嗟」，非必即爲「嗟」義。王肅直以「且」爲苟且，「差」音「吁嗟」，則經文「穀且于嗟」，殊不成語。徐邈讀「且」爲「士曰既且」之「且」，讀「差」爲七何反，疑即以爲「屢舞傞傞」之「傞」，然於文義亦殊費解，自不如箋訓「旦，明。差，擇」爲是。但箋以「擇」爲「相擇」，正義云「發意相擇，則是男子擇女」，是也。後儒誤以爲擇日。《黄氏日鈔》云：「果擇吉日，當曰『差于穀旦』，不當曰『穀旦于差』。『差』之言『覲』也，與下章『穀旦于逝』詞意一同，約以良辰而往游觀也。」承珙又案：「差」之言「覲」，古無此訓。箋以「差」爲「相擇」，本謂擇人，並非擇日，不煩改訓。

正義云：「南方之原氏有美女，國中之最上處，可以從之也。」承珙案：此似非箋義。原氏之女居在南方，何以見其必爲一國最上之處？《邶風》「在前上處」箋云：「在前列上頭也。」疏以爲在舞位之前行而處上頭。竊意此箋「上處」亦是謂舞列之上頭。蓋以南方原氏之女容美藝嫺，可以居舞列之上頭耳。陳氏《稽古編》云：「陰晴未可預期，豈容人擇。箋謂擇善地而游，下文南方原氏女家是也。」承珙又案：箋謂擇人，亦非擇地，此説亦未合。

《集傳》於「南方之原」下云：「無韻，未詳。」顧氏《詩本音》亦不入韻。孔氏《詩聲類》曰：「戈韻爲寒原之陰聲，二部每互相轉。《詩・皇矣》『度其鮮原』與上『阿』『池』韻，《生民》『時維姜嫄』與下『何』韻，與此『原』字與『麻』『娑』韻同。他如《左傳》『殷民繁氏』之『繁』步何反；漢沛鄲縣之『鄲』才何反；《説文》引『嘽嘽駱馬』字作『痑』；《周官》注曰『獻讀爲「摩莎」之「莎」，齊語聲之誤也』；《漢書音義》如淳曰陳宋之俗，言『桓』聲如『和』。其餘偏旁尤多出入，若鞶从般，裸从果，驒鼉从單，皤皤从番之類。」承珙案：王氏《詩總聞》云：「原，今人猶呼御靴切，未嘗不叶也。」蓋已見及於此，但僅據方音，未能旁引曲證。今更考得《鄘風》「瑳兮瑳兮」《釋文》七我反。亦與下「展」「絆」「顏」「媛」爲韻。《史記》曲沃桓叔子鱓，索隱音善，又音陀。《高祖功臣侯表》鄲侯，蘇林「鄲」音「多」。《説文》「萑」，讀若「和」。《水經注》云「蠻」「麻」聲相近。司馬相如《子虛賦》、馬融《廣成頌》並以「鼍」與「鼉」韻，此皆元桓與戈歌通轉之證也。

「穀旦于逝，越以鬷邁」，傳：「逝，往。鬷，數。邁，行也。」正義曰：「鬷謂麻縷，每數一升而用繩紀之，故鬷爲數。王肅云：『鬷，數績麻之縷也。』」承珙案：布八十縷爲緵，王肅之意，謂傳以「鬷」爲「緵」之假借耳。然上文既云「不績其麻」矣，何又以麻總而行。竊疑毛意訓「鬷」爲「數」，蓋讀爲「數罟」之「數」。《豳風・九罭》傳「緵罟」，《小雅・魚麗》傳作「數罟」，知「緵」有「數」義。數者，促數，爲攢凑總會之意，故《商頌》「鬷假」傳又云：「鬷，總。」《中庸》作「奏假」，奏猶凑也，會聚之義。然則此傳「鬷，數。邁，行」者，本謂男女促數會聚而行。鄭以「數」義難明，故以「總」訓申之，非與毛異。《玉篇》：「稯，數也。《詩》曰：『越以稯邁。』」此或據三家詩从彳作「稯」，必非麻縷可知。其字雖與毛異，義亦當同耳。

「視爾如荍」，傳：「荍，芘芣也。」《爾雅》「荍，蚍衃」郭注：「今荊葵也。謝氏云：『小草，多華少葉，葉又翹起。』」承珙案：《廣雅》、陸《疏》皆以荍爲荊葵，爲郭所本。惟崔豹《古今注》以芘芣一名戎葵，一名荊葵，一曰蜀葵。然《爾雅》本有「肩，戎葵」，郭云「今蜀葵也」，自是別草，與芘芣異。崔氏混荊葵、蜀葵爲一，羅願《爾雅翼》駁之極是。羅氏又云：「荍，荊葵，蓋戎葵之類。比戎葵葉小，故謝氏云『小草，多華少葉，葉又翹起』也。華似五銖錢大，色粉紅，有紫紋縷之，一名錦葵。大抵似蘆菔華，故陸氏云『似蕪菁，華紫，綠色，可食，微苦』是也。亦其文采相錯，故《陳風》男子悅女，比之曰『視爾如荍』，言如戎葵之華小而可愛也。」此説近之。馮氏《名物疏》引濮氏説以爲紫荊，《毛詩明辨録》又以爲蕎麥，皆無稽，不足信。

衡門

《序》云：「《衡門》，誘僖公也。愿而無立志，故作是詩以誘掖其君也。」范氏《補傳》曰：「是詩與《甫田》皆視其君之失而正救之。齊襄公志大心勞，所謂過也，詩人則抑之。陳僖公愿而無立志，所謂不及也，詩人則誘之。」姜氏《廣義》曰：「此篇與《小雅·鶴鳴》篇同，純用比體而正意宛然言下。惟《鶴鳴》如《易》之取象，詞氣莊重，故《序》曰『誨』。此則極淺近，極風致而至理躍然，使人入耳情怡而感發興起，《序》之所以爲『誘』也。」承珙案：《序》於十五國風曰美、曰刺、曰勸、曰惡、曰思、曰閔、曰傷、曰疾、曰怨、曰責、曰止、曰懼、曰戒、曰哀、曰憂，其旨多矣。而言「誘」者，獨見於此篇。《序》言僖公「愿而無立志」，實與詩意脗合。歐陽《本義》云：「詩人以僖公性不恣放，可以勉進於善，而惜其懦，無自立之志，故作詩以誘進之。首章言小國亦可以有爲，下二章言大國不可待而得。」此説善申《序》意。朱子謂序《詩》者因僖公之謚而配以此詩，故改爲隱居無求者之詞。然《三百篇》之作，吟咏情性以風其上，若徒爲詩人自適，亦復何關政教？且作詩時世，雖不可盡知，然《序》所指者必皆有所依據，決無以謚法强配欺天下後世者。

「衡門之下」，傳：「衡門，横木爲門，言淺陋也。」正義曰：「《考工記·玉人》注云：衡，古文『横』，假借字也。門之深者有阿塾堂宇，此唯横木爲之，言其淺也。」《經義述聞》曰：「門之爲象，縱而不横，若謂横木而爲門於其下，則又不得謂之横門矣。」因疑「衡門」爲城門之名。承珙案：此説非是。《藝文類聚》引劉楨《毛詩義問》曰：「横一木而上無屋，謂之衡門。」此解最明晰。若城門，乃往來之衝，安得云「可以棲遲」乎？

「可以棲遲」，傳：「棲遲，游息也。」惠氏《古義》曰：「《嚴發碑》作『西遲衡門』。《説文》：『西，鳥在巢上。象形。日在西方而鳥棲，故因以爲「東西」之「西」。』或作『棲』，從木妻。是『西』爲古文『棲』也。」承珙案：此特書碑者偶用古文「西」字耳，非必詩本有作「西」者。至《婁壽碑》「徲𢓊衡門」，則更與「棲遲」異字異義，《説文》：「徲，久也。」「𢓊，行平易也。」漢人以音近借用。王伯厚《詩考補遺》并引之，以爲三家異文，恐未必然。

「泌之洋洋」，傳：「泌，泉水也。」案：《邶風》「毖彼泉水」傳云：「泉水始出毖然流也。」此云：「泌，泉水也。」二傳正相應。《邶》「毖」字亦當作「泌」，從《説文》「駃流」之義。說見《邶風》。嚴《緝》云：「毛以彼『毖』與此『泌』字異義同，亦當爲泉水之流貌，非謂『泌』爲泉水也。」王氏《詩總聞》云泌在南陽泌陽縣。今考《漢志》南陽郡有比陽縣，應劭曰比水所出，《水經》亦作「比」，《吕氏春秋》作「沘」，皆不作「泌」。酈注《水經・溉水篇》又云有泌水出潕陰縣旱山，然並不引《詩》。則《衡門》之「泌」非水名審矣。《寰宇記》：「唐州泌陽縣，漢舞陰地，後魏立爲上馬縣。天寶元年改爲泌陽。以地有泌水經其陽，故以名之。《詩》曰：『泌之洋洋，可以樂飢。』在邑界。」案：此係後人附會，恐未可信。

「可以樂飢」，傳：「樂飢，可以樂道忘飢。」箋云：「飢者，不足於食也。泌水之流洋洋然，飢者見之，可飲以𤻲飢。」《釋文》：「樂，本又作𤻲，毛音洛，鄭力召反。沈云：『舊皆作「樂」字。逸《吕記》引《釋文》「逸」作「晚」。《詩》本有作「疒」下「樂」，以形聲言之，殊非其義。𤻲字當從「疒」下作「尞」。』案：《説文》云：『𤻲，治也。』療，或𤻲字也。則毛止作『樂』，鄭本作『𤻲』。下注放此。」盧召弓曰：「自『案《説文》』以下，陸語也。」《韓詩外傳》二引詩『可以療飢』。臧生鏞堂云鄭作『𤻲飢』，不云『樂』當爲『𤻲』，是經本作『𤻲』也。據正義云定本作

『樂飢』，知孔本作『𤻲飢』矣。《文選》王元長《永明十一年策秀才文》注、《唐石經》後改刻、足利古本『樂』皆作『𤻲』。正義引王肅、孫毓皆云『可以樂道忘飢』，是傳中『樂道忘飢』之言非毛氏本文，乃肅所私撰而孫毓從之也。」阮氏《校勘記》云：「小字本、相臺本經文皆作『樂』。《唐石經》初刻同，後加疒作𤻲，用鄭義也。沈云：舊皆作『樂』字。陸意不從沈，而不云檢舊本不如沈言，則作『樂』審矣。正義云定本作『樂』，是正義本即作『𤻲』。標起止云『至樂飢』，或後改耳。《釋文》『又作』本及正義本皆沈所謂晚本也。沈但當如正義所云，觀此傳亦作『樂』，以證毛氏《詩》是『樂』字，不當誤論形聲以致陸駁。然陸云毛本作『樂』，鄭本作『𤻲』，斯不然矣。鄭非於毛外別有本，但可易傳義耳，不容經字先已異也。鄭本亦必作『樂』。陸欲調停晚本，失之。《考文》古本作『𤻲』，采正義、《釋文》也。此箋不云『樂』讀爲『𤻲』者，以『樂』爲『𤻲』之假借，而於訓釋中改其字以顯之也。晚本乃因此改經耳。惟傳中『樂道』字不容改，近盧文弨遂以傳中『樂飢，可以樂道忘飢』一句屬之王肅，而議刪之矣。其誤實由於晚本惑之，且不得鄭箋改字之例故也。」承珙案：《校勘》説是也。《列女傳·老萊妻傳》、《文選》蔡伯喈《郭有道碑》李注、《太平御覽》五十八引《詩》皆作「可以療飢」，或三家容有作「療」字者。鄭據之以爲訓釋，然未必輒改經字。臧玉林以此列於後人據鄭箋改經字之條，當矣。吾友洪筠軒《讀書叢録》云：「《隸釋·繁陽令楊君碑》『偓伲樂志』、蔡邕《焦君贊》『衡門之下，棲遲偃息。泌之洋洋，樂以忘食』，皆本於此。」盧召弓説非是。承珙又案：《唐風·蟋蟀》傳云「休休，樂道之心」，亦足證「樂道」之言爲毛公常語。又《韓外傳》二：子夏曰：「雖居蓬户之中，彈琴以詠先王之風，有人亦樂之，無人亦樂之，亦可發憤忘食矣。《詩》曰：『衡門之下，可以棲遲。泌之洋洋，可以療飢。』」此引《詩》雖作「療」，而其云

「有人亦樂，無人亦樂」，則與毛傳「樂道忘飢」義合。疑《外傳》引《詩》亦本作「樂飢」。「療」字，後人所改耳。

東門之池

《序》云：「《東門之池》，刺時也。疾其君之淫昏，而思賢女以配君子也。」此與《邶・静女》《齊・雞鳴》《小雅・車舝》諸詩大旨略同。《集傳》以爲男女會遇之詞，張氏次仲曰：「『淑姬』非妖麗之稱，『晤歌』亦無戲浪笑傲之態。池水漚麻，以喻漸漬而不覺。淑姬晤歌，以見婉轉而善入。」承珙案：《列女傳・魯黔婁妻傳》君子謂黔婁妻爲樂貧行道，引《詩》曰：「彼美淑姬，可與晤言。」又《晉文齊姜傳》君子謂齊姜潔而不瀆，能育君子於善，引《詩》曰：「彼美孟姜，可與晤言。」此謂晉文安於齊姜氏勸之行之事，尤與此詩賢女切化意合。「淑姬」作「孟姜」者，或傳寫之誤，或因齊姜氏牽引《有女同車》之詩耳。總之，皆非淫詩可知。且既云「男女會遇」，而經文曰「彼美」，豈是覿面之辭？即以詞意而言，亦可見其不類矣。

「東門之池」，傳：「池，城池也。」正義曰：「以池繫門言之，則此池近在門外。諸詩言『東門』，皆是城門，故以『池』爲『城池』。」承珙案：《水經・渠水注》：「陳之東門内有池，池水東西七十步、南北八十許步，水至清潔而不耗竭。水中有故臺處，《詩》所謂『東門之池』也。」《元和郡縣志》亦云東門池在陳州城東門内道南。此皆後代遷徙，已非故跡。若毛云「城池」，故當在城外也。

「彼美淑姬」，正義曰：「美女而謂之『姬』者，以黄帝姓姬，炎帝姓姜，二姓之後子孫昌盛，其家之女美者尤多，遂以『姬』『姜』爲婦人之美稱。成九年《左傳》引逸《詩》云：『雖有姬姜，無棄憔悴。』是以『姬姜』爲婦人美稱也。」《吕記》引董氏曰：「周，姬姓。陳因元女以封，故詩人猶言『淑姬』。孔氏以『姬』『姜』爲婦人美稱，於書無所考。」承珙案：孔疏引《左傳》「姬姜」之言，最爲確據。董氏反譏其無考，而謂陳女稱「姬」，以大姬之故。天下豈有女子冒母姓以爲稱者乎？妄陋甚矣。

東門之楊

《序》云：「《東門之楊》，刺時也。昏姻失時，男女多違，親迎女猶有不至者也。」案：此與《鄭》之《丰》略同。彼云「刺亂」，此云「刺時」。昏姻失時，男女多違，其故似非一端。鄭箋於《丰》云：「時不送，則爲異人之色。」於此云：「女留他色，不肯時行。」此莫須有之事，未必盡由於此。毛傳於二詩皆無此語，箋所言似未合《序》意。姜氏《廣義》曰：「霜降逆女，冰泮殺止。時已莫春，失婚姻之候久矣，而女不至者，非既奠雁而猶不至也。納吉納徵之後，女家復有異志，不許其迎而婿待之也。此亦未即是淫女。或以勢利寒盟，以他故爽約，則父母之命難憑，媒妁之言莫據，弁信不顧，風俗之敗壞，視《唐》之《綢繆》風愈下矣。故詩人述其言以刺時也。」承珙案：姜氏以不至未必即是淫女，其説甚是。云非奠雁而不至，則不信《序》「親迎」之説。若毛傳，但云「期而不至」，未嘗云迎而不至，語本渾融。范氏《補傳》云「當時婚姻以有故而失時，則男女多失禮，不復能如古之親迎。今幸已有成約，而女復有異志而不至」云云，蓋已不信《序》之説。然《序》與《坊記》同，乃極言其敝，謂親迎而猶不至，則不親迎者可知矣。總以見昏姻之禮廢，則夫婦之道苦而淫辟之辠多，所以可刺也。

「東門之楊，其葉牂牂」，傳：「興也。牂牂然，盛貌。言男女失時，不逮秋冬。」正義曰：「毛以爲作者以楊葉初生興昏之正時，楊葉長大興晚於正時。毛以秋冬爲昏之正時，故云男女失時，不待秋冬也。」承珙案：楊葉秋冬焉得生？而云初生爲正時，乃鄭義，非毛義也。毛意但云楊葉既盛，已非秋冬嫁娶之時耳。李《解》引程氏曰：「楊，最得陽氣之先者，言人反不及時。」又引陸氏曰：「楊之發拆首於衆木，婚姻失時則木之不如。」二説略同。只此發明興意已足，范氏《補傳》乃云：「楊葉雖盛，漸至凋落，喻男女失時，正如東門之楊竟至衰落。」惠氏《詩説》因之，據《易・大過》「枯楊生稊」「枯陽生華」，二五皆陽：「以楊象之，則楊所以比男也。春氣之動，楊最先發，所以比男先于女也。然楊易生亦易老，始而牂牂，繼而肺肺，終則至於枯落，故曰後時也。」今案：經文並無衰落之意，此説殊可不必。

箋云：「楊葉牂牂，三月中也。興者，喻時晚也，失仲春之月。」正義申之曰：「鄭以婚姻之月惟在仲春。其《邶風》云『士如歸妻，迨冰未泮』，自謂及冰泮行請期禮耳。非以冰之未泮，已親迎也。」李《解》駁之云：「據詩言『歸妻』，則實已迎女，安得以爲請期。」承珙案：李説是也。《邶風》請期以旭日之旦，歸妻在冰泮之前，明係二事，鄭箋乃合而一之。此又以牂牂爲三月中者，皆自圓其「仲春」之説。然即二月，楊葉亦未始不盛，何得沾沾于此數日間而遂以爲失時乎？

「其葉肺肺」，傳：「肺肺，猶牂牂也。」案：《易林・革之大有》：「南山之陽，華葉鏘鏘。」「陽」一本作「楊」，「鏘鏘」一本作「將將」，與此「東門之楊，其葉牂牂」正同。《禮記・內則》注云：「將，當爲牂。」疏云：「將、牂聲相近。」《詩・樛木》《破斧》《正月》等傳並云：「將，大也。」《北山》傳：「將，壯也。」此傳「牂牂然，盛貌」，正與「壯」「大」義近。《爾雅・釋天》：「在午曰敦牂。」《開元占經》引李巡曰：「言萬物皆茂壯，阿那其枝，故曰敦牂。敦，茂也。牂，壯也。」又引孫炎注曰：「敦，盛也。牂，壯也。」「將」「牂」「壯」並以聲近，故義同。肺，疑爲「朩」之假借。《説文・朩部》云：「朩，艸木盛朩朩然。象形，八聲，讀若輩。」又《艸部》：「茷，艸葉多。」茷，字又作「旆」。此亦與「肺」聲相近，故「肺肺」亦爲「盛」義。《生民》「荏菽旆旆」傳：「旆旆然長也。」音義亦同。何氏《古義》謂「牂羊」爲「赤羊」、「肺石」爲「赤石」，言霜降後則楊葉赤，以附會秋冬昏期之義，殊爲穿鑿無謂。

墓門

《序》云：「《墓門》，刺陳佗也。陳佗無良師傅，以至於不義，惡加於萬民焉。」承珙案：《序》云「無良師傅」，傳於「夫也不良」云「夫」謂「傅相」，正依《序》説，則《序》在傳前明甚。程蘇《詩傳》及《吕記》皆從《序》説，而蘇吕則以「夫」指陳佗，不用毛義。不知此詩乃作於桓公之時，自以佗傅不良，恐陷於惡，故豫告桓公，欲令早爲諭教。此詩人忠厚之意。觀《左傳》，佗能勸桓公親仁善鄰，似非昏愚之質，及至如鄭涖盟而歃如忘，洩父知其不免。數年之間情性變易如此，則其無良師傅可知。經文「知而不已」，箋云「已，猶去也」，與《論語》「三已之」、《孟子》「王曰已之」「已」字同謂黜退也，正指師傅而言。若指陳佗，則當桓公在時，陀惡並未彰著，而遽勸之黜去其弟，翦手足以安子孫，恐無此理。末章「顛倒思予」乃詩人先見之言，逆料其必至於此，猶云「後君噬臍，他日請念」之類。《序》云「至於不義，惡加萬民」，則作《序》時，要其終而言之，非此詩作於陳佗弒逆之後也。若在桓公卒後，則佗已身爲大逆，而尚鰓鰓然追咎于其傅之不良，縱罪魁而誅黨惡，無此斷獄之法，尚得謂與《春秋》相表裏乎？

《虞東學詩》曰：「詩末三句，舊主告佗，愚謂佗何足告。范逸齋謂冀佗之悔悟，則詩人爲黨逆矣。」承珙案：佗既爲弑君之賊矣，則其師傅必皆同惡相濟，如商臣之有潘崇，何以尚望其知而去之？且即夫之，亦不過如司馬之於成濟耳，於佗之惡能解免乎？作歌用誶，其非用之於佗明矣。但傳箋之意，止言陳佗無良師傅，以陷於惡，並未嘗以「知而不已」爲欲佗之去其惡師也。惟孔疏誤會經義，一則曰陳佗既立爲君，此師傅猶在，仍用其言，必將至誅絶；再則曰欲令佗誅退惡師。殊不思箋云「陳佗由不覩賢師良傅之訓道，至陷於誅絶之罪」。疏既云「弑君之賊，於法當誅其身，絶其祀」，則佗既弑君，已當誅絶，何以云仍用惡師將至誅絶乎？豈於弑君之賊而猶望其晚蓋也。故蘇《傳》以後，説《詩》者多因《墓門》興刺，以爲追咎先君，較疏義爲勝。然云告佗者，乃疏誤，傳箋原未嘗誤也。至「墓門」傳正云「幽閒希行，用生此荆棘」，並不指桓之墓門。下章明云「歌以訊之」，訊，毛云「告也」，韓云「諫也」，此即謂告諫桓公耳。下文又云「顛倒思予」，皆非追刺之語。

「墓門有棘」，傳：「墓門，墓道之門。」王氏《經義述聞》云：「襄三十年《左傳》『晨自墓門之瀆入』，杜注曰：『墓門，鄭城門。』此『墓門』蓋亦陳之城門。《楚辭·天問》『何繁鳥萃棘，負子肆情』，王注曰：『言解居父聘吴過陳之墓門，見婦人負其子，欲與之淫泆，肆其情欲。婦人則引《詩》刺之曰：「墓門有棘，有鴞萃止。」故曰繁鳥萃棘也。』據王注云『過陳之墓門』，則墓門爲陳之城門可知，猶言秦師過周北門耳。王注本《列女傳》，蓋三家詩中有此説也。」承珙案：王氏質《詩總聞》已據《左傳》鄭之墓門，謂此亦是陳城門。然城門豈可行淫泆之地？況《天問》上文云「昏微遵跡，有狄不甯」，王注云：「人循闇微之道，爲淫泆戎狄之行。」是亦以墓門爲幽僻之所。《左傳》襄二十五年：鄭師入陳，陳侯扶其大子偃師奔墓，賈獲與其妻扶其母以奔墓。蓋冢間可以避兵。此「墓門」亦即其地，故傳以爲「幽閒希行」也。

「誰昔然矣」，傳：「昔，久也。」段懋堂曰：「夕，誤作『久』。誰夕，猶今人言不記是何日也。《記》云『疇昔之夜』，『疇』『誰』正同。」承珙案：此説非是。箋云：「誰昔，昔也。」用《爾雅》文。《禮記·檀弓》曰「子疇昔之夜」，注云：「疇，發聲也。昔，猶前也。」郭注《爾雅》以「誰」爲發語辭，即本鄭注。鄭訓「昔」爲「前」者，與此傳訓「昔」爲「久」同。久者，古也。故箋云：「國人皆知其有罪惡而不誅退，終致禍難，自古昔之時常然。」諸儒以爲追刺先君者，皆泥於此語。不知「誰昔然矣」者，謂蔽於聰明而忽於禍亂，自昔皆然，乃感慨之詞，非指桓公之時爲昔。至《檀弓》「疇昔之夜」，不過謂前日之夜。若訓「昔」爲「夕」，則既言夕，又言夜，於文贅矣。宣二年《左傳》「疇昔之羊，子爲政」，杜注亦以「昔」爲「前日」，正與下文「今日之事」相對。若必以「昔」爲「夕」，安見華元殺羊食士必在於夕乎？

「有鴞萃止」，傳：「鴞，惡聲之鳥也。」正義曰：「鴞，一名鵩，與梟異。梟，二字從《校勘記》補。一名鴟，《瞻卬》云『爲梟爲鴟』是也。俗説以爲鴞即土梟，非也。陸璣《疏》云：『鴞大如班鳩，緑色，惡聲之鳥也。入人家，凶。賈誼所賦「鵩鳥」是也。其肉甚美，可爲羹臛，又可爲炙。』」陳氏《稽古編》曰：「『梟』『鴞』字異，物亦異。《説文》『鴞』从号胡到切。得聲，『梟』從鳥頭在木上，是字異也。鴞云鴟鴞、鸋鴂，梟云不孝鳥，是物異也。其在《詩》，則梟者，《旄邱》之『流離』也，所謂少美長醜、食母而飛者也。鴞者，《墓門》之『鴞』也，所謂惡聲之鳥，『如班鳩，緑色』者也。《爾雅》之『鸋鴂』，郭注既不從『巧婦』之説，而以爲鴟類，當即此禽矣。今據

《爾雅》以合之《詩》，則『流離』及《瞻卬》之『梟』，即《爾雅》之『梟鴟』『鶹鷅』也。《墓門》之『鴞』、《豳風》之『鴟鴞』、《瞻卬》之『鴟』、《泮水》之『飛鴞』，即《爾雅》之『鸋鴂』也。」承珙案：此説分析梟、鴞之異，語甚簡當。惟《爾雅》「鶹鷅」乃凡鳥少美長醜者之通名，《詩》之「流離」不當爲梟。説見《旄邱》。若鸋鴂，則郭注以爲鴟類，不誤。《説文》：「鴞，鴟鴞，鸋鴂也。」是鴟鴞可單稱鴞，即《陳風》之「有鴞」、《魯頌》之「飛鴞」，皆爲惡聲之鳥。《豳風》傳以鴟鴞爲鸋鴂，亦係惡鳥，與巧婦名同而實異。説見《豳風》。《詩》或言「鴟」，或言「鴞」，或言「鴟鴞」，皆一物也。陸《疏》云：「鴞大如班鳩，緑色。」《莊子・天地》篇云「鳩鴞之在於籠」，《太平御覽》引《廣志》云「鴞，楚鳩所生」，此鴞大如鳩之證。郭璞《西山經》注云「鴞似鳩而青色」，亦與陸説合。《内則》云「鵠鴞胖」，《莊子・齊物論》「見彈而求鴞炙」，故陸云「其肉甚美」。《周禮・硩蔟氏》「夭鳥」注云：「惡鳴之鳥，若鴞鵩。」賈疏雖以鴞鵩爲二鳥，然《史記・賈生傳》云：「楚人命鴞曰服。」故陸以爲惡聲之鳥即賈誼所賦「鵩鳥」也。

「歌以訊之」，《釋文》：「訊，又作誶，音信。徐息悴反。」《廣韻・六至》引《詩》「歌以誶止」，王逸注《離騷》引《詩》「誶予不顧」，江氏《古韻標準》、戴氏《詩考正》、錢氏《養新録》、段氏《詩小學》皆據此以「訊」爲「誶」之誤。顧氏《詩本音》則謂古人以「訊」「誶」二字通用，歷引《詩・皇矣》《禮記・樂記》及《莊子》《文選》《後漢書》等「訊一作誶」「誶一作訊」，又《荀子》「行遠疾速，而不可託訊」與「偪」「塞」「忌」「置」爲韻，張衡《思玄賦》「訊」與「内」「對」爲韻，左思《魏都賦》「訊」與「匱」「粹」等爲韻。王氏《經義述聞》本之，謂『訊』『誶』同聲，故二字互通」。引《學記》「多其訊」鄭注曰「訊，或爲訾」，訊字古讀若誶，聲與訾相近，故通。又引《吴語》「乃訊申胥」，《説文》引作「誶申胥」；《莊子・徐無鬼篇》「察士無凌誶之事」，《釋文》引《廣雅》曰「誶，問也」，《文選・西征賦》注引《廣雅》「誶」作「訊」；《史記・賈生傳》《弔屈原賦》「訊曰」，《漢書》「訊」作「誶」；又《賈誼傳》「立而誶語」，《賈子・時變篇》「誶」作「訊」；《楚辭・九歎》「訊九魁與六神」，王注「一本作『誶』」；《漢書・敘傳》《幽通賦》「既誶爾以吉象兮」，《文選》「誶」作「訊」：「凡此者，或義爲誶告而通用『訊』，或義爲訊問而通用『誶』，未必盡爲譌字。《續列女傳》引《墓門》之詩正作『歌以訊止』。」承珙案：謂「訊」當爲「誶」，始於《詩總聞》，據《龍龕手鑑》引《詩》「誶止」爲證。江氏、戴氏始暢其説。然如《墓門》，《釋文》引徐邈息悴反，此在詩本有作「誶」者，或即爲「誶」字作音。若《小雅》「莫肯用訊」，並無一本作「誶」，而《釋文》亦載徐息悴反，是徐邈已讀「訊」如「誶」，不始於陸也。古人於「訊」「迅」等字每書作「誶」「䢐」者，似从卂之字本可讀若「卒」音，未必盡由草書偏旁卆卂相似之誤。戚氏《毛詩證讀》曰：「《説文》：『丨，引而上行讀若囟，引而下行讀若退。』可證『訊』得讀『誶』，爲一音之轉，非字誤。」今又考得《説文》「囟」或从肉宰作「膟」，是囟有「宰」聲。且囟，息進切，而「佡」「恖」「洶」「絤」皆从囟得聲，此亦可爲「訊」「誶」聲通之例。成伯璵《毛詩指説》引梁簡文云「作好歌以訊之」，當即用此詩，亦作「訊」不作「誶」。

防有鵲巢

《序》云：「《防有鵲巢》，憂讒賊也。宣公多信讒，君子憂懼焉。」王氏《總聞》據《史記》宣公嬖姬生子款，欲立之，而殺其太子禦寇，禦寇素愛公子完，完懼及禍，乃奔齊，以此爲宣公信讒之證。《集傳》乃以「予美」

指所與私，而定爲男女有私，憂或間之之詞。《陸堂詩學》曰：「宣公之殺太子，其事與衛急子、晉申生無異。惜乎，陳國文獻無徵，莫能悉其顛末，賴此一詩猶存，豈可指忠良爲淫慝乎？」黄氏元吉曰：「男女有私，聖人何取其無間而於《鄭》録《揚之水》、於《陳》又録此詩乎？」承珙案：《爾雅·釋訓》：「怟怟、惕惕，愛也。」郭注：「《詩》云『心焉惕惕』。《韓詩》以爲説人，故曰愛也。」《集傳》蓋據此，疑爲男女之詞。《毛詩》於《甫田》傳云：「忉忉，憂勞也。」此詩「忉忉」無訓，次章傳云：「惕惕，猶忉忉也。」此固以「惕惕」爲憂讒之意。《韓詩》以爲説人者，蓋因「予美」而云然。説其人，故憂其被讒，然不必爲男女之離間。《孟子》云「爲我作君臣相説之樂」，又曰「説賢不能舉」，是君臣亦可言「説」，不必定屬男女也。

「防有鵲巢，邛有旨苕」，此詩首二句，毛傳以爲興。箋云：「防之有鵲巢，邛之有旨苕，處勢自然。興者，喻宣公信多言之人，故致此讒人。」李氏《集解》歷引程氏、蘇氏之説，以爲皆不如歐陽氏説。考《本義》曰：「讒言惑人必由積累而成。如防之有鵲巢，漸積構成之。又如苕饒蔓引，將及於我。中唐有甓，亦以積累而成。旨鷊，綬草，雜衆色以成文，猶多言交織以成惑，義與『貝錦』同。」《吕記》、嚴《緝》及戴氏《續詩記》皆從其説。然此説亦近鑿，而以「邛」爲「卬」訓「我」，❶尤非。《虞東學詩》云：「范逸齋《補傳》謂如『采苓首陽』之意，善矣。而謂中唐無甓，其理不行。」《補傳》云：「防以止水，必無鵲；邛，高印之地，必無苕、鷊；堂途之間，人所埽除，必無瓴甓。」近方望溪説《詩》即用此義。承珙案：此詩之爲憂讒，即「誰侜予美」一語可爲明證。毛傳用《爾雅》

---

❶「卬」，原誤作「邛」，據廣雅本改。

「俯張，誑也」。《説文》：「俯，有廱蔽也。」誑惑、壅蔽，義本相因。此蓋云邑中之樹有鵲巢，則仰而可見者也。邛上之草有旨苕，則俯而可見者也。中庭之甓有令適，則近而易見者也。邱中之地有旨鷊，又遠而易見者也。俯仰遠近，苟無所蔽，則皆能見之。誰歟，誑惑壅蔽我所美之人，令其多所不見，而我憂讒畏害之心能不忉忉惕惕乎？《漢書》中山靖王云：「白日曬光，幽隱皆照。明月曜夜，蟁䖟宵見。然雲蒸列布，杳冥晝昏。塵埃抪覆，昧不見泰山。何則？物有蔽之也。」斯言其即此意與！

「防有鵲巢」，傳：「防，邑也。」《續漢書·郡國志》「陳縣」注引《博物記》曰：「邛地在縣北，防亭在焉。」《集傳》用王安石説，以「防」爲捍水之隄。夫隄防非鳥巢之所，何氏《古義》引《爾雅翼》「水大則巢高，水小則巢卑」之説，曲爲附會。其實古書祇云鵲知歲之多風，則去高木而巢扶枝，不聞有水小巢卑之事也。

「邛有旨苕」，傳：「邛，邱也。」從來説《詩》者皆不言邛之所在。《釋文》：「邛，其恭反。」竊意「邛」與「郜」古字通。《漢志》山陽郡郜成侯國，莽曰「告成」。《外戚侯表》有「邛成侯」，「邛成」即「郜成」，《墨子》「堯葬蛩山之陰」，《吕氏春秋》云「堯葬穀林」。《檀弓》「齊穀王姬之喪」，注云「穀，當爲告」。是「邛」「郜」「穀」三字皆聲相近。《太平寰宇記》：「固陵在宛邱縣西北三十里，高一丈二尺，今俗呼爲穀陵。」此與《博物記》所云「邛地在縣北」者合。邱陵，義同「穀陵」，其即邛邱歟！

「邛有旨苕」，傳：「苕，草也。」正義曰：「《苕之華》傳云：『苕，陵苕。』此直云『苕草』：彼陵苕之草好生下溼，此則生於高邱，與彼異也。陸璣《疏》云：『苕，苕饒也，幽州人謂之翹饒。夏生，形如勞承珙案：「勞」疑當作「豋」。《類篇》：「豋，郎刀切。野豆謂之豋豆。或作䝤。」豆而細，葉似蒺藜而青。其莖葉緑色，可生食，如小豆藿也。』」承珙案：《説文》：「苕，艸也。」即本毛傳。毛既以此苕與《苕之華》異訓，自當以陸《疏》所言「苕饒」爲是。《廣韻》云「苕，菜」，引《詩》「邛有旨苕」，與陸説「可生食」合。何氏《古義》曰：「四句既皆比讒人，則苕鷊二物不應以『旨』稱之。」不知經文四「有」字皆舉即目可見之物，絶無可眩惑壅蔽者，以反興「誰侜予美」句，並非以比讒人，何不可言「旨」之有？

「邛有旨鷊」，傳：「鷊，綬草也。」《爾雅・釋草》作「虉」。《毛詩》作「鷊」者，假借字。《呂記》引董氏曰：「鷊，舊作虉。《説文》引《詩》亦爲虉。」承珙案：《類篇》引《詩》又作「旨鷏」。「虉」「虉」「鷏」三字聲同。邵氏正義曰：「上文『旨苕』，陸《疏》以爲苕可生食。此云『旨鷊』，亦當爲可食之草。」今案：「旨」訓「美」，不必定是味美，即文采可觀亦得爲美。據陸《疏》云「鷊五色作綬文，故曰綬草」，或以其文采之美曰「旨鷊」歟！

月　出

「佼人僚兮」，傳：「僚，好貌。」《釋文》：「佼，字又作姣，古卯反。《方言》云：『自關而東，河濟之間，凡好謂之姣。』僚，本亦作嫽，同音了。」《唐石經》「佼」作「姣」。《史記・司馬相如傳》索隱、《一切經音義》九皆引《詩》「姣人嫽兮」。承珙案：《毛詩》「佼」爲「姣」之借字。《説文》：「姣，好也。」小徐引《史記》「長姣美人」是也。《荀子・非相篇》「古者桀紂長巨姣美」，作「姣」；《成相篇》「君子由之佼以好」，又作「佼」。是二字本多通借。《説文・人部》：「僚，好也。从人，尞聲。」此其本義也。《女部》：「嫽，女字也。」與「僚」異義。《方言》：「好，青、徐、海、岱之間曰釥，或謂之嫽。」蓋假「嫽」爲「僚」耳。

「舒窈糾兮」，傳：「舒，遲也。窈糾，舒之姿也。」案：此詩每章第三句皆有「舒」字，又皆以疊韻字形容「舒」之狀貌。《史記·司馬相如傳》「青虬蚴蟉於東箱」，正義云：「蚴蟉，行動之貌也。」又「驂赤螭青虬之蚴蟉蜿蜒」，蚴蟉、蟉蟉，皆與「窈糾」同，即《洛神賦》所謂「矯若游龍」者也。末章「舒夭紹兮」，《文選·西京賦》「要紹修態，麗服颺菁」，注：「要紹，謂嬋娟作姿容也。」又《南都賦》：「致飾程蠱，要紹便娟。」又《靈光殿賦》「曲枅要紹而環句」，注云：「要紹，曲貌。」此諸言「要紹」者，皆與「夭紹」同。合上下觀之，則第二章「舒懮受兮」文例正同。《釋文》云：「懮，於久切，舒貌。」《玉篇·心部》云：「懮受，舒遲之貌。」《廣韻》同，《集韻》《類篇》亦同，並引《詩》「舒懮受兮」。凡此疊字形容，即《梁冀傳》所謂「愁眉啼裝」「折腰齲齒」，以「善爲妖態」者也。《虞東學詩》曰：「《集傳》謂安得見之而舒窈糾之情，似於語外添綴成文。」《稽古編》曰：「三詩皆兩字連綿并爲一義，❶《集傳》以『窈糾』二字分爲兩釋，尤屬臆見。」

「佼人懰兮」，《釋文》：「懰，本又作劉，同力久反，好貌。《埤蒼》作嬼。嬼，妖也。」《校勘記》云：考《釋文》原本作「嫺」，「嫺」「妖」二字連文，相如賦所謂「妖冶嫺都」也。承珙案：此《釋文》原本誤耳。《玉篇》：「嬼，姣嬼也。」《廣韻》：「嬼，妖美。」皆本《埤蒼》。若彼文「嬼」作「嫺」，則於《詩》韻不協，《釋文》何爲引之？

「勞心慘兮」，《釋文》：「慘，七感反，憂也。」戴氏《詩考正》曰：「慘，《說文》云『毒也』，音義皆於《詩》不協，蓋『懆』字轉寫譌爲『慘』耳。懆，千到切，故與『照』『燎』『紹』韻。《說文》『懆，愁不安也』，引《詩》『念子懆

---

❶「三詩」，《經解》本《毛詩稽古編》作「三語」。

懆』。」段注云：「《白華》作『懆』，見於許書。《月出》《正月》《抑》皆作『懆』，入韻。而陸氏三者皆云七感反，其憒亂有如此者。」承珙案：《隸書》偏旁「參」或作「叅」，與「喿」相似，易溷，故六朝人往往互書致舛。如《説文》「操」「摻」本有二字，由後人以「參」「喿」不分而脱其一。説見《鄭風》。但《詩》以韻爲辨，故惟《北山》之「慘慘劬勞」「慘慘畏咎」可作七感反耳。毛晃、陳第以後，遞加辨正，足救陸氏之失。然《五經文字》云：「懆，千到反，見《詩》風。」是陸氏以後本尚有作「懆」不誤者。

株林

「胡爲乎株林，從夏南，匪適株林，從夏南」，箋云：「陳人責靈公：君何爲之株林從夏氏子南之母爲淫泆之行？匪，非也。言我非之株林從夏氏子南之母爲淫泆之行，自之他耳。觝拒之辭。」《稽古編》曰：「首章上二句『胡爲乎』是問辭，下二句『匪』字是諱辭，各二句爲一意。適株林即是從夏南，非以株林目其母、夏南目其子也。疏云婦人夫死從子，故主夏南言之，是已。朱《傳》曰：『君胡爲乎株林乎？曰：從夏南耳。然則匪適株林也，特以從夏南故耳。』夫夏南本在株林，既從夏南矣，尚以爲非適株林乎？文義殊有礙。」承珙案：據箋，首章每二句作一氣讀，曰：胡爲乎適株林而從夏南乎？曰：非適株林而從夏南也。正義曰：「以文辭反覆，若似對答前人，故假爲觝拒之辭，非是面争。」此説是也。又曰：「王肅云：言非欲適株林從夏南之母，反覆言之，疾之也。孫毓以王爲長。」詳王肅以爲「反覆言之」者，不作問答之辭，若云：君胡爲乎適株林？豈爲從夏南乎？乃匪適株林，實是從夏南也。此則將首章每二句頓斷讀之。蘇《傳》、李《解》皆本此爲說，而《集傳》因之，然適株林即是從夏南，既曰「非適株林」，則不得云「從夏南」，陳氏駁之當矣。《呂記》又云：「鄭不當以爲靈公觝拒之辭。彼相戲於朝，猶不知恥，亦何觝拒之有？」故以爲詩人代爲隱諱之辭。嚴《緝》亦從其說。今案：衷袒之戲，洩冶一諫而即殺之，當時有所忌諱，亦情事之常。況詩本設辭，即以刺其飾非拒諫，不必改鄭也。

「胡爲乎株林」，傳：「株林，夏氏邑也。」承珙案：《國語》：單襄公假道于陳，道路若塞，野場若棄，民將築臺于夏氏。其下乃言「及陳」，可證夏氏之邑在國都外。韓氏怡曰：「《爾雅》：邑外曰郊，郊外曰牧，牧外曰野，野外曰林。此言百里之國，五十里之界，界各十里。《序》言朝夕而往，似不宜若是之遠。」承珙又案：《寰宇記》：「夏亭城在陳州西華《詩地理考》引作「南頓」，誤。縣西南三十里。陳詩《株林》，刺靈公也。『胡爲乎株林，從夏南』注云：『夏南，夏徵舒也。』今此城北五里有株林，即夏氏邑，一名華亭。」考陳州本古陳國，西華縣在州西八十里，夏亭在縣西南三十里，是夏氏之邑去陳國本遠。若《元和郡縣志》：宋州「柘城縣本陳之株邑」，《詩·株林》是也。故柘城在甯陵縣南七十里，此又在陳之東北。《前漢志》淮陽國有柘，《續志》同。然劉昭《補注》但於「陳縣」下云陳有株邑，蓋朱襄之地，於「柘」下不言即株。《寰宇記》以柘城縣爲春秋時陳之株野，而於下邑縣又云或以爲陳之株林。此雖傳疑不定，要可見株野、株林必非一處。故靈公稅其乘馬於株野，而後變易車乘以至株林也。

「駕我乘馬，說于株野。乘我乘駒，朝食于株」，傳：「大夫乘駒。」臧氏《經義雜記》曰：「《釋文》：『乘驕，音駒。沈云或作「駒」字，是後人改之。《皇皇者華》篇內同。』據此，知此及《小雅·皇皇者華》並作『驕』，其作『駒』者，後人所改。陸氏於此從沈作驕，於《皇皇者華》云『維駒』作駒，本亦作驕。以『驕』爲『亦作』。正義則並作『駒』，誤矣。《説文》『馬高六尺爲驕』，引《詩》『我馬維驕』。則沈説當矣。鄭箋與《説文》合，尤可爲本作『驕』之證。鏞堂案：《公羊傳》隱元年注云：「天子馬曰龍，高七尺以上。諸侯曰馬，高六尺以上。卿大夫、士曰駒，高五尺以上。」與《説文》及毛鄭略同，當出古傳記。駒，必「驕」之譌。徐疏引《詩》「皎皎白駒」，則唐時本已誤矣。又《説文》引《詩》『馬二歲曰駒』，則知二詩作『駒』，非也。」段懋堂曰：『驕』『株』合韻也。鄭云『馬六尺以下曰驕』，即《南有喬木》之『五尺以上曰駒』也。然則《喬木》亦當作『驕』矣。」承珙案：箋云：「我，國人我君也。君親乘，此「乘」字當依經作「駕」。觀正義云：「君何爲駕我君之一乘之馬。」可知箋本作「駕」字。蓋駕者，馬在轅中，容有駕而不乘者。此言靈公但駕之而往，至株野即説焉，而其所自乘者乃驕也。故二文「駕」「乘」不同。君乘馬，乘君乘驕，變易車乘以至株林，或説舍焉，或朝食焉。又責之也。馬六尺以下曰驕。」蓋株林即株，乃夏氏邑，在株野之外。《魯頌》傳：「郊外曰野，野外曰林。」《説文》同。是由國中至株林必先經株野。然則「駕我乘馬」者，謂靈公本以諸侯車騎出。至株野，託言他適，乃舍之而乘大夫所乘之驕，以至于株林則已。永夕永朝，淫蕩忘返。《國語》云「南冠以如夏氏」，是靈公當日實有易服微行之事，故箋云「變易車乘」者，實得經傳微旨。王肅見傳云「大夫乘駒」，遂以爲乘駒者謂孔儀從君適株。不知《序》但云刺靈公，並未嘗及孔儀也。

澤陂

《序》云：「《澤陂》，刺時也。」案：首章「傷如之何」傳云：「傷無禮也。」蓋刺者，刺男女相説之私。傷者，傷時世淫泆之變。傳意正與《序》相應。「如之何」者，猶《鄘風》「子之不淑，云如之何」也。下二章「碩大且卷」「碩大且儼」，言其有美容而無貞性，亦傷之也。惟其爲刺淫之詩，而非淫者所自作，故聖人存之以立教。自鄭箋以「傷」爲「思」，謂思此美人，如之何而得見，正義謂孫毓以箋義爲長，此已開後儒説《詩》者視同《玉臺》《香奩》之漸，然郭注《爾雅》引《魯詩》「陽如之何」證「陽」爲「予」，《詩考》以爲即此篇「傷」字異文。然則《魯詩》亦似有思而不見之意，又爲鄭箋之所本。要皆不如毛義之正大也。

「有蒲與荷」，傳：「荷，夫渠也。」正義云：「傳正解『荷』爲夫渠，不言興，意以下傳云『傷無禮』者，傷有美一人，則此『有蒲與荷』共喻美人之貌。蒲草柔滑，荷有紅華，喻必以象，當以蒲喻女之容體，以華喻女之顔色。當如下章言『菡萏』而此云『荷』者，以荷是此草大名，故取荷爲韻。」承珙案：章首言二物而下文云一人，自即以二物興一人。疏申傳意，是也。箋云：「興者，蒲以喻所説男之性，荷以喻所説女之容體。」則「有美一人」莫知其爲男爲女，其説不可通矣。箋又云：「正以陂中二物興者，喻淫風由同姓生。」正義不言同姓之故。案：箋意蓋因《序》言「靈公君臣淫於其國」。靈公乃宣公曾孫，御叔爲宣公之孫，於靈公爲從祖父。靈公淫於夏姬，是爲瀆倫。孔甯亦稱公孫甯，是靈公同姓，故箋有「同姓」之説。然於興意終鑿，未必果合經旨。

箋又云：「蒲，柔滑之物。夫渠之莖曰荷，生而佼大。」正義云：「如《爾雅》，則夫渠之莖曰茄。此言荷者，意欲取莖爲喻，亦以荷爲大名，故言荷耳。樊光注《爾雅》引《詩》云『有蒲與茄』，然則詩本有作『茄』字者也。」承珙案：屈原云：「製芰荷以爲衣，集芙蓉以爲裳。」楊雄則云：「衿芰茄之緑衣，被芙蓉之朱裳。」《漢書》注引張揖《字詁》云：「茄，亦荷字。」是也。但《説文》：「茄，夫渠莖。」「荷，夫渠葉。」本屬二字。《爾雅》以「荷，芙渠」建首，當以芙渠惟葉最先見，故以荷爲大名，而後分莖、華、實、根之異。《爾雅》別有「其葉蕸」，《釋文》云：「衆家並無此句。」案，無者是也。傳云：「荷，夫渠也。」正同《爾雅》。箋以荷爲莖，則以「茄」「荷」字通，詩「荷」即「茄」耳。

「涕泗滂沱」，傳：「自目曰涕，自鼻曰泗。」承珙案：《爾雅》：「呬，息也。」《説文》：「東夷謂息爲呬。从口，四聲。」又云：「息，喘也。从心，从自，自亦聲。」又云：「自，鼻也。象鼻形。」據此，「泗」爲鼻液，與「呬」爲鼻息音同義近。滂沱者，《易・離》云「出涕沱若」是也。

《虞東學詩》曰：「許白雲謂《月出》，男子思婦人；《澤陂》，婦人思男子。錢天錫亦謂是女思男之辭，觀『碩大且卷』『碩大且儼』，可見。」承珙案：嚴《緝》云：「《衛風》以『碩人』稱莊姜，《車舝》稱『辰彼碩女』，則《詩》以『碩大』稱婦人多矣。」何氏《古義》又疑「儼」爲矜莊，非淫泆之婦人所宜稱。不知「碩大且卷」傳云：「卷，好貌。」《釋文》：「卷，一本作婘。」《廣雅》「婘，好也」，即用傳義。《檀弓》「執女手之卷然」，正義云：「卷卷然柔弱。」是非女子而何？「碩大且儼」，傳云：「儼，矜莊貌。」以上傳例之，亦不過謂其儀狀端好耳。《太平御覽》引《韓詩》「且儼」作「且嬒」，《薛君章句》曰：「嬒，重頤也。」《淮南子・脩務訓》「靨輔搖」高誘注：「靨輔，頰邊文，婦人之媚也。」《説林訓》「靨輔在頰則好」，注：「靨輔者，頰上窒也。」曹子建《洛神賦》：「明眸善睞，靨輔承權。」王粲《神女賦》曰：「美姿巧笑，靨輔奇牙。」此皆與《韓詩》「嬒」義相近。《説文》：「嬒，含怒也。一曰難知也。《詩》曰：『碩大且嬒。』」此引《詩》者，以證其字爲經典所有，不謂《詩》有含怒、難知二義也。《女部》又云：「㜸，好也。」此亦與「嬒」音近而義同。《廣雅》云：「嬒，美也。」總之，皆謂婦人之貌也。

「有蒲與蕳」，傳：「蕳，蘭也。」箋云：「蕳，當作『蓮』。蓮，夫渠實也。」段懋堂曰：「鄭欲改『蕳』爲『蓮』，意在三章一律，蓮與荷、菡萏皆屬夫渠。其實詩人不必然也。」承珙案：此箋是謂傳「蘭」字當作「蓮」，非改經「蕳」字爲「蓮」，觀正義可見。疏申箋義，謂「蘭是陸草，非澤中之物，故知『蘭』當作『蓮』」。此由誤認「蕳」爲山蘭，故云陸草。不知《神農本經》蘭名水香，《别録》又名蘭澤草，且《鄭風》「秉蕳」即在溱洧之間，不得謂非澤中物也。或又疑蘭與夫渠不同時，亦由不知爲澤蘭故耳。蘭，説詳見《鄭風》。

「碩大且儼」，《釋文》：「儼，本又作曮，魚檢反。」承珙案：「曮」字當作「㘙」。《玉篇》：「㘙，女好貌。魚檢切。」《釋文》一本所作即此字無疑。傳寫誤作「曮」，猶「碩大且卷」《釋文》「本又作婘」，宋本《釋文》有誤作「睠」者是也。

毛詩後箋卷十三

涇　胡承珙

檜

羔裘

《序》云：「《羔裘》，大夫以道去其君也。國小而迫，君不用道，好絜其衣服，逍遥遊燕，而不能自强於政治，故作是詩也。」黄氏櫄曰：「好絜其衣服亦非大惡，而大夫以是去之，何哉？檜君必有大不可正救者，不止於此。大夫不忍言其君之過，而特曰逍遥遊燕，此其微意也。作《序》者謂『大夫以道去其君』，可謂深于詩矣。」姜氏《廣義》曰：「檜國褊小，迫于强大，王室衰微，漸相并吞。觀鄭桓公之欲逃死，則知當日之時勢矣。乃逍遥遊燕，飾其衣服，孟子所謂『及是時般樂怠傲』者。大夫以國無善政，不用其言而去之。去之而又思之，且告之故，以冀君悟，可謂得去國之道矣。」《虞東學詩》曰：「此篇《序》下之言，有功於《序》者甚大。《序》稱『大夫以道去其君』，而《詩》言其君服御之美而已，非有大無道之事不能一朝居之勢也，何以忉忉然憂傷是悼哉？讀《後序》云云，乃知檜君直安樂公之流，其後人恃險驕侈，蓋其家法使然。大夫有心，能無去乎？」

「羔裘逍遥，狐裘以朝」，箋云：「諸侯之朝服緇衣羔裘，大蜡而息民，則有黄衣狐裘。今以朝服燕、祭服朝，是其好絜衣服也。先言燕，後言朝，見君之志不能自强於政治。」《虞東學詩》曰：「箋據《玉藻》『狐裘』注，謂檜君以祭服爲朝服。蘇氏以狐白爲諸侯朝天子之服，檜君用以視朝。案，鄭注『狐白』止言天子，其謂諸侯朝天子亦然者，乃是孔推鄭意如此，非鄭説也。陳祥道、方慤則皆以狐白爲燕服。經既不著所用，而《論語》言『狐貉之厚以居』，陳方説固未可廢。」承珙案：此説非是。《秦風・終南》「君子至止，錦衣狐裘」，毛傳明云：「狐裘，朝廷之服。」箋引《玉藻》以爲狐白，亦云諸侯狐裘，並非止言天子。此箋則以爲黄衣狐裘者，疏云：「諸侯之服狐白裘，惟在天子之朝耳。」若檜君用狐白以朝，則違禮僭上，非徒好絜而已。故鄭氏「以朝服燕、祭服朝」之説自不可易。蘇氏以此「狐裘」爲狐白，固非。至《終南》「錦衣狐裘」與「黻衣繡裳」並言黻爲冕服，則狐裘之非燕服可知，陳方説尤非是。

「狐裘在堂」，傳：「堂，公堂也。」正義曰：「上言『以朝』謂日出視朝，此云『在堂』謂正寢之堂。」承珙案：《晏子春秋・諫上篇》：「景公之時，雨雪三日，雨不霽。公被狐白之裘，坐堂側陛。晏子入見。」此似諸侯之朝亦得衣狐白者，然未必爲禮之正也。

「羔裘如膏，日出有曜」，傳：「日出照曜，然後見其如膏。」案：如膏，猶《鄭風》之「如濡」。彼傳云：「如濡，言潤澤也。」此亦謂其裘色鮮美，故日光照之如脂膏之潤澤然。即此已可見其服以逍遥，故不加禮服之裼衣，而裘毛乃得與日光相照曜矣。

何氏《古義》曰：「上言『以朝』、次言『在堂』，則游燕之後尚有視朝適寢之時。今并其『以朝』『在堂』者而亦無之，則自辨色而起以至竟日，皆游燕也。」劉氏《詩益》曰：「末章但言羔裘，不及狐裘者，見其逍遥游燕之日多，而視朝之日少耳。或曰，狐裘視朝，雖非正服，然尚爲政事而設。若羔裘逍遥，其失益甚，故末章惟舉其重者言之。」

「中心是悼」，傳：「悼，動也。」箋云：「悼，猶哀傷也。」正義曰：「哀悼者心神震動，故爲『動』也，與箋『哀傷』同。」承珙案：《氓》詩「躬自悼矣」，傳云：「悼，傷也。」《方言》《廣雅》皆有此訓。此傳云「悼，動也」，則從雙聲爲訓。《鼓鐘》「憂心且妯」，傳云：「妯，動也。」「妯」亦與「悼」聲義相近。此傳訓「悼」爲「動」，疏謂「心神震動」，似與《説文》「悼」訓「懼」有合。然箋以「哀傷」申之，似非「懼」意。竊謂古「慟」字只作「動」，《論語》「子哭之慟」，《釋文》引鄭注云「變動容貌」。《周禮・大祝》「九㩌，四曰振動」，杜子春云：「動，讀爲哀慟之慟。」葉鈔《周禮》本二「慟」字俱作「動」。然則「悼，動也」即「慟」字，故鄭申之以「哀傷」歟？《莊子・山木》篇：「振動悼栗。」

素冠

《序》云：「《素冠》，刺不能三年也。」此詩，毛鄭異説。毛以首章「素冠」爲練冠，次章以「素冠」故素衣，末章「素韠」則無傳。鄭以三章皆言大祥，於「素冠」引《玉藻》「縞冠素紕」；於「素衣」引《閒傳》「朝服縞冠」「朝服素裳」，故通稱「素衣」；於「素韠」云「韠從裳色」。孔疏申鄭有三：布不當名素，一也；刺不能三年，當先思其遠，不當思其近，二也；不能三年，當謂三年將終，少月日耳，若謂全不見練冠，是朞即釋服，違禮之甚，《序》不應止於刺不能三年，三也。王肅、孫毓皆以箋爲長。宋儒《呂記》從毛，嚴《緝》從鄭。承珙案：《周禮·司服》：「大札、大荒、大裁，素服。」又云：「士之齋服有玄端、素端。」以「素」與「玄」對，即是「白素」之「素」。《玉藻》：「年不順成，則天子素服乘素車。」「素服」與「素車」連文，更不得謂經傳言素皆是白絹。《郊特牲》：「皮弁素服而祭，素服以送終也。」是則喪服稱素，明矣。且朞而小祥，乃服練冠練衣，至大祥始除。詩人不見此服，自是當時不復行再期之禮，故云「不能三年」。《呂記》引曹氏曰：「不能三年，雖不知爲服歲月，然宰我謂『鑽燧改火，期可已矣』，齊宣王曰『爲期之喪，猶愈於已』，古之不能三年者，意皆如此。」若以素冠爲大祥之後，則《呂記》云：「除喪之縞冠，雖使短喪，其除之也蓋亦服是冠矣。」必謂刺不能三年者當先思其遠、不當思其近，殊不知近尚不能，何論於遠？若以「素冠」非練冠，而「素衣」專指祥祭之朝服素裳，無論轉「裳」爲「衣」近於遷就，即此不能三年者，豈其既祥而練已及再期，而獨不行大祥之祭乎？至朞而釋服，即是不能三年，何必定是三年將終、僅少月日？郝氏敬曰：「素冠主練冠爲是，能練冠，則能三年矣。」疏釋傳云：「若在大祥之後，則三年已終，於禮自除，非所當刺。」而申鄭又云：「朞即釋服，違禮已甚。」今玩詩言「傷悲」「蘊結」，其感甚深。若果三年將終，僅少月日，則魯人朝祥莫歌，夫子亦但曰「踰月則善」，詩人願見之意亦何至如此其急急乎？又案：毛於「素韠」無傳者，自與「素冠」「素衣」同例，皆爲練後所有，不得以禮文不備，疑爲練服之所無。孔疏謂毛意亦以卒章思大祥之人，此未必果得傳旨。即如所云，亦以首言既練，終言大祥，從初嚮末爲順。若箋説素冠在大祥之後，素裳、素韠當祥祭之時，疏謂先思祥後，却思祥時，殊於文義不順。

「勞心慱慱兮」，傳：「慱慱，憂勞也。」箋云：「勞心者，憂不得見。」《虞東學詩》曰：「舊以『慱慱』屬詩人，然三句文勢直下，正言素冠之人思慕專一，有終身之痛也。『傷悲』『藴結』乃詩人自言，故以『我』字别之。」承珙案：「勞心」，傳不明所指，鄭箋乃屬之詩人。然傳以「素冠」爲練冠，則「欒欒」「慱慱」者，正所謂練而慨然也，毛意似當以憂勞指素冠之人。孔疏乃誤以鄭義爲毛義耳。

「聊與子同歸兮」，傳：「願見有禮之人，與之同歸。」箋云：「聊，猶且也。且與子同歸，欲之其家，觀其居處。」案：「歸」當讀如「吾誰與歸」之「歸」。孔子曰：「慎終追遠，民德歸厚矣。」詩蓋言欲得行三年之人，與之同歸於厚。下文「聊與子如一」，猶言與之一志同心，行此禮以救敝俗耳。箋以爲歸其人之家，固泥；正義釋傳又謂同歸己家。觀末章傳引子夏、閔子騫事，以過不及者皆當一之以禮，知上文「同歸」必非歸家之謂。箋以「如一」爲「與之居處，觀其行」，亦非。

「聊與子如一兮」，❶傳：「子夏三年之喪畢，見於夫子，援琴而絃，衎衎而樂，作而曰：『先王制禮，不敢不及。』夫子曰：『君子也。』閔子騫三年之喪畢，見於夫子，援琴而弦，切切而哀，作而曰：『先王制禮，不敢過也。』夫子曰：『君子也。』子路曰：『敢問何謂也？』夫子曰：『子夏哀已盡，能引而致之於禮，故曰君子也。閔子騫哀未盡，能自割以禮，故曰君子也。夫三年之喪，賢者之所輕，不肖者之所勉。』」正義曰：「《檀弓》：『子夏既除喪，而見夫子。予之琴。和之而不和，彈之而不成聲，作而曰：「哀未忘也，先王制禮而弗敢過

❶「聊」，原作「願」，據阮校本《毛詩正義》及《續經解》本、廣雅本《毛詩後箋》改。

也。」』彼說子夏之行，與此正反。一人不得並爲此行，二者必有一誤，或當父母異時。鄭以毛公當有所憑據，故不正其是非。」《檀弓》疏云：「《家語》及《詩傳》與此不同，當以《家語》《詩》傳爲正。知者，以子夏喪親無異聞焉，能彈琴而不成聲。而閔子騫至孝之人，故孔子善之。熊氏以爲子夏居父之喪異，故不同也。」承珙案：《淮南·繆稱訓》：「閔子騫三年之喪畢，援琴而彈其弦是也。其聲切切而哀。」正與毛傳合。《詩》疏所云父母異時，則熊氏說也。《說苑·修文篇》引此事亦與毛傳略同，但又以子路爲子貢。❶許氏《名物鈔》云：「夫子於門人未有稱其字者，恐毛公所傳或誤。」不知此由記事者便文致然耳。古書經秦火後，傳聞異辭，不必執此以非彼。

隰有萇楚

《序》云：「《隰有萇楚》，疾恣也。國人疾其君之淫恣，而思無情慾者也。」正義曰：「定本直云『疾其君之恣』，無『淫』字。」承珙案：《序》下箋以「狡狭淫戲」解「恣」字，首章箋亦但云「疾君之恣」，則似鄭所見《序》本無「淫」字。但詩以「無家」「無室」爲言，故《序》謂「思無情慾者」。自《困學紀聞》云《檜》有「疾恣」之訓，引《周語》富辰曰「檜之亡由叔妘」，何氏《古義》、《陸堂詩學》遂緣此立說，欲求所疾之人以實之，鑿矣。

此篇傳語甚簡，詩旨難以遽明。惟以首二句爲興，訓「夭」爲「少」、「沃沃」爲「壯佼」，則「子」字自當指

❶「子路」，依文義似當作「子夏」。

人，不指萇楚，可見者如此而已。鄭箋申之，興意自瞭。但以「銚弋之性，始生正直，及其長大，不妄尋蔓草木喻人少而端慤，則長大無情慾，故於人年少沃沃之時，樂其無妃匹之意」，則全篇皆屬正興，取義稍迂。惟《呂記》謂萇楚枝柔牽蔓，比人之多慾，而以未有牽蔓之時生意沃然者爲赤子之心，至長有室家而後爲所牽蔓，則於文義較順。戴氏《續詩記》曰：「《隰有萇楚》，疾其君恣欲，至于弱不自持也。漢成帝欲老於温柔之鄉，委身釋命，莫知所主，若萇楚之類是也。語有云：『人不婚宦，情欲失半。』悾然無知，此訓「知」不依《爾雅》，非是。說見後。室家未立，童心可樂也。萇楚始生，其光沃若。及其有枝有華，牽蔓輭弱，不能扶持，但見困苦憔悴爾，夫亦何樂之有？」此與《呂記》略同，而尤爲融浹。《集傳》謂政煩賦重，似與《王風·兔爰》《小雅·苕華》意近。但以爲賦體，而謂「民歎不如草木之無知」，則以「子」指萇楚，而「無家」「無室」，語意難通。《黄氏日鈔》已辨之矣。嚴氏《質疑》曰：「《有狐》之『之子』，《集傳》亦即指狐。狐無衣裳，萇楚無室家，說皆未可通。」

「隰有萇楚」，傳：「萇楚，銚弋也。」正義曰：「《釋草》文。舍人曰：『萇楚一名銚弋。』《本草》云：『銚弋名羊桃。』郭璞曰：『今羊桃也，或曰鬼桃。葉似桃，華白，子如小麥，亦似桃。』陸璣《疏》云：『今羊桃是也。葉嚴《緝》引陸《疏》「葉」字下多「如桃而光尖」五字。長而狹，華紫赤色。其枝莖弱，過一尺引蔓於草上。』」承珙案：《中山經》：「豐山，其木多羊桃，狀如桃而方，莖可以爲皮張。」郭注云：「一名鬼桃，治皮腫起。」《神農本草經》：「羊桃，一名鬼桃，一名羊腸。」《名醫別録》云：「一名萇楚，一名御弋，一名銚弋。」陶注云：「山野多有，似家桃，又非山桃。子小細，苦不堪噉，花甚赤。《詩》云『隰有萇楚』者，即此也。」蓋萇楚之爲羊桃，固無岐說，惟陸氏云「過一尺引蔓於草上」，與鄭箋「不妄尋蔓」正相反。陸氏又云：「今人以爲汲灌，重而善没，不如楊柳也。近下根，刀切其皮，著熱灰中脱之，可韜筆管。」陸所言甚詳，當得其實。鄭箋取喻迂闊，且與所言「其枝猗儺而柔順」者又自相戾矣。

「猗儺其枝」，傳：「猗儺，柔順也。」《經義述聞》曰：「萇楚之枝柔弱蔓生，故傳箋並以『猗儺』爲『柔順』。但華與實不得言『柔順』，而亦云『猗儺』，則『猗儺』乃美盛之貌矣。《小雅》『隰桑有阿，其葉有難』傳曰：『阿然，美貌。難然，盛貌。』『阿難』與『猗儺』同，字又作『旖旎』。《楚辭・九辨》曰：『竊悲夫蕙華之曾敷兮，紛旖旎乎都房。』王逸注曰：『旖旎，盛貌。《詩》云：「旖旎其華。」』王引《詩》作『旖旎』而訓爲『盛貌』，與毛傳異義，蓋本於三家詩也。」承珙案：「猗儺」固可以「美盛」言，而亦未嘗無「柔順」之義。《高唐賦》：「東西施翼，猗狔豐沛。」此固近於「美盛」。若《上林賦》之「紛溶萷蔘，猗狔從風」，張揖曰：「旖旎，猶阿那也。」《考工記》鄭司農注兩引皆作「倚移從風」。《説文》：「移，禾相倚移也。」此「倚移」亦與「柔順」義近。《南都賦》「阿那蓊茸，風靡雲披」，漢人詞賦多本《詩》《騷》，此皆狀草木之柔靡，則不得以「猗儺」爲專指「美盛」。又司馬相如《大人賦》「又倚伲以招搖」，張揖曰：「倚伲，下垂貌。」楊雄《甘泉賦》「夫何旟旐郅偈之旖旎也」，王褒《洞簫賦》「形旖旎以順吹兮」，又云「其奏歡娱，則莫不憚漫衍凱，阿那腲腇者已」，注云：「阿那腲腇，舒遲貌。」此則并非草木，更不得泥於「美盛」之訓。蓋《隰桑》之「阿難」爲美盛，《萇楚》之「猗儺」爲柔順，言各有當，傳義不可易也。至華實皆附於枝，枝既柔順，則華與實亦必從風而靡，雖概稱猗儺，不妨。

「樂子之無知」，箋云：「知，匹也。」正義曰：「『知，匹』，《釋詁》文。下云『無家』『無室』，故知此宜爲匹也。」陳氏《稽古編》曰：「《爾雅》『知，匹』語殆專爲此詩注脚，故康成用之。宋儒以其驚俗，仍解爲知識義。」

承珙案：《釋詁》「知」「儀」爲「匹」，皆以疊韻取訓，如「流」「求」、「干」「扞」之例，皆見於《詩》。《爾雅》本釋《詩》《書》，故傳箋依用之。後人以義非習見，而蔑棄古訓者，多矣。

匪風

《序》云：「《匪風》，思周道也。」首章傳云：「下國之亂，周道滅也。」箋云：「周道，周之政令也。」《詩序辨說》從歐陽《本義》，謂詩言「周道」但謂適周之路，如《四牡》之「周道倭遲」耳，《序》蓋不達此意。李氏《集解》曰：據詩以國小而思周道，則不應爲「道路」之「道」。此語足以斷之。何氏《古義》曰此如孔子所謂「我觀周道，幽厲傷之」是也。至《潛夫論》云：「《匪風》，冀君先教也。」《古義》云所謂「先教」，未詳其旨。承珙案：王符此論誤以《逸周書》所云「高辛氏，有鄶之君」當國風之「檜」。其本已譌，尚何足信？

「匪風發兮，匪車偈兮」，傳：「發發飄風，非有道之風。偈偈疾驅，非有道之車。」《漢書》：王吉治《韓詩》，上昌邑王疏曰：「臣聞古者師行三十里，吉行五十里。《詩》云：『匪風發兮，匪車揭兮。顧瞻周道，中心⿱制心兮。』師古曰：「⿱制心，古『怛』字。」說曰：是非古之風也，發發者；是非古之車也，揭揭者。蓋傷之也。」此所引「說」蓋即《內傳》之說，與毛義合：一以爲非古，一以爲非有道，皆傷今而思古也。李《解》謂毛氏强增「有道」二字，非詩本意。不知傳「有道」即指「周道」言之，何云强增乎？宋人於此詩各自立說。張子曰：「人之不安，如風中車上。」歐陽謂顧瞻周道，非是爲風之飄發、車之嘌偈，中心自有所傷怛而不甯。蘇氏曰：「匪風也，而乃至發發；匪車也，而乃至偈偈。」董氏以爲猶「匪兕匪虎，率彼曠野」之意。然毛韓師說相承，其誼甚古，不宜妄改。又《韓詩外傳》云：「當成周之時，陰陽調，寒暑平，群生遂，萬物甯，故曰其風治，其樂連，其驅馬舒，其民依依，其行遲遲，其意好好。《詩》曰：『匪風發兮，匪車揭《古義》引此作「揚」字，此據誤本。檢影鈔元刻本，仍作「揭」。兮。顧瞻周道，中心怛兮。』」可見此詩言風言車，皆與周道關係，非泛言不安之狀。或又謂古字「匪」「彼」通用，言彼風之動發發然，彼車之驅偈偈然。意義殊淺，不如從傳爲得。

何氏《古義》曰：「《說文》無『偈』字，當依《前漢書》作『揭』，云高舉也。車升高，則在車上者必震盪而不安，此亦車中即事之語。」承珙案：《廣雅》亦云：「偈，疾也。」《衛風》「伯兮朅兮」，《韓詩》作「偈」，《文選》注引《韓詩》曰：「偈，桀侹也，疾驅貌。」與毛此訓正同。《白帖》十一。引此詩又作「匪車朅兮」，可知「朅」「偈」古同字。《說文》：「朅，去也。」疾驅者，有「去」義，則此「偈」字或當爲「朅」之借字。即從《漢書》作「揭」而以爲「高舉」，亦謂其疾驅揚起耳，非有異義也。

「誰能亨魚」，傳：「亨魚煩則碎，治民煩則散，知亨魚則知治民矣。」《稽古編》曰：「周自文武以來，以優柔寬簡爲治，此周道也。厲王時，變爲嚴急，監謗耑利，民焦然不安生，故詩人思得一仕於西周者，告以周之舊政令，使以亨魚之法爲治民之道也。《老子》云『治大國若亨小鮮』，意與毛傳正同。後儒言《詩》，略於訓義。❶亨魚之說，箋疏俱無發明，遂無有過而問者。」翁氏《附記》曰：「陳氏此說甚暢。然疏中明言『亨魚、治民俱不欲煩。知亨魚之道，則知治民之道，言治民貴安靜』。此固已發明傳義矣。玩末章首句著意『亨魚』，

---

❶「訓義」，《經解》本《毛詩稽古編》作「興義」。

則前二章『匪風』『匪車』二句俱宜重讀。若如《集傳》之説，則皆不著重首句矣。」

「溉之釜鬵」，傳：「溉，滌也。鬵，釜屬。」《釋文》：「溉，本又作摡，古愛反。」案：「溉」乃水名，非「滌」義。《説文・手部》「摡，滌也」，引《詩》「摡之釜鬵」。是《毛詩》本當作「摡」。正義曰：「《釋器》云：『甑謂之鬵。鬵，鉹也。』孫炎曰：關東謂甑爲鬵。涼州謂甑爲鉹。郭璞引《詩》云：『溉之釜鬵。』然則鬵是甑，非釜類。亨魚用釜不用甑，雙舉者，以其俱是食器，故連言耳。」《釋文》引《説文》：「鬵，大釜也。一曰鼎大上小下若甑曰鬵。」陸意從許以合毛傳「鬵」爲「釜屬」之訓。即《説文》一説爲鼎，亦曰若甑，而非即甑，不必如孔疏「亨魚用釜、不用甑」之疑。《楚辭・九歎》云「爨土鬵於中宇」，王逸注云：「鬵，釜也。」亦與毛、許義同。

「誰將西歸？懷之好音」，傳：「周道在乎西。懷，歸也。」箋云：「誰將者，亦言人偶能輔周道治民者也。檜在周之東，故言西歸。有能西仕於周者，我則懷之以好音，謂周之舊政令。」承珙案：《説苑・善説篇》：「蘧伯玉使楚，逢公子晳濮水之上，及見楚王，曰『楚最多士，而不能用』云云。於是楚王發使一駟，副車二乘，追子晳濮水之上。子晳還重於楚，蘧伯玉之力也。故《詩》曰：『誰能亨魚？溉之釜鬵。孰能西歸？懷之好音。』此之謂也。」此亦謂求賢輔治之意，與傳箋義合。

毛詩後箋卷十四

涇　胡承珙

曹

蜉蝣

《序》云：「《蜉蝣》，刺奢也。昭公國小而迫，無法以自守，好奢而任小人，將無所依焉。」《釋文》云：「國小，一本作『昭公國小而迫』。」案：鄭《譜》云：『昭公好奢而任小人，《曹》之變風始作。』此詩箋云：『喻昭公之朝。』是《蜉蝣》爲昭公詩也。《譜》又云：『《蜉蝣》至《下泉》四篇，共公時作。』今諸本此《序》多無『昭公』字，崔《集註》本有，未詳其正也。」《校勘記》云：「《集注》是也。觀前《譜》正義『《蜉蝣》序云「昭公」，昭公詩也』，是正義所見鄭《譜》左方中不云『《蜉蝣》至《下泉》四篇，共公時作』，《釋文》所見乃誤本，因此而去此《序》『昭公』字耳。」翁氏《附記》曰：「朱子改刺昭公爲刺時人，義亦相通。第詩本詠歎之辭，非如史傳之文得所指實，安能必於本篇中確有可考而後信乎？《序》既云『昭公』，則即是可考，凡讀《詩序》皆如此。」

何氏《古義》曰：范蔚宗云：「葛屨履霜，敝由崇儉。楚楚衣服，戒在窮賒。」「賒」與「奢」通。范氏《補傳》

曰：「檜曹皆小國，詩亦相似。《檜》之變風始於《羔裘》，《曹》之變風始於《蜉蝣》。《羔裘》刺絜其衣服，《蜉蝣》刺好奢，亦類也。《羔裘》之詩不及政治，序《詩》者以其逍遥遊燕，而知其必不能自强於政治；《蜉蝣》之詩不及小人，序《詩》者以其將無所依，而知其所用皆小人，故不足恃。然不能自强，猶愈於將無所依，此《曹》所以又出《檜》下也。」

「蜉蝣之羽」，傳：「蜉蝣，渠略也。朝生夕死，猶有羽翼以自修飾。」段氏懋堂曰：「『猶』當作『獨』。」承珙案：此傳言蜉蝣朝生莫死而猶美其羽，興曹君危亡將至而猶務於奢耳。作「猶」，義本可通，不必改「獨」。嚴氏《質疑》謂毛傳似反以昭公不能修飾衣服爲不如蜉蝣，失詩意。此可謂不善讀傳者。

「衣裳楚楚」，傳：「楚楚，鮮明貌。」《説文》：「𪓐，會五采鮮色。」引《詩》曰：「衣裳𪓐𪓐。」段注云：「𪓐，其正字；楚，其假借字也。蓋三家詩有作『𪓐𪓐』者，如毛『革』韓『𩊚』之比。」陳氏《稽古編》曰：「每章第一句以蜉蝣起興，第二句即指昭公。若作比體，以全章皆指蜉蝣，首句言羽言翼，次句復言衣裳，不已複乎？且泛以衣裳借言，猶可也；確指爲麻衣，愈不得以蜉蝣當之矣。況蜉蝣黄黑色，此《爾雅》郭注而《集傳》遵用之者也。黄黑色而云『如雪』，可乎？」承珙案：《秦策》「不韋使楚服而見」，高誘注：「楚服，盛服。」此即用《詩》「楚楚」之義。次章「采采衣服」，傳云：「采采，衆多也。」《文選·鸚鵡賦》注引《韓詩》「采采衣服」，薛君曰：「采采，盛貌也。」沈氏清瑞曰：「《詩考》以此條入《大東》，改『粲粲衣服』以就之，非是。」夫曰「衆多」、曰「盛貌」，亦必非指蜉蝣之羽可知。蓋《集傳》於此以興爲比，誤與《周南·螽斯》篇同。

「於我歸處」，翁氏《附記》曰：「每章末句，諸家皆未明白。箋疏云『君將於何依歸』，此於『我』字竟拋荒矣。且以『我』字指我君言，文義未順。《吕記》、嚴《緝》皆云『其於我歸處乎』，竟似欲以作詩者自任爲君所倚，尤未安矣。朱氏鶴齡引鄧元錫説，謂末句是約奢之義，鄧云：「志競則奢，愈競則愈奢。歸處、歸息、歸説，不競矣。是約奢之道也。」於語意更不協。惟蘇潁濱曰：『君子悲其淺陋而知其不能慮遠，憂其國以及其身，曰：我將於何歸處。』此説得之。」承珙案：此但將二句連讀自明，謂心之所憂者，於我乎不知所歸處也。《表記》引國風曰：「心之憂矣，於我歸説。」正義云：「此詩言曹君好潔其衣服，不修政事，國將滅亡，故賢人之心憂矣。説，舍也。國既滅亡，於我之身何所歸舍。」此解詩「於我」二字，文義最合。《詩》疏乃依箋爲説耳。至三章「於我歸説」，箋云：「説，舍息也。」《釋文》「説，音稅」，此鄭義也。又云「協韻如字」，則讀爲「言説」之「説」。故黄氏佐、凌氏濛初皆謂欲其人之依歸於我，而教誨開諭之。夫在朝者既皆小人矣，尚何誨諭之有？至《表記》引此詩，注云：「欲歸其所説忠信之人也。」《釋文》：「説，音悦。」正義以爲引《詩》斷章。承珙案：《表記》引《詩》之意，承上問寒問飢之類，言有口惠者必有其實，故云「心之憂矣，於我歸説」。猶言生於我乎館，死於我乎殯也。所引《詩》「歸説」，仍當作「税舍」解。康成注《禮》似不如箋《詩》之當。毛傳但於次章訓「息」爲「止」，而「歸處」「歸説」皆無傳，必以其義大同，舉中以該上下耳。

「蜉蝣掘閲」，傳：「掘閲，容閲也。」箋云：「掘閲，掘地解閲，謂其始生時也。」《埤雅》：「蜉蝣掘閲，言掘土使解閲也。」《管子》：「掘閲得玉。」王氏《總聞》曰：「掘閲得玉，恐當時常談如此。掘閲，挑撥貌。」《虞東學詩》曰：「箋云『掘地解閲』者，蓋蛣蜣生土中，掘地而出，開解其穴如闢户然，故云掘閲。《小正》續注引此詩：閲，猶門也。《詩故》云讀《管子》『掘閲得玉』，始知『閲』與『穴』通。」《稽古編》曰：「今《管子》並無『掘閲得玉』語，惟《山權數》篇云『北郭有掘闕而得龜者』，房注云：『掘，穿也。穿地至泉曰闕。』豈『掘閱得玉』别見他篇，而近本逸之乎？」《詩小學》云：「古『閱』『穴』通。宋玉《風賦》：『枳句來巢，空穴來風。』枳句、空穴，皆重疊字。『空穴』即『孔穴』。善注引《莊子》『空閱來風』，司馬彪云『門户孔空風』，善從之。《老子》：『塞其兑，閉其門。』『兑』即『閱』之省，假借字也。」《説文》「堀」下引「浮游堀閱」，「堀閱」是雙字，猶「孔穴」，言蜉蝣出孔穴中也。傳云「容閱」即史所謂「容頭過身」。《孟子》：「事是君則爲容悦。」「容悦」即傳之「容閱」也。箋云「掘閱，掘地解閱」，二「掘」字皆「堀」之譌。鄭意謂出於堀中而解脱變化，説「閱」與毛異。❶承珙案：正義曰：「定本云『掘地解閱』，謂開解而容閱，義亦通。」是孔所見他本箋有作「鮮閱」者，故釋傳「容閱」爲「形容鮮閱」。但傳云「掘閱，容閱」，則「容」乃解經「掘」字，何得謂爲「形容」？段以「容閱」爲「容悦」，與正義「閱者，悦懌」之意相近，亦非是。鄭箋「掘地解閱」，「掘」當訓「穿」，「閱」當讀「脱」，謂穿地解脱而出。即《説文》引作「堀」，云「突也」，亦謂穿地突起。若如段説，「掘閱」但作「孔穴」解，則「蜉蝣孔穴」殊不成語。蓋「解閱」猶言「解蜕」。《説文》：「蜕，它蟬所解皮也。」《廣雅·釋詁》：「蜕，解也。」《山海經·中山經》「峽山多空奪」注云：「空奪，即蛇皮脱也。」然則傳云「容閱」者，「容」疑作「空」，「閱」亦讀「脱」。「掘」「空」、「閱」「脱」以聲爲訓。傳箋義同，非有異也。

「麻衣如雪」，傳：「如雪，言鮮絜。」箋云：「麻衣，深衣，諸侯之朝朝服，朝夕則深衣也。」何氏《古義》曰：

---

❶「説」，廣雅本作「脱」。

「諸侯夕深衣，所以言麻衣者，蜉蝣朝生莫死，君服麻衣，則薄莫之時，而蜉蝣之生亦不久矣，甚危之至也。」承珙案：《雜記》「大夫卜宅與葬日，有司麻衣」，注云：「麻衣，白布深衣。」蓋古者布衣皆謂之麻衣。諸侯朝玄端，夕深衣，此本禮之定制，未見其奢。箋以朝夕變易衣服爲奢，非是。惟深衣以十五升布而鍛濯灰治之，詩言「如雪」者，見其功之至精。猶《檜風》刺好絜衣服而云「羔裘如膏」，羔裘亦人君所宜服，但狀以「如膏」，則見其君不留意政治，而惟於衣服之間力求精粹。侈心之萌，即在於是。若非所當服而服之，是僭而不徒奢矣。

候　人

《序》云：「《候人》，刺近小人也。共公遠君子而好近小人焉。」《陸堂詩學》曰：「石林葉氏言漢世文章未有引《詩序》者，惟黄初四年有『共公遠君子近小人』之語，蓋衛宏《詩序》至魏始行也。愚謂《左傳》晉文入曹，數其不用僖負羈而乘軒者三百人，宏説似乎有因。若以《國語》參之，頗覺其謬。《晉語》：令尹子玉請殺晉公子，楚成王不許。又請止狐偃，王曰：『不可。曹詩曰：「彼己之子，不遂其媾。」郵之也。』案：楚成王之立在惠王六年，曹共公之立在惠王二十五年，晉公子如楚在襄王十四年，楚成與曹共雖爲同時，然豈有曹之新詩而楚君已成誦在口者？《候人》之刺共，與《蜉蝣》之刺昭，《序》説似皆未可從。」承珙案：葉氏之説與《六經奥論》《詩序辨語》同。陸氏更據《國語》以疑刺共之説。不知風謡之作，列國流傳，曹詩偶傳於楚而成王誦之，亦事所恆有。僖二十四年《左傳》：鄭子臧好聚鷸冠，君子曰：「服之不衷，身之災也。《詩》曰：彼己之子，不稱其服。」此記當時君子之語，亦正與曹共公同時，又何疑於楚王之成誦乎？至宋儒據范氏謂

《詩序》出於衛宏，遂疑此《序》乃宏附會《左傳》爲之，不知毛傳於「三百赤芾」云：「大夫以上，赤芾乘軒。」經文惟言「赤芾」，而傳益以「乘軒」，與《左傳》合，足見毛以前經師相承爲刺共之詩，必非衛宏之所能附會矣。

「彼候人兮」，傳：「候人，道路送迎賓客者。」箋云：「是謂遠君子也。」正義曰：「天子之官，候人是上士、下士，諸侯候人亦應是士。此乃身荷戈祋，謂作候人之徒屬，非候人之官長。」承珙案：此因《周官·候人職》云「治其禁令以設候人」，鄭注謂「選士卒以爲之」，即引此詩，故以此「候人」非其官長。然傳明云「賢者之官」，則即以爲候人之官長率其徒屬以防備姦宄，是亦屈于下僚，未嘗不是遠君子也。李《解》引程蘇之説，謂候人祇守疆埸，而共公寵之，使服卿大夫之服。《集傳》本之，似以「彼其之子」即指候人。此於「三百赤芾」語不可通。豈此三百者皆由候人而升服大夫之服？曹之候人不應如此其多也。玩經文兩「彼」字，正相對照，傳於「彼其之子」云：「彼，彼曹朝也。」則上「彼」字專指候人，言一則奔走道涂，一則委蛇朝宁，或遠或近，彼此相形。語意分明，無庸岐解。

「何戈與祋」，傳：「何，揭。祋，殳也。」馬融《廣成頌》「祋殳狂擊」章懷注云：「祋，亦殳也。」《説文》：「祋，殳也。或説城郭市里高縣羊皮，有不當入而欲入者，暫下以驚牛馬曰祋。《詩》曰：『何戈與祋。』」《禮記·樂記》「行其綴兆」注云：「綴，表也，所以表行列也。《詩》云：『荷戈與綴。』」疏以爲齊、魯、韓《詩》。《吕記》引董氏曰：「崔靈恩《集注》亦作『綴』。」承珙案：「祋」字从殳，「祋」之爲「殳」，其本義也。許氏以其从示聲，故又有「高縣羊皮」一義。縣羊皮者，蓋即用殳懸之以爲揭示。揭示即「表」也。祋有表綴之義，三家詩或有借「綴」爲「祋」者，而鄭氏注《禮》即用以證「綴」之爲「表」耳。實則其器爲殳，其名爲祋，其義爲綴，非祋與綴有二物也。《國語》單襄公曰：「周之秩官有之曰：『敵國賓至，關尹以告，行理以節逆之，候人爲導。』」則是「何戈與祋」者，即負弩矢先驅之意。然曰「爲導」，則戈祋不獨以防姦，或并用以表道歟！

「維鵜在梁，不濡其翼」，傳：「鵜，洿澤鳥也。梁，水中之梁。鵜在梁，可謂不濡其翼乎？」箋云：「鵜在梁，當濡其翼而不濡者，非其常也。以喻小人在朝，亦非其常。」《禮記・表記》注云：「鵜胡，污澤也。污澤善居泥水之中，在魚梁以不濡污其翼爲才，如君子以稱其服爲有德。」正義云：「《詩》注言鵜鳥在梁必濡其翼，如小人在位必辱其職。與此乖者，注《禮》在前，注《詩》在後，所注不同也。」承珙案：經文「不濡」「不稱」語意相應，以鵜在梁則當濡其翼，而乃不濡，之子在位則當稱其服，而乃不稱，蓋用物理反常爲興也。《禮》注似非《詩》旨。傳云「梁，水中之梁」，見鵜既在水中，無不濡其翼味者，興意重在「不濡」，不必更於「梁」求解。《韓昌黎集》注引施士丐《詩説》云：「言鵜自合求魚，不合於人梁上取其魚。譬之人自無善事，攘人之美者，如鵜在人梁上焉。」歐陽《本義》即用其説。《吕記》、嚴《緝》皆從之。然就梁竊魚，亦非詩中本旨，不如傳箋取興爲合。又案：《表記》注以鵜之不濡其翼爲善，似以「不濡」反興「不稱」，故李氏《詩所》云：「水鳥而在梁，則能不濡其翼，設他鳥居之，則濡矣。以興不稱其服者。」此亦非是。《漢書・五行志》云：「鵜鶘，即汙澤也。或曰秃鶖。」《小雅・白華》「有鶖在梁」，箋謂鶖性貪惡。《北史》魏明帝獲鶖於宮中，養之。崔光諫云「貪惡之鳥，埜澤所有。黄初中，鵜暫集而去，猶以爲戒」云云。可知鵜與秃鶖同爲惡鳥，此詩取興必非以鵜爲善。《楚辭・九思》云「鵜集兮帷幄」，《章句》言「小人在尊位」，亦是以鵜喻小人也。

「不遂其媾」，傳：「媾，厚也。」箋云：「遂，猶久也。不久其厚，言終將薄於君也。」李氏《集解》曰：「歐陽破毛鄭，以謂徧考前世詁訓，無『久厚』之訓。然歐氏之説則以爲：『婚媾之義，貴賤匹耦各以其類，彼在朝小人不從群小居卑賤而越高位，是處非其宜而失其類也。』其説不通。張氏曰：『遂，猶稱也。今人謂遂意爲稱意，言不稱其寵待也。』如此説，則與上章『不稱其服』爲一意。」承珙案：此《集傳》所本也。然「久厚」之訓，其來已古。「媾」「厚」者，疊韻爲訓。《一切經音義》廿二。引《白虎通義》云：「媾，厚也。重婚曰媾也。」故《詩》疏以「重昏媾者，情必深厚」釋之。「遂，猶久」者，比方爲訓。「遂」訓「成」，亦訓「申」，皆有「久」意，故曰「猶久」。《國語》晉公子如楚，成王以周禮饗之，九獻，庭實旅百。既饗，令尹子玉請殺晉公子，王不許。又請止狐偃，王曰：「不可。曹詩曰：『彼己之子，不遂其媾。』郵之也。夫郵而效郵，又甚矣。效郵，非義也。」韋注云：「媾，厚於其寵也。郵，過也。」詳楚子引《詩》之意，蓋謂九獻庭實是厚也，而又殺之，是不終其厚，與曹詩所云「不遂其媾」者其過同矣。故其下云：「楚子厚幣以送公子於秦。」是則所謂終其厚矣。據此，則此詩之解，自以毛鄭爲正，言小人竊禄高位，可謂厚寵，然而無德以居之，將不能久厚於其寵也。

「薈兮蔚兮，南山朝隮」，傳：「薈蔚，雲興皃。南山，曹南山也。隮，升雲也。」箋云：「薈蔚之小雲朝升於南山，不能爲大雨，以喻小人雖見任於君，終不能成其德教。」《稽古編》曰：「《詩》兩言『朝隮』。《蝃蝀》之『朝隮』，虹也，爲將雨之徵。《候人》之『朝隮』，雲也，爲小雨之驗。木華《海賦》『薈蔚雲霧』，正用曹詩語。張子厚解『朝隮』爲登山伐木，誤矣。至薈蔚，正指『朝隮』；婉孌，正指『季女』，文義相應也。朱子分『薈蔚』爲草木、『朝隮』爲雲氣，亦未當。」承珙案：末章四句自傳箋外，諸家之説多以上二句喻小人之繁盛，下二句喻君子之困窮，但於「薈蔚」必取草木鬱盛爲義，蓋因二字皆從艸，故云然耳。《説文》：「薈，艸多皃。从艸，會聲。《詩》曰：『薈兮蔚兮。』」此字與毛同，而義仍異。毛以「薈蔚」爲「雲興」者，謂南山朝隮如草木蒙茸。朱氏《通義》引《吕覽》「山雲草莽」爲證，是也。《説文・女部》云：「嬒，女黑色也。从女，會聲。《詩》曰：『嬒兮蔚兮。』」此或三家詩本有作「嬒」者，或本作「讀若《詩》曰『薈兮蔚兮』」，而今《説文》有脱誤。要之，於詩義無當也。

鳲鳩

《序》云：「《鳲鳩》，刺不壹也。在位無君子，用心之不壹也。」張氏《詩貫》曰：「凡《詩》稱『君子』者，單言已足。『淑人』與『君子』並稱，惟《小雅・鼓鐘》與此篇耳。蓋非實指其人，故連舉『淑人』『君子』以寓其懷念之情。則當定爲思古人之作，而非現在也。」《稽古編》曰：「援古刺今，《詩》之常體，不獨《鳲鳩》然也。晦翁以爲是美非刺，徒以詞而已。況末章曰『胡不萬年』，蓋思之而不得見，若曰天何不假之年，使至今存也，思古之意顯然。」

「鳲鳩在桑，其子七兮」，傳：「鳲鳩，秸鞠也。鳲鳩之養其子，朝從上下，莫從下上，平均如一。」箋云：「興者，喻人君之德當均一於下也。」承珙案：《鵲巢》序亦云「德如鳲鳩」，蓋鳲鳩均一之德，經師相承，其説甚古。此傳「朝莫上下」之説，亦必目驗而知，如鳲性不樹止、桑扈不啄粟之類。古人博明物理，究極群書，非可據所不見妄生疑異。《荀子・勸學篇》云：「行衢道者不至，事兩君者不容。目不兩視而明，耳不兩聽而聰。螣蛇無足而飛，梧鼠五技而窮。《詩》曰：『鳲鳩在桑，其子七兮。淑人君子，其儀一兮。其儀一兮，心如結兮。』故君子結于一也。」此《毛詩》所出也。《説苑・反質篇》引傳曰：「尸鳩之所以養七子者，一心也。君子所以理萬物者，一儀也。以一儀理萬物，天心也。」此蓋出三家詩傳。《列女・魏芒慈母傳》引《詩》

首章云云，「言心之均一也。尸鳩以一心養七子，君子以一儀養萬物」。語與《説苑》略同。《韓詩外傳》云：「凡治氣養心之術，莫徑繇禮，莫優得師，莫慎一好。好一則博，博則精，精則神，神則化。是以君子務結心乎一也。」《淮南·詮言訓》：「賈多端則貧，工多技則窮，心不一也。故《詩》曰：『淑人君子，其儀一也。其儀一也，心如結也。』君子其結于一乎！」《後漢書·鮑宣傳》云：「天子牧養元元，視之當如一，合《尸鳩》之詩。」據此，則三家詩及諸儒之説皆與毛同，真古義也。歐陽《本義》乃謂「子之七」及「在梅」「在棘」「在榛」，皆爲鳲鳩用心之不一，謬矣。

「淑人君子，其儀一兮」，箋云：「淑，善。儀，義也。善人君子，其執義當如一也。」「其儀一兮，心如結兮」，傳云：「言執義一，則用心固。」段懋堂曰：「上箋『執義當如一』，下箋『執義不疑』，此言『執義一』，文句相承，當亦箋語，非傳語。今本標起止作『傳』，是正義本已誤。」承珙案：段説是也。「儀」之爲「義」，毛時通用，故不更爲「儀」字作訓。後漢時，則「禮義」之「義」與「威儀」之「儀」截然各異。故鄭於「人而無儀」則云「儀，威儀也」，於此「儀」則云「儀，義也」，悉爲分別如此。《吕記》引董氏曰：「崔《集注》作『其義一兮』。」此殆因箋説而改。然惟言「執義一」，則所包者廣。《禮記·緇衣》：「子曰：『下之事上也，身不正、言不信，則義不壹、行無類也。』子曰：『言有物，而行有格也。是以生則不可奪志，死則不可奪名。』」其末引《詩》云「淑人君子，其儀一也」。然則「儀一」謂執義如一，尤有明證。後儒多以「容儀」解之，隘矣。且在次章「其帶」「其弁」，乃言其容儀服飾耳。

「其儀不忒」，傳：「忒，疑也。」案：「忒」之訓「疑」，他無所見，惟《爾雅·釋詁》有「貳，疑也」。古「忒」字多借「貣」爲之，或轉譌爲「貳」，亦譌爲「貸」。《説文·貝部》：「貳，副益也。」「貸，施也。」「貣，从人求物也。」

皆於「疑」義不相近。《心部》：「忒，更也。」「忕，失常也。」「忒」「忕」蓋本一字，故《釋詁》「貳，疑也」，字當作「忒」。或以聲近借「貣」，又以形近譌「貳」，郭注《釋詁》遂謂有貳心者皆「疑」。惟毛所據《爾雅》本作「忒」，故直訓「忒」爲「疑」。陸氏於《釋言》「爽，忒也」始爲「忒」字作音，則所見《釋詁》必作「貳，疑也」可知。《詩正義》以「忒，疑」爲《釋言》文者，「言」乃「詁」字之譌。但又云「執義如一，無疑貳之心」，則不獨所見《爾雅》作「貳，疑也」，即所據毛鄭《詩》本亦必有借「貣」爲「忒」，而轉譌作「貳」者。《禮記・緇衣》引《詩》「其儀不忒」，《釋文》云：「忒，本作貳。」然《詩》中如「士貳其行」「無貳爾心」，傳皆不訓「疑」。又「忒」與「棘」「國」爲韻，古韻皆之部入聲，與「貳」字爲脂部去聲者本不相通也。《緇衣》云：「子曰：『爲上可望而知也，爲下可述而志也，則君不疑於其臣，而臣不惑於其君矣。』《詩》曰：『淑人君子，其儀不忒。』」此尤足見毛傳以「忒」爲「疑」誠確詁矣。

「正是四國」，傳：「正，長也。」箋云：「執義不疑，則可爲四國之長，言任爲侯伯。」《校勘記》云：「閩本、明監本、毛本傳『正，是也』，小字本、相臺本『是』作『長』，《考文》古本同。案：『長』字是也。」段云：「『正，是也』不誤，鄭乃易爲『正，長也』。下章箋『正，長也』三字蓋本在『執義不疑』上。」承珙案：段説是也。正義曰：「傳言『正，長』，《釋訓》當作「釋詁」。文。」則孔所見本已誤矣。《吕覽・先己篇》：「昔者，先聖王成其身而天下成，治其身而天下治。故善響者不於響於聲，善影者不於影於形，爲天下者不於天下於身。《詩》曰：『淑人君子，其儀不忒。其儀不忒，正是四國。』言正諸身也。」《荀子・富國篇》：「人皆亂，我獨治；人皆危，我獨安；人皆失喪之，我按注云：或曰「按，然後也」。起而治之。故仁人之用國，非特將持其有而已也，又將兼人。《詩》曰：『淑人君子，其儀不忒。其儀不忒，正是四國。』此之謂也。」據此引《詩》，皆謂正身以正國，與毛傳訓「正」爲「是」義同。《説文》：「正，是也。从止。一以止。」「是，直也。从日、正。」故《左傳》曰：「正直爲正。」毛義甚精，不必改訓爲「長」。

下　泉

《序》云：「《下泉》，思治也。曹人疾共公侵刻下民，不得其所，憂而思明王賢伯也。」《詩序辨説》謂：「曹無他事可考，《序》因《候人》而遂以爲共公。然此乃天下之大勢，非共公之罪。」承珙案：此非通論也。共公寵任小人，群邪用事，則其侵刻下民，勢所必至。獻狀之討，固由自取，然晉人執其君、分其田，以其私憾敗國殄民，虐亦甚矣。詩人憂之，而思明王賢伯者，所謂嫠不恤其緯而憂宗周之隕，何得云「天下大勢，非曹公之罪邪」？《吕記》曰：「《匪風》《下泉》，思周道之詩，獨作於檜曹，何也？曰：政出天子，則强不陵弱，各得其所；政出諸侯，則徵發之煩、供億之困、侵伐之暴，惟小國偏受其害，所以睠懷宗周爲獨切也。戰國房喜謂韓王曰：『大國惡有天子，而小國利之。』以此二詩驗之，益明。」

「冽彼下泉」，傳：「冽，寒也。下泉，泉下流也。」正義曰：「《七月》云『二之日栗冽』，字從仌，是遇寒之意，故爲寒也。」段云：「《大東》傳『冽，寒意也』，《唐石經》誤作『洌』，《詩本音》從之。考《易・井》『洌』字从水，列聲，清也；《詩》『冽彼下泉』『有冽氿泉』，字从仌，列聲，寒也。《東京賦》『玄泉洌清』薛注：『澄清貌。』善注引『洌彼下泉』，誤。」承珙案：詩取興之意，重在寒泉之浸物，故《大東》亦曰「有冽」「無浸」。許氏《名物鈔》云：「泉以潤物，然必於春夏之時乃能發生。至於寒，則不適於用，而徒以浸彼稂蕭蓍草而又傷之耳，於以見王澤不下流，而所被之政非澤也。」此說頗合詩旨。嚴《緝》乃謂此「冽」字當從水，與《大東》異，誤矣。

「浸彼苞稂」，傳：「苞，本也。稂，童粱，非溉草，得水而病也。」《說文》：「蓈，禾粟之采，生而不成者謂之蕫蓈。」段注云：「當作『禾粟之莠』，《詩》《爾雅》音義皆引《說文》『采』作『莠』，當據以訂正。生而不成，謂不成莠也。不成謂之童蓈，已成謂之莠，此『蓈』『莠』二字連屬之義。云『禾粟之莠』者，惡其類禾而別之也。陸璣《疏》云：『禾莠爲穗而不成，崱嶷然，謂之童粱。』今本『莠』作『秀』，誤。」承珙案：段說是也。《說文》「莠」下又云：「禾粟下揚生莠也。」「蓈」與「莠」皆連「禾粟」言之，正以其似禾粟而非禾粟耳。《大田》「不稂不莠」，傳云：「稂，童粱也。莠，似苗也。」若分爲二物。然諸書多言莠能亂苗，不及蓈者，正以蓈并不成爲莠也。陸《疏》云「禾莠爲穗而不成」者，「禾莠」亦謂禾中之莠。李氏《集解》引陸《疏》正作「禾莠」。郭注「稂，童粱」，以爲莠類，是已。邵氏正義云：「稂爲穀之有稃而無米者，南方農諺謂之扁子。禾不能成實則爲稂。豐年則無之，《大田》所以言『不稂』也。稂雖無米，亦稍有米皮，今南方用以飼鶩，又以飼馬，《魯語》所謂『馬餼不過稂莠』也。至於《下泉》之詩，則舉童粱之得水而病，以見嘉禾之不殖，并及蕭蓍，以見庶草之盡。卒章言黍苗之盛，陰雨之膏，嘉穀自無稂莠。此詩人追思盛治所由，寤歎而不能忘也。」今案：稂爲莠類。《左傳》：「伯有之門上生莠。」其爲陸草可知。故毛云：「非溉草，得水而病也。」邵氏云：「農家穫稻，簸而揚之以去其稂。」則誤稂爲稻種。若本係稻種，正與水相宜，不當取爲民困之喻。總由誤以稂爲禾之秀而不實，因又誤爲稻種耳。

箋云：「稂，當作涼。涼草，蕭蓍之屬。」正義謂下章「蕭」「蓍」皆是野草，此不宜獨爲禾中之草，故易傳，以爲「稂」當作「涼」。《稽古編》曰：「孔申鄭義，尚有未盡。下泉浸物，本喻虐政困民。蕭以祭，蓍以筮，皆草之可貴，故恐其傷。稂爲害苗之草，鋤而去之唯恐不盡，何反以見傷爲虐乎？鄭意或因此，故破『稂』爲『涼』。涼爲草名，無他典可證，康成當别有據耳。」承珙案：陳氏以蕭蓍爲可貴之草，故疑「稂」非「稂莠」之「稂」。嚴《緝》則謂泉流不灌良苗，而所浸乃稂、莠、蕭、蓍之野草。《詩所》《詩貫》遂皆以爲惠及小人之喻。不知經文但以下泉曰洌，則不如陰雨之膏；苞稂曰浸，則異於黍苗之芃。兩相比照，其義自明。稂、蕭、蓍、黍，皆以喻民，政異而民非有異也。至箋破「稂」爲「涼」，正義曰：「《釋草》未見草名『涼』者，不知鄭何所據。」考《釋文》稂，「徐又音良」；《説文》「莨，艸也，从艸，良聲」；《史記·司馬相如傳》「其卑溼則生藏莨蒹葭」，集解引《漢書音義》云「莨，莨尾艸也」，索隱引郭璞云「莨尾似茅」；《爾雅》「孟，狼尾」注云「似茅，今人亦以覆屋」：然則「莨尾」即「狼尾」矣。陸《疏》云：「蕭，一名牛尾蒿。」狼尾、牛尾二草，蓋形相似者。《説文》云：「蓍，蒿屬。」陸《疏》云：「蓍似藾蕭。」則蓍與蕭莨亦同類相似。鄭云「涼草，蕭蓍之屬」者，豈即《爾雅》之「狼尾」歟！

「四國有王」，箋云：「有王，謂朝聘於天子也。」正義曰：「莊二十三年《左傳》曰：『諸侯有王，王有巡守。』『巡守』是天子巡省諸侯，則知『有王』是諸侯朝聘天子。」承珙案：傳釋「有王」云「諸侯有事」，是「四國有王」言四國有勤王之事。凡會盟征伐皆是，而朝聘亦在其中。《商頌》「莫敢不來王」，《左傳》「宋公不王」，《國語》「荒服者王」，此謂朝覲也。襄二十九年《左傳》云：❶「以蕃王室」，「王事無曠」，則凡勤王之事，所包

❶「二十九年」，原作「十九年」，據阮校本《春秋左傳正義》改。

者廣矣。惠氏《詩説》曰：「《風》之言『王』者五，衛詩曰『王事敦我』，又曰『爲王前驅』，晉詩曰『王事靡盬』，秦詩曰『王于興師』，而終以《曹》之詩曰『四國有王』，皆編詩之微旨也。《下泉序》謂共公。共公於魯僖九年即位。是時，齊桓始霸，挾天子以令諸侯。凡齊桓會盟，共公幾于無歲不往。自晉文入曹之後，終共公世不與會盟，而曹遂自此不振，宜其思王與郇伯也。」

「郇伯勞之」，傳：「郇伯，郇侯也。諸侯有事，二伯述職。」箋云：「郇侯，文王之子，爲州伯，有治諸侯之功。」正義曰：「二伯述職，謂東西大伯分主一方，各自述省其所職之諸侯者。鄭云『州伯』，謂爲牧下二伯，治其當州諸侯也。易傳者，以經、傳考之，武王、成王之時，東西大伯惟有周公、召公、太公、畢公爲之，無郇侯者，知爲牧下二伯也。」承珙案：經、傳亦未有郇侯爲州伯之文，惟《竹書》：「昭王六年，錫郇伯命。」此或郇侯之後繼世爲方伯者。毛以爲東西二伯，當時亦必有所據。此詩末章四語與《小雅·黍苗》首章略同。彼云「召伯」，即召穆公。觀《大雅·江漢》所言召穆公在宣王時受九命圭瓚秬鬯之錫，明是繼其祖召康公爲東西大伯，故《黍苗序》云：「卿士不能行召伯之職。」正義曰：「經言召伯，亦作上公，爲二伯，以兼卿士耳。」以彼證此，彼召伯爲大伯，此郇伯亦當爲大伯矣。況一州一牧，二伯佐之，祇各治其當州諸侯。《左傳》桓九年：「秋，虢仲、芮伯、梁伯、荀侯、賈伯伐曲沃。」臣瓚注《漢書·地理志》云：「汲郡古文：晉武公滅荀，以賜大夫原氏黯。今河東有荀城，古荀國。」《水經注》：「汾水又西逕荀城，古荀國也。」又云：「涑水又西逕郇城。《詩》云『郇伯勞之』，蓋其故國也。」是則郇侯封國在冀州之境，若爲州伯，祇治其當州諸侯，未必遠及兖州之曹，曹人何爲思之？此必爲東西大伯，曹國在其所轄，如《召南》之思召伯云爾。

毛詩後箋卷十五

涇　胡承珙

豳

七　月

《序》云：「《七月》，陳王業也。」《漢書·地理志》曰：「昔后稷封斄，公劉處豳，大王徙郊，文王作酆，武王治鎬，其民有先王遺風，好稼穡，務本業，故《豳詩》言農桑衣食之本甚備。」承珙案：此因言周秦風俗而連類及之，非以《七月》一篇兼有文武時事。《孔叢子》引孔子曰：「於《七月》見豳公之所以造周也。」此實周公上述豳俗，以明農桑爲王業之本，與《大雅·公劉》《尚書·無逸》同義。而其後創制《周禮》，遂以播之《籥章》，專官守之。若非追陳豳俗，何以名之爲「豳」？若非周公所作，又何以《鴟鴞》以下六篇皆周公之詩而附於其後邪？

《周禮·春官·籥章》：「中春，晝擊土鼓、歙《豳詩》，以逆暑。中秋，夜迎寒，亦如之。凡國祈年于田祖，則歙《豳雅》、擊土鼓，以樂田畯。國祭蜡，則歙《豳頌》、擊土鼓，以息老物。」鄭注以《七月》之詩當之，其箋《詩》即自用其説。而《集傳》非之，以爲風中不得有雅頌；又一詩之中首尾相應，裂其一節而用之，恐無此理。於是備列三説：謂本有是詩而亡之者，王氏安石也；謂以《七月》全篇隨事而變其音節者，饒氏魯也；謂《楚茨》諸篇爲《豳雅》，《噫嘻》諸篇爲《豳頌》者，或説也。王氏《詩總聞》又謂本《七月》一詩，而和器之聲有不同。陳氏《稽古編》一一取而駁之，而於王雪山雜引《笙師》《眂瞭》以釋《豳雅》《豳頌》之説，攻詰尤力，謂宋人諸説無一可通。然陳氏猶沿疏家，謂鄭氏三分《七月》以當之之説，以爲雖屬臆度，於義無礙。承珙案：《詩》疏謂《周禮》注以《七月》首章「流火」「觱發」之類爲《豳詩》，「于耜」「舉趾」之類爲《豳雅》，其後章穫稻釀酒、躋堂、稱觥之事爲《豳頌》，與《詩》箋小異。《詩》箋則謂「殆及公子同歸」以上爲《豳風》，「以介眉壽」以上爲《豳雅》，「萬壽無疆」以上爲《豳頌》。信如所言，則割裂穿鑿，誠爲無理。今反覆《禮》注、《詩》箋，乃知所謂三分《七月》者，皆疏家之誤，而鄭氏實未嘗有是也。鄭氏於《周禮》具有師承，必非無本。《籥章》首言「掌土鼓、《豳籥》」，可見此一官專掌以籥歈《豳》，別無他詩，亦別無他器。鄭注《籥章》引《明堂位》曰：「土鼓、蒯桴、葦籥，伊耆氏之樂。」《秋官·伊耆氏》注云：「伊耆，古王者號，始爲蜡以息老物。」蓋八蜡皆爲農事，此歈《豳》亦多爲農事，故爲伊耆氏之樂耳。其所謂《豳詩》《豳雅》《豳頌》者，舍《七月》一詩更將誰屬。鄭注「歈《豳詩》」云：「《豳風·七月》也。歈之者，以籥爲之聲。《七月》言寒暑之事，迎氣歌其類也。此風也，而言詩，詩，總名也。」又云：「《豳雅》亦《七月》也。《七月》又有『于耜』『舉趾』『饁彼南畝』之事，是亦歌其類。謂之《雅》者，以其言男女之正。」又云：「《豳頌》亦《七月》也。《七月》又有穫稻作酒，『躋彼公堂，稱彼兕觥，萬壽無疆』之事，是亦歌其類也。謂之頌者，以其言歲終人功之成。」細繹注意，蓋《籥章》於每祭皆歈《七月》全詩，而其取義各異。

取迎寒暑，則曰《豳詩》；取言耕作，則曰《豳雅》。故注云「謂之」者，言因此義而謂之雅，因彼義而謂之頌耳。又曰「歌其類」者，即《左傳》「歌《詩》必類」之義。鄭撮舉詩詞，正指類以曉人。則凡篇中言「鑿冰」「肅霜」，類乎寒暑之氣者，皆謂之風；言婦子入室，類乎男女之正者，皆謂之雅；其餘所不言者，以類推之而已。至箋《詩》於「殆及公子同歸」以下繫云「是謂《豳風》」，「以介眉壽」以下繫云「是謂《豳雅》」，「萬壽無疆」以下繫云「是謂《豳頌》」，「是謂」者，猶《禮》注云「謂之雅」「謂之頌」也。蓋以《七月》全篇備風、雅、頌之義，《籥章》龡之以一詩而共三用，❶如二南爲房中之樂，而用之鄉人則爲鄉樂，用之邦國則爲燕樂，皆比類以取義，並非截然分首二章爲《風》，六章以上爲《雅》，八章以上爲《頌》也。孔氏不善讀箋注，妄爲分別，致後人以三分《七月》之説歸咎鄭君。夫《籥章》所掌《豳籥》，明是總括之辭。在當日如何采詩入樂以成節奏，後人已不能知，又安能判某章爲《風》、某章爲《雅》，爲《頌》邪？惟明乎鄭氏「歌其類」之義，則知《籥章》止言龡《豳》，必不當求諸《七月》之外。《籥章》言《豳詩》者，正謂《豳風》，以其詩固風體也。其曰《豳雅》《豳頌》者，則又以詩入樂，各歌其類，合乎雅頌故也。此可見詩與樂各有取義，亦非於一詩之中隨事而變其音節。且風詩義兼雅頌，猶雅詩亦兼風與頌，《大雅·崧高》云「其風肆好」，又云「吉甫作頌」。《大戴禮·投壺篇》：「凡《雅》二十六篇，其八篇可歌。歌《鹿鳴》《貍首》《鵲巢》《采蘩》《采蘋》《伐檀》《白駒》《騶虞》。」此惟《鹿鳴》《白駒》在《小雅》，《貍首》已亡，餘皆國風而謂之「雅」。又《漢·杜夔傳》云：「舊雅凡四曲，一《鹿鳴》，二《騶虞》，三《伐檀》，四《文王》。」而《伐檀》《騶虞》皆風詩。則不得謂別

❶「詩」，原誤作「時」，據文義改。

有《豳雅》《豳頌》而亡之矣。

歐陽《本義》謂齊、魯、韓《詩》無《七月》，後之作《六經奧論》者因之。案：《齊》《魯詩》，宋時久亡，即《韓詩》，在宋儒已有見有不見者，故歐公謂祇存《外傳》，則何由知三家之無《七月》。此不過傳聞謬説，未檢《釋文》《初學記》《太平御覽》諸書所引《韓詩》明明有《七月》耳。明人豐坊僞爲《魯詩世學》，妄改《七月》名「邠風」，而不知昭四年《左傳》云「《七月》之卒章，藏冰之道也」，篇名顯然。此真所謂眯目而道黑白者矣。

《潛夫論》云：「《七月》之詩，大小教之，終而復始。」案：大小者，謂上自朝廷纘武鑿冰，下及閭閻衣食瑣屑之事。終始者，謂卒歲改歲終始循環無有休息也。范氏《補傳》曰：「周公作是詩，所陳一歲之事備矣。而以『七月』爲首，何也？意者夏正建寅，至七月則過於中，是時以農爲本，前乎此則田功未畢，至七月則耕稼耘耔皆已訖功，止俟其成耳。國君於是月而訓農，則卒歲與來歲之事無不畢舉。蓋其意欲使之預備，無後時之悔。」此説本之程子，於《七月》名篇之意言之頗諦。而篇中四序錯陳，彼此先後，從無言及者，惟《虞東學詩》引：「蔡宫聞曰：『首章自七月推至四之日，是二月也。次章即承二月言之。承珙案：何氏《古義》曰：「春日，孔以爲建辰之月。案：《月令》云：仲春之月，倉庚鳴。《夏小正》：二月采蘩。則此章兩『春日』皆謂二月也。」三章即繼三月言之。承珙案：《春秋考異郵》曰：「桑者，土之液。木生火，故蠶以三月。」四章以四月爲始，而推至十二月。五章以五月爲始，而推至十月。六章以六月爲始，而推至九月。七章又承九月、十月言之。八章宜繼以一之日矣。舍「一」言「二」者，豈當「觱發」之時，「于貉」之外，無他事歟？』論雖無關大義，而推索極細，故録存之。」

「七月流火」，傳：「火，大火也。流，下也。」劉氏瑾曰：「堯時仲夏，日在鶉火，故昏而大火中。周公時，歲差當退十六七度，故六月而後，日在鶉火。七月日在鶉首，昏時大火西流于地之未位。此詩上述豳俗，而言『七月流火』者，據周公所見而言也。」承珙案：《豳詩》皆用夏正，不應據周時之星象以述夏初之《豳風》。《堯典》中夏「日永星火」，《夏小正》五月「初昏大火中」，皆在五月午位，則六月尚在未位。巳午位俱屬南方，直至七月，而火在申位，始流於西耳。況傳以「火」爲「大火」，或即以大火之次言之，孟秋之月，初昏在申位，故爲西流。正義引《鄭志》答孫皓問，以《堯典》「星火」謂大火之次，與《七月》之「火」爲心星别。此亦但謂心爲季夏中星，初非以《七月》所言必是周初之星宿也。

戴氏《詩考正》曰：「後儒以是詩爲周正所自起，又或以言『月』言『日』穿鑿爲之説，皆非也。自大撓作甲子，以十二子正四方，卯正東，午正南，酉正西，子正北，丑寅爲東北之維，辰巳爲東南之維，未申爲西南之維，戌亥爲西北之維。《堯典》又以四方配四時，春東作，夏南訛，秋西成，冬朔易。則十二子之爲十二月建，由來久矣。十二子始正北，子爲一，丑爲二，寅爲三，卯爲四。以之繫日，子月可云一之日，丑月可云二之日，寅月可云三之日，以次而終於十二。若言『十有一月觱發』『十有二月栗烈』，則失《詩》辭之體，故變文稱『一之日』『二之日』。下『三之日』『四之日』，不復稱正月、二月，連文也。九月、十月若云『十有一之日』『十有二之日』，亦失《詩》辭之體，故卒章因『二之日』連至『四之日』，下變文稱『九月』『十月』，又曰『春日』，曰『蠶月』。紀時之法，不泥一定。而要之，止用夏正，非雜舉周正，是以『二之日』而言『卒歲』也。」承珙案：此説本宋張氏，謂言「日」又言「月」，别無義例，只是文順。然《三百篇》固多用夏正，而此篇設文獨異，未必全無意義。如但以隨文便稱，則十有一月、十有二月以不辭而改爲「一之日」「二之日」，可也。若云「正月于耜」「四月舉趾」，未爲不辭也，而何以必曰「三之日」「四之日」乎？ 蓋以周公而陳豳公之事，若用周正而以子爲正月，則非追述夏時之義。 如以寅月爲正月，則又礙於周王之正朔，故不得不變其文例，於子丑之月以數紀之。 然使言「一月」「二月」，則仍混於周正，且與下「四月」「五月」等稱夏時者不合，故又變「月」言「日」，謂一月之日、二月之日也。 至於寅卯之月，既不可云「正月」「二月」，又不得再言「一之」「二之」，故遂因乘上數稱爲「三」「四」。 雖云便文，亦即所以避周正夏正之名，而因見其義也。 傳云：「一之日，十之餘也。」蓋以十者，數之終。 十月之後當復起數，連十言之，則爲十有一。 除十言之，則直謂之「一」耳。 可見傳先言此者，正欲人知經文但以數紀之意，並非以此爲周正所自起。 其下又云：「一之日，周正月也。」「二之日，殷正月也。」「三之日，夏正月也。」「四之日，周四月也。」[1]不過指類以曉人，亦非謂《豳詩》通用三正也。 或謂《尚書·泰誓》序云「一月戊午，師渡孟津」，劉歆《三統歷》見《漢志》。 引《武成篇》「惟一月壬辰，旁死霸」，是子月可稱一月。 不知史文據事直書，自當稱「月」。 詩則因詞託事，其體不同，故可變「月」言「日」。 況《泰誓》《武成》專以周正起數，《豳風》以周公而述夏時，焉可比例。 但必如正義「陽生稱日，陰生稱月」之説，則誠未免穿鑿耳。

「一之日觱發，二之日栗烈」，傳：「觱發，風寒也。 栗烈，寒氣也。」段氏《詩小學》曰：「《下泉》正義：『《七月》云「二之日凓冽」，字從冰，是遇寒之意。』《文選·長笛賦》注引毛傳：『凓，寒也。』今本誤「溧」。 《風

[1] 「四月」，原作「正月」，據阮校本《毛詩正義》改。

賦》注引毛傳：『慄冽，寒氣也。』《古詩十九首》注引《毛詩》『二之日栗冽』，毛萇曰：『栗冽，寒氣也。』《說文》：『溧，寒也。』《玉篇》：『溧冽，寒貌。』『冽，寒氣也。』按，《五經文字・仌部》有『溧』字，知《七月》作『溧』也。今《說文》無『冽』字。『有冽氿泉』正義引《說文》『冽，寒貌』，《高唐賦》注引《字林》『冽，寒風也』，《嘯賦》注引《字林》『冽，寒貌』，是唐時《說文》《字林》均有『冽』字。今《說文》『冽』訛爲『瀨』。《釋文》云：『栗烈，《說文》作颲颲。』考《風部》不引此詩。又按，滭沷、溧冽，皆疊韻字，以《說文》爲正。滭沷字在第十二部，沷冽字在第十五部，如氤氳壹鬱之類。觱發栗冽，皆音之譌。《小雅》『觱沸檻泉』，司馬相如賦作『滭沸』，一作『滭浡』。𩫖，古文『誖』字，在十五部。《說文・火部》『熚㶶火皃』，上字十二部，下字十五部，正與滭沷、滭沸同。觱从角、𩫖聲，當爲沷沸字之假借。且其字不古雅，當從《說文》所引作『滭沷』爲正。』承珙案：段說是矣。然《毛詩》字多假借，觱發疊韻，栗烈雙聲。《說文》：「滭，風寒也。」《毛詩》即借吹角之「觱」爲之，猶「觱篥」亦通作「篳篥」也。發，《釋文》云「如字」。《詩》中如《匪風》之「發兮」，《四月》之「飄風發發」，皆以「發」爲「風」，是也。栗烈，《釋文》亦云「並如字」。《下泉》《大東》正義雖俱引《七月》作「溧冽」，然《四月》箋又云「烈烈，猶栗烈也」，則毛本未必非如字。《呂記》引董氏云：「栗烈，《集注》作溧冽。烈從火，不得爲寒氣。」泥矣。《釋文》又云：「栗烈，《說文》作颲颲。」今《說文》「颲」讀若栗，「颲」讀若烈，而不引《詩》，或陸所據本有之。總之，許書「滭沷」等字，或所見《毛詩》不同，或兼采三家詩，皆未可定也。

「三之日于耜，四之日舉趾」，傳：「豳土晚寒。」案：毛言晚寒者，唯此一條。箋則於「七月鳴鵙」云：「伯勞鳴，將寒之候也。五月則鳴，豳地晚寒，鳥物之候從其氣焉。」於「二之日其同」云：「不用仲冬，亦豳地晚寒也。」正義云：「『三之日于耜』言『晚寒』者，由寒氣晚至，故耕田晚也。『七月鳴鵙』言『晚寒』者，謂温氣晚，則鵙鳴晚也。上傳言晚寒，則此箋當言晚温，而亦言晚寒者，鄭答張逸云晚寒亦晚温，其意言寒來既晚，故順上傳舉晚寒以明晚温耳。孫毓以爲『寒鄉率早寒，北方是也。熱鄉乃晚寒，南方是也。毛傳言晚寒者，豳土寒多，雖晚猶寒，非謂寒來晚也』。毓之此言，似欲有理，但案經上下言『九月肅霜』，與中國氣同。穫稻乃晚於中國，非是寒來早，明是寒來晚，故温亦晚也。」承珙案：《釋文》於毛傳「晚寒」云：「謂節晚今本作「晚節」，誤倒。而氣寒也。」此語最當。嚴《緝》本之，謂氣候晚而多寒，故耕事遲。孫毓申毛，以爲雖晚猶寒，實勝鄭箋寒氣晚至之説。「七月鳴鵙」或非舉其始鳴，「載纘武功」亦可行於丑月，皆不足爲寒晚、温晚之驗。至正義於傳箋外，以《月令》校之，豳地之寒晚於中國者，又有六事。然如倉庚之鳴、草木之落，非一鳴而輒止，一落而遽盡，紀其始則早，詠其繼則遲，何必盡同？季秋入室，乃言出令之初，未必限於本月。嘗稻嘗麻，乃屬天子之制，豈必同於農夫？季冬取冰，即是二之日鑿冰，藏之或遲一月，且《月令》亦未明言藏於何月也。以上多本《稽古編》。故當但如傳意雖晚猶寒，則地氣物候皆屬可通。正義又以穫稻晚於中國爲寒氣晚至，然四章又言「八月其穫」，自是穀種不同，非由於寒來晚也。

「田畯至喜」，箋云：「喜，讀爲饎。饎，酒食也。耕者之婦子俱以饟來至於南畝之中，其見田大夫，又爲設酒食焉。言勸毛本作「勤」，誤。其事，又愛其吏也。」正義曰：「傳不解『至喜』之義，但毛無破字之理，不得以爲酒食。當謂田畯來至，見勤勞故喜樂耳。」承珙案：《釋文》云王肅申毛，如字。毛於《小雅·天保》《大雅·洞酌》始訓「饎」爲酒食，則此自當如王肅所申。鄭箋破「喜」爲「饎」，或因古本《爾雅》「饎」有作「喜」者。

《釋文》引舍人本如是。然此箋云爲田畯設食，而於《甫田》《大田》兩言「田畯至喜」，又以爲曾孫設饋以勸農人，司嗇至則又加之以酒食，三詩文同而義異，宜其並爲孫毓所短。孔疏皆曲爲回護，非也。

「有鳴倉庚」，傳：「倉庚，離黄也。」正義謂即《葛覃》之「黄鳥」，非是。辨見《葛覃》。姚氏《識名解》曰：「舊謂關西呼倉庚爲黄鳥。按：豳土屬雍州，爲關中之域，與關西接壤。而此詩及《東山》《出車》，何以皆不言黄鳥而言倉庚，則當爲兩物明矣。」承珙案：倉庚與黄鳥固爲二物，而《爾雅》之「倉庚，鵹黄」「鵹黄，楚雀」「倉庚，商庚」，則同爲一物。但毛傳作「離黄」，《月令》注又作「驪黄」，惟《説文》「離黄，倉庚也」，與毛字同。《説文》「雞」下又云：「雞黄也。从隹，黎聲。一曰楚雀也。其色黎黑而黄。」此亦用《爾雅》，與離黄、倉庚並指一物。段注以篆不類廁而疑之，非也。

「春日遲遲，采蘩祁祁」，傳：「遲遲，舒緩也。蘩，白蒿也，所以生蠶。祁祁，衆多也。」案：《小雅·出車》云：「春日遲遲，卉木萋萋。倉庚喈喈，采蘩祁祁。」毛傳更無所釋，以與《七月》文同，則義可知。此言南仲既平玁狁，其戍役歸者喜見時物，以及其事。正義即引《七月》之篇，以采蘩爲蠶生所用。而范氏《補傳》則謂蘩乃婦人采爲祭祀之用。夫《召南》之「采蘩」本爲豆實，而《集傳》引「或説」謂所以生蠶。《七月》之「采蘩」祇爲洗蠶，而范氏又疑爲祭祀之用，其好爲立異有如此者。

「女心傷悲，殆及公子同歸」，傳：「傷悲，感事苦也。春女悲，秋士悲，感其物化也。殆，始。及，與也。豳公子躬率其民，同時出，同時歸也。」箋云：「春女感陽氣而思男，秋士感陰氣而思女，是其物化所以悲也。悲則始有與公子同歸之志，欲嫁焉。」輔氏廣曰：「舊説以『女心傷悲』爲感春陽之氣而然，則失之褻。以『殆及公子同歸』爲欲與公之女同歸，則失之僭，且於下『爲公子裳』『爲公子裘』有礙。」承珙案：傳但以「傷悲」爲感事苦，其又云「物化」者，亦祇謂見時物之變而動其勤苦之心耳。所云豳公子者，即指豳公之子。雖男女通稱公子，其見於《春秋傳》者，桓三年《左傳》：「公子，則下卿送之。」莊三十二年《傳》：「雩，講于梁氏，女公子觀之。」昭三年《傳》：公孫蠆以其女更公子而嫁公子。昭三十一年《公羊傳》：「顔淫九公子於宫中。」注云：「女公子也。」尚不僅如正義所云，然傳意似非指女公子，鄭箋所言恐非毛指。至《集傳》云「是時公子娶於國中，故其許嫁之女，預以將及公子同歸而遠其父母爲悲」。《稽古編》謂：「于歸」止是女子，不得言「同歸」。且古國君不臣妻父，往往娶於鄰邦，即如周之大姜，有逢氏女，大任，摯國女，大姒，莘國女，安得豳國大家連婣公室乎？徐位山曰：「此治蠶之女果即豳公之婦乎？且『采蘩祁祁』既曰『衆多』，而『女心傷悲』止同歸之一人乎？」方氏苞曰：「若謂當嫁於男公子，不惟非女子所宜自忖，於『殆及同歸』文義亦不協。」以上三説，所辨皆是。總之，此章求桑采蘩專言春日蠶事之勤，故「傷悲」者言勞者之作歌，「同歸」者見貴人之習苦。如此則於經文傳意皆合，而亦別無窒礙矣。王氏《詩總聞》曰：「女見物變，覺年長，所以傷悲，人常情也。公子適野，勞田者也。女與同歸，觀公子之儀容徒御，隨其後而還也。」《毛詩寫官記》曰：「言歸妻者，惟之子之歸之也，未聞曰『同歸』者。且士如歸妻，迨冰未泮，冰泮而婚禮殺，未聞公子而失時焉者。蓋春日遲遲，采蘩祁祁，而公子之來遊者又將歸矣。夫以遲遲之日、祁祁之采蘩，而暮歸之又將及也，是可悲也甚矣。夫春日之難留也，故傳曰『春女悲』。」

「蠶月條桑」，箋云：「條桑，枝落之采其葉也。」段氏《詩小學》曰：「『條桑』箋，各本不同。今本云『枝落之采其葉」，馬應龍本無『之』字，惟《初學記》引作『支落其葉，桑柳醜條』。鄭云『枝落其葉』者，『落』如『我落其實』之『落』。《僮約》云：『落桑皮棧。』毛於『條桑』無傳，於『遠揚』曰：『遠，枝遠也。揚，條揚也。』强者爲枝，弱者爲條。此云條桑者，條其下垂不揚起之條，采其葉也。斧斨伐遠揚者，伐其遠人之枝、揚起之條也。毛意條桑、伐遠揚爲二事，鄭箋則『取彼斧斨』二句爲條桑之實。要之，皆不改經『條』字爲『挑』也。《玉篇》：『挑，撥也。《詩》曰：「蠶月挑桑。」』此最爲俗本。」承珙案：《釋文》云：「條桑，枝落也。不備取耳。」此亦謂「條」爲挑撥而取之，故云「不備取」。蓋「條」有「挑」義，字或作「挑」，《玉篇》所據亦未必定俗本也。總之，「條桑」若以爲落其枝，則下不應復言「伐」。若謂不落其枝而采其葉，則又與「猗女桑」同。竊意「蠶月條桑」一語，乃總下文「伐遠揚」「猗女桑」二事皆爲條桑。條者，取也。《釋文》：「條，沈暢遥反。」此蓋讀「條」爲「鈔」。《説文》：「鈔，叉取也。」蓋條桑者，取桑之大名。曰伐，曰猗，正條桑之事。當以沈重所讀爲正。

「猗彼女桑」，傳：「角而束之曰猗。女桑，荑桑。」正義本作「柔桑」，非是。當從定本作「荑」。箋云：「女桑，少枝長條，不枝落者，束而采之。」正義引襄十四年《左傳》「晉人角之，諸戎掎之」爲證。承珙案：《説文》云：「掎，偏引也。」《毛詩》字雖作「猗」，義當與「掎」同。《小弁》「伐木掎矣」傳云「伐木者掎其巔」。《國語》「掎止晏萊」韋注「從後曰掎」，皆「偏引」之義。此傳云「角而束之」者，《廣雅·釋言》：「捔，掎也。」「角」與「捔」同。束，疑本作「剌」。《説文》：「剌，戾也。从束，从刀。刀者，剌之也。」戾，曲也。蓋女桑枝弱，不伐其條，但牽引使曲而采之。箋云「不枝落者，束而采之」，亦謂戾曲其枝，然後可采。《左傳》疏云「掎之，言戾其足也」。蓋捕獸者戾曲其足，而後擒之。是「掎」但訓剌戾，不兼束縛。《詩》疏以「束之」爲「束縛」，乃望文生義。采桑者何用束縛而後采乎？ 蘇《傳》訓「猗」爲「長」，則用《節南山》「有實其猗」傳云「猗，長也」。 然此詩言采桑之事，不當僅言桑條之狀。 嚴《緝》又云：「猗，倚也。 倚取之者，不斬其條，但就樹以采其葉。」考《文選·七發》注引《詩》「倚彼女桑」，嚴説似有所本。 然《伐木》正義云：「掎者，倚也。」謂以物掎其峰巔。 此言伐木者以物引而踣之，雖以「倚」訓「掎」，要不得爲「倚樹」之「倚」。 惟《吕記》引董氏曰：「《齊詩》『猗彼女桑』作『掎』，蓋掎而束也。」可見毛義與三家同，但其字借「猗」爲之，《齊詩》則用其本字耳。

「七月鳴鵙」，傳：「鵙，伯勞也。」毛訓本《爾雅》。 正義引樊光注即《春秋傳》之「伯趙」，司至者也。《夏小正》作「伯鷯」。 趙注《孟子》作「博勞」。 皆以音近而變。 郭璞注《爾雅》云：「似鶷鶡而大。」《釋文》引《字林》云：「鶷鶡，似伯勞而小。」《初學記》引《通俗文》云白頭鳥，謂之鶷鶡。《禽經》注謂形似鴝鵒，鴝鵒喙黄，伯勞喙黑。《方言》謂爲鶡旦。《遯齋閑覽》謂爲梟。《國史補》謂爲布穀。《丹鉛録》謂爲架犂。 諸説不一。 至顔注《漢書》以爲子規，不知子規一名秭鳺。《史記》之「秭鳺」乃子規，《歷書》「秭鳺先滜」索隱云：「秭鳺鳥，春氣發動，先出埜澤而鳴。」是也。《離騷》之「鶗鴂」，則伯勞。《文選·思玄賦》「鶗鴂鳴而不芳」李善注引服虔曰：「鶗鴂，一名鵙，伯勞。 順陰氣而生，賊害之鳥也。」《通雅》又謂鵙即苦鳥。 不知正義引陳思王《惡鳥論》云：「伯勞以五月鳴，其聲『鵙鵙』，故以其音名。」云「鵙鵙」之與「苦苦」不相類矣。 若《月令》「仲夏，鵙始鳴」，《夏小正》「五月鴂鳴」，《逸周書》「芒種又五日，鵙始鳴」，及《吕覽》《淮南》等注皆云五月夏至後，鵙應陰而鳴，與《左傳》「伯趙司至」悉合。 此詩云七月者，或據周正言之。 然詩文皆用夏正，不應於此獨用周正。 王肅以古「五」字如「七」，經文「七月」乃「五月」之誤。 然趙注《孟子》引《詩》亦作「七月」，未必經文果誤。王氏《經義述聞》曰：「是詩紀月之例，或次第相因，『七月流火，八月萑葦』『四月秀葽，五月鳴蜩』之類是也。或相距一月，『七月流火，九月授衣』『八月其穫，十月隕蘀』之類是也。其有相距不止一月者，則必轉韻以別之，如『七月流火』與『八月萑葦』韻也，而下句『蠶月條桑』則與『取彼斧斨』爲韻。『四月秀葽』與『五月鳴蜩』韻也，而下句『八月其穫』則與『十月隕蘀』爲韻。蓋八月之去蠶月，五月之去八月，中間甚遠，故必轉韻。此《七月》一篇之例也。若作五月鳴鶪，則與八月載績相距兩月。文甫二句，而義已參差，韻復無別，於例爲不倫矣。肅説非是。」總之，《月令》諸書言「五月」者，紀其始鳴。《詩》則但言其鳴爲將寒之候，以起下文「載績」，故以七月、八月連言之，不必定指始鳴。況鳥物之候，容有不同，鄭箋説亦可通。如《藝文類聚》引《通卦驗》云「伯勞夏至鳴」，而今本《通卦驗》云「小暑伯勞鳴」，則又爲六月。蓋伯勞以夏至鳴，冬至去，五月以後皆其鳴時。其去也，蓋化爲鼠。《説文》：「鼢，地行鼠，伯勞所化。」是也。「鵙」字當作「鶪」。作「鴂」者，字之借；作「鵙」者，字之譌耳。

「四月秀葽」，傳：「不榮而實曰秀。葽，葽草也。」箋云：「《夏小正》：『四月，王萯秀。』葽其是乎。」正義曰：「《月令》『孟夏王瓜生』注云：『今曰「王萯生」。《夏小正》云「王萯秀」。未聞孰是。』鄭以四月生者自是王瓜，今《月令》與《夏小正》皆作『王萯』，而生秀字異，必有誤者，故云未知孰是。《本草》云：『萯生田中，葉青，刺人，有實。七月采，陰乾。』云七月采之，又非四月已。秀是葽與否，未能審之。」《説文》：「葽，艸也。」即用毛傳，故引《詩》曰「四月秀葽」，又云「劉向説此味苦，苦葽也」。此必劉向説《詩》之語，故引以爲證。《爾雅》：「葽繞，蕀蒬。」郭注：「今遠志也。」《廣雅》：「蕀苑，遠志也。其上謂之小草。」嚴《緝》引曹氏《詩説》以葽爲遠志，又云「今遠志苦澀之甚，醫家以甘草熟鬻之，乃可用」。承珙案：《爾雅》既有「葽繞」之號，劉向又有「苦葽」之稱，許慎已宗劉説，張揖復同《雅》訓，《詩》之「秀葽」可爲定論。鄭箋以王萯當之，孔疏已不謂然。今考《穆天子傳》「珠澤之藪，爰有萑、葦、莞、蒲、茅、萯、蒹、葽」，「萯」與「葽」並列，則王萯非葽可知。他如邱光庭，則以秀葽爲苦菜秀，毛氏《詩札》用之。陳壽則以爲即《夏小正》之「秀幽」，戴氏《詩考正》用之，且引《戰國·魏策》「幽莠之幼也似禾」爲證。夫《小正》云「四月秀幽」，謂「幽」爲「葽」之轉則可，而謂「葽」即「莠」，則程氏《九穀考》云莠「秀於六月，而非四月」，且莠試之而味甘，亦與苦葽不合。至馮氏《名物鈔》據《漢書·唐山夫人歌》「豐草葽」注云「葽，盛貌」，以爲《詩》汎言草之盛秀。夫《詩》紀物成，專取秀之最早者爲言，豈有汎言草盛之理？故歷觀諸説，皆不如曹氏據《説文》《爾雅》定爲遠志者爲近古也。

「五月鳴蜩」，傳：「蜩，螗也。」嚴《緝》云：「《蕩》詩『如蜩如螗』，不得爲一物。毛於彼傳云：『蜩，蟬也。螗，蝘也。』其説是矣。此云『蜩，螗也』，恐字有誤。」承珙案：《夏小正》五月，「良蜩鳴」，又「螗蜩鳴」。《爾雅》：「蜩，蜋蜩，螗蜩。」《方言》：「蟬，楚謂之蜩，陳鄭之間謂之蜋蜩，宋衛之間謂之螗蜩。」是蟬可名蜩，蜩亦可名螗。《蕩》傳以對文則別，此以散文通稱。《小雅》「鳴蜩嘒嘒」，傳又云：「蜩，蟬也。」亦散文通稱之例，不必執彼以非此。

「十月隕蘀」，傳：「隕，墜。蘀，落也。」《黄氏日鈔》曰：「《説文》乾葉爲蘀，此約《説文》意，非本文如是。當從之。注云『蘀，落也』，與『隕』字何別？」承珙案：《鶴鳴》「其下維蘀」，傳亦云：「蘀，落也。」《廣雅·釋木》「蘀，落也」，正用毛傳。《鶴鳴》傳又云「尚有樹檀而下其蘀」，是明以「蘀」爲「乾葉」。蓋落者爲蘀，即訓「蘀」爲「落」，猶《葛覃》傳云「濩，煑也」，原本「煑」下有「之」字，盧校據《釋文》、正義删之，是也。以煑之於濩，即訓「濩」爲

「覔」。古訓詁多有此類。《鄭風・蘀兮》傳：「蘀，槁也。」彼「槁」謂槁葉，猶此「落」謂落木，毛語簡質，無庸更加「木」「葉」字。鄭箋於「蘀，槁也」申之云：「槁，木葉落也。」此訓詁繁簡因時之變。《荀子・王霸篇》《議兵篇》皆云「若振槁然」，「振槁」即《漢書・汲黯傳》之「振落然」，亦但言「槁」言「落」。此可以悟毛傳之訓「蘀」爲「落」，非「零落」之「落」矣。

「一之日于貉，取彼狐狸」，傳：「于貉，謂取。狐狸，皮也。」箋云：「于貉，往搏貉以自爲裘也。狐狸以共尊者。」《稽古篇》曰：「傳語簡貴，讀者多誤。『于貉』二字當讀，音逗。『謂取』二字當句。于，往也。經言『往』不言『取』，故傳補言『取』。『狐狸』二字當讀，『皮也』二字當句。經『狐狸』不言『皮』，故傳補言『皮』。皆以補爲釋也。且狐狸言皮，明貉之爲皮可知矣。康成善會毛意，故不更解，但分別用裘之不同耳。仲達誤讀『謂取狐狸皮』爲一句，故其申毛，詞多牽合，幸不失鄭意耳。《吕記》解『貉』爲狐狸之居，因强合北狄貉字爲一義。《埤雅》以『于貉』爲《周禮》『祭表貉』之事，皆誤讀毛傳者也。」承珙案：陳説是也。篇中言「于」者，如上文「于耜」、下文「于茅」，皆實有其物，則「于貉」爲往取貉無疑。正義云：「于貉言往，不言取。狐狸言取，不言往，皆是往捕之而取其皮。」語意瞭然。況傳引「狐貉之厚以居」，則貉與狐、狸爲三物，明矣。《集傳》誤以爲一物，猶之下章誤以斯螽、莎雞、蟋蟀爲一物也。

「五月斯螽動股，六月莎雞振羽」，傳：「斯螽，蚣蝑也。莎雞羽成而振訊之。」斯螽即螽斯，解見《周南》。《爾雅翼》云：「莎雞振羽作聲。其狀頭小而羽大，有青、褐兩種，率以六月振羽作聲，連夜『札札』不止。其聲如紡絲之聲，故一名梭雞，一名絡緯。今小兒養之，聽其聲，能食瓜莧之屬。崔豹《古今注》曰：『莎雞一名促織，一名絡緯，一名蟋蟀。』案，蟋蟀與促織是一物，莎雞與絡緯是一物，不當合而言之。孫炎解翰，天雞，以爲小蟲黑身赤頭，一名莎雞。據正義引，此爲樊光注。陸璣則云：『莎雞如蝗而斑色，毛翅數重，下翅正赤，或謂之天雞。六月中飛而振羽，索索作聲。幽州人謂之蒲錯。』《廣志》云：『莎雞似蠶蛾而五色，亦曰犨雞。』蓋皆非其類。今莎雞之鳴，乃止而振羽，不待飛也。」馮氏《名物疏》云：「斯螽，蟲之以股鳴者。莎雞，蟲之以翼鳴者。蟋蟀，蟲之以注鳴者。迥然三物也。朱子云一物，隨時變化而異其名。其誤起於程正叔，而正叔之誤又起於崔正熊。正熊混莎雞、蟋蟀爲一，正叔又混入斯螽，可謂誤中之誤。羅氏辨之精矣。」承珙案：《月令》疏引蔡氏説，亦以蟋蟀爲斯螽，其誤不始於程氏。然斯螽、莎雞、蟋蟀之當爲三物，即以經文核之已明：一曰「動股」，一曰「振羽」，豈有一蟲而先以股鳴，繼以翼鳴者？即謂隨時變化，則斯螽一月而變爲莎雞，莎雞一月而變爲蟋蟀，蟋蟀又何以歷八月、九月、十月而不變邪？又羅氏云：「自七月至十月入牀下，皆謂蟋蟀。而説者解蟋蟀居壁，引《詩》『七月在野』，以爲不合。然今蟋蟀有生野中及生人家者，至歲晚則同爾。」此申箋説，是也。而「莎雞」條下又云《豳風》「七月在野」三句皆謂莎雞寒則近人。一卷之中自相矛盾，殊不可解。

「穹窒熏鼠，塞向墐户」，傳：「穹，窮。窒，塞也。向，北出牖也。墐，塗也。庶人蓽户。」箋云：「爲此四者以備寒。」承珙案：穹窒，謂窮極室中之穴隙而塞之，以禦寒氣，所謂風雨攸除也。其穴有鼠者，更熏而去之，則所謂鳥鼠攸去也，與「塞向墐户」自爲四事。《説文》：「穹，窮也。」「窒，塞也。」二字訓義皆同毛傳。鄭《東山》箋亦云：「穹，窮。窒，塞。」而又云：「穹窒鼠穴也。」似即謂窮塞鼠之窟穴，則與此箋四事之言相謬戾矣。

「六月食鬱及薁」，傳：「鬱，棣屬。薁，蘡薁也。」案：傳云「鬱，棣屬」，是以鬱爲唐棣之屬。蓋惟唐棣得專名「棣」，故《秦風》「山有苞棣」但言棣，而傳即訓爲唐棣。《七月》正義引劉楨《毛詩義問》云：「『其樹高五六尺，其實大如李，正赤，食之甜。』《本草》云：『鬱，一名雀李，一名車下李，一名棣，生高山川谷或平田中，五月時實。』言『一名棣』，則與棣相類，故云『棣屬』。」此疏是也。鬱本棣屬，故陸《疏》「唐棣」有「雀李」「車下李」之名，而《廣雅》即以爵梅、爵李爲鬱。《齊民要術》引《廣雅》：「一名雀李，又名車下李，又名郁李，又名棣，亦名奧李。」古人多以鬱與棣並言。《史記・司馬相如傳》「隱夫鬱棣」，《漢書》作「薁棣」，《太平御覽》引曹毗《魏都賦》「若榴郁棣」，此所謂「棣」，皆唐棣。「薁」「郁」，皆「鬱」之通轉。唐棣單稱棣，而鬱乃棣之類，一種之中，又微有別，故《晉宮閣銘》云華林園中有車下李一百一十四株，薁李一株。此「薁李」即鬱，與「蘡薁」之「薁」不同。正義乃謂：「車下李即鬱，薁李即薁。蘡薁者，亦是鬱類而小別，二者相類而同時熟，故言鬱薁。」則誤矣。

傳：「薁，蘡薁。」《説文》作「嬰薁」，字不作「蘡」。《玉篇》始有「蘡」字，但云「草也」。《廣韻》則云：「蘡薁，藤也。」《廣雅》：「燕薁，蘡舌也。」王氏《疏證》云：「即蘡薁。『蘡』『燕』，聲之轉。《詩正義》以薁爲樹名，今案：薁李樹不名蘡薁，蘡薁自是蒲萄之屬，蔓生結子者耳。《齊民要術》引陸璣《詩義疏》云：『櫻薁實大如龍眼，黑色，今車鞅藤實是。』又引《疏》云：『櫐似燕薁，連蔓生。』《御覽》引《毛詩提綱》云：『藟，一名燕薁藤。』郭璞《上林賦》注云：『蒲萄似燕蘡，可作酒。』是蘡薁有藤，蒲萄之屬。故謝靈運《山居賦》云：『野有蔓草，獵涉蘡薁也。』」段注《説文》云：「《説文》『李』『棣』皆在《木部》，『薁』在《草部》。毛公但云『鬱，棣屬』，未嘗云薁，鬱屬。《晉宮閣銘》所謂『車下李』『薁李』，皆非毛許之『嬰薁』也。」承珙案：王氏、段氏說是也。《齊民要術》引陸璣《疏》言蘡薁甚明，《稽古編》謂陸《疏》釋鬱而不及薁，誤矣。孔疏以「薁李」字偶同，遂以「薁李」即「薁」。說《詩》者言之，多不能瞭。馮氏《名物疏》謂薁與鬱俱爲棣屬，故同得「車下李」之名。所言尤欠分曉。總由不知薁李係木生，蘡薁係蔓生耳。《山海經·中山經》云：「泰室之山有草焉，白華黑實，狀如蘡薁。」亦與《詩義疏》「實大如龍眼，黑色」者合。然則蘡薁之爲草而非木，信矣。

《說文》：「藿，草也。《詩》曰：『食鬱及藿。』」段氏《詩小學》曰：「掌禹錫等《本草》、蘇頌《本草圖經》皆引『食鬱及藿』，而《韓詩》訓以爲《爾雅》『藿，山韭』。」承珙案：《韓詩》「藿，山韭」之說，見《爾雅》邢疏。此蓋邢昺見「藿」字與《韓詩》同，而遂以山韭當之，非《韓詩》家果有此說。《說文》於「藿」下引《詩》而不及山韭，於《韭部》云：「韱，山韭也。」可見許所據《爾雅》本不作「藿」，而所引《詩》又未嘗以爲山韭，不得合《爾雅》《韓詩》爲一也。《宋書·謝靈運傳》注引《詩》作「食鬱及莫」，乃「薁」字之壞耳。

「八月剝棗」，傳：「剝，擊也。」段氏曰：「此謂『剝』即『攴』之假借也，故《釋文》普木切。攴，今字作『扑』。」承珙案：《夏小正》「八月剝棗」傳云：「剝也者，取也。」此渾言之也。毛云「剝，擊也」，此切言之也。《莊子·人間世》：「夫柤梨橘柚果蓏之屬，實熟則剝則辱：大枝折，小枝泄。」此「剝」亦爲「擊」義。《齊民要術》云：「棗全赤則收。收法，撼而落之爲上。」

「采荼薪樗」，箋云：「乾荼之菜、惡木之薪，亦所以助男養農夫之具。」案：荼爲苦菜，春夏已成。此「采荼」雖承「九月」之下，非謂至是始采，謂所采之荼、所薪之樗於是時皆可爲助養農夫之用，故箋云「乾荼之菜」也。或疑苦菜非九月所采，此「荼」即王肅所云「荼，陸穢」者，如《左傳》「藪之薪蒸」，與樗爲一類。非也。

「十月納禾稼」，案：此「禾稼」者，統言之也。《説文》：「禾之秀實爲稼，莖節爲禾。」蓋禾雖專名嘉穀，引申之亦爲凡穀之通稱。下文「黍稷重穋」傳云：「後熟曰重，先熟曰穋。」亦指凡穀言之，非以後熟先熟專承黍稷。如《閟宫》之「稙穉菽麥」，亦非以先種後種指菽麥也。至「禾麻菽麥」，正義云：「『禾稼』『禾麻』，再言『禾』者，以禾是大名，非徒黍稷重穋四種而已。其餘稻、秫、苽、粱之輩皆名爲禾，麻與菽麥則無『禾』稱，故於『麻麥』之上更言『禾』字以總諸禾。此文所不見者，明其皆納之。」此説是也。下文「我稼既同」又但言「稼」不言「禾」者，箋云：「既同，言已聚也。」蓋納之困倉爲已聚。《説文》「稼」下云：「一曰稼，家事也。」此其義矣。

「上入執宫功」，傳：「入爲上，出爲下。」案：傳云云者，即《漢志》「春令民畢出在壄，冬則畢入于邑」也。而「宫功」無傳，箋以「執宫功」爲民自「治宫中之事」，則與上「塞向墐户」意複，故不如范氏、董氏以爲宫室官府之役者是也。下文「于茅」「索綯」乃又計及于野廬之事，所謂公事畢然後敢治私事也。

「宵爾索綯」，傳：「宵，夜。綯，絞也。」箋云：「夜作絞索以待時用。」《經義述聞》曰：「索者，糾繩之名。綯，即繩也。索綯，猶言糾繩。『于茅』『索綯』，文正相對。趙岐注《孟子》曰：『晝取茅草，夜索以爲綯。』是也。箋云『夜作絞索』，則是以『索』爲『繩索』之『索』。《爾雅》訓『綯』爲『絞』，而郭注曰『糾絞繩索』，則是以『絞』爲『糾絞』之『絞』，胥失之矣。」承珙案：正義引李巡注《爾雅・釋言》：「綯，繩之絞也。」蓋謂繩之絞者爲綯。郭璞注《方言》亦云：「綯亦繩名。」《儀禮・喪服》傳：「絞帶者，繩帶也。」是絞即繩。傳云「綯，絞也」，猶

「絇，繩也」。索本亦繩名，而此詩則是索之爲絇，猶繩本物名，而《爾雅・釋器》云「繩之謂之縮之」是也。但鄭云「夜作絞索」，乃以「絞」釋「索」，以「索」釋「絇」，義與趙岐正同，非是以「索」爲「繩索」也。

「亟其乘屋」，傳：「乘，升也。」箋云：「乘，治也。」承珙案：「乘」之爲「升」，常訓也。箋訓「治」者，所以申成毛義。《荀子・大略篇》引《詩》「亟其乘屋」，楊倞注云：「升屋治其敝漏。」即兼二義言之。疏云鄭以「乘」爲「治」，與毛異，非也。「乘」之訓「治」，古書不多見，惟《漢書・魏相傳》云「立羲和之官，以乘四時」，顔注訓「乘」爲「治」。

「其始播百穀」，箋云：「謂祈來年百穀于公社。」承珙案：毛無傳者，自不過謂經冬入春，農事方興，故當急治其屋耳。《荀子・大略篇》：「子貢曰：『賜願息耕。』孔子曰：『《詩》云：「晝爾于茅，宵爾索絇。亟其乘屋，其始播百穀。」耕難，耕焉可息哉！』」此亦第以播百穀爲耕事耳。《毛詩》出於荀卿，當與之同。正義曰：「毛以爲豳公又其始爲民播種百穀之故，而祈祭社稷。田事不久，故豫修廬舍。」此亦以鄭義述毛，未必得毛意也。趙注《孟子》引《詩》「亟其乘屋，其始播百穀」云：「及爾閒暇，亟而乘蓋爾野外之屋。春事起，爾將始播百穀矣。」其説亦與鄭異。

「二之日鑿冰沖沖」，傳：「沖沖，鑿冰之意。」正義曰：「沖沖，非貌非聲，故云『鑿冰之意』。」《説文》：「沖，涌繇也。从水，中聲，讀若動。」承珙案：「繇」與「摇」同。涌摇者，狀水之動。此「鑿冰沖沖」，亦是狀冰凌被鑿動摇之意。正義以爲「非貌非聲」，是也。《小雅・蓼蕭》「鞗革沖沖」，傳云：「沖沖，垂飾貌。」亦是謂垂飾動摇。《七月》釋文：「沖沖，聲也。」《初學記》亦云「聲也」。專以「聲」言，於義爲偏枯矣。

「朋酒斯饗，曰殺羔羊。躋彼公堂，稱彼兕觥」，傳：「兩樽曰朋。饗者，鄉人以狗，大夫加以羔羊。公堂，學校也。觥，所以誓衆也。」正義曰：「埽場是農人之事，則『斯饗』是民自飲酒，故言饗禮者，鄉人飲酒。以狗爲牲，大夫與焉，則加以羔羊。」段氏懋堂曰：「細繹正義，知傳本作『饗者，鄉人飲酒也。鄉人以狗，大夫加以羔羊』。因兩『鄉人』複而脱落數字，古書類然。」承珙案：段説是也。《説文》「饗，鄉人飲酒也」，即本毛傳。蓋《七月》詩歷言豳民農桑之事，於其畢也，終歲勤動，乃得斗酒相勞。故此饗，斷爲民自飲酒。正義又引《周禮·黨正》注云：「『正齒位者，爲民三時務農，將闕於禮，至此農隙而教之尊長養老，見孝弟之道也』，故謂黨正飲酒亦名鄉飲酒。公堂，即《黨正》『屬民而飲酒于序』之『序』，謂黨之序學也。」《卷耳》正義亦云：「鄉飲酒，大夫之饗禮，饗末亦有旅酬，恐其失禮，故用觥也。」此皆善申毛義。而其申鄭又據《月令》「大飲烝」注引《詩》「十月滌場」以下，云是《豳頌》大飲之詩，「知此『斯饗』爲國君饗群臣之事」，則與上文「滌場」不相屬矣。或謂「萬壽無疆」當爲人臣祝君之詞，不知舉觴稱壽，乃古人飲酒之常禮。《士冠禮》祝詞有曰「眉壽萬年」，亦不盡爲祝君之語。况《月令》注又引作「受福無疆」，此或據三家詩本，并不作「萬壽」，亦可見「斯饗」不必爲國君之饗臣矣。劉瑾曰：「古器物銘所謂『用蘄萬年』『用蘄眉壽』『萬年無疆』之類，皆爲自祝之辭。」

鴟鴞

《序》云：「《鴟鴞》，周公救亂也。成王未知周公之志，公乃爲詩以遺王，名之曰《鴟鴞》焉。」此《序》悉與《金縢》合，則全詩大旨必當以《金縢》爲據。《金縢》「我之弗辟」，鄭注本馬融，以「辟」爲「避」，《史記》亦以「辟」

爲「避」，然是謂武王崩，成王幼，故弗避攝政之嫌，與鄭異義。東晉孔傳以「辟」爲「法」，《釋文》引傳作「治」、《説文》作「法」。今本《説文·辟部》云：「𨐨，治也。从辟，从井。《周書》曰：『我之不𨐨。』」王氏《尚書後案》謂：《釋文》「治」「法」二字互譌。段氏《尚書撰異》謂《釋文》以「治」繫孔、以「法」繫許，不誤；今本《説文》作「治」，非是。承珙案：《尚書》「弗辟」之「辟」，義當作「治」。即《説文》「𨐨」訓「法」，亦謂以法治之耳。蓋周公初聞流言，自不容遽興問罪之師。而宗親大臣受遺輔政，又不可引嫌退避，不顧社稷之安危。故辟者，謂當體察虚實，推究主名，所以出而鎮撫東方，就近控制。《越絶書》云：「周公傅相成王，管叔、蔡叔不知而讒之成王。周公辭位出，巡狩于邊。」此語與當日情事最合。蓋辟，非誅殺之名，亦非退避之義。《尚書》史臣之文，據事直書，曰「居東」，必非東征。曰「罪人」，必指叛者。曰「得」，必尚未伏誅。斷無出師東征而書之曰「居東」，周公之屬本無罪，因成王意而書之曰「罪人」，管叔、武庚既誅之後，不曰誅曰殺而書之曰「得」者，此《尚書》文義之灼然者也。鄭氏注《禮》箋《詩》，每多異同，獨《鴟鴞》箋與其所注《金縢》最相脗合。核之毛傳，惟以此詩爲作於管、蔡、武庚未誅之前，義與毛同。其以「稚子」爲成王，雖亦同毛，而以「閔斯」爲成王宜哀閔其屬黨之先臣，則殊非毛義。其餘非惟與毛殊旨，亦并與《序》不符。《序》言救亂，自是謂群叔流言，王室將亂，恐成王不知，故作此詩以救之。若如箋説，則全詩皆爲周公自救其屬黨耳，何以謂之「救亂」？鄭於他詩往往依《序》立義，獨此篇皆自用其説，王肅駁難已見正義。歐陽《本義》更立辨其非，然以毛鄭並譏，尚欠分曉。毛於首章傳曰：「甯亡二子，不可以毁我周室。」曰「甯亡」，曰「不可」，皆預計之詞，非事後之語。傳意以「鴟鴞」喻武庚，「子」指管蔡，「室」謂王朝。蓋周公居東二年，深知流言之來實由管、蔡、武庚煽誘爲亂，所謂「罪人斯得」也。「既取我子」者，管蔡爲武庚所陷也。「無毀我室」者，社稷爲重，將以大義滅親也。「恩斯勤斯，鬻子之閔斯」，言所以殷殷愛惜於王室者，爲主少國疑，遭三監之變，足以病我孺子王故也。毛意悉與鄭殊，而實合經旨。經文曰「迨天之未陰雨」，曰「或敢侮予」，皆所以防於未然，而憂其或然，詞意明白。若在既誅之後，必不作此語矣。王肅注《詩》，亦誤以爲既誅武庚而作。正義又引肅注「或敢侮予」云：「管蔡之屬不可不遏絕，以全周室。傳意或然。」其實傳意未必如是也。《集傳》亦以此詩在武庚誅後，而又以「鴟鴞」比武庚。夫其人既死，而猶呼而告之，有是理乎？

「鴟鴞鴟鴞」，傳：「鴟鴞，鸋鴂也。」正義引陸《疏》云：「鴟鴞似黄雀而小，其喙尖如錐，取茅莠爲巢，以麻紩之，如刺韈然，縣著樹枝，或一房，或二房。幽州人謂之鸋鴂，或曰巧婦，或曰女匠。關東謂之工雀，或謂之過鸁。關西謂之桑飛，或謂之韈雀，或曰巧女。」《稽古編》曰：「《韓詩》謂鴟鴞之愛養其子，適以病之，不託於大樹茂枝，而託於葦苕。與《荀子》所言蒙鳩事相合。趙岐注《孟子》亦以鴟鴞爲小鳥，與陸《疏》説皆同。惟王叔師《楚辭》注云：『鴟鴞，鸋鴂，貪鳥也。』則與巧婦別鳥矣。郭注《爾雅》以爲鴟類，殆祖王説，而《埤雅》力證其是。今用之。」承珙案：《爾雅》以鴟鴞爲鸋鴂，而《方言》之「桑飛」、《廣雅》之「鷦鷯」雖有「鸋鴂」之名，然並無「鴟鴞」之目。毛傳用《爾雅》，《説文》同毛，又並未明言鴟鴞是小鳥。然則鴟鴞名鸋鴂，與巧婦名鸋鴂者實爲二物。陸《疏》乃因《韓詩》之説，誤合爲一耳。郭注《方言》「鸋鴂」云《爾雅》「鸋鴂」非此小雀，區別甚明。《一切經音義・佛本行集經》標目「梟鴞」注云：「古堯反，土梟也。下爲驕反，《字林》：鸋鴂也。形似鴞而青白，出于山，即惡聲鳥也。楚人謂之鵩鳥。亦鴟類也。山東名鸋鴂，俗名巧婦。」此注「形似鴞」，「鴞」當作「梟」，上文既以「土梟」釋「梟」，其下所引《字林》「鸋鴂」之訓自是釋「鴞」，故當云「形似梟」，不得云「似鴞」。任氏《字林考逸》引此條，於「梟」字下又隨誤本作「形似鴞」，皆非。《字林》所言鸋鴂之狀甚晰。其以鸋鴂單名鴞，與《説文》「鴞」下訓「鴟鴞，鸋鴂」者合。又以爲鴟類，與郭注《爾雅》合。又云俗名巧婦，可見此鳥因鸋鴂名同，遂致溷于桑飛，大小善惡之不辨耳。《楚辭・九歎》云：「葛藟虆於桂樹兮，鴟鴞集於木蘭。」其上文云：「傷明珠之赴泥兮，魚眼璣之堅藏。同駑贏與乘駔兮，雜班駮與闒茸。」其下文云：「偓促談於廊廟兮，律魁放乎山間。」此皆有美有惡之辭，故王叔師謂「鴟鴞貪鳥，而集於木蘭，以言小人進在顯位，貪佞升爲公卿也」。《史記・賈誼列傳》「鸞鳳伏竄兮，鴟梟翱翔」，《漢書》作「鴟鴞翱翔」。蔡邕《弔屈原文》云：「鸋鴂軒翥，鸞鳳挫翮。」然則《爾雅》之「鴟鴞，鸋鴂」，漢儒亦多以爲梟鴟之屬，郭注可謂有據。箋於末章云：「巢之翹翹而危，以其所託枝條弱也。」是即用《韓詩》之義。後儒輒謂毛鄭皆以鴟鴞爲小鳥，而不知毛義實與鄭不同。三章傳云：「手病、口病，故能免乎大鳥之難。」經中並無「大鳥」字，則所謂「大鳥」即指鴟鴞，「難」即指取子、毁室。可見「鴟鴞鴟鴞」，確是呼而告之，與《魏風》「碩鼠碩鼠，無食我黍」、《小雅》「黄鳥黄鳥，無集于穀」文例正同。箋云：「重言『鴟鴞』者，將述其意之所欲言，丁寧之也。」直以「既取我子」以下爲鴟鴞之言，非毛意也。《埤雅》謂詩章首三句似戒鴟鴞之詞，「即非鴟鴞自道。昔賢云鴟鴞恤功，愛子及室，誤矣」。《吕記》、嚴《緝》皆從陸佃，力主郭説。

何氏《古義》曰：「次章承上章『毁室』言，而深以『綢繆牖户』望成王早圖之也。舊説謂周公自述其締造周密，則於末章『予室翹翹』句難通，且汲汲自多其功，于忠淺矣。前以『毁室』屬鴟鴞，而此以『侮予』屬『下民』者，蓋室一毀，則探轂取卵之事，必有起而乘之者。所以武庚蠢動，而四國亦洶洶不靖也。」姜氏《廣義》曰：「詩通篇『予』『我』俱指鳥，俱周公自比，非前則喻先王，而後忽自況也。」方氏苞曰：「二章與末章意正相應，自言所以獨操國事，略不自嫌，欲及陰雨之未至而綢繆牖户耳。不謂牖户未完而風雨已至，大懼室家之漂摇而王心不悟，屏身在外，無所施其力，則『唯音曉曉』，自鳴其哀厲而已。」承珙案：詩次章有《孟子》所引孔子之言爲證，「綢繆牖户」自爲及閑暇而治其國家之喻。周公既以自喻，即以諷王。箋説以爲「喻其屬黨之先臣積日累功以固定此官位土地」，而於末章又云：「今子孫不肖，使家道危。」夫《尚書》注既言「閔其屬黨無罪將死」，而此云「不肖」，則又不得謂「無罪」，真自相矛盾矣。

「予手拮据」，傳：「拮据，撠挶也。」案：「拮据」「撠挶」皆雙聲字。撠，當本作「戟」。哀二十五年《左傳》：「褚師出，公戟其手。」杜注：「抵徒手屈肘如戟形。」是也。「挶」音與「臼」同。《説文》：「臼，叉手也。」《玉篇》：「兩手捧物曰臼。」然則戟挶者，謂屈兩肘如戟形以捧物也。《説文》：「挶，戟持也。」「据，戟挶也。」而「拮」下則云：「手口共有所作也。」許於釋「据」用毛義，釋「拮」又用韓義。《詩釋文》引《韓詩》：「口足爲事曰拮据。」然經文本以「拮据」屬手，二字又皆从「手」，則當如毛義但以「撠挶」訓「拮据」也。

「予所蓄租」，傳：「租，爲。」何氏《古義》曰：「租，通作蒩。《説文》：『蒩，茅藉也。』《禮》：封諸侯以土，蒩以白茅。』《周禮音義》：『蒩，亦作租。』上文『綢繆牖户』，必取桑根之皮，此但納茅秀于窠中以爲之藉，蓋作窠之始事也。」承珙案：傳以「爲」訓「租」者，「爲」疑「薦」字之誤。篆文「爲」作爲，「薦」作薦，字形相近。《説文》引《禮》「蒩以白茅」，《白虎通義》《獨斷》皆作「苴以白茅」。鄭注《士虞禮》云：「苴，猶藉也。」毛訓「租」爲

「薦」者，猶《説文》之「且，薦也」。《韓詩》訓「租」爲「積」，積聚所以爲薦藉，義亦相近。《釋文》「租，又作祖」者，乃古字通借。正義謂「祖」訓「始」，物之初始必有爲之者，故云「租，爲」。解釋迂迴。蓋「薦」之誤「爲」，其來久矣。

「曰予未有室家」，傳：「謂我未有室家。」正義云：「傳以『曰』者稱他人言曰，則此句説彼作亂之意也。予未有室家，管蔡意謂我稚子未有室家之道，故輕侮之。上章疾其輕侮，故此章言其輕侮之意也。曰者，陳其管蔡之言。予者，還周公自我也。王肅云：我爲室家之道至勤苦，而無道之人弱我稚子，易我王室，謂我未有室家之道。」承珙案：上文四「予」字皆爲周公自我。以鳥之作巢勤苦爲喻，而繼以「曰予未有室家」，則「曰」字正自明其作苦之由，不應忽接以侮之者之語。《小雅・雨無正》「曰予未有室家」，傳云：「賢者不肯遷於王都也。」彼文是自言其無室家，故不肯遷，則此亦當是自言。所以手口俱病者，爲我前此未有室家之故。如此承上四句，文義直截。正義本王肅以述毛，恐未必得毛意也。

「予羽譙譙」，傳：「譙譙，殺也。」《釋文》：「譙，字或作燋，同在消反。殺，色界反，又所例反。」承珙案：「譙譙」即「噍殺」之義，故傳訓爲「殺」。《樂記》：「其哀心感者，其聲噍以殺。」鄭注：「噍，踧也。」《釋文》：「噍，子遥反，徐在堯反，沈子堯反，踧也，謂急也。殺，色界反，徐所例反。」又：「志微，噍殺之音作。」正義曰：「噍殺，謂樂聲噍蹙殺小。」此「噍殺」字，《説苑・修文篇》作「憔悴」，《漢書・禮樂志》作「癄瘁」，顔注：「癄瘁，謂減縮也。」《左傳》成九年：「無棄蕉萃。」《後漢書・應劭傳》注云：「『蕉萃』『憔悴』，古通字。」《國語・吴語》「而日以憔悴」，韋注：「憔悴，瘦病也。」《一切經音義》引《三蒼》「憔悴」作「顦顇」。《説文》：「顇，顑頷也。」又：「醮，面焦枯小也。」此皆「譙譙」訓「殺」之聲義也。《釋文》「字或作燋」者，《淮南·氾論訓》「燋而不謳」高注：「燋，悴也。」毛傳「殺也」之「殺」，又與「鎩」同。《淮南·俶真訓》《覽冥訓》俱云：「飛鳥鎩翼。」李善注《文選·蜀都賦》引許慎曰：「鎩，殘也。」高注《俶真訓》以「鎩翼」爲「折翼」，亦其義也。

「予尾翛翛」，傳：「翛翛，敝也。」段氏《詩小學》曰：「唐定本、宋監本、越本、蜀本皆作『修修』，《唐石經》、宋《集韻》、《光堯石經》皆作『脩脩』。蓋《毛詩》本用合韻，淺人改爲『消』，又或改爲『翛』。今本《釋文》亦是淺人所改，《集韻》所據《釋文》未誤。」阮氏《校勘記》云：「考此經相傳有作『脩』作『翛』二本，《沿革例》云監、蜀、越本皆作『脩脩』，以疏爲據。興國本及建甯諸本皆作『翛翛』，以《釋文》爲據也。又引疏云，定本作『脩脩』。又正義云『予尾消消而敝』，乃正義所易之字，如易『令令』爲『鈴鈴』，易『遂遂』爲『璲璲』，非其本經傳作『消消』也。以定本作『脩脩』推之，正義本當作『翛翛』矣。」承珙案：《沿革例》引正義云「定本作『修修』」，《呂氏讀詩記》引正義云「定本作『脩脩』」，「修」與「脩」同字。若《釋文》、正義之本，則似皆作「翛翛」。《說文》無「翛」字，當以「脩」爲正。《王風》「暵其脩矣」，傳云：「脩，且乾也。」此「脩脩」訓「敝」者，「敝」亦謂乾敝也。

東　山

《序》云：「《東山》，周公東征也。周公東征三年而歸，勞歸士。大夫美之，故作是詩也。」案：《鴟鴞序》云：「救亂也。」《尚書大傳》：「周公攝政，一年救亂，二年克殷，三年踐奄。」是周公於親迎還周以後，必有所以「綢繆牖户」者，故《書》傳云「救亂」，與《鴟鴞》序合。其攝政之年即奉命東征。《豳譜》正義云：「周公以秋反而居攝，其年則東征，三年而後歸。」是《書》傳所言「三年踐奄」者，亦是合居攝之初年數之，首尾共三年，與此《序》亦合。蓋「居東」與「東征」本非一地，「二年」與「三年」亦非一時。鄭注《金縢》，惟以「弗辟」爲「弗避」及「罪人」爲周公屬黨二者於義不合。其謂「武王崩後免喪，周公始遭流言，出居於東。成王感風雷之變，迎還攝政。乃作《大誥》東征，殺武庚、管叔，三年而歸」，所敘歷歷不誤。王肅注《金縢》，以「居東」即「東征」，以《書》之「二年」合於《詩》之「三年」。謂武王崩後明年改元，周公即攝政，遭流言，遂作《大誥》而東征。二年克殷，殺管蔡，三年而歸。《書》言其「罪人斯得」之年，《詩》言其歸之年。東晉《尚書》孔傳即同肅説。《書正義》曲爲迴護，謂：「《詩》言初去及來，凡經三年。《書》直數居東之年，除其去年，故曰二年。」皆與鄭説異。案之《金縢》，若居東已誅三監，則《鴟鴞》可以不作。成王雖至愚，何至叛人已誅，尚未能悟而猶曰王亦未敢誚公，必待風雷之變，《金縢》之啟，始釋然乎？《書》又曰「惟朕小子其親迎，及王出郊，天乃雨，反風」云云。夫風雷，一時之事。若東征班師而歸，則商奄去鎬京不啻千里，安能立刻迎還，令王出郊相見乎？情事種種不合，其不足信明矣。

「我徂東山」，❶傳箋皆不言其地。嚴《緝》云：「屯軍必依山爲固，故以東山言之。」王氏《詩考》曰：「商故都在河北，唐杜牧以河北爲山東，秦漢謂山東、山西者，皆指太行山，東山即商地。」季氏《詩説解頤》云：

---

❶「東」，原作「來」，據《續經解》本、廣雅本改。

「東山」，即魯之東山。魯蓋古之奄國。《書》所謂『王來自奄』，即東征而歸之事也。」承珙案：《詩考》所言，究是山東非東山，惟季氏説近之。《破斧》：「周公東征，四國是皇。」傳云：「四國，管、蔡、商、奄也。」《尚書大傳》：「奄君、蒲姑謂禄父曰：『武王既死矣，今王尚幼矣，周公見疑矣，此百世之時也，請舉事。』然後禄父及三監叛也。周公以成王之命殺禄父。」《左傳》：昭九年。「蒲姑、商、奄，吾東土也。」又：定四年。「因商奄之民。」《説文》：「郁，周公所誅郁國，在魯。」鄭注《多方》云：「奄國在淮夷之北。」趙岐《孟子注》云：「奄，東方國。」據此可知《孟子》「登東山而小魯」即《詩》之「東山」。《弘明集》引宗炳《明佛論》云，《孟子》「登蒙山而小魯」。閻氏《四書釋地》云：「或曰費縣西北蒙山正居魯四境之東，一名東山。」然則東征踐奄，已入魯境，東山當是師行所至之地，故曰「我徂東山」。

「慆慆不歸」，傳：「慆慆，言久也。」案：慆，疑「滔」之假借。《説文》：「滔，水漫漫大貌。」《江漢》「武夫滔滔」傳：「滔滔，廣大貌。」「大」與「久」義相成，故《楚辭·謬諫》云「年滔滔而日遠兮」，正言久也。此「慆慆不歸」，《太平御覽》二十二引作「滔滔不歸」。

「我東曰歸，我心西悲」，傳：「公族有辟，公親素服，不舉樂，爲之變，如其倫之喪。」箋云：「我在東山常曰歸也，我心則念西而悲。」正義曰：「箋以此爲勞歸士之辭，不宜言己意，故易傳。孫毓云：『殺管叔在二年，臨刑之時素服不舉。至於歸時，踰年已久，無緣西行而後始悲。』箋説爲長。」承珙案：《鴟鴞》《東山》二詩皆未嘗明言其事，蓋周公於骨肉之變有不忍言者。故《鴟鴞》但託鳥言以述其艱難危急之情，而不及流言之故，惟於「既取我子」一句微露其詞。《東山》但爲軍士歷敘其勞苦思念之事，而不及定亂之由，惟於「我心西悲」一句略致其意。傳引《文王世子》解經「西悲」，《吕記》謂其能知周公之心。箋以爲軍士在東，念西而悲，説固可通，於義淺矣。孫毓申之，謂踰年不必西悲，拘滯尤甚。李氏《集解》謂首四句言征夫在道，遇雨濛濛，而下言「制彼裳衣」，不應以周公之西悲間于其中。不知章首二「我」字乃周公自我，見得振旅言旋，身在行間，零雨沾溼，故深知士卒甘苦。下文二「我」字仍自述其心曲，語氣一貫，以後「制彼」「敦彼」乃指軍士而言耳。

「制彼裳衣，勿士行枚」，箋云：「勿，猶無也。女制彼裳衣而來，謂兵服也。亦初無行陳銜枚之事，言前定也。《春秋傳》曰：善用兵者不陳。」《釋文》：「士行，毛音衡，鄭音銜，王户剛反。無行，户剛反。」正義曰：「定本云『勿士行枚』，無『銜』字，箋云『初無行陳銜枚之事』，定本是也。」臧氏《經義雜記》曰：「案正義，知孔本經作『勿士銜枚』，箋作『無銜枚之事』。定本經作『勿士行枚』，箋作『初無行陳銜枚之事』。陸德明與定本同。間嘗反覆參訂，知孔本爲是，《釋文》、定本皆非。『銜』『行』字異，鄭箋即欲改『行』爲『銜』，應有『行當爲銜』四字，而正義釋經傳亦當别爲毛説。今皆不然，故知經本作『銜』。《太平御覽》卷三百五十七引《詩》『勿士銜枚』，與孔合。自王肅改『銜』爲『行』，定本誤從之，遂以箋『行陳』爲釋經之『行』，『銜枚』爲釋經之『枚』。《釋文》既同定本，音箋『行』爲户剛反，則經亦當同。乃以經『行』字户剛反爲王肅音，而别爲『鄭音銜』，則經注乖違，上下難通矣。」《校勘記》前一説云：「考《釋文》『鄭音銜』者，謂箋之『銜枚』即經之『行枚』。鄭以『行』爲『銜』之假借，不云『讀爲』，直於訓釋中改其字以顯之，箋例每如此。《釋文》得之。其箋之『行陳』，是説銜枚所用，非經中之『行』，如《殷其靁》傳箋之『此』非經中之『斯』、《菁菁者莪》傳箋之『載』非經中之『載』

其比也。故《釋文》云：『無行，户剛反。』明非經中之『行』也。正義、定本讀經讀箋皆爾，絶無異説。正義所云『定本「勿士行枚」無銜字』者，必當時或本經於『勿士行枚』之間更有『銜』字故也。若但爲『銜』『行』二字互異，衹得云『不作銜字』，不得云『無銜字』。『箋云』以下，乃正義自引箋以證，謂箋中『銜枚』即經中『行枚』，其間更無『銜』字。如《雞鳴》正義在定本下自引箋以證『予』字也，非『箋云』以下載定本之箋。《經義雜記》欲改此經作『銜』，及去箋『行陳』字，皆於《釋文》、正義未得其理。又《釋文》云『王户剛反』，乃難箋『銜』字，於箋『行陳』則迴不相涉也。《太平御覽》引作『銜』，以破引之也。」後一説云：「案：舊校殊誤。鄭箋『行陳銜枚之事』以釋經之『行枚』，猶傳以『樂道忘飢』釋經之『樂飢』也。此何容疑惑，而必云鄭讀『行』爲『銜』乎？行，古音如『杭』。銜，从行，金聲，絶不在古人『讀如』『讀若』『讀爲』『讀曰』之例。此《釋文》云『鄭音銜』者，自是陸氏之誤。」承珙案：《校勘》後説是也。箋以「行陳」釋經之「行」，故下又引《春秋傳》曰「善用兵者不陳」以自足。其「初無行陳」之語，若非釋經「行」字，則箋中「行陳」乃是閒文，何用復引他經作證乎？臧氏《雜記》謂經作「銜枚」，箋無「行陳」字，其説自誤。《釋文》「毛音衡」者，「行」「衡」聲同，「衡」即「横」也。此或六朝以前説《詩》者相傳之古音古義。不然，「行」字毛無傳，何由知其音「衡」？其云「鄭音銜」者，則誤認箋以「銜」釋「行」。即王肅音户剛反，亦是誤認箋讀「行」如「銜」，故别爲之音以異於鄭。《校勘》前説謂鄭以「行」爲「銜」借，《釋文》得之者，非也。盧氏《考證》又云鄭就「行」讀爲「銜」，亦非也。

「勿士行枚」，傳：「士，事。枚，微也。」正義云：「『枚，微』者，其物微細也。」此解殊不成文義。段懋堂云：「《周南》傳『枝曰條，幹曰枚』，是本義。此『枚，微也』與《閟宫》傳『枚枚，礱密也』皆是假借，謂『枚』爲

『微』之假借也。謂之微者，兵事神密也。一章言其完，故曰勿士行微。」承珙案：以「行枚」爲「行微」，語殊費解。竊謂傳云「枚，微」者，蓋訓「枚」爲「徽」也。鄭注《周官・大司馬》云：「枚，如箸，銜之，有繣結項中。軍法，止語爲相疑惑。」又注《銜枚氏》云：「銜枚，止言語囂讙也。枚狀如箸，横銜之，爲之繣，結於項。」賈疏云：「繣，謂以組爲之，繫著兩頭，於項後結之。」顔注《漢書・高帝紀》引作「繣絜於項」，云：「繣者，結礙也。絜，繞也。爲結紐而繞項也。」考《説文》無「繣」字，《支部》：「𢻱，戾也。」《玉篇》：「㦎，乖戾也。」合言之則爲「𢻱㦎」。《廣雅・釋訓》：「𢻱㦎，乖剌也。」又作「緯繣」。《離騷》「忽緯繣其難遷」，王注：「緯繣，乖戾也。」又作「徽嫿」。馬融《廣成頌》：「徽嫿霍奕，別鶩分奔。」是則銜枚於口，組繫兩頭，分紐於項，有違戾結礙之意。傳讀「行」爲「衡」，訓「枚」爲「徽」。行枚者，謂衡徽。徽取徽嫿，亦取「止」義。《爾雅・釋詁》：「徽，止也。」枚，所以止言語囂讙者，故亦可訓「徽」。今本傳作「微」者，「徽」「微」字通。《廣韻・二十一麥》云：「徽嫿，乖違也。」而《十五卦》又云：「繣微，乖違。」《集韻》「繣」有古賣、胡卦、胡麥三切，並云「徽也」。《類篇》則皆云：「微也。」是已。蓋「制彼裳衣」謂其時釋介胄不用，更制在途及歸家之服，而亦無事於行枚矣。箋以「裳衣」爲「兵服」，非是。

「蜎蜎者蠋」，傳：「蜎蜎，蠋貌。蠋，桑蟲也。」正義曰：「《釋蟲》云『蚅，烏蠋』，樊光引此詩。郭璞曰：『大蟲如指，似蠶。』韓子云：『蠶似蠋。』言在桑野，知是桑蟲。」《爾雅翼》云：「《説文》：『蜀，葵中蟲也。』古人有言，蓼蟲不知徙乎葵菜。葵，菜之甘者也。今蜀食葵之甘，故其體肥大。亦食於藿，而不食桑。《詩》乃稱『烝在桑野』者，葵藿之下乃桑野之地也。」承珙案：諸家皆執今本《説文》「蜀，葵中蟲」之説，疑蜀非桑蟲。

然《爾雅釋文》引《説文》本作「桑中蟲也」，與毛傳合，今本《説文》「葵」乃「桑」字之誤。《玉篇》：「蜀，桑蟲也。」似所見《説文》不誤。《廣韻》引《説文》已同今本。毛公必非因「桑野」之文，望而生義。《莊子·庚桑楚》篇「奔蜂不能化藿蠋」，《釋文》引司馬彪云：「藿蠋，豆葉中小青蟲也。」考《韓非·内儲説》云：「蠶似蠋。」《淮南·説林訓》亦云蠶之與蠋狀相類，若小青蟲，則與蠶不類。今桑樹中有蟲色白大如指者，乃真似蠶。其在葵與藿中者，色皆青，且小，謂其亦有「蠋」名則可，必謂蠋不得爲桑蟲則非也。

「町畽鹿場」，傳：「町畽，鹿迹也。」諸家多以「町畽」爲泛言舍旁畦隴，惟《説文》「町」下云「田踐處曰町」，「畽」下云「禽獸所踐處也。《詩》曰：『町畽鹿場。』」段注「町」字云：「『踐處』之『踐』，疑淺人所增，《廣韻·青韻》『町』但曰『田處』。諸書『町』字多謂『平坦』，於『踐』義不相涉。」又注「畽」字云：「獸足蹂地曰厹，其所蹂之處曰畽，本不專謂鹿，《詩》則言鹿而已。毛傳『町畽，鹿迹也』，謂鹿迹所在也。《楚辭·九思》『鹿蹊兮躖躖』，『躖』與『畽』蓋一字。《足部》又有「躖」字，云：「踐處也。」《集韻》作「躖」。畽，亦作『暖』。《郡國志》『廣陵郡東陽』劉昭注云『縣多麋』，引《博物志》：『十百爲群，掘食草根，其處成泥，各曰麋暖。』今《後漢書》譌爲『畯』，《埤雅》引此又譌『暖』，然因《埤雅》可以校正也。」承珙案：「町」雖義爲「平坦」，然亦可爲「踐處」，「踐」字未必後增。若祇云「田處」，似不成文義。《埤雅》又引《小爾雅》云：「鹿之所息謂之場。」蓋其所踐者乃其所息之處，故曰「町畽鹿場」。

「熠燿宵行」，傳：「熠燿，燐也。燐，螢火也。」正義曰：「《釋蟲》云：『螢火，即炤。』舍人云：『螢火，即炤，夜飛有火蟲也。』《本草》：『螢火，一名夜光，一名熠燿。』案：諸文皆不言螢火爲燐。《淮南子》云久血爲燐，許慎云謂兵死之血爲鬼火。然則燐者，鬼火之名，非螢火也。陳思王《螢火論》曰：『《詩》云「熠燿宵行」，章句以爲「鬼火，或謂之燐」，未爲得也。天陰沈數雨，在於秋日螢火夜飛之時也，故云「宵行」。』然腐草木得溼而光，亦有明驗。衆說並爲螢火，近得實矣。然則毛以螢火爲燐，非也。」段懋堂曰：「毛云『熒火』，與《列子・天瑞》、《淮南・氾論》《說林》二訓、《說文》、《博物志》皆合，謂鬼火熒熒然者也。淺人誤以《釋蟲》之『熒火即炤』當之，又改其字從虫，其誤蓋始於陳思王也。思王引《韓詩章句》『鬼火或謂之燐』，然則毛韓無異。」

承珙案：段說非是。《廣雅》：「景天、螢火，䗲也。」字作「䗲」，與《釋文》「燐，又作䗲」者合。《爾雅》「螢火即炤」，字又從火者，燐與熒皆火光。傳於「熠燿，燐也」下必增「燐，熒火也」，正以燐爲鬼火，恐人誤會，故以「熒火」明之，猶《小弁》之「鷽，卑居。卑居，雅烏也」一例。以熒火之蟲，雅烏之鳥，人所易知耳。不然，經文但言「熠燿」與「鷽」，則以「燐」「卑居」釋之足矣，毛傳本簡，肯如此辭費乎？王氏《廣雅疏證》云：「鬼火有光謂之『燐』，螢火有光亦得謂之『燐』。《說文》：『熒，鐙燭之光。』鐙燭有光謂之『熒』，螢火有光亦謂之『熒』。若謂螢火與鬼火不得同名爲『燐』，則螢火與鐙燭之光亦不得同名『熒』乎？若陳王作《論》，乃駁『熠燿』之爲『鬼火』，而非難螢火之名『燐』。辨《韓詩章句》之疏，而非救毛公詁訓之失。」此說是也。螢火爲燐，毛公必有所據。若詩「熠燿」之爲「螢火」，自陳思王《論》外，如《文選》張華《勵志詩》「涼風振落，熠燿宵流」，今本作「熠熠」，誤。潘岳《秋興賦》「熠燿粲於階闥兮，蟋蟀鳴乎軒屏」，此皆義本《毛詩》。李善引崔豹《古今注》曰：「熠燿，燐也。一曰燿夜。腐草爲之，食蚊蚋。」蓋魏晉人皆知熠燿爲螢火，又皆知毛傳之「燐」與「熒」即螢火，並不以爲鬼火也。《集傳》以「燿」爲「明不定貌」，蓋欲與四章「熠燿其羽」字義畫一。楊氏慎曰：「古人用字有虛有實。熠燿之爲螢火，實也。熠燿爲倉庚之羽，虛也。如《小雅》『交交桑扈，有鶯其領』，非爲鶯即桑扈也。」承珙又案：《集傳》以「宵行」爲蟲名，其所言形狀本於董逌、陸佃。然董陸祇云熠燿別一種蟲，非螢火，初未嘗以其名爲「宵行」也。《廣韻・十八藥》：「䗨蝓，螢火。」又《二十六緝》：「熠燿，螢火。」「䗨」「熠」、「蝓」「燿」字並同。

「鸛鳴于垤」，《釋文》：「鸛，本又作雚。」《說文・雈部》：「雚，小爵也。从雈，吅聲。《詩》曰：『雚鳴于垤。』」段注：「雚，今字作『鸛』。『小爵』二字誤，當作『雚雀』也。依《太平御覽》正。陸璣《疏》云『鸛，鸛雀也』，亦可證。《莊子》作『觀雀』。」承珙案：《玉篇》：「雚，水鳥。」《說文》「小爵」，「小」疑「水」之誤，正與毛傳「鸛好水」之説合也。

「有敦瓜苦，烝在栗薪」，傳：「敦，猶專專也。烝，衆也。言我心苦，事又苦也。」箋云：「此又言婦人思其君子之居處，專專如瓜之繫綴焉。瓜之瓣有苦者，以喻其心苦也。烝，塵也。栗，析也。言君子又久見使析薪，於事尤苦也。古者聲『栗』『裂』同也。」《釋文》：「栗，毛如字，鄭音列。《韓詩》作溧，力菊反，衆薪也。」段氏云：「《廣韻》『溧』同『蓼蕭』『蓼莪』之『蓼』。毛意此二句，於六詩爲比，內而心苦，外而事苦，正如衆苦瓜之繫於栗薪。合之《韓詩》，亦無析薪之意。鄭箋以瓜苦爲比，析薪爲賦，失毛意而非《詩》意矣。」承珙案：傳於「烝在桑野」云：「烝，寘也。」此又云：「烝，衆也。」語同而訓異者，蓋彼當獨宿車下之時，蠋爲在野之所見，故當念其久。此承「我征聿至」之後，瓜爲在家之所見，故不言「久」而言「衆」。婦人見衆瓜之繫綴於栗薪，猶征人之繫屬於軍旅，瓜瓣之苦既似征人之心苦，繫綴之形又似從軍之事苦。傳意如此已足。正義以

「事苦」爲析薪，乃誤以鄭釋毛耳。《韓詩》謂「蓼薪」爲「衆薪」。單行《釋文》本「衆」又作「聚」。薪衆，則在薪者必非一瓜，是《韓詩》亦當以「烝」爲衆也。

陳氏《稽古編》曰：「《東山》次章是行者之思，三章是居者之望。古注如此，既合《序》意，又兩章各一意，曲盡人情，不嫌重複。程吕諸儒皆遵用斯義。今概指行者思家言，趣味短矣。『我征聿至』，言我之行者，當遂至也。瓜苦在栗薪，喻君子留滯於外也。『自我不見，於今三年』，言久不見君子也。感陰雨而興歎，因灑埽以待其來，又指瓜苦爲喻而自言不見之久，寫室家望歸之情，婉而至矣。今既以爲行者之語，遂謂三年不見是不見瓜苦。思致纖巧，恐非古人文義。」承珙案：陳説是也。《序》以三章爲室家之望女，故「婦歎于室」以下六句皆敘婦人歎辭，兩「我」字皆代婦人自我。若以「我」爲征人之言，則與二章言其思者複矣。

「倉庚于飛，熠燿其羽」，箋云：「倉庚仲春而鳴，嫁娶之候也。熠燿其羽，羽鮮明也。歸士始行之時，新合昏禮。今還，故極序其情以樂之。」《周禮・媒氏》賈疏引孔晁申毛義，以「熠燿其羽」爲喻嫁娶之盛，非紀時。承珙案：此説是也。《東山》一篇所紀時物，如伊威、蠨蛸、熠燿及果蠃、苦瓜之類，多是夏秋，皆非春日，則此「倉庚」亦斷非紀仲春之時。毛於「其新孔嘉」二句傳云：「言久長之道也。」蓋謂歸士有新昏者，初來甚善，當更思所以久長之道耳。箋以倉庚爲紀時，而礙於全詩皆非春令，故又推本於「歸士始行之時，新合昏禮」，迂矣。

「親結其縭」，傳：「縭，婦人之褘也。母戒女施衿結帨。」正義曰：「《釋器》曰：『婦人之褘謂之縭。縭，綏也。」孫炎曰：『禕，帨巾也。』郭璞曰：『即今之香纓也。禕邪交絡帶，繫於體，因名爲禕。綏，繫也。此女子既嫁之所著，示繫屬於人，義見《禮記》。《詩》云「親結其縭」，謂母送女，重結其所繫著以申戒之。説者以禕爲帨巾，失之也。』以上皆郭氏説，今《爾雅》郭注至「綏，繫也」止，無「此女子」以下四十五字，疑有脱佚。母戒女施衿結帨，《士昏禮》文。彼注云：『帨，佩巾也。』不解『衿』之形象。《内則》云：『婦事舅姑，衿纓綦屨。』注云：『衿，猶結也。婦人有衿纓，示有繫屬也。』然則衿謂纓也。衿先不在身，故言『施』，『帨』則先以佩訖，故結之而已。傳引『結帨』證此『結縭』，則如孫炎之説，亦以縭爲帨巾，其意異於郭也。《内則》云：『男女未冠笄者，總角衿纓，皆佩容臭。』郭以『縭』爲『香纓』，云『義見《禮記》』，謂此也。按：《昏禮》言『結帨』，此言『結縭』，則縭當是帨，非香纓也。且未冠笄者佩容臭，又不是示繫屬也，郭言非矣。」承珙案：此疏説是。陳氏《禮書》云：「纓帶曰衿，《昏禮》所謂『施衿』是也。帶結而垂曰縭，《爾雅》所謂『縭，綏』是也。《士昏禮》：『母戒女施衿結帨。』《爾雅》『衿謂之袸』，郭璞解袸爲『衣小帶也』。然則衿者，纓之帶。縭者，衿之綏。先施衿而後結其縭，總是一事。而孫炎、孔穎達泥《禮》文以結縭爲結帨，誤矣。」《虞東學詩》主此説。今考《列女傳》云「母譙房之中結其衿縭」，《後漢書·馬融傳》云「施衿結縭，申父母之戒」，張華《女史箴》曰「施衿結離，虔恭中饋」，注：「離」與「縭」古字通。此皆用《士昏禮》文，皆以「縭」字代「帨」字。然則「縭」之爲「帨」，明矣。《禮書》之説，非也。

顧氏《詩本音》曰：「顧夢麟謂首章『歸』字隔二句與下『歸』『悲』『衣』『枚』叶，如《生民》三章之例。次章以下，則因首章而以獨韻起調。古樂府及唐宋人詩餘長調，亦有獨韻起者。李氏因篤曰：『二章之「實」

「室」，三章之「垤」「室」「窒」「至」，四章之「飛」「歸」，皆與「歸」字相應。』是未嘗無韻也。」承珙案：此詩本屬變調。一章之「蠋」「宿」，二章之「實」「室」，四章之「飛」「歸」，皆隔韻，則章首「歸」字即如李説各與下文隔韻相協，亦未始不可也。

破斧

《序》云：「《破斧》，美周公也。」《白虎通義・巡狩》篇：「傳曰：『周公入爲三公，出爲二伯，中分天下，出黜陟。』《詩》曰：『周公東征，四國是皇。』言東征述職，周公黜陟而天下皆正也。」公羊僖四年《傳》：「古者周公東征則西國怨，西征則東國怨。」注云：「此道黜陟之時也。《詩》云：『周公東征，四國是皇。』」楊雄《法言》：「或問爲政有幾。曰：思斁。昔在周公征于東方，四國是王，其思矣夫。齊桓公欲徑陳，陳不果納，執袁濤塗，其斁矣夫。」《法言》蓋用《公羊》之義。何休注言「黜陟之時」，與《白虎通義》合。《後漢書・班固傳》奏記東平王蒼曰：「古者周公一舉則三方怨，曰奚爲而後己。」注引孫卿子曰：「周公東征，西國怨，曰：何爲不來也。南征，北國怨，曰：何爲後我也。」此出《荀子・王制篇》，與《公羊》同，皆先儒舊義。然「東征」「西征」如《孟子》言湯事，亦第大概言之，非專以釋《詩》，乃引《詩》爲證耳。《毛詩》出於荀卿，傳爲釋《詩》而作，故必切合《詩》辭。其於章首云：「斧斨，民之用也。禮義，國家之用也。」見周公東征，乃因四國破毀禮義而正其罪，大旨亦與言黜陟相近。孫毓從毛駮鄭，孔疏又從鄭駮孫。然四國叛逆，以破缺斧斨比其破毀禮義，傳意固自正大。鄭箋以破斧喻破毀周公，缺斨喻損傷成王，則何以二章言缺錡，三章言缺銶，喻周公者不變，而喻成王者屢變歟？箋不如傳明矣。

「既破我斧，又缺我斨」，傳：「隋銎曰斧。」段云《七月》正義引此傳有「方銎曰斨」四字。《稽古編》曰：「二者皆斧耳，豳人用以取桑，非兵器也。《集傳》謂爲征伐所用，殆不然。」承珙案：嚴《緝》已有此説，謂：「詩人言兵器必曰弓矢干戈矛戟，無專言斧斨錡銶者。然則破斧缺斨，非爲戰也。若以爲殺戮之多，至於如此，則是與之血戰而僅勝之，亦疲敝甚矣，與下文『哀我人斯』及『吪』『嘉』『遒』『休』之意皆不相類。」總之，斧斨錡銶，毛鄭祇以爲興，本不必定屬軍中所用。若謂經言東征，不應別有取興，則嚴氏云「行師有除道樵蘇之事，斧斨所用爲多」，義亦近之。

「四國是皇」，傳：「四國，管、蔡、商、奄也。」正義曰：「《書序》云『成王既黜殷命』『成王既伐淮夷，遂踐奄』，皆東征時事，故知四國是管、蔡、商、奄。❶不數淮夷者，以淮夷是淮水之上東方之夷耳，此言四國謂諸夏之國，故知不數之也。」李氏《毛詩集解》曰：「《書序》云：『成王既踐奄，將遷其君于蒲姑。』孔傳云：『蒲姑，齊地，近中國教化。』則是奄者遠於中國，亦不得爲諸夏之國。蓋淮本即奄也。」王氏《尚書後案》曰：「毛傳云『四國，管、蔡、商、奄』者，霍叔罪輕不數，又不數淮夷，以淮夷與奄爲一也。鄭注『成王政』《序》云『奄在淮夷之北』，注：『《多方》云奄，在淮夷旁。』據此，則奄與淮夷固相連比，魯東南境奄與淮夷皆附屬，故《説文·邑部》云：『郁國在魯。』在魯者，非必即是一處。《括地志》『兖州曲阜縣奄里，即奄國之地』，未可信。

❶「知」，阮校本《毛詩正義》在下句「不」字上。

《書正義》云成王先伐淮夷，遂踐奄，奄似遠于淮夷，亦未可信也。」何氏《古義》曰：「《集傳》以『四國』爲四方之國。然《書·多方》篇曰『告爾四國多方』，既于『四國』之下復言『多方』，則『四國』之非泛指四方明矣。」朱氏《通義》曰：「《多士》云：『昔朕來自奄，予大降爾四國民命。』則奄爲四國之一，明矣。毛解與《尚書》合，當從之。」承珙案：《逸周書·作雒解》：「周公立相天子，三叔及殷東徐奄，及熊盈以略。」其下云：「凡所征熊盈族十有七國，俘維九邑。俘殷獻民，遷于九畢。」然則當時東方之國畔者尚多，周公所征不止管、蔡、商、奄，言「四國」者，舉其重者耳。

傳：「皇，匡也。」正義曰：「《釋言》云：『皇、匡，正也。』傳以『皇』爲『匡』，鄭箋又轉爲『正』。」段氏云，此謂「皇」爲「匡」之假借。承珙案：《爾雅》「皇」「匡」並有「正」義，故「皇」又可訓「匡」。古人於字義同者，得轉相爲訓，此類甚多，不必以「皇」爲「匡」借。《吕記》引董氏曰：「皇，《齊詩》作『匡』。」賈公彦引以爲據。」考《周禮·大司馬》疏引《詩》「四國是遑」，與今詩異，與董氏所見疏本亦異。即古本《齊詩》作「匡」者，亦是與毛義同字異，非齊用正字，毛用借字也。

「又缺我錡」，傳：「鑿屬曰錡。」《說文》：「錡，鉏鋤也。从金，奇聲。」又：「鋤，鉏鋤也。从金，御聲。鋙，鋤或从吾。」段注云：「《齒部》：『齟齬，齒不相值也。』鉏鋤蓋亦器之能相抵拒錯摩者，故《廣韻》以『不相當』釋『鉏鋙』。《豳風》『又缺我錡』，蓋即所謂『鉏鋤』者與。」承珙案：段說是也。《考工記·玉人》「大琮十有二寸，射四寸」注云：「射，其外鉏牙。」疏云：「言其外八角鋒。」是則器之有鋒棱錯互，謂之「鉏牙」。鉏牙，猶鉏鋤也。徐鍇注《說文》云：「鉏鋤，猶犬牙也。」《爾雅·釋樂》注：「敔如伏虎，背上有二十七齟齬。」亦取如齒不相值之意。傳以「錡」爲「鑿屬」者，高誘注《淮南・本經訓》云：「鑿齒，獸名。齒長三尺。狀如鑿。」郭璞注《海外南經》亦同。此云獸齒如鑿，當亦取其鋒棱齟齬。錡爲鉏鋤，故曰「鑿屬」。許與毛合也。

「四國是吪」，傳：「吪，化也。」段氏曰此謂假借，蓋以「吪」爲「化」之假借耳。承珙案：《王風・兔爰》《小雅・無羊》，傳並云：「吪，動也。」《説文》「吪」字即用此義。「吪」訓「化」者，乃「動」引申之義，似非借「吪」爲「化」。至《釋文》云「吪，又作訛」，郭注《釋言》「訛，化也」，引《詩》「四國是訛」，此則以「訛」爲「吪」之假借耳。

「又缺我銶」，傳：「木屬曰銶。」《説文》：「銶，一曰鑿首。」段注云：「《詩釋文》引《韓詩》曰：『銶，鑿屬。』許蓋用韓説也。鑿所以穿木也。鑿首謂鑿柄。鑿柄必以木爲之，今木工尚然矣，故字从木。《金部》無『銶』，許所據《詩》然也。」承珙案：器之以木爲者多矣，要不得云「木屬」。韓以「銶」爲「鑿屬」，毛以「銶」爲「木屬」，此師承各異。然「木屬」二字殊不成語，竊疑「木」爲「芣」字之誤。《説文》：「芣，兩刃臿也。从木。丫，象形。宋魏曰芣也。鋘，芣或从亏。」《方言》：「臿，宋魏之間謂之鏵。」「芣」「鏵」蓋古今字。今人猶謂之「鏵鍫」。《釋名》：「臿，插也，掘地起土也。」銶蓋亦起土之物，故《大雅》「捄之陾陾」箋云：「捄，捊也。」《説文》：「捊，引取土也。」「捄」與「銶」皆从「求」得聲，所以取土者謂之「銶」，因而取土亦謂之「捄」。《管子・輕重乙》云：「一車必有一斤、一鋸、一釭、一鑽、一鑿、一銶、一軻，然後成爲車。」《周禮・鄉師》注引《司馬法》云：「輂一斧、一斤、一鑿、一梩、一鋤，周輂加二版、二築。」賈疏云：「梩，或解爲臿，或解爲鍬。鍬、臿亦不殊。」然則《司馬法》之「一梩」，或即《管子》之「一銶」，皆鍬臿之類，故傳以「銶」爲芣屬歟！

「四國是遒」，傳：「遒，固也。」箋云：「遒，斂也。」正義曰：「『遒』訓爲『聚』，亦堅固之義，故爲『固』，言使四國之民心堅固也。箋以爲不安，故易之。《釋詁》云：『遒、斂，聚也。』彼『遒』作『揫』，音義同。是『遒』得爲『斂』，言四國之民於是斂聚不流散也。」承珙案：《商頌》「百禄是遒」，傳訓「遒，聚也」。彼「遒」，《説文》引作「揫」。此「四國是遒」，董氏引崔《集注》本亦作「揫」。《説文》：「遒，迫也。」「揫，束也。」「迫」與「束」義略同，「堅固」「斂聚」皆「迫」「束」引申之義。箋申傳，非易傳也。

伐柯

《序》云：「《伐柯》，美周公也。」《豳譜》正義云：「計此七篇之作，《七月》在先，《鴟鴞》次之。今《鴟鴞》次於《七月》，得其序矣。《伐柯》《九罭》與《鴟鴞》同年，《東山》之作在《破斧》之後，當於《鴟鴞》之下次《伐柯》《九罭》《破斧》《東山》，然後終以《狼跋》。今皆顛倒不次者，張融此曹魏博士，見《唐書・元行沖傳》，非六朝張融。以爲簡札誤編，或者次《詩》不以作之先後。鄭所不説，未可明言。」承珙案：張説是也。《尚書・大誥》次《金縢》後，其次不誤，以後亦有倒亂。鄭注《書序》作「成王政」云：「此伐淮夷踐奄，是攝政三年伐管蔡時事，其編篇於此，未聞。」是鄭意亦以爲簡編失次矣。正義又引王肅説，以爲周公東征既歸，大夫美之而作《東山》，又追刺成王之不迎周公而作《破斧》《伐柯》《九罭》。其説非也。

「伐柯如何，匪斧不克。取妻如何，匪媒不得」，傳：「柯，斧柄也。禮義者，亦治國之柄。媒，所以用禮也。治國不能用禮，則不安。」案：此及《破斧》傳皆以禮義爲國家之用，則毛意二詩祇以美周公之禮教，與《序》首句合。《序》言「刺朝廷之不知」乃作詩者，言外之意耳。箋泥於言刺，遂以伐柯用斧爲以類求類，喻迎公當使賢者先往。取妻用媒，喻當使曉王與公意者又先往。孫毓駁之，當矣。孫《評》見正義。蘇氏《詩傳》曰：「伐柯而不用斧，取妻而不用媒，豈可得哉？今成王欲治國，棄周公而不召，亦不可得也。」此解頗合經傳之意。《易・文言》：「地道也，臣道也，妻道也。」古人多以夫婦爲君臣之喻，若如《集傳》謂是東人欲見周公，則豈得以取妻爲比乎？

「伐柯伐柯，其則不遠」，傳：「以其所願乎上交乎下，以其所願乎下事乎上，不遠求也。」案：此傳與《中庸》引《詩》義合。又《韓詩外傳》云：「原天命，治心術，理好惡，適性情，而治道備矣。四者不求于外，不假于人，反諸己而已。《詩》曰：『伐柯伐柯，其則不遠。』」是則毛韓之説略同，蓋古義之僅存者。此詩乃美周公能用禮義，以人治人，猶《破斧》云「哀我人斯，亦孔之將」也。「籩豆有踐」，正以禮治國之事。箋以「我覯之子」文與《九罭》同，遂以籩豆爲王迎周公有饗燕之禮，殊與伐柯取則詞意不相聯貫。《集傳》更因取妻之文，而以籩豆爲同牢之禮，陋矣。況《昏禮》所載夫席婦席饋舅姑，皆有豆無籩，安得云「籩豆有踐」邪？

九罭

《序》云：「《九罭》，美周公也。」何氏《古義》曰：「《金縢》：『予小子其親迎，❶我國家禮亦宜之。』孔穎達云：『國家尊崇有德，宜用厚禮。《詩》稱「袞衣」「籩豆」是也。』《伐柯》，言以饗禮迎公；《九罭》，言以冕服迎

---

❶「予小子其親迎」，阮校本《尚書正義》作「朕小子其新逆」。

公也。周公關王室安危，二詩斷當主周人幸公歸立説。」承珙案：《伐柯》但美周公，經中未見迎公之意。此詩首尾皆言衮衣，是欲王以上公之禮迎公也。

「九罭之魚，鱒魴」，傳：「興也。九罭，緵罟，小魚之網也。鱒魴，大魚也。」正義曰：「王肅云以興下土小國不宜久留聖人。傳意或然。箋云：『設九罭之罟，乃後得鱒魴之魚，言取物各有器也。興者，喻王欲迎周公之來，當有其禮。』箋解網之與魚大小，不異於傳，但不敢大小爲喻耳。」承珙案：此疏非是。玩箋意是謂鱒魴大魚，當以大網，故言「物各有器」，非小網大魚之謂，意實與毛異也。

歐陽《本義》云：「『九罭』之義，以文理考之，毛説爲是。《爾雅》云『緵罟謂之九罭』者，謬也，當云『緵罟謂之罭』。前儒解爲囊，謂緵罟，百囊網也。然則網之有囊，當有多有少。罭之多少，隨網之大小。大網百囊，小網九囊。九罭自爲小網，則毛説得矣。」承珙案：《爾雅》但云九罭，其「百囊」之名，郭璞自取時驗。然緵罟即數罟。《魚麗》傳，《集注》作「緵罟」，定本即作「數罟」。《爾雅》「緵罟」專指「九罭」之罟，不得以爲大網。歐陽從毛固是，以《爾雅》爲謬則非也。《説文》無「罭」字，古字當只作「域」。《文選·西京賦》「布九罭」注云：「罭，與緎同。」蓋「域」「緎」皆有界畫之義。網之界畫衹九，其爲促目小網可知。孔疏云：「以其緵促網目能得小魚，不謂網身小。」此第泥於「百囊」之説耳。其實既是小魚之網，即網目網身皆當小也。疏又言：「鱒魴非大魚。」不知此自對小網言之，則爲大矣。張衡《賦》「布九罭，摷鯤鮞」，九罭但取鯤鮞，則以鱒魴處之，當爲大魚。《御覽》八百三十四。引《韓詩章句》曰：「九罭，取蝦芘也。」然則《韓詩》亦以九罭爲魚具之小者，其取興當與毛同也。

「鴻飛遵渚」，傳：「鴻不宜循渚也。」箋云：「鴻，大鳥也，不宜與鳧鷖之屬飛而循渚。」段氏云：「《説文》曰：鴻者，鴻鵠也。鴻鵠即黄鵠也。黄鵠一舉知山川之紆曲，再舉知天地之圓方，見《楚辭・惜誓》。最爲大鳥。鄭箋衹云『鴻，大鳥』，不言何鳥，學者多云雁之大者。夫鴻雁遵渚、遵陸，乃其常耳，何以傳云『鴻不宜循渚』『陸非鴻所宜止』，則鴻非大雁也。正謂一舉千里之大鳥，常集高山茂林之上，不當循小洲之渚、高平之陸也。經傳『鴻』字有謂大雁者，《曲禮》『前有車騎，則載飛鴻』、《易》『鴻漸于磐』是也。有謂黄鵠者，此詩是也。單呼『鵠』，絫呼『黄鵠』『鴻鵠』。黄言其色。鴻之言琟，言其大也。《小雅》傳云：『大曰鴻，小曰雁。』此因下言『雁』，決上言大雁字當作『琟』，假『鴻』爲之，而今人遂失『鴻』本義。」承珙案：段説是也。陸《疏》云：「鴻鵠羽毛光澤純白，似鶴而大，長頸，肉美如雁。」此亦以「鴻鵠」連言，與《説文》合。其云色白，又與《莊子・天運》篇「鵠不日浴而白」、司馬相如《賦》「弋白鵠」皆合。《説文》言黄鵠者，疑歲久而黄耳。《史記索隱》引《尸子》云：「鴻鵠之彀，❶羽翼未全，而有四海之心。」則爲大鳥可知。陸但云肉美如雁，是亦不以「鴻鵠」與「鴻雁」爲一也。

「公歸無所，於女信處」，傳：「周公未得禮也。再宿曰信。」箋云：「信，誠也。時東都之人欲周公留不去，故曉之云：公西歸而無所居，則可就女誠處是東都也。今公當歸復其位，不得留也。」正義述傳云：「公未有所歸之時，故於汝信處處汝下國。周公居東歷年而曰『信』者，言聖人不宜失其所也。再宿於外，猶以

❶「彀」，《史記・陳涉世家》索隱作「鷇」。

爲久，故以近辭言之。」又述箋云：「卒章言無以公西歸，是東人留之辭，故知此是告曉之辭。既是告曉東人，公既西歸，不得遥信，故易傳，以『信』爲『誠』。」承珙案：箋蓋因詩有二「女」字，而爲此解耳。其實傳云周公未得禮也，與末章傳云「無與公歸之道也」，皆直指未迎周公時事，並非既歸攝政後設爲追刺之辭，故云「鴻不宜遵渚」，稱公不宜居東也。不宜居，則公應歸矣，而未有所也，故猶於東信處耳。「公歸」二字略逗。「無所」猶《孟子》云「無處」。「於女」猶言於東，不必定與東人相爾汝也。

「公歸不復，於汝信宿」，正義曰：「箋以爲避居則不復，當謂不得復位。毛以此章東征，則周公攝位久矣，不得以不復位爲言也，當訓『復』爲『反』。王肅云：未得所以反之道。傳意或然。」承珙案：毛傳並未嘗以居東即爲東征，此孔疏之誤。其引王肅訓「復」爲「反」，蓋用《小雅》「言歸斯復」傳云「復，反也」。但訓「反」，則「公歸」二字亦須讀斷，謂公本應歸而不得所以反之道，乃與上「無所」一例。否則，既曰「歸」，又曰「不反」，不可通矣。

「是以有袞衣兮，無以我公歸兮，無使我心悲兮」，此詩首尾兩言袞衣，毛於「袞衣繡裳」傳云：「所以見周公也。」末章傳云：「無與公歸之道也。」二語正相應。言袞衣固爲見公之服，然周公，以道事君者也，使無所以迎之之道而徒以其服，是以有此袞衣而終無與公歸之道，能無使我心悲乎？蓋即首章「袞衣」之語又推進一層。傳文雖簡質，然讀「無以」之「以」爲「與」，又於「公歸」增「之道」二字，其意已明。毛蓋謂「是以」二字緊承上二章「公歸無所」「公歸不復」來，「無所」「不復」正言無與公歸之道，故以「是以」二字直接言雖有其服而無其道也。鄭箋以末章爲東人留公之辭，《集傳》則謂全詩皆東人語。然二、三章既云「於女」，則必非出自東人之口，即末章亦不必爲東人之言也。

狼跋

《序》云：「《狼跋》，美周公也。周公攝政，遠則四國流言，近則王不知，周大夫美其不失其聖也。」正義曰：「傳言進退有難，明『四國流言』爲進有難，『王不知』爲退有難。能誅除四國，攝政成功，正是不失聖也。」承珙案：首章傳云：「老狼有胡，進則躐其胡，退則跲其尾。進退有難，然而不失其猛。」此正與《序》一一相應，自當專指周公攝政，四國流言時事。蓋其時疑謗忽起，王室傾危，二叔不咸，沖人未悟，周公欲進不能，欲退不得，正跋前疐後之狀。若如箋以留爲太師，當退有難，於理不順，亦與《序》不符。《抱朴子·良規》篇云：「周公之攝王位，謂之舍道用權以安社稷。然周公之放逐，《狼跋》流言載路。」此謂居東爲放逐固非，然以《狼跋》屬流言則是也。

「狼跋其胡，載疐其尾」，傳：「跋，躐。疐，跲也。」《說文》：「疐，礙不行也。从叀，引而止之也。叀者，如叀馬之鼻。从冂，此字段氏補。此與『牽』同意。《詩》曰：『載疐其尾。』」段注曰：「《釋言》云：『疐，跲也。』《豳風》毛傳同。《足部》：『躓，跲也。』『跲，躓也。』以《大學》『懥』亦作『懫』推之，則『疐』即『躓』字，音義皆同。許不謂一字，殊其義者，依字形而爲之說也。如許說，則《爾雅》、毛傳假『疐』爲『躓』。《足部》引《詩》『載躓其尾』，必三家詩之異也。或同一《毛詩》而異字，如同一《周禮》故書、《儀禮》古文，而或有異文。」承珙案：正義引《說文》「跋，蹎」，丁千反。「跲，躓」，竹二反。「躓」即「疐」也。此謂「躓」義同「疐」耳。《邶風》「願言則

「疐」傳訓於此同。蓋疐爲礙，蹪亦爲礙，《列子・説符》「其行，足蹪株陷」注云：「蹪，礙也。」故傳即以「跲」訓「疐」。三家詩或有作「蹪」者，《毛詩》當即作「疐」，不必爲「蹪」之假借也。

「公孫碩膚」，傳：「公孫，成王也，豳公之孫也。碩，大。膚，美也。」正義曰：「傳以《小雅》稱『曾孫』皆是成王，❶以其是豳公之孫也。『碩，大』，《釋詁》文。『膚，美』，《小雅・廣訓》文。王肅云：言周公所以進退有難者，以俟成王之長大，有大美之德，能服盛服以行禮也。鄭箋讀『孫』如『公孫于齊』之『孫』，言周公既致太平，乃孫遁，辟此成功之大美。孫毓云：『《詩》《書》名例未有稱天子爲公孫者，成王之去豳公又遠矣，又此篇美周公不美成王，何言成王之大美乎？「公」宜爲周公，箋義爲長。』」承珙案：古人質樸，本不嫌以天子爲公孫。鄭《譜》云：「主意於豳公之事，故别其詩以爲變風焉。」夫周之追王祇及大王、王季，大王以上皆稱「先公」，《豳風》推本於后稷、公劉，則稱成王爲公孫，正其宜也。且《商頌・烈祖》祀中宗而稱湯孫，《魯頌・閟宮》稱僖公爲周公之孫，其去湯與周公亦遠矣。周公，輔成王者，美成王即所以美周公也。孫毓所評皆不當理。

「德音不瑕」，傳：「瑕，過也。」箋云：「不瑕，言不可疵瑕也。」承珙案：《泉水》《二子乘舟》皆言「不瑕有害」，傳並訓「瑕」爲「遠」，箋並易傳訓「過」。此傳疑亦當作「瑕，遠也」，蓋以「瑕」爲「遐」之借。《説文》無「瑕」字，大徐云：「古通作『假』。」箋云「不可疵瑕」者，用「瑕」之本義，亦易傳，非申毛也。《小爾雅・廣訓》云：「『公孫

❶「小」，阮校本《毛詩正義》無。

碩膚，德音不瑕』，道成王大美，聲稱遠也。」此以「公孫」爲成王，「碩膚」爲「大美」，毛傳皆與之合。「德音不瑕」爲「聲稱遠」，亦必古訓如是，毛義不應獨異。但《邶風》之「不瑕」言「不遠」，「不」與「弗」同。此「不瑕」言「瑕」，「不」爲發聲，與《大雅》「不遐有佐」同。他如《車攻》「不警，警也」「不盈，盈也」，《文王》「不顯，顯也」「不時，時也」，毛傳最多此例。